W0047910

Von JASON DARKs Sonderausgaben
sind bisher folgende Bände erschienen:

JASON DARK

JOHN SINCLAIR

Geister, Zombies und Vampire

**Acht
spannende
Grusel-
Abenteuer**

**BASTEI
LÜBBE**

BASTEI-LÜBBE-TASCHENBUCH
Band 73907

Erste Auflage:
April 1996

© Copyright 1996 by
Bastei-Verlag
Gustav H. Lübbe GmbH & Co.
Bergisch Gladbach
All rights reserved
Lektorat: Rainer Delfs
Titelillustration: Marti Ripoll/Selec-
ciones Illustradas
Innenillustrationen:
Fabian Fröhlich
Satz: VID Verlags- und
Industriedrucke GmbH & Co. KG,
Villingen-Schwenningen
Druck und Verarbeitung:
Cox & Wyman, Ldt.
Printed in Great Britain

ISBN 3-404-73907-8

Der Preis dieses Bandes
versteht sich einschließlich der
gesetzlichen Mehrwertsteuer.

Inhalt

Im Haus des Schreckens

Mitternacht!

Tageswende. Stunde der Dämonen, der Geister und der Geschöpfe der Finsternis. Denn das ist ihre Zeit. Dann verlassen sie die Dimensionen des Schreckens, um den Menschen Alpträume zu bringen oder sie zu quälen.

Wie auch Lydia Rankin.

Sie konnte nicht schlafen. Immer wieder wälzte sie sich in ihrem Bett herum. Ihr war heiß und kalt zugleich. Schweiß bedeckte ihre schmale, blasse Stirn. Und sie hatte Angst. Das Gefühl lastete wie ein Alpdruck auf ihrer Brust und ließ sich nicht verdrängen.

Die dünnen Glockenschläge der nahen Kirche kündigten die Tageswende an.

Zwölfmal schlugen sie. Ihr Klang erreichte die Ohren der jungen Frau. Er erinnerte sie an die Totenglocke ihrer Heimatstadt.

»Mein Gott«, flüsterte Lydia, »was ist denn bloß los mit mir?«

Sie setzte sich auf. Ihr Atem ging schwer. Der Alpdruck war noch nicht verschwunden.

Über dem Bett hing an der Wand eine kleine Lampe. Lydia fand den Schalter.

Schon bald brannte das Licht. Der Schein war mild und anheimelnd. Normalerweise jedenfalls. Jetzt kam er Lydia vor wie ein gespenstisches Leuchten. Er streifte mit seinem gelben Schimmer das hohe, durch ein Holzkreuz geteilte Fenster.

Das Zimmer war Lydia plötzlich unheimlich.

Genau wie das gesamte Haus.

Vor drei Tagen war sie eingezogen. Sie war aus einem kleinen Dorf an der schottischen Grenze nach London gekommen. Arbeit hatte sie bei einer Versicherung gefunden. Einen vollen Monat lang hatte sie in einer Pension gewohnt, bis sie eine Anzeige in der Zeitung gefunden hatte. Genau erinnerte sie sich noch an den Text.

RUHIGER MIETER GESUCHT FÜR EIN HAUS IN MAYFAIR. BESTE LAGE. LIEBENSWERTE NACHBARN ERWARTEN SIE.

Lydia hatte sich bei dem angegebenen Makler gemeldet. Der Mann hatte sie erst einmal mehrere Minuten lang genau betrachtet. Dann hatte er gelächelt und gesagt: »Okay, Sie können einziehen, Miß Rankin!«

Das war alles gewesen. Keine Kaution, keine Mietanzahlung – nichts. Lydia hatte sich gefreut wie eine Schneekönigin. Und sie war sogar noch erstaunter gewesen, als sie hörte, daß sie die einzige Mieterin in dem Haus sei.

In einem vierstöckigen Haus!

Nur im Parterre wohnte die Besitzerin, Mrs. Martha Longford, eine schon ältere Dame, die Lydia ebenso seltsam angesehen hatte wie der Makler.

Lydia Rankin griff nach ihren Zigaretten. Dann flammte das Feuerzeug auf. Es glänzte golden, und Lydia konnte ihr Gesicht in dem spiegelnden Metall sehen.

Was sie sah, gefiel ihr gar nicht. Dicke Ränder lagen unter ihren Augen. Die Haut wirkte eingefallen, beinahe schon welk. Das rote Haar war stumpf geworden, obwohl sie es am vorigen Abend erst gewaschen hatte.

Es war eine Tatsache. Seitdem sie in diesem Haus lebte, verfiel sie immer mehr.

Lydia sog den Rauch ein. Sie mußte husten und drückte die Zigarette wieder aus.

»Ich werde wohl ausziehen«, murmelte sie. »Lieber mehr Miete bezahlen, als hier vor die Hunde gehen.«

Sie dachte wieder an die Hausbesitzerin. Vielleicht sollte man mit ihr mal reden. Ich werde sie fragen, aus welchem Grund sie die anderen Zimmer nicht vermietet hat, nahm Lydia sich vor.

Ich werde sie . . .

Ihre Gedankenkette wurde unterbrochen.

Sie hatte Geräusche gehört.

Über ihr!

Aber da wohnte niemand. Mrs. Longford hatte es ihr deutlich genug gesagt. Über ihrem Zimmer befand sich der Speicher. Und der war immer abgeschlossen.

Und doch . . .

Stimmen! Wispernd, raunend. Dann ein freudloses Lachen, das in einem Kichern endete.

Lydia bekam es mit der Angst zu tun. Eine Gänsehaut bildete sich und rieselte kalt den Rücken hinunter.

Lydia Rankin erhob sich von der Bettkante. Auf Zehenspitzen

schlich sie zur Tür. Sie mußte dabei am Fenster vorbei und warf einen Blick nach draußen.

Vor der Scheibe ballte sich die Dunkelheit. Die nächste Laterne stand einige Yards weiter. Ihr Schein reichte nicht einmal bis zur Haustür. Auf der Straße war es ruhig. Kein Wagen fuhr, kein Hupgeräusch durchbrach die Stille der Nacht. Die gegenüberliegenden Häuser waren nur in ihren Umrissen zu erkennen. Sanft bogen sich die dichtbelaubten Bäume der Vorgärten im Nachtwind.

Lydia ging weiter. Sie erreichte die Tür. Sie war ebenso alt wie das Haus, und das dunkel gebeizte Holz war im Laufe der Zeit an einigen Stellen gesplittert. Überhaupt standen in dem Zimmer nur alte Möbel. Ein wuchtiger, fast bis zur Decke reichender Schrank, Stühle mit gedrechselten Beinen, der kleine runde Tisch und das Bett mit der hohen Kopf- und Fußseite.

Das Waschbecken befand sich in einer Ecke des Zimmers, direkt neben dem Schrank. Es war keine Dusche vorhanden, ein Bad sollte angeblich im Keller existieren, doch Lydia hatte es noch nicht gesehen.

Die Tür war abgeschlossen.

Lydia tat dies immer, bevor sie sich zu Bett legte. Jetzt tastete sie mit zitternden Fingern nach dem Schlüssel und drehte ihn herum. Gut geölt schnappte das Schloß zurück.

Lydia Rankin blieb stehen und lauschte. Die Geräusche waren verstummt.

Lydia wischte sich über die Stirn. Hatte sie das alles nur geträumt, sich einfach eingebildet? Nein, sie hatte wach gelegen. Die Geräusche waren keine Einbildung gewesen.

Lydia fror plötzlich in ihrem dünnen Nachthemd, das nur aus einem Hauch von durchsichtigem Stoff bestand und sich eng um die wohlproportionierte Figur schmiegte. Das Nachthemd reichte bis auf die Knöchel und schimmerte grünlich.

Darunter trug Lydia nur die nackte Haut. Die Spitzen der wohlgeformten Brüste drückten gegen den dünnen Stoff.

Plötzlich zuckte die junge Frau zusammen.

Schritte! Sie hatte Schritte gehört.

Vor der Tür, im Treppenhaus.

Lydias Herz schlug schneller. Die Schritte kamen von oben, die Treppe herunter. Und es waren mehrere Personen, die sich ihrer Tür näherten.

Dann verstummten die Schritte.

Lydias Hand lag auf der Türklinke. Nervös nagte die junge Frau auf ihrer Unterlippe. Deutlich spürte sie das Gefühl der Angst, das sie umklammert hielt. Sollte sie es wagen und die Tür öffnen? Sollte sie kurzerhand in das Treppenhaus gehen, um den seltsamen Geräuschen auf den Grund zu gehen?

Es war vielleicht das beste. Außerdem konnte sie Mrs. Longford informieren und ihr Bescheid geben, was sich in dem Haus abspielte.

Entschlossen drückte Lydia Rankin die Klinke. Spaltbreit zog sie die Tür auf und starrte in das Treppenhaus.

Nichts.

Dunkelheit. Drohend und gefährlich.

Lydia vergrößerte den Türspalt und schob sich aus dem Zimmer. Nach zwei Schritten stieß sie mit ihrem rechten Schienbein gegen etwas Hartes, Unnachgiebiges.

Nur mühsam unterdrückte Lydia einen Schrei.

Dann bückte sie sich. Und ihr fiel im selben Moment ein, daß sie noch immer das Feuerzeug in der Hand hielt.

Sie schnippte es an.

Ruhig brannte die kleine Flamme, erhellte im Umkreis von einem halben Yard die Dunkelheit.

Und dann sah Lydia das Hindernis, gegen das sie gestoßen war.

Es war ein weißer Sarg!

Im ersten Augenblick dachte Lydia an gar nichts. Steif, starr und tot war alles in ihr.

Dann aber kam die Reaktion.

Urplötzlich fing sie an zu zittern. Sie merkte, wie ihre Beine nachgaben und sie sich nur mit einer instinktiven Bewegung am Türrahmen festhalten konnte. Das Feuerzeug entglitt ihren Fingern, fiel zu Boden und verlöschte.

Lydia geriet nahe an den dunklen Rand der Ohnmacht. Doch sie schaffte es und blieb an die Türverkleidung gelehnt stehen.

Und plötzlich hatte sie das Gefühl, als wäre die Dunkelheit vor ihr voller Leben. Sie hörte wieder die Geräusche und Stimmen.

Wispern. Flüstern. Raunen.

»Nein«, keuchte Lydia, »nein. Ich will nicht mehr . . . ich . . .«

Sie konnte nicht mehr weitersprechen. Eine eiskalte Hand lag plötzlich auf ihrer Schulter. Der Schock traf sie bis in die letzte Nervenfaser.

Lydia stöhnte auf.

»Ja, sie ist gut«, hörte sie eine krächzende Stimme. »ER wird sich freuen, wenn ER Nachschub bekommt. Endlich. Es hat lange gedauert. ER wird zufrieden sein.«

Etwas raschelte. Ein Zündholz ratschte über eine Reibfläche, zischte auf und wurde gegen eine Fackel gehalten.

Tanzender Lichtschein erhellte auf einmal den Flur.

Lydia Rankin sah die Gestalten vor sich. Sie hatten sich im Halbkreis aufgebaut. Schreckliche Wesen, Geschöpfe der Nacht.

Fünf zählte die junge Frau insgesamt. Fünf Alptraumgeschöpfe, fünf Ausgeburten der Hölle.

Schaurige Fratzen starrten sie an, bleiche Totengesichter, völlig behaarte Physiognomien. Diejenige, deren Hand auf Lydias Schulter lag, hatte ein bleiches Totenantlitz und eine so dünne Haut, daß schon die Knochen durchschimmerten. Die Augen waren von einem unnatürlichen Gelb, und mit einem Aufschrei schlug Lydia die kalte Hand von ihrer Schulter.

»Warmes, schönes Fleisch«, flüsterte die Alte. Sie öffnete den zahnlosen Mund und begann zu kichern.

Die Gestalt, die die Fackel hielt, streckte den Arm aus. Die Flamme geriet in Bewegung. Gespenstische Schatten tanzten über die Gesichter der Gestalten und ließen sie noch fratzenhafter erscheinen.

»Komm, mein Täubchen«, flüsterte jemand, »der Sarg wartet auf dich. Der weiße Sarg.«

Eine knochige Hand klopfte auf den Deckel. Es gab ein hohl klingendes Geräusch, das Lydia Rankin durch Mark und Bein fuhr, sie aber auch gleichzeitig aus ihrer Lethargie riß.

Wehr dich! schrie es in ihr. Los, wehr dich!

Mit einem Schrei auf den Lippen warf sich die junge Frau herum. Eine Hand, die in ihr langes Haar fassen wollte, drosch sie zur Seite, hetzte in ihr Zimmer und warf wuchtig die Tür hinter sich zu. Sie merkte kaum, daß sie den Schlüssel herumdrehte, sondern rannte sofort zum Fenster.

Hinter ihr wurde gegen das Holz der Tür getrommelt. »Wir kriegen dich, Täubchen, wir kriegen dich!« hörte sie die schrecklichen Stimmen. Die Laute gingen ihr unter die Haut. Angstschauer jagten durch ihren Körper. Sie stolperte über einen Stuhl, der ihr im Wege stand, und erreichte dann endlich das Fenster.

Hart krallte sie die Finger der rechten Hand um den Griff, wollte ihn herumdrehen und das Fenster aufreißen.

Es ging nicht.

Der Griff saß fest.

Lydias Augen wurden groß. »Nein!« ächzte sie. »Nein, ich . . .«
Sie preßte ihr Gesicht gegen die Scheibe.

Und dann sah sie die Augen. Groß und gelb leuchteten sie in der Dunkelheit vor dem Fenster. Dazu das Gesicht mit der durchscheinenden Haut. Es war dasselbe, das sie auch im Flur gesehen hatte.

Die Gestalt schwebte vor ihrem Fenster.

Gleichzeitig droschen harte Fäuste gegen die Tür. Nicht mehr lange, dann würden die Gestalten in den Raum quellen und wie eine Woge alles überschwemmen.

Lydia glaubte, den Verstand zu verlieren.

Die Gestalt vor dem Fenster schwebte näher, war nur noch eine Armlänge von der Scheibe entfernt.

Da schlug die Unheimliche zu.

Ihre Faust fuhr durch die Fensterscheibe. Scherben und Splitter flogen Lydia Rankin entgegen.

Sie riß beide Hände hoch, wich zurück. Der Angstschrei erstarb auf ihren Lippen.

Inmitten der Scherben und Glassplitter stieg die Unheimliche in das Zimmer. Reste der Scheibe, die noch im Rahmen steckten, schlug sie kurzerhand weg. Und keine Wunde zeigte sich auf ihrem Körper, obwohl die Schnittstellen deutlich zu sehen waren.

Lydia Rankin konnte nicht mehr schreien. Grauen und Angst

hatten ihre Kehle zugeschnürt. Mit einem verzweifelten Sprung warf sie sich auf das Bett. Nur weg von diesen gräßlichen Totenhänden. Sie rollte sich zweimal um die eigene Achse, fiel an der anderen Seite des Bettes auf den Boden und wollte sich aufrichten, als die Tür plötzlich aus den Angeln brach.

Heulend und kreischend stürmten die vier Horrorgestalten ins Zimmer.

Wild schwang der Behaarte seine Fackel. Dabei stieß er tierische Laute aus und schlug mit der Flamme nach dem rothaarigen Mädchen.

Lydia konnte ausweichen. Sie tat dies nicht mehr bewußt. Ihr weiteres Handeln wurde vom reinen Überlebenswillen diktiert. Dabei ließ es sich nicht vermeiden, daß das Feuer ihre Schulter streifte. Sofort schmolz das Nylongewebe des Nachthemdes dahin.

Die vier Gestalten sahen es mit Begeisterung.

»Sie gehört uns!« brüllte der Fackelträger, während ein anderer, ein Kerl mit völlig entstelltem Gesicht, in die Hände klatschte und flüsterte: »Komm zu uns. Komm zu uns!«

Lydia schlug um sich. Sie wehrte sich mit dem Mut der Verzweiflung. Sie drosch mit allem zu, was sie in die Hände bekam. Das war ein Kleiderbügel, den sie einem Untier in das häßlich entstellte Gesicht warf. Die schwere Parfümflasche folgte, und plötzlich hielt das rothaarige Mädchen eine Haarspraydose in der Hand.

Mit dem Zeigefinger drückte sie auf den kleinen Knopf. Das Spray schoß aus der Düse. Schreiend drehte sich die Frau im Kreis und verteilte einen sprühenden Nebel um sich herum.

Was sie kaum für möglich gehalten hatte, trat ein. Die Gestalten wichen zurück, irritiert nur, nicht weil ihnen das Spray gefährlich wurde.

Lydia Rankin sah eine Lücke.

Mit Todesverachtung warf sie sich vor. Ihre Fäuste stießen zwei der Monster zur Seite, und ehe die anderen reagieren konnten, war das Mädchen schon an der Tür.

Lydia sprang über den weißen Sarg, der für sie bestimmt war, und jagte auf die Holztreppe zu.

Stockfinster war es im Treppenhaus.

Die ersten zwei Stufen schaffte Lydia Rankin. Dann stolperte sie und fiel. Kopfüber polterte sie die Treppe hinab. Sie schrie und weinte. Für einige Augenblicke wußte sie nicht, wo oben oder unten war, dann blieb sie schon auf dem ersten Absatz liegen.

Benommen richtete sie sich auf und drehte den Kopf.

Auf der obersten Stufe standen die fünf Gestalten.

Sie lachten, kicherten und heulten in einem.

»Komm zurück. Komm, mein Täubchen!«

Wild schüttelte Lydia den Kopf. »Neiiinnn!« schrie sie, raffte sich auf und nahm den nächsten Treppenabsatz.

Wie sie nach unten gelangt war, wußte sie nicht mehr. Plötzlich spürte sie die kalten Fliesen unter ihren nackten Füßen, und im nächsten Augenblick ging das Licht an.

Mrs. Longford stand vor ihr.

Mit einem Schrei wich Lydia zurück. So weit, bis sie die Wand im Rücken spürte. Sie hatte die Arme erhoben, die Hände gespreizt und sah mit verzerrtem Gesicht der Hausbesitzerin entgegen.

Mrs. Longford lächelte, was ihren abweisenden Gesichtsausdruck jedoch nicht freundlicher machte.

»Was ist denn mit Ihnen los?« fragte sie. »Was ist geschehen, Miß Rankin?«

»Ich will hier raus! Ich will hier raus!« Lydia brüllte die Frau an. Sie kannte ihre Stimme kaum noch wieder. Gehetzt warf sie einen Blick zurück.

Doch auf der Treppe zeigte sich niemand.

Mrs. Longford blieb gelassen. Sie war eine hochgewachsene Frau, die die Vierzig bereits überschritten hatte. Sie trug ein schwarzes, sehr streng geschnittenes Kostüm und darunter eine weiße Bluse. Pechschwarz war das Haar, zu einer Pagenfrisur geschnitten und mit einem eben angedeuteten Pony. Das Gesicht war kalt und abweisend wie eine Maske. Die Haut sah aus wie kaltes Fett. Die Augen erinnerten Lydia immer an kalte Bergseen, und der dünne Mund war zynisch verzogen.

Sie wirkte auf den Betrachter wie eine Internatsdirektorin aus den Anfängen des Jahrhunderts.

Mrs. Longford öffnete die Tür zu ihrer Wohnung. »Am besten ist, Sie kommen für einen Moment zu mir, Miß Rankin. Ich werde Ihnen einen Tee kochen, und dabei können wir über alles reden!«

Lydia schüttelte den Kopf. »Nein«, keuchte sie. »Lassen Sie mich hier raus!«

Mrs. Longford zuckte zusammen. Sie schien auf einmal die Gefahr zu spüren, die von ihrer neuen Mieterin ausging. »Es ist abgeschlossen«, sagte sie.

»Dann schließen Sie auf!« fauchte Lydia Rankin.

»Warum sollte ich? Es ist besser, wenn Sie hierbleiben. Sie werden schlecht geträumt haben . . .«

»Nein, ich habe nicht geträumt!«

Lydia Rankin sprang vor. Mit Krallenhänden ging sie auf Mrs. Longford los. »Den Schlüssel!« kreischte sie. »Geben Sie mir den Schlüssel. Ich will ihn haben!«

Mrs. Longford wollte in ihre Wohnung flüchten, doch Lydia bekam die Hausbesitzerin zu packen, noch bevor sie die Tür ins Schloß werfen konnte.

Verbissen rangen die beiden Frauen miteinander. Lydia verlieh die Panik Riesenkräfte. Außerdem hatte sie die Überraschung auf ihrer Seite. Sie drängte Mrs. Longford immer weiter zurück, stieß sie in den mit alten Möbeln und Plunder angefüllten Wohnraum, sah im Licht der Deckenlampe auf dem kleinen Nähtisch eine Schere blitzen und hatte die gefährliche Waffe plötzlich in der Hand.

Sie setzte die Spitze an die Kehle der Frau.

»Und jetzt hol den Schlüssel, oder ich steche zu!« drohte Lydia Rankin.

Mrs. Longford wurde starr. Mit beiden Augen schielte sie auf die Schere.

»Der Schlüssel liegt auf dem Tisch«, würgte sie hervor.

Lydia Rankin warf einen schnellen Blick zur Seite und sah den Schlüsselbund. An einem Metallring hingen mehrere Schlüssel. Der größte war es, das wußte Lydia. Sie selbst hatte gesehen, wie die Frau damit die Haustür aufgeschlossen hatte.

Lydia Rankin riß die Frau herum und drückte ihr noch in der Bewegung die Schere in den Rücken.

Dann stieß sie Mrs. Longford zum Tisch.

Mit der freien Hand packte Lydia die Schlüssel. Jetzt war ihr wohler.

Dann gab sie Mrs. Longford einen Stoß, daß sie quer durch den Raum taumelte, einen kleinen Ziertisch umwarf und damit in die Scherben einer auf dem Tisch gestandenen Blumenvase fiel.

Lydia hetzte aus der Wohnung.

Sie hörte die gellende Stimme der Hausbesitzerin hinter ihr herschreien.

Das Licht brannte noch.

Lydia rannte in das pompöse Treppenhaus. Die Decke war gewölbt und kam ihr plötzlich himmelhoch vor. Sie warf einen Blick zur Treppe, doch keine der Horrorgestalten war ihr gefolgt.

Mit zitternden Fingern schloß Lydia Rankin die Haustür auf.

Die kühle Nachtluft traf ihr erhitztes Gesicht. Barfuß wie sie war, rannte sie nach draußen. Durch den kleinen Vorgarten und auf das schmiedeeiserne Tor zu.

Sie zog es auf und lief auf den Bürgersteig.

Noch immer saßen ihr Angst und Panik im Nacken. Mit wehendem Nachthemd rannte sie die Straße hinab.

Sie lief, lief und lief. Sah plötzlich zwei Autoscheinwerfer auftauchen, hörte das Signal einer Hupe, riß die Arme hoch, wurde geblendet, begann zu schreien, und dann drehte sich die Welt um sie herum in einem furiosen Wirbel, der Lydia in den tiefen Schacht der Ohnmacht riß.

Das neue Lokal in Mayfair hatte einen Hauch von französischer Exklusivität. Es gab französische Gerichte, und ein französischer Koch sorgte sich um das Wohl der Gäste.

Kleine Nischen zauberten eine gemütliche Atmosphäre. Tischlampen verbreiteten gedämpftes Licht. Dicke Teppiche verschluckten die Schritte. Ober eilten lautlos zwischen den Tischen und der Küche hin und her. Durch das große Fenster hatte der Gast einen wunderbaren Blick auf einen blühenden Garten. Kleine, verschnörkelte Laternen brannten dort. Ihre hellerleuchteten Kuppeln wirkten wie Inseln in der Dunkelheit. Der sanfte

Nachtwind streichelte durch die geöffnete Scheibe und brachte den Duft von blühendem Flieder mit.

»Es ist herrlich hier«, sagte die blondhaarige Frau und lehnte sich auf ihrem bequemen Stuhl zurück. »Ich könnte die ganze Nacht hier sitzenbleiben.«

»Was hindert uns daran?« fragte John Sinclair lächelnd.

Jane Collins lachte. »Dein Beruf, zum Beispiel!«

John winkte ab. »Ich habe mir schon mehr als einmal die Nächte um die Ohren schlagen müssen und war am anderen Morgen wieder voll in Aktion.«

»Dann war es aber aus beruflichen Gründen«, sagte Jane Collins.

»Ob beruflich oder privat, was spielt das für eine Rolle?«

Jane beugte sich vor. Dabei breiteten sich ihre blonden Haare wie ein Vorhang zu beiden Seiten des Gesichts aus.

Jane Collins war eine phantastisch aussehende Frau. Sie hatte genau die Maße, die Männer so gern mögen. Dazu das lange blonde Haar, die blauen Augen mit den sanft geschwungenen Brauen und den langen seidigen Wimpern. Der Mund war naturrot, die Nase klein und mit einem winzigen Schwung nach oben versehen.

Man hätte Jane Collins ohne weiteres für ein Mannequin halten können, aber nicht für eine Privatdetektivin.

Ja, diese gut aussehende Frau war Privatdetektivin! Und eine erfolgreiche. Sie war gefragt in London. Eine große Versicherungsanstalt hatte sie engagiert und überwies jeden Monat eine Pauschale auf ihr Konto. Von dem Geld konnte Jane Collins relativ gut leben. Natürlich nahm sie nebenbei auch noch andere Aufträge an – und sie übte eine fast magische Anziehungskraft auf Fälle aus, die in die Kategorie des Übersinnlichen einzuteilen waren.

Daher auch der Kontakt zu John Sinclair, den sie bei einem ihrer Einsätze kennengelernt hatte.

Jane Collins liebte den hochgewachsenen blondhaarigen Oberinspektor von Scotland Yard, und John war die Detektivin auch nicht gleichgültig.

Zu einer Heirat jedoch hatte sich John nicht entschließen

können. Er wollte frei und unabhängig bleiben, nicht etwa aus Prinzip, sondern seinem Beruf zuliebe. Der war so gefährlich, daß jeder Tag der letzte in seinem Leben sein konnte.

John Sinclair, auch Geisterjäger genannt, hatte sich zum Kampf gegen die Mächte der Finsternis entschlossen. Er bekämpfte Vampire, Werwölfe, Dämonen und andere Horrorgestalten aus dem Schattenreich. Denn es gab sie, diese gräßlichen Alptraumgeschöpfe, die Ausgeburten der Finsternis, die durch Schwarze Magie am Leben erhalten wurden und oftmals in anderen Dimensionen hausten, wo sie ein Schreckensregiment führten.

John Sinclair war einer ihrer Hauptgegner. Es gab nur wenige Menschen, die die Gefahr erkannt hatten, die der Welt drohte. John und seine Freunde gehörten dazu. Aber es war ein Kampf gegen eine Hydra mit unzähligen Köpfen. Wurde einer abgeschlagen, wuchsen sofort zwei andere nach.

Unermeßlich waren die Mittel der Dämonen. Und sie wandten sie an. Brutal und gnadenlos. Wer von den Menschen in ihre Fänge geriet, der war verloren. Die Mächte der Finsternis versprachen zuerst alles, doch der Preis, den die unglückseligen Opfer danach zu zahlen hatten, war grauenhaft. Oft gingen sie ein in die Dimensionen des Schreckens und litten bis in alle Ewigkeit.

John Sinclair war einer der von ihnen meistgehaßten Männer. Er stand auf der Abschußliste der Höllengeschöpfe ganz oben. Zu viele von ihnen hatte er schon vernichtet. Und John Sinclair hatte es gelernt, mit Methoden zu kämpfen, die mehr als unorthodox waren. Seine Waffen waren geweihte Kugeln, Amulette, magische Kreide, Drudenfüße, Vampirpfähle und das Feuer, das auch die Geschöpfe der Finsternis ausrottete.

Er war eine Ein-Mann-Feuerwehr, die immer dann eingesetzt wurde, wo normale Ermittlungsmethoden nicht weiterhalfen. John konnte unbürokratisch handeln. Sein Vorgesetzter war Superintendent Powell, und der wiederum war direkt dem Innenminister unterstellt. Wenn John einmal einen Fall angepackt hatte, brauchte er nicht erst den langen Weg durch die Instanzen zu laufen.

Was das für Vorteile hatte, hatte die Vergangenheit oft genug bewiesen.

Lautlos trat der Ober an den Tisch. »Wünschen die Herrschaften noch einen Mokka?« fragte er.

John blickte Jane an. »Du?«

Jane wiegte den Kopf. Dann nickte sie. »Ja, ich könnte ein Kännchen Mokka vertragen.«

Der Ober lächelte. Er trug einen roten, eng anliegenden Frack. »Sehr wohl, Madam.«

Er sprach Englisch mit französischem Akzent.

»Ehrlich, John, hier gefällt es mir«, sagte Jane Collins. »Der Tip, den man mir gegeben hat, war wirklich gut.«

Sinclair gönnte sich eine Verdauungszigarette. Ein Schmunzeln umspielte seine Lippen. »Ich bin auch zufrieden«, sagte er. »Vor allen Dingen die Atmosphäre hier tut streßgeplagten Nerven richtig gut.«

John Sinclair spielte damit auf das wertvolle Interieur des Lokals an. Man aß mit Silberbestecken. Die Tischdecken waren aus feinstem Damast. Jedes Gericht wurde frisch zubereitet. Der Salat sogar am Tisch geschwenkt. Die Speisekarte war nur klein, aber exklusiv. Und die Weine – aus Frankreich importiert – waren eine reine Gaumenfreude.

Halblaut wurden die Gespräche geführt. Hin und wieder klangen Gläser mit einem melodischen Ton gegeneinander.

Janes Mokka wurde serviert. Sie trank ihn süß und heiß.

»Keine Angst vor den Kalorien?« erkundigte sich John.

»Heute nicht.«

Der Geisterjäger ließ seine Blicke bewundernd über die Gestalt der Detektivin gleiten. Jane trug ein eng anliegendes rotes Kleid mit Spaghettiträgern. Es umhüllte wie eine zweite Haut ihren Oberkörper und fiel in Höhe der Hüfte glockenförmig auseinander. Das weite Unterteil reichte bis zum Boden.

John hatte sich einen Cognac bestellt. Nach dem vorzüglichen Essen konnte er sich ruhig ein Glas erlauben, ohne gleich Angst vor einer Verkehrskontrolle haben zu müssen.

»Es ist der erste Abend seit langem, den wir mal wieder für uns haben«, sagte die Detektivin plötzlich.

John nickte betrübt. »Leider.«

»Ich weiß nicht.« Jane wiegte den Kopf. »Bist du daran nicht oft selbst schuld?«

»Wie kommst du darauf?«

»Du drängst dich ja direkt nach der Arbeit.«

John lachte. »Jetzt mach aber mal einen Punkt, meine Liebe. So schlimm ist es auch nicht mit mir. Schließlich war ich in den letzten beiden Wochen in London . . .«

». . . und da hast du nur im Büro gesessen und Akten aufgearbeitet. Traurig.«

»Das mußte sein.« Johns Protest klang lahm.

Jane Collins streichelte die Hand des Geisterjägers. »Das glaubt dir doch keiner.« Dann wechselte sie plötzlich das Thema. »Sag mal, wie geht's eigentlich Suko und Bill?«

»Soweit ganz gut. Erst gestern erhielt ich eine Karte. Sie hängen irgendwo in Tibet rum.«

»Haben Sie keinen Ärger mehr bekommen? Flugvampire oder so?«

»Nein, zum Glück nicht.«

Jane Collins hatte mit ihrer Frage auf Johns letzten Fall angespielt, der ihn in das Hochland von Nepal geführt hatte. Dort war es zu einer harten Auseinandersetzung mit riesigen Flugvampiren gekommen, und für John Sinclair, Suko und Bill Conolly hatte es bitter ausgesehen.

Suko, John Sinclairs Mitarbeiter, hatte Bill Conolly auf seiner Reise begleitet. Suko war Chinese, kannte Land und Leute und konnte dem Reporter manch wertvollen Tip geben. Daß die beiden in einen schrecklichen Horror-Fall geraten würden, damit hätten sie selbst nicht gerechnet. Zum Glück war ja alles noch gut ausgegangen.

»Wo bist du nur wieder mit deinen Gedanken?« fragte Jane Collins. »Wieder bei Dämonen und Vampiren?«

John grinste wie ein ertappter Sünder. Dann spürte er, daß Jane ihr Bein gegen das seine rieb. »Es ist gleich Mitternacht«, sagte die Detektivin. »Sollten wir nicht fahren?«

John drückte die Zigarette aus. »Und wohin?«

Jane spitzte die Lippen. »Ich habe auch einen guten Mokka zu bieten.«

»Nur Mokka?«

»Du kannst es ja darauf ankommen lassen.«

»Das werde ich auch.«

Jane drohte scherzhaft mit dem Zeigefinger. »Nimm dir lieber nicht zu viel vor. Du weißt, ich bin ein anständiges Mädchen.«

John grinste. »Dann wird es Zeit, daß sich das ändert.«

»Wüstling.«

»Man tut, was man kann.« Der Geisterjäger winkte dem Ober und verlangte nach der Rechnung.

»Sehr wohl, Monsieur.«

Die Rechnung wurde verdeckt gereicht. Es war auch besser so, denn für den Preis hätte man schon fast eine Schaschlikbude kaufen können.

Der Oberinspektor zahlte, legte noch ein angemessenes Trinkgeld hinzu und verließ mit Jane Collins das Lokal.

Jane hatte sich eine Stola um die Schultern gelegt. Der Nachtwind war doch kühl geworden. Jane hängte sich bei John ein, und der Oberinspektor spürte den BH-losen Busen an seinem Ellbogen. Am liebsten wäre er jetzt schon in Janes Wohnung gewesen.

Die Detektivin lehnte den Kopf an Johns Schulter. »Riechst du nicht den herrlichen Blütenduft?« fragte sie.

»Nein, nur dein Haarspray.«

»Himmel, was bist du unromantisch.«

John lachte. Aus der Tasche seines maßgeschneiderten Jacketts holte er den Autoschlüssel. Sein neuer Bentley stand auf dem kleinen Parkplatz. Die einzelnen Parkbuchten fügten sich harmonisch in die kleine, künstlich angelegte Parklandschaft ein, die die Vorderseite des Lokals umgab.

Der Parkplatzwächter machte einen Bückling und bekam dafür sein Trinkgeld. Bewundernd sah er Jane Collins nach. Dann dachte er an seine eigene Ehefrau zu Hause, und prompt machte sich sein Gallenleiden wieder bemerkbar.

John öffnete seiner Begleiterin galant die Tür.

»Darf ich bitten«, sagte er.

Jane nickte huldvoll. »Wie der Herr befehlen.«

Sie ließ sich auf den Beifahrersitz sinken, schnallte sich an und drehte am Radioknopf.

Verträumte Musik klang aus den Lautsprechern. Gerade das richtige für eine verliebte Stunde.

John Sinclair startete. Der Motor kam seidenweich. Der Oberinspektor lenkte den Wagen vom Parkplatz.

»Wir können durch die Charles Street fahren«, schlug Jane Collins vor. »Das ist eine Abkürzung.«

»Du kannst es wohl nicht erwarten, wie?« fragte John grinsend.

»Ich denke dabei nur an dich. Und wenn du noch weiter so spitze Bemerkungen machst, bekommst du keinen Mokka bei mir.«

»Ich weiß, nur das andere.«

»Das denkst du!«

John fuhr in mäßigem Tempo. Jane Collins hatte sich in den weichen Ledersitz gekuschelt und summte die Melodie aus dem Radio mit. Die Detektivin fühlte sich wohl. Sie hatte einen herrlichen Abend hinter sich, und der nächste Teil würde sicherlich ebenso herrlich werden . . .

Es herrschte kaum Verkehr in dieser stillen Wohngegend des Londoner Vorortes Mayfair. Wer hier lebte, der gehörte schon zu den begüterten Mitmenschen.

Die Straße wurde von Bäumen flankiert. Hier und da parkte ein Wagen. In den Vorgärten blühten Sträucher und Bäume. Blumen wirkten wie farbige kleine Inseln.

John fuhr etwas schneller. Die breiten Scheinwerferstrahlen warfen ihren Lichtteppich auf die Fahrbahn.

Und da sah John die Frau.

Jane Collins hatte sie im selben Augenblick entdeckt.

»John!« schrie sie. »Fahr langsam. Mein Gott, bremsen . . .«

Jane hatte beide Hände vor das Gesicht gepreßt, während Johns Fuß das Bremspedal nagelte.

Er mußte eine Vollbremsung riskieren.

Immer näher kam das Mädchen.

Schaffte er es – schaffte er es nicht? John hupte.

Deutlich sah John das verzerrte Gesicht der Frau. Wild und unordentlich war das rote Haar.

Dann stand der Wagen!

Genau einen Schritt von dem Mädchen entfernt, das sich noch gegen die Motorhaube fallen ließ und dann zusammenbrach . . .

Fast synchron sprangen Jane Collins und John Sinclair aus dem Wagen. Der Geisterjäger hatte sich mit einem schnellen Blick davon überzeugt, daß hinter ihnen die Fahrbahn frei war.

John war als erster bei der Frau.

Sie lag auf der Seite. Die rechte Gesichtshälfte ruhte auf dem Boden, das lange Haar breitete sich wie eine Fahne auf dem schmutzigen Asphalt aus.

Die Frau hielt die Augen geschlossen. Die Lider zuckten. Das dünne Nachthemd war zum Teil zerrissen und das Gesicht immer noch vom Entsetzen gekennzeichnet.

»Mein Gott, was muß sie hinter sich haben«, sagte Jane mit leiser Stimme. Die Detektivin war wie John neben der Frau in die Knie gegangen.

John Sinclair hob den Kopf der Unbekannten an. Dann tastete er nach dem Puls.

»Alles okay«, diagnostizierte er, »sie ist nur bewußtlos. Komm, wir tragen sie in den Wagen.«

Jane Collins faßte mit an. Gemeinsam hievten sie Lydia Rankin in den Fond. Sie legten sie auf die hintere Sitzbank. Jane setzte sich neben das Mädchen.

John nickte. »So wird es gehen.« Er befand sich noch mit halbem Oberkörper im Wagen.

Die Detektivin hob den Kopf. »Hast du vielleicht eine Decke?«

»Im Kofferraum. Ich hole sie.«

John schloß den Deckel auf. Dabei sah er sich um. Auf der Straße war es nach wie vor ruhig. Niemand hatte den Vorfall beobachtet. Die Häuser lagen im Dunkeln. Kein Licht schimmerte aus den Fenstern zwischen den Bäumen der Vorgärten hindurch.

Der Geisterjäger holte die Decke. Und er hatte plötzlich das Gefühl, dicht vor einem neuen Fall zu stehen. Wieso, wußte John nicht zu sagen. Vielleicht war es der entsetzte Gesichtsausdruck des Mädchens gewesen. John hatte so etwas nicht zum erstenmal gesehen. Und immer waren es Personen gewesen, die dem Grauen plötzlich gegenübergestanden hatten.

Der Geisterjäger reichte Jane die Decke. Sie faltete sie auseinander und breitete sie über die Bewußtlose.

John Sinclair setzte sich wieder hinter das Lenkrad. »Und wohin jetzt? Sollen wir sie in ein Krankenhaus bringen? Ich für meinen Teil wäre dagegen. Äußere Verletzungen sind ja nicht festzustellen.«

»Du witterst wieder einen Fall, wie?«

John erwiderte Janes Blick im Innenspiegel. »Ja«, sagte er. »Mein Gefühl sagt mir, daß das Mädchen einiges hinter sich hat, was für mich durchaus interessant werden könnte.«

»Das wäre möglich«, meinte Jane. »Okay, warten wir, bis sie wieder zu sich kommt.«

John fuhr den schweren Bentley ein Stück weiter. Nach ungefähr zweihundert Yards fand er eine Parklücke. Er stellte den Wagen genau zwischen zwei Bäume, drehte das Radio aus und schaltete dafür die Innenbeleuchtung ein.

Jetzt hieß es warten.

Allerdings nur fünf Minuten, da gab die Frau plötzlich ein qualvolles Stöhnen von sich.

»Sie wird wach«, sagte Jane Collins.

John Sinclair drehte sich um.

Flatternd hoben sich die Augenlider der Frau. In ihrem Blick spiegelten sich Verständnislosigkeit und Angst. Sie sah die fremden Gesichter, und ein Stöhnen drang aus ihrem halb offen stehenden Mund. Sie wollte sich aufsetzen, doch Jane Collins drückte sie wieder mit sanfter Gewalt zurück.

»Ruhig liegenbleiben«, sagte Jane Collins. »Sie sind in Sicherheit.«

»Aber ich . . .« Die Frau stemmte sich gegen Janes Griff, doch die Detektivin war stärker.

»Bitte«, sagte Jane. »Bleiben Sie ruhig.«

Die rothaarige Frau nickte, obwohl Jane das Gefühl hatte, daß sie ihre Worte gar nicht verstanden hatte. Starr blickten die Augen der Frau gegen den Wagenhimmel.

Jane Collins hob die Schultern. »Ich glaube, es hat keinen Zweck mit ihr«, sagte sie. »Sie wird hier nicht reden wollen.«

John nickte. »Dann fahren wir zu dir.«

»Das wird wohl am besten sein.«

Der Geisterjäger startete den Bentley. Sanft rollte der Wagen an. Erst jetzt kam ihnen ein Fahrzeug entgegen. Die Frau blieb auf der Fahrt in die Londoner City ruhig. Nur hin und wieder bewegten sich ihre Lippen wie im Selbstgespräch.

Jane wohnte, genau wie John Sinclair, in einem Apartmenthaus. Sie hatte ihre Wohnung schick eingerichtet, und ihre Sammelleidenschaft für moderne Graphiken dokumentierten sich an den Wänden des Living-rooms.

John und Jane mußten die Frau stützen, als sie zum Fahrstuhl gingen. Dann rauschten sie hoch in die fünfte Etage. Jane Collins schloß die Wohnungstür auf.

Der Frau ging es jetzt etwas besser. Sie konnte sich schon allein auf den Beinen halten. John geleitete sie in den Living-room und legte sie dort auf eine Couch.

»Möchten Sie etwas trinken?« fragte er besorgt.

Die Frau nickte.

Jane Collins brachte ihr ein Glas mit Orangensaft.

Die Frau trank langsam und in kleinen Schlucken. Währenddessen beobachtete John sie.

Er schätzte sie auf höchstens dreiundzwanzig Jahre. Aber jetzt in ihrem Zustand sah sie bedeutend älter aus.

Ein freudloses Lächeln umspielte ihre Mundwinkel, als sie das Glas absetzte.

»Danke«, sagte die Frau.

Jane hatte sich neben sie auf die Couch gesetzt. Mit einer behutsamen Geste strich sie ihr die Haare aus der Stirn. »Wie heißen Sie?« fragte die Detektivin.

»Lydia Rankin.«

Jane lächelte. »Der Name paßt zu Ihnen. Ich heiße Jane Collins, und das ist John Sinclair. Sie haben Glück gehabt. Sie sind uns direkt vor den Wagen gelaufen.«

Lydias Augen wurde groß. »Vor den Wagen?«

»Ja.«

»Aber ich . . . wie komme ich dazu? Ich weiß nicht . . .«

»Wissen Sie nicht, was geschehen ist?« fragte Jane.

»Nein. Doch . . . ich meine . . . das Haus, mein Zimmer. Die Monster . . . sie waren auf einmal da. Der Sarg . . .«

John und Jane horchten auf. Lydia Rankin redete zwar unzusammenhängendes Zeug, aber die Begriffe Monster und Sarg kamen nicht von ungefähr. Sie mußte schon etwas damit zu tun gehabt haben.

Plötzlich bäumte sich die junge Frau auf. »Nein!!!« schrie sie. »Nein, nicht schon wieder! Sie kommen! Sie . . .«

John war sofort an der Couch. Er packte die Schultern der Frau mit beiden Händen und drückte Lydia wieder in das Kissen zurück.

»Ich hole zwei Tabletten«, sagte Jane und verschwand in der kleinen Küche.

Lydia Rankin wand und bäumte sich auf. Sie schrie und kämpfte gegen Johns Griff an. Die Erinnerung mußte sie mit der Gewalt eines Unwetters überfallen haben.

Jane Collins kam zurück. Sie hatte die Tabletten in Wasser aufgelöst. Es bereitete ihr Mühe, der Frau etwas zu trinken zu geben.

Zehn Minuten noch war Lydia wie aufgedreht, dann fiel sie in einen tiefen, gesunden Schlaf.

John Sinclair griff zu seinen Zigaretten.

»Gib mir auch eine«, sagte Jane.

John reichte ihr ein Stäbchen.

Die Detektivin ließ sich Feuer geben und stieß den Rauch durch die Nasenlöcher aus. »Sie muß Schreckliches hinter sich haben. Wenn man nur wüßte, wo und was, dann könnte man ihr helfen.«

John warf einen Blick auf die Schlafende. »Wir werden morgen früh mit ihr reden«, sagte er. »Für diese Nacht lassen wir sie schlafen.« Der Geisterjäger warf einen Blick auf seine Uhr. »Schon bald zwei. Ich fahre nach Hause und bin in vier Stunden wieder bei dir. Ein wenig Schlaf kann nicht schaden.«

Jane lächelte etwas verlegen. »Schade«, sagte sie. »Ich hätte dich gern . . .«

John hauchte ihr einen Kuß auf den Mund. »Ein anderes Mal. Aufgeschoben ist ja nicht aufgehoben.«

Jane krauste die Stirn. »Das weiß man bei dir nie.«

John war schon an der Tür. Er winkte Jane noch einmal zu und verließ das Haus.

Niemand von ihnen ahnte, daß das Verderben schon draußen lauerte. Wen Mrs. Longford bei sich gehabt hatte, den ließ sie so leicht nicht mehr los . . .

Vom Schlafzimmer aus konnte Jane Collins ins Bad gehen. Es war ein kleiner quadratischer Raum mit einer Dusche, einer Wanne und einem Waschbecken. Die hellgrünen Kacheln schimmerten. Jane legte großen Wert auf Sauberkeit.

Die Detektivin hatte sich noch einmal davon überzeugt, daß Lydia Rankin eingeschlafen war, und hatte dann das Bad betreten. Auf dem Weg dorthin schob sie die schmalen Träger ihres Kleides über die Schultern, machte ein paar Verrenkungen und rutschte dann aus dem dünnen Stoff. Im Slip stellte sie sich vor den großen Spiegel. Sekundenlang betrachtete sie ihre Figur. Dann nickte sie. Ja, sie konnte mit ihrem Aussehen zufrieden sein. Für einen Moment dachte sie an den mißglückten Abend, doch dann fiel ihr wieder Lydia ein, und Jane war froh, daß das Mädchen gerade ihr und John vor den Wagen gelaufen war.

Jane schlüpfte auch noch aus dem Slip und setzte sich dann eine Badekappe auf. Die langen blonden Haare verschwanden völlig darunter.

Jane Collins stellte die Mischbatterie der Dusche auf die gewünschte Temperatur, drehte den Hahn auf und stellte sich unter die prasselnden Wasserstrahlen.

Es war eine Wohltat. Genüßlich rieb sie ihren Körper mit Duschschaum ein, spülte sich dann ab und schlüpfte in einen flauschigen Bademantel.

Sie riß die Badekappe vom Kopf und schüttelte ihr langes Haar aus. Es flatterte wie eine Fahne. Perlende Wassertropfen rannen an ihren Beinen hinab und hinterließen feuchte Flecken auf dem flauschigen Teppich, der den Boden des Schlafzimmers bedeckte.

Jane knipste die kleine Lampe an. Die Detektivin schlief in einem französischen Bett. Sie hätte sich nichts Schöneres vorstellen können. Dem Bett gegenüber stand der große Spiegelschrank. Darin hingen ihre Kleider, und das waren nicht gerade wenige.

Jane wollte gerade aus dem Bademantel schlüpfen und ihr hauchdünnes Etwas für die Nacht überstreifen, als sie aus dem Living-room ein Stöhnen vernahm.

Lydia!

Jane Collins knotete den Bademantel wieder in Höhe der Taille zusammen und ging hinüber in den Living-room.

Lydia Rankin lag noch so auf der Couch, wie Jane sie verlassen hatte. Sie war auch nicht wach, doch ihre Lippen bewegten sich und murmelten Worte.

Lydia Rankin redete im Schlaf.

Jane kniete sich neben sie. Die Detektivin sah, daß die Stirn des Mädchens schweißbedeckt war. Mit einem Tuch wischte sie darüber.

Lydia hatte ihre Hände in den Stoff der Decke gekrallt. Jane legte ihr Ohr nahe an die Lippen des Mädchens, um verstehen zu können, was es sagte.

»Ich . . . ich . . . will nicht mehr. Nein . . . nein . . . das Haus. Charles Street Nummer sieben. Mrs. Longford, bitte . . . die Monster . . . helfen Sie mir, Mrs. Longford . . . bitte . . .«

Lydia verstummte.

Schwer und unregelmäßig ging ihr Atem. Sie warf den Kopf von einer Seite zur anderen, stöhnte dabei mehrmals auf und versank dann wieder in einen tiefen Schlaf.

Jane Collins richtete sich auf.

Sie hatte sich die Worte des Mädchens gut gemerkt. Charles Street Nummer sieben. Mrs. Longford. Das waren Details, mit denen man schon etwas anfangen konnte. Hätte Lydia diese Angaben schon früher gemacht, wären Jane und John sicherlich noch in der Nacht zu dieser Mrs. Longford gefahren. So aber wollte sie bis zum Hellwerden warten.

Jane wartete noch einige Minuten, ob sich der Vorfall wiederholen würde, doch nichts geschah. Lydia Rankin schlief ruhig weiter. Wahrscheinlich hatte sie den Schock jetzt verdaut.

Jane ging zurück in ihr Schlafzimmer. Sie ließ sowohl die Tür des Living-rooms als auch die Tür des Schlafzimmers offen. So würde sie jedenfalls sofort hören können, wenn etwas geschah.

Jane schlüpfte in ihr Nighty und legte sich ins Bett. Sie hatte das Licht gelöscht, und obwohl es dunkel war, konnte die Detektivin nicht schlafen. Immer wieder starrte sie zur Decke hoch und dachte über die vergangenen Stunden nach.

Was mochte Lydia Rankin erlebt haben? Wenn ihre Aussagen stimmten, dann mußte es in der Charles Street ein Haus geben, in dem sich Monster befanden. Und was hatte diese Mrs. Longford damit zu tun? War sie vielleicht die Hausbesitzerin?

Die Privatdetektivin hatte keine Zweifel, daß die Angaben stimmten. So etwas saugte man sich einfach nicht aus den Fingern. Das mußte man schon erlebt haben.

Jane grübelte weiter. Sie dachte auch daran, daß sich John Sinclair der Sache annehmen würde. Ganz sicher sogar. Denn wo es irgendein Indiz gab, daß Mächte der Finsternis auftraten, dann war Oberinspektor Sinclair zur Stelle.

Irgendwann fiel Jane Collins in einen unruhigen Schlaf. Immer wieder sah Jane das Gesicht des Mädchens vor sich. Sie sah den entsetzten Ausdruck, die großen, schreckgeweiteten Augen und den Mund, der Hilfeschreie formte.

Jane warf sich von einer Seite zur anderen, murmelte Worte. Instinktiv und tief im Unterbewußtsein schien sie zu spüren, daß sich innerhalb ihrer Wohnung etwas verändert hatte.

Mit einem Knall flogen plötzlich beide Türen zu.

Das Geräusch riß Jane aus ihrem Halbschlaf.

Sie schreckte hoch.

Benommen starrte sie sekundenlang in die Dunkelheit. Sie wußte zuerst nicht, was geschehen war, dann sah sie die Tür, die zugefallen war, und ein schrecklicher Verdacht keimte in ihr auf.

Jane sprang aus dem Bett.

»Lydia!« rief sie und sprang zur Tür.

Sie legte ihre rechte Hand auf die Klinke, wollte die Tür aufziehen, doch es ging nicht.

Die Tür war verschlossen.

Von außen?

»Lydia!« rief die Detektivin. »Lydia, öffnen Sie! Bitte!«

Nichts.

Jane Collins zog und rappelte an der Klinke. Es half alles nichts, die Tür blieb verschlossen.

Und dann hörte sie den Schrei.

Gellend, markerschütternd, voller Todesangst.

Lydia Rankin hatte geschrien. Sie befand sich in höchster Lebensgefahr. Und immer noch gellte der Schrei durch die Wohnung. Jane Collins hatte das Gefühl, ihr Herz würde stehenbleiben. Sie trommelte in einem Wutanfall gegen das Holz der Tür, schrie, brüllte . . .

Der Schrei war verstummt.

Dafür hörte Jane ein gräßliches Stöhnen. Dann die Stimme der rothaarigen Frau: »Nein . . . bitte . . . nicht . . .«

Jane Collins machte auf dem Absatz kehrt. In den letzten beiden Sekunden hatte die kühle Überlegung wieder Oberhand gewonnen. Jane hetzte zurück, riß die Schublade ihres Nachttisches auf und nahm ihre Pistole heraus.

Es war eine Astra, nicht sehr groß und ziemlich handlich.

Jane zielte auf das Türschloß.

Zweimal zerrissen die Schüsse die Stille des Zimmers. Die Kugeln fetzten das Holz auf, zerstörten das Schloß.

Doch die Tür blieb zu.

Jane, die sich dagegengeworfen hatte, prallte zurück. Urplötzlich wurde ihr klar, daß die Tür mit einer magischen Sperre versehen war, daß sie sie mit normalen Mitteln gar nicht aufbekommen konnte. Wenn John hier gewesen wäre, er hätte den magischen Ring unter Umständen brechen können. Doch Jane allein war völlig hilflos. Sie konnte John auch nicht anrufen. Das Telefon stand im Living-room.

Tränen der Hilflosigkeit traten in Jane Collins' Augen. Noch einmal versuchte sie, die Tür aufzusprengen.

Es half alles nichts. Die magische Sperre hielt.

Und aus dem Living-room vernahm sie die schrecklichen Laute, die ihr unter die Haut fuhren. Welch grauenhafte Tat mußte sich dort abspielen?

Immer wieder hörte sie Lydias Wimmern und Flehen. Jane

konnte keine Worte verstehen. Dazwischen vernahm sie ein häßliches Kichern. Dann ein letzter Aufschrei, der in einem Gurgeln unterging.

Danach – Stille.

Tödliche, gänsehauterzeugende Stille.

Drei, vier Sekunden vergingen.

Mit der linken Hand faßte Jane Collins nach der Klinke. Die Tür schwang zurück. Die magische Sperre war aufgehoben. Hatte der unbekannte Eindringling sein dämonisches Werk verrichtet?

Jane betrat die kleine Diele. Die Astra hielt sie schußbereit in der Hand. Sie gab ihr das Gefühl der Sicherheit. Doch es war ein trügerisches Gefühl. Sollten Dämonen auf sie lauern oder andere Wesen aus dem Schattenreich, dann konnte sie mit einer normalen Waffe nicht viel anfangen.

Die Tür zum Living-room war geschlossen. Aber nicht mit einer magischen Sperre belegt.

Jane Collins stieß die Tür auf, ging einen Schritt in das dahinter liegende Zimmer hinein.

Wie festgenagelt blieb sie stehen.

Im Raum sah es aus, als hätten die Vandalen gehaust. Der kleine Tisch war umgefallen. Zwei Blumenvasen lagen auf dem Teppich. Nur die kleine Lampe an der Wand brannte noch.

Von Lydia Rankin keine Spur.

Da sah Jane Collins, daß das Fenster offenstand. Der Nachtwind bauschte die langen Gardinen, trieb sie in den Raum und ließ sie erscheinen wie nebelhafte Gebilde.

Sollte Lydia aus dem Fenster . . .?

Mit zwei Schritten hatte Jane Collins das Fenster erreicht. Sie beugte sich hinaus, senkte den Kopf . . .

Im nächsten Augenblick packte sie das Entsetzen.

Unterhalb des Fensters war ein Haken in die Wand geschlagen worden. Jemand hatte eine Schlinge darum geknüpft.

Und in der Schlinge hing – Lydia Rankin!

Unauslöschlich prägte sich das Bild in Jane Collins' Gehirn ein. Sie fühlte, wie es vom Magen her heiß in ihr hochstieg. Ihr wurde regelrecht schlecht. Sie hatte Mühe, den Brechreiz zu unterdrükken. Wie sie vom Fenster weggekommen war, wußte sie nachher nicht zu sagen. Alles drehte sich vor ihren Augen. Die Detektivin mußte sich an der Schrankwand abstützen, sonst wäre sie gefallen.

Erst das schrille Klingeln der Türglocke riß sie aus ihrem angegriffenen Zustand.

Mit Puddingknien schlich Jane in die Diele.

Sie öffnete die Wohnungstür.

Verstörte Gesichter starrten sie an. Zahlreiche Nachbarn hatten sich im Flur versammelt. Einige Männer trugen nur ihre Schlafanzüge. Die Frauen hatten sich hastig Morgenmäntel übergeworfen.

»Was ist passiert?« fragte ein resolut aussehender Mann, von dem Jane wußte, daß er Arzt war. »Wir haben Schüsse gehört.«

»Und die Polizei ist auch schon verständigt worden«, rief eine ältere Frau. Sie trug noch ihre Nachthaube und bot einen lächerlichen Anblick.

Jane versuchte zu lächeln, doch es wurde nur ein krampfhaftes Grinsen daraus.

»Ich habe geschossen«, sagte sie.

»Aber wieso kommen Sie dazu?« fragte der Arzt.

»Ich habe meine Waffe gereinigt.« Die Ausrede klang mehr als lahm. Jane war es auch egal, ob man sie ihr abnahm. »Bitte, lassen Sie mich jetzt allein.«

»Können wir Ihnen wirklich nicht helfen?« erkundigte sich der Arzt.

»Nein, nein. Es geht schon. Vielen Dank auch, daß Sie sich die Mühe gemacht haben.« Jane Collins schloß die Tür. Dann ließ sie sich aufatmend gegen das Holz fallen. Mit einer fahrigen Bewegung wischte sie sich eine Haarsträhne aus der Stirn. Erst jetzt wurde sich Jane ihres Aufzugs bewußt. Sie hatte sich in dem Nighty den Hausbewohnern präsentiert. Aber was spielte das jetzt für eine Rolle.

Jane ging in ihr Schlafzimmer. Ohne es bewußt wahrzunehmen, schlüpfte sie in Jeans und Pullover. Dann zwang sie sich gewaltsam zur Ruhe. Sie durfte jetzt nicht schlappmachen. In wenigen Minuten würden die Polizisten eintreffen. Bis dahin wollte sie John Sinclair Bescheid gegeben haben.

Die Telefonnummer des Geisterjägers kannte sie auswendig.

John meldete sich nach dem dritten Klingeln. Seine Stimme klang verschlafen.

»John«, sagte die Detektivin, »du mußt kommen!«

Der Oberinspektor war sofort hellwach. »Was ist geschehen?«

Jane berichtete stichwortartig.

»Okay«, sagte der Geisterjäger, »ich bin gleich da. Und laß dich von den Beamten nicht einschüchtern. Ich regle das schon.«

»Danke, John.« Jane Collins legte auf. Von der Straße her hörte sie bereits die Sirenen. Jane suchte nach Zigaretten, fand noch zwei in der Packung und steckte sich ein Stäbchen zwischen die Lippen. Sie vermied es, einen Blick zum Fenster hin zu werfen.

Da schellte es.

Die Beamten standen schon vor der Tür. Es waren zwei Männer. Sie grüßten höflich, und einer von ihnen fragte: »Haben Sie uns gerufen? Wir wurden alarmiert . . .«

»Kommen Sie«, sagte Jane. Sie wollte den Nachbarn, die noch immer im Flur herumstanden, keine Schau bieten.

Die Beamten betraten die Wohnung. Jane führte sie in den Living-room.

»Sehen Sie aus dem Fenster«, sagte die Detektivin. Sie selbst hatte sich in einen Sessel gesetzt.

Wenige Sekunden später wußten die Polizisten Bescheid. Die Männer waren grün im Gesicht.

»Haben Sie das zu verantworten?« lautete die Frage. Einer der Polizisten hatte sich auffällig unauffällig an der Tür aufgebaut, falls Jane auf dumme Gedanken kommen sollte. Aber sie dachte gar nicht daran.

Die Detektivin schüttelte den Kopf. »Ich habe den Mord nur entdeckt«, sagte sie.

»Und der Täter?«

»Ich habe ihn nicht gesehen.«

Der Beamte krauste die Stirn. Die Geschichte gefiel ihm nicht. Und das konnte ihm auch niemand verdenken.

»Sie heißen Jane Collins, nicht wahr?«

Jane drückte die Zigarette aus. »Ja. Ich bin von Beruf Privatdetektivin.«

»Auch das noch.«

»Es hat nichts mit dieser Sache hier zu tun.«

»Das bleibt erst mal abzuwarten.« Der Polizist ging zum Telefon. »Darf ich?«

»Bitte sehr.«

Der Beamte rief die Mordkommission an. Sein Kollege stand immer noch an der Tür und ließ Jane nicht aus den Augen.

Sie sagte nichts. Sie wollte erst das Eintreffen des Oberinspektors abwarten. Auch als die Polizisten diesbezügliche Fragen stellten, gab Jane keine Antwort.

»Sie wissen, daß Sie Ihre Lage dadurch nicht gerade verbessern«, sagte der Beamte.

»Das ist mir klar.«

»Und? Aus welchem Grund sind Sie so schweigsam?« Der Beamte blieb vor Jane stehen und sah auf sie hinab.

»Ich werde reden«, erwiderte Jane. »Später.«

Ehe der Beamte sie in eine lange Diskussion verwickeln konnte, traf John Sinclair ein.

»Mein Gott«, sagte er nur, als er die Tote gesehen hatte. »Wie konnte das passieren?«

Jane Collins barg ihr Gesicht an der Schulter des Oberinspektors. Nun konnte sie die Tränen nicht mehr zurückhalten. »Ich weiß es nicht, John«, schluchzte sie. »Ich weiß es einfach nicht. Ich war im Schlafzimmer, da klappten auf einmal die Türen zu. Dann hörte ich die Schreie. Ich wollte in den Living-room laufen, doch ich bekam die Schlafzimmertür nicht auf. Sie war zu. Eine magische Sperre, glaube ich.«

»Schon gut, Jane.« John Sinclair streichelte der Detektivin über das Haar.

Einer der Polizisten räusperte sich. »Sir, wenn ich meine Meinung sagen darf . . .«

John drehte den Kopf. »Bitte . . .«

»Ich halte das für Unsinn, was diese Frau erzählt. Sie versucht uns hier ein Märchen aufzutischen, aber das nimmt ihr wohl kein normaler Mensch ab.«

Johns Gesicht hatte sich bei den Worten des Beamten verdüstert. Er drückte Jane in einen Sessel und sagte: »Ihre Ausführungen in allen Ehren, Konstabler, aber hier geht es um einen Fall, der für Sie wohl einige Etagen zu hoch sein dürfte. Kümmern Sie sich nicht darum. Schreiben Sie Ihren Bericht, und das ist alles!«

Das Gesicht des Konstablers war rot angelaufen. »Sehr wohl, Sir«, sagte er. Sein Kollege schaute betreten auf die Fußspitzen.

Dann traf die Mordkommission ein. Ihr Chef war Oberinspektor Spencer, ein alter Bekannter von John Sinclair. Spencer stand schon dicht vor der Pensionsgrenze, und als er in die Wohnung kam und John sah, blieb er abrupt stehen, so daß zwei seiner Mitarbeiter gegen ihn prallten.

»Das darf doch nicht wahr sein«, stöhnte Spencer. »Sie hier, Sinclair?«

John grinste schwach. »Ja, so trifft man sich wieder.«

Spencer hob sein Markenzeichen, den speckigen alten Hut, in den Nacken. »Sind wieder Geister mit im Spiel?« fragte er lauernd. »Oder Skelette?« Er spielte damit auf einen Fall an, der schon ein Jahr zurücklag.

»Geister ja.«

»Dann können wir ja verschwinden.«

»Wenn Sie die Spuren gesichert haben.«

»Okay, okay, wo ist die Leiche?«

»Ich zeige sie Ihnen.«

John führte den Oberinspektor in den Living-room. Kopfschüttelnd besah sich Spencer die Unordnung. »Haben hier die Vandalen gehaust?« fragte er.

John deutete auf das Fenster. »Beugen Sie sich mal raus.«

Spencer nickte. Als er den Geisterjäger wieder ansah, war sein Gesicht weiß.

»Verdammt, verdammt«, murmelte Spencer. »Wer hat die Frau nur daran gehängt?«

»Soll ich Ihnen die Frage tatsächlich beantworten?«

Spencer schüttelte den Kopf. »Nee, nee, Sinclair. Das ist Ihr Bier. Ich mache zwar die Spurensicherung, gebe den Fall aber sonst gern ab. Sie sind ja Spezialist.«

Spencer verließ das Zimmer und holte seine Leute in die Wohnung.

John Sinclair und Jane Collins verzogen sich in das Schlafzimmer.

»Und nun?« fragte die Detektivin.

»Ich denke, du hast etwas gehört. Von diesem Haus in der Charles Street.«

»Ja.«

John nickte. »Das werde ich mir mal ansehen, darauf kannst du dich verlassen.«

»Es wäre unklug, mein Lieber.«

»Und warum?«

»Weil diese Mrs. Longford sonst mißtrauisch werden könnte, wenn plötzlich jemand auftaucht und sich nach Lydia Rankin erkundigt.«

John wiegte den Kopf. »Hast du eine bessere Lösung?«

»Ja.«

»Dann raus damit.«

»Ich gehe zur Mrs. Longford«, sagte Jane Collins bestimmt. »Und ich werde mich in dem Haus einmieten.«

»Das ist ebenso schlecht«, erwiderte John. »Du glaubst doch nicht im Ernst, daß du dort nicht schon bekannt bist. Irgend jemand wird uns bis zu dieser Wohnung hier verfolgt haben. Wie hätte er sonst wissen sollen, wo sich Lydia Rankin aufhält?«

»Das stimmt auch wieder«, gab Jane zu. »Aber hast du einen anderen Vorschlag?«

»Nein.«

»Na bitte. Dann gehe ich eben das Risiko ein. Das bin ich Lydia Rankin schuldig.«

»Und welche Rolle hast du mir in deinem Spiel zugedacht?« wollte John wissen.

»Du könntest meinen Verlobten spielen. Oder meinen Freund. Dann kannst du mich ja mal besuchen.«

John grinste. »Bis zweiundzwanzig Uhr, wie?«

»So ungefähr.«

»Verflixt, verflixt.« Der Geisterjäger schlug mit der Faust in seine offene Handfläche. »So ganz überzeugt bin ich davon nicht. Das kann ganz schön in die Hose gehen.«

»Du hast doch sonst nicht soviel Angst.«

John beugte sich vor und faßte Jane Collins an beiden Schultern. »Hier geht es ja auch nicht um mich. Ich weiß mich schon zu wehren, wenn es hart auf hart kommt.«

Es wurde gegen die Tür geklopft. Auf Janes »Herein« betrat Oberinspektor Spencer das Zimmer. »Entschuldigen Sie die Störung«, sagte er grinsend, »aber ich brauche von der jungen Dame ein Protokoll.«

Jane erhob sich. »Das können Sie haben. Kommst du mit, John?«
»Sicher.«

Spencer hob die rechte Hand. »Keine Bange, Kollege, wir hauen Ihre reizende Freundin schon nicht übers Ohr.«

»Das hätte ich von Ihnen auch nie erwartet«, gab John Sinclair zurück.

Spencer begann zu lachen. »Sie alter Geisterbeschwörer«, sagte er. »Wissen Sie eigentlich, welcher Geist mir am liebsten ist?«

»Ich kann es mir denken.«

»Raus damit . . .«

John grinste. »Wenn man Ihre Nase so ansieht, Kollege, dann würde ich sagen, der Weingeist.«

Das verschlug Spencer die Sprache.

Es war ein strahlender Spätfrühlingstag, als Jane Collins kurz nach Mittag über die Charles Street ging. Sie trug einen kleinen Koffer in der rechten Hand, hatte ihr langes Haar hochgesteckt und sich eine Brille mit Fensterglas auf die Nase gesetzt. So hoffte sie, nicht gleich auf Anhieb erkannt zu werden.

Nichts ließ in der Straße darauf schließen, daß in der vergangenen Nacht hier etwas Schlimmes vorgefallen war. Die Vögel zwitscherten ihre Lieder in den weit ausladenden Ästen der Bäume. Das Blattwerk filterte das grelle Sonnenlicht und spendete Schatten auf den Gehwegen.

Der Verkehr war mäßig. Meist bevölkerten Fußgänger die Straße und die Gehwege. In vielen Häusern waren die Fenster geöffnet, damit die klare Sommerluft in die Räume strömen konnte. Die Menschen waren guter Dinge. Nachbarn hatten sich zu einem Schwätzchen auf der Straße getroffen. Ältere Mitbürger sahen aus den Fenstern und freuten sich ebenfalls über den herrlichen Sonnentag.

In den Vorgärten wurde gearbeitet. Es waren schon Bänke nach draußen gestellt worden, die zum Ausruhen einluden. Kinder spielten auf den Gehwegen, und Jane mußte mehr als einmal irgendwelchen gemalten Figuren ausweichen, um sie nicht durch ihre Fußabtritte zu zerstören.

Eine heile Welt, die sich dem Betrachter hier präsentierte.

Doch diese heile Welt hatte Tücken. Etwas Grauenhaftes mußte in dieser Straße lauern. Es war im Verborgenen geboren, und niemand ahnte etwas von dem Unheil.

Jane befand sich schon auf der richtigen Straßenseite. Immer wieder ließ sie ihre Blicke über die Hausfassaden gleiten. Sie hatte sich natürlich nicht ohne Schutz hierher gewagt. In ihrem Koffer befanden sich nicht nur Kleider oder Pullover, sondern auch einige Spezialwaffen, die John Sinclair ihr gegeben hatte. Unter anderem besaß sie auch eine mit geweihten Silberkugeln geladene Pistole. Ferner hing ein Silberkettchen mit einem daran befestigten Kreuz um ihren Hals.

Jane zähle leise mit. Sie war die Straße von der anderen Seite her gekommen. Sie hatte das bewußt getan, denn sie wollte sich einen Eindruck verschaffen.

Leise zählte Jane mit. ». . . Nummer elf . . . Nummer neun . . . Nummer sieben.« Das war das Haus.

Jane blieb stehen und stellte ihren Koffer ab.

Das Haus unterschied sich nicht von den anderen in der Charles Street. Die Fassade war renoviert worden. Man hatte sie mit grüner Farbe gestrichen, und die Fenstereinbrüche und kleinen Nischen mit Weiß nachgezogen. Ein Eisenzaun umschloß den Vorgarten. Die Spitzen des Zaunes waren nach innen gebogen und bildeten einen Halbkreis. Ein kleines Tor führte zum Haus hin. Der Plattenweg dahinter endete vor einer vierstufigen Steintreppe.

Nur etwas fiel Jane Collins auf.

Die Fenster des Hauses waren alle geschlossen. Kein Sommerwind konnte in die Räume fahren und dort den Mief vertreiben. Alles war dicht. Jane spürte, daß ihr Herz schneller klopfte. Sie war doch nervöser, als sie zugeben wollte. Schließlich gab sie sich einen Ruck, nahm den kleinen Koffer auf, öffnete das Tor und ging auf die Haustür zu. Sie setzte ihre Schritte bewußt zögernd, so als wäre sie ziemlich unschlüssig. Aus den Augenwinkeln beobachtete Jane Collins das Fenster rechts neben der Haustür.

Und tatsächlich. Hinter der Scheibe bewegte sich eine Gardine. Jane wurde also beobachtet.

Die Detektivin tat so, als habe sie nichts wahrgenommen. Sie ging die Stufen hoch, und noch ehe sie einen Klingelknopf finden konnte, wurde die Tür geöffnet.

Jane Collins stand einer Frau gegenüber.

Aber was für einer.

Schwarzes kurzes Haar, ein bleiches Gesicht mit hochstehenden Wangenknochen und Augen, aus denen die Kälte der Arktis zu strömen schien. Das dunkle Kostüm der Frau saß wie angegossen, und als sie jetzt den Mund öffnete, bewegte sie beim Sprechen kaum die Lippen.

»Sie wünschen?« fragte die Frau.

Jane Collins lächelte verlegen. Sie hatte beschlossen, die Schüchterne zu spielen, und hoffte, mit ihrer Lügengeschichte so besser durchzukommen.

»Entschuldigen Sie, Madam. Mein Name ist Jane Collins. Ich . . .«

»Was ist? Reden Sie schon.«

»Also ich . . . Meine Freundin Lydia Rankin, die bei Ihnen hier wohnt, hat mir einen Brief geschrieben. Wir stammen aus demselben Dorf, und da ich gerne nach London wollte und sie mir eine Wohnung . . .«

»Sie wollen demnach ein Zimmer«, stellte die Frau klar.

»Ja, Madam.«

»Hm.« Die Frau musterte Jane prüfend. Jane hatte dabei das Gefühl, vor einem Schlächter zu stehen, der sein Vieh taxierte. Dann öffnete die Frau die Haustür.

»Kommen Sie erst mal rein, Miß Collins.«

»Danke. Sehr freundlich.«

Jane betrat einen großen, hallenartigen Flur. Die hohen Wände waren bis zur Hälfte gekachelt. Durch die Fenster fiel wenig Licht, so daß hier immer Dämmerung herrschte.

Die Frau – sicherlich war es diese Mrs. Longford – drückte die Tür hinter Jane ins Schloß. Der Privatdetektivin entging auch nicht, daß sie abschloß.

»Ich bin übrigens Mrs. Longford«, stellte sich die Frau jetzt vor. »Mir gehört dieses Haus hier.«

»Dann vermieten Sie auch die Zimmer, Madam?«

»Das kann man sagen. Hat Ihnen Ihre Freundin das denn geschrieben?«

»Ja, Mrs. Longford.«

»Und was hat sie Ihnen noch mitgeteilt?«

Jane sah die Frau an. »Ich verstehe nicht . . .«

Mrs. Longford machte eine unwirsche Handbewegung. »Ich meine, ob sie Ihnen noch mehr über mich und das Haus mitgeteilt hat.«

»Nein!« Jane schüttelte den Kopf. »Wie kommen Sie darauf?« fragte sie erstaunt.

»Es war nur eine Frage«, wich Mrs. Longford aus. Dann legte sie ihren Arm um Janes Schultern. »Kommen Sie, Kind, ich glaube, wir werden uns schon einig werden.«

»Dann . . . dann . . . darf ich also bei Ihnen wohnen?«

Mrs. Longford lächelte. »Bestimmt.« Sie faßte Jane am Arm und führte sie auf eine dunkel gebeizte Tür zu. »Trinken wir erst einmal eine Tasse Tee zusammen, und dann reden wir über alles.«

»Wenn Sie meinen, Madam.« Jane nahm ihren Koffer und folgte Mrs. Longford in ihre Wohnung.

Das Zimmer war vollgestopft mit alten Möbeln. Es roch muffig und nach Staub. Überall standen Figürchen herum. Auf den kleinen Tischchen lagen selbstgehäkelte Decken. An den Wänden hingen Bilder, die allesamt düstere Motive zeigten. Auf einem Bild war sogar eine stilisierte Satansfratze zu sehen.

Mrs. Longford bat Jane, Platz zu nehmen.

Die Detektivin setzte sich an einen runden Tisch. Unter der Stuhlbespannung spürte sie eine Sprungfeder.

»Lydia ist wohl nicht da?« fragte Jane.

»Ich habe Sie nicht verstanden, mein Kind«, rief Mrs. Longford. Sie war durch eine offenstehende Schiebetür in einen anderen Raum gegangen.

Jane wiederholte ihre Frage, als Mrs. Longford zurückkam. Die Hausbesitzerin trug ein Tablett, auf dem eine Teekanne und zwei Tassen standen. Würziger Geruch breitete sich aus.

Mrs. Longford stellte das Tablett auf den Tisch und entnahm einem Schrank eine kleine Dose mit Kandiszucker.

»Ich muß Sie enttäuschen, Miß Collins. Lydia Rankin wohnt nicht mehr hier.«

Jane blickte auf. Ihre Hand, die schon die Teekanne berührt hatte, glitt wieder zur Seite. »Das verstehe ich nicht.«

Mrs. Longford setzte sich ebenfalls. Sie goß Tee in ihre und Janes Tasse.

»Nehmen Sie auch Zucker?«

»Ja.«

Mrs. Longford schob Jane die Zuckerdose hinüber. Mit einer kleinen Zange nahm Jane zwei Stückchen Kandis heraus und ließ sie in die Teetasse fallen. Sie wußte, warum die Longford sich so lange Zeit mit der Antwort ließ. Wahrscheinlich mußte sie sich erst eine Ausrede zurechtlegen.

Als sie sich dann noch umständlich ein Zigarillo anzündete, wäre Jane bald der Kragen geplatzt. Nur mühsam konnte sie sich beherrschen.

Mrs. Longford paffte eine dicke Rauchwolke. »Also, das ist so, Miß Collins. Lydia Rankin wohnt wie gesagt nicht mehr hier.«

Jane spielte die Überraschte. »Nicht mehr?« fragte sie und ließ die Teetasse sinken.

Mrs. Longford nickte betrübt. »Ja, leider.«

Du falsches Luder, dachte Jane. Sie fragte aber: »Wieso denn nicht? Was ist passiert? Aus welchem Grund ist Lydia denn ausgezogen? Und so plötzlich. Sie hat mir gar nichts davon geschrieben.«

Wieder produzierte die Longford eine dicke Rauchwolke. »Auch für mich kam ihr Entschluß überraschend. Gestern morgen – wir hatten den Abend zuvor noch nett zusammengesessen – stand sie plötzlich in der Halle. Mit zwei Koffern. Ich fragte, was los sei. Ich ziehe aus, lautete die Antwort. Mehr nicht.«

»Hat sie denn keine Gründe genannt?« hakte Jane nach.

»Nein, ich sagte es Ihnen doch schon.«

Jane schüttelte den Kopf. »Seltsam.«

»Dahinter steckt bestimmt irgendein Kerl«, vermutete Mrs. Longford. »Lydia war ein hübsches Mädchen.«

»Sie reden von ihr, als wäre sie gar nicht mehr am Leben«, sagte Jane Collins.

»Ach so, entschuldigen Sie.« Die Frau schlug sich mit dem Handrücken gegen die Stirn. »Ich meine natürlich, sie ist ein hübsches Mädchen. Und wie ich die Männer kenne, werden sie ihr genügend Anträge gemacht haben. Lydia kam vom Lande, hatte keine Erfahrung mit dem Moloch Großstadt. Sie ist bestimmt leicht zu beeinflussen gewesen.«

»Tja«, sagte Jane und senkte den Blick. »Das alles habe ich wirklich nicht gewußt. Dann hat es wohl keinen Zweck, wenn ich noch hier bei Ihnen bleibe.«

»Aber nicht doch«, rief die Frau. »Wo wollen Sie denn hin, Kind?«

»Irgendwo werde ich schon ein Zimmer finden.«

»Und dann unter die Räder geraten? Nein, nein, Miß Collins, das kommt nicht in Frage. Sie bleiben bei mir wohnen. Sie können sogar Lydias Zimmer haben.«

Jane lächelte dankbar. Mit leiser Stimme sagte sie: »Ich weiß gar nicht, wie ich Ihnen danken soll. Wenn ich Sie nicht hätte . . .«

Mrs. Longford winkte ab. »Geschenkt, mein Kind. Kommen Sie, ich zeige Ihnen Ihr Zimmer.«

Jane traute sich noch nicht, aufzustehen. »Und die Miete?« fragte sie. »Ich meine . . . ich habe nicht sehr viel Geld. Ich muß mir erst noch eine Arbeitsstelle suchen.«

»Darüber reden wir noch«, erwiderte die Longford. Sie legte ihr Zigarillo in einen Aschenbecher. »Wissen Sie, ich kann es nicht leiden, wenn junge hübsche Mädchen so in der Großstadt umherirren. Um mich hat sich damals auch jemand gekümmert.«

»Dann haben Sie schon immer hier gewohnt?« wollte die Detektivin wissen.

»Ja, fast. Seit meinem zweiten Lebensjahr. Der frühere Hausbesitzer hat mich aufgenommen. Nach seinem Tode hat er mir dieses Haus überschrieben. Aus Dankbarkeit, weil ich ihn immer gepflegt habe. Er war ein sehr guter Mann.«

Mrs. Longford ging mit Jane Collins zur Tür. Sie betraten wieder den Hausflur, und Jane begann in der Kühle zu frösteln. Die Treppe war sehr breit, die Holzstufen allerdings schon etwas ausgetreten. Das Geländer war feinste Schreinerarbeit. Die gedrechselten Holzpfosten glänzten frisch lackiert.

Mrs. Longford ging vor. »Das Zimmer ist leider in der letzten Etage«, sagte sie. »Es bereitet mir immer Mühe, dorthin hochzusteigen, aber Sie sind ja jung. Ihnen wird es sicher nichts ausmachen.«

»Wohnt sonst niemand mehr hier im Haus?« fragte Jane Collins.

»Nein.«

»Darf man fragen, wieso nicht?«

Sie hatten inzwischen die zweite Etage erreicht. Mrs. Longford blieb stehen und drehte sich um. »Ich vermiete hier ein Zimmer, Miß Collins, und das muß Ihnen genügen. Sind wir uns einig?«

Die Frau fixierte Jane Collins aus schmalen Augenschlitzen.

Jane senkte den Blick und nickte. »Ich habe Sie verstanden, Mrs. Longford.«

»Dann ist es ja gut.«

Sie gelangten in die vierte Etage. Zwei Türen befanden sich hier. Mrs. Longford deutete auf die linke. »Das ist Ihr Zimmer, Miß Collins.« Die Hausbesitzerin holte einen Schlüssel hervor und reichte ihn Jane. »Hier, der gehört nun Ihnen.«

Die Detektivin bedankte sich.

Mit einem zweiten Schlüssel schloß Mrs. Longford die Tür auf.

Jane betrat einen altmodisch eingerichteten und muffig riechenden Raum. Hier hätte sie es keine Woche ausgehalten. Es gab nur ein Fenster. Die Gardinen davor waren vergilbt. Jane fiel sofort auf, daß die Scheibe neu sein mußte.

Trotz allem spielte sie die Hocherfreute. »Aber das ist ja phantastisch«, sagte sie jubelnd. »Ich bedanke mich sehr, Mrs. Longford.«

Die Hausbesitzerin winkte ab. »Bitte, Miß Collins, keine

Ursache. Es ist wirklich nicht das schönste Zimmer. Zwar alt, aber gemütlich. Nun ja, da will ich Sie jetzt allein lassen. Die Waschgelegenheit befindet sich hier hinter der Tür. Mit einer Dusche und einer Wanne kann ich leider nicht dienen. Aber man kann sich ja auch so sauber halten.«

»Sicher, Mrs. Longford, sicher.«

Die Hausbesitzerin lächelte. »So«, sagte sie, »dann will ich Sie jetzt nicht länger stören. Sie werden sicherlich noch Ihre Sachen auspacken wollen.«

Jane nickte. »Ja, das wäre gut.«

»Und wenn Sie noch irgendwelche Fragen haben, Miß Collins, wenden Sie sich ruhig an mich. Ich stehe Ihnen mit Auskünften gern zur Verfügung. Ach ja, da ist noch etwas.« Mrs. Longford, die schon halb aus dem Zimmer war, kam noch einmal zurück. »Sie haben sicherlich gesehen, daß es noch eine Treppe höher geht.«

Jane nickte.

»Gut, Miß Collins. Dort oben liegt der Speicher. Der ist für Sie tabu. Außerdem ist er abgeschlossen. Ich sage das nur, damit Sie nicht den Weg umsonst machen, falls Sie mal vorgehabt hätten, dort oben Wäsche aufzuhängen.«

»Nein, nein, Mrs. Longford, wenn Sie das sagen . . .«

»Ich sehe, wir verstehen uns. Dann bis später.«

Die Hausbesitzerin verschwand. Jane warf noch einen nachdenklichen Blick auf die Tür. Dann holte sie ein Walkie-talkie-Gerät aus dem Koffer, zog die Antenne hervor, drückte auf die Sprechtaste und sagte: »Hallo, John. Alles okay. Man hat mich als Mieterin akzeptiert . . .«

Es war schon eine Augenweide, was da an John Sinclair vorbeiging. Zwei Röcke, sommerlich bunt, schwangen glockenförmig um die gut gewachsenen Beine der Mädchen. Die beiden T-Shirts saßen eng und waren vorne gut gefüllt.

Klar, daß John zweimal hinblickte.

Und auch die Mädchen sahen den blondhaarigen, gutaussehenden Mann in dem Bentley sitzen. Die Girls stießen sich an und lächelten John Sinclair zu.

Der Oberinspektor lächelte zurück. Teufel noch mal, die beiden hätte er gern zum Eis eingeladen. Die waren genau im richtigen Alter. Irgendein schlauer Mann hatte mal das Sprichwort erfunden »Dienst ist Dienst, und Schnaps ist Schnaps«. Diese bittere Erfahrung mußte John Sinclair jetzt machen.

Die Girls gingen vorbei, und der Geisterjäger tröstete sich mit einer Zigarette.

Er parkte in der Charles Street. Nicht weit von dem Haus Nummer sieben entfernt, aber immerhin so weit, daß er von dort nicht gesehen werden konnte.

Auf dem Beifahrersitz lag ein Walkie-talkie. Jane Collins, die bereits in dem bewußten Haus verschwunden war, wollte sich melden, wenn sie einen Erfolg errungen hatte.

Der Oberinspektor rauchte die Zigarette zu Ende. Es war warm im Wagen. John hatte sein Jackett ausgezogen. Eine Sonnenbrille verdeckte seine Augen.

Durch einen Piepton meldete sich das Sprechgerät.

John griff neben sich und holte das Walkie-talkie bis dicht vor seinen Mund.

Er vernahm Janes erste Meldung.

»Hallo, John. Alles okay. Man hat mich als Mieterin akzeptiert.«

Der Geisterjäger konnte sich ein Grinsen nicht verkneifen. »Du hast ja auch seriös genug ausgesehen«, erwiderte er.

»Soll das heißen, daß ich sonst nicht . . .«

»Das hast du gesagt. Aber jetzt Spaß beiseite. Was ist los?«

Jane erzählte stichwortartig, was ihr seit ihrer Ankunft widerfahren war. »Den Speicher darf ich also nicht benutzen«, sagte sie zum Schluß. »Ich schätze, da wird irgend etwas aufbewahrt, was geheim bleiben soll.«

»Schon möglich«, gab John zu. »Wie sieht es denn aus? Kann ich ungesehen in das Haus hineinkommen?«

»Weiß ich noch nicht. Ich gebe dir da noch genauer Bescheid.«

»Okay, Jane. Machen wir eine Zeit aus. Um achtzehn Uhr! Dann kann ich mir zuvor noch einen Durchsuchungsbefehl ausstellen lassen. Sicher ist sicher.«

»Ja, die Zeit ist mir recht. Da habe ich schon einiges inspiziert.«

»Irgendwelche Gestalten sind dir noch nicht über den Weg gelaufen?« fragte John.

»Nein. Abgesehen von Mrs. Longford. Das ist ein richtiger Besen, kann ich dir sagen.«

John lachte. »Dann paßt ihr ja gut zusammen. Du als Feger und sie als Besen.«

Der Geisterjäger hörte noch, daß Jane einen wütenden Fluchlaut ausstieß, dann war die Verbindung unterbrochen. Grinsend legte John Sinclair das Sprechgerät wieder weg und rangierte den Bentley aus der Parklücke.

Sein Ziel war das Gebäude von New Scotland Yard. Dabei hätte John Sinclair besser daran getan, den Beobachtungsplatz nicht zu verlassen . . .

Garry Quinn sprang mit einem gewaltigen Satz über den Maschendrahtzaun. Hinter ihm gellte eine Lautsprecherstimme auf. »Bleiben Sie stehen, Quinn. Wir schießen!«

Quinn lachte. Er mußte einfach lachen. Zu lange schon hatte ihn die Spannung umklammert. Er war von Liverpool aus nach London geflohen. In einem Güterwagen. Am Waterloo-Bahnhof war er ausgestiegen und auf das Gelände des Güterbahnhofs übergewechselt. Aber da hatten sie ihn gestellt. Sie mußten gewußt haben, daß er hier auftauchen würde. Irgendein Schwein hatte ihn verraten.

Garry Quinn ging hinter einem alten Prellbock in Deckung. Mit einer hastigen Bewegung strich er sich das schweißnasse Haar aus der Stirn. Dann griff er unter seine Lederjacke und zog die Makarow-Pistole hervor. Jetzt fühlte er sich besser.

Quinn war Terrorist. Er gehörte zur europäischen Anarcho-szene. Es gab kein Land, in dem er nicht gejagt wurde, aber bisher hatte er es immer verstanden, den Häschern zu entwischen. Jetzt allerdings sah es böse aus. Die Bullen würden den Bahnhof umstellen, und Quinn mußte so schnell wie möglich verschwinden.

Garry Quinn blickte sich um. Wo er hinsah, Gleise, Waggons,

Masten, Signallampen, abgestellte Loks. Irgendwo in nördlicher Richtung grenzten die Anlagen des Hafens an den Bahnhof. Aber dahin wollte er nicht. Er wollte in die City. Dort kannte er Leute, bei denen er sich verstecken konnte.

Außerdem wartete Eve auf ihn. Und wenn er sich zu sehr verspätete, würde sie verschwunden sein.

Darin war Eve eiskalt.

Garry Quinn biß sich auf die Lippen. Er war im vorigen Monat gerade fünfundzwanzig Jahre alt geworden, aber schon schlecht bis in die letzte Faser seiner Seele hinein. Garry Quinn war ein Killer. Er gab zwar politische Motive als Grund an, doch daran glaubte er bald selbst nicht mehr. Sechs Menschenleben hatte er schon auf dem Gewissen. In einem versteckten Lager im Libanon war er ausgebildet worden. Militätisch exakt. Er hatte schießen gelernt, den Kampf Mann gegen Mann, und man hatte ihm beigebracht, wie man Bomben bastelt.

Eine Bombe, ja, die fehlte ihm. Damit hätte er seine Verfolger in die Hölle gejagt.

Aber so mußte er sich auf sein Schießeisen verlassen.

Quinn blickte sich um. Hier hinter dem Prellbock war er relativ sicher. Fragte sich nur, wie lange. Schon hörte er die Trillerpfeifen seiner Verfolger, und er vernahm auch das Hundegebell, das von Sekunde zu Sekunde lauter wurde.

Verdammt, die Tiere hatten seine Spur.

Quinn löste sich aus seiner Deckung, rannte über einige Gleise und erreichte eine lange Waggonkette. Sie zu umlaufen hätte zuviel Zeit gekostet. Quinn kroch kurzerhand unter den Waggons durch. Dabei nahm er die Pistole zwischen die Zähne.

Als er auf der anderen Seite wieder zum Vorschein kam, sah er in einiger Entfernung die hohe Mauer, die den Güterbahnhof abgrenzte. Quinn grinste. Teufel, da hatte er noch mal Glück gehabt.

Mit langen Schritten rannte er auf die Mauer zu.

Er hatte etwa die Hälfte der Strecke überwunden, als er das Hecheln hinter sich hörte.

Verdammt, die Bluthunde!

Quinn wirbelte herum.

Zwei Bestien flogen auf ihn zu. Ihre Beine schienen den Boden kaum zu berühren, so schnell waren sie. Sie hatten die Mäuler aufgerissen, die Zähne waren gefletscht.

Weiter entfernt sah Quinn die Uniformen von zwei Polizisten. Die Kerle würden ihm vorerst nicht gefährlich werden.

Die Hunde waren bereits so dicht heran, daß sie schon zum Sprung ansetzten.

Garry Quinn stellte sich breitbeinig hin, zielte und schoß.

Schießen hatte er gelernt. Und auch treffen.

Er jagte die beiden Kugeln in die aufgerissenen Mäuler der Bestien und stieß dabei ein triumphierendes, gellendes Lachen aus.

Die schweren Geschosse durchschlugen die Schädel der Hunde glatt. Das Bellen ging unter in einem Jaulen. Die Tiere zuckten noch ein paarmal und blieben dann liegen.

Aber das sah Quinn schon nicht mehr. Er rannte bereits weiter.

Als er die Mauer erreicht hatte, peitschten hinter ihm Schüsse auf. Dicht neben seinem Kopf knallten zwei Projektile gegen das Gestein, rissen es auf und stäubten dem Terroristen Splitter ins Gesicht. Quinn fluchte und ließ sich fallen.

Dadurch entging er den nächsten Kugeln.

Er rollte sich einige Male über den Boden und erwiderte das Feuer.

Eiskalt schoß der Terrorist auf die herannahenden Polizisten. Er beging nicht den Fehler wie sie. Die Männer hatten im Laufen geschossen, und da konnte man schlecht zielen.

Die Makarow bellte auf. Wieder genügten Quinn nur zwei Kugeln, um die Verfolger zu stoppen.

Der erste Polizist brach aus vollem Lauf zusammen. Schreiend fiel er zu Boden und preßte beide Hände gegen den Bauch. Der zweite wollte noch in Deckung tauchen, doch die Kugel erwischte ihn mitten im Sprung. Sie drang ihm in die Schulter und wirbelte ihn um die eigene Achse.

Stöhnend blieb er neben seinem Kollegen liegen, dessen Schrei verstummt war.

Garry Quinn aber hetzte auf die Mauer zu, stieß sich dicht davor ab, sprang hoch und bekam mit beiden Händen die Krone zu fassen. Jetzt zeigte sich, welch eine Kraft in dem sehnigen Körper des Terroristen steckte.

Mit einem einzigen Klimmzug zog er sich hoch und saß Sekunden später auf der Mauer. Er warf noch einen raschen Blick zurück. Die anderen Polizisten waren zu weit entfernt, um ihm gefährlich werden zu können.

Garry Quinn ließ sich fallen.

Er kam gut auf, federte den Sprung weich in den Knien ab und blickte sich sofort um.

Quinn befand sich in einer typischen Industriestraße. Die eine Seite wurde von der Mauer des Bahnhofs begrenzt. Auf der anderen Seite stand Lagerschuppen neben Lagerschuppen. Menschen waren kaum zu sehen. Etwa hundert Yards entfernt wankten zwei Betrunkene Arm in Arm dem nächsten Pub entgegen.

Besser hätte Quinn es nicht antreffen können.

Im Dauerlauf hastete er die Straße hinab. Die beiden Betrunkenen waren verschwunden.

Immer wieder sah Quinn sich um, doch Verfolger waren ihm nicht auf den Fersen.

Er lief über die Straße und entdeckte zwischen zwei Lagerhäusern eine schmale Gasse.

In die tauchte er ein.

Genau zu dem Zeitpunkt, als die ersten Verfolger über die Mauer kletterten.

Schon bald stellte der Terrorist fest, daß die Gasse eine Stichstraße war, die ihn in die Nähe der breiten Waterloo Road brachte und damit in eine bewohnte Gegend.

Jetzt atmete Quinn endgültig auf.

Er war in einer Arbeitersiedlung gelandet. Die Häuser stammten noch aus den Anfängen des Jahrhunderts. Ihre Fassaden waren grau und rissig. Ruß und Qualm hatten ihre Spuren hinterlassen. Es war eine trübe Gegend. Die Sonne drang kaum durch.

Vor den Häusern hockten zahlreiche Menschen. Meist Männer. Arbeitslose, die sich die Sonne auf den Bauch scheinen ließen und auf bessere Zeiten warteten.

Zwischen den parkenden, meist älteren Wagen tobten schmutzige Kinder. Zwei von ihnen bewarfen Quinn mit Steinen. Er kümmerte sich nicht darum.

Die Waffe hatte er wieder in den Gürtel gesteckt. Er fühlte das kühle Metall auf seiner nackten Haut.

Garry Quinn trug nur eine alte Lederjacke und ziemlich zerfledderte Jeans. Er sah abgerissen aus, aber das gehörte zu seinem Image. Dabei hätte er in einem Anzug eine gute Figur gemacht. Quinn war groß, hatte ein schmales, markantes Gesicht und volles pechschwarzes Haar, das allerdings ungepflegt bis auf die Schultern hing. Seine Augen waren ebenso dunkel wie das Haar. Sie wirkten leblos, ohne Gefühl. Wie zwei erkaltete Kohlenstücke.

Quinn blickte auf seine Uhr. Zwei Stunden nach Mittag. Also hatte er noch eine Stunde Zeit, um sich mit Eve zu treffen. Treffpunkt war eine Kneipe, die sich Harbour Corner nannte.

Das Lokal lag in der Doon Street, einer Sackgasse. Das wußte Garry von seinem letzten Londoner Besuch.

In den Taschen seiner Jeans suchte er nach Zigaretten. Zwei Stäbchen fand er noch. Sie waren krumm, und Garry mußte sie erst geradebiegen. Feuer ließ er sich von einem Passanten geben. Tief sog er den würzigen Rauch in die Lungen.

Garry war abgebrannt. Er besaß nicht einmal mehr drei Pennies. Er brauchte unbedingt Geld. Er war bei seiner Flucht nicht mehr dazu gekommen, einige Scheine mitzunehmen. Aber Geld sollte ihm Eve besorgen. Und sie sollte ihn auch verstecken. Angeblich wußte sie einen sicheren Ort, wo die Bullen ihn nicht aufspüren würden.

Quinn war gespannt.

Nach einer Viertelstunde merkte er, daß er sich in dem Gewirr der Gassen verlaufen hatte. Und nun drängte die Zeit.

Quinn hielt einen Halbwüchsigen an, und fragte nach dem Weg.

Der Junge grinste. Er hatte beide Hände in die Taschen seiner ausgebeulten Hose geschoben.

»Was ist dir die Auskunft denn wert?« fragte er frech.

»Einen Faustschlag«, erwiderte Quinn kalt und packte den Jungen an seinem schmutzigen Hemd.

Diese Sprache verstand der Halbwüchsige. »Okay, Mister,

okay.« Mit ängstlicher Stimme erklärte er den Weg zur Doon Street.

Quinn ließ den Jungen los, der sofort wegrannte.

Der Terrorist fand die Doon Street dann recht schnell. Die Straße war ebenso mies wie die anderen. Harbour Corner lag an der Ecke. Es war eine Kellerkneipe. Eine Steintreppe führte zum Eingang.

Als Garry Quinn die Tür öffnete, quoll ihm eine Rauchwolke entgegen. Das Lokal war mehr als bescheiden.

Vor allen Dingen war es schmutzig. Die Zigarettenkippen bildeten einen zweiten Bodenbelag. Die Wände waren beschmiert, und in den Platten der sechs Holztische hatten die Gäste mit Messern ihre Initialen hinterlassen. Die Theke war dominierend. Hinter ihr bediente ein Keeper. Er hatte wenig zu tun. Nur fünf Gäste hielten sich in dem Schuppen auf. Mit Garry waren es sechs.

Der Terrorist setzte sich an einen der Tische. Und zwar neben dem Fenster, so daß er sehen konnte, wer über die Treppe nach unten kam.

»Was soll's denn sein?« schrie der Wirt vom Tresen herüber.

»Bier.«

Garry Quinn erhielt einen Krug. Es war dunkles Guinness-Bier mit dem leicht bitteren Geschmack. Garry konnte zwar nicht bezahlen, aber er war sicher, daß Eve diese Sache für ihn übernehmen würde.

Das Getränk tat ihm gut. Es löschte seinen schlimmsten Durst. Die Gäste kümmerten sich nicht um den Neuankömmling. Sie beschäftigten sich mit einem Würfelspiel.

Noch zehn Minuten, dann mußte Eve erscheinen.

Sie war auf die Minute pünktlich.

Garry Quinn hatte sein Glas soeben geleert, als er zwei in Jeans steckende Beine die Treppe herabsteigen sah. Dann ging schon die Tür auf, und Eve betrat das Lokal.

Wie auf Kommando drehten sich die Kerle am Tresen um.

Sie glotzten, und dann sagte einer: »Wir sind fünf. Ich glaube, die Kleine hat sich wohl ein bißchen zuviel vorgenommen.«

Quinn spürte, wie es in ihm kochte. Wenn die Kerle Ärger machten, dann würde er schießen. Er hatte zwar nur noch zwei Kugeln, aber die würden reichen.

Eve kümmerte sich nicht um die Blicke und um die Bemerkungen, sondern nahm Quinn gegenüber Platz.

»Hallo«, sagte sie.

Garry grinste nur schief.

»Alles okay?« fragte Eve.

Der Terrorist nickte.

Eve Gordon, wie sie mit vollem Namen hieß, war ein hübsches Mädchen. Sie hatte ein weiches Gesicht, braunes langes Haar und volle, sinnliche Lippen. Vielleicht war sie manchen Männern zu dünn. Ihre Brüste hoben sich kaum unter der dünnen Bluse ab. Sie gehörte nicht zum harten Kern der Terroristen, sondern war mehr ein Zuläufer. Abgebrochenes Studium, Gammelei, und da war der Weg dann nicht mehr weit bis zur Anarchoszene.

Einen Mord hatte sie noch nicht auf dem Gewissen. Sie hatte wohl an einigen Aktionen teilgenommen und war eine der Figuren am Rande gewesen.

»Ich mußte zwei Bullen ausschalten«, sagte Garry.

Eves Augen wurden groß. »Und?«

Quinn grinste. »Du siehst ja, ich sitze hier.«

»Dann werden sie nach dir suchen.«

Quinn hob die Schultern. »Wenn schon. Ich denke, du weißt ein gutes Versteck.«

»Das schon. Nur . . .«

»Jetzt sag bloß, es wird daraus nichts.«

»Doch, doch.«

»Na also.« Quinn kippte sein leeres Glas um. »Weshalb die Aufregung?«

»Wollen Sie auch was trinken?« rief der Wirt vom Tresen her.

»Für mich noch 'n Bier«, rief Quinn zurück. »Und du?« fragte er Eve Gordon.

»Ich nehme eine Cola.«

»Bier und Cola.«

Plötzlich begann Quinn zu lachen. »Hast du eigentlich Geld?« erkundigte er sich. Eve nickte.

»Okay, dann kannst du ja die Rechnung übernehmen.«

Die Getränke wurden gebracht. Der Wirt wollte auch gleich kassieren, und Eve zahlte.

Garry Quinn nahm einen Schluck und wischte sich über die Lippen. »Ich habe nur noch zwei Schuß«, sagte er. »Brauche unbedingt neue Munition.«

»Für die Makarow?«

»Denkst du für 'ne Gummischleuder?«

»Mein Gott, sei doch nicht so blöde«, sagte Eve. »Ich habe noch eine Schachtel im Wagen.«

Garry Quinn grinste. »Dann ist ja alles in Butter.« Er nahm wieder einen Schluck. »Jetzt sag mir nur noch, wo du mich hinschaffen willst, dann ist alles klar.«

»Eine Tante von mir hat ein Haus.«

»Oh. Eine Villa, wie?«

»Quatsch. Ein Mietshaus. In Mayfair, einem vornehmen Wohnviertel. Da vermutet dich keiner.«

»Und die Tante hat die Wohnungen einfach so leerstehen?«

»Ja. Sie haust allein in einem vierstöckigen Wohnhaus.«

Garrys Augen wurden groß. »Das gibt es doch nicht. Da wohnt eine Alte allein in einer Bude, die praktisch leersteht und die wir als Quartier benützen können . . .« Quinn schüttelte den Kopf. »So was erfährt man dann ganz nebenbei.«

»Tante Martha ist etwas komisch.«

»Wieso?«

»Sie lebt in einer ganz anderen Welt. Beschäftigt sich mit Okkultismus. Wenigstens hat sie das früher getan. Ich bin gespannt, was sie sagen wird, wenn wir auf einmal vor der Tür stehen.«

»Dann weiß sie noch gar nichts davon?«

»Nein.«

Quinn lachte. »Das wird ja immer lustiger. Aber mir ist das egal. Ich habe schon das überzeugende Argument.« Er deutete dabei auf seine Waffe. »Aber du könntest sie ja sicherheitshalber mal anrufen!«

»Sie hat kein Telefon.«

»Okay, dann sehen wir uns deine komische Tante mal an.« Garry Quinn trank sein Glas leer und stand auf.

Grußlos verließen er und Eve Gordon das Lokal. Eves Mini Cooper parkte nur ein paar Schritt entfernt. Zuerst lud Garry

Quinn seine Kanone nach. Dann lehnte er sich bequem zurück und sagte: »Nun fahr mal los. Ich bin schon richtig scharf auf deine Tante.«

Eve Gordon warf ihm einen bösen Blick zu.

Garry Quinn lachte nur und schlug Eve auf die Schenkel. Beide ahnten nicht, daß es für sie eine Fahrt ins Grauen werden sollte . . .

Im Gegensatz zu Lydia Rankin war Jane Collins nicht so leicht einzuschüchtern. Sie hatte kaum das Gespräch mit John Sinclair beendet, als sie sich von ihrem Stuhl erhob und damit begann, das Zimmer genau zu durchsuchen. Nach ihrer Meinung konnte es durchaus sein, daß sie in diesem Raum irgendwelche Hinweise und Spuren fand, die auf einen Kampf hindeuteten.

Zuerst nahm sie sich das Fenster vor.

Daß die Scheibe neu eingefaßt worden war, hatte sie ja schon bei ihrem Eintritt bemerkt. Mit einer geradezu pedantischen Gründlichkeit suchte Jane den Boden unter dem Fenster ab. Ihre Fingerspitzen tasteten über die Holzdielen, sie hob den Rand des alten Teppichs ein Stück in die Höhe und hielt plötzlich überrascht inne.

Zwischen ihren Fingerspitzen fühlte sie Krümel. Sie rieb die Finger gegeneinander, spürte einen Stich, und dann sah sie die winzigen Blutstropfen perlen.

Jane hatte in kleine Glaskrümel gefaßt.

Die Detektivin kombinierte sofort. Eine neue Scheibe war eingesetzt worden, und die Reste der alten hatte sie auf dem Boden gefunden. Man hatte zwar versucht, sämtliche Spuren zu beseitigen, doch ganz war es nicht gelungen.

Jane stand auf.

Sie merkte, daß sie ins Schwitzen geraten war. Die Luft in dem Raum war nicht gerade die beste. Es war drückend und irgendwie schwül.

Die Detektivin legte eine kleine Pause ein. Sie trat an das Fenster und blickte auf die Straße hinab.

Unter sich sah sie das grüne Blattdach der Bäume. Eine hohe

Platane streckte ihre starken Äste fast bis in die Höhe ihres Fensters aus. Wenn es hart auf hart kommen sollte, dann konnte Jane unter Umständen aus dem Fenster springen und im Astwerk der Platane Halt finden. Aber das waren noch Utopien.

Jane wandte sich wieder ab. Sie hatte die Fensterglasbrille abgenommen. Sie störte doch zu sehr. Und jetzt, wo sie allein war, brauchte sie das Ding sowieso nicht.

Jane Collins begann damit, systematisch die Wände ihres Zimmers abzuklopfen. Die Detektivin suchte nach Hohlräumen oder versteckt eingebauten Türen, die das Ende oder den Beginn eines Geheimgangs bildeten.

Sie fand nichts.

Nachdenklich stand sie vor dem Kleiderschrank. Es war ein altes Stück, bestimmt siebzig Jahre alt und aus massivem Holz gefertigt.

Jane öffnete den Schrank. Häßlich knarrte die Tür in den Angeln. Die Detektivin kroch in das Ungetüm hinein und suchte an der Rückwand nach einer versteckten Tür.

Ohne Erfolg.

Jane Collins schloß die Türen wieder und öffnete ihren Koffer. Unter der Kleidung hatte sie ein kleines Etui versteckt. Ein Reißverschluß hielt die beiden Hälften zusammen.

Jane öffnete das Etui und sah sich einen Augenblick lang die blitzenden Instrumente an.

Es waren Einbrecherwerkzeuge. Dietriche in den verschiedensten Variationen.

Jane Collins hatte vor, sich trotz aller Verbote und Warnungen auch die übrigen Zimmer des Hauses anzusehen. Und zwar sofort. Sie wollte nicht erst warten, bis sich John Sinclair gemeldet hatte. Nein, sie wollte bei dem Geisterjäger schon vorher mit Ergebnissen auftrumpfen können.

Jane nahm das Etui, schlich zur Tür, zog sie auf und lugte in das Treppenhaus.

Alles war still.

Jane Collins trat auf Zehenspitzen bis an das Geländer vor und peilte in den tiefen Schacht des Treppenhauses.

Nichts.

Auch dort unten keine Stimmen, keine Bewegung.

Die Privatdetektivin war beruhigt. Durch das Fenster – es befand sich einen Treppenabsatz tiefer – fielen helle Sonnenstrahlen, die lange Streifen auf die Stufen malten. Der Winkel war so schräg, daß die oberen Stufen nicht erreicht wurden und die Gestalt der Detektivin mit dem Dämmerlicht verschmolz.

Es befanden sich wie gesagt zwei Türen auf der Etage. Die eine führte zu Janes Zimmer – und die andere . . .

Jane Collins stand davor. Ein unangenehmes Ziehen breitete sich in Höhe ihrer Magengegend aus. Sie hatte das Gefühl, als würde hinter der Tür etwas Schreckliches lauern.

Aber Jane war eine Frau, die sich nicht so leicht einschüchtern ließ. Als sie behutsam einen Dietrich aus dem Etui nahm, sah sie, daß ihre Hände nicht einmal zitterten.

Ein gutes Zeichen.

Mit aller gebotenen Vorsicht führte Jane Collins den Dietrich in das Schloß. Erst bewegte sie ihn nach links, dann nach rechts.

Und plötzlich faßte das Werkzeug.

Jane hielt den Atem an.

Das Schloß schnappte zurück.

Die Detektivin lauschte noch einen Moment und drückte dann gegen die Tür.

Gut geölt schwang sie auf.

Jane schlich in das dahinterliegende Zimmer. Dunkelheit nahm sie umfangen. Die Detektivin sah sofort, daß die Vorhänge zugezogen waren. Sie bestanden aus dicken Stoffen, die fast das gesamte Sonnenlicht filterten. Es fiel kaum Helligkeit in den Raum.

Jane Collins ließ die Tür zum Flur einen Spaltbreit offen, um besser sehen zu können. Mittlerweile gewöhnten sich ihre Augen an die herrschenden Lichtverhältnisse.

Jane Collins konnte Konturen erkennen.

Das Zimmer war fast leer. Nur an einer Wand stand eine große Kommode, die sich als dunkler Buckel in dem Dämmerlicht abhob. Die Luft in dem Raum war kaum zu atmen. Sie war stickig und roch irgendwie komisch.

Jane biß sich vor Aufregung auf die Lippen. Sie kannte den Geruch, hatte ihn mehr als einmal wahrgenommen.

So roch nur eins.

Moder . . .

Bevor Jane sich völlig darüber klar wurde, hörte sie ein gräßliches Stöhnen.

Die Detektivin kreiselte herum – und hatte Mühe, einen Aufschrei zu unterdrücken.

Im toten Winkel – hinter der Tür – stand ein Sarg!

Das Stöhnen war aus dem Sarg gekommen.

Jane spürte, wie ihr eine Gänsehaut nach der anderen über den Rücken jagte. Sie war nicht ängstlich, aber jetzt hatte sie doch ein komisches Gefühl.

Im selben Augenblick fiel die Tür zu.

Jane schreckte zusammen. Wie von einer unsichtbaren Hand geführt, war die Tür zugeschnappt.

Gleichzeitig gab es in Janes Rücken ein schabendes Geräusch, so als reibe Holz über Holz.

Jane Collins fuhr herum und sah mit schreckgeweiteten Augen auf den Sargdeckel, der sich langsam zur Seite schob . . .

Bei einer Polizeikontrolle wäre der Mini sicherlich aus dem Verkehr gezogen worden. Die Bremsen taugten nichts mehr. Der Wagen hatte fast den doppelten Bremsweg wie normal. Als er schließlich stand, waren beide froh.

»Mann, o Mann«, sagte Garry und wischte sich den Schweiß von der Stirn. »Du solltest dir mal einen anderen Wagen zulegen. Das ist ja lebensgefährlich und außerdem für unsere Organisation tödlich. Wenn du auffällst und die Bullen deinen Namen notieren, kann uns das Kopf und Kragen kosten.«

»Okay, okay, ich werde mich darum kümmern«, erwiderte Eve.

Garry grinste. Dann deutete er aus dem Seitenfenster. »Ist das das Haus?«

»Ja.«

Quinn behielt sein Grinsen bei. »Sieht nicht unübel aus. So richtig spießig. Hier vermutet uns sicherlich keiner. Und deine Tante weiß wirklich von nichts?«

»Wenn ich es dir doch sage!«

»Na, die wird Augen machen.« Quinn schloß den Reißverschluß seiner Lederjacke fast bis zum Kinn. Schließlich wollte er einigermaßen zivilisiert erscheinen. Dann faßte er Eve an die Schulter. »Und wenn die Alte wirklich Terror macht, werden wir sie schon mit den richtigen Argumenten überzeugen.«

Eves Augen wurden groß. »Du willst sie töten?«

»Das kann sie sich aussuchen.« Garry Quinn stieg aus und reckte sich. Auch Eve Gordon verließ den Wagen.

Sie sah Quinn lachen. »Ein strahlender Tag«, sagte er. »Mann, ich fühle mich so richtig wohl.«

Eve, die bemerkte, daß man sie schon beobachtete, ging um den Wagen herum und faßte ihren Gesinnungsgenossen am Arm. »Komm jetzt, wir wollen kein Aufsehen erregen.«

»Ja doch, zum Teufel.«

Eve öffnete das kleine Gartentor, und gemeinsam schritten die beiden Terroristen auf das Haus zu.

In der Türnische fanden sie einen alten Klingelknopf.

»Hoffentlich funktioniert der«, meinte Garry Quinn.

»Mal sehen.« Eve drückte den Knopf, aber innerhalb des Hauses war kein Ton zu vernehmen.

»Mist«, sagte Quinn. »Wenn die Alte nicht da ist, dann . . .«

Er kam nicht mehr dazu, seine weitere Meinung zu äußern, denn plötzlich wurde die Tür geöffnet.

Martha Longford stand vor den beiden Terroristen!

Im ersten Augenblick erschrak Eve vor der Kälte, die diese Frau ausströmte. Sie hatte ihre Tante jahrelang nicht mehr gesehen und hätte sie kaum noch erkannt.

Aber auch Martha Longford erkannte ihre Nichte nicht. »Sie wünschen?« fragte sie kalt.

Eve Gordon setzte ihr bestes Sonntagslächeln auf. Sie trat einen Schritt auf Martha Longford zu und sagte lächelnd: »Erkennst du mich denn nicht, Tante Martha?«

Mrs. Longford runzelte die Stirn. »Moment mal, ich . . .«

»Ja, Tante. Ich bin es. Eve, deine Nichte. Die Tochter deiner Schwester Karen. Wir haben uns lange nicht mehr gesehen. Seit Mutter tot ist, glaube ich. Aber jetzt wollte ich dich doch einmal besuchen.«

Martha Longford verzog die Mundwinkel. »Und Sie . . . und du hast direkt noch jemanden mitgebracht.«

Eve wandte sich um und zeigte auf den hinter ihr stehenden Garry Quinn. »Das ist Garry, ein sehr guter Bekannter von mir. Wir sind praktisch immer zusammen.«

Mrs. Longford schüttelte den Kopf. »Ich weiß nicht, was das soll«, sagte sie. »Ich habe dich jahrelang nicht gesehen und möchte dich auch heute nicht sehen. Geh wieder, und nimm diesen Kerl mit!«

Eve Gordon sah ein, daß sie ihre Tante nicht überreden konnte. Sie warf Garry Quinn einen hilfesuchenden Blick zu.

Und Quinn reagierte.

Er sah, daß die Frau die Tür zuhämmern wollte, hatte blitzschnell die Treppenstufen überwunden, drückte Eve noch zur Seite und stellte seinen Fuß in den Türspalt.

Dann warf er sich mit Wucht gegen das Holz.

Die Tür und Martha Longford wurden in den Flur katapultiert. Mrs. Longford fiel zu Boden, soviel Wucht hatte hinter dem Anprall gelegen.

»Mach die Tür zu«, rief Garry Quinn seiner Freundin zu, riß den Reißverschluß seiner Jacke auf und zog seine Pistole.

Einen Atemzug später spürte die am Boden liegende Martha Longford die Mündung an ihrer Stirn.

Quinn hatte sich hingekniet und grinste verzerrt. »Schätze, die Sprache verstehst du besser, Alte«, sagte er mit zischender Stimme.

Martha Longford erwiderte nichts. Hart preßte sie die Lippen aufeinander, nur in ihren Augen spiegelte sich ein ungeheurer Haß.

»Laß sie los, Garry«, sagte Eve Gordon.

Garry Quinn stand auf.

»Los, hoch mit dir«, sagte er zu der Hausbesitzerin und winkte dabei mit der Makarow.

Martha Longford kam ächzend auf die Beine. Quinn hatte die offenstehende Tür zu ihrer Wohnung entdeckt. »Geh da rein!« befahl er. »Aber keine Tricks, sonst jage ich dir eine Kugel in den Rücken!«

Martha Longford gehorchte.

Garry Quinn warf Eve einen Blick über die Schulter zu, als wolle er sagen, so geht das.

Eve Gordon war von den Ereignissen nicht gerade begeistert. Sie hätte lieber gesehen, wenn man sich friedlich geeinigt hätte. So aber war wohl nichts mehr zu ändern.

Martha Longford mußte auf einem Stuhl Platz nehmen. Quinn setzte sich ihr gegenüber.

»Gemütlich hast du's hier«, sagte er und schob die Pistole wieder zurück in seinen Gürtel. Er ließ die Jacke offen, so daß er blitzschnell wieder an die Kanone herankommen konnte. Dann zündete er sich eine Zigarette an. Provozierend blies er den Rauch der Frau ins Gesicht. »Das hättest du dir alles sparen können, Alte«, sagte er. »Aber von nun an hast du zwei Gäste mehr. Du wohnst doch allein hier – oder?«

»Ja«, log die Frau.

Quinn grinste. »Wunderbar.« Er sah sich um. »Ist zwar hier alles miefig, aber zur Not läßt es sich aushalten.« Dann fragte er: »Hast du was zu trinken im Haus?«

»Tee.«

»Hat sich was mit Tee. Ich meine was Anständiges. Whisky, zum Beispiel. Oder Gin.«

»Nein.«

»Okay, dann werden wir eben was besorgen.« Er warf Eve einen Blick zu. Das Mädchen war an der Tür stehengeblieben. »Laß dir genügend Geld geben, und dann kauf ein. Verstanden?«

»Ja.«

Als Martha Longford sich nicht rührte, sprang Quinn auf und schrie die Frau an: »Los, hol Geld, du Schlampe.«

Mrs. Longford erhob sich. Sie war kreidebleich im Gesicht, als sie zu einer kleinen Schrankkommode trat. Sie holte eine Geldbörse aus der Schublade und reichte sie Eve Gordon.

Quinn lachte. »Sieh nach, ob auch genügend drin ist.«

Eve öffnete die Geldbörse. Dann nickte sie.

»Gut, dann hau jetzt ab. Und wir beide bleiben hier«, sagte der Terrorist.

Martha Longford holte tief Luft. Plötzlich sagte sie mit leiser, aber sehr deutlicher Stimme: »Das werdet ihr bereuen. Alle beide. Glaubt mir das. Der Teufel selbst wird euch strafen!«

Garry Quinn runzelte die Stirn. »Was sagst du, Alte? Der Teufel soll mich strafen?« Plötzlich begann er zu lachen. »Der Teufel«, prustete er, »der Teufel! Daß ich nicht kichere. Der hat mich doch schon längst in den Klauen. Ich habe mit dem Höllenbruder einen Pakt geschlossen. Der hält für mich schon einen Platz frei.«

»Sie sollten nicht spotten«, sagte Mrs. Longford.

»Ach, halt die Schnauze, Alte! Und du verschwinde jetzt endlich!« herrschte er Eve Gordon an.

Eve Gordon ging.

»Und bring noch Zigaretten mit«, rief Garry Quinn ihr nach. Danach ließ er seinen Blick wieder auf Mrs. Longford ruhen. »Ich könnte übrigens ein anständiges Essen vertragen«, sagte er. »Los, hau was in die Pfanne.«

Garry Quinn hatte die Beine auf den Tisch gelegt. Er fühlte sich wie ein Pascha inmitten seines Harems. An die Worte der Hausbesitzerin dachte er schon nicht mehr.

Mrs. Longford wandte sich ab.

»He«, rief Quinn. »Wohin?« Er setzte sich normal hin und ließ seine Rechte auf den Griff der Waffe fallen.

»Ich denke, ich soll Ihnen etwas zu essen bereiten?«

»Na und?«

»Dazu müßte ich in die Küche.«

»Schon gut, geh«, sagte Quinn. »Aber laß die Tür offen!«

Mrs. Longford nickte und verschwand im Nebenzimmer. Garry Quinn machte es sich wieder bequem.

Er hätte längst nicht so faul dagelegen, hätte er gewußt, welche Gedanken im Kopf der Hausbesitzerin kreisten. Sie dachte gar nicht daran, zu kapitulieren. Wenn sie die Lage nüchtern betrachtete, so waren diese beiden jungen Leute eigentlich ein Geschenk der Hölle. Wenigstens das Mädchen. Sie konnte in den Reigen der Hexen aufgenommen werden. Zwei Opfer waren besser als eins. ER würde sich bestimmt freuen, wenn er frischen Nachschub erhielt.

Ein böses Lächeln hatte sich in den Mundwinkeln der Frau

eingenistet. Noch in der nächsten Nacht würde es zwei Opfer mehr geben.

Mrs. Longford holte Eier, Speck und Brot aus einem Vorratsschrank. Als sie den Laib Brot betrachtete und dabei die Küchenschublade aufzog, blieb ihr Blick auf dem Küchenmesser mit der langen, beidseitig geschliffenen Schneide hängen.

Sofort durchzuckte ein teuflischer Gedanke ihr Gehirn!

Wie die Krallen eines Vogels, so umklammerten ihre Finger den Griff des Messers.

Ja, mit dieser Waffe würde sie den Mann töten. Doch zuvor wollte sie ihm die Henkersmahlzeit zubereiten.

Mrs. Longford legte die Speckscheiben in die Pfanne, schlug die Eier auf, ließ das Eigelb in die Pfanne rinnen und stellte dann den Elektroherd an.

»Wie lange dauert das denn noch, verdammt?« schrie Garry Quinn aus dem Nebenzimmer.

»Ich kann ja nicht hexen«, rief Mrs. Longford zurück.

Quinn lachte. »Ich dachte, du wärst eine Hexe.«

»Wenn du wüßtest«, murmelte die Frau . . .

Sie hatte das Messer neben den Herd gelegt. Gelassen streute sie Salz über das Gericht. Das Eigelb begann schon fest zu werden. Mrs. Longford beeilte sich jetzt und schnitt zwei Scheiben Brot ab.

Dann nahm sie die Pfanne vom Herd, stellte sie nebst Brot auf ein Tablett und legte auch das Messer daneben, aber so, daß es auf den ersten Blick hin nicht zu sehen war.

Mit dem Tablett und völlig unbeweglichem Gesicht ging Mrs. Longford zurück in ihren Wohnraum.

Garry Quinn reckte sich und setzte sich auf. »Das riecht ja verlockend«, sagte er. »Hoffentlich hast du mir kein Gift in den Fraß getan.«

Die Hausbesitzerin lächelte nur.

Sie war vor dem Tisch stehengeblieben, der sie und den jungen Terroristen trennte.

Eine nahezu fühlbare Spannung lag plötzlich in der Luft. Garry Quinn hatte die Instinkte eines Raubtieres. Seine Augen verengten sich, der Mund bildete plötzlich einen Strich. »Mach nur keinen Ärger, Alte«, sagte er drohend.

»Wie sollte ich. Sie haben doch die Waffe!«

»Man kann nie wissen . . .«

Mrs. Longford bückte sich und tat so, als wolle sie das Tablett vor Garry Quinn auf den Tisch stellen.

Da sah der Terrorist das Messer.

»Was soll . . .«

Mehr zu sagen schaffte er nicht. Mrs. Longford hatte blitzschnell reagiert. Ihre rechte Hand umfaßte den Stiel der Pfanne, im nächsten Augenblick warf sie Quinn das heiße Gericht mitten ins Gesicht.

Garry Quinn hatte keine Chance, auszuweichen. Er schrie auf. Seine Hände fuhren in einer instinktiven Bewegung zum Gesicht hoch, dabei fiel er zurück auf die Couch.

Da hatte Martha Longford schon das Messer umklammert. Mit einem Schrei warf sie sich über den Tisch und stieß gnadenlos zu . . .

Wie hypnotisiert starrte Jane Collins den Sarg an!

Der Deckel wurde immer weiter vorgeschoben, hatte schon das Ende des Sarges erreicht, kippte über und fiel mit einem dumpfen Laut zu Boden.

Jetzt sah Jane die Gestalt!

Es war ein regelrechtes Monster.

Grüne schuppige Haut bedeckte den Körper. Dort, wo normalerweise bei einem Menschen die Augen sind, glühten zwei rote Punkte. Die Hände mit den langen, spinnenartigen Fingern stützten sich am Sargrand ab, und durch ihre Kraft richtete sich das Monster zu seiner vollen Größe auf.

Jane glaubte, den Verstand zu verlieren.

Die rotglühenden Augen fixierten sie. Ein häßliches zahnloses Maul öffnete sich und formte krächzende, undeutlich zu verstehende Worte.

»Du bist der Nachschub, wie?« flüsterte das Monster. »Komm zu mir, damit ich dich in meine Arme schließen kann. Ich werde dich schon auf die Nacht vorbereiten, dann wird sich der Meister um dich kümmern. Komm schon, komm!«

Das Monster stieg jetzt ganz aus dem Sarg und wankte mit unsicheren Schritten auf die Detektivin zu. Dabei hielt es die Arme weit ausgestreckt.

Erst jetzt erwachte Jane Collins aus ihrer Erstarrung. Sie wußte, daß sie verloren war, wenn das Monster sie erreichte. Sie war in das Zimmer eingedrungen und hatte keine Waffe eingesteckt. Mit bloßen Fäusten hatte sie keine Chance.

Jane Collins tauchte unter den zupackenden Klauenhänden weg, drehte sich einmal und war dann mit einem Sprung an der Tür.

Hastig riß sie sie auf.

Da spürte sie die Hand auf ihrer Schulter.

Die Detektivin hatte das Gefühl, von einer Totenhand berührt worden zu sein. So kalt waren diese Finger.

Wuchtig versuchte das Monster, Jane Collins zurückzureißen. Die Frau stemmte sich gegen den Griff, klammerte sich dabei an der Türfüllung fest.

Das Monster lachte. Es spürte Janes Angst, sah die Frau als sicheres Opfer.

Da warf sich Jane Collins mit einem gewaltigen Sprung vor. Die Hand rutschte von ihrer Schulter. Stoff riß – und dann war Jane Collins frei.

Sie taumelte in den Hausflur, hörte hinter sich noch den enttäuschten Laut des Monsters, riß die Tür zu ihrem Zimmer auf, sprang hinein und knallte die Tür sofort wieder hinter sich zu.

Himmel, das war knapp gewesen.

Hastig drehte Jane den Schlüssel im Schloß herum. Dabei sah sie, wie sehr ihre Finger zitterten.

Keuchend und schnell ging ihr Atem. Sie legte das Ohr an die Tür und lauschte.

Nichts. Das Monster schien die Verfolgung aufgegeben zu haben.

Oder?

Die Detektivin hörte plötzlich Schritte, die jedoch nicht auf ihre Zimmertür zukamen, sondern sich entfernten, dann leiser wurden und schließlich verklangen.

Janes Meinung nach war das Monster die Treppe hinaufgegangen. Zum Speicher hin, dort, wo sie auf keinen Fall hingehen sollte, das hatte ihr Mrs. Longford ja deutlich genug zu verstehen gegeben.

Jane setzte sich auf das Bett. Erst jetzt beruhigte sich ihr Atem, und sie begann, wieder klar und nüchtern zu überlegen.

John Sinclair mußte her. Das stand fest. Und zwar mußte der Geisterjäger so schnell wie möglich erscheinen. Jane Collins griff kurzentschlossen zum Walkie-talkie und versuchte, John zu erreichen.

Es klappte nicht. Die Reichweite des Geräts war zu schwach.

Enttäuscht warf Jane Collins das Funkgerät wieder aufs Bett. Gegen achtzehn Uhr wollte der Oberinspektor erscheinen. Da hatte er noch über eine halbe Stunde Zeit.

Nervös zündete sich Jane Collins eine Zigarette an.

Plötzlich zuckte sie zusammen.

Stimmen!

Sie hatte Stimmen gehört.

Und zwar im Haus. Sollten etwa doch noch normale Menschen hier wohnen?

Jane Collins ließ die Zigarette im Waschbecken verzischen und näherte sich der Tür. Diesmal nahm sie ihre Astra mit. Jane schloß auf und schlüpfte in den Gang.

Daß von dem Monster nichts mehr zu sehen war, beruhigte sie einigermaßen. Aber die Stimmen waren nicht zu überhören gewesen. Obwohl Jane nicht verstanden hatte, was gesagt wurde, hatte sie doch unterscheiden können, daß ein Mann und eine Frau gesprochen hatten.

Jetzt allerdings war es wieder still.

Auf Zehenspitzen schlich Jane Collins die Treppe hinunter. Sie nahm nur die linke Außenseite der Treppe, um zu vermeiden, daß die Stufen knarrten.

Nachdem sie zwei Etagen überwunden hatte, hörte sie wieder jemanden sprechen.

Es war ein Mann.

Dann antwortete Mrs. Longford. Aber wiederum war nicht zu verstehen, was sie sagte.

Jane Collins überlegte. Sollte sie sich noch weiter vorwagen, um verstehen zu können, was dort unten geredet wurde? Was war, wenn man sie ertappte? Sie würde dann dumm dastehen.

In der nächsten Sekunde wurde ihr die Entscheidung abgenommen.

Wie ein Donnerschlag peitschte ein Schuß durch das Haus.

Jane Collins hielt nichts mehr. So schnell es ging, hetzte sie die restlichen Stufen hinab . . .

Garry Quinn kippte mit einem röchelnden Schrei auf den Lippen zurück. Martha Longford hatte den Griff des Messers losgelassen. Die Waffe steckte in Quinns Brust.

Weit hatte der Terrorist die Augen aufgerissen. Auf seinem Gesicht zeichnete sich der unendliche Schmerz ab, der in seiner Brust toben mußte.

Mit einer letzten, schon ersterbenden Bewegung zuckte seine rechte Hand zur Pistole, riß sie aus dem Gürtel. Garry Quinn versuchte, die Waffe in Martha Longfords Richtung zu schwenken.

Er hatte nicht mehr die Kraft dazu.

Die Mündung hielt er an Mrs. Longford vorbei. Reflexartig krümmte Garry Quinn seinen rechten Zeigefinger.

Krachend löste sich der Schuß, doch die Kugel fuhr in die Decke.

Und Mrs. Longford lachte. Sie stand vor dem Tisch, hatte den Mund halb geöffnet und stieß ein triumphierendes Kichern aus.

Ja, jetzt hatte sie den Kerl, wo er hingehörte.

Beim Teufel.

In gemeiner diebischer Freude rieb sich die Hausbesitzerin die Hände. Sie ging um den Tisch herum. Sie wollte die Leiche wegschaffen. Wenn ihre Nichte zurückkehrte, würde sie sich schon eine passende Ausrede einfallen lassen.

Martha Longford hatte die Couch noch nicht erreicht, da sah sie aus den Augenwinkeln an der Tür eine Bewegung.

Die Hausbesitzerin kreiselte herum.

Im Zimmer stand Jane Collins.

Und sie hielt eine Pistole auf Mrs. Longford gerichtet!

Jane Collins begriff nicht sofort, welches Drama sich in der Wohnung abgespielt hatte. Ihre Blicke irrten zwischen Martha Longford und dem fremden Toten hin und her.

Hastig leckte sich Jane Collins über die vollen roten Lippen. Ein Zeichen, daß sie nervös war.

»Ich glaube, Sie sind mir eine Erklärung schuldig, Mrs. Longford«, sagte sie mit einer Stimme, aus der herauszuhören war, wie schwer es Jane fiel, die Beherrschung zu wahren.

Martha Longford breitete beide Arme aus. »Wieso bin ich Ihnen eine Erklärung schuldig?«

»Für den Toten dort auf der Couch!«

»Das alles geht nur mich etwas an, Miß Collins. Sie sollten mir dankbar sein, daß ich Sie aufgenommen habe. Aber so harmlos, wie Sie sich geben, scheinen Sie doch nicht zu sein. Auf jeden Fall ist es reichlich ungewöhnlich, daß junge Mädchen in Ihrem Alter mit einer Waffe herumspazieren.«

»Genauso ungewöhnlich sind Frauen Ihres Schlages, die jemandem ein Messer in die Brust stoßen«, konterte die Detektivin.

»Ich hatte meine Gründe!« zischte die Longford.

»Es war Mord!« stellte Jane klar.

»Na und? Was kümmert es Sie? Seien Sie froh, daß Sie bei mir wohnen dürfen, das kann ich nur immer wiederholen.«

Jane lachte bitter. »Tun Sie doch nicht so scheinheilig. Nein, das Spiel ist aus, Mrs. Longford!«

»Welches Spiel?«

»Ihr Spiel. Ich werde jetzt die Polizei verständigen, denn es wird Zeit, daß dieses Haus einmal gründlich unter die Lupe genommen wird. Mir scheint, hier gehen einige Dinge vor, die doch recht seltsam sind, um es mal einfach auszudrücken. Ich habe mir zum Beispiel die Freiheit genommen und in dem neben dem meinen liegenden Zimmer nachgesehen. Schlafen Ihre Mieter immer in Särgen, Mrs. Longford?«

Bei dem letzten Satz war Janes Stimme schneidend geworden.

Die Longford lachte rauh. »Aha, daher weht also der Wind. Eine kleine Schnüfflerin, wie? Aber ich habe mir schon von Beginn an gedacht, daß Sie nicht ganz astrein sind. Für wenn spionieren Sie hier rum?«

»Für mich selbst«, erwiderte Jane.

»Sie sind die Person, zu der Lydia Rankin geflüchtet ist – nicht wahr?«

Jane nickte. »Sie wissen sehr gut Bescheid.«

»Ja, da ist eine Eigenart von mir, immer Bescheid zu wissen. Sie haben mich nicht täuschen können, Miß Collins. Ich wußte von Beginn an, wer Sie waren. Meine Mieter haben es mir gesagt.«

»Ihre Mieter?«

»Ja, die Toten. Sie wohnen hier. Und um ihr Leben zu erhalten, muß hier und da ein anderer sterben. Meist sind es junge Frauen, so wie Sie, Miß Collins. Sie werden dieses Haus nicht mehr lebend verlassen, das ist sicher!«

»Wer sollte mich daran hindern?«

»Ich.«

»Ich glaube, ich befinde mich in der stärkeren Position«, konterte Jane.

»Sie meinen, weil Sie diese Pistole haben?«

»Genau.«

Die Hausbesitzerin machte eine wegwerfende Handbewegung. »Machen Sie sich doch nicht lächerlich. Das Spielzeug nutzt Ihnen gar nichts. Sie können auch gar nicht die Polizei anrufen. Ich habe kein Telefon. Nein, Sie sind meine Gefangene.«

»So wie er es war?« Jane meinte damit den Toten auf der Couch.

»Ja.«

»Warum haben Sie ihn umgebracht?«

»Ich bin ihm nur zuvorgekommen. Er hätte mich bestimmt getötet. Er ist in mein Haus eingedrungen, und dafür mußte er sterben. Ich wollte ihn erst meinen Mietern opfern, aber das ist nun nicht mehr nötig. Der Hexensabbat heute nacht, der wird nur Ihnen gehören, meine Liebe. Dann werden Sie zum ersten Mal die Schrecken der Hölle kennenlernen. Wir werden den Satan beschwören, und Ihr Blut wird helfen, ihn zu uns kommen zu lassen.«

»Schweigen Sie!« zischte Jane. »Sie werden jetzt vor mir

70

hergehen, und dann verlassen wir dieses Haus. Los, bewegen Sie sich!«

Mrs. Longford begann plötzlich zu lachen. Ihr Gesicht schien dabei förmlich zu zerfließen. »Sie Närrin«, rief sie. »Sie ahnungslose Närrin. Drehen Sie sich doch mal um!«

»Auf den Trick falle ich . . .«

. . . nicht mehr herein, wollte Jane noch sagen, aber da spürte sie den Luftzug hinter sich.

Jane wirbelte herum.

Das Monster stand vor ihr.

Es mußte lautlos die Treppe heruntergeschlichen sein und hatte nur auf einen Befehl seiner Herrin gewartet.

Eine Moderwolke schlug Jane Collins entgegen.

Der Unheimliche hatte beide Arme erhoben, war bereit, Jane Collins an der Kehle zu packen.

Die Detektivin schoß. Zweimal krümmte sie den Zeigefinger. Es war mehr eine Reflexbewegung, und die Kugeln klatschten in den grüngeschuppten Körper der Bestie.

Es waren geweihte Silberkugeln. Das hatte Mrs. Longford nicht wissen können. Sie hatte damit gerechnet, daß die Pistole mit normalen Geschossen geladen war, doch nun erlebten sie und das Monster eine böse Überraschung.

Jane hatte gut gezielt. Beide Kugeln steckten in der breiten Brust des Ungeheuers, das innerhalb von Sekunden von dem geweihten Silber vernichtet wurde.

Die Haut platzte weg. Bleiche Knochen wurden sichtbar. Für wenige Augenblicke lag die wahre Gestalt des Ungeheuers wie eine Aura über dem Gerippe.

Jane sah einen schon älteren Mann mit einem grauen Haarkranz auf dem sonst kahlen Schädel. Der Mann lächelte glücklich, dann war die Aura verschwunden.

Das Monster torkelte zurück. Es stieß gegen den Türrahmen und brach dort zusammen.

Ein gellender, wilder Schrei ließ Jane Collins herumfahren.

Mrs. Longford hatte ihn ausgestoßen. Sie hatte gesehen, daß das Monster von den Kugeln vernichtet wurde, und warf sich Jane Collins haßerfüllt entgegen.

Die Frau entwickelte ungeahnte Kräfte. Jane, die ebenfalls im Begriff gewesen war, sich der neuen Angreiferin zuzuwenden, bekam das schmerzhaft zu spüren.

Wuchtig drosch Mrs. Longford Jane Collins die Handkante gegen den Pistolenarm.

Die Detektivin hatte das Gefühl, ihr Arm wäre gelähmt. Ob sie es wollte oder nicht – sie mußte die Waffe fallen lassen.

Schon rammte ihr Martha Longford den Kopf in die Magengrube. Die Hausbesitzerin war zu einer keifenden Furie geworden.

Jane Collins flog zurück, prallte mit der Wirbelsäule gegen den Türrahmen. Die Luft wurde ihr knapp. Sie riß den Mund auf, ihr Gesicht verzerrte sich vor Qual und Schmerz. Für Sekundenbruchteile sah sie das haßentstellte Gesicht der Hausbesitzerin vor ihren Augen auftauchen, dann flog etwas Großes, Dunkles auf sie zu und zerplatzte an ihrer Schläfe.

Für Jane Collins versank die Welt in einer absoluten Schwärze.

Martha Longford hatte gesiegt!

Keuchend blieb Mrs. Longford neben der zusammengebrochenen Jane Collins stehen. Das war gerade noch einmal gutgegangen. Das Spiel hätte auch anders enden können.

Plötzlich begann die Hausbesitzerin zu lachen. Sie starrte auf die Vase, die sie in der Hand hielt und mit der sie Jane Collins niedergeschlagen hatte.

Martha Longford dachte an den lebenden Toten, den die Detektivin ausgeschaltet hatte. Von ihm war nur noch Staub übriggeblieben. So würde es allen Mietern ergehen, wenn sie mit den geweihten Kugeln Bekanntschaft machten.

Mrs. Longford bückte sich und nahm die Astra-Pistole an sich. Sie steckte sie in die Tasche ihres Kostüms. Jetzt erst fühlte sie sich völlig beruhigt.

Mrs. Longford beging nicht den Fehler und verfiel in eine große Panik, nein, sie begann eiskalt und wohldurchdacht ihre nächsten Schritte durchzurechnen.

Zuerst mußte die Leiche weg. Wenn Eve Gordon zurückkam, sollte sie ihren toten Freund nicht sofort entdecken. Und dann mußte die Detektivin weggeschafft werden. Diese Jane Collins würde nicht so ohne weiteres aufgeben, das stand für Mrs. Longford fest. Sie war gefährlich, und deshalb mußte sie gefesselt werden.

Mrs. Longford holte Nylonschnüre und verknotete dann sehr fachmännisch die Arme und Beine der neugierigen Privatdetektivin.

Dann warf sie sich ihre menschliche Last über die linke Schulter und stieg mit ihr die Treppe zum vierten Stock hoch.

Obwohl Jane nahezu das Idealgewicht für eine Frau hatte, bereitete es Martha Longford doch Mühe, sie bis in die vierte Etage hinaufzutragen. Die Bewußtlose schien von Stufe zu Stufe schwerer zu werden, und als Mrs. Longford endlich Janes Zimmer betrat, ließ sie die Detektivin kurzerhand zu Boden fallen.

Einige Sekunden blieb Martha Longford in vorgebeugter Haltung stehen und versuchte, ihren keuchenden Atem unter Kontrolle zu bringen. Ihr wurde schwindlig, die Konturen der Möbel zerflossen, doch mit Energie und Willen schaffte Mrs. Longford es, die Krise zu überwinden.

Plötzlich verengten sich ihre Augen.

Sie hatte auf dem Bett ein Sprechfunkgerät entdeckt.

Martha Longford zischte einen Fluch durch die Zähne, nahm das Gerät und warf es wütend gegen die Wand. Dann trampelte sie darauf herum, bis sie sicher sein konnte, es zerstört zu haben.

Sie warf noch einen haßerfüllten Blick auf Jane Collins. »Warte, das wirst du mir büßen.«

Die Hausbesitzerin hatte Jane kurzerhand auf den Boden geworfen. An ihrem Hinterkopf war die Haut aufgeplatzt. Blut war herausgesickert und hatte die Haare verklebt. Janes Gesicht war blaß. Sie lag noch immer in einer tiefen Ohnmacht.

Mrs. Longford verließ das Zimmer und verschloß die Tür von außen. Sie hatte Janes Schlüssel mitgenommen, und als sie jetzt die Stufen hinunterging, war sie sicher, daß alles wieder im Lot war. Dem nächsten Hexensabbat stand nichts mehr im Wege.

Nur noch die Leiche des Terroristen. Die mußte Mrs. Longford nun verschwinden lassen.

Der Tote lag noch immer auf der Couch. Ein Arm baumelte über den Rand. Es war der rechte. Garry Quinn hielt auch noch im Tod seine Makarow umklammert.

Mrs. Longford wand sie ihm aus der Hand und versteckte sie in einer Schublade.

Dann packte sie den Toten unter beiden Achselhöhlen, schleifte ihn in die Küche und steckte die Leiche dort in die leere Vorratskammer. Genau der richtige Ort, fand die Frau.

Sie verschloß die Kammer wieder und lief zurück in den Livingroom. Die Couch war mit Blut besudelt. Auch auf dem Teppich waren die dunklen Flecke zu sehen.

Wenn Eve Gordon zurückkam, sollte sie nicht sofort bemerken, was vorgefallen war. Deshalb holte Mrs. Longford aus dem Schlafraum eine Decke und breitete sie über die beschmutzte Couch. Die Flecken, die das Essen hinterlassen hatte, störten sie nicht. Die Pfanne hatte sie schon längst in die Küche gestellt.

Mrs. Longford trat ans Fenster und schob die Gardine zur Seite. Durch die Büsche des Vorgartens war der direkte Blick auf die Straße verwehrt. Sie konnte aber trotzdem erkennen, daß das Leben in der Charles Street normal weiterging. Sie sah die fahrenden Autos, die Menschen, die bei dem herrlichen Wetter spazierengingen, und sie sah die Kinder, die auf den Bürgersteigen spielten.

Nichts, aber auch gar nichts deutete darauf hin, welch schreckliches Drama sich in dieser Straße und hinter der renovierten Fassade des alten Hauses abgespielt hatte.

Die Menschen waren ahnungslos.

Dann kam Eve Gordon.

Das Mädchen trug eine Einkaufstüte. Eve ging ziemlich schnell, bog in den kleinen Vorgarten ein und stand wenig später vor der Haustür.

Ein böses Lächeln umspielte die Lippen der Frau, als sie ging, um Eve Gordon zu öffnen . . .

»So, alles klar«, sagte Eve und versuchte, ihrer Stimme einen normalen Klang zu geben. Sie deutete auf den aus der Tüte ragenden Flaschenhals. »Zu trinken habe ich auch etwas mitgebracht.«

Mrs. Longford nickte. »Gut, gut. Jetzt komm aber erst mal rein.«

Eve schob sich an ihrer Tante vorbei. Mißtrauisch blickte sie die Frau an. »Was ist los? Du bist so freundlich.«

Mrs. Longford schloß die Tür. »Ich bin nicht anders als sonst, mein Kind.« Dann kicherte sie plötzlich. »Du kennst mich nur noch nicht.« Mit einer liebevollen Geste strich sie Eve über die Wange, doch das Girl zuckte vor der Berührung zurück.

»Irgend etwas stimmt doch hier nicht«, sagte Eve. Sie ging in den Living-room und blieb gleich hinter der Tür stehen.

»Wo ist Garry?«

»Du meinst deinen Freund?«

»Wen denn sonst?«

»Geh erst mal ins Zimmer. Ich muß dir nämlich etwas sagen.« Martha Longfords Stimme hatte einen besorgten, fürsorglichen Unterton.

Eve Gordon ließ sich in den Sessel fallen. Die Tüte hatte sie auf den Boden gestellt.

»Ich will endlich wissen, wo Garry ist!«

Mrs. Longford setzte sich Eve Gordon gegenüber. Sie sagte: »Er ist nicht mehr hier.«

»Nicht mehr hier . . .?« Eves überraschtes Gesicht war wirklich sehenswert. »Aber – wo ist er dann?«

»Gegangen.« Martha Longford nickte. »Er ist fortgegangen«, log sie mit unbewegtem Gesicht.

»Nein!« Eve Gordon schüttelte den Kopf. »Das kann ich mir nicht vorstellen.«

»Es ist aber eine Tatsache.«

»Und aus welchem Grund ist Garry abgehauen? Er war nämlich froh, daß er sich hier verstecken konnte. Und jetzt kommst du und erzählst, er wäre verschwunden. Das glaube ich dir nicht, Tante. Was hast du mit ihm angestellt?«

»Ich?« Martha Longford deutete auf sich selbst. »Was soll ich denn mit ihm angestellt haben? Ich war doch in der Küche und habe ihm dort ein Essen zubereitet. Und plötzlich war er weg. Ich habe ihn noch zur Tür hinausgehen sehen. Er hat kein Wort des Abschieds gesagt. Ist einfach gegangen.«

Eve sprang auf. »Das glaube ich dir nicht, Tante.« Sie ging um den Tisch herum und blieb dicht vor Martha Longford stehen, die dem Blick ihrer Nichte gelassen standhielt. Doch plötzlich weiteten sich Eves Augen. Sie hatte die Konturen der Pistole entdeckt, die sich unter dem Kostümstoff der Tasche abzeichneten.

»Du trägst eine Waffe?« fragte sie lauernd.

Martha Longford schielte auf ihre Jackentasche. »Ja . . . ich . . .«

»Laß doch mal sehen.«

Ehe Martha Longford es verhindern konnte, hatte Eve die Tasche geöffnet. Ihre Hand fuhr hinein, und dann hielt sie schon die Astra-Pistole in den Fingern.

Wie unbeabsichtigt zeigte die Mündung auf die im Sessel sitzende Martha Longford. »Wem gehört die Waffe?« fragte Eve.

»Mir.«

»Seit wann läufst du mit einer Pistole herum?«

»Schon immer. Ich wohne allein hier. Ich bin eine einsame Frau, und ich muß mich schützen.«

Eve Gordon verengte die Augen zu Schlitzen, dann hob sie die Hand mit der Waffe und roch an der Mündung. »Daraus ist vor kurzem geschossen worden.«

»Woher willst du das wissen?«

»Ich rieche es, Tante. Und verdammt noch mal, halte mich nicht für dümmer, als ich bin. Jetzt geht es zur Sache. Los, raus mit der Sprache. Was ist tatsächlich geschehen?«

»Ich sagte es dir doch schon. Dein Freund ist weg.«

Eve Gordon schüttelte den Kopf. »Das glaube ich nicht. Du bindest mir ein Märchen auf.« Sie beugte ihren Kopf so weit vor, daß sich ihre Gesichter fast berührten. »Was ist wirklich geschehen? Hast du Garry Quinn erschossen?«

»Nein, ich . . .«

Mit einer wilden Bewegung stieß Eve ihre Tante zurück. »Sag die Wahrheit – oder . . .«

»Was ist?« kreischte Martha Longford. »Willst du mich töten?

Dann tu's doch. Los, worauf wartest du? Du wirst dein blaues Wunder erleben. Tu dir nur keinen Zwang an.«

Eve ließ Martha Longford los. »Ach, du bist mir ja viel zu widerlich, du alte Vettel. Keine Angst, ich werde mir schon keinen Mord aufs Gewissen laden. Aber ich will wissen, wo Garry geblieben ist. Daß du ihn an die Bullen verraten hast, daran glaube ich nicht. Dann wären die Schweine noch hier und hätten dir die Bude auf den Kopf gestellt. Ich habe sogar das Gefühl, daß sich Garry noch hier im Haus befindet. Wir beide werden es jetzt durchsuchen. Ich halte die Pistole in der Hand, und du wirst vor mir hergehen und mir jedes verdammte Zimmer in dieser Bude zeigen. Mit der Knarre umzugehen, das habe ich gelernt. Ich stehe nicht gerade auf der Seite des Gesetzes. Auch mich würden die Bullen ganz gern einsperren.«

Plötzlich begann Martha Longford zu kichern. »Was hast du denn angestellt?« fragte sie.

»Das werde ich dir nicht sagen.«

»Du brauchst keine Angst zu haben. Ich verrate dich schon nicht. Wenn du wüßtest . . .«

»Wenn ich was wüßte?«

»Nichts.« Martha Longford stand auf. »Das erzähle ich dir vielleicht später mal.«

Eve Gordon dachte sich ihren Teil. Sie hatte schon längst das Gefühl gehabt, daß nicht alles astrein war, was in diesem Haus vor sich ging. Und ihre Tante schien auch nicht gerade ein Engel zu sein. Höchstens ein schwarzer.

»Wir sollten uns zusammentun«, sagte Martha Longford plötzlich.

»Wie meinst du das?«

»Nun . . . du gestattest doch?« Mrs. Longford ging zu ihrer Kommode und holte eine Schachtel mit Zigarillos aus der Schublade. Dabei ließ Eve sie nicht aus den Augen, und immer folgte die Mündung der Pistole der Frau.

Martha Longford stieß einige Rauchwolken gegen die Decke. »Du könntest von mir noch sehr viel lernen, Kind«, sagte sie. »Ich kann dir das Beste versprechen, was es auf diesem Erdboden gibt.«

Eve verzog die Mundwinkel. »Da bin ich aber gespannt.«

»Kannst du auch.« Martha Longford lächelte hintergründig. »Es ist das ewige Leben.«

Eve Gordon zuckte nach diesen Worten nicht einmal zusammen. Sie fragte nur: »Sag mal, spinnst du?«

»Ich habe angenommen, daß du so reagieren wirst«, erwiderte die Hausbesitzerin. »Es ist auch unglaublich, was ich da gesagt habe, aber es stimmt!«

Eve faßte die Worte noch immer als einen Bluff auf. Sie ging aber darauf ein und meinte: »Nehmen wir mal an, es stimmt. Und wie willst du mir das ewige Leben schenken?«

»Ich nicht – der Satan!«

»Du bist verrückt!«

»Nein. Es stimmt tatsächlich. Ich stehe mit dem Satan in Verbindung. Ich bin eine seiner treuesten Dienerinnen.« Die Stimme der Frau steigerte sich, sie wurde schrill. »Ich habe dem Teufel mein Leben geweiht, und er wird mich dafür belohnen. Dieses Haus hier ist seine Heimat. Ich lebe nicht allein, es sind noch andere Mieter da. Aber es sind keine Lebenden. Es sind Tote, die mit mir zusammenleben. Nur die Kraft des Satans erhält sie am Leben. Sie sind längst gestorben, doch durch eine magische Beschwörung geistern sie des Nachts noch herum. Du wirst sie kennenlernen – alle. Und sie werden dir gefallen, die Toten. Denn sie werden deinen Befehlen gehorchen. Heute nacht ist es wieder soweit. Dann wird der Satan auf einem Fest ein neues Opfer bekommen. Eine junge Frau, eine Detektivin, hat sich bei mir eingeschlichen. Ich habe sie überwältigt. Sie liegt gefesselt in ihrem Zimmer, und wir brauchen nur auf die Dunkelheit zu warten, dann kann das Fest beginnen. Von ihr habe ich auch die Pistole. Die hatte sie bei sich, jetzt braucht sie die Knarre nicht mehr.«

Eve Gordons Augen waren bei den Worten ihrer Tante groß geworden. Sie konnte nicht verhindern, daß ihr ein kalter Schauer über den Rücken lief. Zu ungeheuerlich war das, was Martha Longford ihr berichtet hatte. Sicher, Eve hatte schon etwas von

Satanskulten gehört. Auch Teufelsaustreibungen waren ihr bekannt, nicht zuletzt hatte der Film »Der Exorzist« dazu beigetragen. Aber sie hatte bisher alles als Quatsch abgetan. Doch nun wurde sie selbst damit konfrontiert, und das war für Eve doch ein wenig viel.

Sie war sprachlos.

Martha Longford hatte längst bemerkt, daß sie die Oberhand gewonnen hatte. »Nun?« fragte sie lächelnd.

»Was ist mit Garry?« flüsterte Eve. Immer wieder geisterte der Name ihres Freundes durch ihre Gedanken.

»Du willst ihn sehen?« fragte Martha Longford.

Eve Gordon nickte.

»Dann komm mit.«

Martha ging an Eve vorbei und dann auf die Küchentür zu, die sie nicht völlig geschlossen hatte.

Eve Gordon folgte ihrer Tante. Noch immer hielt sie die Astra schußbereit.

Links neben dem Küchenfenster befand sich die Tür der kleinen Vorratskammer. Mrs. Longford drehte den Schlüssel und zog die Tür auf. Dann trat sie einen Schritt zur Seite, um für ihre Nichte den Weg freizumachen.

»Da, sieh«, sagte die Frau.

Eve Gordons Augen wurden groß. Urplötzlich begann sie am gesamten Körper zu zittern. Sie wollte einen Schrei ausstoßen, aber die Kehle war wie zugeschnürt.

Zwei glanzlose Augen starrten sie an. Eve sah den Messergriff, der aus der Brust des Toten ragte, und dann bekam die Leiche das Übergewicht und kippte ihr entgegen.

Eve schrie.

Auf einmal spielten ihre Nerven nicht mehr mit.

Sie hörte nicht das höhnische, triumphierende Lachen ihrer Tante und nahm auch nicht bewußt wahr, daß ihr Martha Longford mit einem routinierten Griff die Pistole aus der Hand wand.

Dann fiel der steife Körper ihres Freundes dicht neben ihr zu Boden.

»Glaubst du nun an den Satan?« vernahm sie die Stimme ihrer Tante dicht neben ihrem Ohr.

Und dann folgte ein teuflisches Lachen, wie es eigentlich nur in der Hölle geboren werden konnte . . .

John Sinclair war zwar selbst Beamter, aber es gab Situationen, da ärgerte er sich über andere Staatsdiener fast schwarz.

Wie auch an diesem Tag.

John hatte einen Besuch bei dem Bauamt gemacht, das für den Stadtteil Mayfair zuständig war. Der Besuch hatte sich dann fast zu einem Drama entwickelt. Erst war der Sachbearbeiter nicht da. Der Kollege ist beim Arzt, hieß es. Und als er dann endlich erschien, ziemlich sauer und griesgrämig, da wartete angeblich eine dringende Terminarbeit auf ihn. John wurde klipp und klar mitgeteilt, er solle am nächsten Tag noch mal vorbeischauen.

Daraufhin wollte John Sinclair fast explodieren. Er hatte den Beamten fertiggemacht und eigentlich zum erstenmal in seinem Leben auf seine Kompetenzen hingewiesen.

Auf einmal klappte alles. Es kümmerten sich zwei Leute um den Oberinspektor – und es wurden sogar Überstunden geschoben, denn als John Sinclair das Bauamt verließ, war es schon achtzehn Uhr vorbei.

Der Geisterjäger hatte sich über den Grundriß des Hauses informiert. Die Lage der Kellerräume, der Ein- und Ausgänge – er hatte sie in seinem Gedächtnis registriert. So gerüstet hoffte er, daß ihm nichts mehr passieren konnte.

Bei einem anderen Amt hatte er sich über die Besitzverhältnisse erkundigt.

Dabei war etwas Erstaunliches zu Tage gekommen.

Das Haus hatte einem gewissen Roman Vanescu gehört, einem gebürtigen Rumänen. Vanescu war im Jahre 1949 unter rätselhaften Umständen ums Leben gekommen. Seine Leiche war nie gefunden worden. Es hieß, er sei verbrannt.

Mehr hatte John Sinclair beim besten Willen nicht in Erfahrung bringen können.

Er fuhr gar nicht mehr zurück in sein Büro, sondern direkt zur

Charles Street, um sich über Sprechfunk mit Jane Collins in Verbindung zu setzen.

In Höhe des Mayfair Hotels hielt er an und schaltete das Walkietalkie ein.

Rings um den Bentley brauste der Feierabendverkehr. Menschen fuhren nach Hause, um noch den herrlichen Sommerabend zu genießen.

John schaltete das Sprechgerät ein und brachte es dicht vor seine Lippen.

Die Zeit war zwar überschritten, aber der Geisterjäger hoffte doch, daß sich Jane Collins melden würde.

Sie tat es nicht.

John versuchte es ein zweites und ein drittes Mal. Wieder keine Reaktion.

Langsam wurde es dem Geisterjäger komisch. Daß Jane sich nicht meldete, konnte zwar ganz normale Ursachen haben, aber gerade in ihrer Situation war es doch mehr als ungewöhnlich.

John biß sich auf die Unterlippe.

Und schon verspürte er die ersten Gewissensbisse. Er hätte Jane doch nicht allein lassen sollen. Vielleicht hatte diese Mrs. Longford längst ihr Inkognito durchschaut und sie ausgeschaltet.

Allein bei dem Gedanken verspürte John ein Ziehen in der Magengegend. Am liebsten wäre er zur Charles Street gerast und hätte sich Einlaß in das Haus verschafft. Doch das wäre zu diesem Zeitpunkt unklug gewesen. Bestimmt hätte er nichts herausgefunden. Nein, John wollte es auf eine andere Weise versuchen. Er wollte in das Haus eindringen.

Rechtlich hatte er sich mit einem Durchsuchungsbefehl abgesichert. Er hatte das Papier ohne große Schwierigkeiten erhalten. Die Richter kannten John Sinclair, sie wußten von seinen Sonderaufgaben und waren darüber informiert, daß bei seinen Einsätzen oft sehr viel auf dem Spiel stand.

John Sinclair fuhr nicht direkt in die Charles Street. Er stellte seinen Bentley in der Hill Street ab. Sie mündete im rechten Winkel in die Charles Street.

In der Hill Street lag der vornehme Hill Club, den John schon einmal besucht hatte. Er wußte, daß hinter dem Hill Club einige

Gärten lagen, die mit der Hinterseite an die Grundstücke der Charles Street grenzten. Es würde nicht weiter auffallen, wenn John den Club nicht durch den Vordereingang verließ. Er war dort schließlich bekannt, und man wußte, welchem Beruf er nachging.

Vor dem Hill Club – er lag ein wenig versetzt von der Straße – befanden sich einige für Gäste reservierte Parkbuchten. Dort stellte John seinen Bentley ab.

Über dem Clubeingang brannte eine schmiedeeiserne Laterne. Die Tür war aus stabilem Holz und hatte ein Guckloch.

John mußte klingeln.

Ein Auge tauchte vor dem Guckloch auf.

John wußte, daß es Ramsey, dem Butler, gehörte.

Er öffnete sofort.

Ramsey war ein knochentrockener Typ mit Hamsterbacken. »Sir«, sagte er. »Willkommen.«

John grinste. »Danke.«

Ramsey schloß hinter ihm die Tür.

Der Geisterjäger betrat die Clubräume. Sie erinnerten an eine komfortable Wohnung. Es gab mehrere Zimmer, in die man sich mit seinem Drink zurückziehen konnte. Ober bewegten sich lautlos auf dicken Teppichen.

John steuerte jedoch die eigentliche Bar an. Es war ein kleiner Raum mit einer hufeisenförmigen Theke und ohne Tische oder Stühle. Man konnte nur an der Theke sitzen, die aus feinstem Mahagoni gefertigt war. Schmiedeeiserne Lampen spendeten gemütliches Licht.

Drei Gäste saßen am Tresen. Zwei lasen Zeitung, der dritte unterhielt sich mit dem Mixer. Der Mixer hatte eine Rennzeitung vor sich liegen und versorgte seinen Gast mit Tips.

Ein vierter Mann betrat gleichzeitig mit John die Bar.

Es war Edward Pommeroy, ein alter Bekannter. Pommeroy war Anwalt, einer der besten von ganz London. Er war schon älter und hatte seine Kanzlei bereits dem Sohn überschrieben. Jetzt pflegte er nur noch das Clubleben und holte dadurch manch lukrative Aufträge herein.

»Mann, Sinclair!« rief Pommeroy jovial. »Sieht man Sie auch mal wieder.«

Edward Pommeroy hatte im Laufe der Zeit Speck angesetzt. Sein Maßanzug spannte sich etwas in Höhe des Bauches. Pommeroy war ein blendender Gesellschafter, und vor allen Dingen an John Sinclair schien er einen Narren gefressen zu haben.

»Darauf müssen wir einen Scotch trinken«, sagte Pommeroy. »Kommen Sie, Sinclair, ich lade Sie ein.«

Er faßte den Geisterjäger am Arm und zog ihn mit zum Tresen, wo der Mixer die Zeitung beiseiteschob, als er sah, daß zwei neue Gäste kamen.

»Zwei Scotch, Charlie«, rief Edward Pommeroy.

»Sehr wohl, Sir.«

John Sinclair und Edward Pommeroy nahmen auf zwei Lederhockern Platz. Die Hocker waren mit Rückenlehnen versehen und im Boden verschraubt.

Der Oberinspektor hatte natürlich nicht damit gerechnet, Edward Pommeroy hier zu treffen, er machte aber gute Miene zum bösen Spiel und trank einen Scotch.

»Wie geht es Ihnen, alter Haudegen?« fragte Pommeroy. »Wir haben uns ja eine Ewigkeit nicht mehr gesehen. Habe gehört, daß Sie Oberinspektor geworden sind. Alle Achtung, eine reife Leistung.«

John winkte ab. »Das ist schon gar nicht mehr wahr.«

Pommeroy lachte. »Sie sind wie immer viel zu bescheiden.«

Er fragte und fragte, und dabei brannte John die Zeit auf den Nägeln. Schließlich – es waren etwa fünfzehn Minuten vergangen – hatte John Sinclair Glück.

Pommeroy erhielt Besuch von einem Kollegen. Wie John hörte, waren die beiden hier im Club verabredet gewesen.

Der Geisterjäger atmete auf. Er nützte die Chance, sich still und heimlich zu verdrücken.

Den Whisky hatte Pommeroy bezahlt. Niemand achtete darauf, daß John Sinclair den Barraum verließ.

Er orientierte sich in Richtung der Toiletten. Dort befand sich der Hinterausgang.

John ging durch einen Gang, dessen Wände grün gestrichen waren. Die Türen zu den Toiletten waren dunkel gebeizt. Die Hintertür lag dort, wo der Gang einen Knick machte und im rechten Winkel zu den Vorratsräumen führte.

Wie John Sinclair schon erwartet hatte, fand er die Tür offen. Er warf noch einen Blick über die Schulter – niemand hatte sein Verschwinden bemerkt – und empfahl sich dann still und heimlich.

Er landete auf einem Hinterhof. Hier war kein sommerlich blühender Garten zu sehen, weiß getünchte Mauern begrenzten das Geviert. Aber alles war sauber, es gab keine überquellenden Mülltonnen und keine zersplitterten Kisten. Der plattierte Hof war gefegt.

John ging bis zu der etwa mannshohen Mauer vor und kletterte mit sicheren Bewegungen darüber. Jenseits der Mauer verlief ein schmaler Weg, mehr ein Trampelpfad. Er führte an der Rückseite der Gärten entlang, deren Häuser zur Charles Street gehörten.

Die Gärten standen in sommerlicher Blüte. Im schrägen Winkel fiel die Abendsonne auf das Land. Menschen saßen vor den selbst zusammengezimmerten Lauben, tranken und unterhielten sich. Sie genossen die Ruhe des Feierabends. John hörte das Lachen heller Kinderstimmen.

Auf ihn achtete niemand. Mit forschen Schritten lief der Geisterjäger den Weg weiter, und er gelangte schließlich an die Rückseite des Hauses Nummer sieben.

Hier glich der Garten einem Urwald.

Diese Mrs. Longford schien keinen Sinn für die Schönheiten der Natur zu haben. Die Wege in ihrem Garten waren kaum mehr zu sehen. Wild wucherte das Unkraut. Der Rasen war fast kniehoch, und die Halme bogen sich schon wieder der Erde entgegen.

Ein Zaun umschloß das Gelände. Er war aus einfachem Maschendraht, schon ziemlich alt und hatte Rost angesetzt.

Der Oberinspektor blieb vor dem Zaun stehen und ließ seinen Blick über die Rückseite des Hauses schweifen. Was er sah, entlockte ihm keine Begeisterungsstürme. Die Fassade war ziemlich glatt. Die Fenster hatte man mit Vorhängen verhängt, und über der letzten Etage hing die Dachrinne im schrägen Winkel nach unten. Bei der Renovierung hatten sich die Leute wohl nur die Vorderseite vorgenommen, damit diese in das Allgemeinbild paßte.

Zwei ältere Männer kamen auf John zu. Die beiden blickten den Geisterjäger mißtrauisch an.

»Wollen Sie in das Haus?« wurde John gefragt.

»Nein, nein. Ich will es mir nur einmal ansehen. Ich wollte ein Haus kaufen . . .«

»Aber doch nicht das, vor dem Sie stehen, Mister.«

»Und warum nicht?«

»Die Alte verkauft doch nicht.« Der Mann lachte. »Diese Mrs. Longford ist menschenscheu. Sie hat sich in ihr Haus zurückgezogen und bewohnt es ganz allein. Diesen Kasten ohne Mieter. Können Sie sich das vorstellen, Mister?«

»Nein.«

»Eben. Kaufen Sie lieber ein anderes Haus.«

Die beiden Männer gingen weiter. John hörte noch, wie sie sich über seine Absicht, das Haus zu kaufen, unterhielten.

Der Geisterjäger wartete, bis die beiden nicht mehr zu sehen waren, und überwand dann den Maschendrahtzaun. Niemand hatte ihn dabei beobachtet. Auch vom Haus her nicht. Wenigstens war ihm nichts aufgefallen.

John ahnte den Weg, der zur Rückseite des Hauses führte, mehr, als er ihn sah. Er schob sich durch das Gewirr von Zweigen und Pflanzen und gelangte schließlich in einen kleinen schmalen Hof, der sich übergangslos an den Garten anschloß.

Der Hof war mit Kopfsteinen gepflastert, zwischen dessen Ritzen das Unkraut wucherte.

Geduckt überwand John Sinclair die letzten paar Yards und blieb dann dicht an die Hauswand gepreßt stehen.

Zwei Yards von ihm entfernt befand sich eine Hintertür.

Der Geisterjäger nickte zufrieden. Das schien ja besser zu klappen, als er es sich gedacht hatte.

Er rief sich den Grundriß des Hauses ins Gedächtnis zurück und wußte, daß hinter der Tür ein Gang begann, der direkt in das Treppenhaus führte.

Kellerfenster sah John Sinclair nicht. Es gab nur einige zugemauerte Stellen, die wohl früher die Fenster gewesen waren.

John Sinclair kümmerte sich nicht darum. Ihn interessierte die Hintertür.

Sie war verschlossen. Er hatte auch nichts anderes erwartet. Doch die Tür stellte für John kein Problem dar. Mit Hilfe seines Spezialbestecks öffnete er sie.

Nach der Wärme des Sommerabends empfand John die Kühle des Hauses fast unangenehm. Er fröstelte.

Sacht schloß er die Tür hinter sich.

Es dauerte seine Zeit, bis sich Johns Augen an das Dämmerlicht gewöhnt hatten. Auf Zehenspitzen schlich er durch das Treppenhaus. Links von ihm wand sich die Treppe hoch.

Es war still im Haus.

Unnatürlich still. John Sinclair wagte kaum zu atmen. Die schlecht riechende Luft legte sich schwer auf seine Lungen. Der Geisterjäger fühlte sich unwohl.

Was würde ihn in diesem Haus noch erwarten?

Dann hatte er den Anfang der Treppe erreicht. Vor ihm lag jetzt der breite Flur. Links führte eine Tür in eine Wohnung.

John zog seine Beretta. Das Magazin war mit geweihten Silberkugeln gefüllt.

Der Oberinspektor stand mit wenigen Schritten vor der Tür. Die Klinke glänzte messingfarben.

John drückte sie nach unten und stieß die Tür auf.

Er gelangte in eine Wohnung.

Alles war still.

John sah sich in einem Wohnzimmer, das mit alten Möbeln vollgestopft war. Er entdeckte eine offenstehende Tür, die in ein anderes Zimmer führte.

John schlich dorthin.

Als er sich in den Raum schob – es war eine Küche – hatte er das Gefühl, ein Schlag hätte ihn getroffen. Genau vor ihm lag die blutüberströmte Leiche eines jungen Mannes.

Zwei, drei Sekunden lang blieb John Sinclair reglos stehen. Dann hörte er hinter sich das hämische Kichern.

John kreiselte herum.

Riesengroß wuchs die blutbefleckte Klinge eines Messers vor ihm auf. Die Hand, die die Waffe hielt, war bereit, John Sinclair das Messer in die Brust zu stoßen . . .

Sie kamen aus allen Zimmern!

Sie – die Bewohner des Hauses. Die Mieter – die Toten!

Es waren gräßliche Gestalten, nach dem Tod degeneriert, aber dann zu satanischem Leben erweckt.

Da war die Frau mit den gelben Augen. Sie trug ein langes Gewand von gelbweißer Farbe, das mit Stockflecken versehen war. Sie hatte lange, spinnengleiche Finger und Krallen spitz wie Messer. Die Frau ging nicht – sie schwebte. Über die Treppenstufen glitt sie dem Speicher entgegen, um an dem Hexensabbat teilzunehmen.

Dann folgte der Unheimliche mit dem Raubtierfell. Schrecklich waren seine behaarten Pranken anzusehen. Sein Gesicht sah aus wie eine deformierte Wolfsschnauze. Die Augen rollten in den Höhlen. Immer wieder war das Weiße zu sehen, durch das sich kreuzförmig rote Blutäderchen zogen.

Und noch ein grauenhaftes Monster verließ sein Zimmer. Es war ein Mann ohne Gesicht. Er besaß nur einen hellen Fleck, in dessen oberem Drittel ein rotes Auge glühte. Der Körper war normal. Der Unheimliche trug einen grauen Anzug und sogar ein Hemd mit einer Krawatte. Er bot ein makaber komisches Bild.

Dann war da noch das junge Mädchen mit dem schrecklich entstellten Gesicht. Die linke Hälfte war völlig normal. Eine Haut wie Samt bedeckte sie. Dunkles Haar fiel bis auf die Schulter. Doch die rechte Gesichtshälfte war der reinste Horror. Bleiche Knochen traten zu Tage. Leer gähnte die Augenhöhle. Kein einziges Haar bedeckte die glänzende Schädelhälfte. Das Mädchen trug ein langes rotes Kleid, unter dem die beiden Füße hervorschauten. Der linke Fuß steckte in einem Schuh mit goldener Spange. Der andere war nur ein skelettierter Knochen. Ebenso verhielt es sich mit den Armen.

Fast lautlos näherten sich die vier unheimlichen Gestalten den jeweiligen Treppenaufgängen, um dem Speicher entgegenzugehen, denn dort fand der Hexensabbat statt.

Wieder sollte eine Fremde geopfert werden, um sie – die Schrecklichen – am Leben zu halten.

Nacheinander gingen die Höllenwesen auf den Speicher zu, um das grausame Ritual einzuleiten . . .

Jane Collins fühlte sich hundeelend.

Sie war nicht zum erstenmal aus einer Bewußtlosigkeit erwacht, aber es war jedesmal schrecklich.

Ihr Kopf schien zerplatzen zu wollen. Überall hämmerte und stach es, und als sich Jane bewegen wollte, spürte sie, daß man sie gefesselt hatte.

Sie konnte sich kaum rühren.

Mit großer Willensanstrengung gelang es Jane, den Kopf zu drehen. Sie stellte fest, daß sie sich in ihrem Zimmer befand. Die Vorhänge waren zugezogen, nur ein schwacher Sonnenstrahl fiel in den Raum und malte einen hellen Streifen auf den Teppich.

Jane sah auch das zerstörte Funkgerät, und die Hoffnung, die ihr bisher noch geblieben war, schmolz dahin wie Schnee in der Sonne.

Jetzt kamen die Vorwürfe.

Du hättest nicht allein gehen sollen, sagte sie sich. Du hättest auf John Sinclair hören sollen.

Hättest . . . hättest . . . hättest . . .

Jetzt war nichts mehr zu ändern.

Schritte unterbrachen Janes Gedankengänge. Sie kamen die Treppe hoch. Jane hörte auch zwei Frauen miteinander sprechen.

Die Schritte verstummten vor ihrer Tür.

Ein Schlüssel kratzte im Schloß. Die Tür schwang auf, und dann betraten zwei Frauen das Zimmer.

Die eine war Mrs. Longford. Sie trug noch immer das strenge Kostüm, und ihr Gesichtsausdruck war eine Mischung aus Wut, Hohn und Triumph.

Die andere Person war Jane Collins unbekannt. Sie war ein Mädchen, höchstens Anfang Zwanzig. Sie hatte braunes Haar und ein leidlich hübsches Gesicht.

Und sie war nervös.

Sie hielt sich hinter Mrs. Longford und knetete aufgeregt ihre Finger.

Dicht vor Jane Collins blieb die Longford stehen. Mit dem Daumen zeigte sie auf ihre Begleiterin. »Das ist Eve Gordon, meine Nichte«, erklärte sie. »Du brauchst dir aber keine Hoffnungen zu machen, Eve ist mir treu ergeben. Es wird ihr ein Vergnügen sein, unser Fest mitzuerleben. Nicht wahr, Eve?«

Eve Gordon nickte bestätigend.

Die Detektivin wollte fragen, was man mit ihr vorhabe. Sie mußte sich erst die Kehle freiräuspern, um sprechen zu können. Auch dann noch waren die Worte kaum verständlich.

»Was – was haben Sie mit mir vor?«

Mrs. Longford lachte. »Laß dich überraschen. Auf jeden Fall wirst du die Ehre haben, im Namen des Satans sterben zu können.«

»Darauf kann ich verzichten«, erwiderte Jane Collins mit Galgenhumor.

Mrs. Longford lachte. »Das kann ich mir denken. Aber dein Tod ist nun mal beschlossene Sache. Er wird der Höhepunkt des Sabbats sein.« Mrs. Longford wandte sich ihrer Nichte zu. »Los, Eve, faß mit an!«

Eve Gordon nickte.

Sie stellte sich hinter Jane Collins, bückte sich und legte ihre Hände unter die Achselhöhlen der Detektivin. Für einen Augenblick begegneten sich die Blicke der beiden Frauen, und Jane vermeinte, in den Augen des Mädchens so etwas wie Bedauern zu lesen. Aber das konnte auch eine Täuschung sein.

Ruckartig wurde Jane Collins hochgehoben. Durch diese schnelle Bewegung explodierte wieder der Schmerz in ihrem Schädel. Sekundenlang tanzten Sterne und farbige Kreise vor ihren Augen, und eine neue Ohnmacht drohte Jane zu überwältigen.

Dann hatte sie die Krise überwunden.

Sie befanden sich bereits an der Tür. Mrs. Longford hielt Janes Füße umfaßt. Sie ging rückwärts, betrat den Treppenflur und näherte sich der ersten Stufe.

Jane wurde in die Höhe getragen. Bei jeder Stufe, die die Frauen nahmen, schien ein Blitz ihren Schädel zerteilen zu wollen. Jane konnte ein Stöhnen nicht unterdrücken.

Martha Longford lachte. »Ja, stöhn nur«, sagte sie. »Deine Qualen werden noch schlimmer. Das, was du jetzt erlebst, ist nur ein Vorgeschmack.«

Jane gab keine Antwort. Hart preßte sie die Lippen aufeinander.

Dann standen sie vor der verschlossenen Speichertür. Mrs. Longford ließ Janes Füße los und schloß die Tür auf. Dann trugen sie sie hinein.

Auf dem großen Speicher war es stockfinster. Mrs. Longford hatte die schrägstehenden Fenster mit schwarzer Farbe bepinselt, so daß kein Lichtschein in den geräumigen Speicherraum fiel. Und doch bewegte sie sich so, als wäre der Speicher mit Helligkeit erfüllt.

»Laß sie los!« befahl Mrs. Longford ihrer Nichte.

Jane wurde zu Boden gelegt. Sie drehte den Kopf und konnte die Umrisse der Speichertür als helles Viereck erkennen. Mrs. Longford bewegte sich von ihr fort. Dann hörte Jane das schabende Geräusch eines Zündholzes, wenn es über die Reibfläche gleitet.

Einen Lidschlag später tanzte eine Flamme auf, die Nahrung an einem Kerzendocht fand.

Mit der brennenden Kerze in der Hand machte Mrs. Longford ihre Runde. Der Reihe nach zündete sie die aufgestellten Kerzen an, die bis jetzt die Dunkelheit verschluckt hatte. Jane kam es vor, als würde stückweise ein großes Tuch vom Speicher genommen.

Und langsam konnte die Detektivin auch erkennen, wo sie sich befand.

In einem reinsten Horror-Kabinett.

Die schwarzen Kerzen waren kreisförmig angeordnet. Jane befand sich außerhalb des Kreises. Den Mittelpunkt bildete ein Gegenstand, der mit einem schwarzen Tuch verhängt war. Das Tuch war so weit, daß Jane nicht einmal die Umrisse des Gegenstands darunter erkannte.

Mrs. Longford zündete noch immer Kerzen an. Sie hatte erst die Hälfte geschafft, und bei jeder Kerze, die sie neu anbrannte, murmelte sie Worte, die nicht zu verstehen waren.

Die Kerzen brannten ruhig. Kein Luftzug wehte durch den großen Raum. Es war stickig und heiß. Modergeruch traf Jane Collins' Nase. Neben der Detektivin stand Eve Gordon. Aus großen Augen sah sie dem Treiben ihrer Tante zu. Das Licht der Kerzen ließ ihr Gesicht aussehen, als wäre es mit Blut übergossen.

Jane Collins konnte erkennen, daß die Wände des Speichers mit Tüchern verhängt waren. Magische Symbole zierten die Tücher, und auf jedem war als Mittelpunkt eine stilisierte Teufelsfratze zu sehen. Im Licht der Kerzen sah es aus, als würden die Fratzen leben.

Ein schauriges Bild.

Jane Collins fröstelte.

Sie hatte auch den weißen Sarg entdeckt, von dem ihr Lydia Rankin berichtet hatte. Der Sarg stand an einer Wand außerhalb des Kreises, war geschlossen, und Jane erkannte auf dem Deckel ebenfalls die stilisierte Satansfratze.

Sollte er ihre letzte Ruhestätte werden? Allein bei dem Gedanken daran wurde es Jane Collins angst und bange.

Mrs. Longford hatte jetzt ihre Arbeit beendet. Sämtliche Kerzen brannten. Es waren bestimmt fünfzig an der Zahl.

Martha Longford stellte auch die letzte Kerze weg, mit der sie die anderen angezündet hatte. Dann nickte sie befriedigt. Sie trat auf Jane zu und blieb dicht vor ihr stehen.

»Eine kleine Galgenfrist sei dir noch gegönnt«, sagte sie. »Ich werde jetzt in meine Wohnung gehen und mich umziehen. Du«, sie zeigte auf Eve Gordon, »bleibst solange bei ihr. Sollte es Jane gelingen, dich zu überwältigen, werdet ihr beide sterben. Aus dem Haus kommt ihr nicht mehr. Die Toten sind meine besten Wächter.«

Mrs. Longford ging zur Tür. Wie ein Schatten huschte sie hinaus und zog die Tür hinter sich zu.

Jane Collins und Eve Gordon blieben allein zurück.

Die Hausbesitzerin ging mit raschen Schritten die Treppe hinunter. Sie hatte es eilig, der Hexensabbat sollte so bald wie möglich beginnen.

In ihrem Schlafzimmer kleidete sie sich um.

Mrs. Longford zog sich völlig nackt aus und schlüpfte dann in ein schwarzes, bis zum Boden reichendes Gewand, dessen Vorderseite wieder den stilisierten Satanskopf zeigte. Dann beschmierte sie ihr Gesicht mit einer Salbe, die bestialisch stank.

Wenigstens für die Geruchsnerven normaler Menschen. Für

Martha Longford mußte es Balsam sein, das war aus ihrem Gesichtsausdruck zu schließen.

Martha Longford war schon im Wohnzimmer, als sie auf dem Flur das Geräusch von Schritten hörte.

Da ist jemand ins Haus eingedrungen! dachte Mrs. Longford sofort.

Blitzschnell entwickelte sie einen Plan. Wenn der Eindringling in die Wohnung kam, mußte er sie entdecken.

Mrs. Longford huschte in die Küche. Sie sah die Leiche auf dem Boden liegen, sah das in der Brust steckende Messer, und ein diabolisches Lächeln umspielte ihre Lippen . . .

Mit einer Reflexbewegung wich John Sinclair zur Seite. Er hörte den gellenden Wutschrei der Frau und wußte im selben Augenblick, daß er es nicht schaffen würde.

Er konnte dem Messer nicht mehr völlig ausweichen.

John spürte einen brennenden Schmerz an seiner linken Schulter. Wie durch Butter fuhr die Klinge durch den Stoff seines Jacketts auf und nahm einen Hautstreifen mit.

John fiel zu Boden, winkelte aber gleichzeitig das Bein an und ließ es sofort wieder vorschnellen.

Er traf die weibliche Bestie in Höhe der Knie.

Mrs. Longford geriet aus dem Gleichgewicht. Dadurch konnte sie den nächsten Messerstich nicht führen. Sie hatte genug damit zu tun, sich selbst zu fangen.

Johns rechte Hand verschwand unter dem Jackett. Er spürte schon den kühlen Griff der Waffe an seinen Fingern, als sich die Frau plötzlich herumwarf und aus der Küche rannte.

Noch ehe John die Waffe aus der Halfter hatte, drosch Mrs. Longford die Tür bereits hinter sich zu und schloß mit dem von außen steckenden Schlüssel ab.

Der Geisterjäger hatte das Nachsehen.

Er fluchte verbissen.

Mühsam wälzte er sich zur Seite. Jetzt erst spürte er den höllischen Schmerz. Sein ganzer linker Arm schien in Flammen zu stehen. Aus der Wunde pulste ununterbrochen hellrotes warmes Blut.

John biß die Zähne zusammen. Auf dem Küchenboden hatte sich bereits eine rote Lache gebildet. Wenn es John nicht gelang, die Blutung zu stoppen, dann dauerte es nicht lange, und er kippte vor Schwäche um.

Der Oberinspektor stemmte sich hoch. Er schalt sich einen Narren, sich so überrumpeln zu lassen. Und damit sanken die Chancen für Jane Collins immer mehr.

Aus der Tasche holte John Sinclair ein sauberes Tuch. So gut es ging, band er die Wunde ab. Mit dem Taschenmesser schnitt er seinen Jackettärmel in Streifen und band ihn über das Taschentuch. Dann stand er auf.

Noch immer hämmerte und bohrte der Schmerz in seinem Arm. John bewegte probehalber die Finger. Es ging alles glatt. Das Messer schien keine Sehne verletzt zu haben.

Darüber war John heilfroh.

Aber er konnte sich jetzt nicht um seine Verletzung kümmern. Für ihn drängte die Zeit, wollte er die rasende Bestie, zu der Mrs. Longford geworden war, aufhalten.

Die Tür bereitete John keine Probleme. Er trug ja sein Besteck bei sich. Trotzdem kostete das Öffnen der Küchentür Zeit. Dann trat der Geisterjäger in den Living-room.

Er hielt sicherheitshalber seine Waffe in der gesunden Rechten, doch niemand lauerte ihm auf.

John Sinclair befand sich allein in dem Raum.

Mit dem Handrücken wischte er sich den Schweiß von der Stirn. Er rief sich noch einmal Jane Collins' Worte ins Gedächtnis. Sie hatte von dem Speicher gesprochen, den sie nicht betreten sollte.

Und gerade er war John Sinclairs Ziel.

Als er in das Treppenhaus trat, war es ruhig. Schwach nur drang von draußen der Verkehrslärm an seine Ohren.

Der Geisterjäger biß die Zähne zusammen, ignorierte den Schmerz in seinem linken Arm und machte sich daran, die Stufen der Treppe zu erklimmen . . .

Eve Gordon war nicht so schlecht, wie sie sich gab, und sie war auch nicht so abgebrüht wie ihr jetzt toter Freund Garry Quinn.

Sie war praktisch ohne ihre direkte Mithilfe in einen Teufelskreis geraten, aus dem sie nicht mehr hinaus konnte. Wenigstens nicht aus eigener Kraft.

Jane Collins spürte genau die innere Zerrissenheit des Mädchens, und darauf baute sie ihren Plan.

»Wir zwei, wir hätten eine Chance«, sagte sie.

»Wieso?« fragte Eve Gordon.

»Eine Chance zu verschwinden.«

Eve lachte auf. »Daran glauben Sie doch selbst nicht. Außerdem halte ich zu meiner Tante. Machen Sie sich nur keine falschen Hoffnungen. Ich bin hier ganz gut aufgehoben.«

Sehr überzeugend klang die Verteidigungsrede nicht, und deshalb schlug Jane auch weiterhin in die Kerbe. »Warum bleiben Sie hier? Haben Sie etwas ausgefressen?«

»Was geht Sie das an?«

»Weil ich sonst keinen anderen Grund für Ihr Verhalten erkenne.«

Eve Gordon senkte den Blick. Ausdruckslos starrte sie in den Flammenkreis, dessen Licht bis zu der schräg verlaufenden hohen Decke reichte und dort das dunkle Holz des Gebälks umspielte.

»Ich bin Terroristin«, sagte Eve plötzlich. »Ich gehöre zur Anarchoszene und stehe in den Fahndungsblättern der zuständigen Stellen. Ich kann Ihnen nicht helfen. Ich muß froh sein, daß ich hier bei meiner Tante untergekommen bin.«

»Dann gehörte der junge Mann zu Ihnen?«

»Ja.«

»Und Ihre Tante hat ihn getötet!«

Nachdem Jane diese Worte gesagt hatte, schwieg Eve Gordon. Jane Collins sah plötzlich Tränen in ihren Augen glitzern. »Der Weg zurück ist verbaut«, sagte Eve mit kaum verständlicher Stimme. »Ich werde hier in diesem Haus bleiben und irgendwann einmal verschwinden.«

»Falls Sie dann noch am Leben sind«, konterte die Detektivin.

»Meine Tante würde mich nie töten«, rief Eve.

»Sie ist eine Hexe. Sie hat schon mehrere junge Mädchen auf

dem Gewissen. Und dieses Haus hier ist auch nicht so leer, wie es den Anschein hat. Nein, es ist bewohnt. Und zwar von lebenden Toten. Von Mietern, die nur durch die Kraft der Hölle am Leben erhalten werden. Zu Monstern sind sie degeneriert, und Ihre Tante ist deren Anführerin. Wollen Sie mit ihr zusammenleben? Wollen Sie das wirklich?«

»Hören Sie auf!« schrie Eve Gordon und stampfte mit dem Fuß auf.

»Wie heißen Sie?« wechselte Jane das Thema.

»Eve. Eve Gordon.«

»Okay, Eve. Meinen Namen kennen Sie ja.« Jane ahnte, daß sie jetzt dicht vor der Entscheidung stand. Sie durfte Eve jetzt keine Möglichkeit mehr geben, auszuweichen. Jetzt mußte sie sie packen.

»Haben Sie schon einen Mord auf dem Gewissen, Eve?«

»Nein!«

»Dann wird man Sie auch nicht schlimm bestrafen. Ich verspreche Ihnen, ich setze mich für Sie ein. Ich kenne einflußreiche Leute bei der Polizei. Das ist nicht nur so dahergesagt. Glauben Sie mir. Schneiden Sie mir die Fesseln auf, Eve. Zu zweit können wir es schaffen.«

»Ich weiß nicht. Ich . . .« Eve Gordon zögerte.

»Machen Sie schon!«

»Haben Sie denn ein Messer?« Eve warf bei der Frage einen scheuen Blick zur Tür. Sie rechnete jeden Augenblick damit, daß ihre Tante zurückkommen würde.

»Ich habe ein Messer«, sagte Jane. »Ein uralter Trick. Drehen Sie meinen rechten Schuhabsatz im Uhrzeigersinn herum. Dann stoßen Sie auf eine kleine Höhlung, und darin befindet sich das Messer.«

Eve Gordon nickte und ging neben Jane Collins in die Knie.

Sie faßte den Schuhabsatz und drehte ihn herum – und . . .

»Aaaahhh . . . grrrr . . .«

Das gräßliche Stöhnen ließ die beiden Frauen zusammenzucken. Eve Gordon stieß einen Schrei aus.

Jane behielt die Nerven.

»Machen Sie schon, Eve. Bitte, beeilen Sie sich!«

»Das Stöhnen. Es . . .«

»Kümmern Sie sich nicht darum, Eve. Sie müssen sich jetzt beeilen, sonst ist alles zu spät.«

Da hielt Eve Gordon das Messer in der Hand.

»Zuerst die Arme«, sagte Jane.

Eve Gordon rollte die Detektivin auf den Rücken und säbelte an den Nylonschnüren herum. Sie war so nervös, daß sie zweimal Janes Haut traf, doch die Detektivin ignorierte den Schmerz.

Die ersten Fesseln fielen.

Dann wieder das Stöhnen. Es war so gräßlich, daß den beiden Frauen ein eiskalter Schauer über den Rücken lief.

Das Stöhnen war unter dem Tuch aufgeklungen. Wer oder was mochte sich dort verborgen halten?

Eve warf einen raschen Blick in den Kreis. Sie hatte das Gefühl, als würde sich das Tuch bewegen. Die Kerzenflammen begannen zu flackern. Ein eisiger Luftzug strich plötzlich durch den Speicher.

Und noch immer waren die Fesseln nicht gefallen.

»Machen Sie weiter, Eve! Beeilen Sie sich!« Jane drängte. Sie sprach mit hastiger Stimme.

Eve Gordon nickte.

Sie murmelte unverständliche Worte. Jane hörte genauer hin und erkannte, daß es ein Kindergebet war.

Da fielen die Handfesseln!

Jane Collins atmete auf. »Und jetzt noch die Füße«, sagte sie.

Eve Gordon kroch an ihren Beinen entlang.

Im selben Augenblick wurde die Tür des Speichers aufgestoßen.

Vier Monster – eines schrecklicher als das andere – standen auf der Schwelle.

»Zu spät!« rief Eve Gordon. »Zu spät!« Gleichzeitig warf sie sich auf den Boden und begann gellend zu schreien . . .

Die vier Monster stürmten auf den Speicher. Es waren Wesen, die jeder Beschreibung spotteten und wie sie nur die Hölle hervorbringen konnte.

Eve schrie noch immer. Sie hatte den Monstern direkt in die

schaurigen Fratzen gesehen, und dazu kam noch das Kerzenlicht, das die Gestalten noch schrecklicher erscheinen ließ.

Jane Collins war zur Seite gerobbt. Sie hatte Eve mitziehen wollen, doch das Mädchen hatte sich nicht mehr bewegt.

Die Detektivin wollte weg aus dem Schein der Kerzen. Im Dunkel der Ecken hoffte sie, ihre Fußfesseln lösen zu können.

Und sie schien Glück zu haben. Noch kümmerten sich die Höllengestalten nicht um sie.

Jane gab sich den nötigen Schwung, und durch eine Rolle rückwärts gelangte sie in einen günstigen Winkel des Speichers. Da Eve das Messer noch in der Hand hielt, mußte Jane Collins ihre Fußfesseln mit den Händen lösen.

Es war eine hundsgemeine Arbeit.

Und die Sekunden rannen dahin.

Während Jane hastig arbeitete, beobachtete sie Eve Gordon und die Monster.

Die lebenden Toten hatten das Mädchen eingekreist. Eine behaarte Bestie griff in Eve Gordons Haare. Fauchend riß sie das Mädchen hoch.

Eves Schrei erstickte in einem Wimmern.

Dann zielte die Bestie nach Eves Hals. Klauenhände drückten zu.

Da betrat Mrs. Longford den Speicher. Ein Blick reichte ihr, um zu erkennen, was los war.

»Zurück!« gellte ihre Stimme. »Laß sie los!«

Das behaarte Monster ließ Eve Gordon fallen, als wäre sie ein glühendes Stück Eisen. Dann duckte es sich zusammen.

Wie ein Racheengel stürmte die Frau heran. Das dunkle Gewand wehte hinter ihr her. Das Gesicht – mit der Salbe bestrichen – leuchtete grünlich.

Eve Gordon war zu Boden gesunken. Jane konnte nicht erkennen, ob sie bewußtlos war. Sie war weiter mit ihren Fesseln beschäftigt, die sich erst zu einem Teil gelockert hatten.

Wütend fuhr die Frau das behaarte Monster an. »Es ist ein Kerl im Haus!« zischte sie. »Er ist unten. Geh und bring ihn um. Und du gehst mit!« Sie deutete auf die Gestalt, die dicht über dem Boden schwebte und deren Augen gelblich leuchteten.

Die beiden Monster verschwanden.

Zurück blieben nur das Mädchen mit dem entstellten Gesicht und der Einäugige.

Jane Collins aber hatten die Worte der Frau aufgeschreckt. Ein Mann im Haus!

Das konnte nur John Sinclair sein.

Der Gedanke an den Geisterjäger gab ihr neue Kraft. Verbissen arbeitete sie weiter.

Und plötzlich war wieder das Stöhnen zu hören. Diesmal lauter, schrecklicher . . .

»Aaaagggrrr . . .«

Auch Mrs. Longford hatte das Stöhnen vernommen.

»Ramon!« rief sie. »Ramon Vanescu!« Sie stieß den Namen als Jubelschrei aus, sprang mit wehendem Umhang über die Kerzen und lief in die Mitte des Kreises auf die verdeckte Gestalt zu.

Mit einem Ruck zog sie die Plane zur Seite!

Im selben Augenblick fielen Janes Fesseln. Und gleichzeitig drang aus ihrem Mund ein markerschütternder Schrei. Jane konnte ihn nicht zurückhalten. Zu schrecklich war die Gestalt, die inmitten des Kreises auf einem Stuhl saß.

Noch nie in ihrem Leben hatte Jane solch ein entstelltes Wesen gesehen.

Unwillkürlich schloß sie die Augen. Und doch konnte sie das Bild nicht aus dem Gedächtnis verbannen.

Das Monster hatte zwar noch Körperformen, war aber bis zur Unkenntlichkeit verbrannt.

Sah so der Satan aus?

War das die Hölle?

Jane konnte es nicht glauben.

Aber durch ihren Schrei hatte sie Mrs. Longford auf sich aufmerksam gemacht. Die Hexe war herumgefahren und sah jetzt die Umrisse der Detektivin.

Sie sprang aus dem Kreis und riß blitzschnell Janes Astra hervor, die sie in einer Falte des Umhangs verborgen gehabt hatte.

»Komm her!« schrie sie und blieb zwei Schritte vor Jane Collins stehen.

Jane sah die Hexe und auch die anderen beiden Monster, die neben der Longford standen.

Das Mädchen mit dem entstellten Gesicht hatte die linke Hälfte des Mundes zu einem teuflischen Grinsen verzogen. Der Einäugige starrte die Detektivin unverwandt an. Seine Pupille rotierte und bewegte sich gleichzeitig von einer Seite zur anderen.

Und Jane Collins sah die Pistole, die Mrs. Longford in der Hand hielt.

Ein tollkühner Gedanke durchzuckte Jane Collins' Gehirn!

»Steh auf und komm her!« kreischte die Hexe wieder.

Jane erhob sich langsam. Sie fühlte, wie das Blut in ihren Adern prickelte und stach. Noch konnte sie nicht reagieren wie sonst. Noch war sie zu geschwächt. Aber von Sekunde zu Sekunde ging es ihr besser.

»Du wirst ihm gehören!« zischte die Hexe. »Ihm allein. Und durch dich wird er wieder so werden wie früher. Er wird dir das Leben aussaugen. Du mußt sterben, damit Ramon Vanescu leben kann. Er darf nicht untergehen. Er, der große Magier und Dämon, der schon vor vielen Jahren in diesem Haus gewohnt hat und dessen Werk ich weitergeführt habe. Ich mache ihn wieder zu dem, was er war. Komm jetzt!«

Und Jane ging.

Schritt für Schritt näherte sie sich Mrs. Longford.

Sie war plötzlich eiskalt. Besann sich wieder auf ihre Fähigkeiten, die sie so auszeichneten. Den Schock des schaurigen Anblicks hatte sie bereits überwunden.

Die beiden anderen Monster griffen nicht ein.

Plötzlich riß sich Jane Collins mit einem Ruck die Bluse auf.

Ein silbernes Kreuz lag auf ihrer makellosen Haut. Es hing an einer Kette um den Hals.

Die beiden Untoten brüllten und wandten sich ab. Der Schein einer Kerze traf das Kreuz und ließ es aufblitzen.

Auch die Hexe war für einen Moment irritiert.

Und Jane hatte genau die richtige Distanz.

Urplötzlich sprang sie vor.

Der Ausfall erfolgte so überraschend für Martha Longford, daß sie nicht mehr reagieren konnte.

Janes Fußspitze traf die Waffenhand.

Die Astra wurde der Frau aus den Fingern geprellt, in die Luft geschleudert und fiel dann zu Boden. Zwischen Jane und der Hexe blieb sie liegen.

Beide Frauen stürzten darauf zu.

Sie erreichten die Waffe fast gleichzeitig. Jane spürte das kühle Metall an ihren Fingern, und im nächsten Moment rissen ihr die Nägel der Hexe die Haut auf dem Handrücken auf.

Jane Collins konnte einen Schmerzensschrei nicht mehr unterdrücken. Trotzdem klammerte sie die Waffe fest, warf sich zur Seite und gelangte mit einer geschickten Drehung aus der Reichweite der Hexe.

Jane schoß im Liegen.

Sie hatte auf das einäugige Monster gezielt und es genau unter dem Auge getroffen.

Wieder geschah das gleiche wie bei dem Grünhäutigen. Sekundenlang umgab eine helle Aura die Gestalt. Jane sah in Umrissen einen noch jungen blonden Mann. Ein Geistwesen, das sich im nächsten Moment wie ein Nebelstreif auflöste.

Der Wutschrei der Hexe ließ Jane Collins herumkreisen. Mrs. Longford war nicht mehr zu halten.

»Ramon!« keifte sie. »Ramon!«

Jane ahnte die Gefahr nur. Sie sah sie nicht. Als sie herumkreiseln wollte, war es zu spät.

Ein mörderischer Schlag traf ihr Handgelenk, dann fiel ihr die Pistole aus den Fingern.

Ramon Vanescu war da!

Und der untote Magier und Höllendiener kannte keine Gnade. Wie Schraubstöcke waren seine Klauen, als sie Janes Hals umfaßten.

Jane hörte noch das gellende, triumphierende Lachen der Hexe, dann stürzte sie in einen unendlich tiefen Schacht . . .

John Sinclair hatte den zweiten Treppenabsatz erreicht, als er abrupt stoppte.

Eine Gestalt kam ihm entgegen.

Nein, sie kam nicht – sie schwebte. Etwa kniehoch glitt sie über den Stufen der Treppe herab.

John blieb stehen.

Er sah hinter der schwebenden Gestalt noch eine zweite auftauchen. Es war ein mit Fell und Pelz bewachsenes Untier. Mit grausam gefletschten Zähnen hechelte es die Stufen herab.

John machte kurzen Prozeß.

Er hob die Beretta und feuerte. Durch seine Verletzung konnte er sich auf keinen langen Kampf mehr einlassen. Er mußte rasch und kompromißlos zuschlagen.

Die geweihte Silberkugel drang dem Untier in den Schädel, genau über der Wolfsschnauze.

Die Wirkung war frappierend. Das Monster wurde zurückgefegt und heulte klagend auf.

Während es durch die Kraft des geweihten Silbers verging, sah John zum erstenmal die Lichtaura, die die Gestalt umgab und aus deren Konturen sich die Umrisse eines Menschen formten. Eines grauhaarigen Mannes mit einem runden Gesicht und einer randlosen Brille vor den Augen. Der Mann lächelte glücklich. Wie zum Gruß hob er den Arm, dann löste sich der Geist auf. Genauso wie das Monster, das zu Staub zerfiel.

John Sinclair stand auf einer Treppenstufe und war fasziniert und geschockt zugleich. Seine Gedanken konnten das Gesehene gar nicht so rasch verarbeiten, außerdem mußte er sich auf die zweite Horrorgestalt konzentrieren.

Die gelben Augen . . . das Gesicht . . . das mußte das Ungeheuer sein, von dem Lydia Rankin zu Jane Collins gesprochen hatte.

Das Monster griff John nicht an. Es stand auf der Treppe und hob den Arm.

Der Geisterjäger zögerte.

Er wußte auch nicht, warum, aber plötzlich begann die Untote zu sprechen. Flüsternd vernahm er die Stimme: »Erlöse mich. Bitte! Erlöse mich von den Qualen des Dämons. Ich will endlich sterben. Wie auch die anderen. Bitte.«

»Wie kommt es, daß du lebst?« fragte John.

»Ramon Vanescus Zauber hat uns am Leben gehalten. Wir sind

schon lange tot, doch wir leben als untote Hülle. Unser Geist irrt in einem Zwischenreich umher. Ruhelos und voller Qual. Wir sind durch eine magische Symbiose an den Dämon gefesselt. Unsere Befehle empfangen wir von Martha Longford. Immer wieder haben wir Unschuldige angelockt, um den Dämon zu erhalten. Es ist schrecklich. Ich kann es nicht mehr ertragen. Bitte, töte mich.«

John nickte. »Ich werde dir den Gefallen erweisen.«

Er hob den rechten Arm und schoß.

Die Kugel drang der Untoten in die Brust, und abermals sah John die Lichtaura und das glückliche Lächeln, das das Gesicht des Geistes umflorte.

Diesmal war es ein Mädchen. Jung noch. Vielleicht zwanzig Jahre.

»Danke!«

Die Worte waren nur ein Hauch. Sie erreichten John Sinclairs Ohren, und der Geisterjäger fühlte eine Gänsehaut über den Rücken rieseln.

Dann war der Geist verschwunden.

Leer lag die Treppe vor dem Oberinspektor. Nur die beiden Häufchen Asche zeugten davon, daß hier vor wenigen Minuten noch zwei lebende Tote gestanden hatten.

Der Geisterjäger ging weiter.

Er spürte einen Kloß im Magen. Erst jetzt fiel ihm ein, daß er die Untote nach Jane Collins hätte fragen können. Nun war es zu spät.

John beeilte sich.

Als er den vierten Stock erreichte, sah er eine Tür offenstehen. John blickte in das dahinterliegende Zimmer. Aus den Beschreibungen wußte er, daß hier Jane Collins für kurze Zeit gelebt hatte. Der Oberinspektor sah auch das zerstörte Funkgerät. Jetzt konnte er sich vieles erklären.

Und plötzlich hörte er die Schreie.

Sie kamen von oben.

Vom Speicher her.

Es waren Frauenschreie. Grell und in höchster Angst ausgestoßen.

John Sinclairs Gesicht wurde hart. Dann hörte er einen Schuß. Aus der Detonation konnte er entnehmen, daß es eine Astra war.

Jane Collins besaß eine solche Waffe.

John Sinclair hetzte die nächste Treppe hoch.

Sein Herz hämmerte wild. Er hatte das Gefühl, es würde oben im Hals schlagen.

Noch hatte er Hoffnung. Noch . . .

Die nächste Treppe!

Da vernahm John Sinclair die keifenden Worte von Martha Longford. »Ramon!« kreischte sie. »Ramon!«

Ramon Vanescu! Der Dämon war also noch am Leben! Der Unhold, der seine Opfer nicht aus den Klauen ließ.

Noch vier Stufen.

John Sinclair nahm sie in einem letzten gewaltigen Satz. Und dann stürmte er wie ein Tornado durch die offenstehende Tür auf den Speicher . . .

Martha Longford sah John Sinclair als erste.

Sie stand neben Ramon Vanescu, wollte zusehen, wie der Dämon Jane Collins tötete.

Da flog der Geisterjäger heran.

Mit einem Warnschrei jagte die Hexe dem Oberinspektor entgegen. Sie wollte ihn stoppen, wollte verhindern, daß John dem Dämon zu nahe kam.

Der Geisterjäger schlug noch im Laufen zu.

Er durfte jetzt keine Rücksicht mehr nehmen, wenn er Jane Collins aus den Klauen des Unheimlichen befreien wollte.

Mrs. Longford wurde zur Seite gefegt wie ein vom Wind erfaßtes Blatt Papier. Sie ruderte haltlos mit den Armen, krachte zu Boden und warf einige der brennenden Kerzen um, deren lange Flammen nicht verlöschten, sondern wie Zungen über den Boden leckten.

Ramon Vanescu hatte Jane Collins losgelassen. Die Detektivin war zu Boden gesunken. John sah, daß sich ein junges, normal aussehendes Mädchen über sie beugte. Aber um die beiden kümmern konnte er sich nicht. Er mußte sich dem Dämon stellen, dessen scheußliches Aussehen auch ihn schockte.

Für einen Augenblick war der Geisterjäger unkonzentriert.

Das nutzte Vanescu aus.

Er griff an.

Und John feuerte.

Mit einem trockenen Geräusch, das sich anhörte, als würde jemand einen Ast brechen, bohrte sich die Kugel in die Brust des Dämons.

Vanescu schrie. Sein Angriff wurde aufgehalten, aber nicht gestoppt. John erkannte mit Entsetzen, daß die Kugel dem Unheimlichen nicht schadete. Er war ein so großer Magier, daß er selbst die Kraft des Silbers absorbieren konnte.

Von der Seite her wurde John Sinclair angesprungen. Aber nicht von Mrs. Longford, sondern von der letzten Untoten, die noch umhergeisterte. Es war das Mädchen mit dem Doppelgesicht, und sie wollte ihrer Herrin dienen.

John Sinclair flog zur Seite. Er taumelte auf den Flammenkreis zu und hörte das wilde Keifen der Hexe.

»Ja, töte ihn!« schrie Martha Longford. »Töte ihn!«

Sie kroch inmitten des jetzt unterbrochenen Kreises auf dem Boden herum, schrie, drohte und tobte.

John Sinclair bekam die Frau zu packen. Er faßte das lange Haar und schleuderte die Horrorgestalt herum. Sie flog quer durch den Speicher, ruderte mit den Armen und verschwand durch die offene Tür. Heulend blieb sie auf dem Treppenabsatz liegen.

John sah auch, daß sich Jane Collins wieder bewegte. Jane hielt die Hand des jungen Mädchens und wußte im Augenblick nicht, was los war.

»Weg, Jane!« schrie John die Detektivin an. »Nimm das Mädchen und verschwinde!«

Der Geisterjäger überzeugte sich nicht, ob Jane seinen Befehlen Folge leistete, er mußte sich wieder dem Dämon zuwenden, der sich von dem Kugeleinschlag bereits erholt hatte.

Der Körper, der aussah wie ein Stück Holzrinde, war dort, wo die Kugel ihn getroffen hatte, zerstört. Darin befand sich ein faustgroßes Loch, das sich jedoch schon wieder zu schließen begann.

John Sinclair wich den zupackenden Klauen des Dämons

geschmeidig aus und sprang dann über die Kerzen hinweg in den Flammenkreis.

Die Hexe wollte nach John fassen, doch ein Tritt gegen die Schulter warf sie zurück.

»Du Hund!« heulte die Hexe. »Du Hund!«

Der Geisterjäger kümmerte sich nicht um das Geschrei. Er bückte sich blitzschnell, ließ seine Pistole verschwinden und hob zwei Kerzen auf, die er zu einem Kreuz zusammenlegte. John hielt beide Enden der Kerzen umfaßt. Er stand gebückt da und erwartete so den Angriff des Dämons.

Und Vanescu kam.

Wie ein Roboter stampfte er in den Kreis, angefeuert von den schrillen Rufen der Hexe.

John hielt ihm das provisorische Kreuz dicht vor die Augen.

Der Dämon grunzte nur. Er wollte John die Kerzen aus der Hand wischen, doch der Geisterjäger war schneller. Er breitete die Arme aus, präsentierte sich für einen Moment deckungslos, und als der Dämon ihn packen wollte, unterlief John den Griff und faßte selbst zu.

Blitzschnell ließ er die Flammen der Kerzen über die trockene Haut des Dämons gleiten und war im nächsten Moment wieder aus der Reichweite der Arme.

John hatte richtig getippt.

Die trockene Haut fing Feuer.

Es begann zu knistern und zu sprühen. Die rindenartige Haut platzte weg wie die Schale einer Nuß.

Und zurück blieb nichts. Nicht einmal Asche.

Und während der Dämon mit einem letzten Schrei verging und sich das Feuer immer schneller ausbreitete, packte John Sinclair die am Boden liegende Mrs. Longford und hetzte mit ihr auf die Tür zu, verfolgt von giftgrünen Schwaden.

Hustend und keuchend erreichte er den Treppenabsatz. Von Jane und dem fremden Mädchen war nichts zu sehen. Sie hatten sich bestimmt in Sicherheit gebracht.

John Sinclair hörte, wie auf dem Boden die Fensterscheiben von der Hitze barsten. Gewaltsam zerrte er Mrs. Longford zur Treppe.

Mit einer fast übermenschlichen Kraftanstrengung warf sich John Sinclair die Frau über die linke Schulter.

Die Flammen hatten bereits das Treppenhaus erfaßt.

John hörte das Knistern von Holz. Irgend etwas brach mit lautem Getöse zusammen.

Er hetzte weiter.

Und irgendwann – waren nur Sekunden oder schon Minuten vergangen? – sah er das Gesicht von Jane Collins auftauchen.

»John!« schrie die Detektivin.

Die Last wurde ihm abgenommen. Jane schleifte die Hexe durch den Treppenflur. Sie hatte die Haustür bereits geöffnet. Frische Luft strömte John entgegen. Die Dämmerung hatte schon eingesetzt, und die Straße war schwarz von Menschen.

Das Feuer war nicht unentdeckt geblieben. Lange Flammenzungen leckten aus dem Dachgebälk. John Sinclair hörte das Heulen der Feuerwehrsirenen, und dann jagte schon der erste Wagen mit kreischenden Reifen in die Charles Street.

Der Geisterjäger torkelte durch den Vorgarten. Er sah Männer in blauen Uniformen. Löschschläuche wurden ausgerollt, und dann zischten die ersten, armdicken Wasserstrahlen aus den Düsen.

John wollte etwas sagen, die Sache erklären, doch plötzlich gaben seine Beine nach. Alles drehte sich vor seinen Augen, und dann fiel der Geisterjäger bewußtlos zu Boden.

John erwachte auf einer Liege. Jemand hatte sich um seine Verletzung gekümmert und ihm einen frischen Verband angelegt. Neben dem Geisterjäger saß Jane Collins.

Sie lächelte.

Erst jetzt sah John Sinclair, daß er sich in einem Wagen der Ambulanz befand.

»Ich lebe also noch«, sagte er grinsend und tastete dabei nach Janes Hand.

»Hast du wirklich gedacht, du würdest sterben?« fragte die Detektivin.

»Nee! Unkraut vergeht nicht.«

Jane lachte.

John schielte auf seinen Arm. Dann versuchte er aus dem Fenster zu sehen, doch die Milchglasscheiben ließen es nicht zu.

»Sie haben das Haus nicht mehr retten können«, sagte Jane. »Du warst übrigens eine Stunde bewußtlos.«

»Und Mrs. Longford?«

»Ist bereits weggebracht worden. Sie wird sich für ihre Taten wohl kaum verantworten können. Sie ist wahnsinnig geworden. Der Tod des Dämons muß ihr den Rest gegeben haben.«

»Und das Mädchen, das du mitgenommen hast?«

»Die Kleine ist okay. Sie hat mir übrigens das Leben gerettet.«

John runzelte die Stirn. »Du sagst das so komisch. Stimmt etwas nicht?«

»Darüber reden wir später.«

»Ach ja, da wäre noch etwas. Es war doch noch eine von diesen Untoten übrig. Du weißt, wen ich meine. Das Mädchen mit dem halben Gesicht . . .«

»Sie ist vergangen. Als der Dämon starb, war es auch mit ihr aus. Die magischen Bande haben nicht mehr gehalten.«

John schloß die Augen. »Weißt du, was ich jetzt möchte?« murmelte er.

»Nein.«

»Schlafen. Nur noch schlafen . . .«

Jane Collins lachte. »Und warum tust du es nicht?«

»Ich kann doch nicht . . .« Johns weitere Worte waren nicht mehr zu verstehen. Der Geisterjäger war eingeschlafen.

Jane Collins lächelte etwas verloren, als sie Johns entspanntes Gesicht sah. Sacht strich sie ihm über die Wangen. Sie liebte diesen Mann, und dabei wußte sie genau, daß er sie nie würde heiraten können.

Auf leisen Sohlen verließ Jane Collins den Krankenwagen. Noch immer war die Straße schwarz von Menschen. Sie alle sahen, wie die letzten Trümmer des Hauses zusammenfielen und wie die armdicken Wasserstrahlen in den noch flackernden Brand schossen.

Die Brandursache würde schnell gefunden werden. Aber was sich wirklich abgespielt hatte, das wußten nur wenige Menschen.

Und das war gut so, fand Jane Collins . . .

Die Rache
des
Kreuzritters

»Also ich an Ihrer Stelle würde meine Ferien nicht in dieser Burg verbringen«, sagte der Wirt mit warnender Stimme und stellte dabei die beiden Weinpokale auf den runden Holztisch.

Paulette Plura lächelte. »Und warum nicht?« fragte sie.

Der Wirt krauste die Stirn. Er blieb neben dem Tisch stehen, sah sich um, ob auch niemand zuhörte, und erwiderte dann flüsternd: »Auf Burg Rochas spukt es.«

»Davon haben wir gehört«, meinte Paulette.

»Dann wissen Sie ja, daß der Kreuzritter umgeht.«

»Ist doch alles Quatsch, was die Leute erzählen.« Zum erstenmal mischte sich Michael Kramer in das Gespräch ein. Kramer war Paulettes Freund. Sie lebten schon einige Zeit zusammen, ohne sich jedoch entscheiden zu können, zum Traualtar zu gehen. »Kreuzritter, Spuk, Geister, wenn ich das schon höre. Wir werden auf der Burg einige Urlaubstage verbringen und uns prächtig erholen. Außerdem treffen wir uns hier noch mit Freunden. Und zu viert werden wir von dem komischen Kreuzritter doch wohl nichts zu befürchten haben. Oder meinen Sie nicht?«

Der Wirt hob nur die Schultern. Sein Gesicht hatte sich verschlossen. Schweigend wandte er sich ab und ging zum Tresen zurück.

Draußen lachte ein strahlender Junitag. Die Sonne hatte einen Strahlenkranz über die bewaldeten Berge der Vogesen gelegt. Dazu kam der azurblaue Himmel, den kein Wölkchen trübte, und eine Luft, die sich anfühlte wie Seide.

Paulette Plura und Michael Kramer waren Studenten. Sie studierte Innenarchitektur und er Anglistik. Paulette wollte später mal in die Werbung oder bei einer Zeitschrift als Redakteurin anfangen. Aber so genau hatte sie sich noch nicht festgelegt. Sie war überhaupt sehr sprunghaft. Heute himmelhoch jauchzend – morgen wieder zu Tode betrübt. Total unausgeglichen, fühlte sich oft überstreßt und hoffte nun – zusammen mit ihrem Freund –, einen ruhigen Urlaub zu verbringen.

Auf einer alten Burg. Ohne jeglichen Komfort.

Dabei war sie genau das Gegenteil. Sie war ein Geschöpf der modernen Zeit, eine Frau, die nur nach marktorientierten

Richtlinien lebte und manche Schönheiten des Lebens gar nicht erkannte.

Aber dieser Urlaub sollte ja alles wieder ins Lot bringen.

Paulette warf einen Blick auf die Uhr. »Wenn die anderen doch endlich kämen«, sagte sie.

»Wir waren für fünfzehn Uhr verabredet. Vergiß das nicht«, erwiderte Michael Kramer und nahm einen Schluck von dem Gewürztraminer. Dabei verdrehte er die Augen und ließ den Wein über die Zunge rinnen. »Herrlich. Ein Geschenk Gottes.«

Paulette lächelte nur. Sie hatte im Augenblick andere Sorgen. Ihr Kopftuch saß nicht. Sie hielt sich einen Spiegel vors Gesicht und begann, das helle Tuch mit den blauen Punkten zurechtzuzupfen. Paulette Plura war keine Schönheit im landläufigen Sinne. Sie war überdurchschnittlich groß, hatte lange Beine und ein schmales, ziemlich blasses Gesicht. Das Haar trug sie sehr kurz geschnitten. Sie war sechsundzwanzig Jahre alt und stand kurz vor dem Ende ihres Studiums.

»Du trinkst ja gar nichts«, meinte Michael.

»Keinen Durst.«

Der junge Mann sah seine Freundin skeptisch an. »So plötzlich? Vorhin hättest du noch die ganze Kneipe leertrinken können . . . willst du was anderes?«

»Nein.«

»Okay, Prinzessin.«

»Blödmann.« Demonstrativ blickte Paulette aus dem Fenster. Die Fenster des Gasthauses waren unterteilt. Jeweils vier Butzenscheiben bildeten ein großes Rechteck. Sie paßten zu dem alten Haus, das schon unter Denkmalschutz stand.

Hier schien der Gast förmlich mit der Geschichte zu leben. Die alten Bilder an den Wänden, die dicken Holzbänke und Tische. Die Balken, rußgeschwärzt und wurmstichig, die die Decke stützten. Der alte Kanonenhofen in der Ecke und der Tresen mit der dicken Holzplatte, auf dem die schmiedeeisernen Lampen standen und am Abend ihr warmes gelbes Licht verbreiteten.

Paulette Plura und Michael Kramer waren die einzigen Gäste. Der Wirt hatte sich hinter die Theke zurückgezogen und las in einer Zeitung.

Es war sehr still geworden. Auch von der Straße her war kaum ein Geräusch zu vernehmen. Das Wirtshaus lag in einer schmalen Seitenstraße, etwas versetzt, und war von zwei mächtigen Platanen flankiert. Das grüne Blattwerk filterte das Sonnenlicht und schuf wohltuenden Schatten. Zwei Bänke standen unter den Bäumen. Sie luden zum Sitzen und Träumen ein.

Dieses Stückchen Erde war wirklich noch die so oft zitierte heile Welt. Die moderne Zeit war zwar nicht spurlos vorübergegangen, doch sie hatte den kleinen Ort auch nicht verschlungen. Fünfzehn Kilometer waren es bis zur deutschen Grenze, etwa noch mal so viel bis nach Straßburg, der historischen Stadt am Rhein.

Michael Kramer hatte sein Glas geleert. »Ich werde noch einen Pokal trinken«, sagte er. »Dieser Gewürztraminer ist wirklich eine Köstlichkeit.«

Paulette Plura gab keine Antwort. In ihrer Handtasche wühlte sie nach Zigaretten. Sie rauchte manchmal vierzig Glimmstengel am Tag und war dabei, sich auf diese Weise systematisch kaputt zu machen.

»Ich denke, du willst auf die Sargnägel verzichten«, sagte Michael Kramer.

Paulette hob den Blick. »Unsinn. Ich will nur reduzieren.« Sie hatte endlich das Päckchen gefunden. »Auch eine?«

»Nein, nein.« Michael wehrte ab. Er bestellte sich statt dessen noch einen Pokal Wein.

Der Wirt brachte das Getränk, und als Michael den Wein über alle Maßen lobte, da flog ein Strahlen über das Gesicht des Mannes. »Eigener Anbau«, erklärte er. »Ja, die gute Lage und die Sonne, sie machen sich schon bezahlt. Er ist auch nicht gepanscht. Alles Natur.«

»Dann auf die Natur«, sagte Michael und trank.

Der junge Mann war richtig gelöst. Er hatte den Streß hinter sich gelassen. Sein Studium ging zwar in die letzte entscheidende Phase, aber verrückt machte sich Michael deswegen nicht.

Michael Kramer war ein Jeans-Typ. Auch an diesem Tag trug er eine weiße Jeans, die hauteng saß. Das Hemd hatte er bis zur Brust aufgeknöpft, die schlanken Finger spielten mit dem Weinpokal. Michael Kramer hatte ein schmales Gesicht. Die dunkelblonden

Haare bedeckten die Ohren, und die Nase stach aus dem Gesicht hervor wie ein Adlerschnabel.

Michael freute sich auf den Urlaub. Es war eigentlich der erste, den er mit Paulette verbrachte. Aber er war skeptisch, ob die Frau durchhielt. Paulette war verwöhnt. Sie hatte zwar alles unheimlich irre gefunden, doch diesen Kommentar gab sie oft im ersten Begeisterungssturm.

Die Zeit verrann.

Es wurde sechzehn Uhr, und die beiden anderen waren immer noch nicht da.

Paulette Plura und Michael Kramer waren auf die Freunde angewiesen. Denn sie hatten keinen Wagen. Michaels VW lief nicht mehr. Er hatte einen Tag vor dem Urlaub seinen Geist aufgegeben. Darüber war Paulette auch sauer. Es war ihr jedoch nichts anderes übriggeblieben, als sich in die Bahn und den Bus zu setzen und sich so zum Treffpunkt fahren zu lassen.

Paulette wurde immer ungeduldiger, während Michael auf ihre Fragen und Bemerkungen nur mit einem Achselzucken reagierte.

Der Wirt war verschwunden. Er rumorte irgendwo in der Küche herum. Hin und wieder hörte man ihn mit einer Frau sprechen.

Es erschienen keine weiteren Gäste. Michael fragte sich, wie der Wirt hier klarkam, wenn er alle Jubeljahre mal etwas verkaufen konnte.

Paulette Plura rauchte Kette.

Schließlich hielt sie es nicht mehr aus. »Also, wenn die beiden nicht bald hier sind, dann können sie mir gestohlen bleiben. Dann fahre ich wieder zurück. Ich gebe ihnen noch eine halbe Stunde.«

»Vielleicht ist etwas dazwischengekommen«, vermutete Michael.

»Sie hätten anrufen können.« Paulette ging zur Tür, zog sie auf und schaute nach draußen. Michael blieb sitzen. Er hatte einfach keine Lust, aufzustehen.

Paulette Plura betrat den kleinen Vorplatz. Rauchend ging sie auf und ab. Neben einer der Bänke blieb sie stehen und strich spielerisch mit dem Finger über das Holz.

Sie langweilte sich bereits jetzt. Desinteressiert schaute sie einigen Hühnern zu, die auf dem Boden nach Nahrung suchten.

Paulette ging weiter. Im Dunst der Hitze sah sie die fernen Berge der Vogesen verschwimmen. Die Burg war nicht zu sehen.

Paulette umrundete das Haus und gelangte in einen kleinen Garten. Ein schmaler Weg durchschnitt ihn. Der Wirt hatte Obst und Gemüse angebaut. Kirschen und Erdbeeren waren schon geerntet. Das Gasthaus war so ziemlich das letzte Gebäude im Dorf. Hinter dem Haus begannen die sanft ansteigenden Hügel der Weinberge.

Der schmale Weg machte einen Knick und endete auf einer Wiese. Das Gras stand ziemlich hoch. Es hätte mal geschnitten werden müssen.

Paulette fiel der alte, baufällig wirkende Stall ins Auge, dessen Tür halb offenstand und schief in den Angeln hing.

Sie ging auf den Stall zu.

Plötzlich hatte sie ein beklemmendes Gefühl. Es war irgendeine Ahnung, die sie überfiel. Fast körperlich spürte sie das Unbehagen.

Paulette Plura näherte sich dem Stall. Einige Fliegen umsummten sie, Paulette verscheuchte sie mit einer heftigen Handbewegung.

Dann stand sie vor der Tür.

Nur ein schmaler Lichtstreifen fiel in den Stall, der vom Dämmerlicht erfüllt wurde.

Paulette versuchte, die Tür etwas aufzuziehen. Sie klemmte, hing mit ihrer Unterseite am Boden fest.

Paulette Plura trat noch einen Schritt vor und peilte in das Innere des Stalles. Sie wußte selbst nicht, was sie dazu trieb, einfach hier herumzuschnüffeln. Es war sonst nicht ihre Art, aber jetzt . . .

Paulette schob sich durch den schmalen Eingang.

Ihre Augen stellten sich auf die herrschenden Lichtverhältnisse ein, machten Umrisse aus, erkannten Gegenstände.

Plötzlich hatte Paulette Plura das Gefühl, einen Stromstoß zu erhalten, der sie von Kopf bis Fuß lähmte.

Was sie sah, was sich ihren Augen bot, war entsetzlich, grauenhaft, unfaßbar.

Auf dem Boden des Stalles lag eine Frau. Sie war tot.

Jemand hatte ihr mit einem Schwertstreich das Leben genommen!

Urplötzlich kam der Schock!

Paulette Plura öffnete den Mund und stieß einen gellenden Schrei aus. Ihre Hände ballten sich zu Fäusten, die Fingernägel drangen in das Fleisch.

Paulette schrie und schrie . . .

Michael Kramer kam soeben von der Toilette, als er den Schrei vernahm.

Paulette! Das konnte nur Paulette sein.

Mit Riesenschritten hetzte der junge Mann durch den Gastraum, riß die Tür auf und stürmte nach draußen. Dort stoppte er. Hastig sah er sich um.

Der Schrei war verstummt. Michael konnte nicht genau sagen, aus welcher Richtung er gekommen war. Wenn ihn seine Ahnung jedoch nicht täuschte, dann war er hinter dem Haus aufgeklungen. Hier auf dem Platz konnte er von Paulette wenigstens keine Spur entdecken.

Da rannte Paulette schon auf ihn zu. Sie lief durch den Garten, das Kopftuch löste sich und flatterte zu Boden. Paulettes Gesicht war eine Grimasse aus Entsetzen und Angst. Schreiend und weinend warf sie sich Michael entgegen.

Der Student fing seine Freundin auf.

Paulette barg schluchzend den Kopf an seiner Schulter. Sie ließ ihren Tränen freien Lauf, während Michael ihr beruhigend den Rücken streichelte.

»Ist ja alles gut«, murmelte Michael. »Du brauchst keine Angst zu haben. Was ist überhaupt geschehen? Warum weinst du? Was ist los?«

»Die . . . die Tote«, flüsterte Paulette unter Tränen. »Im Schuppen. Ich . . . ich habe sie gesehen. Es war so schrecklich, Micha!«

Abermals wurde Paulette von einem Weinkrampf geschüttelt.

Michael Kramer drückte seine Freundin an sich. »So«, sagte er,

»jetzt putze dir erst einmal die Nase.« Dabei holte er ein Taschentuch hervor. »Und dann werden wir gemeinsam zu diesem komischen Schuppen gehen, wo du angeblich die Leiche gesehen hast.«

Paulette schüttelte den Kopf. »Da gehe ich nicht hin!« Sie nahm das Taschentuch, schneuzte sich die Nase und tupfte auch die Tränen aus den Augenwinkeln.

Michael legte sanft seinen Arm um Paulettes Schultern und zog das Mädchen mit. Paulette ließ es willenlos geschehen. Sie hielt den Kopf gesenkt, und noch immer liefen glitzernde Tränen aus ihren Augen.

Michael empfand die Worte seiner Freundin als baren Unsinn. Sicher, vielleicht hatte sie irgend etwas gesehen – aber eine Tote? Unmöglich. Nicht hier, nicht in diesem kleinen idyllischen Ort mitten im Elsaß.

Nein, die überreizten Nerven mußten dem Mädchen einen Streich gespielt haben! Eine andere Erklärung gab es für Michael Kramer einfach nicht.

Sie gingen um das Haus herum und betraten den Garten. Paulette Plura zögerte, sie wollte auf einmal nicht mehr weitergehen.

»Ich bleibe hier«, sagte sie.

Michael Kramer blieb ebenfalls stehen. »Stell dich nicht so an!«

Starrsinnig schüttelte Paulette den Kopf. Sie preßte dabei die Lippen zusammen, und in ihren Augen nistete die Angst.

Michael Kramer war nicht blind. Er bemerkte den Zustand seiner Freundin und gab nach.

»Okay, dann gehe ich allein.« Er zeigte auf die baufällige Hütte. »Das war doch der Schuppen – oder?«

Paulette nickte.

Michael Kramer ging los, mit ziemlich großen Schritten, aber je weiter er sich der Hütte näherte, um so langsamer ging er. Er hatte plötzlich den Verdacht, daß seine Freundin doch nicht gesponnen und daß sie tatsächlich eine Leiche gesehen hatte.

Quatsch! sagte sich Michael Kramer.

Dann stand er vor der Tür.

Paulette Plura hatte sie – als sie nach draußen gerannt war – in ihrer Panik ganz aufgestoßen. Ungehindert konnte Michael Kramer in den Schuppen hineinblicken.

Der Student stand auf der Türschwelle, starrte in den Schuppen . . .

Er war leer!

Das heißt, eine Leiche lag nicht auf dem Boden.

Michael Kramer wischte sich über die Stirn. Schweiß hatte sich dort angesammelt und eine regelrechte Schicht gebildet.

Michael Kramer fiel ein Stein vom Herzen. Also hatte sich Paulette doch getäuscht. Ihre überreizten Nerven hatten ihr einen Streich gespielt. Sie sah schon Leichen, wo es keine gab. Es wurde wirklich Zeit, daß sie mal ausspannte und richtig Urlaub machte. Bisher hatte sie nur durch Beruhigungstabletten ihr inneres Gleichgewicht halten können.

Michael drehte sich um.

Er hob beide Arme in einer verneinenden Geste.

Paulette Plura sah ihren Freund an und ging dann langsam auf ihn zu. Ihr Gesicht war ein einziges Fragezeichen.

Michael ging Paulette entgegen. »Ich habe keine Leiche gesehen«, sagte er und lachte. »Ich hätte mir den Weg sparen können. Ich habe von Beginn an nicht daran geglaubt.«

Er blieb vor Paulette stehen und legte seine Hände auf ihre Schultern.

»Es war aber eine Leiche da«, behauptete Paulette steif und fest.

»Dann hätte sie ja noch da liegen müssen.«

»Vielleicht hat sie jemand weggeschafft?«

»Wer denn?«

»Der Wirt, zum Beispiel.«

»Hm.« Michael zog nachdenklich die Stirn kraus. »Wir können ihn ja mal fragen.«

»Nein, das möchte ich nicht.«

Michael grinste. »Du hast wohl Angst, daß du dich blamierst, wie? Anscheinend ist die Geschichte mit der Leiche doch nicht so ganz astrein.«

»Du bist gemein!« rief Paulette.

»Nein, nur Realist. Aber wenn du nicht willst, lassen wir es eben. Da kommt der Wirt übrigens.«

Michael Kramer hatte recht. Der mittelgroße Mann mit der Baskenmütze und den abstehenden Ohren trat aus der Hintertür seiner Gaststätte. Als er das Studentenpaar sah, blieb er für einen Moment stehen, trat aber dann mit schnellen Schritten auf Paulette und Michael zu.

»Was ist geschehen? Gefällt es Ihnen in der Gaststätte nicht mehr?«

»Das schon – aber . . .« Michael Kramer suchte fieberhaft nach einer glaubwürdigen Ausrede, während sich Paulette schweigsam verhielt und den Wirt immer nur ansah.

»Ich – ich habe einen Schrei gehört«, sagte Michael. Gleichzeitig dachte er: Hoffentlich fällt mir Paulette nicht in den Rücken. Aber sie sagte nichts, überließ ihrem Freund das Feld.

»Einen Schrei?«

»Ja, den einer Frau.«

Der Wirt hob die Schultern. »Seltsam, ich habe nichts gehört.« Dann begann er zu lachen. »Ist ja auch klar. Ich habe in meiner Wohnung gesessen und bin eingeschlafen. Tut mir leid.«

Michael lachte ebenfalls. »Ich kann mich aber auch getäuscht haben«, meinte er.

»Sicher, das wird es gewesen sein.« Der Wirt wandte sich an Paulette. »Sie sehen schlecht aus, Mädchen«, sagte er. »Sie sollten mal Urlaub machen und sich so richtig verwöhnen lassen. Die Burg ist nichts für Sie. Glauben Sie mir. Fahren Sie lieber woanders hin.«

Michael wurde böse. »Warum sagen Sie uns das immer? Wollen Sie uns unbedingt loswerden?«

Der Wirt sah Michael nachdenklich an. Dann meinte er. »Wir werden sehen, warten Sie es ab.«

Er machte kehrt und verschwand in seinem Gasthaus.

»Komische Nudel«, murmelte Michael. »In diesem Kaff scheint einiges nicht zu stimmen. Erst der Kreuzritter, dann die Leiche und jetzt noch die Warnung. Bin gespannt, wie das weitergehen soll.«

Erst einmal ging alles normal weiter.

Die beiden Studenten hörten plötzlich das schrille Hupen eines Wagens. So hupte nur einer.

»Das ist Rainer«, rief Michael Kramer. »Endlich . . .«

Er nahm Paulette bei der Hand und lief mit ihr los.

Rainer Schröder saß auf der Kühlerhaube seines 2 CV und lachte über das ganze Gesicht.

Er war ein Sonnyboy, ein Typ, der eigentlich nichts ernst nahm. Der Bart machte ihn älter, als er tatsächlich war. Er bedeckte die Hälfte seines Gesichts und wucherte fast bis zu den Brillengläsern, hinter denen lustige blaue Augen funkelten. Sein Haar war blond. Er trug es leicht gewellt und knapp bis über die Ohren.

Als er Paulette Plura und ihren Freund sah, breitete er beide Arme aus. Das verwaschene T-Shirt spannte sich um seine Brust. »Entschuldigt die Verspätung«, rief er, »aber wir hatten eine Panne. Unser guter Fiffi will eben nicht mehr so.« Dabei klopfte er mit der flachen Hand auf die Motorhaube des Wagens.

Michael Kramer reichte seinem Freund die Hand.

Paulette bekam von Rainer Küsse auf beide Wangen. »Du hast ja geheult«, stellte Rainer Schröder fest. »Wieso denn das?«

Paulette drehte den Kof zur Seite.

Rainer warf Michael einen verständnislosen Blick zu. »Ist was?« fragte er dann.

»Erzähle ich dir später«, erwiderte Michael Kramer. »Aber mal was anderes. Wo ist Irene?«

Irene Held war Schröders Freundin. Sie war Junglehrerin und erst ein halbes Jahr in ihrem Beruf tätig.

Rainer lachte. »Du kennst sie doch. Die hat auf der Hauptstraße einen kleinen Andenkenladen entdeckt und räumt den jetzt aus. Wir können solange in die Kneipe gehen«, schlug Rainer Schröder vor. »Ich habe vielleicht einen Brand, das gibt's gar nicht.«

Die drei betraten das Lokal.

Der Wirt erwartete sie schon. Er lächelte freundlich. »Was darf's denn sein?« erkundigte er sich.

»Für mich ein Bier«, rief Rainer Schröder. »Schön vom Faß. Am liebsten wäre mir ja ein Alt.«

»Wir haben nur Flaschenbier.«

Rainers Gesicht verzog sich. »Meinetwegen auch das.«

Paulette Plura und Michael Kramer tranken Mineralwasser. Sie hatten sich an einen runden Tisch gesetzt. Die Sonnenstrahlen fielen schräg durch das Fenster und zeichneten ein helles Muster auf den Boden der Gaststätte.

»Ich finde es sagenhaft, daß wir in dieser Burg unseren Urlaub verbringen«, sagte Rainer. »Das wird eine Schau, kann ich euch sagen.«

»Man hat uns aber schon gewarnt«, warf Michael Kramer ein.

»Wieso? Etwa vor einem Geist?« Schröder lachte. »Wäre doch irre, wenn da ein Geist herumspukt.«

»Bitte laß das«, sagte Paulette.

Schröder grinste. »Hast du jetzt schon Angst?« Er legte seine Hand auf ihren Arm. »Keine Bange, Mädchen, ich bin ja bei dir.«

Paulette schüttelte die Hand ab.

Rainer hob die Augenbrauen. »Gnädige Frau sind wohl heute nicht in Form, wie?«

Der Wirt brachte die Getränke. Schröder bestellte gleich noch eine Flasche. Während er sich sein Glas vollschenkte, meinte Michael Kramer: »Sie hat angeblich eine Tote gesehen. Draußen im Stall.«

Schröder kippte vor Schreck zuviel Bier ins Glas. Die Flüssigkeit schäumte über. »Mensch, das ist ja was für mich«, rief er. »Ich als alter Schriftsteller baue daraus einen Roman. Okay?«

Rainer Schröder war tatsächlich Autor. Er schrieb Western, Krimis und auch Liebesgeschichten mit viel Schmalz und Herz. Wenn man ihn so betrachtete, konnte man das kaum glauben. Seine Spezialität jedoch waren Pornos. Da hatte er sich schon die Finger wundgeschrieben, und die Verleger hatten ihm diese Machwerke mit Kußhand abgenommen.

»Ich möchte nicht, daß du darüber redest«, sagte Paulette vorwurfsvoll zu Michael gewandt.

»Okay, schon gut.«

Das zweite Bier kam. Der Wirt nahm die leere Flasche gleich wieder mit. Michael Kramer warf einen Blick auf seine Uhr. »Es wird Zeit, daß wir langsam losfahren«, sagte er. »Ich möchte möglichst noch bei Tageslicht auf der Burg ankommen.«

»Das schaffen wir schon«, meinte Rainer Schröder. »Erst einmal muß Irene hier sein.«

Wie auf ein Stichwort hin wurde die Tür geöffnet, und Irene Held betrat die Gaststätte.

»Da bist du ja endlich«, rief Rainer Schröder. »Wir haben schon auf dich gewartet.«

»So schlimm wird es wohl nicht gewesen sein.« Irene lachte. Sie hielt eine Tragetasche aus Plastik in der Hand. Die Tasche war unten ausgebeult. Irene kam an den Tisch, stellte die Tasche ab und begrüßte die anderen. »Schön, dich wiederzusehen, Paulette«, sagte sie. Michael erhielt einen Kuß.

Irene Held war ein zierliches Persönchen. Sie trug einen langen, bis zum Boden reichenden Rock und darüber eine bunte Bluse im Zigeunerlook. Die Bluse hatte weite, geschwungene Ärmel. Sie wurde durch ein Gummiband unter den nackten gebräunten Schultern festgehalten. Irenes Haar war pechschwarz. Sie hatte es wegen der Hitze hochgesteckt und im Nacken zu einem Knoten zusammengebunden. Ihr Gesicht war schmal, die Haut etwas blaß, was allerdings nicht störte, denn dadurch kamen die großen, dunklen Augen noch mehr zur Geltung.

»Möchtest du was trinken?«, fragte Rainer.

»Nein, danke.« Irene schüttelte den Kopf. »Ich nehme nur ein Schluck Bier.«

Sie trank aus Rainers Glas.

Michael Kramer blickte auf seine Uhr. »Ich schlage vor, daß wir jetzt aufbrechen, sonst kommen wir wirklich zu spät.«

Die anderen waren einverstanden.

Michael beglich die Rechnung. Der Wirt sah ihn dabei seltsam an. »Noch können Sie es sich überlegen«, flüsterte er. »Fahren Sie nicht zu der alten Burg.«

»Unser Entschluß steht fest«, erwiderte Michael ziemlich grob. Unwillig schüttelte er den Kopf. Was dieser Kerl nur immer hatte . . .

Rainer Schröder hatte schon das Gepäck aufgenommen. Es waren nur zwei Reisetaschen. Er trug sie pfeifend zum Wagen.

Es war immer noch heiß. Von den Bergen her drang schwüle

Luft in das Tal. Die Mücken tanzten dicht über dem Boden. Anzeichen für ein nahendes Gewitter.

Rainer Schröder wollte fahren. Er hatte schon die vier Türen des Wagens geöffnet, um wenigstens einen Teil der Hitze aus dem Innern zu lassen.

Michael Kramer lud das Gepäck ein. Viel Platz war nicht mehr vorhanden. Die beiden Frauen standen zusammen und unterhielten sich. Der Wirt schaute aus dem Fenster. Sein Gesicht war hinter dem Muster der Scheibe nur schwerlich auszumachen.

»Es geht los, ihr lahmen Kühe«, rief Rainer Schröder.

»Ja, du Ochse«, erwiderte Irene.

Alles lachte.

Dann stiegen die vier jungen Leute ein. Die beiden Frauen setzten sich auf den Rücksitz. Die Federung des 2 CV wurde strapaziert. Der Motor lief erst beim dritten Startversuch. Man hatte die Fenster hochgeklappt, kühlere Luft strömte in den Wagen.

Der 2 CV schaukelte aus dem Dorf. Jetzt war auf den Straßen mehr Betrieb. Man sah auch Fremde. Pensionsgäste, die in der Nähe wohnten und noch einkaufen wollten.

Im Windschatten eines Treckers fuhren sie aus dem Ort. Vor ihnen breiteten sich sanft ansteigende Weinberge aus. Dahinter lagen die Vogesen, deren Tannenwälder mit dem reinen Sauerstoff eine Wohltat für jede Großstadtlunge waren.

Der Trecker bog bald in einen schmalen Weg ein, der sich serpentinenartig in den Weinberg schraubte.

Rainer Schröder fuhr etwas schneller. Gleichzeitig schaltete er seinen Recorder ein.

Rockmusik zerschnitt die Stille.

Michael Kramer trommelte den Rhythmus mit.

»Könnt ihr das Ding nicht leiser stellen?« rief Irene vom Rücksitz. »Man versteht ja sein eigenes Wort nicht mehr.«

»Stell dich nicht so an«, erwiderte Rainer, kam der Bitte seiner Freundin jedoch nach.

Die Straße wurde nach etwa einem Kilometer schmaler. Auch der weiße unterteilte Mittelstreifen hörte auf. Die Weinberge waren zurückgetreten, hatten Mischwald Platz gemacht. Die Äste der Bäume hingen bis weit über die Fahrbahn. Es war, als würden sie durch einen grünen Tunnel fahren.

Die Schwüle hatte zugenommen. Selbst der Fahrtwind brachte keine Kühlung mehr.

Urplötzlich verschwand die Sonne. Dicke Wolkenberge hingen vor der blendenden Himmelscheibe. Ein erster Blitz zuckte dem Erdboden entgegen.

Fast übergangslos wurde es dunkel.

Die Straße lief in Kurven in die Höhe. Michael Kramer blickte immer wieder aus dem Seitenfenster. »Wenn mich nicht alles täuscht, müssen wir gleich rechts abbiegen«, sagte er.

Rainer Schröder nickte nur.

Dann klatschten die ersten Regentropfen auf den Wagen. Es waren dicke, schwere Tropfen, und wenn sie das dünne Blech berührten, hörte es sich an wie gedämpfte Kanonenschläge.

Die Wischer begannen zu arbeiten. Der Gummi quietschte über die Scheibe.

Die Mädchen hatten die Fenster geschlossen. Wind kam auf, rüttelte in den Kronen der Bäume und bog die Zweige durch. Blätter wirbelten wie Konfetti durch die Luft.

»Da«, rief Michael Kramer plötzlich, »da ist sie, die Abzweigung.«

Es war nur ein schmaler Pfad, der von der Straße abbog, mehr ein Feldweg.

Rainer Schröder lenkte den Wagen nach rechts. Der 2 CV fuhr tiefer in den Wald hinein. Zweige kratzten über das Blech.

Der Regen wurde stärker. Er entwickelte sich zu einer wahren Sintflut. Riesige Wasservorhänge schienen in der Luft zu schweben. Sie wurden vom Wind bewegt und schräg dem Boden entgegengedrückt.

Der 2 CV ächzte. Er mühte sich redlich, den Weg hochzukommen. Das Wasser hatte die trockene Erde innerhalb von Minuten in eine Schlammpiste verwandelt.

Rainer Schröder fluchte. Er schaltete und gab Gas wie ein Irrer. »Bald kann mir die Burg gestohlen bleiben!« rief er. Ein plötzlicher Donner verschluckte seine letzten Worte.

Es schien, als wäre die Welt auseinandergerissen worden. Grau und schwefelgelb war der Himmel. Blitz auf Blitz spaltete die Wolken, fuhr im Zickzack dem Boden entgegen.

Dann trat Rainer Schröder mit einem Fluch auf den Lippen auf die Bremse. Der Wagen rutschte ein Stück vor und blieb stehen. Gerade noch rechtzeitig.

Quer über dem Weg lag ein Baumstamm. Er war nicht sehr groß, aber er reichte aus, um die Weiterfahrt zu verhindern.

Schröder trommelte mit beiden Fäusten auf dem Lenkrad herum. Er regte sich wieder auf. Dann drehte er den Kopf und sagte: »Wir warten ab, bis das Gewitter vorbei ist.«

»Bleibt uns ja nichts anderes übrig«, meinte Paulette Plura. Sie zündete sich eine Zigarette an.

Michael Kramer drehte den Kopf. »Mußt du jetzt unbedingt qualmen?« fragte er bissig.

»Warum nicht?«

»Die Luft wird nur noch schlechter, wenn du rauchst. Wir können ja bei dem verdammten Regen kein Fenster öffnen.«

»Dann steig doch aus«, erwiderte Paulette patzig.

Michael Kramer gab keine Antwort. Er schüttelte nur den Kopf. Jetzt mischte sich Irene Held ein. »Streitet euch doch nicht, Kinder. Dafür ist der Urlaub viel zu schade.«

»Du sagst es«, meinte Michael.

Danach starrten alle vier Insassen durch die trüben und schon beschlagenen Scheiben in die graue Regenwand, die wie ein Schleier über dem Wald lag.

Plötzlich schrie Paulette Plura auf.

»Da!« rief sie. »Seht doch, seht doch!« Aufgeregt deutete sie durch die Scheibe. »Rechts am Waldrand.«

Die drei anderen Freunde drehten die Köpfe. Und alle drei hatten das Gefühl, nicht richtig zu sehen.

Aus dem Gebüsch nahe am Waldrand war ein Reiter aufgetaucht.

Es war der Kreuzritter!

Der strömende Regen schien ihm nichts auszumachen. Wie ein ehernes Denkmal saß er auf seinem pechschwarzen Pferd. Die Rüstung glänzte vor Nässe, das Schwert in seiner Rechten funkelte, und unter dem oben spitz zulaufenden Helm saß sein blanker Totenschädel und grinste teuflisch.

»Er ist es«, flüsterte Paulette.»Er ist es tatsächlich . . .«

»Wer denn, zum Teufel?« zischte Rainer Schröder.

»Der Kreuzritter. Der Wirt hat uns gewarnt. Wir sollen nicht auf die Burg fahren. Es würde dort spuken.«

Rainer lachte. »Unsinn. Kreuzritter. Wenn ich das schon höre. Da hat sich jemand einen Scherz erlaubt. Und einen gar nicht mal schlechten. Was meinst du dazu, Michael?«

»Ich weiß nicht so recht . . .«

»Ihr Feiglinge.« Schröder lachte. »Glaubt mir, da will uns jemand reinlegen. Gehört alles zum Image. Und ich werde es euch auch beweisen. Ich steige jetzt aus und . . .«

»Bitte nicht.« Irene Held rief die Worte. »Bleib hier im Wagen, Rainer. Dieser Kerl ist mir nicht geheuer.«

»Stell dich nicht so an.« Rainer Schröder öffnete schon die Tür. Sofort trieb der Regen in den Wagen.

Rainer Schröder hatte die Tür kaum hinter sich geschlossen, da war er schon naß bis auf die Haut.

Er fluchte. Als er einen Fuß auf den Boden setzte, sackte er bis zum Knöchel im Schlamm ein. Wasser und Schlamm quollen in seine Schuhe hinein. Am liebsten wäre Rainer wieder in den Wagen gestiegen, aber er wollte sich nicht vor den anderen blamieren. Sie hätten sein Verhalten womöglich noch als Angst auslegen können.

Rainer Schröder machte sich auf den Weg zu dem geheimnisvollen Kreuzritter.

Er stand mit seinem Pferd noch immer auf demselben Fleck und beobachtete den kleinen orangefarbenen Wagen.

Nach nicht einmal zwei Schritten versperrte der Baumstamm Rainer den direkten Weg. Der Regen peitschte in sein Gesicht, seine Haare klebten ihm im Gesicht. Das Glas der Brillengläser war naß und beschlagen. Rainer nahm die Brille ab und steckte sie in die Tasche.

Bevor er über den umgestürzten Stamm kletterte, warf er noch einen Blick zurück. Die Gesichter seiner Freunde waren hinter den regennassen Wagenscheiben kaum zu erkennen.

Schröder kletterte über den Stamm. Nasse Blätter wischten durch sein Gesicht, blieben kleben. Es war ihm egal. Er schob Zweige und Äste zur Seite und landete auf der anderen Seite des Baumes mit dem rechten Fuß in einer morastigen Wasserpfütze.

»Scheibenkleister!« fluchte der junge Schriftsteller.

Er zog das Bein aus der Pfütze und näherte sich im schrägen Winkel dem unheimlichen Ritter.

Es ging etwas bergauf. Rainer hatte Mühe, das Gleichgewicht zu bewahren, dazu winkte er dem Ritter noch mit beiden Armen zu. »He, du Clown, warte, ich komme. Ich werde dir deine komische Rüstung schon ausziehen und auch den nachgemachten Totenschädel vom Gesicht reißen.«

Der Ritter rührte sich nicht.

Unheimlich war er anzusehen. Seine Gestalt wurde von Regenschleiern umweht. Die Rüstung glänzte naß.

Immer näher kam Rainer Schröder dem Ritter.

Noch fünf Schritte . . .

Plötzlich bewegte sich der Reiter. Aus dem Stand sprang das Pferd vorwärts – genau auf Rainer Schröder zu.

Gleichzeitig stieß der Reiter ein gellendes Gelächter aus, das sogar noch das Rauschen des Regens übertönte. Dann hob er die rechte Hand mit dem Schwert.

Schröder war stehengeblieben.

Zwei, drei Sekunden brauchte er, um seine Überraschung zu überwinden. Er konnte nicht begreifen, daß der Ritter ihn einfach niederreiten wollte.

Übergroß sah er den Kopf des Pferdes vor sich, Flammenzungen leckten plötzlich aus den Nüstern, und das Schwert fuhr mit ungeheurer Wucht auf ihn nieder.

Die Waffe hätte Rainer Schröder in zwei Hälften gespalten.

Hätte . . .

Im letzten Moment jedoch warf sich der Schriftsteller mit einem verzweifelten Hechtsprung zur Seite. Flach flog er über den Boden, fiel mit dem Kopf zuerst in ein Gebüsch. Er hörte dicht neben sich das Stampfen der Hufe und vermeinte auch das Pfeifen der Schwertklinge zu vernehmen, als sie die Luft zerschnitt.

Dann war der Spuk vorbei.

Rainer Schröder lag in dem Gebüsch.

Unverletzt!

Er sah nicht mehr, wie der Reiter das Pferd antrieb und es hoch über den gestürzten Baumstamm springen ließ. Dann galoppierte der Rappe dicht an dem Wagen vorbei.

Noch einmal hob der Ritter sein Schwert.

Die Klinge donnerte auf das Blech, und dort, wo sie getroffen hatte, riß der Kotflügel auf, als wäre er aus Papier.

Sekunden danach war der Kreuzritter im nahen Wald verschwunden. Nur das Höllengelächter gellte noch durch den schwindenden Tag. Schließlich verklang es ebenfalls.

Es dauerte einige Zeit, bis Rainer Schröder sich wieder gefangen hatte. Ächzend und keuchend wühlte er sich aus dem Gebüsch. Er war von oben bis unten schlammverschmiert. Blätter hingen in seinen Haaren und klebten an der Kleidung. Als er sich aufrichtete, merkte er, wie sehr seine Beine zitterten. Als wären seine Knie mit Pudding gefüllt.

So etwas hatte er noch nie erlebt.

»Der Kerl hätte mich doch glatt umgebracht«, sagte Rainer Schröder rauh.

Er ging zu seinem Wagen zurück.

Der Ritter war längst verschwunden.

Die Türen des 2 CV wurden aufgerissen. Nichts hielt die drei anderen Freunde mehr im Wagen. Auch ihnen saß der Schreck noch in den Knochen. Leichenblaß waren ihre Gesichter.

Der Regen hörte auf. Auch die schwarzen Wolken verzogen sich. Bald tropfte es nur noch von den Bäumen und Büschen.

Als Rainer Schröder über den Baumstamm kletterte, lief ihm Irene Held schon entgegen. Sie warf sich in seine Arme.

»Bist du verletzt? Ist etwas geschehen?«

»Beruhige dich, Liebling, es ist nichts«, erwiderte Rainer. »Aber wenn ich den Hundesohn kriege, kann er was erleben«, drohte er. »Der soll mir nur mal in die Finger laufen.«

Er legte einen Arm um Irenes Schulter und ging die paar Schritte bis zum Wagen.

Michael Kramer stand neben dem rechten hinteren Kotflügel. Kopfschüttelnd starrte er auf das Blech. »Der Kerl hat ihn mit dem Schwert glatt durchschlagen. Der muß wahnsinnig sein.« Michael sah Rainer an. »Was meinst du?«

»Eine andere Erklärung habe ich auch nicht. Hätte ich nicht so schnell reagiert, könntet ihr jetzt meine Knochen zählen. Aber eins sage ich euch. Ich kriege noch heraus, wer sich hinter der Maske verbirgt. Und dann geht es rund.«

»Sollen wir überhaupt weiterfahren?« fragte Paulette. »Ich meine, bis zur Burg. Der Wirt hat uns ja gewarnt. Und dieser Kreuzritter ist tatsächlich aufgetaucht.«

Rainer Schröder holte seine Brille aus der Tasche, putzte die Gläser und setzte sich die Brille wieder auf die Nase. »Und ob wir zu dieser Burg fahren«, sagte er. »Jetzt erst recht. Ihr seid doch alle einverstanden – oder?«

Michael nickte. Paulette hatte den Blick gesenkt. Irene war für den Vorschlag ihres Freundes.

»Du bist überstimmt, Paulette«, sagte Rainer. »Kommt, Leute, räumen wir erst einmal den Baumstamm weg. Das weitere wird sich dann finden. Wäre doch gelacht, wenn uns solch eine komische Type Angst einjagen könnte.«

Rainer Schröder lachte nach seinen Worten. Allerdings konte er zu diesem Zeitpunkt noch nicht ahnen, wie sehr er noch kennenlernen sollte, was Angst ist . . .

Etwa zur gleichen Zeit in einer Pinte in Wiesbaden.

Stimmengewirr erfüllte den gemütlich eingerichteten Gastraum. Die Tür stand offen. Letzte Sonnenstrahlen fielen schräg durch die Öffnung, legten einen breiten Streifen über das kurze Ende des rechtwinkligen Tresens.

Die Theke war belagert. Männer, die ihren Arbeitstag hinter sich hatten, stillten ihren Durst. Der Wirt hatte alle Hände voll zu tun, genau wie die Bedienung, die das Bier oft gar nicht so schnell bringen konnte, wie es verlangt wurde.

Aus der Musikbox dudelte ein Hit von Peter Alexander.

»Die kleine Kneipe in unserer Straße . . .«

Zwei junge Mädchen an einem Ecktisch summten die Melodie mit. Die Gäste waren fröhlich, gelöst, locker.

Feierabendstimmung . . .

Auch der Mann, der kurz vor zwanzig Uhr das Lokal betrat, hatte einen schweren Tag hinter sich.

Der neue Gast hieß Will Mallmann, war Kommissar beim Bundeskriminalamt, Hifi-Fan und Junggeselle. Er war Mitte Vierzig, hatte schwarzes, an der Stirn etwas gelichtetes Haar, eine Römernase und dunkle, tief in den Höhlen liegende Augen. In seinem braunen T-Shirt und der beigefarbenen Hose hätte man ihn für alles halten können, nur nicht für einen Kriminalkommissar.

Will Mallman hatte einige spektakuläre Erfolge erzielt. Unter anderem hatte er eine Falschmünzerbande und einen internationalen Rauschgiftring auffliegen lassen – und dann war ihm etwas passiert, das die meisten Menschen nicht wahrhaben möchten.

Kommissar Mallmann war mit den Mächten der Finsternis und des Grauens konfrontiert worden. Zweimal schon hatte er erlebt, daß es Dinge gab, die für den menschlichen Verstand oft unbegreiflich waren. Und der letzte Fall hätte ihn bald das Leben gekostet. Bei einem der Fälle hatte er auch Oberinspektor John Sinclair kennengelernt, den Geisterjäger aus London. Seit der Zeit bestand zwischen den beiden Männern eine Freundschaft.

Kommissar Mallmann blieb ein paar Sekunden lang im Eingang stehen und sah sich um.

Er suchte einen Bekannten. Er war mit Fritz Tennart hier verabredet. Tennart war ein Arbeitskollege, ein gebürtiger Wiener, mit all dem Charme, den diese Weltstadt zu bieten hat.

»Will!« übertönte eine Stimme das Dudeln der Box.

Mallmann drehte den Kopf.

Von einem Tisch im Hintergrund winkte ihm jemand zu. Es war Fritz Tennart.

Mallmann schob sich an den Gästen vor dem Tresen vorbei und nahm an Tennarts Tisch Platz. Zufällig war die blondhaarige Bedienung in der Nähe. Mallmann bestellte rasch ein großes Bier.

»Das wird mir guttun«, sagte er und wischte sich den dünnen Schweißfilm von der Stirn. »Himmel, war das ein Tag heute.«

Tennart lachte. Er hatte dunkelbraunes Haar, war mittelgroß und stets zu einem Spaß aufgelegt. Aber sein Lachen klang bitter, nicht fröhlich und gelöst. Will Mallmann merkte, daß etwas nicht stimmte.

Die Kellnerin brachte ihm das Bier. Mallmann prostete Tennart zu und nahm einen tiefen Schluck. Als er das Glas zur Hälfte geleert hatte, stellte er es auf den Tisch und wischte sich über die Lippen. »Ah, tat das gut.«

Fritz Tennart lächelte nur gequält.

Mallmann beugte sich vor. Er sah Tennart an und bemerkte das Flackern in dessen Blick. »Was ist los, Fritz? Komm, erzähl. Du hattest vierzehn Tage Urlaub und sitzt hier herum, als wärst du urlaubsreif. War der erste Tag so schlimm? Hast du Sorgen? Sollte ich deshalb hier in die Kneipe kommen?«

Fritz Tennart zupfte eine Zigarette aus der Packung. Er drehte sie in den Händen, steckte sie aber nicht zwischen die Lippen. Dann begann er zu erzählen. »Wie du eben schon erwähntest, ich hatte vierzehn Tage Urlaub. Du weißt ja, ich bin in das Elsaß gefahren. Rochas heißt der Ort. Ein winziges Nest, kaum auf einer Karte verzeichnet, aber mit einer phantastischen Burg in der Nähe. Sie liegt auf einem Berg, und obwohl sie ungefähr tausend Jahre alt ist, ist sie noch relativ gut erhalten. Was mich stutzig machte, war die Tatsache, daß die Burg von Touristen und Ausflüglern kaum besucht wurde. Auch die Einheimischen erwähnten die Burg kaum – und wenn, dann nur unwillig. Ich fragte natürlich nach den Gründen. Und dann bekam ich zu hören, daß es dort spuken solle. Ja, spuken wie in alten Geisterfilmen.«

Fritz Tennart zündete sich eine Zigarette an. Er blies den Qualm aus dem rechten Mundwinkel und berichtete dann weiter.

»Ich habe selbstverständlich gelacht. Wer glaubt schon an Spuk und böse Geister. Ich damals nicht. Ich habe mich also auf den Weg zur Burg gemacht.«

»Moment mal, Fritz«, sagte Kommisar Mallmann. »Wer soll denn dort auf der Burg spuken?«

Tennart drückte die erst halb aufgerauchte Zigarette aus. »Ach ja, das hatte ich vergessen zu erwähnen. So ein Kreuzritter. Er soll angeblich die Burg bewachen. Aber laß mich weiterreden. Ich ging also zu der Burg hin. Etwa auf halbem Weg dachte ich, mich trifft der Schlag. Weißt du, wer da aus dem Wald geritten kam?«

»Ich kann es mir vorstellen«, sagte Mallmann.

»Der Kreuzritter. Die Spukgestalt.« Fritz Tennart beugte sich auf seinem Stuhl vor. Er atmete heftiger. Sein Gesicht war hochrot geworden. Die Erinnerung übermannte ihn. »Will, er saß auf einem Pferd. Es war ein Rappe. Aus den Nüstern drang Feuer. Wirklich! Feuer! Du kannst es dir nicht vorstellen. Und dann der verdammte Ritter selbst. Unter dem Helm ein grinsender Totenschädel. Er hielt sein Schwert in der Hand. Dann ritt er los. Zum Glück an mir vorbei. Mensch, Will, ich hätte mir vor Angst bald in die Hose gemacht.«

»Das kann ich verstehen«, erwiderte Kommissar Mallmann. »Und du glaubst wirklich, daß dieser Ritter echt war? Ich meine, daß er sich nicht verkleidet hatte?«

»Der war echt, Will. Darauf kannst du dich verlassen.«

Will Mallmann nickte. Dann nahm er einen Schluck Bier. »Und weshalb erzählst du mir das alles?« fragte der Kommissar.

Fritz Tennart hob den Blick. »Kannst du dir das nicht denken? Du hast mir doch mal die Geschichte von diesem Hotel im Schwarzwald erzählt. Da sind doch sogar die Toten auferstanden. Ich habe das damals nicht geglaubt, doch heute denke ich anders darüber.«

Will Mallmann lächelte. »Hast du dir denn schon Gedanken gemacht, wie es weitergehen soll?«

Fritz Tennart nickte.

»Und?«

»Ich dachte, daß du unter Umständen mal in dieses Dorf fährst und der Spukerscheinung auf den Grund gehst.«

»Das geht nicht.« Will Mallmann schüttelte entschieden den Kopf.

»Und weshalb nicht?«

»Weil ich keinen Urlaub habe.«

»Vielleicht geht es auf dem dienstlichen Weg«, schlug Fritz Tennart vor.

Will Mallmann begann zu lachen. »Was meinst du, was mir meine Vorgesetzten erzählen. Ich kann doch nicht einfach in das Elsaß fahren. Nur weil du einen Geist gesehen hast.«

»Aber einen, der existiert.«

»Ich glaube dir ja. Aber die anderen nicht.« Mallmann beugte sich vor. »Fritz, überlege doch mal. Du bist selbst beim BKA. Zwar in der Verwaltung, aber du kennst die Dienstvorschriften. Ich kann nicht einfach ohne einen offiziellen Auftrag irgendwohin brausen. Das geht nicht. Noch nicht einmal, wenn ich hin und wieder einen Sonderauftrag für Interpol übernehme, wie du ja weißt.«

»Dann hat es also keinen Zweck?« fragte Tennart kleinlaut.

»Wahrscheinlich.«

»Mist, verdammter.« Fritz Tennart stützte seinen Kopf in beide Hände. »Wenn es doch nur eine Möglichkeit gäbe«, murmelte er.

»Ein Bier noch, der Herr?« Die Bedienung sah Will Mallmann freundlich lächelnd an.

»Ja – aber ein kleines.«

»Bitte sehr.«

Tennart trank nichts. Er nagte an seiner Lippe. »Wahrscheinlich kann ich den ganzen Fall jetzt vergessen, nicht wahr?«

»So ist es«, erwiderte Mallmann.

Die Kellnerin brachte das Bier. Der Kommissar bedankte sich mit einem Lächeln.

Fritz Tennart hob mit einer resignierenden Geste beide Schultern. »Es tut mir leid, Will, daß ich deine Zeit in Anspruch genommen habe. Aber ich hatte gedacht . . .«

Mallmann winkte ab. »Macht nichts, Fritz. Du hast es gut gemeint.« Der Kommissar stand auf, weil sich Fritz Tennart ebenfalls erhoben hatte. Die beiden Männer reichten sich die Hände. Dann ging Fritz Tennart zur Theke und zahlte seine Rechnung.

Will Mallmann blieb noch sitzen. In langsamen Schlucken trank er sein Glas leer.

Diese Geschichte, die ihm Fritz Tennart erzählt hatte, interessierte ihn sehr. Er hatte es Tennart nur nicht gesagt. Sein Kollege brauchte nicht zu wissen, daß sich Kommissar Mallmann tatsächlich hinter den Fall hängen wollte. Mallmann wollte die Sache allein in die Hand nehmen. Das hieß, nicht selbst den Fall lösen, sondern einen Spezialisten damit beauftragen.

Und dieser Spezialist war John Sinclair, der Geisterjäger . . .

Rainer Schröder reckte und streckte sich, als wäre er der Star in einem Bodybuilding-Center. Er war soeben aufgewacht. Das Sonnenlicht hatte ihn aus dem Schlaf gerissen. In einem breiten Strahl fiel es durch das Spitzbogenfenster im Turm der Burg.

Rainer Schröder blickte nach links.

Neben ihm zeichnete sich Irene Helds Körper unter dem dünnen Laken ab. Irene schlief noch. Wie Rainer seine Freundin kannte, würde sie auch vor Mittag nicht aufwachen. Die Nacht war nur kurz gewesen. Sie hatten ziemlich lange gezecht und waren dann todmüde in die Betten gefallen.

Rainer Schröder stand auf, griff nach seiner Brille und setzte sie auf. Er fühlte ein Brummen im Schädel, doch er ignorierte es.

»Ein Indianer kennt keinen Schmerz!« brummte er.

Rainer schlüpfte in seinen Bademantel. Er hing in dem alten, schief stehenden Schrank, von dem der Holzwurm das rechte Hinterbein zernagt hatte. Überhaupt war auf dem Schloß alles baufällig – aber überraschend sauber.

Irgendein guter Geist mußte hier immer putzen.

»Vielleicht der Ritter mit dem Besen«, hatte Michael Kramer gesagt.

Das war überhaupt der einzige Satz, der über den geheimnisvollen Ritter gefallen war. Die vier jungen Leute hatten das Schloß in Besitz nehmen können, als sei es ihr Eigentum. Niemand hatte sie gestört. Zwei Tage und zwei Nächte hatten sie gefaulenzt und gefeiert. Der Kreuzritter war dabei in Vergessenheit geraten.

Rainer Schröder schaute aus dem Fenster.

Er hatte eine phantastische Sicht. Fern im Norden lag unter der heißen Sonnenglut die Stadt Straßburg. Wenn Rainer genau hinschaute, konnte er sogar das glitzernde Band des Rheins sehen, der Frankreich von Deutschland trennte. Die Wälder der Vogesen bildeten einen sattgrünen Teppich, davor die sanft ansteigenden

Hügel der Weinberge. Das strahlende Blau des Himmels und die kleinen, verträumt wirkenden Orte machten die Gegend zu einer Postkartenidylle.

Rainer Schröder fühlte sich wohl. Und als er fünf Minuten später seine Morgengymnastik beendet hatte, fühlte er sich noch besser.

Irene Held schlief noch immer. Sie lag auf dem Rücken. Das Bettlaken war etwas verrutscht und gab die linke Brust frei. Rainer lächelte, trat ans Bett und hauchte Irene einen Kuß auf den Mund. Im Schlaf bewegte sie die Lippen, murmelte etwas und schlief dann weiter.

Leise verließ Rainer Schröder das Zimmer.

Er gelangte auf einen viereckigen Flur, von dem aus eine Wendeltreppe nach oben sowie nach unten führte. Auf dem nächsten Turmabsatz schliefen Michael und Paulette. Rainer dachte daran, seinen Freund zu wecken, ließ es dann aber bleiben. Ihm fiel rechtzeitig genug ein, daß Paulette Plura auch gern länger schlief und ungenießbar wurde, wenn man sie aus ihrem Schönheitsschlaf riß.

Die Wendeltreppe bestand aus Stein. Die Stufen waren noch ziemlich stabil, so daß keine Einsturzgefahr bestand. Das Geländer hatte Rost angesetzt.

Langsam und gähnend ging Rainer die Stufen hinunter. Er wollte in den Burghof, um sich zu waschen. Ein Brunnen mit kristallklarem Wasser befand sich dort.

Sechs Kehren waren es, bis Rainer Schröder den Ausgang des Turmes erreichte. Hier unten gab es eine schmale Tür, die zu dem Hauptgebäude führte. Durch eine weitere Tür konnte man in den Burghof gelangen, und eine kaum zu erkennende Falltür führte in das Burgverlies.

Die vier Freunde hatten es noch nicht besichtigt. Aber irgendwann würden sie auch das tun.

Rainer Schröder ging nicht direkt auf den Burghof, sondern betrat den Haupttrakt. Er gelangte in den Rittersaal. Hoch wölbte sich die Decke über ihm. An den Wänden hingen verstaubte Monumentalgemälde. Sie zeigten Schlachten und Kampfszenen. In der Mitte des Rittersaals stand ein langer Tisch, umgeben von klobigen Sesseln.

Staub bedeckte die Tischplatte. Das Glas der hohen Fenster war getönt, an einigen Stellen auch gesplittert, so daß ein paar schüchterne Sonnenstrahlen ins Innere des Rittersaales fallen konnte.

Die vier Freunde hatten die Burg erkundet. Vom Rittersaal aus gelangte man in das Herrenzimmer und von dort weiter in die Gemächer der Damen. Dahinter lagen die Räume der Domestiken, bevor es dann in den Seitentrakt ging, in dem sich die Vorrats- und Waffenkammern befanden.

Gedankenversunken betrachtete Rainer die Gemälde an der Wand. Jedes Detail nahm er in sich auf – und stutzte plötzlich.

Er hatte den Kreuzritter gesehen!

Deutlich war er auf dem Bild zu erkennen.

Rainer lief eine Gänsehaut über den Rücken. Die Farben waren in den Jahrhunderten kaum verblaßt, der Kreuzritter stand vor ihm, als würde er leben.

Es war ein schauriges Gemälde. Zu Dutzenden lagen Leichen auf blutgetränkter Erde. Im Hintergrund waren die Spitzen einer Moschee zu sehen. Mitten im Schlachtgetümmel stand der Kreuzritter. Er hielt Pfeil und Bogen in der Hand und schoß auf angreifende Mauren, die reihenweise von ihren Pferden gefallen waren. Die Augen des Ritters blitzten, der Mund war zu einem grausamen Lächeln verzogen.

Ein Held, dieser Mann?

Rainer Schröder wagte es zu bezweifeln. Ihm kam der Ritter wie ein gnadenloser Mörder vor.

Der junge Schriftsteller war so in den Anblick des Bildes versunken, daß er nicht hörte, wie sich hinter ihm die Tür öffnete.

Erst als er das fauchende Geräusch vernahm, wirbelte er herum.

Schnell wie ein Blitz zischte etwas auf ihn zu, fegte nur daumenbreit an seinem Kopf vorbei und bohrte sich hinter ihm mit einem dumpfen Schlag in das Holz einer Tür.

Erst jetzt sah Rainer den Ritter. Er stand in der Halle, der Totenschädel glänzte bleich unter dem Helm, und dann drang ein gellendes Lachen aus dem zahnlosen Mund des unheimlichen Ritters.

Im nächsten Augenblick schlug er die Tür zu!

Vielleicht fünf Sekunden hatte der Vorfall gedauert. Eine Zeitspanne, in der Rainer Schröder sich keinen Millimeter bewegt hatte. Das Entsetzen nagelte ihn fest.

Dann – ihm erschien es wie eine Ewigkeit – wischte er sich über die Augen.

Der Spuk war verschwunden.

Hatte er nur geträumt?

Rainer drehte sich um.

Nein, der Ritter war tatsächlich dagewesen. Der Pfeil steckte noch in der Tür.

Mit zitternden Knien ging Rainer Schröder auf den Pfeil zu. Er wollte ihn anfassen, ihn aus dem Holz ziehen, doch plötzlich löste sich der Pfeil vor seinen Augen auf.

Rainer Schröder zuckte zurück.

Seine Augen wurden groß. Er schluckte, bekam kaum Luft.

Und dann sah er die Schrift!

Blutrot leuchtete sie ihm entgegen. Sie flimmerte auf dem Holz der Tür. Die Sätze waren dazu angetan, Rainers Herzschlag zu beschleunigen. Mit zitternder Stimme murmelte er die Worte vor sich hin.

ES WAR DIE LETZTE NACHT, DIE IHR RUHIG VERBRACHT HABT! IN DER NÄCHSTEN WERDET IHR STERBEN!

Rainer Schröder hatte die Worte kaum gelesen, als die Schrift auch schon wieder verwischte. So schnell, als wäre sie niemals dagewesen. Rainer Schröder jedoch wußte mit einem Mal, was Angst ist . . .

»Dein Aufschlag, John!« rief Sheila Conolly und lachte.

John Sinlair warf den Tennisball hoch, hob die Hand mit dem Schläger, bog den Körper zurück und zirkelte den Ball über das Netz. Die weiße Kugel berührte fast die Maschen, kam dicht hinter dem Netz auf, hatte noch einen Drall und sprang nach links weg.

Doch Sheila reagierte ausgezeichnet. Sie war eine phantastische Tennisspielerin.

Per Rückhand gab sie den Ball zurück, schnitt ihn ebenfalls an

137

und setzte ihn direkt vor der Auslinie auf die feine rote Asche des Tennisfeldes.

John kam zu spät. Er konnte den Ball nicht mehr erreichen.

Sheila warf die Arme hoch. »Gewonnen«, jubelte sie und lief auf das Netz zu.

Sie reichte John die Hand. Der Geisterjäger gratulierte. Gemeinsam verließ er mit Sheila den Platz. Vor den Duschkabinen trennten sie sich. John betrat die grün gefliese Dusche, riß die verschwitzte Kleidung vom Körper und ließ die kalten Strahlen auf sich niederprasseln.

Der Geisterjäger hatte einen durchtrainierten sehnigen Körper, an dem kein Gramm Fett zuviel war. Kraftvoll und durchtrainiert mußte er auch sein, sonst würde er in seinem gefährlichen Job kaum einen Monat überleben.

Doch John war trotz seines Jobs ein Mensch geblieben. Er liebte schöne Frauen, gutes Essen und hin und wieder auch mal einen kleinen Schluck.

Sheila Conolly, seine Tennispartnerin, war allerdings verheiratet. Mit Bill, seinem besten Freund. Bill Conolly befand sich noch im Himalaya, und bei ihm war Suko, John Sinclairs zweiter Freund. Suko war ein Chinese, ein Kraftpaket. Man konnte sich auf ihn hundertprozentig verlassen, und er hatte so manch heißen Fall mit John Sinclair gemeinsam durchgestanden.

Eine Viertelstunde blieb der Geisterjäger – wie John von seinen Freunden genannt wurde – unter der Dusche. Dann trocknete er sich ab, stieg in Polohemd und Hose und legte sich seine Wildlederjacke über die Schulter.

Er ging in Richtung Bar.

Sie befand sich in einem flachen Gebäude mit großen Scheiben, durch die man auf die drei nebeneinander liegenden Tennisfelder blicken konnte.

John nahm an der schmalen Theke Platz.

Der Mixer kannte ihn. Er setzte John unaufgefordert einen eisgekühlten Orangensaft vor, in dem sich ein paar Spritzer Wodka befanden.

John bedankte sich und nahm einen Schluck.

Er war im Augenblick der einzige Gast. In einer halben Stunde würde wesentlich mehr los sein.

John Sinclair nahm sich eine Zigarette. Er wartete auf Sheila. Sie erschien, als der Geisterjäger das Stäbchen zur Hälfte aufgeraucht hatte. Sheila trug eine schneeweiße Jeans und eine knallrote Bluse, die sie über dem Bauchnabel verknotet hatte. Ein Kopftuch der gleichen Farbe bedeckte das blonde Haar.

Sheila bestellte das gleiche wie John.

»Wie fühlst du dich als Strohwitwentröster?« fragte sie, nachdem sie einen Schluck genommen hatte.

»Blendend.« John grinste. »Wer hat schon mal die Gelegenheit, so gutaussehende Witwen zu trösten?«

Damit hatte John keineswegs übertrieben. Sheila sah phantastisch aus. Um ihre Figur hätte sie mancher Filmstar beneidet, und mit ihrem Gesicht bewies sie, daß es auch Frauen gab, die mit wenig oder ganz ohne Schminke auskommen.

»Habe ich dir eigentlich erzählt, daß Bill und Suko bald zurückkommen?« sagte Sheila.

»Nein.«

»Ich habe heute einen Brief erhalten. In zwei Wochen spätestens wollen sie da sein. Den genauen Termin wird mir Bill aber noch mitteilen.«

»Und dann läßt du ihn nicht mehr weg, wie?«

»So leicht nicht mehr.«

»Der arme Bill«, bedauerte John seinen Freund.

»Das ist typisch.« Sheila verzog das Gesicht. »Ihr seid doch alle gleich, ihr Männer.«

Das Gespräch ging noch eine Weile hin und her. Gegen zwanzig Uhr verließen die beiden die Bar und stiegen in Johns Bentley.

Der Geisterjäger brachte Sheila Conolly nach Hause. Der Tennisplatz lag nicht weit von ihrem Bungalow entfernt. Zehn Minuten Fahrt mit dem Wagen.

»Möchtest du noch zu Abend essen?« fragte Sheila.

John schüttelte den Kopf. »Nein danke. Ich will zu Hause noch ein Buch lesen. Außerdem – was werden die Leute sagen, wenn sie dich mit einem fremden Mann ins Haus gehen sehen?«

»Das richtige«, erwiderte Sheila, küßte John auf die linke Wange und lief ins Haus.

Der Geisterjäger wartete, bis Sheila die Tür hinter sich geschlossen hatte, und fuhr ab.

Er mußte durch halb London, um zu seiner Wohnung zu gelangen. John lebte in einem Apartmenthochhaus, wo sich niemand um den Nachbarn kümmerte. Das kam dem Geisterjäger sehr gelegen. Er war froh, daß die anderen Mieter nicht wußten, welchem Beruf er nachging.

John schloß die Tür auf und öffnete erst einmal alle Fenster. In der Wohnung war eine verdammt stickige Luft.

Bei einer Flasche Bier gönnte sich John eine Zigarette. Er machte die Beine lang und blickte aus dem Fenster. Die Sonne sank langsam dem Horizont entgegen. Dabei tauchte sie die Dächer der Millionenstadt an der Themse in einen blutroten Schein. Das Flugzeug, das in die Höhe stieg, sah John nur als glitzernden Punkt. Die Maschine schien direkt in die Sonne hineinzufliegen.

John fühlte, daß er schläfrig wurde. Es machte ihm nichts aus. Wie von selbst fielen ihm die Augen zu.

Und dann klingelte das Telefon.

Das Schrillen riß John aus dem Schlaf. Aufgeschreckt fuhr er hoch. Mit einem schnellen Blick auf seine Uhr stellte er fest, daß er höchstens zwanzig Minuten geschlafen hatte.

John griff zum Hörer. »Sinclair!«

»Mallmann!«

»Teufel noch mal, Will«, rief der Geisterjäger. »Ja, ist es denn die Möglichkeit, daß Sie mal anrufen. Haben Sie im Lotto gewonnen, oder was ist? Sonst war Ihnen ein Gespräch doch immer zu teuer.«

Will Mallmann lachte. »Da sieht man wieder, wie sehr man unterschätzt wird.«

»Was gibt es denn?«

»Ich habe einen Fall für Sie, John!«

»Nein, nicht schon wieder«, rief der Oberinspektor in gespieltem Erschrecken. »Ich weiß noch, wie Sie mich zu diesem Hotel geschickt haben. Was ist es denn heute wieder?«

»Etwas Ähnliches. Ein Kreuzritter!«

»Ein . . . was?«

»Hören Sie zu, John. Dann können Sie sich ja entscheiden.«

Innerhalb von sechs Minuten hatte Kommissar Mallmann die Geschichte erzählt. John hörte schweigend zu. Er hatte sich schon nach Mallmanns ersten Worten entschieden.

»Ich komme, Will«, sagte er. »Sind Sie auch mit von der Partie?«

»Nein. Ich muß in meinem Büro hocken bleiben.«

»Schade. Haben Sie noch irgendwelche Informationen?«

»Natürlich.«

John hielt Papier und Kugelschreiber bereit. Während Will Mallmann sprach, machte er sich einige Notizen. Der Kommissar erklärte ihm genau, wo die Burg zu finden war. Anschließend wechselten die beiden Männer noch einige private Worte, und John mußte versprechen, auf dem Rückweg bei Will Mallmann vorbeizuschauen. Es war immer noch ein Zug durch die Gemeinde fällig.

John versprach es hoch und heilig. Falls es einen Rückweg gab . . .

Dann legte er auf.

Der Geisterjäger wollte fliegen, sich in Deutschland einen Wagen leihen, um dann in das Elsaß zu fahren. Er war gespannt, was an der Geschichte mit diesem Kreuzritter wirklich dran war . . .

Die moderne Zivilisation hatte auf dem Burghof Einzug gehalten! Das heißt, es wurde gegrillt.

Sie hatten das Grillgerät mitgenommen und auch die Holzkohle. Es war nur ein einfacher Rost. Er wurde auf zwei Steine gelegt, darunter die Holzkohle – fertig.

Es gab Würstchen. Irene Held hatte den Vorschlag gemacht, und die anderen drei waren dafür gewesen. Die Männer hatten die Holzkohle geholt, die Mädchen kümmerten sich um die Bratwürste. Sie hatten sie unten im Dorf gekauft und kühl gelagert.

Rainer Schröder war ziemlich schweigsam. Das Erlebnis am späten Morgen hat ihn doch schwer mitgenommen. Versonnen hockte er auf dem Boden und beobachtete einen am Himmel kreisenden Raubvogel.

Selbstverständlich fiel den anderen Rainers Zustand auf, doch auf Fragen schüttelte er immer wieder den Kopf.

Schließlich hielt Michael Kramer es nicht mehr aus. Er ging zu Rainer. Ächzend ließ er sich neben ihn fallen.

»Toller Tag heute, wie?«

Schröder nickte.

»Hast du was?« fragte Michael.

»Wieso?«

»Du bist so komisch.«

Rainer Schröder riß einen Grashalm aus dem Boden und streichelte mit der Spitze über seine linke Handfläche. »Das täuscht, mein Lieber. Ich bin eben müde.«

»Ich denke, du hast gut geschlafen.«

»Habe ich auch. Nur zu wenig.«

»Dann leg dich doch nach dem Essen etwas hin.«

»Mach ich – vielleicht.«

»Mensch, Rainer, jetzt mach aber mal einen Punkt. So komisch kenne ich dich ja gar nicht. Was ist nur in dich gefahren? Was du mir hier erzählst, sind doch nur billige Ausreden. Sag mir, was wirklich geschehen ist.«

»Nichts, zum Teufel!« Rainer Schröder stand auf. »Und jetzt laß mich in Ruhe.«

»Ja, ja, schon gut. Entschuldige.« Kopfschüttelnd ging Michael Kramer zurück zu den beiden Frauen.

Irene Held erhob sich aus ihrer gebückten Haltung, während Paulette die zehn Würstchen noch einmal wendete.

»Was hat Rainer eigentlich?« fragte Michael Kramer.

Irene hob die Schultern. »Ich kann es dir auch nicht sagen. Sonst ist er nicht so komisch. Irgendeine Laus ist ihm heute über die Leber gelaufen. Jeder hat ja mal einen schlechten Tag.«

»Das ist was anderes.« Michael ließ sich von seiner vorgefaßten Meinung nicht abbringen.

»Du siehst wohl schon wieder Gespenster. Laß uns lieber essen.« Sie drehte sich um. »Rainer, kommst du?« rief sie.

Rainer Schröder hatte an der zerstörten Mauer gestanden und den Blick durch das Tal schweifen lassen.

»Ich bin gleich da«, rief er zurück. Er warf den Stein, den er in der rechten Hand hielt, auf den schmalen Weg, der hinunter zur Straße führte.

Irene fiel noch etwas ein. »Bring bitte das Plastikbesteck aus dem Wagen mit.«

»Okay.« Der 2 CV parkte auf dem Burghof. Und zwar dort, wo am wenigsten Sonne war. Rainer Schröder fand die Bestecke in einer schmalen Kunstledertasche. Paulette hatte die Würstchen schon auf die Teller gelegt. Die Mädchen erhielten je zwei, die Männer drei. Zwei große Rotweinflaschen waren bereits geöffnet. Pappbecher standen auch bereit. Paulette goß den Roten in die Becher.

Die vier Freunde hockten sich um das Grillgerät. Die Teller stellten sie auf ihre gekreuzten Oberschenkel. Das Weißbrot, das es zu den Würstchen gab, war ziemlich zäh.

»Guten Appetit«, wünschte Irene.

Sie aßen. Während die anderen miteinander redeten, saß Rainer Schröder stumm daneben. Er schnitt seine Wurst auf und hatte den Blick angehoben.

Die Sonne befand sich in seinem Rücken. Das T-Shirt schien zu brennen. Michael hatte sein Hemd ausgezogen. Er trug nur kurze Jeans und Sandalen. Die Mädchen hatten ebenfalls Hosen an und leichte Blusen. Der Stoff war durchsichtig. Man sah die Umrisse der Brüste.

Rainer Schröder konnte direkt auf die Burg sehen. Er war mit seinen Gedanken ganz woanders, hörte wohl, daß sich die anderen unterhielten, achtete jedoch nicht auf ihre Gespräche. Automatisch leerte er seinen Becher und nahm auch nicht bewußt wahr, daß Paulette nachschenkte. Sein Blick streifte die Fassade der Burg. Ein großer Teil des Mauerwerks war sehr brüchig. Spalten und Risse deuteten es an. Moos und Efeu wucherten darin. Vögel hatten dort ihre Nester gebaut. Für sie waren diese Spalten ideal.

Am stabilsten war noch der Turm mit seinem Wehrgang auf der Spitze. Die Mauer oben auf dem Turm war etwa brusthoch und in unregelmäßigen Abständen von Schießscharten unterbrochen.

Immer wieder mußte Rainer Schröder an den Kreuzritter denken und an dessen Warnung. Sollte er den anderen sagen, was er erlebt hatte? Nein, lieber nicht. Sie würden ihn nur auslachen. Keiner von ihnen sollte die Nacht überleben. Rainer Schröder hatte schon an Flucht gedacht. Sich einfach still und heimlich abzusetzen. Aber dann hatte er den Gedanken wieder verworfen. Es wäre feige gewesen, und das war auch nicht seine Art. Nein, er hatte sich zu einem Entschluß durchgerungen. Er wollte dem verfluchten Ritter die Stirn bieten. Schließlich wußte er, wann der Kreuzritter angriff. In der nächsten Nacht.

Rainer hatte sein erstes Würstchen bereits aufgegessen und wollte gerade in das zweite beißen, als er die Gestalt sah.

Sie stand auf dem Turm und hob drohend die rechte Faust mit dem Schwert.

Rainer Schröder sprang auf wie von der Tarantel gebissen. »Da«, rief er, »da oben. Der Kreuzritter!« Sein linker Arm schnellte vor. Der ausgestreckte Zeigefinger deutete zum Turm hoch.

»Ja, seht ihr ihn denn nicht?« schrie er. »Er steht doch da und . . .«

Rainer Schröder blieben die letzten Worte im Hals stecken. Nichts war mehr zu sehen von dem geheimnisvollen Kreuzritter. Von einer Sekunde zur anderen war er verschwunden.

Rainer Schröder sank wieder zurück. Er schüttelte den Kopf, konnte nichts begreifen. Die beiden Würstchen waren vom Teller gerollt und lagen auf der Erde, ungenießbar. Rainer hatte auch den Pappbecher umgekippt. Der rote Wein war ausgelaufen. Es sah aus wie Blut, das langsam im Boden versickerte.

Michael Kramer sah seinen Freund kopfschüttelnd an. »Bist du eigentlich übergeschnappt?« fragte er. Sein Ton war ziemlich scharf, und Rainer zuckte zusammen. »Du hast wohl 'nen Sonnenstich, wie? Solch einen Mist zu erzählen.«

»Ich habe ihn aber gesehen«, knurrte Rainer Schröder kehlig.

»Ach, hör doch auf.«

»Hältst du mich für einen Lügner?« Schröder sprang auf.

»Schluß jetzt!« Irene Held mischte sich ein. »Und du hältst auch deinen Mund, Michael. Das ist ja schrecklich. Ihr benehmt euch schlimmer als die kleinen Kinder. Was sagst du dazu, Paulette?«

Paulette Plura nickte. »Ich finde es auch komisch.«

Rainer Schröder schlug beide Hände gegen seine Oberschenkel.

»Ja, ja, ihr findet es komisch. Alle finden es komisch, ich weiß. Aber ich habe diesen Kreuzritter gesehen. Darauf könnt ihr euch verlassen. Er stand oben auf dem Turm.«

»Mit oder ohne Gaul?« fragte Michael Kramer grinsend.

Das war zuviel für Rainer Schröder. Ehe ihn irgend jemand daran hindern konnte, stürzte er vorwärts und drosch Michael Kramer beide Fäuste gegen die Brust.

Es waren überraschende Schläge, die Michael einstecken mußte. Er flog zu Boden und schlug hart mit dem Hinterkopf auf. Schmerzhaft verzog er das Gesicht. Ehe sich Rainer Schröder jedoch zum zweitenmal auf ihn stürzen konnte, waren die beiden Mädchen da. Gemeinsam hielten sie ihn fest.

»Hast du denn völlig den Verstand verloren?« schrie ihn Irene an. »Wir sind zusammen in Urlaub gefahren, um uns zu erholen, aber nicht, um uns gegenseitig umzubringen. Hoffentlich geht das endlich in deinen Schädel hinein.«

Rainer Schröder spuckte aus. Dann drehte er sich abrupt um und hockte sich schweigend neben die kleine Feuerstelle.

Michael Kramer stand mit verzerrtem Gesicht da. Er hatte seine Hände in Höhe des Magens auf den Leib gepreßt. Paulette Plura stützte ihn. Dabei warf sie Michael einen mitleidigen Blick zu. »Tut's noch weh?« fragte sie leise.

»Es geht.« Michael schüttelte den Kopf. »Ich war ja selbst schuld. Ich habe mich gehen lassen und ihn zu sehr gereizt.« Er ging auf Rainer Schröder zu und streckte ihm die Hand hin. »Tut mir leid«, sagte er.

Rainer blickte auf die dargebotene Rechte. Dann lächelte er. »Schon gut, Michael, ich hab' ja angefangen.«

»Es ist immer besser, wenn man sich verträgt«, sagte plötzlich jemand im Rücken der vier Freunde.

Die Urlauber kreiselten wie auf Kommando herum. Irene Held stieß einen leisen Schrei aus.

Ein groß gewachsener blondhaariger Mann stand am Burgtor. Er trug eine Wildlederjacke, saloppe Jeans und ein cremefarbenes Hemd, dessen oberste Knöpfe offenstanden. Der Mann hatte sich einen Rucksack umgeschnallt. Er sah auf den ersten Blick aus wie ein Spaziergänger.

Der Mann trat mit federnden Schritten näher. »Entschuldigen Sie, wenn ich störe, aber ich schwärme für alte Burgen. Und diese hier interessiert mich. Mein Name ist übrigens Sinclair. John Sinclair . . .«

»Sind Sie Engländer, Mister Sinclair?« fragte Irene Held. Sie hatte als erste die Überraschung überwunden.

John nickte lächelnd. »Ja.« Der Geisterjäger, kam noch ein paar Schritte näher, stemmte beide Fäuste in die Hüften und blickte sich um. »Hübsch ist es hier. Wirklich hübsch. Und so romantisch. Ich schwärme für Burgen.«

»Da können Sie ja in Ihrer Heimat zahlreiche Burgen und Schlösser besichtigen«, meinte Irene.

John lachte. »Was glauben Sie. Ich kenne sämtliche Schlösser und Burgen in Großbritannien. Bis hoch hinauf in den Norden von Schottland. Und da es auf der Insel für mich nichts Neues mehr gibt, habe ich mir Frankreich vorgenommen. Ich habe im Loiretal angefangen und bin jetzt im Elsaß gelandet.«

»Machen Sie das beruflich?« wollte Irene Held wissen. »Entschuldigen Sie meine Neugierde – aber . . .«

»Nein, nein, nur als Hobby.« John nahm seinen Rucksack ab und ließ ihn zu Boden gleiten. Dann wischte er sich über die Stirn. »Eine Hitze ist das heute. Haben Sie was dagegen, wenn ich Ihnen etwas Gesellschaft leiste?«

»Nein, natürlich nicht«, beeilte sich Irene zu versichern.

Auch die anderen erhoben keinen Widerspruch.

John Sinclair erfuhr die Namen der Freunde. Er merkte auch sehr schnell, daß etwas zwischen den vier jungen Leuten nicht stimmte. Es mußte irgendeine Unstimmigkeit gegeben haben. Welche das war, wußte John nicht. Er wollte auch nicht allzu neugierig danach fragen.

»Wenn Sie etwas essen wollen, wir haben noch Weißbrot da und eine Flasche Rotwein.« Paulette Plura machte den Vorschlag.

»Nein danke.« John Sinclair lehnte ab. »Ich habe unten im Dorf bereits etwas gegessen.«

»Sie sind in Rochas gewesen?« fragte Michael Kramer.

»Ja, warum?«

»Hat man Sie denn nicht gewarnt, die Burg zu besuchen?«

»Nein. Außerdem habe ich mit niemandem darüber gesprochen. Allerdings – wenn ich mir das hier so ansehe, komme ich direkt in Versuchung, über Nacht zu bleiben. Platz ist ja genug vorhanden. Außerdem habe ich meine Tagesleistung bereits hinter mir. Ich bleibe natürlich nur über Nacht hier, wenn Sie damit einverstanden sind.«

Michael Kramer hob die Schultern. »Wir haben nichts dagegen – oder?«

Die Mädchen schüttelten die Köpfe. Nur Rainer Schröder wollte etwas sagen, verbiß sich die Antwort jedoch.

»Na, dann ist ja alles okay.« John Sinclair lachte. »Ich heiße übrigens John«, sagte er.

Auch die anderen nannten ihre Vornamen. Wenig später waren sie schon in ein allgemeines Gespräch vertieft, an dem – je länger es anhielt – auch Rainer Schröder teilnahm.

John Sinclair konnte wirklich außergewöhnlich gut erzählen. Er berichtete von alten Burgen und Schlössern in seinem Heimatland und auch von Geistern und Gespenstern. Dieser Teil seiner Erzählungen jedoch stieß bei den jungen Leuten nur auf wenig Gegenliebe. Sie gingen kaum auf Johns Bemerkungen ein.

Der Geisterjäger hatte seinen Leihwagen – einen Opel Manta – in Rochas stehengelassen. Er hatte sich dort unten im Dorf als ein Tourist ausgegeben, der den Schwarzwald und das Elsaß durchwanderte. Die Leute hatten es ihm geglaubt.

Mit Kommissar Mallmann hatte John Sinclair nicht mehr gesprochen. Er hatte zwar noch versucht, den Kommissar zu erreichen, doch Mallmann war dienstlich unterwegs.

Die Zeit verging. Es wurde Nachmittag. Die Flasche Rotwein war längst leer. Bierdosen wurden aus der Kühltasche geholt. Schaum spritzte, als die Dosen geöffnet wurden.

»Es lagern aber noch Weinflaschen im Burgkeller«, sagte Michael Kramer.

»Hoffentlich volle«, meinte John.

»Davon habe ich mich persönlich überzeugt.«

Sie lachten und prosteten sich mit den Bierdosen zu.

John Sinclair stellte seine Dose neben sich auf die Erde. »Sagt mal, ich habe ja viel von Burggespenstern erzählt und auch von Schloßgeistern. Wie steht es hier eigentlich damit? Gibt es auf Burg Rochas auch einen Geist?«

John hatte völlig harmlos gefragt, doch die Reaktion der vier jungen Leute war genau das Gegenteil.

Sie schwiegen. Die Gesichter waren verschlossen. Und die Blicke sagten genug.

John tat unbefangen. »Was ist denn? Habe ich vielleicht etwas Falsches gesagt?«

»Nein, nein«, beeilte sich Rainer Schröder zu versichern. »Nur . . .«

»Was ist – nur: Los, Rainer, rücken Sie heraus mit der Sprache. Das will ich jetzt genau wissen.«

Rainer warf seinen Freunden skeptische Blicke zu. Doch als er ein allgemeines Nicken erntete, bequemte er sich zu einer Antwort.

»Zuerst hat der Wirt im Dorf davon gesprochen. Von diesem Kreuzritter, der angeblich die Gegend unsicher machen soll. Der Wirt hat uns auch gewarnt, zur Burg hochzufahren. Wir haben natürlich gelacht, denn wer glaubt schon an Geister und Gespenster. Wir haben uns also in den Wagen gesetzt und sind losgefahren. Unterwegs hat uns ein Gewitter überrascht, und während des Unwetters tauchte der Kreuzritter plötzlich auf. Er saß auf einem schwarzen Pferd, stand wie ein Denkmal am Waldrand. Er starrte mit seinem Totenschädel zu uns herüber.«

Rainer Schröder mußte schlucken. Er wischte sich über die Stirn, nahm einen Schluck Bier und sprach dann weiter.

»Ich bin auf die Erscheinung zugegangen. Als ich nur noch wenige Meter entfernt war, ritt der Ritter plötzlich an. Dabei schwang er sein Schwert und wollte mich köpfen. Ich konnte im letzten Moment ausweichen. Die Gestalt ritt auf den Wagen zu und schlug mit dem Schwert auf das Blech.« Rainer zeigte auf den parkenden 2 CV. »Die Stelle können Sie gut erkennen, John!«

Der Geisterjäger nickte. »War das alles?« fragte er.

»Reicht das nicht?« Rainer Schröder hat sich dazu entschlossen, nichts von seinem morgendlichen Zusammentreffen mit dem Kreuzritter zu erzählen.

»Da war aber noch was«, sagte plötzlich Paulette Plura. »Und zwar unten im Dorf.«

Alle Gesichter wandten sich ihr zu.

»Erzählen Sie«, forderte John das Girl auf.

»Aber das ist doch Unsinn«, rief Michael Kramer. »Du hast dich da getäuscht.«

»Nein, das habe ich nicht.« Paulette schüttelte entschieden den Kopf.

Kramer gab nach. »Also gut, dann erzähle.«

Mit stockenden Worten berichtete Paulette, wie sie die Leiche gefunden hatte. »Ich habe geschrien, bin zu Michael gelaufen, und er hat dann in dem Schuppen nachgesehen«, sagte sie rauh.

»Wo keine Leiche mehr zu finden war«, vervollständigte Michael Kramer die Erzählung und leerte mit einem letzten Schluck seine Bierdose. Er warf sie in den großen Plastikbeutel, der als Abfalleimer diente.

John Sinclair hatte ruhig zugehört. Jetzt fragte er: »Ist dieser Kreuzritter denn wieder in Erscheinung getreten?«

Allgemeines Kopfschütteln. Auch Rainer Schröder stimmte dem zu.

Der Geisterjäger erhob sich. Sein Blick fiel auf den Himmel. Die Sonne hatte ihren strahlenden Glanz verloren. Sie wirkte diffus, wie von einer Nebelwand umgeben. Weit im Westen ballten sich schon die ersten Wolkenberge zusammen.

»Es wird wieder ein Gewittter geben«, sagte John. »Ich werde mal in die Burg gehen und mir ein gemütliches Plätzchen suchen.«

»Und wir räumen ab«, sagte Paulette Plura. »Ich möchte nicht noch einmal vom Regen überrascht werden.«

»Sie müssen aber durch den Turm gehen, John«, rief Rainer Schröder dem Geisterjäger nach. »Das Hauptportal ist verschlossen!«

»Danke.«

John betrat den Turm. Den Rucksack hielt er in der rechten Hand. In ihm hatte er die Sachen verstaut, die für eine erfolgreiche Dämonenbekämpfung vonnöten waren.

Innerhalb des Gemäuers war es ziemlich kühl. John Sinclair fröstelte. Durch die offene Tür fiel genügend Licht, daß John die Falltür erkennen konnte, die in die Tiefe führte. John sah auch den eisernen Ring, mit dem man die Tür hochheben konnte.

Der Geisterjäger versuchte es.

Die Falltür hielt.

John verdoppelte seine Anstrengungen. Und dann, er glaubte es selbst nicht so recht, ruckte die schwere Holztür in die Höhe. Mit einem dumpfen Laut fiel sie auf der anderen Seite zu Boden.

Gähnende Finsternis und Modergeruch schlugen John Sinclair entgegen. Er sah auch die ersten Stufen einer alten Treppe.

Der Geisterjäger gehörte zu den Typen, die Nägel mit Köpfen machten. Da er schon die Chance hatte, wollte er auch erkunden, wohin die Treppe führte.

John wühlte in seinem Rucksack herum, fand eine Taschenlampe und hängte sie sich an den Gürtel. Dann steckte er noch die magische Kreide ein, seine mit Silberkugeln geladene Beretta, ein silbernes geweihtes Kreuz und einen Dolch, der ebenfalls aus Silber hergestellt war. Den Rucksack versteckte er dann hinter den ersten Stufen der nach oben führenden Wendeltreppe.

Dann machte sich John Sinclair an den Abstieg.

Es war ein Weg ins Ungewisse, denn er wußte nicht, was ihn unterhalb der Burg erwartete. Aber John Sinclair hatte keine Angst. Er hatte in seinem Job schon zuviel Abenteuer erlebt und auch bestanden.

Die Stufen waren hoch und steil. John hatte die Lampe angeknipst. Der Strahl wanderte über rauhes Gemäuer, das mit einer grünen Schicht aus Moos und Algen bedeckt war. Wasser tropfte von der Decke. Die kleinen Tropfen plitschten in John Sinclairs Nacken und rannen seinen Rücken hinab.

Die Treppe endete ziemlich schnell.

John hatte nur zwanzig Stufen gezählt.

Als er die letzte hinter sich gelassen hatte, blieb er erst einmal stehen.

Totenstille umgab ihn.

John Sinclair hob die Hand mit der Lampe und ließ den Strahl kreisen. Der helle Lichtfinger fuhr bogenartig durch ein gewaltiges

Gewölbe und verlor sich dann im Hintergrund in der Dunkelheit. Dicke Steinsäulen stützten die Decke ab. Es gab Winkel und Nischen, aber keine Spur von Leben. Nicht einmal Ratten.

John Sinclair ging weiter. Kleinere Steine wurden von seinen Schuhen knirschend zertreten. Der Oberinspektor hielt sich in der ungefähren Mitte des Gewölbes. Immer wieder bewegte er die Hand mit der Lampe, um möglichst viel auszuleuchten.

Die Luft war relativ gut zu atmen. John Sinclair nahm an, daß es irgendwo einen Ausgang geben mußte, durch den frischer Sauerstoff in dieses unterirdische Gewölbe strömte.

Plötzlich hörte John ein Geräusch.

Abrupt blieb er stehen. Augenblicklich knipste er die Taschenlampe aus.

Gebannt lauschte der Geisterjäger in die Dunkelheit hinein. Er hatte das Geräusch nicht so recht identifizieren können, aber es hatte sich angehört, als würde etwas über den Boden schleifen. Vielleicht die Schuhe eines Menschen? Lauerte etwa der Kreuzritter irgendwo in der Nähe?

Unwillkürlich tasteten Johns Finger nach dem Griff der Pistole. Lautlos holte er die mit geweihten Silberkugeln geladene Waffe aus der Halfter.

Dann ging er weiter.

Der Geisterjäger hielt dabei die linke Hand ausgestreckt, den rechten Arm mit der Pistole etwas angewinkelt. Nur auf Zehenspitzen näherte er sich der ungefähren Quelle des Geräusches. Er selbst versuchte, möglichst leise zu atmen. John hielt dabei den Mund halb geöffnet und saugte nur wenig Luft in die Lungen.

John hatte das Gefühl, daß er nicht mehr weit von der Quelle des Geräusches entfernt war.

Da, jetzt hörte er es wieder. Ganz deutlich sogar. Ein Schleifen, und dazwischen das keuchende Atmen eines Menschen.

John Sinclair riskierte es.

Mit einem Daumendruck schaltete er die Lampe ein.

Gelbweiß schnitt der Strahl durch die Finsternis – und traf!

Er riß eine Szene aus der Dunkelheit, die John Sinclairs Herzschlag stocken ließ.

Etwa fünf Schritte von ihm entfernt stand in geduckter Haltung ein Mann. Er hielt mit beiden Händen den Oberkörper einer Frau umfaßt, und es sah so aus, als wolle er die Frau irgendwo verschwinden lassen.

Aber das war es nicht, was den Geisterjäger so entsetzte.

Die Frau hatte eine tiefe Halswunde, aus der das Blut pulsierte – eine Wunde, wie sie nur ein Schwert beibringen konnte . . .

In Sekundenbruchteilen schoß John Sinclair die Erzählung Paulette Pluras durchs Gedächtnis. Paulette hatte von einer Frau mit einer ähnlichen Wunde gesprochen.

Und jetzt sah John die Frau hier!

Wieso? Warum? Weshalb?

Fragen, auf die er keine Antwort fand. Noch keine. Auch den Mann kannte John Sinclair. Er hatte ihn im Dorf vor einem Gasthaus gesehen, wo er den Bürgersteig fegte. Es konnte der Wirt sein.

Der Mann trug eine zerschlissene Jacke und darunter einen alten Pullover. Als ihn der Lampenschein traf, riß er blitzschnell die Hand vor seine Augen, um sich von der blendenden Helligkeit zu schützen.

Dann sprang er plötzlich auf.

Nie hätte John mit solch einer schnellen Reaktion gerechnet. Der Kerl war wie ein Wiesel auf den Beinen, hetzte um eine der Säulen herum und war wenige Lidschläge später in der schützenden Dunkelheit verschwunden.

Das Wort »Stehenbleiben« blieb dem Geisterjäger im Hals stecken. Statt dessen nahm John die Verfolgung auf. Die Lampe ließ er eingeschaltet. Schließlich kannte sich der Wirt hier unten aus, und er nicht.

Der Wirt bemühte sich jetzt nicht einmal, leise zu sein. Er setzte alles daran, um dem Geisterjäger zu entkommen. Wie ein Irrwisch huschte er um die stabilen Säulen, und John, der ihn oft nur für Bruchteile von Sekunden sah, hatte es schwer, überhaupt nur einen Meter aufzuholen.

Dann wischte der Mann plötzlich nach rechts und war verschwunden.

Zwei Atemzüge später erreichte John Sinclair die Stelle. Und er sah den Gang vor sich, der eigentlich mehr ein Stollen war. Der Stollen führte noch tiefer in das Gewölbe hinein. Er war abschüssig, und John mußte den Kopf einziehen, um sich nicht an der rauhen Decke einen blutigen Schädel zu holen.

Aber schon nach wenigen Metern wurde der Stollen breiter und auch höher.

Und plötzlich stand John Sinclair in der Folterkammer der Burg!

Jeder Horrorfilm-Regisseur hätte an dieser Folterkammer seine reine Freude gehabt.

Es war alles vertreten, was das Gruselherz so begehrt.

Nur von dem Wirt sah John keine Spur.

Hatte er sich etwa vor Erreichen der Folterkammer abgesetzt? Möglich war es. Trotzdem betrat der Geisterjäger das Verlies und ließ seine Taschenlampe kreisen.

Der Lichtstrahl wischte über die schrecklichen Instrumente. Unzählige Staubpartikel tanzten in der Luft.

John Sinclair ging tiefer in die Folterkammer hinein.

Ihm gegenüber stand eine Eiserne Jungfrau. Die eine Hälfte war aufgeklappt. Es war eines der gemeinsten Folterinstrumente, die sich Menschen je ausgedacht hatten.

Sie glich einer Ritterrüstung, konnte jedoch in der Mitte aufgeklappt werden, so daß sie zwei Hälften bildete. Die Hälfte, die aufklappbar war, war von innen mit spitzen Nägeln gespickt, die dem armen Opfer in den Körper drangen.

John Sinclair lief eine Gänsehaut über den Rücken, als er sich die Eiserne Jungfrau ansah. Er hatte schon zuviel darüber gehört.

Vielleicht hatte er sich auch von dem Anblick zu sehr ablenken lassen, auf jeden Fall hörte er das Geräusch hinter seinem Rücken viel zu spät.

Der mörderische Schlag traf seinen ungeschützten Rücken. Der Schmerz paralysierte John Sinclairs Reflexe. Er schrie. Ein zweiter Schlag traf seinen Rücken, stieß ihn nach vorn, genau auf die Eiserne Jungfrau zu.

Dann erst hörte John das triumphierende Lachen. Eine sehnige Hand riß ihn an der Schulter herum. Mit dem Rücken zuerst wurde er in das Gestell hineingedrückt. Für einen winzigen

Augenblick sah John das verzerrte Gesicht des Wirts und die Eisenstange, die der Kerl in der Hand hielt.

Jetzt wußte der Geisterjäger Bescheid.

Aber das nutzte ihm auch nichts mehr.

Mit einem diabolischen Kichern auf den Lippen rammte der Wirt die zweite Hälfte der Tür zu . . .

»Was hältst du von John Sinclair?« fragte Michael Kramer seinen Freund Rainer.

Schröder hob die Schultern. »Ein komischer Kauz ist er schon. Aber sonst scheint er ganz passabel zu sein.«

»Meine ich auch.« Michael Kramer nickte zustimmend. »Er ist eben ein Individualist. Aber sind wir das letzten Endes nicht alle?«

»Recht hast du«, gab Rainer Schröder zu. Er sah sich um. Der Himmel bezog sich immer mehr. Es wurde schwül. Mücken tanzten dicht über dem Boden. Von der Rheinebene her breitete sich Feuchtigkeit aus. Sie verdichtete sich immer mehr zu langen Nebelstreifen.

»Das wird noch ein Gewitter geben«, sagte Rainer und deutete zum Himmel. »Bestimmt doppelt so stark wie am letzten Abend.«

»Fehlt uns nur noch der Kreuzritter«, sagte Michael.

»Hör auf«, erwiderte Rainer. Ein blitzschneller Blick zeigte ihm, daß er und Michael allein auf dem Burghof waren. Die Frauen waren im Turm verschwunden und in die Zimmer gegangen, um sich dort umzuziehen. Den Plastiksack mit dem Abfall hatten sie mitgenommen.

Schröder entschied sich blitzschnell. Er wollte Rainer mitteilen, was er am Morgen erlebt hatte.

»Hast du mal einen Augenblick Zeit?«

Michael Kramer stand neben dem 2 CV. Er war dabei, alle Fenster zu verschließen. Auf Rainers Ruf hin drehte er sich um.

»Was ist denn los?«

Rainer schlenderte auf seinen Freund zu. »Ich muß dir etwas erzählen«, sagte er mit ernster Stimme.

Michael Kramer wußte sofort Bescheid. »Schon wieder dieser komische Kreuzritter?«

»Ja.«

Ein mitleidiges Grinsen stahl sich in Michaels Mundwinkel. »Wir wollen uns doch nicht schon wieder streiten.«

»Aber die Sache ist verdammt ernst.«

Michael blickte Rainer an. Und er sah, daß sein Freund keine Sprüche machte. Deshalb nickte er. »Okay, erzähle.«

Rainer holte noch einmal tief Luft, ehe er anfing zu reden. »Ich habe den Kreuzritter heute morgen wieder gesehen. Im großen Rittersaal.«

Michael starrte Rainer ungläubig und mißtrauisch zugleich an. »Und?«

»Er hat auf mich geschossen.«

»Geschossen?« echote Michael.

»Ja. Mit einem Pfeil. Plötzlich stand er im Saal. Er hielt Pfeil und Bogen in der Hand. Der Pfeil zischte dicht an meinem Kopf vorbei in das Holz der Tür. Ich wollte ihn herausziehen, als Beweisstück sozusagen. Aber das Ding löste sich vor meinen Augen auf. War einfach weg. Und statt dessen standen plötzlich einige Worte auf der Tür.«

Jetzt machte Michael Kramer keine Bemerkung mehr, sondern hörte gebannt zu.

»Es war eine Warnung«, fuhr Rainer fort. »Wir sollten die nächste Nacht nicht überleben, hieß es da. Und als ich die Worte gelesen hatte, verschwanden sie ebenso wie der Pfeil. Auch der verfluchte Ritter war mit einemmal weg.«

Michael Kramer blieb vor Staunen der Mund offen stehen. »Ja . . . warum hast du uns denn nichts davon gesagt?«

Rainer Schröder lachte bitter. »Wer hätte mir denn geglaubt? Du etwa?«

»Wahrscheinlich nicht.«

»Bitte. Aber jetzt glaubst du mir?«

»Natürlich.« Michael faßte Rainer am Arm. »Was machen wir denn nun? Am besten, wir verschwinden. Sofort. Auf der Stelle.«

»Wenn es mal nicht zu spät ist.«

»Ach was, komm!«

»Und die Mädchen?« fragte Rainer. »Meinst du, die glauben uns?«

»Sie müssen.«

»Okay. Nur, was ist mit dem Engländer? Wir können John doch nicht einfach hier sitzenlassen.«

»Ja, das stimmt auch wieder«, erwiderte Michael Kramer nachdenklich. Er sah sich um. »Wo steckt er eigentlich?«

»Er wollte sich ein Zimmer suchen.«

»Im Turm?«

Rainer Schröder hob die Schultern. »Ehrlich gesagt, ich habe keine Ahnung.«

»Dann suchen wir ihn«, schlug Michael Kramer vor.

»Rainer, Michael! Kommt ihr?« Eine helle Mädchenstimme schnitt durch die Stille.

Irene Held hatte gerufen. Sie und Paulette schauten aus dem Turmfenster von Irenes Zimmer und winkten. »Wir wollen ein Abendessen beim Kerzenschein machen. Und bringt John mit.«

Rainer legte beide Hände als Schalltrichter gegen den Mund. »Ich weiß nicht, wo John steckt. Ihr vielleicht?«

»Nein!«

»Dann suchen wir ihn.«

»Okay. Aber beeilt euch. Wir packen schon mal die Konserven aus. Paulette will durchaus ein tolles Gericht zaubern.«

»Wartet noch damit«, rief Rainer.

»Warum?«

»Das sagen wir euch später.«

Die beiden Mädchen winkten ab und verschwanden vom Fenster. Michael hielt seinem Freund die Zigarettenschachtel hin, und Rainer bediente sich. Er spendierte dafür eine Runde Feuer.

»John hätte sich längst schon wieder blicken lassen können«, sagte er. »Ist auch nicht die feine englische Art.«

»Wahrscheinlich sucht er eine Dusche.«

Rainer grinste. »Da kann er lange suchen.«

Die beiden jungen Männer schlenderten zum Turm. Inzwischen bewölkte sich der Himmel immer mehr. Die Ränder der grauen, dicken Wolken leuchteten schwefelgelb. Die Sonne – wenn sie mal wieder für einen Augenblick zu sehen war – war nur noch ein fahler weißgelber Fleck. Obwohl hier oben auf der Burg normalerweise immer der Wind pfiff, bewegte sich kein Lüftchen. Die Luft schien zu stehen. Sie drückte förmlich auf die Menschen und erschwerte das Atmen.

»Mein Gott, ist das heiß«, flüsterte Michael und wischte sich den Schweiß von der Stirn. Er war kalt und klebrig. »Bei diesem Wetter zu rauchen, ist das reinste Gift«, sagte er und warf seine Zigarette weg. Rainer tat es ihm nach. Sorgfältig traten sie die Glut aus.

»Wenn wir Pech haben, tobt das Gewitter die ganze Nacht durch«, meinte Michael. »Sieh dir doch mal den Himmel an. In allen Richtungen, in die du schauen kannst – nur grau.«

Sie betraten den Turm. Hier war es etwas kühler. Die beiden Freunde atmeten tief durch.

»Ich suche im Turm«, sagte Rainer. »Und du nimmst dir den Rittersaal vor.«

Michael war einverstanden.

Sie wollten sich schon trennen, als Rainer seinen Freund heftig in die Seite stieß.

»Was ist denn, verdammt . . .«

Michael verstummte, denn jetzt sah er den Grund selbst, weshalb ihn Rainer angestoßen hatte.

Die Falltür war offen!

Michael Kramer sog pfeifend die Luft ein. »Ob John Sinclair hier hinunter . . .«

»Sicher ist er das!«

»Aber warum haben die Mädchen nichts gesagt?«

Rainer Schröder hob die Schultern. »Was weiß ich? Vielleicht haben sie nichts gesehen. Ist ja ziemlich düster hier.«

»Und was machen wir jetzt?«

»Einer von uns steigt da hinunter. Der andere holt die Frauen. Das ist das beste.« Michael Kramer bückte sich. »Wir könnten erst einmal nach John rufen. Wenn er uns hört, wird er sicher kommen.«

Rainer nickte. »Das ist ein guter Vorschlag. Also ich . . .«

Plötzlich standen sie wie erstarrt. Denn keinem der beiden war der gellende Schrei entgangen, der aus der Tiefe an ihre Ohren drang.

»Mein Gott – John«, flüsterte Michael und fühlte, wie ihm eine Gänsehaut über den Rücken rieselte . . .

John Sinclairs rechter Arm schnellte vor. Es war eine vom Reflex getriebene Bewegung, keine vom Gehirn gesteuerte. Und es war die Bewegung, die dem Geisterjäger das Leben rettete.

Vorläufig jedenfalls.

John hielt noch immer die etwa unterarmlange Stablampe in der Hand. Die äußere Fassung war aus Metall, das auch einen anständigen Druck aushielt.

Wie zum Beispiel den Druck zweier aufeinanderprallender Türhälften. John hatte es geschafft und die Lampe gedankenschnell zwischen den beiden Hälften der Eisernen Jungfrau plaziert. Mit einem knirschenden Geräusch bog sich das Blech der Lampe – aber sie hielt, brannte sogar noch weiter.

Dicht vor sich sah John die spitzen mörderischen Dornen. Sie berührten fast sein Hemd. Einen Zentimeter weiter – und . . .

John wagte gar nicht daran zu denken.

Dafür hörte er den gellenden Wutschrei des Wirts. Der Kerl mußte wissen, daß John unverletzt war, seine Reaktion zeigte es deutlich. Er versuchte, die Lampe aus dem Spalt zu ziehen, riß und zerrte an ihr, doch John hielt eisern fest.

Natürlich war der Wirt im Vorteil. Johns Tod war eigentlich nur aufgeschoben. Wenn der Mann einmal kurz nachdachte, dann war es ihm ein Leichtes, John zu töten. Er hätte nur mit der Eisenstange die Lampe aus dem Spalt zu schlagen brauchen.

Statt dessen tat er etwas anderes.

Mit einem Wutschrei auf den Lippen riß er die zweite Hälfte des Folterinstruments wieder auf. Mit beiden Händen hielt der Wirt die Eisenstange gepackt und hatte sie schon zum Schlag erhoben.

John Sinclair war schneller.

Wie ein Irrwisch sprang er aus der Eisernen Jungfrau. Beide Füße knallten gegen die Brust des Wirts, der zurückkatapultiert wurde und mit dem Kreuz gegen die Streckbank krachte.

John gab ihm keine Sekunde, sich zu erholen.

Blitzschnell war er bei ihm und riß ihm mit einer gekonnten Drehbewegung die Stange aus der Hand. John feuerte sie in die Ecke.

Der Wirt wollte ihm an die Kehle. Seine gespreizten Hände zielten nach Johns Hals.

Der Geisterjäger fegte die Arme zur Seite, dann landete er einen mittelprächtigen Haken in Höhe der Gürtellinie.

Der Schlag reichte.

Verkrümmt und beide Hände auf den Bauch gepreßt, sackte der Kerl zusammen.

John Sinclair ging ein paar Schritte zur Seite und hob seinen Lebensretter auf. Die Taschenlampe brannte noch, obwohl sie aussah wie eine gebogene Wurst. Für John war es ein Wunder, daß sie noch immer Licht abgab.

Der Wirt kniete keuchend am Boden. John gab ihm einen Stoß, damit er sich auf den Hosenboden setzte, und lehnte ihn dann mit dem Rücken an eine mit Eisenbeschlägen versehene Truhe.

John legte die Taschenlampe so, daß ihr Lichtstrahl den Wirt anleuchtete.

Der Kerl sah bedauernswert aus. Das Haar fiel ihm wirr in die Stirn. Speichelbläschen sprudelten auf seinen Lippen. Schweißüberströmt war das Gesicht, der Blick flackerte.

»Mörder«, sagte John Sinclair nur. Er wollte den Mann schocken. Was er auch schaffte.

»Nein!« keuchte der Kerl. »Ich – ich bin kein Mörder . . .«

»Wer ist die Frau?« Johns Frage klang wie ein Pistolenschuß.

»Nicht meine.«

»Wer denn?«

Der Wirt schnappte nach Luft. »Sie . . . sie arbeitete bei mir. Als Putzhilfe.«

»Und dann haben Sie sie umgebracht.«

»Nein!!!« Der Wirt wollte aufspringen, doch John drückte ihn wieder zurück.

»Wer war es denn?« fragte der Geisterjäger. »Los, raus mit der Sprache. Wer war der Mörder?«

»Er war es!« kreischte der Wirt. »Er!«

»Wer ist ›Er‹?«

»Der Kreuzritter. Alexander von Rochas. Der Verfluchte, der Verdammte. Er muß die Burg hüten, und wehe dem, der sich in seine Nähe wagt. Pascale hat es getan. Sie hat nicht auf mich gehört. Sie ist in den Wald gegangen. Um Mitternacht. Er hat mir den Leichnam gebracht.«

»Sie kennen den Kreuzritter?«

Der Wirt nickte heftig. Dann lachte er plötzlich. »Ich stehe auch unter seinem Schutz. Ich habe versprochen, ihm zu helfen. Er ist stark, sehr stark sogar. Keiner kann ihn aufhalten. Der Fluch des Abtes wirkt bis in alle Ewigkeit. Niemand kann den Bann lösen.«

»Wie heißen Sie?« fragte John.

»Ich?« Der Wirt begann zu grinsen. »Jean Muller. Ich bin der einzige, der das Geheimnis kennt.«

John schüttelte den Kopf. »Nicht mehr lange. Ich werde es auch bald kennen. Reden Sie!«

Plötzlich hörte der Geisterjäger Schritte. Blitzschnell wirbelte er herum, packte die Lampe und richtete den Lichtstrahl in die Finsternis.

Das Gesicht eines jungen Mannes wurde aus der Dunkelheit gerissen. Blinzelnd kniff Rainer Schröder die Augen zusammen.

»Um Himmels willen, Rainer, was suchen Sie denn hier?« John senkte die Hand und ließ den Strahl an Schröder vorbeistreichen.

»Ich . . . wir haben einen Schrei gehört, und da dachten wir . . .«

John lachte beruhigt. »Keine Angst, Rainer, so leicht bin ich nicht totzukriegen. Gehen Sie bitte zurück zu den anderen. Ich komme gleich nach.«

Schröder zögerte. Seine Blicke hingen an dem auf der Erde kauernden Wirt. »Was macht er denn hier? Das ist doch der Wirt aus Rochas. Wie ist er hier in das Schloß gekommen?«

»Ich werde Ihnen später alles erklären. Gehen Sie bitte.«

»Ja, gut.«

Rainer Schröder verschwand wieder in der Dunkelheit. John war froh, daß er die Leiche nicht entdeckt hatte. Auch so war Rainer Schröder verstört genug gewesen. Auf ihn war in den letzten Minuten einiges eingestürzt.

John Sinclair aber wandte sich wieder Jean Muller zu. »Ich höre«, sagte er, und dann begann Muller zu berichten.

»Ich selbst habe die Geschichte des Alexander von Rochas in alten Kirchenbüchern gelesen, und sie hat mich fasziniert. Ich habe nachgeforscht und einiges Interessante herausgefunden. Alexander von Rochas wurde 1092 geboren. Auf dieser Burg, die erst fünfzehn Jahre stand. Sein Vater war ein Edelmann, und Alexander wuchs im Schutze der Familie auf. Als sein Vater im Kampf starb, lastete auf ihm die gesamte Verantwortung. Er war damals noch ziemlich jung, gerade dreißig Jahre alt. Und er hat geheiratet. Eine tolle Frau, wie es hieß. Diese Elisabeth war aber auch mannstoll, und Alexander wußte das. Freunde erzählten es ihm. Da er jedoch sehr eifersüchtig war, ließ er heimlich einen Keuschheitsgürtel anfertigen. Den Gürtel versteckte er. Dann kam die Zeit der Kreuzzüge. Alexander hatte Todesahnungen, dazu kam die Untreue seiner Frau, die ihn völlig entnervte. Er beschloß, ihr den Keuschheitsgürtel anzulegen. Sie wehrte sich, schwor ewige Treue, doch Alexander glaubte ihr nicht.«

»Was machte er mit dem Schlüssel?« wollte John Sinclair wissen.

Jetzt begann der Wirt zu lachen. »Er beging damit seinen ersten großen Fehler. Er übergab den Schlüssel seiner noch lebenden Mutter, und Elisabeth hat es gemerkt – jedoch nichts gesagt. Dann mußte Alxander von Rochas ausrücken. Er ritt nicht mit seinen Gefolgsleuten, sondern allein. Später hat man dann erfahren, wohin er sich gewandt hat.«

Der Wirt legte eine Pause ein, um Atem zu schöpfen. Im Licht der Lampe konnte John sehen, daß ihm der kalte Schweiß auf der Stirn stand.

»Alexander von Rochas ist zu einem Abt geritten, der gleichzeitig Magier war. Diesen Abt hatte die Kirche verstoßen. Er hauste in einem Wald, in einer primitiven Köhlerhöhle, und hat sich mit den Kräften der Schwarzen Magie beschäftigt. Die Leute redeten über ihn. Unter anderem wurde gesagt, daß er einen Trank brauen könne, der, kurz vor dem Tod eingenommen, ein Weiterleben garantiere. Alexander von Rochas hat diesen Trank von dem Abt erhalten. Allerdings unter einer Bedingung. Er mußte dem Abt seine Seele verschreiben, aber dem Kreuzritter war in diesen Augenblicken alles egal. Er und seine Getreuen gelangten bis ins Morgenland und erlitten dort eine vernichtende Niederlage. Bei einem Rückzugsgefecht kam der Ritter ums Leben. Er hatte aber vorher noch den Trank zu sich genommen. Irgendwann – auf einem leichenübersäten Feld – erwachte er. Er muß sich dann in seine Heimat durchgeschlagen haben, und als er auf sein Schloß kam, hatte seine Frau Alexanders Mutter ermordet und vergnügte sich mit ihren Liebhabern. Der Kreuzritter hat sie umgebracht. Alle. Er hat mit seinem Schwert schrecklich gewütet, und als sie tot waren, wünschte er sich auch den Tod herbei. Doch er konnte nicht sterben. Der Zaubertrank wirkte. Jahrhunderte geisterte er als Spukgestalt durch die Burg und bewachte sie, damit kein Fremder sie in Besitz nahm. Besonders gegen Frauen richtete sich sein Haß. Immer wenn welche in seine Nähe kamen, dann tötete er sie. Bis zum heutigen Tag.«

John Sinclair nickte. »Eine interessante Geschichte«, gab er zu, »nur – was haben Sie mit dem Kreuzritter zu tun?«

Jean Muller lachte. »Mich hat er eines Tages aufgesucht. Natürlich kannte ich seine Geschichte. Ich war gar nicht mal überrascht, als er vor mir stand und mich fragte, ob ich sein Diener werden wollte. Ich habe sofort eingewilligt, und nun bin ich schon über fünf Jahre lang sein Knappe. Vielen habe ich das Leben gerettet. Ich habe sie immer gewarnt, die Burg zu betreten. Doch sie wollten nicht hören. Dann hat der Ritter sie umgebracht.«

»Sie haben sich der Beihilfe zum Mord schuldig gemacht«, stellte John fest.

»Es belastet mein Gewissen nicht«, antwortete der Wirt. »Die Leute wollten es nicht anders, und auch Sie werden nicht mehr lange leben. Genau wie die anderen vier. Und es wird bis in alle Zeiten so weitergehen, denn niemand ist da, der den Fluch des Abtes von ihm nimmt. Alexander von Rochas wird wieder morden müssen. Für immer und ewig. Auch Sie haben keine Chance, Herr . . .«

John verschwieg seinen Namen. Er fragte statt dessen: »Was hatten Sie mit der Frauenleiche vor?«

Der Wirt kicherte. »Ich wollte sie im Schacht der Toten verschwinden lassen.«

»Wo liegt dieser Schacht?«

»Gar nicht weit von hier. Neben dem Verlies, in dem der Ritter haust.«

»Dann führen Sie mich hin!« sagte John.

»Sie wollen wirklich . . .?«

»Ja, kommen Sie, stehen Sie auf.«

Der Blick des Wirts wurde tückisch. »Auf Ihre Verantwortung, Monsieur«, sagte er. »Ich kann für nichts garantieren. Für gar nichts.« Plötzlich begann Muller zu kichern. Mühsam stemmte er sich hoch.

John Sinclair ließ ihn keinen Augenblick aus den Augen. Allerdings hielt er es nicht für nötig, die Waffe zu ziehen.

Jean Muller ging vor dem Oberinspektor her. Sie verließen die Folterkammer und tauchten wieder in den Gang ein. Schon nach wenigen Metern mußte John den Kopf einziehen. Der Lampenstrahl wies ihm den Weg.

Als sie wieder das große Gewölbe erreichten, wandte sich der Wirt nach links.

»Halt«, sagte John.

Muller blieb stehen.

»Wohin geht die Fahrt jetzt?«

Der Wirt kicherte. »Wollten Sie nicht selbst den Leichenschacht sehen, Monsieur?«

»Gut. Gehen Sie voran.«

Und wieder setzte sich der Wirt in Bewegung. Er ging vornübergebeugt. Manchmal brummte er etwas vor sich hin, was John nicht verstehen konnte. Hin und wieder kicherte er auch.

Muller führte den Geisterjäger immer tiefer in das Gewölbe hinein. Es mußte eine gewaltige Ausdehnung haben und in seiner Fläche noch größer sein als das Areal der Burg. Allerdings wurde das Gewölbe schmaler, bis schließlich nur noch ein Gang vor ihnen lag, der allerdings relativ breit war.

John hielt immer zwei Schritte Abstand. Und das war gut so, denn als Muller plötzlich stehenblieb, wäre der Oberinspektor fast gegen ihn geprallt.

»Jetzt ist es nicht mehr weit«, flüsterte Muller im Verschwörerton. »Ich freue mich schon, wenn Sie in den Schacht fallen.«

»Abwarten, Freund.«

Muller lachte wieder und ging weiter.

Und plötzlich war der Gang zu Ende. Eine große Schachtöffnung lag vor den beiden Männern. Sie maß etwa drei Meter im Quadrat. Vor dem Schacht lag ein Brett. Es ragte in den Gang hinein.

»Da sind wir«, sagte der Wirt.

John nickte. Er hatte ein flaues Gefühl im Magen. Der Geruch, der aus der breiten Öffnung strömte, war gräßlich.

John Sinclair stellte sich neben Jean Muller. Aber so, daß er von dem Wirt nicht in den Schacht hineingestoßen werden konnte. Er hatte eine schiefe Haltung angenommen und das linke Bein etwas zurückgesetzt.

John Sinclair leuchtete in den Schacht.

Der Lampenstrahl geisterte über lehmige Wände, tastete sich weiter vor und verlor sich dann in der Dunkelheit. Ganz undeutlich vermeinte John, die bleichen Knochen der Toten gesehen zu haben.

Neben ihm lachte der Wirt. »Siehst du sie? Es sind deine Freunde. Bald wirst du bei ihnen sein!«

John machte eine halbe Drehung. Mit der linken Hand packte er den Wirt am Kragen seines Hemdes. »Okay, mein Freund. Das war der erste Teil. Und jetzt will ich wissen, wo der verdammte Kreuzritter zu finden ist.«

Muller nickte hastig. »Sofort, sofort!«

John ließ den Mann los.

Jean Muller ging wieder voraus. Es waren nur ein paar Meter, die sie zu gehen hatten.

Dann blieb Muller stehen.

Direkt vor der linken Gangwand. Mit beiden Händen drückte er gegen eine bestimmte Stelle.

Ein riesiger Quader begann sich zu drehen. Er knirschte und ächzte in den Fugen. Dann war der Eingang in das dahinterliegende Gewölbe freigelegt.

»Du gehst vor«, sagte John und faßte den Wirt hart an der Schulter.

Jean Muller stolperte in das Gewölbe. John Sinclair folgte ihm auf dem Fuß. Dann standen sie in der Kammer des Ritters. Ein dunkler, mit verbrauchter, stickiger Luft gefüllter Raum. Spinnennetze überall. Doch die Kammer war leer!

»Hier ist es!« kicherte der Wirt. »Schade, daß Sie es niemandem mehr erzählen können. Der Kreuzritter wird Sie umbringen, und ich werfe Sie in den Leichenschacht . . .«

»Halten Sie Ihren Mund«, keuchte der Geisterjäger. Er stieß Muller aus dem Raum. Als sie wieder auf dem Gang standen, fragte er: »Wo ist der Ritter?«

Plötzlich schlug Muller beide Hände gegen sein Gesicht. Ein lautloses Lachen schüttelte seinen Körper.

»Wo ist er, verdammt?« John riß dem Mann die Hände wieder herunter.

»Bei den andern«, erwiderte der Wirt glucksend. »Bei den andern. Sie werden sterben. Alle . . . alle . . .«

Michael Kramer hatte am Rand der Falltür gewartet. Als er Rainers blonden Haarschopf auftauchen sah, atmete er erleichtert auf.

»Ich dachte schon, du kämst nie zurück.«

Schröder winkte ab.

»Hast du John gefunden?« fragte Michael.

»Ja.«

»Und? Warum ist er nicht mitgekommen? Wir wollen weg. Das weißt du doch.«

Rainer Schröder deutete auf die Öffnung. »Da unten war noch einer. Nicht nur John.«

Michaels Augen wurden groß. »Noch einer?« flüsterte er. »Du meinst doch nicht den . . .«

Rainer schüttelte den Kopf. »Nein, nicht den Kreuzritter, sondern der Wirt aus Rochas.«

»Das gibt es doch nicht. Was macht der denn da? Und wie ist er überhaupt da reingekommen?«

»Keine Ahnung. John hat sich mit ihm unterhalten. Er hat mich dann weggeschickt.«

»Wer? John?«

»Ja.«

Michael Kramer biß sich auf die Unterlippe. Er warf einen Blick in die Runde und bewegte dann fröstelnd die Schultern. »Ehrlich, Rainer, dieser Sinclair. Komisch ist er schon. Oder was meinst du?«

»Ich weiß nicht so recht. Ich habe aber langsam das Gefühl, daß sein Auftauchen nicht gerade zufällig ist.«

»Glaubst du, er arbeitet mit dem Kreuzritter zusammen?«

Schröder schüttelte den Kopf. »Nein, so gut verstellen kann sich wohl niemand. Ich glaube vielmehr, daß er gegen ihn arbeitet. Daß er darauf aus ist, ihn zu vernichten. Denk doch mal nach. Er kommt aus England, kennt dort fast alle Burgen und Schlösser. Weiß außerdem über deren Historie und Geheimnisse Bescheid und ist zufällig hier? Nee, das ist mir zu unwahrscheinlich.«

»Vielleicht ist er ein Gespensterjäger«, vermutete Michael. »Solche Typen gibt's. Ich habe mal was darüber gelesen.«

»Das ist durchaus drin.« Rainer ging zum Ausgang und blickte nach draußen.

Der Himmel war jetzt fast schwarz und die Sonnenscheibe nicht mehr zu sehen. Wind war aufgekommen und rüttelte an den Bäumen. Er wirbelte Staubfontänen vor sich her und spielte mit losen Blättern. Weit im Westen spalteten erste Blitze die Wolkenbänke.

»Wenn wir jetzt noch verschwinden wollen, wird es verdammt Zeit«, sagte Michael.

»Wir bleiben«, entschied Rainer.

»Warum? Wie kommt dein plötzlicher Gesinnungswandel? Hat dir John das gesagt?«

»Nein. Aber . . .« Rainer zögerte mit der Antwort.

»Was aber?« fragte Michael Kramer nervös.

Rainer kam nicht mehr dazu, eine Erklärung abzugeben, denn plötzlich hörten die beiden Freunde einen markerschütternden Schrei, der das Blut in ihren Adern fast zu Eis werden ließ.

»Das war Paulette!« schrie Michael, als sie die erste Überraschung überwunden hatten.

Dann rannten sie los . . .

Irene Held setzte sich auf das große Bett in Paulettes und Michaels Zimmer. Über ihrem Kopf befand sich ein Baldachin aus brüchigem Brokatstoff. »Ich habe keine Lust, die Burg schon wieder zu verlassen«, meinte sie. »Weiß gar nicht, was die Männer haben.«

Paulette hob die Schultern. »Ich freue mich, daß ich hier weg kann. Bin froh, wenn ich wieder in einem anständigen Hotel übernachte.«

»Du bist verwöhnt«, stellte Irene fest. Sie zündete sich eine Zigarette an.

»Gebe ich ehrlich zu«, erwiderte Paulette. »Ich mag die Natur nur, wenn ich auch den entsprechenden Komfort dabei habe.«

Irene stieß den Rauch durch die Nasenlöcher aus. »Weshalb bist du denn dann mitgefahren?«

»Ich wollte Michael einen Gefallen tun.«

Irene wiegte den Kopf. »Das käme mir nicht in den Sinn. Rainer und ich sind uns da einig, wenn der eine keine Lust hat, in die Berge zu fahren, dann fährt er eben allein. Ein Urlaub unter Zwang ist nichts. Liebst du Michael denn so?«

Paulette ließ sich neben Irene auf das Bett fallen. Sie verschränkte die Hände hinter dem Kopf. »Ich weiß es nicht.«

Irene schüttelte den Kopf. »Aber ihr seid doch schon so lange zusammen . . .«

»Das ist es ja eben. Wir haben uns aneinander gewöhnt. Doch wenn wir heiraten, dann ist der Schritt der Trennung endgültig verbaut. Zumindest mit sehr großen Schwierigkeiten verbunden.«

»Das verstehe, wer will«, meinte Irene. »Ich für meinen Teil komme mit Rainer ganz gut aus. Wenn er auch hin und wieder mal aus der Reihe tanzt. Himmel, er ist ein Mann, und festbinden kann ich ihn auch nicht.« Irene drückte die Zigarette aus und stand mit einem Schwung auf. »Idiotie, jetzt zu fahren. Sieh dir nur mal den Himmel an. Der ist schwarz.«

Die beiden Frauen schauten aus dem schmalen Turmfenster. Hoch über ihnen wirbelte der Wind die Wolken durcheinander. Das gesamte Firmament schien in Bewegung geraten zu sein. Das Gewitter stand dicht bevor.

»Das wird ein Unwetter geben«, sagte Irene. »Ich werde noch mal mit Rainer reden. Wir bleiben hier, bis alles vorbei ist. Dann können wir immer noch fahren. Und dieser komische Kreuzritter wird schon nicht antanzen.«

Irene ging zur Tür. »Ich gehe noch mal hoch in unser Zimmer«, sagte sie.

»Willst du doch packen?« fragte Paulette.

Irene lächelte. »Sicherheitshalber.« Sie hatte die schwere Türklinke schon in der Hand. »Bis gleich.«

Paulette war wieder allein. Mit einer sicheren Bewegung zog sie sich das T-Shirt über den Kopf. Sie schlüpfte in ein frisches und kämmte sich die Haare durch. Dabei brauchte sie den Kamm nur zweimal hin und her zu bewegen.

Die Reisetasche war schon gepackt. Sie hatten ja eigentlich noch etwas essen sollen, aber Irene hatte aufgehört, die Kochvorbereitungen zu treffen. Auch ihr schien es nicht ganz geheuer zu sein.

Paulette griff nach ihren Zigaretten. Nach dem ersten Zug mußte sie husten. Sie rauchte viel zuviel. Sie wußte es zwar, ließ aber trotzdem nicht von den Glimmstengeln ab.

Unruhig wanderte sie im Zimmer auf und ab. Wo die beiden Männer nur blieben? Normalerweise hätten sie längst da sein müssen. Hatten sie sich die Sache noch einmal anders überlegt?

Paulette spürte, daß die Unruhe in ihr wuchs. Sie wurde immer nervöser. Dieses Zimmer im Turm fiel ihr auf die Nerven. Am liebsten wäre sie fluchtartig davongelaufen. In der ersten Nacht hatte sie nicht schlafen können. Überall knarrte und knackte es. Das Holz der alten Möbel arbeitete. Paulette hatte die Bettdecke bis über den Kopf gezogen. In den Ecken des Zimmers, hoch unter der Decke, hingen Spinnweben. Paulette hatte keine Lust gehabt, sie zu entfernen. Nie mehr einen romantischen Urlaub, dachte sie.

Plötzlich hörte sie Schritte!

Direkt vor ihrer Tür.

Es waren schwere Tritte, die Paulette nicht kannte. Michael ging anders, leichtfüßiger.

Ein unbehagliches Gefühl machte sich in Paulette breit.

Sie ging zur Tür.

Drei Schritte davor wurde sie plötzlich mit einem Ruck aufgestoßen.

»Michae . . .« Paulettes Augen wurden groß. Ihr Mund öffnete sich zu einem Schrei, doch noch kam kein Ton über ihre Lippen. Das Entsetzen hatte sie gelähmt.

Vor ihr stand der Kreuzritter!

Häßlich grinste der Totenschädel unter dem Helm. In der Hand hielt der Ritter sein Schwert. Die Rüstung glänzte matt. Knochenhände umklammerten den Griff der Waffe.

Es war der reinste Horror!

Der unheimliche Ritter hob den rechten Arm, drehte ihn etwas zur Seite.

Innerhalb von Sekundenbruchteilen wußte Paulette, was der Ritter mit ihr vorhatte.

Er wollte sie töten!

Das Bild der Frau in dem Schuppen fiel ihr wieder ein. Deutlich sah sie den Körper vor sich.

Und das gleiche Schicksal sollte ihr widerfahren!

Paulette hielt es nicht mehr aus. Ihre Angst, ihr Entsetzen entlud sich in einem gellenden Schrei, der spitz und kreischend durch den Burgturm hallte.

Pfeilschnell raste der rechte Arm des Kreuzritters nach unten.

Der Schrei brach ab!

Der Kreuzritter hatte seine grauenhafte Tat vollbracht . . .

Rainer Schröder und Michael Kramer behinderten sich gegenseitig, als sie auf die Wendeltreppe zurannten. Schröder erreichte sie als erster.

Wie ein Wirbelwind stürmte er die Stufen hoch. Sein Herzschlag schien sich verdoppelt zu haben, und der kalte Angstschweiß lag wie eine zweite Haut auf seinem Rücken.

Michael Kramer erging es nicht anders. In ihm fraß die Angst noch mehr.

Die Angst um Paulette.

Die erste Kehre, die zweite, die dritte . . .

Rainer Schröder sah den Kreuzritter als erster. Er stieß einen Schrei aus und blieb wie vor eine Mauer gerannt stehen. Tellergroß wurden seine Augen, abwehrend hielt er die Hände vorgestreckt.

Michael Kramer prallte gegen seinen Freund. Rainer verlor das Gleichgewicht und stürzte. Und da sah Michael den Kreuzritter ebenfalls. Er stand erhöht, drei Strufen von ihm entfernt.

In der rechten Hand hielt er sein Schwert, und das frische Blut daran war nicht zu übersehen!

Michael glaubte, den Verstand zu verlieren. Sein Gesicht verzerrte sich in unsagbarem Entsetzen.

»Neiinn . . .! Paulette!« schrie er.

Tränen schossen ihm aus den Augen. Das schreckliche Bild verschwamm. Der Totenschädel unter dem Helm begann zu grinsen, dann zu zerfließen.

Michael Kramer konnte nicht mehr.

Zu groß war der Schock.

Bewußtlos brach er in die Knie. Er rutschte noch zwei Stufen zurück, bis er von einer Längsstrebe des Geländers aufgehalten wurde.

Der Kreuzritter lachte. Es war ein widerliches, abstoßendes Lachen, in dem aber auch Triumph mitschwang. Und es mischte sich mit dem gewaltigen Donnerschlag, der den Beginn des Unwetters ankündigte. Dann zuckten Blitze auf. Durch die schmalen Turmfenster drang sekundenlang blendende Helligkeit.

Der Kreuzritter ging weiter. Vorbei an Rainer Schröder, der mit einem irren Ausdruck in den Augen am Boden hockte und auf den tödlichen Schwerthieb wartete.

Doch der blieb aus.

Der Ritter ging vorbei. Langsam stelzte er die Stufen hinunter. Die Rüstung bewegte sich knarrend in den Scharnieren, das darüberhängende Kettenhemd klirrte.

Er passierte auch den ohnmächtigen Michael Kramer. Das Halbdämmer, das im Turm herrschte, verschluckte ihn dann.

Draußen hatte sich die Natur wieder beruhigt. Es folgte kein weiterer Donnerschlag mehr, und auch kein Blitz spaltete die Wolken.

Ein trügerischer Frieden lag über der Gegend.

Dann Schritte.

Leichtfüßig. Sie kamen von oben die Wendeltreppe hinunter.

»Rainer, Michael, Paulette! Was ist geschehen? Der Schrei vorhin . . . Wer hat ihn ausgestoßen? Und warum?«

Irene Held lief die Teppe hinunter. Noch bevor sie die letzte Wendel erreicht hatte, sah sie die beiden Freunde.

Und die Blutspur, die sich auf den Stufen befand . . .

Der Verdacht, der Irene kam, war schrecklich.

Neben Rainer ging sie in die Knie. Sie sah, daß er gar nicht mitbekam, was um ihn herum vorging, rüttelte ihn an der Schulter.

Rainer sagte nichts. Seine Lippen bewegten sich zwar, doch kein Ton drang aus seinem Mund.

»Mein Gott, was ist nur geschehen?« flüsterte Irene mit erstickter Stimme. Sie biß sich auf den Handballen. Die Tränen flossen automatisch. Sie konnte sie nicht zurückhalten.

Sie ging weiter zu Michael Kramer. Er lag auf der Seite und blutete am rechten Ellbogen. Er hatte ihn sich beim Sturz aufgeschlagen.

Irene Held schluckte und zog die Nase hoch. Mit dem Handrücken wischte sie sich die Tränen aus den Augen.

»Paulette«, flüsterte sie. »Paulette . . .«

Sie drehte sich um und ging die Stufen hoch. Zuvor warf sie noch einen Blick auf Rainer Schröder. Der junge Mann war noch immer völlig apathisch. Etwas mußte ihn unheimlich geschockt haben.

Irene ging weiter. Die linke Hand legte sie um das rostige Geländer. Ihre Gesichtsmuskeln zuckten, der eigene Herzschlag kam Irene überlaut vor.

Still war es in dem Turm geworden.

Der Tod hatte Einzug gehalten, und Irene fühlte, daß sie bald etwas Grauenhaftes zu Gesicht bekommen würde.

Trotzdem ging sie weiter.

Die Tränen versiegten.

Dann stand sie auf dem kleinen Absatz, der zu Paulettes Turmzimmer führte.

Die Tür zum Zimmer stand halb offen. Sie bewegte sich leicht. Es herrschte Durchzug.

Irene konnte schräg in das Zimmer hineinblicken. Sie sah einen Teil des Bettes, die Kommode, das alte Bild an der Wand.

Keine Spur von Paulette Plura.

Irene Held drückte die Tür völlig auf. Im Unterbewußtsein

vermeinte sie, unten im Turm das Geräusch von Schritten zu hören. Sie achtete nicht darauf.

Irene Held überschritt die Türschwelle.

Und da sah sie Paulette Plura.

Ihre Freundin Paulette!

Sie lag neben dem Bett. Auf dem Rücken. Arme und Beine hatte sie ausgebreitet.

Der unheimliche Kreuzritter hatte seine Drohung wahrgemacht.

Plötzlich verschwamm alles vor Irene Helds Augen. Rote Kreise entstanden, wurde zu einem furiosen Nebel, die Knie gaben Irene nach, und dann wußte sie nichts mehr . . .

Selten zuvor in seinem Leben hatte sich John Sinclair so beeilt. So schnell es ging, hetzte er durch das unterirdische Gewölbe. Den Wirt hatte John zurückgelassen. Er interessierte ihn im Moment nicht.

Der Geisterjäger jagte die Stufen zur Falltür hoch und tauchte im Innern des Turms wieder auf. Er sah den Kreuzritter nicht, der sich im toten Winkel zwischen Tür und Wand versteckt hielt, wartete, bis John auf der Wendeltreppe war und dann wieder in das unterirdische Gewölbe hinabstieg.

Er verschwand wie ein Schatten.

John aber nahm drei Stufen auf einmal. Es störte ihn auch nicht, daß er sich die Schienbeine stieß – nur weiter.

Dann sah er die beiden Jungen.

Sie lebten!

Der erste Stein fiel John vom Herzen.

Aber wo waren Paulette Plura und Irene Held?

Oben – in ihren Zimmern? John rannte weiter. Das Geländer war zum Glück ziemlich fest verankert, so daß der Geisterjäger sich immer abstützen konnte.

Er entdeckte Irene Held genau in dem Augenblick, als sie das Bewußtsein verlor und langsam nach hinten kippte.

Mit zwei Sprüngen war John da. Er konnte das Mädchen auffangen, bevor es hart auf den Boden schlug.

John hob Irene hoch. Leicht wie eine Feder war sie. Auf seinen ausgebreiteten Armen trug der Geisterjäger sie in das Zimmer.

Der Schock taf auch ihn.

»Nein!« Stöhnend preßte John Sinclair die Worte hervor, als er den Leichnam sah.

Sekundenlang schloß John die Augen. Er schwankte selbst, aber er fing sich wieder.

Behutsam legte er die ohnmächtige Irene Held aufs Bett. Dann nahm er das Laken von der Matratze und breitete es über die Tote. Mit zitternden Fingern zündete sich John eine Zigarette an. Übelkeit stieg vom Magen her hoch. Der gräßliche Anblick der Leiche und das Bewußtsein, zu spät gekommen zu sein, machte dem Oberinspektor schwer zu schaffen. Er hätte die Tat verhindern können, wenn er dafür gesorgt hätte, daß die vier sofort nach seiner Ankunft abgereist wären.

Hätte, wenn und wäre . . .

Es nutzte nichts, sich in quälenden Selbstvorwürfen zu ergehen. Dieser verfluchte Ritter war schlauer gewesen.

John Sinclair sah nach Irene Held. Sie war noch immer ohnmächtig.

Der Geisterjäger drückte seine Zigarette aus, verließ das Zimmer und ging dorthin, wo er die beiden Jungen wußte.

Michael Kramer war wieder zu sich gekommen.

Soeben rappelte er sich mühsam hoch.

Rainer Schröder hockte noch immer auf der Treppe. Allerdings war sein Blick jetzt wieder klarer.

John bot beiden eine Zigarette an. Er wußte selbst nicht, was er in diesen Augenblicken sagen sollte.

Michael griff mit zitternden Fingern nach dem Stäbchen. Er riß gleich drei andere mit aus der Packung. Sie rollten über die Kanten der Stufen.

Rainer wollte nicht rauchen. Er schüttelte nur immer wieder den Kopf, als habe er so eine Chance, das Geschehene aus seinem Gedächtnis zu verbannen.

John gab Michael Feuer.

Gierig sog der junge Mann den Rauch in die Lungen. Er hustete, und sein bleiches Gesicht verzerrte sich. John sah die Schweißperlen auf seiner Stirn.

»Sie . . sie ist tot, nicht?« flüsterte Michael.

John Sinclair nickte.

Michael Kramer senkte den Kopf. Er setzte an, um zu sprechen, doch ein Weinkrampf schüttelte seinen Körper. Für ihn war es gut. Michael mußte sich ausweinen. Vielleicht kam er so über den Schock am besten hinweg.

John Sinclairs Gesicht glich einer Maske. In den blauen Augen des Geisterjägers glühte ein unheimliches Feuer. Er würde diesen Kreuzritter vernichten, das hatte er sich fest vorgenommen. Diese Horrorgestalt sollte niemanden mehr töten!

»Es – es war der Kreuzritter«, flüsterte Rainer Schröder plötzlich. »Er und kein anderer.«

John drehte sich um.

Rainer hockte noch immer auf der Stufe. Von unten her blickte er den Geisterjäger an.

»Erzählen Sie«, forderte John den jungen Mann auf.

Rainer schüttelte den Kopf. »Nein. Erst will ich wissen, wer Sie sind. Bestimmt kein normaler Tourist – oder?«

John nickte. »Sie haben recht, Rainer. Es wird Zeit, daß ich die Karten auf den Tisch lege. Ich heiße tatsächlich John Sinclair und komme aus London. Allerdings bin ich Beamter bei Scotland Yard und dort mit einer besonderen Aufgabe betraut. Ich bin, wie man so schön sagt, ein Geisterjäger. Ich gehe übersinnlichen Phänomenen auf den Grund. Und es gibt sie, diese Dinge, das haben Sie ja selbst erlebt, Rainer.«

»Aber woher wußten Sie denn, daß hier ein Kreuzritter herumspukt?«

John lächelte. »Das ist eine lange Geschichte, Rainer. Ich werde sie Ihnen vielleicht später erzählen. Erst einmal sind Sie an der Reihe. Also, was ist geschehen, nachdem ich euch verlassen habe?«

»Was soll ich da sagen«, erwiderte Rainer mit leiser Stimme. »Die Mädchen gingen nach oben. Wir sahen die offene Falltür. Ich bin hinuntergestiegen, habe Sie unten in dem Gewölbe getroffen, bin wieder zurückgelaufen, und wir wollten gerade hoch in die

Zimmer gehen, um beim Packen zu helfen, da hörten wir den Schrei.«

Rainer Schröder holte erst noch einmal tief Luft, bevor er weitersprach. »Wir rannten beide die Treppe hoch. Und dann stand er auf einmal vor uns – der Kreuzritter. In der rechten Hand hielt er ein Schwert, und Paulettes Blut . . .«

Rainer senkte den Kopf und wischte sich über die Augen. Er schluckte mehrmals, trotzdem brachte er die Worte nicht über seine Lippen.

»Ist schon gut, Rainer«, sagte John.

»Es ist alles so schrecklich. Es war ein regelrechter Schock«, flüsterte Rainer erstickt. Dann zuckte er plötzlich zusammen. »Was ist mit Irene?« schrie er.

»Ihr geht es gut«, beruhigte John den jungen Mann. »Sie liegt oben ohnmächtig auf dem Bett.«

»Und – und die Leiche?«

»Ich habe ein Tuch darüber gelegt«, erklärte John.

»Und was machen wir jetzt?« fragte Rainer. Er wirkte sehr hilflos, hielt sich nur noch an den Oberinspektor.

»Wir müssen zumindest sehen, daß wir alle vier zusammenbleiben«, erwiderte John. »Am besten, wir gehen in Ihr Zimmer. Dort werden wir dann beraten.«

»Gut.« Rainer nickte und stand auf. Auch Michael Kramer ging mit. Er war völlig fertig. John mußte ihn stützen, allein hätte er die Treppe kaum geschafft.

Irene Held war noch immer ohnmächtig. John betrat das Zimmer allein. Er wollte es den beiden Jungen nicht zumuten. Als er den Raum wieder verließ, hielt er Irene auf den Armen.

Rainer und Michael gingen vor. Rainer warf immer einen Blick zurück auf die Ohnmächtige. Um seine Mundwinkel zuckte es.

John Sinclair spürte das Gewicht der jungen Frau kaum. In dem anderen Zimmer legte er sie ebenfalls wieder aufs Bett. Rainer setzte sich sofort auf die Bettkante und streichelte Irenes Gesicht. Michael hatte sich auf einem Stuhl niedergelassen, während John an der Wand lehnte.

»Eins steht fest«, sagte er, als er merkte, daß Michael und Rainer ihn ansahen. »Dieser Kreuzritter hat einen unsagbaren Haß auf

Frauen. Er wird immer versuchen, weibliche Personen zuerst umzubringen.«

»Das hieße in unserem Fall Irene«, sagte Rainer Schröder mit tonloser Stimme.

»Ja.«

Rainer sprang vom Bett hoch. »Dann müssen wir doch weg! So schnell wie möglich. Wir können nicht hierbleiben. Es ist unsere einzige Chance.«

»Das habe ich auch schon überlegt«, sagte der Obeinspektor. »Ich habe mir folgenden Plan ausgedacht. Ich werde mit euch in das Dorf fahren und dann allein zur Burg zurückkehren.«

»Das ist reiner Selbstmord«, rief Rainer Schröder.

John lächelte. »Dafür werde ich bezahlt«, gab er zur Antwort.

Schröder hob die Schultern. »Gut, wenn Sie es so wollen. Meinen Segen haben Sie. Ich will nur Irene in Sicherheit wissen, alles andere ist mir egal.«

John Sinclair blickte auf die Uhr. »Es ist jetzt einundzwanzig Uhr fünfzehn. Sagen wir in einer halben Stunde.«

»Geht es denn nicht schneller?« rief Rainer.

Der Oberinspektor deutete auf die Ohnmächtige. »Ich weiß nicht, wann sie aufwacht. Außerdem möchte ich gern noch mit jemandem reden.«

»Sie meinen den Wirt?«

»Genau.« John lachte hart. »Mich würde wirklich interessieren, welch eine Rolle Monsieur Muller in diesem Spiel innehat. Ich habe das Gefühl, eine ganz miese. Er kannte schließlich die Geschichte des Kreuzritters. Und im übrigen hat sich Paulette auch nicht geirrt, als sie die Leiche im Schuppen gesehen hat. Es war die Putzfrau des Wirts. Sie hat sich in die Nähe der Burg gewagt und ist auf den Kreuzritter getroffen. Gräßlich.«

»Ja – arbeitet dieser Muller denn mit dem Ritter zusammen?« wollte Rainer wissen.

»Wahrscheinlich. Ich kann mir durchaus vorstellen, daß er ihm auch Opfer schickt. Gerade seine Warnungen machen die Menschen ja neugierig.«

»Ich verstehe nur nicht, daß die Polizei noch nichts gemerkt hat«, meinte Rainer. »Lieber Himmel, es fällt doch auf, wenn Menschen verschwinden oder umgebracht werden.«

»Bestimmt ist es aufgefallen. Aber suchen Sie mal als normaler Polizist einen Dämon oder Geist als Mörder.«

»Da haben Sie auch wieder recht«, gab Rainer zu. Er wandte den Kopf. »Was meinst du dazu, Michael?«

Michael Kramer hob nur die Schultern. Sonst schwieg er. Es würde noch einige Zeit dauern, bis er über Paulettes Tod hinweg war.

Plötzlich begann sich Irene wieder zu regen.

Sofort war Rainer am Bett.

»Liebling«, flüsterte er. »Liebling«, und bedeckte ihr Gesicht mit Küssen.

Irene schlug die Augen auf. Verwirrt blickte sie sich um. Dann stahl sich ein Lächeln um ihre Mundwinkel, als sie Rainer erkannte. Das Lächeln zerfaserte jedoch sofort wieder. Wahrscheinlich kehrte die Erinnerung zurück.

Irene richtete sich auf. Ruckartig.

»Paulette«, rief sie. »Wo ist Paulette?«

Rainer hielt beide Schultern seiner Freundin gefaßt. »Beruhige dich, Irene«, sagte er, »bitte, sei ganz ruhig!«

Irene schüttelte den Kopf. »Paulette, mein Gott, ich habe doch gesehen . . .«

Plötzlich sprang Michael Kramer von seinem Stuhl hoch. Er tat dies so heftig, daß der Stuhl nach hinten kippte und zu Boden fiel. »Ja!« brüllte er verzweifelt. »Paulette! Sie ist tot! Tot . . . tot . . . tot . . .!«

Immer wieder schrie er die Worte. Wie feiner Sprühregen drang der Speichel aus seinem Mund. »Tot . . . tot . . . !«

Michael hatte die Hände zu Fäusten geballt. In seinen Augen leuchtete der Irrsinn. In einem Anfall von Wut packte er einen Kerzenständer und schleuderte ihn gegen die Wand. Dann wollte er nach einer Bodenvase greifen.

Da griff John Sinclair ein. Wuchtig klatschte seine flache Hand gegen die Wange des Jungen.

Einmal, zweimal.

Es war eine harte, aber in diesem Fall sehr wirksame Methode.

Michael Kramer wurde zurückgeworfen. Mit dem Rücken prallte er gegen die Tür. Seine Wangen leuchteten krebsrot und schwollen an.

Dann war er auf einmal still.

John faßte ihn am Arm. Rainer Schröder hatte inzwischen den Stuhl aufgehoben. Der Geisterjäger drückte den jungen Mann darauf nieder. »Es mußte sein«, sagte er. »Michael hätte sonst durchgedreht.«

Irene Held war inzwischen aufgestanden. Sie stand zwar etwas wacklig auf den Beinen, doch mit Rainers Hilfe würde sie die Treppe bestimmt schaffen.

»Nehmen Sie nur das Nötigste mit«, sagte John, »und dann nichts wie ab zum Wagen.«

»Wir wollen fahren?« flüsterte Irene.

»Ja.« Rainer lächelte sie an. »Bald wird alles wieder gut, Liebling.« Dabei streichelte er ihren Arm, und Irene barg ihren Kopf an seiner Schulter.

John war bereits an der Tür. Er hatte sich eine Reisetasche geschnappt. Er wollte die Tür schon aufziehen, als er unten auf dem Burghof ein gellendes Gelächter vernahm.

Auch die anderen hatten es gehört. Rainer und Irene horchten angespannt. »Was war das?« flüsterte Irene Held.

Wieder das Lachen.

John war als erster am Fenster. So gut es der Blickwinkel zuließ, schaute er nach unten.

Und da sah er den Kreuzritter.

Diesmal saß er auf seinem Pferd. Er war deutlich zu erkennen. Der Wind hatte einen Teil der Wolken weggefegt, und der Mond streute sein bleiches Licht auf die Erde. Der Kreuzritter hob sich ab wie ein Scherenschnitt. Drohend schwang er sein mörderisches Schwert.

John war versucht, eine Kugel hinunter zu jagen, aber die Entfernung war zu groß. Ein Schuß wäre Munitionsverschwendung gewesen.

Rainer Schröder war hinter den Geisterjäger getreten. »Das ist er«, flüsterte der junge Mann. »Der verdammte Mörder!«

John Sinclair fragte sich, aus welchem Grund der unheimliche Ritter dort unten im Burghof herumritt.

Er sollte es in der nächsten Sekunde erfahren.

Plötzlich gab der Ritter seinem Pferd die Sporen. Flammenbündel schossen aus den Nüstern des Tieres. Der Rappe sprengte geradewegs auf den 2 CV zu. Kurz bevor er den Wagen erreicht hatte, wurde er pariert, und dann hob der Kreuzritter sein Schwert und begann auf den Wagen einzuschlagen.

Die Waffe klirrte gegen das Blech. Es riß, als wäre es aus Papier. Wieder und wieder drosch der Ritter auf das Gefährt ein, so lange, bis es nur noch ein Schrotthaufen war.

Neben John stöhnte Rainer Schröder auf. »Das darf doch nicht wahr sein«, flüsterte er. »Jetzt ist alles aus – oder?«

John Sinclair drehte den Kopf. Dann hob er die Schulter.

Von unten her schallte wieder das gellende Gelächter herauf. Es hörte sich an, als würde der Satan selbst lachen und schon seinen Sieg im voraus feiern . . .

Die leichte Depression des Geisterjägers dauerte nicht einmal eine Minute. Dann hatte er sich wieder gefangen und schon einen Entschluß gefaßt.

John Sinclair trat vom Turmfenster weg und hockte sich auf einen Stuhl. Er sagte: »Wie es aussieht, ist dieser Kreuzritter nicht gewillt, uns von der Burg zu lassen. Die Zerstörung des Wagens ist ja Beweis genug. Wir müssen aber von hier verschwinden oder ihn vernichten. Es wird schwer sein, das weiß ich selbst. Allein hätte ich sicherlich eine Chance, nur kann ich es mir nicht leisten, euch in Gefahr zu bringen.«

»Aber wie wollen Sie Ihren Plan durchführen?« rief Irene Held verzweifelt.

»Ich brauche die Hilfe eines Mannes. Jean Muller, der Wirt, geistert wahrscheinlich immer noch im Schloß herum. Ihn muß ich in die Finger bekommen. Muller hat sich mit der Vergangenheit des Kreuzritters beschäftigt. Er muß wissen, wie man ihn erledigen kann.«

»Und wenn nicht?« warf Rainer Schröder ein.

Da begann John zu lächeln. »Ich habe Ihnen ja schon gesagt, Rainer, daß ich mit einer besonderen Aufgabe betraut bin. Ich habe schon gegen unzählige Dämonen und Geister gekämpft. Dabei ist es wie im Märchen. Es gibt immer eine Waffe, mit der diese Schattenwesen zu töten sind. Oft sind es geweihte Silberkugeln. Bei Vampiren zum Beispiel Pflöcke, die man ihnen ins Herz rammt. Feuer ist in fast allen Fällen wirksam. Oder – wenn das alles nicht hilft, gibt es in der Regel eine Waffe, die für den Dämon jeweils tödlich ist. Das muß auch im Fall des Kreuzritters so sein.«

»Und Sie glauben, daß Muller Ihnen helfen wird?« Schröders Frage klang skeptisch. Die Zweifel, die er hatte, waren auch deutlich seinem Gesicht abzulesen.

John Sinclair lachte hart. »Er wird mir helfen, glauben Sie mir!«

»Wie haben Sie sich das denn vorgestellt?«

»Ich gehe zu ihm.«

»Und wir?«

»Sie bleiben so lange hier und rühren sich nicht vom Fleck.«

Rainer Schröder biß die Zähne aufeinander. »Aber wenn dieser verdammte Ritter auftaucht – was tun wir dann?«

»Er wird nicht auftauchen. Nicht so rasch hintereinander. Er hat jetzt seinen Triumph gehabt und wird abwarten, was wir unternehmen. Er weiß ja, daß wir nicht von hier wegkommen. Er wird uns schmoren und zappeln lassen. Aber in der Zeit werde ich die nötigen Schritte für unsere Rettung unternehmen.«

»Ihren Optimismus möchte ich haben«, sagte Rainer.

»Ich bin Realist«, erwiderte John, »und ich habe meine Erfahrungen im Laufe der Jahre gesammelt. Aber eine andere Frage, Rainer: Können Sie schießen?«

»Sie meinen mit einem Gewehr oder so . . .?«

»Genau.«

»Ich war mal beim Militär. Ist aber schon einige Zeit her. Und ein guter Soldat war ich auch nicht. Von einer Pistole oder einem Gewehr weiß ich so viel, daß sie einen Lauf und einen Abzug haben. Das ist auch schon alles.«

John lächelte. »Ich schätze, das reicht.« Dann griff er unter seine Jacke und holte die Beretta hervor.

Rainer Schröder starrte auf die Waffe. Genau wie seine Freundin Irene Held. In beiden Blicken flackerte Mißtrauen und Abwehr.

John lächelte aufmunternd. »Sie brauchen keine Angst zu haben. Die Pistole tut Ihnen nichts. Im Gegenteil, sie soll Sie ja schützen.« John hielt die Waffe in der Rechten. Mit dem Zeigefinger der Linken deutete er auf das im Knauf steckende Magazin. »Sie haben sechs Kugeln zur Verfügung«, erklärte er. »Und jede Kugel ist aus geweihtem Silber angefertigt. Für die meisten Dämonen sind diese Geschosse absolut tödlich.«

»Aber nicht für alle«, warf Rainer ein.

»Das habe ich Ihnen ja vorhin schon gesagt.«

»Und wie es sich mit dem Ritter verhält, wissen Sie auch nicht, John.« Diesmal sprach Irene Held. Sie hatte den Arm um Rainers Schulter gelegt und preßte sich fest gegen ihren Freund.

John Sinclair nickte.

»Sicher, das ist das Risiko. Ich werde Sie jedoch nicht lange allein lassen. Und sollte der Ritter tatsächlich auftauchen, dann schießen Sie. Zielen Sie auf seinen Kopf. Sie müssen versuchen, die Kugel mitten in den Totenschädel zu setzen. Das Silber hat auf jeden Fall eine abschreckende Wirkung, das kann ich Ihnen schon garantieren. Der Ritter wird geschockt sein. Außerdem werde ich sicherlich den oder die Schüsse hören und kann dann innerhalb kurzer Zeit bei Ihnen sein.«

Rainer Schröder hob die Schultern. »Ehrlich gesagt, so ganz überzeugt haben Sie mich nicht.«

»Ich kann es Ihnen nicht verdenken.« John reichte dem jungen Mann die Waffe. »Versuchen Sie es trotzdem. Es ist unsere einzige Chance.«

Rainer nahm die Beretta entgegen. Er faßte sie mit spitzen Fingern an, als würde er sich davor ekeln.

»Zielen Sie einfach auf seinen Kopf«, sagte der Geisterjäger. »Leeren Sie das gesamte Magazin. Irgendeine Kugel wird bestimmt treffen!«

Rainer schaute auf die Waffe, dann zu Irene und meinte: »Soll ich?«

Irene Held nickte.

»Okay!« John Sinclair erhob sich. Er war froh, daß Rainer

Schröder auf seinen Vorschlag eingegangen war. An der Tür drehte er sich noch einmal um. »Und Kopf hoch, es wird schon alles glattgehen, davon bin ich überzeugt.«

John Sinclair war es sicher. Aber nicht die beiden jungen Leute. Das konnte der Geisterjäger an ihren Gesichtern deutlich ablesen. Bevor John das Zimmer verließ, warf er noch einen Blick auf Michael Kramer. Der junge Mann saß unbeteiligt auf dem Stuhl. Er schien von der Diskussion gar nichts mitbekommen zu haben. Sein Blick war ins Leere gerichtet.

Dann verließ John Sinclair das Turmzimmer.

Der Geisterjäger hatte doch ein unangenehmes Gefühl, als er die Wendeltreppe hinunterging. Er fragte sich immer wieder, ob er richtig gehandelt hatte, doch so sehr er überlegte, ihm fiel einfach keine andere Lösung ein.

John mußte noch einmal mit Jean Muller reden.

Es war fast dunkel im Turm. Ein wenig Mondlicht fiel durch die schmalen Fenster, die mehr Schießscharten ähnelten. Das fahlgelbe Licht wischte über Johns Gestalt und hüllte ihn immer dann, wenn er eines der Fenster passierte, ein wie in einen silbernen Mantel.

John bemühte sich, leise zu sein. Auf Zehenspitzen schlich er die Stufen hinab. Dabei achtete er auf jedes Geräusch.

Es raschelte und knackte zwar in allen Nischen und dunklen Winkeln, aber irgendwelche Alarmzeichen konnte John Sinclair nicht feststellen.

Ungesehen erreichte er die Falltür.

Noch immer lag der Einstieg in das Gewölbe frei vor ihm.

John hatte wieder seine Lampe mitgenommen. Er ließ sie jetzt aufblitzen und leuchtete in die Tiefe.

Leer gähnte ihm die Treppe entgegen. Von Jean Muller war keine Spur zu sehen.

Zum zweitenmal an diesem Tag machte sich John Sinclair an den Abstieg in das unterirdische Gewölbe. Er mußte lächeln, als er auf seine ramponierte Lampe sah. Sie hatte in der letzten Zeit einiges abgekriegt, aber sie brannte.

John erreichte das Ende der Treppe.

Stille umgab ihn.

Kreisförmig schwenkte der Geisterjäger die Lampe. Er wollte Muller so ein Zeichen geben, damit er ihn sah.

Doch es gab keine Reaktion.

John Sinclair nahm den gleichen Weg, den er schon einmal gegangen war. Er hatte sich alles gut gemerkt, und da er ein photographisches Gedächtnis besaß, war es für ihn nicht schwer, die Folterkammer wiederzufinden.

»Monsieur Muller!« rief er immer wieder.

. . . Muller . . . Muller . . .

Hohl klangen die Echos seiner Rufe von den Wänden zurück. Doch der Wirt selbst gab keine Antwort.

John Sinclair begann daran zu zweifeln, daß er Muller tatsächlich hier unten finden würde. Er drückte die Tür zur Folterkammer auf, ließ den Lampenstrahl durch den Raum wischen – und zuckte plötzlich zusammen.

Er hatte zwei Füße gesehen.

Sie ragten hinter der Streckbank hervor.

John Sinclair kannte die braunen Halbschuhe mit den dicken Kreppsohlen. Kein geringerer als Jean Muller trug sie.

John Siclair huschte in die Folterkammer, umrundete die Streckbank und sah Muller liegen.

Der Wirt lag im Sterben. Röchelnd drang der Atem über seine Lippen. Die Augen waren weit geöffnet. Über den Pupillen lag schon ein dumpfer Schleier.

Jean Muller hatte beide Hände vor der Brust verkrampft. Blut sickerte zwischen seinen gespreizten Fingern hervor und hatte das Hemd auf der Vorderseite völlig getränkt.

Daß der Mann noch lebte, grenzte für John Sinclair schon an ein Wunder. Die Wunde auf seiner Brust konnte nur von einem Messer stammen.

Oder von einem Schwert . . .

John nahm das letztere an. Seiner Meinung nach hatte der Kreuzritter den eigenen Diener umgebracht.

Aber aus welchem Grund?

Vielleicht konnte ihm der sterbende Wirt den noch mitteilen.

Der Geisterjäger ließ sich neben Jean Muller auf die Knie sinken. Er legte die Lampe so hin, daß sowohl er als auch Muller angeleuchtet wurden, der Strahl jedoch nicht blendete.

»Monsieur Muller«, sagte John. »Kennen Sie mich noch, Monsieur?«

Unendlich langsam drehte der Wirt den Kopf. Er sah John an, und dann huschte so etwas wie ein Lächeln über seine vom Tod gezeichneten Gesichtszüge.

»Er hat gewonnen, nicht wahr?« flüsterte er. »Ihr habt ihn nicht geschafft. Ich wußte es.«

John Sinclair nickte. »Ja, er hat ein junges Mädchen auf dem Gewissen.«

»Dieser Fluch, dieser verdammte Fluch!« stöhnte der Wirt. Sein Gesicht verzerrte sich. Schweiß brach ihm aus sämtlichen Poren. Röchelnd schnappte er nach Luft.

»Ruhig«, sagte John. »Bleiben Sie ruhig liegen.«

»Ich werde sterben«, keuchte der Wirt mit kaum verständlicher Stimme. »Er . . . er hat es geschafft!« Ein dünner Blutfaden rann aus dem linken Mundwinkel des Todgeweihten. »Mit dem . . . Schwert hat er mich ge . . .«

»Warum hat er es getan?« fragte John mit drängender Stimme. Er mußte jetzt aufs Ganze gehen, konnte keine Rücksicht mehr nehmen, wenn er das Rätsel des mordenden Kreuzritters lösen wollte.

»Ich . . . ich habe mit Ihnen geredet«, flüsterte Jean Muller. »Er sagt, ich habe ihn verraten . . . und da . . . da hat er mich getötet. Ich spür's, ich lebe nicht mehr lange . . . der Tod . . . er kommt. Ich . . ich habe ihn verdient.«

John Sinclair beugte sich tief über den Schwerverletzten. »So dürfen Sie nicht reden«, sagte er. »Sie müssen sterben, das stimmt, aber Sie können vieles wiedergutmachen. Sagen Sie mir, wie ich den Kreuzritter besiegen kann. Es muß eine Möglichkeit geben. Es muß einfach!«

»Ja . . . es gibt sie. Aber es ist schwer. Niemand kann es schaffen. Auch Sie nicht. . .«

»Reden Sie!«

»Das Schwert!« Jean Muller holte tief Luft. Es gab ein pfeifendes

Geräusch. »Sie müssen sein eigenes Schwert nehmen und damit seinen Totenschädel berühren. Dann . . . dann wird er vergehen. Aber es ist unmöglich. Er gibt die Waffe niemals aus der Hand. Er paßt auf sie auf. Keinem ist es bisher gelungen . . . auch ich . . . ich . . . mein Gott, ich sterbe. Ich . . . ahhh . . .«

Ein letzter verzweifelter Atemzug noch, dann lag der Wirt Jean Muller still.

Er war tot.

Mit dem Handrücken wischte sich John Sinclair den Schweiß aus der Stirn. Auch ihm waren die letzten Minuten an die Nerven gegangen. Es war wirklich nicht jedermanns Sache, den Tod eines Menschen mitzuerleben.

Der Oberinspektor drückte dem toten Wirt die Augen zu. Er konnte ihm diesen letzten Dienst noch erweisen. John hatte von Jean Muller einige Informationen erhalten, die sehr wichtig und entscheidend waren. Er wußte jetzt, wie er den Kreuzritter bekämpfen konnte.

John mußte ihm nur das Schwert abnehmen.

Nur . . .

Für den Geisterjäger eine nahezu unmögliche Aufgabe. Es würde kaum zu schaffen sein.

Aber das Wort unmöglich hatte John aus seinem Gedächtnis gestrichen. Er hatte schon mehr als einmal Fälle gelöst, die als unlösbar galten. Und er ließ sich auch jetzt nicht einschüchtern.

John Sinclair erhob sich aus seiner knienden Stellung. Er würde dem Kreuzritter das Schwert abjagen. Dazu mußte er aber erst den Ritter finden.

Die Frage war nur – wo?

Nachdenklich blickte Rainer Schröder auf die Waffe. Um seine Mundwinkel hatte sich ein bitterer Zug gegraben.

»Silberkugeln«, murmelte er, »sie ist mit geweihten Silberkugeln geladen. Und ich dachte immer, so etwas gibt es nicht. Oder nur in Romanen und Filmen. Aber anscheinend habe ich mich getäuscht.«

»Dieser Sinclair muß ein besonderer Mann sein«, sagte Irene

Held. »Ich habe noch nie von dem Beruf eines Geisterjägers gehört. Erinnerst du dich noch an den Film ›Der Exorzist‹?«

Rainer winkte ab. »Das war doch was ganz anderes. Da ging es um Teufelsaustreibung.«

»Aber dieser Kreuzritter ist so etwas Ähnliches wie ein Teufel. Er ist tot und lebt. Wie kann so etwas möglich sein?«

Rainer hob die Schultern. »Frag mich nicht, ich weiß es nicht. Vielleicht Schwarze Magie und so. Man hört ja einiges. Auch in den Zeitungen steht immer so viel.«

»Glaubst du, er schafft es?« fragte Irene.

»Was?«

»Den Ritter unschädlich zu machen.«

»Ich traue es ihm durchaus zu«, gab Rainer zur Antwort. Er legte die Waffe aus der Hand. Irene wollte sie von der Bettdecke nehmen, doch Rainer wehrte ab. »Laß es sein. Solch ein Ding geht eher los, als du dir träumen läßt.«

Irene zuckte zurück.

Rainer ging zu Michael Kramer, der immer noch auf dem Stuhl hockte. Schröder legte seine Hand auf die Schultern des Freundes. »Wie geht es dir, Micha?«

»Sie ist tot, nicht?« murmelte Michael.

Rainer Schröder schwieg. Er konnte in diesen Augenblicken keine Worte finden. Auch Irene Held hielt den Kopf gesenkt.

»Warum sagt ihr nichts?« fragte Michael. »Warum macht ihr nicht den Mund auf, he?«

Er sprang plötzlich auf und stellte sich mit zu Fäusten geballten Händen vor Rainer hin.

»Ja, Micha, sie ist tot.«

Michael Kramer nickte. »Und er hat sie umgebracht. Dieser Ritter, diese Bestie. Aber ich werde ihn kriegen, darauf könnt ihr euch verlassen.«

»Gar nichts wirst du«, erwiderte Rainer. »John Sinclair hat die Sache schon in die Hand genommen.«

Michael Kramer begann zu lachen. »Sinclair, Sinclair! Wer ist das schon? Ein Nichts, ein Niemand! Er wird ebenso verlieren wie andere. Nein, ich erledige das schon. Das bin ich meiner Paulette schuldig.«

Michael Kramer wollte zum Bett gehen, doch Rainer Schröder hielt ihn fest.

»Laß los!« knurrte Michael.

»Nein!«

»Du sollst loslassen!« schrie der junge Mann plötzlich.

Als Antwort verstärkte Rainer den Griff.

Da riß Michael Kramer sein Knie hoch.

Rainer Schröder krümmte sich wie ein Fragezeichen. Ein erstickter Schrei drang über seine Lippen. Beide Hände preßte er gegen die getroffene Stelle.

Michael lachte und gab seinem Freund einen Stoß, so daß er bis gegen die Wand flog.

Dann stürzte er auf das Bett zu.

Er mußte die Pistole an sich bringen.

Michael hatte sehr wohl gehört, was John Sinclair mit Irene Held und Rainer Schröder beredet hatte. Und jetzt sah Kramer seine Stunde gekommen.

Er flog förmlich auf die auf dem Bett liegende Waffe zu. Beide Arme hatte er weit ausgestreckt, sein Gesicht war haßverzerrt.

Aber auch Irene Held merkte, was die Stunde geschlagen hatte. Sie saß näher an der Beretta und packte sie in dem Augenblick, als Michael neben ihr auf das Bett fiel.

Sekundenlang blieb er platt wie eine Flunder liegen.

Irene sprang hoch. Mit einem schnellen Seitenblick sah sie, wie sich Rainer am Boden krümmte. Auf seinen Gesichtszügen zeichnete sich der Schmerz deutlich ab.

Irene Held legte die Beretta auf Michael Kramer an. Sie hielt die Waffe mit beiden Händen umklammert und konnte doch ein Zittern nicht vermeiden.

Michael richtete sich auf.

»Bleib so sitzen!« kreischte Irene Held.

Ein, zwei Herzschläge lang brauchte Michael Kramer, um zu begreifen, daß sich die Lage grundlegend verändert hatte. Dann aber begann er zu lachen.

»Los!« zischte er. »Her mit der Kanone, oder ich nehme sie dir ab, zum Teufel!«

Irene schüttelte wild den Kopf.

»Die Knarre her.«

»Nein!« peitschte Irenes Stimme. »Du bekommst sie nicht! Du machst dich nur unglücklich damit!«

Michael Kramer schwang sich vom Bett. Irene ging einen Schritt zurück. Sie wußte, daß Kramer etwas unternehmen würde, und sie fragte sich, ob sie es schaffte, den Zeigefinger zu krümmen.

Wahrscheinlich nicht . . .

Und das mußte auch Michael Kramer gemerkt haben, denn plötzlich begann er zu grinsen.

»Mach doch keinen Ärger, Irene«, sagte er. »Du weißt, wofür ich die Pistole haben will. Gib sie schon her!«

»Du kannst den Ritter nicht umbringen!« erwiderte Irene.

»Doch, ich schaffe es. Sieh mal.« Michael Kramer breitete die Arme aus. Er wiegte Irene Held so in Sicherheit, konnte sie täuschen, und dann schnellte sein rechter Arm vor. Es war ein harter Schlag, der auch traf.

Irene wurde die Beretta aus den Händen geprellt. Die Pistole machte sich selbständig, wirbelte durch die Luft, prallte gegen eine Kommode und blieb dicht davor liegen.

Michael Kramer flog flach über den Boden. Er stieß einen geschnitzten Hocker um, schnappte sich die Waffe und sprang gedankenschnell auf die Beine.

»Okay, das wär's«, sagte er kalt.

Er hielt die Beretta im Anschlag und vollführte damit einen Halbkreis, so daß er einmal Irene und dann wieder Rainer Schröder vor der Mündung hatte.

»Nichts geht mehr, Freunde«, sagte Michael Kramer. »Jetzt bin ich an der Reihe.«

»Laß es sein, Micha. Laß es sein!« keuchte Rainer Schröder. »Du kannst es nicht schaffen!«

Kramer lachte. »Nicht jeder ist solch ein Feigling wie du, Rainer. Ich werde euch von dem verdammten Ritterspuk befreien.«

Michael Kramer lachte und bewegte sich zur Tür.

»Nicht, Micha, bleib hier!« schrie Irene Held.

Kramer hörte nicht. »Ihr könnt ja zusehen, ihr Feiglinge«, rief er. »Streckt eure Schädel aus dem Fenster, da könnt ihr sehen, wie ich den Kreuzritter zur Hölle schicke.«

Er begann zu lachen, zog die Tür auf, huschte aus dem Zimmer und knallte die Tür wieder hinter sich zu.

Rainer Schröder und Irene Held blickten sich an. »Was sollen wir denn jetzt tun?« flüsterte Irene.

»Wir müssen ihn laufenlassen«, entgegnete Rainer mit schmerzverzerrtem Gesicht. »Dieser verdammte Idiot. Der hätte mir doch bald den ganzen Leib eingetreten. Hilf mir mal.«

Irene lief zu ihrem Freund und stütze ihn. Mühsam wankte Rainer zum Bett und ließ sich daraufallen. »Dieser Narr rennt in sein eigenes Verderben!« keuchte er.

»Soll ich John benachrichtigen?« fragte Irene.

»Nein, wir bleiben hier. Wir sind in diesem Zimmer noch am sichersten. Vielleicht läuft Michael John Sinclair auch in die Arme. Dann wäre alles in Ordnung.«

Irene nickte unter Tränen. »Hoffentlich«, flüsterte sie und barg weinend ihren Kopf an Rainers Schulter.

In Michael Kramer loderte die Flamme des Hasses. Und mit jeder Stufe, die er hinter sich brachte, wurde die Flamme stärker.

»Ich werde ihn vernichten!« knirschte er zwischen zusammengebissenen Zähnen hervor. »Diese verdammte Bestie hat mir Paulette genommen!«

Michael lachte bitter vor sich hin.

Die Beretta hielt er in der rechten Hand. Hart spannten sich seine Finger um den Griff. Weiß und spitz stachen die Knöchel hervor. Obwohl Michael noch nie mit einer Waffe geschossen hatte, war er fest davon überzeugt, damit auch umgehen zu können.

Im Notfall kann der Mensch alles, sagte er sich. An seine beiden Freunde dachte er nicht mehr. Für ihn waren sie Feiglinge. Sich einfach in das Turmzimmer zu verkriechen und abzuwarten, bis John Sinclair zurückkam.

Sinclair! Das war auch so ein Typ. Wunderdinge wurden von ihm erwartet. Er würde sie wohl kaum vollbringen können. Wahrscheinlich hatte der Kreuzritter ihn längst in zwei Hälften gespalten.

Michael Kramer dachte gar nicht daran, daß auch er unterliegen konnte. Er fühlte sich mit der Waffe in der Hand so siegessicher, daß er sich schon ausmalte, wie er den Ritter erledigen würde.

Doch vor den Erfolg haben die Götter bekanntlich den Schweiß gesetzt. Und das hieß in Michaels Fall: Er mußte den Kreuzritter erst einmal finden.

Michael Kramer ging die letzten Stufen der Wendeltreppe hinunter. Dann stand er vor der offenen Falltür. Er schaute in die dunkle Tiefe, konnte jedoch weder von John Sinclair noch von dem Kreuzritter etwas hören oder sehen.

Michael verließ den Turm.

Noch immer warf der Mond sein silbernes Licht auf die Erde, ließ den Burghof ausschauen wie eine riesige Arena.

Mit staksigen Schritten betrat Michael Kramer den Burghof. Der rechte Arm mit der Waffe hing locker an seiner Seite herab. Die Luft hat sich abgekühlt. Wind war aufgekommen und brachte die herrliche Frische des nassen Waldes mit.

Davon merkte Michael nichts. Er dachte nur an seine Rache. Und die fraß in ihm wie eine alles verzehrende Flamme.

Mitten auf dem Burghof blieb er stehen.

Eine einsame Gestalt, die mit dem Mörder seiner Freundin abrechnen wollte.

Und doch praktisch ohne Chancen war . . .

Noch einmal holte Michael Kramer tief Luft.

Dann schrie er: »Mörder! Verdammter Mörder! Komm raus aus deinem Versteck! Zeige dich endlich! Du Mörder.«

. . . örder . . örder . . .

Die Echos hallten durch die Nacht und verloren sich weit über den Berggipfeln.

Der Kreuzritter erschien nicht.

Michael ließ einige Zeit verstreichen.

Dann rief er wieder.

Diesmal lauter als zuvor.

Seine Stimme erreichte die im Turm Zurückgebliebenen. Irene Held und Rainer Schröder steckten die Köpfe aus dem Turmfenster. Irene winkte. Sie machte Zeichen, wollte den Wahnsinnigen zurückholen, doch Michael Kramer blickte gar nicht hoch.

Er wartete auf den Ritter.

Und der Unheimliche kam!

Zuerst war nur das Getrappel der Hufe zu vernehmen. Das Pferd stampfte so laut auf, daß Michael das Gefühl hatte, der Boden würde in Bewegung geraten.

Dann erst sah er den Ritter.

Er sprengte hinter dem Längsflügel der Burg hervor. Wieder drangen aus den Nüstern des Rappen Flammenzungen. Wild schwang der Reiter sein Schwert. Staub wallte auf und hüllte ihn ein. Die unzähligen Partikel wurden vom Mondlicht gebadet und glitzerten wie kleine Sterne.

Michael Kramer hatte sich umgedreht, so daß er dem Ritter ins Gesicht sehen konnte.

Ein schauriges Lachen schallte dem jungen Mann entgegen. Mit einem Zügelruck parierte der Reiter sein Pferd.

Etwa zehn Schritte vor Michael Kramer blieb das Tier stehen.

»Hier bin ich!« rief der Kreuzritter wild. Seine Stimme dröhnte über den Burghof. »Was willst du von mir, Schwächling? Warum hast du mich gerufen?«

»Ich will dich töten, du Untier!« schrie Michael.

Wieder begann der Ritter zu lachen. Dabei riß er den Arm hoch und vollführte mit dem Schwert eine kreisende Bewegung. »Du Narr«, erwiderte er. »Ich bin nicht zu töten. Ich habe die Jahrhunderte überlebt, und dann kommst du her und willst mich vernichten? Niemals schaffst du es. Nein. Alexander von Rochas ist unsterblich. Aber für deine Frechheit wirst du büßen. Ich werde dich töten. Das hast du dir selbst zuzuschreiben. Und dann hole ich mir die Frau. Hast du es gehört?«

»Ja!« schrie Michael. Gleichzeitig hob er den rechten Arm mit der Beretta.

Die Waffe kam ihm plötzlich unendlich schwer vor. Seine Hand begann zu zittern. Er mußte das Gelenk mit der Linken abstützen. Über Kimme und Korn visierte er den grinsenden Schädel des Kreuzritters an. Er wollte mit seinen Kugeln diesen häßlichen Kopf zerstören, wollte den Ritter vernichtet vor sich auf dem Boden liegen sehen.

Alexander von Rochas merkte, was in dem jungen Mann

vorging. Er lachte wieder. »Keine Kugel kann mich töten!« schrie er und trieb sein Pferd an.

Im selben Augenblick zog Michael Kramer den Abzug der Beretta durch.

Die Waffe brüllte auf.

Sie riß Michaels Hände hoch. Die Kugel pfiff an dem Kreuzritter vorbei, und dann hatte er den jungen Mann schon erreicht. Sein Schwert pfiff durch die Luft.

Da schoß Michael zum zweitenmal.

Flirrend jagte das Silbergeschoß aus dem Lauf und blieb im Schädel des Pferdes stecken. Das Tier – auf magische Weise belebt – zuckte zusammen, driftete zur Seite weg und der Schwerthieb, der Michael zerteilt hätte, wischte an ihm vorbei.

Während Michael sich mit einem Hechtsprung aus der unmittelbaren Gefahrenzone brachte, hörte er den Kreuzritter schaurig fluchen. Dazwischen das entsetzte Wiehern des Pferdes, das schon mehr einem Brüllen glich.

Michael Kramer hatte sich über den Boden gerollt. Jetzt sprang er auf die Füße und sah, was seine Kugel angerichtet hatte.

Das Pferd wälzte sich auf dem Boden herum, schlug mit den Beinen um sich. Schwarzgrauer Qualm drang aus den Nüstern, kein magisches Feuer mehr; das geweihte Silber hat es zum Erlöschen gebracht.

Der Kreuzritter war vom Pferderücken gesprungen. Gräßliche Flüche drangen aus dem Maul des Totenschädels. Fassungslos mußte er den Todeskampf seines Pferdes mit ansehen.

Das schwarze Fell des Rappen löste sich auf. Bleiche Knochen traten zum Vorschein. Im Streulicht des Mondes wirkten sie wie poliertes Silber. Aber auch die Knochen zerfielen. Was Jahrhunderte überdauert hatte, wurde innerhalb von Sekunden zu Staub, den der Nachtwind in langen Schleiern davontrug.

Breitbeinig stand Michael Kramer etwa zehn Yards von dem sich auflösenden Kadaver des Pferdes entfernt.

Und dann lachte er.

Der Triumph, die aufgestaute Spannung entlud sich in einem gellenden Gelächter, das weit durch die Nacht schallte und den beiden entsetzten Zuschauern oben im Turmfenster eine Gänsehaut nach der anderen über den Rücken jagte.

»Und jetzt bist du dran!« brüllte Michael Kramer den Kreuzritter an, der noch immer unbeweglich auf der Stelle stand und nicht fassen konnte, was mit seinem Tier geschehen war.

»Schluck die Kugeln, du Bestie!« schrie Michael Kramer, riß den Arm mit der Waffe hoch und begann zu feuern . . .

Michael begleitete jeden Schuß mit einem Schrei. Immer wieder riß er den Abzug durch.

Die Beretta tanzte in seinen Händen. Nach dem zweiten Schuß hatte sich der junge Mann eingeschossen.

Er traf den Ritter.

In den Kopf!

Er sah genau, wie die Kugel in den häßlichen Schädel einschlug. Dicht unter dem rechten Auge mußte sie die Knochen zertrümmert haben, doch es geschah nichts.

Der Ritter stand nach wie vor auf seinem Platz. Die geweihten Silberkugeln konnten ihm nichts anhaben.

Michael Kramer war geschockt. Er begriff im ersten Moment nicht, daß er verloren hatte. Er feuerte weiter – bis das Magazin leer war.

Auch dann noch riß er den Abzug durch. Immer wieder.

Der Kreuzritter stand aufrecht.

Und dann – von einer Sekunde zur anderen – drang in Michael Kramers Bewußtsein, daß es aus war.

Langsam ließ er beide Arme sinken. Die Pistole rutschte ihm aus den Fingern, blieb im wild wuchernden Gras des Burghofes liegen.

Michaels Augen wurden groß. Er begann zu zittern. Die Gestalt des Ritters verschwamm vor seinen Augen.

Verloren! schrie es in ihm. Verloren! Aus! Vorbei!

Und dann kam die Angst.

Auf einmal war sie da. Michael Kramer wußte, daß der Tod schon seine Knochenhände nach ihm ausgestreckt hatte. Der Tod, das war in diesem Fall Alexander von Rochas, der unheimliche Kreuzritter.

Er ging auf den schreckensstarren Michael Kramer zu.

Bleich schimmerte der skelettierte Schädel unter dem Helm. Die schwere Rüstung quietschte in den Scharnieren, das Kettenhemd klirrte. Wie festgeschmiedet lag das Schwert in der Knochenhand des Ritters. Es war beidseitig geschliffen.

Michael war mit seinen Nerven am Ende. Nichts war mehr da von seinem ursprünglichen Mut und der Entschlossenheit. Er war nur noch ein zitterndes Bündel Mensch.

Langsam sank er in die Knie. Er hatte beide Hände gefaltet, hob sie in einer verzweifelten Geste dem Kreuzritter entgegen.

»Bitte«, flüsterte er. »Bitte, töte mich nicht. Ich will leben. Leben!«

Ein grausames Lachen war Antwort genug. Nein, Michael hatte von der Bestie keinen Pardon zu erwarten.

Und oben im Turmfenster sahen Irene Held und Rainer Schröder dem schrecklichen Spiel zu.

Irene war blaß. »Ich . . . ich kann nicht mehr«, ächzte sie. »So tu doch was, Rainer. Bitte, tu was!« Sie schrie und trommelte mit ihren kleinen Fäusten gegen Rainers Brust.

Rainer drängte sie vom Fenster weg zum Bett hin. »Bleib da liegen«, sagte er, »und schau nicht mehr hin. Niemand kann Michael mehr helfen.«

»Aber wir können ihn doch nicht sterben lassen. Wir müssen etwas tun, Rainer. Bitte!«

Rainer Schröder biß die Zähne zusammen und schüttelte den Kopf. Noch einmal warf er einen Blick aus dem Turmfenster. Was er sah, ließ seinen Herzschlag stocken.

Michael Kramer kniete auf dem Boden.

Einen Schritt vor ihm stand der Ritter. Er hielt den Griff des Schwertes mit beiden Fäusten umklammert und hatte es hoch über seinen Kopf geschwungen.

Jede Sekunde konnte der tödliche Schlag erfolgen.

»Neiiin! Nicht!« brüllte Rainer Schröder.

Einen Moment lang ließ sich der Kreuzritter ablenken. Er hob den Kopf, um Rainer ansehen zu können. Rainer hatte das Gefühl, die leeren Augenhöhlen würden ihn verschlingen.

Doch aufhalten konnte Rainer Schröder den Ritter nicht.

Mit ungeheurer Wucht ließ er das Schwert niedersausen. Michael Kramer schrie nicht. Er war bereits tot! Ein Herzinfarkt bewahrte ihn vor dem schrecklichen Ende. Das Schwert pfiff an ihm vorbei, als er zur Seite sank und auf das Pflaster schlug . . .

John Sinclair lief durch das unterirdische Gewölbe. Der Oberinspektor war auf der Jagd nach dem Kreuzritter. Er rechnete damit, daß sich die Bestie irgendwo versteckt halten mußte.

Aber er sah keine Spur von dem Ritter.

John lief durch Gänge und Stollen, die er nie zuvor betreten hatte. Dann spürte er plötzlich einen kühlen Luftzug an seiner linken Wange vorbeistreichen.

Der Geisterjäger blieb stehen.

Seine Augen verengten sich zu Schlitzen. Ein Luftzug! Das bedeutete, daß hier irgendwo in der Nähe ein Ausgang liegen mußte. Aber wo?

Sinclair ließ die Lampe kreisen.

Plötzlich sah er den Schacht. Schräg führte er nach oben, und es war sogar eine Eisenleiter in den Fels geschlagen worden. Die Sprossen hatten Rost angesetzt, sahen brüchig aus, aber John wollte es riskieren. Hatte er vielleicht den heimlichen Fluchtweg des Kreuzritters gefunden?

Der Geisterjäger hakte die Lampe an seinem Hosengürtel fest, packte die zweitletzte Sprosse der Leiter und zog sich hoch.

Es knirschte im Gestein, doch die Haken hielten Johns Gewicht aus. Rost rieselte auf seinen Kopf. John machte einen Klimmzug, hangelte sich dann höher und zog die Beine an.

Jetzt war die Kletterei nur noch ein Kinderspiel. Je höher er kam, um so kühler wurde es. Der Luftzug strich über John Sinclairs erhitztes Gesicht, brachte eine merkliche Linderung.

Dann sah John Sinclair den Sternenhimmel über sich funkeln. Er hatte den Ausstieg erreicht. Der Geisterjäger stemmte sich hoch, und sofort kratzten Zweige und Blätter durch sein Gesicht.

John Sinclair winkelte das rechte Bein und kroch so über den Rand des Ausstieges.

Er war inmitten eines Gebüschs gelandet. Farnkraut, Weiden

und Unterholz tarnten den Ausstieg sehr gut. Der Oberinspektor stellte sich aufrecht. Er konnte über die Büsche hinwegsehen und erkannte dicht vor sich die Reste der Burgmauer. Die Mauer war an dieser Stelle eingestürzt. Es standen nur noch Fragmente. Wildes Gras, Unkraut und Büsche hatten die Reste überwuchert.

Der Himmel war aufgeklart. Keine Wolke bedeckte mehr die dunkle, wie mit Samt überzogene Fläche, auf der Millionen von Sternen glitzerten. Wie ein gelber, übergroßer Ballon hing der Mond am Himmel. Er stand schräg über dem hohen Turm der Burg und streute sein Licht über den Burghof und die bewaldeten Berge der Vogesen. Es war ein romantisches Bild, doch John Sinclair hatte dafür keinen Blick.

Er sah plötzlich Rainer Schröders Kopf aus dem Fenster des Turms auftauchen und die heftige Bewegung seiner Arme. Dünn nur vernahm er die Stimme, aber was Rainer sagte, ließ eine Gänsehaut über John Sinclairs Rücken rieseln.

»Nein! nicht!«

Johns Herzschlag stockte. Unten im Burghof mußte sich irgend etwas Schreckliches abspielen. Sollte vielleicht Michael Kramer in seinem Haß losgerannt und auf den Kreuzritter getroffen sein?

Der Geisterjäger begann schon zu laufen.

Wie ein Tornado stürmte John Sinclair durch die Büsche. Er achtete nicht auf die Zweige, die in sein Gesicht schlugen. Mit rudernden Armen bahnte er sich einen Weg. Dann erreichte er den schmalen Weg, der auf den Hof mündete.

John rannte mit keuchenden Lungenflügeln – und hatte den Burghof erreicht.

Direkt vor dem Eingang zum Turm lag Michael Kramer.

Obwohl keine Wunde zu sehen war, wußte John Sinclair, daß er tot war. Sein Herz mußte ausgesetzt haben!

John schloß die Augen. »Nein«, flüsterte er, »das darf nicht wahr sein. Das ist . . .«

Michael Kramer hatte hoch gespielt und alles verloren.

Mit schleppenden Schritten ging John auf den Eingang des Turms zu. Sein Gesicht wirkte plötzlich wie aus Marmor gehauen.

Das war schon das dritte Opfer des Kreuzritters in einer Nacht.

John Sinclair machte sich die bittersten Vorwürfe, daß er es nicht verhindert hatte. Er hätte es gekonnt, wenn . . .

Es brachte nichts, sich etwas vorzuwerfen. Für ihn galt es jetzt, die nächsten Morde zu verhindern.

Rainer Schröder und Irene Held!

Sie waren jetzt in Gefahr.

Unwillkürlich warf John Sinclair einen Blick zum Turm hoch. Noch war dort oben alles ruhig. Dann bückte sich der Geisterjäger und hob seine Waffe auf.

Das Magazin war leer. Michael Kramer hatte alle Kugeln verschossen. Und den Ritter nicht getötet! Es war genau das eingetroffen, was Jean Muller gesagt hatte.

Der Ritter war nur mit seinem eigenen Schwert umzubringen!

John Sinclair betrat den Turm.

Im selben Augenblick hörte er von oben das Schlagen einer Tür und den Hilferuf einer Frau.

Irene!

Sie war in Gefahr!

Der Kreuzritter hatte wieder zugeschlagen . . .

Noch nie in seinem Leben war es Rainer Schröder so schlecht gegangen.

Er zitterte wie Epsenlaub, hatte beide Hände auf den Magen gepreßt und schnappte nach Luft. Irene lag noch auf dem Bett. Ihr Gesicht hatte sie in den Kissen vergraben. Sie wußte noch nicht genau, was mit Michael geschehen war.

Jetzt hob sie den Kopf. »Was ist geschehen?« fragte sie.

Rainer schwieg.

»Ist Michael . . .?« Aus ihren Augen leuchtete eine stumme Frage.

Rainer nickte.

»Mein Gott!« Irene Held preßte ihre Hand gegen den Mund.

»Ich konnte ihm nicht helfen«, sagte Rainer. »Warum ist Michael auch weggerannt?«

»Und John Sinclair?«

Rainer hob die Schultern. »Ich weiß nicht, was mit ihm ist.«

»Vielleicht lebt er auch nicht mehr?« vermutete Irene.

»Möglich.«

»Himmel. Dann wären wir ja ganz allein auf der Burg. Wir und der Ritter!« Irene sprang auf. »Rainer, ich habe so eine Angst.« Irene Held warf sich in Rainers Arme. »Bitte, Rainer, laß uns weggehen. Ich will nicht sterben. Ich will nicht . . .«

Ein donnernder Hieb gegen die Tür riß ihr die Worte von den Lippen.

»Neinnn!« Irene bebte am ganzen Körper. »Nein, Rainer. Das darf nicht wahr sein. Das ist er.«

Bei einem zweiten Fußtritt flog die Tür auf.

Auf der Schwelle stand – der Kreuzritter!

Irene Held und Rainer Schröder waren beide zu sehr geschockt, um überhaupt reagieren zu können. Zum erstenmal sahen sie die unheimliche Gestalt so dicht vor sich. Sie sahen den häßlichen Totenschädel und die blutige Klinge des Schwertes.

Rainer packte seine Freundin und warf sie hinter sich auf das Bett.

Ein widerliches Lachen drang aus dem zahnlosen Maul des Kreuzritters.

»Sie entkommt mir nicht«, sagte er und machte einen Schritt in das Zimmer hinein.

Rainer Schröder sprang zurück und packte die Lehne eines Stuhls. Er wollte sein und Irenes Leben so teuer wie möglich verkaufen.

Da schlug der Ritter zu.

Blitzend zerteilte sein Schwert die Luft und genau da riß Rainer den Stuhl hoch.

Die Klinge war höllisch scharf. Sie zerteilte das Holz des Stuhles, als wäre es Butter. Schreiend ließ Rainer die beiden Hälften fallen. Der Schlag hatte noch soviel Wucht, daß Rainer Schröder an der linken Schulter getroffen wurde.

Die Klinge zerriß das Muskelgewebe. Rainer spürte den höllischen Schmerz. Er sah das Blut aus der Wunde quellen und brach zusammen. Dicht neben dem Bett blieb er liegen.

Der Kreuzritter aber lachte.

Wieder holte er mit dem Schwert aus. Er wollte den vor ihm liegenden Rainer Schröder nun endgültig töten.

Da sprang Irene Held auf. Mit einem verzweifelten Griff fiel sie dem Ritter in den Arm.

»Nicht!« rief sie. »Laß ihn leben!«

Der Ritter schüttelte Irene Held mit einer lässig anmutenden Bewegung ab. Dann drehte er den Kopf.

Irene sah in die schrecklichen Augenhöhlen.

Und da packte die linke Klaue des Ritters zu.

Es war ein mörderischer Griff. Irene Held fühlte sich hochgehoben und lag im nächsten Augenblick über der Schulter des Kreuzritters.

»Ich werde dich mitnehmen!« sagte er. »Oben auf dem Turm werde ich meinen Triumph erleben!«

Lachend verließ er mit Irene das Zimmer.

Verzweifelt schrie das Mädchen um Hilfe.

Doch es war keiner da, der sie aus den Klauen dieser Bestie befreien konnte.

Rainer Schröder lag blutend auf dem Boden des Turmzimmers und kämpfte gegen die Wellen einer Ohnmacht an. Der Kreuzritter aber näherte sich mit seinem Opfer unbeirrt der Spitze des Turms.

Und niemand konnte ihn aufhalten . . .

John Sinclair sah die offenstehende Tür des Turmzimmers und bremste seinen Lauf.

Augenblicklich hörte er das schmerzvolle Stöhnen und die Hilferufe.

John stürmte in das Zimmer.

Rainer Schröder lag am Boden. Trotz seiner schweren Verletzung versuchte er zur Tür zu kriechen. Das Gesicht war verzerrt, der Mund stand halb offen, Speichel rann ihm über die Lippen.

Der junge Mann war am Ende seiner Kraft. Er war fertig!

»John!« stöhnte er. »John, ich . . .«

»Ruhig liegenbleiben, Rainer.« Der Geisterjäger ging neben

Rainer Schröder in die Knie. Er sah die tiefe Schulterwunde und handelte kurzentschlossen.

John riß das Bettlaken entzwei, rollte daraus einen Verband und knotete ihn provisorisch um die Schulter des jungen Mannes, um wenigstens die Blutung zu stoppen.

»Nicht!« keuchte Rainer. »Nein! Kümmern Sie sich nicht um mich. Der Kreuzritter – er war da. Und hat Irene . . .«

»Wo ist er hingelaufen?« fragte John.

»Nach oben. Die Treppe hoch. Er will sie auf die Spitze des Turmes bringen. Bitte, John, retten Sie sie. Bringen Sie ihn um, diesen verdammten Ritter!«

John Sinclair sprang auf. Es kam jetzt wirklich auf jede Sekunde an. »Sie bleiben so liegen!« rief er Rainer Schröder noch zu, dann war er schon aus dem Zimmer.

Der Oberinspektor hatte sich mittlerweile an das Laufen über eine Wendeltreppe gewöhnt. Er nahm die Stufen, als hätte er nichts anderes vorher gemacht. Weit war es nicht mehr bis zur Turmspitze. Die Treppe führte das letzte Stück nicht mehr in Kehren weiter, sondern gerade. Sie mündete vor einer Falltür, die allerdings jetzt hochgeklappt war. John konnte den Sternenhimmel sehen.

Er brachte die letzten Stufen hinter sich.

Bisher hatte er dem Ritter noch nicht gegenübergestanden. In wenigen Sekunden würde es soweit sein. Und dann würde sich entscheiden, wer Sieger blieb.

Die Chancen lagen allerdings auf seiten des Kreuzritters.

Mit einem gewaltigen Satz überwand John Sinclair die letzten Stufen. Und stand auf der luftigen Plattform des Turmes!

Der Ritter hatte ihn schon erwartet.

Sein Gelächter schallte John Sinclair entgegen. Der Totenschädel unter dem Helm war zu einem häßlichen Grinsen verzogen. Kampfbereit hielt er das Schwert in seiner rechten Knochenhand.

Sekundenlang standen sich die beiden Gegner gegenüber. Die Szene hätte ein Drehbuchschreiber für Horrorfilme nicht besser ausmalen können.

Mondlicht, sternenübersäter Himmel, die Horrorgestalt des

Ritters, sein Gegenspieler und die junge Frau, die zwar ohnmächtig, aber unverletzt vor den Füßen des Ritters lag.

Noch hatte er seine blutige Tat nicht vollbracht.

Aber das hier war kein Film, sondern harte, brutale Wirklichkeit. Realität, mit der John Sinclair konfrontiert worden war und mit der er fertig werden mußte.

Der Turm hatte eine hüfthohe Mauer. Moos und Kriechtiere hatten sich in den Ritzen und Spalten breitgemacht. Es war ein Kinderspiel, jemand über die Mauer zu stoßen. John nahm sich vor, darauf achtzugeben, daß er nicht zu nahe an die Mauer geriet.

»Du kommst ohne Waffen?« fragte der Kreuzritter mit grollender Stimme.

»Ich brauche keine Waffen«, erwiderte John.

Der Ritter lachte. »Du Narr. Du armseliger Irrer. Es ist eine Frechheit, Alexander von Rochas ohne Waffen gegenüberzutreten. Es ist eine Mißachtung des Gegners.«

»Du bist für mich kein Gegner. Einen Mann, der wehrlose Frauen tötet, den erkenne ich nicht an.«

»Wehrlose Frauen?« schrie der Kreuzritter. »Die Frauen sind nicht wehrlos. Sie sind verdorben bis in ihre Seele hinein. Sie sind untreu, falsch, und wenn sie ihren Mund öffnen, bringen sie nur Lügen hervor. Nein, die Weiber müssen ausgerottet werden. Alle!«

»Wenn ein Mann sich betrügen läßt, dann ist er entweder ein Narr oder er hat es nicht anders verdient«, gab John Sinclair zurück.

Der Kreuzritter stieß blitzschnell mit dem Schwert zu. Unwillkürlich trat John Sinclair einen Schritt zur Seite.

»Willst du sagen, daß ich ein Narr bin?« grollte der Ritter. »Meine Frau hat mich betrogen!« Er ging auf den Oberinspektor zu. Den Arm mit dem Schwert hielt er ausgestreckt. Die Spitze war auf Johns Brust gerichtet.

Der Geisterjäger schielte auf das Schwert, während er sich im Kreis bewegte und der Ritter von der Untreue der Frauen redete. Aus den Augenwinkeln sah John, daß Irene Held aus ihrer Ohnmacht erwacht war.

Hoffentlich verhält sie sich richtig, dachte John. Er selbst versuchte, durch weitere Fragen den Ritter von der jungen Frau abzulenken und ihm immer stärker zu provozieren.

»Du hättest Jean Muller nicht umzubringen brauchen«, sagte John. »Er hatte dir nichts getan. Er war dein Diener!«

»Aber ein Verräter!« zischte der Ritter. »Er hat mich verraten. Und so etwas bestrafe ich mit dem Tod.«

John mußte immer wieder der Schwertspitze ausweichen. Er sah, wie sich Irene Held aufstützte. Sie befand sich im Rücken ds Kreuzritters. Er bemerkte nichts.

Da blieb John Sinclair stehen. Er riskierte es in diesem Augenblick, von der Schwertspitze durchbohrt zu werden, doch sie blieb eine Handbreit vor seiner Kehle in der Luft stehen.

Jetzt! Jetzt mußte Irene ihre Chance nutzen. Aber vorerst sah es nicht so aus.

Verständnislos blickte sich Irene Held um. Anscheinend wußte sie nicht so recht, wo sie sich befand. Wenn Irene jetzt einen Fehler beging und anfing zu schreien . . . John war sicher, daß der Kreuzritter dann durchdrehen würde.

John Sinclair war in Schweiß gebadet. Die Situation zerrte an seinen Nerven. Der Kreuzritter war unberechenbar. Er brauchte nur die Hand etwas vorzustoßen, und die Klinge des Schwertes hätte Johns Kehle zerfetzt.

Er tat es nicht. Statt dessen fragte er: »Angst?«

Der Geisterjäger nickte. »Ja«, preßte er hervor. Er hätte in diesen Augenblicken dem Kreuzritter noch mehr Honig ums Maul geschmiert, nur damit er ihn ablenkte und Irene die Chance wahrnehmen konnte, vom Turm zu verschwinden.

Der Kreuzritter lachte. »Ja«, sagte er. »Angst haben sie alle gehabt. Angst vor mir und dem Schwert. Aber sie hätten sich alles vorher überlegen können, diese Narren.«

Hinter dem Ritter richtete sich Irene auf.

Lautlos.

Irgendwie mußte sie begriffen haben, daß John ihr eine Möglichkeit bot, sich in Sicherheit zu bringen.

John Sinclairs Herz klopfte bis hinauf zum Hals. Er mußte sich zusammenreißen, um Irene Held nicht durch einen Zuruf anzutreiben.

Noch ging alles gut . . .

Der Kreuzritter genoß die Situation, in der er sich befand. Er wollte mehr von John Sinclair wissen, und der Geisterjäger ging gern darauf ein.

»Wie konntest du nur so vermessen sein, gegen mich kämpfen zu wollen?« fragte er. »Hat es dir nicht gereicht, wie deine Freunde gestorben sind?«

»Ich bin aus dem fernen England gekommen, um dir das grausame Handwerk zu legen«, antwortete John. »Du hast genug gemordet. Einmal ist Schluß.«

»Bist du ein Gott, daß du ohne Waffe gegen mich antreten willst?«

»Ich bin nicht waffenlos.«

»Dann zeig mir deine Waffe!«

John blickte den Totenkopf des Ritters an. Dann hob er langsam die Hände.

»Halt!« Jetzt berührte die Schwertspitze John Sinclairs Kinn. Dem Geisterjäger wurde ganz anders.

»Was willst du, Alexander von Rochas? Ich habe gedacht, du wolltest meine Waffe sehen?« John räusperte sich. »Dazu muß ich aber mein Hemd aufknöpfen. Gestattest du es mir?«

Der Kreuzritter überlegte.

Währenddessen schielte John an ihm vorbei. Irene Held schlich lautlos auf den Ausstieg zu. Sie ging auf Zehenspitzen. In ihrem Gesicht schienen die Züge eingefroren zu sein. Es mußte sie eine ungeheure Überwindung kosten, von der Spitze des Turmes zu verschwinden. Daß irgendwann der Zusammenbruch folgen würde, war für John Sinclair klar. Er hoffte nur, daß es nicht in den nächsten Sekunden geschah.

»Zeig mir deine Waffe«, verlangte der Ritter. Die Schwertspitze zuckte etwas zurück.

John atmete innerlich auf. Er nestelte die Knöpfe seines Hemdes auf. Die vier obersten öffnete er. Dann zog er das Hemd auseinander, so daß seine Brust frei vor den Blicken des Kreuzritters lag.

Und mit ihr das silberne Kreuz!

Das Kreuz der Weißen Magie. Zeichen des Guten – Sieger über das Böse!

Der Kreuzritter stieß einen Fluch aus. Er deckte mit dem linken Arm sein Gesicht ab, drehte sich dabei zur Seite.

Das war genau in dem Augenblick, als Irene Held endgültig verschwand.

»Das Kreuz, für das du einst gekämpft hast, wird dich nun vernichten«, rief John Sinclair. »Du wirst dem Tod nicht entgehen!«

»Nein!« brüllte der Ritter, fuhr herum und sah, daß Irene Held verschwunden war.

Da wußte er, daß John ihn hereingelegt hatte.

»Stirb!« donnerte der Ritter, riß den Arm mit dem Schwert herum und führte einen mörderischen Streich gegen John Sinclairs Hals . . .

Irene Held stolperte die Stufen hinab. Ihre Gedanken waren nur auf ein Ziel hin programmiert.

Flucht!

Sie nahm nicht wahr, wo sie sich befand. Automatisch setzte sie ihre Füße. Die rechte Hand tastete über das Geländer. Ihr Herz schlug überlaut, keuchend drang der Atem über ihre Lippen.

Und dann sah sie die offenstehende Zimmertür.

Irgend etwas in ihrem Hirn rastete ein.

Die Erinnerung kam.

Zimmer, Turm – Rainer!

Irenes Augen wurden weit. Der innerliche Schrecken spiegelte sich in ihren Pupillen wider. Deutlich hatte sie das Bild des Kreuzritters vor ihren Augen. Wie er in das Zimmer gestürmt war. Und wie er mit dem Schwert auf Rainer Schröder eingeschlagen hatte.

»Rainer!«

Der Schrei drang über ihre Lippen, schien ihr Flügel zu verleihen. Mehr stürzend als gehend rannte sie in das gemeinsame Zimmer.

Sie fand ihren Freund. Er lag auf dem Boden. Um die linke

Schulter hatte er einen provisorischen Verband gewickelt. Er war blutdurchtränkt. Rainer mußte gräßliche Schmerzen haben. Das war auf seinem Gesicht deutlich abzulesen.

»Rainer!« schrie Irene. Sie ließ sich neben ihrem Freund zu Boden fallen und bedeckte sein Gesicht mit Küssen. Dabei schluchzte sie wie ein kleines Kind.

Rainer Schröder legte seinen gesunden Arm um Irenes Schulter. »Ich laß dich nicht mehr los«, flüsterte er. »Ich laß dich nicht mehr los.«

Gemeinsam warteten sie auf John Sinclair – oder den Tod . . .

Der Geisterjäger ging gedankenschnell in die Knie. Das Schwert pfiff über ihn hinweg, und John hatte das Gefühl, ein paar Haare verloren zu haben.

Besser das als den Kopf, sagte er sich.

Er war plötzlich eiskalt. Jetzt, wo die Entscheidung dicht bevorstand, hatte er seine Nerven und Reflexe unter Kontrolle. Er wußte Irene Held in Sicherheit, brauchte nun auf niemanden mehr Rücksicht zu nehmen.

Der Kreuzritter war von Johns Reaktion überrascht worden. Bisher hatte er jeden Gegner mit einem Streich getötet, und er begann zu ahnen, daß er diesmal nicht solch ein leichtes Spiel haben würde.

Du mußt ihn mit seinem eigenen Schwert töten! Die Worte des Wirts gingen John Sinclair nicht aus dem Kopf. Und er versuchte alles, um dies in die Tat umzusetzen.

John schnellte zur Seite.

Damit entging er dem nächsten Hieb. Die Klinge des Schwertes knallte auf das Mauergestein und ließ Funken aufsprühen. Aber sofort kreiselte der Ritter herum und holte zum nächsten Streich aus.

John riß sich das Kreuz von der Brust. Er hatte soviel Kraft hineingelegt, daß die Kette entzweiging.

Wieder raste das Schwert auf ihn zu.

John sprang zurück, und die Klinge verfehlte.

Der Kreuzritter stieß einen Wutschrei aus. Er konnte sich in seiner Rüstung nicht so bewegen wie John Sinclair, der seine Geschicklichkeit voll ausspielte.

Dem nächsten Streich entging er durch einen Sidestep. Dicht an seiner rechten Schulter fuhr die Klinge vorbei.

John Sinclair duckte sich, schnellte dann vor und packte ein Bein des Kreuzritters. Seine Finger umklammerten das Metall der Rüstung.

John zog mit aller Macht.

Er riß den Kreuzritter von den Beinen. Es sah grotesk aus, wie er mit seiner Rüstung fiel. Die beiden Kämpfenden befanden sich dicht an der Mauer, und der Ritter schlug mit dem Rücken gegen das Gestein, bevor er auf den Boden prallte.

Ehe er seine Überraschung überwunden hatte, war John Sinclair über ihm.

Mit einer kaum zu erkennenden Bewegung stopfte er dem Unheimlichen sein geweihtes Kreuz zwischen die häßlichen Zähne. Das Kreuz drang tief hinein in das Maul des Ritters, der aufbrüllte und sich verzweifelt hin und her warf.

Die Wirkung des magischen Silbers war stark. Das Kreuz konnte ihn zwar nicht töten, aber doch schwächen.

Und John sah seine Chance.

Dicht vor ihm schimmerten die bleichen Knochenfinger. Noch hielten sie den Griff des Schwertes umklammert, doch John bog mit einem wahren Kraftakt die Finger zur Seite.

Und er schaffte es.

Das Schwert rutschte dem Ritter aus der Hand.

John Sinclair packte mit beiden Fäusten zu.

Jetzt hatte er die Waffe!

Du mußte ihm gegen den Schädel schlagen!

Der Oberinspektor sprang zurück. Das Schwert war sehr schwer. John konnte es kaum anheben. Aber die Angst, doch noch zu verlieren, verlieh ihm gewaltige Kräfte.

Alexander von Rochas, der mordende Kreuzritter, wußte, was die Stunde geschlagen hatte. Er kannte den Fluch auch, und plötzlich kannte er Angst.

Schwerfällig richtete er sich auf. Das Silber machte ihm immer noch sehr zu schaffen. Es lähmte zum Teil seine Bewegungen.

Er wollte fliehen.

»Stehenbleiben!« brüllte John.

Der Ritter dachte nicht daran.

Da schlug der Geisterjäger zu. Er führte einen gewaltigen Streich und legte all seine Kraft hinein. Die Schneide des Schwertes zerschnitt die Luft, und dann traf sie den Kopf des Kreuzritters.

Es war das Ende des Monsters. John brauchte keinen zweiten Streich mehr zu führen.

Vor ihm lag nur noch die leere Rüstung. Alexander von Rochas, der mordende Kreuzritter, war zu Staub zerfallen. Er würde nie mehr einen Menschen töten.

John Sinclair hatte gewonnen!

Aber um welchen Preis? Michael Kramer, Paulette Plura und der Wirt – sie hatten ihr Leben lassen müssen. Hinzu kamen noch die bedauernswerten Opfer in all den Jahrhunderten, deren Gebeine im Leichenschacht dahinbleichten.

Der Oberinspektor blickte auf das Schwert in seiner Hand. Die Waffe hatte die Jahrhunderte überdauert. Sie war getränkt mit dem Blut zahlreicher Opfer.

John ließ das Schwert fallen. Klirrend fiel es zu Boden. Der Geisterjäger wollte die Waffe nicht behalten. Sie würde ihn doch nur immer wieder an die grausamen Stunden erinnern, die zum Glück jetzt hinter ihm lagen.

John Sinclair verließ die Plattform des Turms. Langsam ging er die steile Treppe hinunter, und nur allmählich ließ das Zittern in seinen Knien nach.

Dann stand er Irene Held und Rainer Schröder gegenüber.

»Ist er . . . ist er . . .?« fragte Irene mit tonloser Stimme.

John Sinclair nickte lächelnd. »Ja, er existiert nicht mehr!«

Irene Held weinte vor Glück.

Rainer Schröder wurde ins nächste Krankenhaus geschafft. John hatte ihn wie ein kleines Kind auf den Armen zum Dorf hinuntergetragen. Es war wirklich die höchste Zeit gewesen. Rainer hatte schon zuviel Blut verloren.

John aber rief Kommissar Mallmann an. Und der schaltete den

deutschen Geheimdienst ein. Mit Hilfe der französischen Kollegen wurde die Burg durchsucht. Kein Wort drang an die Öffentlichkeit. Selbst die Menschen im nahen Dorf merkten nicht, was los war. Und auch die Presse bekam von dem Fall keinen Wind.

Drei Tage dauerten die Untersuchungen. Dann wurde der Fall zu den Akten gelegt.

John Sinclair und Kommissar Mallman jedoch machten endlich ihr Versprechen wahr.

Die beiden Freunde unternahmen einen Zug durch die Gemeinde. Und zu ziemlich fortgeschrittener Stunde tranken sie Brüderschaft. »Auf deine Geister, John«, sagte Will Mallmann.

Der Oberinspektor grinste. »Und auf deine Super-Stereoanlage, du Ritterfan«, konterte er.

John und Will leerten ihre Gläser.

Danach noch welche. Und so weiter. Als sie schließlich das Lokal verließen, war schon der Morgen angebrochen.

Arm in Arm gingen sie zu Will Mallmanns Wohnung. Es waren zum Glück nur einige Schritte. Als John mit schwerem Kopf ins Bett fiel, dachte er nicht mehr an Geister und Dämonen. Er wollte nur noch eins: schlafen.

Am nächsten Tag stand schon der Rückflug auf dem Programm. Die Maschine flog am frühen Nachmittag.

Will Mallmann brachte John zum Flughafen. »Dann mach's gut, alter Knochen«, sagte er. »Weißt du schon, was wieder auf dich zukommt?«

»Nein, zum Glück nicht. Ich lasse mich überraschen.«

Für John sollte es eine böse Überraschung werden, denn in London wartete bereits auf ihn der Nachtclub der Vampire.

Aber das ist eine andere Geschichte . . .

Im Nachtclub
der Vampire

»Kinder, hier gefällt es mir«, sagte der Mann lachend, »komm, Süße, gib mir noch einen Schluck. Meine Kehle ist so trocken wie die Wüste.« Der Mann kicherte über seinen angeblichen Witz.

Die blondhaarige Mona griff hinter sich ins Regal. Aus der bauchigen Scotch-Flasche schenkte sie das Glas halbvoll. Dann ließ sie es auf den einsamen Gast zurutschen.

Der Mann hieß Ted Willard. Teddy-Boy hatten ihn die drei Barmiezen gerufen.

Er fand es irre. Das hatte noch niemand zu ihm gesagt. Und seine Frau in Birmingham erst recht nicht. Die meckerte immer nur an ihm herum. Sie war selbst schuld, daß Ted in London hin und wieder einen kleinen Streifzug durch Soho machte.

Die Bar, die er durch Zufall gefunden hatte, lag in einem Hinterhof. »Shocking Palace« nannte sie sich. Ein normaler Sterblicher konnte tatsächlich einen Schock erleiden, wenn er das Lokal betrat.

Die Gäste saßen nicht auf Stühlen, sondern auf Särgen!

Schwarze Totenkisten, deren Deckel mit weißen Schädeln bemalt waren. Die Tische glänzten ebenfalls schwarz, und auf der Getränkekarte hatten die Drinks besondere Namen.

Da stand zum Beispiel Bloody Dracula – oder Frankenstein-Mix – oder Werwolf-Wasser . . .

Auf jeden Fall hatte sich der Besitzer des Schuppens etwas einfallen lassen. Ted Willard wunderte sich allerdings, daß er der einzige Gast war. Diese Bar war eine Schau. Normalerweise hätte sie zum Bersten voll sein müssen.

Und jetzt hockte er allein vor dem Tresen.

Egal, die drei Miezen würden ihm die Zeit schon versüßen.

Willard war Vertreter für Geschenkartikel. Er hatte die Londoner Filiale besucht und hier neue Instruktionen erhalten. Am nächsten Tag wollte er wieder nach Birmingham fahren.

Willard war kein schöner Mann. Das rote Licht der Bar übergoß seinen fast kahlen Schädel und ließ ihn aussehen wie in Blut getaucht. Die Haare begannen bei Ted Willard im Nacken dort, wo sie bei den meisten schon aufhörten. Sein Gesicht war rund. Es wirkte wie ein Pfannkuchen, in den man drei Löcher für Augen und Mund gebohrt hatte. Die Nase war klein und kaum zu sehen, die Haut über und über mit dicken Sommersprossen bedeckt. Willard wußte, daß er für seine Vergnügungen zahlen mußte. Aber das machte ihm nichts aus.

»Du trinkst ja gar nichts, Teddy-Boy«, sagte die Blondine mit dem schönen Namen Mona und beugte sich vor.

Der Ausschnitt des dunklen Kleides klaffte auseinander. Die üppigen Brüste wurden von keinem BH gehalten.

Ted Willard schluckte. Fahrig wischte er sich über die Stirn. Der Anblick heizte ihm ganz schön ein.

Verdammt, er konnte sich nicht entscheiden . . .

Da war Mona, die Blonde mit dem Traumkörper und dem Puppengesicht.

Lara hieß die Schwarzhaarige. Ein Girl wie ein Pulverfaß. Sechzig Kilo heißes Fleisch, hatte Ted vor wenigen Minuten zu ihr gesagt. Lara hatte nur sinnlich gelacht und sich dabei in den Hüften gewiegt, daß die enge Hose fast aus den Nähten platzte.

Und dann gab es noch Ginny. Das knabenhafte Girl mit den roten Haaren, die zu einer Pagenfrisur zurechtgelegt waren. Ginny hatte die eindrucksvollsten Augen, doch in bezug auf Sex traute Willard ihr nicht viel zu.

Ted nahm einen kräftigen Schluck. Er stellte das Glas weg und grinste. »Ihr könnt einem ganz schön zusetzen«, sagte er zu der blonden Mona. »Mein lieber Mann.«

Mona spitzte die Lippen. »Du bist doch ein starker Mann, Teddy-Boy.«

Willard lachte glucksend. »Aber drei sind auch für mich zuviel.«

Mona hob die Schultern. »Wer weiß. Laß dich mal überraschen . . .«

Willard faßte nach ihrem Arm. »Wieso? Habt ihr noch eine Überraschung auf Lager? Komm, erzähl schon.«

Entschieden schüttelte die Barmieze den Kopf. »Nein, mein Bester, ich sage nichts. Um Mitternacht wirst du es selbst erleben.«

Ted Willard trank das Glas leer. »Du machst mich neugierig. Etwa ein gemeinsamer Strip?«

»Vielleicht.«

Willard leckte sich über die Lippen. »Oder mit mir zusammen? Wie man es im Film manchmal sieht?«

Mona lächelte verbindlich. »Kann sein . . .«

Willard tätschelte ihren Arm. »Spielverderberin«, sagte er und trank sein Glas leer.

Es war warm in der Bar. London stöhnte unter der Sommerhitze. Das Jackett hatte der Vertreter längst ausgezogen. Jetzt lockerte er auch noch seinen Krawattenknoten. »Gib mir noch einen Schluck.«

Mona ließ Whisky aus der Flasche gluckern. Sie war jetzt mit Ted Willard allein in der Bar, denn ihre beiden Kolleginnen hatten sich unauffällig zurückgezogen. Sie würden aber früh genug erscheinen . . .

Ted Willard drehte sich auf seinem Hocker um. Seine Augen versuchten das Halbdunkel in der Bar zu durchdringen. Was er zu sehen bekam, war nicht gerade berauschend. Zwar originell, aber doch etwas primitiv. Da gab es die Nischen mit den kleinen Tischen und gepolsterten Sesseln. Die Mädchen verschwanden mit ihren Gästen in den Séparées. Hier saß man auch nicht auf Särgen. Diese Art von Sitzmöbel war den beiden mittleren Tischen vorbehalten. Über der Eingangstür hing eine angegraute Leinwand. Auf ihr wurden wahrscheinlich harte Pornofilme abgespult. Der Projektor stand neben einem der beiden Stützbalken, ziemlich weit im Hintergrund des Lokals.

Die rote Beleuchtung stammte von nachgemachten künstlichen Kerzen, die an den Wänden hingen. Rechts und links der Leinwand leuchteten zwei Skelette, und wenn man an einem Bändchen zog, bewegten sich die zahnlosen Unterkiefer auf und ab.

»Nimm doch einen Schluck«, ermunterte Mona ihren Gast.

Ted Willard trank. Dann schüttelte er den Kopf. »Ich verstehe wirklich nicht, was das alles bedeuten soll«, meinte er. »Diese Bar ist doch irre. Und so etwas versteckt ihr in einem Hinterhof? Kaum zu glauben. Also, ich für meinen Teil hätte mehr aus dem Schuppen gemacht. Ihr müßt das so aufziehen wie eine Geisterbahn auf dem Rummelplatz. Mit schreiend bunten Horrorplakaten. Dann kämen die Gäste in Strömen, und der Whisky würde gallonenweise fließen.«

»Vielleicht wollen wir das gar nicht«, sagte Mona geheimnisvoll.

»Das ist doch nicht dein Ernst?«

Mona nickte. »Es ist mein voller Ernst.«

Ted Willard hob die Schultern. »Verstehe ich nicht. Ist ja auch nicht mein Bier. Außerdem«, er begann plötzlich zu grinsen, »finde ich es klasse, wenn sich jemand um mich allein kümmert. Und wenn es drei Puppen sind, um so besser.«

Ted Willard kicherte. Er rutschte vom Hocker. »Ich werde erst mal irgendwohin gehen«, sagte er.

»Tu das«, erwiderte Mona, »aber bleib nicht zu lange!«

Es war genau sieben Minuten vor Mitternacht, als der Vertreter Ted Willard die Tür der Toilette ansteuerte. Sein Gang war schon leicht schwankend. Ein paarmal mußte er sich an der Mauer abstützen. Dann zog er die Toilettentür auf.

Ted Willard blieb sechs Minuten.

Eine Minute vor Mitternacht kehrte er in die Bar zurück. »Hallo, Girls«, rief er mit Stentorstimme. »Hier bin ich. Bereit zu neuen Schandtaten und heißen Spielchen!«

Nichts. Keine Reaktion.

Ted ging einige Schritte in den Barraum hinein. »He«, rief er, »wo seid ihr? Habt ihr euch versteckt, ihr Zuckerbienen?«

Er erhielt keine Antwort.

Ted stellte sich mitten in das Lokal. Er stützte beide Arme in die Hüften. »Also, das ist ein Ding«, sagte er, »die scheinen ja ein besonderes Spielchen mit mir vorzuhaben. Hoffentlich gibt's auch was zu gewinnen. Vielleicht 'ne Baggerfahrt durch London.« Ted kicherte. Er war nicht mehr ganz nüchtern.

Mitternacht!

Irgendwo in der Nähe schlug eine Kirchturmuhr. Deutlich hörte Ted die Glockenschläge.

»Geisterstunde«, murmelte er, »uuuaaaahh . . .«

Ein rasselndes Geräusch ließ ihn herumfahren. Wie von Geisterhand bewegt, war ein Rollo vor die Eingangstür geknallt.

Wieder ein Geräusch.

Teds Kopf zuckte nach links.

Auch das Fenster war jetzt abgesichert.

Und noch einmal fiel ein Rollo nach unten. Diesmal vor dem rechten Fenster.

Die Ausgänge waren versperrt. Ted Willard war eingeschlossen.

Sein leicht umnebeltes Gehirn begriff nicht so ganz, was eigentlich vorgefallen war. Noch glaubte er an einen Scherz.

Noch . . .

Da vernahm er das dämonische Kichern. Ted fühlte eine Gänsehaut über seinen Rücken rieseln. Plötzlich begann sein Herz rasend schnell zu schlagen. Das Atmen fiel ihm schwer.

Benommen drehte sich Ted Willard um.

Und erlebte den Schock seines Lebens!

Die Lufthansa-Maschine aus Düsseldorf nach London war bis auf den letzten Platz ausgebucht. Deutsche, die darauf hofften, in London billiger einkaufen zu können, stauten sich in der Touristenklasse. Die Gespräche drehten sich um Kleidung und Möbel. Die Passagiere hatten sagenhafte Vorstellungen, und der junge blondhaarige Engländer, der die Diskussionen mit anhörte, konnte immer nur den Kopf schütteln.

Er wußte es besser. Vieles, was man deutschen Touristen andrehte, war Mist. Ware, die aus Hongkong billig importiert und wieder teuer an den Mann oder die Frau gebracht wurde. Dem jungen Mann war das egal. Er hatte andere Sorgen.

Der blondhaarige Passagier mit den blauen Augen war kein andere als Oberinspektor John Sinclair, von seinen Freunden auch Geisterjäger genannt. Er war auf dem Rückflug vom Elsaß, wo er einen mörderischen Kreuzritter zur Strecke gebracht hatte.

Er freute sich auf London. John liebte die Stadt, von der gesagt wird, sie sei die größte der Welt. Er war ein Londoner Kind und wäre um kein Geld in eine andere Großstadt gezogen. Außerdem ist London und überhaupt die englische Insel das Ursprungsland der Geister und Nachtwesen. Es gab unzählige Burgen und Schlösser, die ihr eigenes Hausgespenst hatten, und hoch oben im Norden, dem schottischen Bergland, hielt sich zum Teil noch alter Keltenglaube. Heidnische Bräuche waren bis in die heutige Zeit überliefert worden. John hatte diese Erfahrung mehr als einmal gemacht.

Was in London auf ihn wartete, wußte er noch nicht. Aber arbeitslos würde er bestimmt nicht werden.

Er freute sich auch auf die Rückkehr seiner beiden Freunde Bill Conolly und Suko.

Bill, der ehemalige Reporter, und Suko, Johns chinesischer Freund und Leibwächter, machten das Hochland von Pamir unsicher. Bill wollte einen Bericht über Nepal und das höchste Gebirge der Welt schreiben, und die sechs Wochen, die sie für diese Expedition eingeplant hatten, waren in fünf Tagen vorbei.

Daß der Flug für John nicht langweilig geworden war, lag an Marina Held, einem hübschen, frischen Mädchen aus Berlin, das soeben sein Abitur gebaut hatte und in London zwei Jahre bei einer großen Firma als Fremdsprachenkorrespondentin arbeiten wollte.

»Ich kann es immer noch nicht fassen, daß ich bald in London leben werde«, sagte Marina. »Das kommt mir alles noch wie ein Traum vor.«

»Wenn Sie erst einmal im Londoner Verkehr stecken, wird der Traum sehr schnell zu einem Alptraum«, erwiderte John lachend.

Marina schlug sich gegen den Mund. Ihre blauen Augen wurden noch größer. »Himmel, in England herrscht ja Linksverkehr! Das schaffe ich nie. Niemals.« Sie schüttelte den Kopf, und ihre dunkelblonden Haare, die sie in der unteren Hälfte zu einer Lockenfrisur gedreht hatte, flogen.

Marina lachte gern und konnte sich schnell für eine Sache begeistern. Um die Nasenflügel gruppierten sich lustige Sommersprossen.

John bot Zigaretten an.

»Danke.« Marina nickte. »Auch eines von meinen Lastern.«

Der Geisterjäger ließ sein Feuerzeug aufschnappen. »Wenn es nicht mehr sind . . .«

Marina blickte ihn über die Flamme hinweg an. Ihre Augen wirkten plötzlich verschleiert. »Sie kennen mich nicht, John!«

Der Oberinspektor lächelte.

Marina nahm einen Zug aus der Zigarette und blies den Rauch der Luftdüse entgegen. »An englische Zigaretten muß ich mich erst noch gewöhnen«, sagte sie. Dann wechselte sie sprunghaft das Thema. »Sagen Sie mal, John, wie sind eigentlich die englischen Männer?«

Der Geisterjäger lachte. »Wie in Berlin, nehme ich an.«

Marina lachte. »Oh, da habe ich mir aber mehr vorgestellt.« Sie zog einen Schmollmund.

»Ich will Sie nicht entmutigen«, sagte John rasch. »Ich würde an Ihrer Stelle einmal selbst ausprobieren, was es mit den englischen Männern auf sich hat.«

Marina nickte. »Das ist klar. Nur weiß ich nicht, wo ich da anfangen soll. Ich kenne keinen in London.«

John legte eine Hand auf ihre Schulter. »Ihnen wird schon etwas einfallen. So wie Sie aussehen, Marina. Briten lieben blaue Augen.«

Marina Held schaute aus dem Fenster. Sie sah einen strahlend blauen Himmel, wie sie ihn sonst nur von Postkarten her kannte. Die Sonne stand als gleißender Ball am Firmament, und die Boeing schien haarscharf an ihr vorbeizuschweben.

John Sinclair hatte den Blick des Mädchens bemerkt und fragte: »Fliegen Sie zum ersten Mal?«

»Nein, nein«, Marina drehte sich wieder um. »Es ist nur . . . fliegen ist für mich immer ein besonderes Erlebnis. Ich habe keine Angst mehr davor.«

»Brauchen Sie auch nicht. Runter kommen wir immer.«

Marina lachte. »Sie sind gut. Fragt sich nur wie.«

»Eben.«

Eine Stewardeß kam durch den Mittelgang und bot Getränke an.

»Möchten Sie irgend etwas trinken?« fragte John das Mädchen.

Marina schürzte die Lippen. »Vielleicht einen Orangensaft?«

Der Geisterjäger nickte. »Okay, zwei Orangensaft.«

Marina und John prosteten sich zu. »Cheers, sagt man wohl in England«, meinte Marina.

»Stimmt genau. Sie wissen schon einiges.«

Sie tranken. »Aber noch nicht genug«, sagte Marina Held neckisch.

»Wieso?«

»Zum Beispiel weiß ich nicht, was Sie von Beruf sind, John.«

Der Oberinspektor hob die Schultern. »Ach, das ist eine komplizierte Geschichte . . .«

»Warten Sie. Lassen Sie mich raten, John. Sie sind Manager. Oder Schriftsteller. Ja, das wäre was. Bestsellerautor. Ich kann mir Sie so richtig vorstellen. Agentenromane, da sind Sie genau der Typ.«

John lachte und schlug die Hände gegeneinander. »Falsch«, sagte er. »Alles falsch.«

Marinas Gesicht zeigte Ratlosigkeit. »Jetzt sagen Sie nur noch, Sie sind Vertreter für Damenunterwäsche oder so . . .«, spöttelte sie.

»Nein. Ich bin Beamter.«

»Ach, du mein lieber Himmel.«

»Wieso?« fragte John. »Ist das was Schlimmes?«

»Nein, nein, ganz und gar nicht. Nur – einen Beamten stellt man sich immer ganz anders vor. Viel strenger und korrekter. Nicht so leger. Mein Onkel war Beamter. Himmel, und auch noch beim Finanzamt. Wenn der uns besuchte, haben wir alle gezittert. Jetzt ist er pensioniert, und da zittert nur noch seine Frau.«

John Sinclair amüsierte sich köstlich über die erfrischende Art des Mädchens. Die Zeit verging buchstäblich wie im Fluge. Und als das Signal zum Anschnallen aufflammte, zog Marina ein enttäuschtes Gesicht.

»Schade«, sagte sie. »Jetzt lernt man mal einen netten Mann kennen, und schon ist es vorbei.«

»Nehmen Sie es nicht tragisch«, erwiderte John. »Vielleicht treffen wir uns irgendwann einmal. London ist gar nicht so groß.«

Die Maschine setzte zur Landung an. Sanft ließ der Pilot den Riesenvogel auf die Rollbahn gleiten. Noch einmal heulten die Triebwerke auf, dann stand die Maschine.

Die Passagiere lösten ihre Gurte. Marina Held blieb auch noch bei John Sinclair, als sie das Flugzeug verließen. Sie war auf einmal gar nicht mehr redselig.

In der großen Abfertigungshalle nahmen sie das Gepäck entgegen. Marina hatte zwei Koffer, John Sinclair nur eine Reisetasche.

»Wissen Sie schon, wo Sie wohnen werden?« fragte John.

Das Mädchen aus Deutschland nickte. »Bei einer bekannten Familie. Die Leute wollen mich vom Flughafen abholen.«

»Na, dann wünsche ich Ihnen viel Glück und alles Gute für die Zukunft.« John Sinclair reichte Marina Held die Hand.

Das Mädchen drückte die Rechte des Geisterjägers, als wollte sie sie nie mehr loslassen.

Dann drehte sich Marina abrupt um und lief hastig davon. Die beiden Koffer schleiften über den Boden.

Eine nette Reisebekanntschaft, dachte John Sinclair.

Er ahnte jedoch nicht, daß er Marina Held schon in allernächster Zeit unter schrecklichen Umständen wiedersehen sollte . . .

Am Ende des Tresens führte eine Tür in die Privaträume. Sie war durch einen Vorhang abgedeckt, der in der Mitte auseinanderklaffte.

Und da sah Ted Willard die Hand.

Sie glitt durch den Vorhangspalt. Die Haut schimmerte grünlich und schien von innen her zu leuchten. Die Finger waren gekrümmt, die langen Nägel spitz und scharf wie Messer.

Der Hand folgte ein nackter Arm, dessen Haut ebenfalls grünlich leuchtete. Dicke Muskelstränge traten deutlich hervor.

Ted Willard schüttelte den Kopf, als wollte er die Nebelschwaden aus seinem Gehirn vertreiben.

Der Name der Bar fiel ihm wieder ein.

»Shocking Palace.« Sicher, Schock-Palast! Um Mitternacht sollte die Schau laufen. Eine Horrorschau. Kein Striptease, wie Ted Willard angenommen hatte.

Er wollte hinter die Bar gehen, doch er traute sich nicht. Irgendein unbestimmtes Gefühl warnte ihn. Er konnte nicht sagen, was es war, auf jeden Fall hatte Ted plötzlich Angst.

»Hallo, Teddy-Boy!«

Das war die Stimme der Blonden!

Ted Willard kreiselte herum.

Und er sah Mona.

Sie trat aus einem Séparée. Noch immer trug sie das schwarze, weit ausgeschnittene Kleid, und noch immer fiel ihr blondes Haar als Lockenpracht auf die nackten Schultern.

Nur eins hatte sich verändert.

Ihr Gesicht!

Es war zu einer Grimasse verzogen – und die beiden Eckzähne des Oberkiefers wuchsen weit vor. Sie berührten fast die Unterlippe.

Mona war ein Vampir!

»Teddy-Boy!« Wieder lockte sie mit samtweicher Stimme, während ihr Körper vor Erregung zitterte.

Blut! Sie brauchte Blut! Und der Mann vor ihr hatte es!

»Komm her, Teddy-Boy!« sagte sie.

Ted Willard lachte. Es fiel kläglich aus. »Ihr . . . ihr seid verrückt, Kinder. Was . . . was soll das? Weshalb die Maskerade? Los, Mona, nimm diese komischen Zähne aus dem Mund!«

Etwas klirrte in Ted Willards Rücken.

Er drehte sich um.

Ein schuppiges Monster stand hinter der Bar!

Deutlich sah Ted Willard die grüne Haut. Er sah aber auch die roten kurzgeschnittenen Haare und die beiden widerlichen Vampirhauer im Gesicht der Frau.

»Ginny«, hauchte der Vertreter.

Der weibliche Vampir kicherte. Die grüne Gesichtshaut spannte sich und knisterte dabei wie Pergament. »Ja, mein Lieber, ich bin es wirklich. Hättest du nicht geglaubt, wie?«

Ted Willard hob die Schultern. »Ich . . . ich verstehe das alles nicht . . .«

»Das wirst du aber gleich verstehen, mein lieber Ted!«

Wieder eine andere Stimme. Und sie gehörte Lara, dem schwarzhaarigen Rasseweib mit der unwahrscheinlichen Figur.

Die Stimme kam von der Tür zum Waschraum. Und dort stand Lara auch. Sie trug einen blutroten Umhang. Ihr Gesicht war unnatürlich bleich. Sie hatte ebenfalls die Zähne gebleckt und zeigte ihre Vampirbeißer.

»Du gehörst jetzt uns«, sagte Lara.

»Ja, du wolltest doch ein heißes Spielchen machen!« Das war die Stimme von Ginny.

»Du kannst bei mir anfangen!« flüsterte Mona, die Blondine.

Ted Willard schlug die Hände vor sein Gesicht. »Nein! Nein!« schrie er. »Bin ich denn verrückt? Seid doch vernünftig, Mädchen. Das ist doch kein Spiel mehr. Das ist mir zuwider . . .«

»Wie recht du hast«, sagte Lara höhnisch.

Willards Augen weiteten sich entsetzt. Leicht vornübergebeugt stand er da, so als lausche er den Worten der schwarzhaarigen Vampirfrau nach.

»Ihr . . . ihr seid doch wahnsinnig«, flüsterte er. »Laßt mich hier raus. Ich will weg. Weg aus diesem verdammten Bau!« Die letzten Worte schrie er hysterisch.

Ted Willard wollte auf die Tür zurennen, doch die blondhaarige Mona versperrte ihm den Weg. Sie stand genau unter der Leinwand. Ihre Lippen waren zu einem häßlichen Grinsen verzogen. Dadurch kamen die Vampirzähne noch mehr zur Geltung.

»Du kannst nicht hinaus, Teddy-Boy. Die Tür ist abgeschlossen. Hast du nicht gehört, wie die eisernen Rolläden zugeschnappt sind? Es gibt keine Chance für dich. Du gehörst jetzt uns.«

Die Untote rieb sich die Hände wie ein Pferdehändler, der ein gutes Geschäft gemacht hatte.

Ted Willard atmete keuchend. Der Schweiß lag wie eine zweite Haut auf seinem Körper. Hastig sah er sich um.

Die beiden anderen Weiber kamen auf ihn zu. Sie kreisten ihn regelrecht ein.

Ginny, die Frau mit der grünen Haut, verließ den Platz hinter dem Tresen und näherte sich Ted Willard von der Seite. Lara schlich von hinten an ihn heran. Der Stoff des weiten Umhangs bewegte sich und rieb raschelnd aneinander.

Das Geräusch machte Ted Willard verrückt. Er hörte, wie Lara immer näher kam.

Mona, der blondhaarige Vampir, setzte sich gleichzeitig in Bewegung. Sie hatte die Arme ausgestreckt, und die bleichen Finger mit den blutrot lackierten Nägeln tasteten nach Ted Willard.

»Keine Chance«, flüsterten die drei. »Keine Chance, Teddy-Boy. Dein Blut gehört uns . . .«

»Neiinnnn!« Ted Willard brüllte los und warf sich herum. Die

Angst verlieh ihm plötzlich Riesenkräfte. Seine ausgestreckten Arme donnerten gegen das Gesicht der rothaarigen Ginny. Sie wurde zurückgefegt und krachte zwischen das Flaschenregal.

Mit einem Satz sprang Willard auf den Tresen. Er ließ sich an der anderen Seite wieder auf den Boden fallen und griff nach einer vollen Ginflasche.

Mona hatte bereits den messingfarbenen Handlauf gepackt und wollte über die Bar flanken.

Aus der Drehung heraus drosch Ted Willard zu.

Und er traf voll.

Die Flasche klatschte auf den Kopf der Untoten. Normalerweise hätte sie den Schädel zertrümmern müssen, doch nicht bei Mona. Sie war kein Mensch mehr – sie war eine Untote, eine Dämonin. Und die waren nicht mit normalen Mitteln zu besiegen. Ted Willard wußte nichts von Silberkugeln oder zugespitzten Eichenpflöcken, mit denen man Vampiren den Garaus machen konnte. Er starrte nur entsetzt die Blondine an, die plötzlich schrill zu lachen anfing.

Die Flasche war auf ihrem Kopf zerplatzt. Wie in einer Zeitlupenaufnahme sah Ted Willard die Scherben zu Boden regnen. Der Gin lief über das Gesicht der Vampirin und leimte die Haare zu einer klebrigen Masse zusammen.

Hände fuhren über den Tresen. »Ich krieg dich, Teddy-Boy, ich krieg dich!« zischte Mona.

Willard wich zurück, spürte das Flaschenregal im Rücken – und sah von der Seite her Ginny auf sich zukommen. Die Rothaarige hatte sich aufgerappelt. Jetzt wollte sie Ted Willard an die Kehle.

Willard fegte die Hände zur Seite. Dann zuckte er herum und wollte auf die Tür am Ende des Tresens zurennen. Mit dem rechten Fuß glitt er in eine Likörlache und rutschte aus. Der unfreiwillige Spagat bedeutete für ihn das Ende.

An der Tür tauchte Lara auf. Ihre dämonische Schönheit hätte Willard normalerweise fasziniert, doch jetzt versetzte sie ihn in Panik. Er kam wieder auf die Beine.

Der Stoß in den Rücken trieb ihn genau auf Lara zu.

Die Untote breitete die Arme aus.

Und dann hatte sie ihn.

Ted fühlte sich umklammert. Wie Eisenzangen packten die Hände zu. Hart, gnadenlos.

Ted schrie.

Ein Schlag auf den Mund ließ ihn verstummen.

Lara drehte den Mann herum. Dann stieß sie ihn in das Zimmer hinter der Bar.

Bis auf ein paar Kisten war der Raum nackt und kahl. Eine rote Lampe brannte an der Decke. Sie sah aus wie ein gefärbter Mond.

Lara drückte Ted zu Boden.

Ihre Schwestern tauchten auf. Geifernd, fauchend.

»Schönheit!« flüsterte Ginny. »Schönheit! Er wird mir Schönheit geben.« Sie wollte Ted packen, doch Lara stieß sie zurück.

»Warte! Warte noch!« Die Untote mit den lackschwarzen Haaren sah auf Ted Willard hinab.

Der Vertreter lag auf dem Rücken. Er war nur noch ein zitterndes Bündel Angst. Über sich sah er die Gesichter der weiblichen Bestien. Die Zähne kamen ihm noch länger vor.

Sechs Hände – zwei davon grüne Klauen – malten seltsame Zeichen über seiner Gestalt. Ted fühlte eine plötzliche Lähmung, die an den Füßen begann und sich rasend schnell ausbreitete. Bis in sein Gehirn drang sie, tötete jeglichen Willen.

Ted wollte sprechen. Nichts. Wie zugeschnürt war seine Kehle. Er konnte nur noch sehen, bekam jede Einzelheit mit und sah auch, wie sich die drei Vampirinnen zu ihm hinunterbeugten. Hände krallten sich in seine Schultern fest, und dann versank für Ted Willard die Welt in einem blutroten Strudel . . .

Der etwa vierzigjährige Mann hielt ein Bild in der Hand. Er stand in der Nähe der Gepäckaufnahme und blickte sich suchend um.

Plötzlich lief er los und winkte mit beiden Händen.

Marina Held sah den winkenden Mann und blieb stehen. Die beiden Koffer setzte sie auf den Boden.

»Miß Held?« fragte der Mann.

Er stoppte vor Marina und schnappte nach Luft.

»Ja.«

»Ich bin Lionel Sanders.« Er streckte Marina die Hand hin. »Helens Vater.«

Marina lachte. »Natürlich, Mr. Sanders. Ich habe Sie gar nicht erkannt. Helen hat mir zwar ein Bild von Ihnen geschickt, aber Sie wissen ja, wie das mit Fotos so ist.«

»Genau.« Sanders nickte. Er trug einen leichten Sommeranzug und ein kariertes Hemd. Die dicke Hornbrille ließ ihn älter erscheinen. »Helen konnte leider nicht selbst kommen«, sagte er.

»Oh!« Marina war enttäuscht und besorgt zugleich. »Warum nicht? Ist etwas passiert?«

»Meine Frau hat sie vor vier Stunden ins Krankenhaus gebracht.«

»Nein!« Marina wurde blaß. »Was Schlimmes?«

Jetzt lächelte Lionel Sanders beruhigend. »Keine Angst, Miß Held. Eine Blinddarmreizung. Helen ist schon operiert worden, und es ist alles okay.«

Marina legte ihre Hände dorthin, wo das Herz schlug. »Himmel, da bin ich aber beruhigt.«

»In vierzehn Tagen spätestens wird Helen wieder zu Hause sein«, erklärte Lionel Sanders. »Aber kommen Sie, Miß Held, Sie werden sicher von der langen Reise müde sein.« Lionel Sanders wollte sich nach den Koffern bücken.

Marina wehrte ab. »Einen nehme ich. Und noch etwas, Mr. Sanders, sagen Sie doch bitte Marina zu mir. Das andere ist so förmlich.«

»Okay, Marina.« Lionel Sanders nahm den linken der dunkelbraunen Koffer.

Während sie zum Ausgang gingen, blickte sich Marina immer wieder verstohlen um. Sie hoffte, den blondhaarigen Engländer noch einmal wiederzusehen, doch John Sinclair war im Gewühl der Menschen verschwunden.

»Mein Wagen steht im Parkhaus III«, erklärte Lionel Sanders, als sie durch die langen überdachten Gänge schritten.

Marina nickte. Ihre Laune war um einige Grade gesunken. Den Kopf gesenkt, ging sie entmutigt hinter Mr. Sanders her. Erst das Pech mit John, und jetzt liegt Helen auch noch im Krankenhaus, dachte sie verbittert. Am liebsten würde ich nach Hause fahren.

Ihr Job begann erst in zwei Wochen. Es war gar nicht einfach gewesen, eine Stelle zu finden. Marina hatte lange suchen müssen und auch die Arbeitsämter eingeschaltet. Dann hatte sie das erste Angebot akzeptiert.

Lionel Sanders steuerte auf einen dunkelroten Rover zu. Es war schon ein älteres Modell, vielleicht Baujahr siebzig. Aber noch gut in Schuß.

Das Gepäck wurde im Kofferraum verstaut. Galant öffnete Lionel Sanders dem jungen Mädchen die Tür. »Sollen wir erst noch eine kleine Stadtrundfahrt durch London machen?« fragte er. »Oder wollen Sie sofort zu uns nach Hause? Meine Frau wartet schon. Sie hat Kuchen gebacken. Apfelkuchen, dazu gibt es warme Vanillesoße. Ein Gedicht, sage ich Ihnen.«

Marina lachte. »Sie haben mich überzeugt, Mr. Sanders. Fahren wir zu Ihnen.«

»Wunderbar.« Sanders lenkte den Wagen durch die schmalen Betonserpentinen des Parkhauses. Über die M 4 erreichten sie London. Unterwegs bekam Marina doch einiges zu sehen. Sie fuhren am Hyde Park vorbei und fanden sich plötzlich, zwischen den hohen zweistöckigen Bussen eingekeilt, im Gewühl von Piccadilly Circus wieder.

Mr. Sanders bog von der breiten Regent Street ab. Marina war enttäuscht. Sie sah kleine, halbverfallene Läden, ein paar Straßenmärkte und miese Hinterhöfe.

»Das soll Soho sein? Kaum zu glauben. Ich dachte immer, hier wäre der Bär los.«

Lionel Sanders mußte lachen. »Der Bär ist – wie Sie so schön sagen – abends los. Dann erkennen Sie manche Straßen gar nicht mehr wieder. Sie kommen doch aus Deutschland. Waren Sie schon mal in Hamburg?«

»Ja.«

»Auch auf St. Pauli?«

Marina nickte. »Das gehört doch dazu.«

»Sicher. Dann müssen Sie aber mal St. Pauli morgens um sechs Uhr sehen. Da werden Sie sich wundern. Nichts mehr vom abend- und nächtlichen Lichterglanz. Alles tot. Bierleichen auf den Bürgersteigen. So ähnlich verhält es sich auch mit Soho. Ich weiß das genau, weil wir ziemlich an der Grenze zu diesem Stadtteil wohnen.«

»Ich wußte gar nicht, daß die Berners Street so nahe bei Soho liegt«, sagte Marina.

»Das ist aber auch alles, was sie mit Soho gemeinsam hat.«

Marina hob die Schultern und zündete sich eine Zigarette an. Lionel Sanders war Nichtraucher.

Sie fuhren jetzt durch Wohnviertel. Graue alte Fassaden, die längst einer Renovierung bedurft hätten. Dann wurde die Gegend wieder etwas freundlicher. Die Wohnhäuser hatten Vorgärten. Breite Steintreppen führten zu den Hauseingängen hoch. Auf den Bürgersteigen spielten Kinder. Hohe, dicht belaubte Bäume gaben Schatten.

Lionel Sanders bremste. »Das vierte Haus auf dieser Seite«, sagte er, »das ist es.«

Marina blickte aus dem Fenster. Das Haus sah nicht anders aus als die übrigen in der Straße. Vielleicht war der Vorgarten etwas gepflegter. Zwei Frauen, die sich auf dem Bürgersteig unterhielten, drehten sich um, als der Wagen stoppte.

Lionel Sanders und Marina Held stiegen aus. Sanders öffnete die Haube des Kofferraums.

»Das ist unser Besuch aus Germany«, erklärte er den neugierigen Frauen.

Die Frauen lächelten Marina gutmütig zu. Marina lächelte zurück.

Lionel Sanders hatte das Gepäck aus dem Kofferraum gehievt und ließ die Klappe wieder zufallen. Durch das offene Vorgartentor schleppte er die beiden Koffer zum Haus. Marina hielt nur ihre Handtasche.

Die Haustür wurde geöffnet. Eine etwas rundlich wirkende Frau stand auf der obersten Stufe. Ihr Gesicht schien mit Tausenden von Lachfältchen überzogen zu sein, als sie rief: »Herzlich willkommen, Miß Marina.«

Mrs. Sanders ließ ihren Mann an sich vorbeigehen, schloß Marina in ihre Arme und drückte sie an den wallenden Busen. »Ich freue mich, daß Sie endlich hier sind. Helen hat mir ja so viel von Ihnen erzählt. Wie schade, daß sie ausgerechnet jetzt ins

Krankenhaus mußte! Aber es dauert höchstens zwei Wochen. So, und nun kommen Sie erst einmal in die Wohnung. Sie werden sicher müde sein.«

Marina Held ließ den Wortschwall über sich ergehen. Diese Mrs. Sanders schien aus einem sagenhaften Reservoir zu schöpfen. Sie redete, ohne Atem zu holen.

Im Haus war es angenehm kühl. Eine breite Holztreppe führte in die oberen Etagen. Der Flur war grün gestrichen. Auf der untersten Treppenstufe standen zwei Typen, wie Marina sie auch aus Berlin kannte.

Lederjacke, lange Haare und Ritterkreuze, die auf der nackten Brust lagen.

Die beiden grinsten Marina penetrant an. Sie waren höchstens achtzehn. Aber bestimmt unangenehm. Sie sahen so aus, als gingen sie keinem Streit aus dem Wege.

»He, Puppe, dich werden wir auch noch einseifen«, sagte der größere der Typen und machte mit Daumen und Zeigefinger eine international verständliche Geste.

Marina Held konnte es nicht vermeiden, daß sie rot wurde.

Auch Mrs. Sanders hatte etwas bemerkt. »Kümmern Sie sich gar nicht darum«, sagte sie zu ihrem deutschen Gast. »Diese Dreckskerle gehören in ein Arbeitslager.«

Mrs. Sanders verschwand mit Marina in ihrer Wohnung. Sie lag parterre, rechts vom Eingang. Die Wohnung gegenüber stand schon seit drei Monaten leer.

Mrs. Sanders schloß die Tür.

Im ersten Augenblick hatte Marina das Gefühl, in einen Altwarenladen gelangt zu sein. Überall Gerümpel. Bis sie herausgefunden hatte, daß es die Wohnungseinrichtung war, befand sie sich schon im Living-room.

Auch hier alte Möbel. Dazu noch gemusterte, dunkle Tapeten. Der Raum war ziemlich klein. Eine Wand wurde von einem Schrank fast völlig eingenommen. An der anderen Wand hingen die Bilder von Mrs. Sanders' Eltern. Die Ähnlichkeit war unverkennbar.

Den runden Tisch vor dem alten Sofa hatte Mrs. Sanders schon gedeckt. Vor dem Tisch standen zwei Stühle mit hohen Lehnen.

Sanders betrat den Living-room. »Die Koffer habe ich schon in Ihr Zimmer gebracht, Marina. Wir zeigen es Ihnen gleich. Erst wollen wir uns mal stärken.«

Sie nahmen am Tisch Platz. Es gab in der Tat selbstgebackenen Apfelkuchen. Die heiße Vanillesoße holte die Hausfrau aus der Küche.

Und natürlich gab es Tee. Marina mochte Apfelkuchen zwar nicht besonders, aber sie hatte Hunger und würgte ihn mit Todesverachtung hinunter.

Als Mrs. Sanders ihr noch ein Stück auf den Teller legen wollte, wehrte sie ab. »Nein, danke, Mrs. Sanders, ich muß etwas auf meine Linie achten.«

Die Frau schüttelte den Kopf. »Was ihr jungen Mädchen nur immer habt. Ich zum Beispiel . . .«

»Dich kann man auch schon bald rollen«, sagte Mr. Sanders trocken.

Marina hatte Mühe, ein Lachen zu verbeißen. Sie kramte in ihrer Tasche herum und suchte nach Zigaretten.

»Helen raucht aber nicht«, sagte Mrs. Sanders spitz.

In Deutschland hat sie gequalmt wie ein Schlot, dachte Marina. Sie hütete sich aber, etwas laut werden zu lassen. Schließlich wollte sie es sich mit den Eltern ihrer Freundin nicht verderben.

Sanders holte einen Aschenbecher, eine alte Schale aus grünem Marmor.

Zwei Stunden vergingen. Marina erzählte von Deutschland, von ihren Eltern und von ihren Freunden. Sie fand aufmerksame Zuhörer.

Dann zeigte Mrs. Sanders ihr das Zimmer. Es lag dem Living-room gegenüber, direkt neben dem Bad, und war Helens Zimmer.

Es gab ein Bett und eine Schlafcouch. An den Wänden prangten Poster mit Stars aus der Pop-Branche. Dazwischen hing das fast lebensgroße Bild eines nackten Mannes, dessen charakteristisches Teil von einem Platanenblatt bedeckt war.

»Also, das Ding reiß ich auch bald ab!« schimpfte Mrs. Sanders. Marina lächelte. »Warum? Ich finde es irre.«

»Na ja, die Jugend.«

Das Ehepaar Sanders ließ die junge Deutsche allein. Marina

begann, ihre Koffer auszupacken. Helen hatte in ihrem Kleiderschrank vorsichtshalber Platz gemacht, so daß Marina alles unterbringen konnte.

Dann ging sie ins Bad.

Es war ziemlich altmodisch ausstaffiert. Die Wanne war nicht im Boden verankert, die Toilette hatte noch eine alte Ziehspülung, und das Waschbecken war stumpf. Haare klebten an den Abflußlöchern fest. Eine Dusche war nicht vorhanden.

Marina nahm ein Bad. Heißes Wasser spendete ein altmodischer Boiler. Die junge Deutsche fühlte sich erfrischt, als sie die Wanne verließ. Sie schlüpfte in ihre weißen Jeans und zog einen roten, nicht zu engen Pullover über.

Marina hatte vor, noch ein wenig spazierenzugehen. Wenn Helen schon nicht da war, wollte sie London allein erobern. Das heißt, soweit dies möglich war.

Ihre Gasteltern waren von dem Vorschlag nicht begeistert. »Himmel«, rief Mrs. Sanders und rang die Hände. »Das ist ja viel zu gefährlich! Schließlich müssen wir auf Sie achtgeben.«

»Ich gehe auch in Berlin allein spazieren«, erwiderte Marina.

»Trotzdem. Nein, das können wir nicht verantworten.« Mrs. Sanders blieb bei ihrer Meinung, und auch ihr Mann zog ein bedenkliches Gesicht.

Es gab ein Hin und Her, aber schließlich setzte Marina doch ihren Willen durch. Sie erhielt sogar einen Haustürschlüssel.

»Aber seinen Sie um Gottes willen vorsichtig!« schärften ihr beide noch einmal ein. »Es passiert soviel in London. Und gerade ein junges Mädchen ist den Sittenstrolchen hilflos ausgeliefert.«

»Ich kann Judo«, beruhigte Marina ihre besorgten Gastgeber.

Es war noch hell, als sie das Haus verließ. Langsam schlenderte Marina die Berners Street hinunter. Am Ende der Straße lag das große Middle Essex Hospital. Marina jedoch nahm die andere Richtung. Die nach Soho führte.

Sie überquerte die Eastcastle Street. An der Kreuzung standen die beiden Bauten des York Hotels und des Berners Hotels, preiswerte Herbergen für Touristen. Der Betrieb hatte schon wesentlich zugenommen. Auch die Gehwege waren breiter.

Gedankenverloren schlenderte Marina über den Bürgersteig. Plötzlich vernahm sie rechts neben sich Motorengeräusch.

Sie drehte den Kopf.

Die beiden Typen aus dem Hausflur stoppten hart neben ihr. Sie saßen auf einer Honda. Jetzt schwang sich der erste vom Sozius, breitete beide Arme aus, kam auf den Gehweg und blieb dicht vor Marina Held stehen.

Sein dreistes Gesicht sagte genug.

Marina war ebenfalls stehengeblieben. Aus schmalen Augen beobachtete sie den Knaben, der beide Daumen in den breiten Ledergürtel seiner Hose gehakt hatte.

Der zweite Kerl hockte auf der Honda und grinste. Zwischen seinen Lippen hing ein Zigarillo.

Der Typ vor Marina warf seine langen Haare zurück. »Ich habe dir doch gesagt, Puppe, daß du fällig bist«, meinte er und streckte seine Hand nach der jungen Deutschen aus.

Da wußte Marina, daß es den ersten Ärger geben würde . . .

»Laß es«, sagte Marina Held, und dann: »Bitte.« Sie ging einen Schritt zurück.

Der Kerl vor ihr lachte nur. »Stell dich doch nicht so an. Ich tu dir schon nichts. Wir wollen nur unseren Spaß haben.«

»Ja, los, pack sie!« hetzte der Typ auf der Honda.

Die Straße war belebt. Zahlreiche Menschen passierten Marina und den Rocker, doch niemand wagte einzugreifen. Vielleicht hielten sie Marina auch für eine Braut, und sich bei Rockern einzumischen, war lebensgefährlich.

Der Typ legte seine rechte Hand auf Marinas Schulter, ließ sie dann tiefer gleiten und kam in die Nähe ihrer Brust.

Ekelgefühl schüttelte die junge Deutsche. Sie roch die Ausdünstung des Kerls und reagierte dann blitzschnell.

Sie schlug den Arm zur Seite, ließ gleichzeitig ihren Fuß vorschnellen und traf den Rocker dort, wo es wehtat. Er wankte zurück. Sein Gesicht hatte sich verzerrt. Trotzdem holte er unter seiner Jacke ein Bleirohr hervor.

Marina war schneller. Sie packte den linken Arm des Rockers, und ehe der Kerl wußte, was ihm überhaupt geschah, flog er auch schon durch die Luft.

Genau auf seinen Kumpan zu.

Der war viel zu konsterniert, um ausweichen zu können.

Die beiden Rocker prallten zusammen. Gemeinsam mit der Honda fielen sie zu Boden.

Fluchen, Schreien, Schimpfen. Die Rocker fühlten sich tödlich blamiert. Vor allen Dingen deshalb, weil einige Passanten stehengeblieben waren und regelrecht Beifall klatschten.

»Ja, so muß man es diesen Dreckskerlen geben«, rief eine ältere Frau begeistert.

»Prima, Mädchen! Zeig es den Rockern!« feuerte ein gutgekleideter, bläßlicher Mann sie an.

Marina kümmerten die Kommentare nicht. Sie mochte die Menschen nicht, die immer nur hinterher stark waren.

Die Rocker hatten sich inzwischen aufgerappelt. Ihre Honda war etwas lädiert. Der prächtige Außenspiegel war abgebrochen.

Der Fahrer spie aus. »Das zahlen wir dir heim!« knurrte er. Für einen Moment sah es so aus, als wolle er sich auf Marina stürzen, doch dann überlegte er es sich wieder. Die Passanten hätten jetzt sicherlich eingegriffen, und dann wäre für die Rocker die Dresche ihres Lebens fällig gewesen.

Marina Held zuckte mit den Schultern. »Ich wollte keinen Streit«, sagte sie. »Laßt mich in Ruhe.« Dann drehte sie sich um und ging weiter. So, als wäre nichts geschehen.

Mittlerweile war es schon dämmrig geworden. Autoscheinwerfer flammten auf und warfen ihre Lichtbahnen auf die Fahrbahn. Soho schimmerte verführerisch in seiner Lichterpracht. Bunte Leuchtreklamen zuckten auf. Bars, Coffee-Shops, Pizzerias und Restaurants warteten auf Gäste.

Marina Held fand dieses Soho faszinierend. Ja, so hatte sie es sich immer vorgestellt. Auf den Straßen herrschte ein unwahrscheinlicher Betrieb. Das prächtige Wetter lockte nicht nur Touristen, sondern auch Einheimische.

Strip! Strip! Strip! knallte es ihr in grellen Buchstaben entgegen. Und mit jedem Wort leuchtete auch ein nacktes Mädchen auf, das den gewaltigen Busen dem anonymen Betrachter entgegenstreckte. Das Girl hatte den Mund geöffnet. Buchstaben flossen heraus und formten sich zu einem Satz. Come on and love me! Komm und liebe mich.

Marina mußte lächeln. Sie sah, daß einige Besucher der Aufforderung folgten und in das Lokal gingen. Wahrscheinlich würden sie enttäuscht und mit leerer Brieftasche wieder hinausgehen.

Die junge Deutsche schlenderte weiter. Der Trubel amüsierte sie. Allerdings hatte sie keine Lust, in irgendeines der Lokale hineinzugehen, auch nicht in eine Discothek, von denen es zahlreiche gab. Meist waren die Türen geöffnet, und heiße Rhythmen drangen auf die Straße. Marina warf hin und wieder einen Blick in das Innere der Beathöhlen.

Jugendliche tanzten. Lichtorgeln warfen blendende Kaskaden. In zahlreichen Ecken nistete der Geruch von Haschisch. Es war schon was los, in dieser Hölle von Soho.

Marina wurde oft angesprochen, doch sie ging stur weiter. Sie wollte sich von keinem Typen abschleppen lassen. Das Erlebnis mit den Rockern hatte ihr vorerst gereicht.

Ihren Hunger stillte sie mit einer kleinen Pizza. Der Teig schmeckte nach ranzigem Fett. Auf Olivenöl hatte der Pizzabäcker wohl verzichtet.

Die Zeit verging, und ohne es zu wollen, erreichte Marina auch jenen Bezirk von Soho, der für einen einzelnen Touristen nicht gerade empfehlenswert ist.

Marina Held kam in das Viertel der Nachtbars und obskuren Clubs.

Zwar brannten hier noch Lichter, aber die Typen, die auf den Gehsteigen lungerten, waren nach der Pseudoeleganz der Zuhälter gekleidet.

Als Marina für einen Augenblick verschnaufend stehenblieb, näherte sich ihr sofort ein Kerl. Er trug ein weißes Seidenhemd und enge Jeans. In dem dunkelhäutigen Gesicht fielen die rabenschwarzen Augen und die aufgeworfenen Lippen auf.

Der Kerl grinste.

Hastig drehte sich Marina um und lief weg. Sie hatte vor dem Mann Angst. Er war gefährlicher als die beiden Rocker.

Der Zuhälter rief ihr etwas nach, was sie nicht verstehen konnte.

Marina Held huschte in die nächste Seitenstraße. Sie war ziemlich eng. Unrat lag in den Gassen. Um wieder auf die breitere Hauptstraße zu gelangen, wollte Marina an der nächsten Querstraße links einbiegen. Sie tat das auch, mußte aber feststellen, daß die Straße einen Bogen beschrieb und tiefer in ein ihr unbekanntes Viertel führte.

Als Marina sich umschaute, sah sie für einen Moment den Zuhälter an der Ecke stehen.

Marina ging schneller. Und mit jedem Schritt geriet sie tiefer in das Labyrinth der kleinen, unbeleuchteten Straßen und Hinterhöfe.

Als die junge Deutsche ihren Fehler erkannte, war es bereits zu spät. Da hatte sie sich verirrt.

Weiter vorn war eine Kneipe. Grölende Männerstimmen drangen durch die offenstehende Tür. Das Lokal war nicht beleuchtet. Das Glas einer in der Nähe stehenden Straßenlampe war zertrümmert worden.

Schritte.

Marina sah sich um.

Sie sah die Umrisse von zwei Männern. Arm in Arm wankten die Kerle über die Straße.

Die junge Deutsche zog es vor, sich zu verstecken. Sie tauchte in einen Hauseingang und erschrak fürchterlich, als sie auf etwas Weiches trat.

Dicht neben der alten Tür schnarchte ein Penner. Jetzt begann er zu grunzen und zu schimpfen. Marina drückte sich an die gegenüberliegende Wand der Nische. Sie wagte kaum zu atmen.

Die beiden Männer gingen vorbei, ohne sie gesehen zu haben. Marina Held atmete auf.

Aber da war noch der Zuhälter. Und er hatte ihre Spur nicht verloren. Marina sah ihn, als sie die Nische verließ. Der Kerl lauerte an einer Plakatsäule, deren Blätter in Fetzen vom rissigen runden Mauerwerk hingen. Er rauchte eine Zigarette und sah Marina aus ihrer Deckung treten.

Der Kerl warf die Zigarette weg. Sie beschrieb einen glühenden Halbkreis.

Sie sah den Mann und hörte sein häßliches Lachen.

Marina rannte. Zum Glück trug sie Turnschuhe, so daß ihre Schritte auf dem Pflaster kaum zu hören waren. Wie ein Schemen huschte sie an der unbeleuchteten Kneipe vorbei, sprintete in die nächste Seitenstraße und stellte nach wenigen Yards fest, daß sie in einer Sackgasse gelandet war.

Eine Mauer versperrte den weiteren Fluchtweg.

Zu hoch, um darüberzuklettern.

Marina hörte die hastigen Schritte des Zuhälters. Unwillkürlich warf sie einen Blick zur Uhr.

Mitternacht!

In der Nähe begann eine Glocke zu bimmeln. Marina hatte das Gefühl, als wäre es ihre eigene Totenglocke. Kalte Schauer rieselten über ihren Rücken.

Verzweifelt suchte sie nach einem Ausweg. Wie gehetzt blickte sie sich um.

Und der Zuhälter kam näher. Seine Schritte waren lauter geworden. Er wollte die blonde Puppe haben. Und er würde sie sich holen.

Im letzten Augenblick sah Marina Held die schmale Einfahrt. Sie erinnerte sich an eine Gasse in Neapel, die sie mal mit ihren Eltern durchquert hatte.

Marina tauchte in die Einfahrt. Sie hatte die Hoffnung, anschließend einen Fluchtweg zu finden.

Dann sah sie das rote Licht. Schwach wurde der Widerschein auf die Erde geworfen, erreichte kaum das Ende der Einfahrt. Marina fand sich in einem Hof wieder. Ziemlich eng, mehr ein Geviert. Drei Seiten wurden von den Rückseiten der altersschwachen Häuser begrenzt, die vierte Seite jedoch, auf die Marina schaute, versprach Rettung. Sie erkannte eine blasse rote Leuchtschrift.

»Shocking Palace.« Ein Lokal, eine Kneipe! dachte Marina.

Aber geschlossen.

Das junge Mädchen erkannte es an den Fenstern. Rollos verdeckten die Scheiben.

Sie lief trotzdem los. Vielleicht war noch jemand drinnen, der ihr helfen konnte.

Marina lief bis dicht an das linke Fenster. Das Rollo war nicht ganz dicht geschlossen. Marina preßte ihre Stirn gegen die schmutzige Scheibe und versuchte, im Innern des »Shocking Palace« etwas zu erkennen.

Inzwischen hatte der Zuhälter ebenfalls die Einfahrt erreicht. Er grinste, als er daran dachte, daß die kleine Blonde nun doch in der Falle saß.

In der rechten Hand des Kerls blitzte die Klinge eines Messers. Beidseitig geschliffen und höllisch gefährlich.

Marina war ahnungslos.

Der Zuhälter auch.

Er wußte ebenfalls nicht, was sich im Innern des Lokals abspielte.

Verzweifelt versuchte Marina Held, etwas zu erkennen. Sie hatte den Staub von der Scheibe gewischt, und als sich ihre Augen an das trübe Schummerlicht gewöhnt hatten, konnte sie immer mehr Einzelheiten im Innern des Lokals ausmachen. Zuerst glaubte sie, ihre Fantasie spiele ihr böse Streiche. Ihre Kehle war wie zugeschnürt, ihr Herz setzte ein paar Takte aus.

Alles in ihr verkrampfte sich. Und dann, bevor sie wußte, was sie tat, stieß sie einen gellenden Schrei aus, mit dem sie noch mehr Unheil heraufbeschwor.

Marina Held hatte die Hölle entfesselt . . .

Die drei weiblichen Vampire hatten sich gestärkt. Sie waren satt. Ein seltsames Glitzern lag in ihren Augen. Sie fühlten Spannkraft und Energie in ihre Körper zurückkehren. Der, der leblos zu ihren Füßen lag, hatte sie ihnen gegeben.

Ted Willard sah aus, als wäre er nicht mehr unter den Lebenden. Zum Teil stimmte es schon, andererseits wieder nicht. Er war selbst zu einem Vampir geworden, zu einem Geschöpf der Nacht, das, um sich zu regenerieren, Blut brauchte. Er würde eingehen in den Kreislauf des Schreckens.

Noch war bei ihm nichts zu bemerken. Noch waren ihm keine Eckzähne gewachsen. Er lag auf dem Rücken, hatte die Augen geschlossen und die Arme neben dem Körper ausgebreitet.

Ted Willard war völlig blutleer. Er war nur noch eine körperliche

Hülle, besaß keine Seele mehr, und er atmete auch nicht. Und doch lebte er. Schon in den nächsten Tagen würde er sich unter der Strahlenkraft des Mondes erheben und auf Beutezug gehen. So, wie es die drei weiblichen Untoten vorgesehen hatten.

Lara, die Anführerin der Vampire, blickte ihre Schwestern an. Ein grausames Lächeln umspielte ihre Mundwinkel und ließ die Eckzähne noch häßlicher erscheinen.

»Das ist der Anfang«, sagte sie und deutete auf den Vertreter. »Nummer eins auf unserer Liste. Bald werden es mehr und noch mehr. Und alle brauchen sie Blut. London, diese Riesenstadt, wird unter der Vampirflut ersticken. Schleichend wie Gift wird sich die schaurige Saat ausbreiten, und unser Lokal wird zum Zentrum des bösen Blutes. Das schwöre ich!«

Lara hob beide Hände und ballte sie zur Faust. Die anderen Frauen taten es ihr nach.

Mona war es, die die erste Frage stellte. »Was machen wir mit ihm?«

Lara lächelte. »Wir werden ihm schon einen Schlafplatz verschaffen«, erwiderte sie optimistisch.

»Und wo?« mischte sich Ginny ein. Ihre Haut war noch immer grün und die Finger zu Krallen geformt. »Unsere Keller sind belegt. Dort schlafen wir.«

»Das ist richtig.« Lara nickte bestätigend. »Aber stehen nicht im Lokal noch Särge?«

Mona kicherte. »Du meinst . . .«

»Ja. Wir werden ihn in einen der Särge legen. Und kein Gast, der darauf sitzt, wird ahnen, was sich unter ihm verbirgt.«

Ginny und Mona waren von der Idee ihrer Schwestern begeistert. »Dann laßt uns keine Zeit mehr verlieren«, sagte Ginny. »Bald soll ja alles wieder normal aussehen.« Sie lachte.

Wenig später machten sich die drei Schwestern an die Arbeit. Gemeinsam schafften sie Ted Willard in den Barraum, der noch nicht aufgeräumt war. Zerplatzte Flaschen lagen auf dem Boden. Es roch nach Likör und Schnaps.

Lara, Ginny und Mona gehörten zu den Vampiren, die sich schon der Neuzeit angepaßt hatten. Sie konnten auch bei Tageslicht existieren, fühlten sich dann zwar schwach, aber sie gingen nicht ein. Vor allem nicht, wenn sie regelmäßig eine Blutauffrischung bekamen.

Und dafür trugen sie Sorge.

Sie hatten nicht nur Menschen angegriffen. Nein, Einbrüche in die Krankenhäuser hatten ihnen die dringend benötigten Reserven verschafft.

Blutkonserven!

Zwar hatte die Polizei versucht, die Einbrecher zu stellen, aber bisher war ihr das nicht gelungen. Die drei Schwestern waren zu schlau und katzengewandt. Sie entwischten immer wieder.

Ted Willard wurde von sechs Fäusten hinter dem Tresen hervorgezogen. Neben einem der als Sitzplatz dienenden Särge ließen die Schwestern den Untoten liegen.

Mona und Lara stemmten gemeinsam den Deckel hoch. Der Sarg hatte Schlösser aus Eisen, das schon Rost angesetzt hatte. Es bereitete den Vampiren einige Mühe, die Schlösser fachgerecht zu öffnen. Aber dann hatten sie es geschafft.

Um die »Leiche« in den Sarg zu legen, reichten zwei Vampire aus. Sie hoben den Vertreter hoch und wollten ihn gerade in den Sarg fallen lassen, als der Schrei aufklang.

Die Untoten hielten mitten in der Bewegung inne.

»Das war am Fenster!« zischte Mona.

»Und die Stimme einer Frau!« Lara war schon unterwegs. Durch einen Knopfdruck fegte das Rollo hoch.

»Verdammt«, keuchte Lara, »eine Zeugin! Los, die packen wir uns!«

Marina Held sah, wie das Rollo hochfuhr. Innerhalb von zwei Sekunden war es oben, und dann starrte die junge Deutsche in das Gesicht der Untoten.

Augenblicklich packte sie das Grauen. Nur die Scheibe trennte sie von dem schrecklichen Gesicht mit den beiden spitzen Vampirzähnen, die so weit aus dem Oberkiefer ragten, daß sie mit ihren Enden schon die Unterlippe berührten. Marina sah das dämonische Funkeln in den Augen, und plötzlich war das Gesicht verschwunden.

Marina Held fuhr zurück.

War das alles nur ein Spuk? Eine Einbildung vielleicht?

Da hörte sie das Kichern.

Hinter ihrem Rücken.

Marina wirbelte herum.

Sie schrie, als sie das Messer in der Hand des Zuhälters funkeln sah. Der Kerl hatte die Zähne gefletscht. Er machte auf Marina den Eindruck eines sprungbereiten Raubtieres.

»Hab' ich dich endlich, Puppe!« Ein gleitender Schritt brachte ihn dicht vor die schreckensstarre Marina Held. Die Stahlklinge tanzte vor ihren Augen.

»Und jetzt gehen wir gemeinsam wieder zurück«, sagte der Zuhälter. »Zu mir, da wirst du . . .«

Ratschend fuhr das Rollo vor der Tür hoch. Der Zuhälter wurde abgelenkt. Unwillig runzelte er die Stirn. Dann blieb ihm der Mund vor Überraschung offenstehen.

»Das . . . das gibt es doch nicht«, flüsterte er.

Der Zuhälter hatte Lara gesehen. Ein Windstoß teilte den Umhang und ließ erkennen, daß Lara unter ihrem Gewand nackt war.

Die Augen des Mannes quollen fast aus den Höhlen. Vergessen war Marina. Jetzt wollte er die andere.

Der Kerl sah nur ihren Körper, nicht das Gesicht.

Das war sein Fehler.

Er stürzte an Marina vorbei, die auf einmal wieder klar denken konnte und losrannte. Egal wohin – nur weg.

»Hallo, Süße«, sagte der Zuhälter, »wir kennen uns ja gar nicht.« Seine Überraschung wurde noch größer, als er hinter der Schwarzhaarigen eine Blondine auftauchen sah.

»Da muß ein Nest sein!« keuchte er. »Laßt mich rein in euer Nest!«

Er wollte Lara packen, sie an sich ziehen, doch fünf Fingernägel zogen eine blutige Spur durch sein Gesicht.

»Verdammt!« Der Zuhälter taumelte zurück. Mit dem Handrükken wischte er sich das Blut von der Haut. »Du Miststück. Warte, ich werde dich . . .«

Er überhörte das Fauchen und achtete auch nicht auf die blonde

Mona, die von der Seite kam. Wild stürmte er auf Lara zu. Die Hand mit dem Messer hatte er zum Stoß erhoben.

Die Klinge fuhr herab, traf Lara in Höhe der Brust. Im selben Augenblick spürte der Mann zwei Hände an seiner Schulter. Hände, die wie eiserne Klammern zupackten und ihn zurückrissen.

Er stürzte.

Im Fallen ließ er den Griff des Messers los und bekam noch mit, daß es im Körper der Frau steckte. Er wußte nicht, daß es ihr keinen Schaden zufügen konnte.

Hart prallte er auf den Boden. Für einen Sekundenbruchteil tanzten Sterne vor seinen Augen. Er wollte sich zur Seite rollen, doch Mona warf sich wuchtig auf ihn und machte ihn bewegungsunfähig.

Weit hatte sie den Mund geöffnet. Ihre Zähne blitzten.

Und als dem Zuhälter die Erkenntnis kam, daß er es hier mit Vampiren zu tun hatte, da war es schon zu spät.

Die Zähne bohrten sich in seinen Hals.

Der Zuhälter fühlte einen seltsamen Schwindel. Immer schneller drehte er sich, immer schneller . . .

Die drei Frauen hatten ihr zweites Opfer.

Sie schleiften den Zuhälter in das Innere des Lokals. Dort geschah mit ihm das, was auch schon mit Ted Willard passiert war.

Ginny kicherte und wischte sich über die Lippen. »Wir haben noch einen zweiten Sarg«, sagte sie.

»Ja, es werden immer mehr«, erwiderte Mona. Dann sah sie Ginny an. »Du veränderst dich wieder, Liebling.«

»Tatsächlich?«

»Ja, deine Haut wird wieder normal.«

Ginny lachte. Sie begann zu tanzen und führte dabei groteske Sprünge durch. »Das ist das Blut! Sein Blut . . . es macht mich . . .«

»Haltet den Mund!« schrie Lara.

Ginny verstummte, und auch Mona wagte nichts zu sagen.

Lara blickte ihre Schwestern kalt an. »Wo ist die andere?«

»Wer?« hauchte Mona.

»Frag nicht so dämlich. Dieses Mädchen?«

»Weg«, erwiderte Ginny mit leiser Stimme.

»Das habe ich geahnt!« flüsterte Lara. »Jetzt weiß jemand, was hier los ist. Wir müssen dieses Mädchen finden, und wenn wir ganz London auf den Kopf stellen! Ist das klar?«

Mona und Ginny nickten.

Marina Held rannte!

Die Angst peitschte sie voran. Das junge Mädchen sprintete den Weg zurück. Ihre Füße schienen kaum den Boden zu berühren. Die dicken Sohlen der Turnschuhe schluckten jedes Geräusch. Fast lautlos jagte sie der Straße entgegen.

Es kümmerte sie nicht, was hinter ihr geschah. Ihr war das Schicksal des Zuhälters egal. Mochten die Frauen mit ihm machen, was sie wollten.

Marina erreichte die schmale Straße. Instinktiv wandte sie sich nach links, lief an der Plakatsäule vorbei und drehte erst jetzt kurz den Kopf.

Nichts. Kein Verfolger saß ihr im Nacken.

Marina atmete auf. Sie lief langsamer. Obwohl sie sportlich durchtrainiert war, arbeiteten ihre Lungen wie Blasebälge. Der Lauf und die Angst hatten ihr arg zugesetzt.

Die Gedanken überschlugen sich. Was war eigentlich geschehen? Sie hatte einen Vampir gesehen. Einen weiblichen sogar. Und sie hatte gesehen, wie zwei andere Vampire einen Mann in einen Sarg hieven wollten. Spaß? Ernst? Gab es überhaupt Vampire?

Marina wußte es nicht. Sie ahnte nur, daß etwas nicht mit rechten Dingen zugegangen und sie unter Umständen Zeugin eines Verbrechens geworden war.

Sie mußte das Verbrechen melden.

Der Polizei?

Marina dachte nach. Und plötzlich fiel ihr ein Name ein, der sie schon in ihrer Kindheit immer fasziniert hatte.

Scotland Yard!

New Scotland Yard wurde die Organisation heute genannt.

Aber immer noch mit dem Mythos der Unbestechlichkeit und der Superaufklärungsquote behaftet.

Scotland Yard! Der Gedanke elektrisierte Marina. Doch dann kam die Ernüchterung. Würde man ihr überhaupt glauben? Ihr, einer zwanzigjährigen Deutschen, die zum erstenmal nach London gekommen war und sich direkt in ein haarsträubendes und unglaubliches Abenteuer stürzte?

Wohl kaum. Aber Marina wollte trotzdem zum Yard.

Und zwar morgen früh. Das hieß, heute, denn als Marina Held auf ihre Uhr blickte, stellte sie fest, daß es schon fast eine Stunde nach Mitternacht war.

Marina ging weiter. Und diesmal war ihr das Glück sogar hold. Sie erreichte irgendwann eine belebte Straße, auf der auch Taxis entlangfuhren.

Einen der Wagen konnte sie sich schnappen.

Marina gab die Adresse in der Berners Street an.

Der Fahrer schien seinen brummigen Tag zu haben. Murrend drehte er sich um und meinte: »Ist ja keine lohnende Fuhre. Aber ich will mal nicht so sein.«

Marina hatte schon davon gehört, daß manche Taxidriver in London unfreundlich sein sollen, aber daß sie so sauer sein konnten, damit hatte sie nie gerechnet.

Die Fahrt dauerte nicht länger als fünf Minuten. Dann stoppte das Taxi genau vor dem Haus.

»So, da wären wir«, sagte der Driver und nannte die Fahrsumme.

Marina zahlte. Sie legte auch noch ein kleines Trinkgeld darauf, was dem Fahrer ein Grienen entlockte.

»Nichts für ungut, Miß«, sagte er.

Marina Held lächelte. Das kleine Gartentor war zu. Hinter ihr fuhr der Wagen ab. Durch den Vorgarten ging die junge Deutsche auf das Haus zu.

Hinter den Fenstern der Sanderschen Wohnung brannte noch Licht. Marina sah die Schatten des Ehepaares. Mr. und Mrs. Sanders liefen unruhig hin und her. Verständlich, daß sie nervös waren.

Marina klingelte.

Sofort wurde geöffnet.

Mrs. Sanders kam ihr schon im Flur entgegen. »Mein Gott«, rief sie, »da sind Sie ja endlich. Wir haben uns schon die größten Sorgen gemacht.«

Sie schloß Marina in die Arme wie ein lang vermißtes Kind. Sanders stand an der Tür. Er trug bereits einen Schlafanzug. Die gestreiften Hosenbeine schauten unter dem Bademantel hervor.

Marina wollte sofort auf ihr Zimmer, doch Mrs. Sanders ließ sie nicht gehen.

»Wo waren Sie denn nur so lange?« fragte sie immer wieder. »Ist Ihnen auch wirklich nichts passiert?«

Marina hatte nicht vor, die volle Wahrheit zu sagen. »Ich bin durch Soho gegangen«, erklärte sie.

»Allein?« Lionel Sanders blieb vor Staunen fast der Mund offenstehen.

»Ja.«

»Aber was hätte da alles geschehen können«, rief Mrs. Sanders und rang die Hände.

»Es ist aber nichts geschehen«, erwiderte Marina. »Und jetzt bin ich wirklich müde.«

»Ja, ja, natürlich. Gehen Sie ruhig schlafen. Gute Nacht.«

Marina war schon an der Tür, als ihr noch etwas einfiel. »Eine Frage hätte ich noch. Ist es eigentlich weit von hier bis zu Scotland Yard?«

»Zu Fuß etwa eine halbe Stunde. Aber warum fragen Sie?« wollte Mr. Sanders wissen.

Marina hob die Schultern. »Nur so. Danke. Gute Nacht.«

Marina schloß leise die Tür hinter sich. Das Ehepaar Sanders sah seinem Gast verständnislos nach. Die beiden konnten nur den Kopf schütteln.

Hinter den dicken Brillengläsern funkelten hellwache Augen. Der Mund war wie immer leidend verzogen. Zwei Hände hielten ein Wasserglas umklammert, in dem sich langsam eine Tablette auflöste. Wer den Mann nicht näher kannte, mußte ihn für einen griesgrämigen Stubenhocker halten. Aber Superintendent Powell war genau das Gegenteil. Er war John Sinclairs direkter Vorgesetzter. Und ein Stratege par excellence. Powell hatte die Gabe, von seinem Schreibtisch aus komplizierte Fälle zu lösen. Wenn es jedoch haarig wurde, dann schickte er sein As an die Horrorfront.

John Sinclair.

Johns Dienstantritt hatte mit einem Besuch bei Superintendent Powell begonnen. Lagebesprechung wurde so etwas genannt. Und immer wenn Powell etwas auf dem Herzen hatte, verzog er seinen Mund.

So wie heute.

»Sie sind auch nicht totzukriegen, wie?« fragte er John. »Noch nicht einmal durch einen Kreuzritter.« Dabei spielte er auf Sinclairs letzten Fall an.

Der Geisterjäger hob die Schultern und gestattete sich ein Grinsen. »Mein Schädel ist eben aus Stahl, Sir. Außerdem – was würden Sie ohne mich machen?«

»In Pension gehen, Sie Witzbold. Aber leider bin ich ja für Sie verantwortlich.«

»Sie Ärmster. Wenn ich Zeit habe, werde ich Sie bedauern.« John zündete sich eine Zigarette an. Er blies den Rauch gegen die Decke, wo er von einem plötzlichen Luftzug durcheinandergewirbelt wurde.

Powells Sekretärin betrat das Büro. »Die Unterlagen, Sir«, sagte sie und legte einen grünen Schnellhefter auf den Schreibtisch des Superintendenten.

John grinste und blinzelte der schon älteren Dame zu. Sie wurde rot und verließ hastig das Büro.

»Das Flirten innerhalb des Hauses wird nicht gern gesehen«, sagte Powell tadelnd und schlug den Schnellhefter auf. »Es geht um folgendes«, begann er mit seiner Rede. »Vor etwa drei Monaten verschwanden aus den verschiedensten Krankenhäusern hier in London Blutkonserven. Die Einbrecher gingen raffiniert vor. Nicht einmal ein Fingerabdruck blieb zurück. Und gesehen wurden sie auch nicht. Wir haben natürlich alles versucht. Krankenhäuser sind überwacht worden, aber ohne Erfolg. Die Diebe waren geschickt.«

»Und jetzt soll ich die Bande jagen?« vermutete John.

»So ist es, mein Lieber.«

Der Oberinspektor runzelte die Stirn. »Sie wissen ja hoffentlich, daß ich einen bestimmten Job habe. Blutkonservenräuber zu jagen liegt wohl nicht auf meiner Linie.«

Powell grinste verschmitzt. »Das würde ich nicht so ohne weiteres sagen. Es kommt nur darauf an, aus welcher Perspektive man den Fall betrachtet.«

»Und die wäre?«

Der Superintendent beugte sich vor. »Fragen wir doch einmal so. Was haben die Diebe mit den Blutkonserven vor? Wofür benötigen sie die Vorräte?«

John hob die Schultern. »Was weiß ich? Vielleicht wollen sie die Konserven verkaufen. Es gibt sicherlich Leute, die genügend dafür zahlen, das können Sie mir glauben, Sir.«

Powell nickte und nahm einen Schluck. »Das wäre eine Möglichkeit«, gab er zu.

»Und die andere?«

Powell stellte das Glas hart auf die Schreibtischplatte. »Himmel, Sinclair, wer braucht denn noch Blut? Wer ernährt sich von dem Zeug?«

»Vampire!«

»Genau.«

»Mit anderen Worten«, John Sinclair drückte seine Zigarette aus, »vermuten Sie in London Vampire.«

»Ja.«

»Was sagen die Kollegen der anderen Abteilungen dazu?« wollte John wissen.

»Nichts. Ich habe mit denen darüber nicht geredet. Das Gespräch führe ich nur mit Ihnen, John. Klemmen Sie sich hinter den Fall und finden Sie heraus, ob es tatsächlich Vampire sind, die sich an die Blutkonserven herangemacht haben.«

Der Geisterjäger lächelte. »Sie scheinen gelernt zu haben, Sir«, sagte er. »Früher war ich derjenige, der Sie auf die Fälle gestoßen hat. Heute hat . . .«

»Ja, ja.« Powell winkte ab. »Sparen Sie sich Ihre Ironie, mein Lieber. Wenn sich der Fall als Fehlschuß erweisen sollte, dann trage ich die volle Verantwortung.«

John erhob sich. »Dann auf den Rohrkrepierer«, sagte er und wandte sich der Tür zu.

»John!« Powells Ruf stoppte den Geisterjäger.

»Ja.«

»Immer daran denken: Demut, John. Nur Demut!«

»O ja«, erwiderte der Oberinspektor, klemmte sich den Schnellhefter unter den Arm und ging zu seinem Büro.

John Sinclair war von dem Fall nicht gerade erbaut. Er erschien ihm zu sehr an den Haaren herbeigezogen. Aber es war ja Sommerzeit. Und in diesen Monaten suchten die Zeitungen krampfhaft nach Aufhängern, warum also nicht auch die Polizei? Man mußte für sein Gehalt ja was tun.

Die schwarzhaarige Glenda, Johns Sekretärin, war in Urlaub. Sie sonnte sich an der französischen Riviera und hatte sogar eine Ansichtskarte geschickt.

Der Geisterjäger las die Grüße, die mit rotem Kugelschreiber geschrieben worden waren, und schüttelte lächelnd den Kopf. Er wußte schon längst Bescheid. Glenda hatte sich in ihn verliebt. Doch da machte John nicht mit. Techtelmechtel innerhalb des Betriebs waren nicht nach seinem Geschmack, obwohl er einem Flirt nie abgeneigt war.

Kaffee mußte sich John an einem Automaten ziehen. Den heißen Pappbecher in beiden Händen balancierend, setzte er sich hinter den Schreibtisch und begann mit dem Studium der Akten.

Er hatte die erste Seite noch gar nicht gelesen, da summte das Telefon. Er hob den Hörer ab, und damit begann für ihn ein Fall, der ihn fast an die Grenze des Wahnsinns treiben sollte . . .

Marina Held hatte schlecht geschlafen. Sie war erst nach einer Stunde in einen unruhigen Schlaf gefallen und auch beim ersten Sonnenstrahl schon wieder wach.

Sie hörte jedes Geräusch im Haus. Das Rauschen der Wasserspülung, die Stimme von Mrs. Sanders, die knappen Sätze, mit denen sich Lionel Sanders verabschiedete. Er mußte zur Arbeit.

Dann hielt Marina nichts mehr im Bett.

Mrs. Sanders schaute verwundert, als sie ihren deutschen Gast schon so früh auf den Beinen sah. »Aber was ist denn mit Ihnen los, Marina? Sie können doch noch liegenbleiben.«

»Ich kann nicht mehr schlafen.«

Mrs. Sanders schaute Marina prüfend an. »Sie sehen schlecht aus, Kind. Haben Sie überhaupt ein Auge zugetan?«

»Ja, danke.«

»Dann wird es wahrscheinlich die ungewohnte Umgebung sein«, meinte Mrs. Sanders. »Aber warten Sie ab. In ein bis zwei Tagen haben Sie sich prächtig eingewöhnt.«

»Ich hoffe es.« Marinas Lächeln fiel nicht sehr froh aus.

Mrs. Sanders legte ihr einen Arm um die Schultern. »Aber nun werden wir erst einmal frühstücken. Der Tisch ist schon gedeckt. Ich hoffe nur, daß es Ihnen schmeckt.«

Sie hatte sich viel Mühe gegeben, aber da Marina nicht gerne Cornflakes aß, machte ihr das Frühstück keinen rechten Spaß. Selbst die Eier mit Speck konnten ihre Laune nicht heben. Lustlos schluckte sie ein paar Bissen und lächelte Mrs. Sanders hin und wieder zu. Sie überlegte, ob sie der Gastgeberin von ihrem Vorhaben etwas sagen sollte, entschied sich aber dagegen. Wahrscheinlich hätte die Frau sie ausgelacht.

Marina Held zündete sich eine Zigarette an, was Mrs. Sanders mit einem mißbilligenden Blick quittierte.

»Ich werde gleich weggehen«, sagte Marina.

»Und wohin?«

»London ansehen!«

»Aber doch nicht wieder nach Soho«, warnte Mrs. Sanders.

Marina stäubte die Asche ab. »Nein, diesmal nicht. Ich möchte in die City. Trafalgar Square, Big Ben, Hyde Park, Downing Street . . . Na, Sie wissen schon.«

»Das ist natürlich etwas anderes.« Mrs. Sanders strahlte erleichtert. »Wollen Sie einen Bus nehmen?«

»Ja.«

»Die Haltestelle ist ganz in der Nähe. Alle zehn Minuten fährt ein Bus.«

Marina Held war nicht die einzige an der Haltestelle. Sie stellte sich an der Schlange an. Als der doppelstöckige rote Bus hielt, kletterte sie über die Wendeltreppe nach oben.

Die junge Deutsche bekam die Fahrt gar nicht so recht mit. Sie war zu sehr mit ihren Gedanken beschäftigt. Immer wieder fragte sie sich, ob es der richtige Weg war, den sie eingeschlagen hatte. Aber was sie sich einmal vorgenommen hatte, das führte sie auch durch.

Beinahe hätte sie die Haltestelle verpaßt. Sie stieg an der Victoria Street aus und ging den Rest der Strecke bis zum Scotland-Yard-Gebäude zu Fuß.

Es war schon ein imposanter Bau, den Marina vor sich sah. Steil stieg das Gebäude in den Sommerhimmel. Die Sonnenstrahlen spiegelten sich in den unzähligen Scheiben. Die großen, gläsernen Eingangstüren waren in ständiger Bewegung.

Marina gab sich einen Ruck und ging auf den Eingang zu. Sie fühlte sich in der Halle ziemlich verloren, entdeckte aber dann die Anmeldung. Es war ein Glaskasten, in dem zwei Beamte saßen.

Freundlich wurde Marina nach ihren Wünschen gefragt.

Sie druckste herum, faßte sich aber dann ein Herz und berichtete ihre Geschichte.

Der Beamte lächelte.

Marina wurde wütend. Sie hatte es nicht gern, wenn man sie belächelte.

»Es ist aber so«, rief sie, »glauben Sie mir!«

»Schön. Und was kann ich dann für Sie tun?«

»Mich zu einem Ihrer Beamten bringen, der sich mit dem Fall beschäftigen kann.«

»Okay«, sagte der Polizist. »Wir werden Sie ja doch nicht los. Ich spreche mal mit Oberinspektor Sinclair. Das ist bei uns der Mann, der . . . auch egal, Sie werden ihn ja kennenlernen.«

Der Mann griff zum Telefonhörer.

Der Beamte unten am Empfang war von John Sinclair schon einiges gewohnt. Deshalb fiel er auch direkt mit der Tür ins Haus.

»Hier unten ist eine junge Dame, die angeblich Vampire gesehen hat«, sagte er mit einer Stimme, als habe er neben sich eine Geisteskranke stehen.

»Wo hat sie die gesehen?« erkundigte sich John.

»In einer Bar.«

»Hm.« Der Geisterjäger überlegte blitzschnell. Noch vor wenigen Minuten hatten er und der Superintendent von Vampiren gesprochen. Und jetzt meldete sich eine Person, die behauptete, tatsächlich Untote gesehen zu haben. Ein mehr als seltsamer Zufall.

»Schicken Sie die Dame zu mir ins Büro«, entschied John Sinclair.

Der Beamte unten atmete tief ein. »Sehr wohl, Sir.«

John legte wieder auf. Er gönnte sich eine Zigarette und nippte hin und wieder an seinem Kaffee.

Vampire in London! Die Vorstellung kreiste in seinem Kopf. Sollte da tatsächlich etwas dran sein? Das wäre schon ein Hammer. Und ein junges Mädchen wollte die Untoten gesehen haben.

John war gespannt.

Drei Minuten wurde seine Geduld auf die Probe gestellt. Dann klopfte es an die Tür.

»Come in«, rief der Geisterjäger und stand auf.

Ein Beamter brachte die Zeugin herein. John Sinclair hatte das Gefühl, ihn träfe der Schlag.

Vor ihm stand seine Bekannte aus dem Flugzeug.

Aber auch sie war überrascht. Marina machte ein Gesicht, als verstehe sie die Welt nicht mehr. Ungläubig schüttelte sie den Kopf, und John erkannte, daß die Überraschung nicht gespielt war.

Der Beamte zog sich zurück.

John gewann die Fassung als erster wieder. Er lächelte. »Na, dann nehmen Sie mal Platz, Marina«, sagte er und deutete auf den Besucherstuhl.

Doch Marina blieb stehen. »Sie . . . also Sie . . .« Die junge Deutsche kam ins Stottern. »Sind Sie dieser Oberinspektor Sinclair?«

»In Lebensgröße.«

»Das ist vielleicht ein Ding.« Marina schlug sich mit der flachen Hand auf den Oberschenkel.

»Da wir gerade beim Vorstellen sind«, sagte John, »darf ich dann um Ihren vollen Namen bitten?«

»Held, Marina Held, Sir.«

John winkte ab. »Das Sir lassen wir weg, und ich werde Sie auch weiterhin Marina nennen.«

»Okay, John.«

Der Geisterjäger lachte. »So gefallen Sie mir schon viel besser. Wollen Sie etwas trinken?«

»Danke. Im Augenblick nicht.«

John nahm hinter seinem Schreibtisch Platz und bot Zigaretten an.

»Ja, ein Stäbchen nehme ich gern«, sagte Marina. »Nach all der Aufregung.« Sie saugte den Rauch in die Lungen und stieß ihn durch die Nasenlöcher wieder aus. »Und ich dachte, Sie wären Beamter!«

»Bin ich auch.«

»Aber doch nicht . . .« Marina schüttelte den Kopf. »Ist ja auch egal. Die Welt ist jedenfalls klein.«

»Sie haben also die Vampire gesehen, wie ich schon hörte?«

»Ja.«

»Erzählen Sie.«

Marina berichtete. Sie ließ nichts aus. Sie hatte Vertrauen zu dem hochgewachsenen blondhaarigen Mann gefaßt, den sie auf dem Flug nach London kennengelernt hatte.

»Und dann rannte ich einfach weg«, sagte sie zum Schluß. »Ich erreichte eine belebte Straße und habe mir ein Taxi genommen.« Sie drückte die Zigarette aus. »Jetzt werden Sie mich wahrscheinlich für eine Spinnerin halten, aber alles stimmt, was ich Ihnen berichtet habe.«

»Ich glaube Ihnen, Marina.«

»Einfach so?«

»Sicher.«

»Aber Sie sind doch Polizist und müssen rational und realistisch denken.«

»Gerade deshalb glaube ich Ihnen. Sehen Sie, Marina, ich habe beim Yard eine Sonderfunktion. Ich beschäftige mich mit Fällen, die außerhalb unseres normalen Bereichs liegen. Ich kämpfe gegen Vampire, Dämonen und finstere Mächte. Ein wirklicher Zufall, wie ihn nur das Leben schreiben kann, hat uns zusammengebracht, und ich muß zugeben, es ist gut für uns beide.«

»Das hätte ich mir nie träumen lassen.« Marina schüttelte immer wieder den Kopf.

»Aber nun zur Sache. Beschreiben Sie mir die Bar. Ich meine, sagen Sie mir, wo sie liegt.«

»Keine Ahnung. Ich habe mir keine Straßennamen merken können.«

»Aber Sie müssen doch ungefähr wissen, wie Sie dorthin gekommen sind.«

»Das schon.« Marina versuchte eine Beschreibung zu geben. Sie erinnerte sich auch an manche Einzelheiten, aber die Straßennamen kannte sie nicht.

John Sinclair blieb optimistisch. »Das ist nicht tragisch, Marina. Dann werden wir beide eben losfahren und die Bar suchen.«

»Moment!« Marina sprang plötzlich auf. »Mir ist der Name eingefallen. ›Shocking Palace‹.«

John hob die Schultern. »Nie gehört. Aber warten Sie, das werden wir gleich haben.« Der Geisterjäger griff zum Telefonhörer und ließ sich die Nummer vom Gewerbeaufsichtsamt heraussuchen. Dort gab es eine Abteilung, in der man sich über die Besitzverhältnisse von Lokalen genauestens informieren konnte.

Johns Gesprächspartner bat um Geduld und versprach, zurückzurufen. John und Marina unterhielten sich in der Zwischenzeit. »Zuerst wollte ich gar nicht zur Polizei gehen, weil ich fürchtete, man würde mich auslachen. Aber jetzt . . .«

»Sie haben sich richtig entschieden, Marina. Niemand lacht Sie aus. Ich . . .«

Das Telefon läutete. Sinclair hörte zu und notierte sich einen Namen.

»Haben Sie den Besitzer?« fragte Marina.

»Ja.« John Sinclair blickte auf den kleinen Zettel. »Er heißt Morton Hendricks. Er wohnt allerdings nicht in Soho, sondern auf der anderen Seite der Themse, in Southwark.«

»Fahren wir hin?« fragte Marina.

»Nein.« John lächelte. »Ich fahre hin. Sie nicht. Es ist zu gefährlich. Sie bleiben bei Ihren Gasteltern.«

»Nein. Ich möchte dabeisein. Ich habe Sie schließlich auf die Spur gebracht. Ich will ja nicht zu dem Kerl in die Wohnung. Meinetwegen kann ich im Wagen sitzenbleiben. Aber ich finde es aufregend, mit einem Oberinspektor durch London zu fahren.«

John winkte ab. »Versprechen Sie sich nicht zuviel, Marina. Das kann sehr langweilig werden.«

Aber Marina ließ sich nicht abschütteln. »Darf ich nun mit? Ja oder nein?«

»Von mir aus. Aber pfuschen Sie mir um Himmels willen nicht ins Handwerk. Und Sie bleiben auch nur bei dieser einen Tour dabei. Danach werde ich Sie wieder in die Berners Street bringen.«

»Das ist mir egal«, erwiderte Marina Held.

Die drei Vampirfrauen gingen bei ihrer Suche systematisch vor. Ginny, die so gut zeichnen konnte, daß man das Original von einer Fotografie fast nicht unterscheiden konnte, hatte auf Laras Anweisung hin ein Phantombild angefertigt.

Und damit waren die Vampirinnen in Soho unterwegs.

Sie zeigten das Bild Diskothenbesitzern, Rockern und Gammlern. Überall nur Kopfschütteln. Sie weiteten ihren Bezirk aus, gingen zu den Taxiständen und erkundigten sich auch dort.

Und bei einem hatten sie Glück.

Es war Mona, die den richtigen Fahrer fragte. Er hatte noch Dienst. Ein Kollege war ausgefallen, und der Mann wollte sich die lohnende Tagesschicht nicht entgehen lassen.

Als Mona erschien, aß er gerade einen Sandwich.

»Ja, die kenne ich«, sagte er und nickte bestätigend.

Zwei Kollegen schlenderten herbei und blickten ebenfalls auf das Bild, um danach aber die blondhaarige Mona anzustarren, die bei der Hitze eine bunte, weit ausgeschnittene Bluse und einen leichten Rock trug, der einiges von ihren Beinen zeigte.

»Wo haben Sie das Mädchen gesehen?« hakte Mona nach.

»Ich habe sie gefahren.«

»Wann?«

Der Driver spie ein Stück Wurstpelle aus. »Sagen Sie mal,

schöne Maid, warum interessiert Sie das eigentlich? Was ist denn mit der Kleinen los?«

Für solche Fragen hatte Mona eine Ausrede parat. »Sie ist von zu Hause ausgerissen, und jetzt weiß ich nicht, wo sie wohnt. Ich bin ihre Schwester.«

Der Fahrer nickte. »Ach so, ja. Ich habe sie in die Berners Street gefahren. Hausnummer neunzig oder zweiundneunzig.«

»Danke«, sagte Mona lächelnd, »Sie haben mir wirklich sehr geholfen.«

Die blondhaarige Mona sah im Moment nicht aus wie ein Vampir. Die Verwandlung begann erst abends. Tagsüber liefen die Schwestern als normale Menschen herum.

»He«, rief einer der anderen Fahrer Mona nach. »Wie wär's? Wollen wir nicht mal 'ne Tour zusammen machen?«

Mona drehte sich um. Sie lächelte falsch und gurrte: »Du würdest dich wundern, Junge.«

Dann ging sie weiter. Jetzt, wo sie die Adresse hatte, konnte nichts mehr schiefgehen.

Die Zeugin war reif!

Die Fahrt zur Westminster Bridge führte an geschichtsträchtigen Stätten vorbei. John steuerte den Wagen langsam zur Westminster Abbey und dem wuchtigen Big Ben, der größten Uhr der Welt. Bevor sie auf die Brücke fuhren, zeigte John nach rechts.

»Sehen Sie aus dem Fenster, Marina. Dort liegen die Houses of Parliament, Sitz des englischen Parlaments.«

Marina nickte. Sie genoß die Fahrt in John Sinclairs silbermetallicfarbenem Bentley. John fuhr bewußt etwas langsamer, als sie die Brücke überquerten. Linker Hand erhob sich die altehrwürdige County Hall, rechts lag das St.-Thomas-Hospital, aus dem auch Blutkonserven gestohlen worden waren.

Auf der Themse herrschte reger Betrieb. Schwere Frachtkähne fuhren stromaufwärts, und Touristenboote, hell angestrichen und fröhlich beflaggt, zerschnitten mit ihren spitzen Bugen die Wellen.

Über die York Road fuhren sie weiter, vorbei an dem großen Bahnhof, der Waterloo Station, der nur von innerbritischen Zügen angelaufen wird. Über die Stamford Street ging es weiter nach Southwark hinein.

Sie hatten jetzt ein ärmliches Viertel erreicht. Hier, südlich der Themse, wohnten meist Hafenarbeiter sowie Farbige aus Afrika oder Asien. Häufig kam es zu Spannungen, die in blutigen Gewalttaten gipfelten. Der Polizist, der in diesem Bezirk seinen Dienst tat, hatte es schwer, für Ruhe und Ordnung zu sorgen.

Marina Held betrachtete die schmutzigen Hausfassaden und die zahlreichen Kinder, die auf den Bürgersteigen spielten. »Hier soll ein Barbesitzer wohnen?« meinte sie zweifelnd.

John nickte.

»Kommt mir auch komisch vor«, gab er zu. »Aber ich glaube, daß wir den Fall nicht mit normalen Maßstäben messen können.«

Die Straße, in der Morton Hendricks wohnte, war nicht auf dem normalen Stadtplan verzeichnet, so klein war sie. John mußte eine Spezialkarte zur Hand nehmen, um die Adresse zu suchen.

Er fand sie in der Nähe der Union School. Nicht mehr als eine Gasse und leicht geschwungen.

Den Wagen ließ John am Schulhof stehen. In dieser ärmlichen Gegend wirkte der Bentley wie ein UFO am Piccadilly Circus.

Marina und er stiegen aus.

Es war sehr heiß geworden. John Sinclair trug trotzdem ein Jackett. Nicht jeder sollte sehen können, daß er mit einer Waffe herumlief. Das konnte leicht zu Komplikationen führen.

Die Menschen saßen vor den Häusern. Verhärmt aussehende Frauen mit strähnigen Haaren. Sie hockten da, rauchten und starrten den Menschen nach, die an ihnen vorbeigingen. Die Jugendlichen waren in der Überzahl. Sie lehnten an den Hauswänden und ließen Flaschen mit billigem Gin kreisen. Anzügliche Bemerkungen wurden John und Marina nachgeworfen.

»Kümmern Sie sich nicht darum«, empfahl der Geisterjäger. »Das ist hier so üblich.«

Marina lachte. »Ich habe auch keine Angst. Schließlich sind Sie ja bei mir.«

»Na ja, ein Supermann bin ich auch nicht«, dämpfte John ihren Optimismus.

An einer Straßenecke blieben sie stehen. John orientierte sich, doch Marina war es, die die Straße entdeckte. »Da links, da müssen wir hinein.«

»Wunderbar, Sie hätten Detektivin werden sollen«, lobte John die junge Deutsche.

»Sie machen sich lustig über mich.«

»Keineswegs, kommen Sie.«

Die schmale Straße machte einen Bogen und lief in ein freies Gartengelände aus, auf dem einige Bretterbuden auf den Abbruch warteten. Das Gelände war zum Teil schon umzäunt. Große Tafeln verkündeten, daß die Stadt London eine Sanierung durchführen wollte.

Morton Hendricks wohnte so ziemlich am Ende der Straße. Ein Wagen parkte vor seinem Haus. Ein amerikanischer Packard.

Es war ein ziemlich neues Modell. Die Sonne spiegelte sich in dem grasgrünen Lack.

Das Haus, in dem Morton Hendricks wohnte, war zweistöckig. Eine Klingel gab es nicht. Der Klopfer an der Haustür war abgebrochen. John Sinclair stellte fest, daß die Tür spaltbreit offenstand.

»Die haben ja noch nicht mal Gardinen vor den Fenstern«, sagte Marina Held verwundert.

»Das ist in dieser Gegend auch nicht nötig«, gab John zur Antwort.

Der Geisterjäger drückte die Tür auf. »Bleiben Sie hinter mir«, sagte er zu Marina.

Das Mädchen nickte folgsam.

John betrat einen engen Hausflur, in dem es nicht nur roch, sondern schon stank. Eine Mischung aus verfaultem Unrat und abgestandenem Essen. Die Wände waren beschmiert. Eindeutige Zeichnungen und zotige Verse wechselten sich ab. Durch ein schmutziges Fenster am Ende des Flurs fiel etwas Licht.

Eine Wohnungstür wurde aufgedrückt. Das Gesicht eines bärtigen Mannes tauchte auf.

Ehe der Typ sich zurückziehen konnte, war John bei ihm.

»Moment mal, Mister!«

Der Mann kniff mißtrauisch die Augen zusammen. Es war ein

Wunder, daß er überhaupt noch etwas sehen konnte. Whiskyatem schlug dem Geisterjäger entgegen.

»Wir wollen zu Morton Hendricks«, sagte Sinclair, »wo können wir ihn finden?«

»Oben!«

Ein Knall, und die Tür war zu.

»Nicht sehr freundlich, die Mieter hier«, sagte Marina.

John hob die Schultern. »Sie werden ihre Gründe haben.«

Die Treppe sah nicht sehr vertrauenerweckend aus, aber John und Marina blieb keine andere Möglichkeit, in die erste Etage zu gelangen.

Dann hörten sie die Stimmen. Männerstimmen. Sie mußten aus Hendricks Wohnung kommen. Aus der Unterhaltung ging hervor, daß es sich nicht gerade um eine gemütliche Bierrunde handelte.

Ein Schlag klatschte.

Stöhnen, ein Schrei.

John preßte die Lippen zusammen. Er kannte diese Geräusche. Dort oben wurde jemand zusammengeschlagen.

Der Oberinspektor ging schneller. Hendricks' Wohnungstür stand offen. Der Besucher kam erst gar nicht in eine Diele, sondern gelangte in einen schmutzigen Raum, der mit allerlei Gerümpel vom Trödlermarkt vollgestellt war.

Zwei Männer wandten John ihre Rücken zu. Er sah die breiten Schultern und die Muskelpakete unter den Hemden und wußte sofort, mit wem er es zu tun hatte.

Diese Kerle waren Schläger.

Ein dritter Mann lag auf dem Boden. Direkt unter dem Fenster mit der schmutzigen Scheibe. Der Mann – sicher war es Morton Hendricks – stöhnte. Er hatte schon einige harte Schläge einstecken müssen.

John bedeutete Marina Held, zurückzubleiben.

Das Mädchen verstand und ging vorsichtig drei Schritte rückwärts. Es war blaß geworden.

Gerade holte einer der beiden Kerle zu einem Tritt aus.

Hendricks schrie schon im voraus auf. »Nicht«, rief er, »ich zahle ja, ich treibe das Geld auf, aber nicht schlagen! Bitte!«

Der Kerl lachte tückisch.

Und in sein Lachen mischte sich Johns Stimme.

»Guten Tag«, sagte der Geisterjäger.

Die Worte wirkten wie eine Bombe. Die beiden Schläger standen erst zwei Sekunden lang unbeweglich, so als lauschten sie den Worten nach, dann aber kreiselten sie herum.

John Sinclair stand einen Schritt von dem Türrechteck. Die Arme hatte er locker an beiden Seiten herabhängen.

Die Schläger sahen, daß sie es nur mit einem Gegner zu tun hatten, und grinsten.

Es waren Zwillinge. Beide hatten sie dunkles Haar, das glatt nach hinten gekämmt war. Die Hände waren groß wie Bratpfannen, und die Dicke der Arme konnte man schon mit kleinen Baumstämmen vergleichen.

»Hau ab, du Pinscher«, sagte der linke der beiden Schläger, »sonst machen wir Hackfleisch aus dir und treten dich in einen Eimer.«

»Sorry«, antwortete John gelassen, »aber ich habe mit Mr. Hendricks zu reden.«

»Gehen Sie lieber«, stöhnte Hendricks vom Boden her, »die machen keine Scherze.«

John wurde es zu bunt. »Ich auch nicht«, erwiderte er scharf. »Schätze, meine Kollegen vom Revier werden sich bestimmt für euch interessieren.«

Die beiden Schläger hörten John nicht zu. Der linke von ihnen walzte vor. Die Fußbodendielen vibrierten unter seinen Schritten. Seine Rechte kam mit der Wucht eines Dampfhammers. Aber es war ein viel zu weit hervorgeholter Schlag.

John stoppte ihn mit einem gezielten Karatehieb.

Es war ein Schlag, den nur wenige beherrschten. Das Muskelpaket hatte ihn voll nehmen müssen, verdrehte die Augen, begann plötzlich zu zittern und fiel um wie ein nasser Sack.

John hatte bewußt so reagiert. Er konnte sich auf keine ausgiebige Schlägerei einlassen. Dabei hätte er wahrscheinlich den kürzeren gezogen. Bei solchen Typen mußte man hart und konsequent sein.

Schläger Nummer zwei lief rot an vor Wut. Dann holte er einen

Totschläger hervor. Es war ein Bleirohr, mit dem man einem Elefanten den Schädel einschlagen konnte.

John hatte keine Lust, mit einem Dickhäuter verwechselt zu werden.

»Jetzt bist du dran«, versprach der Schläger.

In der nächsten Sekunde blickte er in die Mündung einer Beretta. John hatte die Waffe blitzschnell gezogen.

»Tatsächlich?« fragte er sanft.

Der Schläger blieb stehen. Sein Blick schien sich an der Beretta-Mündung festzusaugen.

»Umdrehen«, befahl John.

Der Typ zögerte.

»Mach schon, verdammt!«

Da schwang der Schläger herum. Tapsig wie ein Bär.

Mit zwei langen Schritten stand der Geisterjäger hinter dem Kerl. Er befand sich noch in der Drehung, als John Sinclair zuschlug. Genau dosiert krachte der Waffenlauf gegen die Schläfe des Schlägers, der daraufhin die Augen verdrehte und sich schlafen legte.

Wieder dröhnte es, als der Körper auf den Boden schlug.

John Sinclair ging zur Tür und winkte Marina Held ins Zimmer. »Kommen Sie, alles klar.«

Marinas Augen wurden groß, als sie die Kerle erblickte.

»Ich hatte vielleicht eine Angst«, flüsterte sie.

John lächelte beruhigend. »Halb so schlimm. Man muß den Typen nur mal zeigen, wer Herr im Haus ist. Was wollten sie eigentlich von Ihnen, Mr. Hendricks?«

Morton Hendricks hockte noch am Boden. Er hatte sich jetzt etwas aufgerichtet und seinen Rücken gegen die schmutzige Wand gelehnt. Die Hände hielt er auf den Leib gepreßt.

John sah sich den Mann an. Hendricks war ein Wrack. Gezeichnet und ausgelaugt vom Alkohol. Sein Gesicht war hager, die Augen lagen tief in den Höhlen. Die Kleidung schlotterte an seinem Körper. Alte Hosenträger hielten die schmutzige Cordhose.

»Sie . . . sie wollten Geld«, sagte Hendricks.

»Und wofür?«

»Ich hatte mir mal was geliehen. Zehn Pfund. Fünfzehn sollte ich zurückzahlen.«

»Wo haben Sie sich das Geld geliehen?«

»Bei einem Verleiher.«

»Also Wucherer.«

Hendricks senkte den Kopf. »Was soll man machen? Ich bin ein armes Schwein und auf jeden Penny angewiesen.«

»Immerhin sind Sie Barbesitzer«, sagte John Sinclair.

Hendricks winkte ab. »Nein, nein, Mister. Nee, das schminken Sie sich mal ab.«

»Wieso? Gehört Ihnen die Bar nicht?«

»Mir?« Morton Hendricks tippte sich gegen die Brust und kicherte hohl. Dann hustete er trocken. »Mist«, keuchte er, »Irgendwann kriege ich noch die Schwindsucht. Wissen Sie, Mister, das mit der Bar war so. Da kam eines Tages 'ne Puppe zu mir. Das heißt, ich habe sie getroffen. Im Regent Park. Ich saß dort auf einer Bank und ließ mich von der Sonne bescheinen. Wieso die Puppe mich ausgesucht hat, weiß ich nicht. Ist aber egal. Sie sprach mich an.« Hendricks hob den Kopf. Dann deutete er auf eine wacklige Kommode. »Da ist noch eine Flasche drin«, sagte er. »Geben Sie mir die.«

Marina zog die Tür der Kommode auf und holte eine Ginflasche heraus.

Sie warf dem Mann die Flasche zu. Er fing sie geschickt und routiniert auf. Den Korken zog er mit den Zähnen aus der Öffnung. Dann ließ er den billigen Gin in seine Kehle gluckern. »Auch einen Schluck?« fragte er.

Der Oberinspektor schüttelte den Kopf.

Hendricks nickte. »Ich weiß, ihr seid zu fein dafür.«

»Das hat damit nichts zu tun«, erwiderte der Geisterjäger. »Aber ich bin im Dienst.«

Hendricks lachte. »Ja, ihr Bullen seid genau.«

»Erzählen Sie weiter«, forderte John den Mann auf.

»Ach ja, so. Wie gesagt, die Puppe quatschte mich an. Mann, Mister, die hatte ein Fahrgestell und eine Hügellandschaft unter der Bluse. Da konnte es einem ganz anders werden. Die setzte sich also zu mir auf die Bank. Ich denke noch: Na, was will die denn, da setzt sie sich schon neben mich und rückt auch näher.« Hendricks nahm schnell einen Schluck. »Ob ich an einem Geschäft interessiert sei, fragte sie mich. Immer, habe ich gesagt. Ich dachte nämlich, ich könnte mit ihr einen draufmachen. Nichts. Sie wedelte mit einer Zehn-Pfund-Note. Auch davon bekam ich glänzende Augen. Ich fragte, was ich dafür tun sollte. Sie wollte nur meinen Namen haben, mehr nicht. Ich war einverstanden. Die Puppe kaufte mir sogar noch neue Kleider und spendierte ein Bad, aber mehr war nicht. So ein Mist. Wir sind danach zu einer Verwaltungsstelle gegangen, ich habe irgendwelche Papiere unterschrieben, und dann war ich plötzlich Barbesitzer. Ich weiß nicht mal mehr, wie das Ding heißt. Ehrlich.«

»Den Namen der Frau kennen Sie auch nicht?« erkundigte sich John Sinclair.

»Doch. Ich habe zu ihr immer Lara gesagt. Komischer Name – nicht? Wie in diesem Liebesfilm da vor einigen Jahren. Love story – oder?«

»Ja, ja.« John rieb sich nachdenklich das Kinn. »Den Nachnamen wissen Sie nicht?«

»Nein.«

»Kennen Sie denn die Straße, in der die Bar liegt, die Sie gekauft haben?«

»Nein.« Hendricks lachte. »Warum auch? Mich interessiert das nicht. Ich bin froh, wenn ich eine neue Ginflasche bekomme. Und das einmal am Tag.«

»Wie lange wollen Sie eigentlich noch leben?« fragte John.

Morton Hendricks senkte den Kopf. Er zog die Nase hoch und fragte mit kratziger Stimme: »Was geschieht denn mit den beiden Kerlen da?«

»Die werde ich abholen lassen. Ich rufe sofort das nächste Revier an.«

»Aber hier ist kein Telefon.«

»In meinem Wagen.«

John Sinclair verließ das muffige Haus. Marina ging mit ihm. Und auch Hendricks humpelte hinter ihnen her. Die Ginflasche hielt er krampfhaft fest.

»Ich bleibe auch nicht bei denen. Wer weiß, was die mit mir machen, wenn sie wieder aufwachen.«

Noch bevor sie Johns Bentley erreicht hatten, trafen sie auf halber Strecke einen Bobby.

John wies sich aus, erklärte die Lage, und der Bobby strahlte.

»Sie stellen sich als Zeuge zur Verfügung, Sir?« fragte er den Oberinspektor.

»Selbstverständlich.«

»Dann können wir diesen miesen Kredithai endlich packen. Ich werde sofort alles in die Wege leiten.«

Der Bobby eilte davon.

John holte trotzdem seinen Bentley.

»Mensch, das ist ein Ding«, sagte Marina, als sie sich anschnallte. »Wie Sie mit den beiden Kerlen fertig geworden sind. Einfach super.«

»Halb so wild.«

Als John den schweren Bentley vor Hendricks' Haus stoppte, waren die Polizisten schon da. Soeben wurde der erste Schläger aus dem Haus getragen. Er war noch immer bewußtlos.

John versprach, bei Gelegenheit ein Protokoll zu unterschreiben und seine Zeugenaussage zu machen, und fuhr dann wieder ab.

»So«, sagte er, »nun setze ich Sie bei Ihren Gasteltern ab. Das andere erledige ich allein.«

Marina verzog das Gesicht. »Schade«, seufzte sie.

John lächelte. »That's life«, meinte er und gab Gas.

Mrs. Clara Sanders fühlte sich nicht wohl in ihrer Haut. Einerseits hatte sie sich auf ihren deutschen Gast gefreut, andererseits wiederum war diese Marina Held doch ein ziemlich eigenwilliges Mädchen. Sie ging ihre eigenen Wege und kümmerte sich nicht um die Ratschläge der Älteren.

Helen, die ja leider im Krankenhaus lag, war da anders. Sie fühlte sich zu Hause geborgen und trieb sich nicht stundenlang in der Stadt herum.

Clara Sanders ließ Wasser in den Durchlauferhitzer laufen.

Mrs. Sanders hatte noch Zeit, bis das Wasser heiß war. Sie trank eine Tasse Tee, rückte ein paar Deckchen gerade, fuhr mit dem Staubtuch über eine Kommode und hielt inne, als es klingelte.

Das wird der Postbote sein, dachte sie und öffnete.

Er war es in der Tat.

»Eine Ansichtskarte«, rief er und schwenkte den bunten Gruß in der Hand.

Mrs. Sanders nahm sie entgegen.

»Wer hat denn geschrieben?« erkundigte sich der Briefträger. Er gehörte in diesem Bezirk praktisch schon zur Familie. Seit über zwanzig Jahren trug er die Post aus, kannte jeden seiner Kunden vom Ansehen und wußte Bescheid über ihre kleinen und großen Sorgen.

»Meine Nichte«, sagte Mrs. Sanders, »sie macht zur Zeit an der Küste Urlaub.«

»Die Glückliche«, erwiderte der Briefträger und wollte wieder gehen. Plötzlich fiel ihm noch etwas ein. »Mrs. Sanders«, rief er.

Clara Sanders, die schon halb in ihrer Wohnung war, drehte sich um. »Ja?«

»Da draußen hat mich eine Frau angesprochen.«

Clara Sanders runzelte die Stirn und kam näher. »Was für eine Frau?«

»Eine junge. Sie suchte jemanden.«

»Hat sie auch gesagt, wen?«

»Nein, den Namen wußte sie nicht.« Der Briefträger warf sich seine große Umhängetasche wieder über die Schulter. »Aber sie hat das Mädchen beschrieben.«

»Wie soll sie denn ausgesehen haben?«

»Na ja« der Postbote hob die Schultern. »Blond, mittelgroß, hübsch, hatte Hosen an . . .«

»Das könnte Marina gewesen sein«, sagte Mrs. Sanders.

»Müßte ich die kennen?«

»Marina Held. Ich habe Ihnen doch davon erzählt. Unser deutscher Feriengast.«

Der Postbote schlug sich gegen die Stirn. »Ach so, ja, stimmt. Daran habe ich gar nicht gedacht. Ja, man wird alt und vergeßlich. Aber fragen Sie die Frau doch am besten selbst, Mrs. Sanders. Die ist ja noch da draußen.«

Clara Sanders blickte durch die halb offenstehende Haustür. Sie sah eine schwarzhaarige Frau, die jetzt über den Plattenweg kam und der Tür entgegenstrebte.

»Tolle Puppe«, murmelte der Postbote.

»Aber Mr. Myers, ich bitte Sie . . .« Mrs. Sanders tat entrüstet.

Der Postbote grinste. »Dann viel Vergnügen. Mrs. Sanders. Ich muß weiter.« Er machte der schwarzhaarigen Frau Platz, damit sie vorbeigehen konnte, drehte sich dann noch einmal um und verzog anerkennend die Mundwinkel.

Die schwarzhaarige Fremde blieb dicht vor Mrs. Sanders stehen.

Clara Sanders schätzte sie innerhalb von Sekunden ein. Sie sah gut aus, das mußte man neidlos anerkennen. Langes schwarzes Haar, dunkle Augen. Sie trug eine schwarze Bluse und eine schwarze Hose. Und das bei dem Sommerwetter. Und noch eins fiel Mrs. Sanders ins Auge. Das Gesicht, überhaupt die ganze Haut, die zu sehen war, kam ihr seltsam bleich vor. Wie nasser Schnee, dachte sie.

»Sie wünschen?« fragte Clara Sanders.

Die Frau lächelte. Dabei zogen sich ihre blassen Lippen ein wenig in die Breite.

»Vielleicht können Sie mir helfen, Mrs. Sanders. Ich habe da nämlich ein Problem . . .«

»Ja . . .?«

»Können wir das nicht in Ihrer Wohnung besprechen, Mrs. Sanders?«

Clara Sanders dachte an ihr Wasser, das bald heiß sein mußte, und war einverstanden. »Ja, dann kommen Sie mal mit, Miß . . .«

»Lara, ich heiße Lara.«

Seltsamer Name, dachte Mrs. Sanders, enthielt sich aber eines Kommentars.

Das Wasser war schon heiß. Es sprudelte bereits. Mrs. Sanders stellte den Durchlauferhitzer ab, putzte sich die Hände an ihrer Schürze sauber und wandte sich ihrem Besucher zu.

Lara hatte Platz genommen. Mit übergeschlagenen Beinen saß sie auf dem Küchenstuhl.

Mrs. Sanders setzte sich ihr gegenüber hin. Sie öffnete die

beiden obersten Knöpfe ihres Hauskleides. Dabei lag jetzt ihr Hals frei, und Lara sah die Umrisse der Adern unter der Haut.

Augenblicklich erwachte in ihr die Blutgier! Nur mühsam konnte sie sich beherrschen. Der lange Weg bis hierher hatte sie ausgelaugt. Und das Sonnenlicht hatte ihr auch zugesetzt.

Mrs. Sanders merkte davon nichts. »Worum geht es also, Miß Lara?« fragte sie.

Die Untote hatte das gezeichnete Bild mit. Jetzt holte sie es hervor und schob es über den Tisch. »Kennen Sie dieses Mädchen, Mrs. Sanders?«

Clara Sanders setzte sich eine Brille auf und betrachtete die Zeichnung. »Sicher kenne ich das junge Mädchen«, erwiderte sie. »Es ist unser Gast, Marina Held heißt sie. Ein nettes Ding.«

Die Vampirfrau steckte das Bild wieder ein. »Und wo kann ich Miß Held finden?«

Mrs. Sanders hob die Schultern. »Keine Ahnung. Sie wollte weggehen, das heißt, sie ist weggegangen. Aber wohin, das weiß ich nicht. Tut mir leid.«

»Hat sie keine Andeutung gemacht?« bohrte Lara weiter. »Es ist wichtig für mich, müssen Sie wissen.«

Mrs. Sanders schüttelte den Kopf. »Ich verstehe Sie nicht. Warum ist das für Sie wichtig? Hat Marina etwas ausgefressen?«

Natürlich hatte Lara für solche Fragen die passende Antwort parat. »Ja, da ist in der vergangenen Nacht eine dumme Sache passiert«, sagte sie.

»In der letzten Nacht?« hauchte Mrs. Sanders.

»Ja.«

»Das habe ich mir doch gleich gedacht. Als Marina zurückkam, war sie so komisch. Irgendwie erschreckt. Sie hat auch kaum mit meinem Mann und mir gesprochen. Was hat sie denn nur angestellt?«

Lara druckste herum. Sie war wirklich eine ausgezeichnete Schauspielerin. »Es ist mir ja etwas peinlich, doch ich muß es Ihnen leider sagen, auch wenn Marina Ihr Gast ist. Sie hat sich in unverschämter Weise an meinen Verlobten herangemacht. Es war in einer Discothek in Soho, wie gesagt, es war peinlich. Jetzt wollte ich sie eigentlich aufsuchen, um sie zur Rede zu stellen. Von Frau zu Frau, wissen Sie.«

Mrs. Sanders nickte verständnisvoll.

Lara fuhr fort. »Die Adresse habe ich von meinem Verlobten. Marina hat sich nicht geschämt, ihn einzuladen.«

Clara Sanders schlug mit der flachen Hand auf den Tisch. »Das ist doch die Höhe!«

»Eben.«

Die gute Mrs. Sanders war völlig überrascht. »Nie hätte ich so etwas von Marina angenommen. Ich kenne sie zwar nicht genau, aber daß sie so mannstoll ist, wer hätte das gedacht. Da sieht man wieder, wie man sich doch in einem Menschen täuschen kann. Wollen Sie denn auf sie warten, Miß Lara?«

»Eigentlich schon.« Lara senkte den Blick. »Hat sie wirklich keine Andeutung gemacht, wo sie hingegangen ist?«

»Nein. Oder doch? Lassen Sie mich überlegen.« Mrs. Sanders legte den Mittelfinger der linken Hand gegen ihren Nasenrücken. »Da war doch was«, murmelte sie, »jetzt wo ich genauer darüber nachdenke, fällt es mir wieder ein. Als sie in der vergangenen Nacht gekommen ist, hat sie eine seltsame Frage gestellt. Sie hat sich nach Scotland Yard erkundigt.«

Lara ruckte hoch. »Wonach?«

»Nach Scotland Yard. Vielleicht ist sie sogar hingegangen. Die haben für Touristen ja Besichtigungstouren eingerichtet. Vielleicht hat sie an einem Rundgang teilgenommen.«

»Wann sie zurückkommt, das hat sie nicht erwähnt – oder?«

»Nein. Aber wollen Sie warten?«

»Das wäre gar nicht so schlecht.«

Mrs. Sanders lächelte. »Das freut mich. Dann habe ich ein wenig Unterhaltung. Warten Sie, ich hole uns nur etwas zu trinken. Sie mögen doch einen Schluck?«

»Ja, bitte.«

»Ich habe noch einen selbstgebrannten Aprikosenlikör. Der ist phantastisch.« Mrs. Sanders stand auf. »Ich muß ihn nur noch aus dem Wohnzimmer holen.«

Die Frau verschwand.

Lara lehnte sich zurück. Die Augen hielt sie halb geschlossen, hinter ihrer Stirn tobten die Gedanken. Wenn diese Marina wirklich zu Scotland Yard gegangen war, dann sah es böse aus. Vorausgesetzt, man glaubte ihr die Geschichte. Die meisten Beamten würden sie natürlich auslachen, aber wenn sie an John Sinclair geriet, dann wurde es Zeit, etwas zu unternehmen.

John Sinclair war auch für Lara ein Begriff. Es gab kaum ein Wesen der Finsternis, das John Sinclair nicht kannte. Und wenn er einmal eine Spur aufgenommen hatte, kannte er keinen Pardon mehr. Hohe und mächtige Dämonen waren schon an ihm gescheitert.

Lara merkte, wie ihr schwindlig wurde.

Der Schwächeanfall wurde nicht allein von dem Gedanken an John Sinclair ausgelöst, sondern auch von der Sonneneinwirkung. Die heißen Strahlen brannten durch die Fensterscheiben.

Die verdammte Sonne saugte Lara die Kraft aus den Gliedern.

Sie brauchte Blut. Unbedingt.

Ihre Haut begann sich schon zu verändern. Sie wurde welk. Man konnte sie regelrecht kneten. Nie würde sie in diesem Zustand den Weg zurück schaffen.

Normalerweise machte ihr das Tageslicht nichts aus, wenn aber die Sonne mit der geballten Kraft des Sommers schien, dann wurde es doch kritisch.

Blut!

Nur das konnte sie noch retten.

Laras Blick wurde tückisch und verschlagen, als er sich auf die Tür richtete.

Bald mußte Mrs. Sanders zurückkehren.

Und sie hatte das, was Lara benötigte.

Da war sie schon.

Die Tür wurde aufgestoßen. Mrs. Sanders hielt die Flasche unter dem Arm geklemmt. »So«, sagte sie, »es hat etwas länger gedauert. Ich habe die Flasche versteckt, damit mein Mann . . .« Sie brach mitten im Satz ab. Ihr Blick war auf die am Tisch sitzende Lara gefallen.

Die Untote knurrte sie an.

»Was ist denn mit Ihnen?« flüsterte Mrs. Sanders. »Sie sind so . . .«

Lara knurrte die schreckensstarre Frau an. Es war ein Geräusch, das ganz hinten in der Kehle entstand.

»Lara, was ist . . .«

Die Untote sprang auf. Hinter ihr fiel der Stuhl um.

»Lara!« schrie Mrs. Sanders.

Die Vampirin lachte. Ihr Gesicht war eine Fratze, in der sich die Gier nach Blut widerspiegelte. Sie bewegte sich fauchend auf Mrs. Sanders zu.

Erst jetzt merkte die Frau, daß sie sich in Lebensgefahr befand. Sie wollte sich herumwerfen und flüchten. Dabei rutschte ihr die Flasche aus der Armbeuge, fiel zu Boden und zerplatzte dort.

Mrs. Sanders war völlig durcheinander. Sie prallte in ihrer Hast gegen den Türpfosten.

Und dann war es zu spät.

Sie hörte das Fauchen dicht an ihrem Ohr. Ihr Hilfeschrei wurde von zwei Händen erstickt, die sich um ihren Hals preßten und sie gnadenlos zu Boden drückten.

Mrs. Sanders würgte. Die Augen schienen aus den Höhlen zu treten, das Gesicht lief rot an.

Verzweifelt stemmte sie sich gegen den harten Griff.

Ohne Erfolg.

Die Untote war stärker.

Als sie den Mund aufriß, sah Mrs. Sanders die häßlichen Vampirzähne schon dicht vor ihren Augen. Ihr wurde schwindlig. Die Wellen der Ohnmacht brachen mit geballter Macht über sie herein. Das letzte, was Mrs. Sanders sah, war das triumphierende Leuchten in den Augen der Vampirfrau . . .

John Sinclair ließ den Bentley vor dem Haus Nummer zweiundneunzig in der Berners Street ausrollen.

»Da wären wir«, sagte der Oberinspektor und drehte sich auf seinem Sitz. »Das Abenteuer ist beendet.«

»Schade.« Marina senkte den Kopf. »Und die Bar? Ich meine, Sie werden der Spur doch sicher nachgehen, John?«

Der Geisterjäger nickte. »Worauf Sie sich verlassen können, Marina. Es ist schließlich mein Job.«

»Ja, dann . . .« Marina Held öffnete die Tür. »Good-bye, John Sinclair. Aber geben Sie mir Bescheid, wenn Sie den Fall aufgeklärt haben.«

»Mach ich«, versprach er.

Marina Held schlug die Autotür zu.

Lächelnd sah ihr John Sinclair nach, dann fuhr er wieder an.

Marina ging auf das Haus zu. Der blühende Vorgarten kam ihr auf einmal wie eine trostlose Wüste vor. Sie sah nicht die neugierigen Blicke der Nachbarn und hörte auch nicht ihr Getratsche. Die Leute wunderten sich darüber, daß Marina von einem Mann nach Hause gebracht worden war. Und dann noch in einem Bentley.

Marina Helds Gedanken waren bei John Sinclair. Nie zuvor in ihrem Leben hatte sie solch einen faszinierenden Mann kennengelernt. Sie war beeindruckt von der Ruhe und der Sicherheit, die der Geisterjäger ausströmte. Eine Frau, die diesen Mann bekam, durfte sich wohl glücklich schätzen.

Aber das waren Träumereien und Wunschvorstellungen. Für sie blieb John Sinclair unerreichbar.

Marina Held legte den Zeigefinger auf den Klingelknopf. Sie hatte zwar einen Wohnungstürschlüssel, doch den hatte sie in ihrem Zimmer vergessen.

Niemand öffnete.

War Mrs. Sanders nicht da?

Marina schellte noch einmal. Schon nach wenigen Sekunden brummte der Türsummer.

Marina Held betrat den kühlen Hausflur. Erst jetzt merkte sie, daß ihre Sachen am Körper klebten.

Mrs. Sanders kam ihr nicht entgegen. Sie blieb an der Wohnungstür stehen. Ihr Gesicht lag im Schatten. Sie trug noch immer die gleiche Kleidung wie am Morgen.

»Wo waren Sie?« wurde Marina gefragt.

»Spazieren.« Die junge Deutsche hatte keineswegs vor, die Wahrheit zu sagen. Außerdem war sie ein erwachsener Mensch und konnte tun und lassen, was sie wollte.

»Wollen Sie mir nicht antworten?« fragte Mrs. Sanders.

»Ich habe doch schon gesagt, wo ich gewesen bin.« Marina

drückte sich an Clara Sanders vorbei und betrat die Wohnung. Augenblicklich fiel ihr auf, daß es dort dämmrig war. Kaum ein Sonnenstrahl drang durch das Fenster. Rollos waren vorgezogen. Das Zimmer lag im Halbschatten.

Hinter Marina schloß Mrs. Sanders die Tür.

»Warum ist es denn hier so dunkel?« fragte Marina.

»Ich kann die Sonne nicht vertragen. Davon bekomme ich Kopfschmerzen.«

Marina Held betrat das Wohnzimmer. Auch hier hingen die Rollos vor den beiden Fenstern. Ein süßlich-scharfer Geruch lag in der Luft. Marina ging ein paar Schritte in den Raum hinein und trat in etwas Klebriges.

»Was ist das denn?« Sie bückte sich.

Mrs. Sanders lachte gekünstelt. »Mir ist eine Flasche mit Likör aus der Hand gerutscht. Ich habe es noch nicht ganz wegwischen können.«

Marina lächelte. »Das kann ich ja machen.«

»Nein, nein, mein Kind, das ist meine Sache.« Clara Sanders nahm auf einem der altmodischen Stühle mit der geflochtenen Rückenlehne Platz.

Marina wollte sich ebenfalls setzen. Da fiel ihr auf, wie blaß ihre Gastmutter war.

»Ist Ihnen schlecht?« fragte sie.

»Wieso?«

»Sie sind so bleich.«

»Ich fühle mich nicht besonders. Ich habe Ihnen ja schon gesagt, die Sonne schafft mich.«

»Komisch.« Marina schüttelte den Kopf. Irgend etwas hatte sich in der Wohnung verändert. Sie fühlte es, konnte aber nicht sagen, was es war. Außerdem wollte kein richtiges Gespräch aufkommen. Mrs. Sanders hatte sich ebenfalls gesetzt und sah Marina an. Ihr Blick war stechend. Marina fröstelte. Sie fühlte den kalten Schweiß auf ihrem Körper.

»Kann ich ein Bad nehmen?« fragte sie.

»Natürlich.«

Marina Held erhob sich. Sie ging auf Mrs. Sanders zu und blieb vor ihr stehen. »Ich freue mich schon, wenn Helen aus dem Krankenhaus kommt«, sagte sie.

Clara Sanders gab keine Antwort. Sie sah Marina nur an. Dabei hielt sie den Mund fest geschlossen.

Plötzlich faßte Clara Sanders nach Marinas Hand. »Kommen Sie, ich möchte Ihnen vorher noch etwas zeigen.«

Marina zuckte unter der Berührung zusammen. Eiskalt war die Hand. So, als wären die Adern mit Fischblut gefüllt.

Widerlich fühlte sie sich an.

Marina Held sagte jedoch nichts, sondern nickte.

Clara Sanders ging vor. Dabei ließ sie die Hand des jungen Mädchens nicht los. Sie passierten den Korridor und blieben vor einer verschlossenen Tür stehen.

»Das ist das Schlafzimmer« erklärte Mrs. Sanders.

»Und was soll ich da?«

Clara Sanders lächelte düster. »Sie werden es schon sehen. Lassen Sie sich überraschen.«

»Ist Helen vielleicht schon zurück?« fragte Marina und wußte im selben Moment, wie lächerlich diese Frage war.

Clara Sanders schüttelte den Kopf. »Nein, das nicht.« Sie legte die Hand auf die Klinke und öffnete die Tür. Dann schob sie Marina an sich vorbei in das Zimmer.

Auch hier Dämmerlicht. Rollos hielten die Sonnenstrahlen ab.

Marina sah ein Doppelbett, einen Kleiderschrank und . . .

Neben dem Bett stand eine Frau. Sie wandte Marina Held den Rücken zu.

Clara Sanders schloß die Tür. Das Geräusch durchbrach die lastende Stille.

Marina hatte plötzlich ein schreckliches Gefühl. Ihr Herz schien im Hals zu schlagen. Scharf sog sie die Luft ein. Dann spürte sie Clara Sanders' Hände auf ihren Schultern. Sie wollte sie abwehren, doch sie fand einfach nicht die Kraft dazu.

Langsam – wie in einem Zeitlupenfilm – drehte sich die Gestalt am Bett um.

Marina sah die Bewegung, sah das Profil der Frau – und erstarrte. Vor ihr stand Lara, die Frau aus der Bar!

Im ersten Augenblick hatte Marina das Gefühl, einer optischen Täuschung erlegen zu sein. Sie kniff die Augen zu, öffnete sie wieder, doch das Bild blieb.

Lara stand tatsächlich vor ihr.

Und sie lächelte.

Wissend, teuflisch und gemein. Sie hatte dabei die Lippen verzogen, so daß Marina Held deutlich die Vampirzähne sehen konnte.

Hinter ihr begann Mrs. Sanders zu kichern. »Ja«, flüsterte sie, »sie ist es wirklich. Du täuschst dich nicht, mein Kind. Wir haben auf dich gewartet.«

Marina wußte nicht, was sie sagen sollte. Außerdem brachte sie keinen Ton hervor. Ihre Kehle schien mit Sandpapier eingerieben zu sein. In den Knien spürte sie das berühmte Puddinggefühl.

Lara streckte die Hand aus. »Du heißt Marina, nicht?«

Die junge Deutsche wußte selbst nicht, warum sie nickte. Sie tat es einfach.

»Ein schöner Name, der zu einem schönen Mädchen paßt. Ich möchte dich gern in unserem Kreis begrüßen. Willst du?«

»Nein.« Die Antwort war nur ein Hauch, doch Mrs. Sanders hatte sie verstanden.

»Dann wirst du gezwungen!« zischte sie.

Marina zuckte zusammen. Blitzschnell und auch für Mrs. Sanders überraschend, drehte sie sich um. Die Hände glitten von ihren Schultern, und dann sah Marina Held ihrer Gastmutter ins Gesicht.

Das junge Mädchen erschrak bis ins Mark.

Clara Sanders war ebenfalls ein Vampir!

Sie hatte die Lippen hochgezogen und präsentierte stolz ihre beiden Zähne. »Ja«, sagte sie knurrend. »Auch ich gehöre zu Lara. Sie hat mich dazu gemacht. Und ich bin ihr dankbar. Unendlich dankbar. Das habe ich ihr schon bewiesen. Habe ich dich nicht in eine Falle gelockt, kleine Deutsche? Lara suchte dich. Du bist die einzige Zeugin, und damit du nicht redest, werden wir dich mitnehmen. Um Mitternacht wirst du im Nachtclub der Vampire dein Debüt geben. Als Blutsauger!«

Mrs. Sanders lachte gellend, als habe sie einen phantastischen

Scherz gemacht. Doch nach Scherzen war Marina nicht zumute. Im Gegenteil. Die Angst überfiel sie.

Zum erstenmal spürte Marina Held, was es heißt, von Todesangst gepackt zu werden. Sie wußte, daß sie sich in einer tödlichen Klemme befand und daß kaum eine Chance bestand, ihr zu entrinnen.

John Sinclair fiel ihr ein.

Der Mann, den sie zu schätzen gelernt hatte. Aber Sinclair war weit, und Gedankenlesen konnte er auch nicht.

Marina wußte nicht, was sie tun sollte. Ihr wurde schwindlig. Das Zimmer begann sich vor ihren Augen zu drehen, die Beine wollten nachgeben. Ihrer Kehle entrang sich ein langgezogener Seufzer.

Mrs. Sanders bemerkte Marinas Zustand und faßte zu, ehe das junge Mädchen in die Knie sacken konnte. Mit Schwung warf Clara Marina auf das breite Doppelbett. Die alten Matratzen ächzten, als Marina darauf fiel.

Auf dem Rücken blieb sie liegen.

Lara ging um das Bett herum, blieb einen Moment neben Marina stehen und bückte sich dann zu ihr hinunter. Sie legte beide Hände um Marinas Wangen und hob den Kopf leicht an. Marina sah die häßlichen Zähne dicht vor ihren Augen schimmern.

Jetzt! Jetzt würde sie zubeißen . . .

In Sekundenschnelle schoß alles das durch ihren Kopf, was sie von Vampiren gehört hatte. Vampire waren Untote, die sich von Menschenblut ernährten und durch einen vorn zugespitzten Eichenpflock oder durch geweihte Silberkugeln zu töten waren. Auch Feuer vernichtete sie. Das alles wußte Marina Held aus Filmen und einschlägigen Romanen. Aber nie hätte sie gedacht, einem Vampir jemals gegenüberzustehen. Und dazu noch einem weiblichen.

Doch Lara biß nicht zu. Nein, das wollte sie sich für später aufbewahren.

Statt dessen begann sie zu fragen.

»Du hast dich bei Clara nach Scotland Yard erkundigt.«

»Ja.«

»Und du warst da?«

Marina Held versuchte zu nicken.

»Mit wem hast du dort gesprochen?«

Obwohl sich Marina in einer lebensgefährlichen Lage befand, begann ihr Verstand doch klar und präzise zu arbeiten. Die Frage nach Scotland Yard bewies, daß die Vampirfrau sich fürchtete. Kannte sie John Sinclair vielleicht?

»Ich habe mit John Sinclair gesprochen!« erwiderte Marina Held.

Lara fuhr zurück. Sie stieß einen lästerlichen Fluch aus. In ihren Augen tobte plötzlich der Haß.

»Er weiß alles!« rief Marina. »Alles. Ich habe es ihm erzählt. Ich habe von der Bar berichtet . . .«

»Sei ruhig!« zischte Lara gefährlich leise. Dann wandte sich die Untote an Mrs. Sanders. »Stimmt das?«

»Ich weiß es nicht.«

Marina setzte sich auf. Im Augenblick wurde sie von den beiden Horrorgeschöpfen nicht beachtet. Marina schwang die Beine hoch und setzte alles auf eine Karte.

Blitzschnell ließ sie sich über das Bett rollen, sprang auf der anderen Seite zu Boden und hetzte zur Tür.

Mrs. Sanders schrie auf, stellte sich Marina in den Weg.

Ein unerhört harter Schlag fegte die Frau gegen die Wand. Dann warf sich Marina auf die Tür zu.

Das Bein sah sie zu spät. Es stand ihr genau im Weg. Marina stolperte, fiel zu Boden, und bevor sie sich noch abrollen konnte, war Lara über ihr.

Die Untote hatte die Hand zur Faust geballt. Wuchtig schlug sie damit gegen Marinas Schläfe.

Marina Held hatte das Gefühl, eine Milchstraße blitze vor ihren Augen auf. Aber nur für Bruchteile von Sekunden, dann fiel sie in den tiefen Schacht der Ohnmacht.

Mrs. Sanders löste sich von der Wand. Mit einem Aufschrei wollte sie sich auf das junge Mädchen stürzen, doch Laras Ruf stoppte sie.

»Das hat noch Zeit!«

Clara Sanders blieb stehen.

»Ich werde sie in die Bar schaffen«, sagte Lara. »Ich rufe eine meiner Schwestern an, damit sie mit dem Wagen kommt und uns abholt. Erst in der Nacht wird Marina eine von uns.«

»Und ich?« fragte Mrs. Sanders. »Was mache ich?«

Lara lächelte heimtückisch, als sie antwortete. »Für dich habe ich eine besondere Aufgabe vorgesehen. Du wirst dich um John Sinclair kümmern und ihn zur Strecke bringen . . .«

John Sinclair war froh, daß er Marina Held unbeschadet bei ihren Gasteltern abgeliefert hatte. So nett das Mädchen auch war, es war ihm doch zu sehr ein Klotz am Bein. Marina hätte sicherlich – auch ohne es zu wollen – seine Arbeit behindert.

Der Geisterjäger fuhr zurück zum Yard. Auf halbem Weg jedoch machte er kehrt und lenkte den Bentley zu seiner Wohnung. Ihm war etwas eingefallen.

John fuhr hoch in sein Apartment, nahm seinen Koffer und klappte den Deckel hoch.

Dieser Koffer war John Sinclairs wichtigstes Utensil. Dort lagen all die Waffen, die für eine erfolgreiche Dämonenbekämpfung unerläßlich waren.

Zum Beispiel die mit geweihten Silberkugeln geladene Ersatzpistole. John besaß zwei Berettas. Falls ihm mal eine abhanden kam, stand er nicht waffenlos da. Außerdem beinhaltete der Koffer noch einen silbernen Dolch, die magische Kreide, gnostische Gemmen, geweihte Silberkreuze und eine Spezial-Druckluftpistole, die statt normaler Kugeln Eichenbolzen verschoß.

John wog die Druckluftpistole in der Hand. Sie war zwar etwas klobig, aber für sein Vorhaben bestens geeignet. Dann entnahm er dem Koffer ein silbernes Kreuz. Es war an einer Kette befestigt, und John hängte es sich um den Hals. Die Druckluftpistole ließ er in seiner normalen Halfter verschwinden, nachdem er die Beretta herausgenommen hatte. Die Jacke beulte zwar jetzt etwas aus, doch das störte den blondhaarigen Oberinspektor nicht.

Er verließ seine Wohnung wieder, ließ sich vom Lift nach unten tragen, enterte seinen Bentley und fuhr zu New Scotland Yard. Sein Weg führte ihn zum Archiv der Planungsabteilung.

Ein kurz vor der Pensionierung stehender Beamter empfing den Geisterjäger.

»Aha, der große Geisterkiller«, sagte der Kollege nicht ohne Spott. »Womit kann ich Ihnen dienen?«

John Sinclair seufzte. Es gab noch immer Menschen, die sich nicht an seine Arbeit gewöhnt hatten. Besonders im eigenen Hause war die Skepsis sehr groß. Außerdem drangen die meisten Fälle, die von John Sinclair gelöst wurde, nicht an die Öffentlichkeit. Die Berichte verschwanden in den Geheimschränken von Scotland Yard. Auf Publicity legte der Geisterjäger keinen Wert.

John erwiderte kühl: »Ich brauche eine detaillierte Karte von Soho.«

»Können Sie haben. Augenblick.« Der Kollege ging nach hinten, wo die Archivschränke standen. Er zog eine riesige Schublade auf. Lautlos rollte sie ihm entgegen.

John Sinclair hatte sich inzwischen zu einem Tisch begeben und wartete dort. Es war ein großer Kartentisch und an allen vier Ecken mit kleinen Klammern versehen, mit denen die Karten festgesteckt wurden, damit sie nicht verrutschten.

Der Kollege hatte den Lageplan schnell gefunden. Er entfaltete ihn und breitete ihn auf dem Tisch aus.

Jedes Haus war eingezeichnet und jeder Hinterhof. Von Marina Held wußte John, wohin sie sich ungefähr gewandt hatte. Er verfolgte den Weg und kam auch in das Gebiet, in dem die Bar liegen mußte. John kreiste die Fläche ein, notierte sich die Namen der Straßen und Gassen und erhob sich.

Der Archivbeamte stand neben ihm. Er mußte zu dem Geisterjäger aufsehen. »Na, Erfolg gehabt?« fragte er.

»Ja.«

»Gegen wen geht es denn diesmal? Ist das Monster von Loch Ness nach London gekommen, oder rennen in Soho die Werwölfe herum?«

John blickte den Mann ernst an. Dann sagte er mit geheimnisvollem Ton: »Ich habe einen sehr wichtigen Auftrag. Können Sie schweigen, mein Freund?«

»Wie ein Grab.«

»Ich auch«, erwiderte John grinsend und ließ den Knaben

stehen. Die Worte, die ihm nachgerufen wurden, waren nicht eben kollegial zu nennen.

John fuhr nicht zu seinem Büro hoch, sondern stattete Superintendent Powell einen Besuch ab.

Powell aß gerade zu Mittag. Joghurt pur. Er schaute auf, als Sinclair das Büro betrat.

»Haben Sie auch schon gegessen?« fragte er John.

»Nein. Dazu bleibt einem armen Oberinspektor keine Zeit.«

Powell hob den Blick. »Sie tun sich wohl selbst leid, wie?«

»Manchmal.«

Powell schluckte den Rest Joghurt hinunter, wischte sich dann die Finger an einer Serviette ab und fragte: »Was gibt's?«

»Ihre Theorie scheint sich zu bestätigen, Sir«, sagte John.

Der Superintendent nickte. »Wußte ich's doch! Haben Sie schon einen Vampir gesehen?«

»Nein. Aber vieles deutet darauf hin, daß sie existieren. Und zwar sind es weibliche Untote, Vampirinnen gewissermaßen.«

Powell war beeindruckt. John las es in seinem Gesicht. »Das ist ja mal was anderes. Wo finden wir denn die niedlichen Geschöpfe?« wollte er wissen.

»In einer Bar. ›Shocking Palace‹ heißt der Bums.«

Powell hob die Schultern. »Nie gehört. Sie?«

»Nein.«

»Warum sind Sie denn noch nicht am Ball?« fragte Powell. »Sie sind doch sonst immer so schnell.«

»Weil der Betrieb erst abends losgeht. Und ich möchte mir den Vampirtanz der Damen auf keinen Fall entgehen lassen. Hätten Sie nicht Lust, mitzukommen, Sir?«

»Danke, kein Bedarf.«

John lachte. Er klärte mit Powell noch sein weiteres Vorgehen ab und ging dann in sein Büro.

John wollte sich die Akte über den Raub der Blutkonserven noch einmal durchlesen, doch dazu kam er nicht.

Abermals wurde er durch das Telefon gestört.

Der Geisterjäger meldete sich.

»Hier spricht Mrs. Sanders.«

»Ja. Womit kann ich Ihnen dienen?« John versuchte verzweifelt, sich an den Namen Sanders zu erinnern. Er hatte ihn vor kurzem noch gehört, aber es fiel ihm nicht ein, in welchem Zusammenhang.

Mrs. Sanders klärte den Geisterjäger auf. »Ich bin die Gastmutter von Marina Held«, stellte sie sich vor.

»Ah ja.«

»Ich hätte eine Bitte, Mr. Sinclair.« Die Frau zögerte.

»Ja, reden Sie.«

»Wäre es vielleicht möglich, daß Sie bei uns vorbeikommen? Marina geht es ziemlich schlecht. Sie ist praktisch von einer Minute zur anderen krank geworden und redet laufend etwas von Vampiren und ähnlichen Dingen. Außerdem will sie Sie dringend sprechen. Mir wollte sie es nicht sagen. Würden Sie mir den Gefallen tun und zu uns kommen, Mr. Sinclair?«

John überlegte rasch. So ganz paßte es ihm ja nicht in den Kram. Aber vielleicht war Marina wirklich noch etwas eingefallen, das sie auch ihrer Gastmutter nicht anvertrauen konnte.

»Okay, Mrs. Sanders, ich komme. Warten Sie auf mich.«

»Das ist wirklich sehr nett von Ihnen. Dann kann ich Marina also Bescheid sagen?«

»Ja.«

»Gut, dann bis gleich.«

Sie legte den Hörer auf. John Sinclair nagte nachdenklich an der Unterlippe. Komisch war es schon, daß Marina nicht selbst angerufen hatte. Ob sie wirklich so krank war?

Er mußte hin. Sofort.

John Sinclair ahnte in seinem Tatendrang nicht, daß er in eine Falle fuhr . . .

Zum zweitenmal an jenem Tag stoppte John Sinclair den Bentley in der Berners Street. Ganz in der Nähe der Sanderschen Wohnung fand er einen Parkplatz.

Der Geisterjäger fuhr links ran und stieg aus.

Eine Anwohnerin warf ihm einen neugierigen Blick zu. Sie hatte John Sinclair auch schon mit Marina Held gesehen. Sicher wunderte sie sich, daß der angebliche Kavalier schon wieder da war. Die Wahrheit ahnte sie nicht im entferntesten.

John Sinclair schritt auf die Haustür zu. Er sah, daß sich die Gardine im Parterre bewegte. Mrs. Sanders mußte hinter dem Fenster gewartet haben.

Bevor John die Haustür aufdrücken konnte, wurde sie schon aufgezogen. Die beiden Rocker kamen heraus.

»He, mach Platz«, wurde John angefegt.

Der Geisterjäger trat zur Seite.

Die Rocker sahen ihre Schau gestohlen und reagierten sauer. »Feigling«, riefen sie John Sinclair nach.

Der Oberinspektor kümmerte sich nicht darum. Er vermied Schlägereien, wenn es möglich war.

Die Wohnungstür der Sanders' stand offen.

John wunderte sich. »Mrs. Sanders?« rief er.

»Ja. Kommen Sie nur herein, Mr. Sinclair. Wir haben schon auf Sie gewartet.«

John betrat die Diele.

Sofort fiel ihm das Dämmerlicht auf. Von Mrs. Sanders sah er nur die Umrisse. Die Frau lehnte an einem Türrahmen.

John Sinclair schloß die Wohnungstür. »Können Sie hier kein Licht machen, Mrs. Sanders?«

»Nein. Marina stört das Licht. Sie sagt, daß ihre Augen schmerzen.«

John durchzuckte es wie bei einem elektrischen Schlag. Die Symptome, die Mrs. Sanders eben genannt hatte, waren typisch für das Anfangsstadium des Vampirdaseins.

Sollte Marina tatsächlich . . .?

Der Oberinspektor fühlte, wie sich sein Magen zusammenzog. Wenn das der Fall war, dann mußte er Marina Held töten.

Unwillkürlich tastete er nach seiner Waffe.

»Sie liegt im Schlafzimmer«, rief Mrs. Sanders, »bitte, kommen Sie, Sir.«

Zögernd setzte sich der Geisterjäger in Bewegung. Er fühlte einen feinen Schweißfilm auf der Oberlippe. Er näherte sich der Tür. Mrs. Sanders' Gesicht lag im Schatten. Sie machte eine einladende Handbewegung.

»Dort hinein, bitte.«

John betrat das Schlafzimmer. Es war noch mehr abgedunkelt als die Diele.

Er erkannte einen Schrank, das Bett – und . . .

John zuckte zusammen.

Das Bett war leer.

Gefahr! signalisierte sein Hirn.

Zu spät!

Mrs. Sanders packte zu. Plötzlich lagen ihre Hände um John Sinclairs Hals. Von einer Sekunde zur anderen wurde dem Geisterjäger die Luft knapp.

Er würgte.

Hinter sich hörte er das Kreischen der Frau. Schlagartig wurde John klar, daß nicht Marina Held der Vampir war, sondern Mrs. Sanders. Und die wollte ihn zur Ader lassen.

Mrs. Sanders entwickelte ungeheure Kräfte. Ruckartig wurde John nach vorn gestoßen. Er schaffte es nicht einmal mehr, die Beine gegen den Fußboden zu stemmen, sondern flog auf das Bett zu. Der Geisterjäger fiel weich, doch die Kante des Bettfußes stieß hart gegen seinen Magen.

Die Untote würgte weiter. Sie kniete auf dem Oberinspektor, hatte die Hände um seinen Hals gekrallt, keuchte, fauchte und kicherte in einem.

John versuchte verzweifelt, sich herumzuwerfen. Er schaffte es einfach nicht. Die Vampirin war stärker.

Schon begannen erste rote Kreise vor John Sinclairs Augen zu tanzen. Er wollte die Beine anziehen, um einen Buckel machen zu können, doch die Untote ließ es nicht zu. Dann warf John die Arme hoch und gleichzeitig nach hinten.

Seine Finger krallten sich in einem Haarschopf fest.

John zog.

Mit aller Kraft, die noch in ihm steckte, riß er an den Haaren. Und er schaffte es. Die Untote mußte loslassen. Vom Schwung gepackt, flog die Frau über John Sinclair hinweg und landete weich am Kopfende des Bettes.

John aber sog gierig die Luft in die Lungen. Teufel, das war knapp gewesen. Eine Pause konnte er sich jedoch nicht leisten, denn das verdammte Weib war schon wieder über ihm.

Kniend rutschte sie zu John herüber. Ihr Gesicht war verzerrt, der Mund aufgerissen, die dolchartigen Zähne blitzten.

John Sinclair rollte sich vom Bett. Die Untote griff ins Leere.

Sofort wirbelte sie herum – und sah in die Mündung einer Pistole.

Sie erschrak, war für wenige Lidschläge nicht Herr der Situation.

Der Geisterjäger griff zu. Wieder packte er die grauen Haare der Vampirfrau. Dann drehte er den Kopf herum, so daß die Frau ihn ansehen mußte. Dabei preßte er ihr die Mündung der Bolzenpistole gegen die Rippen.

»Du willst mich erschießen?« kreischte die Untote. »Man kann mich nicht töten. Man . . .«

»Doch, man kann!« erwiderte John Sinclair knallhart. »Diese Waffe ist mit spitzen Eichenbolzen geladen, und Sie wissen, was das bedeutet, Mrs. Sanders.«

Die Widergängerin zuckte zusammen. Sie schien kleiner zu werden. John sah, wie sich in ihre blutunterlaufenen Augen die Angst stahl.

»Ich glaube, wir werden uns jetzt mal in Ruhe unterhalten«, sagte der Geisterjäger. Er mußte sich räuspern, denn in seiner Kehle hatte er immer noch ein kratziges Gefühl. Der Würgegriff war verdammt hart gewesen.

»Ich weiß nichts!« schrie Mrs. Sanders. »Ich kann nichts sagen!«

John verstärkte den Druck der Mündung.

»Lange warte ich nicht«, drohte er.

»Sie . . . sie war hier!« keuchte Mrs. Sanders.

»Wer?«

»Lara!«

»Was wollte sie?«

»Die Zeugin, Marina Held. Lara hat die Adresse herausgefunden und wollte auf sie warten.« Die Vampirfrau schwieg.

»Und dann? Was geschah dann?«

»Lara ist zu mir gekommen. Sie ist jetzt meine Herrin. Sie hat mir den Vampirkuß gegeben. Wir sind Schwestern. Und ich, ich sollte Sie vernichten.«

»Was Ihnen nicht gelungen ist«, sagte John.

»Lara wird mich rächen.«

»Abwarten«, erwiderte der Geisterjäger kühl. Dann wechselte er das Thema. »Was habt ihr mit Marina Held angestellt? Und jetzt will ich die Wahrheit hören, sonst . . .«

»Ihr ist nichts geschehen. Glauben Sie mir!«

»Was habt ihr mit Marina gemacht? Erzählen Sie alles. Von Anfang an!«

Die Vampirin verkrampfte die Hände ineinander. John brauchte kein Hellseher zu sein, um erkennen zu können, daß die Untote Angst hatte. Sie wußte genau, daß der Geisterjäger keine leere Drohung ausgesprochen hatte und daß in der Waffe tatsächlich Eichenbolzen steckten, die für einen Vampir absolut tödlich waren.

»Wir haben hier auf Marina gewartet«, berichtete sie. »Lara und ich. Ich war inzwischen aus dem süßen Rausch erwacht und merkte, daß mir ebenfalls Zähne gewachsen waren. Ich war zu einem Vampir geworden. Die Gier nach Blut packte mich. Ich wollte Marina sofort überwältigen, wenn sie eintrat, doch Lara hielt mich zurück. Dann kam Marina. Ich lockte sie ins Schlafzimmer. Sie war ahnungslos. Nie hatte sie damit gerechnet, Lara bei mir anzutreffen. Sie war völlig überrascht. Wir waren schneller. Lara hat sie bewußtlos geschlagen.«

John Sinclair atmete tief ein, bevor er die entscheidende Frage stellte. »Und danach? Was ist danach passiert? Habt ihr Marina gebissen?«

»Und wenn es so wäre?«

»Ich habe Sie etwas gefragt!« schrie John sie an.

Die Untote zuckte zusammen. »Nein«, erwiderte sie dann, »sie ist nicht gebissen worden. Noch nicht.«

»Was habt ihr dann mit ihr gemacht? Los, raus mit der Sprache!«

»Eine von Laras Schwestern ist gekommen. Mit dem kleinen Kombi. Wir haben Marina auf die Ladefläche gelegt, und Lara ist mit ihr weggefahren.«

»Wohin?«

Die Vampirin zögerte mit der Antwort.

»In die Bar?«

»Vielleicht. Ich weiß es wirklich nicht.«

John Sinclair nickte. »Okay, lassen wir es dabei. Weshalb haben Sie mich angerufen?«

»Ich wollte Sie töten«, antwortete die Untote mit knirschender Stimme. »Marina hat von Ihnen erzählt. Und Lara kannte den Namen John Sinclair. Sie haben uns schon viel Schaden zugefügt, und ich wollte es sein, die Sie besiegt. Beinahe wäre es mir gelungen.«

John lachte hart. »Aber eben nur beinahe. Ihnen fehlt glücklicherweise noch die Routine. So leicht bin ich nicht zu überrumpeln. Welche Befehle haben Sie sonst noch? Was sollten Sie tun, wenn Sie mich getötet hatten?«

»Anrufen!«

»Wo?«

»In der Bar!«

Johns Augen verengten sich zu Schlitzen. »Dann haben Sie doch gewußt, wo Marina Held hingebracht worden ist.«

Clara Sanders wand sich wie ein Wurm am Angelhaken. Sie sah in Johns hartes Gesicht und rechnete jeden Moment damit, daß der Bolzen in ihr Herz fahren würde.

Doch John schoß nicht. Er hatte innerhalb von Sekundenschnelle einen anderen Plan gefaßt.

»Sie haben doch Telefon?«

Die Untote nickte.

»Dann rufen Sie in der Bar an. Sagen Sie Lara, daß sie mich besiegt haben.«

»Nein!«

John lächelte hart. »Ich habe den Finger am Abzug. Ich brauche ihn nur um eine winzige Idee nach hinten zu ziehen. Was gibt es da noch zu zögern?«

Clara hatte sich entschieden. »Ich mach's.«

»Stehen Sie auf.« John Sinclair trat zur Seite. Er hielt die Waffe nach wie vor auf die Untote gerichtet.

Mrs. Sanders ging an ihm vorbei. John zielte mit der Waffe auf ihren gebeugten Rücken. Der Geisterjäger fühlte das Grauen, das entstand, wenn er daran dachte, daß eine noch vor wenigen Stunden glückliche Familie auseinandergerissen worden war.

Darin waren die Vampire Meister. Sie kannten keine menschlichen Regeln und Gesetze. Sie wußten nicht, was sie anrichteten, wieviel Leid, Entsetzen und Terror sie brachten.

Wie bei den Sanders'.

Der schwarze Kunststoffapparat stand im Living-room. Mrs. Sanders hatte sich die Nummer der Bar sogar notiert. Der kleine Zettel lag neben dem Telefon.

Mit der linken Hand nahm sie den Hörer. Mit der rechten begann sie zu wählen.

John Sinclair stand zwei Schritte von ihr entfernt. Wie festgeleimt lag die Waffe in seiner Rechten. In Johns Gesicht zuckte kein Muskel. Er war kalt bis ins Mark.

»Und lassen Sie sich nur nicht einfallen, etwas Falsches zu sagen!« drohte er.

Dann hatte Mrs. Sanders die Verbindung. John hörte eine Frauenstimme.

»Ich habe ihn«, sagte die Untote.

Deutlich vernahm der Geisterjäger am anderen Ende der Leitung das hämische Lachen.

Dann verstand er nichts mehr. Auch Mrs. Sanders sagte nicht viel. Sie hörte nur noch zu. Schließlich nickte sie und meinte: »Ich werde alles so machen, wie du es wünschst, Lara. Und wenn mein Mann von der Arbeit kommt, werde ich auch ihm das Blut aussaugen!«

In John Sinclair stieg die heiße Wut hoch. Nur mit Mühe konnte er sich beherrschen.

Dann legte die Vampirin auf.

»Was hat Lara gesagt?« wollte der Oberinspektor wissen.

»Sie hat sich gefreut. Sehr sogar. Ich soll Sie in den Keller bringen und dort einsperren, bis Sie wieder gebraucht werden. Und meinen Mann hinterher auch.«

»Es hätte Ihnen also nichts ausgemacht, auch ihn zu einem Untoten zu machen?« erkundigte sich John.

»Nein. Ich . . .«

Plötzlich griff Mrs. Sanders an. Ihre linke Hand lag noch auf dem Telefon. Mit einem Ruck riß sie den Apparat hoch und schleuderte ihn genau auf den Oberinspektor zu. John wollte ausweichen, war aber nicht schnell genug. Der Apparat traf ihn an der Hüfte und schepperte dann zu Boden.

Der Oberinspektor ließ der Untoten erst gar nicht die Chance, zu nahe an ihn heranzukommen.

Er schoß.

Es gab ein saugendes und pfeifendes Geräusch. Mit rasender Geschwindigkeit verließ der Bolzen die Waffe. Aus kürzester Entfernung bohrte er sich in die Brust der Untoten. Genau dort, wo das Herz saß.

Die Vampirin starb auf der Stelle. Sie sackte in die Knie und hielt beide Hände gegen das Einschußloch gepreßt. Von unten blickte sie den Geisterjäger an. Ihr Gesicht war gräßlich verzerrt, dann kippte sie plötzlich nach vorn und fiel aufs Gesicht. John wartete einige Sekunden und drehte die Frau dann herum.

Der verzerrte Ausdruck war aus ihrem Gesicht gewichen. Er hatte einem ungeheuren Frieden Platz gemacht.

Mrs. Sanders war erlöst.

John Sinclair aber hatte die Wut gepackt. Und wenn er wütend war, dann war er auch gefährlich . . .

Die schwarzhaarige Lara legte zufrieden lächelnd den Hörer auf. In ihren Augen lag ein triumphierendes Leuchten. »Es ist geschafft«, berichtete sie. »Gerade hat unsere Freundin angerufen. John Sinclair befindet sich in unserer Gewalt. Er ist jetzt einer von uns. Versteht ihr? Von uns!«

Sie begann hämisch zu lachen, und Mona und Ginny stimmten in dieses wilde Gelächter mit ein. Sie weideten sich auch an Marina Helds Gesichtsausdruck, einer Mischung aus Angst und Entsetzen.

Ja, Marina hatte Angst. Bisher hatte sie noch immer ihre Hoffnungen auf den Oberinspektor gesetzt, doch wie es nun aussah, war alles vergeblich.

Die Vampirinnen hatten gewonnen!

Sie hatten Marina in die Bar geschafft. Die junge Deutsche war erst aufgewacht, als sie bereits von der Ladefläche gehievt wurde. Dann flößten zwei der unheimlichen Frauen ihr etwas zu trinken ein. Es schmeckte bitter, tötete aber die rasenden Kopfschmerzen. Marina mußte sich auf einen Stuhl setzen. Ständig wurde sie bewacht. Mona und Ginny ließen sie nicht aus den Augen.

Ginny hatte wohl Gefallen an der jungen Deutschen gefunden. Sie lächelte sie unentwegt an. Auch Marina hätte die junge Frau durchaus als sympathisch empfunden, wenn sie sie unter anderen Umständen kennengelernt hätte.

Jetzt sah Ginny normal aus. Ebenso wie Lara und Mona. Von den schrecklichen Zähnen war nichts zu sehen. Die Schwestern wirkten wie nette junge Mädchen, sehr attraktiv, mit freundlichen Gesichtern und beneidenswert schlanken Figuren.

Marina ertappte sich bei dem Gedanken, Mitleid zu haben. Vielleicht konnten die Frauen gar nichts dafür. Unter Umständen waren sie durch irgendein böses Geschick zu dem geworden, was sie heute waren. Marina nahm sich vor, Ginny danach zu fragen.

Doch vorerst hatte Lara das Kommando. Sie deutete auf Marina Held. »Schafft sie weg«, sagte sie.

»In den Keller?« fragte die blondhaarige Mona. Sie trug einen engen Jeansanzug, der wie eine zweite Haut ihre prallen Körperformen umschloß.

»Ja.«

Mona packte Marina am Arm und zog sie vom Stuhl hoch, auf dem sie gesessen hatte. »Komm mit«, sagte sie, »und mach keinen Ärger, sonst geht es dir schlecht.«

Mona und Marina gingen hinter dem Tresen entlang und verschwanden durch den Vorhangspalt.

Lara und Ginny blieben zurück.

In der Bar brannten nur wenige Lampen. Sie gaben rotes Licht, das sich kegelförmig vom Zentrum der Lampen ausbreitete. Die Luft roch süßlich. Sie war mit Parfüm geschwängert.

Lara blickte auf die Uhr. In einer Stunde wurde das Lokal geöffnet. Es war Freitag, und an diesem Tag erwarteten sie zahlreiche Gäste. Die Leute würden sich wundern. Die nächste Nacht sollte zu einem einzigartigen Vampirfest werden, das hatte sich Lara fest vorgenommen.

»Hilf mir«, sagte sie zu Ginny.

Die beiden Frauen traten an die als Sitzgelegenheit dienenden Särge. Gemeinsam hoben sie die Deckel hoch.

Steif und unbeweglich lagen die beiden männlichen Vampire in ihren Totenkisten. Sie hielten die Augen geschlossen, die Hände lagen auf der Brust zusammen. Ihren Mund hatten die beiden Untoten geöffnet, so daß die Zahnspitzen die Unterlippen berührten.

Lara rieb sich die Hände. »Noch habt ihr Ruhe«, flüsterte sie, »aber bald, bald werdet auch ihr eure Opfer bekommen . . .«

John Sinclair hatte die Bar gefunden. Sie lag wirklich in der allermiesesten Gegend. Das war kein Nachtclubzentrum, sondern eher ein Nachtjackenviertel.

In den schmalen Straßen und Gassen lungerten die verwegensten Gestalten herum. Auf den Gehsteigen stöckelten abgetakelte Huren und blieben hin und wieder erwartungsvoll vor obskuren Kneipen stehen. Durch dick aufgetragene Schminke wirkten die Gesichter wie starre Masken.

Die Liebesdamen hatten sich diesen Aufenthaltsort vermutlich auch wegen der spärlichen Straßenbeleuchtung ausgesucht. So wurden manche Freier über das Alter der Anbieterinnen getäuscht.

Es würde eine heiße Nacht werden, dachte John Sinclair. Und zwar im doppelten Sinne. Zum einen war die Temperatur kaum gesunken, zum anderen war Freitag, und da saßen so manche Lohntüten und auch manches Messer locker.

John hatte versucht, sich dem allgemeinen Bild anzupassen. Ein Maskenbildner hatte ihn verändert.

Haarschopf und Augenbrauen schimmerten rötlich. Durch Paraffinspritzen hatte sein Gesicht die Rundung eines Vollmonds angenommen, und der rotblonde Knebelbart stammte ebenfalls aus der yardeigenen Perückenwerkstatt.

John hoffte, in dieser Maskerade nicht erkannt zu werden. Auch nicht von den Vampirfrauen und Marina Held.

Der Geisterjäger trug eine altmodische, weit geschnittene Jacke und Hosen mit ausgebeulten Knien. Das karierte Hemd schimmerte grünlich und stand am Hals offen.

Mehr als einmal schon war der Oberinspektor von den Liebesdamen angesprochen worden, doch er hatte immer wieder abgelehnt. Die letzte war besonders lästig. Sie hielt den Geisterjäger sogar am Ärmel fest und versprach alle Wonnen des Himmels. Als John trotzdem weiterging, löste sich aus dem Schatten eines Hauses ein Kerl, der zehn Meilen gegen den Wind nach Zuhälter stank. Er verdrosch sein Pferdchen nach Strich und Faden. Wahrscheinlich waren beide blank. Sinclair hätte dem Zuhälter gern Manieren beigebracht, aber er wußte, daß er sich nicht ablenken lassen durfte.

Der Geisterjäger erreichte die Einfahrt, durch die er gehen mußte, um zu dem Lokal zu gelangen. Schwach sah er die rote Beleuchtung des Nachtclubs.

In der schmalen Einfahrt lungerten einige Gestalten herum. Sie grinsten John schief an, als er das Lokal ansteuerte. Einer streckte sein Bein vor. Der Geisterjäger sah es im letzten Moment und stieg darüber hinweg.

Hinter ihm lachte jemand.

Oberinspektor Sinclair gelangte in einen Hof. Eng, verkommen und schmutzig. Das Lokal lag vor ihm.

»Shocking Palace!«

In roter Schrift leuchtete die Reklame auf. Die Tür stand offen. Musikfetzen drangen ins Freie. Es war eine schrille Musik, untermalt von dumpfem Trommelwirbel.

Der Hof war nicht leer. Auf einer schmutzigen Bank ohne Rückenlehne hockten Männer und tranken Bier. Einige lehnten auch im Eingang. Sie machten grinsend Platz, als John Sinclair das Lokal betrat.

Es war wirklich eine Horrorhöhle.

Die zwei Skelette neben der Tür klapperten mit ihren Unterkiefern. Die anwesenden Gäste starrten auf eine kleine Leinwand, auf der ein Horrorporno flimmerte. Das Letzte an Geschmacklosigkeit. Der Filmprojektor stand auf einem Regal direkt neben einer Säule, die die Decke stützte.

Der Geisterjäger sah Lara sofort. Sie trug ein grünes, tief

ausgeschnittenes Kleid und stand hinter der Bar. Das schwarze Haar fiel auf die nackten Schultern.

Ein rothaariges Mädchen in einem perlenbesetzten Hosenanzug brachte Getränke. Das mußte Ginny sein, von der Mrs. Sanders auch berichtet hatte.

John hatte dafür gesorgt, daß Mrs. Sanders abgeholt wurde. Kollegen vom Yard hatten die Leiche zur Obduktion gebracht und Mr. Sanders verständigt. Die Tochter wußte noch nichts vom Schicksal ihrer Mutter, man wollte ihr die Aufregung vorläufig ersparen.

John hielt jetzt noch nach Mona Ausschau.

Er entdeckte sie links neben dem Eingang. Ein blonder Vamp mit hautengem, schwarzem Kleid und einer üppigen Figur.

Mona hatte den neuen Gast entdeckt und trat auf John Sinclair zu.

»Hallo«, begrüßte sie ihn, »bist du allein?« Ihre Hand faßte nach Johns Arm.

Der Oberinspektor hatte beschlossen, den leicht trotteligen Provinzler zu spielen. Er hielt überrascht inne und starrte auf Monas Busen.

»Ja, ich bin allein«, erwiderte John mit rauher Stimme und schaffte es sogar, dabei ein wenig rot zu werden.

»Aber jetzt nicht mehr, mein Lieber.« Mona spitzte die Lippen zu einem Schmollmund. »Oder wirst du heute noch erwartet?«

»Nein, nein. Ich komme ja nicht von hier!«

»Du bist fremd?«

»Ja.«

»Woher kommst du denn, Süßer?«

»Aus Wales.«

Mona lachte girrend. »Ein schönes Land, dieses Wales. Und vor allen Dingen gefallen mir die Waliser. Sie sind so stark. Du bist doch Waliser?«

»Natürlich.«

»Schön.« Mona zeigte auf einen Tisch, der noch frei war. »Wollen wir uns nicht setzen?«

»Da . . . da . . . hin?« stotterte John.

»Warum nicht?«

»Aber das ist doch ein Sarg!«

»Deshalb ja. Hast du draußen nicht gelesen? Du bist hier im ›Shocking Palace‹, denk daran.« Mona zog John Sinclair mit sich. »Und jetzt komm, der Sarg beißt nicht.« Sie kicherte.

Der Geisterjäger ließ sich mitziehen. An der Theke begann jemand zu lachen. John sah aus den Augenwinkeln, wie eine Männerhand nach Laras Ausschnitt faßte. Dann gab es ein klatschendes Geräusch und danach wieder Gelächter.

John nahm auf dem Sarg Platz.

Es war auch für ihn ein komisches Gefühl, auf einer Totenkiste zu sitzen und seinen Whisky zu trinken. Mona reichte ihm eine Karte. »Ich heiße Mona«, stellte sie sich vor.

»Kannst mich John nennen«, erwiderte der Oberinspektor.

»Lieb von dir, John«, Mona hauchte einen Kuß auf ihre Fingerspitzen und blies ihn John zu.

Ein gellender Schrei fegte plötzlich durch das Lokal.

John zuckte herum. Mit den Hacken stieß er gegen die Außenwand des Sarges. Es gab ein dumpfes Geräusch.

Mona lachte, weil der Schrei den Geisterjäger so erschreckt hatte. »Keine Angst«, beruhigte ihn der blonde Vampir. »Der Schrei hat zum Film gehört, der dort läuft.«

»Dann bin ich ja beruhigt«, atmete John auf und widmete sich der Karte.

Die Drinks hatten wirklich phantasievolle Namen. Da stand zum Beispiel Werwolf-Wasser.

»Was ist das denn?« fragte John.

»Laß dich überraschen.«

Der Oberinspektor las weiter, beobachtete dabei aber Mona durch die halbgeschlossenen Lider.

Jetzt, da John sie nicht direkt ansah, war ihr Blick gar nicht mehr so freundlich. Im Gegenteil, er war abschätzend und strahlte eisige Kälte aus. John hatte das Gefühl, taxiert zu werden wie ein Rennpferd bei einer Auktion.

Der Oberinspektor hob den Kopf, und sofort wurde Monas Blick wieder freundlicher.

»Ich habe mich für einen Bloody Dracula entschieden«, sagte er.

»Das gleiche nehme ich auch.«

Ginny brachte die Getränke. John erhielt ein Weinglas mit einer roten Flüssigkeit. Sie war dick wie Öl. Auf der Oberfläche vermeinte er, Fettaugen schwimmen zu sehen.

»Was ist das?«

»Probier's! Cheerio!« Mona hob ihr Glas.

John Sinclair tat es ihr nach. Er trank zwar, schluckte das Zeug aber nicht hinunter. Es brannte auch so in seinem Mund. Jemand mußte viel Pfeffer hineingeschüttet haben.

John holte sein Taschentuch hervor, preßte es sich gegen den Mund und spie das Getränk aus. Alles war sehr schnell gegangen. Mona hatte nichts bemerkt. John imitierte einen Hustenanfall, und Mona mußte lachen.

»Ja, da steckt allerlei dahinter«, sagte sie.

Der Film auf der Leinwand war beendet. Die Gäste pfiffen und grölten. Einige wollten den nächsten Streifen sehen, doch Lara gab bekannt, daß erst nach Mitternacht mit neuen Filmen zu rechnen sei.

Daraufhin verließen die meisten Gäste den Schuppen.

John Sinclair warf einen Blick auf seine Uhr. Bis Mitternacht waren noch dreißig Minuten Zeit.

John hatte seine Blicke im Lokal umherschweifen lassen, doch Marina Held hatte er nicht gesehen. Wahrscheinlich hatten die Vampirfrauen sie versteckt. Daß Marina nicht bediente, empfand John als gutes Zeichen. Höchstwahrscheinlich war sie noch kein Vampir.

Jemand hatte ein Geldstück in die Musikbox geworfen. Zu Johns Überraschung erklang keine Horrormusik, sondern eine einschmeichelnde Melodie.

Mona begann, sich im Rhythmus zu wiegen.

»Wollen wir tanzen?« forderte sie John auf.

Der Geisterjäger zierte sich. »Ich weiß nicht so recht. Ich bin kein guter Tänzer.«

»Macht nichts.« Mona stand auf, kam um den Tisch und setzte sich neben John. Sie legte ihren linken Arm um seinen Nacken. Ihr Gesicht näherte sich dem seinen.

John wich zurück.

»Angst vor mir?« fragte Mona kehlig.

Bestimmt nicht, dachte John, obwohl ihn der Geruch der Frau abstieß. Mona hatte sich zwar stark parfümiert, es jedoch nicht geschafft, den Modergeruch ganz zu vertuschen.

Sie roch nach Fäulnis und Grab . . .

»Komm«, flüsterte sie, »stell dich nicht so an!« Ihre Finger glitten an Johns Hemd hoch.

Plötzlich zuckte Mona zusammen und schrie auf. Dann sprang sie hoch. Ihr Gesicht war plötzlich verzerrt. Augenblicklich ruckten die Köpfe der Gäste herum.

»Was ist?« fragte John und versuchte ein harmloses Gesicht zu machen. »Habe ich dir etwas getan?«

»Du verdam . . .« Mona zischte noch einen Fluch und hielt sich die Finger. Dann schlenkerte sie wie wild mit der rechten Hand. John konnte erkennen, daß die Fingerkuppen verbrannt waren.

»Was – was hast du unter dem Hemd?« zischte Mona.

Johns Augen wurden groß. »Ich?«

»Ja, du!«

»Ein Kreuz! Ein Andenken von meiner Mutter.«

Mona wich zurück. Ein Gefühl des Ekels lag auf ihrem Gesicht! John sah, daß sich Lara von der Bar löste und an ihren Tisch trat.

Jemand zog den Stecker der Musikbox heraus.

Plötzlich wurde es still. Man hätte eine Stecknadel fallen hören können.

»Er hat ein Kreuz!« schrie Mona. »Er hat ein Kreuz. Los, reiß es ab, zum Teufel!«

John stand auf. »Aber warum?«

»Tu, was sie sagt!« mischte sich Lara mit scharfer Stimme in den Disput.

Johns Blicke glitten durch das Lokal. Außer ihm und den Vampirinnen waren noch vier Gäste anwesend. Männer. Sie starrten zu John, Lara und Mona hin. Ginny, die Rothaarige, hielt sich im Hintergrund.

Noch fünf Minuten bis Mitternacht!

»Das Kreuz weg, verdammt!« schrie Mona.

»Bitte. Wie ihr meint.« John Sinclair nestelte an den Knöpfen seines Hemdes.

Wieder war es still geworden.

Und in der Stille hörte sich das schreckliche Ächzen doppelt so laut an.

Die Gäste hielten den Atem an.

Wieder ein Ächzen.

Selbst John Sinclair lief eine Gänsehaut über den Rücken. Er hatte das Geräusch schon längst lokalisiert.

Es war direkt aus dem Sarg gekommen!

Gebannt starrten die Anwesenden auf die Totenkiste. Im Hintergrund atmete ein Mann heftig ein. Ein anderer kicherte. Er war leicht angetrunken und hielt alles für einen Scherz.

John Sinclair wußte, daß es kein Spaß war. Er hatte die Arme etwas heruntergenommen, seine rechte Hand befand sich in Höhe des Jackenausschnitts. Wenn es darauf ankam, konnte der Geisterjäger innerhalb einer Sekunde ziehen, zielen und treffen.

Doch noch brauchte er nicht einzugreifen. Dafür hörte er eine Stimme. Dumpf, stöhnend.

»Laßt mich raus. Ich will Blut. Ich will aus dem Sarg, verdammt!«

»Öffne ihn!« befahl Lara. Der Befehl galt Mona.

Die blondhaarige Vampirin sah sich unsicher um, dann trat sie auf den Sarg zu. Alle Augen waren auf sie gerichtet. Mona bückte sich und öffnete die schweren Schlösser. Das Geräusch klang in der Stille überlaut. Dann hob Mona den Deckel hoch. Er ächzte in den Fugen, als er emporschwang.

Mona trat zurück.

Und John sah den Vampir!

Er hatte die Augen geöffnet. Lange, dolchartige Zähne waren ihm gewachsen. Der Untote war ein Mann in mittleren Jahren. Er hatte fast eine Glatze, nur wenig Haare wuchsen am Rand seines Kopfes.

Es war der Vertreter Ted Willard!

In diesem Moment wurde es Mitternacht.

Ruckartig rasselten die schweren Eisenrollos vor Fenster und Türen. Die Gäste in der Bar waren gefangen.

Gefangene der Untoten!

Noch hatte sich John nicht zu erkennen gegeben. Er wollte erst eingreifen, wenn sich die Situation noch mehr zuspitzte.

»Ich will hier raus!« greinte ein Knabe an der Bar. Er torkelte auf die Tür zu, hämmerte mit beiden Fäusten gegen das Rollo und brüllte: »Raus! Raus!«

Auch von draußen wurden Stimmen laut. »He!« schrie jemand. »'ne Orgie?«

Es war ein makabrer Scherz.

Und dann hörte John das Kichern. Es klang hinter ihm auf. Der Geisterjäger drehte sich um und erschrak.

Er sah ein grünhäutiges Wesen mit einem abstoßend häßlichen Gesicht, Klauenhänden und Vampirzähnen. Nur die roten Haare bewiesen, daß er Ginny vor sich hatte.

Die Untote knurrte.

Johns Rechte rutschte unter das Jackett.

Im selben Augenblick erhob sich der Vampir aus dem Sarg. Die restlichen Gäste schrien auf. Ginny sprang vor und bekam einen Mann zu fassen.

Mona wollte sich auf John Sinclair stürzen.

Der Geisterjäger riß mit einem Ruck die Knöpfe seines Hemdes auf. Da spürte er die eiskalte Hand des Vampirs an seinem rechten Bein. Ein Ruck, und John Sinclair geriet ins Taumeln.

Mona schrie wütend auf.

John kippte auf einen Tisch, riß die Gläser und eine Flasche herunter und fiel mit dem Tisch um. Der Inhalt eines Glases ergoß sich über sein Gesicht. John hörte ein böses Knurren und sah einen Schatten, der auf ihn zuhechtete.

Der Geisterjäger schoß im Liegen. Zielen und abdrücken waren eins. Der Eichenbolzen fegte dem Untoten in die Brust. Trotzdem fiel er schwer auf den Geisterjäger. Ein schreckliches Stöhnen drang an Johns Ohren. Der Kopf des Widergängers sackte zur Seite. Die Zähne, auf Johns Kehle gezielt, verfehlten ihn. Die tastenden Hände fuhren in sein Haar, rissen ihm die Perücke vom Kopf.

John wälzte den Vampir von sich. Der würde niemandem mehr das Blut aussaugen.

In der Bar war inzwischen die Hölle los. John hörte Schreie und

Flüche, kam taumelnd auf die Beine und sah gerade noch, wie Mona mit einem Gast rang, um ihm das Blut auszusaugen.

John konnte nicht schießen, Ginny, die Grünhäutige, hing plötzlich an seinem rechten Arm und drückte ihn nach unten. Dabei kreischte und fauchte sie.

Mit der linken Hand fetzte John sein Kreuz vom Hals. Schwungvoll warf er es auf Mona zu.

Das geweihte, silberne Kreuz flirrte durch die Luft. Es traf Mona an Schulter und Hals.

Die Untote schrie gellend. Brandblasen bildeten sich dort, wo das Kreuz getroffen hatte. Sie taumelte zurück und ließ ihr Opfer dabei los. Der Mann fiel in eine Nische.

Neben John Sinclair splitterte das Holz des zweiten Sarges. Der andere Vampir versuchte sich zu befreien. Er heulte wie ein Wolf.

Ginny hing noch immer an Johns Arm. Der Geisterjäger drehte sich wie ein Kreisel. Die Fliehkraft schleuderte Ginny mit. Ihre Beine hoben vom Boden ab. Mit den Füßen fegte sie Stühle und Tische zur Seite, ließ aber nicht los.

Mona hatte sich inzwischen wieder gefangen. Sie hatte einen unbeschreiblichen Haß auf den jetzt blondhaarigen Mann. Sie wußte, daß sie ihm so nicht beikommen konnte, und packte sich einen Stuhl.

John kämpfte noch immer mit Ginny.

Die Untote war wie verrückt. John Sinclair packte langsam der Schwindel. Er taumelte auf die Bar zu.

Und dann knallte Ginny mit voller Wucht gegen das Holz. Sie empfand keinen Schmerz wie ein Mensch, ließ aber John Sinclairs rechte Hand los.

Der Oberinspektor holte zwei Sekunden Luft, dann zielte er auf Ginnys Herz.

Im selben Augenblick erreichte ihn der Warnschrei. John wußte nicht, wer ihn ausgestoßen hatte, auf jeden Fall spürte er instinktiv die Gefahr, kreiselte herum und sah Mona auf sich zuhetzen. Den Stuhl hielt sie schlagbereit über dem Kopf.

John Sinclair ging in die Knie.

Mona drosch zu.

Gleichzeitig drückte der Geisterjäger ab.

Pfeifend verließ der Bolzen den Lauf. Mona wurde voll getroffen. Sie warf den Stuhl zwar noch, doch er fegte über John hinweg, hinein in das Flaschenregal hinter der Bar. Ein Scherbenregen sprühte über den Boden.

Vom eigenen Schwung getrieben, stürzte Mona zu Boden. Und dort ereilte sie ihr Schicksal.

Zurück blieb Asche.

Ginny hatte den Tod ihrer Schwester mitbekommen. Sie versuchte wegzukriechen. Auf allen vieren rutschte sie über den Boden.

John ließ ihr keine Chance. Er durfte ihr keine Chance lassen, wenn er das Leben Unschuldiger retten wollte.

Der Eichenbolzen fegte aus dem Lauf.

Ginny starb wie ihre Schwester.

John Sinclair sprang auf. Jetzt war nur noch eine dieser teuflischen Schwestern übrig.

Lara!

Aber wo steckte sie?

John sah sich um. Er entdeckte keine Lara, dafür aber den zweiten Vampir, der sich endlich aus seinem Gefängnis befreit hatte.

Er konnte seine Freiheit nicht mehr nutzen.

John erledigte ihn.

Dann schaute er sich nach den Gästen um. Ängstlich und verschüchtert krochen sie aus Nischen und unter Tischen hervor, wo sie sich verborgen gehalten hatten.

In ihren Blicken leuchtete die nackte Angst.

»Okay, Leute«, sagte John, »es ist vorbei. Beruhigt euch.«

Die Männer starrten ihn nur stumm an.

Der Geisterjäger grinste verzerrt. Dann stellte er seine Fragen. »Hat jemand von euch die Schwarzhaarige gesehen? Oder ein blondes Mädchen, das hier bedient hat? Ich meine, außer diesen Weibern?«

Kopfschütteln. Nichts. Niemand hatte etwas bemerkt.

»War einer von Ihnen schon mal hier?«

Ein jüngerer Mann mit blond gefärbten Haaren meldete sich. »Ich schon öfter.«

»Gibt es hier einen Keller?«

»Ich glaube ja.«

»Und? Wie gelangt man dahin?«

Der Mann hob die Schultern. »Keine Ahnung, Sir. Ich war noch nicht dort.«

Der Geisterjäger rannte hinter die Bar und entdeckte den Raum, der durch einen Vorhang abgetrennt war.

Dort ging es zu den Privaträumen und wahrscheinlich auch zu den Kellern. Wie gehetzt wollte er weiter vordringen, aber er kam nicht mehr dazu.

Plötzlich tauchte Lara hinter dem Vorhang auf.

Johns Rechte flitzte zur Waffe. Doch auf halbem Weg blieb seine Hand hängen.

Lara war nicht allein. Sie hatte Marina bei sich und hielt sie wie ein Schutzschild vor sich.

Plötzlich begann die Vampirfrau gellend zu lachen. So schrill und schlimm, daß John Sinclair ein Schauer über den Rücken lief.

Urplötzlich brach das Lachen ab. Mit einem Ruck schleuderte Lara Marina Held von sich, genau auf den Geisterjäger zu. Dabei schrie sie: »Hier hast du sie, deine Marina. Und jetzt viel Vergnügen mit ihr, John Sinclair . . .!«

Der Geisterjäger hatte noch einen Bolzen in seinem Magazin. Er konnte nicht auf Lara schießen. Die Vampirin hatte Marina Held direkt in die Schußbahn geworfen. Das bewies, wie schlau sie war und wie geschickt sie sich einen Verfolger vom Hals schaffen konnte.

John Sinclair fing Marina auf. Hastig ließ er sie zu Boden gleiten, riß den Arm mit der Waffe hoch – und ließ ihn im nächsten Moment enttäuscht wieder sinken.

Lara war verschwunden!

John wollte hinterher, doch Marinas Stöhnen ließ ihn auf der Stelle verharren.

John bückte sich zu dem Mädchen hinunter.

Marina lag auf dem Rücken. Ihr Gesicht war verzerrt. Die Hände öffneten und schlossen sich krampfhaft. Pfeifend kam der Atem.

Irgend etwas war mit ihr geschehen, und im nächsten Moment erkannte John auch schon was.

Sie war gebissen worden!

Deutlich erkannte John die beiden Punkte an Marinas weißem Hals. Er sah aber auch noch mehr. Die Kratzspuren zum Beispiel, die lange Fingernägel hinterlassen. Marinas Kleidung war zerfetzt. Sie mußte sich gewehrt haben. Und doch hatte Lara es geschafft, das junge Mädchen zu einer Untoten zu machen.

Oder?

John Sinclair sah sich die Bißwunden genauer an. Er ließ sein Feuerzeug aufflammen, um genügend Licht zu haben. Und er entdeckte, daß die Wunden nicht allzu tief waren. Noch war die dämonische Saat nicht aufgegangen. Wenn er aber noch eine Stunde wartete, dann . . .

John wartete nicht.

Mit einem Griff holte er das Walkie-talkie hervor und zog die schmale Antenne aus dem Apparat. Die Polizeifrequenz war eingestellt.

Und dann machte Oberinspektor John Sinclair gewissen Leuten Feuer unter dem Hintern, wie man so schön sagt: Krankenwagen, Polizeieinheiten – sie sollten rasch anrücken.

Der zuständige Beamte versprach, alles sofort in die Wege zu leiten.

Dann kümmerte sich der Geisterjäger wieder um Marina Held. Sie redete wirres Zeug, manchmal stöhnte sie so laut, daß es John Sinclair durch Mark und Bein ging.

Er hob den Kopf des Mädchens an und sprach beruhigend auf Marina ein. Dabei fiel sein Blick auf ein Tastenfeld, das unter dem Tresen angebracht war.

John hatte eine Idee. Er probierte die vier Haupttasten durch.

Zuerst flammte Licht auf.

Bei der zweiten Taste begann der Projektor zu laufen. John schaltete ihn wieder ab.

Die dritte Taste war für Musik zuständig. Schrille Klänge dröhnten aus versteckt angebrachten Lautsprechern.

Bei der vierten Taste hatte der Oberinspektor Glück. Mit einem Ruck fuhren die Rolläden hoch.

John sah die Menschen, die sich draußen drängten. Neugierige Gesichter preßten sich gegen die Scheiben. Doch niemand wagte, das Lokal zu betreten.

Die Gäste wollten Fersengeld geben, doch die Stimme des Geisterjägers stoppte sie.

»Sie bleiben hier!« rief John. Gleichzeitig hielt er seinen Dienstausweis in die Höhe.

Die Männer zogen sich wieder zurück, blieben aber dicht an der Tür stehen.

Draußen heulten schon die ersten Sirenen. Rotlicht zuckte geisterhaft über Häuserfassaden. Die Gaffer verschwanden blitzartig. Mit der Polizei wollte keiner etwas zu tun haben.

Der Ambulanzwagen hatte die Einfahrt schon passiert. Er stoppte mit kreischenden Reifen dicht vor dem Lokal. Zwei Träger schoben eine Trage in den »Shocking Palace«.

John winkte ihnen zu.

Die Träger quetschten sich hinter die Bar. Ein Arzt näherte sich mit wehendem Kittel.

John schnappte sich den Mann. Er deutete auf Marina Held, die immer bleicher geworden war, und deren Atem schwächer wurde. »Das Mädchen braucht sofort eine Bluttransfusion«, sagte der Oberinspektor. »Außerdem muß sie wahrscheinlich unter das Sauerstoffzelt.«

Der Arzt nickte.

»Wo bringen Sie sie hin?« erkundigte sich John.

»University Hospital.«

Der Oberinspektor war einverstanden.

Es war eines der besten Krankenhäuser, das er kannte.

Marina wurde abtransportiert. Der Arzt lief neben der Trage her. Er zog schon eine Spritze auf.

Dann kamen die Polizisten. Der Mannschaftswagen paßte nicht durch die Einfahrt. Zehn Beamte rannten über den Hof und in das Lokal hinein.

John Sinclair übernahm sofort die Leitung. Dann startete er eine großangelegte Durchsuchung. Sie fanden den Eingang zum Keller. Es waren feuchte, weitverzweigte Räume.

In einem Verlies standen drei Steinsärge.

Die Polizisten, die mit ihren Lampen den Raum ausleuchteten, waren ratlos. John aber wußte Bescheid. Hier hatten die Vampirfrauen ihre Schlafplätze gehabt.

Der Geisterjäger zog die Tür wieder zu. Im nächsten Raum fanden sie das, wonach John eigentlich gesucht hatte.

Die Blutkonserven.

Leer! Die Gefäße enthielten nicht einen Tropfen dieses kostbaren Lebenssaftes mehr.

John wurde gefragt, was es mit den beiden männlichen Leichen oben im Lokal auf sich habe.

»Die Erklärung folgt später«, sagte er dem zuständigen Leiter der Gruppe.

Der Mann nickte nur. Er wußte, mit welchen Sondervollmachten Oberinspektor John Sinclair ausgestattet war.

Nun, das waren die Sorgen des Sergeants. John hatte andere. Lara, die Hauptakteurin, war entkommen. Trotz intensiver Suche hatte der Geisterjäger sie nicht finden können. Aber er war sicher, daß Lara auf ihre Chance lauerte. Und sie stellte eine ungeheure Gefahr dar. Sie war unberechenbar in ihrem Blutrausch. John Sinclair mußte auf alles gefaßt sein.

Er hoffte nur, daß sie sich zuerst an ihm rächen würde . . .

Lara riß die Metalltür auf, schlüpfte in den dahinterliegenden Gang und blieb stehen.

Geschafft! dachte sie. Ich bin diesem verdammten Bluthund entkommen. Niemand wußte, daß der Nachtclub mit einem Geheimgang ausgestattet war. Einem Gang, der direkt in das Kanalnetz von Soho führte. Der Einstieg war gut getarnt, und bis man ihn fand, dauerte es eine Weile. Aber bis dahin wollte Lara längst über alle Berge sein.

Neben ihr schäumten die Abwässer. Ein penetranter Gestank ging von ihnen aus. Lara war in einem der Hauptkanäle herausgekommen. Auf einem schmalen Steg bewegte sie sich weiter.

Der Pfad führte dicht an der glitschigen, mit Algen und Moos überwucherten Wand entlang. In unregelmäßigen Abständen blinkten an der Decke Lampen, so daß Lara sich gut orientieren konnte.

Der Blutrausch war vorübergehend abgeklungen, doch jetzt, wo die Gefahr vorbei war, kam er zurück. Und das mit aller Macht. Sie wollte Blut! Und zwar von Marina Held. Einmal hatte sie sie schon gebissen, aber sie wollte es immer wieder tun, bis das junge Mädchen ein völlig blutleeres und seelenloses Geschöpf war.

Damit traf sie nicht nur Marina Held selbst, sondern vor allen Dingen auch John Sinclair. Wie er es geschafft hatte, unerkannt in die Bar zu gelangen, war schon ein ziemlich freches Stück. Lara mußte ihn insgeheim bewundern. Aber wenn sie daran dachte, wie der Geisterjäger aufgeräumt hatte, stieg die heiße Wut in ihr hoch. Eiskalt hatte dieser Mann ihre Schwestern zum Teufel geschickt. Mit Eichenbolzen, die tödlich für jeden Vampir sind.

Aber lange sollte er keine Freude mehr haben. Das nahm sich Lara fest vor.

Sie suchte den nächsten Ausstieg und fand ihn recht schnell. Eine rostige Leiter führte in die Höhe. Lara riskierte es und kletterte die Sprossen hoch. Die Verankerung der Leiter knirschte im Mauerwerk, aber sie hielt.

Der Ausstieg oben mußte sich in irgendeinem Hinterhof befinden. Lara sah kaum Licht durch die Ritzen schimmern. Auch saß der Deckel verflucht fest. Sie, die die Kräfte der Hölle hatte, schaffte es kaum, ihn hochzustemmen.

Doch dann polterte der Deckel auf der anderen Seite zu Boden.

Niemand beobachtete die Untote, wie sie aus dem Kanalabfluß kletterte.

Plötzlich hörte sie Stimmen. Gleichzeitig sah sie auch das Rotlicht über Häuserwände geistern.

Dem ersten Impuls folgend, wollte Lara wieder untertauchen, doch dann besann sie sich. Sie orientierte sich kurz und stellte fest, daß sie auf einem neben dem Lokal liegenden Hof aus der Unterwelt geklettert war. Das Blaulicht wischte durch Mauerritzen und kleinere Durchlässe.

Lara hörte vom Nachbarhof Stimmen. Sie schlich zu einer Brandmauer, zog sich hoch und blickte in den Hof.

Dort stand der Ambulanzwagen mit seinem zuckenden Licht.

Polizisten hielten Wache. Eine Trage wurde herausgefahren. Zwei Sanitäter schoben sie auf den Ambulanzwagen zu. Ein Arzt lief neben ihr her. Er hielt bereits eine Spritze in der Hand. Die hinteren Türen des Krankenwagens waren aufgeklappt. Auf Rollen glitt die Trage in das Innere.

Alles geschah rasch und war tausendmal geübt.

Der Arzt stieg mit hinten in den Wagen ein. Bevor die Türen geschlossen wurden, rief er noch: »University Hospital!«

»Okay.« Der Fahrer des Wagens gab ein Handzeichen.

Dann setzte sich der Ambulanzwagen in Bewegung. Die Sirene begann zu heulen, das Signallicht rotierte.

Lara aber tauchte wieder weg. Auf ihrem Gesicht lag ein satanisches Lächeln. Sie hatte genug erfahren.

Wie sagte der Arzt noch? University Hospital. Das war das Ziel des Krankenwagens.

Und auch Laras Ziel. Schließlich kannte sie sich dort aus. Erst vor wenigen Wochen hatten sie dort einige Blutkonserven gestohlen. Und dabei waren sie von niemandem gesehen worden . . .

John Sinclair rauchte Kette. Die Nervosität fraß in ihm wie eine starke Säure. Er befand sich allein im Wartezimmer des Krankenhauses und fühlte sich wie ein Gefangener.

Immer wieder mußte er an Marina Held denken. Sie war nach der Einlieferung auf die Intensivstation gebracht worden, und dort kämpfte ein Team von Ärzten um ihr Leben.

Der Blutaustausch war in vollem Gange. John hatte es von einer Nachtschwester erfahren.

Der Geisterjäger ließ sich wieder auf einen der grüngepolsterten Hocker sinken. Die Farbe harmonierte mit dem Anstrich der Wände. Über der Tür befand sich eine Uhr. John konnte gar nicht mehr zählen, wie oft er schon auf das Zifferblatt geschaut hatte.

Ein Uhr!

Wieder eine Zigarette.

Das Feuerzeug flammte auf, John hielt das Stäbchen an die Glut, stieß die erste Rauchwolke aus, stand auf und trat ans Fenster.

Unten lag der Krankenhauspark. Längs der Hauptwege brannten Laternen. Lichtinseln in der wattigen Schwärze der Nacht. Wenn der Blick über die hohen Baumkronen hinwegglitt, waren die Hochbauten der Universität zu erkennen. Hinter einigen Fenstern brannte Licht. Es war das Haus, in dem die Studenten wohnten und arbeiteten. Oft bis in die späte Nacht hinein.

Draußen sang der Wind in den Bäumen. Blätter rieben raschelnd gegeneinander. Hin und wieder streifte ein Lichtschimmer das Laub, und dann schienen die Blätter aufzuleuchten.

Hinter John Sinclair wurde die Tür geöffnet.

Der Geisterjäger drehte sich um.

Einer der Ärzte betrat den Raum. Mit einem Tuch wischte er sich den Schweiß von der Stirn.

John lief auf den Mann zu. »Was ist, Doc?« fragte er. »Wie geht es dem Mädchen?«

Der Arzt war schon älter. Ein erfahrener Praktiker. Er hob die Schultern. »Wir haben getan, was in unseren Kräften stand. Das Weitere liegt nicht mehr in unserer Hand.«

John senkte den Kopf. »Reichten die Blutkonserven aus?«

Der Arzt antwortete mit einem bitteren Lächeln. »Nein«, erwiderte er. »Wir haben noch welche anfordern müssen. Sie sind ja über die Diebstähle informiert. Es ist gar nicht so einfach, an frische Konserven heranzukommen.«

»Ich weiß.« Der Geisterjäger drückte seine Zigarette aus. »Liegt Miß Held noch auf der Intensivstation?«

»Natürlich. Wir haben sie in ein Einzelzimmer gebracht. Sie steht unter ständiger Beobachtung. Wir haben Kameras eingesetzt. Eine extra dafür abgestellte Nachtschwester sitzt vor dem Monitor und beobachtet jede Reaktion der Patientin.«

»Danke, Doc.«

»Wir hätten es für jeden anderen auch getan«, sagte der Arzt.

»Kann ich Miß Held sehen?«

Der Arzt blickte den Oberinspektor skeptisch an. »Wenn Sie wollen, meinetwegen. Aber versprechen Sie sich nicht zuviel davon.«

»Nein, nein.«

Die beiden Männer verließen den Warteraum. Nebeneinander

schritten sie über den Flur. Eine Glastür öffnete sich vor ihnen, und sie betraten den Bereich der Intensivstation. Sie kamen auch am Zimmer der Nachtschwester vorbei.

»Warten Sie«, sagte der Arzt und betrat den Raum. »Alles in Ordnung, Schwester Betty?« erkundigte er sich.

Die Schwester wandte den Kopf. »Ja, Doc.«

John betrat das Zimmer. Die Schwester rückte zur Seite, so daß er einen Blick auf den Monitor werfen konnte.

Das Schwarzweißbild zeigte Marina in ihrem Bett. Sie war an einem Tropf angeschlossen, und es sah aus, als schliefe sie. Auf einem Nebentisch sah John einige Meßgeräte. Kreislauf und Atmung wurden damit überwacht.

»Keine Komplikationen«, bemerkte die Schwester. Sie lächelte. Dadurch wurde das etwas strenge Gesicht hübscher.

John machte den Platz vor dem Monitor wieder frei. »In welchem Zimmer liegt Miß Held?«

»Zimmer 3a«, antwortete die Schwester.

»Und wo ist das?«

»Weshalb fragen Sie?«

John Sinclair wandte sich dem Mann mit ernstem Gesicht zu. »Ich glaube, daß sich Miß Held in Gefahr befindet.«

Der Arzt verengte die Augen zu Schlitzen. »Ich verstehe Sie nicht, Mr. Sinclair.«

»Okay, ich will deutlicher werden. Ich befürchte, daß auf Miß Held noch in dieser Nacht ein Anschlag verübt wird.«

Die Nachtschwester stieß einen leisen Schrei aus.

»Gangster?« fragte der Arzt.

»So ähnlich.«

»Und was wollen Sie dagegen unternehmen, Sir?«

»Mir einen Stuhl nehmen und mich vor die Tür setzen«, erklärte John Sinclair. »Durch das Fenster kann die Person schlecht einsteigen. Erstens befinden wir uns hier im dritten Stock, und zweitens sind die Fenster vergittert.«

Der Arzt hob die Schultern. »Also ich habe nichts dagegen. Wenn Sie meinen, daß es hilft . . .«

»Ich hoffe es zumindest.«

Der Geisterjäger hatte einen Drehstuhl gesehen, der neben dem

Fenster stand. Der Stuhl war mit Rollen versehen. »Den nehme ich«, beschloß John und schob den Stuhl aus dem Zimmer.

»Gehen Sie den Gang weiter, und dann die achte Tür links«, wies ihn die Nachtschwester ein.

»Danke!« rief John. Er war schon draußen.

Den Stuhl vor sich herschiebend, schritt er durch den leeren Krankenhausgang. Er bog um die Ecke und befand sich auch schon vor der Tür zu Marinas Zimmer.

John Sinclair versuchte auf dem Stuhl eine bequeme Haltung einzunehmen.

Jetzt begann das nervenzermürbende Warten . . .

Der Geisterjäger ahnte nicht, daß sich Lara schon innerhalb des Gebäudes befand. Sie war durch das Kellerfenster eingestiegen, das ihr noch vom letzten Einbruch her in Erinnerung war.

Niemand hatte sie gesehen, und niemand bemerkte sie, als sie durch den großen Heizungskeller lief. Bis auf das Summen der Aggregate war alles ruhig.

Lara erreichte den Ausgang. Mit einem Spezialschlüssel öffnete sie die Tür.

Dann lag eine breite Treppe vor ihr.

Die Untote huschte die Stufen hoch. Da die Notbeleuchtung brannte, konnte sie alles gut erkennen. Durch eine schmale Seitentür gelangte sie in ein enges Treppenhaus.

Lara vermutete, daß man Marina Held zur Intensivstation gebracht hatte.

Und der Gedanke erwies sich als richtig. Sie hatte Glück und gelangte ungesehen bis an das Zimmer der Krankenschwester.

Auf Zehenspitzen schlich sie hinein.

Sie sah die Nachtschwester vor dem Monitor sitzen. Die gute Frau war ahnungslos. Sie hielt Strickzeug in den Händen und beobachtete dabei den Schirm.

Als sie Laras Schritte hörte, war es bereits zu spät. Zwei Hände legten sich um ihren Hals. Ein gurgelndes Geräusch drang aus der Kehle der Schwester, dann spürte sie nichts mehr.

Lara ließ die Bewußtlose zu Boden gleiten und schloß behutsam die Tür. Sie zog die Schwester aus und schlüpfte ihrerseits in deren Kleidung. Sie paßte einigermaßen.

Als die Vampirfrau auf die am Boden liegende Schwester hinabsah, überkam sie der Blutrausch mit aller Macht. Sie betrachtete die Ohnmächtige, fletschte die Zähne, unterdrückte dann aber den Rausch. Vorläufig. Auf dem Rückweg wollte sie noch einmal vorbeikommen.

Anhand eines Steckbretts orientierte sich Lara, in welchem Zimmer Marina Held lag.

Sie nickte befriedigt, als sie die Zimmernummer gefunden hatte. Leise verließ sie den Raum. Ein rascher Blick links und rechts. Niemand kam den Gang entlang.

Die Untote lächelte. Alles verlief zu ihren Gunsten. Diese Nacht gehörte ihr ganz allein . . .

Die Zeit dehnte sich wie ein endloses Gummiband. Die Minuten wurden für John Sinclair zu kleinen Ewigkeiten.

In diesem Trakt des Krankenhauses war es sehr still. Er war ziemlich abgeschirmt von den übrigen Bereichen der Klinik. Die Patienten auf der Intensivstation brauchten Ruhe.

John unterdrückte das Verlangen nach einer Zigarette. Rauchen war hier strengstens verboten.

Und dann kam die Müdigkeit. Je weiter die Zeit fortschritt und sich der dritten Morgenstunde näherte, um so müder wurde der Mensch. John Sinclair bildete da beileibe keine Ausnahme. Er war kein Supermann.

Einmal fielen ihm die Augen zu, doch im nächsten Moment schreckte der Geisterjäger wieder auf.

»Teufel, das passiert mir nicht noch einmal.«

Er lenkte sich ab und überprüfte seine Spezialwaffe. Ein Eichenholzen steckte noch im Magazin. Ein Schuß – und der mußte sitzen. Falls Lara auftauchte.

Noch hatte John nichts gehört, aber die Nacht war lang. Und wie er Lara einschätzte, würde sie das Opfer auf keinen Fall fahrenlassen. Sie brauchte das Blut.

John Sinclair war schon beruhigt, daß Marina Held über den

Berg war. Die Ärzte hatten tatsächlich das Wunder geschafft und den Keim des Vampirismus getötet.

Immer wieder blickte John auf seine Uhr.

Und plötzlich schrak er zusammen.

Er hatte ein Geräusch gehört.

Schritte?

John Sinclairs Haltung spannte sich. Er beugte sich vor und lauschte. Tatsächlich. Es waren Schritte, die sich der Tür näherten. Aber vorsichtig und schleichend. Wer dort kam, hatte etwas zu verbergen. Ein Angestellter der Klinik schlich nachts nicht durch die Gänge.

Johns Rechte glitt unter das Jackett. Seine Finger umklammerten den Griff der Bolzenpistole. Noch verdeckte die Gangecke den Ankömmling.

Noch . . .

Dann sah John die Person.

Sie glitt um die Ecke, näherte sich auf Zehenspitzen und sah John Sinclair.

Die Frau blieb stehen.

John zuckte zusammen.

Vor ihm stand eine Krankenschwester.

Oder . . .?

Er wollte sich schon beruhigt zurücklehnen, als er das Gesicht der Schwester sah. Die dunklen Augen, die Lippen, die etwas hochstehenden Wangenknochen . . .

Das war sie!

Das war Lara!

John Sinclair sprang von seinem Stuhl hoch. Aber auch Lara hatte ihre Überraschung jetzt überwunden. Mit einem Schrei warf sie sich dem Geisterjäger entgegen. Sie besaß übernatürliche Kräfte. Als John mit ihr zusammenprallte, wurde er nach hinten gedrückt, seine Kniekehlen prallten gegen den Stuhl, der sofort Fahrt aufnahm, den Gang hinunterrollte, sich zweimal um die eigene Achse drehte und gegen eine Wand knallte.

John hatte für einige Sekunden die Übersicht verloren. Bis er sich wieder gefangen hatte, war Lara ihm schon an die Gurgel gesprungen. Fingernägel zielten nach Johns Augen.

Der Geisterjäger duckte sich. Mit dem linken Arm schleuderte er die Untote zur Seite.

Lara fiel. Sie warf sich aber sofort wieder nach vorn und umklammerte Johns Beine. Hart krachte der Geisterjäger auf den Rücken. Die Untote knurrte siegessicher.

John riß im Liegen seine Waffe hervor. Er sah die Vampirin auf sich zuhetzen und drückte ab.

Im selben Augenblick traf ein Fußtritt sein rechtes Handgelenk. John verriß den Schuß. Der Eichenbolzen fegte nicht in das Herz der Untoten, sondern traf die Schulter, wo er steckenblieb. Kein Tropfen Blut quoll aus der Wunde.

Aber Lara war geschwächt.

Sie heulte auf. Schaurig hallte es in dem Gang wider. Dann warf sie sich herum und ergriff die Flucht.

Blitzschnell war John auf den Beinen. Es fehlte ihm noch, daß die Untote wieder entwischte.

Er hetzte hinter Lara her – und holte auf.

Panik erfaßte die Untote. Sie riß die nächstbeste Tür auf und stürzte in den dahinter liegenden Raum.

Vor Schreck blieb dem Geisterjäger fast das Herz stehen. Wenn sich Lara an wehrlose Patienten heranmachte . . . John durfte gar nicht daran denken.

Zwei Atemzüge später riß er ebenfalls die Tür auf – und stand in einem Baderaum. Lara hatte Pech gehabt.

John drehte den Riegel vor die Tür. Lara hatte es in der Eile vergessen. Sie stand am Fenster, lehnte mit dem Rücken an der Wand. Links von ihr befand sich ein Medikamentenschrank, rechts eine Badewanne. Ein grüner Schlauch war an dem großen Hahn angeschlossen.

John Sinclair lächelte hart. »Es ist aus, Lara«, sagte er, »endgültig!«

Die Untote keuchte. Der Bolzen in ihrer Schulter machte ihr zu schaffen.

Jetzt, wo John Sinclair waffenlos vor ihr stand, hatte sie nicht mehr die Kraft, sich auf ihn zu stürzen.

Aber der Geisterjäger war nicht waffenlos. Er bückte sich und nahm den grünen Schlauch in die Hand.

»Du weißt, was es bedeutet«, sagte er zu Lara. »Auch fließendes Wasser tötet Vampire.«

Jäh sprang das Entsetzen in Laras Augen. Sie zitterte plötzlich und streckte abwehrend beide Arme vor. »Nein!« heulte sie. »Nicht. Ich will nicht sterben.«

John drehte den Hahn auf.

Ein feiner Wasserstrahl spritzte aus der Metalldüse am Ende des Schlauchs.

Die Vampirin schrie. Sie wußte um die Kraft des fließenden Wassers. Denn ihr hatten die Untoten nichts entgegenzusetzen.

Lara setzte alles auf eine Karte. Sie wollte an John Sinclair vorbeihetzen und versuchen, zur Tür zu gelangen.

John riß den Schlauch hoch.

Der Wasserstrahl traf voll.

Lara taumelte zurück. Ihre Schreie wurden vom Rauschen des Wassers übertönt. John drehte noch weiter auf, vergrößerte auch die Düse, so daß der Strahl wie eine Brause wirkte.

Immer neue Wassermassen hüllten die Untote ein. Der Boden war etwas schräg, das Wasser lief auf den Abfluß zu, doch der konnte die Massen auch nicht fassen.

Die Vampirfrau hockte auf der Erde. Sie jammerte und greinte. John sah durch den rauschenden Wasservorhang nur ihre Umrisse. Sie schlug verzweifelt mit den Armen, doch dann wurden ihre Bewegungen kraftlos. Lara fiel in sich zusammen.

Das Wasser löste sie auf.

Hin und wieder sah John einen bleichen Skelettknochen schimmern, doch auch der zerfiel zu Asche, die sofort in Richtung Abfluß gespült wurde.

Noch zwei Minuten ließ John Sinclair das Wasser rauschen. Dann drehte er den Hahn zu.

Von Lara war nichts mehr übriggeblieben. Nur noch ein paar Stoffetzen zeugten von ihrer Existenz.

Fäuste hämmerten von draußen gegen die Tür. Eine Stimme brüllte: »Aufmachen!«

John erkannte in ihr den Arzt, der Marina behandelt hatte.

Er schloß die Tür auf.

Auf dem Gang drängte sich das Krankenhauspersonal. »Mein

Gott, Sie, Herr Oberinspektor?« fragte der Arzt. »Was – was ist denn geschehen. Wir haben Schwester Betty gefunden – bewußtlos . . .«

John schloß die Tür wieder. Aber diesmal von außen. »Sie können beruhigt sein«, sagte er zu den Versammelten. »Es ist nichts passiert. Und es wird auch nichts mehr passieren.«

Mit einem Seufzer der Entspannung griff er nach einer Zigarette.

Eine Woche später wurde Marina Held entlassen. Als völlig geheilt. Für sie war alles nur noch wie ein böser Traum. John hatte sich einen Tag freigenommen und zeigte der jungen Deutschen die schöne Seite der Stadt London.

Die Totenkopf-Insel

Eine dunkle Julinacht. Vom Meer her jagten dicke schwarze Regenwolken heran. Wie drohende Ungetüme trieben sie über den Himmel, verdunkelten den bleichen Halbmond und segelten weiter auf das Innere des Landes zu.

Adam Preston fröstelte.

Der Wind bauschte seinen Mantel auf und ließ den Stoff knattern. Preston hatte den Kragen hochgestellt, trotzdem wurden seine dunkelblonden Haare durcheinandergewirbelt.

Verrückt, dachte er. Verrückt, was du hier tust. Du läßt dich mitten in der Nacht auf dieses einsame Plateau bestellen und gehst auch noch hin.

Aber da waren die fünfhundert Pfund, die lockten. Und für Geld hatte Preston schon manches getan. Sogar für weniger. Hundert Pfund Anzahlung knisterten in seiner Manteltasche. Für diese Summe mußte eine alte Frau lange stricken.

Preston war nicht allein.

Vier weitere Menschen hielten sich auf dem Plateau auf. Zwei Ehepaare mittleren Alters. Eine Frau klammerte sich an ihren Mann. Die andere rauchte. Sie hielt die Zigarette in der hohlen Hand. Hin und wieder glühte die Spitze auf.

Adam Preston kam aus London. Dort hatte er auch die Anzeige in einer großen Tageszeitung gelesen. Den Text hatte er noch genau im Kopf.

SUCHE UNABHÄNGIGE MENSCHEN, DIE MUT ZUM RISIKO UND LUST AM ABENTEUER BESITZEN! BEZAHLUNG AUSSERGEWÖHNLICH GUT! NÄHERES UNTER CHIFFRE 555!

Preston hatte auf die Anzeige geantwortet. Schließlich war er seit einem halben Jahr arbeitslos. Und da griff man nach dem letzten Strohhalm.

Er erhielt auch postwendend Antwort. Ein gewisser Basil Proctor war daran interessiert, ihn zu sprechen. Preston sollte warten, bis er angerufen wurde.

Er hatte gewartet. Zwei Tage. Dann kam der Anruf.

Adam Preston konnte sich noch genau an die Worte erinnern.

»Fahren Sie nach Cornwall. Zwei Meilen südlich der kleinen Stadt Devontown befindet sich ein Plateau. Treffen Sie dort gegen Mitternacht ein. Alles weitere werden Sie dort erfahren.«

Preston war gefahren. Und jetzt sah er, daß er nicht der einzige war, der auf die Anzeige geantwortet hatte.

Die Zigaretten steckten in seiner Manteltasche. Das Sturmfeuerzeug ebenfalls. Preston klopfte sich ein Stäbchen aus der Packung, knipste das Feuerzeug an und hielt die Flamme an die Zigarettenspitze.

Sekundenlang huschte der Schein über sein Gesicht. Er enthüllte eine pockennarbige Haut, schmale Lippen und ein eckiges Kinn. Die Stirn war breit. Der Wind drückte das blonde Haar den Augenbrauen entgegen.

Preston steckte das Feuerzeug weg. Gierig zog er den Rauch der Filterlosen in die Lunge. Verdammt, er war nervös. Aber wer wäre es an seiner Stelle nicht gewesen?

Und weshalb hatte man ihn überhaupt nach Cornwall bestellt? Hier war doch das Ende der Welt.

Vielleicht wußten die anderen mehr.

Preston schlenderte zu dem am nächsten stehenden Ehepaar hinüber.

»Entschuldigen Sie bitte«, sagte er, »aber wissen Sie vielleicht, was dieser Zirkus hier zu bedeuten hat?«

Die Frau und der Mann sahen ihn an. Die Frau schien hübsch zu sein. Ein Kopftuch schützte ihr dunkles Haar gegen den ärgsten Wind.

Ihr Mann hob die Schultern. Er hatte ein rundes Gesicht mit dicken Wangen. »Keine Ahnung, Sir. Wir haben nur die Anzeige in der Zeitung gelesen.«

»Ja, ich auch.« Preston deutete zu dem zweiten Ehepaar hinüber. »Ob die vielleicht etwas wissen?«

»Nein. Wir haben schon gefragt. Sie sind ebenso ahnungslos wie wir.«

»Komisch.« Preston zog die Nase hoch. Er war leicht erkältet. »Haben Sie denn irgendeinen Verdacht, was wir hier sollen?«

Der Mann schüttelte den Kopf. »Etwas Schlimmes kann es nicht sein, sonst wären ja keine Frauen dabei.«

Preston verzog das Gesicht. »Das kann man nie wissen. Übrigens, ich heiße Adam Preston.«

Der Mann nickte. »Angenehm. Nathan Grey. Das ist meine Frau Linda.«

Linda Grey lächelte scheu. Sie hatte bisher noch keinen Ton gesagt.

»Kennen Sie auch den Namen des anderen Ehepaares?« wollte Adam Preston wissen.

»Nein.«

»Na ja.« Preston ließ die Zigarette fallen und trat sie mit dem Absatz aus.

Das Meer war nicht weit. Sie hörten die Brandung gegen die Klippen donnern. Hier an der Südwestecke von Cornwall waren Land und Meer rauh und urwüchsig. Die Menschen dieser Gegend waren ein ganz besonderer Schlag. Wortkarg und verschlossen, treu und ehrlich.

Preston räusperte sich. Er spürte, daß die beiden seine Gesellschaft störte. »Dann nichts für ungut«, murmelte er und ging wieder zu seinem alten Standplatz zurück. Als er einen Blick über die Schulter warf, sah er, daß die Frau ihm hinterherblickte.

Preston lächelte ihr zu. Da wandte die Frau schnell den Kopf.

Adam Preston verkürzte sich die nächsten Minuten mit einer zweiten Zigarette. Er dachte an seinen früheren Job. Als Versicherungsvertreter war er mehr schlecht als recht über die Runden gekommen. Um an Geld zu gelangen, hatte er sich auf krumme Geschäfte eingelassen. Das ging schief. Die Firma hatte Preston gefeuert, glücklicherweise aber von einer Anzeige Abstand genommen. Darüber war Preston froh. Vom Arbeitslosengeld hatte er existiert. Aber davon konnte ein Mensch nicht leben. Also hatte er versucht, in die Branche der Heiratsschwindler einzusteigen. Auch das ging ins Auge. Preston mußte Hals über Kopf flüchten.

Seine Gedanken wurden von einem knatternden Geräusch unterbrochen. Das Geräusch kam aus dem dunklen Himmel und wurde rasch lauter.

Preston blickte hoch. Auch die anderen vier Menschen suchten mit ihren Augen den Nachthimmel ab.

Sie sahen die rhythmisch aufblinkenden Positionslichter eines Hubschraubers.

Es geht also los, dachte Preston. Unwillkürlich schlug sein Herz ein wenig schneller. Die Maschine flog eine Schleife, und plötzlich schoß ein Suchscheinwerfer seine grelle Lichtlanze auf die Erde.

Geblendet schloß Preston die Augen.

Der Helikopter befand sich jetzt über den Wartenden. Langsam sank er tiefer.

Schon spürten die Menschen den Wind, den die Rotorblätter verursachten. Laub und kleinere Zweige wurden vom Boden hochgewirbelt. Preston hatte das Gefühl, von dem Plateau gefegt zu werden. Das Ehepaar Grey klammerte sich fest aneinander.

Der Hubschrauber setzte auf. Der Suchscheinwerfer verlöschte. Die Blätter drehten im Leerlauf. Eine Einstiegluke flog auf, und Sekunden später sprang ein Mann in brauner Lederkleidung aus der Maschine.

Geduckt lief er auf die wartenden Leute zu.

Mit einer Armbewegung winkte er sie zu sich. In der rechten Hand hielt er eine Liste.

Adam Preston konnte von dem Mann nicht viel erkennen. Eine große Fliegerbrille verdeckte die Hälfte des Gesichts.

»Hallo, Leute«, grüßte der Pilot und ließ seine Blicke über die kleine Gruppe schweifen. »Fünf Personen, stimmt. Ich lese jetzt die Namen vor. Adam Preston!«

»Hier.«

Der Pilot nickte. »Nathan und Linda Grey.«

»Hier.«

Der Mann hakte die Namen auf der Liste ab.

»Cliff und Mary Kelland.«

»Hier.«

»Wunderbar.« Der Pilot steckte die Liste wieder weg. Er schien sehr zufrieden. »Dann darf ich die Herrschaften bitten, einzusteigen.« Er wandte sich wieder der Maschine zu.

»Moment mal.« Adam Preston trat einen Schritt vor.

»Ja?« Fragend drehte der Pilot sich um.

»Darf man erfahren, wohin der Flug geht? Wir möchten schließlich gerne wissen, wohin man uns bringt.« Preston sah sich beifallheischend um und erntete hastiges Nicken.

Der Pilot rückte an seiner Brille. Dann ging er wieder einige Schritte vor.

»Haben Sie Ihre hundert Pfund erhalten?« erkundigte er sich.

Preston nickte.

»Na, also. Dann halten Sie gefälligst den Mund. Sie werden in die Maschine steigen. In einer halben Stunde erfahren Sie mehr. Und nun möchte ich keine Fragen mehr hören.«

Preston wurde wütend. »Diesen Ton können Sie sich abgewöhnen.«

Die Haltung des Piloten spannte sich. Doch dann zuckte er mit den Schultern und ging zu seiner Maschine. Der Helikopter wirkte in der Dunkelheit wie ein vorsintflutliches Ungeheuer.

Den fünf Menschen blieb nichts anderes übrig, als dem Mann zu folgen. Adam Preston war sauer. Er fühlte sich verschaukelt. Was bildete sich dieser verdammte Kerl überhaupt ein? Der behandelte sie wie kleine Kinder. Am liebsten hätte Preston auf dem Absatz kehrtgemacht, doch seine Neugierde war stärker. Und seine Geldnot. Als letzter stieg er in die Maschine.

»Wurde auch Zeit!« knurrte ihn der Pilot an.

Preston erwiderte nichts. Er nahm auf einem der beiden noch freien Sitze Platz und legte sich den Anschnallgurt um die Hüften.

Das Ehepaar Grey saß rechts von ihm. Linda Grey schaute aus der Kanzel und machte ein Gesicht, als würde sie zu ihrer Beerdigung fahren.

Der Pilot knallte die Tür zu. Er löschte das Licht im Innern der Maschine.

Die Rotorblätter begannen sich stärker zu drehen. Linda Grey preßte sich eng an ihren Mann. Schwerfällig hob die Maschine ab. Preston, der zum ersten Mal flog, hatte plötzlich das Gefühl, sein Magen würde bis zur Kehle springen. Den anderen erging es nicht besser. Mary Kelland hielt sich sogar die Hand vor den Mund.

Das Brechreizgefühl verschwand schnell. Der Hubschrauber beschrieb eine Kurve und flog dem offenen Meer zu.

Hier hatte der Wind noch mehr Kraft. Immer wieder beutelte er den Helikopter durch. Der Pilot mußte sein ganzes fliegerisches Können aufbieten, um die Maschine zu halten. Einmal sackte sie ein paar Yards weg. Linda Grey schrie unwillkürlich auf, und auch Adam Preston wurde es ganz flau.

Danach wurde der Flug ruhiger. Der Pilot hatte sich auf die herrschenden Turbulenzen eingestellt.

Adam Preston blickte durch die Verglasung. Obwohl es dunkel war, bot sich seinen Augen ein wildes Schauspiel. Unter ihnen schäumte das Meer. Deutlich waren die gischtenden Wellenkämme zu erkennen. Am Nachthimmel türmten sich dicke Wolkenberge. Sie wirkten wie groteske Schöpfungen eines surrealistischen Malers.

Preston wußte, daß es vor der Küste von Cornwall zahlreiche Inseln gab. Oft nur wenige Quadratmeilen groß, waren diese Felseninseln ein Hort seltener Vögel. Hier waren die Tiere ungestört, konnten ihre Eier legen und brüten.

Aber es gab auch bewohnte Inseln. Clevere Geschäftsleute hatten sie gekauft. Vornehmlich solche, die außerhalb der Drei-Meilen-Zone lagen. Sie hatten dort regelrechte Burgen errichtet und die Inseln zu ihrem Hauptwohnsitz erklärt. Aus steuerrechtlichen Gründen. Kein Finanzamt der Welt konnte ihnen hier an den Kragen, beziehungsweise an den Geldbeutel.

Die Minuten zogen sich dahin. Die Maschine flog jetzt ruhiger, und auf einmal sah Adam Preston im Süden ein rotes Licht blinken.

Er machte seine Nachbarn darauf aufmerksam, aber sie hatten das seltsame Licht schon gesehen.

Sein Schein wurde rasch größer und strahlender.

Ein unbehagliches Gefühl beschlich Preston.

War es ein Leuchtturm? Oder ein Funkfeuer, das den Weg weisen sollte?

Die Passagiere sollten es bald erfahren.

Das Licht wuchs, es weitete sich aus, wurde zu einer Kugel und nahm Konturen an.

Riesengroß schwebte es vor dem Hubschrauber.

Adam Preston hatte das Gefühl, eine unsichtbare Hand würde sein Herz zusammenpressen. Er war beileibe kein ängstlicher Mensch, aber was er dort sah, war auch für ihn zu stark.

Das rote Gebilde war keine Kugel, sondern ein überdimensionaler Totenkopf.

Er hatte riesige Augenhöhlen und ein großes, weit aufgerissenes Maul.

Und der Hubschrauber flog direkt auf den Rachen zu . . .

Adam Preston wollte aufspringen, doch der Gurt hinderte ihn daran. Er hörte die Angstschreie der Frauen und das hämische Lachen des Piloten.

Jetzt war das schreckliche Maul genau vor ihnen.

Der Helikopter flog in das Maul hinein.

Plötzlich war um die Maschine herum nur noch ein wirbelndes, tanzendes Rot. Es überschüttete sogar den kleinen Passagierraum, und die Menschen fühlten sich wie in Blut getaucht.

Die beiden Frauen schrien noch immer – und dann war alles vorbei.

Kein Licht – kein Totenkopf – nichts.

Der Hubschrauber senkte sich zur Landung.

Sie schwebten auf eine Plattform zu. Sie war eben und rechteckig. Adam Preston sah es im Licht des Suchscheinwerfers.

Nur noch wenige Yards, dann würden die Kufen die Plattform berühren. Der Hubschrauber sackte noch einmal durch, wurde wieder abgefangen und setzte dann zur Landung an.

Butterweich plazierte der Pilot die schwere Maschine auf die Betonplattform.

Dann stellte er den Motor ab. Die Rotorblätter liefen aus. Nur noch ein Flappen war zu vernehmen, dann hörte auch dieses Geräusch auf.

Der Pilot stand auf und wandte sich den Passagieren zu. Ein gemeines Grinsen spielte um die Mundwinkel des Mannes.

»Aussteigen, Herrschaften. Wir sind am Ziel!"

Niemand rührte sich.

Der Pilot stieß die Tür auf. »Beeilung bitte!« rief er. »Mr. Proctor wartet nicht gern!«

Die Passagiere verließen jetzt leicht taumelnd den Helikopter.

Adam Preston stieg als letzter aus. Der Pilot stand neben der offenen Luke und grinste.

Preston blieb stehen. »Was Sie hier machen, sieht mir verdammt nach Freiheitsberaubung aus«, sagte er.

Der Pilot hob die Schultern. »Was wollen Sie überhaupt? Sie sind freiwillig hier. Und jetzt beeilen Sie sich. Es könnte sonst Ärger geben.«

»Den bekomme ich höchstens mit Ihnen.«

Der Pilot lachte so laut, daß die anderen Passagiere sich nach ihm umdrehten. »Wenn Sie wüßten, Mister«, sagte er.

Adam Preston beschloß, sich die Fragen für später aufzuheben.

Der Totenkopf war völlig verschwunden. War es nur ein Spuk, eine Halluzination gewesen? Adam Preston glaubte nicht daran. Zu deutlich hatte er den rotglühenden Schädel gesehen. Er ging schneller und zupfte Grey am Ärmel.

Der Mann wandte sich unwillig um. »Was ist denn?«

Adam Preston blieb neben ihm. »Sie haben doch auch diesen Schädel gesehen, nicht?«

»Ja.«

»Und? Was sagen Sie dazu?«

»Keine Ahnung.«

»Komm, laß uns weitergehen«, sagte Linda Grey.

»Scheiße!" knurrte Adam Preston. Er war wohl der einzige, den dieser Vorgang aufregte. Hatten die anderen denn keine Augen im Kopf? Oder berührt sie Derartiges nicht? Kaum vorzustellen! Schließlich war es nichts Alltägliches, in einen riesigen Schädel hineinzufliegen. Und überhaupt, wie kam solch ein Ding denn in die Luft?

Nein, hier stimmte einiges nicht, dessen war sich Adam Preston sicher.

Allerdings sah jetzt alles normal aus. Soweit Adam Preston feststellen konnte, befand er sich auf einer Insel. Mitten auf dem flachen Dach eines Betonbunkers. Er schätzte die Höhe des Bunkers auf etwa dreieinhalb Yards. Dann begann der Inselboden. Er war steinig und uneben. In einiger Entfernung sah Preston die Meereswogen gegen die Klippen schäumen.

Also befanden sie sich wohl auf einer Insel, die von irgendeinem

Privatmann gekauft worden war. Vielleicht wohnte hier ein spleeniger Millionär, der billige Arbeitskräfte suchte? Möglich war alles. Aber wie paßte dann der verdammte Totenschädel ins Bild?

»Stehenbleiben!« Die Stimme des Piloten unterbrach Adam Prestons Gedanken.

Die Gruppe hielt.

Der Pilot ging an den Leuten vorbei. Seine genagelten Absätze erzeugten tackende Geräusche auf dem glatten Beton des Daches.

Etwa zwei Yards vor der Gruppe blieb der Pilot stehen, bückte sich und zog eine in das Dach eingelassene Eisenklappe hoch. Sie war mit grauer Tarnfarbe bestrichen, so daß sie kaum auffiel.

Der Pilot deutete auf den Einstieg. »Da hinunter«, befahl er. »Und beeilen Sie sich.«

Zuerst verschwand das Ehepaar Kelland in der Tiefe. Die beiden Greys folgten.

Als letzter ging Adam Preston. Seine Schuhsohlen fanden auf den geriffelten Aluminiumsprossen Halt. Er stieg hinab in eine rabenschwarze Finsternis.

Oben auf dem Dach stand der Pilot und blickte in die Luke. Seine Gestalt war nur als Schattenriß zu erkennen.

Die Klappe schlug zu.

Lähmende Dunkelheit.

Dann ertönte angstbebend Mrs. Kellands Stimme. »Cliff, was haben die mit uns vor?«

»Keine Ahnung.«

Adam Preston dachte praktisch. Er griff schon nach dem Feuerzeug, als plötzlich das Licht aufflammte.

Es waren zwei kahle Leuchtstoffröhren, die Helligkeit verbreiteten. Geblendet schlossen die Menschen die Augen. Ein summendes Geräusch richtete ihre Aufmerksamkeit auf die ihnen gegenüberliegende Wand. Dort glitten die beiden Hälften einer Metallschiebetür auseinander.

Dann erschien Basil Proctor.

Und mit ihm das Grauen . . .

Jerry Flint war ein Sonnyboy-Typ. Das jedenfalls war die Meinung der meisten Menschen. Aber die kannten Flint nicht richtig. Er tat selbstverständlich nichts, um sein Image abzubauen, doch in Wirklichkeit war Jerry Flint ein granitharter Typ.

Das mußte er in seinem Job allerdings auch sein.

Jerry Flint war Agent.

Und zwar beim Secret Service, dem Geheimdienst Ihrer Majestät, der Königin.

Flint war einer der cleversten und erfolgreichsten Agenten beim Secret Service und wurde hauptsächlich auf Langzeitobjekte angesetzt. Seine Spezialität war es, Gesetzesbrechern, die Geld mit undurchsichtigen Geschäften scheffelten, auf die Schliche zu kommen. Er überwachte Geschäftsleute, die viel mit in- und ausländischen Organisationen in Kontakt waren, die zahlreiche, zum Teil geheime Informationen erhielten und diese geschäftlich verwerteten. Der Schritt, dieses Wissen nicht nur selber zu nutzen, sondern an ausländische Interessenten zu verkaufen, war leicht getan. Das war der Punkt, an dem Jerry Flint eingriff. Sein Aufgabengebiet war es, Landesverrat aufzudecken und zu unterbinden. Er begann, verdächtige Typen zu überwachen und zuzuschnappen, wenn niemand es erwartete.

Diesmal hieß sein Objekt Basil Proctor.

Der Kerl war dem Geheimdienst aufgefallen, als er ins Waffengeschäft einstieg. Zuerst völlig legal, dann immer undurchsichtiger. Durch seine Millionen gewann Proctor wirtschaftlichen Einfluß, er gehörte bald zu den führenden Männern der Industrie, kaufte ganze Werke auf und vergrößerte sein Wirtschaftsimperium, dessen Umsatz astronomische Höhen erreichte. Da der Secret Service immer gern wußte, wieviel Geld gewisse Leute in Großbritannien machten, womit sie es verdienten und wie sie es ausgaben, wurde Proctor überwacht.

Von Jerry Flint.

Flint ging systematisch vor. Mit Hilfe des Finanzamtes durchleuchtete er die Geschäfte des Millionärs. Er wußte schnell über Proctors legale Transaktionen Bescheid. Von Neidern und Klatschtanten erfuhr er einiges über das Privatleben des Mannes. Proctor hatte drei Ehen hinter sich. Er war publikumsscheu und arbeitete nur im Hintergrund. Seine Villa in der Nähe von London lag in einem Park, der von einer hohen Mauer umschlossen wurde. Kameras sorgten für eine lückenlose Überwachung. Und eines Tages hatte sich Proctor eine Insel gekauft. Etwa zwanzig Meilen vor der Küste Cornwalls. Mitten im Atlantik. Proctor machte aus der Insel eine Festung. Er baute einen Bunker, in den er sich zurückzog. Dort lebte er mit einem Vertrauten. Und er tat etwas, was Jerry Flint noch mehr überraschte als der Bunkerbau. Er verkaufte seine Firmen. Zu Schleuderpreisen. Er, der große Geschäftsmann, feilschte nicht mehr.

Natürlich wurde der Geheimdienst jetzt erst recht mißtrauisch. Flint sollte herausfinden, ob sich der Millionär nur einen Spleen leistete oder ob er ein riesiges Geschäft plante, von dem niemand etwas wissen sollte.

Jerry Flints Überwachung wurde hautnaher.

Ein Eiland neben Proctors Insel war bewohnt. Die Schiffahrt wurde hier von einem Funkfeuer geleitet. Zwei alte Seebären, die so leicht nichts mehr erschüttern konnte, betrieben den Funkturm. Außerdem hatte das Militär auf diesem Flecken steinigen Landes einige Depots angelegt. Ein Offizier und zwölf Soldaten waren auf die Insel abkommandiert worden. Alle hatten sich inzwischen an ihren Gast Jerry Flint gewöhnt. So manche Nacht hatten sie in der kleinen Kantine gezecht und davon geträumt, Frauen auf der Insel zu haben.

Aber das blieb nur ein Traum.

Die Soldaten hatten eine Bucht provisorisch zu einem kleinen Hafen ausgebaut, sie auch etwas erweitert und gegen die See so abgeschirmt, daß selbst bei Sturm die Motorboote nicht kentern konnten.

Achtzehn Tage befand sich Jerry Flint schon auf der Insel, als er es leid war, Proctor Island mit dem Feldstecher zu überwachen. Er wollte rüber und sich die Insel einmal aus der Nähe ansehen.

Als Flint an jenem Spätnachmittag die kleine Kantine betrat, wunderten sich die Gäste, daß er keinen Whisky bestellte.

»He, bist du krank?« rief ein Sergeant. »Seit wann trinkst du Mineralwasser? Davon kriegt man Läuse in den Bauch, weißt du das?«

Die anderen Soldaten lachten. Auch Jerry lachte mit. »Laßt mal, Kinder«, sagte er. »Ich habe die ganze vergangene Nacht auf der Brille gesessen. Irgendwie muß ich mir den Magen verdorben haben. Ein scheußliches Gefühl, sage ich euch.«

»Aber nicht von meinem Whisky«, knurrte der dicke Kantinenwirt und stemmte beide Fäuste in die fetten Hüften.

»Das habe ich auch nicht gesagt und nicht einmal gedacht«, erwiderte Jerry und lächelte. Dabei wirkte sein jugendliches Gesicht noch jünger. Jerry hatte strohblondes Haar, das jedem Kamm trotzte. Auf seinem Gesicht verteilte sich eine Unzahl von Sommersprossen. Die Augen waren grünblau, das Kinn sprang eckig vor, und die schmalen Hüften mit den breiten Schultern hätte sich so mancher männliche Filmstar gewünscht.

Jerry Flint trug bequeme Kleidung. Jeans und Pullover. Der Pullover reichte bis zu den Knien, wenn man an ihm zog.

Jerry trank sein Wasser, während der Sergeant und die Soldaten den Whisky kippten. »Noch zehn Tage«, rief er, »dann werden wir hier abgelöst. Und dann«, jetzt hämmerte er mit der Faust auf die rohe Tischplatte, »ist hier der Bär los . . .«

Grölend stimmten die anderen Soldaten ein. Einer bestellte noch eine Runde.

Der Wirt hatte alle Hände voll zu tun, die Soldaten ließen die Whiskyrunden immer schneller laufen. Für Jerry Flint bot sich eine günstige Gelegenheit zu verschwinden.

Niemand bemerkte ihn, als er zur Tür schlich.

Aufatmend ging Jerry Flint über den schmalen steinigen Weg auf seine Behausung zu. Er schlief mit den Soldaten in einer langgestreckten Betonbaracke. Zwar nicht gerade komfortabel, aber für die kurze Zeit ging es. Strom spendete ein Generator.

Es war schon dunkel. Jerry Flint hörte das Rauschen der Brandung. Der Wind hatte wieder aufgefrischt. Er heulte um die zackigen Kanten der Felsen. Das Depot mit den Waffen schloß sich an die Wohnbaracke an. Stacheldrahtsperren – auch spanische Reiter genannt – schützten es.

Flint schloß die Eisentür der Baracke auf und betrat einen langen, schmalen Gang. Links und rechts zweigten jeweils die Türen zu den Zimmern ab. Die Soldaten schliefen in Zweibett-

Zimmern, Flint und der Offizier bewohnten jeweils ein Einzelzimmer. Die beiden alten Seebären schliefen draußen in ihrer Funkbude. Sie stand an der Südwestecke der Insel.

Einmal in der Woche kam das Versorgungsschiff und brachte den erforderlichen Nachschub.

Jerry betrat sein Zimmer.

Es war peinlich aufgeräumt. Ein Metallbett, ein Spind, ein Tisch und ein Stuhl – fertig war die Einrichtung. Wärme spendeten Heizungsrippen unter dem Fenster.

Flints Koffer stand unter dem Bett. Er zog ihn hervor und ließ den Deckel hochschnappen, griff nach seiner belgischen FN-Pistole und steckte auch ein kleines, aber leistungsstarkes Funkgerät ein. Er packte beides in eine Tasche, die er sich wie einen Brotbeutel um den Hals hängte. Zum Schluß steckte er das Nachtglas in die Tasche. Dann zog er seine Lederjacke über, verließ die Baracke und machte sich auf den Weg zum Hafen.

Der schmale Pfad führte etwas bergab und mündete direkt in die Bucht. Dort lagen mehrere Boote vertäut, auch Flints Boot mit den beiden starken Dieselmotoren.

Niemand sah den Agenten, als er die Persenning vom Boot liftete und einstieg. Dann löste er die Vertäuung und schwang sich über die Bordwand. Er ging hinunter in den Ruderstand, schob den Schlüssel in das Zündschloß und startete.

Die beiden Motoren tuckerten erst im Leerlauf, kamen aber dann rasch auf Touren. Geschickt lenkte Jerry das Boot an den anderen Schiffen vorbei auf die kleine Hafenausfahrt zu. Er durchfuhr sie und wurde sofort von der Dünung des Meeres gepackt. Die glitzernden Wellenkämme liefen backbord an, und Jerry Flint änderte den Kurs ein wenig. Er fuhr jetzt Richtung Ost-Südost. Dort lag Proctor Island wie ein finsterer Klotz im Meer.

Die See war unruhig. Spritzwasser klatschte gegen die Verkleidung. Hin und wieder schwappte die Gischt über Bord.

Flint fuhr mit einer Geschwindigkeit von zwölf Knoten. Das war schnell genug, um kurz nach Mitternacht sein Ziel zu erreichen. Dann würde er endlich mal auf der Insel sein und versuchen, deren Geheimnis zu ergründen.

Jerry Flint ahnte nicht, welch lebensgefährliches Abenteuer da auf ihn wartete.

Die Zeit verging. Es gab Augenblicke, da fühlte sich Jerry Flint wie der einsamste Mensch auf der Welt. Aber er hielt durch. Er war nicht nur körperlich geschult worden, sondern auch psychisch. Er hatte es gelernt, Krisen zu überwinden. Die Ausbildung beim Secret Service war kein Zuckerschlecken.

Der Himmel war bedeckt, so daß Jerry nach Kompaß fahren mußte. Die beiden Dieselmotoren schnurrten satt wie zufriedene Raubkatzen. Jerry hatte sein Boot vor diesem Einsatz gründlich überholen lassen, denn er wußte, daß davon unter Umständen sein Leben abhängen konnte.

Der Uhrzeiger am Armaturenbrett bewegte sich immer mehr auf Mitternacht zu. Das grünliche Leuchten der Instrumente übergoß Flints Gesicht mit einem unnatürlichen Schein.

Wer Flint jetzt sah, hätte nie in ihm den lebenslustigen Spaßmacher vermutet. Der Agent wirkte hart und konzentriert. Seine Nerven waren angespannt.

Plötzlich sah er das Leuchten.

Zuerst war es nur ein roter Punkt, der aber schnell größer wurde und Gestalt annahm.

Flints Augen weiteten sich. Für einen Moment war er wie vor den Kopf geschlagen. »Das gibt es doch nicht«, flüsterte er. Er kniff die Lider zusammen, aber das Bild blieb. Jerry hatte die Umrisse eines Totenschädels erkannt.

Und der Schädel wuchs.

Riesig schwebte er am Himmel.

Ein Fanal des Schreckens, mit seinem aufgerissenen Maul, das aussah wie ein alles verschlingender Rachen.

Ein unbehagliches Gefühl beschlich den Geheimagenten, während er weiter den eingeschlagenen Kurs hielt.

Über sich hörte er ein knatterndes Geräusch, das aber im nächsten Augenblick wieder verschwunden war.

Flint stellte das Ruder fest und griff nach seinem Nachtglas.

Der Agent suchte den Himmel ab. Breitbeinig stand er in seinem Boot.

Da entdeckte er den Hubschrauber.

Die Riesenlibelle flog unbeirrt ihre Bahn. Genau auf den unheimlichen Schädel zu.

Flint biß sich auf die Lippen. »Das ist doch nicht möglich«, murmelte er. Er hatte ja schon manches in seiner Laufbahn erlebt, aber so etwas war auch ihm noch nicht untergekommen.

Ein rotleuchtender Schädel, der in den Himmel wuchs.

Unglaublich!

Der Hubschrauber flog weiter. Jetzt . . . Jetzt hatte er den Schädel erreicht.

Flint hielt unwillkürlich den Atem an. Er sah, wie der Hubschrauber in dem Maul des Schädels verschwand – und plötzlich war der Totenkopf verschwunden.

Blitzschnell ging das. Praktisch von einer Sekunde zur anderen.

Dafür flammte ein Suchscheinwerfer auf. Der Lichtstrahl war sehr stark. Flint konnte sehen, daß er wie eine breite helle Lanze die Dunkelheit durchbohrte.

Der Hubschrauber landete.

Jerry Flint hatte von der Insel schon Aufnahmen gemacht. Er wußte von dem Bunker und vermutete, daß das Bunkerdach als Landeplatz diente.

Für Jerry Flint war diese unheimliche Szene der letzte Beweis dafür, daß auf Proctor Island finstere Mächte ihr undurchsichtiges Spiel trieben.

Dieser Totenschädel kam nicht von ungefähr, und Jerry Flint war fest entschlossen, das Geheimnis von Proctor Island zu lüften.

Nach fünfzehn Minuten hatte sich Jerry Flint der Insel so weit genähert, daß er den Motor drosseln mußte.

Er fuhr nur noch mit halber Kraft und suchte an der Nordseite eine der winzigen Buchten, in denen er anlegen konnte.

Der Hubschrauber hatte den Suchscheinwerfer gelöscht. Er stand noch immer auf dem Dach. Jerry Flint hatte Menschen aus der Maschine aussteigen sehen. Die Leute waren dann durch eine Luke im Bunker verschwunden.

Flint machte sich noch keine Sorgen, wie er in den Bunker

gelangen konnte. Es würde sich schon eine Möglichkeit finden lassen. Vorerst jedoch mußte er seine Aufmerksamkeit auf das Meer lenken, dessen Strömung an der Küste ziemlich tückisch war. Es gab wilde Strudel und unter der Wasserlinie liegende Klippen, die den Rumpf eines Bootes aufreißen konnten.

Unangefochten tuckerte Jerrys Boot auf die kleine Bucht zu, die ihm zur Landung geeignet schien.

Niemand hielt Jerry Flint auf, als er in die Bucht einlief. Die Wellen – schon vor der Bucht zum Teil gebrochen – liefen relativ sanft aus. Es gab sogar einen winzigen Strand, und schon bald schrammte der Kiel des Bootes über rauhen Sand und Kieselsteine.

Jerry Flint ließ das Boot auslaufen. Den Motor hatte er schon vorher abgestellt.

Jetzt zeigte es sich, daß Jerry Flint nicht nur ein mutiger Draufgänger war, sondern auch ein besonnener Mann. Er holte sein Funkgerät hervor und gab über das, was er gesehen hatte, einen Funkspruch durch. Die Signale wurden an der britischen Küste aufgefangen und direkt nach London weitergeleitet. Natürlich chiffriert und auf einer Frequenz, die nicht so leicht abgehört werden konnte.

Fünf Minuten nahm diese Arbeit Jerry Flint in Anspruch. Dann begann er, sein Boot zu vertäuen. Er fand einen Felsen, um den er das Tau schlingen konnte.

Jetzt versuchte er, sich zu orientieren, aber in der Dunkelheit sah die Landschaft völlig verändert aus. Der Bunker lag etwa im Zentrum der Insel. Auf den Fotos wirkte der Bunker wie eine uneinnehmbare Festung. Aber Flint wußte aus Erfahrung, daß jedes Gebäude mit Phantasie und Mut zu knacken war, auch wenn es noch so sicher aussah. Es gab sicherlich nicht nur einen Eingang, es mußte Nebeneingänge geben oder Notausgänge, die meist nicht so gut gesichert waren wie der Haupteingang.

In dieser Nacht wollte Jerry dem Geheimnis von Proctor Island auf die Spur kommen. Daß heute ein Hubschrauber mit fünf oder sechs Menschen eingetroffen war, empfand er als Glücksfall: Vielleicht konnten ihm diese Leute einiges erzählen . . .

Jerry Flint hatte seine Taschenlampe mitgenommen. Sie war

besonders lichtstark, und der Agent setzte eine Blende vor die Linse, um den Srahl wenig zu dämpfen.

Dann knipste er die Lampe an und suchte nach einem Pfad, der ihn in die Nähe des Betonbunkers führte.

Plötzlich hörte er ein Geräusch.

Flint blieb stehen. Er löschte die Lampe.

Kettengerassel!

Dann eine Stimme. »Aye, Aye, Captain. Der Nachschub ist da. Es sind auch Frauen dabei!«

»Gut! Noch eine Fuhre, dann ist die Besatzung vollständig. Lassen Sie die Mannschaft antreten, Howard!«

»Zu Befehl, Sir!«

Schritte! Kommandos!

»Ich glaube, ich spinne«, murmelte Jerry Flint. »Ja, bin ich denn völlig verrückt geworden? Diese Stimmen, wo kommen sie her?«

Der Agent hatte hinter einem Felsen Deckung gefunden. Er hatte die Männer genau verstanden, so deutlich, als würden sie dicht neben ihm stehen.

Aber da war keiner . . .

»Ich gehe wieder an Bord!« hörte er die Stimme des Captains. »Wenn es soweit ist, geben Sie mir Bescheid, Howard!«

»Sehr wohl, Sir!«

»An die Ruder!« klang ein Befehl auf. Es gab ein schleifendes Geräusch, als würde der Kiel eines Bootes über den Sand geschoben. Sekundenlang begann die Luft in der Bucht zu flimmern, und Jerry Flint sah die Umrisse von Gestalten, die in vergangene Jahrhunderte gepaßt hätten.

Die Gestalten trugen die Kleidung von Seeräubern und waren mit Enterhaken, Degen und alten Musketen bewaffnet.

Dann war das Bild wieder verschwunden.

Der abgebrühte Jerry Flint fühlte eine Gänsehaut über seinen Rücken rieseln. Er hatte schon viel erlebt, aber das hier ging über seine Vorstellungskraft. Hier unterhielten sich Seefahrer ganz in seiner Nähe, und er konnte sie nicht sehen, obwohl sie Sekunden zuvor fast zum Greifen nahe dagewesen waren.

Das gab es nicht.

Jerry zog seine FN-Pistole. Vorsichtig löste er sich aus seiner Deckung.

Was wurde hier gespielt?

Mißtrauisch blickte sich der Geheimagent um. Jetzt war wieder alles ruhig. Still und verlassen lag die winzige Bucht. Nur die Wellen plätscherten gegen den kleinen Strand.

Hatte er das vielleicht alles nur geträumt? War er schon reif für einen Psychiater? Jerry Flint kannte diese Symptome der Überreizung. Kollegen von ihm waren an ihrem Job kaputtgegangen. Manche hatten Glück gehabt und erhielten gute Pensionen. Andere waren mit Verfolgungswahn in Heilanstalten eingeliefert worden.

Soweit soll es nicht kommen, nahm sich Jerry Flint vor und ging los.

Er schaffte genau drei Schritte!

Dann war es aus.

»He, wen haben wir denn da?« rief eine Stimme.

»Der gehört nicht zu uns.«

Irgend etwas klirrte. Es hörte sich an, als würden die einzelnen Glieder einer Kette gegeneinander scheppern.

»Ein Zeuge!« Das war wieder die erste Stimme.

»Wir müssen ihn töten!«

Jerry Flint hörte die Worte und erstarrte. In seinem Magen schien auf einmal ein dicker Kloß zu sitzen. Er packte den Griff der Waffe fester.

»Los, mach ihn fertig!«

Die Stimme war hinter ihm. Jerry Flint kreiselte herum. Und das war genau das Falsche.

Plötzlich spürte er etwas Kaltes an seiner Kehle. Augenblicklich wurde ihm die Luft abgeschnürt. Jerry Flint wurde mit unwiderstehlicher Gewalt nach hinten gerissen. Er fiel nicht. Hände fingen ihn auf. Das Klirren war jetzt dicht vor ihm.

Und auf einmal wußte Jerry Flint, was mit ihm geschah. Man wollte ihn erdrosseln.

Mit einer Kette, die er nicht sah!

Er wehrte sich verzweifelt. Trat und schlug um sich. Dreimal zog der Geheimagent den Stecher seiner Waffe durch. Die Schüsse peitschten auf. Echos rollten über die Insel, doch die Kugeln zischten wirkungslos in die Luft. Sie fanden kein Ziel.

Jerry Flint röchelte.

Immer strammer wurde die Kette gezogen. Längst bekam Jerry keine Luft mehr. Seine Bewegungen wurden schlapper, hörten schließlich ganz auf.

Und noch immer ließ der Druck der mörderischen Kette um seinen Hals nicht nach.

Es sah makaber aus, wie Jerry Flint wie ein lebloses Bündel über den steinigen Boden geschleift wurde. Er schien in der Luft zu hängen, denn die Männer, die ihn an Schultern und Füßen trugen, waren nicht zu sehen.

Die Unsichtbaren schleiften ihn auf den Bunker zu. Als sie ihn erreichten, war Jerry Flint schon tot . . .

Es gibt Kantinen, die sollen gutes Essen haben. Die Scotland-Yard-Kantine gehörte nicht dazu. Wenigstens nicht für John Sinclair. Der junge Oberinspektor war zwar nicht gerade verwöhnt, aber wenn er eine Säge zuhilfe nehmen mußte, um den Rinderbraten zu zerteilen, dann paßte er lieber.

Also ließ er das Fleisch stehen und widmete sich den beiden Schalen mit Erdbeerjoghurt. John brauchte zwar nicht auf die schlanke Linie zu achten, legte aber hin und wieder mal einen Obst- oder Joghurttag ein. Diesmal allerdings unfreiwillig.

John hatte am Vormittag Akten studiert. Sein letzter Fall hatte noch einige Arbeit nach sich gezogen. Der Nachtclub der Vampire war zwar geschlossen worden, aber der anschließend zu erledigende Papierkram machte ihm fast mehr Kopfzerbrechen als die Jagd nach den Vampiren. Ein neues Abenteuer lag noch nicht an. John war froh darüber. Schließlich wollte er in drei Tagen seine Freunde Bill Conolly und Suko vom Londoner Flughafen abholen. Die beiden hatten eine abenteuerliche Reise in das Gebiet des Himalaya hinter sich gebracht, und John brannte darauf zu erfahren, was sie erlebt hatten.

John aß auch noch den zweiten Becher Joghurt leer. Dann gönnte er sich eine Verdauungszigarette.

Die Bedienung kam und räumte den Tisch ab. Sie war neu und lächelte John zu.

Der Geisterjäger lächelte zurück. Als das blondhaarige Mädchen sich umdrehte, wippte ihr kecker Pferdeschwanz aufmunternd hin und her. Der Geisterjäger sandte dem Girl noch einen Blick nach und drückte dann die Zigarette aus.

Die Lautsprecherstimme war bis in den letzten Winkel der Kantine zu hören.

»Oberinspektor Sinclair bitte zu Superintendent Powell. Oberinspektor Sinclair bitte zu Superintendent Powell . . .«

»Ja, doch«, knurrte John. »Nicht einmal in der Mittagspause hat man Ruhe.«

Er ging zu einem der Lifte.

John fuhr zuerst hoch in sein Büro, zog dort sein Jackett über und machte sich auf den Weg zum Büro seines Chefs.

Powell war nicht allein. Der Mann, der bei ihm war, hatte das Gesicht eines leidenden Hamsters und die stahlharten Augen eines Franco Nero. Eine seltsame Mischung. Außerdem war der Mann knapp einssechzig groß. Er hatte graues, streng gescheiteltes Haar und trug einen grauen Anzug. Er musterte den eintretenden John Sinclair wie eine Schlange das Kaninchen, das sie in naher Zukunft verspeisen will.

Der Geisterjäger schloß die Tür.

Superintendent Powell saß hinter seinem Schreibtisch und deutete auf einen Besucherstuhl. »Setzen Sie sich, John!«

»Danke.« Der Geisterjäger nahm Platz.

Powell deutete auf das mickrige Männchen. »Darf ich Ihnen Colonel Ryker vorstellen. Der Colonel gehört zum Secret Service und kommt in einer speziellen Angelegenheit zu uns.«

John Sinclair nickte dem Mann zu. Er mochte Geheimdienstleute nicht besonders. Sie hielten sich meist für etwas Besseres, und wer mit ihnen zusammenarbeitete, hatte immer das Gefühl, daß sie über den Dingen standen und auf die anderen herabsahen. Der Colonel schien trotz seiner Körpergröße oder gerade deshalb auch zu dieser Sorte zu gehören.

»Sie haben das Wort, Colonel«, sagte Superintendent Powell.

Der Geheimdienstmann nickte. Dann begann er zu sprechen.

Seine Stimme war voluminös und füllte den gesamten Raum aus. »Ich möchte zuvor noch darauf hinweisen, daß alles, was hier besprochen wird, unter uns bleibt und nicht an die Öffentlichkeit gerät. Schließlich geht es um einen Fall von ungeheurer Tragweite . . .«

»Darf ich Sie mal unterbrechen?«

Der Colonel runzelte irritiert die Stirn. Er war es wohl nicht gewohnt, daß man ihn unterbrach. »Ja, bitte.«

John mußte grinsen, denn er kannte Powell. Der Superintendent war zwar selbst ein Granitkopf, aber wenn jemand die Loyalität seiner Leute anzweifelte, dann wurde er fuchsteufelswild.

»Oberinspektor John Sinclair ist absolut vertrauenswürdig, Colonel!« sagte er. »Und das hat er mehr als einmal bewiesen. Ich sage das, damit hier keine Zweifel aufkommen.«

Der Colonel setzte sich kerzengerade hin. »Ich habe Sie verstanden, Sir.«

Powell lächelte und nahm einen Schluck von seinem Magenwasser.

»Dann beginnen Sie bitte.«

Und der Colonel fing an. Er hörte sich selbst gern reden, holte weit aus und berichtete von einem gewissen Basil Proctor. Er erzählte das Leben dieses Mannes, erwähnte seine wirtschaftliche Macht und schließlich auch den Verkauf seiner Firmen, der in der Finanzwelt Verblüffung ausgelöst hatte.

»Dieser Proctor hat sich eine Insel gekauft und wie einen Goldhort befestigen lassen. Mit einem Betonbunker und zahlreichen Sicherheitssystemen. Wir vom Secret Service wurden natürlich mißtrauisch. Schließlich ist es nicht alltäglich, daß jemand alle seine Firmen verschleudert und sich im Atlantik auf eine Insel verzieht. Unser Mann, der Proctor vorher schon beobachtete, wurde verstärkt auf ihn angesetzt. Mr. Flint wollte sich die Insel ansehen. Er ist auch dorthingelangt, dann war allerdings Schluß. Wir haben bisher nichts mehr von ihm gehört. Seinen letzten Funkspruch, den unsere Station noch hat auffangen können, haben wir dechiffriert. Ich habe den Text mitgebracht.«

Der Colonel bückte sich und ließ die Verschlüsse des Aktenkoffers aufschnappen. Dann entnahm er dem Koffer zwei DIN-A4-Bogen und überreichte sie den Beamten.

John und Powell begannen zu lesen.

Der Text war tatsächlich interessant. Dieser Flint berichtete von einem riesigen Totenkopf, der über der Insel geschwebt hatte und in dessen Maul ein Hubschrauber geflogen war. Er konnte keine Erklärung finden und wollte daraufhin die Insel erst recht näher erkunden.

John ließ das Blatt sinken.

»Wie schon erwähnt«, sagte Colonel Ryker, »haben wir danach nichts mehr von Jerry Flint gehört.« Der Colonel hielt Powell ein Foto hin, das Jerry Flint zeigte.

Superintendent Powell legte den Bogen auf die Schreibtischplatte. »Und jetzt erbitten Sie bei uns Amtshilfe.«

Der Colonel verzog das Gesicht. »Amtshilfe ist vielleicht nicht das richtige Wort . . .«

Powell lächelte süßsauer. »Ich weiß selbst, daß die Geheimdienstleute die besten Detektive der Welt sind, aber jetzt konkret: Was wollen Sie wissen? Oder mit welchem Auftrag sind Sie hier?«

Der Colonel wand sich wie ein Regenwurm, wenn er aus dem Loch schlüpft. »Die Sache ist nicht leicht zu erklären«, sagte er, »diese Meldung, nun, man könnte sie für das Phantasiegebilde eines Spinners halten. Ein übergroßer Totenschädel – wo gibt es den schon? Aber auf der anderen Seite hatte Mr. Flint unser Vertrauen. Wir wollen einfach nicht glauben, daß er uns einen Bären aufgebunden hat. Und da sich Ihre Abteilung, Sir, mit ungewöhnlichen Fällen beschäftigt, bin ich von allerhöchster Stelle damit beauftragt worden, Sie um Mitarbeit zu bitten.«

Jetzt mischte sich zum erstenmal John Sinclair in das Gespräch ein. »Heißt das, daß ich mit Ihren Leuten zusammenarbeiten soll?«

»Ja.«

»Tut mir leid.« John schüttelte den Kopf. »Dann halte ich mich aus dem Fall heraus.«

»Das können Sie gar nicht.« Der Colonel brauste auf. »Wenn ich Ihnen sage . . .«

»Sie haben mir nichts zu sagen, Sir«, erwiderte der Geisterjäger ruhig. »Ich kann einen Auftrag nur von meinem unmittelbaren

Vorgesetzten bekommen. Und das ist nun mal Superintendent Powell. Erst wenn er es für richtig hält, steige ich ein.«

Rykers Rechte schoß vor wie die Klaue eines Geiers. »Dann sagen Sie es ihm!«

Superintendent Powell hob die Schultern. Das Zusammenspiel zwischen ihm und John klappte ausgezeichnet. »Sehen Sie, Colonel, Oberinspektor Sinclair ist mein bester Mann. Seine Fälle haben eine Aufklärungsquote von hundert Prozent, was man vom Secret Service nicht gerade behaupten kann.« Powell hob die Hand, als er sah, daß Ryker widersprechen wollte. »Ich weiß, wovon ich rede, Colonel. Sie haben manche Schlappe erlitten. Aber das nur am Rande. Wenn Oberinspektor Sinclair also der Meinung ist, daß er allein arbeiten will, dann muß ich ihm das zugestehen. Er wird seine Gründe für diesen Schritt haben.«

»Ja, zum Teufel«, rief der Colonel. »Ist er denn ein Supermann?«

»Nein – aber ein Fachmann. Und außerdem waren Sie es, der zu uns gekommen ist und um Amtshilfe gebeten hat. Wir wollen doch die Karten mal richtig verteilen.«

Scharf stieß der Colonel die Luft aus. »Also gut, ich beuge mich Ihren Vorstellungen. Aber nur unter Protest.«

»Das ist mir egal«, erwiderte Powell trocken. Er nahm seine Brille ab und putzte mit einem Spezialtuch die dicken Gläser. Dabei sagte er: »Können wir Einzelheiten erfahren? Ich meine, wo liegt diese Insel zum Beispiel, und wie kommt Oberinspektor Sinclair am besten dorthin? Wo kann man überhaupt einhaken?«

»Ich kann Ihnen leider kaum mit Material dienen«, erwiderte Colonel Ryker. »Über Brasil Proctor haben wir zwar genügend Details, aber die beziehen sich alle auf die Zeit vor dem Kauf der Insel. Welche Absichten er heute verfolgt, wissen wir leider nicht. Das sollte Jerry Flint herausfinden.«

»Gibt es noch irgendwelche Personen, mit denen Proctor Kontakt hat?« wollte John Sinclair wissen.

»Nein. Er hat alles verkauft. Bis auf sein Landhaus in der Nähe von Plymouth.«

John nickte. »Plymouth liegt in Cornwall an der Küste. Dort könnte noch eine Verbindung bestehen.«

Powell nickte. »Das ist durchaus möglich.«

Colonel Ryker stand auf. »Ich glaube, Gentlemen, damit wäre alles gesagt. Sie halten mich ja auf dem laufenden.«

Powell nickte. »Natürlich!«

»Und viel Erfolg«, wünschte der Colonel noch. Dann ging er zur Tür.

»Puh«, meinte John, als der Geheimdienstmann wieder verschwunden war. »Ein altes Vorurteil hat sich bei mir wieder verstärkt. Die Knaben sind penetrant und halten sich immer für die Größten.«

»Egal.« Der Superintendent winkte ab. »Kümmern wir uns um den Fall. Glauben Sie, daß etwas Großes dahintersteckt?«

John nickte. »Ich halte es durchaus für möglich. Diesen riesigen Totenschädel kann sich Flint nicht aus den Fingern gesogen haben. Außerdem ist er verschollen. Seine Dienststelle hätte sicherlich etwas von ihm gehört, wenn es anders gewesen wäre.«

»Ja, da haben Sie recht.« Powell trank sein Glas leer. »Wie ich Sie kenne, fahren Sie heute noch nach Plymouth – oder?«

John Sinclair lächelte. »Sie kennen mich richtig, Sir. Ich will dieses Landhaus aufsuchen. Unter Umständen finde ich dort den Anfang einer Spur.«

»Okay. Viel Glück.« Powell lächelte, was bei ihm selten vorkam. Aber der Streit mit dem Colonel war für ihn wohl innerlich ein Freudenfest gewesen.

John Sinclair konnte es ihm nicht einmal verdenken.

Zehn Minuten später befand er sich schon im Garagentrakt des Yard, wo sein Bentley parkte. Der Silbermetallic-Schlitten wartete darauf, ausgefahren zu werden.

John wollte ihm den kleinen Spaß gönnen.

Zuvor jedoch fuhr er noch zu seiner Wohnung. Schließlich wollte der Geisterjäger nicht unbewaffnet in den Kampf ziehen. Es gab da einige Dinge, die er unbedingt brauchte, denn Dämonen waren mit normalen Kugeln nicht zu töten . . .

Trotz allem hielt John Sinclair den Fall nicht für sehr brisant. Er rechnete sogar damit, auf einen spleenigen Millionär zu treffen, der nur einem verrückten Hobby frönte.

Selten hatte sich der Geisterjäger so geirrt . . .

Wie hypnotisiert starrten Adam Preston und die beiden anderen Ehepaare auf die schwere Tür. Noch konnten sie die Gestalt nicht genau erkennen, denn der hinter der Tür liegende Raum befand sich in völliger Dunkelheit.

Aber dann traf sie fast der Schlag.

Basil Proctor saß in einem Rollstuhl. Lautlos glitten die gummibereiften Räder über den Boden. Der Rollstuhl hatte einen Elektromotor, dessen leises Summen das einzige Geräusch in der atemlosen Stille war.

Basil Proctor hielt den Stuhl an.

Der Herrscher der Insel sah scheußlich aus. Er war ein Kretin.

Gekrümmt hockte er in seinem Stuhl. Der Kopf saß schief auf den Schultern, wobei die linke Schulter nach unten hing. Die Gesichtszüge des Mannes waren völlig entstellt. Geldstückgroße Narben bedeckten die Haut. Der Schädel war kahl, und in den Augen glitzerte ein satanisches Funkeln. Über Proctors Beinen lag eine graue Decke. Sie schleifte mit den Enden auf dem Boden.

Mrs. Grey stieß einen leisen Schrei aus, als sie den Mann sah. Adam Preston sog scharf den Atem ein.

Das war also ihr geheimnisvoller Auftraggeber.

Ein Krüppel!

Preston meinte, sich zu erinnern, einmal Bilder von Proctor gesehen zu haben. Und auf den Fotos war er als hochgewachsener, gut aussehender Mann zu sehen gewesen.

Proctor schien Prestons Gedanken erraten zu haben, denn er sagte: »Ja, früher sah ich anders aus, mein lieber Preston. Und so werde ich auch wieder aussehen. Dafür habe ich euch ja geholt.« Er sah die Menschen der Reihe nach an. Auf den Frauen blieb sein Blick länger haften. Dann bewegte er nickend den Kopf. »Die Mannschaft wird sich freuen, daß auch Frauen an Bord kommen. Sie haben noch gefehlt.« Er kicherte seltsam hohl.

Preston warf einen Blick über die Schulter zurück auf die beiden anderen Männer. Sie standen schreckensstarr. Niemand machte Anstalten, Proctor entgegenzutreten.

Bis auf Adam Preston. Er trat einen Schritt vor, so daß er dicht vor dem Rollstuhl stand. Hochrot war sein Gesicht. Mit einem verächtlichen Zug um die Mundwinkel blickte er auf Basil Proctor herab.

»Mister Proctor«, begann er, »Sie glauben doch wohl nicht im Ernst, daß wir auf Ihrer Insel bleiben. Dort oben auf dem Dach steht noch der Hubschrauber. Der Pilot wird uns in den nächsten Minuten von hier fortbringen, und niemand wird uns daran hindern. Auch Sie nicht!«

»Das ist auch meine Meinung«, meldete sich Kelland. »Wir bleiben hier keine Minute länger.« Cliff Kelland ließ seine Frau los und stellte sich demonstrativ neben Adam Preston. Nathan Grey zögerte noch.

Proctor begann wieder zu lachen. »Arme Narren«, blaffte er. »Ihr werdet die Insel verlassen, aber nicht so, wie ihr es euch vorgestellt habt. Und was den Hubschrauber angeht – sperrt mal die Ohren auf. Vielleicht könnt ihr noch hören, wie er gerade abhebt.«

Adam Prestons Blicke wurden unsicher. Wie auch die anderen starrte er zur Decke.

Tatsächlich. Schwach nur hörten sie das Knattern der Rotoren.

Prestons Gesicht verzog sich. Er ballte die Hände zu Fäusten. Es sah so aus, als wollte er sich jeden Moment auf Basil Proctor stürzen. Aber er beherrschte sich. »Dann werden Sie uns eben von hier wegbringen!« keuchte er.

»Nein, ich nicht.« Proctor hob den rechten Arm und schnippte mit den langen, spinnengleichen Fingern.

Schritte wurden laut.

Dann tauchte aus dem Dunkel des Raumes hinter Proctor ein Mann auf. Er schien ein Araber zu sein. Wenigstens ließ der Turban darauf schließen, den er sich um den Kopf geschlungen hatte. Er trug eine Djellaba, ein langes, bis zum Boden reichendes Gewand, das Proctor an ein Nachthemd erinnerte. Das Gesicht des Mannes wirkte wie aus Granit gemeißelt. Kein Muskel regte sich. Und die Maschinenpistole in seinen kräftigen Händen redete eine deutliche Sprache.

»Das ist Ali«, stellte Basil Proctor vor. »Er wird dafür sorgen, daß ihr hier auf meiner Insel bleibt. Vorerst jedenfalls«, schränkte Proctor ein.

Adam Preston war zurückgetreten. Die MPi in der Hand des Arabers brachte ihm Respekt bei.

»Mit Waffengewalt wollen Sie uns also hierbehalten«, preßte Nathan Grey mühsam hervor.

Seine Frau Linda begann zu weinen.

Proctor nickte. »Ja«, meinte er. »Es geht ja nicht anders. Ihr habt vor zu fliehen, und so etwas kann ich auf keinen Fall zulassen.«

»Weshalb haben Sie uns eigentlich herkommen lassen?« wollte Adam Preston wissen.

Proctor breitete die langen Arme aus. »Ich will eine Mannschaft zusammen haben.«

»Wir sind keine Seeleute.«

»Ich weiß . . .«

Preston runzelte die Stirn. »Ich verstehe nicht, weshalb Sie uns dann genommen haben. Um ein Schiff zu manövrieren, braucht man doch erfahrene . . .«

Basil Proctor winkte mit einer unwilligen Handbewegung ab. »Unsinn«, sagte er, »Sie sollen ja nicht für mich fahren.«

»Für wen denn?«

»Für Captain Barrel!«

Adam Prestons Augen verengten sich zu Schlitzen. »Barrel . . . Barrel«, murmelte er, »den Namen habe ich doch schon irgendwo gehört.«

»War das nicht der Mann, dessen Schiff vor gut zweihundert Jahren gesunken ist?« fragte Cliff Kelland. »Es hat vor kurzem noch etwas darüber in der Zeitung gestanden.«

Basil Proctor kicherte. »Ich sehe, Sie sind gut informiert. Ja, das Schiff – es hieß übrigens Cornwall Love – ist tatsächlich vor fast zweihundert Jahren gesunken. Captain Barrel kam aus Indien. Er hatte dort etwas entdeckt, was von unschätzbarem Wert war. Einen Dämonenschatz aus Gold und Edelsteinen. Die Sachen sind mit Geld nicht zu bezahlen. Aber ich werde sie heben.«

»Aber was haben wir damit zu tun?« rief Linda Grey.

Der Krüppel grinste häßlich. »Captain Barrel hat eine Bedingung gestellt, das heißt, er mußte sie stellen.«

»Und welche?« fragte Preston.

»Langsam, junger Mann, langsam. Sie werden noch alles genau

erfahren. Der Schatz, den der Captain mitgebracht hatte, war verflucht. Sein Schiff sank. Hier, direkt vor der Küste. Ich habe durch Zufall davon Kenntnis erhalten und versuchte, den Schatz zu bergen. Leider ahnte ich nichts von dem Fluch der Götter. Er hat mich zum Krüppel gemacht, und der Schatz liegt noch immer auf dem Meeresgrund. Aber es gibt eine Möglichkeit, ihn zu heben und mich gleichzeitig von dem Fluch zu befreien. Ich muß eine neue Mannschaft anheuern. Captain Barrel und seine Mannschaft sind zwar bei dem Untergang umgekommen, aber sie finden keine Ruhe. Seit zweihundert Jahren bewachen ihre Seelen den Schatz der finsteren Götter. Und niemandem ist es bisher gelungen, an das Gold zu gelangen. Die Leichen derer, die es versucht haben, modern auf dem Meeresgrund. Nur ich habe mit dem Captain einen Pakt geschlossen. Durch seinen Fluch bin ich zum Krüppel geworden, aber wenn ich seine Bedingungen erfülle, erhalte ich meine alte Gestalt und mein früheres Aussehen zurück. Versteht ihr nun, warum ich euch nicht laufenlassen kann? Ihr seid ein Teil der neuen Mannschaft!«

Verwirrt schüttelte Adam Preston den Kopf. »Das kann ich nicht glauben«, stammelte er, »das gibt es nicht. Sie binden uns hier einen Bären auf, Mann!«

Basil Proctor lachte und rieb sich die mageren Hände. »Ich weiß, es ist schwer zu glauben. Auch ich habe mich am Anfang nicht daran gewöhnen können, daß sich über Nacht mein Körper veränderte und ich zum Krüppel wurde. Was glauben Sie, was das für ein Leben ist! Nein, das kann sich niemand vorstellen, dieses Dahinvegetieren. Niemand hilft einem, man kann sich nur in dem verdammten Rollstuhl fortbewegen.«

Proctor schlug mit der flachen Hand auf die Lehne. »Aber das soll anders werden! Ich will mein früheres Aussehen zurückhaben, und dabei ist mir jedes Mittel recht.«

»Sie – Sie opfern andere Menschen, um selbst wieder einer zu werden«, flüsterte Linda Grey. Ihre Stimme war kaum zu verstehen. Sie erstickte in Tränen. »Wie viele arme Geschöpfe haben Sie schon unglücklich gemacht, Mr. Proctor?«

»Sie werden sie bald kennenlernen. Ich habe für die Mannschaft einen Extraraum bauen lassen. Bis Sie an Bord gehen, werden Sie sich dort aufhalten. Aber keine Angst. Lange wird es nicht dauern. Noch eine Fuhre, und wir sind komplett.«

Adam Preston hatte die ganze Zeit über geschwiegen. Er hatte sein Augenmerk auf den Araber gerichtet und dabei einen tollkühnen Plan gefaßt. Er glaubte den Ausführungen des Millionärs und konnte sich vorstellen, daß Basil Proctor mit allen Mitteln sein Ziel verfolgen würde.

Aber nicht mit Adam Preston!

Der Araber stand links neben dem Mann im Rollstuhl. Die Mündung der Maschinenpistole zeigte nicht auf einen einzelnen der Gruppe, sondern wies in den Raum.

Und darauf baute Preston seine Chance.

Er machte einen Schritt vor.

Keine Reaktion. Der Araber bewegte sich nicht.

Adam Preston fühlte, daß sein Herz schneller klopfte. Während Basil Proctor noch über sein Vorhaben redete und damit die anderen ablenkte, machte Adam Preston den nächsten Schritt.

»Ali!« Ein peitschender Befehl hallte durch den kahlen Raum. Basil Proctor hatte ihn ausgestoßen.

Ali ruckte herum.

Adam Preston starrte genau in das dunkle Loch der Maschinenpistole.

Wie ein Blitzstrahl durchfuhr ihn die Angst. Der Kerl brauchte nur den Finger zu krümmen, dann war es aus.

Preston atmete schwer. Es war das einzige Geräusch in der lastenden Stille. Dann übernahm Basil Proctor wieder das Wort. »Leg ihn nicht um, Ali! Er hat Glück, daß wir ihn brauchen. Aber erteile ihm eine Lektion, damit er weiß, was es heißt, unseren Befehlen zuwiderzuhandeln.«

Ali nickte. Er schien stumm zu sein. Mit einer fast behutsam anmutenden Gebärde lehnte er die schwere Waffe an die Wand. Dann drehte er sich langsam um und schlug aus der Drehung heraus zu.

Nie hätte Preston damit gerechnet, daß ihn dieser Schlag treffen würde. Schließlich betrug die Distanz mehr als zwei Yards. Aber Ali war ein Teufel. Sein Körper schien um das Doppelte zu wachsen. Ali zeigte, was jahrelanges Karatetraining ausmacht.

Adam Preston bekam den Schlag quer über den Mund. Der Handrücken riß ihm die Lippen auf. Die Wucht des Hiebes schmetterte ihn durch den Raum. Hart prallte er gegen eine der nackten Wände. Sein Kopf war wie aus Gummi. Nur im Unterbewußtsein hörte er die entsetzten Schreie der Frauen. Dieser blitzschnelle und hart geführte Hieb hatte ihn fast k.o. geschlagen.

Der Araber glitt bereits auf den am Boden Liegenden zu, als Proctors Befehl ihn stoppte.

»Es reicht!« bellte der Mann im Rollstuhl.

Ali blieb stehen, drehte sich um und nahm wieder seine Maschinenpistole auf.

Nur langsam verebbte der Schmerz. Adam Preston wischte sich das Blut von den Lippen und kam stöhnend auf die Beine.

»Das wäre nicht nötig gewesen«, sagte Proctor. Dann wandte er sich zu den anderen. »Jetzt habt ihr einen Vorgeschmack von dem, was euch erwartet, wenn ihr Schwierigkeiten macht.«

Die Menschen schwiegen bestürzt und entsetzt.

Drei, vier Sekunden lang herrschte eine nahezu tödliche Stille. Und in der Stille klang das Klirren doppelt laut.

Mrs. Kelland entdeckte den Toten als erste. Der Oberkörper schwebte über dem Boden, nur die Hacken schleiften auf dem Beton. Dazwischen Schritte, das Klirren der Kette und Stimmen.

Basil Proctor drehte den Rollstuhl. Er lachte plötzlich und sagte: »Aha, da kommen meine Freunde. Sie wollen euch begrüßen . . .«

Es klang makaber, was der Millionär sagte. Denn von seinen Freunden war niemand zu sehen.

Und doch waren sie da . . .

Linda Grey verlor als erste die Nerven. »Das halte ich nicht mehr aus!« schrie sie, wurde leichenblaß und klappte zusammen. Ihr Mann konnte sie im letzten Moment auffangen.

Mrs. Kelland stand da und brachte kein Wort mehr hervor. Sie zitterte am ganzen Körper. Auch die drei Männer begriffen nicht, was gespielt wurde. Wie hypnotisiert starrten sie auf die Leiche des blondhaarigen Mannes, der von unsichtbaren Händen in den Raum gezogen wurde.

Wieder klirrten Kettenglieder. Dann befahl eine rauhe Stimme: »Laßt ihn los!«

Die Leiche fiel zu Boden.

Proctor deutete auf den Toten. »Wer ist das?«

Eine Stimme antwortete. Geisterhaft, hohl klingend. »Wir haben ihn am Strand gefangengenommen. Er wehrte sich. Wir mußten ihn töten.«

»Kennt ihr den Mann?«

»Nein«, erwiderte die Stimme.

»Durchsuch ihn!« befahl Proctor dem Araber.

Ali bückte sich. Mit einer Hand tastete er die Leiche ab. Dabei förderte er eine Pistole zutage und ein Funkgerät.

Proctor wurde blaß. Sein häßliches Gesicht verzog sich zu einer abartigen Grimasse. »Ein Funkgerät!« zischte er. »Ein Spion. Dieser Mann ist ein Spion!«

»Aber er ist tot«, sagte die Geisterstimme. Andere Männer lachten hämisch.

»Na und? Er wird irgendwo Bescheid gesagt haben, was auf dieser Insel los ist. Sieh nach, Ali, ob er Papiere hat.«

Der Araber gehorchte. Er fand aber nichts, was auf die Identität des Toten hinwies.

Basil Proctor fluchte. Er fuchtelte mit beiden Armen herum und rief plötzlich: »Da sind die anderen! Noch eine Fuhre, dann ist eure Mannschaft vollständig.«

»Wir haben sie schon gesehen!« Wieder waren Schritte zu hören. Sie näherten sich den schreckensstarren Menschen.

Plötzlich schrie Mrs. Kelland auf. Sie hatte Finger an ihrem Körper gespürt. Sie glitten über die Schulter und an der Hüfte entlang. »Eine gute Frau. Wir werden mit ihr noch viel Spaß haben!«

»Neiiinn!« brüllte Mrs. Kelland. Sie drehte sich um und rannte in den letzten Winkel des Raumes.

»Packt sie!« schrie wieder die Geisterstimme.

Da drehte Cliff Kelland durch. Er rannte auf seine Frau zu,

wollte sich schützend vor sie stellen, doch noch ehe er sie erreichte, griffen die Unsichtbaren zu.

Harte Fäuste umklammerten Cliff Kelland, rissen ihn zurück. Und dann prasselten die Schläge wie Hagelkörner auf ihn nieder, während Basil Proctor sich vor Lachen kaum halten konnte.

Cliff Kelland taumelte, wurde hin- und hergerissen. Eine unsichtbare Hand packte seine Haare und riß den Kopf nach hinten. Kelland stöhnte auf.

Obwohl er nichts sah, fühlte er die Spitze eines Messers an seiner Kehle. Ein winziger Blutstropfen quoll aus seiner Haut. Er rann langsam den Hals hinab.

»Ich glaube, das reicht«, meinte der Unsichtbare. »Wenn du dich noch einmal gegen uns stellst, schneiden wir dir die Kehle durch!« Ein rauhes Lachen folgte, dann wurde Cliff Kelland auf den Boden gestoßen.

Seine Frau saß in der Ecke und schluchzte jämmerlich. Sie war mit den Nerven am Ende.

Die Schritte entfernten sich. »Wir warten auf die anderen«, verkündete der Anführer der Geisterpiraten. Für Sekunden begann die Luft zu flimmern, und jeder der Gefangenen glaubte, altertümlich gekleidete Gestalten zu sehen. Wilde, bärtige Gesichter. Einer der Kerle trug eine Augenklappe, und bewaffnet waren die Unheimlichen bis an die Zähne.

Dann war der Spuk verschwunden.

Basil Proctor klatschte in die Hände. »Das waren meine Freunde. Zweifelt ihr jetzt immer noch?«

Keine Antwort. Die Menschen blieben stumm. Das Grauen hatte sie gestreift wie der Pesthauch der Hölle. Und ihnen war klargeworden, daß sie keine Chance hatten, dem schrecklichen Schicksal zu entgehen. Der Tote, der zu ihren Füßen lag, hatte vielleicht versucht, das Rätsel zu lösen.

Es war beim Versuch geblieben . . .

Proctor wandte sich an seinen Leibwächter. »Schaff sie zu den anderen, Ali!« befahl er. »Sie haben noch vierundzwanzig Stunden Galgenfrist. Dann werden sie auf dem Geisterschiff die Meere durchkreuzen. Und ich erhalte mein wahres Aussehen wieder und dazu den Schatz der Dämonen!«

Proctor drehte den Rollstuhl und glitt wie ein Schatten hinein in die Dunkelheit des Ganges.

Die Opfer aber wurden zusammengetrieben. Hintereinander mußten sie den Raum verlassen. Sie gingen schleppend, die Köpfe gesenkt. Ihr Widerstand war gebrochen. Für sie war ein Alptraum Wirklichkeit geworden.

Die Strecke London – Plymouth betrug ungefähr dreihundertfünfzig Kilometer. John Sinclair wollte sie am frühen Abend geschafft haben.

Der Geisterjäger fuhr zügig, konnte aber seinen errechneten Schnitt nicht einhalten, da ziemlich viel Verkehr herrschte.

Gegen achtzehn Uhr schließlich erreichte der Oberinspektor die Hafenstadt. Er war nicht zum erstenmal in Plymouth und kannte sich ein wenig aus. Er wußte auch, wo ungefähr das Landhaus des Millionärs lag. Es befand sich östlich von Plymouth in einem Waldgebiet an der Stadtgrenze.

Das Haus war schlecht zu finden. John mußte zweimal fragen, bis er den Weg endlich wußte.

Über das schmale Asphaltband einer Straße, die sich schlangengleich durch die Landschaft wand, näherte er sich seinem Ziel, bis er an eine Abzweigung gelangte. Ein Schild wies auf das Landhaus hin.

John fuhr dem Wegweiser nach und wurde schließlich von einer Schranke gestoppt.

Ein Verkehrsschild und eine Tafel wiesen darauf hin, daß hier die Durchfahrt verboten war. Und zwar bei Androhung von Strafe, wie auf der Tafel zu lesen war.

John stieg aus.

Er befand sich inmitten eines lichten Mischwaldes. Es war angenehm schattig und kühl. Das Laub der Bäume filterte die tief stehende Julisonne. Vogelstimmen zwitscherten. Ein Hase verschwand mit langen Sprüngen in einem nahe gelegenen Gebüsch. Von irgendwoher ertönte das Tacken eines Spechts.

John Sinclair schloß seinen Bentley ab und flankte über die rotweiß gestrichene Barriere.

Ein Kiesweg führte schnurgerade durch den Wald. Nach etwa einer halben Meile lichtete sich der Wald, und John stand in einem großen Park mit uralten hohen Bäumen und einem sorgfältig gepflegten Rasen. Der Kiesweg schnitt die Grünfläche in zwei Hälften und führte direkt auf das Landhaus zu.

Es war im viktorianischen Stil erbaut und wirkte wie eine Trutzburg.

Wuchtige dicke Mauern. Eine breite Steintreppe. Zahlreiche Erker, Simse und hohe Fenster mit Butzenscheiben, in denen sich die Sonne spiegelte.

Keine Spur von Verfall also, obwohl der Besitzer des Landhauses hier nicht mehr wohnte.

Aber auch keine Spur von Leben. Das riesige Haus schien leer zu stehen, aber davon wollte sich der Geisterjäger erst noch genauer überzeugen.

Er ging auf die Treppe zu, deren Stufen an beiden Seiten von zwei hohen Mauern flankiert wurden.

»He, Mister!« hörte John eine Stimme in seinem Rücken. »Wissen Sie nicht, daß Unbefugten der Zutritt verboten ist?«

John stand schon vor der untersten Stufe. Er drehte sich um.

Aus dem Schatten einer Buschgruppe kam ein Mann auf ihn zu, der wirklich aussah wie der Werbegärtner vom Fernsehen. Er trug eine grüne lange Schürze, ein kariertes Hemd und eine braune Cordhose. Das Gesicht schien nur aus Falten und Runzeln zu bestehen. Es war sonnenbraun, und unter dem breiten Strohhut sah John Sinclair weißes Haar hervorquellen. In der rechten Hand hielt der Mann eine Gießkanne.

John lächelte. »Sie sind sicher der Gärtner«, vermutete er treffsicher.

Der ältere Mann verzog das Gesicht, und die Falten vermehrten sich. »Wie scharfsinnig«, erwiderte er höhnisch. »Aber jetzt sehen Sie zu, daß Sie von hier verschwinden, oder es gibt Ärger.«

John ging auf den Ton des Gärtners nicht ein. »Der Hausherr ist nicht zufällig hier – oder?«

»Nein, das sehen Sie doch.«

»Sie sind der einzige, der das Haus bewacht?« wollte der Geisterjäger wissen.

Der Gärtner atmete tief ein. »Ich wüßte nicht, was Sie das angeht. Und jetzt verschwinden Sie, oder ich jage Ihnen die Hunde auf den Pelz.«

Jetzt wurde auch John Sinclair ärgerlich. Okay, er kam nicht gerade als Freund des Hauses, er hatte aber auch keine Lust, sich wie einen Landstreicher behandeln zu lassen.

»Polizei«, sagte der Oberinspektor und zückte seinen Ausweis.

Der Gärtner wurde sofort ruhiger. Mit der linken Hand nahm er den Ausweis entgegen und studierte ihn. Dann gab er John die Legitimation zurück.

Der weißhaarige Gärtner wurde freundlicher. »Tut mir leid, Sir, aber ich konnte nicht wissen . . .«

John winkte ab. »Geschenkt.« Er deutete mit dem Daumen über die Schulter. »Sind Sie der einzige hier?«

Der Gärtner zögerte mit der Antwort. John Sinclair wußte sofort, daß er nach einer Ausrede suchte. »Mr. Proctor ist nicht da«, sagte er dann.

»Das weiß ich. Ich . . .«

John sprach nicht mehr weiter, denn die barsche Stimme eines Mannes unterbrach ihn.

»Wen hast du denn da aufgegabelt, Jos? Will der Typ Ärger machen?«

John Sinclair drehte sich um.

Von der Westseite des Landhauses schlenderte ein Mann auf John Sinclair und den Gärtner zu. Er trug Lederkleidung, wie sie die Piloten oft anhaben, und in der Hand ein Gewehr. Die Mündung zeigte noch zu Boden, aber wie John den Typ einschätzte, würde er sicherlich keine Skrupel haben, die Waffe auch auf einen Menschen zu richten.

Der Geisterjäger spürte ein unangenehmes Ziehen in der Magengegend.

Drei Schritte vor John blieb der Mann stehen. Er hatte schwarzes, ziemlich kurz geschnittenes Haar, eine Boxernase und tückische, eng beieinanderliegende Augen. Sein Kinn zierte eine dunkelrote Narbe.

»Also«, sagte der Knabe, »was suchen Sie hier?«

»Rick, dieser Mann ist . . .«

Der Pilot wandte unwillig den Kopf. »Halt du dich da raus, Jos. Los, geh wieder an deine Arbeit, sonst gibt es Stoff.«

Der Gärtner hob die Schultern, grinste wissend und verzog sich dann.

John Sinclair griff nach seinen Zigaretten. Sofort ruckte die Mündung des Gewehres hoch.

Der Geisterjäger hob überrascht die Augenbrauen. »Sie haben hier wirklich einen netten Umgangston, das muß ich schon sagen.«

»Was wollen Sie?«

John klopfte sich ein Stäbchen aus der Packung und zündete es dann an. Genußvoll stieß er den Rauch aus. »Ich wollte eigentlich mit Mr. Proctor reden.«

»Der ist nicht da.«

»Dann sind Sie bestimmt für mich der richtige Gesprächspartner.«

»Glaube ich kaum.« Der Pilot bewegte beim Sprechen kaum die Lippen. »Am besten ist es, Sie verziehen sich jetzt wieder. Wenn nicht, bekommen Sie Ärger.«

»Oder Sie«, gab John zur Antwort.

Der Kerl lachte kalt. »Wollen Sie mir drohen?«

»Wollen Sie einen Polizisten über den Haufen schießen?«

Der Pilot krauste die Stirn. »Wieso Polizist?«

»Scotland Yard!« Zum zweitenmal innerhalb von fünf Minuten präsentierte John seinen Ausweis. Ihm war auch nicht entgangen, daß der Pilot bei dem Wort Polizei zusammengezuckt war.

»Und?« fragte er betont forsch. »Was wollen Sie von mir?« Er ließ das Gewehr wieder sinken.

»Ich will zu Mr. Proctor!«

»Er ist nicht da!«

John lächelte. »Dann führen Sie mich hin, Mister . . . Wie ist übrigens Ihr Name?«

»Rick Terry!«

»All right, Mr. Terry. Sie werden mich zu Mr. Proctor bringen!«

Terry schüttelte den Kopf. »Das kann ich nicht.«

»Und warum nicht?«

»Weil ich selbst nicht weiß, wo Mr. Proctor steckt.«

John atmete tief ein. Dann sagte er: »Ich bin von Natur aus ein friedlicher Mensch. Ich kann nur eins nicht ausstehen, Lügen. Und daß Sie lügen, ist offensichtlich. Ich komme schließlich nicht uninformiert zu Ihnen. Ich weiß, daß sich Mr. Proctor eine Insel gekauft hat, und wenn ich Sie in Ihrer Pilotenkleidung vor mir sehe, dann ist mir auch klar, daß Sie zu Mr. Proctor Verbindung haben. Wahrscheinlich per Hubschrauber. Außerdem laufen Sie wahrscheinlich nicht den lieben langen Tag in Ihrer Kluft herum, ergo haben Sie etwas vor. Sicherlich einen Flug zu Proctor Island.« John lächelte kalt. »Wenn meine Vermutungen falsch sein sollten, dann berichtigen Sie mich ruhig.«

Rick Terry war bei Johns Worten blaß geworden. »Nein, Sie liegen nicht falsch, aber das wird Ihnen auch nichts nutzen, denn jetzt nehmen Sie erst mal die Pfoten hoch!«

Blitzschnell richtete der Pilot die Mündung der Waffe auf den Oberinspektor. Ein gefährliches Leuchten lag plötzlich in seinen Augen. John schalt sich einen Narren, daß er den Piloten nicht gezwungen hatte, die Waffe fallen zu lassen. Er hatte ihn als etwas zu harmlos eingestuft. Das erwies sich nun als Fehler.

»Wollen Sie einen Polizisten umlegen?« fragte der Geisterjäger und hob die Arme in Schulterhöhe.

»Wenn es sich nicht vermeiden läßt – ja. Und in Ihrem Fall läßt es sich nun mal nicht vermeiden. Los, umdrehen!«

John Sinclair gehorchte.

Er sah noch aus den Augenwinkeln, daß Rick Terry einen ausreichenden Abstand hielt. Er war ein Profi. Es war dem Geisterjäger unmöglich, ihn anzuspringen, ohne sich eine Kugel einzufangen.

John preßte die Lippen aufeinander. Rick Terry machte wirklich den Eindruck, als würde es ihn nicht stören, einen Polizeibeamten ins Jenseits zu befördern.

Es war eine groteske Situation. Was Geister und Dämonen nicht geschafft hatten, würde dieser Pilot mit einer einzigen Kugel erledigen . . .

Die Gesichter waren bleich. Das Licht an der Decke hatte einen grünlichen Schimmer und ließ die Haut der Menschen aussehen wie die von Toten, die schon einige Zeit im Grab gelegen hatten.

Die Höhle lag tief unter der Erde. Sie war verhältnismäßig komfortabel eingerichtet. Es gab gepolsterte Sitzgelegenheiten, mehrere Betten und Tische. Auf dem Boden lagen Teppiche. Nur die rohen Felswände störten den Gesamteindruck.

Mit der neuen Gruppe befanden sich insgesamt zwölf Personen in dem unterirdischen Gewölbe. Man konnte es durch eine Eisentreppe erreichen, die vom Bunker aus in die unter dem Meeresspiegel liegende Höhle führte.

Hinter Adam Preston schloß sich die Eisentür mit einem dumpfen Laut. Es klang wie das Zuschlagen eines Sargdeckels.

Verwundert blickten sich die Neuankömmlinge um. Ein schon älterer Mann erhob sich von einer Bank. Er hatte weißes wirres Haar und trug einen blankgewetzten Anzug.

»Willkommen im Kreis der Verlorenen«, krächzte er mit rostiger Stimme. Er machte eine umfassende Armbewegung und deutete auf die anderen Menschen. »Wir sitzen schon über eine Woche hier. Noch eine Fuhre, und dann werden wir aufs Schiff gebracht.«

Linda Grey und Mrs. Kelland begannen wieder zu weinen. Ihre Männer führten die beiden Frauen zu noch freien Plätzen.

Adam Preston stand in der Mitte des ungewöhnlichen Raumes und blickte sich um.

Er entdeckte die Fernsehaugen an den vier Ecken der Decke.

Der Weißhaarige hatte seinen Blick bemerkt. »Ja«, sagte er, »wir werden beobachtet. Tag und Nacht hat man uns unter Kontrolle, aber wir haben uns schon daran gewöhnt.«

Preston hob die Schultern. Er machte zwar einen resignierten Eindruck, aber aufgegeben hatte er noch lange nicht. Er wollte, wenn es eben ging, dieser verdammten Mausefalle entkommen.

Sein Blick glitt über die Versammelten.

Hoffnungslosigkeit und Resignation zeichneten die Gesichter. Die Menschen hatten sich mit ihrer Situation abgefunden.

»Gibt es hier noch einen zweiten Ausgang?« fragte Preston den Weißhaarigen.

»Ja. Es ist der Luftschacht.« Der Mann deutete zur Decke.

»Dann könnte man ja . . .« Preston verengte die Augen und rieb sich das Kinn.

»Fliehen, meinen Sie?« Der Weißhaarige lachte. »Nicht hier. Denken Sie an die Kameras.«

»Die wären kein Problem.«

Sekundenlang blitzte Interesse in den Augen des alten Mannes auf. »Sie haben einen Plan?«

»Vielleicht . . .« Preston wollte noch nicht mit seiner Überlegung herausrücken. »Wie wird das Essen gebracht?« wollte er wissen.

»Sie lassen einen Korb durch den Luftschacht. Da ist alles drin. Nach dreißig Minuten holen sie den Korb wieder hoch.«

Preston sah sich den Schacht an. Er trat unter die Öffnung und legte den Kopf in den Nacken. Ein kühler Luftstrom fuhr ihm ins Gesicht. Preston mußte die Augen schließen. Die kalte Luft war unangenehm. Der Schacht war nicht sehr breit. Er war sogar für einen Mann, der sich an den Seiten hochstemmen wollte, ideal.

»Sie wollen durch den Schacht?« flüsterte der Weißhaarige.

»Ja.«

»Sie vergessen die Kameras.«

»Das ist das geringste Problem.« Preston wischte sich über die Stirn. Auch die anderen Gefangenen betrachteten ihn jetzt mit unverhohlenem Interesse. In manchen Augen glomm so etwas wie Hoffnung auf. Dieser Mann unter dem Schacht schien genau zu wissen, was er wollte.

»Wann gibt es das nächste Essen?« fragte Adam Preston.

»Das wird noch dauern. Es ist das Frühstück.«

Preston blickte auf seine Uhr. Draußen mußte längst der Tag angebrochen sein. Es war sechs Uhr morgens. Preston schätzte, daß es erst in zwei Stunden etwas zu essen gab.

Also hatte er noch genügend Zeit.

»Ich versuch's«, sagte Preston entschlossen.

Cliff Kelland stand auf. »Sie wollen wirklich?«

Adam Preston nickte. »Natürlich. Und wenn ich erst einmal draußen bin, werde ich schon irgendeinen Weg finden, um von der Insel zu fliehen. Die haben doch hier sicherlich ein Boot.«

»Sie vergessen die Geisterpiraten«, sagte der Weißhaarige.

»Wer nicht wagt, der nicht gewinnt. So oder so kaputt. Was macht das schon? Abgehört werden wir ja nicht – oder?«

»Ich habe es bisher wenigstens noch nicht feststellen können«, erwiderte der Weißhaarige.

»Na, das ist doch prima. Dann kümmern wir uns mal um die Kamera. Wir müssen die nehmen, die dem Ausstieg gegenüber liegt. Mister Kelland, Sie sind am kräftigsten. Können Sie mein Gewicht tragen?«

Cliff Kelland blickte Adam Preston an. »Ich hoffe es doch.«

»Okay, dann los.«

Preston zog sein Jackett aus und ging zu der von ihm ausgewählten Kamera. Er vertraute auf die Faulheit der Menschen. Bestimmt saß nicht den ganzen Tag über jemand vor den Monitoren und behielt die Gefangenen im Auge. Die Kameras konnten auch als reine Drohung installiert worden sein. Außerdem hatte Preston nur Basil Proctor und Ali auf der Insel gesehen. Die beiden hatten sicherlich noch anderes zu tun, als ständig auf die Monitoren zu starren.

Cliff Kelland legte die Hände gegeneinander und bildete so eine provisorische Leitersprosse, auf die Adam Preston steigen konnte. Er hatte sich sein Jackett unter den Arm geklemmt.

»Jetzt drücken Sie mir die Daumen«, sagte Preston.

Er hob das rechte Bein und stieg auf die zusammengefalteten Hände. Dann drückte er sich mit dem anderen Bein vom Boden ab.

Alle starrten ihn an.

»Hoffentlich geht es gut«, hörte er Linda Grey flüstern.

Kelland wankte unter dem Druck. Adam Preston krallte seine Hände in den Jackenstoff an Kellands Schulter. »Halten Sie nur fest!« keuchte er.

»Ja . . .«

Preston ging in die Senkrechte. Dabei hob er das linke Bein und stellte es auf Kellands Schulter.

Der Mann stöhnte.

»Keine Panik«, flüsterte Preston. »Versuchen Sie, einen halben Schritt zurückzugehen.«

Kelland schaffte es.

Die anderen Gefangenen hielten den Atem an.

Cliff Kelland stand jetzt dicht an der Wand. Preston ließ sich etwas vorfallen und stützte sich am Fels ab. »Wunderbar«, sagte er gepreßt. Dann zog er auch noch das rechte Bein nach, nahm sein Jackett in die Hand und hängte es mit einer blitzschnellen Bewegung über die Linse der Kamera. Er hatte dabei noch Glück, denn der Aufhänger hakte sich an irgendeiner kantigen Stelle fest.

Preston sprang von der Schulter des Mannes.

»Ausgezeichnet«, rief er, als er auf dem Boden landete. »Das haben Sie phantastisch gemacht.«

Cliff Kelland lehnte sich gegen die Wand. Mit dem Handrücken wischte er sich den Schweiß von der Stirn. Dabei zitterte er wie ein Rehpinscher.

Der Weißhaarige war aufgesprungen. Er schlug Adam Preston auf die Schulter. »Jetzt glaube ich auch, daß es klappt«, jubelte er, und seine Augen leuchteten dabei.

Preston winkte ab. »Immer langsam, mein Lieber. Der schwerste Teil liegt noch vor uns.« Er schlug Cliff Kelland auf die Schulter. »Fühlen Sie sich stark genug, das gleiche noch einmal zu machen?«

Kelland grinste tapfer. »Was sein muß, muß sein.«

»All right, dann ran. Aber jetzt stelle ich mich unter den Schacht. Mal sehen, wie das klappt.«

Sie probierten es aus. Zwei Versuche schlugen fehl. Dann stellten sich Nathan Grey und noch ein anderer Mann neben Kelland, so daß Adam Preston einen besseren Stand hatte.

Und nun klappte es.

Die Männer legten ihre Hände unter Prestons Schuhsohlen und stemmten den Mann hoch.

Prestons Finger ertasteten die Wände des Schachts. Sie waren rauh und rissig, für einen Aufstieg also gut geeignet.

»Noch mehr Schub«, rief Preston.

Andere Männer kamen zu Hilfe. Sie schoben Adam Preston in den Schacht hinein.

Bis jetzt schien niemand etwas von dem Fluchtversuch bemerkt zu haben, denn weder Proctor noch Ali ließen sich sehen.

Adam Prestons Unterkörper war schon im Luftschacht verschwunden. Die Finger seiner rechten Hand hatten einen kleinen Vorsprung entdeckt, an den sie sich festklammerten.

Er konnte jetzt die Beine nachziehen, spreizte sie und stemmte sie fest.

»Okay, Leute, haltet mir die Daumen!« rief er. Seine Stimme klang hohl.

Die Gefangenen hätten nicht gewußt, was sie lieber taten.

Adam Preston begann mit dem Aufstieg. Zoll für Zoll schob er sich hoch. Schon bald riß der Stoff seiner Kleidung, aber das war ihm egal. Einen Anzug konnte man ersetzen, ein Leben jedoch nicht. Die Haut von den Fingerkuppen platzte weg. Blut rieselte an Prestons Händen entlang. Auch das störte ihn nicht. Für ihn zählte nur noch die Freiheit.

Und immer weiter stieg er in die Dunkelheit des Schachts. Immer, wenn er sich mit den Händen ein kleines Stück höher gehangelt hatte, winkelte er die Beine an und zog sie nach.

So schaffte er Yard für Yard.

Schon bald war er in Schweiß gebadet. Das Wasser lief ihm in Strömen über Gesicht und Körper. Doch Preston gab nicht auf. Er gönnte sich keine Ruhepause.

Wie viele Yards er zurückgelegt hatte, wußte er nicht mehr. Auf jeden Fall wurde die Luft, die sein erhitztes Gesicht streifte, immer kühler und klarer.

Und das gab Hoffnung.

Dann sah Adam Preston einen hellen Schimmer. Er war schon ziemlich nah.

Preston verdoppelte seine Anstrengungen. Plötzlich ertasteten die Finger seiner rechten Hand den Rand des Ausstiegs.

Geschafft!

Preston hätte schreien können vor Freude.

Mit einer letzten, gewaltigen Kraftanstrengung zog er sich ganz aus dem Schacht – und lag im Freien.

Geblendet schloß Adam Preston die Augen. Er war in einem Gebüschgürtel gelandet, der auf einem an den Rändern blank gewaschenen Fels wuchs.

Keuchend und immer wieder nach Luft ringend blieb er liegen.

Das Rauschen des Meeres war für ihn das schönste Geräusch, das er seit Jahren gehört hatte.

Wie lange er gelegen hatte, konnte er nicht sagen. Irgendwann kam er auf die Beine. Er wollte erst noch seinen Erfolg in den Schacht hineinrufen, doch er ließ es dann bleiben – Proctor oder Ali hätten aufmerksam werden können.

Nachdenklich schaute er auf den Schacht. Er war primitiv angelegt. Bei einem Regenschauer würde das Wasser nur so in die Höhle rauschen. Aber vielleicht hatte sich Proctor dafür auch eine Lösung einfallen lassen.

Adam Preston machte sich auf den Weg zum Strand. Dicht vor sich sah er die Betonmauern des Bunkers. Er wollte nach einem Schlauchboot suchen, das ihn wenigstens erst mal von der Insel wegbringen würde.

Adam Preston erreichte auch ohne Schwierigkeiten den Strand. Von Proctor und dem Araber war nichts zu sehen.

Der Zufall wollte es, daß der Weg ihn zu der kleinen Bucht führte, in der Jerry Flint gelandet war.

Und da hatten sie ihn.

Plötzlich hörte Adam Preston die Stimmen. Dann das widerliche Lachen eines Mannes.

Er wußte, daß alles umsonst gewesen war . . .

Rick Terry dirigierte John Sinclair hinter das Haus. Der Geisterjäger hörte die Schritte seines Bewachers auf dem Kies knirschen. Seine Gedanken arbeiteten fieberhaft. Er suchte nach einem Ausweg, doch er wußte, daß er sich bei einer unüberlegten Gegenwehr höchstens eine Kugel einfangen konnte.

Auch hinter dem Haus setzte sich der streichholzlange Rasen fort. An wenigen Stellen war er ziemlich plattgedrückt.

Und John sah auch den Grund.

Ein Hubschrauber, Modell Sikorsky, stand mitten auf der Grünfläche. Eine dunkelgrün angestrichene Maschine mit breiten Landekufen und ohne Kennzeichen.

John steuerte den Hubschrauber an.

»Bleib stehen!« hörte er hinter sich Terrys Stimme.

Der Geisterjäger gehorchte. »Wollen Sie mir in den Rücken schießen?« fragte er.

Terry kicherte. »Die Idee ist gar nicht mal so schlecht. Aber ich will mal menschlich sein, Bulle. Du bekommst die Ladung von vorn. Los, dreh dich um.«

John Sinclair machte auf den Fußballen kehrt. Er hatte die Arme immer noch in Schulterhöhe angehoben.

Rick Terry stand vor ihm und grinste. »Angst?«

John nicke. »Ja.«

Terry lachte blechern. Er hatte das Gewehr in die rechte Armbeuge geklemmt. Der Zeigefinger lag am Abzug. So wie er die Waffe hielt, mußte er ein hervorragender Schütze sein. »Ich dachte immer, Bullen hätten keinen Schiß. Wenigstens tun sie so.«

»Dann haben Sie Ihre Weisheiten wohl aus dem Kino«, erwiderte John Sinclair.

Wieder lachte Rick Terry. »Wohin willst du die Kugeln haben? In den Kopf, in die Brust? Such es dir aus!«

John Sinclair schwieg den Mann an. Er versuchte sich auszurechnen, wieviel Zeit ihm blieb, einer Kugel auszuweichen.

Wahrscheinlich gar keine. Und das wußte auch Rick Terry.

Was er nicht wußte und nicht sehen konnte, war, daß der Gärtner um die Hausecke geschlichen kam. Er ging auf Zehenspitzen und hielt einen soliden Holzknüppel in der rechten Hand.

Noch trennten ihn gute zehn Yards von Rick Terry.

Eine verdammt lange Distanz, wenn es auf jede Sekunde ankam.

Terry krümmte den Zeigefinger.

»Das wär's denn, Bulle«, sagte er. Sein Gesicht verzerrte sich . . .

»Halt!« John schrie das Wort heraus, der Pilot zögerte, verlor Sekunden, und da war der Gärtner heran.

Die letzten Yards war er gerannt, auch auf die Gefahr hin, daß Terry ihn hören konnte.

Terry zuckte herum. Das war genau der Moment, als der Knüppel auf ihn niedersauste. Doch durch die rasche Bewegung verfehlte das Stück Holz den Schädel des Gangsters und landete auf dessen linker Schulter.

Terry brüllte auf, drückte aber noch ab.

Haarscharf nur pfiff die Kugel an dem Gärtner vorbei, der vor Schreck zurücktaumelte.

Zu einem zweiten Schuß kam Rick Terry nicht mehr, denn da war John Sinclair schon bei ihm. Und er zeigte ihm, daß Bullen nicht nur Angst haben, sondern auch kämpfen können.

Sein Tritt in die Kniekehlen schleuderte den heimtückischen Piloten zu Boden. Terry fiel weich, warf sich sofort herum und versuchte erneut, auf John anzulegen.

Wieder trat Johns Fuß in Aktion. Das Gewehr wurde Terry aus der Hand geprellt und blieb ein paar Yards weiter liegen. Rick Terry selbst krümmte sich zusammen und wollte auf die Füße springen.

John riß ihn herum. Sekundenlang sah er das schreckverzerrte Gesicht des Piloten dicht vor sich, dann detonierte seine Rechte auf Terrys Kinn.

Terry hob es fast aus den Schuhen. Er vollführte einen mißglückten Salto, krachte auf den Rasen und blieb mit verdrehten Augen auf dem Rücken liegen.

John blies sich über die Knöchel.

»Mann, o Mann«, stöhnte der Gärtner, »haben Sie aber einen Punch, Mister.«

John lächelte. Er hob das Gewehr auf und entlud es. Dann warf er die Patronen weg. Er reichte dem Gärtner die Hand. »Ich habe Ihnen mein Leben zu verdanken«, sagte er. »Ich danke Ihnen.«

Der Gärtner wurde rot. Er wußte gar nicht, was er sagen sollte. Schließlich meinte er: »War doch selbstverständlich, Sir, ich konnte doch einem Mord nicht zusehen.«

»Nicht jeder hätte so gehandelt«, erwiderte John. Er deutete auf den bewußtlosen Piloten. »Wo können wir ihn hinbringen? Haben Sie einen Schlüssel zum Haus?«

»Den hat Terry!«

John Sinclair untersuchte die Taschen des Piloten und fand den Schlüssel. Der Gärtner war inzwischen schon zu einer Hintertür gelaufen. Er sah zu, wie sich John Sinclair den Piloten auf die Schulter lud und zur Treppe schleppte.

»Geben Sie mir den Schlüssel.«

Er schloß auf.

Sie gelangten in einen schmalen Flur, der an den Wirtschaftsräumen vorbeiführte.

Im Haus roch es muffig und nach kaltem Rauch.

Der Flur führte in einen Salon, der zwar teuer, aber doch ungemütlich eingerichtet war. Ledersessel, Marmortische, alte Stehlampen. Die hohen Stores waren zugezogen.

John legte den Bewußtlosen in einen der halbrunden Sessel. Rick Terrys Kinn war blau angelaufen. Johns Schlag hatte gewirkt wie ein Huftritt.

Der Gärtner grinste. »Die Abreibung hatte er schon längst verdient.«

John bot Zigaretten an.

Der Gärtner lehnte ab. »Danke, Nichtraucher. Wegen der Lunge, wissen Sie.«

John nickte, gönnte sich aber selbst ein Stäbchen.

»Wissen Sie über die Verhältnisse hier Bescheid?« fragte er den Gärtner.

»Kaum.«

»Aber Sie kennen Basil Proctor.«

»Ja. Ich habe ihn ein paarmal gesehen. Gesprochen allerdings kaum. Ich bekomme mein Geld, und das ist alles.«

»Wissen Sie denn, daß sich Mr. Proctor eine Insel gekauft hat?« fragte John.

»Nein.« Die Augen des Gärtners wurden groß. »Deshalb also fliegt Terry so oft weg.«

»Sie glauben, er steuert die Insel an?«

»Ich könnte es mir vorstellen.« Der Gärtner setzte sich. »Wissen Sie, dieser Basil Proctor ist ein komischer Mensch. Er hat kaum mit einem Menschen gesprochen. Ein richtiger Eigenbrötler. Manchmal, da brachte er sich allerdings Mädchen mit. So blutjunge Dinger, kaum aus dem Schulalter heraus. Und was er mit denen getrieben hat, also ich will ja nichts sagen, aber ich habe oft komische Geräusche gehört. Und das bei den dicken Mauern des Hauses. Doch darüber kann Ihnen Rick Terry sicher besser Auskunft geben.«

»Wenn er aufwacht.«

Der Gärtner erhob sich. »Ich werde mal einen Eimer Wasser holen. Es ist immer noch das wirkungsvollste Mittel, einen Menschen aus der Bewußtlosigkeit zu holen. Außerdem machen die im Film das auch immer.«

John mußte lachen. Kurz darauf kehrte der Gärtner mit einem Eimer Wasser zurück.

»Das habe ich mir schon immer gewünscht«, feixte er, hob den Eimer hoch und kippte Rick Terry die volle Ladung ins Gesicht.

Das Wasser traf nicht nur den Kopf des Piloten, sondern durchnäßte auch die Kleidung und lief in Bächen über das Leder des Sessels.

Aber der Guß zeigte die erhoffte Wirkung.

Rick Terry stöhnte auf, dann begann er zu prusten und wurde danach von einem Hustenanfall geschüttelt.

Verwirrt öffnete er die Augen.

John hatte sich einen zweiten Sessel genommen und ihn so gestellt, daß er Terry ins Gesicht sehen konnte.

Der Gärtner stand in Höhe der Tür. Er betrachtete Terrys Erwachen mit diebischer Freude.

»Ich hoffe, Sie haben ausgeschlafen«, sagte der Geisterjäger, als Terry ihn anblickte.

Der Pilot wollte hochrucken, doch er verzog schmerzhaft das Gesicht. Die Bewegung war zu hastig ausgefallen. Er wischte sich mit der rechten Hand über die Augen, um auch die letzten Wassertropfen zu verscheuchen.

»Spielen Sie hier nicht den toten Mann«, sagte John, »so schlimm war es auch nicht. Und wenn man in Betracht zieht, daß Sie mich umlegen wollten, sind Sie noch glimpflich davongekommen.«

»Fahren Sie zur Hölle!« zischte der Pilot.

»Nach Ihnen, mein Bester. Aber zuvor fliegen wir beide. Und zwar nach Proctor Island. Für wann ist der nächste Flug vorgesehen?«

»Ich weiß nicht, wovon Sie reden.«

»Aber ich«, meldete sich der Gärtner.

»Du hältst dich da raus, Jos«, keifte Terry.

»Nein. Ich will es Ihnen sagen, Sir.« Der Gärtner kam näher.

»Rick Terry wollte heute abend fliegen. Er hat es mir vor einigen Stunden noch gesagt.«

»Nach Proctor Island?« forschte John.

»Ich nehme es an.«

»Danke, Jos.« Der Oberinspektor wandte sich wieder an den Piloten. »Heute abend fliegen Sie also. Okay, diesmal sind Sie nicht allein. Ich werde neben Ihnen in der Kanzel sitzen.«

Rick Terry fixierte John aus schmalen Augenschlitzen. Der Geisterjäger ahnte, wie sehr es hinter der Stirn des Piloten arbeitete.

»Versuchen Sie keine Tricks, Mister! Zur Not kann auch ich einen Hubschrauber allein fliegen.«

Terry grinste nur.

»Wann starten Sie?« wollte John wissen.

»In einigen Stunden.« Plötzlich leuchteten Terrys Augen auf. »Okay, Bulle, Sie können mitfliegen. Ich freue mich sogar darauf. Aber wundern Sie sich nicht. Man wird Ihnen einen heißen Empfang bereiten, darauf können Sie sich verlassen.«

»Abwarten.« John Sinclair winkte dem Gärtner zu. »Gibt es hier einen Raum, in dem wir unseren Freund ungestört unterbringen können?« erkundigte er sich.

»Ja, die Abstellkammer.«

Der Geisterjäger nickte. »Okay, worauf warten wir noch? Los, hoch mit Ihnen, Terry. Und keine Tricks, sie würden Ihnen schlecht bekommen.«

Rick Terry erhob sich ächzend. John drückte den Sessel zurück und stand ebenfalls auf.

Er war wachsam wie ein Luchs.

Und tatsächlich. Rick Terry versuchte es. Urplötzlich warf er sich vor. Beide Fäuste wollte er dem Oberinspektor in den Leib rammen.

John drehte ab. Die Fäuste streiften ihn an der Hüfte, hatten aber noch genügend Wucht, um ihn aus dem Gleichgewicht zu bringen. Der Oberinspektor wurde gegen den Sessel gestoßen und fiel rücklings über die Lehne auf das Sitzteil.

Rick Terry hechtete hinterher.

Der Geisterjäger ließ beide Beine vorschnellen. Terry bekam die beiden Füße vor die Brust.

Wie von einem Katapult abgezogen, flog er nach hinten. Er ruderte mit den Armen, versuchte, das Gleichgewicht zu bewahren, doch er schaffte es nicht.

Eine Kommode hielt ihn auf.

Schnell wie der Blitz war John Sinclair bei ihm. Und diesmal nahm er die Handkante.

Mit einem Seufzer klappte Rick Terry zusammen. Bäuchlings fiel er auf den Teppich und rührte sich nicht mehr.

»Teufel noch mal, ist der zäh«, sagte der Gärtner.

John nickte. »Ja, so etwas gibt es. Holen Sie mal Schnüre, damit wir ihn fesseln können.«

Der Gärtner besorgte Nylonstricke. John Sinclair verschnürte den Knaben fachmännisch und ließ ihn auf dem Teppich liegen. Erst jetzt sah er, daß Jos noch etwas mitgebracht hatte. Es war eine Kartentasche.

Der Gärtner klopfte mit dem Handknöchel gegen das Leder. »Darin verwahrt Terry seine Flugunterlagen. Sehen Sie sich die Dinger mal an, vielleicht ist etwas Interessantes dabei.«

»Danke.« John nahm die Tasche.

Er öffnete den Verschluß und zog eine kleine, in grünes Kunstleder eingebundene Mappe hervor. Darin befanden sich die Unterlagen fein säuberlich sortiert.

John sah die Flugpläne durch. Auf einem Papier war auch die Halbinsel Cornwall eingezeichnet. Die kleine Stadt Devontown war rot eingekreist. Und daneben stand eine Uhrzeit.

Mitternacht!

Der Oberinspektor überlegte. Irgendwie kam er auf den Gedanken, die Karte umzudrehen.

Und da sprangen ihm vier Namen ins Auge.

Harry Quiller

Ty Weston

Morton Graves

Phil Slater

John runzelte nachdenklich die Stirn. Er ließ den Gärtner die

Namen lesen. »Kennen Sie eine der aufgeführten Personen?« fragte er.

»Nein. Unbekannt. Ich weiß auch nicht, was das zu bedeuten hat.«

John Sinclair steckte die Papiere wieder in die Tasche. »Aber heute abend werden wir es bestimmt erfahren. Ich schätze, es wird eine verdammt lange Nacht werden . . .«

Die Stimmen waren überall!

Adam Preston mußte feststellen, daß er eingekreist war. Umzingelt von den Unsichtbaren.

Panik flackerte in seinem Blick. Er sah auf die graugrüne See hinaus, über deren Wogen noch der Morgendunst hing, der nur allmählich von der Sonne vertrieben wurde. Der Traum von Freiheit war aus. Jetzt galt es, um das nackte Leben zu kämpfen.

Adam Preston sah ein Schlauchboot. Jemand hatte es auf den kleinen Strand gezogen. Und er entdeckte das Boot, mit dem der Mann gekommen sein mußte, den die Unsichtbaren tot hereingeschleppt hatten. Es war ein Schiff mit zwei Motoren! Ein ziemlich schneller Flitzer.

Hoffnung flackerte plötzlich in Adam Preston auf. Wenn es ihm gelang, das Boot zu erreichen und damit zu starten, dann konnte er unter Umständen den Unsichtbaren entkommen.

Wieder hörte er die Stimmen.

»Er will fliehen!«

Gelächter.

»Das schafft er nie. Er soll es ruhig mal versuchen. Wir werden ihn vierteilen und ihm die Haut in Streifen abziehen.«

»Mein Degen wartet darauf, ihn durchbohren zu können. Los, laßt uns anfangen! Wir wollen nicht mehr so lange reden.«

»Ja«, brüllte ein anderer. »Auf ihn!«

Adam Preston liefen kalte Schauer über den Rücken. Plötzlich hatte er eine wahre Todesangst. Hastig sah er sich um, dann rannte er los. Nach zwei Schritten riß ihn jemand zu Boden. Adam Preston fühlte sich von unsichtbaren Händen gepackt. Eine Faust landete in seinem Gesicht. Preston schrie. Er riß unwillkürlich die Hände hoch und erhielt dafür die Quittung.

Der Schlag traf seinen Magen.

Preston krümmte sich.

Die Unsichtbaren lachten. Sie ließen von ihm ab.

Adam Preston aber gab nicht auf. Er quälte sich auf die Füße. Keuchend, schreiend.

»Ihr Hunde!" brüllte er. »Zeigt euch doch! Kämpft, kämpft wie richtige Männer!«

Preston winkelte die Arme an und taumelte auf den Strand zu. Dann rannte er plötzlich los. Drei, vier lange Sätze brachten ihn in die Nähe des Bootes. Er stieß sich ab, bekam die Reling zu packen, schlug mit den Knien gegen die Außenverkleidung und warf sich an Bord. Auf allen vieren kroch er in den Ruderstand.

Der Schlüssel! Wenn der Schlüssel stecken würde . . .

Er steckte.

Adam Preston stieß einen Jubelschrei aus. Die Finger seiner rechten Hand wollten den Schlüssel packen, ihn herumdrehen und dann das Boot starten.

Seine Finger berührten schon das Metall, als er plötzlich die eiskalten Hände um seine Kehle spürte.

Adam Preston stieß einen gurgelnden Laut aus. Er wurde zurückgerissen, verlor in dem engen Unterstand den Halt und krachte zu Boden. Mit dem Rücken fiel er genau auf die beiden Stufen. Der Schmerz riß ihn in eine Ohnmacht. Dicht vor sich sah er die Luft flimmern. Es war ein zuckendes, nebelhaftes Gebilde, das sich zu drehen und zu tanzen begann.

Dann materialisierte sich für Sekundenbruchteile eine riesige Gestalt aus dem Mittelpunkt des Flimmerns. Es war ein Hüne von Kerl. Der Oberkörper war sonnenbraun, die Brust mit einem dichten Haarpelz besetzt. Dagegen war der Schädel kahl. Der Kerl trug eine enge Hose, hatte die Zähne gefletscht und hielt ein höllisch scharfes Krummschwert mit beiden Händen umfaßt.

Weit holte er aus.

»Neiiiinnnn!« brüllte Adam Preston, und sein Schrei hallte über die einsame Insel.

Es nutzte nichts.

Gnadenlos schlug der Henker zu.

Der weißhaarige ältere Mann hatte nach Prestons Flucht das Kommando wieder übernommen. Immer wieder mußte er seinen Mitgefangenen Mut zusprechen.

»Er hat es geschafft, den Schacht hochzuklettern«, sagte er, »und er wird es auch weiter schaffen, davon bin ich felsenfest überzeugt.«

»Ich habe Angst«, flüsterte Linda Grey mit bebenden Lippen.

»Das haben wir alle«, sagte der Weißhaarige. »Nur müssen wir die Angst überwinden lernen.«

»Das sagen Sie so, Mister.«

Der Weißhaarige hob die Schultern. Er hatte schon viele Worte des Trostes gesprochen, und nun wußte er nicht mehr, was er noch sagen sollte.

Er setzte sich wieder hin.

Die meisten Gefangenen blickten zu dem Luftschacht hoch, als erwarteten sie von da oben eine Rettung. Viele hatten die Hände gefaltet. Einige beteten mit bebenden Lippen.

Ein dunkelhaariger Mann in mittleren Jahren holte eine Zigarette aus der Packung. Dann knüllte er die Schachtel zusammen und warf sie zu Boden. »Die letzte«, sagte er. Als er den Kopf hob, sahen die anderen es in seinen Augen feucht schimmern.

Gierig sog er den Rauch in die Lungen. Die Hände, die das Stäbchen hielten, zitterten.

Die Minuten vergingen.

Und mit der Zeit wuchs die Hoffnung. Noch hatten die Gefangenen nichts gehört. Es waren keine Schüsse gefallen. Keine Alarmsirene hatte geheult.

Sollte es Adam Preston gelungen sein, von der Insel zu fliehen?

»Er ist bestimmt durchgekommen«, sagte Cliff Kelland plötzlich in das drückende Schweigen hinein. »Sicher hat er es geschafft. Wir müssen nur daran glauben.«

Die anderen nickten.

Der Mann, der die letzte Zigarette geraucht hatte, drückte den

Stummel aus. Plötzlich lachte er. »Die nächste werde ich bestimmt wieder in Freiheit rauchen.«

Niemand gab ihm Antwort.

Die Spannung wurde unerträglich. Die Menschen waren völlig allein gelassen. Normalerweise hätten sie schon das Frühstück bekommen müssen, aber diesmal geschah nichts.

Und dann – urplötzlich – wurden sie mit dem Grauen konfrontiert.

Ein schauriges Gelächter brandete auf. Es dröhnte durch den Schacht, war gellend und mörderisch und versetzte die Menschen in Panik und Angst.

Dann eine Stimme. »Ihr Narren!« brüllte sie. »Ihr hirnverbrannten Narren. Niemand kann Captain Barrel entkommen! Er packt sie alle. Ihr gehört schon zur Mannschaft, und wer desertiert, wird hart bestraft. Wie euer Freund!«

Abermals gellte das Gelächter auf.

Die beiden Frauen waren zu Tode erschrocken. Sie hielten sich die Ohren zu, konnten dieses Hohnlachen einfach nicht mehr hören.

»Er war ein Verräter!«

. . . Verräter . . . Verräter . . .

Das Echo der Stimme geisterte hohl durch den Luftschacht.

»Da habt ihr ihn.«

. . . ihn . . . ihn . . .

Etwas polterte.

Die Menschen hielten den Atem an.

Etwas flog durch den Luftschacht, prallte auf den Boden und blieb liegen.

Die beiden Frauen schrien auf. Sie hatten die Hände erhoben und gegen das Gesicht gepreßt.

Aber auch die Männer wurden bleich.

Manch einem drehte sich der Magen um.

Zu grausam, zu schaurig war das, was durch den Schacht in das Gewölbe gefallen war.

Es war ein Kopf!

Er gehörte Adam Preston . . .

Mit einem Küchenmesser säbelte John Sinclair die Fesseln des Piloten durch.

Rick Terry hatte in der ganzen Zeit kaum gesprochen. Nur einmal, als er um eine Zigarette gebeten hatte. John gab sie ihm. Terry rauchte, ohne die Hände zu benutzen.

Jetzt rieb sich der Pilot seine Gelenke, damit das Blut wieder zirkulieren konnte. Sein Gesicht war verzerrt. John kannte das Gefühl. Es kribbelte, als wären die Arme in einen Ameisenhaufen getaucht worden.

Draußen war es schon dunkel. Der Nachtwind rauschte in den Kronen der Bäume. Die Temperatur war etwas gefallen. John empfand die Kühlung nach dem heißen Tag sehr angenehm.

»Wir werden gemeinsam zu dem Treffpunkt fliegen«, sagte John. »Um Mitternacht also. Was geschieht mit den Leuten, deren Namen auf der Liste stehen?«

Der Pilot blickte John kalt lächelnd an. »Ich bringe sie nach Proctor Island.«

»Und dann?«

»Keine Ahnung.«

Der Oberinspektor war überzeugt, daß Rick Terry log. Aber er konnte ihm nichts beweisen. Und er konnte die Wahrheit auch nicht aus Terry herausprügeln.

»Ist der Hubschrauber aufgetankt?«

Terry nickte.

»Wie lange dauert es, bis wir die Stadt Devontown erreicht haben?«

»Nicht einmal eine halbe Stunde.«

»Und dort ist auch der Treffpunkt?« forschte John weiter.

»Nicht genau da. Die Leute warten auf einem Plateau, nicht weit von Devontown entfernt.«

»Wie kommt es eigentlich, daß Sie auf einmal so bereitwillig antworten?« fragte der Geisterjäger.

Rick Terry hob die Schultern. »Ich habe es mir eben überlegt.«

John lächelte. »Wie Sie meinen.« Dann blickte er auf seine Uhr. »So, Mr. Terry, wir starten.«

»Aber das ist noch zu früh.«

»Ich will mir die Gegend ein wenig ansehen.«

Der Pilot hob nur die Schultern und ging zur Tür. John Sinclair folgte ihm. Quer über den Rasen marschierten sie zum Hubschrauber hinüber. Jos, der Gärtner, stand am Fenster und blickte den Männern nach.

Rick Terry öffnete den Einstieg. Weit klappte er die Tür auf. John konnte einen Blick in das Innere der Maschine werfen. Er sah im hinteren Teil mehrere Sitzgelegenheiten. Er selbst wollte direkt hinter dem Piloten Platz nehmen.

Rick Terry stieg ein. John folgte ihm rasch und nahm zur gleichen Zeit wie Terry Platz. Der Geisterjäger zeigte dem Mann seine Pistole. »Damit Sie nicht denken, ich wäre unbewaffnet«, erklärte John. »Und dieser Flug ist auch kein Spaß.«

»Das weiß ich.«

»Um so besser.«

John Sinclair steckte die Beretta wieder weg. Sie war mit geweihten Silberkugeln geladen. Geschosse, die für viele Arten von Dämonen absolut tödlich sind. John hatte außerdem noch ein silbernes geweihtes Kreuz und eine gnostische Gemme um den Hals hängen. Zwei Kleinode, die gegen die Mächte der Finsternis einen relativ wirksamen Schutz boten. Kam es jedoch zu einer Eskalation mit der geballten Macht des Bösen, dann boten diese Dinge auch keinen großen Widerstand mehr.

Rick Terry checkte die Instrumente durch. »Alles klar«, meldete er. Dann wollte er sich den Kopfhörer überstülpen, doch John nahm ihm das Gerät aus der Hand.

»Ich will nicht, daß Sie Ihrem Boß eine Warnung zukommen lassen«, sagte er. »So ist es besser.«

Terry verbiß einen Fluch, dann startete er.

Träge setzten sich die Rotorblätter in Bewegung. John hörte das flappende Geräusch. Dann drehten sie sich immer schneller, und der Hubschrauber hob vom Boden ab. Er stieg etwas schwerfällig hoch, wurde dann aber schneller und schwebte dicht über die Kronen der Bäume hinweg in Richtung Osten.

Der Wind hatte die Wolken vertrieben. Es war eine klare Nacht geworden. John sah die aufgehende Scheibe des Mondes und das Millionenheer der Sterne. Hin und wieder warf er einen Blick über die Schulter des Piloten und war beruhigt.

Rick Terry machte keinerlei Anstalten, irgend etwas gegen ihn zu unternehmen. Er ließ die Hände an den Instrumenten.

Im Westen sah John das Lichtermeer von Plymouth. Weiter südlich lagen die Hafenanlagen, dahinter erstreckte sich die offene See.

Rick Terry war ein ausgezeichneter Pilot. Die Maschine flog ruhig ihrem Ziel entgegen.

Dann flogen sie auch schon über den Häusern der Ortschaft Devontown. Der Sikorsky verlor an Höhe.

»Wir sind zu früh dran«, rief der Pilot über die Schulter hinweg.

»Macht nichts«, erwiderte der Geisterjäger.

Terry flog jetzt eine Schleife, ließ den Hubschrauber noch mehr absacken und setzte zur Landung an.

Das Plateau war mit hohem Gras bewachsen. Der Wind – von den Rotorflügeln entfacht – drückte die Halme auf den Boden. Laub und kleinere Zweige wurden hochgewirbelt, und dann berührten die breiten Kufen der Maschine den Boden. Der Rotor drehte sich noch im Leerlauf und stand schließlich still.

»Aussteigen!« befahl John.

Rick Terry drehte den Kopf. »Warum? Wir können doch auch hier im Hubschrauber . . .«

»Nein, ich will die Leute sehen, wenn sie kommen!«

»Okay, okay.« Rick Terry erhob sich gespielt schwerfällig von seinem Sitz. Dabei zog er den Reißverschluß seiner Lederjacke auf. Geduckt ging er zum Ausstieg.

John blieb ihm auf den Fersen.

Rick Terry sprang als erster auf den hohen Grasteppich des Plateaus. Seine Springerstiefel – sie reichten bis zu den Waden – versanken fast in der grünen Woge.

Die Dunkelheit lag wie ein großer Vorhang über dem Land. Die Nähe der See war zu spüren. Sie konnten das Brausen der Brandung hören, und der Wind trug den Geruch von Salzwasser und Frische heran.

Von den vier erwarteten Personen war noch niemand zur Stelle. Einsam und verlassen befanden sich die beiden Männer und der Hubschrauber auf dem weiten Plateau.

Das Plateau endete vor den steilen Klippen. Der Grasteppich

hörte an der Kante plötzlich auf. In zweihundert Yards Tiefe schäumte die Brandung gegen die Klippen.

Rick Terry schlenderte auf die Klippen zu.

John rief ihn an. »Wo wollen Sie hin?«

Terry drehte sich. Der Geisterjäger sah im Dunkeln seine Zähne blitzen. Terry grinste.

»Ich muß dahin, wo auch der Kaiser zu Fuß hingeht«, erklärte er.

»Von mir aus . . .«

Der Pilot wandte John den Rücken zu. Der Geisterjäger ging noch ein paar Schritte vor und holte seine Zigarettenschachtel aus der Tasche. Ehe er ein Stäbchen anzünden konnte, stand Rick Terry schon wieder vor ihm.

»Geben Sie mir auch eine«, forderte er.

John hielt ihm die Schachtel hin. Im selben Moment schrillte in seinem Hirn die Alarmglocke.

Keine Sekunde zu früh.

Rick Terry hatte die Rechte eng am Körper liegen. Urplötzlich schoß der Arm dann vor. John sah die lange Klinge eines Springmessers blinken. Woher Terry die Waffe hatte, wußte er nicht. Wahrscheinlich hatte sie im Hubschrauber gelegen. Aber das spielte jetzt auch keine Rolle. Blitzschnell packte John die rechte Hand des Piloten. Seine Finger umspannten das Gelenk. Dicht vor seinem Bauch konnte John die Klingenspitze stoppen.

Rick Terry keuchte.

Er stieß seine linke Hand vor und traf John Sinclairs Brust. Der Geisterjäger stürzte auf den Rücken und zog Rick Terry mit sich. Der Pilot landete auf ihm.

»Du Hund«, gurgelte er, »jetzt mach' ich dich fertig.«

Er versuchte, John das Messer in den Leib zu rammen, doch der Geisterjäger hielt Terrys Gelenk eisern umklammert. Er spannte die Muskeln an, gab seinem Körper Schwung und rollte sich ein paarmal um die eigene Achse. Erfolg hatte er damit nicht. Rick Terry ließ nicht los, im Gegenteil, sein Griff wurde fester. Terry mußte sämtliche in ihm schlummernden Kräfte mobilisiert haben. Der Haß auf den Oberinspektor verlieh ihm zusätzliche Stärke. Während sich die beiden Gegner ineinander verkeilt auf der Erde wälzten, näherte sich die Messerspitze langsam der Kehle des Geisterjägers.

Es war ein verbissener Kampf. Beide merkten nicht, daß sie sich immer mehr dem Abgrund näherten. Sie keuchten und rangen nach Luft. Terry versuchte, John mit der Stirn ins Gesicht zu stoßen. Der Oberinspektor drehte im letzten Moment den Kopf weg. Der Stoß verfehlte ihn.

Terry fluchte.

Und dann gelang es dem Geisterjäger, die Beine etwas anzuwinkeln. Rick Terry bemerkte es nicht rechtzeitig. Erst als Johns Knie gegen seinen Leib ruckten, stieß er einen Schrei aus, in dem sich Überraschung und Schmerz paarten.

John trat noch einmal zu, diesmal kräftiger.

Rick Terry wurde zurückgeschleudert. Wie in einer Zeitlupen-aufnahme sah John, wie Terry auf den Abgrund zuflog. Der Geisterjäger wollte noch eine Warnung rufen – zu spät.

Der Körper des Piloten kippte. Ein markerschütternder, gellen-der Schrei zerriß die Nacht. Terry schlug noch einmal auf vorstehenden Klippen auf, dann stürzte er hinunter in die dunkle, brodelnde, gischtende Tiefe.

Keuchend und schnaufend kam John Sinclair auf die Füße. Erst jetzt erkannte er, wie nahe er dem Abgrund gewesen war. Höchstens drei Schritte entfernt. Nachträglich zitterten John noch die Knie.

Er warf einen Blick nach unten.

Das Meer wurde an den Klippen gebrochen. Deutlich konnte John die Schaumkronen der Wellen sehen. Ihm wurde fast übel, wenn er daran dachte, daß er jetzt an Terrys Stelle da unten liegen könnte.

John griff nach seinen Zigaretten. Zweimal blies der Wind die Flamme des Feuerzeuges aus, dann glühte das Stäbchen auf. Langsam beruhigten sich seine zitternden Glieder. Der Geister-jäger lehnte sich an den Hubschrauber und wartete auf die vier Männer, die zum Treffpunkt bestellt waren. Vielleicht konnte er von ihnen noch einiges erfahren. Mitnehmen auf die Insel würde er sie auf keinen Fall.

John Sinclair war nicht nur ein As im Kampf gegen die Mächte der Finsternis, er war auch ein ausgezeichneter Pilot. Er flog den Hubschrauber mit einer Perfektion, als hätte er vorher noch nie etwas anderes getan.

Der Oberinspektor hatte mit den vier Leuten gesprochen. Fast gleichzeitig waren sie an dem vereinbarten Treffpunkt eingetroffen. Genau fünf Minuten vor Mitternacht.

Sie hatten ihm nicht viel erzählen können. Sie wurden mißtrauisch, als John ihnen erklärte, daß er sie nicht zur Insel mitnähme. Erst als er ihnen seinen Dienstausweis zeigte, sahen sie ein, daß es besser war, wieder zurückzukehren.

Über dem Geisterjäger befand sich der unendliche Himmel, unter ihm schäumte das Meer. Er hatte zwar den Kopfhörer übergestülpt, sich jedoch nicht in den Funkverkehr eingeschaltet. Es blieb still im Äther.

John wußte, wo die Insel lag. Das hatte er noch in London aus dem letzten Bericht des toten Geheimagenten ersehen können. Und er hoffte, auch den Totenkopf zu entdecken, von dem Jerry Flint in seinem Bericht gesprochen hatte.

Der Sikorsky lag ruhig in der Luft. Zum Glück war es ziemlich windstill, so daß John nicht mit plötzlich auftauchenden Böen zu rechnen brauchte, die die Maschine in eine falsche Richtung gedrückt hätten.

Durch die Verglasung der Kanzel starrte er hinaus in die Nacht. Immer darauf fixiert, den roten Totenkopf zu entdecken.

Und plötzlich sah er den Lichtpunkt.

Rot und feurig schimmerte er über dem Meer.

Das mußte er sein!

John Sinclair spürte, wie sein Herz schneller zu klopfen begann. Er ahnte, daß er dicht vor der Lösung des Rätsels stand. Unbeirrt hielt er mit der Maschine auf den roten Fleck zu.

Plötzlich hörte er ein Knacken und Rauschen im Kopfhörer.

Dann eine Stimme.

Sie klang hart und metallisch. »Okay, Terry, ich habe Sie auf dem Radarschirm. Sie können normal anfliegen. Captain Barrel läßt das Siegeszeichen in den Himmel steigen. Alles klar bei Ihnen? Haben die Passagiere Ärger gemacht?«

John schwieg.

»He, melden Sie sich, Terry!«

Der Geisterjäger hütete sich, ein Wort zu sagen. Er wollte den Mann – sicherlich war es Basil Proctor – im unklaren lassen. Bis der wußte, was geschehen war, wollte John längst auf der Insel sein.

So hoffte er wenigstens . . .

Aber Proctor hatte einen Namen erwähnt, der John nicht unbekannt war. Barrel. Captain Barrel! Er hatte schon von ihm gehört. Die Zeitungen griffen das Thema jeden Sommer wieder auf, wenn Saure-Gurken-Zeit war. Sie schrieben dann von der versunkenen Cornwall Love und von einem gewaltigen Schatz, der auf dem Meeresgrund liegen sollte. Nur – gefunden hatte ihn bisher niemand.

John hatte der Geschichte nie getraut. Sollte doch etwas Wahres daran sein?

Der Oberinspektor hielt unbeirrt den Kurs.

Das Licht war größer und intensiver geworden, hatte jetzt die Form eines Kreises angenommen, der hin und her wogte und dabei ständig seine Gestalt änderte.

Und plötzlich bildete sich ein Totenschädel heraus.

Er wuchs zu einer immensen Größe an und schien die Sterne am Himmel zu berühren. Weit war das Maul des Schädels aufgerissen. John konnte in den feurig roten Schlund hineinblicken, er sah auch die riesigen Augenhöhlen, und ihn überkam ein unbehagliches Gefühl.

Vor ihm war alles rot, wie in Blut getaucht.

Captain Barrels Fanal!

John Sinclair verspürte ein eisiges Rieseln auf seinem Rücken. Immer näher kam er dem häßlichen Maul. Es schien, als würde der Hubschrauber an einer Leine gezogen.

Nebel hatte sich um den Schädel herum gebildet. Eine wabernde Watte, blutrot und im Innern mit langen Schlieren versehen.

Unbeirrt flog der Hubschrauber auf den Schädel zu. Johns Hände hatten sich um die Steuerung verkrampft. Die Knöchel traten weiß hervor. Kalter Schweiß lag auf seiner Stirn.

Jetzt! Jetzt mußte er in das Maul eintauchen.

Der Sikorsky verschwand darin. Sekundenlang übergoß die

blutrote Farbe den Hubschrauber, dann hatte John Sinclair den Schädel passiert.

Tief atmete er ein. Noch befand er sich über dem Meer, sah aber die Insel als gewaltigen Klotz unter sich.

John Sinclair sah auch den Betonbunker, die Festung des Basil Proctor. Auf dem Dach stand der Scheinwerfer. Die starke Lichtlanze drang in das Cockpit und blendete den Oberinspektor.

John fluchte.

Doch Sekunden später schon blieben ihm die Worte in der Kehle stecken. Das Geräusch ging ihm durch Mark und Bein.

Tack . . . tack . . . tack . . .

So ratterte nur eine Maschinenpistole.

Und da hörte er auch schon die Einschläge. Kugeln jaulten durch das Blech, das Glas der Kanzel bekam Spinnenmuster. Zwei Geschosse pfiffen dicht an Johns Kopf vorbei.

Der Geisterjäger duckte sich.

Die Maschinenpistole hämmerte weiter. Wenn eines der Projektile den Tank traf, dann würde John nicht einmal mehr dazu kommen, ein letztes Gebet zu sprechen.

Plötzlich sackte der schwere Sikorsky ab. Wie ein Stein stürzte er nach unten und legte sich gleichzeitig zur Seite. John verlor das Gleichgewicht und rollte über den Boden, genau auf den Ausstieg zu. Über sich an der Wand sah er eine rotweiße Rettungsweste.

John Sinclair packte zu. Er riß die Weste an sich, als der Hubschrauber unter einem zweiten Schlag erzitterte. Er schmierte ab und drehte sich um die eigene Achse.

John Sinclair wurde hin und her geschleudert. Er kam sich vor wie in einer Zentrifuge. Er wußte nicht mehr, wo oben oder unten war. Nur im Unterbewußtsein hörte er das harte Tacken der Maschinenpistole. Glas splitterte. Der Geisterjäger rutschte der Länge nach durch den Passagierraum, versuchte verzweifelt, sich festzuhalten, und stieß hart mit dem Kopf gegen ein Eisenstück.

John hatte das Gefühl, sein Schädel stünde in Flammen. Nur nicht bewußtlos werden! schrie es in ihm. Mit Gewalt kämpfte er gegen die Ohnmacht an. Die Sekunden in dem abstürzenden Hubschrauber kamen ihm wie eine Ewigkeit vor.

Dann der Aufprall.

Wie ein Felsen klatschte die Maschine auf die Wasseroberfläche. John Sinclairs Körper wurde durchgeschüttelt. Er hatte nur noch einen Gedanken.

Du mußt hier raus!

Die schwere Maschine lag nicht still. Sie sank nicht, weil sich noch zuviel Luft innerhalb des Helikopters befand. Er wurde von den Wellen fortgetragen. Die Wellen schaukelten ihn hin und her. Der Sikorsky war auf die Seite gekippt. Durch die zersplitterten Scheiben strömte ungehindert das Wasser ein.

John Sinclair kämpfte gegen die Zeit. Er mußte schnellstens aus diesem Stahlsarg hinaus.

John hatte die Wogen der herannahenden Ohnmacht abgeschüttelt. Auf Händen und Füßen schob er sich dem Ausstieg entgegen. Das Fenster in der Einstiegstür war von den Kugeln der Maschinenpistole zersplittert. Lange spitze Scherben steckten in der Fassung.

John versuchte, die Tür aufzudrücken.

Es ging nicht. Das Schloß klemmte.

Der Geisterjäger verbiß einen Fluch. Warm rieselte es von seiner Stirn herab. Er fuhr mit dem Handrücken über die Stelle, und als er ihn zurückzog, war er blutig.

Wasser schwappte in den Hubschrauber. Er sank schon bedrohlich tiefer. John Sinclair winkelte den Arm an und schlug die Scherbenreste aus dem Fenster. Dann zog er sich durch die Öffnung ins Freie. Die Schwimmweste umklammerte er mit der rechten Hand. Kaum tauchte John mit dem Oberkörper aus dem zerstörten Fenster, als ihm eine Welle salzigen Wassers ins Gesicht schwappte.

Der Oberinspektor keuchte und spuckte. Die Woge ging über ihn hinweg, und schon rollte die nächste heran.

Aber da war John schon draußen. Er rollte sich über den Hubschrauber ab und tauchte in die graue Wasserfläche ein.

Die Weste blähte sich automatisch auf, als sie mit dem Wasser in Berührung kam. John Sinclair wurde wieder an die Oberfläche getrieben. Mit hastigen Kraulstößen versuchte er, von dem Hubschrauber wegzukommen, um nicht in den lebensgefährlichen Strudel zu geraten, den die sinkende Maschine entstehen ließ.

John kraulte wie selten in seinem Leben. Die Weste war ihm dabei keine große Hilfe.

Und dann hörte er in seinem Rücken ein Schmatzen und Gurgeln. Obwohl er schon eine recht beachtliche Strecke hinter sich gebracht hatte, erfaßte ihn der Sog doch noch.

John strampelte dagegen an und schaffte es, dem Strudel zu entgehen.

Aber nicht dem verdammten Scheinwerfer.

Wie von Geisterhand bewegt, strich er über die Wasseroberfläche. Sekundenlang schien er sich an dem Strudel festzusaugen, dann wanderte er weiter.

Genau auf John Sinclair zu.

Der Geisterjäger versuchte zu tauchen, doch die Weste hinderte ihn daran.

Und schon wurde er unter Feuer genommen.

Tack . . . tack . . . tack . . .

Wie er das verdammte Geräusch haßte! Zu beiden Seiten spritzten Wasserfontänen auf. Es peitschte, wenn die Kugeln in das Wasser zischten. Gnadenlos hielt der Scheinwerfer den Geisterjäger fest. Er mußte auf einem drehbaren Gestell stehen und konnte John Sinclair so überall hin folgen.

Der Oberinspektor griff schließlich zum letzten rettenden Mittel. Er löste die Schwimmweste. Glatt rutschte sie von seinem Körper, und in der nächsten Sekunde war John Sinclair unter Wasser.

Fast senkrecht tauchte er in die Tiefe.

Es wurde rasch dunkel. Dort, wo der Scheinwerfer die Wasseroberfläche traf, schimmerte es hell. Der Geisterjäger schwamm tiefer. Die Kugeln der Maschinenpistole konnten ihn jetzt nicht mehr erreichen.

Aber ihm wurde die Luft knapp.

Er mußte unbedingt auftauchen, um neuen Sauerstoff zu tanken.

Schräg schwamm John Sinclair der Oberfläche zu. Er hatte die Augen aufgerissen und orientierte sich danach, wo er den hellen Schimmer über die Wasseroberfläche zucken sah.

John schwamm entgegengesetzt. Seine Lungen drohten zu platzen. Die letzten beiden Yards schoß er wie eine Rakete hoch. Er riß den Mund auf und schnappte gierig nach Luft.

Der Scheinwerferstrahl glitt in einiger Entfernung vorbei. John wurde noch nicht einmal von den Ausläufern gestreift.

Das Schießen hatte aufgehört. Seit der heimtückische Schütze kein Ziel mehr sah, sparte er Munition.

Aber aufgegeben hatte er noch nicht. Der helle Kegel wanderte langsam wieder in Johns Richtung.

John tauchte abermals. Er drehte unter Wasser, schwamm nicht auf das offene Meer hinaus, sondern auf die Insel zu. Wahrscheinlich würde man ihn dort am wenigsten vermuten.

Allzulange hielt er es nicht unter Wasser aus. Er mußte wieder hoch, saugte Luft in seine malträtierten Lungen.

Jetzt war der Lichtschein schon so weit entfernt, daß John nicht mehr unter Wasser mußte. Er konnte normal schwimmen.

Die Dünung unterstützte ihn. In langen Wellen trieb sie ihn auf die kleine Insel zu. Es war nicht völlig dunkel. Der Mond gab genügend Licht, um sich orientieren zu können. John sah die Insel wie einen dunklen Streifen. Er konnte auch die Umrisse des Bunkers erkennen, nur den Kerl auf dem Dach sah er nicht.

John geriet in die Nähe der Brandung. Rücklaufende Wellen trieben ihn immer wieder in die alte Position.

John mußte dagegen ankämpfen. Seine Schwimmbewegungen wurden kräftiger. Er kraulte jetzt und bemühte sich, so wenig Wasser wie möglich zu schlucken. Seine nassen Kleider ließen seine Bewegungen schwerfällig werden.

Klippen tauchten auf.

Wie Buckel ragten sie aus der Wasseroberfläche. John mußte höllisch achtgeben, daß er sich an dem scharfen Gestein nicht die Haut aufriß. Und plötzlich hörte er Stimmen!

Unwillkürlich hielt John Sinclair mit den Schwimmbewegungen inne. Er ließ sich treiben und lauschte.

Bis auf das Rauschen der Brandung war nichts zu hören.

John glaubte schon an eine Halluzination und wollte weiterschwimmen, als er die Stimmen abermals vernahm.

»Los, holt ihn an Bord!«

»Ja, er ist mit diesem fliegenden Vogel gekommen!«

»Alle Mann an die Riemen!«

Ich glaube, ich spinne, dachte der Geisterjäger. Er hörte Männer sprechen, sah aber niemanden. Langsam wurde es ihm doch mulmig zumute. John schwamm schneller. Er versuchte, möglichst rasch auf die Insel zu gelangen.

Wieder packten ihn die ersten Ausläufer der Brandung und schleuderten ihn ein Stück zurück.

»Pullt schneller, ihr lahmen Krähen!«

Der Geisterjäger vernahm die Stimmen dicht hinter sich. Er hörte auch, wie Ruder ins Wasser getaucht wurden.

Dann ein rauhes Lachen. »Ja, gleich haben wir ihn, den Bastard!« Wieder hastige Ruderschläge. »Mehr backbord! Schlagt ihm jetzt noch nicht den Schädel ein.«

John wurde es unheimlich. Die Männer waren da, das hörte er genau.

Und blitzartig erinnerte er sich an Captain Barrel und das gesunkene Schiff.

Waren vielleicht die Geister der Schiffsbesatzung hinter ihm her?

Es gab für ihn keine andere Erklärung.

Plötzlich spürte er einen harten Schlag am Rücken. Unwillkürlich schrie er auf. Wasser drang in seinen Mund. Er mußte husten. Eine nicht sichtbare Enterstange hatte sich in der Kleidung des Geisterjägers verhakt.

»Holt ihn an Bord!«

Es war ein unheimliches Bild, als John, von unsichtbaren Händen gezogen, an Bord gehievt wurde. Er spürte schwielige Fäuste, und dann warf man ihn hart auf die Planken des Bootes.

So hatte sich der Oberinspektor seinen Einsatz nicht vorgestellt.

Er war Gefangener der Geisterpiraten . . .

Mit beiden Händen hielt Ali den Scheinwerfer umklammert. Dann drehte er an der Kurbel, und der breite Strahl glitt über die endlos scheinende Wasserfläche.

Nichts.

Der Kerl, der den Hubschrauber geflogen hatte, war verschwunden. Ali zog eine Grimasse. Seinen Fluch hörte man nicht, denn er war stumm.

Neben dem Scheinwerfer stand die Maschinenpistole. Sie war an einem drehbaren Gestell befestigt, und zwar so, daß die Waffe einen guten Streuwinkel hatte. Trotzdem hatte Ali den Geisterjäger nicht erwischt. Und das ärgerte ihn.

Der Befehl, den Hubschrauber abzuschießen, war von Basil Proctor gekommen. Der Pilot hatte auf die Anrufe nicht mit dem entsprechenden Codewort reagiert. Proctor war mißtrauisch wie ein alter Wolf. Ehe er ein Risiko einging, schoß er lieber. Und auf Ali war in solchen Sachen immer hundertprozentig Verlaß.

Doch diesmal hatte er Pech gehabt.

Minutenlang noch suchte er die Oberfläche der weiten Wasserwüste ab. Ohne Erfolg. Der Fremde blieb verschwunden. Dafür sah Ali die Schwimmweste auf den Wellen schaukeln.

Ali grinste. Sofort kam ihm der Verdacht, daß der Pilot ertrunken sein konnte. Vielleicht hatte ihn doch eine Kugel erwischt, und Ali hatte es gar nicht bemerkt.

Er schaltete den Scheinwerfer aus. Aus dem Einstieg zum Bunker drang die Stimme des Millionärs.

»Ali! Komm runter!«

Der Araber gehorchte. Leichtfüßig huschte er über die Stufen.

Basil Proctor wartete unten in seinem Rollstuhl. Sein Blick verhieß nichts Gutes. Proctor hatte die Hände um die Lehnen des Sessels verkrallt. Das Licht an der Decke ließ seinen kahlen Schädel glänzen.

Proctor schien an Alis Gesicht abzulesen, daß etwas nicht stimmte. »Du hast ihn nicht erwischt?« fragte er böse.

Ali schüttelte den Kopf.

Proctors ohnehin schon häßliches Gesicht verzog sich noch widerlicher. Seine rechte Hand fuhr unter die Decke, die über seinen Beinen lag, und kam mit einer kurzstieligen Peitsche hervor.

In Alis Augen flackerte Angst.

Basil Proctor grinste gemein. Die Peitsche hatte zwar einen

kurzen Griff, aber eine mehr als zwei Yards lange Lederschnur. Sie war am Ende mit kleinen Eisenkügelchen versehen.

Proctor beherrschte die Peitsche meisterhaft.

Aus dem Handgelenk schlug er zu.

Der Araber blieb stehen wie ein Denkmal. Zehn Schläge nahm er mit unbewegtem Gesicht hin, dann hörte Proctor auf.

»Beim nächstenmal triffst du besser!« zischte er. Das Marterinstrument verschwand wieder unter der Decke.

Ali wankte. Seine Kleidung war zerfetzt. Oberkörper und Gesicht waren gleich schwer gezeichnet. Dicke Blutstropfen vereinigten sich zu kleinen Bächen, die seinen Körper hinunterrannen.

»Verschwinde!« befahl Proctor.

Ali schlich aus dem Raum. Dabei mußte er sich an der Wand abstützen. Er wäre sonst gefallen.

Basil Proctor drehte den Stuhl. Er schaltete den Motor ein und verließ den Raum durch die offene Stahlschwebetür.

Proctor war innerlich aufgewühlt. Er spürte, daß seine Chancen sanken. Daß Rick Terry nicht den Hubschrauber geflogen hatte, war das erste Anzeichen gewesen. Terry mußte von dem fremden Piloten überwältigt worden sein. Und aus welchem Grund hatte er die Insel angeflogen?

War er ein Polizist? War man ihm, Proctor, schon auf der Spur? Auf einmal hoffte der Millionär, daß der Unbekannte den Anschlag überlebt hatte. Proctor wollte gern vor dessen Tod noch mit ihm reden.

Er fuhr einen schmalen Gang entlang, hielt vor einer Stahltür, betätigte die Fernsteuerung und wartete, bis die Tür langsam nach innen aufgeschwungen war.

Noch ein Problem lag Basil Proctor schwer im Magen.

Es ging um die Mannschaft!

Sie sollte in dieser Nacht komplett sein, doch das war jetzt nicht mehr möglich. Der Unbekannte hatte allein in dem Hubschrauber gesessen. Wie würde Captain Barrel reagieren? Würde er sich noch einmal auf einen späteren Zeitpunkt vertrösten lassen, oder würde er den Kontakt mit Basil Proctor einfach abbrechen?

Das wäre schlimm, denn dann müßte Proctor sein Leben lang als

Kretin herumlaufen – falls die Geisterpiraten ihn nicht vorher töteten.

Mit diesen düsteren Zukunftsaussichten rollte Proctor in sein Privatzimmer.

Hinter ihm schwang die Tür wieder zu.

Der Raum war eine Mischung aus elektronischer Werkstatt und Wohnzimmer. In der einen Hälfte standen die Konsolen mit den eingebauten Monitoren. Ein großes Pult mit unzähligen Knöpfen und Schaltern bildete das Herz des Bunkers. Von hier aus konnte Proctor schalten und walten. Er ließ Türen auf- und zuklappen, und er konnte alles überwachen.

Auch den Luftraum.

Dafür sorgte ein Radargerät, das ebenfalls auf der Insel installiert war. Ja, alles wäre in bester Ordnung gewesen, wenn es diesen fremden Piloten nicht gäbe . . .

Der Geisterjäger spürte die Planken unter seinem Rücken und sah sie nicht.

Er vernahm die Stimmen der Männer und konnte keinen erkennen.

Er lag mitten auf dem Wasser, doch die Wellen berührten ihn nicht.

Es war paradox, unmöglich, unheimlich.

Und trotzdem Realität.

John Sinclair befand sich in der Hand von Unsichtbaren. Sie unterhielten sich über ihn.

»Er würde in die Mannschaft passen«, meinte einer.

»Ja, er ist groß und kräftig.«

»Ich bin gespannt, was Captain Barrel dazu sagt.«

Captain Barrel! Jetzt war John Sinclair sicher, daß er sich tatsächlich in den Händen dieses Piratenkapitäns befand. Verzweifelt versuchte er, sich an die Geschichte zu erinnern. Barrel war mit irgendeiner wertvollen Ladung, die für das englische Königshaus bestimmt war, aus Indien gekommen. Vor der Küste war sein Schiff in einen mörderischen Sturm geraten. Die Cornwall Love, die dem Atlantik und dem Pazifik getrotzt hatte, war in der

Verlängerung des Kanals gesunken. Es war kaum zu fassen. Man hatte damals von übernatürlichen Kräften gemunkelt, denn von Mannschaft und Schiff war nie etwas gefunden worden. Als ob die Hölle das Schiff verschluckt hätte.

Die Mannschaft war zwar ertrunken, aber sie hatte nicht die ewige Ruhe gefunden. Die Männer existierten in einem Schattenreich, in einer Welt zwischen dem Diesseits und dem Jenseits. Sie waren verflucht, und wenn nicht jemand den Fluch brach, würden sie bis ans Ende aller Zeiten über die Meere geistern müssen.

So ungefähr folgerte John Sinclair. Er ahnte nicht, wie nahe er der Wahrheit damit kam.

Das Boot begann zu schwanken. Dann hörte John harte Schritte. Und einen Befehl.

»Legt euch in die Riemen, ihr lahmen Krücken! Oder meine Peitsche wird euch die Arme schneller machen. Wir wollen den Captain nicht warten lassen.«

Das Boot nahm mehr Fahrt auf.

Eine harte, unsichtbare Hand packte John Sinclair und hob ihn hoch. John hing in der Luft. Er wollte die Hand zur Seite schlagen, doch er fühlte keinen Widerstand.

Der Kerl lachte.

Es klang schaurig, triumphierend und gemein. John Sinclair, dessen Kleidung naß am Körper klebte, geriet in Panik. Diese Geisterpiraten konnten ihn töten, ohne daß er davon etwas merkte. Jemand konnte vor ihm stehen und ihm ein Schwert oder einen Degen in die Brust rammen.

Ein erschreckender Gedanke.

Die Wellen klatschten gegen die unsichtbare Bordwand. Spritzwasser traf den Geisterjäger. Salzig biß es ihm in die Augen. Er wischte das Wasser weg.

Der Kerl, der ihn gepackt hatte, lachte. »Ich bin Howard, der Steuermann!« rief er mit Stentorstimme. »Merk dir den Namen gut, du Wurm. Wahrscheinlich werde ich dir demnächst die Befehle geben, und ich würde dir raten, dich nicht zu widersetzen.«

Er schüttelte den Oberinspektor wie eine Puppe. Dann ließ er ihn fallen.

Hart schlug John Sinclair auf die unsichtbaren Planken.

Er hatte in seiner Laufbahn schon vieles erlebt. Er hatte gegen Vampire, Werwölfe, Monster und Dämonen gekämpft. Auch schon einmal gegen Unsichtbare. Aber der Fall war kein Vergleich gewesen zu dem, was er jetzt erlebte.

John war völlig wehrlos. Er war den unsichtbaren Horror-Gestalten auf Gedeih und Verderb ausgeliefert. Sie waren nicht angreifbar.

Dann schrie eine Stimme: »Cornwall Love, ahoi . . .!«

»Mehr backbord!« brüllte Howard. »Los, ihr Mistkäfer, haltet den Kurs, zum Henker!«

Das Beiboot drehte sich.

John Sinclair starrte in die Nacht hinaus. Wie eine gelbe Kugel hing der Mond am Himmel. Obwohl die Cornwall Love dicht vor ihnen sein mußte, sah John nur Wasser.

Die Geisterpiraten waren jetzt mit dem Anlegemanöver beschäftigt. John Sinclair riskierte es und setzte sich aufrecht. Niemand kümmerte sich darum.

Und dann tauchte buchstäblich aus dem Nichts vor der unsichtbaren Barkasse eine Nebelwand auf. Sie schien aus dem Wasser zu steigen. Strudel wirbelten, Dämpfe formten sich zu kreiselnden, schlierenartigen Gebilden, die grauweiß über der Wasseroberfläche waberten.

John Sinclair erkannte die Umrisse eines Schiffes.

Es war eine Fregatte mit stolzen Masten und gerafften Segeln. Die Leinwand knatterte im Wind, aber seltsamerweise machte das Schiff keine Fahrt. Es schwebte dicht über der Wasseroberfläche. Am Bug des Schiffes hatten sich Gestalten versammelt, wild aussehende Gesellen in farbenprächtiger Kleidung und bis an die Zähne bewaffnet. Ein Mann fiel John besonders auf.

Er trug eine blaue Uniform und hohe Stiefel, in die er die Hosenbeine gesteckt hatte. Die Schöße der Jacke waren umgeschlagen. John sah das helle Innenfutter. Der Uniformierte trug einen Dreispitz auf dem Kopf. Um die Hüfte hatte er einen prächtigen Gürtel geschlungen, an dessen rechter Seite ein Degen in einer ledernen Scheide baumelte. Der Mann trug lange Stulpenhandschuhe. Er hatte beide Hände auf die hölzerne Reling gestützt und sah der ankommenden Barkasse abwartend entgegen.

Auch sie war jetzt sichtbar geworden.

John sah sich von furchteinflößenden Gestalten umringt. Dieser Howard war ein Mann wie ein Kleiderschrank mit bärtigem Gesicht und nur einem Ohr. Die schwarzen Augen lagen tief in den Höhlen. Wenn er lachte, zeigte er blitzweiße Zähne.

Dann sah John einen Einäugigen. Er trug sein Krummschwert an der rechten Seite und ließ keinen Blick von John Sinclair. Er freute sich wohl schon auf einen neuen Delinquenten.

Die Ruderer setzten sich aus allen möglichen Rassen zusammen. John sah Mulatten, Neger, Chinesen und blondhaarige Nordländer.

Aber etwas hatten alle gemeinsam. Sowohl die Piraten auf der Cornwall Love als auch die auf der Barkasse.

Ihre Gesichter waren unnatürlich bleich. Der Oberinspektor vermeinte die Knochen durch die Haut schimmern zu sehen.

Das Beiboot tauchte jetzt in die Nebelwand ein und glitt längsseits an die Cornwall Love. Die Riemen wurden eingeholt, Taue flogen zur Barkasse herab.

Ein Fußtritt brachte John Sinclair auf die Beine. Als der Kerl ein zweitesmal zutreten wollte, packte John Sinclair das Gelenk und drehte es herum.

Er fühlte die Kälte, die von der Haut ausging. Wie bei einem Toten.

Der Pirat schrie auf, drehte sich um die eigene Achse und verschwand über Bord.

Und dann geschah etwas Schreckliches.

Urplötzlich fing das Wasser an zu brodeln. Es warf Blasen und gischtete auf wie ein Geysir. Der Pirat, der über Bord gegangen war, schlug mit Händen und Füßen um sich. Er wollte sich wieder an Bord ziehen, doch es gelang ihm nicht. Zwei Totenhände krallten sich an der Bordwand fest, ein Schrei, dann rutschten auch die Hände ab.

Zurück blieb – ein Skelett!

Wie ein Stück Papier schwamm es auf dem Wasser.

Wie erstarrt hatten die anderen Piraten den Tod ihres Kumpans mit angesehen. John Sinclair wurde blitzartig klar, daß Wasser für die Piraten, wenn sie sich wieder materialisiert hatten, tödlich war. Wenn John also über Bord hechtete, dann konnte ihm niemand schwimmend folgen.

Er riskierte es.

Der Geisterjäger sprang vor, doch wie es der Teufel wollte, er übersah eine Sitzbank und stolperte. John fiel hin, konnte sich zwar noch abrollen, aber nicht vermeiden, daß sich die Meute auf ihn stürzte. Die Piraten waren jetzt aus ihrer Erstarrung erwacht.

Der einäugige Kerl flog als erster auf ihn zu. Wild schwang er die Machete. Er hätte John mit einem einzigen Schlag halbiert. Doch der Geisterjäger zog die Beine an, traf die Brust des Piraten und katapultierte den Kerl über sich hinweg.

Schreiend fiel er ins Wasser, wo er keine Chance mehr hatte, dem Zerfall zu entgehen.

Schon bald schwamm ein zweites Skelett auf der Oberfläche.

Aber das bekam John nicht mit.

Die Übermacht war zu groß. Plötzlich legte sich eine lederne Schlinge um seinen Hals, die gnadenlos zugezogen wurde. Der Oberinspektor bäumte sich auf. Der Lederriemen schnürte ihm die Luft ab. Die Kerle hätten ihn eiskalt erwürgt, wenn der Captain nicht dazwischengefahren wäre.

»Haltet ein!« donnerte er. »Ich will den Mann lebend haben!«

Die Piraten gehorchten. Langsam lockerten sie die Schlinge. John Sinclair bekam wieder besser Luft. Dann legten die Piraten zwei Schlingen um seine Schultern. Mit einer primitiven Winde hievten sie ihn an Bord.

Dann stand er vor Captain Barrel, der sagenumwobenen Gestalt, die vor zwei Jahrhunderten gestorben war – jedenfalls hatte John das bis heute geglaubt.

Auch die Haut des Captains war seltsam durchsichtig. John sah die Knochen schimmern, Modergeruch umwehte ihn.

Zwei Piraten hielten John Sinclair an beiden Armen fest. Wieder spürte er die Kälte, die von diesen Wesen ausging. Nein, sie waren keine Menschen mehr, sondern Geschöpfe der Finsternis, die durch einen unglücklichen Umstand zu neuem, teuflischem Leben verdammt waren.

»Ich bin Captain Barrel!« stellte sich der Mann in der blauen Uniform vor.

»Ich weiß«, erwiderte John.

Er und der Captain standen sich unter dem großen Segel gegenüber. Über einen Niedergang ging es in den Bauch des Schiffes. Auf einem Podest stand das riesige hölzerne Steuerrad, das von zwei Männern gehalten werden mußte.

»Du kennst mich?« fragte der Captain.

Er hatte eine laute, befehlsgewohnte Stimme. Seine Lippen waren kaum zu erkennen. Sie waren noch bleicher als die Haut, und John wußte, daß der Captain und die übrigen Männer völlig blutleer waren.

»Du hast zwei meiner Männer getötet«, sagte der Captain, »und deshalb wirst du sterben!«

»Ich hatte keine andere Wahl!« Johns Gestalt straffte sich. »Ich mußte mich meiner Haut wehren!«

Der Captain schlug mit der Faust in seine flache Hand. »Niemand wehrt sich gegen mich und meine Mannschaft! Und niemand stellt sich gegen mich! Wer es dennoch tut, wird geköpft oder aufgehängt! Diese Nacht war vom Schicksal ausersehen, uns wieder unsere normale Gestalt zurückzugeben. Vier Leute fehlten noch, dann wäre unsere Mannschaft komplett gewesen. Wir hätten ihnen das Leben ausgesaugt, auch das der beiden Frauen. Dann wäre der Fluch des Maharadschas getilgt worden, und wir wären wieder frei gewesen. Aber du, du hast alles verhindert! Und dafür wirst du sterben. Nun müssen wir wieder sieben Jahre, sieben lange Jahre warten, bis der nächste schicksalhafte Tag anbricht. Und ob wir dann jemanden finden, der uns hilft, das weiß niemand. Bisher war es Basil Proctor. Er hat die Insel gekauft und sich einen Bunker gebaut. Wir hatten einen Handel vereinbart. Er hätte den Dämonenschatz und sein früheres Aussehen zurückbekommen, wir unsere Seelen, aber jetzt ist es vorbei. Er wird sich schrecklich an dir rächen wollen, doch diese Rache lasse ich mir nicht nehmen. Ich werde dich töten! An den Mast mit ihm!«

Der Captain hatte die Worte kaum ausgesprochen, da stürzten sich die Gestalten auf den Geisterjäger.

John Sinclair wehrte sich verbissen. Die ersten beiden Angreifer schmetterte er mit zwei brettharten Karateschlägen zu Boden. Doch die Geisterpiraten empfanden keinen Schmerz. Sie sprangen sofort wieder auf die Beine.

Ein blondhaariger Hüne schlug mit einem Enterhaken nach John. Mit der rechten Hand wehrte der Geisterjäger den Schlag ab. Gleichzeitig fegte sein linker Fuß in den Leib des Geisterpiraten.

Der Blondhaarige wurde zurückgeschleudert. Dann zog jemand John Sinclair hinterrücks das Standbein weg. Und damit war für John der Kampf aus.

Unter Triumphgeschrei wurde er zum Mast geschleppt. Hart rissen sie ihm die Arme auf den Rücken, drehten sie um den Mast herum und banden ihm hinten die Handgelenke zusammen.

Captain Barrel stand nicht weit entfernt. Er hatte die Fäuste in die Hüften gestemmt und sah seiner Mannschaft zu. John Sinclair schleuderte er haßtriefende Blicke zu.

Der Geisterjäger stand etwas erhöht. Er konnte über die Piraten hinwegblicken. Das Schiff war noch immer von einer Nebelwand umhüllt. Die grauweiße Masse pulsierte und bewegte sich. Manchmal zogen lange Schlieren über das Deck.

Als John noch auf der Barkasse gewesen war, hatte er zwar in den Nebel hineinsehen können, jetzt aber konnte er nicht hindurchblicken. Er wußte nicht, was sich hinter der geheimnisvollen Wand abspielte.

Die Piraten hatten einen Halbkreis um ihren Gefangenen gebildet. Jemand trug eine Fahne herbei. Auf weißem Untergrund war ein schwarzer Totenkopf gemalt. Der schnurrbärtige Pirat schwenkte die Fahne hin und her. Dabei schrie er: »Rache! Rache!«

Captain Barrel war zufrieden. Laut brüllte er einen Befehl über das Deck des Schiffes. »Holt den Henker!«

Und der Henker kam!

Als John den Kerl sah, lief ein Schauer über seinen Rücken. Der Henker sah zum Fürchten aus.

Er war kahlköpfig, und sein Oberkörper war nackt. Er trug eine enge Hose und hielt mit beiden Fäusten den Griff einer Machete umklammert. Auf seiner Brust wuchs ein dichter Haarpelz. Er hatte die Zähne zu einem häßlichen Grinsen gefletscht. In seinen Augen funkelte Mordlust.

»Das ist Ramon!« stellte Captain Barrel den Henker vor. »Er wird dich in zwei Stücke spalten!« Der Captain lachte gräßlich, und Ramon stimmte in das wilde Gelächter mit ein. »Aber noch ist es nicht soweit«, rief Captain Barrel gellend. »Erst werden die anderen geholt. Keiner unserer Gefangenen soll überleben. Wir werden das Blutfest der Piraten feiern.« Sein rechter Arm schnellte vor. »Das ist die Rache für dein Erscheinen hier. Du allein bist schuld, daß die Menschen sterben müssen. Aber sie werden deinen Tod miterleben, und in sieben Jahren wird es mir gelingen, den unseligen Fluch zu löschen!«

Captain Barrel wandte sich um. Er blickte seine Männer an und las in ihren Gesichtern die Bereitschaft, ihm überall hin zu folgen. »Los, schafft mir die anderen Jammerlappen her! Aber beeilt euch. Im Morgengrauen muß alles erledigt sein!«

Schreiend und johlend sprang ein halbes Dutzend Piraten über die Reling. An Tauen ließen sie sich zu der wartenden Barkasse hinab.

John Sinclair aber hing gefesselt am Mast des Geisterschiffes. Selten hatte es so wenig Hoffnung für ihn gegeben.

Diesmal war sein Tod wohl endgültig . . .

Als Basil Proctor die Nebelwand sah, wußte er, daß alles vorbei war. Nie hätte das Schiff schon so früh materialisieren dürfen. Der Vorgang hätte erst eintreten müssen, wenn die zweite Mannschaft völlig komplett war – oder wenn etwas Unvorhergesehenes eintrat.

Wie jetzt, zum Beispiel.

Der Millionär starrte durch das Sichtfenster des Bunkers. Er konnte den Nebelstreifen erkennen, zum Teil sogar durch ihn hindurchsehen, und er erkannte schemenhaft die Gestalten auf dem Deck des Schiffes. Er sah auch, wie John Sinclair an Bord gehievt wurde und beobachtete Johns Kampf mit den Piraten. Dann wurde der blondhaarige Fremde an einen Mast gefesselt.

Wenig später löste sich die Barkasse vom Schiff. Die Ruderer legten sich in die Riemen. Hart kämpften sie gegen die zurücklaufende Brandung an.

Basil Proctor wollte sie empfangen. Mit dem Rollstuhl fuhr er durch die Gänge. Dabei rief er immer wieder nach Ali, doch von dem Araber war nichts zu sehen.

Das steigerte die Wut des Millionärs.

Lautlos rollte der Stuhl durch die Gänge. Wie ein Gnom hockte Proctor auf dem Sitz. Sein Gesicht war haßverzerrt. Hin und wieder brabbelte er unverständliches Zeug.

Vor dem Ausgangstor stoppte er.

Wie die Einfahrt einer großen Garage, so schwang das Tor hoch. Proctor blieb mit seinem Rollstuhl im Eingang stehen, um die Abordnung zu erwarten.

Das Boot wurde von der Dünung in die Bucht getragen und auf den kleinen Strand geschoben.

Die Männer sprangen von Bord. Vier Piraten zogen das Boot ganz auf den Strand. Dabei achteten sie darauf, nicht mit dem Seewasser in Berührung zu kommen.

Einer der Piraten war jedoch zu nachlässig. Plötzlich zuckte er zusammen und begann zu schreien. Eine Welle war über seinen Fuß geschwappt. Im Nu hatte das Wasser das Fleisch gelöst. Der blanke Knochen schimmerte. Der Pirat starrte darauf, als wäre es das schrecklichste Übel überhaupt. Und das war es in der Tat.

Der Knochenfraß breitete sich aus. Schon in der nächsten Minute hatte er das Schienbein erfaßt. Der Pirat schrie in blinder Todesangst.

Da griffen die anderen ein. Ehe der Pirat sich versah, hatten seine Kumpane ihn gepackt, hochgehoben und ins Meer geworfen.

Schreiend versank er in den Wellen. Nur wenig später wurde sein Skelett ans Ufer gespült. Zwischen zwei schmalen Felsen blieb es hängen. Eine makabre Mahnung für die Nachwelt.

Basil Proctor hatte der Szene mit unbewegtem Gesicht zugesehen. Er zuckte auch mit keiner Wimper, als jetzt die übrigen fünf Männer auf ihn zukamen.

Howard, der Steuermann, war ihr Anführer.

Dicht vor dem Millionär blieb er stehen. »Es ist aus!« schrie er

Basil Proctor ins Gesicht. »Wir bekommen die Mannschaft nicht zusammen. Du hast versagt!«

Proctor hob abwehrend die gekrümmten Finger. »Nein«, heulte er, »ich habe . . .«

»Halt den Mund!«

Howard schlug mit der flachen Hand in das häßliche Gesicht des Millionärs. Der Schlag war so hart, daß Proctor mit seinem Rollstuhl beinahe umgekippt wäre. Er konnte sich im letzten Augenblick fangen.

Howard lachte. »Das war nur ein Vorgeschmack von dem, was dir noch bevorsteht. Und jetzt bring uns zu den Gefangenen. Los, beeil dich!«

Proctor drehte den Rollstuhl. Dann glitt er wieder in das Innere des Gebäudes hinein.

Die Männer folgten ihm.

Howard ging an der Spitze.

Die Piraten hatten ihre Waffen gezogen. Die Säbel und Degen blinkten im kalten Licht der Leuchtstoffröhren. Stiefelabsätze knallten auf den Betonboden, so daß es sich anhörte, als würde geschossen.

Die fünf Männer waren wild aussehende Gestalten. Zwei von ihnen hatten knallrote Kopftücher um ihre Schädel geschlungen. Ein anderer trug einen goldenen Ring im linken Ohrläppchen. Außerdem steckten vier Messer in seinem Gürtel.

Vor einem Fahrstuhl blieben sie stehen. Der Lift lag in einer schmalen Nische. Eine Knopftafel leuchtete auf, als der Fahrstuhl nach oben schoß.

Keiner der Männer sah Ali, den Araber. Er peilte hinter einer Gangecke hervor, und ein teuflisches Grinsen umspielte seine strichdünnen Lippen.

Der Fahrstuhl öffnete sich.

Die Kabine war groß genug, um alle aufzunehmen.

Sanft schlossen sich die beiden Hälften der Tür. Dann zischte der Lift in die Tiefe.

Unten befand sich wieder ein Gang. Er endete vor einer Tür, hinter der das Gewölbe der Gefangenen lag.

Per Fernsteuerung schwang die Tür zur Seite.

Dann betraten die Unheimlichen das felsige Gefängnis, in dem die Menschen wie eingeschüchterte Tiere hockten und dumpf und apathisch vor sich hinstarrten. Sie hatten nach Adam Prestons Tod sämtliche Hoffnungen aufgegeben.

Jemand hatte den Mut gefaßt und den Kopf des Toten beiseite geschafft. Niemand mehr sollte in die gebrochenen Augen starren.

Die fünf Geisterpiraten verteilten sich rasch in dem Gewölbe. Sie bauten sich so auf, daß sie jeden Gefangenen im Auge behalten konnten.

Basil Proctor blieb mit dem Rollstuhl an der Tür. Ihm war gar nicht wohl in seiner Haut. Die Wange brannte von dem Schlag, und der Schweiß strömte ihm aus allen Poren.

Howard übernahm das Kommando. »Los, hoch mit euch!« herrschte er die Gefangenen an.

Keine Reaktion.

Mit ängstlichen Blicken starrten die Menschen auf die bleichen Geisterpiraten.

In Howard stieg der Zorn hoch. Er war es gewohnt, daß man seine Befehle sofort befolgte. So etwas war ihm noch nie passiert. Mit einer wütenden Gebärde riß er den Degen aus der Scheide. Die Klinge wischte durch die Luft und fuhr auf Cliff Kelland zu.

Mrs. Kelland schrie.

Ihr Schrei mischte sich mit dem klatschenden Geräusch, das entstand, als die flache Seite des Degens auf Cliff Kellands Wange traf.

Kelland zuckte zusammen. Seine Haut war ein wenig aufgeplatzt. Ein paar Blutstropfen quollen aus der Wunde. Sie sahen auf der hellen Haut aus wie dunkelrote Perlen.

Howard drehte sich im Kreis und schwang dabei seine Waffe. »Noch jemand?« fragte er höhnisch.

Niemand antwortete.

Der Steuermann lachte.

»Los, du als erste!« schrie er und zog Linda Grey an den Haaren hoch. Die junge Frau stöhnte.

Nathan Grey stand auf und wollte ihr zu Hilfe eilen, doch einer der Piraten stellte sich ihm in den Weg. Die Spitze seines Messers zeigte genau auf Greys Brust.

388

Schreckensbleich wankte der Mann zurück.

Howard hatte Linda Grey losgelassen. Sie und der Weißhaarige machten den Anfang und stolperten zur Tür. Als der Mann mit den weißen Haaren Basil Proctor passierte, zischte er ihm seinen Haß ins Gesicht. »Man sollte Sie vierteilen, Sie Schwein. Schließlich waren Sie es, der uns die Sache eingebrockt hat.«

Der Mann im Rollstuhl gab keine Antwort.

Ihn interessierte ohnehin nur seine eigene miese Situation.

Eine traurige Prozession bewegte sich durch den Gang auf den Lift zu. Die Frauen und Männer schleppten sich schlurfend, die Schultern gebeugt, ihrem ungewissen Schicksal entgegen.

In zwei Partien mußten sie hochfahren. Der Aufzug faßte nicht so viele Personen. Zwei Piraten blieben jeweils oben als Wache zurück. Zuletzt fuhr Basil Proctor. Zusammen mit Howard. Als sie den Fahrstuhl wieder verließen, blutete der Millionär im Gesicht, und das bleiche Gesicht des Steuermannes hatte sich zu einem häßlichen Grinsen verzogen.

Dann gelangten sie ins Freie.

Zum erstenmal seit langem waren die Gefangenen wieder an der frischen Luft. Tief sogen sie den Sauerstoff in ihre Lungen. Dicht vor dem Ufer sahen sie das Geisterschiff durch die über dem Wasser hängende Nebelwand schimmern.

»Das ist unser Ziel«, erklärte Howard und lachte grell.

Die Geisterpiraten trieben ihre Gefangenen zu der kleinen Bucht. Das Beiboot war groß genug, um alle aufnehmen zu können. Dichtgedrängt saßen sie auf den Bänken.

Die Männer mußten rudern.

Die scharfen Kommandos des Steuermanns gaben den Takt an. Und so fuhren die Menschen ihrem Tod entgegen . . .

Es gab einen, der die Abfahrt des Beibootes aus sicherer Deckung beobachtet hatte.

Ali, der Araber.

Er hatte sich von den Peitschenhieben einigermaßen erholt, doch in seinem Herzen tobte der Haß. Die Maschinenpistole hielt er in seinen Händen. Hin und wieder streichelten die Finger den Lauf.

Diese Demütigung würde ihm Basil Proctor büßen. Er hatte ihn nicht umsonst geschlagen. Ali war fest entschlossen, den Millionär umzubringen. Schon ein paarmal hatte er ihn vor der Mündung gehabt. Aber dann war ihm immer wieder einer der Piraten in die Schußlinie gelaufen, und Ali wußte sehr genau, daß sie mit normalen Kugeln nicht umzubringen waren. Er hätte diese lebenden Toten nur unnötig auf sich aufmerksam gemacht. Nein, Ali hatte einen anderen Plan.

Er wollte ebenfalls auf das Schiff. Er würde an einem der Taue hochklettern und seinen Boß mit einer Garbe aus der MPi umlegen. Dann hatte er vor, blitzschnell wieder zu verschwinden. Und das erschien ihm vom Schiff aus günstig.

Er hatte gesehen, wie der Pirat mit dem Seewasser in Berührung gekommen war und sich aufgelöst hatte. Das war für Ali der Beweis, daß die Piraten ihn im Wasser nicht verfolgen konnten. Er würde bis zu dem Motorboot gelangen, das der Fremde zurückgelassen hatte.

So rasch er konnte, lief der Araber auf den schmalen Strand zu.

Er bedachte das zwischen den Felsen hängende Skelett mit keinem Blick, sondern turnte sofort auf das Motorboot. Ali wußte, daß diese Motorboote kleine Rettungsschlauchboote an Bord hatten. Er fand ein gelbes Schlauchboot, das sich automatisch aufblies, sobald es mit dem Wasser in Berührung kam. Ein Paddel war ebenfalls vorhanden.

Der Araber hängte sich die Maschinenpistole um den Hals und ließ sich in das Schlauchboot gleiten.

Dann stach er das Paddel ins Wasser . . .

Eine hohe Welle trug das Beiboot mit seiner menschlichen Fracht dicht an die Bordwand der Cornwall Love. Geschickt schnappte Howard eines der Taue, zog es durch eine Öse am Bug der Barkasse und machte das Schiff so fest.

Strickleitern hingen vom Schanzkleid herab. Sie klatschten rhythmisch gegen die Bordwand des Seglers.

Die anderen Piraten trieben die Menschen hoch. Es war für sie gar nicht so einfach, die Balance zu halten. Besonders die Frauen hatten Schwierigkeiten. Sie waren es auch, die als erste die Strickleitern hochklettern mußten.

Linda Grey wäre fast gestürzt. Im letzten Moment konnte sie sich noch festklammern. Sie weinte. Dann spürte sie eiskalte Hände an ihrer Hüfte und hörte ein rauhes Lachen. »Daran wirst du dich gewöhnen müssen, Täubchen. Vielleicht behalten wir dich sogar.«

Linda schluckte und kletterte weiter.

Mrs. Kelland folgte ihr. Sie zitterte am ganzen Körper und befand sich am Rand eines Nervenzusammenbruchs. Auch ihr mußte geholfen werden, damit sie die ersten Sprossen der Strickleiter überwinden konnte.

Die Männer folgten.

Der Weißhaarige hatte wieder die Spitze übernommen. Schweigend kletterte er an der Bordwand hoch. Die anderen Menschen stiegen hinter ihm die schwankende Strickleiter empor. Da sie sehr geschwächt waren, bedeutete dies eine gewaltige Anstrengung. Ein Mann schaffte es nicht. Er rutschte ab und fiel. Er landete in dem Beiboot, prellte sich die rechte Schulter, blieb stöhnend und mit schmerzverzerrtem Gesicht liegen, doch seine Peiniger kannten keinen Pardon.

Sie trieben ihn wieder hoch.

Der Mann kletterte erneut über die Strickleiter nach oben. Am Ende seiner Kräfte, ließ er sich über die Reling fallen.

An Bord des Schiffes nahm Captain Barrel die Menschen in Empfang. Er stand dort als Despot, als unumschränkter Herrscher. Seine rechte Hand lag auf dem Griff des Degens, und die linke war in die Hüfte gestützt. Wie ein Admiral bei der Truppenbesichtigung begann er auf und ab zu schreiten.

Dann blickte er über die Reling zum Beiboot.

Nur noch Basil Proctor befand sich auf dem Boot. Er hockte in seinem Rollstuhl und starrte ängstlich die hohe Bordwand hoch.

Fachmännisch wurden große Trageschlaufen geknüpft, zum Beiboot hinuntergelassen, und dann hoben vier Piraten den Rollstuhl in die Schlaufen. So wurde er an Bord gehievt.

Auf Basil Proctor hatte der Captain ganz besonders gewartet. Seinem Unvermögen war es zuzuschreiben, daß der Fluch nicht gelöscht werden konnte.

Und das wollte der Captain ihn spüren lassen.

Mit beiden Händen packte er den Millionär am Hals und schüttelte ihn durch. Proctors Gesicht lief rot an. Die kalten Totenklauen schnürten ihm die Luft ab. Die Augen traten dick aus den Höhlen hervor.

Captain Barrel lachte. »Keine Angst«, schrie er, »ich bringe dich nicht um! Noch nicht. Aber den nächsten Morgen wirst du auch nicht erleben, das schwöre ich dir.« Er zog seine Hände zurück und drehte den Rollstuhl um hundertachtzig Grad, so daß Basil Proctor auf den am Mast gefesselten John Sinclair blicken konnte.

»Sieh ihn dir genau an!« rief Barrel. »Er ist der Mann, der dich reingelegt hat. Er ist mit dem großen Vogel gekommen und wollte dich vernichten. Aber er wird ebenso sterben wie du. Noch vor dir.«

Basil Proctor schüttelte wild den Kopf. Verzweifelt rang er die Hände. »Ich werde eine neue Mannschaft beschaffen!« rief er. »Ich werde alles tun, was du willst. Noch ist nichts verloren. Noch nicht . . .«

Der Captain unterbrach den Millionär mit einem harten Lachen. »Sollen wir wieder sieben Jahre warten und noch einmal einem Versager wie dir vertrauen? Sollen wir weiterhin als Verfluchte der Meere gelten? Du wirst die Sache doch wieder vermasseln! Nein! Diesmal trifft unsere Rache die, die es verschuldet haben, daß wir weiter verdammt bleiben. Und dazu gehörst auch du, Basil Proctor. Ebenso wie er!«

Der Captain zeigte auf John Sinclair.

Immer wieder hatte der Geisterjäger versucht, seine Fesseln zu lösen. Ohne Erfolg. Die Geisterpiraten verstanden es, Knoten zu knüpfen. Trotz seiner außergewöhnlichen Fälle, die John aufzuklären hatte, war er Realist geblieben. Er schätzte seine Chancen richtig ein.

Sie waren auf Null gesunken!

Es gab für ihn und die anderen Menschen kein Entrinnen mehr.

Die Piraten wollten ihn killen, und er war nicht in der Lage, etwas dagegen zu unternehmen.

John dachte an seine Beretta, die noch immer in der Halfter steckte. Sicher, sie war mit geweihten Silberkugeln geladen, aber mit einer Waffe, die im Wasser gelegen hatte, war schlecht etwas auszurichten. Sein Blick glitt über das Deck. Die Geisterpiraten hatten ihre Gefangenen zusammengetrieben. Völlig verzweifelt standen sie am Heck des Bootes, bewacht von zwei wild aussehenden Kerlen.

Wenigstens die Menschen hätte der grausame Captain laufenlassen können, aber er wollte seine Rache.

Sieben Jahre lang würde er wieder verschwinden. Würde in einem Schattenreich leben, und ob sich jemand fand, der ihm ein Zurück ermöglichte, war sehr zweifelhaft.

Basil Proctor war der Verlierer Nummer zwei. Der Millionär hatte hoch gespielt. Er wollte den Schatz haben – und erhielt als Lohn den Tod.

John verspürte kein Mitleid mit dem Mann. Wer mit Menschenleben spielte, war verdammungswürdig.

Nur zwei Schritte von John Sinclair entfernt stand der Henker. Sein Gesicht war zu einem häßlichen Grinsen verzogen. Erwartungsvoll prüfte er mit dem Daumen die Schneide seines Richtschwertes.

Der Wind war zu einer leichten Brise geworden. Sie blähte die Segel des Geisterschiffes, doch trieb es nicht voran. Der Segler blieb auf der Stelle, eingehüllt in den magischen Nebel.

Die Stunde der Entscheidung nahte. John Sinclair spürte es mit jeder Faser seines Körpers.

Captain Barrel fiel plötzlich auf die Knie. Dann begann er Beschwörungen zu rufen, und aus dem Nichts tauchte das rote Licht auf. Wie eine Kugel schwebte es über dem Deck, wurde innerhalb von Sekunden größer, nahm bald die Gestalt eines Totenschädels an und umhüllte das Geisterschiff wie ein Mantel.

Ängstlich starrten die Gefangenen in das riesige offene Maul des Schädels. Die Magie des höllischen Captains hatte ihn aus den Dimensionen des Schreckens geholt.

Er war das Zeichen für die Bluttat!

»Henker!« brüllte Captain Barrel. »Walte deines Amtes! Schlag dem Gefangenen den Kopf ab!«

Ein gellender Schrei hallte über Deck.

Mrs. Kelland hatte ihn ausgestoßen. Sie konnte die Hinrichtung nicht mit ansehen. Sie war auf die Knie gefallen, hatte die Hände vor das Gesicht gepreßt und weinte.

»Der Herrgott wird dich strafen, Verfluchter!«

Der weißhaarige Mann war zwei Schritte vorgetreten und zeigte mit dem Finger auf Captain Barrel, der unter den Worten zusammengezuckt war.

»Halt dein Maul«, brüllte Barrel, »oder du wirst als erster deinen Kopf verlieren!«

»Dann tue es doch!« rief der Weißhaarige unerschrocken.

Barrel lachte schaurig. »Du kommst auch an die Reihe«, erwiderte er. »Aber dich werde ich langsam aufhängen und am Mast hochziehen lassen. Als Warnung für die anderen.« Er lachte wieder.

Der Henker lachte nicht.

Er stand etwas seitlich vor John Sinclair, so daß er mit der rechten Hand ausholen und dem Geisterjäger den Kopf abschlagen konnte. Die Finger seiner linken Hand rissen Johns Hemd auf.

»Damit ich deinen Hals sehen kann!« brüllte er teuflisch.

»Schlag endlich zu!« befahl Captain Barrel.

Den Gefangenen stockte der Atem. Entsetzen zeichnete ihre Gesichter.

Auch John war totenblaß. Jetzt, in der Sekunde seines Todes, spürte er plötzlich, wie ihm schlecht wurde.

Auf einmal sah er alles nur noch verschwommen. Waren es Tränen, die den Blick verschleierten?

Todesangst stieg in ihm hoch.

Der Henker hob den rechten Arm. Er fixierte noch einmal Johns Hals, lachte rauh und triumphierend und holte aus . . .

Das Schlauchboot hüpfte wie ein gelber Ball auf den Wellen, und Ali hatte Mühe, die Balance zu halten. Verbissen stieß er das Paddel einmal rechts und dann wieder links des Bootes in die graugrüne Wasserfläche.

Die Nebelwand schien kaum näher zu rücken. Der Araber hatte hart mit der Brandung zu kämpfen. Wasser spritzte über den bauchigen Rand des Bootes, näßte die Kleidung des Arabers.

Das alles störte Ali nicht.

Sein Haß auf Basil Proctor beherrschte seine Sinne. Er wollte den Mann töten, und ihm war es egal, in welche Gefahr er sich dabei begab. Hauptsache, der Millionär starb.

Immer schneller tauchte Ali das Paddel ins Wasser. Er hatte den Mund halb geöffnet. Sein Atem ging keuchend. Ali wußte, daß es auf dem Schiff schon bald zu einer Entscheidung kommen mußte, und die wollte er nicht verpassen.

Nachdem er die Brandung hinter sich gelassen hatte, kam er besser voran. Eine günstige Strömung schob ihn auf das Geisterschiff zu. Er sah auch die leere Barkasse, die am mächtigen Rumpf des Seglers verankert war.

Wellenberg und Wellental. Sie wechselten einander ab. Ali war mal oben, mal unten. Genau wie sein Magen.

Und dann wurde das kleine Schlauchboot gegen die Barkasse gedrückt. Ehe eine Welle es wieder zurückwerfen konnte, hatte Ali mit beiden Händen die Bordwand des Beibootes gepackt.

Eisern hielt er fest, um nicht wieder abgetrieben zu werden. Es war ein Glücksspiel, aber Ali schaffte es.

Der Araber enterte die Barkasse. Dann hievte er das Schlauchboot an Bord und blieb erst einmal still liegen, um zu verschnaufen und die Lage zu peilen.

Auf dem Deck des Geisterschiffes hörte er Stimmen. Die von Captain Barrel war deutlich herauszuhören.

Und plötzlich sah Ali auch das rote Licht aufglühen und wachsen. Innerhalb kürzester Zeit umhüllte der blutrote Totenschädel das Schiff.

Ali wußte, daß es höchste Zeit für ihn war, wollte er das Finale noch mitbekommen.

Er klemmte sich die Maschinenpistole unter den linken Arm.

Die Strickleitern waren noch nicht eingeholt worden, eine Tatsache, die Ali mit einem freudigen Grinsen quittierte.

Gewandt wie ein Affe kletterte er die Leiter hoch.

Dicht unter dem Schanzkleid hielt er inne. Vorsichtig reckte er den Kopf, um einen Blick auf das Deck zu riskieren.

Niemand sah ihn, niemand blickte in seine Richtung.

Ali holte noch einmal tief Atem und zog sich dann mit einem Klimmzug hoch. Ein gewandter Sprung brachte ihn an Bord.

Blitzschnell hielt der Araber die Maschinenpistole im Anschlag. Basil Proctor in seinem Rollstuhl hatte er schon ausgemacht.

Und er sah John Sinclair gefesselt am Mast.

Vor ihm stand ein wildaussehender Kerl mit entblößtem Oberkörper. Das Schwert in seiner Hand sauste auf den Hals des blondhaarigen Mannes zu. Ali, der Araber, rührte keinen Finger. Gelassen sah er der grausamen Szene zu.

Seine Zeit würde noch kommen . . .

John Sinclair sah die Klinge des Schwertes auf sich zurasen und schloß unwillkürlich die Augen.

Aus . . . vorbei . . .

Da gellte ein Schrei!

Der Geisterjäger riß die Augen wieder auf. Was er sah, ließ ihm das Blut in den Adern gefrieren. Gleichzeitig machte sein Herz einen regelrechten Freudensprung.

Eine Handbreit vor seinem Gesicht war das Schwert zitternd zum Stillstand gekommen. Hinter der Schneide sah er das gräßlich verzerrte Gesicht des Henkers. Das Grauen spiegelte sich auf seiner Miene wider.

Und John erkannte den Grund.

Der Henker hatte ihm das Hemd aufgerissen und dabei das geweihte Kreuz und die gnostische Gemme freigelegt. Damit hatte er sich selbst den Todesstoß versetzt.

Für den Geisterpiraten war der Anblick der gnostischen Gemme tödlich. Sie strahlte plötzlich auf und blendete den Henker mit ihrem silbernen Schein. Ein Blitzstrahl löste sich aus dem magischen Amulett und traf den Henker mitten in die Stirn.

Genau zwischen die Augen.

Der Henker brüllte auf. Er wankte zurück. Der magische Strahl hatte seinen Kopf durchbohrt. Schreiend taumelte er über das Deck des Geisterschiffes. Eine Rauchwolke, die aus seinem Schädel quoll, verhüllte seine Gestalt. Es gab ein puffendes Geräusch, und der Henker brach auseinander. Er explodierte regelrecht – zurück blieb ein Häufchen Asche, das vom Wind als grauweißer Staubschleier über Deck geweht wurde.

Sekunden hatte der Vorgang gedauert, aber schon hatte der magische Strahl sein nächstes Opfer getroffen.

Der nächste Pirat brach zusammen.

Und dann war das Chaos perfekt.

Captain Barrel löste sich als erster aus der Erstarrung. Mit einem unmenschlichen Schrei riß er einem der am nächsten stehenden Piraten das Messer aus der Scheide und schleuderte die Klinge auf John Sinclair zu.

Sie hätte seinen Hals durchbohrt, doch kreuzte sie den magischen Strahl, der den rasenden Flug des Messers stoppte und es kraftlos zu Boden fallen ließ.

Der weißhaarige Gefangene fing sich von den unglücklichen Opfern als erster.

Er nahm die Chance wahr.

Geduckt hetzte er los. Er riß das Messer an sich, das zu Boden gefallen war, rannte um den Mast herum und säbelte John Sinclairs Fesseln in Stücke.

»Danke!« schrie ihm der Geisterjäger zu. Für mehr Worte ließ ihm die Situation keine Zeit. Jetzt war er frei und konnte kämpfen.

Mit einem Ruck riß John das Hemd völlig entzwei. Dann schnappte er sich das Schwert des Henkers.

Noch immer schoß aus der gnostischen Gemme der magische Strahl. Er schützte John wie ein Panzer.

Captain Barrel hatte seine unheimliche Mannschaft am Bug des Bootes versammelt. Schreiend gab er seine Befehle und hetzte die Männer gegen John Sinclair auf.

Da fielen Schüsse.

John Sinclair, der schon auf dem Weg zum Bug war, kreiselte

herum. Erst jetzt sah er den Mann, der an der Reling stand und eine Maschinenpistole in den Armen hielt.

Der Kerl sah aus wie ein Araber. John hörte den gellenden Schrei Basil Proctors.

»Ali, hol mich hier raus!«

Der Araber sprang ein paar Schritte vor. Dann feuerte er wieder.

Rotgelbe Mündungslichter zuckten aus dem Lauf der Kugelspitze. Die Geschosse pfiffen über das Deck, harkten lange Splitter aus den Bohlen und fanden mit grausamer Präzision ihr Ziel.

Basil Proctor wurde von der zweiten Garbe voll erfaßt. Aus seinem Mund drang ein gellender Schrei, der abrupt verstummte, als die Kugeln sein verbrecherisches Leben auslöschten.

Dann schwenkte Ali die Waffe.

John sah die Mündung auf sich gerichtet.

Sein Hechtsprung war zirkusreif.

Die MPi begann zu hämmern. Die Projektile klatschten in einen Mast, sägten ihn fast durch, doch John war schon aus der Schußlinie. Dafür schleuderte er im Liegen die schwere Henkerswaffe nach dem heimtückischen Schützen.

Die Klinge des Schwertes zerschnitt die Luft. Ali sah die Gefahr, duckte sich und war im nächsten Moment unverletzt über der Reling verschwunden.

John wollte hinterher.

Die Horde der Piraten stoppte ihn. Sie schnitten ihm den Weg ab. An der Spitze sah der Geisterjäger Howard, den Steuermann. Captain Barrel konnte er nirgendwo entdecken.

Viel Zeit blieb dem Geisterjäger nicht mehr.

Er wandte sich um.

»Runter vom Deck!« schrie er den verängstigten Gefangenen zu.

Der Weißhaarige nahm die Initiative in die Hand. Er scheuchte die Menschen auf das Schanzkleid. Von dort aus sprangen sie kurzerhand ins Wasser.

Die Geisterpiraten aber ließen sich nicht aufhalten. Howard schwang eine alte Muskete. Er stieß wilde Flüche aus, als er sich John Sinclair näherte.

Der Geisterjäger drehte sich.

Und da flammte der magische Strahl wieder auf. Wie ein blendender Blitz fuhr er in die Reihen der lebenden Toten.

Schreie, Flüche, Stöhnen – es war die Hölle!

Und dann hörte John ein häßliches Knirschen. Sein Kopf ruckte hoch. Er sah, wie sich der Hauptmast senkte. Der magische Strahl hatte ihn zerschnitten.

Der Mast kippte.

Viel zu schnell.

Auch in John Sinclairs Augen leuchtete plötzlich die Panik. Er mußte weg hier, sonst würde ihn der riesige Mast zerschmettern.

Die Geisterpiraten stimmten ein panisches Angstgeschrei an. Als wäre eine Bombe in ihrem Pulk explodiert, so stoben sie auseinander, und konnten dem knickenden Mast doch nicht entkommen.

Mit Brachialgewalt barst er über ihren Köpfen.

John hatte sich auf den Boden geworfen, erwartete den tödlichen Druck, doch nichts geschah.

Er sah den Mast zwar stürzen, sah auch, wie die Geisterpiraten unter ihm zusammenbrachen, doch durch ihn fiel er hindurch, als ob der Mast aus Watte wäre.

Plötzlich glaubte John Sinclair zu schweben. Das Schiff, die Piraten, die entsetzten Gesichter, sie wurden verschwommener, lösten sich vor seinen Augen auf.

Dann näherte sich eine riesige Nebelwolke, die sich mit dem immer noch über dem Wasser schwebenden Totenkopf vereinigte.

Aus dem Totenschädel bildete sich ein Gesicht.

Zwei Hörner auf der hohen Stirn, ein grinsendes Gebiß – der Teufel!

Der Satan persönlich holte den Rest der Geisterpiraten!

John war von dem Anblick geschockt. Sekundenlang nur, dann war das Bild verschwunden. Wieder einmal hatte John Sinclair seinen Urgegner, hatte er Asmodis, den Inbegriff des Bösen überhaupt, erblickt.

Dann war der seltsame Spuk vorbei.

John fühlte plötzlich, wie er fiel. Er stürzte. Immer tiefer, immer tiefer . . . und . . .

Wie ein Pfeil tauchte er in das kalte Wasser des Atlantiks.

Automatisch begann der Oberinspektor, Schwimmbewegungen zu machen, tauchte auf und schnappte nach Luft.

Er schüttelte sich die Haare aus dem Gesicht. Im Osten schob sich das erste Grau der Morgendämmerung schüchtern über den Horizont.

John Sinclair sah die Insel vor sich. Sie war nicht mit untergegangen, denn sie war real.

Und noch etwas sah John.

Die Barkasse mit den Flüchtlingen. Aber auch sie löste sich langsam auf. John hörte die Rufe der Menschen, glaubte aber, sie schon an Land in Sicherheit zu sehen.

Trotzdem war der Geisterjäger beunruhigt. Zwei Personen waren entkommen.

Captain Barrel, der Kapitän des Geisterschiffes. Und der Araber, der Basil Proctor umgebracht hatte.

Von dem Millionär sah John auch keine Spur. Er war mit seinem Rollstuhl in den Tiefen des Meeres versunken. Neben dem Dämonenschatz hatte er sein nasses Grab gefunden.

John Sinclair schwamm mit hastigen Bewegungen auf die Insel zu.

Noch war der Kampf nicht zu Ende . . .

»Rudert, zum Teufel. Rudert!« Der Weißhaarige hatte das Kommando übernommen und feuerte die unfreiwilligen Passagiere an. Aber das Anfeuern wäre nicht nötig gewesen. Die gepeinigten Menschen mobilisierten letzte Kräfte. Keiner von ihnen warf einen Blick auf das Geisterschiff, das dem Untergang geweiht war.

Die lange hohe Dünung trug das Boot auf die Insel zu. Ein erster heller Streifen kündigte die Morgendämmerung an. Keiner der im Boot Sitzenden wußte, was ihnen die nächsten vierundzwanzig Stunden bringen würden. Aber sie waren auch zu erschöpft, um darüber nachzudenken. Mechanisch bewegten sie die Riemen.

Die Klippen tauchten auf.

Die Männer an den Riemen waren ungeübt. Eine lange Welle schob das Boot geradewegs auf einen der braungrauen Buckel zu.

»Vorsicht!«

Zu spät.

Der Bug des Bootes schrammte über die Klippen. Zwei Riemen brachen ab. Die Männer hielten auf einmal nur noch Stiele in den Händen.

Hart wurde das Boot herumgestoßen. Ein tückischer Strudel packte es und wirbelte es einmal um die eigene Achse.

Die Menschen fielen übereinander. Nur der Mann mit den weißen Haaren behielt die Übersicht. Er sah auch das Leck, das der scharfe Felsen gerissen hatte.

Diesmal ging er mit gutem Beispiel voran und griff sich eine der noch intakten Ruderstangen.

Nathan Grey faßte die nächste.

Cliff Kelland ebenfalls eine.

Und irgendwie schafften es die Männer, das Boot wieder auf den richtigen Kurs zu bringen und in die kleine Bucht zu lenken.

Genau zu dem Zeitpunkt, als sich das Geisterschiff langsam aufzulösen begann.

Und auch das Beiboot verschwand.

»Seht doch«, brüllte Nathan Grey, »das Boot!«

Alle starrten auf den Bug der Barkasse.

In der Tat. Er verschwand.

Ungehindert überspülte das Meerwasser das sich immer mehr auflösende Boot.

Die Wellen schlugen über den Menschen zusammen. Doch diesmal hatten die Gefangenen Glück. Sie waren schon so nahe auf die Insel zugetrieben, daß sie festen Boden unter ihren Füßen spürten.

Sich an den Händen haltend, wateten sie an Land. Entkräftet und erschöpft taumelten sie auf den Bunker zu.

Der Weißhaarige wußte, wo das Vorratslager war. Sie fanden Lebensmittel in Hülle und Fülle. In manchen Augen schimmerten Tränen, als die Menschen nach den Sachen griffen.

Keiner von ihnen dachte an den Araber und an Captain Barrel, die sich ebenfalls noch auf der Insel befinden mußten.

John Sinclairs allmächtiger Gegner Asmodis, der Höllenfürst, hatte immer wieder versucht, das Leben des Geisterjägers auszulöschen. Es war ihm nicht gelungen. John Sinclair hatte sich bisher stets als der Stärkere erwiesen.

Dabei hatte Asmodis nie persönlich eingegriffen. Seit Urzeiten war er ins Reich der Finsternis verbannt worden, und dort herrschte er mit unvorstellbarer Grausamkeit.

Aber er hatte seine Diener.

Und die schickte er auf die Erde, um Angst und Schrecken zu verbreiten.

Diener wie Captain Barrel.

Er war zwar von einem mächtigen Dämon verflucht worden, doch Asmodis war stärker als der indische Dämon. Er hatte genau zu dem Zeitpunkt, als die Cornwall Love endgültig sank, den Fluch aufgehoben. Sekundenlang war der Fürst der Finsternis dem Captain erschienen und hatte seine Befehle erteilt.

»Du wirst John Sinclair töten! Der Fluch sei hiermit von dir genommen!«

Im nächsten Augenblick war das Schiff zusammengebrochen. Captain Barrel hatte gesehen, wie seine Mannschaft aufgelöst wurde, doch ihm persönlich war nichts geschehen. Er fand sich plötzlich im Wasser wieder.

Unverletzt!

Es machte ihm nichts aus.

Und er sah Ali, der in seinem Schlauchboot saß und hastig der Insel entgegenruderte.

Wie ein Geist tauchte der Captain neben dem Schlauchboot auf. Ali wäre fast das Paddel aus der Hand gefallen. Hastig griff er nach seiner Maschinenpistole, doch da schwang sich Barrel schon in das kleine Schlauchboot hinein.

Es schwankte zwar, aber es kippte nicht.

Mit der linken Hand drückte Barrel die Mündung zur Seite. Ali ließ es geschehen. Er wunderte sich selbst darüber.

Der Captain sah noch bleicher aus. Deutlich schimmerten jetzt unter der fast durchsichtigen Haut die Knochen. In den Augen lag ein gefährliches gelbes Flimmern.

»Du weißt, daß mir deine Waffe nichts anhaben kann«, sagte

Barrel. »Der Satan selbst hat mich gestärkt. Ich mache dir einen Vorschlag. Arbeite mit mir zusammen!«

Ali fixierte den Unheimlichen.

»Entscheide dich! Aber schnell. Gleich geht die Sonne auf. Und ihr Licht ist für mich tödlich!«

Der Araber nickte.

»Kannst du nicht sprechen?«

Ali schüttelte den Kopf.

Captain Barrel lachte. »Aber du kannst mich verstehen?«

Wieder nickte Ali.

»Gut, dann hör zu.« Mit wenigen Worten erläuterte der Captain dem Araber seinen Plan. Während Ali ruderte, schärfte er ihm Einzelheiten ein, und der Araber war damit einverstanden, denn er brannte darauf, John Sinclair zu töten . . .

Das bleiche Skelett hing zwischen den Felsen. Wie ein drohendes Mahnmal für die Nachwelt.

John Sinclair sah es, als er aus dem Wasser stieg.

Er war erschöpft. Die Ereignisse der Nacht und jetzt noch eine solche Strecke zu schwimmen, das alles hatte ihn doch verflixt angestrengt.

Auf allen vieren kroch er auf den Strand. Jetzt sah er auch das Motorboot, mit dem Jerry Flint zur Insel gekommen war. Es war gut an den Klippen vertäut. Die Wellen klatschten gegen die Bordwand.

Der Himmel hatte sich im Osten schon heller gefärbt. Bald würde die Sonne aufgehen und mit ihren gleißenden Strahlen das Meer in eine spiegelnde Fläche verwandeln.

John kannte das Bild, und es faszinierte ihn immer wieder aufs Neue. Heute jedoch hatte er für Naturschönheiten keinen Blick.

John fürchtete, daß der Araber die Gefangenen als Geiseln genommen hatte. Wenn das tatsächlich der Fall war, dann sah es böse aus.

Der Geisterjäger ahnte nicht, daß Ali bereits auf ihn lauerte. Und zwar an einer sehr günstigen Stelle.

Der Weg, der vom Strand zum Bunker führte, war ziemlich

schmal. Zur See hin fiel er flach ab, auf der anderen Seite jedoch wurde er von kantigen mannshohen Felsen abgeschirmt, die nach einigen Yards in ein Geröllfeld übergingen.

Und zwischen den Felsen lauerte der Araber.

Mit schußbereiter Maschinenpistole.

Er hatte Johns Ankunft gesehen. Eiskalt wartete er ab. Die Waffe war durchgeladen und feuerbereit.

John Sinclair hatte sich ein wenig erholt. Die Kleidung klebte ihm wie eine zweite Haut am Körper. Es war windig, und der Geisterjäger fror. Er wollte so schnell wie möglich zu den Gefangenen und eilte deswegen auf den schmalen Pfad zu, der zum Bunker führte.

Und hier lauerte Ali.

Noch immer pendelten die gnostische Gemme und das Kreuz auf seiner nackten Brust. Die Gemme – sie war aus Stein und zeigte eine Schlange, die sich selbst in den Schwanz biß – zeigte keine Reaktion. Demnach befand sich kein Dämon in unmittelbarer Nähe.

Dafür Ali.

Er sah John nicht, er hörte ihn. Und er orientierte sich nach den Geräuschen. Der Geisterjäger kam näher. Seine Schritte wurden lauter. Ali hörte den blondhaarigen Mann atmen.

Da sprang er vor.

Wie eine Raubkatze huschte er aus seiner Deckung. Er riß die Maschinenpistole hoch und drückte sofort ab.

Selten zuvor in seinem Leben hatte John Sinclair so schnell reagiert. Er sah den Araber aus seiner Deckung springen und das Metall der Waffe blinken.

John warf sich zur Seite.

Das geschah so blitzschnell, daß Ali mit dem Lauf der Waffe nicht folgen konnte.

Wuchtig prallte der Oberinspektor auf den felsigen unebenen Boden der Insel. Er rollte sich sofort herum. Schmerzhaft drang das häßliche Rattern der Maschinenpistole an seine Ohren.

Die Geschosse jaulten gegen das Gestein, rissen faustgroße Stücke ab oder wurden als Querschläger durch die Luft getrieben. John spürte einen harten Schlag an der linken Schulter, rollte sich instinktiv weiter, hörte das häßliche Lachen des Arabers und flog mit dem Rücken gegen einen Felsen.

Durch den hochgewirbelten Staub sah er Ali nur schleierhaft. Der Araber schwenkte die Waffe in seine Richtung.

John hatte schon einen Stein gepackt. Er war etwa faustgroß, seine Finger umschlossen ihn gut.

John Sinclair schleuderte den Stein im Liegen und mit aller Kraft.

Und er traf.

Der Stein erwischte den Araber mitten in der Drehung. Genau unter dem Kinn wurde er getroffen. Ali torkelte zurück. Sein Kopf wurde ihm in den Nacken gerissen. Aber er hielt die Maschinenpistole fest umklammert, und instinktiv zogen seine Finger den Drücker durch. Die MPi spuckte das mörderische Blei heraus. Ali, der das Gleichgewicht verloren hatte und taumelte, jagte die Projektile gegen einen Felsen, von dem die Kugeln als Querschläger zurückgeschleudert wurden.

Zwei davon drangen in Alis Körper. Eine direkt in den Hals, die andere quer durch die Seite.

Der Araber starb noch im Stehen. Er ließ die Maschinenpistole fallen, als wäre sie ein glühendes Stück Eisen. Dann torkelte er zwei Schritte auf John Sinclair zu, bis ihm die Beine wegknickten.

Er schlug mit ausgestreckten Armen auf den Boden. Die Fingerspitzen berührten fast John Sinclairs Schuhe. Tief atmete der Geisterjäger ein. Das war haarscharf gewesen.

John fühlte es warm an seiner Schulter herablaufen. Eine Kugel hatte ihn gestreift und ein daumenlanges Stück Fleisch aus dem Gewebe gerissen. Die Wunde brannte wie Feuer. Salzwasser – von Johns nasser Kleidung – war eingedrungen.

Der Geisterjäger biß die Zähne zusammen. Trotz der kühlen Witterung perlten Schweißtropfen auf seiner Stirn. John holte ein feuchtes Taschentuch aus seiner Hosentasche, knüllte es zusammen und preßte es auf die Wunde.

So kaputt oder so kaputt, dachte er.

Erschöpft machte er sich auf den Weg zum Bunker. Er blickte nachdenklich auf die große, offenstehende Eingangstür.

Hatte sich Captain Barrel ins Bunkerlabyrinth zurückgezogen?

John hatte Alis Maschinenpistole mitgenommen. Einige Kugeln steckten noch im Magazin.

Da tauchte ein Mann in der Tür auf. Sofort hob John die MPi, ließ sie jedoch wieder sinken, als er den weißhaarigen Mann erkannte, der ihm auf dem Geisterschiff aufgefallen war.

Der Weißhaarige stutzte für einen Moment und lief dann auf den Geisterjäger zu.

»Mein Gott«, stammelte er nur, »Sie haben es geschafft! Wir haben Schüsse gehört – und . . . Himmel, Sie sind ja verletzt.«

Der Oberinspektor versuchte ein Grinsen. »Nur ein Kratzer«, winkte er ab. Der Weißhaarige warf einen Blick auf die Wunde und das Taschentuch. »Kratzer ist wohl untertrieben«, meinte er. »Kommen Sie mit, wir haben im Bunker eine Apotheke. Wir werden Sie richtig verbinden.«

»Später!« John schüttelte den Kopf. »Wo ist dieser Captain Barrel?«

Der Mann mit den weißen Haaren hob die Schultern. »Wir wissen es nicht. Ich weiß überhaupt nicht, ob er sich auf dieser verdammten Insel befindet.«

Fünf Sekunden später wußten sie es. Sie hörten den Dämon widerlich lachen.

Er stand auf dem Dach des Bunkers. Deutlich hob sich seine Gestalt gegen den heller werdenden Morgenhimmel ab.

Der Geisterjäger riß die Maschinenpistole hoch, legte auf den Unheimlichen an.

Der Captain lachte nur. »Ich bin der Sieger!« schrie er und unterbrach selbst sein höllisches Gelächter. »Asmodis persönlich hat mir die Kraft zum Überleben gegeben. Damit ich seinen Erzfeind John Sinclair endlich töten kann.«

Der Geisterjäger wollte ein Experiment wagen. Er schwenkte die Waffe in Richtung des Captains und drückte ab.

Die Schüsse zerrissen die Stille des Morgens. John hatte gut gezielt. Die Kugeln trafen. Sie rissen den Captain ein paarmal um die eigene Achse, doch jedes Projektil, das traf, quittierte Barrel mit einem höhnischen Gelächter.

»So nicht, John Sinclair!« schrie er. »So nicht.« Er lachte wieder.

Der Geisterjäger ließ die Waffe sinken. Diesmal zeigte auch die gnostische Gemme keine Reaktion. Wahrscheinlich war die Entfernung zu groß. Der Stein erwärmte sich zwar ein wenig, das war auch alles.

Barrel zog seinen Degen. »Mach dich auf etwas gefaßt, John Sinclair! Man bringt mir nicht ungestraft eine Niederlage bei. Ich werde vollziehen, was auf dem Schiff verhindert wurde. Ich schlage dir den Kopf ab und überreiche die Trophäe Asmodis auf einem Tablett.«

»Der hätte Opernregisseur werden können«, murmelte John verbissen. »Seine Salome hätte sicherlich Erfolg gehabt.« Dann verzog der Geisterjäger das Gesicht. In seiner Schulterwunde begann es wieder zu hämmern und zu pochen.

»Warum kommst du nicht näher?« schrie John zu dem Dämon hinüber. »Laß es uns gleich hier austragen!«

Barrel lachte wieder.

»Nein, ich bestimme die Zeit. Ich werde dich überall zu finden wissen, warte nur ab. Irgendwann, wenn du mich vergessen hast, werde ich auftauchen und dich töten.«

»Warum macht er es denn so spannend?« fragte der Weißhaarige raunend.

»Er weiß, daß ich die gnostische Gemme habe«, erwiderte John. »Es wäre tödlich für ihn, nahe an mich heranzukommen. Es ist durchaus möglich, daß er gleich verschwindet – oder . . .«

John starrte gebannt auf die Gestalt des Captains und hielt den Atem an.

»Zu spät«, sagte der Geisterjäger und lachte befreit auf. »Da, die Sonne! Die ersten Strahlen kriechen über den Horizont. Sonne heißt Licht, und Licht ist für die Wesen aus dem Schattenreich absolut tödlich.«

Gebannt beobachteten die beiden Männer, wie der lange Sonnenstrahl über das Dach des Bunkers zuckte. Weit im Osten schien der Himmel lautlos zu explodieren. Das Meer war plötzlich mit einem Teppich von strahlender Helligkeit übergossen, ein Teppich, der auch die Insel erfaßte und die Schreckensgestalt oben auf dem Dach des Bunkers.

»Aaahhh . . .« Captain Barrel stieß einen markerschütternden Schrei aus. Geboren aus Wut, Entsetzen und Verzweiflung. Er hatte zu lange gewartet. Der gleißende Sonnenaufgang hatte ihn überrascht. Die Strahlen warfen die geballte Kraft ihres Lichts auf die Gestalt aus dem Schattenreich, hüllten sie ein und ließen ihr keine Chance.

Captain Barrel taumelte zum Rand des Bunkerdaches. Er wollte in die Tiefe springen, in den sicheren Schatten zwischen den Felsen.

Barrel schaffte es nicht.

Völlig geschwächt brach er vor der Kante zusammen. Auch der Höllenfürst hatte der Kraft des Lichtes nichts entgegenzusetzen.

Lang schlug Captain Barrel auf das Gesicht. Er bäumte sich noch einmal auf, brach aber wieder zusammen. Die Sonne hatte all seine Kraft vernichtet.

Die beiden Männer wurden jetzt von der Sonne geblendet.

»Meinen Sie, daß er es noch schaffen kann?« fragte atemlos der Weißhaarige.

»Nein.« Entschieden schüttelte John den Kopf.

Noch einmal gellte ein furchterregender Schrei. Er trieb den Männern eine Gänsehaut über den Rücken.

Dann war es still. Totenstill.

Von Captain Barrel war nichts mehr geblieben. Nicht einmal sein Degen. John Sinclair nickte. »Das wär's dann wohl«, stöhnte er auf. Und plötzlich glitt ein befreiendes Lächeln über seine Gesichtszüge. Der weißhaarige Mann blickte John von unten her an. »Wer sind Sie eigentlich, Mister . . .?«

»Ich? Ich bin . . . ich bin . . .« Urplötzlich überfiel ihn die Schwäche. Die Maschinenpistole rutschte John aus den Händen und polterte zu Boden. Dann klappte der Geisterjäger zusammen. Der weißhaarige Mann konnte seinen Sturz nur noch mildern, dann lag John Sinclair total erschöpft auf dem steinigen Boden. Die letzten Stunden waren doch zuviel für ihn gewesen.

John Sinclair war über eine Stunde bewußtlos. Als er erwachte, hatte man seine Wunde gesäubert und den Arm fachmännisch verbunden. Die befreiten Gefangenen hatten sich um seine Liege versammelt.

Der Geruch von Kaffee stieg in Johns Nase.

Der Geisterjäger öffnete langsam die Augen.

»Hallo, Herr Oberinspektor«, sagte der Weißhaarige.

»Woher wissen . . .?«

»Wir haben in Ihrer Brieftasche nachgesehen.« Der Mann bekam tatsächlich einen roten Kopf.

»Das verlangt nach einer Strafe«, sagte John. »In diesem Fall wäre ich für einen Whisky.«

»Die Strafe nehmen wir alle gern an«, rief der Weißhaarige. Wenig später prosteten sich die Menschen zu. John sah in erschöpfte, aber zufriedene und glückliche Gesichter. Die Opfer hatten das schreckliche Abenteuer überstanden.

Und das war die Hauptsache.

Für John gab es noch einiges zu tun. Über Funk setzte er sich mit den zuständigen Stellen des Geheimdienstes in Verbindung.

Schon eine Stunde später trafen die ersten Hubschrauber ein.

Die Menschen wurden auf die große britische Insel geflogen. Trotz seiner Verletzung blieb John noch auf Proctor Island. Er wartete auf einen hohen Geheimdienstbeamten, dem er den Fall in aller Ruhe berichten wollte.

Denn schließlich brauchte der Secret Service eine Erklärung, die einigermaßen glaubwürdig klang.

Offiziell gab es ja keine Geister und Dämonen.

Und schon gar nicht für den Geheimdienst . . .

Achterbahn
ins Jenseits

Um sechs Uhr rückten die Planierraupen an!

Es waren schwere, hohe Maschinen. Der Tau glitzerte noch auf dem grünen Metall. Die Männer in den Führerkabinen hielten die Steuer mit nervigen Fäusten umklammert. Für sie war es ein harter, aber lukrativer Job.

Vince McAllister fuhr als einziger einen Pkw. Er hatte sich mit seinem Austin vor die Kolonne der Transportlastwagen gesetzt, auf deren Ladeflächen die Raupen standen.

Jetzt überwachte McAllister das Abladen der Maschinen. Rasselnd bewegten sich die schweren Ketten auf die Straße, bis die Planierraupen auf das Gelände stießen, das sie planebnen sollten.

Es war ein alter Friedhof!

Der Staat hatte das Gelände nach zähem Ringen endlich als Bauland freigegeben, und die Firma, die McAllister vertrat, hatte den Auftrag ergattert. Noch jetzt beschlich den Bauleiter ein unbehagliches Gefühl, wenn er an die Verhandlungen dachte. Sie waren mit allen Tricks geführt worden. Es hatte sogar eine Bürgerinitiative gegen das Projekt gegeben. Der Friedhof sei historisch. Außerdem solle es dort spuken. So und ähnlich lauteten die Einwände.

Spuk und Geister! Solch ein Quatsch, dachte McAllister.

Er sollte sich irren . . .

Doch noch ahnte er nichts von dem Grauen, das ihn erwartete. Er mußte für eine reibungslose Durchführung des Auftrags sorgen. Und Vince McAllister war der Typ, der bisher immer seinen Willen durchgesetzt hatte. Das sah man ihm an.

McAllister war ein bulliger Kerl, der kaum in seinen Anzug hineinpaßte. Die Haut war stets gerötet, das Gesicht erinnerte an einen Fleischklumpen. Die Augen darin glitzerten kalt wie Kieselsteine, über der wulstigen Oberlippe wuchs ein dichter Schnauzbart. McAllister hatte sich mit Rücksichtslosigkeit und Intelligenz hochgearbeitet, bis ihn die Firma als Bauleiter akzeptierte. Und das wollte McAllister bis zu seiner Pensionierung bleiben.

Kritisch überwachte er das Abladen der drei schweren Kettenfahrzeuge. Hin und wieder sog er an seiner gebogenen Pfeife und paffte dicke Rauchwolken aus.

413

Der Vorarbeiter kam auf ihn zu. Wegen seiner roten Haare wurde er nur Reddy genannt.

Reddy schob seinen gelben Helm hoch. »Geht alles klar, Boß. In zwei Tagen ist das Gröbste überstanden.«

McAllister nickte. Dann deutete er auf die Bruchstücke der hüfthohen Mauer, die früher den Friedhof umgeben hatte. »Wann wird das denn weggeräumt?«

»Hatten Sie nicht die Kolonne bestellt?« fragte der Vorarbeiter.

»Ja. Aber Sie sollten besser nachhaken.« McAllister furchte drohend die Stirn. »Wenn die Kameraden uns sitzenlassen, dann können Sie was erleben, Reddy.«

»Ich kümmere mich darum.« Reddy drehte sich um und verschwand. Er ging mit hastigen Schritten auf einen der Raupenschlepper zu.

»Das wollte ich dir auch geraten haben«, murmelte McAllister hinter dem Vorarbeiter her.

Er selbst sah sich den Friedhof noch einmal an.

Es war ein trauriges Stück Erde. Und das im doppelten Sinne des Wortes. Die Bäume waren brutal abgeholzt worden. Nur noch Stümpfe schauten aus dem Boden. Wie Mahnmale einer längst vergangenen Zeit ragten die steinernen Kreuze und Grabsteine aus der Erde des Totenackers. Das Laub verfaulte im Gras. Das gab frischen Humus, der den Boden düngte.

Langsam wanderte Vince McAllister zwischen den Grabsteinen umher. Sein Blick fiel auf die Inschriften, die noch relativ gut zu lesen waren, obwohl Moos und Flechten die eingekerbten Stellen zum Teil schon ausgefüllt hatten.

Er las Namen aus dem vergangenen Jahrhundert. Zumeist waren es Gruften, in der die Ehepaare gemeinsam bestattet worden waren. Nur ein paar Sträucher wuchsen hier. An den Zweigen war kaum Grün zu sehen. Es schien, als habe die Natur den Friedhof gemieden.

McAllister umrundete die Sträucher und konnte jetzt von seinen Arbeitern nicht mehr gesehen werden. Der größte Teil des alten Friedhofs lag vor ihm. Dahinter erstreckte sich eine Wiese. Sie reichte bis zur Straße, die in Richtung London führte. Im Morgendunst waren die Autos kaum zu erkennen.

Irgendwie beschlich Vince McAllister ein unbehagliches Gefühl. Über der Wiese lag kniehoch der Morgennebel, der vom Wind nicht vertrieben, sondern nur durcheinandergewirbelt wurde. McAllister vermeinte, tanzende Figuren in der Nebelwand zu sehen.

Er wischte sich über die Augen. »Langsam werde ich schon verrückt«, nuschelte er.

»Verschwinde von hier!«

»Los, mach daß du wegkommst!«

»Störe unsere Ruhe nicht!«

»Was willst du eigentlich hier?«

Vince McAllister zuckte zusammen. Dann beugte er sich vor, als hätte er Magenkrämpfe.

Diese Stimmen! Woher kamen sie? Sie mußten doch da sein! Teufel noch mal, ich habe sie doch gehört! dachte McAllister.

Er drehte sich im Kreis, suchte nach den Sprechern.

Nichts . . .

»Das gibt es doch nicht«, sagte er rauh. »Irgend jemand will mich hier zum Narren halten.«

Er ging bis zum Gebüsch. Durch die Zweige sah er weit vor sich die Raupenschlepper. Nur noch einer befand sich auf dem Transporter. Auch er rollte jetzt langsam die breiten Schienen hinunter. Die Helme der Arbeiter glänzten wie große, bunte Punkte.

Die Arbeiter konnten es also nicht gewesen sein, die er gehört hatte. Sie standen zu weit entfernt. Wer aber dann? – Geister?

»Guten Morgen!« sagte plötzlich jemand hinter Vince McAllister.

Der Bauleiter kreiselte herum. Sein Herz schien einen Schlag zu überspringen. So sehr hatte er sich erschrocken.

Vor ihm stand ein Mann und lächelte.

Vince McAllister hatte ihn weder gehört noch gesehen. Er stand nur da und lächelte.

Einfach so . . .

Tief holte der Bauleiter Luft. »Sind Sie wahnsinnig, mich so zu erschrecken!« fauchte er den Mann an. »Sie schleichen so mir nichts dir nichts heran und sprechen mich an. Wer sind Sie überhaupt, und was wollen Sie hier?«

Der Mann lächelte weiter. »Eine gute Frage, Sir«, sagte er sehr höflich. »Ich bin der Totengräber.«

»Der . . .« McAllister schluckte. »Der – was?«

»Der Totengräber dieses Friedhofs. Ich bewache die Ruhe der Toten. Sie dürfen in ihrem Schlaf nicht gestört werden, glauben Sie mir, Sir.«

McAllister tippte sich gegen die Stirn. »Sind Sie aus einer Irrenanstalt ausgebrochen, Mann?«

»An Ihrer Stelle würde ich nicht so sprechen, Sir. Es ist ziemlich gefährlich.«

Behalte nur die Ruhe! redete sich McAllister ein. Nur die Ruhe bewahren, sonst drehst du noch durch. Der Typ, der vor ihm stand und sich Totengräber schimpfte, trug die Kleidung des vergangenen Jahrhunderts. Einen dunklen Gehrock, Hosen mit Gamaschen und ein graues Hemd mit steifem Stehkragen. In der rechten Hand hielt er eine Schaufel, in der linken eine alte Grubenlampe. Auf seinem Kopf saß ein Zylinder. Eisgraues Haar fiel strähnig bis auf die Ohren. Das Gesicht war hager, die Lippen dünn und messerscharf. Das Kinn wirkte wie mit einem Beil gespalten, und die Nase stach vor wie ein Pfeil.

McAllister hob die Schultern. »Okay, Mann, Sie sind also der Totengräber. Belassen wir es vorläufig dabei. Wie ich allerdings gehört habe, hat dieser verdammte Totenacker seit dreißig oder mehr Jahren schon keinen Totengräber mehr. Wie können Sie also behaupten, derjenige zu sein?«

Der Totengräber nickte bedächtig. »Die Frage ist berechtigt, Sir. Ich will Ihnen auch eine Antwort geben. Eigentlich bin ich schon seit siebzig Jahren tot, doch die Geister der Finsternis haben mich zum Hüter dieses Friedhofs bestimmt. Reicht Ihnen das als Erkärung, Sir?«

Vince McAllister schlug sich mit der flachen Hand gegen die Stirn. »Ich glaube, ich bin verrückt«, murmelte er, »das darf es doch gar nicht geben. Seit siebzig Jahren tot.« Plötzlich brüllte er los. »Wollen Sie mich hier zum Narren halten, verdammt?«

»Nein, Sir. Ich habe Ihnen die Wahrheit gesagt.«

»Ja, Sir, nein, Sir. Scheiße!« schrie McAllister. »Sagen Sie mir endlich, was Sie wollen.«

Der Totengräber legte die Finger an die kaum zu erkennenden Lippen. »Nicht so laut, Sir. Sie stören die Ruhe der Toten. Sehen Sie nicht die Nebelbank? Darin haben sich ihre Geister vereinigt. Sie leben dort während der Nacht, und wenn die Sonne aufgegangen ist, dann verschwinden sie wieder in ihren Gräbern.«

McAllister schluckte. Sein Gesicht wurde noch röter. Er glaubte kein Wort von dem, was man ihm da unter die Weste jubeln wollte. Und er merkte, wie die Wut in ihm hochstieg.

»Sagen Sie endlich, was Sie wollen, und dann hauen Sie ab in ihrem lächerlichen Kostüm.«

»Ich will Sie warnen, Sir.«

»Wovor?«

»Ebnen Sie diesen Friedhof nicht ein. Es würde ein großes Unglück geben. Und Sie sind für Ihre Männer verantwortlich. Fahren Sie wieder nach Hause. Es ist besser, wirklich!«

McAllister war sprachlos. Und das kam bei ihm nur selten vor. Was dieser Kerl ihm da an den Kopf warf, war eine glatte Unverschämtheit. So hatte noch nie jemand mit ihm gesprochen. Der sollte was erleben und ihn, Vince McAllister, kennenlernen.

»Ich zähle bis drei«, keuchte der Bauleiter. »Wenn Sie dann nicht verschwunden sind, drehe ich Ihnen eigenhändig den Hals um.«

»Seien Sie vernünftig, Sir«, sagte der Totengräber.

»Eins!«

»Sir, Sie machen einen Fehler.« Die Stimme des Totengräbers klang beschwörend.

»Zwei!«

»Nehmen Sie doch Vernunft an, Sir! Bitte.«

»Drei!« Mit einem Schrei warf sich McAllister vorwärts. Er wollte dem schmalen Totengräber beide Fäuste in den Leib rammen, doch da war niemand mehr.

Vince McAllister schlug in die Luft. Von seinem eigenen Schwung getrieben, fiel er zu Boden. Er fluchte und rutschte noch ein Stück durch das nasse Gras und den Lehm.

Sofort wollte sich McAllister wieder hochrappeln, doch mitten in der Bewegung hielt er inne.

Was er sah, war unglaublich.

Der Totengräber ging mit steifen, würdevollen Schritten auf die Nebelwand zu. Er verschwand darin, als hätte es ihn nie gegeben.

Vince McAllister stöhnte auf. Er begann, an seinem Verstand zu zweifeln . . .

Minutenlang blieb Vince McAllister in seiner Haltung hocken. Dann schüttelte er den Kopf und richtete sich auf.

Das Nebelfeld war verschwunden. Wie ein dunkelgrüner Teppich lag die Wiese vor McAllisters Augen.

Hatte er das alles vielleicht nur geträumt? Existierte dieser Totengräber vielleicht nur in seiner Phantasie? McAllister sah an sich hinab.

Sein Anzug war dreckverschmiert. Die Hosenbeine wiesen in Höhe der Knie feuchte, dunkle Flecken auf. Nasses Gras klebte an den Innenflächen seiner Hände.

Vince McAllister stöhnte auf. »Ich glaube, ich spinne«, sagte er und schüttelte wieder den Kopf. Er zog ein Tuch aus der Tasche und reinigte sich notdürftig. Natürlich war trotzdem zu sehen, daß er im Dreck gelegen hatte, und McAllister konnte sich jetzt schon die schadenfrohen heimlichen Blicke seiner Arbeiter vorstellen.

Er wurde wieder wütend.

»Zum Teufel!« brummte er. »Ich werde es diesem verdammten Pack schon zeigen. Einen Vince McAllister kriegt man so leicht nicht klein.« Wen er allerdings mit Pack meinte, wußte er auch nicht.

Der Bauleiter stampfte wieder zurück. Die Raupenschlepper waren schon in Aktion. Das Quietschen der schweren Caterpillar war Musik in McAllisters Ohren. Die großen Schaufeln vor den Schleppern räumten kleinere Büsche weg, als wären sie aus Papier. Tief fraßen sich die Ketten in den weichen Boden und hinterließen breite Spuren mit einem gezackten Muster.

Die beiden ersten Lastwagen waren inzwischen auch schon eingetroffen. Sie sollten auf ihren Ladeflächen den anfallenden Unrat und Dreck abräumen.

Reddy lief winkend auf McAllister zu. »Alles klar, Boß«, rief er.

»Die Kolonne ist in einer Stunde hier. Dann fallen auch die Reste der Mauer.«

McAllister nickte nur.

Reddy schluckte und holte Luft. »Sind Sie gefallen, Boß?« fragte er.

McAllister blickte den Vorarbeiter böse an. »Das geht dich einen Scheißdreck an, verstanden!«

»War ja nur 'ne Frage.« Reddy grinste. Aber das sah McAllister nicht.

Der Bauleiter stiefelte zu seinem Wagen. Er hatte dort Telefon und rief sofort die Firma an.

Der Juniorchef war am Apparat.

»Hören Sie zu, Mr. Stone«, sagte McAllister. »Irgendein Verrückter macht den Friedhof unsicher. Er trägt die Kleidung eines Totengräbers aus dem vergangenen Jahrhundert und hat mich gewarnt, den Totenacker planebnen zu lassen. Tun Sie mir einen Gefallen, und rufen Sie den Bürgermeister des Dorfes an.«

»Was hat der damit zu tun?« fragte der Junior.

McAllister knetete sich die Nase. »Er soll, zum Teufel noch mal, darauf achtgeben, daß wir nicht mehr gestört werden. Wofür hat er denn sein Schmiergeld bekommen?«

»Reden Sie nicht so laut!« fuhr der junge Stone seinen Bauleiter an. »Ich werde mich sofort darum kümmern. Rufen Sie in zwei Stunden noch mal an.«

»Geht in Ordnung.« McAllister hängte den Hörer in die Halterung. Erst jetzt fiel ihm auf, daß er bei der Auseinandersetzung seine Pfeife verloren hatte.

Er fluchte, erinnerte sich jedoch daran, daß im Handschuhfach eine Ersatzpfeife lag.

Der Bauleiter stopfte sie und zündete den Tabak an. Über seinen verschmutzten Anzug zog er einen alten Trench, der immer im Wagen lag. Dann ging er mit tief in den Taschen vergrabenen Händen zu seinen Leuten zurück.

Es schien sich schon herumgesprochen zu haben, daß McAllister ausgerutscht war. Jeder der Arbeiter versuchte, unbemerkt einen Blick auf den Bauleiter zu werfen, was in McAllister die Wut zum Kochen brachte.

Er wurde ungerecht. Schrie und raunzte die Arbeiter an, als wären sie an seiner Misere schuld.

Die Männer grinsten nur. Sie kannten ihren Chef.

Die ersten Grabsteine fielen. Sie mußten der Kraft der Raupenschlepper weichen.

Langsam stieg die Sonne am Himmel hoch. Die wärmenden Strahlen dampften den Tau von den Feldern und Wiesen. Vom Dorf her kamen Kinder und wollten zuschauen. McAllister scheuchte sie weg.

Und dann tauchte der Bürgermeister auf. Er hatte sich auf sein Moped geschwungen und fuhr im Zwanzig-Meilen-Tempo auf die Baustelle zu. Der Fahrtwind bog die Krempe des Hutes hoch, und die Rockschöße flatterten wie Fahnen im Sturm.

McAllister und der Bürgermeister kannten sich. Viel hatte der Bauleiter trotzdem nicht über das Dorfoberhaupt erfahren. Er wußte zwar dessen Namen, Smith hieß er, auch, daß der Bürgermeister ziemlich geldgierig war, mehr aber nicht.

McAllister ging bis zur Straße hin. Wie ein Denkmal blieb er am Fahrbahnrand stehen.

Smith stoppte sein Moped direkt vor McAllister. Er wollte dem Bauleiter die Hand geben, doch der behielt seine Hände in der Manteltasche.

Smith grinste nur und bockte das Moped auf. »Ihr Chef hat mich angerufen«, sagte er. »Ich habe gehört, Sie haben mit Schwierigkeiten zu kämpfen?«

Der Bauleiter winkte ab. »Unsinn«, sagte er und machte eine ausholende Handbewegung. »Sie sehen ja, daß alles läuft. Nur möchte ich Sie doch bitten, demnächst Ihre Dorfbewohner von der Baustelle fernzuhalten.«

Das Mondgesicht des Bürgermeisters nahm einen verständnislosen Ausdruck an.

»Ich begreife nicht . . .«

»Papperlapapp. Keine dummen Reden, Bürgermeister. Sie haben dem Projekt zugestimmt und werden auch dafür sorgen, daß Ihre Dörfler keinen Unsinn machen. Vorhin tauchte hier einer auf. In der Kleidung des letzten Jahrhunderts und mit Schaufel und Laterne bestückt. Er sagte nur, er sei der Totengräber . . .«

»Das ist Lionel Hampton«, flüsterte der Bürgermeister.

»Aha. Dann kennen Sie den Kerl?«

Smith nickte.

»Bestellen Sie ihm folgendes, mein lieber Smith. Wenn er noch einmal auftaucht, dann planieren wir ihn mit. Verstanden?«

»Ja . . . Ja . . . Das schon. Nur . . .«

»Was ist denn noch?« fragte McAllister ungeduldig.

»Lionel Hampton ist schon seit siebzig Jahren tot. Es gibt ihn normalerweise nicht mehr . . .«

»Ach, du Schande!« rief McAllister. »Jetzt fangen Sie auch noch damit an. Dieser Hampton selbst hat es mir erzählt, und nun kommen Sie und reden den gleichen Käse.«

Der Bürgermeister gab sich einen Ruck. Seine kugelige Gestalt wurde dadurch kaum größer. »Hat er Sie gewarnt, hier weiterzubauen?« fragte er.

»Ja.«

»Dann nehmen Sie die Warnung an, Mr. McAllister. Es ist besser für Sie und Ihre Männer.«

»Nichts nehme ich an. Gar nichts. Ich bin doch kein Popanz.« McAllister faßte nach dem Arm des Bürgermeisters. »Gehören Sie auch zu dem verdammten Komplott?«

Smith lachte scharf. »Nein, bei Gott nicht. Aber ich weiß, was dieser Lionel Hampton vorhat und was er ist.«

»Dann raus mit der Sprache«, forderte McAllister.

»Lionel Hampton ist tatsächlich schon so lange tot. Er war auf diesem Friedhof Totengräber, das stimmt. Aber er war auch ein Mensch mit einer perversen Veranlagung. Ich will nicht in Einzelheiten gehen, ich kann nur soviel sagen, daß die Leichen seine Freunde waren. Er hat die Toten wieder angezogen und sie in sein Haus geholt. Meist waren es Verbrecher, Mörder und Gesetzlose, die auf dem alten Teil des Friedhofs beigesetzt wurden. Er hat durch Schwarze Magie versucht, sie wieder ins Leben zu rufen. Ob es ihm gelungen ist – man weiß es nicht. Auf jeden Fall hat ihn ein Pater dabei überrascht. Der Geistliche hat dem Totengräber magische Fesseln angelegt, er hat ihn mit Weihwasser bespritzt, und dann hat man ihn in einer Vollmondnacht bei lebendigem Leibe begraben. Aber er scheint nicht tot zu sein, denn seit jener Zeit geistert er über den Friedhof, als Hüter der Gräber, wie er oft selbst sagt.«

McAllister winkte ab. »Das sind doch typische englische Schauergeschichten. Die glaubt Ihnen kein normaler Mensch.«

»Haben Sie den Totengräber nicht selbst gesehen, Sir?«

»Das schon . . .«

»Na bitte.« Der Bürgermeister gestattete sich ein herablassendes Lächeln.

»Grinsen Sie nicht so dämlich!« fuhr ihn der Bauleiter an. »Der Kerl war sicherlich von der Bürgerinitiative, die gegen die Planierung des Friedhofs kämpft. Ich kenne solche Spiele. Und jetzt lassen Sie mich in Ruhe.«

Der Bürgermeister wandte sich ab. Er ging zu seinem Moped. »Sagen Sie hinterher nicht, ich hätte Sie nicht gewarnt«, meinte er, als er sich auf das Fahrzeug schwang.

»Ach, gehen Sie doch zum Teufel«, rief McAllister. »Erst kassieren und dann den Hintern zukneifen, das sind die richtigen.«

Die letzten Worte hörte der Bürgermeister schon nicht mehr. Er war bereits davongefahren.

Wütend steckte sich McAllister seine Pfeife an. Dann tauchte er wieder in seinen Wagen, um zu telefonieren.

Er erreichte den Juniorchef noch in dessen Büro. »Ich wollte gerade gehen«, sagte Stone, »da haben Sie Glück gehabt, McAllister.«

Der Bauleiter berichtete, was ihm der Bürgermeister erzählt hatte. Er hörte Stones wütendes Schnauben. »Lassen Sie sich nur nicht ins Bockshorn jagen, McAllister. Machen Sie weiter. Ohne Rücksicht auf Verluste.«

Vince McAllister lachte. »Dazu kennen Sie mich eigentlich gut genug. Ich rufe Sie dann gegen achtzehn Uhr noch einmal an.«

»Okay«, sagte Stone.

Vince McAllister stieg wieder aus seinem Wagen. Die Planier-arbeiten waren inzwischen zügig fortgeschritten. Die meisten Grabsteine lagen schon flach auf dem Boden. Kleinere Erdhügel wurden abgetragen. Die Raupenschlepper kippten den Dreck und Lehm auf die bereitstehenden Lastwagen.

Soeben trafen auch die Arbeiter ein, die die Reste der Mauer einreißen sollten. Es waren vier Männer, und sie kamen in einem kleinen Bus. McAllister lief sofort auf den Wagen zu. Hastig riß er die Tür auf. »Hat auch lange genug gedauert«, meckerte er. »Los, macht euch sofort an die Arbeit.«

Preßluftbohrer wurden abgeladen, und schon bald war die Luft von den knatternden Geräuschen erfüllt.

Die Zeit verging. Vince McAllister hatte viel zu tun. Mit Argusaugen überwachte er die Arbeiten, mischte sich mal hier und dort ein und putzte auch seinen Vorarbeiter herunter.

Dann war Mittagspause. Dreißig Minuten lang lag Ruhe über der Baustelle. Die Sonne hatte ihren höchsten Stand erreicht. Es war heiß geworden. Die nackten Oberkörper der Arbeiter glänzten vor Schweiß. Auch Vince McAllister zog seinen Mantel aus. Der Lehm auf dem Anzug war längst getrocknet. Mit einer Bürste rieb er den Staub ab.

Am Nachmittag wurde wieder hektisch weitergeschuftet. McAllister hatte Überstunden herausholen können, und die Arbeiter taten ihr Bestes.

Einmal kam der Juniorchef vorbei, überzeugte sich, daß alles lief, und verschwand wieder mit seinem nagelneuen flaschengrünen Jaguar. Auf dem Beifahrersitz sah McAllister das blonde Haar eines Girls leuchten.

Langsam brach die Dämmerung herein. Es wurde Abend.

Und mit der Dunkelheit kam das Entsetzen . . .

Es begann mit einem markerschütternden Schrei. Einer der Raupenschlepperfahrer hatte ihn ausgestoßen. Urplötzlich kippte die schwere Maschine zur Seite hin weg. Vor den entsetzten Augen des Fahrers begann sich der Boden aufzutun. Der Lehm sackte nach unten weg, immer tiefer, als würde ein ungeheurer Sog die Erdmassen ins Erdinnere ziehen.

Schwer fiel der Raupenschlepper auf die Seite. Der Fahrer wollte abspringen; er schaffte es nicht mehr. Er rutschte in seiner Führerkabine aus, verlor den Halt und prallte mit dem Kopf gegen einen Steuerhebel. Er schrie. Blut rann ihm von der Stirn her in die

Augen. Trotz der gräßlichen Schmerzen wollte er sich erheben, sich hochziehen.

Da sah er vor sich die Erdmassen. Haushoch schienen sie sich aufzutürmen.

Ein letzter gellender Schrei – und die Erde hatte Maschine und Mensch verschlungen.

Die anderen Arbeiter konnten gar nicht so schnell reagieren. Sie sahen, wie der schwere Raupenschlepper in dem riesigen Loch verschwand, verließen ebenfalls ihre Maschinen und wollten dem Kollegen zu Hilfe eilen.

Sie kamen zu spät.

Soeben schloß sich die Erde über dem Unglücklichen.

Das Grauen stand auf den Gesichtern der Männer wie festgenagelt.

»Dieser Friedhof«, flüsterte einer, dessen Heimat das schottische Hochland war, »er ist verflucht. Die Geister der Sterbenden gehen um und nehmen Rache.«

»Quatsch, Geister!« Das war McAllisters Stimme. Der bullige Bauleiter drängte sich vor. »Für so etwas gibt es eine ganz normale Erklärung. Das ist eine geologische Veränderung der Erdformation. Durch unsere Arbeiten ist der Boden nachgesackt. Deshalb ist dieses Unglück passiert. Das ist genau wie bei den frischen Gräbern. Da gibt das Erdreich später auch noch nach.«

»Nein«, sagte der Mann aus dem Hochland. »Hier sind dämonische Kräfte mit im Spiel!«

McAllister lief rot an. »Noch ein Wort davon, und ich schlage Ihnen sämtliche Zähne ein!«

Ehe der Disput zu einem handfesten Streit ausarten konnte, geschah das zweite Unglück.

»Da, seht doch!« schrie der Vorarbeiter Reddy. »Die Planier-walze!«

Die Köpfe der Männer ruckten herum.

Und sie sahen, wie die zweite Maschine in das Erdreich sackte. Es ging blitzschnell. Sie verschwand stufenweise und war schließlich nicht mehr zu sehen. Der Boden schloß sich wie das Wasser des Meeres bei einem Schiffsuntergang.

»O Gott«, stöhnte jemand, »das ist doch nicht möglich . . .«

Auch McAllister war bleich geworden. Er wußte nichts mehr zu sagen.

Minutenlang standen die sonst hartgesottenen Männer schweigend da. Am Himmel waren dunkle Wolken aufgezogen. Niemand bemerkte sie, bis plötzlich ein greller Blitz die Wolken spaltete und der Erde entgegenraste.

Genau auf den Friedhof zu!

Ein Schrei! Vielstimmig, aber zu einem Geräusch zusammengeschmolzen. Der Blitz war vor den Männern in den Boden eingeschlagen und hatte einen tiefen Krater gerissen.

Fluchtartig wichen die Arbeiter zurück. Und plötzlich begannen sie zu laufen. Sie rannten wie noch nie in ihrem Leben. Ihre Beine schienen kaum den Boden zu berühren. Die nackte Todesangst peitschte sie voran.

Auch Vince McAllister hielt nichts mehr. Er warf sich herum, wollte seinen Leuten folgen, doch eine schreckliche Macht verhinderte es.

Aus dem vom Blitz erschaffenen Krater tauchte eine riesige, knochige Geisterhand auf.

Ein, zwei Herzschläge lang schwebte sie über Vince McAllister, der noch nichts bemerkt hatte.

Dann klatschte die Hand zu Boden.

Ein nahezu tierischer Schrei gellte auf.

McAllister spürte den mörderischen Druck. Seine Nerven schienen zu zerreißen. Er wurde in den Boden gedrückt. Bis zu den Knien stand er in dem Lehm.

Dann rieß ihn die Hand wieder hoch.

Wie eine Gliederpuppe schwenkte sie McAllister in der Luft.

Der Bauleiter schrie um Hilfe und schlug mit Armen und Beinen um sich. Es nutzte ihm nichts.

Die Hand hielt ihn gnadenlos fest!

Dann wuchs eine gigantische Gestalt in den jetzt dunklen Himmel. Sie war durchscheinend, ihre Konturen zerflossen, aber noch in derselben Sekunde stabilisiete sie sich wieder. Die Hand gehörte zu der Gestalt.

Der riesige Geist war kein anderer als Lionel Hampton, der Totengräber!

»Du hast nicht auf mich hören wollen!« donnerte eine dunkle Stimme. Wie aus tiefster Hölle schien sie zu rufen: »Deshalb wirst du mir in mein Reich folgen, Vince McAllister!«

Ein gellendes Lachen schallte über das Land. Und dann verschwand der Titanengeist wie ein feuriger Komet in den Tiefen der Erde.

Vince McAllister nahm er mit . . .

Atemlos und schreckensbleich hatten die Arbeiter den ungeheuren und unglaublichen Vorfall beobachtet. Sie standen am Rand der Straße und schlotterten vor Angst.

Reddy stieß den Schotten aus dem Hochland heftig in die Seite. »Sag, daß es nicht wahr ist, Mac, sag es!« schrie er.

Mac schüttelte nur den Kopf. Er zitterte wie Espenlaub, und seine Zähne klapperten hart aufeinander. Was sie erlebt hatten, war zuviel. Es ging über ihre Vorstellungskraft.

Die Wolken hatten sich verzogen. Einen ruhigen und friedlichen Eindruck machte der Friedhof jetzt wieder. Als wäre nichts geschehen. Auch die restlichen Maschinen standen auf ihrem Platz. Ebenso die Lastwagen. Nichts, aber auch gar nichts wies auf das schreckliche Geschehen hin, das vor wenigen Minuten über die Bühne gegangen war.

»Und was jetzt?« fragte einer der Männer tonlos.

Reddy hob die Schultern. »Ich glaube, wir müssen die Polizei benachrichtigen.«

Die anderen sahen ihn nur stumm und verzweifelt an.

Auch die Polizei stand vor einem Rätsel. Selbstverständlich wurden die Arbeiter vernommen, doch sie konnten immer nur sagen, was sie gesehen hatten.

Man glaubte ihnen nicht.

Scotland Yard schaltete sich ein.

Wieder die gleichen Aussagen der Arbeiter.

Schließlich wurden die Stellen, wo die beiden Raupenschlepper versackt waren, aufgebrochen.

Man fand – nichts!

Das Rätsel wurde größer und die Polizei ratloser. Schließlich gerieten sogar die Arbeiter in Verdacht, sie selbst hätten die Raupenschlepper verschoben. Es gab lange Prozesse. Die Firma Stone ging pleite. Niemand gab ihr mehr Aufträge. Die Ereignisse hatten sich zu schnell herumgesprochen.

Fast ein Jahr dauerte der Rummel, dann geriet der alte Friedhof bei Upfield wieder in Vergessenheit. Die Grabsteine waren inzwischen weggeräumt worden. Das Gelände lag brach. Es interessierte keinen Käufer mehr.

In den Morgenstunden sahen einsame Spaziergänger die Nebeldecke über der Wiese liegen. Dann wurde wieder von dem unhergeisternden Toten geflüstert, und die alten Geschichten lebten erneut auf.

Eine alte Frau meinte sogar, einmal den Bauleiter Vince McAllister als Geist gesehen zu haben. Aber das konnte auch Einbildung sein.

Fünf Jahre vergingen.

Inzwischen war viel geschehen.

Auch bei Scotland Yard. Eine Sonderabteilung war ins Leben gerufen worden, die sich nur mit außergewöhnlichen Fällen beschäftigte. Diese Abteilung bestand praktisch nur aus zwei Leuten. Sie waren auf scheinbar nicht zu lösende Fälle spezialisiert.

Superintendent Powell und Oberinspektor John Sinclair.

Aber wenden wir uns wieder dem Friedhof zu. Nur noch selten wurde die alte Geschichte aufgewärmt. Man überlegte in Upfield schon, ob das Gelände nicht wieder freigegeben werden könnte, da kam dieser denkwürdige vierte August.

Ein Rummelplatzunternehmen wollte auf dem Gelände einen zweimonatigen Jahrmarkt starten.

Die Pacht, die er zu zahlen bereit war, war hoch, und die Gemeindeväter der umliegenden Orte sagten nicht nein.

Vierzehn Tage vor dem offiziellen Eröffnungstermin gaben sie ihr Einverständnis.

Wenige Tage später schon rückten die ersten Wagen und Karussells an.

Und damit begann eine Periode des Schreckens . . .

Nach der blondhaarigen jungen Frau in dem kornblumenfarbenen Sommerkleid drehten sich fast alle Männer um. Und die, die es nicht taten, hatten ihre Ehefrauen dabei.

Die Blondine sah auch wirklich phantastisch aus. Unter dem weißen Sommerhut floß das lange Haar wie reifer Weizen bis auf die Schultern. Die geschwungenen Lippen waren blaß geschminkt, die dunklen Augen blickten lebhaft und doch etwas verträumt.

Aber auch der Mann, der die Frau begleitete, konnte sich sehen lassen. Blondhaarig, hochgewachsen und athletisch, wie er war, machte er in seinem grauen Flanellanzug eine gute Figur. Die Lippen waren zu einem Lächeln gekräuselt, und die blauen Augen schienen sagen zu wollen: ›Du erregst mal wieder viel Aufsehen in der Männerwelt.‹

In der Tat – ein gut aussehendes Paar. Nur, die beiden waren nicht verheiratet. Der Mann hieß John Sinclair und war der berühmte Geisterjäger. Die Frau hörte auf den Namen Sheila Conolly. Sie war die Gattin von Bill Conolly, John Sinclairs langjährigem Freund und Kampfgefährten.

Sie und John Sinclair waren aus demselben Grund zum Flughafen gefahren. Sie wollten Bill Conolly und Suko abholen, die beide eine achtwöchige Himalaya-Expedition hinter sich hatten. Und da hatte es manch aufregendes Abenteuer gegeben. John brauchte nur noch an die Riesenvampire zu denken, die ihn ebenfalls in den höllischen Strudel mit hineingerissen hatten.

Die beiden wollten Bill Conolly und Suko an der Paßkontrolle treffen. Suko war Chinese und John Sinclairs zweiter Mitstreiter. Er wurde von Bill Conolly finanziell unterstützt, denn nach seiner Heirat war der ehemalige Reporter zum Millionär aufgestiegen.

Sheilas Vater war Eigentümer eines Chemiekonzerns. Nach seinem Tod hatte Sheila die Firma in eine AG umgewandelt und neunundvierzig Prozent der Anteile verkauft. Vermögen und Zinsen aus den Gewinnen ermöglichten ihr und Bill ein angenehmes Leben. Und der Reporter Conolly konnte auch weiterhin Berichte für die großen Magazine der Welt schreiben. In wenigen Tagen würde er mit seinem Bericht über die Himalaya-Expedition beginnen.

Sheila wurde langsam nervös. Sie und John hatten in den breiten Wartesesseln Platz genommen.

John blickte auf seine Uhr. »Noch zwanzig Minuten«, sagte er.

»Wenn die Maschine pünktlich ist«, meinte Sheila mit gerunzelter Stirn.

»Das immer vorausgesetzt«, gab John grinsend zurück.

Sheila bohrte ihm den Finger in die Hüfte. »Du bist ein Ekel, John Sinclair, und nicht einmal in der Lage, dich in die Psyche eines anderen zu versetzen. Ein Glück, daß du nicht verheiratet bist.«

»Oho«, sagte John erstaunt, »was sind das denn auf einmal für Töne? Du hast doch vor kurzem noch alle Anstrengungen unternommen, um mich in den Hafen der Ehe zu bugsieren.«

»Ich habe aber eingesehen, daß es vergebene Liebesmühe war.«

»Richtig.« John nickte. »Einsicht ist der erste Weg zur Besserung. Sei dankbar, daß ich dich begleitet habe. Schließlich geht das von meiner Dienstzeit ab.«

»Dein Chef ist doch in Urlaub.«

»Dann gerade bin ich pünktlich.«

»Ha, ha, ha.«

John Sinclair holte ein Päckchen Zigaretten aus der Tasche. Durch die Flachserei waren wieder einige Minuten vergangen.

Der Geisterjäger hielt Sheila die Schachtel hin. »Auch eine?«

»Ja.«

John gab Sheila und sich Feuer. Die Flamme des Dunhill-Feuerzeugs brannte ruhig und klar.

Immer wieder wanderte Sheilas Blick zu der großen Uhr. Hin und wieder gab eine sympathische Mädchenstimme An- und Abflugstermine bekannt und forderte Passagiere auf, sich zu den entsprechenden Flugsteigen zu begeben.

In der Halle des Flughafens Heathrow herrschte ziemlich viel Betrieb. Sehr viele Deutsche waren zu sehen, die in London und Umgebung einkaufen wollten.

Und dann wurde Bills Flug aufgerufen. Der freudige Gesichtsausdruck Sheilas verwandelte sich in Resignation, als die Mädchenstimme mitteilte, daß der Flug eine halbe Stunde Verspätung habe.

»Auch das noch«, stöhnte Sheila.

John winkte ab. »Nimm's leicht. So haben wir wenigstens noch die Zeit, uns einen Kaffee zu gönnen.«

Sheila hatte zwar nichts dagegen, aber ihr schmeckte der Kaffee nicht so recht, was durchaus verständlich war. Schließlich hatte sie einige Wochen auf ihren Mann warten müssen.

Endlich war die halbe Stunde vorbei, und die Maschine, in der Bill und Suko saßen, schwebte zur Landung ein.

Bill war als erster an der Paßkontrolle. »Sheila!« rief er, und sein Schrei schmetterte durch die Halle, daß zahlreiche Menschen die Köpfe drehten. Dann spurtete Bill auf seine Frau zu. Sheila lief ihm entgegen, und John Sinclair sah grinsend, wie sich die beiden in die Arme flogen.

War das eine Begrüßung!

Die Lippen schienen sich kaum voneinander lösen zu wollen. Wie würde erst die Nacht werden? Da konnte selbst John Sinclair als alter Junggeselle noch neidisch werden.

Plötzlich stand Suko vor ihm. Ein breites Grinsen lief über sein Mondgesicht. Suko grinste fast immer, aber diesmal fiel sein Grinsen besonders breit aus.

Die Freunde schüttelten sich die Hände und schlugen sich gegenseitig auf die Schultern. Viele Worte brauchten nicht gemacht zu werden, aber es war den Männern anzusehen, daß sie froh waren, wieder beieinander zu sein.

Arm in Arm kamen Sheila und Bill auf den Geisterjäger und Suko zu.

Sheila tupfte sich noch eine Freudenträne aus dem linken Augenwinkel, und Bill schlug John Sinclair so kräftig auf die Schultern, daß ihm bald das Schlüsselbein gebrochen wäre.

»Mensch, John, ich freue mich, daß ich wieder gesund hier bin. Und das haben wir nicht zuletzt dir zu verdanken.«

Der Oberinspektor winkte ab. »Komm, laß die Faxen. Wo ist denn euer Gepäck?«

»Wird nachgeschickt. Ich muß nur noch die beiden Koffer mit

den Kultgegenständen abholen. Da sind Dinge bei – du wirst dich wundern. Allein die tibetanische Gebetsmühle ist eine Wucht, sage ich dir.«

»Später, später«, erwiderte John.

Suko holte die Koffer. Er ging mit einem Augenzwinkern. Schließlich wollte er Bill keine Minute mehr von seiner Frau losreißen.

Wenig später saßen alle in Johns Bentley. Der Geisterjäger fuhr. Bill und Sheila hatten es sich auf dem Rücksitz bequem gemacht. Sie hielten sich an den Händen wie zwei frisch Verliebte.

Die beiden Conollys bewohnten im Londoner Süden, in einem der letzten Randbezirke, einen phantastischen Bungalow. Über zwei Schnellstraßen war die Strecke in relativ kurzer Zeit zu bewältigen.

Selbstverständlich baten Bill und Sheila die Freunde noch mit ins Haus, doch John Sinclair schüttelte den Kopf.

»Nein, nein«, sagte er lachend, »bei dem, was ihr vorhabt, würden wir nur stören.«

Suko nickte und grinste dazu.

Bill senkte den Kopf. »Na ja, wenn du meinst. Machen wir eben morgen einen drauf. Dann ist Freitag, und wir können am anderen Tag bis in die Puppen hinein schlafen.«

Mit dem Vorschlag waren John und Suko einverstanden. Allerdings ahnten beide noch nicht, daß es zu diesem Treffen nicht kommen würde, denn auf dem Rummelplatz des Satans bahnte sich bereits Schreckliches an . . .

Praktisch über Nacht war der Jahrmarkt aufgebaut worden.

Als die ersten Kinder am anderen Morgen ankamen, bot sich ihnen ein Bild, das ihre Augen aufleuchten ließ.

Karussells, Schaubuden, Wurstbratereien, Spielsalons und Auto-Scooter standen dichtgedrängt. Das gesamte Gelände des ehemaligen Friedhofs hatte sich in einen Rummelplatz verwandelt.

Wenige Schritte neben der Straße stand das Riesenrad. Es überragte alle anderen Karussells. Noch waren die Gondeln leer, aber am Nachmittag würden sie ihre Kreise drehen und fröhliche Menschen in einen Geschwindigkeitsrausch versetzen.

Prunkstück der Kirmes war jedoch die Achterbahn.

Sie war zwar nicht so hoch wie das Riesenrad, dafür aber hatte sie alle Raffinessen aufzuweisen, die man von solch einer Attraktion erwarten konnte.

Steile Abfahrten, rasante Kurven, höllische Kreisel, in die die Wagen gerieten, um danach wieder in die Höhe transportiert zu werden.

Es war das neueste Modell einer Achterbahn, das unter dem Namen ›Hochgebirgsbahn‹ schon in den Lokalteilen verschiedener Zeitungen für Schlagzeilen gesorgt hatte. Die Verkleidung bestand aus grün angestrichenen Papp- und Blechbergen. Es gab sogar einen provisorischen Tunnel, durch den die Wagen rasten. Die Fahrt selbst lief dann in einer weiten Kurve aus und endete auf der Stoppschiene.

Die Achterbahn wurde zuletzt fertig. Ihr stolzer Besitzer hieß Carl Norton. Er stammte aus Blackpool, hatte früher sein Geld mit Schießbuden gemacht und war dann auf diese Attraktion umgestiegen.

An diesem Freitag sollte Premiere sein.

Carl Norton saß in seinem Wohnwagen und ging noch einmal die technischen Details durch. Ausgebreitet lagen die Konstruktionspläne der Achterbahn auf seinem Schreibtisch. In einer Stunde würden die Ingenieure zur Abnahme da sein, und dann mußte alles glatt über die Bühne gehen. Norton hoffte, daß es keinen Ärger gab.

Der Wohnwagen war komfortabel eingerichtet. Eine Klimaanlage sorgte für die entsprechende Temperatur. Die Fenster des Wagens waren ziemlich groß. Blumen rahmten sie ein und verbreiteten eine wohnliche Atmosphäre. Überhaupt sah es in dem Wagen sehr ordentlich aus. Das war allerdings nicht Nortons Verdienst, sondern das seiner Tochter Vera. Seit dem Tod ihrer Mutter, vor etwa einem Jahr, hatte die Zwanzigjährige ihr Studium der Theaterwissenschaften aufgegeben und versorgte nur noch ihren Vater. Das heißt, sie kümmerte sich um den schriftlichen

Kram und setzte auch Verträge auf. All das hatte vorher Nortons Frau gemacht.

Der Wohnwagen war in drei Räume aufgeteilt. Außerdem gab es eine Dusche. Der große Raum wurde als Wohn- und Arbeitszimmer beansprucht. Hier schlief auch Vera Norton. Sie hatte sich ein Schrankbett gekauft, das man nur aufzuklappen brauchte.

Die beiden anderen Räume dienten als Küche und als Schlafraum für Carl Norton. Die zweite Hälfte des französischen Betts blieb leer, und es gab Nächte, in denen sich Carl Norton schlaflos auf seinem Lager herumwälzte. Er hatte den plötzlichen Tod seiner Frau noch nicht überwunden.

Um so mehr stürzte er sich in seine Arbeit. Carl Norton war fast immer im Dienst. Und er hatte es geschafft, diese Achterbahn aufzustellen, trotz der ungeheuren finanziellen Belastung und der großen Schwierigkeiten, die ihm den Weg zu verbauen drohten.

Carl Norton hatte sein Kinn auf die linke Handfläche gestützt. Noch einmal ging er jedes Detail der Konstruktion durch. Es war alles klar, nach menschlichem Ermessen konnte gar nichts schiefgehen.

Hinter ihm wurde die schmale Tür geöffnet. Norton brauchte sich nicht erst umzusehen, er wußte auch so, wer den Raum betreten hatte.

Vera, seine Tochter.

Sie setzte sich zu ihrem Vater auf die Schreibtischkante und streichelte Carl Norton über das graue Haar. »Es wird schon alles klappen, Dad«, sagte sie.

Norton hob den Blick und lächelte.

»Du siehst müde aus, Dad«, stellte Vera fest.

»Und du wieder phantastisch. Du kommst immer mehr auf deine Mutter. Sie war auch so hübsch.«

Vera winkte ab. »Ach, hör doch auf, Dad!«

Sie war wirklich ein außergewöhnlich hübsches Mädchen. Damit hatte ihr Vater keineswegs unrecht. Das pechschwarze Haar trug sie hochgesteckt, die enge knallrote Jeans zeichnete ihre langen Beine ideal nach, und was unter dem weißen Mohairpulli verborgen war, ließ so manches Männerherz höherschlagen und die Hersteller von BH's resignieren. Veras Teint war von einem natürlichen Braun, ihre Augen groß und glutvoll und der Mund sanft geschnitten.

Zwanzig Jahre zählte sie, und ebenso viele Männer hatten schon um ihre Hand angehalten.

Vera hatte sie abgewiesen. Sie wollte sich erst einmal um das Geschäft kümmern – und Männer, mein Gott, die waren in fünf Jahren auch noch da. Außerdem gefiel ihr keiner der Typen, die sie in den Ehehafen führen wollten.

»Soll ich dir eine Tasse Kaffee bringen, Dad?« fragte Vera.

»Ja, das wäre lieb.«

»Wußte ich's doch.« Vera rutschte von der Schreibtischkante und verschwand in der kleinen Küche.

Für immer kann ich sie auch nicht halten, dachte Carl Norton. Irgendwann wird sie heiraten. Und ob der Mann meine Geschäfte weiterführen wird, ist auch noch eine Frage.

Vera kam mit dem Kaffee und unterbrach die trüben Gedanken ihres Vaters.

Carl Norton nahm drei Stück Zucker. Langsam rührte er den Kaffee um. Vera sah ihm dabei zu. Plötzlich erschrak sie. Ihr Blick war auf das Zifferblatt der Uhr gefallen. »Lieber Himmel, ich muß ja noch einkaufen«, rief sie. »Tschüß, Dad.« Sie küßte ihren Vater auf die Wange und verschwand.

Carl Norton trank den Kaffee in langsamen Schlucken. Die Männer von der Abnahme mußten bald bei ihm eintreffen. Sie waren bereits auf dem Rummelplatz und überprüften andere Karussells.

Nortons Blick fiel aus dem Fenster. Er konnte einen Teil der Achterbahn sehen. Die Sonnenstrahlen spiegelten sich im Lack des künstlichen Waldes. Die schmalen Schienen glänzten wie poliert. Genau wie die brandneuen, bunten Wagen.

Carl Norton war stolz auf sein Werk.

Er zündete sich eine Zigarette an. Eigentlich hatte ihm der Arzt das Rauchen ja verboten, aber zehn Glimmstengel pro Tag genehmigte sich Norton doch.

Er ging bereits auf die Fünfzig zu, hatte sich allerdings gut gehalten. Das schon graue Haar war straff nach hinten gekämmt. Sonnenstrahlen hatten die Haut gebräunt. In den Augenwinkeln hatten sich unzählige Fältchen gebildet, die Norton ein interessantes Aussehen gaben. Das Gesicht war schmal, die Wangen etwas eingefallen, und unter den Augen lagen dunkle Ringe. Der Preis für wenig Schlaf.

Klingende Hammergeräusche drangen an Nortons Ohren. An irgendeinem Karussell wurde noch kräftig gearbeitet.

Carl Norton trank den letzten Schluck Kaffee und drückte seine Zigarette aus. Er stand auf und ging in den Waschraum, um seine Hände zu waschen. Teppiche verschluckten seine Schritte. Die Air-Conditioning-Anlage summte leise.

Da klopfte es an der Außentür.

Norton runzelte die Stirn. Seine Besucher waren ja überpünktlich.

Carl Norton öffnete.

Aber nicht die Männer der Abnahme standen vor der Tür, sondern ein Mann, den Norton noch nie gesehen hatte. Er trug einen alten Gehrock, enge Hosen, Gamaschen und einen Zylinder auf dem Kopf, unter dem das graue Haar hervorschimmerte und in langen Strähnen fast bis auf die mageren Schultern fiel.

»Ja, bitte?« fragte Norton verwirrt.

Der Mann lächelte. »Darf ich eintreten?« erkundigte er sich höflich.

Carl Norton blickte auf die Uhr. »Ich weiß nicht so recht. Ich erwarte wichtigen Besuch . . .«

»Es dauert nicht lange«, sagte der Fremde. »Und es ist wichtig. Lebenswichtig sogar.«

Ein Spinner, dachte Norton. Und doch ging irgend etwas von dem Besucher aus, was ihn stutzig machte. Es war der Blick des Fremden. Er hatte etwas Zwingendes an sich. Carl Norton gab eigentlich entgegen seiner Überzeugung die Tür frei.

»Bitte, treten Sie ein.«

»Danke sehr«, sagte der Mann und schritt an Carl Norton vorbei.

Im Wohnraum des Wagens blieb der Fremde stehen. »Entschuldigen Sie, daß ich mich noch nicht vorgestellt habe. Mein Name ist Lionel Hampton. Und Sie sind Mr. Norton.«

»Ja.« Carl Norton war noch immer ein wenig verwirrt. »Aber setzen Sie sich doch, Mr. Hampton.«

»Danke.«

Norton bedachte den Besucher mit einem fragenden Blick. »Möchten Sie etwas trinken?«

Hampton lehnte ab. »Nicht einmal ein Glas Wasser«, sagte er.

Carl Norton gönnte sich einen Scotch. Die Eiswürfel klingelten gegeneinander, als er das Glas zum Mund führte.

Lionel Hampton hatte auf einem Stuhl Platz genommen, die Beine eng aneinandergelegt und die Hände gefaltet. Auffordernd wurde er von Carl Norton angesehen.

»Was kann ich also für Sie tun?«

»Mein Problem ist etwas schwierig. Es geht um diesen Rummelplatz hier. Soviel ich weiß, sind Sie der Eigner der Achterbahn und noch einiger Schießstände.«

»Das stimmt.«

»Demnach sind Sie der Mann, der die meisten Vergnügungsstätten hier besitzt.«

»So kann man es sehen.« Carl Norton wurde der Besucher immer komischer. Was wollte der Knabe? Weshalb stellte er diese Fragen? Außerdem paßte sein Aussehen nicht mehr in die heutige Zeit. Oder aber er war selbst aus dem Schaugeschäft, und dieser Aufzug gehörte zu seiner Vorstellung.

Norton wurde ungeduldig. »Können wir endlich zur Sache kommen, Mr. Hampton?«

»Wir sind schon mittendrin. Ich möchte, daß dieser Rummelplatz heute nicht eröffnet wird. Heute nicht und morgen nicht – niemals.«

Diese Worte trafen Carl Norton wie Schläge ins Gesicht. »Was haben Sie da gesagt?« fragte er mit krächzender Stimme.

Lionel Hampton wiederholte seine Sätze. »Reißen Sie Ihre Achterbahn wieder ab und bauen Sie sie woanders auf«, fügte er noch hinzu. »Es geschieht in Ihrem und im Interesse Ihrer Mitmenschen.«

»Aber warum?« Mehr fiel Carl Norton in diesem Augenblick nicht ein.

»Weil ich es so will«, erwiderte Lionel Hampton sanft.

Erst jezt kam bei dem Schausteller die Reaktion. Wie unter Dampf stehend, fuhr er von seinem Stuhl hoch. Krebsrot lief sein Gesicht an. »Sind Sie eigentlich wahnsinnig?!« schrie er seinen Besucher an. »Sie kommen hier herein und verlangen von mir die Zerstörung meines Lebenswerks. Ich glaube, Sie müssen mal zum Uhrmacher gehen. Sie ticken nicht richtig.«

»Beruhigen Sie sich«, sagte Lionel Hampton.

»Beruhigen! Ich!« brüllte Norton weiter. »Wer sind Sie überhaupt, Sie komischer Clown?«

Lionel Hampton lächelte, als er sagte: »Ich bin der Totengräber!«

»Oh, wie schön. Und als Totengräber verlangen Sie von mir, ich soll aufgeben. Herrlich ist das. Eine Komödie kann man daraus machen, wenn es nur nicht so ernst wäre. Und jetzt raus.« Nortons Arm schnellte vor. Der ausgestreckte Zeigefinger deutete in Richtung Tür. »Raus, sage ich Ihnen, ehe ich mich vergesse!«

Der Totengräber blieb sitzen. »Sie verkennen die Situation, Sir. Sie wollen es nicht, daß auf diesem Platz ein Jahrmarkt aufgebaut worden ist.«

»Wer ist sie?«

Auf dem Gesicht des Totengräbers zeichnete sich ein verklärtes Lächeln ab. »Die Geister der Verstorbenen. Für sie soll der Friedhof weiterhin eine Oase der Ruhe sein.«

»Ich habe hier keinen Friedhof gesehen«, erwiderte Carl Norton.

»Es gab aber einen. Lassen Sie sich die alten Geschichten mal erzählen, dann werden Sie schlauer sein. Und ich bin von den Toten als Hüter dieses Friedhofs eingesetzt worden. Ich muß das ausführen, was sie verlangen. Noch einmal, Sir. Räumen Sie den Platz!«

»Nein, verdammt!«

»Dann werden Sie es bereuen! « Der Totengräber stand auf.

Carl Norton schluckte. Er fuhr sich mit der Hand über sein graues Haar. »Das war eine Drohung«, keuchte er, »eine hundsgemeine, verwerfliche Drohung. Und so etwas lasse ich mir nicht bieten.« Blitzschnell ging Norton um den Tisch herum und wollte den Totengräber an den Aufschlägen seines Gehrocks packen.

Die Hände faßten ins Leere . . .

Carl Norton schrie unwillkürlich auf. Verwirrt rieb er sich die Augen. Der Platz, an dem der Totengräber noch vor Sekunden gesessen hatte, war leer!

Dafür stand der Totengräber jetzt nahe der Tür. »Lassen Sie diese Scherze«, sagte er. »Ihr Menschen seid doch zu dumm!«

Norton atmete schwer. »Was haben Sie eben gesagt? Ihr Menschen?«

»Ja, denn ich lebe nicht mehr. Ich, Lionel Hampton, bin schon seit siebzig Jahren tot. Meine Empfehlung, Sir.« Der Totengräber lüftete den Hut. »Und denken Sie an meine Warnung, Mr. Norton. Es bleibt Ihnen nicht mehr viel Zeit. Guten Tag!«

Fassungslos starrte Carl Norton auf seinen unheimlichen Besucher. Der Totengräber drehte sich um, lächelte noch einmal und löste sich auf wie ein Nebelstreif in der Sonne.

Norton wankte zu seinem Schreibtisch. Schwer ließ er sich auf die Sitzfläche fallen. »Das . . . das darf doch nicht wahr sein«, ächzte er. »Ich spinne . . .« Er winkelte die Arme an und umfaßte sein Gesicht mit beiden Händen.

So fand ihn seine Tochter Vera vor. Die Zwanzigjährige betrat mit einem Bastkorb unter dem Arm den Wohnwagen.

»Dad, ich bin wieder zurück«, rief sie. »Du, ich habe die Männer von der Ab . . .« Plötzlich wurden Veras Augen groß. »Dad, meine Güte, was ist mit dir?«

Unendlich langsam hob Carl Norton den Kopf.

Vera umfaßte die Handgelenke ihres Vaters. »Dad, so sprich doch, was ist geschehen?«

Carl Norton lächelte plötzlich. »Nichts ist geschehen. Rein gar nichts. Ich hatte nur Besuch.«

»Besuch? Ja von wem denn? Wer hat dich so aus der Fassung gebracht?«

»Ein Toter!« schrie Carl Norton plötzlich. »Ich hatte Besuch von einem Toten oder einem Geist. Verstehst du?«

»Nein!« Vera Norton trat unwillkürlich einen Schritt zurück. Sie schüttelte den Kopf und sah dabei ihren Vater an, als habe sie einen Geisteskranken vor sich.

Vera Norton fuhr einen Sunbeam. Quittengelb und mit schwarzen Polstern. Der Flitzer parkte in einer schmalen Gasse zwischen zwei Materialwagen.

Vera war sauer. Ihr Vater hatte ihr die Geschichte erzählt, und Vera hatte sofort vorgeschlagen, sich an die Polizei zu wenden. Ihr Vater wollte davon nichts wissen. Er hatte Angst, sich lächerlich zu machen. Seine letzten Worte klangen noch in Veras Ohren. ›Denkst du, ich will mich blamieren?‹

›Lieber einmal zuviel zur Polizei als einmal zuwenig‹, sagte Vera. ›Ich werde auf jeden Fall den Beamten Bescheid geben.‹

›Das tust du nicht.‹

›Doch!‹

Vera war nicht nur wegen ihrer Schönheit bekannt, sondern auch für ihren Dickkopf. Sie war aufgestanden und hatte den Wohnwagen verlassen.

Wütend riß sie die Tür des Sunbeams auf. Sie tat es so heftig, daß das Randblech gegen eine Seite des Materialwagens schleuderte. Aber das war ihr egal.

Vera fuhr an. Laut röhrte der Motor. Oder war es der Auspuff? Vera kannte sich darin nicht aus. Sie lenkte den Sunbeam aus der schmalen Gasse und mußte, um die Straße zu erreichen, auch am Wohnwagen ihres Vaters vorbei.

Sie sah ihn in der offenen Tür stehen und drohend die Faust schütteln. Das Girl kümmerte sich nicht darum.

Die Straße war schnell erreicht. Am Rand standen schwere Zugmaschinen. Sie waren mit Planen abgedeckt worden.

Vera Norton fuhr in Richtung London.

Etwa eine Stunde benötigte sie, um die Millionenstadt an der Themse zu erreichen. Sie fuhr über die Peckham Road der Innenstadt zu und nahm die Vauxhall Bridge, die sie auf die andere Seite der Themse brachte.

Vera kannte sich in London aus. Hier war sie zur Schule gegangen, und hier hatte sie auch studiert.

Und sie wußte auch, wo New Scotland Yard lag.

Im Stadtteil Westminster, an der breiten Victoria Street, die geradewegs zur Westminster Abbey führte.

Vera Norton fand auf dem Besucherparkplatz eine freie Stelle, stellte ihren Wagen dort ab und betrat die große Eingangshalle des Yard-Gebäudes.

Ein wenig lächerlich kam sie sich schon vor, aber sie hatte sich an einen Zeitungsartikel erinnert, der etwa vor einem Jahr erschienen war. Der Reporter hatte damals über einen gewissen John Sinclair geschrieben, einen Mann, der sich mit Fällen beschäftigte, die ins Übersinnliche spielten. Sogar ein Foto war in der Zeitung gewesen, und Vera war damals von dem Bild und dem Artikel fasziniert gewesen. Sie sah alles noch genau vor sich, als wäre es erst gestern geschehen.

Am Empfang fragte sie nach John Sinclair.

Zum Glück war der Oberinspektor im Haus.

Und er war auch bereit, Vera Norton zu empfangen. Der Mann am Empfang teilte es ihr mit, nachdem er sich telefonisch mit John Sinclair in Verbindung gesetzt hatte.

Ein weiterer Beamter fuhr mit Vera hoch in Johns Büro.

Der Oberinspektor stand auf, als seine Besucherin das Büro betrat. John wäre kein Mann gewesen, hätte es ihm Vera Norton nicht angetan. Die dunklen Augen, der naturrote Mund und das, was sie unter dem Pullover hatte, waren schon allererste Klasse.

Reiß dich zusammen, alter Junge! dachte John.

Er lächelte. »Miß Norton?« fragte er und reichte Vera die Hand.

»Ja, Sir.«

»Das Sir lassen Sie mal weg«, sagte John, »bitte nehmen Sie Platz. Möchten Sie etwas trinken? Eine Tasse Kaffee vielleicht?«

»Nein danke.«

Vera Norton setzte sich. Auf einmal war sie befangen. Sie hatte nicht gedacht, daß sie einen so gut aussehenden Mann hier vortreffen würde. Zwar sah er auf dem Bild auch nicht schlecht aus, aber in natura übertraf er doch Veras Erwartungen.

Eine Zigarette lehnte die junge Schaustellerin nicht ab.

John gönnte sich ebenfalls ein Stäbchen, und dann, als die Glimmstengel brannten, fragte John: »Was führt Sie an einem solch herrlichen Freitagnachmittag zu mir?«

»Ein Fall – vielleicht«, schränkte Vera ein.

»Dann erzählen Sie mal.«

Und Vera berichtete. Von Beginn an. Sie erzählte auch von ihrem Leben als Schaustellerin. Je mehr sie redete, um so flüssiger drangen ihr die Worte über die Lippen.

John hörte ruhig zu. Er saß hinter seinem Schreibtisch, hatte die Hände gegeneinandergelegt und merkte sich fast jedes Wort. Die Zigarette verqualmte zwischen Veras Fingern. Die Asche fiel auf den Schreibtisch, sie achtete nicht darauf. Zuletzt bemerkte sie dann noch: »Sie können mich jetzt rausschmeißen, Herr Oberinspektor, oder mich für eine Spinnerin halten, aber ich bin meine Geschichte los und brauche mir keine Vorwürfe mehr zu machen.«

John lächelte. Gedankenverloren spielte er mit einem Bleistift. »Das brauchen Sie sowieso nicht, Miß Vera. Und dieser Mann, der Ihrem Vater da erschienen ist, hat sich tatsächlich als Totengräber ausgegeben?«

Vera nickte heftig. »Ja, wenn ich es Ihnen doch sage.« Sie zog mit dem Mittelfinger ihren Nasenrücken nach, und ihr Blick wurde skeptisch. »Sie glauben mir nicht, wie?«

John winkte ab. »Doch, ich glaube Ihnen. Sie können sich freuen, daß Sie gerade zu mir gekommen sind.«

»Ich hatte Ihr Bild in Erinnerung.«

»Dann hat das auch seine Vorteile«, entgegnete John.

Vera Norton rückte auf ihrem Stuhl vor. »Wollen Sie sich um den Fall kümmern, Herr Oberinspektor?«

»Ja.«

Vera preßte ihre Hand dorthin, wo das Herz sitzt. »Mir fällt ein Stein vom Herzen. Ehrlich.« Sie atmete tief ein. »Aber wie wollen Sie das anstellen? Ich meine, Sie müssen den Geist doch irgendwie fangen. Oder ihm eine Falle stellen.«

John lachte. »Ich sehe schon, Sie sind gut bewandert. Heute abend wird der Jahrmarkt eröffnet, sagten Sie. Ich werde da sein. Mit meinem Freund, einem Chinesen. Vier Augen sehen mehr als zwei.«

»Das finde ich toll«, sagte Vera. Dann nahm ihr Gesicht einen ängstlichen Ausdruck an. »Es kann natürlich alles eine Finte sein. Was geschieht, wenn ich Sie umsonst alarmiert habe?«

»Gar nichts. Dann habe ich einen netten Abend auf dem Jahrmarkt verbracht. Ich war lange nicht mehr auf einem Rummelplatz.«

»Bei unseren Betrieben haben Sie freie Fahrt.«

»Okay.« John lächelte. »Aber etwas anderes. Wo kann ich Sie finden, Miß Vera?«

»Ich sitze an der Kasse der Achterbahn. Zwar nicht den gesamten Abend, aber zwei Stunden bestimmt.«

Der Geisterjäger nickte. »Das ist gut.«

Er besprach noch mit dem Girl einige Einzelheiten und verabredete sich mit ihr um neunzehn Uhr. Also pünktlich zur Eröffnung.

Vera verabschiedete sich. Ihr Händedruck dauerte etwas länger als normal, und als sie die Hand wegzog, tat sie das sehr zögernd.

John registrierte es wohl, er sagte jedoch nichts.

Dafür griff er zwei Minuten später zum Telefon, um Bill Conolly anzurufen.

»Das darf doch nicht wahr sein«, rief Bill, als der Geisterjäger ihm die neue Lage erklärt hatte.

»Doch, Bill, es stimmt.«

»O shit. Immer wenn wir mal einen draufmachen wollen, kommt etwas dazwischen. Na ja, da kann man nichts machen.«

»Aufgeschoben ist ja nicht aufgehoben«, brachte John den alten Kalauer an.

»Wie trostreich«, erwiderte Bill. »Okay denn, ich höre wieder von dir.«

»Ja, bis später. Und grüße Sheila. Sag ihr, es täte mir leid.«

»Mache ich.«

John legte auf. Dann rief er bei Suko an. Der Chinese war in seinem Apartment. Er freute sich wie ein Schneekönig auf den neuen Fall. Suko konnte alles vertragen, nur untätig herumzusitzen, das war für ihn ein Greuel.

»Dann lassen wir mal die Puppen tanzen«, sagte er ganz entgegen seiner Mentalität.

»Nimm dir nicht zuviel vor«, warnte John. »Nachher ist es noch umgekehrt.«

Der Geisterjäger ahnte nicht, wie sehr er damit recht behalten sollte . . .

Der Vorarbeiter hieß mit wirklichem Namen Gaylord Carruthers. Er hatte nach der Pleite seiner Firma ein Jahr gestempelt und dann eine neue Stelle gefunden. In einem Sägewerk hatte er den Fuhr- und Maschinenpark übernommen. Die Stelle war zwar nicht so gut bezahlt, doch Reddy gehörte zu den Typen, die lieber für weniger Geld arbeiteten, als dem lieben Gott den Tag zu stehlen.

Und noch einen Vorteil hatte der neue Job.

Die Firma lag in Upfield. Reddy konnte seinen Arbeitsplatz praktisch zu Fuß erreichen.

An diesem Freitag machte er in ganz besonders froher Laune Feierabend. Er wollte mit seiner Frau zur Eröffnung des Rummel- platzes gehen. Reddy – er war einer der letzten, die den Platz verließen – traf noch auf den Nachtwächter. Der alte Knabe radelte an ihm vorbei und winkte Carruthers zu.

»Dann mach's mal gut«, rief Reddy.

»Auch zum Jahrmarkt?« fragte der Nachtwächter.

»Ja.«

»Viel Vergnügen.«

»Danke.«

Es waren fast immer die gleichen Worte, die die beiden wechselten. Dabei brauchte der Nachtwächter nicht einmal vom Fahrrad zu steigen.

Reddy ging zu Fuß. Seit der Geschichte damals war er ernster und verschlossener geworden. Nachts kamen oft die bösen Träume. Dann schreckte Reddy plötzlich aus tiefem Schlaf hoch, saß schweißgebadet im Bett und sah die Hand wieder auftauchen.

Reddys Frau Margret hatte Verständnis für ihren Mann. Sie erwähnte die gräßliche Geschichte von damals mit keinem Wort, und meistens beruhigte sich Reddy auch wieder ziemlich schnell.

Er wohnte mit seiner Frau in einem kleinen Haus zur Miete. Es war ein altes Gebäude mit winzigen Räumen und noch ohne

Heizung. Das störte Reddy nicht. Dafür hatte er einen großen Garten, in dem er Gemüse und Obst anpflanzte.

Margret Carruthers wartete schon auf ihren Mann. Sie stand in der Haustür und rief: »Endlich.«

Reddy grinste. »Was hast du? Ich bin nicht später als sonst.«

»Es kommt mir aber länger vor.«

Reddy hauchte seiner Frau einen Kuß auf die Wange. »Gut siehst du aus, Darling«, sagte er.

Sie errötete leicht. Margret Carruthers war keine Schönheit, wie man sie in Werbefilmen und in Katalogen findet. Sie war eine normale Frau, die alle Höhen und Tiefen des Lebens mitgemacht hatte. Das blonde Haar trug sie kurzgeschnitten. Sommersprossen bildeten ein lustiges Muster auf ihrer Haut. Die Augen waren von einem strahlenden Blau und die Stirn hoch und gerade.

»Komm, zieh dich um«, sagte Margret Carruthers. Sie nahm ihrem Mann die Tasche ab.

Reddy ging ins Haus. Er betrat das im ersten Stock liegende Schlafzimmer, schlüpfte in eine leichte Sommerhose, zog ein Polohemd an und warf sich einen Blouson über den Arm.

Margret wartete schon unten.

»Die Waynrights gehen nicht mit«, rief sie. »Ihre Kleine ist plötzlich krank geworden.«

Reddy schloß die Schlafzimmertür. »Pech.«

Er ging nach unten. »Hast du genug Geld eingesteckt?«

Margret nickte. »Für einige Bier im Zelt wird es schon reichen.«

»Und für eine Fahrt auf der Achterbahn«, sagte Gaylord Carruthers. Seine Augen strahlten. »Mein Gott, wie lange bin ich nicht mehr mit solch einem Ding gefahren.« Er legte seinen Arm um Margrets Schulter. »Und du wirst die Fahrt zum erstenmal machen. Sie wird dir gefallen, glaube mir.«

Margret preßte sich gegen ihren Mann.

»Ich danke dir, Reddy«, sagte sie. Arm in Arm verließ das Ehepaar Carruthers das Haus. Beide ahnten nicht, daß sie dem Tod in die Hände liefen . . .

Ein übergroßes Skelett neigte grinsend den Kopf. Das geschah in der Minute fünfmal, und bei jedem Nicken streckte der Knochenmann die Hand aus und ließ die skelettierten Finger dicht über die Köpfe der Zuschauer gleiten. Aus zwei Lautsprechern drang dabei ein gellendes Gelächter. Gleichzeitig flammte der Preis für eine Eintrittskarte auf der Geisterbahn über dem Kassenhäuschen auf.

John Sinclair sah dem Schauspiel grinsend zu.

Die Geisterbahn hatte wirklich noch nichts von ihrer Attraktivität verloren. Die Menschenschlange an der Kasse bewies es.

John Sinclair hatte Suko mitgenommen. Er und der Chinese hatten sich jedoch getrennt. Sie wollten sich wenig später wieder treffen und vereinbarten deshalb einen Treffpunkt. John hatte den Chinesen eingeweiht. Jeder sollte für sich die Augen offenhalten und, was ihm verdächtig vorkam, unbedingt melden.

Es herrschte ein Mordsbetrieb auf dem Rummelplatz. Unzählige Lichter glänzten. An den Schießbuden drängten sich die Menschen. Die Karussells waren ständig besetzt. Lange Schlangen hatten sich an den Kassen gebildet. Die neuesten Hits drangen aus den Lautsprechern. Sie übertönten die heiseren Stimmen der Anreißer und der Losverkäufer.

Das Riesenrad drehte sich fast ununterbrochen. Voll besetzt waren die Gondeln. Bunte Glühbirnen leuchteten in allen Farben des Spektrums. Der Duft von gebratenem Fisch und Eßkastanien schwängerte die Luft. Kinder lutschten an ihrem Eis oder kauten Popcorn. An den Bierständen hingen schon die ersten Betrunkenen. Zwei Sanitäter schleppten bereits einen Volltrunkenen ab.

Wie ein Spaziergänger schlenderte John Sinclair über den Rummelplatz. Es sah alles normal aus. Er konnte nichts Verdächtiges feststellen.

Der Geisterjäger war bewaffnet. Unter dem leichten Sommerjakkett trug er seine mit geweihten Silberkugeln geladene Pistole. Ferner hatte er ein silbernes Kreuz vor der Brust hängen, das die Anwesenheit des Bösen signalisieren sollte.

Vor dem Stand einer Wahrsagerin blieb John stehen. Die Alte winkte mit gichtkrummen Fingern. »Komm her, Söhnchen«, sagte sie krächzend. »Laß dir die Zukunft sagen.«

John winkte ab. »Die will ich gar nicht wissen.«

Die Alte kicherte.

John Sinclair näherte sich langsam der riesigen Achterbahn. Dort war am meisten los. Ununterbrochen rasten die bunten Wagen über die Schienen. Der Geisterjäger sah Vera Norton in dem kleinen Kassenhäuschen sitzen. Sie hatte alle Hände voll zu tun, um die Karten zu verkaufen. Sie wurden ihr regelrecht aus der Hand gerissen.

John beobachtete die Wagen. Nach dem Start wurden sie nach oben transportiert, gingen in eine Kurve und rasten zu Tal. Das wiederholte sich mit einigen Gags in regelmäßigen Abständen. Kurz vor dem Ziel jagten die Wagen dann in den höllischen Kreisel, der die Vergnügungssüchtigen noch einmal richtig durchschüttelte. John hörte die spitzen Schreie, die die Menschen ausstießen.

Er näherte sich dem Kassenhäuschen von der Seite her, bis eine Barriere ihm den Weg versperrte.

John Sinclair sah auch Veras Vater. Carl Norton legte kräftig mit Hand an. Er half Fahrgästen aus den Wagen und kümmerte sich auch darum, daß die Wagen immer gleichmäßig besetzt waren.

Etwa fünf Minuten sah John Sinclair dem Trubel zu. Plötzlich bemerkte er neben sich eine Bewegung. John wandte den Kopf und erstarrte.

Er sah in das Gesicht des Totengräbers.

Der Geisterjäger hatte sich vorzüglich in der Gewalt. Sein Schock dauerte nicht einmal zwei Sekunden. Der Mann sah genauso aus, wie Vera Norton ihn beschrieben hatte. Zylinder auf dem Kopf, altmodischer Gehrock, Gamaschen . . .

Höflich lüftete der Totengräber den Hut. John sah das graue strähnige Haar, das bis auf die Schultern reichte.

»Diese Achterbahn ist wirklich enorm, nicht wahr?« sagte der Totengräber.

»Das stimmt.«

»Wenn ich an meine Zeit denke . . .«

»Wie soll ich das verstehen?« fragte John.

»Vergessen Sie es, junger Mann.« Plötzlich wechselte der Totengräber das Thema. »Wissen Sie eigentlich, wo Sie sich hier befinden, Sir?«

»Auf dem Rummelplatz.«

»Ja, das auch.«

John faßte nach dem Arm des Mannes. Er fühlte sich normal an. Nichts deutete darauf hin, daß mit dem Kerl etwas nicht stimmte. Der Geisterjäger ließ seine Hand wieder sinken. Er sah, daß sich die Lippen des Totengräbers zu einem Lächeln kräuselten.

»Enttäuscht?« fragte er.

»Warum sollte ich?«

»Von einem Geist erwartet man doch mehr.«

In Johns Gehirn begann eine Alarmglocke zu schlagen. Der Totengräber wußte mehr. »Wie kommen Sie auf Geist?«

Der Totengräber ging nicht auf John Sinclairs Frage ein. Er murmelte: »Schade um die Menschen, die sterben werden. Aber er hat nicht auf mich gehört. Er hätte die Achterbahn abbauen sollen. Auch Sie können ihm nicht helfen. Der Tod schwebt bereits über diesem Rummelplatz. Bald . . . bald wird er zuschlagen.«

John Sinclair war es leid. »Okay, Freundchen«, sagte er, »jetzt wollen wir uns mal in Ruhe unterhalten. Ihre Andeutungen sind verdammt rätselhaft. Kommen Sie mit.«

John wollte den Totengräber an der Schulter herumrücken. Seine Hand aber faßte ins Leere!

Der Geisterjäger sah noch, wie die Konturen des Mannes verblaßten, und dann war er verschwunden.

Tief atmete John ein. Er spürte eine Gänsehaut über seinen Rücken rieseln. Also hatte Vera Norton doch nicht gelogen. Es gab diesen geheimnisvollen Totengräber.

Und er stand mit den Mächten der Finsternis in Verbindung. Jetzt, wo John gesehen hatte, über welche Machtmittel er verfügte, konnte er sich durchaus vorstellen, daß er auch in der Lage war, den Rummelplatz in eine Hölle zu verwandeln.

Aber was konnte man tun?

Den Jahrmarkt räumen lassen? Unmöglich – da würden sich Schausteller und Besucher weigern. Außerdem – welchen Grund sollte John Sinclair angeben? Man würde ihn auslachen, selbst seine Kollegen von der Polizei. Und auf einen vagen Verdacht hin konnte er das Volksfest nicht unterbrechen.

John mußte eine andere Möglichkeit finden.

Carl Norton fiel ihm ein.

Vielleicht nahm er Vernunft an, wenn man mit ihm redete.

Der Geisterjäger wühlte sich durch die Menschen und stieß bis zum Rand einer Absperrung vor. Ein schmaler, aus Holzbarrieren geschaffener Gang führte bis zu den Einstiegplätzen der Wagen.

Carl Norton hatte zwar noch immer alle Hände voll zu tun, doch John wollte sich darum nicht kümmern.

Doch zuvor wurde er von einem Helfer aufgehalten, der die gelösten Karten kontrollierte. Der Knabe trug ein blaues Hemd ohne Kragen und eine verwaschene Cordhose. Er sah auf drei Meter Entfernung nach Zuchthaus aus.

»Karte!« raunzte er John an.

Der Geisterjäger präsentierte seinen Ausweis, und der Kontrolleur wurde blaß. »Also ehrlich. Ich habe mir in den letzten Monaten nichts zuschulden kommen lassen, Officer.«

»Sie interessieren mich nicht«, erwiderte John. »Ich will den Chef sprechen.«

Der Kontrolleur ließ den Geisterjäger passieren.

John ging auf Carl Norton zu. Zwei Kinder überholten ihn. Sie lachten, freuten sich darauf, daß sie früher am Wagen waren.

Norton streckte den Arm aus. »Augenblick noch, Mister«, sagte er. Mit der anderen Hand gab er den Kindern ein Zeichen, in den rotlackierten Wagen zu steigen.

Das Gefährt setzte sich in Bewegung, und der nächste Wagen rollte heran.

»Bitte, Mister.«

»Kann ich Sie für einen Augenblick sprechen?« fragte John. Er hielt seinen Ausweis noch in der Hand.

Norton hob überrascht die Augenbrauen. »Polizei?«

John nickte.

»Geht es denn da nicht weiter, verdammt!« schrie ein ungeduldiger Mann.

»Moment noch, Herr Oberinspektor.« Norton besorgte sich eine Vertretung. Es war der Kontrolleur. Norton und John gingen auf eine kleine Bude zu, die das Herz der Anlage bildete. Hier standen Generatoren, die den Strom für die Achterbahn erzeugten.

»Meine Tochter war sicherlich bei Ihnen«, sagte Norton. »Habe ich recht?«

»Ja.«

Der Schausteller winkte ab. Er trug einen braunen Cordanzug und ein beiges Hemd, das am Hals offenstand. »Sie dürfen nichts auf ihr Gerede geben.«

»Aber der Totengräber war doch bei Ihnen«, stellte John fest.

Norton hob die Schultern. »Wenn ich mir das genau überlege, dann habe ich das Gefühl, mir alles nur eingebildet zu haben. Es muß einfach eine Halluzination gewesen sein. Es gibt schließlich keine Geister. Höchstens in Romanen.«

John hätte ihm da etwas anderes erzählen können, doch er hielt den Mund. Statt dessen sagte er: »Mir ist dieser Totengräber ebenfalls begegnet, Mr. Norton.«

Der Schausteller ließ den Mund vor Staunen offen. »So«, sagte er nur.

»Vorhin.« John deutete mit dem Daumen über seine rechte Schulter. »Ich stand an der Barriere, da war der Knabe plötzlich neben mir. Er hat mich ebenfalls gewarnt und mich dann gefragt: ›Wissen Sie, wo sich der Rummelplatz befindet?‹ Wahrscheinlich deutete er damit den Standort an. Ich weiß es nicht, möchte es aber gerne von Ihnen erfahren, Mr. Norton.«

Carl Norton senkte den Kopf. »Das ist doch alles Unsinn, dieser ganze Kram. Auch die Sache mit dem Standplatz. Die kann man einem normalen Menschen gar nicht erzählen.«

»Aber mir«, sagte John.

»Okay. Dieser Platz stand jahrelang leer, soviel ich weiß. Früher war hier ein alter Friedhof. Und dann wurde der Platz als Bauland freigegeben. Die Baufirma rückte auch an. Mit Raupenschleppern und Lastwagen. Sie begann mit den Arbeiten, und dann geschah es. Die Erde tat sich plötzlich auf, eine riesige Hand erschien und zog den Bauleiter und einen seiner Mitarbeiter in die Tiefen der Erde. So ungefähr hat man mir das erzählt. Seit der Zeit hat sich niemand mehr um den Platz gekümmert.«

»Wann war das?«

»Vor fünf Jahren. Die Polizisten haben alles untersucht, haben aber nichts herausgefunden. Ja, und heute hat mich dieser komische Totengräber besucht, den Sie ja auch gesehen haben. Er ist ein Geist.« Carl Norton mußte plötzlich über seine eigenen Worte grinsen.

»Sie sollten diese Warnung ernst nehmen«, sagte John. »Ihre Tochter hat schon richtig gehandelt, als sie mich aufgesucht hat.«

»Aber was soll ich machen?«

»Den Betrieb einstellen!«

»Nein.« Carl Nortons Antwort klang entschieden. »Niemals.«

»Und wenn etwas passiert?«

Norton machte eine wegwerfende Handbewegung. »Lieber Himmel, was soll schon geschehen? Erst vor wenigen Stunden war die Abnahme-Kommission bei mir. Sie haben fast jede Schraube geprüft. Technisch ist wirklich alles in Ordnung.«

»Es gibt auch andere Mittel, um eine Bahn zum Einsturz zu bringen«, meinte John.

Norton runzelte die Stirn. »Dann glauben Sie wirklich an diesen Quatsch?«

»Ja, Mr. Norton. Ich habe schon zuviel erlebt. Lassen Sie es sich von mir gesagt sein, es gibt Geister. Auch wenn die meisten Menschen es nicht wahrhaben wollen.«

Carl Norton blickte John Sinclair an, als habe er einen Irren vor sich. »Tut mir leid, Herr Oberinspektor, daß ich Ihnen nicht helfen kann. Aber ich habe zu tun. Das Geschäft geht vor. Sie entschuldigen mich.«

»Natürlich.« John trat zur Seite, damit Carl Norton an ihm vorbeigehen konnte.

Der Schausteller nahm wieder seinen Platz ein. John flankte über die Holzbarriere und stand dann neben dem Kartenhaus. Vera Norton bemerkte ihn. Sie warf dem Geisterjäger einen fragenden Blick zu.

John Sinclair hob die Schultern.

Vera nickte. Sie hatte verstanden. Dann schrieb sie etwas auf einen Zettel und hielt ihn hoch.

›Treffen. Zweiundzwanzig Uhr‹, las John.

Der Oberinspektor nickte. Bis dahin hatte er noch neunzig Minuten Zeit. Er wollte über den Jahrmarkt schlendern und dabei die Augen offenhalten. Vielleicht lief ihm dieser Totengräber noch einmal über den Weg.

Er ging um die Achterbahn herum, an einem Kettenkarussell vorbei und blieb für wenige Augenblicke an einer Losbude stehen. Sie befand sich schräg gegenüber der Geisterbahn, die John und Suko als gemeinsamen Treffpunkt vereinbart hatten. In nicht ganz fünf Minuten war es soweit. John mußte den Chinesen unbedingt sprechen und ihm eine Beschreibung des Totengräbers geben. Sollte Suko dem Mann ebenfalls begegnen, mußte er John Bescheid geben.

Doch dazu kam es nicht mehr.

Plötzlich brandete ein mehrstimmiger Schrei auf, der selbst das Hämmern der Musik noch übertönte.

Und dann rannten auch schon die ersten Menschen.

Sie liefen in Richtung des großen Auto-Scooter-Vierecks.

John Sinclair schloß sich ihnen an.

Die Maschinen hießen Yamaha, Honda, Harley-Davidson oder Kawasaki. Es waren heiße Öfen, die so manchem schnellen Wagen das Nachsehen gaben. Und die Maschinen waren gepflegt.

Gepflegter als ihre Besitzer.

Trotzdem zählten sie sich zur Elite.

Zur Elite der Rocker!

Sie hatten sich den Jahrmarkt ausgesucht, um Stunk zu machen. Schon seit langem war alles vorbereitet gewesen. Sogar aus den Londoner Vororten waren sie gekommen, um auf den Putz zu hauen.

Zwanzigmal Gewalt und Haß.

Sie tauchten nicht etwa in einem Pulk auf. Nein, einer nach dem anderen traf ein. Motorräder dröhnten nacheinander auf. Die Rocker stellten die Maschinen gut getarnt zwischen die Material-wagen. Als Treffpunkt war der Platz hinter dem Riesenrad vorgesehen.

Ihre Bräute hatten die Rocker nicht mitgebracht. Sie wollten sich auf dem Jahrmarkt Puppen holen, und wer Rocker kannte, der wußte, daß dies nicht ohne Gewalt vor sich gehen würde. Aber vor Gewalt scheut kein Rocker zurück.

Sie trugen die übliche Kleidung. Lederjacken und auch lederne Hosen. Die bunten Sturzhelme hatten sie abgenommen. Ginflaschen kreisten, Zigaretten glühten.

Noch verhielten sie sich ruhig.

Sie warteten auf ihren Anführer.

Er hieß Angel Montana, war fünfundzwanzig Jahre alt, hatte davon vier im Knast verbracht, und sein Denken drehte sich nur um zwei Dinge.

Gewalt und Sex!

Eine seltsame Ruhe lag über dem Sammelplatz der Rocker. Vom Jahrmarkt her zuckten bunte Lichtbündel über die Gestalten und ließen sie aussehen wie in Farbe getaucht. Viele der jungen Gesichter waren von wilden Bärten zugewuchert. An den Lederjacken klirrten Orden, und an den steifen Ledergürteln der Hosen hingen Fahrradketten, feststehende Messer, Totschläger und auch Schußwaffen.

Das war die neueste Masche der Rocker.

Sie schossen auch.

Meist waren es Duelle. Wie im Wilden Westen. Ziehen, schießen – und dann . . .

Nicht nur ein Rocker war durch eine Kugel seines Kumpans gestorben.

Flipper, einer von Montanas Vertretern, wurde immer unruhiger. »Wo Angel nur bleibt?« rief er und schmetterte die leere Ginflasche wütend zu Boden.

»Der kommt schon noch«, meinte ein anderer. »Vielleicht gefiel ihm unterwegs 'ne Puppe. Ist doch drin – oder?«

Die anderen lachten.

Nur Flipper nicht. Wenn Montana nicht kam, dann mußte er die Verantwortung tragen. Und so stark fühlte er sich nun doch nicht. Da gab es nämlich einige Typen, die ihm den Posten mißgönnten.

»He, still«, zischte Flipper, »da kommt jemand.«

Die Rocker waren sofort ruhig.

Es kam tatsächlich einer. Er schien voll zu sein wie eine Haubitze. Das Lied, das über seine Lippen drang, sang man eigentlich nur im angeheiterten Zustand. Der Text war ziemlich schlüpfrig.

Der Sänger torkelte hinter einem Wagen hervor.

Er sah die Rocker – und der letzte Ton erstarb ihm auf den Lippen.

»Tut . . . tut . . . mir nichts«, rief er, wollte auf dem Absatz kehrtmachen und davonrennen.

Das ließ Flipper nicht zu. Der Knabe hätte Alarm schlagen können.

Flipper sprang vor und packte den Sänger an der Schulter. Hart riß er ihn herum. Eine Brandyfahne streifte ihn.

Und dann schlug Flipper zu.

Die Augen des Sängers wurden plötzlich glasig, er drehte sich schraubenförmig zusammen und blieb liegen.

»Ist er hin?« wurde Flipper gefragt.

»Keine Ahnung.« Flipper spie aus. Das Spucken war eine Angewohnheit, die er einfach nicht lassen konnte. Irgend jemand hatte mal gesagt, du spuckst wie ein Flipper. Und seit der Zeit hatte der Rocker seinen Spitznamen weg.

Zwei Rocker schafften den Niedergeschlagenen schließlich weg. Sie legten ihn kurzerhand unter einen Wagen.

Und dann kam Angel Montana.

In Begleitung von vier Kumpanen.

Angel fuhr an der Spitze. Ein gleißender Scheinwerferstrahl wischte über die versammelten Rocker. Geblendet schlossen manche die Augen.

Dicht vor Flipper bremste Angel ab. Der Motor der Yamaha erstarb. Angel stieg aus dem Sattel und bockte die Maschine auf. Dann nahm er den Sturzhelm vom Kopf. Die anderen taten es ihm nach.

Angel Montana schlug Flipper auf die rechte Schulter. »Alles klar?«

»Okay, Boß!«

Montana lachte dreckig. Als einziger trug er eine rote Lederjacke. Auf dem Rücken hatte er mit weißer Farbe einen Engel gemalt. Allerdings hatte die Figur einen Totenschädel und trug in beiden Händen Revolver. Den Namen Montana verdankte der

Rocker einem Western, der ihm so gut gefallen hatte, daß er den Namen des Haupthelden übernahm.

Angel Montana hatte schmutzigbraunes Haar, das zu unzähligen Locken geringelt war. Die Locken ließ er sich jede Woche neu legen. Der Friseur übernahm das umsonst. Deshalb war sein Laden auch noch nie geplündert worden.

Montana hatte wenig Grips, aber war stark wie ein Bär. Sein Gesicht verriet Bauernschläue. Eine Augenbraue fehlte. Die Klinge eines Messers hatte sie vor drei Wochen abrasiert. Der Knabe, der zugestochen hatte, mußte sich daraufhin ein neues Gebiß anfertigen lassen.

Montana blickte sich um. Er sah die erwartungsvollen und gierigen Blicke seiner Kumpane.

Die Jungs waren scharf.

Heiß auf Girls und heiß auf Zoff.

Beides sollten sie haben.

Montana klemmte sich ein dünnes Zigarillo zwischen die Lippen. Einer der Rocker gab ihm Feuer.

»Okay, Boys«, sagte Montana, »auf geht's. Der Rummelplatz gehört uns.«

Tosender Beifall.

»Wetten, daß wir nirgendwo zu bezahlen brauchen!« rief Fatty, ein Kerl wie ein Faß.

Lachen.

Dann marschierten sie los.

Angel Montana an der Spitze. Dahinter Flipper, der zu Angel Montana aufrückte. Auch zwei andere Rocker schoben sich nach vorn.

Es wurden fünf Viererreihen gebildet. Die Menschen, die den Rockern entgegenkamen, wichen freiwillig aus.

Die Fahrradketten klirrten gegeneinander. Keinen der Rocker störte es, daß Messer und Waffengriffe zu sehen waren. Sie fühlten sich ungeheuer stark.

Zwei Kinder wichen nicht aus. Sie liefen genau in die Phalanx der Rocker hinein.

»Scheiße!« schrie Angel Montana. Er schlug dem einen der beiden das Eis aus der Hand. Fatty entriß dem anderen Kind die

Popcorntüte und kippte das Zeug dem Jungen über den Kopf. Dabei wieherte er wie ein Pferd.

Jetzt mischte sich der Vater ein.

»Sind Sie wahnsinnig?« schrie er und stürzte auf die Rocker zu.

Angel Montana lachte nur. Er ließ den Familienvater dicht an sich herankommen, dann schnellte sein rechter Arm vor.

Der Mann schrie auf und hielt sich die linke Wange. Angel Montana lachte. »Auf die andere auch ein Andenken?« kreischte er. »Komm mir nicht noch mal unter die Augen. Und paß besser auf deine Gören auf, du Scheißer.«

Der Mann war mit schmerzverzerrtem Gesicht zurückgetaumelt. Seine Frau führte ihn zur Seite.

Doch das kümmerte die Rocker nicht. Sie stapften weiter. Zwei Rocker hatten sich schon Mädchen geschnappt. Sie hatten sie kurzerhand ihren Freunden aus den Armen gerissen. Die Girls schrien und kreischten.

Angel Montana lachte. Er fühlte sich in seinem Element.

»Wohin?« rief er.

»Auto-Scooter!«

»Okay. Bringen wir da mal die Kacker auf Vordermann.«

Noch schneller als sonst zogen sie los. Sie hatten jetzt ein Ziel, und wer die Rocker kannte, der wußte auch, daß sie eine Hölle entfesseln würden.

Um das Viereck des Auto-Scooter hatte sich ein dichter Zuschauerring gebildet. Jeder wollte einmal mit den kleinen bunten Wagen fahren. Unter den Zuschauern befand sich ein Chinese. Er stand in Nähe der Kasse und beobachtete den Betrieb schon eine ganze Weile.

Der Chinese war kein anderer als Suko. Zehn Minuten hatte er sich das bunte Treiben angesehen. Dann war er der Meinung, daß es ausreichte.

Suko drehte sich um und wollte gehen.

Da sah er die Rocker.

Sie hatten sich geteilt und stürmten von allen vier Seiten auf das Scooter-Viereck zu.

Ärger lag in der Luft.

Und Suko blieb.

Die Arme der Rocker arbeiteten wie Dreschflegel. Zuschauer wurden kurzerhand beiseite gestoßen. Sie fielen auf die Fahrbahn, wurden von den kleinen Elektroautos angefahren, die nicht so schnell gebremst werden konnten.

Es gab einen Tumult.

Frauen und Kinder suchten fluchtartig das Weite. Einigen gelang es. Andere Girls wiederum wurden von den Rockern geschnappt.

Stoff riß. Lachen und gemeines Grölen ertönte.

Auch auf Suko stürmten vier Rocker zu. Sie wollten das Kassenhäuschen demolieren und die Einnahmen mitgehen lassen.

Der Kassierer war schon aufgesprungen. Das Gesicht des pickligen Jünglings war leichenblaß. In den Augen nistete die Angst. Verzweifelt versuchte der junge Mann, die Einnahme in Sicherheit zu bringen.

Suko sah es aus den Augenwinkeln. Daß er für die Rocker eine Provokation darstellte, war ihm klar.

Fatty, das Faß, führte die Gruppe an, die auf das Kassenhäuschen zustürmte. Und damit genau auf Suko, denn er hatte sich direkt vor der seitlichen Tür des Hauses aufgebaut.

Fatty stutzte.

»Ein Chink!« brüllte er. »Eine verdammte gelbgestreifte Ratte! Los, den machen wir fertig.«

Zwei Rocker hielten bereits Fahrradketten in den Händen. Sie schwangen sie geübt und mit der Routine langjähriger brutaler Schläger.

Fatty stürmte mit seinem Kumpan das Kassenhäuschen. Er wollte die Tür aufreißen, als Sukos rechter Fuß vorschnellte. Fattys Bauch befand sich genau in Trittweite.

Der dicke Rocker kriegte plötzlich keine Luft mehr. Er fiel auf sein fettes Hinterteil und hielt sich die getroffene Stelle. Tränen quollen aus seinen Augen. Die Lust am Überfall war ihm vorläufig vergangen.

Da pfiff die erste Fahrradkette heran.

Und nun zeigte Suko, den man nicht umsonst die Kampfmaschine nannte, was in ihm steckte. Mit seinen schwieligen

Karatefäusten schnappte er sich die Kette, wickelte sie blitzschnell um sein Gelenk und riß daran.

Der Schläger wurde von dem plötzlichen Ruck nach vorn geschleudert. Suko trat bei seiner Aktion noch zur Seite, so daß der Rocker voll gegen einen Pfosten donnerte.

Sein Brüllen ging im Geschrei der Menschen unter.

Suko kümmerte sich bereits um den dritten Kerl. Der hatte zum Messer gegriffen, während der vierte Rocker abhaute.

»Laß es sein!« warnte der Chinese.

Der Rocker hielt sich für stark und stieß zu.

Sukos Bewegung war kaum zu erkennen. Der Messerheld vollführte einen Salto und knallte aufs Gesicht. Wimmernd blieb er liegen.

Das Kassierer hatte aus weit aufgerissenen Augen die Kampfszenen beobachtet.

Suko riß die Tür des Kassenhäuschens auf.

Der pickelige Jüngling hatte seine Kassette eng an sich gepreßt. Auf dem Plattenteller drehte sich noch immer eine schwarze Scheibe. Die Abbas schmetterten ihren Hit ›Knowing me – knowing you‹.

»Verschwinde!« herrschte Suko den jungen Mann an. »Hier ist gleich der Teufel los. Alarmiere die Polizei.«

Der Jüngling nickte. Es war fraglich, ob er Sukos Worte überhaupt verstanden hatte. Der Chinese mußte ihn förmlich aus seiner Bude herausziehen.

Dann wandte sich Suko der Fahrfläche zu.

Dort sah es übel aus.

Die Rocker hielten das Auto-Scooter-Karree besetzt. Wer von den Zuschauern nicht hatte fliehen können, war von den Schlägern in eine Ecke gedrängt worden. Zumeist waren es Männer, ältere Frauen und Kinder. Die Rocker hatten brutal zugeschlagen. Nicht wenige Besucher waren verletzt.

In Suko stieg die heiße Wut hoch. Wenn er etwas nicht leiden konnte, dann war es Gewalt gegen Schwächere. Und die Rocker befanden sich mit ihren Taten erst am Anfang. Sie hatten sozusagen erst die Ouvertüre hinter sich.

Weiter sollte das höllische Spiel mit einer Vergewaltigung gehen.

Opfer war ein etwa siebzehnjähriges bildhübsches Mädchen mit langen blonden Haaren. Sie wurde von einem bärtigen Rocker über die Fahrbahn gehetzt. Das lange Haar wehte wie eine Fahne hinter dem Mädchen her. Immer wieder versuchte es auszubrechen, doch die anderen Rocker gaben schon darauf acht, daß das nicht passierte. Sie hatten sich ebenfalls Mädchen geschnappt und hielten diese eisern fest.

Der bärtige Rocker schien wohl der Anführer zu sein. Und er weidete sich an der Angst des blonden Mädchens.

»Los, Angel, pack sie endlich!« hetzte Flipper und klatschte dabei in die Hände.

Das Girl trug ein leichtes Sommerkleid. Es war schon teilweise zerrissen. Verzweifelt versuchte es, seine Blößen zu bedecken.

Angel Montana hatte die Zähne gefletscht wie ein Tier. Die Gier leuchtete in seinen Augen, als er auf die Haut seines Opfers starrte.

Und das Girl war fertig.

Es konnte nicht mehr.

Plötzlich blieb die Blondhaarige stehen. Ihr Gesicht war von der Erschöpfung und der Angst gezeichnet. Hektische, rote Flecken brannten auf ihren Wangen. Der Mund stand offen, die Lippen zitterten. »Bitte«, flüsterte das Girl. »Bitte nicht.«

Der Rocker kicherte. »Was meinst du, wie schön das wird, Süße. Vor Publikum.«

Lachend streckte er die Hände nach dem Opfer aus.

Unbemerkt von den anderen hatte sich Suko dem Ort des Geschehens so weit genähert, daß er eingreifen konnte. Auf der Fahrbahn standen die verlassenen Wagen herum. Einige waren auch an den Rand gefahren worden, doch die meisten blockierten den Weg.

Da packte der Rocker zu. Er krallte seine Finger um den rechten Arm der Blondine und zog sie zu sich heran.

Suko stieg über zwei Wagen.

»Vorsicht, Angel!« rief einer.

Angel Montana ließ das Girl los. Blitzschnell kreiselte er herum.

Noch in der Drehung zog er Messer und Fahrradkette. Mit beiden Dingen konnte er gleich gut umgehen. Und er war auch beidhändig.

Jetzt, da er Suko sah, verzerrte sich sein Gesicht zu einem Grinsen. »Ein gelbes Stinktier«, knurrte er.

Rocker überschätzen sich oft. Vor allen Dingen, wenn sie zu mehreren sind. Und so war es auch hier. Angel Montana hätte eigentlich durch Sukos Äußeres schon gewarnt sein müssen, denn der Chinese war ein richtiges Kraftpaket. Aber Montana fehlte in diesen Augenblicken der Blick für die Realität.

Trotz der Beleidigung blieb Suko ruhig. Er versuchte sogar, sich auf gütliche Weise mit dem Rocker zu einigen. »Laß das Mädchen in Ruhe«, sagte er. »Es hat dir nichts getan.«

Nicht Angel Montana antwortete, sondern Fatty. Er hatte sich von Sukos Tritt wieder erholt. Grün im Gesicht stand er am Kassenraum und schrie: »Hau ihn zu Brei, Angel! Mach ihn fertig! Der Hund hat mich . . . Au, verdammt!«

Angel Montana lief rot an. Das Girl beobachtete aus schreckgeweiteten Augen die sich anbahnende Auseinandersetzung. Auch die anderen Rocker waren ruhig geworden. Sie gierten nach einem Kampf, warteten darauf, daß Angel diesen Gelben fertigmachen würde.

»So, du Chink«, knurrte Montana ganz hinten in der Kehle. »Du wolltest Zoff haben. Okay denn!«

Angel schlug zu.

Hart und unbarmherzig.

Suko sah das Messer auf sich zurasen und gleichzeitig die Hand mit der Fahrradkette. Der Chinese entschied sich innerhalb eines Sekundenbruchteils für das Messer. Es schien ihm gefährlicher zu sein.

Sein linker Fuß schnellte in die Höhe, krachte gegen den Unterarm des Rockers.

Montana heulte auf wie ein hungriger Wolf. Das Messer wurde ihm aus der Hand geprellt.

Doch in seinen Schrei mischte sich das entsetzte Kreischen des blonden Girls.

Die Fahrradkette traf Suko. Der Schlag war mit solch einer

Wucht geführt worden, daß der Stoff des Jacketts riß wie Papier. Die Kette drang vor bis auf die blanke Haut. Suko spürte den beißenden Schmerz, doch er ignorierte ihn.

Wie ein Rammbock sprang er vor!

Beide Füße prallten gegen die Brust des Rockers. Angel Montana wußte gar nicht, was mit ihm geschah. Er flog nach hinten und stolperte über einen Wagen. Prompt stellten sich Gleichgewichtsstörungen ein.

Er fiel.

Hart landete er auf dem Rücken. Ein Schrei drang aus seiner Kehle. Eine Mischung aus Wut und Schmerz.

Schmerz, weil Suko ihn hart getroffen hatte.

Wut darüber, daß seine Kumpane mit ansahen, wie er einer Niederlage entgegenging.

Und das nimmt kein Rocker hin.

Plötzlich meldete sich ihr Zusammengehörigkeitsgefühl.

Suko paßte einen Moment nicht auf. Vielleicht sah er auch die Bewegung zu spät.

Aus der Menge der Rocker flog etwas auf ihn zu. Ein Totschläger aus Stahl. Und der Kerl, der ihn geworfen hatte, war Meister seines Fachs.

Der Totschläger knallte Suko gegen die Schläfe.

Den Chinesen riß es zurück.

Der Schmerz schien in seinem Kopf zu explodieren. Sekundenlang wußte Suko nicht, was geschehen war. Er taumelte, verlor die Übersicht.

Flipper war schon auf dem Weg. Und er hielt einen Knüppel in der Hand. Aus vollem Lauf drosch er zu. Dabei entrang sich seiner Kehle ein gellender Schrei.

Suko ging zu Boden.

Manche sagten von ihm, er habe einen Schädel aus Eisen. Doch das war übertrieben. Diese beiden Hämmer verkraftete auch Suko nicht. Er ging in die Knie. Irgendwie konnte er sich noch abstützen und fiel quer über einen Auto-Scooter. Er pendelte zwischen Wachsein und Bewußtlosigkeit.

Angel Montana sah es.

Er brüllte vor Haß.

»Du gelbes Schwein!« schrie er und rappelte sich auf. Den rechten Arm konnte er nicht gebrauchen, dafür aber den linken.

Und mit der linken Hand zog er die Pistole. Eiskalt legte er auf den wehrlosen Suko an.

Mord lag in der Luft . . .

»Ich schieße dich zusammen, du Hund!« brüllte er. »Ich schieße dich zusammen!«

Atemlos und entsetzt verfolgten die Zuschauer das brutale Schauspiel. Niemand traute sich einzugreifen. Keiner half Suko, der keine Chance mehr hatte, der tödlichen Kugel zu entgehen . . .

John Sinclair war nicht der einzige, der zu dem Auto-Scooter-Karree rannte. Wie auf ein geheimes Kommando setzten sich die Menschenmassen in Bewegung.

Man witterte eine Sensation, vielleicht eine Katastrophe . . .

Es war Johns Nachteil, daß er sich sehr weit vom Ort des Geschehens befand. So schnell es ging, hetzte er durch die schmalen Wege zwischen den Karussells entlang.

Von der Geisterbahn her schallte ein häßliches Lachen über den Platz. Es kam John vor wie Hohngelächter.

Er dachte an den Totengräber. Sollte er seine Drohung bereits wahrgemacht haben?

Und immer mehr Menschen.

Plötzlich war der Oberinspektor eingekeilt. Mit beiden Ellenbogen mußte er sich Platz verschaffen. Aber das taten auch andere. Ein Bulle von Kerl im engen Polohemd und verwaschenen Jeans nahm keine Rücksicht. Er rannte einen kleinen Jungen über den Haufen.

John Sinclair sah rot.

Er riß den Mann herum, blickte in ein vom Alkohol aufgequollenes Gesicht und schrie den Kerl an: »Können Sie keine Rücksicht auf Kinder nehmen?« Er zeigte auf den weinenden Jungen, der auf dem Boden lag. »Das ist Ihr Werk, Mister.«

»Schnauze!« keifte der Kerl und wollte John seine flache Hand ins Gesicht drücken.

Der Geisterjäger duckte sich, packte den vorschnellenden Arm, hielt ihn fest, drehte sich und hebelte den Kerl über seine Schulter hinweg zu Boden.

Dann half er dem Jungen hoch und lief weiter.

Durch diesen Zwischenfall hatte John kaum noch eine Chance, den Auto-Scooter rechtzeitig zu erreichen. Eingekeilt befand er sich plötzlich in der gaffenden Menge.

Von der Polizei war nichts zu sehen.

John hörte Gesprächsfetzen. Die weiter vorn stehenden Gaffer gaben einen Kommentar zur Lage ab.

»Rocker«, hörte John. »Mädchen . . . Kampf . . .«

Und dann vernahm er einen Satz, der ihn förmlich elektrisierte.

»Der Rocker hat eine Kanone, der legt den Chinesen um. Eiskalt . . .«

John Sinclair hatte das Gefühl, von einem Hammerschlag getroffen zu werden. Mit dem Chinesen konnte aller Wahrscheinlichkeit nur Suko gemeint sein.

Und er – John Sinclair – stand eingekeilt in der Menge und konnte nichts tun . . .

»Neiiinn! Nicht! Nicht schießen, bitte . . .!«

Der Schrei des Mädchens zerschnitt wie ein Heulton die spannungsgeladene Stille. Mit dem Mut der Verzweiflung warf sich das blondhaarige Girl gegen den Rocker. Ihre Hände krallten sich in seinen Schußarm, rissen ihn zur Seite.

Der Rocker stieß einen wütenden Knurrlaut aus. Mit einer wilden Bewegung versuchte er, das Mädchen abzuschütteln, doch die Blondhaarige hielt eisern fest.

»Schafft sie mir vom Hals!« brüllte Angel Montana, während er sich im Kreis drehte.

Zwei Rocker kamen ihrem Boß zu Hilfe. Es gelang ihnen nur mit großer Mühe, das Girl wegzuzerren. Es hielt eisern fest, wollte ihren Retter nicht unter einer Kugel fallen sehen.

»So helft doch!« kreischte sie. »Mein Gott, so steht doch nicht rum! Seid ihr denn alle zu feige?«

Die Gaffer rührten sich nicht. Zu tief steckte die Angst vor den Rockern in ihren Knochen.

Das schreiende, zeternde Girl wurde weggeschleift.

Angel Montanas Gesicht verzerrte sich. Er hielt die Waffe in der linken Hand, der rechte Arm hing leblos an seinem Körper herab. Suko hatte ihn hart getroffen.

Bevor er erneut auf den Chinesen anlegen konnte, geschah etwas, was der ganzen Szene eine überraschende Wendung geben sollte.

Auf einmal stand ein Mann auf der Fahrfläche.

Es war der Totengräber!

Urplötzlich hatte er sich zwischen den bunten Wagen materialisiert. Auf seinen Lippen lag ein ironisches Grinsen. Wie festgeklebt saß der Zylinder auf dem Kopf. Die Augen blickten spöttisch und irgendwie wissend.

Angel Montana zögerte. Er runzelte die Stirn, wußte nicht, wo er den seltsamen Typ einordnen konnte.

Der Totengräber stand zwei Schritte vor dem Rocker.

»Hau ab!« fauchte Montana ihn an.

»Guten Abend«, erwiderte Lionel Hampton höflich und liftete seinen Zylinder. »Ich bin gekommen, um dich in die Hölle zu holen.«

Atemlose Stille. Alle hatten die Worte gehört. Irgendwo stöhnte eine Frau. Dann eine Stimme: »Er ist es. Er ist es.«

»Hä?« Angel Montana verstand nicht. »Was hast du gesagt, du Vogelscheuche?«

»Du hast es sehr gut verstanden, Freund. Ich bin gekommen, um dich zu holen.«

»Scheiße!« brüllte der Rocker. Er fuchtelte mit der Waffe. »Los, holt ihn euch!« rief er seinen Kumpanen zu.

Vier Rocker stürzten sich auf den Totengräber. Der machte plötzlich eine blitzschnelle Bewegung mit der Hand.

Flipper traf es als ersten. Alles ging so rasch, daß die Leute kaum die Schlägerei verfolgen konnten.

Flipper krümmte sich wie unter mörderischen Schmerzen. Sein Lauf wurde gestoppt, das Gesicht nahm einen entsetzten Ausdruck an.

In der nächsten Sekunde war der Rocker in einen gleißenden Schein gehüllt. Es war ein Schein, der blendete und sein Opfer regelrecht auffraß.

Die Menschen hörten nur die gellenden Schreie, dann war Flipper verschwunden.

Der Schein fiel in sich zusammen. Zurück blieb – nichts.

Die Hölle hatte ihn verschlungen.

Das Entsetzen der Zuschauer steigerte sich. Die Gesichter – sie alle waren blasse Ovale, Masken des Schreckens.

Und da drehte Angel Montana durch. Er riß den Arm mit der Waffe hoch, legte auf Lionel Hampton an und schoß.

Die Detonationen zerrissen die Stille. Kugel auf Kugel jagte der Rocker in den Körper des Totengräbers. Und jeden Schuß begleitete er mit einem gellenden Schrei.

Lionel Hampton schluckte die Geschosse, als wären sie gar nicht existent. Er blieb ruhig stehen und lächelte sogar dabei. Die Kugeln pfiffen durch ihn hindurch, prallten gegen die Wagen oder ratschten über das Metall des Bodens.

Querschläger sirrten.

Der Rocker stand wie vom Donner gerührt.

Angel Montana wußte überhaupt nicht mehr, was los war. Für ihn brach die normale Welt völlig zusammen. Er verstand nichts mehr.

Angel zog sogar noch durch, als die Waffe längst leergeschossen war.

»Hör auf«, sagte der Totengräber. »Es hat keinen Zweck!«

Montana stierte den Mann an. Der Mund stand halb offen. Speichel rann über seine Unterlippe. Er hatte die Hand mit der Waffe sinken lassen. Sein Gehirn verarbeitete die Tatsachen einfach nicht, die sich vor seinen Augen abgespielt hatten.

Dann war Lionel Hampton an der Reihe.

Wieder schnellte sein Arm vor. Jemand, der genau hinsah, mußte den nadelfeinen Strahl entdecken, der aus dem Finger des Totengräbers schoß.

Der Strahl traf.

Er mußte sich mit ungeheurer Wucht in den Körper des Rockers bohren. Es gab plötzlich lautlose Lichtexplosionen. Der Rocker war von einem gleißenden Strahlenkranz umgeben. Er hatte den linken Arm hochgerissen und kämpfte dabei gegen mörderische Schmerzen an, die sich in seinem Gesicht widerspiegelten.

Drei, vier Sekunden bot sich den entsetzten Zuschauern das gräßliche Schauspiel.

Der Rocker verschwand.

Und mit ihm Lionel Hampton, der Totengräber.

Doch noch einmal wurde seine Stimme laut. Sie schien aus dem Jenseits zu kommen und hallte über die Fahrfläche.

»Denkt an die Rache des Totengräbers. Ihr habt gegen die Gesetze der Schwarzen Magie verstoßen. Der Fluch wird euch treffen . . .«

Gellendes, schadenfrohes und hämisches Gelächter ertönte.

Danach war Stille.

Zwei, drei Herzschläge lang wagte sich niemand zu rühren. Und dann, wie auf ein geheimes Kommando, brach die Panik los.

Schreiend und vor Angst gepeitscht flüchteten die Menschen von dem Ort des Grauens . . .

John Sinclair hörte die Schüsse. Er wurde sich seiner eigenen Hilflosigkeit immer mehr bewußt.

Eingekeilt stand er in der Menge.

Sein Herz schlug bis zum Hals. Schreckliche Bilder tauchten vor seinem geistigen Auge auf.

Er sah Suko unter den Kugeln der Rocker sterben. Und er – John Sinclair – erstickte an seiner Ohnmacht.

Verzweifelt versuchte John, sich freizuboxen. Bisher hatte er nicht gewußt, welch einen Widerstand ein lebender Menschenwall entgegensetzen konnte. Der Geisterjäger schaffte es einfach nicht, sich nach vorn zu drängen.

John war ziemlich groß. Er konnte über die Köpfe der meisten Menschen hinwegschauen. Er sah auch das gleißende Licht, das zweimal aufstrahlte und bis gegen das Verdeck des Auto-Karrees geworfen wurde. Dann hörte er das Lachen und die Stimme, die ihn wie ein Schock traf.

Er kannte sie.

Der Mann, dem sie gehörte, hatte schon mit ihm gesprochen.

Der Totengräber . . .

Hatte er seine Drohung bereits wahrgemacht?

Johns Herzschlag raste. Das hämische Lachen des Totengräbers, dann die plötzliche Stille . . .

Entsetzen, Angst, Grauen . . .

Die Panik kam wie ein Sturmwind. Plötzlich waren die Menschen nicht mehr zu halten. Sie drängten zurück, wollten weg von dem Ort des Schreckens. Keiner nahm mehr auf den anderen Rücksicht.

John kämpfte sich vor.

Die Angst um Suko verlieh ihm doppelte Kraft. Der Geisterjäger kassierte einen harten Ellbogenstoß in die Seite. Ein gemeiner Fußtritt traf ihn in Höhe des Schienbeins. Der Oberinspektor zog den Kopf ein. Er sah dicht vor sich eine Lederjacke auftauchen. Die Rocker schwangen ihre Ketten, schlugen sich in wilder Panik einen Weg frei.

John schnappte sich einen Rocker, der mit seiner Fahrradkette eine Frau aus dem Weg räumen wollte.

Der Geisterjäger schleuderte den Rocker wutentbrannt zur Seite. Einem anderen trat er die Beine weg.

Dann hatte er das Karree erreicht.

John stolperte die beiden Stufen hoch. Er sah Suko über einem der kleinen Wagen liegen.

Aber er bewegte sich.

John Sinclair fiel ein Stein vom Herzen.

Drei Riesenschritte brachten ihn zu dem Chinesen. Er faßte Suko unter beide Achseln, schleifte ihn vom Wagen und setzte ihn auf den Boden.

Sukos Gesicht war blutüberströmt. Aus zwei Platzwunden an der Stirn rann Blut.

Aber der Chinese grinste.

»Mensch, John . . .«, stöhnte er. »Bald . . . bald hätte es mich erwischt.«

»Was war los?« John Sinclair holte ein sauberes Tuch aus der Tasche und wischte dem Chinesen notdürftig das Blut aus der Stirn.

»Die Rocker wollten Terror machen. Ein Mädchen sollte vergewaltigt werden. Ich griff ein und schnappte mir den Anführer. Er hatte gegen mich keine Chance, aber da waren noch die anderen. Sie droschen mir von hinten Knüppel über den Kopf. Ich konnte nichts machen. Der Anführer der Rocker wollte mir eine Kugel geben, das habe ich noch mitbekommen. Was dann passiert ist, weiß ich nicht.«

»Der Totengräber war da.«

»Welcher Totengräber?« Suko verzog das Gesicht, weil ihn das Reden doch sehr anstrengte.

»Von dem mir Vera Norton erzählt hat.«

»Ach so, ja, entschuldige.« Suko sog pfeifend den Atem ein. »O verdammt«, stöhnte er, »mein Kopf.«

»Du wirst dich hinlegen müssen«, sagte John.

»Kommt gar nicht in Frage.«

»Doch, doch.«

Inzwischen trafen die ersten Sanitäter ein. Das Blaulicht auf dem Dach rotierte, als der Wagen durch die engen Gassen fuhr und nebem dem Auto-Scooter hielt.

Es hatte Verletzte gegeben.

Die beiden Sanitäter waren überfordert. John Sinclair ging zu ihnen, wies sich aus und schlug vor, noch einen Wagen zu alarmieren.

Über Sprechfunk wurde ein zweiter Krankenwagen herbeigeholt.

Inzwischen war auch die Polizei eingetroffen. Zwei Konstabler aus Upfield, das war die ganze Streitmacht.

John hatte nur ein müdes Grinsen dafür übrig.

Die Konstabler waren völlig ratlos. Sie hielten sich an John Sinclair, der konnte ihnen jedoch auch keine genau Erklärung geben. Suko berichtete, soweit er Bescheid wußte.

John zündete sich eine Zigarette an. Er stieß den Rauch durch die Nasenlöcher aus und wandte sich an den älteren der beiden Beamten. »Sie hätten damit rechnen müssen, daß hier eine Rockerbande auftaucht. Jahrmärkte sind schließlich ein beliebter Treffpunkt für diese Elemente.«

»Aber doch nur in der Großstadt«, lautete die erstaunte Antwort.

Der Oberinspektor schüttelte den Kopf. »Sie ahnungsloser Engel«, sagte er. »Um Putz zu machen, nehmen Rocker auch einige Meilen Fahrt in Kauf. Sagen Sie mal, wo leben Sie eigentlich?«

Die Konstabler schwiegen.

Es war eine verrückte Situation. So recht wußte niemand, was geschehen war. Die Zeugen des Vorfalls hatten fluchtartig das Kirmesgelände verlassen, und die beiden Verletzten standen unter Schock. Es würde noch dauern, bis sie redeten.

Eins war klar. Der Totengräber hatte sein Versprechen wahrgemacht. Er war in Erscheinung getreten und hatte zugeschlagen. Wie, das wußte John noch nicht.

Am liebsten hätte der Geisterjäger den Rummelplatz räumen lassen. Aber das konnte er nicht schaffen. John wußte aus Erfahrung, daß Unglücke und Katastrophen Neugierige anziehen wie Motten das Licht. Außerdem gibt es bei den Schaustellern einen Wahlspruch, der immer eingehalten wird.

The show must go on!

Die Schau muß weitergehen.

Mit einem bitteren Gefühl in der Magengegend trat John Sinclair die Zigarette aus. Die Sanitäter hatten jetzt Zeit, sich um den verletzten Suko zu kümmern.

Der Chinese versuchte aufzustehen. Er schaffte es nicht ohne Hilfe. Sein Gesicht war bleich. Suko hatte sich tatsächlich eine Gehirnerschütterung zugezogen.

Er grinste verzerrt, als er sagte: »Tut mir leid, Partner, aber auf mich mußt du wohl verzichten.«

»Ich werd's schon schaffen«, erwiderte der Geisterjäger optimistisch.

Suko hob die breiten Schultern. »Aber paß auf. Dieser Totengräber ist höllisch gefährlich.«

John nickte.

Suko wurde auf eine Trage gelegt und dann in den Krankenwagen geschoben. Ein mehrtägiger Krankenhausaufenthalt war ihm sicher.

Der Geisterjäger befand sich allein im Karree der Auto-Scooters. Dann hörte er eine keifende Männerstimme. Er sah einen pickeligen Jüngling neben einem Mann hergehen, der mit Händen und Füßen redete.

Der Mann war klein, trug einen braunen Anzug und einen dicken Ring am Finger.

Als der Knabe John Sinclair sah, schoß er auf ihn zu.

»Sie, was suchen Sie hier?«

Der Kerl schwitzte und roch unangenehm aus dem Mund.

»Das kann ich Sie fragen«, erwiderte John.

»Ich bin der Besitzer hier.«

John präsentierte seinen Ausweis. Der Schausteller wurde sofort ruhiger. »Dann können Sie mir sicherlich genau sagen, was vorgefallen ist, nicht wahr?«

»Nein, ich weiß es auch nicht.«

»Verdammt«, tobte der Schausteller. Dann wies er auf den Pickeligen. »Er hat mir von einem Chinesen erzählt, der sich einigen Rockern in den Weg gestellt hat. Wo ist der Chinese?«

John drehte sich um und ging. Der Mann fiel ihm auf den Geist.

»Aber was soll ich denn machen?« kreischte der Schausteller hinter dem Oberinspektor her.

John gab keine Antwort mehr. Er verließ das Karree und ging in Richtung Achterbahn. Er wollte noch einmal mit Carl Norton reden. Vielleicht nahm der Mann jetzt Vernunft an.

Denn eins war klar. John Sinclair glaubte auf keinen Fall, daß dies der letzte Auftritt des Totengräbers gewesen war. Der Mann wollte seine Rache. Er würde weiter zuschlagen und dabei keine Rücksicht auf Menschenleben nehmen.

Wieder einmal machte John Sinclair die Erfahrung, daß Katastrophen die Menschen nicht abschrecken, sondern eher noch anlocken. Der Rummelplatz war brechend voll. Die Menschen, die dabeigewesen waren, standen im Mittelpunkt. Sie erzählten, redeten und schmückten aus.

John Sinclair fühlte ein bitteres Gefühl in sich aufsteigen.

The show must go on!

John hatte das Gefühl, als wäre die Musik noch lauter

geworden, als würden sich die Anreißer noch mehr anstrengen, Besucher in diverse Buden und Hallen zu locken.

Die Schau mußte weitergehen.

Und der Totengräber holte bereits zu seinem zweiten gnadenlosen Schlag aus . . .

Margret Carruthers klatschte begeistert in die Hände. »Du bist ja Klasse, Reddy«, rief sie.

Gaylord ließ das Luftgewehr sinken und warf sich in die Brust. Lächelnd drehte er sich um. »Eine meiner leichtesten Übungen. Schon in der Armee habe ich zu den besten Schützen gezählt.«

Der Besitzer der Schießbude duckte sich und holte eine armlange Kunststoffrose unter dem Tresen hervor. »Darf ich sie der Lady überreichen?« fragte er.

»Aber bitte doch«, erwiderte Reddy.

Mit einer Verbeugung gab der Schießbudensitzer Margret Carruthers die Blume. Reddy steckte sie seiner Frau in das oberste Knopfloch ihrer Bluse.

»Laß doch«, sagte Margret, »ich halte sie lieber in der Hand.«

»Wie du willst.«

Das Ehepaar Carruthers schlenderte weiter. Sie wollten mal wieder einen lustigen Abend erleben. Sie wußten gar nicht, wohin sie zuerst schauen sollten. Die unzähligen farbigen Lichter der Karussells wirkten wie bunte große Perlen. Bratengeruch schwängerte die Luft. Würstchen brutzelten auf Holzkohlengrills. An einer Fischbude standen die Menschen Schlange.

Margret hatte sich bei ihrem Mann untergehakt. Sie wußte schon, was kam. Lächelnd blickte sie ihn an.

Und Reddy enttäuscht sie nicht. »Eigentlich hätte ich ja Hunger«, sagte er. »Einen Hamburger oder ein Würstchen – das wäre schon was.«

Margret schlug ihrem Mann auf den Bauch, der sich über der Hose wölbte. »Okay, du Bär, hol dir schon deine Portion.«

Das ließ sich Reddy nicht zweimal sagen. An der nächsten Bude blieb er stehen.

Margret aß nicht. Dafür schaufelte sich Reddy gleich zwei

Würstchen in den Magen. Zufrieden leckte er sich über die fettigen Lippen. »Das hat geschmeckt.«

Frisch gestärkt ging Reddy weiter. Seine Frau gönnte sich ein Eis. Wie ein Magnet zog die Geisterbahn das Ehepaar an. »Ist ja irre«, sagte Carruthers. »Komm, wir drehen eine Runde.«

Margret schüttelte den Kopf. »Ohne mich.«

Reddy überlegte. »Dann fahre ich eben allein«, entschied er. »Meinetwegen.«

Gaylord Carruthers ging zur Kasse. Drei Leute standen vor ihm. Dann löste er seine Karte. Er mußte noch warten, bis er in einem der Wagen Platz nehmen konnte. Alle zehn Sekunden schossen sie durch die Flügeltür. Immer wenn sich die Tür öffnete, ertönte ein nervenzerfetzendes Kreischen.

Reddy stieg ein. Bevor sich der Wagen in Bewegung setzte, winkte er seiner Frau noch einmal zu. Dann wurden die Eingangstürhälften von der Schnauze des Gefährts aufgestoßen.

Reddy tauchte in die Dunkelheit, die jedoch nur Sekunden andauerte, um dann von einem plötzlich auftauchenden Skelett erhellt zu werden. Das Gerippe hatte das zahnlose Maul weit aufgerissen. Ein schauriges Lachen begleitete die Bewegungen des Skeletts. Es streckte die Hand aus, doch bevor es den Fahrgast berühren konnte, war es verschwunden.

Weiter ging die Fahrt. Es folgten die üblichen Monster und Ungeheuer, auch der Gehenkte durfte nicht fehlen. Nach einer Kurve ging es dann wieder dem Ausgang entgegen. Reddy wußte, daß kurz vor Fahrtende noch ein besonderer Schock auf die Gäste wartete. Es war hier nicht anders.

Und es war ein Schock, der ihm durch und durch ging.

Urplötzlich tauchte eine Gestalt auf.

Altertümlich gekleidet, hoher Zylinder, Gamaschen, ein wissendes Lächeln. In der rechten Hand eine Schaufel. In der anderen eine Laterne.

Der Totengräber!

Reddy traf es wie ein Hammerschlag.

Dicht vor dem Wagen schwebte der Totengräber in der Luft. Seine dünnen Lippen bewegten sich, formten Worte.

»Ich kriege dich noch«, flüsterte der Unheimliche. »Ich

bekomme dich, Freund.« Der Totengräber streckte den Arm aus, und Reddy sah eine Skeletthand dicht vor seinen Augen schweben.

Aber diesmal berührten ihn die Knochen.

Kalt waren sie – kalt wie Eis. Sie glitten über sein Gesicht. Reddy stieß einen Schrei aus.

Dann war der Spuk verschwunden.

Der Wagen donnerte gegen die beiden Türhälften und rollte aus dem Innern der Geisterbahn.

Reddy war blaß. Die Ereignisse der Vergangenheit stiegen vor seinem geistigen Auge auf. Er sah sich wieder auf der Baustelle, sah die Hand und . . .

Diesen Totengräber gab es also tatsächlich. Er hatte ihn zwar damals selbst nicht gesehen, aber davon gehört. Ob er was im Schilde führte?

»He, Mister, aussteigen!« hörte er dicht neben sich die Stimme eines Schaustellergehilfen.

»Ach so, ja. Entschuldigung.« Reddy schwang sich aus dem Wagen. Seine Frau wartete schon ungeduldig.

»Was ist los?« empfing sie ihn. »Hat dich die Fahrt so geschockt?«

Reddy beschloß, seiner Frau nicht die Wahrheit zu sagen. »Es war nichts«, erwiderte er. »Die Luft, weißt du. Mir ist auf einmal schlecht geworden. Kann ja passieren.«

»Ich weiß nicht.« Margret blickte ihren Mann skeptisch an.

Reddy lachte schon wieder. »Komm, laß dir den Abend nicht versauen. Wir werden noch alles durchfahren und ausprobieren. Und dann, zum Schluß, fahren wir mit der Achterbahn. Einverstanden?«

Margret Carruthers nickte nur. So ganz überzeugt war sie jedoch nicht. Irgend etwas stimmte hier nicht . . .

Carl Norton hatte die Angewohnheit, nach der ersten Hälfte des Abends schon einmal abzurechnen. Er nahm dann die Kassette mit dem Geld und zog sich in seinen Wohnwagen zurück.

So war es auch diesmal.

Carl Norton hatte sich zu seiner Tochter in das Kassenhäuschen gequetscht. Vera war ziemlich erschöpft. »Gleich muß mich aber jemand ablösen«, sagte sie.

Ihr Vater nickte und klemmte sich die Kassette unter den Arm. Dann verstaute er sie in seiner Aktentasche. »Halte noch eine halbe Stunde durch, ich komme dann und übernehme die Kasse. Übrigens, was war bei den Auto-Scootern los?«

Vera hob die wohlgerundeten Schultern. »Keine Ahnung. Aber ich glaube, da machten Rocker Terror.«

»Dieses verdammte Pack!« schimpfte Norton. »Wollen nur hoffen, daß die Kerle nicht auch uns heimsuchen. Aber Achterbahnen waren für die noch nie interessant.« Er bückte sich und warf einen Blick durch die Scheibe. Ein zufriedenes Lächeln stahl sich um seine Lippen. »Alle Wagen in Betrieb«, murmelte er. »Na, die Einnahme kann sich sehen lassen. Ist aber auch gut so. Schließlich hat mich der Spaß eine schöne Stange Geld gekostet. Und die will erst mal verdient sein.« Norton streichelte seiner Tochter über die Wange. »So Girlie, ich gehe jetzt. Halte die Stellung.«

Vera nickte. »Beeil dich«, rief sie ihrem Vater noch nach.

»Ja, ja.«

Norton verließ das Kassenhäuschen. Obwohl der Jahrmarkt in buntem Lichterglanz erstrahlte, sah er das Blaulicht der Krankenwagen über die falschen Fassaden geistern. Er entdeckte auch einige Rocker, die in Richtung der abgestellten Materialwagen stürmten. Wenig später hörte er das Röhren schwerer Motorräder.

Carl Norton fiel ein Stein vom Herzen. Die Rocker verschwanden.

Zielstrebig näherte er sich seinem komfortablen Wohnwagen. Hin und wieder schnappte er Gesprächsfetzen von Besuchern auf. Die Unterhaltungen drehten sich fast ausschließlich um die Ereignisse bei den Auto-Scootern. Dort mußte die Hölle losgewesen sein.

Carl Norton holte den Schlüssel aus seiner Tasche und öffnete die Tür des Wohnwagens. Für einen flüchtigen Moment dachte er an den Totengräber und dessen Besuch, doch dann hatte er die Gestalt schon wieder vergessen. Die Einnahme war wichtiger.

Er knipste das Licht an – ein eigener Generator spendete Strom – und setzte sich hinter seinen Schreibtisch. Zuvor verschloß Carl Norton die Tür von innen. Dann packte er die Kassette aus, rollte Kleingeld und Scheine auf den Tisch und begann zu zählen.

Bei jedem glatten Hunderter nickte er. Bei fünfhundert Pfund genehmigte er sich einen Whisky, und als er bei tausend Pfund angelangt war, gönnte er sich eine Zigarre.

Bei eintausendzweihundertundzehn Pfund war Schluß.

Soviel Geld hatten vier Stunden gebracht.

Enorm!

Carl Norton bündelte die Scheine, legte die Münzen aufeinander und verstaute alles in seinem Tresor. Am anderen Morgen wollte er die Einnahme zur Bank bringen.

Der Safe hatte ein Sicherheitsschloß, dessen Kombination nur Carl Norton kannte. Nicht einmal seine Tochter hatte er eingeweiht. Allerdings hatte seine Frau davon gewußt.

Im Safe befanden sich noch Papiere und wichtige Unterlagen. Er legte die Einnahmen in das untere Fach, drückte die Tür wieder zu, drehte sich zufrieden grinsend um – und erstarrte.

Vor ihm stand der Totengräber!

Nortons Grinsen erlosch.

Der Schausteller bekam plötzlich Schluckbeschwerden. Er hatte den Unheimlichen nicht gehört, geschweige denn gesehen. Wie ein Schatten mußte er in den Wohnwagen eingedrungen sein.

Lionel Hampton lächelte. Er trug eine Laterne in der rechten Hand, schwenkte sie hin und her und sagte mit Grabesstimme: »Es ist soweit, Carl Norton. Ich bin hier, um dich zu holen!«

Der Schausteller konnte nicht sprechen. Wie zugeschnürt war seine Kehle. Er mußte sich räuspern. »Was – was wollen Sie von mir?« fragte er krächzend.

»Das habe ich dir doch schon gesagt. Du wirst zu uns kommen. Du wirst eingehen in das Reich der Geister. Du hast auf meine Warnung nicht gehört. Jetzt ist es zu spät.«

Norton schwitzte Blut und Wasser. In einer verzweifelten Geste hob er die Arme. »Aber – aber wir können doch noch einmal über alles reden, Mister . . . Sir . . . Ich . . . ich bin bereit, auf Ihre Bedingungen einzugehen. Wirklich.«

Lionel Hampton schüttelte den Kopf. »Zu spät, mein Freund. Zu spät.«

Carl Norton wich zurück. Angst flackerte plötzlich in seinem Blick. Ihm war klargeworden, daß er von dem Totengräber keine Gnade zu erwarten hatte. Er hatte den Mann nicht ernst genommen. Jetzt war es zu spät.

Der Totengräber ließ den Schausteller gewähren. Dann machte er eine Handbewegung, und ruckartig flog die vorher verschlossene Eingangstür des Wagens auf.

»Geh!« rief Lionel Hampton. »Geh!«

Carl Norton blickte sich gehetzt um. Er starrte nach draußen in die rabenschwarze Dunkelheit. Hier zwischen den Wohnwagen brannte kein Licht. Nur am Nachthimmel war der Widerschein der Rummelplatzbeleuchtung zu sehen.

»Geh!«

Der Befehl galt Carl Norton. Und plötzlich war ihm alles egal. Er sah die offene Tür, gab sich einen Ruck und rannte los.

Panikartig stürmte Norton dem Ausgang entgegen. Angst und Furcht peitschten ihn voran. Er stürzte auf die Tür zu, übersprang mit einem Satz die Schwelle . . .

Da wurde er zurückgerissen.

Norton brüllte auf.

Jemand packte seinen Nacken und riß ihn hoch, als wäre er nur ein Spielzeug. Nach wenigen Sekunden schon schwebte Carl Norton hoch über dem Rummelplatz. Er strampelte mit Armen und Beinen, versuchte, den Kopf zu drehen, um erkennen zu können, was ihn da festhielt.

Der Schausteller sah nicht, daß es eine überdimensionale Hand war, von deren Fingern er gehalten wurde.

Plötzlich sah er unter sich die Achterbahn. Sein Lebenswerk.

Er sah die Wagen. Sie wirkten wie Spielzeugautos. Der Wind zerzauste seine Haare, und er vernahm dicht neben seinem Ohr eine grausam klingende Stimme. »Ich werde noch ein Exempel statuieren«, sagte der Totengräber. »Eins hat nicht gereicht. Ich bin gespannt, wie deine Freunde reagieren, wenn es zum Chaos kommt. Gib genau acht, Carl Norton, denn jetzt beginnt Teil zwei meiner Rache . . .«

»Treten Sie näher, meine Damen und Herren. Kommen Sie zu uns. Hier erleben Sie den Schrecken, der Ihnen das Mark in den Knochen gefrieren läßt. Eine kleine Kostprobe vielleicht? Vorhang!« schrie der Anreißer und machte eine ausholende Handbewegung. Ein Teil des dunkelroten, muffig riechenden Vorhangs schob sich zur Seite. Für Sekundenbruchteile wurde eine Leinwand sichtbar. Dann tauchte ein Vampir mit blutverschmiertem Mund auf. Er jagte hinter einem blonden Mädchen her, das nach jedem zehnten Schritt einen Teil seiner Kleidung fallen ließ. Bevor das Girl völlig nackt war, schloß sich der Vorhang wieder.

Der Ansager lachte. »Wollen Sie wissen, wie es weitergeht? Wollen Sie miterleben, wie der Blutsauger sich über die Wehrlose hermacht? Dann kommen Sie schnell. In zehn Minuten beginnt die Aufführung. Lassen Sie Kinder und schreckhafte Frauen draußen, denn bei uns erleben Sie Horror, wie er schrecklicher nicht sein kann.«

Der Anreißer stieß ein schauriges Gelächter aus, während aus zwei Lautsprechern schrille, nervenaufpeitschende Musik drang.

John Sinclair wandte sich ab. Die Masche mit dem Schrecken zog noch immer. Besucher drängten sich bereits vor der Kasse. Alle Altersschichten waren vertreten.

Aber was dort gezeigt wurde, war ja nur ein Film. Man selbst konnte die Szenen genüßlich ansehen und brauchte nicht um sein eigenes Leben zu fürchten.

Man war ja in Sicherheit . . .

Die Ahnungslosen, dachte der Geisterjäger. Sie wußten nicht, daß die Schrecken, die die Wirklichkeit für sie parat hielt, oft viel grausamer waren. John konnte davon ein Lied singen. Er hatte schon Fälle aufgeklärt, die bei einem normal denkenden Menschen zum Haarausfall geführt hätten.

Es gab sie tatsächlich – diese Vampire oder Werwölfe. Sie lebten als Menschen verkleidet, hatten sich angepaßt und warteten immer wieder auf ihre Chance. Es war noch nicht lange her, da hatte sich John Sinclair mit drei weiblichen Vampiren herumschlagen müssen. Mit Schaudern dachte er an den Fall.

Der Oberinspektor ging weiter. Er steuerte die Achterbahn an.

Es war schon reichlich spät für seinen Besuch, aber John hoffte, daß er Vera Norton noch antreffen würde.

Vor der Achterbahn herrschte noch immer ein großer Andrang. John fiel ein Paar auf, das untergehakt auf die lange Schlange am Kassenhäuschen zuschritt. Die Frau trug eine Rose. Der Mann hatte brandrotes Haar. Seine Blicke streiften über das Wunderwerk der Technik.

John Sinclair drängte sich an den wartenden Besuchern vorbei. Er suchte Vera Norton.

Das schwarzhaarige Girl saß in dem kleinen Kassenhäuschen. Vera war so beschäftigt, daß sie John Sinclair gar nicht bemerkte.

Der Geisterjäger wartete. Er hoffte, Carl Norton zu finden, doch von dem Schausteller war nicht ein Jackenzipfel zu sehen.

John sprach einen der Arbeiter an.

Der Mann zog sich seine Hose hoch und sagte, ohne die Zigarettenkippe aus dem Mund zu nehmen: »Der Chef ist in seinem Wagen.«

Der Arbeiter brummte irgend etwas, nahm eine Ölkanne hoch und verschwand in einer Bretterbude.

Johns Blicke flogen in den Nachthimmel. Er sah die glänzenden Schienen der Bahn. Wagen auf Wagen jagte hinunter. Menschen klammerten sich fest. Schreie gellten gegen den Himmel. Die langen Haare der Mädchen flatterten, und immer, wenn die Wagen in den mörderischen Kreisel rasten, wurden die Schreie besonders laut.

Angst und Sensationsgier – sie hielten sich hier die Waage. Niemand wollte vor seinen Freunden als feige gelten.

Als John Sinclair zufällig einen Blick auf das Kassenhäuschen warf, sah er Vera Norton winken.

John öffnete die Tür des Häuschens. Vera drehte für einen Augenblick den Kopf. »Ich müßte eigentlich hier weitermachen, bis mein Vater zurückkommt. Aber das kann noch dauern. Ich sorge für eine Vertretung, okay?«

»Ja.« John lächelte und schloß die Tür.

Die Wartezeit verkürzte er sich mit einer Zigarette. Von den Rockern war nichts zu sehen. Sie hatten nach dem Fiasko beim

Auto-Scooter fluchtartig das Weite gesucht. Bestimmt waren sie bedient.

Zwei Rocker waren tot. Auf grauenhafte, magische Weise verbrannt. Dieser Totengräber kannte keinen Pardon. Seine Rache mußte schrecklich sein. Nur – welches Motiv leitete ihn?

John wußte fast nichts. Außer, daß auf diesem Gelände mal ein Friedhof gewesen war. Der Geisterjäger beschloß, sich am nächsten Tag bei den verantwortlichen Stellen in Upfield zu erkundigen. Hätte er vorher gewußt, wie der Fall laufen würde, hätte er das schon getan. So aber mußte er sich gedulden.

Vera hatte eine Vertretung gefunden. Sie sprach mit einem jungen Mann, der hin und wieder nickte. Dann erhob sich Vera von ihrem Platz, öffnete die Tür, drückte sich aus dem Kassenhaus und ging mit schnellen Schritten auf den Oberinspektor zu.

»Puh«, rief sie und wischte sich eine Haarsträhne aus der Stirn. »Das ist ein Streß.«

»Aber das Geschäft läuft«, sagte John.

»Und wie.« Vera trug weiße Jeans und ein knappes T-Shirt. Der Ausschnitt zeigte viel von ihrer gebräunten Haut. »Haben Sie mal eine Zigarette für mich, Mr. Sinclair?«

Der Geisterjäger griff in die Tasche. »Sagen Sie John.«

»Aber nur, wenn Sie mich Vera nennen.«

»Wüßte nicht, was ich lieber täte.«

Vera Norton lachte, nahm eine Zigarette und ließ sich Feuer geben. Tief sog sie den Rauch in die Lungen. Dabei schloß sie für einen Moment die Augen.

John ließ sie gewähren. Dann fragte er: »Ihr Vater ist nicht da, wie ich gehört habe.«

»Richtig.« Vera stieß den Rauch durch die Nase aus. »Er ist in unserem Wohnwagen und zählt die erste Einnahme. Das ist so eine Marotte von ihm, zwischendurch die bisherige Einnahme zu zählen. Schon von früher her.«

»Hat sich dieser Totengräber noch einmal gemeldet?« wollte John wissen.

»Nein. Bei Ihnen denn?«

Der Geisterjäger nickte ernst. »Nicht direkt bei mir, sondern bei den Auto-Scootern. Urplötzlich ist er dort aufgetaucht.«

Vera legte die Hand gegen ihren Mund. »Aber . . . aber da waren doch die Rocker?«

»Genau.«

»Und jetzt?«

»Zwei Rocker sind tot.«

»Himmel, nein.« Vera wankte einen Schritt zurück.

»Da sehen Sie, wie ernst es diesem Totengräber ist«, meinte John. »Ich muß noch einmal mit Ihrem Vater reden und ihn warnen. Er muß einfach auf die Worte des Unheimlichen hören.«

»Sollen wir zu ihm gehen?«

»Das wäre eigentlich das beste.«

Vera hob die Schultern. »Ich glaube kaum, daß Sie Vater umstimmen können. Was er sich einmal in den Kopf gesetzt hat, führt er auch durch. Ich kenne ihn.«

»Dann kann es zu spät sein«, sagte John Sinclair. Seine Stimme klang sehr ernst. Er zeigte auf die riesige Achterbahn. »Sehen Sie sich dieses Wunderwerk doch mal an, Vera. Perfekt in Technik und Sicherheit. Was glauben Sie, was passiert, wenn der unheimliche Totengräber sich an die . . .«

»Hören Sie auf.« Vera winkte ab und hielt sich demonstrativ die Ohren zu. »Malen Sie den Teufel nur nicht an die Wand.«

John Sinclair blieb bei seiner Meinung. »Es tut mir leid«, sagte er, »aber wir müssen damit rechnen.«

Vera Norton biß sich auf die Lippen. »Kommen Sie, wir gehen zu meinem Vater.«

»Können Sie denn den Betrieb hier ohne Aufsicht lassen?« fragte John. Er zögerte noch. »Wenn Sie mir beschreiben, wo ich den Wohnwagen finden kann, dann werde ich schon allein zurechtkommen.«

»Nein, nein. Ich gehe mit.«

Vera lief bereits mit raschen Schritten voraus. John folgte ihr. Sie drängten sich durch die Menschen. Zum Glück kannte Vera Norton eine Abkürzung. Hinter den abgestellten Wagen führte sie vorbei. Dann tauchten sie in eine schmale Gasse und sahen schon den Lichtstreifen, der durch eine offene Tür nach draußen fiel.

»Das ist unser Wagen«, rief Vera.

John Sinclair überholte das Girl. Als erster war er an der offenstehenden Tür, blickte in den Wagen.

Er war leer.

Wenigstens der Raum, der vor ihnen lag.

John spürte Veras Atem in seinem Nacken. »Meine Güte, was ist mit Dad?«

John ging die Stufen hoch ins Innere des Wohnwagens. Er sah eine schmale Tür.

»Wo führt die hin?« erkundigte sich der Oberinspektor.

»In den Waschraum.«

John öffnete.

Er sah eine Dusche, eine Sitzbadewanne, ein Waschbecken, aber keine Spur von Carl Norton.

Auch in Veras Schlafraum steckte der Schausteller nicht.

Kopfschüttelnd kam das Girl zurück. »Das verstehe ich nicht«, sagte sie.

»Ist denn was gestohlen worden?« wollte John wissen.

»Keine Ahnung.« Vera blickte sich um. »Wie es aussieht, ist alles normal.«

»Und das Geld?«

Vera deutete auf den Safe. »Dad schließt die Kassette immer dort ein. Ich kenne aber die Kombination nicht.«

»Das ist zuviel der Vorsicht«, meinte John.

Vera sah ihn an. »Meinen Sie denn, daß Einbrecher . . .?«

»Möglich.« John Sinclair ging schon wieder auf die Tür zu. Vera folgte ihm.

»Wo wollen Sie denn hin?«

Der Oberinspektor drehte den Kopf. »Zurück zur Achterbahn. Vielleicht ist Ihr Vater dort inzwischen wieder eingetroffen.«

»Ich gehe mit.« Vera verschloß den Wohnwagen mit dem Zweitschlüssel. Diesmal hatte sie es ebenso eilig wie auf dem Hinweg. »Mir ist das alles unbegreiflich«, sagte sie. »Ich verstehe einfach nicht, wie er so etwas tun kann.«

John Sinclair enthielt sich eines Kommentars. Er hatte längst den Verdacht, daß Carl Norton nicht freiwillig den Wohnwagen unverschlossen verlassen hatte.

Unwillkürlich wanderte Johns Blick in die Höhe, wo sich das

hellerleuchtete Gerüst der Achterbahn gegen den dunklen Hintergrund abhob.

Und plötzlich stockte dem Geisterjäger der Atem.

Neben ihm schrie Vera Norton auf.

»Mein Gott, Dad«, flüsterte sie. Die nächsten Worte gingen in einem Schluchzen unter.

Aber auch der abgebrühte John Sinclair konnte nicht vermeiden, daß es ihm heiß und kalt zugleich wurde.

Hoch am Himmel und über der Achterbahn schwebte eine riesige Hand. Die einzelnen Finger leuchteten grünlich, und zwischen ihnen zappelte ein Mensch.

Carl Norton!

»Bleibt uns nur noch die Achterbahn«, sagte Gaylord Carruthers und wischte sich den feinen Schweißfilm von der Stirn. »Puh, solch ein Rummelplatzbesuch ist doch anstrengend.«

»Wir können es auch lassen und nach Hause gehen«, schlug Margret vor.

Reddy schüttelte entschieden den Kopf. »Kommt gar nicht in Frage. Auf die Fahrt habe ich mich schon die ganze Zeit gefreut. Außerdem, wer weiß, wann wir mal wieder die Chance bekommen, mit einer Achterbahn zu fahren. Schließlich wohnen wir am Arm der Welt.«

»Sei nicht so ordinär.«

»Bin ich doch nicht. Ich habe Arm gesagt und nicht . . .« Reddy lachte. Er hatte seine gute Laune wiedergefunden. Das Auftauchen des Totengräbers in der Geisterbahn hatte er längst vergessen. Reddy redete sich ein, er habe nur eine Halluzination gehabt.

Das Ehepaar Carruthers hatte einiges hinter sich. Kein Karussell war vor ihnen sicher gewesen. Auch an den Losbuden hatte Reddy Geld gelassen, jedoch bis auf einen Streifen Schokolade nichts gewonnen.

Das ärgerte ihn nicht. Dann habe ich eben Glück in der Liebe, sagte er sich, und dabei hielt er seine Frau fest an sich gepreßt.

Schon bald standen sie vor der Achterbahn.

Ihre Blicke streiften in die Höhe.

»Ist ja schon gewaltig«, sagte Reddy. »Sieh dir mal die Stahlkonstruktion an. Sagenhaft.«

Margret schauderte unwillkürlich. »Kann denn da nichts passieren?« fragte sie.

»Nein. Das Ding ist so gesichert wie – wie . . .« Reddy fiel kein Vergleich ein. Dafür sagte er: »Oder hast du schon mal von einem Achterbahnunglück gehört?«

»Nein.« Die Antwort kam zögernd.

»Na bitte.« Reddy blickte sich um. »Ich kümmere mich um die Karten«, sagte er.

Reddy mußte sich anstellen. Noch immer wartete eine Menschenschlange. Gaylord Carruthers zündete sich eine Zigarette an. Er rauchte filterlose, ziemlich starke Stäbchen. Reddy konnte eine innere Nervosität nicht unterdrücken. Er wußte auch nicht, woher sie kam, aber die Unruhe war da und ließ sich nicht wegleugnen.

Langsam näherte er sich der Kasse. Hin und wieder warf er seiner Frau einen Blick zu. Margret lächelte jedesmal, einmal spitzte sie die Lippen zu einem Kuß.

Reddy strich sich über das widerspenstige Haar.

Fahr nicht! sagte eine innere Stimme in ihm. Diese Achterbahn ist gefährlich. Bleib lieber weg! Verzichte auf die Fahrt.

»Sie wünschen?« Eine barsch fragende Stimme riß ihn aus seinen Gedanken. Reddy hatte gar nicht bemerkt, daß er schon vor dem Kassenhäuschen stand.

»Ach so, ja. Entschuldigung. Zwei Karten. Erwachsene«, sagte er.

Der Mann riß das Gewünschte von einer Rolle ab und drückte Reddy die Karten in die Hand.

Carruthers zahlte und winkte seiner Frau. Margret drückte sich an den wartenden Menschen vorbei. Neben ihrem Mann ging sie durch den schmalen Gang auf den Halteplatz der Wagen zu.

Sie mußten noch warten. Eine Gruppe von vier Menschen bestieg vor ihnen ein Gefährt.

Dann konnten sie Platz nehmen.

Der Wagen war grün lackiert. Reddy und Margret hatten die beiden vorderen Plätze besetzt. Hinter ihnen stiegen zwei Girls ein. Sie waren schon leicht angetrunken und kicherten pausenlos. Als Reddy ihnen einen unwilligen Blick über die Schulter zuwarf, streckte eines der Mädchen die Zunge heraus.

»Bist du nicht in Form, Opa?«

Reddy wollte zu einer scharfen Erwiderung ansetzen, doch Margret stoppte den sich anbahnenden Redefluß, indem sie den Kopf schüttelte.

Reddy blieb ruhig.

Der Wagen ruckte an.

Instinktiv klammerten sich Reddy und Margret an dem Bügel vor ihnen fest. Er war aus Metall, glänzte und war dort, wo die Hände auflagen, mit griffigen Gummischützern versehen.

Vor der Schnauze des Gefährts tauchte die erste steile Abfahrt auf. Die Geschwindigkeit hatte sich etwas vergrößert. Die Fahrgäste wurden nach hinten gegen die Rückenlehnen der Sitze gepreßt.

Reddy saß an der rechten Seite. Die Besucher auf dem Rummelplatz wurden kleiner. Man konnte jetzt schon auf die Buden und Karussells sehen. Das Kettenkarussell war in Betrieb. Die Menschen in den schleudernden Sitzen wurden fast waagerecht durch die Luft gefegt.

Der Wagen auf der Achterbahn fuhr weiter. Jetzt hatte er den höchsten Punkt der Steigung erreicht.

Die Mädchen hinter dem Ehepaar Carruthers kicherten noch immer. Sie winkten und schrien die Namen ihrer Freunde, die wohl unten auf dem Rummelplatz warteten.

Glatt und sicher rollte der Wagen auf den Schienen voran. Urplötzlich tauchte das erste Gefälle auf.

Margret schrie unwillkürlich auf, als sich das Gefährt nach vorn neigte, blitzschnell an Geschwindigkeit gewann und die Schienen hinunterraste. Ein Ruck, dann ging es wieder hoch.

Reddy lachte. Er legte den Arm um Margrets Schultern. »Klasse, nicht wahr?«

Margret nickte nur. »Da kommt der Tunnel!« rief sie.

Dicht vor ihnen gähnte dem Wagen die dunkle Röhre entgegen. Und schon war er darin verschwunden.

Bunte Lichter glühten an den Seiten. Die Schienen waren jetzt etwas schräg gebaut. Der Wagen legte sich in eine Linkskurve.

Dann waren sie aus dem Tunnel heraus.

Sofort ging es steil hinab.

Rasend schnell erhöhte sich die Geschwindigkeit. Die drei Frauen schrien. Der Wagen wurde schneller, immer schneller.

Der Kreisel!

Mit mörderischer Geschwindigkeit preschte das Gefährt hinein. Die Menschen wurden nach links außen gepreßt, klammerten sich fest. Jetzt waren sie ganz auf die Technik und Statik des Wagens angewiesen.

Wie eine Rakete schoß das Gefährt aus dem Kreisel heraus. Reddy und Margret holten tief Luft. Sie fuhren dicht über dem Boden. Der Wagen zischte über eine glatte Strecke, um dann wieder hochgezogen zu werden.

»Das war erst der kleine Kreisel«, rief Reddy seiner Frau zu.

Hinter ihnen stöhnte eines der Mädchen. »Mir wird schlecht.«

»Hoffentlich kotzt die mir nicht in den Nacken«, murmelte Reddy, »das hätte mir noch gefehlt.«

Sie fuhren nun noch höher, hatten den obersten Punkt der Achterbahn erreicht. Danach würde es noch einmal hart werden. Der doppelte Kreisel wartete, und danach rollte der Wagen dann langsam aus.

Keiner der Insassen sah nach oben. Niemand bemerkte die riesige Hand, die auf einmal über ihnen am Himmel schwebte und einen Menschen in den Fingern hielt.

Erst als das grünliche Leuchten intensiver wurde, blickte Reddy hoch.

Sein Atem stockte.

Auch Margret hatte die Hand jetzt gesehen. »Reddy!« schrie sie. »Mein Gott, was ist das?«

Auf den hinteren beiden Sitzen kreischten die Mädchen vor Angst.

Reddy gab keine Antwort. Aus entsetzt aufgerissenen Augen starrte er die riesigen Finger an, die plötzlich auseinanderglitten.

Der Mann, den sie noch eben gehalten hatten, fiel.

Nie würde Reddy den Schrei vergessen, der seine Ohren

erreichte. Mit rasender Geschwindigkeit näherte sich der Körper der Achterbahn, und dann gellte ein höllisches Gelächter auf, das weit über den Rummelplatz schallte.

Ruckartig blieb der Wagen stehen.

»Raus!« schrie Margret. »Wir müssen hier raus!«

»Nein!« brüllte Reddy zurück. »Bleib hier! Du stürzt ab. Du . . .«

Die nächsten Worte blieben ihm im Hals stecken, denn die riesige Hand glitt tiefer und bewegte sich genau auf den kleinen Wagen zu . . .

Vera Norton begann zu schreien. »Dad!« brüllte sie. »Dad!« Immer wieder rief sie nach ihrem Vater.

John Sinclair sah keine andere Möglichkeit. Er hob die rechte Hand und schlug Vera links und rechts ins Gesicht.

Das Schreien verstummte. Aus weit aufgerissenen Augen starrte sie den Geisterjäger an. Nichtbegreifen lag in ihrem Blick. Ihre Lippen bewegten sich. »Dad«, flüsterte sie erstickt. »Dad . . .?« Das letzte Wort klang wie eine Frage.

John legte seinen Arm um ihre Schultern. Er spürte, wie die Frau zitterte. Tränen rannen ihre Wangen herunter und hinterließen feuchte Spuren.

John riskierte wieder einen Blick in den Nachthimmel. Noch immer schwebte die Hand hoch über der Achterbahn. Und noch immer befand sich Carl Norton in der gewaltigen Klaue.

Plötzlich brandete ein gellendes Gelächter auf, das John Sinclair eine Gänsehaut über den Rücken trieb. Aber auch Vera Norton schreckte das Gelächter auf.

Wie John Sinclair, so hob sie den Blick, sah wieder auf ihren Vater und beobachtete, wie sich die riesige Hand öffnete und Carl Norton in die Tiefe stürzte.

Sein Schrei mischte sich unter den tausendkehligen Entsetzensruf, den die Rummelplatzbesucher ausstießen.

Vera Nortons Gesicht war nur noch eine Grimasse. All die Gefühle, die sie in diesen schrecklichen Augenblicken empfand, spiegelte sich darin wider. Sie war Zeugin, wie ihr Vater zu Tode stürzte. Und das war einfach mehr, als sie verkraften konnte.

Die Ohnmacht kam, und das bedeutete eine kurze Ruhepause für sie.

John fing die Frau auf. Auch er war blaß. Er hatte in seiner Laufbahn schon vieles erlebt, doch das, was nun geschah, überstieg bei weitem alles.

Denn der Totengräber war noch nicht fertig.

Hilflos mußten einige hundert Menschen, unter ihnen auch John Sinclair, mit ansehen, wie sich die riesige Klaue einem mit Fahrgästen besetzten Wagen näherte, der auf den Schienen der Achterbahn stand.

John Sinclair ballte ihn ohnmächtigem Zorn die Fäuste. Noch nie hatte er sich so hilflos gefühlt.

Die vier Menschen in dem Wagen waren dem Tod nah. Reddy riß den Kopf in den Nacken.

Immer tiefer schwebte die Klaue.

Margret schrie und weinte vor Angst. Sie hatte die Hände vor ihr Gesicht gepreßt und konnte den Anblick nicht mehr ertragen.

Den Mädchen auf den hinteren Sitzen ging es nicht besser. Sie zitterten und brüllten vor Entsetzen.

Die Klaue krümmte sich.

Nur noch Sekunden, dann würde sie zupacken, den Wagen hochheben und dann . . .

Gaylord Carruthers riß sich aus seiner Benommenheit. Er wagte einen letzten Rettungsversuch.

»Raus aus dem Wagen!« brüllte er. »Raus, verdammt!« Er stemmte sich hoch, packte die Schulter seiner Frau und wollte Margret ebenfalls aus dem Gefährt reißen.

Sie hörten nicht die Schreie der Rummelplatzbesucher. Sie sahen nur die Hand, die sich langsam auf sie senkte.

Die beiden Mädchen taten es Reddy nach. Sie stiegen aus dem Wagen, hastig, unkontrolliert.

Zu hastig . . .

Ein Mädchen verfehlte die rechte Laufschiene.

»Vorsicht!« brüllte Reddy.

Ein Schrei, ein Körper, der das Gleichgewicht verlor. Reddy

wollte noch zupacken, verfehlte aber knapp das Kleid des Mädchens. Stoff riß, und dann raste der Körper in die Tiefe.

Gaylord Carruthers war noch nicht ganz aus dem Wagen. Leichenblaß war sein Gesicht. Er zitterte.

Auch Margret hockte noch auf ihrem Sitz. Genau wie das zweite Girl. Es hatte einen Ausdruck in den Augen, der an einen Wahnsinnigen erinnerte.

Da packte die Klaue zu.

Mit den Spitzen nur umklammerten die Finger den Wagen, rissen ihn hoch. Gaylord Carruthers verlor das Gleichgewicht. Verzweifelt ruderte er mit den Armen, sah sekundenlang die gähnende Tiefe vor sich und fiel.

»Aaaahhhh . . .!«

Schaurig hallte sein Schrei durch die Sommernacht. Das Echo klang noch nach, als Gaylord Carruthers auf einer Querstrebe aufschlug, die ihm das Rückgrat brach.

Reddy war schon tot, als er dicht neben dem Kassenhäuschen auf den Boden prallte.

Die Frauen saßen noch im Wagen.

Die unheimliche Hand hielt das Gefährt fest umschlossen. Blitze zuckten plötzlich vom nachtschwarzen Himmel, rasten wie feurige Speere in den Bau der Achterbahn hinein.

Irgendwo gab es einen Kurzschluß.

Die Lichter fielen aus.

Dunkelheit . . .

Und in der Finsternis verhallten die Todesschreie der Frauen.

Der Totengräber kannte keine Gnade.

Die riesige Hand drehte den Wagen um. Wie Puppen fielen zwei Menschen aus dem Gefährt und rasten dem Boden entgegen. Wo sie auftrafen, spritzten die Gaffer auseinander.

Dann packte die Hand den Wagen. Sie drückte ihn zusammen wie eine Blechdose. Es mußte eine ungeheure Kraft in den Fingern stecken. Mit Schwung warf der Unheimliche die Teile weit in die Nacht hinaus.

Noch einmal gellte das schaurige Gelächter.

Dann war es still.

Die Hand verschwand ebenso rasch, wie sie aufgetaucht war. Der Totengräber hatte seine Rache wahrgemacht.

Zurück blieb das Grauen.

Panik brach aus!

Wie eine alles vernichtende Woge rollte sie heran. Die Menschen drehten durch, nachdem sie den ersten Schock überwunden hatten.

Von Todesängsten getrieben hetzten sie über den Rummelplatz. Niemand nahm Rücksicht auf den anderen. Sie rannten sich gegenseitig um, stießen sich zu Boden und hetzten weiter.

Nur weg.

Dort, wo sich John Sinclair und Vera Norton aufhielten, war es relativ ruhig. Sie befanden sich noch in der Nähe der Wohnwagen. John warf sich Vera Norton über die Schulter und lief in den Wagen zurück. Dort legte er das Girl auf ein Bett.

Von draußen her drangen die Angstschreie an seine Ohren. Ein Imbißstand wurde kurzerhand umgerissen. Weinend verschwand eine Frau unter den Holz- und Metalltrümmern. Die kleineren Buden hielten dem Drang der menschlichen Woge nicht stand. Im Nu waren die Ausgänge verstopft. Tausende von Füßen trampelten auf die Parkplätze zu.

Dort kam es dann erneut zum Fiasko.

Die Menschen waren viel zu nervös. Jeder wollte als erster den Ort des Schreckens verlassen.

Wagen keilten ineinander. Schreie, Flüche, Schlägereien.

John Sinclair sah von all dem Durcheinander nichts. Er hatte im Wohnwagen ein Telefon entdeckt. Mit flinken Fingern wählte er die Nummern der Polizei, der Feuerwehr und des Katastrophenschutzes.

Präzise gab John Sinclair seine Anweisungen.

Während er noch sprach, erwachte Vera Norton aus ihrer Ohnmacht. Sie setzte sich auf. Der fragende Ausdruck auf ihrem Gesicht verschwand. »Wo ist er? Was ist mit Dad?«

John drehte sich um, den Hörer noch am Ohr. »Bleiben Sie ruhig liegen«, sagte er.

Vera schüttelte den Kopf. Sie hörte ebenfalls die Schreie und Rufe und konnte sich denken, was draußen los war. Zu allem Unglück tauchte auch noch ein Mann mit blutüberströmtem Gesicht in der Türöffnung auf. Er rollte wild mit den Augen und schrie: »Der Weltuntergang. Der Weltuntergang ist gekommen! Rette sich, wer kann!« Schreiend torkelte er in den Wohnwagen.

John ließ den Hörer fallen. »Raus!« fuhr er den Mann an.

Der Kerl wollte zuschlagen.

John fing die Hand ab. Hebelte den Mann herum, so daß er dessen Rücken vor sich sah, und warf ihn zur Tür hinaus.

Draußen schrie der Knabe weiter. »Der Weltuntergang, der Weltuntergang ist nahe!«

Der Geisterjäger schloß die Tür.

Telefonieren war nicht mehr nötig. Er konnte jetzt nur noch abwarten, bis die von ihm alarmierten Leute eintrafen.

»Wo gibt es hier Whisky?« erkundigte er sich.

Vera deutete auf einen kleinen Schrank. John öffnete ihn, wählte unter verschiedenen Flaschen aus und entschied sich für einen Scotch. Er füllte zwei Wassergläser zur Hälfte.

Eins reichte er Vera.

»Trinken Sie!«

Vera nahm das Glas mit zitternden Fingern entgegen. Während sie es zum Mund führte, verschüttete sie einen Teil des Getränks.

Langsam kehrte Farbe in ihr Gesicht zurück. Der Alkohol tat seine Wirkung.

John nahm dem Girl das Glas aus der Hand. Er selbst hatte seins auch geleert.

Vera räusperte sich, als sie fragte: »Ist Dad . . . ist Dad . . .?« Sie wagte das Wort tot nicht auszusprechen.

John Sinclair nickte mit ernstem Gesicht. »Ja, Vera, Ihr Vater lebt nicht mehr.«

»Nein!« Vera hob die Hände und vergrub ihr Gesicht darin. Krampfhaftes Schluchzen schüttelte ihren Körper. Ihre Schultern bebten.

John ließ sie weinen. Es war besser so. Der Geisterjäger zündete sich eine Zigarette an. Er war noch immer innerlich aufgewühlt.

Die Szenen, die er gesehen hatte, waren auch für einen Mann wie ihn zuviel gewesen.

Grausam war die Rache des Totengräbers.

Aber warum? Warum nur spielte dieser unselige Dämon mit Menschenleben? Er mußte doch ein Motiv haben.

John Sinclair nahm sich vor, dieses Motiv herauszufinden. Und vielleicht fand er dann auch eine Lösung, wie er den Totengräber zur Strecke bringen konnte.

Vielleicht . . .

Große Chancen gab sich der Geisterjäger nicht. Selten hatte er einen Gegner gehabt, der so mächtig gewesen war. Der Totengräber mußte die Kräfte der Hölle auf sich vereint haben.

Plötzlich hörte John in seinem Rücken ein leises Lachen.

Er wirbelte herum.

Und da stand er.

Der Totengräber!

Spöttisch lächelnd, in der rechten Hand eine Laterne, in der anderen einen Spaten.

Johns Herz klopfte bis zum Hals.

Auf der Liege begann Vera Norton leise zu wimmern. Der Anblick des Unheimlichen, der auch der Mörder ihres Vaters war, trieb sie an den Rand des Wahnsinns.

John Sinclairs Gesichtszüge verhärteten sich. Hatte er jetzt die Chance, den Totengräber zu erledigen? Oder war der Unheimliche gekommen, um ihn zu töten?

John atmete tief durch.

Die Sekunden vertickten.

Auf dem Gesicht des Totengräbers vertiefte sich das spöttische Lächeln. »Glaubst du nun, daß ich stärker bin, John Sinclair?« fragte er. »Auch dich werde ich erledigen, Geisterjäger. Ich freue mich, daß wir aufeinandergetroffen sind. Im Reich der Dämonen wartet man schon auf deine Seele, um sie den ewigen Qualen auszusetzen. Und ich habe die Chance, dich zu holen.«

»Wie ist dein Name?« fragte John.

»Lionel Hampton.«

»Und warum hast du diese Menschen ins Unglück gestürzt? Du hättest sie nicht zu töten brauchen.«

Aus den Augen des Totengräbers schienen Blitze zu schießen. »Ich hatte sie gewarnt«, erwiderte er. »Aber sie konnten nicht hören. Sie haben den Jahrmarkt nicht abgerissen. Das war ihr Todesurteil.«

»Warum sollten sie es tun? Weshalb darf hier kein Jahrmarkt stattfinden?«

»Weil sie es so wollen!«

»Wer sind sie?« fragte John.

Das Gesicht des Totengräbers verzog sich. »Die Geister sind es. Die Geister der Toten, die auf dem Friedhof zur letzten Ruhe gebettet wurden.«

»Dann war hier früher ein Friedhof?« folgerte John.

Der Totengräber nickte. »Hier ruhten die Verbrecher, die Gesetzlosen, die Leute, die von der Gesellschaft ausgestoßen wurden.« Der Totengräber unterbrach sich und begann zu kichern. »Außerdem war der Friedhof ein Hort des Satans. Hier holte sich der Gehörnte die Seelen. Und mich – mich hat er als Hüter des Totenackers eingesetzt. Ich habe dem Satan schon zu Lebzeiten ewige Treue geschworen. Die menschliche Gemeinschaft hat mich verachtet. Totengräber – den Beruf mußte es geben, doch mit solchen Menschen wollte keiner etwas zu tun haben. Ebenso nicht mit Scharfrichtern. Man braucht sie, mehr aber auch nicht. Nur nicht mit ihnen in Kontakt kommen. Der Teufel nahm jedoch Kontakt zu mir auf. Eines Nachts ist er mir erschienen und hat mich gefragt, ob ich bereit wäre, für ihn zu arbeiten. Ich habe zugestimmt und auch einen Lohn verlangt. Er versprach mir das ewige Leben. Ich erklärte mich einverstanden. Ich hatte nichts anderes zu tun, als bei Vollmond die geweihten Symbole auf dem Friedhof zu entfernen. Das tat ich gern, es war ja nicht viel Arbeit. Das ewige Leben habe ich ja dafür erhalten, und wer bekommt das schon.«

John Sinclair war mißtrauisch. »Und Sie haben wirklich nicht mehr für den Fürsten der Finsternis tun müssen? Nur die christlichen Symbole entfernen? Das glaube ich Ihnen nicht. Ich kenne den Satan und seine obersten Diener. Sie verlangen mehr. Und sie werden auch bei Ihnen keine Ausnahme gemacht haben.«

Das Gesicht des Totengräbers nahm einen verschlagenen

Ausdruck an. »Du bist schlau, Geisterjäger«, sagte er. »Ich sehe, man darf dich nicht unterschätzen. Ja, ich habe mehr für den Satan getan. Ich habe ihm die Leichen überlassen. Ich konnte ja an die Gräber heran. Wollen Sie wissen, was er mit den Leichen angestellt hat?« fragte der Totengräber lauernd.

»Nein, nein, es reicht«, antwortete John schnell.

Lionel Hampton hob die Hand mit der Laterne. »Ich will die ganze Geschichte erzählen. Sie sollen sie ruhig wissen. Eines Tages überraschte mich ein Pater bei meiner Arbeit. Er war nicht nur Geistlicher, sondern auch Exorzist. Er legte mir magische Fesseln an und bespritzte mich mit Weihwasser. Dann hat man mich lebendig begraben. Doch meinen Geist, den konnte man nicht töten. Den hatte der Teufel schon in seinem Besitz. Seit siebzig Jahren nun bewache ich den Totenacker der verlorenen Seelen, und ich werde es weiter tun und dafür sorgen, daß dieser Platz dem Teufel vorbehalten bleibt. Dich aber, John Sinclair, werde ich töten.«

Mit einer blitzschnellen Bewegung zog der Geisterjäger seine Pistole. Es war seine vertraute Beretta, und John hatte sie mit geweihten Silberkugeln geladen.

»Damit erschreckst du mich nicht, John Sinclair. Kugeln können mir nichts anhaben.«

John hob die Waffe, zielte und schoß.

Die geweihte Kugel flirrte aus dem Lauf, doch sie fuhr durch den Totengräber hindurch, ohne Schaden anzurichten. In der Türfüllung blieb sie stecken.

Vera Norton schrie erstickt auf, als sie sah, was geschehen war. Diese Szene ging über ihr Begriffsvermögen. So etwas hatte sie noch nie erlebt.

Lionel Hampton freute sich. »Alles vergebens, Geisterjäger. Du packst mich nicht. Ich könnte dich sofort und hier auf der Stelle töten. Aber ich tue es nicht. Noch sollst du zittern. Ich erwarte dich jedoch in der nächsten Nacht hier auf dem Rummelplatz. Neben der Achterbahn ist der Treffpunkt, und dort werden wir das entscheidende Duell austragen. Nur du und ich. Erscheinst du nicht, werde ich dich zu finden wissen. Außerdem sterben dann noch mehr Menschen. Was ich euch bisher gezeigt habe, war nur eine kleine Kostprobe. Also denke daran. Genau um Mitternacht will ich dich auf dem Rummelplatz sehen. Auf dem Rummelplatz des Satans.«

Lionel Hampton lachte. Plötzlich wurde sein Körper durchsichtig, und innerhalb eines Atemzuges war der Totengräber verschwunden.

John steckte seine Waffe weg. Er fühlte, daß er in Schweiß gebadet war. Der Dialog mit dem unheimlichen Totengräber hatte ihn mitgenommen. Gedanken schwirrten durch seinen Kopf. Wie war diesem Dämon nur beizukommen? Würden alle Mittel, die ihm zur Verfügung standen, versagen? John merkte, daß sein Hals trocken wurde. So etwas wie Angst schlich sich bei ihm ein.

Veras Weinen riß ihn wieder in die Wirklichkeit zurück. Sofort war John bei dem Mädchen. »Ich werde Sie von hier wegbringen«, sagte er. »Sie brauchen jetzt Ruhe und nichts als Ruhe.«

Geschlafen hatte John Sinclair in seinem Bentley. Und das mehr als schlecht. Die schrecklichen Ereignisse der vergangenen Nacht wühlten noch in seinem Schädel herum. Er fand keine Möglichkeit, die es ihm erlaubte, den unheimlichen Totengräber zu stellen.

Um Vera Norton hatte sich der Arzt gekümmert. Das Girl lag zur Beobachtung in dem kleinen Krankenhaus von Upfield, in dessen Leichenhalle auch die Toten aufgebahrt waren.

In den frühen Morgenstunden wirkte der Ort wie ausgestorben. Es schien, als halte man den Atem an. Kein Mensch ließ sich auf der Straße blicken. Selbst die angereisten Reporter waren noch in ihren Hotelzimmern.

John suchte das Pfarrhaus.

Er fand es hinter der Kirche. Um zum Haus zu gelangen, mußte er über einen schmalen, plattierten Weg gehen. Er lief direkt auf die Tür des Pfarrhauses zu.

Das Pfarrhaus war neu. Man hatte es im Bungalowstil errichtet, mit einem Dach, das an der Rückseite etwas schräg abfiel.

Der Geisterjäger fand eine Klingel. Er legte den Daumen auf den Perlmuttknopf und wartete ab.

Im Haus regte sich nichts, dafür aber näherte sich von der Kirche her ein Mann.

Es war der Pfarrer.

»Guten Morgen«, sagte er mit dunkler Stimme und verzog sein rosiges Gesicht zu einem Lächeln. Das weiße Haar war gescheitelt, und blaue Augen blickten den Geisterjäger freundlich an. »Sie wollen sicherlich zu mir?«

John nickte. »Ja, Herr Pfarrer.«

»Bitte kommen Sie doch ins Haus.«

Der Pfarrer schloß auf. Er ließ John Sinclair vorgehen. Sie betraten den Arbeitsraum des Pfarrers. Vor dem Fenster stand ein dunkler Eichenschreibtisch. An der freien Wand, die nicht von Regalen bedeckt war, hing ein großes Kreuz. Eine Leseecke mit zwei bequemen Ledersesseln befand sich ebenfalls noch im Raum.

Der Pfarrer bat den Geisterjäger, Platz zu nehmen.

John stellte sich erst einmal vor. Als der Oberinspektor seinen Beruf nannte, nickte der Geistliche.

»Ich habe mir so etwas Ähnliches gedacht«, sagte er. »Den schrecklichen Ereignissen mußte Ihr Besuch zwangsläufig folgen.«

»Sie . . . Sie kennen mich?« fragte John.

»Ich habe von Ihnen gehört. Ein Amtskollege von mir – er lebt in Bodmin –, mit dem ich gut befreundet bin, hat von Ihnen erzählt. Sie haben vor einigen Monaten den Fall des Todeskarussells gelöst, und der Pfarrer dort hat mit mir darüber gesprochen.«

John nickte. »Das stimmt. Nun ja«, der Geisterjäger steckte seinen Ausweis wieder weg. »Daß Sie mich kennen, erleichtert meine Aufgabe ungemein. Dann kann ich direkt zum Kernpunkt des Falles kommen. Es geht um Lionel Hampton, den Totengräber. Ich habe ihn kennengelernt, und er ist es, der für die Ereignisse auf dem Rummelplatz verantwortlich zeichnet. Sein Geist spukt in den Dimensionen des Schreckens herum und bringt Tod und Vernichtung. Hampton selbst hat mir seine Geschichte erzählt. Er berichtete, daß man ihn lebendig begraben habe. Der Pfarrer oder Exorzist, der daran hauptsächlich beteiligt war, muß eine Möglichkeit gefunden haben, den Totengräber auszuschalten. Liege ich da richtig mit meiner Vermutung?«

»In der Tat«, erwiderte der Pfarrer, »Sie haben recht. Und es gibt sogar Aufzeichnungen über diesen Fall. Mein Vorgänger damals hat einen Anhang in das Kirchenbuch geschrieben, in dem über den Fall Hampton berichtet wird. Warten Sie, ich hole es.«

Der Pfarrer stand auf und entnahm einem Regal ein schmales, aber hohes Buch. Er legte es auf seinen Schreibtisch und schlug es auf.

John trat interessiert näher.

Die Seiten des Buches waren bereits vergilbt. Und ganz am Ende, da stand der Bericht des Pfarrers.

John Sinclair las ihn und notierte in Gedanken das Wesentliche.

Die magischen Fesseln, deren sich der Pfarrer damals bediente hatte, bestanden aus Weihwasser und kleinen, vorn zugespitzten Eisenkreuzen. Er hatte sie um die Leiche herum in das Erdreich geschlagen und den Unheimlichen somit magisch gefangen. Das war alles.

Der Pfarrer klappte das Buch wieder zu. »Mein Vorgänger hatte es damals einfacher. Heutzutage werden wir kaum den gleichen Trick anwenden können.«

John nickte bestätigend. »Trotzdem haben wir eine Basis gefunden, von der wir ausgehen können. Ich treffe diesen Totengräber heute um Mitternacht auf dem Rummelplatz, und bis dahin muß mir etwas eingefallen sein.«

Die Augen des Pfarrers wurden groß. »Ist das nicht gefährlich?«

John lachte bitter. »Was wollen Sie machen!«

»Haben Sie denn schon eine Idee?« fragte der Pfarrer.

»Ja.«

»Und welche?«

John blickte den weißhaarigen Mann ernst an. »Sind Sie bereit, mir zu helfen?«

»Ja.«

»Auch wenn die Methode etwas ungewöhnlich ist, die ich anwenden werde?«

»Sie können sich auf mich verlassen, Herr Oberinspektor.«

»Gut, dann hören Sie meinen Plan . . .«

Vera Norton lag in einem Einzelzimmer. Man hatte sie praktisch gegen ihren Willen in das Krankenhaus gebracht und ihr dann eine Beruhigungsspritze verabreicht.

Die Folge war ein tiefer Schlaf gewesen.

Um zehn Uhr morgens wurde Vera wach. Im ersten Augenblick wußte sie nicht, wo sie sich befand. Verwirrt blickte sie sich um. Sie sah die hellen Wände, das fremde Bett, in dem sie lag, den Kunststoffboden und das Kreuz an der Wand neben dem Schrank.

Die Doppelscheiben des Fensters hielten die von draußen kommenden Geräusche ab.

Dann aber fielen ihr schlagartig wieder die Ereignisse der vergangenen Nacht ein.

Der Schrecken kehrte zurück.

Doch diesmal verzweifelte Vera Norton nicht. Im Gegenteil, sie wollte diesem Dämon den Kampf ansagen. Sie hatte sehr an ihrem Vater gehangen, und seinen Tod nahm sie nicht so ohne weiteres hin.

Vera war eine Frau schneller Entschlüsse. Sie setzte sich auf, wartete ab, bis das Schwindelgefühl vorbei war, und ging mit nackten Füßen zu dem eingebauten Wandschrank. Sie hatte ein Nachthemd an, das fast bis auf den Boden reichte. Es war viel zu weit und wirkte mit den Blümchenstickereien recht nett.

Im Schrank fand sie ihre Sachen.

Ohne sich gewaschen zu haben, schlüpfte Vera hinein, schlich zur Tür, öffnete sie und glitt hinaus in den Gang.

Niemand beobachtete die Frau. Etwa dreißig Yards weiter sah sie eine Krankenschwester, die einen Wagen vor sich herschob.

Vera Norton orientierte sich anhand der Richtungspfeile und gelangte ungehindert zum Ausgang.

Dort lungerten einige Reporter herum. Als Vera an ihnen vorbeiging, zogen sie die Frau mit ihren Blicken fast aus. Einer pfiff hinter Vera her.

Sie kümmerte sich nicht darum und betrat die Straße.

Das kleine Krankenhaus lag in der Ortsmitte. Auf der Straße sah Vera zahlreiche Wagen mit fremden Nummernschildern. Die Ereignisse der vergangenen Nacht schienen sich in Windeseile herumgesprochen zu haben.

Vera Norton ging in Richtung Rummelplatz. Der Haupteingang war abgesperrt worden. Zwei Polizisten hielten Wache.

Doch das Girl kannte sich hier aus. Ohne entdeckt zu werden, gelangte Vera auf Schleichwegen zum Rummelplatz, dorthin, wo die Wagen standen. Den Schlüssel zu ihrem Wohnwagen trug sie bei sich.

Vera schien die einzige auf dem Gelände zu sein. Ohne den üblichen Lärm erschien ihr der Jahrmarkt direkt gespenstisch. Eine Gänsehaut rieselte über ihren Rücken.

Vera war froh, als sie in ihrem Wohnwagen saß. Ihr Blick fiel auf den kleinen Schreibtisch. Dort stand ein Bild ihrer Eltern.

Veras Augen schwammen plötzlich in Tränen. Abermals stieg die Erinnerung in ihr auf. Doch gleichzeitig festigte sich in ihr der Wunsch nach Rache. Sie wußte, daß sich John Sinclair um Mitternacht mit dem Totengräber treffen wollte.

Der Geisterjäger würde nicht allein sein . . .

Der Geisterjäger verbrachte die Stunden des Tages nicht untätig. Er sah sich das Gelände des Rummelplatzes genau an, nahm wie Sherlock Holmes alles unter die Lupe.

Die Schausteller hatten den Platz nahezu fluchtartig verlassen. Die Stände waren nicht abgedeckt, und es würde wohl einige Tage dauern, bis wieder Ordnung geschaffen war. Denn noch waren die Untersuchungen der Polizei nicht abgeschlossen.

John Sinclair hatte sie gestoppt. Er wollte erst das Ende des Falles abwarten. Das war natürlich nicht ohne Proteste über die Bühne gelaufen, doch nachdem sich das Innenministerium eingeschaltet hatte, waren die Proteste verstummt.

Man fügte sich in das unvermeidbare Schicksal.

John Sinclair kontrollierte auch das Gebiet der Wohnwagen. Dahinter schloß sich noch ein Teil des Friedhofs an. Und ausgerechnet das Stück, auf dem der Totengräber seine letzte Ruhestätte gefunden hatte.

John wollte sich das Grab ansehen, denn es spielte in seinem Plan eine wichtige Rolle.

Über den fast kniehohen Rasen ging er auf sein Ziel zu. Am

Himmel waren dicke Wolken zu sehen, die hin und wieder die Sonne verdeckten. Die Augustschwüle lag wie ein unsichtbarer Teppich über dem Land. Der Luftdruck sank. Fliegen und Mücken surrten dicht über dem Boden. Zeichen dafür, daß ein Gewitter in der Luft lag.

John stand der kalte Schweiß auf der Stirn. Überhaupt sehnte er sich nach einem Bad oder einer Dusche.

Er kam an alten, flachgestampften Gräbern vorbei. Steinplatten lagen auf manchen Gräbern. Die Namen darauf waren kaum zu entziffern.

Das Grab des Totengräbers lag neben einer halbhohen, schon verkrüppelten Buche. Das Unkraut wuchs armhoch, aber der Grabstein war noch zu erkennen.

John kniete sich nieder. Mit dem Taschenmesser befreite er den Stein so gut es ging vom Moos.

Er konnte einen magischen Bannspruch entziffern. Er war in Latein verfaßt. Darunter las der Geisterjäger folgende Worte.

HIER RUHT EIN VERDAMMTER! EIN MANN, DER MIT DEM SATAN EINEN PAKT GESCHLOSSEN HAT! MÖGE SEINE SEELE IN DEN FINSTERSTEN TIEFEN DER HÖLLE UMHERIRREN!

John erhob sich und runzelte die Stirn. Noch nie hatte er solch eine Inschrift gelesen. Dieser Totengräber mußte damals schon eine ungeheure Gefahr dargestellt haben.

John wandte sich ab und ging wieder zurück in die Stadt. Es war bereits hoher Nachmittag, und auf den wenigen Straßen von Upfield herrschte ein nie gekannter Betrieb.

Reporter bemühten sich um Interviews. Fernsehkameras waren aufgebaut. In den Hotelzimmern hockten Redakteure und schrieben Lageberichte. Es ging ähnlich zu wie bei einem Geiseldrama.

John Sinclair hielt sich immer in guter Deckung. Er wollte nicht unbedingt einem bekannten Zeitungsfritzen in die Arme laufen. Er hatte sogar Glück und fand eine leere Telefonzelle.

John rief seinen Vorgesetzten, Superintendent Powell, an. Er hatte zwar schon am Morgen mit ihm geredet, doch jetzt wollte er ihm noch seinen Plan mitteilen.

Powell zeigte sich besorgt. Etwas, was bei ihm selten vorkam. Er warnte John, sich auf irgendwelche Experimente einzulassen, doch der Geisterjäger schwächte ab.

»Wird schon schiefgehen, Sir«, sagte er. »Außerdem habe ich ja den Pfarrer als Helfer.«

»Ich wünsche Ihnen jedenfalls viel Glück.«

»Danke, Sir.«

John hängte ein. Dann stattete er Suko einen Besuch ab. Der Chinese lag im Bett. Er hatte eine mittelschwere Gehirnerschütterung und durfte sich so gut wie nicht bewegen.

Als er John sah, rollte er mit den Augen. »Wie konntest du mich nur in dieses Loch hier stecken!« schimpfte er. »Ich bin schon wieder auf dem Damm.«

Sein Gesicht strafte seine Worte jedoch Lügen.

John erzählte ihm stichwortartig, was geschehen war. Noch ehe Suko versuchen konnte, ihn zurückzuhalten, war der Geisterjäger schon wieder verschwunden.

Von der Rückseite her näherte er sich dem Haus der Pfarrers. Das hatten die beiden so abgesprochen.

Der Geistliche öffnete die Tür. »Ich habe Sie schon erwartet, Herr Oberinspektor. Hat Sie jemand gesehen?«

»Nein.«

»Das ist gut.« Der Pfarrer schloß die Tür. Dann blickte er auf seine Uhr. »Für mich wird es Zeit. Ich muß mich auf die Abendmesse vorbereiten.« Mit einer müde wirkenden Geste strich er über sein weißes Haar. »Bleibt es dabei, was wir abgesprochen haben?«

John Sinclair nickte.

Der Pfarrer blickte den Geisterjäger an. »Ich werde für uns beten«, sagte er schlicht.

John Sinclair stand da wie ein Denkmal. Er verschmolz mit dem Schatten des Untergerüsts der Achterbahn. John hatte sich an einen Träger gelehnt und konzentrierte sich auf die ihn umgebenden Geräusche.

Es war nicht still, wie man vielleicht hätte annehmen können. Ratten huschten über den Boden und verschwanden in irgendwelchen Löchern. Mal knarrte eine Holzbohle, mal flatterte Papier über den Boden.

Noch fünfzehn Minuten bis Mitternacht.

John Sinclair war nervös, und er versuchte auch gar nicht erst, sich das auszureden. Es stand einfach zuviel auf dem Spiel, um ruhig zu bleiben. Daß Lionel Hampton erscheinen würde, war für John Sinclair sicher wie das Amen in der Kirche.

Nur – wo würde er auftauchen? Und was hatte er vor? Würde er direkt versuchen, John zu töten, oder konnte John den Unheimlichen noch hinhalten? Denn je mehr Zeit er gewann, desto besser erging es dem Pfarrer, der den zweiten Teil der Aufgabe übernommen hatte. Mit seiner Rückendeckung hoffte John, den Totengräber zu überlisten. Der Geisterjäger durfte es erst gar nicht dazu kommen lassen, daß Hampton die Riesenhand ins Spiel brachte, denn dann war jeder seiner Gegner verloren. Gegen diese Hand konnte auch ein Mann wie John Sinclair nichts ausrichten.

Aber das alles waren Gedankenspiele. Bestimmt sah die Wirklichkeit später ganz anders aus.

John nahm eine etwas bequemere Haltung an, doch plötzlich wurde sein Körper steif.

Der Oberinspektor hatte Schritte gehört.

Kam der Totengräber schon jetzt? Wollte er die Entscheidung bereits vor der vereinbarten Zeit erzwingen? Wenn ja, dann sah es verdammt mies für John Sinclair aus.

Der Geisterjäger lugte um die breite Längenstrebe.

Mondlicht fiel vom Himmel. Wie ein fahler Kranz legte es sich über den Rummelplatz. Es war zuviel Feuchtigkeit in der Luft, das Mondlicht riß nur verwaschene Umrisse aus der Dunkelheit.

Und einen Schatten, der sich auf leisen Sohlen der Achterbahn näherte.

Das war nicht der Totengräber – das war . . . Vera Norton!

In zwei Schritt Entfernung ging sie an John Sinclairs Deckung vorbei. Sie trug dunkle Kleidung und hielt irgend etwas in der Hand, das John bei näherem Hinsehen als ein mittelgroßes Kreuz identifizierte.

Der Geisterjäger trat aus seiner Deckung hervor.

Vera bemerkte ihn nicht.

»Vera!« zischte John.

Das Girl kreiselte herum. John sah sogar das Weiße in ihren Augen leuchten, so sehr hatte sie sich erschrocken.

»Komm zu mir, Vera!« John sprach im Flüsterton.

Vera Norton näherte sich dem Geisterjäger mit zögernden Schritten. John faßte sie an der Schulter und zog sie zu sich hinter den Pfeiler. Seine Augen blitzten wütend, als er sagte: »Was tust du hier, zum Teufel?«

Veras Gesichtsausdruck nahm einen trotzigen Zug an. »Ich will dabeisein, wenn du ihn erledigst.«

John Sinclair schüttelte den Kopf. »Unmöglich. Es ist überhaupt nicht sicher, ob ich es schaffen werde. Eher wird es umgekehrt sein.« John sah auf seine Uhr. »Du hast noch genau vier Minuten Zeit, um zu verschwinden. Renn, lauf, aber geh weg von hier!«

Stur schüttelte Vera den Kopf. »Nein«, sagte sie, »ich bleibe!«

»Verflucht. Du kannst nicht hierbleiben. Der Totengräber wird dich nicht verschonen . . .«

»Ein kleiner Streit?« Die Stimme klang höhnisch und triumphierend.

Zwei Köpfe ruckten herum.

Lionel Hampton stand vor ihnen. Diesmal ohne Laterne und ohne Schaufel. Er zog seinen Zylinder und verbeugte sich sogar. »Damen gegenüber bin ich immer höflich«, sagte er spöttisch. »Auch zu Damen, die sterben sollen. Ich freue mich, Vera Norton, daß Sie dabei sind. So ist alles ein Aufwasch.«

»Moment!« John stellte sich vor die zitternde Vera. Sie hielt noch immer das Kreuz in der Hand, aber der Totengräber schien es gar nicht zu beachten. »Es war ausgemacht, daß der Kampf nur zwischen uns beiden stattfindet«, protestierte John. »Laß das Mädchen laufen!«

»Nein!«

Diese Aussage klang endgültig.

Hart preßte John die Lippen aufeinander. Er fühlte, wie Veras Hand nach der seinen tastete. »Laß mich nicht im Stich«, hauchte ihre Stimme an seinem Ohr.

»Auch das Kreuz wird euch nichts nützen«, sagte der Totengräber mit zynischem Lächeln. »Es ist nicht geweiht und als Waffe

somit unbrauchbar. Aber ich will keine Zeit verstreichen lassen.«
Er machte eine halbe Drehung und deutete zur Achterbahn
hinüber. »Steigt dort in den ersten Wagen«, sagte er. »Wenn ihr
eine Fahrt schafft, dann habt ihr gewonnen. Wenn nicht . . .« Er
ließ die letzten Worte unausgesprochen.

John setzte sich in Bewegung. An der Hand zog er Vera Norton
mit. Sie hatte das Kreuz fallen lassen. John setzte dem Totengräber
bewußt keinen Widerstand entgegen.

Noch nicht . . .

»Aber John, das kannst du doch nicht zulassen«, flüsterte Vera
mit zitternder Stimme. »Wenn wir in dem verdammten Wagen
sitzen, dann haben wir uns doch völlig in seine Hand begeben.«

»Abwarten!«

Lionel Hampton hatte von dem Gespräch nichts mitbekommen.
Er war zu weit entfernt. Der Totengräber achtete darauf, daß seine
Befehle auch ausgeführt wurden.

Die Holzdielen bogen sich unter den Schritten, als Vera und
John an dem Kassenhäuschen vorbei auf den ersten Wagen in der
langen Reihe zugingen. Es war ein knallrotes Gefährt.

Vera blieb plötzlich stehen. »Wir können doch gar nicht fahren«,
rief sie. »Der Strom ist abgeschaltet. Wie sollen . . .?«

»Mit Magie geht alles«, erwiderte Lionel Hampton. »Und jetzt
rein in den Wagen!«

John Sinclair ließ Vera Norton zuerst einsteigen. Er setzte sich
vorn neben sie.

Der Totengräber lachte. Er war dicht neben dem Kassenhäuschen stehengeblieben. »Habt ihr es euch bequem gemacht?« fragte
er höhnisch.

John gab keine Antwort. Er konzentrierte sich auf das, was vor
ihnen lag. Er dachte dabei auch an den Pfarrer.

Es mußte einfach klappen. Es mußte . . .

Vera hielt Johns rechten Arm umklammert. In ihren Augen
nistete die nackte Todesangst.

Und dann, quasi von einer Sekunde zur anderen, setzte sich das
Gefährt in Bewegung.

John Sinclairs Todesfahrt hatte begonnen.

Wie ein Dieb in der Nacht, so schlich der alte weißhaarige Pfarrer über den ehemaligen Friedhof. Hin und wieder warf er einen Blick über die Schulter.

Dann sah er die Umrisse der Buden und Karussells, die ihm vorkamen wie Gestalten aus einer anderen Welt. Gespenstisch ragte das Gerüst der Achterbahn in den Himmel. Vor dem Mondlicht hob es sich ab wie ein gut gezeichneter Scherenschnitt.

Der Pfarrer ging weiter. Er trug einen bis zum Boden reichenden dunklen Mantel. Vor seiner Brust baumelte ein Kreuz. Es war aus Holz und war mit einem Silberrahmen versehen. Das Kreuz war mit geweihtem Wasser besprüht worden, und der Pfarrer hoffte, daß es ihm eine Hilfe im Kampf gegen die Mächte der Finsternis sein würde.

Aber nicht nur das Kreuz gehörte zu seinen Ausrüstungsgegenständen, sondern auch der Spaten. Der Pfarrer hielt ihn in der rechten Hand. Das scharfe Metallblatt war spiegelblank.

Niemand sah den einsamen Wanderer, als er über den Friedhof schlich. Seine Schuhe raschelten im Gras, der lange Mantel schleifte über den Boden. Einmal streifte ein Nachtvogel dicht über seinen Kopf, und der Pfarrer schrak zusammen.

»Wenn das nur gutgeht«, murmelte er. »Wenn das nur gutgeht . . .«

Er näherte sich dem Grab des Totengräbers und wurde jetzt von Bäumen und Gebüsch einigermaßen gut gedeckt. Er warf einen Blick auf die Uhr und stellte fest, daß er noch sechzig Minuten Zeit hatte, um sein Vorhaben auszuführen.

Noch eine Stunde bis Mitternacht – bis zur Entscheidung.

Der Pfarrer begann zu graben.

Da die Gartenarbeit zu seinem Hobby gehörte, stieß er den Spaten geschickt in den lockeren Boden. Er setzte ihn genau im richtigen Winkel an, und mit nahezu spielerisch leicht anmutenden Bewegungen trug er das Erdreich ab.

Der Pfarrer arbeitete ruhig und zielstrebig.

Schon bald lag neben dem Grab ein Lehmhügel, der sich immer höher türmte.

Der Pfarrer gönnte sich keine Pause. Er wußte, was auf dem

Spiel stand. Der Schweiß lief ihm in Strömen vom Gesicht. Bis zu den Hüften stand er bereits in der Grube.

Noch zwanzig Minuten.

Viel zu rasch verging für den Pfarrer die Zeit. Er war auch nicht mehr der Jüngste und mußte einfach eine Pause einlegen.

Zwei Minuten hielt er inne.

Dann ging es weiter.

Der Lehmhügel wurde höher. Bald sah man nur den Dreck, der aus dem Grab flog.

Noch acht Minuten!

Plötzlich stieß der Spaten auf Widerstand.

Der Pfarrer hatte sein Ziel erreicht. Ein schrecklicher Gedanke durchzuckte sein Hirn. Der Totengräber war damals nicht in einem Sarg begraben worden, man hatte ihn einfach so in die Erde gelegt. Normalerweise müßte seine Leiche längst verwest sein – oder?

Der Pfarrer grub weiter. Noch vorsichtiger und behutsamer. Er hielt das Spatenblatt flach, weil er nichts zerstören wollte.

Es war dunkel im Grab. Der Pfarrer holte eine Standlampe unter seinem Mantel hervor und schaltete sie ein. Er plazierte sie an das Kopfende des Grabes. Er selbst stand am Fußende.

Der Lichtstrahl zerschnitt die Dunkelheit in dem Loch wie ein Messer die Butter.

Und er enthüllte ein schauriges Bild.

Die Leiche lag auf dem Rücken. Und zwar noch so, wie der Pater sie vor siebzig Jahren in das Grab gelegt hatte. Der Pfarrer räumte die letzten Dreckreste beiseite und entdeckte auch die geweihten Kreuze, die rings um die Leiche herum im Erdreich steckten.

»Mein Gott«, sagte der Geistliche und schlug ein Kreuzzeichen.

Das Gesicht des Totengräbers war gräßlich verzogen. Bei genauerem Hinsehen erkannte der Pfarrer, daß die Haut auf seinen Wangen ziemlich dünn war. Auch war die Kleidung zerrissen.

Eine alte Legende fiel ihm ein, und er konnte nicht vermeiden, daß ihm ein Schauer über den Rücken lief. Man sagte, daß Menschen, die lebendig begraben wurden, anfingen, ihre Kleidung zu essen. War das bei Lionel Hampton der Fall gewesen? Hatte der Satan ihn so lange gequält?

Der Pfarrer erinnerte sich wieder seiner eigentlichen Aufgabe. Er bückte sich und zog die geweihten Kreuze aus dem Boden. Hastig warf er sie über den Grabrand hinweg und kletterte dann selbst aus der Grube. Die Lampe nahm er mit.

Schweratmend blieb er neben dem Grab stehen. Sein Gesicht glänzte vor Schweiß.

Ein Blick auf die Uhr.

Der Pfarrer erschrak.

Genau fünf Minuten nach Mitternacht!

Zu spät! Er hatte es nicht geschafft. Um Mitternacht sollte das Grab geöffnet sein.

Jetzt war John Sinclair verloren!

Der kleine Wagen nahm die erste Steigung.

»Behalte um Himmels willen die Ruhe!« flüsterte John der schwarzhaarigen Vera zu. »Es geht schon alles glatt.«

Das Girl nickte. Sprechen konnte Vera nicht. Ihre Kehle war wie zugeschnürt.

Von dem Totengräber war im Augenblick nichts zu sehen, doch John war sicher, daß er schon zum rechten Zeitpunkt auftauchen würde.

Der Wagen fuhr die Steigung hoch.

Vera Norton klammerte sich ängstlich an dem Haltebügel fest. Hart und weiß traten ihre Handknöchel hervor. Als John ihr einen raschen Blick zuwarf, bemerkte er, daß sie weinte.

Er konnte es Vera nicht verdenken. Was sie durchgemacht hatte, das ging an die Grenzen der menschlichen Leistungsfähigkeit.

Dann das Gefälle.

Der Wagen raste die steilen Schienen hinunter und wurde danach sofort wieder hochgejagt.

Noch immer keine Spur von dem Totengräber.

John Sinclair war nervös wie selten. Sollte der Pfarrer es schon geschafft haben? Hatte ihr Plan geklappt? John konnte es fast nicht glauben.

Die Fahrt mit dem Wagen war unheimlich. Wo sonst bunte

Lichter glühten, ballte sich nun die Schwärze der Nacht. Der Fahrtwind zerwühlte ihre Haare.

Wieder eine Steigung, dann der Tunnel.

Es wurde noch finsterer.

Das Gefährt legte sich in eine leichte Linkskurve. Vera hatte Angst, der Wagen würde umkippen. Instinktiv klammerte sie sich an John Sinclair fest, stammelte unverständliche, sinnlose Worte, und John gelang es nur schwer, sie zu beruhigen.

Die Spannung wuchs.

Hatte der Totengräber geblufft?

Der Wagen ließ den Tunnel hinter sich. Schon tauchte das mörderische Gefälle auf, das in den ersten höllischen Kreisel mündete.

»Aufpassen jetzt!« rief John.

Das Gefährt – von Schwarzer Magie betrieben – wurde schnell. Es schien förmlich über die Schienen zu fliegen. Steil ging es bergab. Vera schrie. Auch John wurde es unwohl. Er hatte das Gefühl, frei durch die Luft zu schweben. Er kam sich hilflos vor wie ein Kind. Er war den Kräften der Natur völlig ausgeliefert, konnte nichts mehr steuern.

Jetzt würde der Totengräber zuschlagen.

Er tat es nicht.

In voller Fahrt schoß der Wagen in den Kreisel. Die Fliehkraft preßte Vera und John nach außen – dann war es vorbei.

Die nächste Steigung lag vor ihnen.

Im Schrittempo fuhr der Wagen hoch.

»Sollen wir nicht versuchen auszusteigen?« fragte Vera. »Es müßte uns eigentlich gelingen.«

John fand den Vorschlag gar nicht so schlecht. Die Geschwindigkeit war nicht so stark. Er wollte das Vorhaben auch schon in die Tat umsetzen, als der Wagen mit einem Ruck gestoppt wurde.

Vera und John flogen nach vorn und wurden von der Gegenreaktion wieder nach hinten geworfen.

Vor ihnen stand Lionel Hampton.

»Aus«, rief er, »es ist aus!« Er schwebte dicht über den Schienen, und plötzlich sahen John und Vera ein grünliches Leuchten über ihren Köpfen.

Der Geisterjäger blickte nach oben.

Die Hand war da.

Riesig, unheimlich.

Deutlich sah John die Finger. Sie bewegten sich auf und ab wie bei einem Klavierspieler.

Vera Norton schnellte von ihrem Sitz hoch. Sie wollte den Wagen verlassen, einfach hinausspringen, doch eine magische Sperre hinderte sie daran.

Schwer fiel Vera zurück auf den Sitz.

Der Totengräber lachte.

Er wollte zusehen, wie die Hand die beiden Menschen zerquetschte, so wie sie vor fünf Jahren auch Vince McAllister und einen seiner Mitarbeiter in die Hölle geholt hatte.

John feuerte das Magazin seiner Waffe leer. Die Silberkugeln zischten auf die Hand zu, richteten aber keinen Schaden an. Sie schlugen durch sie hindurch.

Und die Hand senkte sich weiter.

Mit einem Schrei riß sich John das Hemd auf. Er präsentierte dem Totengräber seine Brust, vor der das geweihte Kreuz hing.

Der Totengräber brüllte auf.

Der Anblick des Kreuzes schien ihm körperliche Schmerzen zu bereiten. John riß sich das Kreuz mit einer Bewegung vom Hals.

»Fahr zur Hölle!« schrie er und schleuderte das geweihte Kreuz auf den Totengräber zu.

Im selben Augenblick hatte die Hand ihr Ziel erreicht. Riesige Finger umklammerten den kleinen Wagen, wollten ihn hochheben wie eine Streichholzschachtel – und . . .

Schreie! Vera verlor die Nerven.

Dann ein mörderisches Gebrüll.

John fühlte einen ungeheuren Ruck.

Aus! schrie es in ihm. Aus . . .

Als der Pfarrer das letzte Kreuz aus dem Erdreich gezogen hatte, hörte er das Schreien.

Es wehte vom Rummelplatz herüber.

Den weißhaarigen Pfarrer packte das Entsetzen. Er umklammerte sein Kreuz, murmelte Gebete . . .

Plötzlich traf ihn ein eiskalter Windzug, der ihn taumeln ließ. Blätter, Laub und Grasbüschel wurden in die Höhe gewirbelt. Der Pfarrer sah einen hellen Schemen, der in das offene Grab eintauchte.

Ein Geist?

Ja, es war der Geist des Lionel Hampton.

Er fuhr zurück in den unverwesten Körper, die magische Blockierung war aufgehoben, der Weg frei.

Der Pfarrer wußte nicht, was er tun sollte.

Er starrte in Richtung Rummelplatz, dann wieder auf das offene Grab.

Und plötzlich hatte er das Gefühl, sein Herz würde stehenbleiben.

Zwei Hände tauchten am Grabrand auf.

Knochige weiße Hände.

Der Totengräber stieg aus der Grube. Geist und Körper waren wieder vereint. Lionel Hampton lebte als Untoter weiter.

Grauenhaft . . .

Mit abgehackten, etwas unsicheren Bewegungen kletterte die lebende Leiche aus dem Grab.

Ein gräßliches Fauchen drang aus ihrem Maul. In den Augen glühte ein unheilvolles Feuer. Die Hände öffneten und schlossen sich.

Der Tod war da.

Und er ging auf den vor Entsetzen starr stehenden Pfarrer zu . . .

John Sinclair spürte zuerst den beißenden Schmerz, der von der Schulter ausging.

Einige Sekunden war er bewußtlos gewesen, doch jetzt war er wieder voll da. Das hundertfache Training machte sich bezahlt, all die Auseinandersetzungen, die er hinter sich hatte, waren eine prächtige Schule.

Der Geisterjäger rollte sich ein paarmal um die eigene Achse und lag still.

Er lebte.

Und Vera auch.

John hörte das Wimmern, hob den Kopf.

Vera Norton lag etwa drei Schritte von ihm entfernt. Sie war genau wie John aus dem Wagen geschleudert worden. Aber wieso? Und warum? Dabei hatte die Hand schon zugegriffen.

Der Oberinspektor stemmte sich hoch. Er sah sein Kreuz auf den Holzbohlen liegen, hob es auf und steckte es ein.

Hatte das Kreuz ihnen das Leben gerettet? John hatte es in der praktisch letzten Sekunde losgeschleudert.

Oder aber war ihr Plan doch aufgegangen? Die zweite Möglichkeit erschien dem Geisterjäger wahrscheinlicher.

Der Wagen stand noch auf den Schienen. Er war verbeult und zerdrückt. Aber zuerst mußte sich John um Vera Norton kümmern.

Sie weinte und lachte in einem. »Haben wir gewonnen?« schluchzte sie unter Tränen.

»Vielleicht«, erwiderte John. »Was ist mit dir?«

»Nichts.«

»Kann ich dich allein lassen?«

»Ja.«

»Okay.« John Sinclair lief los.

»Aber wo willst du denn hin?« rief ihm das Girl nach.

Der Geisterjäger gab keine Antwort mehr. Er hatte jetzt Wichtigeres zu tun. Seinen Überlegungen nach befand sich der Pfarrer in höchster Lebensgefahr.

Während John Sinclair über den Rummelplatz hetzte, lud er die Beretta nach. Ein Ersatzmagazin mit geweihten Silberkugeln trug er immer bei sich. Jetzt, wo Geist und Körper des Totengräbers vereint waren, da hoffte John, daß er den Dämon besiegen konnte.

John Sinclair sprintete mit Riesensätzen durch die Nacht. Wie ein Schatten huschte er an Buden und Karussells vorbei, gelangte dorthin, wo die Wagen standen, und sah schon bald das freie Stück des Friefhofes vor sich.

Soeben schob sich der Mond hinter einer Wolke hervor und goß sein fahles Licht über die freie Fläche.

Deutlich konnte der Geisterjäger die beiden Gestalten erkennen, die miteinander rangen. Er sah das weiße Haar des Pfarrers leuchten, und ihm wurde klar, daß der Geistliche den Kräften des Totengräbers nicht gewachsen war.

Der Pfarrer wurde zu Boden gedrückt.

Sein Hilfeschrei hallte John Sinclair entgegen. Es schien, als ginge ein Ruck durch den Körper des blondhaarigen Geisterjägers. John streckte sich, holte alle Reserven aus sich heraus. Seine Füße schienen den Boden kaum zu berühren. »Lionel Hampton!« gellte seine Stimme.

Der Totengräber ließ den Pfarrer los.

Mit einem wilden Fluch kreiselte er herum. John hetzte auf den Untoten zu.

Noch dreißig Yards . . . noch zwanzig . . .

Lionel Hampton stand wie festgewachsen. Er wußte in diesem Augenblick nicht, was er tun sollte. Dann, bevor John schießen konnte, tauchte er zur Seite weg und lief auf das Grab zu. Im Nu hatte er den Spaten gepackt und stellte sich John zum Kampf.

Der Oberinspektor schoß, doch wie der Teufel es wollte, die Kugel prallte an dem Spatenblatt ab und sirrte als Querschläger davon.

Dann schlug der Totengräber zu.

John war schon so nahe heran, daß ihm der Spaten den Kopf von der Schulter rasiert hätte. Sinclair ließ sich fallen.

Das Spatenblatt pfiff über ihn hinweg. Der Totengräber geriet durch seinen eigenen Schwung ins Straucheln.

John war wie ein Blitz auf den Beinen und in Angriffsstellung gegangen.

Zweimal bellte die Beretta auf.

Diesmal traf der Geisterjäger besser.

Der Totengräber wurde von den silbernen Geschossen zu Boden gestoßen, torkelte bis dicht an den Rand des Grabes und fiel hinein.

Sein Todeskampf mußte grausam sein. Die Schreie gellten durch die Nacht und alarmierten die Polizisten, die als Wache aufgestellt worden waren.

Der Teufel war los. Scheinwerfer zerschnitten die Dunkelheit. Hunde bellten. Stiefel stampften über den Boden.

Das alles störte John Sinclair nicht. Er stand am Rand des Grabes und starrte in die Grube. Dort lag ein Skelett – mehr nicht. Und quer darüber ein Spaten. Plötzlich stand der Pfarrer neben John Sinclair. Schweratmend fragte er: »Ist es vorbei?«

»Ja«, erwiderte John, »es gibt keinen Lionel Hampton mehr.« Er steckte die Beretta weg und ging in Richtung Rummelplatz. Auf halbem Wege lief ihm Vera Norton entgegen. Sie sah John Sinclairs lächelndes Gesicht und wußte Bescheid.

Mit einem Seufzer warf sie sich in seine Arme.

Tagelang noch wirbelte der Fall Staub auf. Zeitungsreporter erfanden die tollsten Gerüchte. Die Wahrheit jedoch wußten nur wenige, und die schwiegen.

Eine Woche später – John war bereits wieder in London – war die Beerdigung der Opfer. Suko hatte das Krankenhaus verlassen. Er und John hatten sich den Trauergästen angeschlossen. Die Predigt hielt der Pfarrer, der John Sinclair so tatkräftig unterstützt hatte. Es waren ergreifende Sätze, die er fand. Er beendete seine Predigt mit den Worten: »Möge das Böse in dieser Welt für immer verschwinden. Dafür laßt uns beten.«

John Sinclair wußte, daß dies ein frommer Wunsch bleiben würde. Denn der Satan schlief nie . . .

Damona, Dienerin des Satans

In Sturzbächen fiel der Regen vom Himmel. Er klatschte vor die dunklen Mauern des Hauses und trommelte gegen die Scheiben.

Kein Licht brannte hinter den Fenstern. Das Haus war dunkel, genau wie die Straße, an der es lag.

Der schon ältere Morris parkte einige Yards vom Haus entfernt. Monoton hämmerten die großen Regentropfen auf das mit Rostflecken verzierte Blech. Es war eine Melodie, die den Mann hinter dem Lenkrad schon seit Stunden begleitete.

Hundertzwanzig Minuten saß Ernest de Lorca bereits in seinem Wagen. Und ebenso lange hielt er die Waffe in seiner rechten Hand. Sein Innerstes war völlig in Aufruhr. Er stand vor seinem ersten Mord, das Gewissen plagte ihn, er sah sich schon in einer Zelle, belacht und verachtet von Verwandten und Freunden.

Mord?

War es überhaupt Mord, wenn er seine Frau erschoß? War es nicht vielmehr eine zwingende Notwendigkeit? Seine Frau war eine Hexe, sie hatte die Zwillinge in ihren Bann gezogen, und wenn er an die Messen dachte, die die Frauen gefeiert hatten . . .

Ernest de Lorca schüttelte den Kopf. Für ihn war es kein Mord. Er sah auf seine Uhr.

Noch dreißig Minuten bis Mitternacht. Genau um null Uhr sollte es geschehen. Dann wollte er mit einer Kugel alles ins Lot bringen.

Eine Zigarette.

Die wievielte eigentlich? Die Finger, die das Streichholz hielten, zitterten. Die Unruhe fraß in ihm wie ein Raubtier.

De Lorca kurbelte die Scheibe herunter. Nur träge zog der Rauch ab. Feuchtigkeit drang in den Wagen. De Lorca hustete. Sein braunes Haar klebte auf dem Kopf. Der Regenmantel war zerknittert. Die Pistole umklammerte er immer noch mit seiner rechten Hand.

Der Regen rauschte unablässig. Wasserströme gurgelten die Rinnsteine hinab, die Gullys konnten kaum alles fassen. Im tiefer gelegenen Teil des Ortes stand das Wasser sicherlich schon kniehoch auf den Straßen. Das alles kümmerte Ernest de Lorca nicht. Er hatte andere Probleme.

Das Bild seiner Frau tauchte vor de Lorcas geistigem Auge auf. Lucille war eine Schönheit. Trotz ihrer vierzig Jahre. Rotes, lockiges Haar berührte die Schultern, die Gesichtshaut war makellos weiß, doch in ihren Augen glühte ein unheiliges Feuer. Ernest de Lorca fröstelte, wenn er daran dachte.

Er drückte die Zigarette aus. Der Ascher quoll fast über.

Noch fünfzehn Minuten.

Ein Wagen fuhr die Straße herauf. Die Scheinwerfer wirkten wie geisterhaft helle Flecken.

Der Wagen rauschte vorbei. Wasserfontänen klatschten gegen den Morris.

Ernest de Lorca räusperte sich die Kehle frei. Seine linke Hand tastete zum Türhebel. Tief atmete er durch, dann schob er die Pistole in seine rechte Manteltasche und stieg aus.

Das dumpfe Geräusch der ins Schloß fallenden Wagentür wurde vom prasselnden Regen verschluckt.

Im Nu war Ernest de Lorca naß bis auf die Haut.

Das Haus stand etwas versetzt. Ernest de Lorca mußte einen verwilderten Vorgarten durchqueren. Die Blätter der Büsche bogen sich unter der Nässe und glänzten wie poliert.

Wie oft war Ernest de Lorca diesen Weg schon gegangen. Und jetzt ging er ihn mit dem festen Vorsatz, seine Frau zu töten.

Zur Haustür führten vier Steinstufen hoch. In den Ritzen wuchs Moos.

Ernest hatte einen Schlüssel. Er nestelte ihn aus seiner Hosentasche und schloß auf.

Ein Hausflur – dunkel, muffig riechend.

Wie ich diesen Geruch hasse, dachte de Lorca.

Er brauchte kein Licht. Er kannte sich ja aus.

Er ging bis zur Treppe, blieb vor der ersten Stufe stehen. Von seinem Mantel tropfte das Wasser, bildete eine Lache auf dem Steinfußboden. Ernest de Lorca beachtete es nicht.

Es war still im Haus. Eine trügerische Stille, in der die Gefahr lauerte.

»Lucille de Lorca«, flüsterte Ernest mit bebenden Lippen. »Bald bist du beim Teufel!«

Er stieg die Stufen hoch. Auf Zehenspitzen, um sich nicht durch ein Geräusch zu verraten. Der Stoff seines Mantels raschelte. Er zog das Kleidungsstück vorsichtig aus, ließ es auf die Stufen gleiten.

Dann stand er in der ersten Etage. Darüber lag nur noch der Speicher.

Ein dunkler Gang. Links Fenster, rechts Türen. Regentropfen klatschten gegen die Scheibe. Feuchtigkeit nistete in allen Ecken.

Ernest de Lorca hatte die Pistole in die Hosentasche gesteckt. Sie beulte die Tasche aus.

Er schlich leise weiter.

Vor der zweiten Tür blieb er stehen.

Sie führte in das Schlafzimmer. In das Schlafzimmer, das er so viele Jahre mit Lucille geteilt hatte.

Ernest de Lorca preßte die Lippen so hart aufeinander, daß sie nur noch einen schmalen Strich bildeten. Seine schweißfeuchte Hand berührte das kalte Metall der Klinke.

Ernest de Lorca atmete tief ein, öffnete die Tür.

Licht. Warm, anheimelnd.

Lucille de Lorca fuhr im Bett hoch. Sie hatte noch nicht geschlafen.

Ernest schloß die Tür und lehnte sich mit dem Rücken gegen das Holz.

Lucille saß hochaufgerichtet im Bett und blickte ihm entgegen. Ernest trank das Bild förmlich in sich hinein.

Diese wunderbaren Haare, das schöne Gesicht, das hauchdünne Nachthemd mit dem verführerischen Ausschnitt . . .

O verdammt!

Ernest de Lorca schüttelte den Kopf.

Und diese Frau wollte er töten.

Lucille lächelte. »Du kommst spät«, sagte sie. Gerade so laut, daß er es hören konnte.

Er nickte. »Ja«, erwiderte er. »Wo sind die Kinder?«

»Sie schlafen längst.« Lucille deutete auf die schmale Verbindungstür, die zu den Räumen der Zwillinge führte.

Ernest de Lorca blieb neben dem Bett stehen. Aus glanzlosen Augen starrte er seine Frau an.

Lucille blieb gelassen.

»Wo warst du?« fragte sie.

Ernest hob die Schultern. »Weg«, erwiderte er unbestimmt.

»Warum kommst du nicht ins Bett?«

»Ich will nicht.«

Lucille zog die Augenbrauen in die Höhe. »Nicht müde?«

Ernest schüttelte den Kopf. »Ich habe noch etwas vor!«

»Darf man fragen, was?«

Der Mann nickte schwer. Dann zog er die Pistole aus der Hosentasche und richtete die Mündung auf die im Bett sitzende Frau. »Ich werde dich umbringen, Lucille«, sagte er . . .

Plötzlich wurde Damona de Lorca wach. Ruckartig setzte sie sich auf. Gefahr! Sie spürte es genau. Etwas stimmte nicht. Jemand war in Gefahr.

Die Mutter!

Damona schwang sich aus dem Bett. Sie machte kein Licht und schlüpfte auch nicht in ihre Pantoffeln.

Auf nackten Füßen schlich sie zur Tür. Der Regen prasselte immer noch gegen die Fenster. Im Zimmer war es stickig.

Damonas Nachthemd schleifte über den Teppich, als sie sich der Tür näherte.

Stimmen.

Sie hörte ihre Mutter sprechen und auch ihren Vater.

Damonas Gesicht verzog sich, als sie an ihren Vater dachte. Wie sie diesen Kerl haßte! Er machte alles kaputt. Er hatte etwas gemerkt, und seit der Zeit spielte Damona mit Mordgedanken.

Irgendwann würde sie ihren Vater umbringen. Es sei denn, er stellte sich auf ihre Seite.

Jetzt stand Damona vor der Schlafzimmertür. Ihre Finger umklammerten den Türknauf. Unendlich langsam drehte sie ihn herum.

Nur kein verräterisches Geräusch machen, dachte sie. Die Tür glitt lautlos einen Spalt nach innen.

Damona sah Licht. Die Nachttischlampe am Bett ihrer Mutter verbreitete den Schein. Es war hell genug, um den verhaßten Vater zu erkennen, die Pistole in seiner Hand, auf Lucille gerichtet, den Finger am Abzug . . .

Sekundenlang nur flackerte in Lucilles Augen die Angst auf, dann hatte sie sich wieder in der Gewalt. Ein spöttisches Lächeln kräuselte ihre Lippen. »Du willst mich erschießen?«

»Ja.« Ernests Stimme klang heiser.

»Hast du dir das auch genau überlegt?«

Jetzt lächelte auch Ernest de Lorca. »O ja, das habe ich, meine Liebe. Tage und Nächte habe ich an nichts anderes mehr gedacht. Seitdem ich dich und deine Töchter bei den verdammten Schwarzen Messen überrascht habe, war mir klar, daß ich es tun muß. Ich hatte keine ruhige Minute mehr. Und nun will ich ein Ende setzen!«

Lucille de Lorca starrte auf die Hand mit der Waffe. Sie zitterte ein wenig, ein Zeichen dafür, wie nervös Ernest war. Angst? Nein. Lucille hatte keine Angst. Sie war fast davon überzeugt, daß sie die Situation zu ihren Gunsten verändern konnte. Sie war dessen sogar sicher, als sie sah, daß die schmale Verbindungstür zwischen ihrem und dem Zimmer ihrer Tochter geöffnet wurde und Damonas Gesicht auftauchte.

Mit keiner Reaktion gab Lucille zu erkennen, daß sie ihre Tochter entdeckt hatte. Sie würde schon das Richtige tun, davon war Lucille fest überzeugt.

Ernest de Lorca bemerkte nichts. Er hatte nur Augen für seine im Bett sitzende Frau. Lucille hatte die Bettdecke zurückgeschlagen, so daß sie nur noch die Füße bedeckte.

De Lorca atmete schwer! Der Anblick seiner Frau brachte ihn aus der Fassung. Er dachte an die leidenschaftlichen Nächte, die er mit Lucille verbracht hatte, an ihr wildes, ungestümes Begehren . . .

Lucille merkte, was in ihrem Mann vorging. »Ist was, Ernest?« fragte sie lauernd. »Du sagst ja gar nichts mehr!«

»Ich . . . ach, verdammt . . .«

»Wolltest du mich nicht erschießen?« Das Lachen der Frau klang spöttisch und trieb Ernest de Lorca das Blut ins Gesicht.

»Ja!« schrie er. »Ich werde dich erschießen. Ich bringe dich um, du verdammtes . . .«

»Halt!«

De Lorcas Ausbruch wurde durch Damonas peitschende Stimme gestoppt.

Entsetzt drehte sich der Mann um.

Damona hatte die Tür aufgestoßen. Sie stand auf der Schwelle, das schmale Gesicht haßverzerrt, den rechten Arm ausgestreckt. Ihr Zeigefinger wies wie die Spitze eines Dolches auf die Brust ihres Vaters.

Ernest holte tief Luft. Er merkte, daß er die Kontrolle der Situation verlor.

»Raus!« brüllte er seine Tochter an. »Los, verschwinde!«

Damona schüttelte den Kopf. Ihre glatten roten Haare flogen. »Nein, ich bleibe!«

Ernest de Lorca stöhnte gequält. »Dann muß ich euch beide töten«, flüsterte er rauh. Er dachte nicht mehr daran, daß nur eine Kugel im Magazin steckte. Die Waffe in seiner Hand beschrieb einen Halbkreis. Sie zeigte wieder auf Lucille.

»Wen willst du denn zuerst umlegen? Mich oder deine Tochter? Na los, warte nicht so lange, sonst drehen wir den Spieß noch um. Nicht wahr, Damona?«

Die letzten Worte schrie Lucille heraus, und sie waren für das Mädchen ein Zeichen.

Blitzschnell veränderte sich Damonas Gesicht. Ein zweites, gräßliches schälte sich hervor.

Es war die Fratze des Teufels!

Zwei Hörner wuchsen aus der Stirn, und die sanften Augen verwandelten sich zu dunkel funkelnden Seen, in denen sich das Grauen spiegelte.

Die aufgeworfenen Nasenlöcher blähten sich wutschnaubend. Das Gesicht hatte entfernte Ähnlichkeit mit dem eines Ziegenbocks, wie der Teufel in alten Zeichnungen oft dargestellt wurde.

Damona war vom Satan besessen!

Er gab ihr die Kraft, er diktierte ihr Aussehen und Handeln.

Die nächsten Szenen spielten sich so schnell ab, daß de Lorca nicht mehr reagieren konnte.

Auf dem Nachttisch, direkt neben der brennenden Lampe, lag eine Schere. Ein großes Instrument, mit langen, spitzen Schenkeln.

Eine mörderische Waffe!

Damona konzentrierte sich auf die Schere. Sie schien das blitzende Instrument hypnotisieren zu wollen.

Und dann – urplötzlich – hob die Schere vom Nachttisch ab, drehte sich einmal und schoß auf Ernest de Lorca zu.

Sie traf.

Wuchtig bohrten sich beide Scherenschenkel in Ernest de Lorcas Rücken, bevor er begriff, was eigentlich geschehen war.

De Lorca wurde nach vorn gestoßen, seine Knie prallten gegen das Fußende des Bettes. Ein heiseres Gurgeln drang aus seinem Mund. De Lorca verlor das Gleichgewicht, torkelte unsicher und fiel langsam, wie im Zeitlupentempo, auf seine Betthälfte.

Die Schere ragte aus seinem Rücken. Sie war de Lorca von hinten ins Herz gefahren.

Lucille de Lorca lächelte. Dann blickte sie ihre Tochter an. Damona sah wieder völlig normal aus. Sie nickte in Richtung des Toten und fragte: »War es gut so, Mutter?«

»Ja«, lobte Lucille sie. »Du hast deine Sache ausgezeichnet gemacht. Es mußte so kommen, und ich wußte, daß uns Satan nicht im Stich läßt. Endlich sind wir deinen Vater los, und wir können uns in aller Ruhe unserer Aufgabe widmen.«

Einige Minuten verstrichen. Die beiden Frauen schwiegen.

Der Regen rauschte monoton gegen die Scheiben.

Damona de Lorca wirkte in diesem Augenblick wie ein kleines, schutzsuchendes Kind. Niemand hätte ihr jetzt ihre achtzehn Jahre geglaubt, und niemand wäre auf den Gedanken verfallen, in dem Mädchen könnte der Teufel stecken.

Sie war eine schmale Person. Magere Schultern schoben sich wie Kleiderbügel nach beiden Seiten. Brüste hatte sie kaum, das Gesicht zeigte eine ungesunde Blässe, die Augen waren von einem verwaschenen Blaugrün, und selbst die Sommersprossen auf der Haut blieben blaß.

Nach Damona würde sich kein junger Mann umsehen.

Es war Lucille de Lorca, die das drückende Schweigen brach. Sie deutete auf die Leiche. »Wir müssen ihn wegschaffen«, sagte sie.

»Wohin?« Damona trat ans Bett.

»Am besten in den Garten. Da können wir ihn vergraben. Und finden werden sie ihn dort kaum.«

Damona blickte ihre Mutter schräg von der Seite an. »Jetzt? Bei dem Regen?«

»Ja. Je früher, desto besser. Faß mit an.«

Damona gehorchte. Sie packte die Leiche unter beiden Achselhöhlen und zog den Toten quer über das Bett. Das Blut hinterließ eine rote Spur.

Das Mädchen hatte kein Mitleid mit seinem Vater. Er hatte ihnen immer schon im Weg gestanden.

Vor dem Bett legten die beiden Frauen die Leiche auf den Boden. Gebrochene Augen starrten gegen die Decke. Mutter und Tochter rührte das nicht.

»Ich hole den Teppich«, sagte Lucille.

»Aber sei leise, sonst wird Teresa wach«, erinnerte Damona ihre Mutter an die Zwillingsschwester.

Aus dem Flur holte Lucille einen Teppich. Er war schmal und ziemlich lang. Mutter und Tochter rollten den toten de Lorca gemeinsam in den Teppich. Die Armeepistole hatte Lucille zuvor in ihrer Nachttischschublade verstaut.

Lucille de Lorca hatte im Gang das Licht angeknipst. Der Schein reichte aus, um auch im Parterre etwas erkennen zu können. Den auf der Treppe liegenden Mantel räumte Lucille weg.

Schweratmend erreichten sie das Erdgeschoß. Besonders die zierliche Damona hatte Mühe mit ihrer Last.

»Sollen wir eine Pause einlegen?« fragte die Mutter. Ihre Stimme klang besorgt.

»Es wäre besser«, keuchte Damona.

Sie warteten, legten die eingerollte Leiche vorsichtig auf den Boden und zogen sich dann Mäntel über und schützten die Haare mit Kopftüchern.

Lucille öffnete die Hintertür. Schweigend verständigten sich Mutter und Tochter, dann bückten sie sich und packten den Toten wieder an. Sie trugen ihn in den Garten, der mehr einem Dschungel glich und in der Dunkelheit wie ein Geisterwald aussah.

Der Regen hatte immer noch nicht aufgehört. Die beiden Frauen waren im Nu durchnäßt bis auf die Haut.

Ein Trampelpfad führte bis ans Ende des Grundstücks und endete vor einem Zaun. Dort standen drei Ulmen, mächtige alte Bäume, deren ausladende Äste mit dem grünen Blattwerk ein natürliches Dach bildeten.

Neben dem ganz rechts stehenden Baum wollte Lucille die Leiche verscharren, denn anders konnte man dieses Begräbnis wahrhaftig nicht bezeichnen.

Lucille de Lorca war von einer solchen Gefühlskälte, die einen normalen Menschen schaudern mußte.

»Warte hier«, befahl sie ihrer Tochter. »Ich hole nur die Schaufeln.«

Lucilles Gestalt wurde vom Regen und der Dunkelheit aufgesogen. Damona stellte sich zitternd unter den Baum. Sie fror. Das Kopftuch hatte sich längst mit Wasser vollgesogen. Regen rann über ihr blasses Gesicht, netzte die Lippen.

Damona trank die Tropfen. Sie stand dicht am Baumstamm. Einige Käfer krabbelten unter der rissigen Rinde hervor und liefen über Damonas Arm. Sie sah die Käfer, nahm den ersten zwischen Daumen und Zeigefinger und zerquetschte ihn. Das gleiche geschah mit den beiden anderen. Dabei lag in Damonas Augen ein sadistisches Funkeln. Dieses Mädchen hatte mit keiner Kreatur Mitleid. Vielleicht nicht einmal mit sich selbst.

Lucille de Lorca kam zurück. Sie trug zwei Schaufeln. Eine davon warf sie ihrer Tochter zu.

»Los, fang an zu graben!«

Damona gehorchte. Sie stieß die Schaufel in das schwere, nasse Erdreich und begann direkt neben der Leiche das Grab auszuheben.

Die Frauen beeilten sich. Der Regen wurde noch stärker. Zusätzlich kam Wind auf und trieb die Wasserschleier schräg durch den Garten.

Es war eine unheilvolle Nacht.

»Wie tief soll die Grube denn werden?« fragte Damona schweratmend.

Lucille wischte sich über die Stirn, wo sich Regenwasser und

Schweiß vermengten. »Nicht so tief wie bei einem normalen Grab. Soviel Mühe machen wir uns nicht.« Sie warf einen abschätzenden Blick auf die bisher geleistete Arbeit. »Wir müssen das Grab noch etwas länger graben«, sagte sie. »Komm.«

Die Frauen schaufelten weiter. Sie taten ihre makabre Arbeit stumm und verbissen.

Die Minuten vergingen, reihten sich zu einer Stunde. Niemand sah oder beobachtete die Frauen.

Wirklich niemand?

Damona bemerkte die Gestalt als erste. Mit einem leisen Aufschrei ließ sie die Schaufel fallen.

»Was ist denn?« fuhr Lucille ihre Tochter an.

»Hinter dir!«

Lucille de Lorca wandte sich um. Vom Haus her, aus den dichten Regenschleiern, löste sich eine Frauengestalt. Sie trug einen Morgenmantel, jedoch kein Kopftuch. Das lange Haar klebte ihr tropfnaß am Kopf.

Die Gestalt – das Mädchen war keine andere als Teresa de Lorca, Damonas Zwillingsschwester . . .

»Das hat uns noch gefehlt!« zischte Lucille de Lorca. Innerhalb von Sekundenbruchteilen jagten die Gedanken durch ihren Kopf. Teresa hatte sehr an ihrem Vater gehangen. Sie war nicht so wie Damona. Sie unterschied sich physisch wie auch psychisch von ihr. Lucille de Lorca haßte ihre Tochter Teresa. Sie hatte es zwar ihr gegenüber nie zugegeben, doch Teresa spürte es schon seit langem. Bis jetzt hatte der Vater noch immer seine schützende Hand über sie gehalten.

»Was machst du denn hier?« fuhr Lucille de Lorca ihre Tochter an. »Warum liegst du nicht im Bett?«

Teresa antwortete nicht. Sie sah ihrer Schwester überhaupt nicht ähnlich, obwohl sie Zwillinge waren. Teresa hatte glänzendes schwarzes Haar, ein feingeschnittenes Gesicht mit einer kleinen, geraden Nase und einem Kinn mit winzigen Grübchen. Der Hals war schlank, das Fleisch des jungen Körpers fest, ebenso wie die beiden hochangesetzten Brüste. Eine Schönheit. Es war eine verrückte Laune der Natur, daß sie die beiden Mädchen so verschieden geschaffen hatte.

Teresa wischte sich das Regenwasser aus dem Gesicht. »Die gleiche Frage könnte ich euch stellen«, sagte sie mit kaum zu verstehender Stimme und deutete auf die Grube und den daneben liegenden Teppich. »Wollt ihr etwas vergraben?«

Lucille de Lorca ging einen Schritt vor. Damona hielt sich im Hintergrund. »Ja, wir haben hier zu tun. Und du gehst besser wieder ins Bett. Du hast hier nichts zu suchen.«

Teresa schüttelte den Kopf. »Ich bleibe!«

»Du gehst!«

Aber Teresa besaß einen starken Willen. Was sie sich einmal in den Kopf gesetzt hatte, das führte sie auch durch. Sie ging auf ihre Mutter zu und wollte an ihr vorbei, um nachzusehen, was die Teppichrolle enthielt.

Das Mädchen kam genau drei Schritte weit, da packte Lucille zu. Hart gruben sich ihre Finger in das Fleisch des rechten Oberarms. »Du gehst jetzt ins Haus!« zischte sie Teresa an.

»Laß mich!« Teresa versuchte sich loszureißen. Ihre Mutter hielt eisern fest. Stoff riß. Lucille gab Teresa einen Stoß, so daß sie taumelte. Dabei rutschte sie auf dem nassen, glitschigen Boden aus, geriet ins Straucheln und fiel hin.

Sie landete auf dem Rücken.

»Das hast du nun davon!« schrie Lucille de Lorca. »Ich habe dir doch gesagt, du sollst verschwinden!«

Teresa erhob sich auf die Knie.

Ihr Widerstandswille war noch längst nicht gebrochen. Von unten her schaute sie ihrer Mutter ins Gesicht. Ihr Nachthemd und der Morgenrock waren lehmverschmiert.

Plötzlich packte Teresa zu. Ihre rechte Hand krallte sich um Lucilles Knöchel, ein Ruck, und die rothaarige Lucille lag ebenfalls im Dreck. Sie fluchte und schrie in einem.

Teresa kümmerte sich nicht darum. Sie sprang auf die Füße, lief an ihrer Mutter vorbei und wollte auf den Teppich zu, der neben der Grube lag.

Damona sah die Gefahr. Es war aber zu spät, um einzugreifen.

Ehe sie ihre Schwester zurückreißen konnte, hatte diese den Teppich ein Stück aufgerollt.

Sie sah einen Arm und ein Bein. Am Handgelenk schimmerte eine goldene Uhr.

Eine Uhr, die sie ihrem Vater erst vor einem Jahr zum Geburtstag geschenkt hatte.

Ihr Vater . . .

Teresa hatte das Gefühl, ihr Herz müßte stehenbleiben. Der Mann, der vor ihr eingewickelt in dem Teppich lag, war kein anderer als ihr Vater.

Ihr toter Vater!

Teresa wankte zurück. Aus ihrem halboffenen Mund drang ein tiefes Stöhnen, in dem sich Schmerz und Angst paarten. Es wollte einfach nicht in ihren Verstand, was sie mit eigenen Augen gesehen hatte.

Lucille de Lorca und Damona beobachteten sie gespannt und lauernd.

Teresa wandte sich um. Sie starrte in die Gesichter der Frauen, deren Lippen sich zu einem wissenden, aber auch spöttischen Lächeln verzogen hatten.

Teresa spürte den Regen nicht, der auf sie niederprasselte. Eine Welt war für sie zusammengebrochen.

»Va . . . Vater . . .?« hauchte sie mit tonloser Stimme.

Lucille antwortete. »Ja, er ist tot.«

In einer hilflosen Gebärde breitete Teresa die Arme aus. »Aber warum denn?«

»Das werden wir dir später erklären.«

Teresa schüttelte den Kopf. »Warum bekommt er keine richtige Beerdigung?« wollte sie wissen.

»Niemand soll erfahren, daß er tot ist. Und auch du hältst den Mund. Verstanden?«

»Ich . . .« Teresa runzelte die Stirn. Ihre Augendeckel flatterten. Sie ließ die Arme an ihrem Körper herabhängen. Ihre bebenden Lippen formten verständnislose Worte.

». . . tot . . . tot . . .«

Urplötzlich sprang sie der Schock an. Teresas Augen füllten sich mit Tränen, die Knie begannen zu zittern, gaben nach.

Mit einem Seufzer stürzte Teresa zu Boden.

Sie war ohnmächtig.

Sekunden verstrichen. Lucille und Damona blickten sich an.

»Was geschieht mit ihr?« wollte die Tochter wissen. Sie stieß ihre Schwester mit der Fußspitze an, um Teresa aufzuwecken.

Lucille winkte ab. »Erst einmal lassen wir sie hier liegen. Dann sehen wir weiter. Komm, hilf mir, die Grube muß endlich fertig werden. Teresa hat uns schon viel zu lange aufgehalten.«

Die Frauen machten sich wieder an die Arbeit. Die Schaufelblätter stachen in das nasse Erdreich, trugen die Klumpen ab und schleuderten sie zur Seite.

Nach etwa einer Viertelstunde war die Grube tief genug. Lucille stellte die Schaufel zur Seite.

»Los«, sagte die rothaarige Frau, »wir legen ihn rein.«

Damona faßte mit an.

Die Leiche paßte soeben in das primitive Grab. Allerdings mußten die Beine angewinkelt werden. Den Teppich ließen sie um den Körper. Auch die Schere blieb in seinem Rücken.

Die Frauen begannen, das Grab zuzuschaufeln. Der Regen fiel noch immer wie eine wahre Sintflut vom Himmel. In kleinen Bächen rann das Wasser den aufgeworfenen Lehmhügel hinab und spülte den braunen Schlamm auf den Rasen zu. Die Blätter der Bäume bogen sich unter der nassen Last. Es war kalt geworden. Viel zu kalt für die Jahreszeit. Schließlich schrieb man erst August.

Der Lehm war durch das aufgenommene Wasser noch schwerer geworden. Die ungewohnte Arbeit zehrte an den Kräften der Frauen. Schließlich hatten sie es geschafft. Mit den Füßen trampelten sie das makabre Grab flach.

Lucille reichte die beiden Schaufeln ihrer Tochter. Dann nickte sie und sagte: »Das wär's wohl. Bring die Dinger weg, ich kümmere mich um deine Schwester.«

»Was hast du mit Teresa vor?« fragte sie.

»Ich bringe sie erst einmal ins Haus. Wenn sie aus ihrer Ohnmacht erwacht, werde ich mit ihr reden. Mal sehen, auf welche Seite sie sich stellt.«

»Und wenn sie Schwierigkeiten macht?« Damonas Frage klang lauernd.

Lucille de Lorca lächelte eisig. Sie deutete auf den zweiten Baum. »Daneben ist noch Platz«, sagte sie gefühllos.

Damona begann zu lachen. Es hörte sich an wie das Gelächter des Teufels . . .

Die nadelfeinen Strahlen der Dusche waren kochendheiß. Im Nu breitete sich der Dampf in der kleinen Kabine aus. Das Fenster beschlug. Tropfen sammelten sich und liefen an der Scheibe entlang.

Teresa drehte den Hahn für das kalte Wasser auf. Augenblicklich wurde die Temperatur des Wassers angenehm.

Das Girl zog sich aus. Es ließ den verdreckten Morgenmantel zu Boden gleiten und schälte sich aus dem langen klatschnassen Nachthemd. Wie Gott sie erschaffen hatte, stand sie vor dem Spiegel.

Sie konnte mit ihrer Figur zufrieden sein. Teresa war eine vollerblühte Schönheit. Doch jetzt war das hübsche Gesicht von Angst gezeichnet. Noch immer zitterte sie. Der Schock war hart gewesen. Sie hatte ihren toten Vater gesehen, und obwohl es niemand zugeben wollte, war sie davon überzeugt, daß ihr Vater ermordet worden war.

Von wem?

Damona hatte ihn schon immer gehaßt. Genau wie Lucille, ihre Mutter. Der Vater wollte die gefährlichen Spiele nicht mitmachen, die diese beiden Frauen trieben. Und auch Teresa war dagegen. Jetzt hatte ihre Mutter ihr eine Galgenfrist gegeben, die in achtundvierzig Stunden ablaufen würde.

Zwei Tage – dann mußte sie sich entschieden haben.

Teresa stieg unter die Dusche. Das jetzt angenehm temperierte Wasser perlte über ihre glatte weiche Haut. Mit Duschschaum rieb sich Teresa ihren Körper ein. Der Schaum belebte und machte munter.

Achtundvierzig Stunden Galgenfrist!

Teresa wußte, daß man sie nicht aus dem Haus lassen würde.

Sie war eine Gefangene. Und sie konnte nichts dagegen tun. Die Macht ihrer Mutter und der Schwester war zu groß.

Das Mädchen drehte sich unter den feinen Strahlen der Brause. Doch das Wasser vertrieb nicht die trüben Gedanken. Immer wieder kam ihr der Vater in den Sinn. Er hatte als einziger zu ihr gehalten.

Teresa dachte daran, daß sie in die Uni mußte. In drei Wochen fing das neue Semester an. Sie studierte Theaterwissenschaft. Ihre Schwester tat nichts. Sie war nach ihrer Schulzeit zu Hause geblieben.

Teresa wußte, daß Damona übernatürliche Fähigkeiten besaß. Sie hatte einmal gesehen, wie Gegenstände im Zimmer herumgeflogen waren, ohne daß sie jemand berührt hatte. Die Mutter hatte Teresa damals erklärt, daß Damona diese Gegenstände nur durch Hilfe ihrer Geisteskraft bewegt habe.

Teleportation nannte man so etwas!

Wieder kehrten Teresas Gedanken zur Uni zurück. Und damit auch zu Will Purdy, ihrem Freund. Sie war mit dem jungen Chemiestudenten schon ein halbes Jahr befreundet, und sie war sehr in ihn verliebt. Will wußte zwar, wo sie wohnte, war aber noch kein einziges Mal im Haus gewesen. Teresa hatte sich nicht getraut, den jungen Mann ihren Eltern und der Schwester vorzustellen.

Doch irgendwie mußte sie Will eine Nachricht zukommen lassen.

Aber wie . . .

Ihre Gedanken wurden durch ein spöttisches Lachen unterbrochen, das selbst das Rauschen der Brause übertönte.

Erschreckt trat Teresa einen Schritt vor. Die Strahlen prasselten jetzt auf ihren Rücken.

Damona hatte das Bad betreten. Sie stand vor der kleinen Duschkabine und hatte ebenfalls nichts mehr an. Ihr hagerer Körper war mit rotem Flaum bewachsen, der Mund war spöttisch verzogen, und in den Augen lag ein seltsames Glitzern.

»Was willst du?« fragte Teresa.

Damona lachte abermals. »Denkst du an ihn?«

»Ja, ich denke an Vater. Und du hast ihn umgebracht. Das stimmt doch – oder?«

Damona hob die mageren Schultern. »Wer weiß«, erwiderte sie unbestimmt. »Wirst du zu uns halten?« fragte sie dann.

»Nein!«

»Dann wirst du es bereuen. Wenn wir dich ausstoßen, dann . . .«

Plötzlich stieg die Wut in Teresa hoch. »Was geschieht dann?« schrie sie. »Wollt ihr mich auch umbringen, wie ihr es mit Vater getan habt, ihr verdammten Bestien? Los, sag schon.« Sie sprang aus der Duschkabine und schlug auf Damona ein.

Damona war zu überrascht, um den Angriff wirkungsvoll abzuwehren. Sie mußte die ersten Schläge einstecken, die sie gegen den Spiegel trieben.

Teresa war nicht mehr zu halten. Die Arme arbeiteten wie die Flügel einer Mühle, aber sie traf nur selten.

Damona konnte zurückweichen, den meisten Schlägen die Wucht nehmen, dennoch mußte sie einen Hieb auf die Nase hinnehmen.

Sie fing sofort an zu bluten.

Und Teresa tobte weiter. Trauer und ohnmächtige Wut verliehen ihr unglaubliche Kräfte. Damona prallte mit dem Rücken gegen die Tür, riß ihr Knie hoch und traf die Schwester hart.

Teresa krümmte sich. Damona nutzte die Gelegenheit und packte die Arme der Schwester. Wie Schraubstöcke hielten die Hände fest. »Das hast du nicht umsonst getan!« keuchte Damona. Kraftvoll drängte sie Teresa auf die Dusche zu. Die beiden Mädchen keuchten und schrien, während das Wasser weiterrauschte.

Doch Teresa hatte sich verausgabt. Sie konnte der Kraft ihrer Schwester nichts entgegensetzen, zudem rutschte sie auf dem glitschigen Terrazzoboden aus.

Damona packte Teresas Schultern. Mit einem siegessicheren Schrei auf den Lippen schleuderte sie die Schwester in die kleine Duschkabine. Hart stieß sich Teresa beide Knie. In einem Winkel der Dusche fiel sie zu Boden.

»Und jetzt gib genau acht!« schrie Damona. Mit halb erhobenen

Armen und zu Fäusten geballten Händen blieb sie dicht vor der Duschkabine stehen. Ihre Augen schienen um das Doppelte zu wachsen. Mit Erschrecken sah Teresa, daß sich das Gesicht der Schwester veränderte, wie sich ein zweites, eine schreckliche Fratze, über das erste schob.

Die Fratze des Teufels!

Und dann geschah das, was Teresa an den Rand des Irrsinns trieb.

Plötzlich rauschte kein Wasser mehr aus der Dusche. Die nadelfeinen Strahlen waren rot.

Rot wie – Blut!

»Die Strafe!« brüllte Damona. »Die Strafe des Satans! Überall soll es sein. Blut! Blut! Blut . . .«

Sie tanzte und führte sich auf wie der Teufel selbst. Ein abstoßendes, widerliches Gelächter heulte aus ihrem Mund. Es hallte durch das Bad und vermischte sich mit dem Rauschen der Dusche.

Für Teresa jedoch sanken die Chancen auf Null. Nie würde sie diesen Teufelskreis sprengen können.

Eigentlich war es ein Witz!

Irgendein neuer Computer hatte festgestellt, daß sich die Scheidungen in London häuften. Nun war London eine Millionenstadt, und zwangsläufig lag die Scheidungsquote dort höher als in einem verschlafenen Dorf – nur hatte diese Scheidungssache einen Haken.

Die Frauen gaben zu, daß sie mit ihren Männern nicht mehr leben wollten, weil sie einem Orden beigetreten waren.

Dem Damona-Orden.

Nur allein aus diesem Grund hatten sie eine Scheidung eingereicht. Der Damona-Orden war für sie Lebensinhalt geworden. Der Ordensverband gab ihnen alles, er konnte ihre geheimsten Wünsche befriedigen und sorgte dafür, daß es ihnen gutging.

John Sinclair las den Bericht zweimal. Beim zweiten Lesen gönnte er sich eine Zigarette. Die erste an diesem Morgen. John hatte beschlossen, die Qualmerei einzuschränken.

John Sinclair wußte noch nicht so recht, was er mit dem Bericht anfangen sollte. Sein sechster Sinn sprang auch nicht an. Er hatte schon mehr als einmal erlebt, daß ihm Kollegen Fälle zuschustern wollten, mit denen sie nicht fertig wurden – oder weil sie einfach keine Lust hatten, die Dinge weiterzuverfolgen.

Und dieser Fall sah John ganz danach aus.

Andererseits, dieser Name Damona-Orden kam ihm doch reichlich spanisch vor.

Damona! Die Assoziation zu Dämon lag auf der Hand. Und ein reiner Frauenclub mit einem solchen Namen konnte unter Umständen Ziele verfolgen, die gefährlich waren.

John dachte an Schwarze Messen und an die Satansverehrung.

Schwarze Messen waren »in«. Die Satansverehrung auch. Die meisten Clubs waren harmlos, ihre Mitglieder bestanden aus Spinnern und Geisteskranken, aber es gab auch Ausnahmen.

Die Clubs standen unter lockerer Kontrolle. Viele von ihnen waren sogar als Verein registriert, dieser offenbar nicht, denn es fehlte die entsprechende Notiz.

Stirnrunzelnd legte John Sinclair den Bericht zur Seite. Hier wollte er nicht selbst entscheiden, sondern zuvor seinen Vorgesetzten, Superintendent Powell, konsultieren.

Johns Vorzimmerelfe, die schwarzhaarige Glenda, strahlte den Geisterjäger an, als dieser sein Büro verließ.

John lächelte zurück. »Ich bin beim großen Boß«, sagte er und verschwand. John ließ sich ungern auf längere Gespräche mit Glenda ein, sie hätte sich unter Umständen Hoffnungen gemacht, die der Geisterjäger auf keinen Fall erfüllen wollte.

Powell aß seinen gesunden Frühstücksquark, als John das Büro des Superintendenten betrat. Neben dem Quarkbehälter stand das übliche Mineralwasser. Von der Wand blickte die Queen streng auf ihre Untergebenen herab.

Powell erinnerte John immer an einen magenkranken Pavian. Manchmal wirkte er auch wie ein alter Uhu, wenn er durch seine dicken Brillengläser starrte und einen Besucher so fixierte, daß diesem angst und bange wurde.

John hatte sich solche Gefühle längst abgewöhnt.

»Hallo, Meister«, grüßte John und ließ sich auf dem Besucherstuhl nieder. »Essen Sie ruhig weiter.«

Powell grunzte nur und schluckte den Rest Quark hinunter. Dann wischte er sich mit einem Tuch über den Mund und blickte John böse an. »Hatten Sie sich eigentlich angemeldet?« erkundigte er sich.

»Nein, aber Ihre Vorzimmerpalme war nicht da. Deshalb hielt ich es für ratsam, so hineinzuschleichen. Schließlich ist Zeit Geld. Und ein Beamter, der nur herumsitzt und wartet, festigt wieder die Vorurteile. Wenn Sie mein Eindringen also aus dem Blickwinkel betrachten, müssen Sie zugeben, Sir, daß . . .«

»Ja, ja, schon gut.« Powell winkte ab. »Ich weiß, daß Sie vorlaut sind und immer das letzte Wort haben müssen. Eine Ihrer unangenehmen Eigenschaften. Jetzt zur Sache. Worum geht es?«

John Sinclair tippte mit dem Zeigefinger auf den Bericht in seiner linken Hand. »Dieses hier!« Er hielt die Mappe hoch.

Powell nickte. Er wußte schon Bescheid. »Aha, Sie sind also über diese Statistik gestolpert.«

John hob fragend die Augenbrauen. »Sollte ich das?«

»Ja.«

»Wie nett.«

»Lassen Sie mal den Spott weg, Sinclair, die Sache sieht ernst aus. Wenn dieser Damona-Kult tatsächlich existiert, dann müssen Sie ihn zerschlagen.«

»Wir haben aber keine Beweise, daß er etwas Unrechtes im Schilde führt. Schön gesagt, nicht?«

»Dann schaffen Sie die Beweise heran.« Powell schlug mit der Faust auf den Tisch.

»So kenne ich Sie ja gar nicht, Sir«, staunte John. »Wie ist es möglich, daß Sie sich dermaßen engagieren?«

»Hm.« Superintendent Powell druckste herum. Dann rückte er mit der Sprache heraus, verlangte aber, daß die Worte nicht an die Ohren eines anderen gelangten.

John versprach es.

»Einem Verwandten von mir ist ebenfalls die Frau weggelaufen. Den Namen finden Sie in der Liste. Der Mann heißt Ballantine.«

»Wie der Whisky?«

»Ja.«

»Auch so scharf?« fragte John grinsend.

»Darauf verlangen Sie doch wohl keine Antwort«, erwiderte Powell. »Ich will nur, daß Sie sich um den Fall kümmern. Mehr nicht. Und daß Sie mir Bericht erstatten.«

John stand auf. Er schlug den Hefter gegen seinen Oberschenkel. »Okay, Sir, dafür werde ich bezahlt. Ich tue mein Bestes. Wie immer. Noch etwas auf dem Herzen?«

»Ja.«

John hob fragend den Blick. »Fangen Sie nicht gerade mit Ihren Nachforschungen bei Mr. Ballantine an. Er ist ein honoriger Bürger unseres Staates. Ich möchte nicht, daß er weiterhin mit der unangenehmen Sache belästigt wird.«

Der Oberinspektor winkte ab. »Keine Sorge, Sir. Ich lasse Ihre Verwandtschaft in Ruhe.«

Der Geisterjäger ging. Aus den Augenwinkeln nahm er wahr, wie Superintendent Powell zur Mineralwasserflasche griff. Jetzt mußte er wieder seinen Magen beruhigen.

»War's schlimm beim Alten?« Mit diesen Worten empfing Glenda den hochgewachsenen blondhaarigen Oberinspektor mit den stahlblauen Augen.

»Miß Perkins«, sagte John und hob den Zeigefinger. »Ich bitte mir in Zukunft mehr Respekt aus. Superintendent Powell ist ein honoriger Bürger unseres Landes und . . .« John mußte selbst lachen. Er bat um einen Kaffee und verschwand in seinem Büro.

Der Kaffee kam und mit ihm ein Telefonanruf.

Der Geisterjäger hob ab und meldete sich.

»Haben dich noch immer nicht die Monster gefressen?« hörte er eine wohlbekannte Stimme, die ihm augenblicklich einen leichten Schauer über den Rücken rieseln ließ.

»Nein, ich lebe noch, wie du hörst«, erwiderte der Oberinspektor.

Die Stimme, die ihm die Frage gestellt hatte, gehörte Jane Collins. Und Jane war ein Girl, bei dem auch der härteste Junggeselle schwach werden und in den Hafen der Ehe einlaufen konnte. John hatte einmal den Satz von der hübschesten

Privatdetektivin Europas geprägt, und das war sicherlich nicht übertrieben.

»Wo drückt denn der Busen?« erkundigte sich der Geisterjäger.

»Ich dachte immer, du weißt, daß ich keinen BH nötig habe«, lautete die Antwort, und John entschuldigte sich auch sofort.

»Wir haben uns ja so lange nicht mehr gesehen, da vergißt man schon mal was«, meinte er.

»Da sieht man wieder, was du für mich übrig hast. Aber mal Spaß beiseite. Ich habe einen Fall für dich, John.«

»Nein, nicht schon wieder. Ich bin mit Arbeit eingedeckt bis zum geht nicht mehr«, stöhnte John.

»Sei ruhig und hör zu.«

Ihre Geschichte elektrisierte den Geisterjäger. Schon nach wenigen Sätzen wußte er, daß sie und er an dem gleichen Fall arbeiteten.

Es ging um den Damona-Orden!

Oberinspektor Sinclair war ein Mann schneller Entschlüsse. »Paß auf, Jane, wo treibst du dich jetzt herum?«

»Ich bin in meinem Büro.«

»Okay, wir treffen uns in dem kleinen Lokal an der Ecke. Warte dort auf mich. Einverstanden?«

»Ja.«

»Dann bis gleich.« Der Geisterjäger hängte auf.

»Fahren Sie weg, Herr Oberinspektor?« fragte die schwarzhaarige Glenda, und in ihrer Stimme schwang ein bedauernder Unterton mit.

»Ja.«

Glenda schlug die Beine übereinander. Sie machte das so raffiniert, daß der enge blaue Rock ein gutes Stück nach oben rutschte.

John räusperte sich. »Ich treffe mich mit einer Dame.«

Glenda nahm eine andere Sitzhaltung ein. »Kommen Sie heute noch ins Büro zurück?« fragte sie förmlich.

»Keine Angst, ich bleibe nicht über Nacht«, grinste John und ging zur Tür. Als er sich dicht davor noch einmal umdrehte, war Glenda tatsächlich rot geworden.

Lächelnd verließ John das Vorzimmer.

Sein Bentley stand auf dem Parkplatz.

Ein Klassewagen. Silbermetallic, das Armaturenbrett aus Holz, die Sitze aus weichem Leder.

John stieg ein. Der typische Autogeruch empfing ihn. Ein leichter Hauch von Benzin, vermischt mit dem Aroma des Zigarettentabaks und dem herben Duft des Leders. John Sinclair mochte die Kombination.

Sanft rollte der Bentley in Richtung Parkplatzausfahrt. Das Lokal, in dem sich John mit Jane Collins treffen wollte, lag im Stadtteil Westminster. John fuhr die Whitehall Parliament Street hoch, bog dann in die Cockspur Street ein und lenkte den Bentley in Richtung Waterloo Place. An der Charles Street, die zum St. James Square führte, fand John einen Parkplatz. Die Fahrt hatte nur eine halbe Stunde gedauert. Für London eine reife Leistung.

Die Charles Street war trotz des Nieselregens belebt. Zahlreiche Geschäftsleute warteten auf zahlungskräftige deutsche Touristen. John stellte den Kragen seines Trenchcoats hoch und hastete auf den Eingang des italienischen Lokals zu.

Er entdeckte Jane Collins in der Ecke. Sie winkte ihm zu.

»Hallo, Luigi«, begrüßte John den Wirt und bestellte einen Cappuccino. Jane hatte das gleiche vor sich stehen.

Die Detektivin sah mal wieder zum Anbeißen aus.

Das lange Haar wurde über der Stirn von einem roten Band gehalten. Der Pullover in der gleichen Farbe saß weit und war aus Kaschmirwolle. Auch der Nagellack paßte zur Kleidung. Jane war dezent geschminkt. Sie hatte es nicht nötig, sich ihre vollen naturroten Lippen nachzuziehen. Sie wirkte auch so.

John Sinclair lehnte sich zurück. »Dann mal raus mit der Sprache«, forderte er sie auf. »Was macht denn dieser komische Club?«

Jane Collins berichtete von einem gewissen Lidell, der zu ihr gekommen war, um sie über den Damona-Kult aufzuklären und um sie zu beauftragen, Mrs. Lidell zu bewachen, was sie allerdings bisher noch nicht getan hatte.

»Ich wollte vorher noch mit dir reden, John.«

Der Geisterjäger nickte. »Wir knacken am gleichen Problem«, meinte er. »Aber bleib du ruhig bei deinem Lidell, dann kann ich den Namen von meiner Liste streichen. Es gehören ja noch mehr Personen zu diesem Orden. Vielleicht ist sogar alles ganz harmlos«, schränkte der Geisterjäger ein, »und wir haben uns umsonst Sorgen gemacht.«

Jane wiegte bedenklich den Kopf und trank ihre Tasse leer. »Daran glaube ich nicht so recht, John. Du weißt selbst, wie gefährlich solche Clubs oder Geheimbünde sein können.«

John Sinclair strich über seinen Nasenrücken. »Aufgabenteilung, wenn wir schon zusammenarbeiten. Du Lidell, und ich nehme mir einen anderen Knaben vor. Vor allen Dingen bin ich scharf darauf, die Frauen zu sprechen.«

»Wenn man sie erreicht. Aber auch mit Lidell ist es nicht einfach. Nach seinem Besuch – und der ist immerhin schon drei Tage her – habe ich nichts mehr von ihm gehört. Er hat auch noch nach der Scheidung in seinem Haus gewohnt.«

»Vielleicht hat er beruflich in einer anderen Stadt zu tun?« vermutete John.

»Nein.« Jane schüttelte den Kopf. »Lidell ist leitender Ingenieur bei einer Kesselbaufirma. Ich habe dort angerufen, und man wundert sich, daß Lidell verschwunden ist. Er hat nämlich nichts hinterlassen. Er ist einfach nicht zur Arbeit gekommen. Und der Sache will ich auf den Grund gehen.«

»Nichts dagegen.« John winkte dem Wirt, um die Rechnung zu begleichen.

»Ciao, Luigi.« John schlug dem Italiener auf die Schulter. »Bis später einmal.«

Er und Jane verließen das Lokal.

Die anwesenden Männer warfen Jane Collins begehrliche Blicke nach. Und in ihren Augen war zu erkennen, daß sie John Sinclair zum Teufel wünschten.

Die Lidells mußten der gut verdienenden Mittelschicht angehören. Jedenfalls deutete ihr Bungalow darauf hin. Das Haus mit dem hübschen Vorgarten lag in einem nördlichen Londoner Vorort und grenzte mit der Westseite an ein Industriegelände, das durch einen Drahtzaun gesichert war.

Jane Collins sah die flachen Dächer einiger Fabrikhallen, als ihr Wagen die schmale Straße hinunterrollte.

Von dem letzten lukrativen Honorar hatte sich die Detektivin einen Lancia gekauft. Erdbeerrot und mit schwarzen Sitzen. Sie schwärmte für italienische Wagen ebenso wie für die Schuhe und das Essen aus diesem Land.

Der Bungalow hatte eine angebaute Garage mit einer Zufahrt. Dort stellte Jane ihren Wagen ab, stieg aus und ging auf den Eingang zu.

Sie bemerkte, wie hinter der Scheibe die Gardine bewegt wurde. Jemand mußte also schon bemerkt haben, daß Besuch kam.

Die Haustür wurde geöffnet.

Eine Frau sah Jane Collins mißtrauisch entgegen.

Die Frau trug ihr dunkles Haar nach hinten gekämmt, war schätzungsweise vierzig Jahre alt und schon ziemlich verbittert. Jane schloß das aus den Falten, die das Gesicht einkerbten. Die Frau trug ein dunkles Kleid. Vor der Brust baumelte eine Plakette. Den Namen, der darauf eingeritzt war, konnte die Detektivin nicht lesen.

Jane knipste ihr bestes Lächeln an. »Mrs. Lidell?« fragte sie.

»Ja.« Die Antwort klang mürrisch.

»Mein Name ist Jane Collins«, stellte sich die blondhaarige Detektivin vor. »Ich hätte gern mit Ihnen gesprochen, Mrs. Lidell.«

»Worüber denn?«

»Könnte ich Ihnen das nicht im Haus erklären?« fragte Jane höflich.

Die Frau zögerte. Jane sah es förmlich hinter ihrer hohen Stirn arbeiten, dann gab Mrs. Lidell den Weg frei.

»Kommen Sie herein. Viel Zeit habe ich allerdings nicht. Und wenn Sie Vertreterin sind, können Sie gleich wieder gehen.«

»Keine Bange«, erwiderte Jane und betrat das Haus.

Dunkle Möbel, schwere Vorhänge, Steinplatten auf dem Boden. Von der großen Diele zweigten mehrere Räume ab. Jane wurde ins Wohnzimmer geführt.

Eine schwere Cordcouch. Die Möbel aus Eiche. Die Anbauwand wuchs über Eck und war vollgestopft mit Büchern. In einem Fach stand ein Fernsehapparat. Der schwere Schreibtisch hatte seinen Platz vor dem Fenster. Durch die Scheibe sah man in den Garten und auf die Mauer des versetzt stehenden Nachbar-Bungalows. Dort mähte eine junge Frau gerade den Rasen.

»Was kann ich also für Sie tun, Miß Collins?« fragte Mrs. Lidell. Sie deutete auf einen Sessel.

Bevor Jane Platz nahm, präsentierte sie ihren Ausweis.

Mrs. Lidells Gesicht wurde noch verkniffener. »Eine Detektivin?« fragte sie verblüfft. »Was habe ich mit Ihnen zu schaffen?«

Jane setzte sich. »Das will ich Ihnen ja gerade erklären. Es geht um Ihren Mann.«

»Victor?« Die Frau zog die Augenbrauen zusammen.

»Ja, ich hätte ihn gern gesprochen.«

Jane rückte bewußt nicht mit der Wahrheit heraus. Sie wollte Mrs. Lidell erst einmal in Sicherheit wiegen, um selbst die Gesamtsituation überblicken zu können.

»Was wollen Sie denn von meinem Mann?«

Jane griff nach den Zigaretten. »Darf ich rauchen?«

»Ja, bitte.«

Die Detektivin zündete sich ein Stäbchen an. Der Ascher stand auf dem Tisch. »Ihr Mann, Mrs. Lidell, ist Zeuge bei einem Unfall geworden. Und da sich die beiden Parteien nicht einigen können, hat man mich beauftragt, in dem Fall zu vermitteln. Aus diesem Grunde möchte ich mit Ihrem Mann reden.«

»Ah so.« Jane merkte, daß Mrs. Lidell aufatmete. Sie riskierte sogar ein Lächeln. »Da kann ich Ihnen leider nicht behilflich sein, Miß Collins. Mein Mann ist nicht da.«

Jane blies den Rauch gegen die Decke. »Wann kommt er wieder?«

Mrs. Lidell hob die Schultern. »In drei oder vier Wochen. Es kann auch länger dauern. Er ist für seine Firma unterwegs. Ein Auftrag im Nahen Osten, Sie verstehen.«

»Das ist natürlich Pech«, gab Jane zu. Gleichzeitig dachte sie: Du falsche Schlange. Von wegen Naher Osten. Die Firma weiß überhaupt nicht, wo ihr Mitarbeiter steckt.

Sie drückte ihre Zigarette aus. »Das ist sehr schade«, bedauerte sie. »Kann man ihn denn anrufen?«

»Nein, nein«, erwiderte Mrs. Lidell hastig. »Das ist nicht möglich. Der steckt irgendwo in der Wüste. Ich glaube nicht einmal, daß es dort Telefon gibt.«

Jane Collins erhob sich. »Ich könnte mich aber mal mit seiner Firma in Verbindung setzen. Das wäre immerhin eine Möglichkeit, herauszufinden, wo Ihr Mann genau steckt. Ich glaube, das werde ich auch tun.« Sie reichte Mrs. Lidell die Hand.

Die Frau ergriff sie zögernd. Deutlich sah Jane das Erschrecken auf ihrem Gesicht, aber auch den hinterhältigen Ausdruck, der sich plötzlich in ihren Blicken spiegelte.

Die Frau hatte etwas vor. Jane hatte sie aus der Reserve gelockt.

»Ein tolles Amulett haben Sie da«, sagte Jane und faßte nach der runden Plakette, die vor Mrs. Lidells Brust hing. Das Material fühlte sich weich an, wie Leder. Es war von hellbrauner Farbe, und Jane konnte das große D darauf lesen.

Mrs. Lidell trat hastig zurück. »Lassen Sie die Finger davon«, sagte sie scharf.

»Entschuldigung. Ich bin immer neugierig. Das bringt schon mein Beruf mit sich, wie Sie sich sicher vorstellen können.« Jane Collins wandte sich zur Tür. Mrs. Lidell machte keine Anstalten, ihre Besucherin zurückzuhalten. Erst als die Detektivin schon den Fuß über die Schwelle gesetzt hatte, erfolgte die Reaktion.

»Ach, Miß Collins?«

»Ja?«

»Mir ist gerade etwas eingefallen. Kommen Sie doch noch einmal zurück. Ich möchte Ihnen noch etwas zeigen.«

»Natürlich.« Die Detektivin machte kehrt.

Mrs. Lidell verschloß die Haustür.

Jane war schon auf dem Weg zum Living-room, da hielt Mrs. Lidells Stimme sie auf. »Nein, nein, wir müssen in den Keller.«

Jane Collins war überrascht, zeigte es jedoch nicht. Sie traute sich durchaus zu, mit Mrs. Lidell fertig zu werden. Allzu kräftig sah die Frau nicht aus. Zudem war Jane in Judo und Karate ziemlich gut.

Sie folgte Mrs. Lidell durch eine Nischentür in den Keller.

Die Stufen der Treppe waren breit. Man sah ihnen an, daß sie wenig benutzt wurden. Das kalte Leuchtstoffröhrenlicht enthüllte einen piksauberen Kellerflur.

Vor einer grünlackierten Tür blieb Mrs. Lidell stehen. Die Tür hatte einen Hebelverschluß.

Mrs. Lidell drückte den Hebel nach unten, zog die Tür auf, machte Licht und ließ Jane vorgehen.

Die Detektivin betrat einen großen Raum, der als Waschküche diente. Eine Waschmaschine stand in der Ecke. Es gab Auffangbecken für Schmutzwasser und ein altes Sidebord, auf dem eine Werkzeugkiste stand.

Ein Becken war mit Brettern zugedeckt worden.

Jane Collins spürte, wie die Spannung in ihr anstieg. Mrs. Lidell hatte etwas vor, das spürte sie deutlich.

Aber was?

Die Frau trat an das Becken. Der Reihe nach hob sie die Bretter ab und legte sie auf den Boden.

»Treten Sie näher, Miß Collins«, sagte sie mit rauher Stimme. »Kommen Sie.«

Jane Collins blickte in das Steinbecken – und prallte zurück.

Zusammengekrümmt und inmitten einer Blutlache lag dort ein Mann. Er war tot.

Man hatte ihm den Schädel eingeschlagen!

Der erste Name auf John Sinclairs Liste lautete Adamson. Den Wohnort fand der Geisterjäger nicht weit von der Themse entfernt, in einem Viertel, das nach dem zweiten Weltkrieg aufgebaut worden war.

Die Straße verlief schnurgerade durch die Wohngegend. Es gab Parkplätze genug.

Der Regen der vergangenen Tage hatte aufgehört. Hin und wieder lugte sogar die Sonne zwischen den Wolkenbergen hervor. Der frische Westwind war dabei, den Himmel blankzufegen.

John parkte seinen Bentley zwei Häuser von Adamsons Wohnung entfernt. Direkt hinter einem Haus, das renoviert wurde. Das hohe Gerüst wuchs bis zum Dach.

John stieg aus seinem Schlitten und näherte sich dem Haus. Auf dem Bürgersteig spielten Kinder und unterhielten sich Frauen, die vom Einkauf kamen.

Eine ganz normale bürgerliche Wohngegend.

John sah einen grünen Morris vor dem Haus Nummer achtzehn parken. Der Geisterjäger schaute deshalb hin, weil in dem Morris ein Mädchen saß.

Ein blasses Gesicht, das von langen, glatten und roten Haaren eingerahmt wurde. Der Oberinspektor bemerkte, daß das Girl ihn fixierte.

Ein unbehagliches Gefühl beschlich ihn. Nachdenklich runzelte John die Stirn. Sollte dieses Mädchen etwas mit seinem Fall zu tun haben? Unsinn, sagte er sich, du siehst schon wieder Gespenster.

John vergaß das Girl in dem Wagen.

Die Haustür stand offen. Spielende Kinder hatten sie mit einem Keil verklemmt.

Der Oberinspektor fand den Namen Adamson auf dem Klingelbrett an zweiter Stelle von unten. Er stieg über die Steintreppe in die erste Etage hoch. Über ihm lugte ein blasses Kindergesicht zwischen gedrechselten Stäben hervor.

John lächelte, und das kleine Mädchen lächelte zurück.

Vor einer verglasten Wohnungstür blieb der Geisterjäger stehen. Er schellte.

Eine Frau mit lockigen roten Haaren öffnete die Tür und blickte John Sinclair fragend an. Die Augen der Frau hatten einen grünlichen Schimmer. Der volle, naturrote Mund war etwas geöffnet. Das lange dunkle Kleid ähnelte mehr einem Mantel und ließ von der Figur wenig erkennen.

»Ja, bitte?« fragte die Rothaarige.

»Mrs. Adamson?« lautete die Gegenfrage.

»Nein, ich bin nicht Mrs. Adamson. Was wollen Sie denn von ihr?«

John blieb gleichermaßen freundlich. »Das möchte ich ihr doch selbst sagen.«

»Ich weiß nicht . . .« Die Frau nagte an ihrer Unterlippe. Dann gab sie den Weg frei. »Bitte kommen Sie. Mrs. Adamson fühlt sich zwar nicht wohl, aber ich nehme nicht an, daß Ihr Besuch lange dauern wird.«

»Nein, nein.« John betrat die Wohnung. Sie war ziemlich düster. Ein seltsamer Geruch schwängerte die Luft. Er erinnerte John an Kerzen, die aus bestimmten Fetten hergestellt worden waren.

John wurde in einen Wohnraum geführt.

Mrs. Adamson, schmal und hager, die Wangen eingefallen, etwa dreißig Jahre alt, saß in einem hochlehnigen Sessel mit Kopfstütze. Ihre Beine wurden von einer grauen Decke gewärmt. Das blonde Haar trug sie kurz geschnitten, quasi auf Streichholzlänge geschoren. Fragend blickte sie John an.

Der Geisterjäger stellte sich vor. Er vergaß auch nicht, seinen Beruf zu nennen, und merkte, daß Mrs. Adamson erschrak.

Hinter seinem Rücken räusperte sich die rothaarige Frau. »Es ist wohl besser, wenn ich gehe, Gwen. Du weißt ja Bescheid.«

»Schon gut, Lucille. Ich lasse von mir hören.«

Die rothaarige Frau verließ die Wohnung. John hörte, wie die Korridortür ins Schloß fiel.

Mrs. Adamson deutete auf einen Stuhl. »Bitte, nehmen Sie doch Platz, Herr Oberinspektor.« Ihre Hände fuhren wieder zurück und spielten mit einem runden Gegenstand, der an einer Kordel vor ihrer Brust hing. Die Frau bemerkte Johns interessierten Blick und gab eine Erklärung ab.

»Es ist ein Geschenk meiner Freundin.«

»Und was bedeutet das D darauf?« erkundigte sich John.

»Keine Ahnung.«

Der Geisterjäger nickte. Sein Mißtrauen war geweckt. Es war ihm klar, daß die gute Mrs. Adamson log. Denn so dumm war der Geisterjäger nicht. Der konnte eins und eins zusammenzählen. D stand für Damona, das lag auf der Hand.

John Sinclair ließ sich jedoch nichts anmerken, sondern meinte: »Sie können sich nicht denken, weshalb ich gekommen bin?«

»Nein.«

»Es geht um Ihren Mann, genauer gesagt, um die Scheidung.«

Mrs. Adamson hob fragend die Augenbrauen. »Ich wüßte nicht, was Scotland Yard damit zu tun haben könnte. Seit wann kümmert sich die Polizei um Scheidungen?«

John lächelte. »Die Frage ist berechtigt, Mrs. Adamson. Ich will versuchen, Ihnen eine Antwort zu geben.«

»Aber rasch, bitte, Herr Oberinspektor. Ich fühle mich gesundheitlich nicht auf der Höhe. Die vergangenen Ereignisse haben mich doch sehr mitgenommen.«

John nickte verständnisvoll.

»Es geht, wie gesagt, um die Scheidung«, sagte John. »Sie häufen sich in letzter Zeit sehr, und der Scheidungsgrund ist ziemlich seltsam. Normalerweise wird eine Ehe geschieden, weil einer der Partner den anderen betrügt. Oder die Partner verstehen sich nicht mehr. Dann gehen sie ihre eigenen Wege. Ihr Scheidungsgrund jedoch erscheint uns sehr seltsam. Es wird da von einem Orden oder einem Kult gesprochen. Dem Damona-Kult. Er soll der Scheidungsgrund sein. Was hat es damit auf sich, Mrs. Adamson?«

Die Frau atmete tief ein. Ihre Nasenflügel vibrierten dabei. Ihr Körper schien sich zu versteifen. »Das ist eine Privatsache. Ich habe zu Ihren Ausführungen nichts zu sagen, Mr. Sinclair. Ich bitte Sie jetzt, mich allein zu lassen.«

John ging darauf nicht ein. »Wer war die rothaarige Frau vorhin?«

»Eine Freundin.«

»Darf man den Namen erfahren?«

»Nein!«

»Also gehört sie auch dem Kult an.«

»Ich gebe Ihnen keine Antwort mehr, Herr Oberinspektor. Ich möchte jetzt allein sein, verstehen Sie!« Mrs. Adamson beugte sich vor und blickte John Sinclair scharf an.

Stur schüttelte der Geisterjäger den Kopf. »Sie verkennen, worum es geht, Mrs. Adamson«, sagte er. »Dieser Kult kann sich zu einer permanenten Gefahr entwickeln. Welche Ziele verfolgen Sie? Satansverehrung? Schwarze Messen? Orgien? Reden Sie, Mrs. Adamson. Noch können Sie aus dem Kreis heraus.«

»Nein! Nein! Nein!« Gwen Adamson sprang auf. Die Decke rutschte von den Beinen und fiel zu Boden. Hochrot wurde das Gesicht der Frau. »Ich habe Ihnen nichts mehr zu sagen, Herr Oberinspektor. Gehen Sie jetzt. Verlassen Sie meine Wohnung!«

John stand auf. »Ich werde mich Ihren Wünschen beugen, Mrs. Adamson. Sie machen allerdings einen Fehler, darauf möchte ich

Sie noch einmal hinweisen.« John holte eine Visitenkarte aus der Tasche und legte sie auf den Tisch. »Falls Sie es sich doch noch überlegen sollten, dann rufen Sie mich an!«

Mrs. Adamson blickte auf die Karte, dann zu John Sinclair, riß die Karte plötzlich an sich und fetzte sie wütend auseinander. Die einzelnen Schnipsel schleuderte sie John Sinclair ins Gesicht.

Der Geisterjäger sagte nichts mehr. Er wandte sich ab und verließ die Wohnung. Wenn alle Frauen so waren wie diese Adamson, dann konnte er sich auf etwas gefaßt machen. Der Damona-Kult mußte eine ungeheure Macht besitzen. John fragte sich, ob es überhaupt ein schwaches Glied in der Kette gab, oder war es vielmehr so, daß die Frauen auf Gedeih und Verderb zueinanderhielten?

John Sinclair tendierte zu der zweiten Möglichkeit. Aus den Frauen würde er nichts herausbekommen. Aber vielleicht aus den Männern. Er wollte mit den Ehemännern reden und bei Mr. Adamson den Anfang machen. Vielleicht wußte der etwas. Unter Umständen wußte er, wer die speziellen Freundinnen seiner Frau waren, und eventuell konnte er John auch den Namen der Rothaarigen mitteilen.

Diese Gedanken gingen John durch den Kopf, als er die Treppe hinunterstieg.

John Sinclair betrat die Straße. Einige Sonnenstrahlen badeten das graue Asphaltband mit ihrem warmen Schein. Der Lack des neuen Bentley glänzte.

John ging geradewegs auf seinen Wagen zu. Der grüne Morris mit dem rothaarigen Mädchen stand nicht mehr vor dem Haus.

Der Geisterjäger mußte dicht an dem Gerüst des Nachbarhauses vorbei. Auf der zweitletzten Gerüststange stand ein Bottich mit erhärtetem Beton. Das Faß wurde von keinem der Arbeiter beachtet, deshalb bemerkte auch niemand, wie es langsam zur Seite kippte. Es neigte sich immer mehr. Wie von Geisterhand gehoben . . .

Das Faß prallte auf das Gerüst, rollte weiter, bekam das Übergewicht und sauste in die Tiefe.

Genau auf John Sinclair zu . . .

»Da kommt er«, flüsterte Lucille de Lorca. Sie saß neben ihrer Tochter Damona in dem Morris und hatte ihr berichtet, daß Gwen Adamson Besuch von einem Yard-Beamten gehabt hatte.

»Töten müssen wir ihn!« sagte sie zu ihrer Tochter. »Aber es muß aussehen wie ein Unglücksfall.«

Damona nickte nur. Sie wußte schon, wie sie es anstellen mußte.

Lucille sah in der Person des Oberinspektors eine große Gefahr. Sie schätzte ihn als einen Mann ein, der sich kein X für ein U vormachen ließ.

Und deshalb mußte er sterben!

»Konzentriere dich!« fauchte sie ihre Tochter an. »Los, mach!«

Damona gehorchte. Ihr Gesicht verzerrte sich, die Konturen verschwammen . . .

Die Satansfratze kristallisierte sich heraus!

Jetzt lenkte der Teufel die Gedanken. Damona stieß einen schaurigen Laut aus.

Und dann bewegte sich der Bottich, kippte um, rollte über die Kante des Bretts . . .

»Ja!« schrie Lucille de Lorca. »Ja. Zerquetsch ihn, diesen dreckigen Schnüffler!«

Sie schlug beide Hände gegeneinander und lachte schaurig.

Jane Collins fühlte, wie ihr schlecht wurde. Der Anblick, den die Leiche bot, war wirklich nichts für schwache Nerven.

Jane ahnte, wer der Tote war.

Kein anderer als Lidell!

Hinter sich vernahm die Detektivin ein hohles Kichern. Dann die Stimme. »Damona darf man nicht betrügen. Jeder, der das tun will, der stirbt.«

Jane spürte die Gefahr, die hinter ihrem Rücken lauerte. Hastig trat sie einen Schritt zur Seite und wandte sich um.

Mrs. Lidell stand vor ihr.

Mit einer Axt!

Damit hat sie wahrscheinlich auch ihren Mann erschlagen, fuhr es Jane durch den Kopf, als sie sah, daß an der Schneide rotbraune Flecken klebten, die sehr nach Blutrückständen aussahen.

Und jetzt sollte Jane dran glauben.

Das Gesicht der Frau war gräßlich verzerrt. Sie hielt die Axt mit beiden Händen umklammert und etwa in Schulterhöhe. Mochte der Teufel wissen, woher sie das Mordinstrument so schnell hergenommen hatte. Das interessierte Jane Collins allerdings nur in zweiter Linie. Erst einmal mußte sie sehen, daß sie diesen verdammten Keller wieder lebend verlassen konnte. Und das würde schwierig genug werden.

»Ja«, sagte Mrs. Lidell, »ich habe ihn umgebracht. Er mußte sterben. Er wollte auch nach der Scheidung nicht von mir lassen. Aber Damona hat uns verboten, weiter mit Männern zusammenzuleben. Wir dienen nur ihr – und dem Satan!«

Jane hätte gern ihre Pistole gehabt, aber die steckte in der Handtasche, und bevor sie hineingegriffen hatte, konnte Mrs. Lidell sie schon längst erschlagen haben.

Trotz der lebensgefährlichen Situation hatte Jane nicht vergessen, daß sie in erster Linie Detektivin war. Sie hakte sofort nach, als die Frau aufhörte zu sprechen.

»Wer ist Damona? Wo wohnt sie? Wo kann ich sie finden? Ich möchte ihr auch dienen!«

Die Mörderin zögerte. Unsicher runzelte sie die Stirn.

»Du willst ihr dienen?«

»Ja. Bin ich nicht auch eine Frau? Ich will mit Männern nichts mehr zu tun haben. Sie widern mich an, sie haben mich schon lange angewidert . . .«

»Du lügst!« schrie Mrs. Lidell und trat drohend einen Schritt näher.

»Nein, nein.« Jane hob beide Hände. »Ich meine es ehrlich. Ich habe schon immer nach einer Vereinigung gesucht, deren Mitglieder so denken wie ich. Bitte, bring mich zu Damona.«

Jane duzte die Mörderin jetzt, und sie schien den richtigen Ton getroffen zu haben.

Mrs. Lidell ließ die Axt sinken.

Jane Collins atmete auf. Die erste Hürde war genommen. Sie hatte die Frau überzeugen können. Janes Herz schlug höher. Es mußte ihr gelingen, zu dieser Damona vorzustoßen. Wenn sie erst einmal den Schlupfwinkel der Frauen kannte, war alles andere ein Kinderspiel. John Sinclair würde sich wundern.

Doch Jane Collins hatte die Rechnung ohne den Wirt gemacht. Aber das konnte sie in diesem Augenblick noch nicht wissen . . .

Schwungvoll warf Mrs. Lidell das Beil in eine Ecke. Die Schneide klirrte auf den Boden. Funken sprühten.

Jane Collins hatte Mrs. Lidells Vertrauen endgültig gewonnen.

Die Mörderin streckte der Detektivin die Hand hin. »Ich heiße Eve«, sagte sie.

Jane ergriff die Rechte zögernd. Sie war schweißnaß.

Jetzt könntest du sie überwältigen, dachte Jane. Du hast die Chance, dem Fall noch einmal eine Wendung zu geben.

Jane Collins tat es nicht. Sie blieb bei ihrem zuerst gefaßten Entschluß.

Eve Lidell zog ihre Hand zurück. Dann deutete sie über ihre Schulter. »Komm, wir gehen nach oben.«

Zwei Minuten später saßen sich die beiden Frauen wieder im Living-room gegenüber.

»Damona wird sich freuen, wieder eine Mitstreiterin gewonnen zu haben«, meinte Mrs. Lidell. »Es werden immer mehr. Und wir wollen dafür Sorge tragen, daß bald alle Frauen in London nur noch auf Damona hören. Denn sie zeigt uns den wahren Weg.«

»Und wo führt der hin?« wollte Jane Collins wissen.

»Reichtum, Glück, Macht – such es dir aus, Schwester. So darf ich dich doch jetzt nennen?«

»Ja, sicher doch.«

»Damona wird uns alles geben. Wir haben die Chance, das zu gewinnen, wonach andere ihr Leben lang streben.«

»Und der Preis?« erkundigte sich die blondhaarige Detektivin.

Eve Lidell winkte ab. »Er ist gering. Es ist uns nur verboten, mit Männern zu verkehren. Wir dienen ausschließlich dem Satan. Mehr nicht.« Eve beugte sich in ihrem Sessel vor. »Frauen«, sagte sie, »nur Frauen. Wir haben die Macht. Sieh dir die Geschichte an. Wer waren die wahren Herrscher? Doch nur die Frauen. Wegen ihnen sind Kriege entfesselt worden, haben sich ganze Völker gegenseitig vernichtet. Die Frauen haben die Macht. Nur wissen sie es nicht. Und deshalb können sie ihre Macht auch nicht richtig ausschöpfen. Aber das wird jetzt anders. Dank Damona.«

Jane Collins spielte die freudig Überraschte. »Wann darf ich Damona denn sehen?« fragte sie. »Ich brenne vor Ungeduld.«

»Nur keine Hast«, erwiderte Eve Lidell. »Ich werde anrufen, ob sie bereit ist, dich zu empfangen.«

Mrs. Lidell erhob sich und ging zum Telefon. Es stand auf einem kleinen Tisch. Von ihrem Sitzplatz aus konnte Jane leider nicht erkennen, welche Nummer Mrs. Lidell wählte. Die Mörderin bekam allerdings keine Verbindung.

Schulterzuckend kehrte sie zu ihrem Sessel zurück. »Es tut mir leid«, sagte sie, »aber Damona ist nicht da.« Sie blieb neben dem Sessel stehen und strich mit den Fingerspitzen spielend über den grünen Veloursstoff. Dabei legte sie ihre Stirn in Falten. Sie schien nachzudenken.

»Darf ich mal telefonieren?« fragte Jane.

»Nein!«·

Die Antwort war scharf und peitschend wie ein Schuß. »Bevor du nicht ganz zu uns gehörst, darfst du keinen Kontakt mehr zur Außenwelt haben. Das ist eines unserer Gebote.«

Jane lächelte. »Entschuldige, das wußte ich nicht.«

»Wie konntest du auch.«

Schweigen entstand. Eine Schweigepause, in der die Detektivin daran zweifelte, daß sie tatsächlich den richtigen Weg eingeschlagen hatte. Aber zurück konnte sie jetzt schlecht. Damona wäre gewarnt und würde möglicherweise untertauchen.

»Du siehst so nachdenklich aus«, sprach Jane ihre neue »Freundin« an.

»Ich denke nach.«

»Über was?«

»Ob wir nicht einfach zu ihr fahren.«

Jane Collins war begeistert. »Das wäre natürlich ideal«, rief sie. »Was gibt es da noch zu überlegen? Laß uns zu Damona fahren. Bitte.«

Eve lächelte. »Du hast es ja sehr eilig.«

»Ich will sie endlich kennenlernen.«

»Das kann ich verstehen. Mir ging es damals ebenso. Da lebte er aber noch.«

Eve Lidell machte eine abwertende Handbewegung. »Du hast recht, wir fahren.«

»Sollen wir meinen Wagen nehmen?« fragte Jane.

»Nein, den stellen wir in die Garage.«

Jane war das nicht sehr recht. Da John Sinclair ihren Wagen kannte, wäre das Fahrzeug immerhin eine Spur zu ihr gewesen. So aber würde der Lancia erst einmal verschwunden bleiben.

Eve Lidell fuhr einen beigen Mercedes 200. »Mein Mann schwärmte für den Wagen«, sagte sie.

Sie rangierte ihn aus der Garage, und Jane steuerte ihren Lancia hinein.

Wenig später fuhren die beiden Frauen los – und Jane Collins ihrem ungewissen Schicksal entgegen . . .

John Sinclair hörte den gellenden Schrei. Einer der Arbeiter hatte ihn ausgestoßen. Der Mann sah, wie sich der schwere Bottich bewegte, umkippte und fiel.

Es ging um Zehntelsekunden.

John sah über sich einen Schatten und reagierte im Bruchteil eines Augenblickes.

Wie ein Pfeil hechtete er durch die Luft. Er hatte die Arme angewinkelt und den Kopf darin vergraben.

Und er hatte Glück.

Ein Sandhaufen fing seinen Sturz auf.

Hinter ihm jedoch war die Hölle los. Der Bottich krachte mit ungeheurer Wucht zu Boden. Das Blech bog sich, platzte auf. Der schwere Bottich hüpfte noch einmal, neigte sich zur Seite und lag dann still. Dort, wo er aufgeprallt war, zeigte das Pflaster Risse.

Stille.

Atemholen vor der Schockreaktion.

Dann rannten die Menschen los. Es gab zahlreiche Zeugen. Sie stürmten von allen Seiten heran. Im Nu war John Sinclair umringt. Ein Lastenaufzug bewegte sich quietschend nach unten. Bauarbeiter standen auf der Ladefläche, kalkweiß waren ihre Gesichter. Ein

Mann im gelben Helm fiel besonders auf. Er verschluckte vor Aufregung fast seine Zigarre.

Der Lastenaufzug hielt.

John Sinclair lag noch immer im Sand. Er war regelrecht hineingetaucht. Mühsam befreite er sich von dem Zeug, wischte es sich aus dem Gesicht und vom Anzug.

»Wir haben es genau gesehen, Mister!« rief eine ältere Frau mit hektischer Stimme. »Es war die Schuld der verdammten Bauarbeiter. Die passen nicht auf.«

Der Mann im gelben Helm drängte sich durch die Neugierigen. Er war der Vorarbeiter. Er streckte dem Oberinspektor die Hand hin und zog John hoch.

»Ist Ihnen was passiert, Sir?« fragte er besorgt.

Der Geisterjäger schüttelte den Kopf. »Nein, nein. Nur Ihr Sandhaufen ist ein wenig in Unordnung geraten.«

Der Vorarbeiter wußte nicht, ob er lachen oder weinen sollte. Er versuchte zu erklären: »Ich weiß auch nicht, wie das passieren konnte. Aber es schien, als hätte sich der verdammte Bottich von selbst bewegt.«

John blickte den Mann ernst an. »Das schien nicht nur so, das war auch so.«

Jetzt verstand der gute Mann gar nichts mehr. Ungläubig starrte er den Oberinspektor an.

John Sinclair klopfte ihm auf die Schulter. »Lassen Sie es gut sein, Mister. Ich habe die Sache schon vergessen.«

Der Geisterjäger drängte sich durch die Menschen. Für sie war der Fall noch nicht erledigt. Sie redeten und diskutierten weiter. Die meisten gaben den Bauarbeitern die Schuld.

John interessierte das alles nicht. Er gönnte sich erst einmal eine Zigarette.

Seine Hände zitterten. Auch ein John Sinclair hatte Nerven. Und das vorhin wäre um Haaresbreite schiefgegangen.

Johns Blick glitt über die Straße.

Da sah er den Morris am Ende der rechten Häuserzeile. Eine Frau war ausgestiegen. John sah die roten Haare und erkannte die Frau, die ihm bei Mrs. Adamson die Tür geöffnet hatte.

Ein furchtbarer Verdacht keimte in dem Geisterjäger hoch.

Er begann zu laufen.

Die Rothaarige sah es und tauchte in ihren Morris. Sekunden später röhrte der Motor, der Auspuff stieß grauschwarze Gase aus.

John rannte, aber er kam zu spät, konnte sich nicht einmal das Nummernschild merken. Doch eins war sicher. Diese Frau mit den roten Haaren hatte etwas mit dem heruntergefallenen Bottich zu tun.

Der Geisterjäger blieb stehen, als er sah, daß der Morris hinter einer Kurve verschwunden war.

Langsam ging er wieder zurück. Aber nicht zu seinem Bentley, sondern zu Mrs. Adamson. Diesmal sollte sie ihm Rede und Antwort stehen.

Im Hauseingang drängten sich die Menschen. John wurde angestarrt wie ein Wundertier. Seine Blicke streiften die Versammelten. Mrs. Adamson war nicht dabei.

John fragte nach ihr.

Ein älterer Mann in Filzpantoffeln gab ihm Antwort. »Ich habe sie durch den Hinterausgang gehen sehen.«

John Sinclair war wie elektrisiert. Es fehlte ihm noch, daß die Frau ihm entwischte. »Wann war das?«

»Vor zwei Minuten vielleicht«, meinte der Mann. Die anderen nickten zustimmend.

Der Geisterjäger lief auf die Hoftür zu. Er gelangte in ein Geviert, das von hohen Hauswänden eingerahmt wurde. Kinder fuhren mit Kettcars und Rollern über das schlechte Pflaster. Zwei Mädchen spielten Ball.

Aber keine Spur von Mrs. Adamson.

John schnappte sich einen blondhaarigen Jungen und fragte ihn nach der Frau.

»Ja, die habe ich gesehen. Die ist in das Nebenhaus gelaufen. Schien es eilig zu haben.«

»Danke.« John lief wieder los. Der Hausflur war leer. Von Mrs. Adamson keine Spur.

John Sinclair hätte sich selbst in ein bewußtes Teil beißen können. Erst der Anschlag auf ihn, dann die Flucht der Rothaarigen, und nun war eine wichtige Zeugin auch noch verschwunden.

Dieser verdammte Fall fing ja gut an. Er entwickelte sich jetzt schon zu einer Niederlage. Wenn er bei den anderen Zeugen auch nicht mehr herausfand, dann gute Nacht.

John Sinclair beschloß trotzdem, nicht von seinem Weg abzuweichen. Er wollte Mr. Adamson sprechen. Vielleicht wußte er mehr. Und wenn Mr. Adamson den Namen der Rothaarigen kannte, hatte John wieder eine Spur.

Aber an Wunder glaubte der Geisterjäger trotzdem nicht.

Die beiden Frauen ließen die Londoner City hinter sich. Die Fahrt ging in Richtung Norden.

Eve Lidell steuerte den Mercedes sicher und geschickt durch den fließenden Verkehr.

Jane Collins war nervös. Ihr Zigarettenkonsum stieg. Eve quittierte jede frisch angezündete Zigarette mit einem mißbilligenden Blick, sagte jedoch nichts.

»Wie lange dauert es noch?« wollte Jane wissen.

Eve zuckte mit den Achseln. Sie überholte einen Lastwagen, dessen Fahrer aus dem Seitenfenster Zeichen gab, und ordnete sich wieder links ein. »Sei nicht so ungeduldig«, beantwortete sie Janes Frage. »Du wirst sie schon früh genug kennenlernen. Außerdem ist es nicht sicher, ob Damona dich überhaupt akzeptiert.«

»Wieso denn das?«

Eve lachte. »Sie nimmt nicht jeden.«

»Und was geschieht mit denen, die nicht genommen werden?« fragte Jane Collins.

»Muß ich dir darauf eine Antwort geben?«

Nein, das brauchst du nicht, dachte die Detektivin. Sie konnte sich auch so ausmalen, was mit den armen Menschen passierte. Und doch wollte Jane Collins weitermachen. Trotz der Gefahren, die auf sie warteten. Dieser Damona-Kult mußte einfach zerstört werden. Außerdem kam sich Jane nicht so hilflos vor mit ihren Karate- und Judo-Kenntnissen.

Die Gegend wurde ländlicher. Zwischen den dunkelgrünen Baumwipfeln schimmerte hin und wieder das Rot der Hausdächer.

Sie fuhren durch Dörfer, deren Namen Jane noch nie in ihrem Leben gehört hatte. Sie wußte wohl, daß London sich in den letzten Jahren immer mehr ausgedehnt hatte, aber daß die Orte, durch die sie fuhren, auch noch zu London gehörten, war Jane Collins neu. Dabei hatte sie immer gedacht, sich in ihrer Heimatstadt auszukennen.

Sie passierten wieder ein Dorf. Jane konnte auf einem Schild den Namen des Ortes lesen.

Green Village.

Sie warf einen Blick aus dem Fenster. Hinter dem Dorf begann eine Mischwaldregion, die vor dem nächsten Ort endete. Etwa hundert Yards vom Straßenrand entfernt erkannte Jane die Überreste einer Kirche. Der Turm sah aus, als hätten ihn Bomben getroffen. Die Scheiben waren zerbrochen, das Mauerwerk bröckelte.

»Mach dich bereit«, hörte Jane Collins Eve Lidells Stimme. »Wir sind gleich da.«

Ein Haus tauchte auf, umrahmt von einem überwucherten Garten. Jane zuckte zusammen. Das Haus schien eine gespenstische Ausstrahlung zu besitzen. Sollte Damona in dieser Wildnis hausen?

Eve Lidell bremste.

Das Haus stand allein, ein Stück von der Straße entfernt.

Eve Lidell lenkte den Wagen kurzerhand auf das Gelände neben dem Haus. Die Reifen fraßen eine tiefe Spur in den weichen Boden. Jane erkannte, daß schon mehrere Wagen den gleichen Weg genommen haben mußten.

Zweige kratzten über den Lack oder bogen sich vor die breite Frontscheibe. Zwei Blätter verklemmten sich unter den Scheibenwischern. Ein Drahtzaun grenzte das Grundstück ab.

Eve Lidell hielt.

»Aussteigen«, befahl sie.

Jane Collins schwang sich aus dem Wagen. Sofort versanken ihre Füße im feuchten Boden. Die italienischen Schuhe sahen bald aus wie Bergarbeitertreter.

Jane blickte sich um. Aus dem Schornstein des alten, ungepflegten Hauses quoll schwarzer Rauch. Hohe Fenster unterbrachen die

Monotonie der Mauern. Die Gardinen hinter den Scheiben waren gelb. Sie hatten dringend eine Wäsche nötig.

Es war still im Garten. Jane fiel auf, daß nicht ein Vogel sang. Drei hohe Bäume schirmten das Grundstück zur Rückseite hin ab. Neben einem Baum sah Jane Collins aufgeworfene Erde, die oberflächlich festgetrampelt worden war.

Hatte man dort etwas vergraben?

Eve Lidell legte Jane ihre Hand auf die Schulter. »Komm!«

Sie gingen auf den Hintereingang zu. Mrs. Lidell klopfte in einem bestimmten Rhythmus gegen das rauhe Holz der Tür.

Schritte.

Jane Collins spannte sich.

Würde Damona öffnen?

Ein schwarzhaariges Mädchen mit melancholisch blickenden Augen ließ die beiden Frauen herein.

»Das ist Jane«, stellte Eve Lidell die Detektivin vor.

Die Augen musterten Jane. Lippen bewegten sich, flüsterten Worte. Warnende Worte. »Gehen Sie, Miß. Rasch, wenn Ihnen Ihr Leben lieb ist.«

»Komm, Jane, komm.« Eve Lidell drängte.

Jane folgte der neuen »Freundin«.

Das schwarzhaarige Mädchen schloß mit einer resignierenden Geste die Tür.

Jane Collins holte Eve Lidell bald ein. Die Frau brachte sie in einen Raum, der an ein Wartezimmer erinnerte. Es standen Holzstühle herum. An den Wänden hingen Poster.

Sie zeigten alle dasselbe Gesicht.

Das Gesicht des Teufels!

Jane Collins schauderte, als sie in die häßlichen Fratzen blickte. Sie schien tatsächlich in die Höhle des Löwen geraten zu sein.

»Nimm Platz«, sagte Eve Lidell.

Jane setzte sich. Sie sah auf die Fenster. Das dichte Gewebe der Gardine erlaubte ihr keinen Blick nach draußen.

»War das Damona?« fragte Jane Collins. Unwillkürlich senkte sie ihre Stimme zum Flüsterton.

Eve Lidell schüttelte den Kopf. »Nein, es war ihre Schwester. Sie heißt Teresa und wird hier nur geduldet. Ich weiß nicht, wo Damona ist. Warte hier auf mich, ich werde nachsehen.«

Jane nickte.

Eve Lidell verschwand. Leise zog sie die Tür hinter sich zu.

Jane Collins stand auf und trat ans Fenster. Sie stellte fest, daß die Scheiben normales Fensterglas waren. Zur Not konnte man die also einschlagen. Das Fenster führte zur Rückseite des Hauses. Der Garten glich wirklich einem Urwald. Hier hätte ein Gärtner monatelang Arbeit gehabt.

Als Jane Collins das Knarren der Tür hörte, fuhr sie herum.

Teresa stand im Zimmer.

Jane faßte dorthin, wo ihr Herz sitzt. »Himmel, haben Sie mich erschreckt.«

Teresa lächelte. »Es tut mir leid, das wollte ich nicht.«

Die Detektivin winkte ab. »Schon gut.«

»Sie heißen Jane, nicht?« Teresa ließ die Arme vor ihrem Körper herabhängen und legte die Hände ineinander.

»Ja, ich heiße Jane. Und Sie sind Teresa?«

Das schwarzhaarige Mädchen nickte. Es trug ein langes dunkelrotes Kleid mit einem weiten, halbkreisförmigen Ausschnitt. Die Ansätze der Brüste waren zu erkennen. Das lange Haar streichelte die nackten Schultern.

»Warum sind Sie hergekommen?« fragte Teresa. »Sie hätten es nie tun dürfen. Jetzt sind Sie verloren.«

Jane runzelte die Stirn. Sie spürte, daß sie es hier mit einem Wesen zu tun hatte, das nicht auf Damonas Seite stand. Oder wollte man sie nur prüfen? War diese Teresa geschickt worden, um sie – Jane – auszuhorchen? Die Detektivin beschloß, vorerst an die zweite Möglichkeit zu glauben.

»Ich will dem Damona-Kult beitreten.«

Teresa blickte Jane traurig an. »Das kann Ihr Ende bedeuten, Jane. Sie werden nie mehr Herr über sich selbst sein. Der Orden ist schlimm, glauben Sie mir.«

»Gehören Sie nicht dazu?«

»Nein.«

»Was tun Sie dann hier im Haus? Warum sind Sie nicht längst geflohen, wie Sie es den anderen immer raten?«

»Ich kann nicht.«

»Und warum nicht?« hakte Jane nach.

»Damona ist . . .« Teresa senkte den Blick. »Sie . . . sie ist meine Schwester.«

Jane Collins wurde blaß. Sie mußte sich räuspern, bevor sie weitersprechen konnte. »Das . . . das tut mir leid«, sagte sie. »Trotzdem, ich bleibe.«

Teresa ließ sich von Janes letztem Satz nicht irritieren. »Sie würden mich überall finden, wenn ich weglaufe. Es hat keinen Zweck. Damona ist zu mächtig, und sie wird mit jedem Tag und jeder Stunde mächtiger. Sie ist dem Satan verfallen. Aber was erzähle ich Ihnen das alles. Sie wollen es ja selbst.« Teresa de Lorca drehte sich auf dem Absatz um und wandte sich zum Gehen.

Jane Collins hielt sie zurück. »Moment noch, Teresa«, rief sie.

»Ja?« Das schwarzhaarige Mädchen drehte Jane sein Profil zu.

»Haben Sie keine Angst, daß ich verraten könnte, was Sie mir hier vorgeschlagen haben? Sie haben mich zur Flucht überreden wollen. Ich könnte mir vorstellen, daß Damona so etwas nicht gern hört.«

Teresa winkte ab. »Darüber mache ich mir keine Gedanken. Meine Schwester weiß genau, daß ich nicht auf ihrer Seite stehe. Vergessen Sie unser Gespräch. Was bald folgt, haben Sie sich selbst zuzuschreiben, Jane.«

Teresa de Lorca verschwand und ließ eine sehr nachdenkliche Jane Collins zurück. Dieses Haus schien tatsächlich seine Geheimnisse zu haben.

Jane blieb nicht mehr lange allein. Eve Lidell gesellte sich zu ihr. Die Frau lächelte und rieb sich die Hände. »Na, wie geht es dir?« fragte sie scheinheilig.

»Gut. Ich habe ein Mädchen kennengelernt. Teresa nannte es sich. Sie sagte, sie sei die Schwester von Damona und wollte mich dazu überreden, das Haus hier zu verlassen und mich nicht dem Kult anzuschließen.«

Eve Lidells Gesichtsausdruck wurde gespannt. »Und? Was hast du ihr gesagt?«

»Ich habe sie weggeschickt.«

Mrs. Lidell lächelte. »Das ist gut so, Jane.« Sie kam auf die Detektivin zu und umfaßte beide Schultern.

Mörderhände, dachte Jane angewidert. Sie ekelte sich vor der Berührung, ließ sich jedoch nichts anmerken.

»Du wirst wunderbar zu uns passen, das habe ich schon von Anfang an gespürt«, sagte Eve. »Und auch Damona wird sehr mit dir zufrieden sein. Sie wird dich gerne in den Kreis der Frauen aufnehmen. Beweise ihr deine Dankbarkeit.«

»Wie soll ich das?«

Eve Lidells Hände fuhren von Janes Schultern. Doch bevor sie etwas sagen konnte, brummte draußen ein Motor auf. Er schien nicht in Ordnung zu sein, da man das Geräusch bis ins Zimmer hörte.

Eve Lidell eilte zum Fenster. Sie preßte ihr Gesicht gegen die Scheibe. »Das ist sie«, jubelte Mrs. Lidell. »Damona ist da. Endlich. Komm, Jane, komm mit mir, damit du sie begrüßen kannst . . .«

Mrs. Lidell faßte Jane am Arm und zog sie zur Tür. Die Frau war richtig begeistert, was man von Jane Collins allerdings nicht behaupten konnte.

Sie sah der Zukunft skeptisch entgegen – sehr skeptisch sogar . . .

Das Haus sah aus wie eine Kaserne.

Es stand rechtwinklig zu einen anderen, gleich aussehenden Block, der wiederum an einen dritten Kasernenbau grenzte. Und so ging es weiter. Die Monotonie der Wohnlandschaft wurde auch nicht durch die grünen Rasenflecken aufgelockert und durch die abgestellten Wagen, die rechts und links der schmalen Straßen standen.

Die Siedlung hatte die Stadt in dem Bezirk Southwark errichtet. Meist wohnten hier Familien mit mehreren Kindern. Es gab aber auch Apartments. Und in einem dieser sterilen Räume lebte Geoff Adamson seit seiner Scheidung.

Living-room, Diele und Dusche. Mehr brauchte er nicht. Und

natürlich das breite Schrankbett, das ihm und seinen Gespielinnen Platz bot.

Geoff Adamson war ein Westentaschen-Casanova. Allerdings waren die Girls ebenso mies wie die Gegend, aus der Geoff sie meistens holte. Hafenumgebung. Das färbte ab.

Hin und wieder jedoch verbrachte Adamson einen Abend allein. Dann genehmigte er sich nach der Arbeit einige Schlucke, und wenn er dann zu Hause war, knackte er eine Flasche Whisky.

So war es auch an diesem bewußten Mittwoch im August.

Geoff hatte es sich bequem gemacht. Unterhemd, Jeans, Pantoffeln. So hockte er vor dem Tisch, auf dem die Flasche stand. Er hatte den Tisch vor das Fenster gestellt, so daß er bequem nach draußen schauen konnte.

Und zufällig ins Schlafzimmer eines jungen Ehepaares im anderen Wohnblock.

Die beiden schienen noch in den Flitterwochen zu sein. Was der junge Mann für eine Kondition hatte – Teufel, davon träumte Adamson in schlaflosen Nächten.

Aber mit vierzig mußte man sich seine Kräfte eben genau einteilen.

Adamson war ein mittelschlanker Typ mit welligen dunkelbraunen Haaren. Obwohl die Mode längst vorbei war, trug er immer noch Koteletten.

Geoff Adamson fühlte sich wohl. Er ließ Whisky in ein Wasserglas gluckern und nahm erst mal einen Schluck. Behaglich wischte er sich über den Mund. Dann fixierte er seine Blicke auf das gegenüberliegende Schlafzimmerfenster.

Gleich mußte es soweit sein. Die junge Ehefrau kam immer vor ihrem Mann von der Arbeit. Sie zog sich dann um – oder genauer – sie zog sich aus. Sie schlüpfte in einen hauchdünnen Morgenmantel und wartete auf ihren Gatten.

Die Gardinen hingen nur bis zur Hälfte der Scheibe, und so hatte Adamson einen guten Einblick.

»Man müßte sich einen Feldstecher besorgen«, murmelte er. Er nahm sich vor, in den nächsten Tagen solch ein Gerät zu kaufen.

Die Frau kam.

Pünktlich auf die Minute.

Adamson kippte sich noch rasch einen Whisky ein und brachte sein Gesicht näher an die Scheibe.

Nichtsahnend betrat die junge Frau das Schlafzimmer. Der leichte Sommermantel flog aufs Bett. Ein Zug am Reißverschluß, und der Rock fiel zu Boden.

Adamson leckte sich über die Lippen. Die kleine Puppe mit den schwarzen Locken hatte schon eine Klassefigur.

Beinahe spielerisch leicht streifte sie den Pullover über den Kopf.

Schwarze Unterwäsche. Ein Nichts von BH und Slip. Die Sachen mußten neu sein, Geoff kannte sie noch nicht.

Jetzt trank er aus der Flasche. Schweißperlen glitzerten auf seiner Stirn. Die Kleine machte es heute spannend. Als würde sie ahnen, daß jemand zusah.

Ob sie es vielleicht wußte . . .

Die Hände der jungen Frau fuhren zum Rücken hoch, ertasteten den Verschluß des BHs.

Gleich – gleich mußte das Ding fallen.

Da schellte es.

Bei Adamson.

Das schrille Geräusch wirkte wie ein Wecker. Geoff Adamson verzog das Gesicht.

»Scheiße!« rief er.

Hinzu kam noch, daß die junge Frau damit zögerte, den BH völlig zu lösen.

Wieder schrillte die Klingel.

»Ja, doch, verdammt!« Adamson ging zur Tür, schielte durch den Spion.

Vor der Tür stand eine Frau.

Seine Ehemalige!

»Was will die denn?« murmelte Adamson. Er hatte keine große Lust zu öffnen.

»Mach auf, Geoff, ich weiß, daß du zu Hause bist!«

Adamson atmete tief aus. »Okay«, brummte er, zog die Sicherheitskette aus der Führung und öffnete.

Seine Frau war sofort in der Wohnung. »Ich habe mit dir zu reden«, sagte sie.

Adamson schloß die Tür. Dann grinste er. »Wie siehst du denn aus? Wie eine Vogelscheuche. Schwarzes Kleid, das hat dir noch gefehlt. Hat dich deine komische Damona dazu überredet?«

Mrs. Adamson antwortete nicht. Sie ging in den Living-room. Erst als ihr ehemaliger Mann das Zimmer ebenfalls betreten hatte, begann sie zu schimpfen.

»Du Nichtsnutz«, rief sie. »Nur saufen, das kannst du. Wofür lebst du überhaupt noch?«

Adamson hob beide Hände. »He, he, nun mach mal halblang. Wir sind schließlich nicht mehr verheiratet, und ich führe jetzt ein Leben, das mir paßt.« Er ging an seiner Frau vorbei und nahm wieder seinen Stammplatz ein. Dabei schielte er durchs Fenster. Natürlich, die Puppe von gegenüber war verschwunden. Statt dessen konnte er jetzt sein ehemaliges Weib begutachten. Ein schlechter Tausch, fand Geoff.

Er drehte sich auf dem Stuhl. »Sag mal, weshalb bist du eigentlich hier? Du wolltest doch nichts mehr mit mir zu tun haben. Du hast dich ganz dem komischen Kult hingegeben. Oder soll ich eurem Verein auch beitreten?«

»Nein!«

»Was willst du denn? Wir haben doch alles geregelt. Finanziell, meine ich.«

»Nun, ich will es dir sagen.« Mrs. Adamson ging ein paar Schritte zur Seite und stand jetzt schräg hinter ihrem Mann. Fast lautlos klickte der Verschluß der Handtasche auf.

»Die Mitglieder des Damona-Ordens müssen eine Prüfung ablegen, um voll anerkannt zu werden.«

Geoff goß Whisky in sein Glas. »Und die wäre?«

Mrs. Adamsons Hand glitt in die Tasche. »Jede von uns muß einen Mord begehen!«

Geoff Adamson hatte schon zum Trinken angesetzt, als ihm die Bedeutung der Worte klar wurde. So rasch es ging, kreiselte er herum.

Da war es schon zu spät.

Mrs. Adamson hielt das Messer bereits in der Hand. Es war eine beidseitig geschliffene Klinge, und die Spitze drückte sie Geoff gegen die Kehle.

»Kannst du dir denken, wer mein Opfer sein wird?« flüsterte sie mit gefährlich leiser Stimme . . .

Die ungleichen Frauen maßen sich mit Blicken. Es war ein stummes Einschätzen, ein gegenseitiges Abtasten und Prüfen.

Jane Collins hatte die Frau vorher nie gesehen. Sie hatte langes, lockiges rotes Haar und eine weiße, fast schon leichenfarbene Gesichtshaut. Sie trug ein dunkles Kleid, das bis zum Boden reichte und ihre Figur verhüllte wie ein weitgeschnittener Mantel.

Jane Collins senkte den Blick nicht. Sie machte dieses Spiel mit und sah in die grünen Augen der Frau.

Eve Lidell stand stumm daneben und beobachtete nur. Auf ihrem Gesicht spiegelten sich die Gefühle wider, die sie empfand. Zweifel und Besorgnis, ob sie auch alles richtig gemacht hatte.

Endlich – nach einer Pause von fast vier Minuten – nickte die rothaarige Lucille.

»Ich glaube, sie kann bleiben«, entschied sie.

Jane Collins atmete auf. Die erste Hürde war genommen.

Die Detektivin zauberte ein Lächeln auf ihre Lippen. »Ich danke dir, Damona«, erwiderte sie unterwürfig.

»Ich bin nicht Damona.«

»Nicht?«

»Nein, aber du wirst sie kennenlernen. Ich bin Damonas Mutter und treffe die Vorauswahl. Wie heißt du?«

»Jane Collins!«

»Bist du verheiratet?«

»Nein!«

»Was bist du von Beruf?«

»Privatdetektivin.«

Die Augen der rothaarigen Lucille verengten sich zu schmalen Sicheln. Dann warf sie Eve Lidell einen raschen Blick zu.

Eve fühlte sich gezwungen, eine Erklärung abzugeben. »Es ist nicht so, wie du denkst, Lucille. Jane ist wirklich freiwillig zu uns gekommen. Ich habe sie überzeugen können. Sie hat mich besucht, um mit mir über meinen Mann zu sprechen. Er sollte als Zeuge in einem Prozeß aussagen. Es ging da um eine Verkehrssache. Nun, wir kamen ins Gespräch, ich berichtete vom Damona-Kult, und Jane bat mich, in den Orden eintreten zu dürfen. Ich habe sie mitgebracht.«

Lucille de Lorca gab mit keiner Reaktion zu erkennen, ob sie diese Erklärung akzeptierte. Statt dessen forderte sie: »Gib mir deine Handtasche, Jane!«

Jane gab sie ihr.

Lucille de Lorca klappte die Tasche auf, griff hinein und leerte sie. Die persönlichen Sachen legte sie auf einen Tisch.

Schminktasche, Ausweise, Papiertaschentücher – und eine Pistole. Modell Astra. Eine handliche Waffe, speziell für Frauen.

Lucille blätterte in den Ausweisen. Sie sah sich die Lizenz genau an. Dann nahm sie die Pistole zur Hand. Wie sie die Waffe hielt, deutete darauf hin, daß sie nicht zum erstenmal eine Pistole in der Hand hatte. Sie ließ das Magazin herausgleiten und überprüfte die Ladung.

»Das Magazin ist voll«, stellte sie fest. »Kannst du mit der Waffe überhaupt umgehen?«

»Ja.«

Lucille de Lorca lächelte und nickte. »Das ist gut, meine Schwester. Sehr gut sogar.« Sie packte alles wieder in die Handtasche hinein, nur die Astra behielt sie. »Ich glaube, Eve hat einen guten Griff getan. Wir werden dich in unseren Orden aufnehmen. Ich will dich Damona vorstellen.«

Sie verließen den Raum. Eve Lidell mußte zurückbleiben.

Lucille führte Jane in die erste Etage. Für einen winzigen Augenblick sah Jane eine Tür aufgehen. Teresas Gesicht tauchte auf. Jane sah in den Augen des Mädchens Verzweiflung schimmern. Die Detektivin konnte es dem Mädchen nachfühlen. Wie mußte Teresa zumute sein, in solch einem Haus zu leben?

Die Tür wurde leise wieder zugedrückt.

Lucille hatte ebenfalls etwas bemerkt. »Das war Teresa«, sagte sie, »Damonas Zwillingsschwester.«

»Ich weiß«, erwiderte Jane.

»Du hast sie schon kennengelernt?«

563

»Ja. Sie versuchte mich zu warnen. Ich soll von hier weglaufen, hat sie mir zu verstehen gegeben.«

Lucille wandte den Kopf. »Und? Wie hast du reagiert?«

»Ihre Warnungen interessierten mich nicht. Sie haben mich kaltgelassen«, sagte Jane mit tonloser Stimme.

Lucille lachte. »Das ist gut. Das ist sogar sehr gut. Aber sie versucht es immer wieder. Na ja, bald ist Schluß damit.«

»Wieso? Was haben Sie denn vor?«

Lucilles Gesicht verschloß sich. »Das wirst du noch früh genug erfahren.« Sie war vor einer Tür stehengeblieben, klopfte gegen das Holz und rief: »Damona?«

Das »Ja« war kaum zu hören.

Lucille öffnete.

Sie und Jane betraten einen abgedunkelten Raum, in dem nur zwei Wandleuchten brannten. Sie gaben diffuses Licht und streichelten gerade noch das Gesicht eines Mädchens, das auf einem hohen Stuhl saß, dessen Lehnen mit Teufelsköpfen verziert waren. Die Köpfe hatten glühende Augen, von denen eine schreckliche Faszination ausging. Jane wandte schaudernd den Blick. Sie versuchte, sich auf Damona zu konzentrieren.

Viel konnte sie nicht erkennen. Sie sah sich einem Mädchen gegenüber mit langen, glatten, rötlich schimmernden Haaren. Das Gesicht war schmal und ebenso blaß wie das ihrer Mutter. Deutlich sah Jane die Wangenknochen hervortreten.

Wenn das eine Zwillingsschwester von Teresa war, dann hat die Natur verrückt gespielt, dachte die Detektivin.

Lucille schloß leise die Tür.

»Das ist Jane«, stellte sie vor. »Sie will unserem Orden beitreten und sich dem Satan verschreiben. Ich habe sie schon vorgeprüft, aber die letzte Entscheidung will ich dir überlassen. Teste sie, mein Kind. Wenn du sie für würdig empfindest, werden wir ihr eine Aufgabe zuteilen.«

Damona nickte nur.

Jane fühlte ihren starren Blick auf sich gerichtet, und ein unangenehmes Gefühl beschlich sie. Dieser Blick schien geradewegs in ihre Seele zu dringen. Er war böse und gemein.

Damona stand auf. Sie tat es mit langsamen Bewegungen. Dabei ließ sie Jane Collins nicht aus den Augen. Zwei Schritte machte sie auf die Detektivin zu.

Im Zimmer war es still.

Jane hielt den Atem an.

Auch Lucille wagte kaum, sich zu rühren.

Damona ging noch weiter auf Jane Collins zu. Sie legte ihre Hände auf die Schultern und bohrte ihren Blick in Jane Collins Augen.

Die Detektivin fühlte, wie ein Kribbeln ihre Adern durchlief. Die Augen vor ihr schienen größer zu werden. Deutlich sah sie die roten Äderchen, die die Pupille wie ein feines Netzwerk durchzogen.

Jane hatte das Gefühl, nicht mehr sie selbst zu sein. Ein anderer böser Geist schien von ihr Besitz zu ergreifen.

»Gib ihr das Zeichen«, sagte Damona.

Der Befehl war an ihre Mutter gerichtet. Lucille bewegte sich. Jane merkte nichts davon. Sie schien in den Augen des jungen Mädchens zu ertrinken.

Die Detektivin spürte nur, wie etwas über ihren Kopf glitt, und dann baumelte die Plakette vor ihrer Brust, die sie auch schon bei Eve Lidell gesehen hatte.

Das lederartige Gebilde mit dem großen D. Die Detektivin merkte, wie ein nie gekanntes Gefühl von ihrem Körper Besitz ergriff. Etwas strömte auf sie ein. Etwas, gegen das sie sich nicht wehren konnte. Es war unglaublich böse, ungeheuer schrecklich und tötete ihre normalen Gedanken.

Das Gesicht Damonas verwischte.

Die Satansfratze schälte sich hervor.

Deutlich sah Jane die beiden Hörner, das unten spitz zulaufende Gesicht, den Mund mit den gräßlich gefletschten Zähnen und die häßlichen Eselsohren.

Aber Jane empfand die Physiognomie nicht als häßlich. Nein, sie kam ihr wunderbar vor. Herrlicher als das schönste Gesicht.

Satan begann zu sprechen.

Mit Damonas Stimme.

»Du willst mir dienen?«

»Ja«, hauchte Jane.

»Du würdest für mich alles tun? Ich meine – alles?«

Wieder stimmte Jane zu.

Der Satan lachte. »Das ist gut. Dann wirst du in Zukunft nur ihr gehorchen. Damona ist meine Vertreterin. Du wirst tun, was sie dir sagt, und dich niemals gegen sie stellen. Wenn doch, wirst du getötet! Ist das klar?«

»Ja!«

»Gut. Dann bist du in den Kreis der Dienerinnen aufgenommen. Das Zeichen der Damona wird deine Verbundenheit mit der Hölle dokumentieren. Du darfst es nie ablegen. Wenn du es doch versuchst, wird es dich töten, Jane!«

Die Detektivin stand unbeweglich. Die Macht des Satans war auf sie übergegangen. Ihr früheres Denken und Fühlen war ausgeschaltet. Sie wollte nur noch dem Teufel dienen.

Die Satansfratze verschwand. Ebenso schnell, wie sie erschienen war. Damonas Gesicht starrte Jane an.

»Du hast es gehört«, mahnte Damona. »Er hat dich in unseren Kreis aufgenommen. Zeige dich seiner würdig.«

Jane nickte. Auf ihrer Stirn glitzerten Schweißperlen. Doch in ihren Adern schien ihr Blut gefroren zu sein.

Sie fühlte eine Berührung am Arm und drehte sich um. Sie blickte in Lucilles Augen.

»Komm mit, ich habe eine Aufgabe für dich!«

Jane folgte der Frau.

»Du hast Glück gehabt«, sagte sie, »daß Damona dich akzeptierte. Es ist nicht bei allen so. Und du hast noch mehr Glück. Heute nacht darfst du das große Satansfest miterleben. Auf dem Höhepunkt des Festes wird Teresa ihr Leben aushauchen.« Lucille lachte schaurig, und Jane lächelte ebenfalls. Ein Mord war für sie plötzlich etwas ganz Normales.

»Und jetzt zu deiner Prüfung«, sagte Lucille und drückte Jane Collins die Astra-Pistole in die Hand. »Ich habe heute einen Mann kennengelernt. Der heißt John Sinclair und ist Oberinspektor bei Scotland Yard. Du wirst zu ihm fahren und ihn töten. Die Adresse findest du in jedem Telefonbuch. Hast du verstanden?«

»Ja.«

Mit einem teuflischen Lächeln gab Lucille de Lorca der Detektivin die Astra zurück.

Jane nahm die Waffe entgegen. Sekundenlang starrte sie die Pistole an. Dann sagte sie: »Ja, ich werde diesen John Sinclair töten . . .«

Geoff Adamson schielte auf die Messerklinge und verdrehte dabei die Augen, daß man von den Pupillen nichts mehr sehen konnte.

Immer noch berührte die Spitze des Messers seine straff gespannte Haut. Und hinter der Waffe sah Geoff das Gesicht seiner ehemaligen Frau. Es glich einer gräßlichen, haßverzerrten Fratze.

»Du . . . du willst mich umbringen?« keuchte Adamson.

Gwen kicherte diabolisch. »Ja, mein Lieber. Damona verlangt es von mir. Und ihren Befehlen muß ich gehorchen.«

Adamson versuchte Zeit zu gewinnen. »Man wird dich finden, Gwen«, warnte er. »Ganz bestimmt. Die Polizei schläft nicht. Schneller als du denkst, ist sie auf deiner Spur.«

»Unsinn. Damona schützt mich. Du Feigling versuchst ja nur, dein erbärmliches Leben zu retten. Doch das wird dir nicht gelingen.« Sie lachte hart. Die Klingenspitze vibrierte.

»Aber was habe ich dir denn getan?« greinte Adamson. »Wir haben uns getrennt. Du hast es so gewollt. Ich war einverstanden. Du brauchst mich doch deswegen nicht umzubringen.«

»Das verstehst du nicht. Es ist eine Prüfung, die von mir verlangt wird. Erst dann bin ich endgültig in den Orden aufgenommen.«

Geoff Adamson wußte, daß seine frühere Frau ihm keine Chance mehr lassen würde. Er hatte schon einen steifen Hals. Sein Oberkörper glänzte, als wäre er mit Fett eingerieben, so sehr schwitzte er. Pfeifend zog er die Luft ein.

Wieviel Sekunden blieben ihm noch?

Zehn? Zwanzig?

»Sprich ein letztes Gebet, Geoff«, sagte die Frau. »Ich gebe dir noch fünfzehn Sekunden, dann ist es aus. Dann schneide ich dir deine Kehle durch.«

Todesangst überfiel ihn. Wie ein Blitzstrahl war sie da. Adamson spürte, wie sich sein Magen zusammenzog. Irgend etwas schnürte ihm den Hals zu, hinderte ihn beim Atmen.

»Noch zehn Sekunden«, frohlockte die Frau in diebischer Freude. »Deine Lebensuhr läuft ab, Geoff . . .«

»Ich . . .« Geoff Adamson brachte keinen Ton mehr hervor. Plötzlich sah er das Gesicht seiner ehemaligen Frau wieder glasklar vor sich. Jede Einzelheit nahm er wahr. Es schien, als hätte ein brutales Schicksal seine Sinne noch einmal geschärft, damit er seinen Tod in allen Einzelheiten miterlebte.

Da schellte es.

Adamson zuckte zusammen.

Aber auch die Frau.

Sie drehte den Kopf. Ihr Körper machte die Bewegung mit. Die Klinge rutschte an Geoffs Hals entlang.

Adamson nutzte blitzartig seine winzige Chance. Von unten her drosch er seine Hand gegen den Arm der Frau.

Die Hand mit dem Messer schnellte hoch.

Gwen schrie auf.

Geoff Adamson zog die Beine an und stieß sie der Frau in den Leib. Sie wurde zurückkatapultiert und landete auf dem Bett.

Wieder schellte es.

Adamson hetzte zur Tür.

Gwen schnellte von der Liegestatt hoch. Mit stoßbereitem Messer jagte sie hinter ihrem Mann her.

»Ich krieg dich doch!« kreischte sie. »Du verdammter Hund, du . . .«

Geoff Adamson erreichte die kleine Diele, schmetterte die Tür hinter sich zu, so daß seine ehemalige Frau gegen das Holz prallte.

Geoff Adamson gewann kostbare Sekunden.

Abermals schrillte die Klingel.

»Ja!« schrie Adamson. »Ja, ich komme.« Und dann: »Mörder! Man will mich killen. Man . . .«

Gwen riß die Tür auf.

Fauchend wie eine wilde Tigerin hetzte sie in die Diele. Und sie war schnell, ungeheuer schnell. Sie bekam ihren Mann noch vor der Tür zu packen, riß ihn hart herum. Adamsons Rechte, die schon auf der Klinke lag, rutschte wieder ab.

»Und ich kill dich doch, du verdammter Bastard!« schrie sie und riß die Hand mit dem Messer hoch.

Adamson warf sich zur Seite. Der Stich verfehlte ihn. Die Frau war rasend.

Noch einmal stieß sie zu.

Diesmal konnte Adamson der Klinge nicht mehr ausweichen, die Klinge streifte ihn am Oberarm. Blut floß aus der Wunde.

Adamson brach zusammen.

Plötzlich donnerten Schläge gegen die Tür.

Einmal, zweimal.

Gwen Adamson, die rasende Furie, blieb wie gelähmt stehen.

Im selben Augenblick würde die Wohnungstür mit Donnergetöse aus den Angeln gefetzt. Und mit ihr fegte ein blondhaariger Mann in die schmale Diele.

John Sinclair.

Der Geisterjäger hatte dreimal Anlauf genommen, dann war die Tür geknackt. Wie eine Rakete flog er in die Diele.

Das splitternde Holz, Johns Schrei, das Krachen, als die Tür aus den Angeln gerissen wurde, all das geschah in Sekunden.

Hart kam der Geisterjäger auf. Er schaffte es gerade noch rechtzeitig, sich abzufangen, vollführte eine Rolle vorwärts und war wieder auf den Beinen.

Früh genug, um den ersten Angriff der Furie abzuwehren.

Eine Messerklinge, mit Wucht getrieben, zielte auf seinen Bauch.

John warf sich nach rechts, prallte dabei voll gegen die Wand, doch das Messer glitt an seiner Hüfte vorbei.

John schlug mit der Rückhand zu und traf die Frau an der Schulter. Die Messerheldin schien den Schlag nicht zu spüren. Sie sprang John Sinclair an.

Mit einem Fußtritt schleuderte der Oberinspektor die Frau von sich.

Der Geisterjäger sah einen Mann auf dem Boden hocken, der sich seinen blutenden Arm hielt. Das Gesicht des Mannes war schmerzverzerrt. Er verfolgte den Kampf aus weit aufgerissenen Augen.

Gwen Adamson hatte sich wieder aufgerichtet. Sie hantierte mit dem Messer wie ein Profi.

»Bastard!« gellte sie und griff wieder an.

John riß einen Mantel von der Garderobe. Aus dem Handgelenk schleuderte er der Frau das Kleidungsstück entgegen.

Gwen Adamson schrie und fluchte. Der Mantel irritierte sie. Er verdeckte die Sicht.

John packte zu, riß ihr den Mantel wieder vom Kopf und schleuderte ihn zu Boden. Augenblicklich schnellte Gwen Adamsons Messerhand auf ihn zu.

Dem Geisterjäger wurde es zu bunt.

Seine Handkante federte vor und drosch auf das Handgelenk der Frau. Aufheulend ließ Gwen die Waffe fallen. Sie rieb sich das Handgelenk. Tränen rannen aus ihren Augen. Wut und Haß paarten sich zu einer Grimasse. Sie fuhr auf John los, als wäre sie nicht mehr bei Sinnen. Mit ihren spitzen Fingernägeln wollte sie dem Geisterjäger die Haut vom Gesicht reißen.

John wich zurück, packte die zuschnappenden Hände und schleuderte die Frau kraftvoll zurück.

Genau gegen die Tür, die in das Wohnzimmer führte. Irgendwie prallte die Frau mit dem Ellenbogen auf die Klinke, drückte diese hinunter, und die Tür flog auf.

Gwen fand keinen Halt mehr, fiel in die Wohnung, ruderte mit den Armen, fing sich im letzten Augenblick und konnte noch einen schweren Aschenbecher packen.

Sie schleuderte ihn auf Sinclair.

John zog den Kopf ein. Der Ascher streifte seine Haare und krachte gegen den Türpfosten, wo er eine Kerbe hinterließ.

Dann aber stand Gwen Adamson dem Oberinspektor waffenlos gegenüber.

John wischte sich über die Stirn. »Geben Sie auf«, sagte er, »es hat keinen Zweck mehr!«

Die Frau spie ihn an. »Hau ab, du Dreckskerl!«

John Sinclair wischte sich gelassen den Speichel vom Jackett. Er hatte das Gefühl, daß diese Frau niemals aufgeben würde. Und sie würde ihm auch nichts sagen. Es sei denn, er konnte ihr dieses verdammte Amulett mit dem großen D entreißen.

Gwen Adamson schien seine Gedanken zu erraten. Mit einem Sprung brachte sie den Tisch zwischen sich und John Sinclair. Sie packte das leichte Möbelstück und schleuderte es dem Geisterjäger entgegen.

Genau hinter ihrem Rücken befand sich das Fenster, durch das Geoff Adamson immer einen so herrlichen Blick hatte.

»Du kriegst es nicht! Du kriegst es nicht!« brüllte die Frau. Und dann: »Damona, ich komme . . .!«

Ehe John Sinclair reagieren konnte, hatte sich Mrs. Adamson herumgeworfen und stieß die ausgestreckten Arme in die Fensterscheibe.

Sie zerbrach mit lautem Klirren.

John hechtete vor.

Zu spät.

Mrs. Adamson hatte ihrem Körper den nötigen Schwung verliehen. Der Geisterjäger sah nur noch die Beine, die für einen Augenblick in der Luft pendelten, hörte ein irres Gelächter, und als er das Fenster erreicht hatte, einen vielstimmigen Schrei und ein klatschendes Geräusch.

John Sinclair beugte sich über die Brüstung.

Mrs. Gwen Adamson hatte sich selbst gerichtet. Mit verdrehten Gliedern lag sie unten auf dem Boden.

John Sinclair bedauerte den Tod der Frau. Er wußte, daß sie für ihr Tun nicht verantwortlich war. Fremde, dämonische Mächte hatten die Kontrolle über sie gehabt. Beinahe hätte John sie noch retten können und möglicherweise Näheres über den Damona-Kult erfahren. Nun aber mußte er wieder von vorn anfangen.

Im Hausflur war inzwischen der Teufel los. Die Nachbarn waren aus ihren Wohnungen gestürzt, begafften die zerbrochene Tür und schrien nach der Polizei.

Geoff Adamson taumelte ins Zimmer. Er war bleich. Seine Hand hielt er gegen die Schulter gepreßt. Aus seiner Wunde am Hals tropfte Blut. Dort hatte ihn die Messerspitze geritzt.

Adamson zeigte auf das Fenster. »Ist sie . . . ist sie . . .?«

John Sinclair nickte. »Ja, sie ist tot.«

Adamson senkte den Blick. Müde ließ er sich in einen Sessel

fallen. »Ich könnte nicht einmal sagen, daß es mir leid tut«, meinte er, »schließlich hat sie versucht, mich zu ermorden.«

John gab keine Antwort. Stumm verließ er das Zimmer. Von der Straße her vernahm er das Heulen von Polizeisirenen. Der Lautstärke nach mußten es mehrere Wagen sein, die dort heranbrausten. Irgend jemand aus dem Haus hatte die Polizei alarmiert.

Die Menschen starrten den Geisterjäger feindselig an. John hielt sicherheitshalber seinen Ausweis in die Höhe.

Das wirkte.

Auf dem Weg zum Lift kamen John Sinclair zwei Polizeibeamte entgegen. Ihre Gesichter waren vom raschen Lauf gerötet. Beide atmeten schwer. Sie hatten nicht den Lift benutzt, sondern waren die Treppe hochgelaufen.

Auch den beiden Kollegen zeigte John seine Legitimation.

»Haben Sie die Frau unten gesehen?«

»Wenn Sie die Tote meinen, ja, Sir.«

John nickte. Er hatte also richtig vermutet. Dann war Mrs. Adamson nicht mehr zu helfen. Er mußte sich die Leiche aber trotzdem noch einmal ansehen, schon wegen der Plakette mit dem geheimnisvollen D.

Zu den Polizisten sagte er: »Sorgen Sie dafür, daß Mr. Adamsons Wohnung von niemandem betreten wird. Und schikken Sie einen Arzt hoch, Mr. Adamson ist verletzt.«

»Ja, Sir!«

Der Lift war besetzt. Er spuckte immer mehr Neugierige aus. – Es mußte sich in Windeseile herumgesprochen haben, was im dritten Stock geschehen war. John wunderte sich, daß dieses Haus überhaupt einen Lift hatte. Normalerweise war das bei dreigeschossigen Wohnbaracken nicht üblich.

Er stieg die Treppe hinab.

Die Frau war nicht auf den Rasen gefallen, sondern direkt auf den Weg. Sie hatte sich das Genick gebrochen. Neben der Toten stand der Kastenwagen der Ambulanz.

Aus Gesprächen der Sanitäter hörte John, daß der Leichenwagen bereits unterwegs war.

Der Oberinspektor drängte sich durch den Ring der Neugierigen. Ein Sergeant wollte ihn anschnauzen. Er schloß aber den Mund wieder, als er Sinclair erkannte.

»Ist das Ihr Fall, Sir?« vergewisserte sich der Mann.

John nickte. »Ja. Und jetzt möchte ich mir die Leiche genau ansehen.«

»Bitte, Sir.«

Der Geisterjäger ging neben der Toten in die Knie. Von der geheimnisvollen Plakette war nichts mehr zu sehen. Sie mußte sich aufgelöst haben. Vermutlich war sie auf irgendeine Weise mit der Körpertemperatur verbunden, und sobald diese sank, verflüchtigte sich die Plakette.

Nicht einmal Asche war zurückgeblieben.

Der Geisterjäger erhob sich. »Es ist gut«, sagte er.

John fuhr wieder hinauf zu Adamsons Wohnung. Polizisten hatten inzwischen die Hausbewohner vertrieben. Ein Uniformierter hielt vor der Tür Wache.

Als John ihn passierte, grüßte er.

Geoff Adamson wurde noch behandelt. Der Arzt pinselte soeben Jod auf die Wunde, und Adamson stöhnte.

»Geben Sie mir einen Schluck«, bat er John. »Die Flasche steht im Schrank.«

Der Oberinspektor fand eine halbvolle Flasche Brandy.

Adamson trank aus der Flasche. Sein Gesicht nahm wieder Farbe an.

Der Doc wickelte inzwischen einen Verband um die Wunde. An der Vorderseite des Halses trug Adamson bereits ein Pflaster.

John zog sich einen Stuhl heran. »Sind Sie in der Lage, einige Fragen zu beantworten?«

Adamson nickte.

Sinclair stellte sich erst einmal vor. Dann erkundigte er sich nach dem Grund des überraschenden Besuches.

Adamson begann zu lachen. »Sie wollte mich umbringen, das lag auf der Hand.«

»Und warum?« hakte John nach.

»Angeblich eine Mutprobe oder so etwas Ähnliches. Sie sagte, erst wenn sie mich umgebracht hätte, würde sie endgültig in den Kreis des Ordens aufgenommen.«

»Sie wissen nicht zufällig, wo sich dieser Ordnen immer getroffen hat?« forschte John.

»Nein.«

»Dann haben Sie vielen Dank, Mr. Adamson«, sagte John und wollte die Wohnung verlassen.

»He«, rief ihm der Mann entsetzt nach. »Wer ersetzt mir denn die Tür und das Fenster?«

Der Oberinspektor drehte sich um. »Der Schreiner und der Glaser.«

»Und was mache ich mit der Rechnung?«

»Bezahlen«, erwiderte John.

Er war sauer. Dieser Adamson war ein widerlicher Typ. John beschloß, in seine Wohnung zu fahren. Er hatte sich dort mit Jane verabredet. Sicherlich wartete sie schon auf ihn. Er war gespannt, was die Detektivin herausgefunden hatte . . .

John Sinclairs Bentley rollte die Rampe zur Tiefgarage hinunter. Das Gitter der breiten Einfahrt war hochgezogen. Nachts wurde es geschlossen, so daß nur Mieter in die Garage kamen, die auch einen Schlüssel für den Code besaßen, der das Gitter hochrasseln ließ.

Wie ein Tunnel gähnte John der dunkle Schlund entgegen. Um diese Zeit, es war hoher Nachmittag, standen nicht viele Wagen in der Garage.

John schaltete die Scheinwerfer an. Die hellen Lichtstreifen durchschnitten das Dunkel, schwenkten nach links und warfen gelbe runde Kreise auf eine weiße Spur.

John Sinclair hatte seinen Bentley in die Parkbox gelenkt. Der Motor erstarb mit leisem Blubbern.

John löschte das Licht und stieg aus dem Wagen. Er schloß die Tür ab, ging aus der Parktasche, passierte eine viereckige Säule, gelangte auf den Mittelgang und steuerte die Aufzüge an.

Der Geisterjäger brauchte kein Licht. Durch die offene Eingangstür fiel genügend Helligkeit herein, um sich orientieren zu können.

Die Knopfskala des Lifts leuchtete in der Dunkelheit.

Es war ruhig in der großen Tiefgarage. Da John Sinclair weiche Sohlen trug und beim Gehen kaum einen Laut verursachte, fiel ihm das Geräusch schräg hinter ihm auf.

Der Oberinspektor blieb stehen.

Schritte . . . Atmen . . .

John fühlte, wie ihm eine Gänsehaut über den Rücken lief.

Gefahr! signalisierte sein Gehirn. Irgend etwas lag in der Luft. Jemand lauerte ihm auf.

Behutsam schob John Sinclair seine Rechte unter das Jackett. Die Finger tasteten zur Halfter, wo die mit Silberkugeln geladene Beretta steckte.

Der Geisterjäger räusperte sich, ging zwei Schritte vor und schnellte dann blitzartig zur Seite.

Im selben Augenblick platzte eine Feuerblume auf. Ein Schuß dröhnte. Vielfach pflanzte sich das Echo in der Tiefgarage fort.

John hörte die Kugel regelrecht pfeifen, so nahe zischte sie an seinem Ohr vorbei.

Wie ein Schatten tauchte der Geisterjäger hinter einen Volvo.

Wieder krachte ein Schuß.

Die Kugel spritzte durch die Heckscheibe des Volvos und hinterließ ein Spinnenmuster im Glas.

John zog unwillkürlich den Kopf ein. Er hatte den Schußwinkel berechnet und folgerte, daß der Schütze ein Profi sein mußte.

Aber ein Killer? Wer hatte ihm denn den auf den Hals geschickt? Normalerweise hatte es John mit Dämonen und finsteren Wesen aus dem Schattenreich zu tun, und die kämpften weiß Gott mit anderen Waffen.

Lautlos wechselte er seinen Standort, verschwand hinter einer Säule, von wo aus er ein relativ weites Blickfeld hatte.

John Sinclair hielt den Atem an. Er verriet sich mit keinem Geräusch, blieb ruhig und gelassen. Er bewies in diesen Augenblicken seine Nervenstärke.

Der Gegner mußte etwas unternehmen. Irgendwann.

Und er tat es.

John Sinclair vernahm Schritte. Sie klangen zwischen den abgestellten Wagen auf, ganz in seiner Nähe.

Der Geisterjäger schob sich ein Stück vor. Er duckte sich hinter der Kühlerschnauze eines Fords.

Wo steckte sein Gegner?

Da, eine Bewegung!

Neben dem abgestellten Bentley. Nur undeutlich erkannte der Oberinspektor die Gestalt. Sie richtete sich auf, wollte in seine Richtung huschen.

John setzte sich ebenfalls in Bewegung, lief seitlich auf den Unbekannten zu und konnte ihm den Weg abschneiden.

»Halt! Stehen . . .«

Die weiteren Worte verschluckte John Sinclair. Seine Augen wurden groß. Unwillkürlich ließ er den Arm mit der Waffe sinken. Sein Herz hämmerte plötzlich zum Verrücktwerden.

Er hatte die Gestalt erkannt.

Es war eine Frau. Eine Frau, die er sehr gut kannte.

Die Killerin war keine andere als Jane Collins!

»Jane!« schrie der Geisterjäger beschwörend.

. . . Jane . . . Jane . . .

Das Echo hallte von den Wänden.

Die Privatdetektivin kreiselte herum. Eiskalt feuerte sie aus der Drehung.

John Sinclair hatte mit einer ähnlichen Reaktion gerechnet. Er befand sich schon im Sprung, prallte auf den harten Boden, rollte sich ab und rief so laut er konnte: »Bist du wahnsinnig geworden, Jane!«

Lachen! Teuflisch, grausam!

Dann wieder ein Schuß.

Dicht neben John Sinclair prallte die Kugel auf den Boden, sirrte als Querschläger davon und klatschte in das Blech eines abgestellten Wagens.

»Ich bring' dich um, John Sinclair!« posaunte Jane Collins. »Ich kille dich, du Hund!«

Und sie schoß. Schoß wie ein Automat.

John wirbelte über den Boden, spürte einen Schlag an der Hüfte und fühlte das Blut, das seinen Anzug tränkte.

Natürlich hätte er zurückfeuern können, aber er brachte es einfach nicht fertig, auf die Detektivin zu schießen. Schließlich war es nicht ihr freier Wille, John zu töten. Nein, sie stand unter einem dämonischen Willen. Davon war John überzeugt.

Dann schoß der Geisterjäger trotzdem.

Er setzte eine Kugel haarscharf an Janes Schulter vorbei.

Die Detektivin zuckte nicht einmal zusammen.

John sprang blitzschnell auf.

Jane feuerte jetzt nicht mehr. Wahrscheinlich hatte sie nur noch eine Kugel im Magazin, und die wollte sie als Treffer anbringen.

Sie rannte auf den Oberinspektor zu.

John sah die langen Haare flattern, und er erkannte das weiße, verzerrte Gesicht. Die Schußhand flog hoch.

Fünf, sechs Schritte trennten die beiden.

John Sinclair knickte in den Knien ein und flog dann wie ein Panther dicht über den Boden.

Über ihm blaffte die Waffe auf. Die Kugel verfehlte ihr Ziel, und der Oberinspektor prallte gegen Jane Collins' Beine. Er riß die Detektivin mit zu Boden.

Jane mußte hart aufgeschlagen sein, doch kein Ton drang über ihre Lippen. Sie begann zu kämpfen und bediente sich dabei aller erlaubten und unerlaubten Tricks.

Sie rammte ihr Knie hoch, versuchte mit den Fingern der freien Hand Johns Augen zu treffen und gebärdete sich wie eine Furie.

Mit schriller Stimme verkündete sie: »Damona! Ich tue es für dich, Damona! Ich tue es nur für dich!«

John schleuderte Jane Collins von sich. Es war ein gewaltiger Stoß. Mit rudernden Armen flog die Privatdetektivin zurück, dröhnte gegen eine Motorhaube, stieß sich wieder ab und wollte sich erneut auf den Oberinspektor stürzen.

Dabei lief sie direkt in John Sinclairs Schlag.

Es war ein Bilderbuchtreffer. Jane Collins verdrehte die Augen und wurde ohnmächtig. John erkannte jede Einzelheit. In diesem Augenblick fuhr ein Wagen in die Tiefgarage. Die weißen Scheinwerferstrahlen rissen John Sinclair und seine Gegnerin aus der Dunkelheit. Reifen kreischten.

Eine Tür klappte. Zwei Männer sprangen aus dem Wagen. Drohend näherten sie sich dem Oberinspektor.

John Sinclair ließ Jane Collins zu Boden sinken.

»Moment«, stoppte er die Männer. Einen kannte er. Er wohnte mit ihm auf einer Etage.

»Aber Mr. Sinclair«, rief der Mann, »was ist geschehen?« Johns Nachbar flüsterte mit seinem Beifahrer. Er erklärte dem Mann wohl, wen er vor sich hatte. Der Nachbar wußte, daß John Sinclair Beamter bei Scotland Yard war.

»Kann ich Ihnen helfen?« fragte er dann.

»Nein, nein, danke«, erwiderte John. »Es geht schon. Bemühen Sie sich nicht.«

»Was war denn mit der Frau?«

»Ein Anfall. Ich mußte leider etwas härter zufassen. Es gab keine andere Möglichkeit. Am besten, Sie vergessen die ganze Geschichte. Vor allen Dingen, erzählen Sie nichts im Hause weiter.«

»Ja sicher, wenn Sie meinen . . .«

John lächelte. »Danke sehr.«

Er bückte sich und hievte Jane auf seine linke Schulter. Die Astra steckte er ein.

Während John Sinclair zum Lift ging, fuhr der Nachbar seinen Wagen in die Parkbox.

John holte den Fahrstuhl. Der Geisterjäger war begierig darauf, zu erfahren, was mit Jane Collins passiert war. Vorausgesetzt, sie redete.

Der Lift katapultierte John und seine hübsche Last nach oben. Der Geisterjäger vergaß nicht, bei Suko an der Tür zu schellen.

Suko hatte sich vor wenigen Tagen bei einem Kampf mit Rockern eine schwere Gehirnerschütterung zugezogen, hatte im Krankenhaus gelegen und kurierte jetzt seinen Schädel zu Hause aus.

Mit blassem Gesicht öffnete er.

Als er erkannte, wen John über seiner Schulter liegen hatte, wurden Sukos Augen groß.

»Jane Collins?« stammelte er.

»Ja, genau.« John räusperte sich. »Komm mit rüber. Ich brauche deine Hilfe.«

Suko, der mit seinem Kopfverband aussah wie ein Inder, beeilte sich. Der Geisterjäger hatte inzwischen seine Wohnungstür aufgeschlossen. Mittlerweile spürte er das Gewicht der Detektivin. Außer dieser drückenden Last plagte ihn der Schmerz, der von der Schußverletzung herrührte. Das hatten Streifschüsse eben so an sich. Suko mußte dem Geisterjäger unbedingt einen Verband anlegen.

Der Oberinspektor stolperte in den Living-room. Dort legte er die bewußtlose Jane Collins auf die Couch. Er selbst ließ sich in einen Sessel fallen. Es war sein Stammplatz. Er brauchte nur den Arm auszustrecken, um an die Hausbar zu gelangen.

Der Bourbon, den John sich einschenkte, tat gut. Mittlerweile war auch Suko eingetroffen. Der riesige Chinese mit dem Pfannkuchengesicht grinste von Ohr zu Ohr.

»Wenn jetzt jemand die lädierten Helden sehen könnte, dann würde so manche Illusion zerstört«, meinte Suko.

John Sinclair konnte nur zustimmend grinsen. Er nahm seine Hand von der Hüfte. Die Finger waren blutverschmiert.

Suko war wie ein Blitz im Bad verschwunden und kehrte mit der Hausapotheke zurück. Während er dem Geisterjäger einen fachmännischen Verband anlegte, berichtete John, was ihm in der Tiefgarage widerfahren war. Dann warteten sie beide mit Spannung darauf, daß Jane Collins aus ihrer Bewußtlosigkeit erwachte.

Will Purdy war dreiundzwanzig Jahre alt. Und genau dreiundzwanzig Tage lang hatte er von seiner Freundin nichts mehr gehört.

Teresa de Lorca hatte sich einfach nicht gemeldet!

Da stimmte was nicht.

Will Purdy wußte zwar über die häuslichen Verhältnisse bei Teresa nicht genau Bescheid, doch durch Andeutungen hatte er erfahren, daß ihre Mutter eine seltsame Person war und sich mit Dingen beschäftigte, die ihm nicht geheuer waren.

Spiritismus, Okkultismus, Geisterbeschwörung.

Dazu hatte Will Purdy keinen Draht.

Dafür aber liebte er Teresa. Und er wollte es endlich wissen. Er war der Überzeugung, daß Teresa die Frau fürs Leben war. Nur sie wollte er heiraten.

Jetzt wollte er sie endlich besuchen, auch wenn sie sich noch so dagegen wehrte, weil ihre Mutter angeblich männlichen Besuch nicht schätzte. Will jedenfalls fühlte sich stark genug, um auch mit Mrs. de Lorca fertig zu werden.

Von seinem Freund lieh er sich einen Wagen. Es war ein deutsches Fabrikat, ein seegrüner Golf.

»Du bekommst den Wagen morgen unbeschädigt zurück«, sagte Will, als er den Autoschlüssel entgegennahm.

Der Freund grinste nur. »Hoffentlich.«

Will fuhr ab. Er war fest entschlossen, Teresa vor die Alternative zu stellen. Entweder gab sie ihm ein Heiratsversprechen, oder es war aus zwischen ihnen.

Will wollte sich nicht mehr vertrösten lassen. Zu lange hatte sie ihn schon hingehalten.

Zum Glück wußte er, wo Teresa wohnte. Er war einmal an dem Haus vorbeigefahren.

Der junge Mann kam mit dem Golf gut zurecht. Will Purdy war ein Typ, den man in die Kategorie Sportler einstufen konnte. Breite Schultern, schmale Hüften, braungebrannt und mit einem Lächeln ausgestattet, das schon so manche Mädchenherzen zum Schmelzen gebracht hatte. Das schwarze Haar trug Will ziemlich kurz. Den Knebelbart rasierte er sich dagegen nie ab, der sollte sein Markenzeichen sein.

Will Purdy fand tatsächlich das Haus wieder, in dem seine Freundin wohnte.

Er fuhr den Golf einige Yards am Haus vorbei neben eine schützende Buschgruppe. Dann stieg er aus und ging das Stück zurück.

Es war später Nachmittag. Das Wetter spielte verrückt. Wolkenberge schoben sich über den Himmel, aber wenn die Sonne mal zwischen ihnen hervorlugte, wurde es sofort drückend heiß. Mücken und Fliegen zirkelten dicht über den Boden. Der Luftdruck fiel.

Es herrschte Gewitterstimmung.

Als Will vor dem Haus stand, fiel ihm auf, wie ungepflegt alles wirkte. Der Vorgarten war ein wildes Durcheinander von Pflanzen und Unkraut.

Teresa hatte ihm erzählt, daß ihre Mutter etwas seltsam war, aber daß sie alles so verkommen ließ, wunderte den jungen Studenten doch. Mrs. de Lorca schien nicht viel von Gartenarbeit zu halten.

Will hob die Schultern. Das war nicht seine Sache.

Er zog die Wildlederjacke über, die er bisher auf dem rechten Arm getragen hatte, und suchte die Klingel.

Da wurde die Haustür geöffnet.

Ziemlich ruckartig.

Will erschrak. Unwillkürlich trat er einen Schritt zurück, um gleich darauf sein bestes Sonntagslächeln anzuknipsen.

Die rothaarige Frau mußte Teresas Mutter sein. Das Girl hatte sie genauso beschrieben.

»Mrs. de Lorca?« fragte der junge Mann.

»Ja, Sie wünschen?«

»Ich bin Will Purdy.«

Die Frau runzelte die Stirn. »Müßte ich Sie kennen, Mr. Purdy?« Ihre Stimme klang angenehm weich.

»Ich bin der Freund von Teresa. Ich hoffe, Ihre Tochter hat schon von mir erzählt.«

Mrs. de Lorca dachte einen Augenblick nach. Dann flog ein Lächeln über ihr Gesicht. »Natürlich, Mr. Purdy. Teresa hat tatsächlich schon von Ihnen berichtet. Kommen Sie doch rein. Ich hoffe, es gefällt Ihnen bei uns.« Lucille de Lorca überschlug sich fast vor Freundlichkeit.

Will Purdy wurde etwas verlegen. »Ja . . . also . . . dann . . . danke sehr.« Er ging an Lucille de Lorca vorbei.

Die rothaarige Frau schloß die Haustür hinter ihm. Kameradschaftlich legte sie dem jungen Mann die Hand auf die Schulter. »Ich freue mich, daß ich Sie endlich kennenlerne, Mr. Purdy. Teresa war ja ganz begeistert von Ihnen.«

Will wurde verlegen. »Na ja, ich weiß nicht.«

»Doch, doch. Sie hat oft von Ihnen gesprochen.« Lucille und Will waren im Flur stehengeblieben.

»Ist Teresa denn da?« erkundigte sich der junge Mann. »Ich habe lange nichts mehr von ihr gehört und hatte schon Angst, daß sie krank ist.«

»Nein, nein, es ist alles in Ordnung. Teresa ist auf ihrem Zimmer.«

Will lächelte. »Dann bin ich beruhigt. Wissen Sie, Mrs. de Lorca, es ist schon ein komisches Gefühl, einfach zu fremden Leuten zu gehen. Ich hatte etwas Bammel davor.«

Lucille lachte. »Aber das brauchen Sie doch nicht! Wie gesagt, wir sind froh, Sie endlich kennenzulernen. Ich werde Teresa gleich Bescheid sagen.« Lucille ging zur Treppe. Vor der untersten Stufe blieb sie stehen. »Sie sind allein gekommen?« fragte sie.

»Ja.«

»Mit einem Wagen?«

Will Purdy nickte. »Ich habe ihn ein Stück weiter geparkt. Warum fragen Sie?«

»Ach, nur so. Vergessen Sie es.«

Lucille de Lorca ging vor ihrem Besucher die Treppe hoch. Will Purdy wunderte sich über die Kleidung der Frau. Das lange schwarze Kleid paßte gar nicht zu ihr. Auch schien ihm die Atmosphäre des Hauses seltsam zu sein. Alles war unnatürlich still. Keine Stimmen, kein Lachen, nichts.

Will war unangenehm berührt. Doch die Hoffnung, Teresa bald wiederzusehen, ließ ihn das andere vergessen.

Sie gingen in die erste Etage. Durch ein Fenster warf Will einen Blick in den hinteren Garten. Er sah noch schlimmer aus als der auf der Vorderseite.

Mrs. de Lorca blieb vor einer Tür stehen und klopfte.

»Ja?« meldete sich eine zaghafte Stimme.

»Du hast Besuch, Teresa«, sagte Lucille de Lorca. »Dein Freund Will Purdy ist gekommen. Bitte, öffne die Tür.«

Ein Schrei der Überraschung. Schritte, die sich rasch der Tür näherten. Dann wurde die Tür aufgerissen.

Teresa stand auf der Schwelle.

Lucille de Lorca trat einen Schritt zurück.

Die beiden jungen Leute sahen sich an. Sekundenlang.

»Will!« flüsterte das schwarzhaarige Mädchen. Die Augen leuchteten.

Will mußte schlucken, ehe er überhaupt einen Ton herausbrachte. Zögernd streckte er seine Arme aus. »Ich . . . ich habe dich vermißt, Teresa.«

Die jungen Menschen fielen sich in die Arme.

Lucille de Lorca verschwand auf leisen Sohlen. »Hier störe ich doch nur«, murmelte sie.

Teresa und Will hörten gar nicht hin. Sie waren zu sehr mit sich beschäftigt.

Auch sah niemand von ihnen das böse Lächeln, das Lucilles Lippen umspielte. Dieser Will Purdy kam genau richtig. Er würde die Nacht des Satans nicht überleben. Ebenso wie Teresa. Gemeinsam sollten sie in den Tod gehen.

Der Teufel würde seine helle Freude haben.

Teresa löste sich aus Wills Umarmung. Sie zog den jungen Mann zu sich ins Zimmer, drückte die Tür zu und schloß ab.

»Setz dich.«

Verwundert nahm Will Platz. »Was ist?« fragte er. »Du bist so seltsam.«

Teresa hockte sich auf die Bettkante. Eine Hand legte sie auf Wills Knie. »Du hättest nicht herkommen dürfen«, sagte sie mit rauher Stimme.

Überrascht hob der junge Mann die Augenbrauen. »Und warum nicht?«

»Das Haus hier ist zu gefährlich. Hier passieren Dinge, die . . .« Teresa senkte den Kopf und begann zu weinen.

Will Purdy setzte sich neben das junge Mädchen. Beschützend legte er seinen Arm um ihre Schultern. »Du brauchst keine Angst zu haben, Teresa. Jetzt bin ich ja hier!«

»Das ist es ja eben!« Teresa hob den Kopf. Sie blickte ihren Freund aus tränennassen Augen an. »Meine Mutter . . . sie wird dich nicht mehr gehen lassen.«

Purdy lachte. »Das ist doch nicht schlimm. Dann sind wir wenigstens zusammen.«

»So meine ich das nicht, Will!«

»Wie denn?«

»Man wird uns töten! Uns beide!«

Unwillkürlich rückte Will Purdy ein Stück von dem Mädchen weg. »Sag das noch mal.«

»Man wird uns töten!«

»Das glaube ich dir nicht.«

»Es ist aber so, Will. Du glaubst gar nicht, was in diesem Haus alles möglich ist. Sieh einmal in den Garten. Am Zaun erkennst du drei Bäume. Und dort . . . dort haben sie meinen Vater begraben. Ich habe es selbst gesehen. Verscharrt haben sie ihn. Oh, sie sind grausam.«

Will Purdy schüttelte den Kopf. »Ich verstehe dich nicht, Teresa. Wer sind sie?«

»Meine Mutter und meine Schwester. Ich habe dir ja von Damona erzählt. Sie und ich sind Zwillinge, obwohl wir uns nicht gleichen. Damona hat rote Haare, aber das ist nicht alles. Mein Gott, ich rede zuviel durcheinander. Sie . . . sie hat überirdische Fähigkeiten. Sie ist ein Kind des Satans. Sie dient dem Teufel. Will. Versteh doch!«

»Gar nichts verstehe ich«, entgegnete Will Purdy. »Tut mir leid. Ich habe nur begriffen, daß dein Vater im Garten vergraben worden ist, obwohl ich mich am liebsten davon selbst überzeugen möchte. Aber nehmen wir einmal an, es stimmt. Weshalb hast du dann nicht die Polizei verständigt?«

»Das ging nicht«, erwiderte das junge Mädchen tonlos. »Ich komme doch hier nicht raus.«

»Du meinst, man hat dich eingesperrt?«

»So ist es.«

Will Purdy fühlte, wie ihm der Schweiß ausbrach. Mittlerweile kam ihm das alles seltsam vor. Aber Mord und Totschlag in einer Familie? Das war doch unmöglich. Will war überzeugt, daß seine Freundin übertrieb.

Er stand auf. »Ich werde mit deiner Mutter reden.«

»Nein, Will, nicht.« In Teresas Augen flackerte die Angst. »Das darfst du nicht, du kommst gegen sie nicht an. Sie ist zu mächtig.«

»Aber wenn sie ihren Mann getötet hat, dann muß man doch die Polizei benachrichtigen.«

»Das kannst du versuchen, Will. Deshalb befolge meinen Rat. Flieh! Flieh aus diesem Haus und rette, was noch zu retten ist. Mehr darf ich dir nicht sagen. Weiter kann ich auch nichts für dich tun.«

Will Purdy hob die Schultern. »Tja, wenn das so ist.« Er wußte nicht so recht, was er tun sollte, näherte sich aber der Tür.

Teresa de Lorca warf sich in seine Arme. Hart preßte sie sich an ihn. »Ich wünsche dir alles Gute«, flüsterte sie. »Für uns, Darling. Ich . . . ich liebe dich doch . . .«

Minutenlang klammerten sich die beiden Menschen aneinander. Dann schob Will Purdy das junge Mädchen langsam von sich. »Ich gehe jetzt.«

Teresa öffnete die Tür und schaute auf den Gang. »Die Luft ist rein«, wisperte sie. »Und noch eins, Will. Durch die Fenster kannst du nicht. Sie lassen sich nicht öffnen!«

»Danke für den Tip.« Will Purdy drückte seinem Girl noch einen Kuß auf die vollen Lippen und huschte aus dem Zimmer.

Auf Zehenspitzen näherte er sich der Treppe. Alles war still und ruhig. Niemand kam ihm entgegen.

Will Purdy dachte daran, daß die Warnungen doch wohl übertrieben waren. Wahrscheinlich sah Teresa alles zu schwarz. Sie lebte in diesem Haus und hatte nicht die richtige Distanz zu den Dingen. Es wurde Zeit, daß er sie aus diesem Gefängnis herausholte.

Will Purdy überwand die Treppe, stand mit klopfendem Herzen im Hausflur und schlich zur Tür.

Alles lief glatt.

Will legte seine Rechte auf die Klinke. In wenigen Sekunden würde er das Haus verlassen haben und zur nächsten Polizeistation fahren, um die merkwürdigen Dinge zu melden.

Noch nie hatte sich Will Purdy in seinem jungen Leben so geirrt.

»Wollen Sie uns schon wieder verlassen?« ertönte hinter ihm Lucille de Lorcas Stimme.

Will zuckte zusammen. Fast im Zeitlupentempo drehte er sich um.

Lucille de Lorca war nicht allein. Neben ihr stand Damona, ihre zweite Tochter.

Will Purdy wußte im Augenblick nicht, was er sagen wollte. »Ich . . . ich meine . . .«

»Sie brauchen noch nicht zu gehen, Mr. Purdy!« Lucille de Lorcas Stimme klang sanft, doch Will hörte den gefährlichen

Unterton heraus. »Ich möchte, daß Sie noch meine zweite Tochter kennenlernen.«

Will schüttelte den Kopf. »Nein, danke, ich habe kein Interesse!«

»Sie sind unhöflich, Mr. Purdy! Sie bleiben!«

»Nein!«

Will wollte die Tür aufreißen, doch Lucilles Stimme hielt ihn zurück. »Es ist abgeschlossen, Mister Purdy. Wann Sie das Haus verlassen, bestimmen wir. Und es liegt an Ihnen, ob Sie jemals lebend hier herauskommen . . .«

Zum erstenmal seit langer Zeit verspürte Will Purdy Angst.

John Sinclair nahm einen kräftigen Schluck Whisky. Nachdem Suko seine Verletzung verbunden hatte, ließ sich John den Alkohol schmecken.

Jane Collins lag noch immer auf der Couch. Ihr Atem ging flach, aber regelmäßig. Suko ließ die Privatdetektivin keinen Moment aus den Augen.

Der Geisterjäger deutete auf das Amulett, das Jane um den Hals trug. »Diese Plakette mit dem D wird es sein, die sie in Damonas Bann hält.«

Suko nickte. »Warum nehmen wir ihr das Ding nicht ab?«

»Daran habe ich auch gedacht«, erwiderte John. »Aber ich möchte doch warten, bis sie zu sich gekommen ist.«

Suko grinste. »Du hast ja einen ganz schönen Schlag, mein lieber Mann.«

John hob die Schultern. Er trat an die Couch heran. »Es ging nicht anders. Du kannst dir sicherlich vorstellen, wie leid mir das tut, aber ich sah einfach keine andere Möglichkeit.«

»Ich glaub's dir.«

Der Oberinspektor blickte aus dem Fenster. Es war Hauptverkehrszeit. Feierabend. Tausende strömten von ihren Arbeitsplätzen den Wohnungen zu.

John warf einen Blick auf die Uhr. Jetzt war Jane Collins schon über eine halbe Stunde bewußtlos. Der Geisterjäger fragte sich, wie Jane sich nach vollbrachter Tat mit dieser Damona in

Verbindung setzen würde – und, falls das nicht geschah, wie Damona dann reagierte.

Es wurde Zeit, daß Jane Collins aus ihrer Bewußtlosigkeit erwachte.

»Wir sollten es mal mit Wasser versuchen«, schlug Suko vor. Er war schon auf dem Weg zum Bad.

John Sinclair nickte abwesend.

Er sah nicht, wie Jane Collins die Augen öffnete. Sie hatte in den letzten Minuten nur geschauspielert und so den Dialog zwischen Suko und John mitgehört.

Während John ihr den Rücken zuwandte, setzte sich Jane lautlos auf.

Ihre rechte Hand umschloß den schweren Aschenbecher. Mit diesem Ding konnte man einem Ochsen den Schädel zertrümmern.

Im Bad rauschte das Wasser. Suko ließ es erst laufen, damit es richtig kalt wurde.

Die Detektivin stemmte sich mit der linken Hand von der Couch hoch, die rechte hatte sie schlagbereit erhoben.

Und John Sinclair merkte nichts.

Ein gnadenloses Lächeln umspielte die Lippen der blondhaarigen Frau. Mordlust und Haß funkelten in den Augen. Sie fletschte die Zähne wie ein Wolf.

Im Bad drehte Suko das Wasser ab.

Unwillkürlich richtete John Sinclair seinen Blick in Richtung Tür.

Da streifte Janes Atem seinen Nacken.

Der Oberinspektor benötigte nicht mal eine Sekunde, um zu reagieren. Unheimlich schnell fegte er herum, nahm das Bild, das sich ihm bot, innerhalb eines Atemzuges auf.

Vor ihm stand Jane Collins. Sie hielt die Hand mit dem Aschenbecher drohend über dem Kopf – und drosch zu.

John Sinclair tauchte weg.

Der Schlag verfehlte ihn. Mit einem wilden Schrei stürzte Jane Collins, vom eigenen Schwung getrieben, zu Boden. Sie schlug hart mit dem rechten Arm auf, der Ascher wurde ihr aus der Hand geprellt.

Im nächsten Moment war John über ihr.

Jane Collins gebärdete sich wie eine Tollwütige. Sie schrie, tobte, versuchte zu kratzen, zu schlagen und zu beißen. Es gelang ihr sogar, herumzurollen und John ihren Fuß in den Magen zu rammen.

John Sinclair krümmte sich vor Schmerzen.

Wie ein Blitz war Jane auf den Beinen. Keuchend und knurrend wollte sie sich erneut auf den Geisterjäger stürzen. Sie glich einer Hyäne. Nichts Menschliches war mehr in ihr. Einer grausamen Maske ähnelte ihr Gesicht. Wirr standen die langen Haare vom Kopf. In den Augen leuchtete der Wille zu töten.

Karateschläge, hart und gefährlich, zielten auf John Sinclair. Alles ging blitzschnell. Der Geisterjäger wich zurück. Er konnte sich nicht überwinden, mit gleicher Münze zurückzuzahlen.

Aber da war Suko heran.

Er stürmte in den Living-room und stürzte sich auf Jane Collins.

Suko fing sich zwei knallharte Schläge ein, die ihn aber nicht erschütterten. Mit seinem gesamten Körpergewicht warf er sich auf die blondhaarige Detektivin.

Hart drückte er sie zu Boden.

»Nimm ihr das verdammte Ding ab, John!« schrie der Chinese. Gleichzeitig drehte er die fauchende Detektivin auf den Rücken.

John war mit zwei Schritten heran. Er packte das Band, das die Plakette hielt und riß es mit einem kräftigen Ruck entzwei.

Jane brüllte auf. Sie wollte sich wieder auf den Rücken wälzen, doch sie hatte der Kraft des Chinesen nichts entgegenzusetzen.

Suko hielt die Besessene eisern fest.

Unflätige Worte drangen aus Janes Mund. Es war wie bei einer Teufelsaustreibung. Die Detektivin wußte nicht mehr, was sie tat. Damonas Keim steckte in ihr und damit die Saat des Satans.

Schaum trat vor Janes Lippen. Sie schleuderte den Männern wilde Flüche entgegen.

»Zerstöre dieses verdammte Amulett!« brüllte Suko. »Nimm dein Kreuz!«

Das hatte John sowieso vor. In fiebernder Hast knöpfte er sich sein Hemd auf. Wie festgewachsen lag das geweihte Kreuz auf seiner Brust. Es hing an einer Silberkette, die John jetzt von seinem Hals löste.

Die wie Leder aussehende Plakette lag neben dem linken Tischbein.

John nahm das Kreuz und warf es auf das Amulett des Teufels.

Sekundenlang geschah nichts. Doch dann war auf einmal die Hölle los. Zwei Welten prallten aufeinander. Die Kräfte des Guten und die des Bösen.

Lautlose Lichtexplosionen wurden in den Raum geschleudert. Grüngelbe Dämpfe wogten der Decke entgegen. Ein Wimmern, Kreischen und Stöhnen erfüllte das Zimmer. Fratzen schälten sich aus dem Nebel. Gräßliche Gestalten, Höllengeschöpfe, deren Geist in dem Amulett gewohnt und von Jane Collins Besitz ergriffen hatten.

Die Detektivin selbst stöhnte und jammerte. Obwohl Suko sie festhielt, versuchte sie sich hin und her zu werfen. Aus ihrem halb geöffneten Mund drang grünlicher Rauch, wirbelte durcheinander, formte sich zu Gestalten und Fratzen und stieg der Decke entgegen, wo die Geistergeschöpfe zerfaserten und verschwanden.

John Sinclair mußte husten.

Der Rauch war ätzend, nahm ihm die Luft.

Es war der Odem der Hölle.

Dem Geisterjäger wurde es schwindlig. Er taumelte dem Fenster entgegen. Suko erging es nicht anders. John hörte das Stöhnen des Chinesen, und doch gab Suko nicht auf. Mit eisernem Griff hielt er die junge Privatdetektivin gepackt.

Das Amulett wurde von den Kräften des Silberkreuzes zerstört. Es warf Blasen, sprühte förmlich auf wie eine Wunderkerze und flog mit einem Knall auseinander.

Der Geisterjäger war einen Schritt vor dem Fenster zusammengebrochen. Verzweifelt versuchte er, auf die Knie zu gelangen, um das Fenster zu öffnen. Er schaffte es nicht. Immer wieder rutschte John ab. Seine Finger waren zu steif, um sich am Fensterbrett festklammern zu können. John rollte auf den Rücken. Er bekam kaum noch Luft. »Suko«, krächzte er.

Aber auch der Chinese war schwer angeschlagen. Er konnte John nicht helfen. Er lag jetzt apathisch neben Jane Collins, die sich ebenfalls nicht rührte.

Das Wimmern der Höllengestalten wurde immer lauter. John sah geisterhafte Krallen, die nach ihm griffen und dann vor seinen Augen zerfaserten. Sie vergingen wie das Amulett.

Wieviel Zeit war verstrichen? Sekunden? Minuten?

Endlich war das Amulett nicht mehr zu sehen. Es hatte sich aufgelöst. Die Kräfte des Kreuzes hatten gesiegt.

Und auch die Geisterfratzen verschwanden. Sie lösten sich auf wie der Nebel in der Frühsonne.

Rein und klar war die Luft. Viel klarer als vorher, wenigstens bildete sich John das ein. Er füllte seine Lungen mit dem lebensspendenden Sauerstoff und kam torkelnd auf die Beine. Zusammen mit Suko, der ebenfalls schwankte wie eine junge Birke im Sturm.

»Wir . . . wir haben es geschafft!« keuchte der Oberinspektor. Er ging an Suko vorbei, um nach Jane Collins zu sehen.

Die blondhaarige Detektivin lag auf dem Boden. Stumm – aber mit offenen Augen, in die sich jetzt Verwunderung stahl.

»Was . . . was ist geschehen?« flüsterte sie. »Ich – ich kann mich an nichts erinnern.« Sie schien den Geisterjäger erst jetzt bei vollem Bewußtsein zu sehen. »John, wie kommst du hierher?«

Sinclair lächelte. »Das ist eine lange Geschichte«, wehrte er die Frage ab und half Jane Collins auf.

»Oh, ist mir schlecht!« stöhnte die Detektivin. Sie preßte ihre Hände gegen den Magen und ließ sich in einen Sessel fallen.

Suko holte Wasser.

»Hallo, Suko«, lächelte Jane gequält. »Du bist auch hier. Himmel, was war denn nur los?«

Suko grinste nur und reichte Jane das Glas.

Sie nahm es mit einem dankbaren Blick. Hastig trank sie, dabei glitten ihre Blicke von einem zum anderen. Als sie Johns Verband sah, stieß sie einen überraschten Laut aus. »Was ist geschehen? Warum erzählt ihr mir nichts?«

John Sinclair lächelte. »Du wolltest mich ermorden, meine Liebe. Aber du hast nicht richtig getroffen.«

Jane Collins ließ vor Überraschung fast das Glas fallen. Suko konnte es im letzten Moment auffangen.

»Was habe ich getan?«

»Du wolltest mich umbringen. In der Tiefgarage.«

»Nein«, stöhnte Jane und ließ sich zurückfallen. »Das darf doch nicht wahr sein.« Sämtliches Blut wich aus ihrem Gesicht. Sie sah leichenblaß aus.

John lächelte. »Es ist zum Glück gutgegangen. Und ein Streifschuß wirft mich nicht um.« John Sinclair zündete sich eine Zigarette an. Jane lehnte einen Glimmstengel ab. Der Geisterjäger stieß den Rauch durch die Nase aus. »So, nun erzähl mal, Jane. Was ist geschehen?«

Jane Collins begann zu berichten. Ihr Gedächtnis war zum Glück nicht in Mitleidenschaft gezogen worden. Allerdings nur bis zu dem Punkt, als sie in die Gewalt der teuflischen Damona geriet. Von da an hatte sie einen Blackout.

»Ich weiß nicht, was passiert ist, John. Plötzlich war eine fremde Macht in mir. Man hängte mir dieses Amulett um – und dann, ich habe keine Ahnung. Ich wachte erst hier im Zimmer auf.«

»Dann muß dir jemand einen Befehl eingeimpft haben«, meinte John.

»Und dieser ›jemand‹ ist Damona«, ergänzte Jane.

»Genau.« John Sinclair nickte. »Du hast sicher noch den Weg im Gedächtnis, den ihr gefahren seid?«

Jane lächelte gequält. »Ich hoffe es. Am besten, wir fahren zu Mrs. Lidells Haus. Dort war meine Erinnerung ja noch vorhanden.«

Der Geisterjäger nickte. »Gut, sehen wir uns Mrs. Lidells Haus an. Diese Teresa hat dich also gewarnt. Weißt du noch wovor?«

Jane hob die Schultern. »Sie hat nichts Konkretes gesagt. Sie hat mich nur vor der nahen Zukunft gewarnt. Es würde etwas Schlimmes passieren.«

»Wahrscheinlich eine Satansmesse«, vermutete John.

»Und solche Feiern finden meist nachts statt«, mischte sich Suko in das Gespräch ein. »Mit der nahen Zukunft kann auch die nächste Nacht gemeint sein.«

»Dann würde es für uns die höchste Zeit«, sagte John.

Jane Collins stand auf. »Sollen wir jetzt fahren?« fragte sie.

Der Geisterjäger ging zu einem Einbauschrank und öffnete die linke der drei großen Türen. Er holte seinen Spezialkoffer hervor, in dem die Waffen lagen, die für eine Dämonenbekämpfung unerläßlich waren.

Zum Beispiel eine gnostische Gemme, ein magischer Drudenfuß, silberne Kreuze und Dolche, dann eine Waffe, die Eichenbolzen verschoß und speziell gegen Vampire eingesetzt wurde, magische Kreide, Bücher und Beschwörungsformeln.

John nahm drei Kreuze aus den Samtkissen. Sie waren ziemlich schwer, aus massivem Silber hergestellt und an der Längsseite mit lateinischen Sprüchen versehen. Es waren magische Worte, die das Böse abschreckten.

Jane nahm ein Kreuz entgegen. Sie hängte es sich um den Hals.

Bei Suko zögerte der Geisterjäger.

Der Chinese sah John Sinclair ungläubig an. »Hast du etwa vor, mich hierzulassen?« argwöhnte er.

»Ich denke an deine Gehirnerschütterung.«

Suko winkte ab. »Unsinn, ich bin wieder voll da. Du kannst dich auf mich verlassen.«

John grinste. »Okay, ich riskiere es!«

Suko nahm das Kreuz entgegen. »Wir werden diese verdammte Feier sprengen«, prophezeite er und rieb sich die Hände.

Wer Suko kannte, der wußte, daß das kein leeres Versprechen war.

»Ihr seid Teufel«, flüsterte Will Purdy, »gnadenlose Teufel. Wo bin ich nur hineingeraten? In die Hölle?«

Lucille de Lorca stieß ein gellendes Lachen aus. »Ja, mein Junge«, bestätigte sie. »Hier ist so etwas Ähnliches wie die Hölle. Der Satan hat in unserem Haus einen Stützpunkt!«

Will Purdy atmete rascher. Verzweifelt suchte er nach einem Ausweg. Er konnte seinen Blick nicht von der rothaarigen Damona lösen. Sie war es also, die alles in die Wege geleitet hatte, die dem Satan diente und die unschuldige Menschen in den höllischen Strudel mit hineinreißen würde.

Er sah ihr Gesicht.

Blaß, schmal, mit hochstehenden Wangenknochen. In den

aufblitzenden Augen nisteten Gemeinheit, Mordlust und teuflische Freude.

Augen, vor denen man einfach Angst haben mußte.

Will Purdy senkte den Blick. Sein Widerstandswille erwachte.
Nein, kampflos wollte er sich nicht ergeben. Es mußte ihm doch
gelingen, die beiden Weiber zu überrumpeln. Dann konnte er
vielleicht mit Teresa fliehen. Sie aus diesem verdammten Haus
herausholen.

Aber das waren alles Wunschvorstellungen.

Noch einmal versuchte es der junge Mann auf die friedliche
Tour. »Ich will weg, laßt mich endlich raus, zum Teufel!«

Lucille de Lorca lachte hysterisch. »Hörst du, Damona, er
spricht vom Teufel! Dem kann er sehr schnell begegnen. Glaub
mir, Junge, Satan wird sich freuen, wenn er sich deine Seele holt!«

Da drehte Will Purdy durch. Er war noch nie in seinem Leben
ein Schwächling gewesen. Wie ein Raubtier auf die Beute, so
stürzte er sich Lucille entgegen.

Er hätte auch Damona genommen, aber die rothaarige Mutter
stand ihm am nächsten.

Lucille de Lorca wurde von dem Angriff überrascht. Hart prallte
der junge Mann gegen sie. Durch diesen Stoß wurden beide bis
zur Treppe zurückgeworfen und fielen zu Boden. Lucille stieß mit
dem Rücken gegen die Kanten der untersten Stufen. Sie fluchte
lästerlich und keifte nach ihrer Tochter.

Will Purdy kümmerte sich nicht darum. Verbissen kämpfte er
weiter. Seine Hände suchten den Hals der Frau. »Du verdammte
Bestie!« brüllte er, und heulte im nächsten Moment auf, als spitze
Fingernägel sein Gesicht trafen und rote Striemen zogen.

Jetzt griff auch Damona ein. Ihre knochige Hand umfaßte
Purdys Schulter. Mit einer Kraft, die ihr niemand zugetraut hätte,
zog sie den jungen Mann zurück.

Will Purdy fiel auf den Rücken.

Weit riß er die Augen auf – und sah Damona über sich stehen.

Will Purdy starrte in ihr Gesicht.

War es überhaupt noch ein Gesicht?

Es war die Fratze des Satans. Unbeschreiblich schrecklich
anzusehen. Das Böse, die teuflischen Mächte, die in dem Mädchen

wohnten, kamen voll zum Ausbruch. Stinkender Brodem quoll aus dem Mund. Grauenvolle, röchelnde Laute wurden dem jungen Mann entgegengeschleudert.

Will Purdy ballte die Hände zu Fäusten.

Er schrie und schrie . . .

Klauen näherten sich seinem Gesicht. Mit Fell bedeckte Finger krümmten sich zu einem Würgegriff. Im Hintergrund – für Will klang es meilenweit entfernt – hörte er das triumphierende Lachen der rothaarigen Lucille.

»Die Hölle hat gewonnen!« jauchzte Lucille. »Sie hat gewonnen!«

Die Frau hüpfte und tanzte.

Von ihrem Geschrei wurden die anderen Frauen angelockt. Mrs. Lidell und noch zwei Frauen traten aus den Zimmern der oberen Etage. Sie führten ein Mordsspektakel auf, umkreisten den am Boden liegenden Will Purdy und beschworen alle Qualen der Hölle auf ihn herab.

Will Purdy schloß mit einem Leben ab. Verzweifelt riß er die Hände vor sein Gesicht. Er wollte die gräßliche Teufelsfratze nicht mehr sehen. Zu tief saß der Schock, der ihn getroffen hatte.

»Töten! Töten!« brüllten die rasenden Weiber.

Sie bespien den jungen Mann. Noch wilder und hemmungsloser wurde ihr Tanz. Angefeuert von Lucille bewegten sie sich wie in Ekstase.

Dann zog Lucille de Lorca ein Messer. Die lange Klinge blitzte im Schein der Lampe.

Das rothaarige Weib hielt den rechten Arm hoch.

»Wer will es tun?« schrie sie. »Wer will es tun?«

Mrs. Lidell war die erste.

»Das Messer!« geiferte sie mit Schaum vor den Lippen. »Gib mir das Messer!«

Sie sprang und faßte danach, doch Lucille wich mit einer spielerisch anmutenden Bewegung aus.

»Nein! Ich tue es selbst!«

Der Tanz stockte. Er hörte so abrupt auf, wie er begonnen hatte. Alle starrten Lucille an, die den Platz ihrer Tochter einnahm und sich vor Will Purdy stellte.

Damona war zurückgewichen. Die Teufelsfratze war aus ihrem Gesicht verschwunden.

Sie sah wieder aus wie ein Mensch.

Stille. Atemlose Spannung.

Will Purdy lag am Boden und zitterte. Er wußte, daß er von der rothaarigen Frau keine Gnade erwarten konnte. Er würde sein Leben in wenigen Sekunden unter der breiten Messerklinge aushauchen.

Niemand achtete auf die Treppe. Dort tauchte auf der letzten Stufe eine Gestalt auf.

Teresa de Lorca . . .

Hoch hob Lucille de Lorca ihren rechten Arm. »Stirb!« brüllte die rothaarige Furie. »Stirb im Namen des Satans . . .!«

»Nein . . .!«

Teresas Schrei gellte durch das Treppenhaus und ließ Lucille de Lorca herumwirbeln.

Ihr Blick flog nach oben.

Auf der Treppenstufe stand ihre Tochter Teresa. Und sie hielt eine Waffe in der rechten Hand.

Es war die Armeepistole ihres Vaters . . .

»Die erste Kugel ist für dich, Mutter, und bei Gott, ich tue es, wenn du nicht das Messer fallen läßt!«

Lucille de Lorca begann zu lachen.

Hämisch, gemein, aber auch wissend.

»Du willst mich wirklich umbringen, Teresa?« höhnte sie. »Ausgerechnet du?«

Teresa nickte.

Es war ihr anzusehen, unter welch einer Nervenanspannung sie stand. Hart traten ihre Wangenknochen hervor. Die Muskeln unter der Haut zuckten. Aber die Pistole klebte wie festgeleimt in der Hand.

Will Purdy lag nach wie vor am Boden. Er wagte sich nicht zu rühren. Aus den Augenwinkeln schielte er zu Teresa hoch.

Auch die anderen standen still. Wie Zinnsoldaten, in denen kein Leben steckte.

Bei Damona bewegten sich nur die Augen. Sie schienen auf das

Doppelte angewachsen zu sein, und tief in den Pupillenschächten loderte ein unheiliges Feuer.

Eines war klar.

Damona würde nicht tatenlos zusehen, wie ihre Schwester das Heft in die Hand nahm.

»Wirf das verdammte Messer weg!« schrie Teresa.

Lucille de Lorca zögerte noch. Ein kaum merkliches Lächeln umspielte ihre Lippen. Dann flüsterte sie: »Ja, Teresa, ich glaube, du würdest es tun. Jemand hat mal gesagt, daß Liebe stärker sein soll als die Kraft der Hölle. Es scheint sich hier zu bewahrheiten. Aber noch hast du nicht gewonnen!« Lucille de Lorca öffnete die Finger. Das Messer fiel zu Boden. Mit der Spitze blieb es im Teppich stecken.

Teresa atmete auf. Der Schweiß lief ihr in Strömen vom Gesicht. Sie hatte die rechte Hand mit der Waffe am Treppengeländer abgestützt, damit sie mehr Halt hatte.

»Steh auf, Will!« befahl das Mädchen.

Der junge Mann verstand erst nicht, und Teresa mußte ihren Befehl wiederholen.

Dann aber erhob sich Will Purdy schweratmend auf die Füße.

Er stand mit zitternden Beinen da. Furchtsam schweiften seine Blicke umher. Noch traute er dem Frieden nicht.

»Nimm das Messer«, sagte Teresa.

Will Purdy zögerte.

»Los, nimm es!«

Purdy bückte sich und hob die Klinge auf. An der Art, wie er es hielt, war zu erkennen, daß er mit solchen Gegenständen keine Erfahrung hatte.

»Und du, Mutter, du schließt jetzt die Tür auf!«

Lucille de Lorca rührte sich nicht. Teresa atmete tief ein. »Willst du eine Kugel?« fragte sie mit drohender, dunkler Stimme.

Lucille machte eine halbe Drehung. Sie konnte jetzt ihre Tochter Damona ansehen. »Tu endlich was!« zischte sie.

Teresa lachte laut auf. »Sie wird es wohl kaum riskieren. Es sei denn, sie möchte für deinen Tod verantwortlich sein, Mutter!«

Lucille de Lorca zog die Mundwinkel nach unten. »Noch hast du nicht gewonnen«, unkte sie. »Noch nicht.«

»Geh zur Tür!«

Lucille setzte sich in Bewegung. Sie schritt langsam, mit hocherhobenem Kopf. Ihre rechte Hand glitt in die Tasche des Kleides und holte den Haustürschlüssel hervor.

Gelassen führte sie ihn ins Schloß und drehte ihn zweimal. Dann wandte sie sich um. »Die Tür ist offen!« Sie lächelte mokant. »Hast du sonst noch einen Wunsch, Tochter?«

»Nein, Mutter!« In der Antwort klang deutlich der beißende Spott mit.

Teresa wandte sich wieder an ihren Freund. »Jetzt bist du an der Reihe, Will. Verlasse dieses Haus!«

Will Purdy schluckte. »Ohne dich?«

»Ich komme schon noch mit«, erwiderte Teresa, »aber zuvor muß ich diese Furien in Schach halten.«

Die Spannung wuchs. Will Purdy schritt auf die Tür zu. Würde er es schaffen und dem Hexenkessel entkommen?

Auf der Treppe beobachtete Teresa jede Bewegung der Anwesenden. Und besonders hielt sie ihre Schwester Damona im Auge. Sie wußte, zu welchen »Leistungen« diese fähig war.

Und doch konnte sie das Verhängnis nicht aufhalten. Sie konnte zwar Damonas Bewegungen kontrollieren, aber nicht ihren Willen, denn der wurde von Satan persönlich gelenkt. Und der Teufel ließ sich nun mal nicht in die Karten schauen.

Urplötzlich fühlte Damona de Lorca wieder die Kraft der Hölle in sich. Sie merkte, das das Böse immer stärker wurde, daß es sie überschwemmte wie eine riesige, alles verzehrende Woge.

Will Purdy hatte inzwischen die Tür erreicht. Er streckte seine Hand nach der Klinke aus.

Sekunden nur noch, dann würde er aus dem Haus sein.

Plötzlich stöhnte Damona auf.

Da! Die Satansfratze. Sie schob sich über ihr Gesicht. Und dann ging alles blitzschnell.

Will Purdy hatte die Tür aufgezogen. Schon traf die kühle Abendluft sein Gesicht, als ihm die Tür mit unwiderstehlicher Gewalt aus der Hand gerissen wurde und wieder zuknallte.

Schreiend sprang Purdy zurück. Er hielt sich die rechte Hand, als hätte er sich verbrannt.

»Will!« schrie Teresa.

Ihr Ruf ging in einem ohrenbetäubenden Krachen unter. Mit Donnergetöse brach die Treppe unter ihr zusammen. Damonas geistige Kräfte hatten sie zerstört.

Staub wallte auf, Holz splitterte, dazwischen Teresas Schrei, der verstummte wie abgeschnitten.

Und Lucille lachte. »Gut gemacht, Damona«, lobte sie. Sie sprang auf ihre Tochter zu und umarmte sie.

Aber Damona war noch nicht fertig. Ein gedrechselter Geländerpfosten löste sich aus dem Chaos, wirbelte durch die Luft, drehte sich mehrere Male um sich selbst und zischte wie ein Schwert auf den schreckensstarren Will Purdy zu.

Der Pfosten traf ihn an der Stirn.

Bewußtlos sackte der junge Mann zusammen.

Mrs. Lidell und die anderen Frauen sprangen vor. Sie wühlten in den Holztrümmern herum, schleuderten sie zur Seite, rissen sich dabei die Finger blutig, doch das störte sie nicht.

Schließlich hatten sie es geschafft. Gemeinsam zogen sie Teresa aus den Überresten der Treppe.

Ein dicker Blutfaden lief über das Gesicht des Mädchens. Über der Nasenwurzel war die Haut aufgeplatzt.

»Lebt sie?« kreischte Lucille de Lorca.

Mrs. Lidell fühlte nach dem Puls. »Ja.«

»Das ist gut«, freute sich die rothaarige Frau. »Das ist sogar sehr gut. Dann werden die beiden heute nacht Satans Opfer sein. Und nichts, aber auch gar nichts kann sie mehr retten. Nicht wahr, Damona, mein Kind?«

»Ja, Mutter, du hast recht. Nichts wird sie vor dem Tod bewahren . . .«

Es war eine schaurige Prozession!

Etwa zwanzig Frauen strebten der verfallenen Kirche zu. Sie waren alle gleich gekleidet, trugen lange, kuttenartige Kleider mit Kapuze, die sie über den Kopf gezogen hatten.

Die Frauen bewegten sich stumm. Keine von ihnen sprach auch nur ein Wort. Die Menschenschlange wand sich auf dem

Waldweg, der einen Gebüschgürtel teilte und auf die Kirche zuführte. Er mündete in einen kleinen Platz. Dort wucherte das Unkraut kniehoch. Blütenduft schwängerte die Luft. Wilde Erdbeeren wuchsen am Waldrand. Eine Feldmaus huschte davon.

Der Himmel hatte eine graue Tönung angenommen. Bald würde die Dunkelheit ihren schützenden Mantel über die Erde legen.

Das Gras raschelte, als Damonas Dienerinnen eintrafen. Pünktlich. Sie hatten den langen Anfahrtsweg nicht gescheut, um dem Kind des Satans ihre Reverenz zu erweisen.

Von der entweihten Kirche standen noch die Mauern. Ein Teil des Daches war vom Sturm abgedeckt worden. Die Scherben der Rundbogenfenster lagen auf dem Boden verstreut, und die Bänke aus dem Innern der Kirche hatte man gestohlen.

Niemand kümmerte sich um die Ruine, und deshalb war sie als Treffpunkt für die Anhängerinnen des Damona-Kults ideal.

Nacheinander verschwanden die Frauen in der Kirche, in der Lucille de Lorca, ihre beiden Töchter und Will Purdy schon versammelt waren.

Teresa und Will lagen gefesselt auf dem Boden. Lucille selbst hatte sie so verschnürt, daß sie sich nicht rühren konnten. Die Gefangenen befanden sich vorn im Kirchenschiff, wo einmal der Altar gestanden hatte. Heute gab es dort nur noch eine etwas erhöht stehende Steinplatte.

Neben dem »Altar« stand ein zweiter Tisch. Aus Holz und mit einem einfachen gedrechselten Bein. Eine schwarze Samtdecke bedeckte die Platte.

Und auf der Decke lagen sie.

Sieben Dolche!

Gefährliche Waffen mit langen schmalen Klingen. Die Griffe waren aus Holz, in das Teufelsfratzen und magische Worte geschnitzt waren.

Sieben Dolche!

Für sieben Opfer?

Lucille de Lorca empfing die ankommenden Frauen am Eingang der verfallenen Kirche. In einem Eisengestell standen brennende Fackeln bereit. Lucille reichte jeder Dienerin eine Fackel.

Die Frauen wußten genau, was sie zu tun hatten. Mit den

Fackeln näherten sie sich der Steinplatte und bildeten dort einen Halbkreis.

Gespenstisch zuckte das Licht über die halb zerfallenen uralten Mauern. Die tanzenden Schatten wirkten wie Dämonen aus der Unterwelt. Wer länger hinschaute, hatte das Gefühl, die Schatten würden ein Eigenleben führen und das gesamte Kirchenschiff besetzen.

Damona wartete schon.

Hochaufgerichtet stand sie hinter dem Stein. Sie trug ein weißes Gewand, auf dessen Vorderseite eine dunkelrote Satansfratze gemalt war.

Das Zeichen der Hölle!

Die ankommenden Frauen verneigten sich vor Damona. Ehrfurchtsvoll waren ihre Blicke auf das junge Mädchen gerichtet. Die beiden Gefangenen wurden nicht beachtet.

Sie lagen dicht nebeneinander innerhalb des Halbkreises. Beide wurden von rasenden Schmerzen geplagt, doch die Angst vor der grausamen Zukunft war größer.

Die jungen Menschen tauschten Blicke. Resignation hatte sich ihrer bemächtigt. Sie sahen keinen Ausweg mehr. Ihre Schicksalsuhr schien abgelaufen.

»Sie werden uns töten, nicht?« hauchte Will Purdy.

Teresa deutete so etwas wie ein Nicken an.

»Und wie?«

»Die sieben Dolche sind dafür vorgesehen. Ich weiß das. Meine Mutter hat es mir einmal erzählt. Du kennst die sieben Erzengel, Will. Und erinnere dich daran, daß es zu den sieben Erzengeln auch noch das Gegenstück gibt. Der Satan hat sieben Hauptdämonen um sich geschart. Unter anderem Belphégor und Astaroth, falls dir die Namen etwas sagen. Und jedem dieser Dämonen ist ein Dolch geweiht. Keiner von ihnen soll sich übergangen fühlen. Deshalb diese Zahl.«

»Das ist ja schrecklich«, flüsterte Will. »Sind diese Menschen denn hier alle verrückt?«

»Nein, Will. Sie sind verblendet. Satanische Mächte haben sich ihrer bemächtigt. Ich weiß, Will, es ist schrecklich, aber wir können nichts mehr machen. Wir haben unsere Chance gehabt!«

Lucille de Lorca war auf das Gespräch aufmerksam geworden. »Seid ruhig, ihr beiden!« zischte sie. »Satan kann keine Störungen leiden. Er wird sonst wild!«

Die Gefangenen schwiegen verängstigt.

»Laßt uns beginnen«, rief Lucille de Lorca. »Wir wollen den Satan nicht warten lassen! Damona, rufe unseren Herrn und Meister herbei. Sag ihm, daß wir bereit sind, alles für ihn zu tun!«

Lucilles Worte hallten in dem entweihten Kirchenschiff nach. Sie war sicher, von keinem Außenstehenden gehört oder gesehen worden zu sein.

Doch auch eine Lucille de Lorca konnte sich irren . . .

Jane Collins, John Sinclair und Suko hatten längst Stellung bezogen. Die drei kauerten hinter einem Gebüsch, von dem aus sie, wenn sie die Zweige zur Seite bogen, die verfallene Kirche beobachten konnten.

Jane hatte den Weg ziemlich schnell gefunden. Als sie sich mit dem Wagen de Lorcas Haus genähert hatten, war ihnen aufgefallen, daß sich die Frauen getroffen und dann auf die Kirche zubewegt hatten.

Unbemerkt hatten sich die drei Verfolger angeschlichen. Soeben sahen sie die letzte Frau in der Kirche verschwinden.

Dumpf fiel das Portal hinter ihnen ins Schloß. Die große Tür war noch erhalten. Sie hing zwar schief in den Angeln, doch sie tat ihren Dienst.

Der Geisterjäger erhob sich vorsichtig. Die Schatten der Dämmerung waren länger geworden, die Dunkelheit hatte sie bereits eingeholt.

»Keine Wachen zu sehen«, flüsterte John und ging wieder in die Knie.

Suko nickte. »Die fühlen sich verdammt sicher.«

Und Jane Collins meinte: »Hoffentlich geschieht den beiden Gefangenen nichts. Ich habe Angst, daß wir zu spät kommen! Außerdem sind die Weiber in der Überzahl.«

John Sinclair winkte ab. »Wir dürfen nichts überstürzen.« Er bog die Zweige abermals zur Seite und warf einen Blick auf die scheibenlosen Fenster. Deutlich war von ihrem Standort aus zu erkennen, daß im Innern der Kirche Fackeln brannten. Der zuckende Schein tanzte aus den Fensterhöhlen.

»Wir werden uns verteilen«, schlug John Sinclair vor. »Du, Suko, kletterst durch eines der Fenster. Jane, du bleibst am besten draußen und gibst acht, daß sich niemand davonmacht. Und ich werde versuchen, durch die Tür zu gelangen.«

Jane protestierte. »Warum soll ich denn hierbleiben? Traust du mir nichts zu?«

»Doch. Aber ich will nicht, daß du dich unnötig in Gefahr begibst. Du hast schon genug durchgemacht. Denk nur an die letzten Stunden.«

»Okay, ich bleibe schon hier.«

»Dann los.« John Sinclair nickte.

Er und Suko schraubten sich aus dem Gebüsch. Der Chinese war ebenso wie John Sinclair mit einer Beretta bewaffnet, die geweihte Silberkugeln im Magazin hatte. Zusätzlich hing vor seinem Hemd noch das Silberkreuz, das einen Schutz gegen die höllischen Mächte darstellen sollte.

Die beiden Freunde trennten sich. Während Suko auf leisen Sohlen an der Mauer entlanglief, steuerte John Sinclair die Eingangstür an.

Er und Suko wollten die Frauen in die Zange nehmen.

Als John vor dem Portal stand, konnte er aus dem Innern der verfallenen Kirche Stimmen vernehmen. Aber er konnte nicht verstehen, was gesprochen wurde.

John legte seine Hand auf die gebogene Eisenklinke und drückte sie nach unten – sie gab lautlos nach.

John Sinclair zog die Tür nur so weit auf, daß er in das Innere des Gemäuers schlüpfen konnte.

Kühle, feuchte, muffig riechende Luft empfing ihn.

Behutsam drückte John die Tür wieder zu, duckte sich und preßte seinen Rücken gegen die Wand.

Es war ein schauriges Bild, das sich seinen Augen bot. Vorn, wo früher der Altar gestanden hatte, bildeten die Frauen einen Halbkreis. Die Hände mit den Fackeln hielten sie hoch. Das Licht streute über die Gesichter und verwandelte sie zu häßlichen Fratzen.

John sah Lucille de Lorca ein wenig abseits stehen, dicht vor einer altarähnlichen Steinplatte. Die Frau neben ihr mußte Damona sein.

Er konnte erkennen, wie Lucille de Lorca ihren rechten Arm gebieterisch hob.

»Teresa zuerst!« rief sie. »Dieser Kerl soll sehen, was geschieht, wenn man sich der Hölle entgegenstellt.«

Zwei Frauen hoben die gefesselte Teresa auf die Steinplatte.

Der Geisterjäger war entsetzt. Er war nicht gerade zart besaitet, aber was er mit ansehen mußte, ließ ihm das Blut in den Adern gefrieren.

Ein junges Mädchen sollte getötet werden.

Von ihrer eigenen Mutter und ihrer Schwester!

Zwar hatte Suko fast einen Körper wie ein Ringer, doch er bewegte sich mit der Geschwindigkeit einer Tigerkatze.

Nahezu lautlos näherte er sich dem großen Fenster an der Nordseite der Kirche.

Längst war von John Sinclair nichts mehr zu sehen. Suko war ziemlich zuversichtlich, daß er und sein Freund es schaffen würden. Sie waren es gewohnt, getrennt vorzugehen und gemeinsam zuzuschlagen.

Das Fenster lag so hoch, daß Suko den unteren Rand mit den Fingerspitzen nicht erreichen konnte. Er mußte ein Stück an der Mauer hochklettern.

Der Chinese nutzte Risse und kleinere Vorsprünge. Er klebte an dem Gestein wie ein Klammeraffe, näherte sich dem Fenster von der Seite, und es gelang ihm, einen Fuß auf die brüchige Fensterbank zu setzen.

Blitzschnell zog er das andere Bein nach, machte sich klein und hockte auf der Fensterbank.

Er konnte in die ehemalige Kirche hinuntersehen und verfolgte so aus der Vogelperspektive das Geschehen.

Er sah die Frauen mit den Fackeln, erkannte Lucille de Lorca und deren Tochter Damona und beobachtete, wie das Mädchen Teresa auf den Stein gelegt wurde.

Der Fackelschein übergoß ihr Gesicht mit wirbelnden Schatten. Übergroß erschienen Suko die Augen des Mädchens.

Angst, Panik und Grauen nisteten in Teresas Blicken.

Keiner der Anwesenden kam auf die Idee, nach oben zu sehen. Zu sehr fesselte sie das Geschehen, das Lucille de Lorca in Gang gesetzt hatte. Denn sie holte mit Satans Hilfe zum großen Schlag aus . . .

Die Kälte des Gesteins drang durch Teresas Kleidung.

Aber sie spürte nichts.

Sie sah die brennenden Fackeln, doch nahm sie nichts bewußt wahr. Sie wurde nur von einem einzigen Gedanken gequält.

Du mußt sterben!

Die Frauen, die sie auf den Stein gelegt hatten, traten zurück. Diabolische Freude zeichnete ihre Gesichter. Unsichtbar hatte die Macht des Satans sie umfangen.

»Tritt vor, Damona!« klang Lucilles Stimme auf.

Teresa drehte ein wenig den Kopf.

Damona löste sich von der Seite ihrer Mutter. Sie stellte sich dicht an den Stein, so daß ihre Knie den unheimlichen Altar berührten.

»Satan!« rief sie mit gewaltiger Stimme. »Satan, komm zu mir!«

Die Echos hallten in der Kirchenruine nach und schwangen von einer Seite zur anderen.

Und Satan kam.

Ein eisiger Windzug fegte durch die entweihte Stätte. Ein gellendes, teuflisches Gelächter stieg empor und ließ die Gefangenen vor Angst schaudern.

Noch war nichts zu sehen.

Doch dann – dann veränderte sich Damonas Gesicht. Die Satansfratze kristallisierte sich hervor. Schwefeldämpfe schlugen aus ihrem Mund. Die mit Fell bedeckten Hände zuckten krampfhaft.

Damona bog ihren Oberkörper zurück. »Er ist in mir!« schrie sie.

»Satan ist in mir! Er will das Opfer annehmen. Gebt mir den Dolch!«

Die Frauen begannen zu schreien. Es waren Rufe des Entzükkens. Sie huldigten dem Teufel.

Lucille de Lorca nahm den ersten Dolch von dem kleinen Tisch. Ihr Gesicht drückte eine kaum zu beschreibende Freude aus, als sie die Waffe ihrer Tochter in die Hand gab.

»Der Dolch des Astaroth!« schrie Damona und hielt die Waffe hoch, deren Klinge im Fackelschein leuchtete.

»Astaroth, ich rufe dich. Gib ihr Kraft, daß sie . . .« Lucille de Lorca hatte die Worte ausgestoßen, doch sie blieben ihr auf einmal im Hals stecken.

Ein Mann stürmte durch den breiten Mittelgang auf den Altar zu.

John Sinclair!

»Zur Hölle mit Astaroth!« brüllte der Geisterjäger. »Niemand wird hier geopfert!«

Stille. Atemlos, beinahe fühlbar!

Dann ein Schrei.

»Tötet ihn!« feuerte Lucille die Frauen an. »Tötet ihn!«

Da hatte John den Altar schon erreicht. Wie eine Granate sprengte er den Kreis der Dienerinnen. Mit der linken Hand löste er das Kreuz vor seiner Brust und hielt es hoch über den Kopf.

»Verflucht seist du, Herr der Hölle!« brüllte der Geisterjäger und ließ die Hand mit dem Kreuz rotieren.

Schreie des Entsetzens, der Angst.

Die Frauen wichen zurück. Der Anblick bereitete ihnen körperliche Schmerzen. Lucille de Lorca fiel auf die Knie und heulte wie ein Hund. Beide Hände preßte sie vor ihr Gesicht.

Aber Lucille interessierte den Geisterjäger nicht.

Er wollte Damona.

Mit der linken Hand schlug er zu, traf Damona an der Schulter und stieß sie vom Altar weg.

Das Mädchen taumelte. Noch immer hielt sie das Messer in der Hand. John schlug es ihr aus den Fingern. Die Klinge klirrte zu Boden.

Dann stand John Sinclair Damona de Lorca gegenüber. Zwischen ihnen befand sich das silberne Kreuz, das John hin und her pendeln ließ.

»Schwöre dem Satan ab!« rief der Geisterjäger mit lauter Stimme. »Beim Anblick dieses Kreuzes wirst du die Hölle vergessen. Nichts mehr sollst du mit Satan zu tun haben. Du wirst wieder werden wie . . .«

»Aaahhh!« Damonas Schrei war grauenhaft. Sie fiel vor dem Oberinspektor in die Knie, wand sich am Boden – und packte plötzlich zu. John fühlte noch die Klauen in Höhe seiner rechten Wade, als er schon das Gleichgewicht verlor und zu Boden krachte.

Ein brennender Schmerz durchzuckte seine rechte Schulter. Unwillkürlich stöhnte John Sinclair auf. Für einen Moment verlor er die Übersicht, ein harter Tritt traf sein rechtes Handgelenk. Er sollte ihm das Kreuz aus den Fingern schleudern.

Doch der Geisterjäger hielt eisern fest. Der nächste Tritt verfehlte ihn. John hatte sich zur Seite gerollt.

Die Frauen wollten sich auf ihn stürzen, und mit einem wahrhaft pantherartigen Satz war der Geisterjäger auf den Beinen.

Plötzlich hielt er die Beretta in der Hand.

Die Frauen stockten.

Der Anblick der Waffe machte ihnen Angst.

»Stopp«, schrie John, »keinen Schritt weiter!«

Er ging noch etwas zurück, um alle im Blickfeld zu haben. Teresa hatte sich von dem Altar heruntergerollt. Sie lag jetzt neben ihrem Freund.

»Zur Seite!« fauchte John Sinclair Lucille an. »Weg von den anderen!«

Die rothaarige Frau gehorchte. Doch ihrem Gesicht war anzusehen, daß sie noch längst nicht aufgegeben hatte.

Auch John fühlte sich nicht als Herr der Lage. Er hoffte auf Suko. Normalerweise hätte der Chinese schon eingreifen müssen.

Der Geisterjäger warf einen raschen Blick auf Damona.

Ihr Gesicht bot einen grauenhaften Anblick. Die rechte Hälfte war normal, die linke zeigte noch die Teufelsfratze.

John mußte zusehen, wie die Frauen die ehemalige Kirche verließen. Auf die Dauer konnte er sie nicht in Schach halten.

Außerdem würde er es nicht fertigbringen, auf die Frauen zu schießen.

»Verlaßt die Kirche!« befahl er.

»Nein, bleibt!« kreischte Lucille. »Er kann euch nichts anhaben. Ihr tragt das Zeichen der Damona. Ihr seid stärker!«

John wandte seine Aufmerksamkeit der Sprecherin zu. Und damit beging er einen Fehler. Er ließ Damona aus den Augen. Sie, die Teuflische, mobilisierte all ihre Kräfte. Sie konzentrierte ihre übersinnlichen Fähigkeiten voll auf die sechs Messer, die noch auf dem Tisch lagen.

Und sie schaffte es.

Plötzlich wirbelte einer der Dolche durch die Luft, drehte sich, nahm eine andere Richtung und fegte haargenau auf John Sinclairs Rücken zu . . .

Suko hockte in der Fensteröffnung.

Noch wollte er nicht eingreifen. John Sinclair hatte die Lage unter Kontrolle. Auch als Damona ihn niederstieß, blieb Suko in dem Fenster hocken.

Dann aber wurde es kritisch.

John konnte nicht alle im Auge behalten, und ausgerechnet Damona vergaß er.

Da wirbelte das Messer heran.

Auf John Sinclairs Rücken zu.

Suko reagierte innerhalb eines Sekundenbruchteils. Sein Arm mit der Waffe flog hoch.

Er schoß und schoß . . .

Vier Kugeln jagte er aus dem Lauf. Er hatte die wahnwitzige Hoffnung, die Klinge noch treffen zu können.

Die nächsten Ereignisse spielten sich so schnell ab, daß man mit den Augen kaum folgen konnte.

John hörte den Schuß, warf sich zur Seite, spürte an seinem Hals einen brennenden Schmerz, spürte Blut aus einer Wunde fließen, prallte auf den Boden und rollte sich instinktiv weiter.

Mit einem gellenden Schrei auf den Lippen sprang Suko von seinem Fensterplatz. Federnd kam er auf und stürzte sich sofort auf die ihn angreifende Lucille de Lorca, die Suko mit Händen und Füßen attackierte. Aber auch die anderen Frauen warfen sich auf den Chinesen.

John Sinclair konnte sich nicht um Suko kümmern, denn er wurde hart von Damona attackiert.

Und sie setzte die geballte Macht ihrer teuflischen Kräfte ein.

Der nächste Dolch flog heran.

Bewegt durch die teuflischen Kräfte, sirrte er zielsicher auf den Geisterjäger zu.

John krümmte sich zusammen.

Das Messer wischte über ihn hinweg.

Schon flog das nächste heran. Damonas Augen glühten. Sie stand da mit halb erhobenen Armen und nur von dem Willen besessen, John Sinclair zu vernichten.

Der Oberinspektor war schnell wie ein Blitz. Er zuckte gerade noch rechtzeitig zur Seite. Dicht neben seiner Hüfte prallte der Dolch zu Boden.

Drei Messer waren noch übrig.

Drei tödliche, mörderische Klingen.

»Stirb, du Hund!« brüllte Damona und schickte die drei Dolche gleichzeitig auf die Reise.

Ungeheuer schnell jagten sie heran.

Zu schnell, um ihnen auszuweichen.

Er sah nur noch eine Möglichkeit. Er duckte sich so tief, wie es ging, zog den Kopf in den Nacken und warf sein silbernes Kreuz auf die teuflische Damona zu.

Das Kreuz traf Damona, bevor die Dolche den Oberinspektor erreicht hatten.

Die Messer gerieten aus ihrer Flugbahn. Hautnah wischten sie an John Sinclair vorbei, dann wurde ihr Flug abrupt gestoppt, und sie klirrten zu Boden.

Und Damona?

John Sinclair sprang auf. Er zog seine Pistole, um die Silberkugeln zu verschießen, falls es nötig war.

Er brauchte sie nicht.

Die Macht des Kreuzes war stärker als die Kraft der Hölle. Wo Damona stand, öffnete sich der Boden. Eine dunkelgrüne

Rauchwolke schoß hervor, wirbelte und quirlte durcheinander, nahm John Sinclair die Sicht und hüllte Damona völlig ein.

Der Oberinspektor hörte die Schreie des Entsetzens, die das Mädchen ausstieß. Die Kräfte, die sie geweckt hatte, stellten sich nun gegen sie.

Satan kannte keinen Pardon.

Ein Diener, der versagte, wurde eliminiert.

Auch Lucille de Lorca sah den Kampf ihrer Tochter und deren Niedergang. Sie versuchte zu retten, was noch zu retten war. Ehe sie jemand hindern konnte, stürzte sie auf die brodelnde Qualmwolke zu. Sie versuchte ihre Tochter herauszureißen, doch sie wurde selbst in den höllischen Strudel gezogen.

»Damonaaa . . .!« Ein letzter Schrei gellte noch durch das Kirchenschiff, dann wurden die beiden Frauen von den Mächten der Unterwelt verschlungen.

Der Teufel hatte sie zu sich geholt!

Aber auch die Dienerinnen machten eine Verwandlung durch. Die Plaketten begannen sich aufzulösen. Sie wurden zu Staub, der langsam zu Boden rieselte.

Die Frauen blickten einander verständnislos an. Fragen und Worte schwirrten durcheinander. Keine wußte zu sagen, wie sie in diese verfallene, ehemalige Kirche gekommen war; keine hatte eine Erinnerung an die dämonischen Ereignisse.

Damonas Bann war gebrochen.

John Sinclair sah Jane Collins' blonden Schopf auftauchen. Die Detektivin hatte draußen nichts mehr gehalten. Und er erblickte auch Suko, der ziemlich zerrupft aussah. Zwanzig kämpfende Frauen waren selbst für den bärenstarken Chinesen ein wenig zuviel gewesen. Aber er hatte es überstanden.

Teresa de Lorca und Will Purdy konnten ihr Glück kaum fassen, als John Sinclair sich bückte und ihre Fesseln zerschnitt. Weinend fielen sie sich in die Arme.

Suko trat auf John zu. »Alles okay?« fragte er grinsend.

John grinste zurück. »Alles okay.«

Nachdem John Sinclairs Fleischwunde am Hals verbunden war, begannen er und Suko, das Haus der de Lorcas unter die Lupe zu nehmen. Jane Collins kümmerte sich inzwischen um die Frauen.

Teresa de Lorca hatte dem Geisterjäger erzählt, daß ihr Vater im Garten begraben worden war.

Der Oberinspektor und Suko durchsuchten das Haus vom Speicher bis zum Keller.

Sie fanden schreckliche und makabre Gegenstände. Sachen, die jeder Beschreibung spotteten und für einen Hexensabbat bereitstanden. Sie würden in die Archive von Scotland Yard wandern und dort unter Verschluß gehalten werden.

John telefonierte mit den zuständigen Stellen beim Yard, informierte seinen Vorgesetzten in Stichworten über den Fall und veranlaßte, daß ein Leichenwagen den toten Ernest de Lorca abholte.

Während der Tote in den Wagen geschafft wurde, stand Teresa dabei und weinte. Will Purdy hatte tröstend den Arm um ihre Schultern gelegt. Auch sein Gesicht war noch schreckensbleich. Sie würden beide eine Zeit brauchen, um die gräßlichen Szenen vergessen zu können.

Ein Teil der Treppe zur ersten Etage war eingestürzt. John und Suko hatten provisorisch eine schiefe Ebene gebaut, um nach oben gelangen zu können.

In einem Schreibtischfach hatte der Geisterjäger ein Testament gefunden. Lucille de Lorca hatte mit Hilfe des Satans ein Vermögen von den opferwilligen Dienerinnen des Damona-Kultes zusammengescheffelt. Es waren mehr als zwei Millionen Pfund. Alleinerbin war jetzt Teresa de Lorca.

Als John ihr davon berichtete, schüttelte sie nur den Kopf. »Ich will das Geld nicht haben. Ich stifte es einer wohltätigen Organisation. Sie kann mehr damit anfangen. Was meinst du, Will?«

Der junge Mann nickte. »Ich bin ganz deiner Meinung, Darling«, stimmte er ihr zu. »Mit Blutgeld möchte ich keinen Ehestand aufbauen.«

John Sinclair nickte. So etwas Ähnliches hatte er erwartet. Er freute sich für Teresa und Will. Die beiden würden ihren Weg machen.

Für ihn, den Geisterjäger, war wieder einmal ein Fall beendet. Er war gespannt, was ihn als nächstes erwartete . . .

Der
Mörder
mit dem
Januskopf

Mandy war eine Wucht!

Das wußten neben Alex Tarras auch zahlreiche Männer zu schätzen, die vor ihm Mandys Qualitäten kennengelernt hatten.

Mandy war ein Callgirl.

Und im Moment Alex Tarras' Geliebte. Blond und lang waren die Haare. Ein Poet hätte sie vielleicht mit reifem Kansas-Weizen verglichen. Ein weniger romantischer Mensch sah in dem Blond allerdings ein Färbemittel, das die moderne Kosmetikindustrie hervorgebracht hatte.

Alex Tarras war das egal. Hauptsache, die Puppe hatte Figur. Und damit war Mandy reichlich gesegnet. Der liebe Gott hatte an manchen Stellen fast zuviel des Guten getan. Vor allen Dingen an der Oberweite. Sie konnte kaum gebändigt werden, wenigstens nicht von den Pullovern, die Mandy meistens trug.

Mandy wußte, was ihr Gönner liebte. Obwohl sie sonst nicht mit großen Geistesgaben gesegnet war, hatte sie einen sechsten Sinn für das, was Männer mögen.

Es gab Zeiten, in denen Mandy sich langweilte. Dann fühlte sie sich wie in dem berühmten goldenen Käfig. Die Stunden gingen und gingen dann einfach nicht herum.

Jetzt war es wieder einmal soweit. Tarras hatte sie schon zwei Tage in Ruhe gelassen. Geschäfte, wie er sagte.

Das Mädchen war sauer. Mit herabgezogenen Mundwinkeln hockte sie vor ihrem Schminkspiegel und suchte nach Fältchen. Doch das Puppengesicht zeigte nur reine, glatte Haut. Das hob Mandys Laune ein wenig. Denn nichts war für sie schlimmer als das Altern. Dann würde Tarras sie wegwerfen wie eine Bananenschale. Sie wäre nicht die erste gewesen.

Mandys Zimmer war so groß wie die Wohnung eines Normalverdieners. Und das runde Bett hätte vier Personen bequem Platz geboten. Die Gardinen vor dem Fenster reichten bis zum Boden. Zog man sie zur Seite, traf der Blick auf eine weite, künstlich angelegte Parklandschaft, die Tarras' Villa umschloß. Für Mandys Kleider und Pelze reichte der riesige Einbauschrank kaum aus. Er war in Weiß gehalten, ebenso die weichen Felle auf dem Boden.

»Ach, Scheiße«, sagte Mandy völlig undamenhaft, als sie gegen einen Tiegel mit Schminkpaste stieß, dieser umkippte und die braune Brühe sich auf dem Tisch und ihrer Kleidung ausbreitete. Mandy zog die Sachen aus und etwas anderes über.

Mit Tüchern und Watte wischte Mandy provisorisch den Tisch sauber. Sie war noch mit ihrer Arbeit beschäftigt, als Alex Tarras das Zimmer betrat.

Alex Tarras war ein Bulle von Mann.

Ein rotes, fleischiges Gesicht, in dem dicke Adern wie ein Spinnennetz verliefen. Haare hatte Tarras keine mehr, so daß er irgendwie an Kojak erinnerte. Er war auch ungefähr im gleichen Alter, kleidete sich ebenso elegant, und doch unterschied er sich in einem Punkt eklatant von dem Film-Lieutenant.

Alex Tarras stand auf der anderen Seite des Gesetzes.

Er war ein Verbrecher und verdiente ein Vermögen mit seinen Spielhöllen und Bordellen. Man nannte ihn den Callgirl-König von London. Jede kleine Hure lieferte an ihn ab. Ein Netz von Zuhältern und Gangstern hielt mit Gewalt und Brutalität die Organisation zusammen. Wenn ein Girl mal aufmuckte, dann fand es sich in der Themse als Wasserleiche wieder.

Trotzdem hatte Tarras den Hals noch nicht voll. Er strebte danach, auch den Rauschgiftmarkt der Millionenstadt zu übernehmen, aber da saßen andere am Drücker. Die auszubooten war mehr als schwierig. Doch in spätestens drei Jahren wollte Tarras es geschafft haben. Die ersten Banden hatte er schon aufgebaut. Sie setzten sich aus Einwanderern zusammen. Arbeitslose Farbige, die für ein paar Pfund das taten, was Tarras verlangte.

Der Gangsterboß schloß die Tür. Er trug einen blaugrauen Anzug mit passender Weste und dezent gestreifter Krawatte.

Augenblicklich knipste Mandy ihr Lächeln an. Schlangengleich erhob sie sich von ihrem Hocker. Sie trug ein langes, durchsichtiges Etwas und darunter nur die blanke Haut.

Während sie auf Tarras zuging, wurde das Nylongewebe gegen ihren Körper gedrückt und brachte die Formen noch besser zur Geltung.

Mit einer gekonnten Bewegung schlang Mandy ihre Arme um Tarras' Nacken. »Ich habe dich vermißt, Darling«, flüstert sie ihm ins Ohr. Tarras brummte nur: »Du lügst, ohne rot zu werden.«

»Wirklich!« hauchte Mandy.

Tarras schob das Girl von sich. »Entzückend!« äffte er Kojak nach und schlüpfte aus dem Jackett.

Mandys Augen wurden groß. »Jetzt?«

Tarras hielt in der Bewegung inne. »Warum nicht?«

»Ich meine nur . . .« Plötzlich lachte Mandy. »Ja, warum eigentlich nicht? Am späten Morgen haben wir es lange nicht mehr gemacht. Komm, Liebster.« Mandy ließ sich auf das Bett fallen und streckte beide Arme aus.

Tarras grinste verächtlich. Er blieb dicht vor dem Girl stehen. »Es ist das letzte Mal, daß wir zusammen sind«, sagte er im Plauderton und behielt sein Grinsen.

Mandy versteifte sich. Es schien, als würde sie die Worte gar nicht begreifen, die Tarras ihr da gesagt hatte.

»Wie – wie soll ich das verstehen?« fragte sie flüsternd.

Tarras lachte auf. »So, wie ich es gesagt habe. Ich will dich nicht mehr. Ich habe die Nase voll. Verstehst du?«

Mandy zog die Beine an und setzte sich auf. »Aber . . . aber wir haben uns doch gut verstanden. Ich meine . . . du kannst nicht einfach . . .« Sie begann zu stottern und wußte nicht mehr weiter.

Tarras nickte. »Doch, ich kann.«

Mandy weinte. Die Tränen waren echt. Im Gegensatz zu einigen anderen Situationen, in denen Mandy schon geheult hatte. Denn sie hatte plötzlich Angst. Es war ihr mal zu Ohren gekommen, was mit ihren Vorgängerinnen geschehen war. Die Girls hatte man nie mehr gesehen. Angeblich waren sie mit einer Abfindung nach Frankreich geschickt worden. Mandy konnte sich jedoch vorstellen, daß die Abfindung aus zwei Betonfüßen an den Beinen bestanden hatte. Und davor hatte sie Angst.

Tarras zündete sich eine Zigarette an. »Du hättest damit rechnen müssen«, sagte er kalt. »Und hör auf zu heulen, das nutzt dir auch nichts mehr.«

Mandy zog die Nase hoch. »Was habe ich dir denn getan?« stammelte sie. »Ich war nie aufsässig. Ich habe dir immer gehorcht.«

»Sonst hätte ich dir auch schon die Kehle durchgeschnitten«, fiel Tarras ihr ins Wort.

Mandy verstummte. Sie schluckte ein paarmal, suchte nach

Worten und fragte dann: »Was soll denn nun werden? Was geschieht mit mir?«

»Das gleiche, was mit deinen Vorgängerinnen passiert ist«, erwiderte der Gangsterboß.

»Ich . . . ich . . . muß nach Frankreich?«

»Genau.« Tarras blies den Rauch gegen die Decke. »Du bekommst eine Abfindung. Außerdem eine kleine Wohnung in Paris. Ist das nichts? In zwei Stunden bist du schon unterwegs. Deine Kleider kannst du hierlassen. Kauf dir in Frankreich neue.« Der Kojak-Verschnitt drückte seine Zigarette aus.

In diesem Augenblick klopfte es an die Tür.

Tarras verzog das Gesicht. »Ja!« schrie er. »Verdammt, ihr wißt doch, daß ich keine Störung will!«

»Es ist aber wichtig!«

Der Mann, der diesen Satz sagte, war der einzige, dem Tarras so etwas wie Vertrauen entgegenbrachte. Es war sein Leibwächter und Lakai. Er hieß Laszlo, kam aus Rumänien und wurde in der Unterwelt nur der Stecher genannt, weil er mit ellenlangen, nadelspitzen Stiletts arbeitete. Er hatte die gefährlichen Dinger in seinen Ärmeln stecken. Eine Spezialmanschette hielt sie fest. Auf Knopfdruck zischten sie heraus.

»Komm rein«, rief Tarras.

Laszlo betrat das Zimmer. Er war ein grobknochiger Typ mit einem hageren Pferdegesicht. Die schwarzen Haare klebten glatt auf dem Kopf. Laszlo war überdurchschnittlich groß und hatte breite behaarte Finger, in denen eine immense Kraft steckte. Der Rumäne trug ein weitgeschnittenes Jackett und eine ungebügelte Hose. Mandy bedachte er mit keinem Blick.

»Es ist Besuch da, Boß«, sagte er.

»Schmeiß ihn raus!«

»Nein!«

Tarras hob die Augenbrauen. Wenn Laszlo so mit ihm sprach, hatte er seinen besonderen Grund. Dann war der Besuch wichtig.

»Wer ist es?«

»Er hat einen komischen Namen. Er nennt sich Janus. Ein Typ wie ein Schwuler. Aber er sagt, er wüßte einen Weg, wie du es schaffen könntest, Herr über London zu werden.«

Tarras knetete sein Ohr. Normalerweise hätte er den Kerl rausgeworfen, aber irgend etwas in seinem Innern sagte ihm, daß dieser Besucher wichtig für ihn sein könnte. »Ich sehe mir den Knaben mal an«, entschied Tarras. »Wo sitzt er?«

»Ich habe ihn in den Warteraum gebracht.« Laszlo lächelte kalt.

»Das ist gut.« Dieser Warteraum war so eingerichtet, daß Besucher über Kameras beobachtet werden konnten. Außerdem gab es noch spezielle Tricks, die eine Flucht so gut wie unmöglich machten.

Alex Tarras warf Mandy einen raschen Blick zu. »Wir reden nachher weiter«, sagte er.

Mandy nickte nur.

Tarras ging zur Tür. Er warf sein Jackett über und schlug Laszlo auf die Schulter. »Nehmen wir den Typ in die Mangel«, sagte er. »Wenn er Mist erzählt oder ein verkappter Bulle ist, bist du an der Reihe.«

Laszlo lachte nur.

Er und Tarras ahnten nicht, daß ihr Leben in den nächsten Minuten eine schicksalhafte Wendung nehmen würde . . .

Laszlo hatte nicht übertrieben. Der Besucher machte tatsächlich keinen besonders männlichen Eindruck.

Weißblondes Haar, ein gebräuntes Gesicht mit edlen Zügen, der Körper schlank und die Finger lang, irgendwie weiblich. Er erhob sich aus seinem Ledersessel, als Tarras und Laszlo eintraten.

Alex Tarras verschluckte eine Bemerkung über das Aussehen des Besuchers. Statt dessen fragte er: »Mr. Janus?«

»Ja, der bin ich.« Der Blondhaarige streckte die Hand aus, doch Tarras übersah sie geflissentlich.

»Kommen wir zur Sache«, fuhr er fort und deutete auf eine Sesselgruppe.

Die Männer nahmen Platz. Laszlo blieb stehen. Und zwar so, daß er Janus im Auge behalten konnte.

»Ich komme aus einem ganz bestimmten Grund zu Ihnen«, begann Janus. Er legte die schmalen Hände gegeneinander und blickte den Gangsterboß an. »Wie ich hörte, sind Sie daran interessiert, König der Londoner Unterwelt zu werden.«

»Wer hat Ihnen das gesagt?« schnappte Tarras.

»Ich habe meine Quellen.«

Tarras wurde sauer. Der hochnäsige Ton gefiel ihm nicht. Er wollte dem Kerl gleich klarmachen, wie die Karten verteilt waren.

»Ich könnte es aus Ihnen herauspressen, wer Ihnen die Informationen gegeben hat«, knurrte Tarras. »Sie sitzen auf einem verdammt hohen Roß. Reden Sie, oder ich überlasse Sie Laszlo.«

Laszlo leckte sich genußvoll die Lippen.

»Es würde keinen Zweck haben«, erwiderte der Besucher kühl. »Ich bin Ihnen überlegen. Freuen Sie sich, daß ich Ihnen meine Hilfe anbiete. Hinter mir steht jemand, der mächtiger ist als Sie.«

»Und wer?« preßte Tarras hervor. Sein Gesicht war puterrot geworden. Wer ihn kannte, der wußte, daß er dicht vor der Explosion stand.

»Der Teufel!«

Mit allem hätte Tarras gerechnet, doch nicht mit solch einer Antwort. Er hatte Mühe, die Fassung zu bewahren. Es dauerte auch einige Zeit, bis ihm darauf eine passende Antwort einfiel.

»Welchem Irrenhaus sind Sie eigentlich entsprungen, Mister?« fragte er.

»Hören Sie mich erst an!« erwiderte der Besucher mit drängender Stimme.

Tarras wußte selbst nicht, wieso er auf diesen Vorschlag einging. Er blickte auf seine Uhr: »Ich gebe Ihnen fünf Minuten, wenn Sie mich bis dahin überzeugt haben, ist es gut. Wenn nicht, werfe ich Sie achtkantig raus.«

Janus lächelte. »Wie Sie wollen.«

Und dann begann er mit einer phantastischen, grauenerregenden Story . . .

Kaum war die Tür hinter den beiden Männern zugefallen, sprang Mandy von dem runden Bett hoch. Sie hatte nur noch einen Gedanken.

Flucht!

Fort von hier. Weg aus diesem Haus. Nach Frankreich wollte man sie bringen. Sie lachte und weinte zugleich bei diesem Gedanken. »Aber nicht mit mir«, flüsterte sie heiser, »nicht mit mir. Das Spiel mache ich nicht mit.«

Gekonnt warf sie das seidige Etwas von ihrem Körper. Nackt lief sie über die Felle zum Schrank. Hastig riß sie die Türen auf. Da hingen sie. Kleider, Mäntel, Blusen, Röcke. Man hätte ein kleines Kaufhaus damit füllen können. Mandy schlüpfte in einen winzigen Slip und streifte sich eine Strumpfhose über die Beine. Auf einen BH verzichtete sie. Der flauschige Angorapullover glitt über die nackte Haut.

Rock, Handtasche, ein kurzer Blick, ob sie auch nichts vergessen hatte, die Geldbörse mit der geringen Barschaft, zum Beispiel – nein, alles war da.

Mandy war zufrieden. Sie hatte nicht vor, den Hauptausgang zu nehmen, das schien ihr zu gefährlich. Sie hätte leicht Tarras' Gorillas in die Finger laufen können. Und die würden sich einen Spaß daraus machen, sie wieder zu ihrem Boß zu bringen.

Das Fenster ließ sich nicht öffnen. Dafür aber die Terrassentür. Mandy hebelte den Verschluß hoch.

Leer lag der Garten vor ihr im herbstlichen Sonnenschein. Die Bäume filterten das Licht. Die Zweige mit den großen Ahornblättern bildeten schattenspendende Inseln.

Ein plattierter Weg führte von der Terrasse durch den Garten in Richtung Ausgang. Das Tor lag eingebettet in eine hohe Steinmauer. Es war elektrisch zu öffnen und wurde bewacht. Mandy kannte den Aufpasser. Sie hoffte darauf, daß er sie durchlassen würde. Schließlich hatte er sie immer mit den Blicken verschlungen. Aber da waren noch die verdammten Doggen. Vier Hunde streunten durch den Park. Und davor hatte Mandy Angst. Die Hunde hatten sie noch nie gemocht, höchstens geduldet, wenn sie in Tarras' Begleitung war. Mandy hoffte, daß die Tiere sich in ihren Zwingern aufhielten. Meistens wurden sie bei Anbruch der Dunkelheit herausgelassen. Tarras vertraute eben nicht nur der Technik.

Weit, viel zu weit kam Mandy die Strecke durch den Park vor.

Sie verließ den Weg und hastete über den Rasen. Die hochhackigen Schuhe behinderten sie.

Mandy erreichte einen Zierbuschgürtel und verschnaufte dort einige Sekunden. Sie war schon jetzt außer Atem. Das unsolide Leben, die vielen Zigaretten, die ungewohnte Strapaze . . .

Mandy preßte ihre Hand in Höhe des trommelnden Herzens auf die Brust. Sie hörte nur ihren eigenen Atem, der schnell und keuchend ging.

Begleitete sie wirklich nur ihr Atem durch den Park?

Nein, da war noch ein anderes Geräusch. Ein schnelles weiches Tappen. Hecheln, Knurren . . .

Die Bluthunde!

Mandy blieb fast das Herz stehen.

Da war die erste Dogge schon heran. Wie ein Pfeil übersprang sie das Gebüsch. Mandy sah den braungelben Körper wie einen Schatten, duckte sich und sprang instinktiv zur Seite.

Die Dogge wischte an ihr vorbei, kam federnd auf, kreiselte herum und sprang abermals.

Jetzt stürmte die zweite Dogge heran. Mandy sah sie nicht. Sie hörte nur ein Knurren, erhielt einen gewaltigen Stoß in die Seite und wurde zu Boden gestoßen.

Mandy schrie. Aber das half ihr nun auch nichts mehr. Blitzschnell war eine der Doggen über ihr. Die Vorderpfoten des Tieres drückten ihre Schultern gegen den Boden. Der Kopf befand sich dicht vor ihrem Gesicht. Das Tier hatte die Schnauze aufgerissen und fletschte die Zähne. Heißer Raubtieratem streifte Mandys Gesicht. Wenn das Maul der Dogge zuschnappte, dann war es um sie geschehen. Die Tiere konnten einem Menschen mit einem Biß die Kehle durchbeißen.

Doch das geschah nicht.

Mandy hörte nur die hechelnden Köter. Alle strolchten sie um sie herum. Steif lag das Girl in seiner Angst. Sie hoffte förmlich darauf, daß Tarras kommen und sie aus dieser Situation befreien würde. Sie dachte plötzlich wieder an Paris. Vielleicht stimmte es doch, daß ihre Vorgängerinnen dort hingebracht wurden und ein neues Leben beginnen konnten.

Schritte.

Mandy verdrehte die Augen. Sie sah einen Schatten, zwei Beine, die Sommerhose mit dem modischen Schnitt und den scharfen Bügelfalten.

Mandy wußte, wer sich so kleidete. Der Mann hieß Beau Ranson, war fünfundzwanzig Jahre alt, ein Schönling und dreifacher Mörder. Er war auch auf Mandy scharf, hatte sich jedoch nicht getraut, die Geliebte des Bosses anzufassen.

»Ja, wen haben wir denn da?« hörte Mandy seine spöttische Stimme.

Mandy nahm alle Kraft zusammen. »Beau, bitte«, stöhnte sie heiser. »Ruf die Hunde zurück.«

»Ja, ja, sicher. Aber ich frage mich, ob das, was dir bevorsteht, angenehmer sein wird.« Er lachte gemein, pfiff dann, und die Hunde verschwanden.

Mandy hatte das Gefühl, als sei ein schwerer Stein von ihrer Seele weggeräumt worden.

Doch im nächsten Moment schon kam die Angst.

Brutal riß Beau sie hoch. Dicht vor sich sah sie sein sonnengebräuntes Gesicht, die kalten Mörderaugen und die Lippen, die einen Strich zu bilden schienen.

»Laß mich laufen!« bettelte Mandy. »Bitte, Beau. Ich tu auch alles, was du willst.«

Beau lachte nur. Er stieß Mandy vorwärts. »Der Boß wird sich freuen«, triumphierte er. »Ich bin nur gespannt, welches Spielchen er sich für dich ausgedacht hat.«

Als Mandy diese Worte hörte, da wußte sie, daß auch ihre allerletzte Chance dahin war. Weinend stolperte sie vor Beau Ranson her.

Selten in seinem Leben war Alex Tarras so sprachlos gewesen wie in den Minuten, die Janus benötigte, um seine Geschichte zu erzählen. Sie hörte sich phantastisch und unglaublich an. Auch Laszlo, der Leibwächter, zog ein skeptisches Gesicht. Seine Rechte war sicherheitshalber unter das Jackett gewandert. Die Finger lagen am Griff der automatischen Pistole, die Laszlo außer seinen Messern immer bei sich trug.

Janus saß entspannt in seinem Sessel. Mit seinem blonden Haar und den fast hellblauen Augen war er ein schöner Mensch. Aber ein Mensch, in dem der Keim des Satans steckte.

Alex Tarras hörte gebannt zu. Er fühlte, wie sich der Schweiß auf seinem kahlen Kopf sammelte, Tröpfchen bildete und dann den Nacken hinunterlief.

Sagenhaft war das, was Janus zu berichten hatte.

»Sie wissen nun, warum ich zu Ihnen gekommen bin«, sagte Janus und lehnte sich lächelnd zurück. Mit der rechten Hand strich er sich über das leicht gewellte Haar.

Alex Tarras nickte. »Ich weiß Bescheid«, murmelte er, noch immer unter dem Eindruck der unglaublichen Eröffnung. »Aber was ich brauche, sind Beweise. So einfach glaube ich Ihnen nicht.« Tarras griff nach seinem Zigarillo, und Laszlo gab ihm Feuer. »Wissen Sie, Mister, mir sind schon viele Spinner unter die Augen getreten. Jeder wollte mir einen Gefallen tun oder etwas verkaufen, und immer war bei den Sachen ein Haken.« Tarras produzierte dicke Rauchwolken, die träge der Decke entgegenstiegen und dort zerfaserten.

Janus lächelte schmal. »Ich kann Ihr Mißtrauen verstehen, Mr. Tarras. Und ich stelle Ihnen meine Hilfe auch nicht ganz uneigennützig zur Verfügung.«

»Ha.« Tarras wedelte mit der Zigarrenhand. »Da ist schon der Haken. Welche Bedingungen muß ich erfüllen?«

»Darauf komme ich später. Ich möchte Ihnen zuvor eine Demonstration meiner Macht geben. Kennen Sie irgendeine Person, die Ihnen lästig ist? Ich meine, einen Gegner, den Sie ins Jenseits schicken wollen?«

»Hm.« Tarras blies wieder den Rauch aus. Dann blickte er seinen Leibwächter an.

Laszlos Lippen hatten sich zu einem dünnen Grinsen verzogen. In seinen Augen funkelte es.

Alex Tarras begann blechern zu lachen. »Ich glaube, wir haben die gleiche Idee«, sagte er. »Du denkst an Mandy?«

»Genau.«

»Wunderbar!« Tarras legte das Zigarillo in einen Ascher und

erhob sich. »Ich werde Mandy selbst holen«, tönte er mit beschwörender Stimme.

»Sie wollen eine Frau loswerden?« fragte Janus.

»Ja. Sie war bis vor kurzem meine Geliebte. Ich hätte sie so oder so umbringen lassen. Aber da Sie mir Ihre Fähigkeiten demonstrieren wollen, will ich die Gelegenheit nutzen. Oder haben Sie Skrupel, weil sie eine Frau ist?«

»Nein.«

»Na, bitte.« Grinsend ging Alex Tarras auf die Tür zu. Doch er erreichte sie nicht mehr. Sie wurde plötzlich aufgestoßen von Beau Ranson, der jetzt im Eingang verharrte.

Überrascht blieb Alex Tarras stehen. Die Szene, die er sah, hatte er nicht erwartet.

Beau hielt mit der rechten Hand die blondhaarige Mandy umfaßt. Er hatte Mandys Arm auf den Rücken gebogen, sie in den Polizeigriff genommen. Eine Lage, aus der sich das Girl kaum befreien konnte.

»Sie wollte abhauen, Boß«, sagte Beau, ließ Mandy los und gab ihr einen Stoß in den Rücken, der sie in Alex Tarras' Arme trieb. »Ich habe sie aber noch abfangen können.«

Tarras fing Mandy auf. Mit hartem Griff hielt er sie fest. Er bog ihren Kopf in den Nacken und blickte ihr ins Gesicht. »Stimmt das?« fragte er gefährlich leise.

»Ja, aber laß dir erklären, Alex . . .« Mandy war verzweifelt. Lügen hatte keinen Sinn. Sie wollte jedoch versuchen, eine glaubhafte Ausrede zu finden.

Tarras machte diesen Vorsatz zunichte. Er schleuderte Mandy von sich, hinein in den Raum. »Es ist gut, Beau«, rief er und warf dem schönen Killer die Tür vor der Nase zu.

Mandy war auf die weiche Teppichbrücke gefallen. Mit zwei Schritten stand Laszlo neben ihr. Seine Arme hingen locker herab. Jeden Augenblick konnten die Messerklingen aus den Manschetten fahren.

Und Mandy wußte es.

Panik und Angst flackerten in ihrem Blick. Erst Tarras' Befehl ließ sie aufatmen. »Geh zur Seite, Laszlo!«

Der Leibwächter gehorchte.

Tarras blieb vor seiner Exgeliebten stehen. »Komm hoch«, kommandierte er. Er reichte Mandy die Hand.

Das Girl ergriff sie zögernd. Sie wußte nicht, was sie von der falschen Freundlichkeit des Gangsterbosses halten sollte. Welches teuflische Spiel hatte sich Tarras diesmal wieder ausgedacht?

»Setz dich!« Tarras' Befehl kam knapp und hart.

Mandy stolperte zu einem Sessel und ließ sich hineinfallen. Sie saß Janus genau gegenüber.

Er fixierte Mandy lächelnd. Nichts ließ er von seinen wahren Absichten erkennen. Er war ein Meister der Verstellung, der Täuschung und der Maske.

»Gut so?« fragte Tarras seinen blondhaarigen Besucher.

»Ja.«

»Dann fangen Sie mal an!«

Mandys ängstliche Blicke wanderten zwischen den Männern hin und her. Niemand sprach mehr ein Wort. Schweigen lag über dem großen Raum.

Jetzt kam Janus' große Stunde. Nun mußte er beweisen, daß seine Ausführungen kein leeres Geschwätz gewesen waren.

Er blickte Mandy an.

Stumm und immer noch lächelnd.

Das Girl war völlig durcheinander. Was hatte man hier mit ihr vor? Warum fixierte dieser blondhaarige Mann sie mit seinen Blicken? Was wollte er von ihr?

Janus begann sich zu bewegen. Er hob beide Arme, legte die Daumen unter sein Kinn und die restlichen acht Finger gegen die Wangen. Das Lächeln verschwand aus seinem Gesicht. Die Mundwinkel zogen sich nach unten, die Augen verengten sich zu Schlitzen.

Dann geschah es.

Mit einem Ruck drehte Janus seinen Kopf nach links. Wie der Schädel einer Puppe ließ sich der Kopf bewegen. Die Augen blickten jetzt zur Seite. Der Schädel hatte schon eine Drehbewegung um neunzig Grad hinter sich.

Selbst die abgebrühten Gangster hielten den Atem an. Hier ging etwas vor, was ihr Begriffsvermögen bei weitem überstieg. Dieser Mann schien tatsächlich mit dem Satan im Bunde zu stehen.

Alex Tarras stöhnte unwillkürlich auf.

Laszlo hatte die Hände zu Fäusten geballt. Aus seinem Blick sprach das reine Nichtbegreifen.

Aber Janus stand erst am Anfang seiner Demonstration. Und wieder drehte er seinen Kopf ein Stück weiter.

Lautlos geschah dies. Nicht ein Wirbel knackte oder brach. Der Kopf ließ sich bewegen, als säße er auf einem gut geölten Gelenk.

Janus hatte seinen eigenen Kopf um einhundertachtzig Grad gedreht!

Mandy saß starr vor Entsetzen. Ihr Herzschlag hatte sich beschleunigt. Er schien im Hals zu hämmern. Das Blut pochte in ihren Schläfen. Die jähe Angst fuhr wie ein Blitzstrahl durch ihren Körper.

Dann sah sie das zweite Gesicht des Januskopfes!

Es war eine grauenvolle Physiognomie.

Leblos und kalt wie Stein. Grau und rissig bot es sich ihren Blicken dar, nur die Augen leuchteten in einem tiefen Goldrot. Einen Haaransatz gab es in diesem Gesicht nicht. Dafür tummelten sich auf der Stirn kleine Schlangen, die aussahen wie Würmer.

Das Gesicht bewegte sich. Die Augen wurden größer. Mandy spürte plötzlich die Hitze, die von ihnen ausging. Es waren regelrechte Strahlen, die sie trafen und ihr den Atem raubten.

Mandy schrie.

Sie glaubte zu verbrennen. Plötzlich war vor ihren Augen nur noch eine glühende Wand. Eine Wand, die in einem grellen Inferno aus Lichtfarben explodierte. Mandy spürte den Druck. Sie rang nach Atem und wollte den Mund aufreißen.

Sie schaffte es nicht mehr.

Wo sich ihr Mund befunden hatte, war er nicht. Sie hatte keinen Mund mehr. Sie . . .

Mandys Gedanken rotierten, überschlugen sich, brachen abrupt ab.

Sie spürte noch den alles verzehrenden Schmerz, dann war sie von ihren Qualen erlöst.

Mandy war tot!

Der Anblick des Januskopfes hatte sie umgebracht.

Gelassen hob der Besucher seine Arme und drehte den Kopf

wieder in die normale Richtung. Lächelnd blickte er Alex Tarras und Laszlo an. »Reicht Ihnen das, Mr. Tarras?« fragte er scheinheilig.

Tarras gab keine Antwort.

Der Vorgang hatte ihn geschockt und entsetzt. Der Gangsterboß konnte keinen Blick von seiner ehemaligen Geliebten wenden. Eine Gänsehaut lief über seinen Rücken.

Mandy war tot – okay, das nahm Tarras hin. Doch wo sich ihr Gesicht befunden hatte, war nur noch ein heller Fleck . . .

Janus unterbrach die lastende Stille. »Solch einen Verbündeten haben Sie noch nie gehabt, nicht wahr, Tarras?«

Der Gangsterboß schüttelte den Kopf. Dann zeigte er mit ausgestreckter Hand auf die Tote. Seine Finger zitterten dabei. Zu tief saß noch der Schock.

»Das Gesicht«, flüsterte er. »Wo ist das Gesicht?«

Janus lachte. Er stand auf und schlug Tarras auf die Schulter. Der Gangster zuckte unter der Berührung zurück. »Sie sind etwas schreckhaft«, stellte Janus fest. »Das sollten Sie nicht sein. Sie haben ja nichts zu befürchten. Im Gegenteil, ich biete Ihnen meine Hilfe an.«

Tarras nickte. »Ja, ich . . .« Dann ging er mit schleppenden Schritten zum Schrank. Er holte eine Whiskyflasche hervor und schüttete ein Glas halbvoll. Mit einem Zug kippte er das scharfe Getränk herunter. Er warf Laszlo die Flasche zu. Der Rumäne setzte sie sich an die Lippen. Auch er hatte jetzt einen Beruhigungsschluck nötig.

Langsam kehrte die Farbe in Tarras' Gesicht zurück. »Ihr Gesicht«, murmelte er wieder, »wo ist ihr Gesicht?«

Janus hob die Schultern. »Verschwunden. Ich habe es in mich aufgesaugt.«

»Unbegreiflich«, flüsterte der Gangsterboß. Er riskierte einen vorsichtigen Blick auf die Tote.

Das Mädchen sah makaber aus. Die hellen Haare umrahmten eine wie aus Marmor weiße glatte Fläche.

»Wir müssen sie wegschaffen«, flüsterte er.

»Das ist erst das zweite Problem«, meinte Janus. »So etwas übernimmt doch sicherlich Ihr Leibwächter. Ich frage Sie noch einmal. Sind Sie mit meiner Mitarbeit einverstanden?«

Tarras biß sich auf die Lippen. »Bleibt mir eine Wahl?«

»Wenn Sie nicht wollen, verschwinde ich wieder. Ihr Konkurrent hier in London heißt Cass Garrett. Er würde sicherlich positiver reagieren. Sie sollten die Gunst der Stunde nutzen. Durch meine Hilfe können Sie sich zum absoluten Herrscher der Unterwelt hochschwingen. Ich an Ihrer Stelle würde nicht zögern.«

Tarras warf seinem Leibwächter einen verstohlenen Blick zu. Laszlo starrte zu Boden. Er hatte die Lippen zusammengepreßt, hielt sich bewußt aus diesem Gespräch heraus.

»Sie sprachen von einer Bedingung«, nahm Alex Tarras die Verhandlung auf. Nichts war mehr von seiner großspurigen Art geblieben. Er wirkte wie ein Häufchen Elend.

»Das stimmt, Mr. Tarras. Eine kleine Bedingung ist dabei.«

»Und?«

»Sie sollen für mich einen Mann umbringen!«

»Was?« Tarras' Augen wurden groß. Auf seinem Gesicht malte sich ungläubiges Erstaunen aus. Mit einer fahrigen Bewegung wischte er sich über die schweißnasse Stirn. »Ich soll für Sie jemanden umbringen? Das können Sie doch besser, Mister! Schließlich haben Sie es mir bewiesen. Es dürfte Ihnen wirklich keine Schwierigkeiten bereiten . . .«

»Doch!« Der Januskopf unterbrach Alex Tarras hart. »Es ist ein besonderer Mann.«

»Wie heißt er?« fragte Tarras ungeduldig.

»John Sinclair!«

Alex Tarras, der sich umdrehen wollte, stockte mitten in der Bewegung. »Sinclair«, murmelte er, »ist das nicht ein Bulle?« Er sah seinen Leibwächter dabei fragend an.

Laszlo nickte.

»Also einen Polypen soll ich umlegen«, sagte er. »Ich habe bisher nichts mit diesem Sinclair zu tun gehabt, weiß aber, daß er beim Yard arbeitet und ein scharfer Hund sein soll. Nur – warum machen Sie das nicht?«

»Sinclair ist ein besonderer Mann.«

»Tut mir leid, aber das verstehe ich nicht.«

Janus nahm sich aus einem Kästchen eine Zigarre. Gelassen zündete er den Glimmstengel an. »Ich will es Ihnen erklären, Mr. Tarras. Dieser Sinclair ist zwar ein Polizist, doch ein ganz besonderer. Er befaßt sich nicht mit normalen Fällen, sondern sein Amtsbereich ist die Dämonenjagd.«

»Sind Sie ein Dämon?« wollte Tarras wissen.

Der Januskopf ging auf diese Bemerkung nicht ein. Er sprach weiter. »Sinclair kämpft schon seit einigen Jahren erfolgreich gegen die Mächte der Finsternis. Und irgendwann waren wir es leid. Wir haben alles versucht, aber er ist uns bisher immer entkommen. Er hat sich auf uns eingestellt und konnte deshalb zurückschlagen. Nicht umsonst nennt man ihn den Geisterjäger. Er hat große Erfolge errungen. Vor einigen Jahren hat er einen unserer stärksten Helfer vernichtet. Das war Doktor Tod. Seit diesem Zeitpunkt jagen wir ihn. Bisher haben wir nie die Hilfe einer Gangsterorganisation gebraucht, doch das hat sich geändert. John Sinclair muß sterben. Ich will seinen Kopf, um ihn Asmodis, dem obersten Höllenfürsten, präsentieren zu können. Und diesen Kopf sollen Sie mir bringen, Mr. Tarras. Den Lohn kennen Sie. Ich frage Sie jetzt: Sind Sie bereit, auf die Bedingung einzugehen?«

Tarras überlegte. Er wog das Für und Wider genau gegeneinander ab. Einen Polizisten umzubringen, war für ihn ein Kinderspiel. Wenn dieser Sinclair tatsächlich so auf die Dämonen fixiert war, würde es wohl leicht sein, ihn zu killen. Auch schätzte Tarras seinen Besucher als einen Mann ein, der Wort hielt. Er würde sein Versprechen sicherlich wahr machen. Dann würde er, Tarras, König von London sein.

Ein verlockendes Ziel . . .

»Was gibt es da noch zu überlegen?« drang Janus' Stimme in seine Gedanken.

Alex Tarras hatte seinen Entschluß gefaßt. »Ja«, sagte er bestimmt, »ich tue es. Ich lasse diesen Sinclair umlegen!«

»Na, bitte!« Janus lächelte. »Ich habe doch gewußt, daß Sie vernünftig sind.«

»Wann soll es geschehen?« fragte Tarras.

»Ich gebe Ihnen drei Tage Zeit«, erwiderte Janus.

»Das ist nicht viel.«

Der Januskopf lächelte. »Ich bitte Sie! Mit Ihren Beziehungen ist es doch für Sie ein Kinderspiel. John Sinclair wird sterben, dessen bin ich mir sicher. Ich habe schon den richtigen Mann für diesen Job ausgesucht.«

»Ja, das haben Sie«, gab Tarras zu. »Wo kann ich Sie erreichen?« wollte er noch wissen.

»Ich melde mich wieder.« Der Januskopf lächelte süffisant. »Es ist besser, wenn Sie nichts wissen.«

»Sie denken daran, daß die Sache schieflaufen könnte.«

»Möglich ist alles«, erwiderte der Januskopf. »Aber seien Sie versichert, ich bleibe immer in Ihrer Nähe. Sinclair kann gar nicht mehr entkommen. Und jetzt entschuldigen Sie mich.«

Unbehelligt ging Janus zur Tür. Er zog sie fast geräuschlos auf und schloß sie ebenso leise hinter sich.

Zurück ließ er zwei Gangster und ein totes, gesichtsloses Mädchen.

Tarras und Laszlo sahen sich an. Man konnte merken, daß sie sich in ihrer Haut nicht wohl fühlten. Immer wieder warfen sie dem toten Girl verstohlene Blicke zu.

»Wir müssen sie wegschaffen«, erinnerte Tarras. »Das übernimmst du, Laszlo.«

Der Rumäne nickte. »Ich traue dem Braten nicht, Boß«, warf er ein. Seine Stimme klang bedrückt.

Tarras griff nach einem Zigarillo. »Wir machen es, basta«, erklärte er.

»Soll ich diesen Sinclair umlegen?« wollte Laszlo wissen.

»Nein, das soll Beau übernehmen. Ich werde ihm das schon plausibel machen. Er kann sich noch einen Mann aussuchen. Sorg du dafür, daß die Leiche verschwindet. Ich möchte nicht, daß sie von einem anderen gesehen wird. Niemand braucht zu wissen, mit wem wir uns eingelassen haben.«

»Cass Garrett wird nicht so leicht unterzukriegen sein«, gab

Laszlo zu bedenken. »Du kennst ihn. Seine Schlägergarde ist gefährlich.«

»Das ist nicht unsere Sorge. Darum soll sich Janus kümmern. So, jetzt schaff mir das Weib aus den Augen.«

Laszlo ging und besorgte eine Decke. Er legte sie über die Tote und trug sie hinaus. Beau Ranson sah ihn, wie er die Tote im Kofferraum seines Wagens verstaute. Ranson grinste, sagte aber nichts. Jetzt wurde er zum Boß gerufen.

»Ich habe einen Job für dich, Beau«, sagte Tarras. »Wenn du ihn glatt und sicher erledigst, sind tausend Pfund Prämie für dich drin.«

Ranson grinste. »Das läßt sich hören.«

Tarras warnte. »Nimm den Job nicht auf die leichte Schulter! Der Mann, den du umlegen sollst, ist vom Yard!«

Ranson zog nur die Augenbrauen in die Höhe. »Wie heißt er?«

»John Sinclair!«

Beau begann zu lachen. »Der Kerl, der Geister jagt?«

»Ja.«

»Kleinigkeit für mich.«

»Es darf kein Verdacht auf uns fallen«, mahnte der Gangsterboß. »Erledige es so, daß nichts von ihm übrigbleibt. Allerdings brauche ich einen Beweis, daß du ihn tatsächlich umgelegt hast.«

»Der wäre?« erkundigte sich Beau Ranson leichthin.

»Ich will Sinclairs Kopf!«

Jetzt wurde selbst der abgebrühte Beau Ranson blaß. Er schluckte und stotterte nach einiger Zeit: »Okay, Boß, du bekommst ihn . . .«

Der Friedhofsgärtner grinste verschmitzt und blickte Oberinspektor Sinclair an. Dann wies er mit der Hand über das leicht ansteigende parkartige Gelände mit den Trauerweiden und den niedrigen Rhododendronbüschen.

»Sehen Sie den Rauch da über den Bäumen?«

John Sinclair nickte und nahm einen Zug aus seiner Zigarette.

»Jetzt wird wieder einer verbrannt. Immer wenn der Rauch so

fettig und dunkel ist, dann sagt man, daß es ein schlechter Mensch gewesen ist.«

John räusperte sich. »Ich finde Ihre Scherze doch ziemlich makaber«, meinte er.

Der Gärtner hob die Schultern. »Wer vierzig Jahre auf einem Friedhof arbeitet, dem ist nichts mehr heilig. Glauben Sie mir, Sir!«

»Trotzdem.« John Sinclair trat die Zigarettenkippe aus. Er war nicht zum Vergnügen auf den Friedhof gegangen, sondern in einem dienstlichen Auftrag. Seit geraumer Zeit wurden Leichen gestohlen. Sie verschwanden aus den Aufbewahrungshallen und tauchten nicht wieder auf. Die Polizei hatte versucht, den unheimlichen Leichenräuber zu jagen. Bisher vergeblich. Der Kerl war schlauer. Er entkam immer wieder. Sieben Leichen hatte er bisher gestohlen. Was er damit anstellte, wußte niemand.

Oberinspektor Sinclair wurde auf den Fall angesetzt. Wie immer, wenn seine Kollegen den Fall als unlösbar abgaben. Auch John hatte noch keinen Erfolg erzielen können. Jetzt wollte er sich bereits die dritte Nacht um die Ohren schlagen.

Ein verfluchter Job, dazu noch die miese Bezahlung.

Die Dämmerung setzte ein. Aus dem Schornstein des Krematoriums drang noch immer der dunkle Rauch. Er stieg wie eine Fahne in den Himmel, wurde dann vom Wind erfaßt und auseinandergefasert.

»Ja, ja«, meinte der Gärtner, »der Volksmund sagt viel. Angeblich sollen die Scheintoten in den Särgen auch anfangen, ihre Kleider aufzuessen. Was meinen Sie dazu, Sir?«

»Ich war noch nicht scheintot«, erwiderte John.

Der Gärtner fiel ihm allmählich auf den Wecker. Es war ein regelrechter Knirps, der John gerade bis zur Schulter reichte. Er trug eine grüne verwaschene Schürze, ein kariertes Hemd und einen alten Hut auf dem Kopf. Er sah wirklich aus wie der Gärtner in der TV-Werbung. Sein gebräuntes Gesicht schien nur aus Falten und Runzeln zu bestehen. Die kleinen Augen blinzelten hellwach.

Der Friedhofsgärtner schob sich den Hut in den Nacken. »Tja«, meinte er dann, »ich werde mal Feierabend machen. Ihr Job fängt ja erst an, Mister.«

John grinste.

Der Gärtner kicherte, drehte sich um, winkte noch einmal und verschwand. Er wohnte auf dem Friedhofsgelände, in einem kleinen Haus nahe der Leichenhalle. Miete brauchte er für die Wohnung nicht zu bezahlen. Die Stadt war froh, einen Mieter gefunden zu haben, denn wer zog schon freiwillig auf einen Friedhof?

Über den sorgfältig gepflegten Hauptweg schritt John Sinclair auf die große Trauerhalle zu. Der Weg mündete in den kiesbestreuten großen Platz vor der Trauerhalle. Es war ein gewaltiger Komplex, U-förmig und eingeschossig. Die neue Leichenhalle beherbergte mehrere Aufbewahrungsräume, so daß die anfallenden Beerdigungen glatt, sicher und auch schnell über die Bühne gingen. Alles war mechanisiert und unpersönlich geworden. Und doch blieb an diesem großen Friedhof der Hauch des Unheimlichen und Makabren haften, den auch die Trauergäste spürten, und der ihnen manchen Schauer über den Rücken jagte.

Der Geisterjäger blieb unter den weit ausladenden Ästen einer großen Platane stehen. Die Blätter des Baumes hatten eine dunkelgrüne satte Farbe angenommen. Nicht mehr lange, dann würden die Blätter gelb werden.

Der Herbst war nicht mehr weit.

Die letzte Trauergemeinde des Tages verließ die Leichenhalle. Es waren acht Personen, darunter ein kleines Mädchen. Es weinte. Einer der Erwachsenen legte der Kleinen tröstend die Hand auf die Schulter.

In einem blutigen Rot ging die Sonne unter. Die letzten Strahlen badeten die wuchtige Friedhofsmauer mit der grünen Wand aus Efeu. Bald würde der Friedhofswärter abschließen. John Sinclair besaß allerdings für das Haupttor einen Zweitschlüssel.

Er wartete, bis die Menschen den Friedhof verlassen hatten. Dann ging er auf die große Trauerhalle zu. Eine breite Treppe führte zu dem zweiflügeligen Holztor. Der Wärter stand in der offenen Tür. Er trug einen dunklen Anzug und eine Schirmmütze auf dem Kopf. Zwischen Zeige- und Mittelfinger der rechten Hand verqualmte eine Zigarre.

Selbst der würzige Rauch konnte den Geruch von Buchsbäumen, Kränzen und nassem Laub nicht vertreiben. Das gehörte eben zu einem Friedhof. Irgendwo bimmelte dünn eine Glocke.

»Feierabend«, sagte der Wärter und paffte John den Rauch ins Gesicht. Der Mann war in mittleren Jahren und hatte eine Nase, die an eine überreife Erdbeere erinnerte. John roch auch die Brandyfahne des Knaben.

Der Geisterjäger betrat die Halle. Der Boden war mit gelbbraunen Fliesen bedeckt. Der lange Gang zog sich quer durch die Halle. Rechts und links zweigten mehrere Türen ab, rechts lagen die Räume, in denen die Trauerfeierlichkeiten stattfanden, links die Warteräume. Der Wärter strich die Asche seiner Zigarre an einem an der Wand befestigten metallenen Aschenbecher ab, tippte an seine Mütze und verschwand.

Er schloß die Tür der Leichenhalle von außen ab.

John war allein.

Langsam ging er den Flur entlang. Das Echo seiner Schritte hallte an den kahlen Wänden wider. Der Geisterjäger bog um eine Ecke und sah schon die schmale Tür der Abstellkammer, die abermals für diese Nacht sein Domizil werden sollte.

Die Abstellkammer lag direkt neben der Aufbewahrungshalle. John wußte, daß vier Särge mit Leichen dort standen. Am nächsten Morgen sollten die Beerdigungen sein.

Es war schon ein komisches Gefühl, so völlig allein als Lebender unter Toten zu sein. Obwohl John bereits einige Nächte hier verbracht hatte, konnte er sich nicht daran gewöhnen.

Er schloß die Kammer auf und ließ die Tür einen Spaltbreit offen. Licht machte er nicht. Im Dunkeln setzte er sich auf einen schmalen Stuhl.

Abermals begann das zermürbende Warten.

John hätte gern eine Zigarette geraucht, aber das war nicht drin. Zu leicht konnte ihn der Rauch verraten.

Würde der unheimliche Leichendieb diesmal erscheinen?

Der Oberinspektor hoffte es. Er hatte nämlich keine Lust, sich weitere Nächte um die Ohren zu schlagen.

Die Zeit verging. Draußen wurde es dunkel. John Sinclair merkte nichts davon. Eine nahezu gespenstische Ruhe lag über der großen Leichenhalle.

John Sinclair hatte Zeit, sich mit seinen Gedanken zu beschäftigen. Geisterjäger nannte man ihn, und das war wirklich nicht übertrieben. Er konnte die Fälle kaum zählen, die er schon gelöst hatte. Und immer waren übersinnliche Kräfte mit im Spiel: Dämonen, Vampire, Werwölfe – sie alle hatten schon gegen John Sinclair gekämpft. Und verloren. John wußte, daß die Dämonen auf seinen Kopf einen hohen Preis ausgesetzt hatten. Wem es gelang, den Geisterjäger zu töten, der stieg in der Hierarchie der finsteren Mächte weit nach oben. Aber auch John hatte im Laufe der Zeit gelernt. Er stellte sich auf seine Gegner ein. Er bekämpfte sie mit geweihten Kreuzen, silbernen Kugeln, Amuletten und Vampirpflöcken. Außerdem stand ihm noch Suko, der Chinese, zur Seite. Ein Freund, auf den er sich hundertprozentig verlassen konnte. Auch in diesem Fall war Suko mit von der Partie. Er lauerte an einem der Nebenausgänge des Friedhofs und stand mit John Sinclair per Walkie-talkie in Verbindung.

Es wurde zweiundzwanzig Uhr. Zeit für eine Meldung.

John schaltete sein Gerät ein. Augenblicklich hörte er Sukos Stimme. »Bei mir ist alles ruhig. Keine verdächtigen Bewegungen!«

»Okay«, funkte der Geisterjäger zurück. »Bei mir das gleiche.«

»Bis in einer Stunde!« hörte er Sukos Stimme. »Und laß dir die Zeit nicht zu lang werden!«

»Gleichfalls!« Der Geisterjäger unterbrach die Verbindung.

Wieder begann die Warterei, und abermals wollte und wollte die Zeit nicht herumgehen. Um dreiundzwanzig Uhr wieder eine Meldung. Keine besonderen Vorkommnisse.

John machte leichte Lockerungsübungen, damit seine Muskeln nicht verkrampften.

Und dann – es war genau zwanzig Minuten vor Mitternacht – hörte er ein Geräusch.

Augenblicklich war der Geisterjäger voll da!

Das Geräusch war nicht zu identifizieren gewesen, es wiederholte sich aber nach einigen Sekunden.

Der Geisterjäger erhob sich von seinem Stuhl und verließ vorsichtig die Kammer. Auf dem Flur brannte nur die Notbeleuchtung. Sie war wirklich spärlich und ließ sämtliche Konturen zerfließen.

John Sinclair wollte es jetzt nicht riskieren, sich bei Suko zu melden. Der Unbekannte hätte seine Stimme hören können.

Irgendwo klappte eine Tür.

John zuckte zusammen. Er hatte sich auf das Geräusch konzentriert und festgestellt, daß es die schmale Nebentür gewesen sein mußte, die ebenfalls zur Leichenhalle führte.

Jemand war bei den Särgen.

Der Leichendieb?

John Sinclair schlich auf die Haupttür der Leichenhalle zu. Er legte seine rechte Hand auf die eiserne Klinke, die linke schob den Nachschlüssel ins Schloß.

John drehte den Schlüssel herum und drückte gleichzeitig mit der rechten Hand vorsichtig und lautlos die Tür auf.

Der nächste Schritt brachte ihn in die Trauerhalle.

Düsteres Zwielicht. Irgendwo flackerte ein Lämpchen. Strenger Geruch von Desinfektionsmitteln kitzelte Johns Nase. Die Särge standen auf kleinen Steinpodesten. Einer war mit Blumen und Kränzen geschmückt. Die bunten Kränze lagen um den Sarg herum. Ein malerisches Bild.

Der Geisterjäger duckte sich und schob die Tür wieder ins Schloß. Er fühlte sein Herz hämmern und wußte plötzlich, daß er dicht vor der Entscheidung stand.

Aber wo befand sich der unheimliche Leichendieb?

John konnte nichts erkennen. Es war zu duster. In den Ecken nisteten Schatten. Sie bildeten pechschwarze Inseln. John erkannte die Umrisse einiger Buchsbäume. Die Bäume bildeten eine Reihe entlang der schmalen Fenster.

Und dann sah John den Mann.

Urplötzlich tauchte er zwischen zwei Bäumen auf. Es war eine kleine Gestalt, aber wieselflink. Geduckt rannte der Unbekannte auf eine Tür zu, deren Umrisse nur schwach auszumachen waren.

Der Geisterjäger startete. Mit gewaltigen Schritten näherte er sich dem Eindringling – ein letzter Satz, und John bekam den Knaben zu fassen. Hart gruben sich seine Finger in dessen Schulter.

Der Mann schrie auf, wurde herumgerissen. Dicht vor sich sah John Sinclair das Gesicht.

Es traf ihn wie ein Schlag.

Der unheimliche Leichendieb war kein anderer als der Friedhofsgärtner. Der kleine Wicht mit den makabren Sprüchen und den unzähligen Falten im Gesicht.

Jetzt zappelte er in John Sinclairs Griff.

»Sie also«, stellte der Geisterjäger fest, nickte und zog den Gärtner zur Seite. Der hatte mittlerweile seine erste Überraschung verdaut. Er begann zu protestieren. »Was wollen Sie überhaupt von mir?« kreischte er. »Sind Sie wahnsinnig? Weshalb greifen Sie mich an? Lassen Sie mich sofort los.«

»Später«, erwiderte John. Er drückte den Schmächtigen gegen die Wand und hielt ihn fest. »So und jetzt wollen wir mal deutlich miteinander reden. Was haben Sie hier zu suchen? Sagen Sie bloß nicht, Sie wollten die Bäume begießen, dann werde ich sauer.«

»Es ist aber so!«

John atmete tief ein. »Und warum machen Sie das nicht tagsüber?«

»Da hatte ich zuviel zu tun.«

»Für wen hast du die Leichen gestohlen? Rede! In wessen Auftrag hast du die Toten weggeschafft?«

»Ich sage nichts!«

»Okay.« John Sinclair nickte. »Auf dem Polizeirevier wirst du Zeit haben, uns deine Geschichte zu erzählen.«

Der Oberinspektor wollte sich mit dem Gärtner zusammen umdrehen, doch dazu kam es nicht mehr. Plötzlich hörte John hinter seinem Rücken ein Kichern.

Gefahr!

Gedankenschnell kreiselte der Geisterjäger herum und warf sich gleichzeitig zur Seite.

Die Eisenstange streifte nur seine Schulter. Und doch hatte John das Gefühl, sein rechter Arm wäre vom Körper getrennt worden. Er fiel auf den Boden, sah für einige Sekunden Sterne vor seinen Augen aufblitzen und hörte nur im Unterbewußtsein die anfeuernden Schreie des Gärtners.

»Kill ihn, Curd! Los, mach ihn fertig!«

Curd, das war der Friedhofswärter. Der Mann, der so gern dicke Zigarren rauchte. Schnaufend walzte er auf John zu.

Der Geisterjäger schaffte es nicht, auf die Beine zu gelangen. So sehr hatte ihn der Schlag mitgenommen. Mit eisernem Willen wälzte er sich ein paarmal um die eigene Achse, versuchte, sich aus dem Bereich der Eisenstange zu bringen.

Mit der gepeinigten Schulter stieß er gegen eines der Podeste.

Curd lachte.

Er hielt die Eisenstange jetzt mit beiden Händen umklammert, holte weit aus, um John Sinclair mit einem Schlag den Schädel zu zerschmettern.

Curd brüllte wie ein Kung-Fu-Kämpfer, als die Stange herabsauste.

In diesem Augenblick schnellten Johns Beine vor. Hart trafen die Absätze den Unterleib des Friedhofswärters.

Der Schlag war nicht mehr zu stoppen. Und doch hatte der Tritt ihn aus der Richtung gebracht. Der von oben nach unten geführte Hieb war zu einer Kreisbewegung geworden. Die Stange fegte dicht über Johns Haarschopf hinweg und fetzte einen breiten Holzsplitter aus dem Sarg.

Curd wurde nach vorn geworfen. Er hatte seinen eigenen Körper nicht mehr unter Kontrolle und prallte durch den Schwung mit der Seite gegen den Sarg. Zum Glück war er schwer, sonst wäre er womöglich noch umgekippt.

Curd stieß ein Wutgebrüll aus. Er knickte zusammen und preßte eine Hand auf die getroffene Stelle. Mit der anderen hielt er nach wie vor die Stange umklammert.

John Sinclair aber war aufgesprungen. Der Gärtner sah seine Chance, den Oberinspektor doch noch auszuschalten. Er hatte sich einen Blumenkübel geschnappt, rannte damit auf John zu und wollte ihm den Trog über den Schädel schmettern.

Sinclair wich geschmeidig aus; seine Linke schnellte wie eine Lanze vor.

Riesengroß sah der Gärtner die Faust kommen. Er konnte aber nicht mehr ausweichen. Der Schlag detonierte an seinem Kinn, und für den Gärtner ging die Welt in einem Wirbel von Sternen und Spiralen unter, die ihn hineinzogen in den tiefen Schacht der Bewußtlosigkeit.

John sprang sofort zur Seite.

Hinter sich hörte er ein wütendes Keuchen. Curd hatte noch nicht aufgegeben. Er stand da wie ein Nashorn. Breit, bullig und mit gespreizten Beinen. Die Eisenstange hielt er wie ein Messer in der Hand.

»Laß das Ding fallen«, sagte John.

Curd schüttelte stur den Kopf.

John zog seine Beretta. Die Mündung zeigte auf den Friedhofswärter. »Wird's bald?«

Curd knurrte tief in der Kehle. Er erinnerte dabei an einen hungrigen Wolf. Und plötzlich stürmte er trotz der drohend auf ihn gerichteten Pistolenmündung vorwärts. Ein normaler Gangster hätte das nie getan, aber Curd war wohl unzurechnungsfähig.

John schoß natürlich nicht. Er sackte in die Knie, wartete ab, und gerade als Curd mit der Stange zuschlug, spritzte der Geisterjäger hoch. Er hebelte den schweren Mann über sich hinweg. Die Eisenstange rutschte dem Friedhofswärter aus der Hand und klirrte zu Boden. Er selbst vollführte eine perfekte Bauchlandung. Dabei schlugen seine Zähne hart aufeinander. Es fehlte nicht viel, und er hätte sich ein Stück Zunge abgebissen.

John war rasch bei dem Gestürzten, hob ihn am Hosengürtel hoch und schickte ihn durch einen Schlag mit dem Pistolengriff ins Reich der Träume.

Curd blieb auf der Seite liegen.

John atmete auf. Mit dem Taschentuch wischte er sich den Schweiß von der Stirn. Das wäre geschafft. Nie hätte er gedacht, daß die beiden Friedhofsangestellten die Leichenräuber waren. Er hatte den oder die Kerle immer für Irre gehalten. Vielleicht waren sie das auch. Das würde das Verhör ergeben.

Wie John seine Kopfnüsse einschätzte, würden die Typen bestimmt eine halbe Stunde schlafen. Zeit genug, um sie zum Wagen zu schaffen. Zuvor jedoch verpaßte John ihnen Handschellen. Die stählernen Armreifen hatte er hinten an seinem Gürtel hängen. Dann holte er das Sprechfunkgerät aus der Tasche und schaltete es ein. Zum Glück hatte das Walkie-talkie den Kampf heil überstanden.

Suko meldete sich sofort. »Du warst überfällig«, beklagte er sich.

»Ich weiß«, erwiderte John schweratmend, »aber ich habe die Leichenräuber.«

»Die . . .?«

»Ja, es sind zwei. Angestellte der Friedhofsverwaltung. Man erlebt doch immer wieder Überraschungen.«

»Also keine Dämonen oder anderes Geschmeiß.«

»Nein.«

»Ich komme zu dir«, sagte Suko. »Wo hast du sie überwältigt?«

»In der großen Leichenhalle.«

»Willst du da auf mich warten?«

»Nein, das dauert mir zu lange. Ich schaffe die beiden schon allein zum Wagen. Du kannst ja dorthin kommen.«

»Okay, in einer Viertelstunde ungefähr.«

»Bis gleich dann.«

John schaltete das Gerät aus. Er war zufrieden. Diesmal war ihm ein ganz gewöhnlicher Fall beschert worden, wenn auch die Umgebung ziemlich schaurig war. Aber die Leichen, die in den Särgen lagen, waren wirklich tot. John hatte schon mehr als einmal das Gegenteil erlebt.

Seinem rechten Arm ging es auch wieder besser. Er konnte sogar das Leichtgewicht von Gärtner damit hochhieven. Den anderen packte er kurzerhand am Kragen der Jacke und schleifte ihn hinter sich her.

Der Oberinspektor fragte sich, was die beiden dazu verleitet haben mochte, die Toten zu stehlen. Hatten sie im Auftrag gehandelt, oder waren es irgendwelche perversen Knaben, die Spaß an Leichen hatten? So schlimm diese Vermutung auch war, doch so etwas gab es. Leider.

John Sinclair verließ die Halle, überquerte den Vorplatz und erreichte das große Friedhofstor. Mit dem Zweitschlüssel schloß er auf. Um zu den Parkplätzen zu gelangen, mußte er über eine Straße gehen. Leer und verlassen lag sie im fahlen Licht des Halbmondes.

Auf dem Parkplatz standen ein halbes Dutzend Wagen. Johns

metallicfarbener Bentley parkte so, daß der Geisterjäger nicht erst zu wenden brauchte, um die Straße zu erreichen. Niemand schien ihn zu sehen, als er mit den beiden Bewußtlosen die Straße überquerte. Doch John achtete nicht auf die anderen Wagen.

Und das war sein Fehler.

Der Oberinspektor war froh, als er die beiden Bewußtlosen neben dem Bentley auf den Boden legen konnte. John holte die Wagenschlüssel hervor und schloß auf.

Zuerst hievte er Curd in den Fond. Es war ein hartes Stück Arbeit, den schweren Kerl dort hineinzubugsieren. Doch mit gutem Willen und etwas Druck ging es.

Der Gärtner folgte danach. Im Gegensatz zu Curd war er leicht wie eine Puppe.

Aufatmend warf John die Fondtür ins Schloß.

Da spürte er den harten Druck im Rücken.

Der Geisterjäger versteifte. Gleichzeitig sah er schräg von der Seite einen zweiten Kerl auf sich zukommen. Stahl blinkte in der Hand des Mannes.

An seinem linken Ohr hörte John eine heisere Stimme. »Eine dumme Bewegung, Freund, und ich blase dir ein Loch in die Figur!«

John nickte. Er hatte sich vorerst in sein Schicksal ergeben.

Der zweite Mann stellte sich neben den linken Vorderreifen des Bentley. John erkannte eine gedrungene Gestalt. Der Mann trug einen Hut mit breiter Krempe. Er hielt die Kanone wie ein Profi in der Rechten, nicht zu steif. Man hatte das Gefühl, sie gehörte einfach zu ihm.

Der Druck in Sinclairs Rücken verschwand nicht. Dafür tasteten Finger an seiner linken Körperhälfte herum, glitten in den Ausschnitt des Jacketts und zogen mit geübtem Griff die Beretta aus der Schulterhalfter.

Ein zufriedenes Lachen begleitete diese Aktion.

John Sinclair hatte sicherheitshalber die Hände abgespreizt. Er stand ruhig da, obwohl er innerlich kochte. Wie ein Anfänger war er den beiden Halunken auf den Leim gegangen. Die Frage war nur, was wollten sie überhaupt von ihm? Waren es einfache Straßenräuber, die nach Geld gierten? Aber dafür wirkten sie eigentlich zu clever und zu routiniert. Nein, sie mußten etwas anderes im Sinn haben.

John beschloß, die beiden aus ihrer stummen Reserve hervorzulocken. »Wenn ihr Geld sucht, damit kann ich euch nicht dienen«, sagte er. »Ich bin selbst nur Gehaltsempfänger. Dazu noch Polizeibeamter. Ich finde, daran solltet ihr denken. Einer, der einen Polizisten umlegt, ist noch nie entkommen.«

»Wir werden sehen, Sinclair«, sagte der Typ hinter John arrogant.

John registrierte mit Unbehagen, daß die beiden seinen Namen kannten. Also war der Überfall vorbereitet, geplant. Aber wieso und warum? Was hatte er den Kerlen getan? Weshalb wollte man ihm an die Wäsche? Daß die beiden Gangster waren, stand außer Frage. Nur konnte John sich nicht erinnern, in letzter Zeit einem Gangster auf die Füße getreten zu haben.

Welche Motive hatten die beiden dann?

»Beweg dich nach links!« befahl der Kerl hinter dem Geisterjäger. »Und sei hübsch brav. Sonst legen wir dich hier schon um!«

Der Druck in Johns Rücken verschwand. Der Geisterjäger wußte aus Erfahrung, daß der Typ hinter ihm einen genügend großen Abstand hielt, um vor Überraschungen sicher zu sein. Der zweite Kerl blieb mit John auf gleicher Höhe. Auch er ließ den Oberinspektor nicht aus den Augen.

Die Gangster dirigierten den Oberinspektor über die Fahrbahn auf den Friedhof zu. Grabesstille war es. Kein Auto näherte sich. Im Norden schimmerte die Lichterkette der Millionenstadt London. Der Widerschein leuchtete in den Nachthimmel.

John Sinclair war noch ziemlich zuversichtlich. Er dachte an Suko, mit dem er ja verabredet war. Wenn Suko sich beeilte, dann würde er noch beobachten können, was mit John geschah.

Doch Suko erschien nicht.

John stoppte vor dem Friedhofstor.

»Gib den Schlüssel!« forderte der Gangster hinter ihm.

Sinclair gehorchte.

Der zweite Killer schloß auf.

John stellte fest, daß die Schufte sehr gut Bescheid wußten. Sie mußten ihn schon eine Weile beobachtet haben, sonst hätten sie nicht wissen können, daß der Oberinspektor einen Schlüssel zum Friedhofstor besaß.

Also eine geplante Aktion!

Die beiden Gangster scheuchten John auf den Friedhof und schlugen erst den Weg zur Leichenhalle ein. Kleinere Steine und Zweige knirschten unter den Schritten der drei Männer. Der fahle Halbmond war weitergewandert. Er schien direkt über den Bäumen zu stehen.

Es war kühler geworden. Der Nachtwind bewegte die Blätter der Bäume raschelnd gegeneinander. Aufgeschreckt durch die Anwesenheit der Fremden huschte ein Eichhörnchen über den Weg.

John Sinclair wurde an der Leichenhalle vorbeigeführt. Er ging jedoch nicht über den Hauptweg, sondern betrat einen schmalen Pfad, der sich zwischen Buschwerk in Richtung Krematorium schlängelte.

Ein Kloß schien sich in Sinclairs Magen festzusetzen. Er verspürte plötzlich Angst. Wenn die Killer den Weg zum Krematorium einschlugen, dann gab es dafür nur eine Erklärung.

Sie wollten ihn verbrennen!

Und die Voraussetzungen waren mehr als günstig. Schließlich hatte John die beiden lebenden Bewohner des Friedhofs selbst überwältigt. Hilfe konnte er also nicht erwarten.

Und Suko? Himmel, wo sollte der ihn finden?

Die Gangster schienen zu merken, was in dem Geisterjäger vorging.

»Ahnst du schon was?« wurde er gefragt.

John schwieg.

Der Sprecher kicherte. »Ja, ja, es ist nicht jedermanns Sache, bei lebendigem Leib verbrannt zu werden. Ich würde mir auch komisch vorkommen.«

»Halt die Schnauze, Bud!« zischte der zweite Halunke, von dem John nicht einmal das Gesicht kannte.

Nach weiteren fünf Minuten Fußweg erreichten sie das Krematorium. Es war ein kuppelartiger Bau mit einem großen Schornstein. John mußte wieder an die makabren Worte des Gärtners denken, der mit ihm über den fettigen Rauch gesprochen hatte.

Wenn nicht ein Wunder geschah, dann würde ihm – John Sinclair – das gleiche Schicksal widerfahren.

Die Eingangstür zum Krematorium war aus Holz und ziemlich glatt. Das Schloß stellte für die beiden Gangster kein Hindernis dar. Während einer auf John Sinclair achtete, schloß der andere auf.

Der Typ hinter John gab ihm einen Stoß in den Rücken. »Rein mit dir!« sagte er.

John stolperte in das Dunkel. Augenblicklich wurde hinter ihm Licht gemacht. Der Geisterjäger sah sich noch nicht in der Verbrennungskammer, sondern in einer Art Vorraum. Kahl, mit schmucklosen Wänden und einer Eisentür, die in den eigentlichen Verbrennungsraum führte. Neben der Tür befand sich ein Schaltpult mit mehreren Knöpfen. John kannte diese Bedienungsanlage. Von hier aus wurde der Rost in Bewegung gesetzt, der dann mit dem Sarg in die Tiefe glitt, um anschließend von den Gasflammen zerstört zu werden.

Eine sichere und rationelle Methode. Gut für die Leichen, schrecklich jedoch für einen Menschen, der lebte.

Einer der Kerle knallte die Tür wieder zu.

John riskierte es und drehte sich um. Zum erstenmal sah er die Gesichter der beiden Gangster deutlicher, ebenso ihre Körper.

Der mit dem Hut wirkte wie ein wandelndes Kraftpaket auf zwei stämmigen Beinen. Er hatte ein kantiges Gesicht. Der Hals war kaum zu sehen, so daß der Kopf direkt auf der Schulter zu sitzen schien.

Der zweite Kerl war recht hübsch. Hübsch und grausam. Er hatte das schwarze Haar sorgfältig frisiert, der Anzug war tailliert geschnitten, und das Muster der Krawatte paßte genau dazu.

Obwohl John den Knaben persönlich nie gesehen hatte, wußte er sofort, wer vor ihm stand.

Das war Beau Ranson, der schönste Killer der Londoner Unterwelt. Er stand im Verdacht, schon mehrere Menschen ermordet zu haben. John wußte das aus Ransons Akte, die er sich einmal angesehen hatte. Dem Geisterjäger war aber auch bekannt, daß Beau Ranson für Alex Tarras arbeitete. Mit Tarras wiederum hatte Sinclair nichts zu tun. Um diesen Gangsterboß hinter Schloß und Riegel zu setzen, dafür waren andere Kollegen zuständig. Deshalb war es für John unklar, aus welchem Grund ihm diese beiden Gangster an den Kragen wollten.

»Ich schätze, du weißt genau, mit wem du es zu tun hast«, sagte Beau und betrachtete John Sinclair nachdenklich.

John nickte. Seine Lippen kräuselten sich zu einem spöttischen Lächeln. »Ich habe Ihre Karteikarte noch gut im Gedächtnis.«

Ranson lachte. Es hörte sich widerlich an. Dann erwiderte er: »Das macht nichts mehr, Bulle. Bald wird von deinem Gehirn nur noch Asche zurückbleiben!«

Bud, der Vierschrötige, mischte sich ein.

»Irr dich nicht, Beau. Wir brauchen seinen Schädel noch!«

Beau wurde weiß. Er war ein abgebrühter Hund, wirklich. Aber was sein Boß da verlangt hatte, das ging ihm gegen den Strich. Es machte ihm nichts aus, jemanden zu killen, doch einem Opfer den Kopf abzuschneiden, brachte er einfach nicht über sich. Schon auf der Fahrt zum Friedhof hatte sein Entschluß festgestanden. Er wollte sich dem genauen Befehl widersetzen.

»Wir legen ihn einfach auf den Rost, so wie er ist«, sagte er zu seinem Kumpan.

Bud zog ein schiefes Gesicht. »Du mußt es wissen.«

Beau lief rot an. »Ich bin hier der Boß, okay? Oder willst du mir Vorschriften machen?«

»Nein, nein, ich habe nur gemeint . . .«

»Dann mach du es doch, zum Teufel!«

»No!« Entschieden schüttelte der Vierschrötige den Kopf.

Während des Streitgesprächs hatten die beiden Männer John Sinclair nicht aus den Augen gelassen, so daß der Geisterjäger keine Chance hatte, das Blatt zu seinen Gunsten zu wenden.

Bud hob den Arm mit der Waffe ein wenig und zielte auf Johns Kopf. »Geben wir ihm vorher eine Kugel?«

John Sinclair stand stocksteif. Jetzt kam es darauf an, wie Beau Ranson reagieren würde. Wenn sie ihn vor der Verbrennung erschießen würden, dann . . .

Doch Beau Ranson schüttelte den Kopf. Dabei grinste er

diabolisch. »Nein, wir legen ihn nicht vorher um. Er bekommt eine Spezialnarkose, und dann schleifen wir ihn auf den Rost. Los, Bulle, dreh dich um!«

John Sinclair fühlte, wie seine Knie weich wurden. Wenn die Hundesöhne ihn bewußtlos schlugen . . .

Er wagte gar nicht, weiterzudenken. John hatte seine Arme sinken lassen. Der Schweiß bedeckte seinen Körper wie eine zweite Haut. Die Innenseiten der Handknöchel streiften über die Aufsätze der Jackettaschen. Und John fühlte das flache Sprechfunkgerät in der Tasche.

Ein wahnwitziger Hoffnungsstrahl durchzuckte ihn. Wenn es ihm gelang, den kleinen Hebel umzulegen und so das Gerät einzuschalten, konnte Suko unter Umständen mithören, was geschah.

Der Geisterjäger riskierte es. Er drehte sich ein wenig, so daß er den beiden Killern seine linke Körperhälfte darbot. Dann faßte er mit Daumen und Zeigefinger den kleinen Hebel und drückte ihn nach unten.

»Los, öffne das Tor!« hörte John in seinem Rücken Beau Ransons Stimme.

Bud ging zum Schaltpult. Er drückte auf einen Knopf. Leise summend schob sich das eiserne Tor zur Seite.

»Mit Musik geht alles besser!« rief Beau und lachte.

Ein weiterer Knopfdruck. Im nächsten Augenblick erfüllte schwere Trauermusik den Raum. Ein Band spulte die Orgelmusik ab. Sie dröhnte in John Sinclairs Ohren und übertönte alle anderen Geräusche.

Auch Beau Ransons Tritte gingen in dem Sound unter.

Der Killer näherte sich John mit geschmeidigen Schritten. Den rechten Arm hatte er zum Schlag erhoben. Sein Gesicht war zu einer Grimasse verzerrt. Dann schlug er zu.

John spürte noch den Luftzug, wollte instinktiv den Kopf zur Seite drehen, doch er schaffte es nicht mehr.

Hart traf ihn der Waffenlauf hinter dem Ohr. Rasend schnell kam der explosionsartige Schmerz und zog John Sinclair hinein in die Schwärze der Bewußtlosigkeit . . .

Suko war froh, daß John Sinclair die beiden Leichenräuber gefaßt hatte. Auch er schätzte es nicht, sich die Nächte um die Ohren zu schlagen. Wenn ihm dies auch weniger ausmachte als dem Geisterjäger. Schließlich war Suko Chinese und hatte eine ganz andere Mentalität.

Es war schon außergewöhnlich, wie gut sich die beiden ungleichen Männer verstanden. John Sinclair hatte Suko bei einem haarsträubenden Fall kennengelernt, der jetzt schon fast ein Jahr zurücklag. Gemeinsam hatten sie damals die Bande des Schwarzen Drachen bekämpft, und da Sukos Herr ums Leben gekommen war, hatte sich der Chinese entschlossen, bei John Sinclair zu bleiben.

Natürlich konnte John seinem Freund und Mitarbeiter kein Gehalt zahlen. So gut war sein Beamtensalär nun auch nicht. Daß Suko trotzdem nicht ohne Geld dastand, dafür sorgte ein weiterer Freund John Sinclairs.

Ein Mann namens Bill Conolly. Bill war Reporter und Hans Dampf in allen Gassen. Durch eine reiche Heirat war er zum Millionär aufgestiegen, und auch die Abenteuerlust war zwangsläufig eingeengt worden. Dafür sorgte schon seine Frau Sheila. Doch hin und wieder stieg Bill in einen Fall mit ein, und das tat ihm jedesmal gut.

Suko hatte auf einer Bank gesessen. Die Bank stand unter einem Baum, ziemlich versteckt, aber doch nahe dem Eingang. Als der Chinese das Walkie-talkie wegsteckte und aufstand, dehnte und reckte er sich.

Suko war ein Muskelmensch. Er war fast so breit wie groß. Auf seinem Schädel verteilten sich ungefähr sechs Haare in sieben Reihen. Sie waren von einer Seite des Kopfes auf die andere gekämmt worden. Sukos Gesicht erinnerte an einen Pfannkuchen. Der Chinese lächelte fast immer, und in seinen Augen lag meistens ein gutmütiges Funkeln.

Ein Kenner ahnte jedoch, wie gefährlich der Chinese werden konnte. Bei Gefahr im Verzug war Suko nicht zu bremsen. Er war ein exzellenter Beherrscher der ostasiatischen Kampftechniken und war schnell wie der Blitz. Seine Fäuste konnte man mit

Dampfhämmern vergleichen, und Suko hatte schon so manchen Dämon mit seinen eigenen Händen ausgeschaltet.

Im Moment jedoch war die Welt für ihn in Ordnung. John Sinclair hatte den Fall auch ohne seine Hilfe gelöst, und da momentan nichts weiter anlag, machte sich Suko auf ein paar ruhige Tage gefaßt.

Mit gemütlichen Schritten umrundete er einen Teil des Friedhofsgeländes. Er ging immer dicht an der hohen Mauer entlang, hinter der Bäume mit weit ausladenden Ästen wuchsen, die zum Teil über die Mauer hinwegragten.

Der Chinese kam an einem auf dem Bürgersteig parkenden Wagen vorbei. Das Auto schaukelte leicht hin und her. Die Scheiben waren beschlagen, und Suko konnte sich vorstellen, was im Innern des Wagens geschah.

Suko ging weiter. Die Straße, die am Friedhof entlang führte, machte einen Bogen. Sie lief jetzt auf das große Haupttor zu, wo sich der Parkplatz befand, auf dem John seinen Bentley abgestellt hatte.

Suko ging schneller. Er wollte nicht zu spät am Treffpunkt erscheinen.

Johns Freund hatte gute Augen. Er konnte schon die Umrisse der wenigen Wagen erkennen und wunderte sich, daß er den Geisterjäger nicht sah. Er sagte sich jedoch, daß John sicherlich im Wagen auf ihn warten würde, schließlich mußte er auf die beiden Gefangenen achtgeben.

Suko erreichte den Bentley.

Das Gefühl war plötzlich da! Es war so eine Art sechster Sinn, der Suko warnte.

Der Chinese blieb stehen. Etwa drei Schritte von dem silbergrauen Bentley entfernt. Normalerweise hätte John ihn bemerken und etwas sagen müssen, doch nichts geschah.

Suko erkannte, daß der Platz hinter dem Lenkrad leer war. Sollte sich John noch auf dem Friedhof befinden?

Suko zögerte nicht länger. Er sprang auf den Wagen zu, probierte den Türgriff und stellte fest, daß nicht abgeschlossen war. Da zog er die Wagentür auf.

Er sah die beiden Männer im Fond des Bentley!

Der Chinese tauchte in den Wagen und beugte sich über die Lehne des Fahrersitzes. Die Innenbeleuchtung brannte, und Suko konnte erkennen, daß einer der Männer schon aus seiner Bewußtlosigkeit erwacht war. Der Knabe erschrak, als er in das Gesicht des Chinesen blickte.

Sukos rechter Arm schnellte vor. Seine Finger drehten das Hemd des Mannes zusammen.

»Wie heißt du?« zischte Suko.

»Curd«, ächzte der Friedhofswärter.

»Okay, Curd, jetzt will ich einiges von dir wissen, und ich hoffe in deinem Interesse, daß du mir die richtigen Antworten gibst.«

Curd nickte eingeschüchtert. Sukos Anblick mußte ihm wohl Angst einflößen.

»Du und dein Kumpan, ihr seid die Leichenräuber!«

»Ja.«

»Und Oberinspektor Sinclair hat euch festgenommen?«

Curd nickte, was ihm aber schlecht bekam. Er verzog schmerzhaft das Gesicht. Den Schlag hatte er noch nicht so recht verdaut.

»Und wo ist der Oberinspektor jetzt?« wollte Suko wissen.

»Keine Ahnung!«

Suko verengte seine Augen noch mehr und fletschte die Zähne. Die Grimasse rief bei dem Friedhofswärter eine noch größere Angst hervor. »Ich weiß nichts«, heulte er. »Wirklich nicht. Er – er hat uns niedergeschlagen. Ich bin erst wieder in diesem Wagen erwacht. Ich weiß überhaupt nicht, wie ich hier hereingekommen bin.«

Suko knurrte. »Und du hast wirklich nicht gesehen, daß Oberinspektor Sinclair weggegangen ist?«

»Ich schwöre es.«

»Ach, verdammt.« Suko ließ den Kerl los. Curd fiel zurück in die Polster.

Der Chinese überlegte. Irgend etwas war vorgefallen. Freiwillig verließ ein Mann wie John Sinclair niemals einen vorher abgesprochenen Treffpunkt. Daß die beiden Leichenräuber im Fond des Wagens noch Kumpane gehabt hatten, daran glaubte Suko nun auch wieder nicht. Dann hätten die anderen ihre Freunde nicht einfach so zurückgelassen.

Es war schon ein verdammtes Spiel!

Was war wirklich mit John Sinclair geschehen? Wo war er hingegangen? Oder wo hatte man ihn unter Umständen hingeschleppt? Diese Fragen drängten sich förmlich auf. Suko dachte an das Sprechgerät, das John bei sich trug. Sollte der Freund keine Möglichkeit mehr gefunden haben, es einzuschalten? Oder hatte man ihn schon so weit fortgeschafft, daß die Sendestärke des Geräts nicht mehr ausreichte?

Suko konnte die Fragen nicht beantworten, trotzdem wollte er etwas tun und nicht untätig herumstehen.

Der Chinese warf die Wagentür ins Schloß. Um die beiden Männer kümmerte er sich nicht mehr. Die waren gut versorgt. Und die Handschellen garantierten dafür, daß sie keine Dummheiten machten. Zusätzlich schloß Suko mit dem Zweitschlüssel den Wagen ab.

Der Chinese suchte die nähere Umgebung des Parkplatzes ab. Er schaute in jeden Wagen, entdeckte von John aber keine Spur und wollte schon zum Walkie-talkie greifen und versuchen, sich mit dem Geisterjäger in Verbindung zu setzen, als sein Sprechgerät anschlug.

Überrascht blieb Suko stehen.

Er hörte eine Stimme. Sie gehörte nicht John Sinclair.

»Los, öffne das Tor!«

Einen Moment Pause.

Dann wieder. »Mit Musik!«

Einen Atemzug später dröhnte Orgelmusik aus dem Gerät und übertönte alle anderen Geräusche.

Dem Chinesen lief eine Gänsehaut über den Rücken. Wo spielte man Orgelmusik? In der Kirche und auf einer Beerdigung. Genauer gesagt, in der Leichenhalle.

Für Suko gab es jetzt kein Halten mehr. Er rannte los. Selten in seinem Leben hatte der Chinese so rasch eine Mauer überwunden. Mit Riesensätzen hetzte er auf die große Trauerhalle zu. Seine Füße schienen den Boden kaum zu berühren.

Aus dem Gerät dröhnte noch immer die Musik. Und die hätte er auch noch verstärkt hören müssen, als er vor der Trauerhalle stand.

Das war nicht der Fall.

Da war John also nicht.

Wo dann?

Das Krematorium! Siedendheiß fiel Suko die Verbrennungshalle ein. Er wußte, wo sie lag.

Suko flog förmlich den schmalen Pfad entlang. Und er sah Licht hinter einigen kleinen Fenstern des Rundbaus schimmern.

Der oder die Männer wollten John Sinclair verbrennen, und Suko fragte sich, ob es nicht schon zu spät war . . .

John Sinclair kämpfte verzweifelt gegen die sich andeutende Bewußtlosigkeit an!

Er hatte den Schlag durch sein Ausweichmanöver etwas von der ungeheuren Wucht genommen. Er war danach zwar bewußtlos geworden, doch nur wenige Sekunden lang. Dann bekam er wieder alles mit, wenn sich die Worte der Gangster auch anhörten, als wären sie durch einen Wattefilter gesprochen.

Noch immer dröhnte die Orgelmusik. Auch sie nahm John wahr, entfernt nur, aber doch schmerzten die Töne in seinen Ohren.

Der Geisterjäger war paralysiert. Er konnte sich aus eigener Kraft nicht bewegen, dicke rote Schleier wirbelten vor seinen Augen. Er merkte, wie er über den Boden gezogen wurde.

»Teufel, ist der Hund schwer«, vernahm er eine Stimme.

»Stell dich nicht so an, Bud. Los, leg ihn auf den Rost. Und beeil dich. Ich habe keine Lust, in diesem verdammten Bau die Nacht zu verbringen.«

Bud lachte. »Ja, das ist schon unheimlich.«

Der Oberinspektor versuchte, sich zusammenzureißen. Er wollte seine Muskeln und Reflexe unter Kontrolle bringen. Der Gangster, der ihn gepackt hielt, hatte noch nicht bemerkt, daß John aus der Bewußtlosigkeit erwacht war. Er war nur darauf fixiert, den verhaßten Geisterjäger zu verbrennen.

Dicke Steinplatten rahmten den Rost ein. Über die Platten führte eine Schiene direkt dem Rost zu. Auf den beiden Stahlstreben rollte normalerweise der zur Verbrennung freigegebene Sarg.

Der Rost war eine einfache Konstruktion aus Stahlstäben. Sie lagen so dicht aneinander, daß auch ein Mensch nicht hindurchrutschen konnte. Die Gangster hatten eben an alles gedacht. Man merkte es, daß sie auf diese spezielle Art und Weise nicht zum erstenmal einen Menschen ins Jenseits befördert hatten.

Bud zog den Geisterjäger schon über die Steinplatten. Johns Kopf war nach vorn gesunken. Sein Kinn schrammte über den Stein. Die Haut platzte auf.

Der Geisterjäger spürte den Schmerz nicht. Bäuchlings wurde er auf den Rost gezogen. John konnte zwischen zwei Stäben hindurchsehen. Eine dunkle, schreckliche Tiefe tat sich vor ihm auf.

Urplötzlich kam ihm wieder die volle Tragweite des Geschehens zu Bewußtsein. Die Gangster brauchten nur auf einen Knopf zu drücken, und dann glitt der Rost automatisch in die Tiefe. Schon auf mittlerer Höhe wurde er von den Gasflammen erfaßt. Bei mindestens tausend Grad verbrannten Holz und Leiche zu Asche.

Außer der Asche blieben höchstens einmal ein paar Knochen zurück, vielleicht auch ein paar Goldzähne. Als Bonus für die Brennknechte.

Das alles wußte John Sinclair. Er hatte seine Hände um die Stahlstäbe geklammert, machte all die Kraftreserven mobil, die in seinem Körper steckten.

Wenn sich der Rost erst einmal nach unten bewegte und die Klappen über die Öffnung fielen, dann war es zu spät.

John stöhnte schmerzgepeinigt auf. Er versuchte sich hochzustemmen, doch die Kraft fehlte ihm. Vor seinen Augen platzten wieder Sterne auf, eine erneute Bewußtlosigkeit kündigte sich an.

Nein! schrie es in dem Geisterjäger. Nur das nicht. Nur keine Ohnmacht.

Mühsam gelang es ihm, sich auf den Rücken zu wälzen. Weit riß er die Augen auf.

Er sah die beiden Killer am Schaltpult stehen. Sie drehten ihm den Rücken zu, konnten ihr Opfer im Moment also nicht sehen.

Die Orgelmusik war leiser gedreht worden. Eine dezente Untermalung für Johns Begräbnis.

Er hörte die Stimmen der Gangster.

»Der mittlere Knopf ist es«, sagte Beau Ranson. »Willst du es machen, Bud?«

Bud kicherte. »Sicher. Ich will endlich mal einen Bullen in die Hölle schicken!«

John Sinclair empfand die Worte wie Nadelstiche. Verzweifelt versuchte er, sich von dem Rost zu wälzen. Lieber durch eine Kugel sterben, als bei lebendigem Leib zu verbrennen.

Er rollte sich um die eigene Achse. Literweise drang ihm der Schweiß aus den Poren.

Und die Schmerzen! Sie hörten und hörten nicht auf.

Bud drückte den Knopf. Ein diabolisches Lächeln umspielte dabei seine Lippen.

John Sinclair spürte unter sich einen Ruck, und dann sank der Rost langsam in die Tiefe . . .

Der verdammte Rost fuhr in die Tiefe!

Nichts konnte den einmal ausgelösten Vorgang aufhalten. Auch ein Mann wie John Sinclair nicht.

Die reine Verzweiflung trieb den Geisterjäger zu einer letzten Tat. Er hatte sich auf die linke Seite des Rosts gerollt. Dicht vor sich sah er die gemauerte Schachtwand.

John streckte seine Arme aus. Der Rand der Schachtwand befand sich schon einen halben Yard über dem Rost. Johns Finger umklammerten die scharfe Steinkante.

Mit einem Ruck stemmte sich der Geisterjäger hoch, warf seinen Körper förmlich mit letzter Kraft auf die Steinumrandung und blieb erschöpft liegen.

Er hörte die Killer schreien. »Der verdammte Hund hat es geschafft!« brüllte Bud.

Einen Herzschlag lang wußte der Killer nicht, was er tun sollte. Aber auch Beau Ranson war überrascht. Sein Gesicht war rot vor Wut.

»Knall ihn ab, den Schnüffler!« schrie er.

Bud zog seine Kanone.

Wütend legte er auf den wehrlosen John Sinclair an . . .

Plötzlich wurde mit einem ungeheuren Ruck die Tür aufgestoßen. Sie flog förmlich aus den Angeln, prallte gegen die Wand und wurde sofort wieder zurückgeschleudert.

Da war Suko schon im Raum.

Der Chinese kam wie ein Unwetter über die beiden Gangster. Bud, der zum Schuß ansetzte, wirbelte herum. Sein Mund öffnete sich zu einem Schrei. In Sekundenbruchteilen sah er einen riesigen Körper auf sich zufliegen, riß instinktiv beide Hände zur Abwehr hoch und konnte doch nichts mehr ändern.

Sukos ausgestrecktes rechtes Bein traf ihn hart.

Bud flog der Hut vom Kopf. Er selbst wurde quer durch den Raum katapultiert, krachte mit dem Rücken gegen die Wand und brach dort stöhnend zusammen. Die Kanone hatte er während seines unfreiwilligen Fluges verloren.

Aber da war noch Beau Ranson.

Und er war schnell.

Blitzartig tauchte Ranson zur Seite, zog seine Pistole und feuerte aus der Hüfte.

Suko hatte die Bewegung geahnt. Er drehte sich noch im Flug, das Blei wischte hautnah an ihm vorbei. Suko kam auf, federte sofort wieder hoch und hechtete flach auf Beau Ranson zu.

Der schöne Killer schoß und fluchte zugleich.

Doch er konnte den wirbelnden Chinesen nicht treffen. Sukos Hände umspannten seine Waden. Einen Herzschlag später lag Beau Ranson am Boden. Doch er gab nicht auf. Er versuchte, Suko den Lauf seiner Waffe in den Nacken zu hämmern. Suko zog den Kopf ein, und doch traf der Stahl sein Ohr.

Der Chinese zuckte zusammen. Er knurrte wie ein Raubtier, packte die Waffenhand des Killers, bog sie zur Seite, riß den Kerl hoch und schleuderte ihn von sich.

Dabei stieß Suko einen wilden Kampfschrei aus. Er hatte viel Kraft hinter seine Attacke gelegt.

Beau Ranson, der schöne Killer, wurde auf den Verbrennungsschacht zugeschleudert. Er drehte sich einige Male um die eigene Achse, drückte in wahnsinniger Panik die Waffe ab, hämmerte die Kugeln in die Decke, und mit dem letzten Schuß traf er ins Leere.

Ein gellender, markerschütternder Schrei – und Beau Ranson

war verschwunden. Es war noch zu hören, wie er auf den Rost prallte. Im selben Augenblick war der Zeitpunkt erreicht, wo sich die Stahlklappe automatisch über dem Schacht schloß.

Das Schicksal, das Beau Ranson John Sinclair zugedacht hatte, erfuhr er nun am eigenen Leibe.

Breitbeinig stand Suko mitten im Raum. Er hatte die Hände zu Fäusten geballt, sein mächtiger Brustkorb hob und senkte sich.

John Sinclair quälte sich auf die Füße. »Stell ihn ab!« keuchte er. »Du mußt den Apparat abstellen.«

Suko hob nur die Schultern.

Der Oberinspektor taumelte auf die Konsole zu. Er sah die zahlreichen Schalter, mußte sich erst orientieren, und so dauerte es eine Zeitlang, bis er den richtigen Knopf gefunden hatte.

»Es wird zu spät sein«, sagte Suko und legte John seine rechte Hand auf die Schulter.

Der Oberinspektor nickte. Er stellte die verdammte Orgelmusik ab. Die Stille danach war erdrückend.

John blickte seinen Freund an. »Danke«, sagte er nur.

Suko machte eine wegwerfende Handbewegung. »Nicht der Rede wert«, erwiderte er und lächelte. »Aber nun erzähl mal.«

John berichtete in Stichworten, was ihm widerfahren war. Suko schüttelte nur immer den Kopf. »Unmöglich«, murmelte er ein paarmal. »Ich weiß gar nicht, was die beiden Killer von dir wollten.«

John lachte. »Denkst du ich?«

Der Chinese zeigte auf den bewußtlosen Bud. »Den kannst du gleich fragen.«

»Und Beau Ranson?« John blickte unwillkürlich auf den Verbrennungsschacht. »Dieses Ende hätte ich dem Killer nicht gegönnt.«

Suko zuckte mit den Achseln. »Ich konnte nicht anders, John. Entweder er oder du. Die Killer hätten dich eiskalt erschossen.«

»Ich weiß.« John griff nach einer Zigarette. Allmählich ging es ihm besser. Es verschwanden auch die permanenten Schmerzen aus seinem Schädel. Der Oberinspektor war ja einiges gewöhnt. Er hatte einen harten Schädel und besaß eine Bombenkondition.

Die Zigarette schmeckte. Der Geisterjäger wertete das als

Pluspunkt. Zwar zuckte hin und wieder noch ein stechender Schmerz durch seinen Kopf, doch das ließ sich ertragen.

Suko hatte die Waffe des Bewußtlosen an sich genommen. »Kennst du ihn?« erkundigte er sich.

»Nein, aber Beau Ranson ist mir ein Begriff. Er arbeitete für Alex Tarras, einen bekannten Gangsterfürst.«

»Was hast du denn mit dem zu tun?«

»Bisher noch nichts«, erwiderte John.

Er ging auf den bewußtlosen Gangster zu. Den Hut kickte er zur Seite. Auf der Krempe rollte er einen Halbkreis, kippte um und blieb liegen.

John Sinclair ging neben dem Gangster in die Knie. Mit dem Handrücken schlug er auf die Wangen des Mannes. Buds Augen hatten noch einen glasigen Blick, doch John schaffte es, den Mann aus seinem Zustand herauszuholen.

Verwirrt schlug der Gangster die Augen auf. Er stöhnte, atmete flach und blickte verständnislos in die Weltgeschichte. Auf seinem Kopf hatte er eine Platzwunde. Ein dünner Blutfaden versickerte im Haar.

»Du hast Glück gehabt«, hielt ihm der Geisterjäger vor. »Dein Kumpan schmort schon in der Hölle!«

John ging bewußt so hart vor. Er wollte den Mann schocken und ihn in einen Zustand versetzen, in dem er keine Zeit zum Überlegen hatte, wenn er seine Antworten gab.

»Haben Sie ihn erschossen?«

»Nein. Er ist in den Schacht gefallen.«

Bud wurde noch weißer. »Geben Sie mir 'ne Zigarette«, bat er und hustete.

John tat ihm den Gefallen. Er ließ den Gangster ein paarmal an der Zigarette ziehen und stellte dann seine Fragen.

»Euer Boß ist Alex Tarras?«

Nicken.

»Warum solltet ihr mich killen?«

Bud stieß den Zigarettenrauch hastig durch seine Nasenlöcher aus. »Ich weiß es nicht.«

John sah dem Knaben an, daß er log. Und das sagte er ihm auch auf den Kopf zu.

Der Gangster drehte und wand sich noch, rückte aber schließlich mit der Sprache heraus. »Tarras wollte Ihren Kopf«, gab er zu. »Wir sollten ihm Ihren Kopf bringen, haben es aber dann doch nicht getan.«

John spürte, wie sich sein Magen zusammenzog. Er warf Suko einen raschen Blick zu. Der Chinese hatte die Lippen zusammengepreßt und die Hände zu Fäusten geballt.

»Welchen Grund hatte Tarras, meinen Kopf zu fordern?« wollte John wissen.

»Keine Ahnung. Er wollte ihn nur als Beweis.«

John stellte noch einige Fragen, doch Bud konnte oder wollte keine Antwort geben. Schließlich war der Geisterjäger es leid. »Wir schaffen ihn zum Wagen«, sagte er zu Suko. »Und dann erst einmal in die Untersuchungshaft.«

Der Chinese hatte nichts dagegen. Er stützte Bud, als sie die makabre Stätte verließen.

Die frische Nachtluft tat dem Oberinspektor gut. Tief saugte er den Sauerstoff in die Lungen. John fühlte sich wie neugeboren. Doch nach wie vor quälten ihn die Fragen. Er wußte jetzt zwar, was Tarras von ihm wollte, aber er kannte das Motiv noch nicht. In diesen Minuten nahm John Sinclair sich vor, dem Gangsterboß kräftig auf die Zehen zu treten. Und das in aller Kürze.

Die mit Handschellen gebundenen Gefangenen befanden sich noch im Wagen. Sie hatten es nicht riskiert, auszubrechen, und mußten es sich gefallen lassen, noch für einen dritten Passagier Platz zu machen. Suko hatte Bud sicherheitshalber mit einem Ledergürtel gefesselt.

John Sinclair übernahm das Steuer und startete. Vorher jedoch steckte er sich seine Ersatz-Beretta ein, die immer im abgeschlossenen Handschuhfach lag. Die andere Waffe hatte der tote Killer mit in die Tiefe genommen.

John Sinclair erwartete gespannt die kommenden Ereignisse.

»Scheiße, diese Dunkelheit!« schimpfte Hank Destry und kauerte sich auf der schmalen Sitzbank noch mehr zusammen. Über die Fluten der Themse wehte ein steifer Nachtwind. Er ließ das kleine

Boot mit dem Außenborder auf den Wellen tanzen wie einen Strohhalm.

»Du hättest wenigstens eine Flasche Brandy mitnehmen können«, maulte Maja. Sie hockte auf dem Boden des Bootes und hatte ihren mageren Oberkörper in einen Poncho gehüllt. Aus dem rauhen Stoff schaute nur der Kopf mit den langen braunen Haaren hervor und das weiße Oval des Gesichts, in dem die komische Drahtbrille mehr als störend wirkte. Aber so etwas war ja groß in Mode. Besonders bei Hippies und Haschern.

Zur letzten Kategorie zählten beide. Maja und ihr Hank. Sie verdienten ihren Haschbedarf als Dealer und tuckerten nicht zum Vergnügen auf der Themse herum.

Sie wollten neuen Stoff abholen. Aus ihrem todsicheren Versteck. Es lag am Flußufer und war nur mit dem Boot zu erreichen. Der Stoff wurde in einen wasserdichten Beutel gepackt und an einer bestimmten Stelle in die Themse gehängt.

Maja rauchte in der hohlen Hand eine Filterlose. Sie stieß den Rauch nur zögernd aus. Maja war trotz ihrer einundzwanzig Jahre schon ein Wrack. Süchtig, gezeichnet von den Drogen.

Maja schnippte die Kippe ins Wasser. »Wie lange dauert das denn noch?« murrte sie.

Hank zog die Nase hoch. Sein Gesicht umrahmte ein Bart. Der Parka war mehr sau als ber. »Du kennst den Weg doch. Fährst ihn ja schließlich nicht zum erstenmal.«

»Aber heute kommt mir die Zeit doppelt so lange vor.«

»Liegt bestimmt am Wetter«, meinte der junge Mann lakonisch.

»Vielleicht.«

Die beiden Dealer schwiegen. Über dem Wasser lag Nachtnebel. Schiffe fuhren kaum noch. Und wenn mal ein Bug die Wellen zerteilte, dann gehörte er bestimmt zu einem Polizeikreuzer.

Die Boote der Flußpolizei waren auch für die beiden Dealer ein rotes Tuch. Noch hatte man sie nicht erwischt. Sicherheitshalber hielten sie sich ziemlich nah am Ufer, so daß sie kaum zu erkennen waren. Außerdem war der Motor ziemlich leise.

Sie erreichten die Nähe der Docks. Noch ein paar Yards, dann hatten sie die bewußte Stelle erreicht.

»Endlich«, sagte Maja und kniete sich hin. Der Kahn geriet ins Wanken, und Hank fluchte.

Er stellte den Motor ab. Noch ein leises Nachtuckern, dann war nur noch das Klatschen der Wellen an der Kaimauer zu hören. Hank griff nach einem Paddel. Er bewegte es geschickt. Kaum ein Wasserspritzer wurde über die Bordwand geschleudert.

Ein toter Arm des Flusses tat sich vor ihnen auf. Er endete irgendwo zwischen Fabrikhallen und leerstehenden Baracken. Abgewrackte Kähne dümpelten im Wasser. Sie wurden im Sommer von Pennern und Streunern bewohnt.

Hank mußte etwa fünfzig Yards in den toten Wasserarm hineinpaddeln, ehe er das Versteck erreicht hatte.

Der Bug des Bootes schrammte über eine rissige Kaimauer. Es gab eiserne Ringe, an der Hank den Kahn mit einem Tau festmachen konnte. Maja schaute ihm dabei zu. Das Girl fror. In ihrem Körper steckte keine Widerstandskraft mehr.

Etwa einen halben Yard über dem Bootsrand befand sich eine Kerbe in der Mauer. An einem Haken war dort eine Nylonschnur befestigt. Sie verschwand schon bald unter der Wasseroberfläche.

»Gib mal die Lampe«, bat Hank.

Maja reichte ihm das Gewünschte.

Hank schirmte den Strahl mit der rechten Hand ab, leuchtete die Mauer an und nickte zufrieden. Dann übergab er Maja die Lampe und begann, an dem Seil zu ziehen.

»Verdammt, ist das schwer!« fluchte Hank. »Haben uns die Brüder da Eisen dran gehängt?«

»Wieso?« Maja starrte auf das Seil.

»Komm, du mußt mir helfen!« verlangte der junge Mann.

Maja löschte die Lampe. Sie faßte mit an. Das Seil schnitt in ihre Handflächen. »Hält solch eine Schnur das Gewicht denn überhaupt aus?« fragte sie.

Hank lachte. »Schnur ist gut«, sagte er schweratmend. »Solch ein Seil kannst du nicht zerreißen.«

Sie zogen weiter. Zum Glück war das Wasser an dieser Stelle nicht tief, so daß sie schon bald in Umrissen erkennen konnten, was sie da hochhievten.

Maja schrie auf.

»Was ist denn, verdammt?« fauchte ihr Freund.

»Eine Leiche!«

Hank starrte auf die Wasseroberfläche. Er merkte, wie seine Nackenhaare sich querstellten. Maja hatte sich nicht getäuscht. Er hatte tatsächlich eine Leiche an seiner Angel.

Und zwar eine weibliche.

»Laß sie wieder runter, Hank, bitte!« forderte Maja.

Der junge Mann schüttelte stur den Kopf. »Du kannst ja weggucken!« knurrte er.

Er hatte die Leiche jetzt so weit hochgezogen, daß er sie packen und ins Boot hieven konnte. Es war Schwerstarbeit. Maja ging ihm widerwillig zur Hand. Mehr als einmal drohte das Boot zu kentern, doch es ging alles glatt.

Schließlich lag das tote Mädchen im Boot. Auf dem Bauch.

»Und nun?« fragte Maja.

Hank gab keine Antwort. Er interessierte sich dafür, wie es geschehen konnte, daß sich der Haken in der Kleidung verfangen hatte. Er hatte nämlich gleichzeitig auch noch das Rauschgiftpaket mit hochgeholt.

Das Paket hing an einem kleinen, aber äußerst stabilen Fleischerhaken. Und das gebogene untere Stück des Hakens hatte sich im Gürtel der Toten verfangen. Ein unwahrscheinlicher Zufall. Doch der Gürtel hatte gehalten. Außerdem hatte der Auftrieb beim Hochziehen die Tote leichter gemacht.

Hank Destry löste erst einmal das Paket. Das braune, wasserdichte Ölpapier glänzte vor Nässe. Hank übergab seiner Freundin das Paket. »Leg es unter die Sitzbank«, sagte er.

Er selbst trocknete sich die Hände ab und schüttelte eine Zigarette aus der Packung.

Beide starrten auf die Tote. »Was machen wir denn mit der Toten?« fragte Maja nach einer Weile.

Hank hob die Schultern.

»Wirf sie doch wieder ins Wasser«, schlug Maja vor.

»Eigentlich müßten wir ja die Polizei benachrichtigen. Die ist bestimmt ermordet worden.«

Damit war Maja nun gar nicht einverstanden. »Die Bullen?« rief sie. »Niemals. Ich will mit dem verfluchten Pack nichts zu tun haben. Außerdem hat sie gar keine Verletzung. Die ist bestimmt nur einfach ins Wasser gegangen, weil sie Ärger mit ihrem Mac hatte.«

»Möglich.« Hank spie die Kippe ins Wasser. »Trotzdem will ich es wissen.« Er machte sich daran, die Tote herumzudrehen, und schaffte es nach einigen Schwierigkeiten.

»So«, sagte er, »jetzt kannst du . . .«

Die weiteren Worte verschluckte Hank. Seine Augen wurden groß. Das Entsetzen fraß sich wie eine Flamme in seinen Körper.

Nicht die Leiche hatte die beiden so erschreckt, sondern der Schädel.

Die Tote hatte kein Gesicht mehr!

Die Haschdealer hatten die »Bullen« doch alarmiert. Zuvor allerdings hatten sie das Rauschgift versteckt.

Die Beamten der Hafenpolizei waren geschockt. Sie hatten ja schon manche Wasserleiche aus der Themse gefischt, aber eine Tote ohne Gesicht war ihnen noch nie unter die Augen gekommen. Ein rasch herbeigerufener Arzt machte sich an eine erste Untersuchung.

Auch der Doc stand vor einem Rätsel.

Kopfschüttelnd sah er den Inspektor der Hafenpolizei an. »Das gibt es nicht, Murdock«, sagte er, »keine Spur von Gewaltanwendung zu entdecken!«

Inspektor Murdock knetete seine Finger. »Haben Sie denn eine andere Erklärung?«

»Nein.«

Auch Murdock war ratlos. Doch dann hatte er eine Idee. »Wir übergeben den Fall dem Yard. Sollen die sich darum kümmern.«

Der Doc grinste. »Ist auch wieder wahr.« Er schlüpfte in seinen Mantel. »Vorher würde ich an Ihrer Stelle aber noch die beiden Hippies verhören. Vielleicht wissen die doch mehr.«

Murdock nickte. »Das werde ich tun.«

Wenig später standen Maja und Hank vor ihm. Der Inspektor hatte für Leute ihres Schlages nicht viel übrig, und das gab er ihnen auch zu verstehen.

»Wenn ihr mich belogen habt, sperre ich euch ein, bis ihr schwarz werdet«, drohte er.

Maja verzog das Gesicht. »Typisch Bulle!« zischte sie.

Und Hank meinte: »Seien Sie froh, daß wir Sie überhaupt alarmiert haben.«

Murdock lief rot an. Er beherrschte sich jedoch und sagte: »Jetzt erzählt mal der Reihe nach. Was hattet ihr überhaupt zu dieser Zeit auf der Themse zu suchen?«

Hank Destry grinste. »Wir haben eine Spazierfahrt gemacht«, erwiderte er.

»Ja, wir wollten allein sein«, log Maja dem Inspektor frech ins Gesicht.

Die beiden hatten sich schon vorher eine Geschichte zurechtgelegt. Sie machten auf harmloses Liebespärchen, ahnten jedoch nicht, daß sich Murdock, der alte Fuchs, bereits beim Rauschgift-Dezernat über sie erkundigt hatte.

Maja und Hank waren bekannt. Murdock sagte es ihnen auf den Kopf zu, doch damit konnte er das Dealerpärchen auch nicht aus der Reserve locken.

»Können wir jetzt gehen?« fragte Maja frech.

»Ja«, knurrte Murdock, »aber zum Yard.«

»Scheiße!« schrie Maja und fing an zu toben. Murdock ließ sie, und Hank konnte seine Freundin schließlich beruhigen.

Die Dealer wurden in einen Wagen verfrachtet und zur Victoria Street gefahren, wo das hochaufragende Gebäude von New Scotland Yard liegt.

Zufällig war John Sinclair in dieser Nacht anwesend, und da die Tote ohne Gesicht ein völliges Rätsel darstellte, hatte der Nachtdienstleiter nichts anderes zu tun, als John den Fall aufs Auge zu drücken.

Der Geisterjäger schimpfte. Er war dabei, die beiden Leichenräuber zu verhören. Soviel sich jetzt schon herausgestellt hatte, war klar, daß die beiden Männer auf eigene Faust gehandelt hatten. Ihre Motive waren abartig. Eine nähere Erklärung konnte sich John Sinclair sparen.

Er ließ die beiden Friedhofsangestellten wieder in die Untersuchungszellen bringen und widmete sich dem neuen Fall. Die ersten provisorischen Vernehmungsprotokolle lagen schon auf seinem Schreibtisch. John selbst hatte die Tote noch nicht gesehen. Die Spezialisten des Yard beschäftigten sich mit ihr.

John packte das Hippiepärchen anders an. Suko hatte eine Kanne Kaffee geholt, und John spendierte eine Runde Zigaretten.

Maja und Hank begannen fast von selbst mit ihrer Erzählung. John Sinclair hörte ruhig zu. Dann fragte er: »Ich will gar nicht wissen, was Sie um diese Zeit auf die Themse getrieben hat, aber es steht fest, daß Sie die Tote nicht kannten.«

»Ja, sie war uns fremd!« Maja drückte die Zigarette aus. »Das haben wir ja alles gesagt.«

John lächelte. »Verstehen Sie mich nicht falsch. Sie haben an der bewußten Stelle ja etwas aus dem Wasser gezogen, daran gibt es nichts zu rütteln. Es könnte durchaus sein, daß ihre Freunde, die dort etwas für Sie versteckt haben, auch diese Frau auf dem Gewissen . . .«

Hank Destry sprang auf. »Das ist eine Unterstellung!« schrie er.

Suko drückte ihn mit zwei Fingern wieder auf seinen Platz zurück. »Ruhig, Junge«, bat er, »nur ruhig. Sonst kommt der Geist des großen Zampano.«

Destry wurde unsicher. »Spinnt der?«

John lächelte. »Nur manchmal.« Dann kam der Geisterjäger wieder zur Sache. Knallhart stellte er seine Fragen, doch das Dealerpärchen hielt dicht. John, der im Laufe der Jahre zu einem guten Psychologen herangewachsen war, sah ein, daß die beiden wirklich nichts wußten.

»Sie können gehen«, sagte der Oberinspektor.

»Wohin? Nach Hause?« fragte Maja.

»Nein. Erst einmal in eine unserer bequemen Zellen. Morgen früh sehen die Kollegen dann weiter.«

Die beiden Langhaarigen protestierten nicht. Wahrscheinlich waren sie froh, für den Rest der Nacht eine warme Bleibe gefunden zu haben.

Für John Sinclair folgte der Hammer zehn Minuten später. Da klingelte bei ihm das Telefon. Der Spezialist, der die Leiche untersucht hatte, wollte John sprechen.

»Hören Sie zu, Sinclair«, sagte er. »Wir haben erst einmal die allgemeinen Untersuchungen durchgeführt. Unter anderem auch Fingerabdrücke genommen. Zum Glück lag die Leiche noch nicht zu lange im Wasser, so daß dies keine Schwierigkeiten bereitete. Die Frau war bei uns registriert.«

John pfiff durch die Zähne, und der Spezialist lachte.

»Wir haben auch den Namen. Notieren Sie.« John hörte ein trockenes Husten und dann wieder die Stimme. »Die Tote heißt Mandy Nichols, war ein Luxuscallgirl und besser bekannt unter dem Namen ›der blonde Tiger‹. Nur hat man in letzter Zeit nichts mehr von ihr gehört«, berichtete der Mann vom Erkennungsdienst. »Ein Gangsterboß hat sie unter seine Fittiche genommen. Name: Alex Tarras!«

John Sinclair fiel fast der Telefonhörer aus der Hand.

John Sinclair mobilisierte noch in derselben Nacht einen Überwachungstrupp. Unauffällig zogen die Beamten einen Kreis um Alex Tarras' Haus. Natürlich hätte John sofort zuschlagen und den Gangsterboß verhaften können, aber er kannte die Spielregeln. Tarras würde abstreiten, daß die beiden Killer in seinem Auftrag gehandelt hatten. Zwar hatte John Buds Aussage, aber mit einem geschickten Rechtsanwalt würde es Tarras nicht schwerfallen, seinen Kopf aus der Schlinge zu ziehen.

Und dann gab es noch einen Punkt, der dem Geisterjäger Sorge bereitete.

Tarras mußte irgendwelchen Kontakt zu Dämonen haben. Das gesichtslose Mädchen war der Beweis. Mandy mußte durch magische Mittel ihr Gesicht verloren haben und damit auch ihr Leben. Verletzungen irgendwelcher Art waren nicht festgestellt worden.

Erst gegen Morgen hatte der Oberinspektor Zeit für einige Stunden Schlaf. Er legte sich auf das Feldbett in seinem Büro. Er ahnte allerdings nicht, daß zwischenzeitlich Alex Tarras Besuch erhalten hatte.

Der Januskopf war bei ihm!

Er und Tarras saßen sich im Arbeitszimmer des Gangsterbosses gegenüber.

Tarras verspürte ein mulmiges Gefühl in der Magengegend. Er konnte sich vorstellen, aus welchem Grund Janus ihn aufgesucht hatte.

»Sie haben versagt, Tarras«, sagte der Januskopf. Er lächelte dabei, doch es war ein Lächeln, bei dem es Tarras kalt den Rücken hinunterlief.

Der Gangsterboß preßte die Lippen zusammen. »Ich weiß«, erwiderte er, »aber meine Leute haben diesen Hund unterschätzt.«

»Dann taugen sie nichts.«

Tarras hob nur die Schultern.

Der Januskopf fuhr fort. »Wie Sie ja gehört haben, ist einer Ihrer Männer festgenommen worden. Er wird reden, Tarras. Und dann sind Sie dran.«

»Ich streite alles ab!«

Janus behielt sein Lächeln bei. »Trotzdem bleibt der Verdacht bestehen. Es sieht schlecht aus für Sie, Tarras!«

Der Gangster schwieg. Er spürte, daß sich der Schweiß in seinem Nacken sammelte und kalt den Rücken hinunterlief. Dieser verdammte Januskopf wußte um seine Stärke und machte mit ihm, was er wollte. Tarras bereute jetzt, daß er sich mit ihm eingelassen hatte. Doch es gab kein Zurück mehr.

Janus legte die Hände gegeneinander. Der Dämon hatte schmale, feingliedrige Finger, beinahe Künstlerhände. »Ich gebe Ihnen noch eine Chance, Tarras. Schaffen Sie mir John Sinclair herbei, sonst lasse ich Sie in mein zweites Gesicht sehen!«

Tarras aktivierte den letzten Rest von Widerstandswillen. »Warum holen Sie sich ihn nicht selbst?« fragte er krächzend. »Zeigen Sie John Sinclair Ihr wahres Gesicht, und er hat keine Chance mehr.«

»Den Gedanken habe ich schon vor Ihnen gehabt«, erwiderte Janus. »Aber Sinclair ist Dämonenkenner. Er riecht uns förmlich. Er erkennt sofort, wann ein Dämon vor ihm steht. Leider ist unsere Tarnung noch nicht so perfekt. Deshalb habe ich mich ja an Sie gewandt. Legen Sie ihn um!«

»Ich werde es versuchen.«

»Haben Sie schon einen Plan?«

»Nein.«

»Ihre Qualitäten scheinen sich in Grenzen zu halten«, meinte der unheimliche Besucher und lächelte spöttisch. »Wie ich diesen Sinclair einschätze, wird er Sie sicherlich aufsuchen. Und dann haben Sie die Chance, Tarras.«

Der Gangsterboß nickte. »Ich werde tun, was ich kann«, erwiderte er mit rauher Stimme.

»Hoffentlich, Tarras. Hoffentlich!« Der Januskopf stand auf. »Wo kann ich Sie erreichen?«

Janus lächelte. »Ich bin immer in Ihrer Nähe. Ich höre und sehe alles. Merken Sie sich das, Tarras!« Ohne ein Wort des Abschieds ging der Dämon zur Tür.

Tarras starrte ihm nach. Dann ballte er die Hand zur Faust und schlug auf den Schreibtisch. Dieser Janus brachte ihn noch an den Rand eines Herzinfarktes. Tarras schluckte zwei Pillen und griff zur Sprechanlage. Er wollte Laszlo herbeizitieren, um mit ihm den nächsten Einsatz zu besprechen. Der Zeitpunkt paßte ihm im Augenblick überhaupt nicht. Denn das war der letzte Freitag im Monat, und da kassierte Tarras bei den Strichbienen ab.

Inzwischen verließ der Januskopf das Haus. Unbehelligt konnte er sich bewegen. Er schritt hochaufgerichtet durch das Tor. Neben ihm ging der Torwächter, der sich auf der Straße jedoch sofort zurückzog und seinen Platz wieder einnahm.

Janus ging zu seinem Wagen. Er war zwar ein Dämon, doch hellsehen konnte er auch nicht. Deshalb ahnte er nicht, daß er aus sicherer Deckung bereits zweimal fotografiert worden war . . .

Eine Tasse Kaffee machte John Sinclair auch nicht munter. Die Automatenbrühe schmeckte wie ein Laternenpfahl ganz unten. Erst als die schwarzhaarige Glenda – seine Sekretärin – eintraf, ging es John besser.

»Glenda«, rief der Geisterjäger, »kochen Sie sofort einen Kübel Kaffee. Bitte.«

»Und zu meinem neuen Pullover sagen Sie gar nichts«, bemerkte Glenda spitz. Die Kleine war unsterblich in John Sinclair verliebt und gab ihm das auch immer wieder deutlich zu verstehen. Doch John erwiderte die Gefühle nicht. Glenda war zwar ein hübsches Girl, aber Liebe im Büro hatte John noch nie gemocht. Das gab nur Klatsch und Ärger.

»Phantastisch, der Pulli«, urteilte der Geisterjäger, »und der Inhalt bestimmt auch«, fügte er leise hinzu, aber so, daß Glenda es nicht hören konnte.

Suko war zu Johns Wohnung gefahren, um den Einsatzkoffer des Geisterjägers zu holen. Darin befanden sich Waffen, die für eine Dämonenbekämpfung unerläßlich waren.

Glenda brachte den Kaffee. Aus der Kantine hatte sich John zwei Sandwiches hochschicken lassen. Zuvor war er mit dem Batterie-rasierer über seine Bartstoppeln gefahren.

Die Sandwiches schmeckten nach nichts, dafür war der Kaffee um so besser. John lobte Glenda, und die Kleine wurde tatsächlich rot.

Dann rief Superintendent Powell an. Powell war Johns Chef und direkter Vorgesetzter. Der Superintendent sah aus wie ein magenkranker Pavian. Meistens hatte er Ärger mit seinem Magen. Auf seinem Schreibtisch stand immer eine Flasche mit besonderem Wasser bereit.

So auch an diesem Tag.

»Man hört ja wieder die tollsten Sachen von Ihnen«, sagte Powell, als John das Büro betrat.

»Wieso?«

»Friedhöfe und Verbrennungshallen scheinen auf Sie eine besondere Anziehungskraft zu haben.«

John grinste. »Und wie. Hätte nicht viel gefehlt, und Sie hätten sich eine Urne mit meiner Asche auf die Fensterbank stellen können.«

»Danke«, erwiderte Powell bissig und rückte die Brille mit den dicken Gläsern zurecht. »Geranien sind mir lieber.«

»Sie haben aber auch keinen Sinn für das Außergewöhnliche«, meinte John.

»Nein. Und deshalb möchte ich hören, wie sich die Sache nun weiterentwickelt hat. Ich habe heute morgen nur die Tatortbe-richte gelesen.«

John gab seine Erlebnisse wieder einmal zum besten. Die Frage, die Superintendent Powell danach stellte, hatte er schon erwartet:

»Welchen Grund kann dieser Alex Tarras haben, Ihren Kopf zu fordern?«

»Ich weiß es nicht, Sir.«

»Haben Sie ihm irgendwann mal auf die Zehen getreten?«

»Nein.«

Powell lehnte sich auf seinem Stuhl zurück. »Merkwürdig, die Dinge«, brummte er. »Erst der Überfall auf Sie, dann der Fund dieses toten gesichtslosen Mädchens. Wie paßt es zusammen?«

John Sinclair runzelte die Stirn. »Das hoffe ich heute noch herauszufinden, Sir.«

»Sie wollen zu Tarras?«

John nickte.

»Er wird auf Ihren Besuch vorbereitet sein«, gab Powell zu bedenken. »Sie sind nicht kugelfest, John!«

»Keine Angst«, winkte der Geisterjäger ab, »so schlimm wird es schon nicht werden. Außerdem gibt mir Suko Rückendeckung. Tarras kann es sich einfach nicht erlauben . . .«

Was Tarras sich nicht erlauben konnte, sprach John nicht mehr aus. Jemand klopfte hart gegen die Tür; das ließ John aufhorchen.

»Was ist denn?« rief Powell unwillig.

Da wurde die Tür schon aufgerissen. Ein Konstabler vom Überwachungstrupp betrat das Büro. »Entschuldigen Sie, Sir, daß ich so einfach hier hereinplatze, aber die Meldung, die ich habe, ist so wichtig . . .«

Powell winkte ab. »Geschenkt.« Er scheuchte auch seine Sekretärin wieder fort, die händeringend hinter dem Beamten aufgetaucht war.

Der Konstabler trat an den Schreibtisch. Hastig wischte er sich über die Stirn. »Wir haben doch das Haus dieses Tarras beobachtet«, berichtete er, »und dabei ist jeder Besucher fotografiert worden. Wir haben die ersten Bilder bereits entwickelt.« Mit diesen Worten legte er drei Fotos auf den Schreibtisch des Superintendenten.

Powell und John Sinclair sahen sich die Bilder an. Beide konnten nichts Auffälliges erkennen. Powells Gesicht lief vor Ärger rot an. »Und?« bellte er. »Was ist so wichtig an den Dingern?«

Der Konstabler holte tief Luft. »Sir, ich kann beschwören, daß wir zwei Männer aufgenommen haben, aber auf den Aufnahmen ist nur einer zu erkennen.«

Superintendent Powell und John Sinclair blickten sich an.

»Haben Sie etwas dazu zu sagen?« fragte Powell.

»Ja.« John nickte. »Wenn tatsächlich zwei Männer aufgenommen worden sind und nur einer davon zu sehen ist, dann war der andere ein Vampir oder ein anderer Dämon. Vampire lassen sich nicht fotografieren und manche Dämonen auch nicht.« Durch die Nase atmete der Geisterjäger aus. Seine Worte hatten den gutmütigen Konstabler geschockt. Er war zwei Schritte zurückgetreten und hatte seine Hand gegen den Hals gepreßt. Ihm war das alles mehr als suspekt.

Der Oberinspektor sprach weiter. »Jetzt kann ich mir auch vorstellen, weshalb dieser Tarras so scharf darauf ist, mich umzulegen. Dahinter steckt ein Dämon. Und weiß der Teufel, was der dem guten Tarras alles versprochen hat . . .«

Der Januskopf fühlte die Schwäche!

Er war zwar ein Dämon, aber trotzdem nicht unverwundbar! Er mußte sich immer wieder regenerieren, um weiterhin auf der Erde existieren zu können.

In der Welt, die sein Zuhause war, hatte er diese Sorgen nicht. Dort, im Reich der Finsternis und des Schreckens, lebte er eine Ewigkeit lang, aber auf der Erde war alles anders.

Er biß die Zähne zusammen.

Vergessen war John Sinclair, vergessen war auch Alex Tarras. Jetzt suchte er nur nach einem Opfer.

London erwachte. Die riesige Maschine Großstadt begann nur langsam, ihren Generator anzuwerfen. Unterwegs waren die ersten Fahrzeuge der Straßenreinigung. Männer, die zur Frühschicht mußten, hasteten den Bushaltestellen entgegen.

Janus wurde schwindlig. Plötzlich drehte sich alles. Zum Glück fand er einen Laternenpfahl, an dem er sich festklammern konnte.

Der Anfall ging vorüber.

Eingefallen war das einst so hübsche Zweitgesicht des Januskopfes. Die Falten zogen dicke Furchen durch die Haut, die einen leicht graugrünen Schimmer angenommen hatte. Noch einmal riß sich der Janus zusammen. Er ging an einer Nachtbar vorbei, deren Leuchtreklame soeben erlosch. Dafür wurde eine Seitentür aufgesperrt, und ein Mann trat auf den Bürgersteig. Ihm folgte eine Frau. Grell geschminkt und leicht beschwipst.

Opfer?

Der Janus fand in einer Türnische Deckung. Er hörte, wie der Mann mit der Frau sprach, und er konnte sogar einige Worte verstehen.

». . . paß auf . . . die Bullen nicht schnappen . . . Zustand . . .«

Kichern. Dann: »Tschau, Süßer!« Das Girl stöckelte davon, ging in die Richtung des Januskopfes.

Der Januskopf preßte sich noch enger in die Nische.

Das Girl entdeckte ihn trotzdem. Zuerst blieb es erschrocken stehen, begann aber dann zu lächeln. Die Puppe sah, daß der Mann ziemlich gut in Schale war und auch sonst recht nett wirkte. Sympathischer jedenfalls als die frustierten Ehemänner, die Abend für Abend mit ihr ins Bett steigen wollten.

»Hallo«, grüßte die Kleine. »Einsam?«

Der Januskopf hatte sich blitzschnell auf die Situation einge-stellt. »Ja«, erwiderte er ebenso charmant lächelnd, und er schaffte es sogar, seine Schwäche zu unterdrücken.

»Hast du noch Lust?« Das Girl warf sich in Positur. Unter dem Hosenanzug dehnten sich die Proportionen.

»Immer, Süße!«

Die Kleine war glücklich. Einen Schein auf die Schnelle konnte sie schon gebrauchen. »Hast du 'nen Wagen?« fragte sie.

Der Janus schüttelte den Kopf.

»Dann machen wir's in meinem. Komm!«

Janus folgte ihr. Und wieder übermannte ihn die Gier. Am liebsten hätte er es jetzt und hier getan. Aber das ging nicht. Es kamen ihnen bereits zu viele Passanten entgegen.

Die Dirne fuhr einen Ford. »Ich kenne eine einsame Stelle«, sagte sie, als sie den Wagen aufschloß. »Da sieht uns bestimmt keiner.«

»Hier!« Janus griff in die Tasche und holte einen Schein hervor.

Die Augen des Mädchens wurden groß. »Teufel noch mal. Fünfzig Pfund. Da kannst du haben, was du willst.«

Der Janus lachte. Dieses Girl würde sich wundern.

Er stieg ein und setzte sich auf den Beifahrersitz. Der Motor sprang erst beim zweiten Startversuch an. Dann rollte der Ford aber langsam die Straße hinunter.

Die Hure plapperte munter drauflos. Der Januskopf hörte gar nicht zu. Er hatte andere Sorgen. Die Schmerzen waren wieder da. Es war ein schreckliches Ziehen, das an den Füßen begann und den gesamten Körper einnahm. Der Januskopf preßte beide Hände um das Polster der Sitzkante, biß sich auf die Lippen und versuchte, die Schmerzen zu unterdrücken.

Wie aus weiter Ferne hörte er die Stimme des Girls. »So, da wären wir, Süßer!«

Der Wagen hielt.

Sie hatte das fahrbare Nest auf einen Hinterhof gelenkt, wo wirklich niemand störte. Hinter den Fenstern der Häuser brannte noch kein Licht. Alles war ruhig.

Das Girl löste den Sicherheitsgurt. »Dann wollen wir mal«, sagte es und wandte sich ihrem Freier zu. Gleichzeitig begann es, an den obersten Knöpfen des Hosenanzugs zu nesteln.

Auch der Janus hatte dem Mädchen das Gesicht zugedreht. Im Wagen herrschte ein komisches Zwielicht, so daß das Girl seinen Freier nicht genau erkennen konnte.

Plötzlich hob der Janus beide Arme. Die gespreizten Finger legte er an seinen Kopf. Dann begann er seinen Schädel zu drehen. Stück für Stück und völlig lautlos.

Die Hure dachte zu träumen. Sie hatte plötzlich das Gefühl, von einem Alpdruck belastet zu sein. Ihr Gesicht verzerrte sich zur Grimasse. Weit traten die Augen aus den Höhlen hervor. Der Mund klaffte auf, hatte sich zu einem Schrei geöffnet.

Das Girl kam nicht mehr dazu, denn im selben Augenblick hatte der Janus seinen Kopf um hundertachtzig Grad gedreht.

Er präsentierte der Hure sein zweites, für sie tödliches Gesicht!

Der Schrei erstickte dem Girl auf den Lippen. Es sah nur in die grauenhafte Fratze, die es da anstarrte. Grau und rissig, wie gespalten wirkte die Haut. Die Augen waren größer geworden. Sie leuchteten rotgelb, waren wie ein Bannstrahl, der das Girl gefangenhielt.

Und dann die Stirn. Auf ihr tummelten sich eine Unzahl von Würmern und kleinen Schlangen. Sie wanden sich ineinander, krochen vor und zurück. Sie hatten winzig kleine Augen, die ebenfalls rotgelb leuchteten und dem Opfer das Leben auszusaugen schienen.

Die Nutte fühlte, daß sie steif wurde. Sie konnte auf einmal nicht mehr ihren kleinen Finger bewegen. Eine nie gekannte Kälte und Steifheit beherrschten ihren Körper. Noch schlug das Herz, aber mit jeder Sekunde wurde der Puls langsamer und unregelmäßiger.

Der Tod kam.

Und dann verschwand das Gesicht des Mädchens. Es löste sich auf wie Gletscherschnee nach den ersten warmen Sonnenstrahlen. Für Bruchteile von Sekunden war ein heller Schein zu sehen, der auf den Janus zuwischte, dann war auch er vergangen.

Das gesichtslose Mädchen kippte zur Seite.

Tot . . .

Tief atmete der Janus ein. Er stieß ein triumphierendes, diabolisches Kichern aus. Verflogen waren die Schmerzen. Er fühlte sich wie neugeboren. Stark genug, sich an der Jagd nach dem verdammten John Sinclair zu beteiligen. Der Januskopf wußte genau, daß er nicht eher in das Reich des Grauens zurückkehren konnte, bis der Geisterjäger erledigt war. Er wollte Sinclairs Kopf, um ihm dann das Gesicht nehmen zu können.

Um das Mädchen kümmerte sich der Januskopf nicht mehr. Er klinkte die Wagentür auf und verließ den Ford.

Er mußte den Tag nutzen, denn in den nächsten Stunden galt es, wichtige Aufgaben zu bewältigen. Schließlich sollte dieser Freitag John Sinclairs Todestag sein . . .

LONDON CONTACT war »in«!

Der Name der riesigen Vergnügungshalle zuckte in farbigen Leuchtbuchstaben an allen vier Seiten des vierstöckigen Gebäudes auf. Die Werbung war schon von weitem zu sehen und zog scharenweise Einheimische und auch Touristen an.

Geboten wurde fast alles.

Heißer Strip, Glücksspiel, Massagen, Unterhaltung jeglicher Art. Vom Tanzvergnügen bis zur Opiumpfeife. Im LONDON CONTACT konnte jeder sein Glück versuchen, vorausgesetzt, er besaß genügend Kleingeld.

Zahlte jemand nicht, dann sorgten stämmige Aufpasser dafür, daß er auf einem Hinterhof landete.

Besitzer dieses Vergnügungscenters war Alex Tarras. Er hatte das LONDON CONTACT aus dem Boden gestampft, und jetzt, nachdem sich die Investitionen amortisiert hatten, holte er aus dem Palast ein Millionenvermögen.

Das war nicht nur in der Unterwelt bekannt, sondern auch die Polizei wußte davon.

Und John Sinclair.

Der Geisterjäger war zum Glück gewarnt. Die Aufnahmen hatten ihm einen wertvollen Hinweis gegeben. Es gab also einen Dämon, für den Tarras die Kastanien aus dem Feuer holen sollte.

Aber wer war dieser Unheimliche?

John Sinclair wollte ihm und Tarras das Handwerk legen und hatte sich entschlossen, dem LONDON CONTACT einen Besuch abzustatten. Alex Tarras stand noch immer unter Beobachtung. John wußte, daß der Gangsterboß den großen Vergnügungsmoloch aufgesucht hatte, um hofzuhalten. In der letzten Etage hatte sich Tarras ein Büro eingerichtet; hier nahm er die Abrechnungen und Kontrollen vor. Jeder seiner Unterführer mußte antanzen und Bericht erstatten. Die Leute brachten die Schecks der letzten Einnahmen, und hatte es einmal Schwierigkeiten gegeben, wurden sie noch in den nächsten Stunden aus dem Weg geräumt. Meistens mit brutaler Gewalt.

Natürlich hatte auch John Sinclair seine Vorbereitungen getroffen. Er hatte sich jedoch nicht dazu überreden lassen, eine gepanzerte Weste anzulegen. John traute es dem Gangsterboß nicht zu, daß er ihm eine Kugel in den Rücken jagen würde. Außerdem mußte er John erst einmal vor die Mündung bekommen. Und das war schwer genug.

Der Geisterjäger hatte sich den Tag über im Yard-Gebäude aufgehalten. Dort waren alle Informationen eingelaufen und ausgewertet worden. Um Alex Tarras spannte sich nun ein unsichtbares, dichtes Netz, in dem sich der Gangster einfach fangen mußte. Ebenso wie der unbekannte Dämon.

Zu der großen Vergnügungshalle gehörte selbstverständlich auch ein bewachter Parkplatz. Er hatte ungefähr die Größe eines Fußballfeldes und war an den Seiten von neu angepflanzten Buschreihen markiert. John lenkte seinen Silbergrauen in eine auf den Asphalt gezeichnete Parktasche und wollte schon aussteigen, als die Tür geöffnet wurde.

Der Parkplatzwächter, in Phantasieuniform und mit einem geschäftsmäßigen Lächeln auf den Lippen, hielt den Türgriff in der Hand. »Willkommen bei uns, Sir«, sagte er. »Ich hoffe, Sie finden das, was Sie sich wünschen!«

John Sinclair stieg aus. Verstohlen drückte er dem Parkplatzwächter einige Münzen in die Hand, die der gute Mann wegsteckte, ohne nachzusehen, wie viele es waren.

»Darf ich Ihnen einen besonderen Tip geben?« fragte er.

»Ja.« John dehnte und reckte sich. Er spielte den unternehmungslustigen Touristen.

»Wir haben heiße Chinagirls. In der ersten Etage. Sonnen-Sauna. Sie werden es nicht bereuen.«

John grinste. »Danke, ich werde es mir merken.«

Der Geisterjäger schlenderte auf den Eingang zu.

»Viel Vergnügen, Sir«, rief ihm der Hüter der Blechkisten noch nach.

John gab keine Antwort mehr. Laternen säumten den breiten Weg, der mit Steinplatten belegt war. Mond und Sterne waren nicht zu sehen. Über London hing wieder einmal ein wolkiger Himmel. Der frische Wind drang durch Johns Anzug und lieferte eine Gratisgänsehaut.

Der Geisterjäger betrat den Palast. Er hatte sich immer wieder umgeschaut, doch von Suko, seinem chinesischen Freund, nichts entdecken können.

Suko war so etwas wie Johns lebende Rückendeckung. Während John ganz offiziell den Vergnügungspalast betrat, hatte Suko nach Schleichwegen gesucht. Der Oberinspektor war sicher, daß der Chinese auch welche finden würde.

Die Eingangshalle wirkte pompös. Links befand sich die Garderobe. Vor dem Tresen stauten sich vergnügungssüchtige Touristen. Teppiche bedeckten den Boden der Halle. Ein Springbrunnen warf fingerdicke farbige Fontänen in die Höhe.

Ein Girl kam auf den Geisterjäger zu. Lächelnd, mit wiegenden Schritten und einem Ausschnitt, der schon jugendgefährdend war.

»Haben Sie einen besonderen Wunsch, Sir?« fragte die Kleine. Sie sah aus wie vierzehn, doch John war sicher, daß sie das zwanzigste Lebensjahr schon erreicht hatte. Minderjährige zu beschäftigen erlaubte sich selbst Tarras nicht.

Der Geisterjäger verstaute eine Hand in der Hosentasche. »Zuerst in die Bar«, sagte er.

»Bitte sehr. Darf ich vorangehen?«

»Sie dürfen.«

Das Girl ging. John konnte den geübten Schwung ihrer Hüften beobachten. Die Kleine hatte Sex, das mußte sich auch der Geisterjäger eingestehen.

Die Bar war sehr geräumig. John mußte einen Vorhang passieren, um hineinzugelangen. Das Licht war dezent, reichte jedoch aus, um Geldscheine erkennen zu können. Mehrere Türen zweigten zu den anderen Vergnügungsetablissements ab.

Über einer Tür stand »Film-Shop«, über der anderen »Restaurant«. John konnte sich vorstellen, welche Filme im Shop gezeigt wurden.

Die Bar war etwa zur Hälfte besetzt. Sie bildete ein Quadrat inmitten des Raumes und war mit allem bestückt, was ein Alkoholkennerherz höher schlagen ließ. Das Girl ließ den Geisterjäger allein, und John enterte einen der Lederhocker. Man saß bequem in den Dingern, besonders deshalb, weil sie Armlehnen hatten.

Aus versteckt angebrachten Lautsprechern drang leise Musik. Das Podium für die Band war noch frei. Nur die schon aufgebauten Instrumente blitzten im Licht der Spotlights.

John Sinclair steckte sich eine Zigarette zwischen die Lippen. Eine Hand erschien vor seinem Gesicht. Ein leises Schnippen, und die bläulich schimmernde Gasflamme berührte den Tabak.

John nickte dankend. Er stieß den ersten Rauch aus und nahm die Zigarette zwischen Zeige- und Mittelfinger der linken Hand. Ein Farbiger in einem weißen Smoking fragte den Oberinspektor nach seinen Wünschen.

John entschied sich für Scotch.

Der Farbige präsentierte lächelnd sein Reklamegebiß, steckte das Feuerzeug weg und schob John das bestellte Getränk zu. Dabei fragte er: »Wünschen Sie Gesellschaft, Mister?«

John hob die Schultern. »Vielleicht später. Ich will mich erst einmal umsehen.«

»Ist schon recht, Sir.« Der Farbige zog sich zurück.

Es ging sehr gesittet und unaufdringlich zu in dieser Bar. Außer dem Farbigen kümmerten sich noch zwei Girls um das Wohl der Gäste an der Bar. Es waren ausgesucht hübsche Mädchen. Jung und gut gewachsen. Sie trugen knappe Boleros, die vor der Brust durch drei Kordeln zusammengehalten wurden. Darunter schimmerte die blanke Haut der Girls.

Die meisten Tische waren nicht besetzt. Jeweils zwischen zwei von ihnen hing eine Lampe. Sie hatten die Form einer Kugel und waren mit Glitzerpaletten versehen. John sah im Hintergrund der Bar einige Mädchen zusammensitzen. Die trugen die gleiche Kleidung wie die Barmiezen.

John nahm einen Schluck. Sein Blick wanderte an der Bar entlang. Er zählte sieben Gäste. Es waren Männer, die dasaßen und tranken und hin und wieder mit dem Barkeeper flüsterten. Der schaute öfter als normal auf seine Uhr und gab den Männern schließlich ein Zeichen. Innerhalb von fünf Minuten verschwanden die Gäste durch eine Tür, deren Aufschrift John von seinem Platz aus nicht erkennen konnte.

Es ging mittlerweile schon auf zwanzig Uhr zu, und der Betrieb kam ins Rollen. Auch die Animiergirls hatten jetzt zu tun.

Von Alex Tarras und seinen Leuten hatte John noch nichts gesehen. Wahrscheinlich hielt sich der Gangsterboß in seinen Privaträumen auf.

Wieder kam ein Gast.

Er fiel auf. Der Mann war überdurchschnittlich groß, hatte blondes, leichtgewelltes Haar und sah recht gut aus. Ein

Frauentyp, wie er im Buche stand. Er trug einen dunkelblauen Blazeranzug, eine breite rote Fliege und hatte die linke Hand in der Hosentasche vergraben.

Gelassen blickte er sich um. Dann schlenderte er auf die Bar zu. Zwei Hocker neben John Sinclair ließ er sich nieder.

»Orangensaft«, bestellte der Mann.

Er erhielt sein Getränk, nippte daran und drehte sich nach rechts. John sah sich beobachtet. Aus den Augenwinkeln bemerkte er, wie der Blondhaarige plötzlich zusammenzuckte. Für einen winzigen Augenblick verzerrte sich das Gesicht, dann hatte sich der Mann wieder in der Gewalt.

Er griff in die Tasche, legte eine Münze auf die Bar und rutschte vom Hocker. Mit schnellen Schritten durchquerte er das Lokal und verschwand durch die Tür, die zu den Toiletten führte.

John Sinclairs Gehirnzellen schlugen Alarm. Er selbst kannte den Mann nicht, aber der Reaktion des Blondhaarigen nach zu urteilen mußte John ihm bekannt sein.

Sollte das der Mann gewesen sein, den man nicht auf einen Film bannen konnte? War es der Dämon?

John wollte es genau wissen. Er zahlte hastig und glitt vom Barhocker.

Inzwischen waren die Mitglieder der Band eingetroffen. Sie spielten zum ersten Tanz auf. Im Nu war die Fläche besetzt. Animiergirls schmiegten sich eng an die Körper ihrer Tänzer. Der sanfte Blues ließ das Blut schon bald kochen.

John mußte an der Tanzfläche vorbei. Dieser Umweg kostete Zeit. Die Tür, durch die der Blondhaarige verschwunden war, führte zu den Toiletten und ins Treppenhaus. Rechts ging es zu den Waschräumen, links begann eine Steintreppe.

John hörte Schritte.

Sie klangen oberhalb der Treppe auf. Der Geisterjäger beugte sich zurück und ließ seinen Blick den Treppenschacht hochschweifen. Im Licht der Flurbeleuchtung erkannte er das Gesicht des blondhaarigen Mannes. Er schaute im selben Moment herunter wie John hoch.

Einen Herzschlag lang begegneten sich die Blicke, dann war das Gesicht des Mannes verschwunden.

Der Geisterjäger rannte die Treppen hoch.

Über sich hörte er die Schritte des Blondhaarigen. Eine Tür klappte zu.

Danach war es still.

John Sinclair blieb stehen. Zwei Treppenabsätze hatte er noch vor sich. Er war ins Schwitzen gekommen. Mit dem Handrücken wischte er sich über die nasse Stirn.

Vorsichtig ging er weiter. John öffnete sein Jackett, um im Notfall schneller an die Waffe zu gelangen. Auf Zehenspitzen schlich er die letzten Stufen hoch und stand vor der Tür, die der Blondhaarige zugeknallt hatte.

Die Tür war aus Metall. John Sinclair drückte sein Ohr dagegen. Er hörte leise Musik.

Der Geisterjäger legte die Hand auf den Metallknauf und versuchte, die Tür zu öffnen. Es ging. Sie quietschte zwar ein wenig in den Angeln, doch John brauchte sie nur so weit aufzuschieben, daß er hindurchschlüpfen konnte.

Halbdämmer nahm ihn auf. Behutsam drückte John die Tür wieder hinter sich zu.

Die Musik war lauter geworden. Als sich die Augen des Geisterjägers an die Lichtverhältnisse gewöhnt hatten, erkannte John, daß er sich hinter einer kleinen Bühne befand. Durch Risse im Vorhang fielen hin und wieder fahle Lichtstreifen. Links von John befand sich eine rauhe Ziegelsteinwand. Weiter vorn erkannte er eine Wendeltreppe aus Eisen.

Wo aber steckte der Blondhaarige? Der Mann, von dem John Sinclair nicht einmal den Namen wußte.

Der Geisterjäger fühlte sich in dem Halbdämmer unbehaglich. Er spürte förmlich die Gefahr, die irgendwo auf ihn lauerte. John hatte im Laufe der Zeit ein Gefühl dafür bekommen.

Noch immer hörte er die Musik. Sie hatte aber gewechselt. Eine Frau stöhnte und sang eindeutige Texte. Der Geisterjäger brauchte kein Hellseher zu sein, um sich ausmalen zu können, was vor dem Vorhang für eine Schau lief.

Irgendwo hustete ein Mann.

John ging weiter. Drei, vier Schritte glitt er tiefer in das augenschädliche Zwielicht.

Er konnte jetzt die Wendeltreppe besser erkennen. Sie war eine Art Notausstieg und hatte schon Rost angesetzt. Aber John Sinclair sah noch mehr. Eine schmale, kaum erkennbare Tür in der Ziegelwand.

War der Blondhaarige dort verschwunden?

Sekunden verstrichen. Vor Anspannung und Konzentration war der Geisterjäger in Schweiß gebadet. Der Hemdkragen klebte ihm auf der Haut.

John stand jetzt dicht neben der Wendeltreppe. Er mußte sich entscheiden. Hochgehen oder . . .

Da flog die Tür auf.

Jemand mußte sie mit ungeheurer Wucht aufgetreten haben. Der Geisterjäger sah einen wirbelnden Schatten, zuckte zur Seite und sprang zurück.

Hart donnerte die Tür gegen die Ziegelsteinwand und wurde von der Gegenreaktion wieder ins Schloß geknallt.

Die beiden Männer waren wie tödliche Bomben. Sie schossen förmlich aus dem hinter der Tür liegenden Raum hervor. In ihren Fäusten schimmerte blanker Stahl.

Waffen!

John Sinclair reagierte innerhalb von Sekundenbruchteilen. Ihm blieb keine Zeit mehr, seine eigene Pistole zu ziehen. Die Männer sahen ihn und schwenkten die Kanonen herum.

Der Geisterjäger flog durch die Luft. Er hechtete auf den Vorhang zu, hatte das Glück, daß er dicht neben dem Spalt gegen den Stoff fiel, und verwandelte den Flug in eine Rolle vorwärts.

Er fiel auf die provisorische Bühne. Zwei halbnackte Girls kreischten auf.

John sah wirbelnde Spotlightreflexe, und im nächsten Augenblick wurde aus der Stripteaseschau eine Horrorschau . . .

Fast lautlos rollte der schwere Cadillac vor die Garage.

Der Wagen war schwarz wie die Nacht. Ebenso die Vorhänge, die eine Sicht in das Innere des Wagens verwehrten.

Der Caddy war eine Prunklimousine. Solche Wagen fuhren Millionäre und Gangster.

So wie Alex Tarras!

Es versteht sich von selbst, daß der Wagen mit schußsicheren Scheiben und Panzerstahl ausgestattet war. Die Reifen waren ebenfalls kugelsicher. Tarras tat was für seine Gesundheit. Und er hatte immer eine erbärmliche Angst um sein armseliges Gangsterleben.

Die Beifahrertür schwang auf. Ein hochgewachsener Mann stieg aus dem Caddy, ging um das Heck der Limousine herum und öffnete die Fondtür hinter dem Fahrersitz.

Alex Tarras verließ den Caddy. Durch seinen Leibwächter gedeckt, ging er auf den für ihn reservierten Hintereingang des LONDON CONTACT zu. Nebst Laszlo, dem Leibwächter, war er bald darauf verschwunden. Nur noch der Fahrer saß im Wagen. Aber auch der verließ den Caddy, fuhr ihn nicht in die Garage.

Der Fahrer war ein Chinese. Er trug eine graue Chauffeursuniform, jedoch keine Mütze auf dem Kopf. Sein Haar war schwarz und korrekt gescheitelt. Der Chinese verschränkte die Arme vor der Brust und tauchte im nahen Schatten der Hauswand unter.

Suko hatte alles mit angesehen. Schon seit einiger Zeit bewies er wiederum, daß Geduld wirklich zu seinen starken Tugenden zählte. Er ließ den Hintereingang keine Sekunde lang aus den Augen und war nun einigermaßen beruhigt, daß er Alex Tarras in dem Vergnügungscenter zu finden wußte.

Suko ließ noch einige Sekunden verstreichen und löste sich dann aus seiner Deckung. Er hatte erkannt, daß der Fahrer Chinese war, und hoffte, mit seinem Landsmann einen Pakt schließen zu können.

Suko näherte sich offen dem Hinterausgang.

John Sinclairs Freund näherte sich dem Heck des Caddy.

Dann vernahm er die Stimme. Sie hörte sich an wie das Zischen einer Schlange.

»Keinen Schritt weiter, Freund!«

Suko blieb stehen.

Der Fahrer tauchte vor der langen Kühlerschnauze auf. In der Rechten hielt er einen Revolver, und die Mündung wies haargenau auf Sukos Kopf.

Sicherheitshalber spreizte Suko die Arme vom Körper. Er wollte seine friedliche Absicht dokumentieren.

Der Fahrer kam näher, hielt jedoch einen Sicherheitsabstand von zwei Schritten.

»Was willst du?« fragte er Suko.

»Mit dir reden!«

»Nein, hau ab!«

Suko schüttelte den Kopf. »Du solltest mich aber anhören, Tai Wong!«

Der Chinamann zuckte zusammen. »Du kennst meinen Namen, Bruder?« fragte er verblüfft.

»Ja. Er ist mir jetzt wieder eingefallen. Ich habe dich auch schon oft gesehen. Du hast zu Li Wang und seiner Drachenbande gehört. Gib es zu!«

»Das stimmt. Aber was willst du von mir, Bruder? Ich habe mit der Bande nichts mehr zu tun. Sie ist zerschlagen worden. Ein Weißer namens John Sinclair und ein Chinese haben sie . . .«, die Augen des Mannes weiteten sich, ». . . du – du bist der Chinese!«

»Ich bin Suko«, erwiderte Johns Freund. »Damals habe ich John Sinclair kennengelernt, und wir sind in der Zwischenzeit so etwas wie Blutsbrüder geworden. Wir kämpfen gemeinsam gegen das Böse. Du hast dich wieder auf eine üble Sache eingelassen, Tai Wong. Erinnere dich gut, du warst schon mal der Verlierer.«

Sukos Worte hatten den Chinesen beeindruckt. »Aber was soll ich machen? Ich kann doch nicht . . .«

Suko lächelte. »Nimm erst einmal die Waffe weg.«

Tai Wong senkte die Mündung. Dann ließ er die Kanone unter seinem Jackett verschwinden. »Was hat Alex Tarras, mein jetziger Herr, mit den Mächten des Bösen zu tun?«

Suko legte ihm die Hand auf die Schulter. »Er hat sich mit einem Dämon eingelassen, der ihm die Macht bringen soll. Das ist es. Aber die Macht hat ihren Preis. John Sinclair soll dafür sterben. Tarras will seinen Kopf haben, um ihn dem Dämon präsentieren zu können.«

»Das habe ich nicht gewußt«, sagte Tai Wong.

Suko lächelte. »Ich glaube dir. Und du hast Glück gehabt. Noch ist es Zeit für dich, auszusteigen. John Sinclair und ich sind stärker. Wenn du uns hilfst, den Dämon zu besiegen, wird dir nichts geschehen. Ich sorge schon dafür.«

Tai Wong wiegte zweifelnd den Kopf. »Ich kann dir nicht so recht glauben. Was ist, wenn ihr verliert?«

Suko bewies eine Engelsgeduld. »Denke mal ein Jahr zurück«, sagte er. »Da war der Schwarze Drachen die mächtigste Gangsterorganisation hier in London. Auch damals habt ihr euch für unbesiegbar gehalten. Erinnerst du dich?«

Tai Wong nickte.

Suko fuhr fort. »Wie schnell haben wir die Organisation des Schwarzen Drachen zerschlagen. Es hat nicht einmal drei Tage gedauert. Und dabei hat der Schwarze Drache viele von euch ins Unglück gestürzt. Möchtest du vielleicht, daß du jetzt bei den Toten oder Verletzten bist, Tai Wong?«

Der Chinese atmete tief ein. »Ich helfe dir, Suko. Sag mir, was ich tun soll.«

Suko war beruhigt. Das Gespräch hätte auch sehr leicht anders verlaufen können. Einem Weißen hätte Tai Wong sicherlich nichts erzählt. Suko stellte seine Fragen.

»Wie lange arbeitest du schon für Alex Tarras?«

»Sechs Monate. Ich fahre ihn. Mehr nicht.«

Suko zeigte auf den Vergnügungsschuppen. »Warst du dort schon einmal drin?«

»Ja.«

»Und du kennst alle Räume?«

»Nein. Die unteren nicht.«

»Aber den Weg zu Alex Tarras?«

»Ja.«

»Dann führe mich hin«, verlangte Suko.

Tai Wong erschrak. »Das geht nicht. Der Boß wird streng bewacht. Ich kann doch nicht einfach mit einem Fremden zu ihm gehen und sagen, dieser Mann will dich . . .«

»Du denkst zu kompliziert, mein Freund«, fiel Suko seinem Landsmann ins Wort. »Du hast doch sein Vertrauen. Du gehst hin und stellst mich vor. Du wirst ihm sagen, daß du einen guten alten Freund getroffen hast, der Arbeit sucht. Dein Boß wird mich sicherlich einstellen. Glaub mir.«

»Kennt er dich denn?«

»Dann würde ich nicht mit dir gehen.«

Tai Wong blickte Suko zweifelnd an. Er war noch immer nicht so recht überzeugt, aber Suko dirigierte ihn schon auf die Hintertür zu. »Komm, zu langes Zögern bringt nie etwas.«

Tai Wong ließ sich mitziehen. Erst jetzt sah Suko den kleinen Knopf in der Türnische. »Hast du keinen Schlüssel?« fragte er erstaunt.

»Nein, soviel Vertrauen besitze ich nicht. Ich bin nur für den Wagen verantwortlich. Ich weiß auch nicht, ob man mich hineinläßt.«

»Man hat es ja früher auch getan.« Suko nahm Tai Wong die Entscheidung ab und drückte den Klingelknopf.

Nach einer Weile wurde geöffnet.

Suko und Tai Wong betraten einen Flur. Er war hell erleuchtet. Zwei Kameras beobachteten jeden Besucher.

Ein Aufpasser hockte in einer kleinen Kabine hinter einer schußsicheren Glasscheibe und beobachtete den Monitor.

»Was willst du? Und wen bringst du da?« erklang eine Lautsprecherstimme.

»Er ist ein Freund von mir«, erwiderte Tai Wong. »Ich möchte mit ihm zum Boß.«

»Der Boß hat keine Zeit.«

»Es ist sehr dringend!«

Pause. Dann erklang wieder die Stimme auf. »Schön, ihr könnt gehen. Den Weg kennst du ja, Tai Wong.«

»Danke«, sagte der Chinese. Er führte Suko zu einem gepanzerten Lift. Lautlos glitten die Türhälften auseinander. Die beiden Männer betraten den Lift, und die Türen schwappten wieder zu.

Tai Wong war bleich. »Jetzt können uns nur noch die Götter helfen«, flüsterte er.

Suko war da ganz anderer Meinung. Er verließ sich lieber auf seine Fäuste und den Überraschungseffekt . . .

Der Geisterjäger prallte gegen die nackten Beine eines Mädchens. Das Girl schrie auf, ruderte mit den Armen, beugte sich vor und versuchte verzweifelt, das Gleichgewicht zu bewahren.

Es ging nicht. Über Johns Körper hinweg fiel die Kleine zu Boden. Sie trug nur noch einen winzigen Slip. Ihre großen Brüste gerieten in schaukelnde Bewegungen.

Ihre Kollegin schrie wie am Spieß. Für die Zuschauer war das alles ein Spaß. Sie lachten und schlugen sich vor Vergnügen auf die Schenkel.

Noch immer drang die schwülstige Musik aus den Lautsprechern. Sekundenlang herrschte Durcheinander, bis die beiden Killer auf der Bühne erschienen.

Die Kerle standen im Rampenlicht!

Sie sahen John und begannen zu feuern.

Eiskalt, brutal. Sie nahmen keine Rücksicht auf die Girls und die Zuschauer!

Die Bleihummeln fegten auf den Geisterjäger zu. John Sinclair stieß sich ab und warf sich mit einem gewaltigen Sprung in Deckung. Er geriet an den Rand der Bühne, verlor das Gleichgewicht und fiel.

Über ihn surrten die Kugeln hinweg.

Die Mädchen kreischten schrill. Sie hatten zum Glück nichts abgekriegt. Einer der Killer holte aus und schlug den Girls ins Gesicht, während der andere Mann von der provisorischen Bühne sprang und nach John Sinclair Ausschau hielt.

Auch die Zuschauer waren aufgesprungen. Die Schüsse hatten sie aus ihren Träumen von Sex und Liebe gerissen. Panikerfüllt hetzten sie auf den Ausgang zu.

John kümmerte sich nicht darum. Er hatte einen Stuhl an sich genommen und schleuderte ihn dem Killer entgegen. Der Geisterjäger wollte noch nicht zurückschießen, zu leicht hätten Unschuldige getroffen werden können. Die Killer jedoch nahmen darauf keine Rücksicht.

Der Stuhl traf.

Er fegte dem Killer gegen die Brust und warf den Mann um. Der Kerl riß noch einmal den Stecher durch und schoß in die Decke. Kalk rieselte wie Schnee herab.

John Sinclair hechtete hinter dem Stuhl her. Der Gangster hatte noch genug mit sich selbst zu tun. John trat ihm die Waffe aus der Hand, mußte aber dann zur Seite springen, denn Killer Nummer zwei schoß von der Bühne aus auf ihn.

Haarscharf nur pfiff die Kugel an Johns Hals vorbei. Der Oberinspektor ließ sich fallen und zog. Jetzt mußte er zurückfeuern, denn die nächste Kugel würde vielleicht treffen.

Doch dazu sollte es nicht mehr kommen.

Der Gangster auf der Bühne schnappte sich eines der Girls. Hart schlang er seinen linken Arm um ihren nackten Oberkörper und setzte der Kleinen den Lauf gegen den Hals.

»Laß die Kanone fallen, Bulle!« brüllte er. »Sonst muß die Puppe daran glauben!«

John Sinclair warf einen Blick auf die Bühne. Er sah, daß der Gangster nicht bluffte, und warf seine Beretta weg.

Killer Nummer zwei erhob sich fluchend aus den Stuhltrümmern. Sein Gesicht war haßverzerrt, als er auf den Oberinspektor starrte. Dann trat er zu. Er wollte John seine Schuhspitze in die Hüfte jagen, doch der Geisterjäger drehte sich zur Seite, packte das Bein des Mannes und hebelte den Kerl mit einem Ruck zu Boden. Der Halunke schrie, schlug mit dem Hinterkopf hart auf und wurde bewußtlos.

Das alles hatte sich innerhalb von wenigen Sekunden abgespielt. Der Killer auf der Bühne wußte nicht, was er tun sollte. Er hatte nicht eingreifen können, ohne daß er seiner Geisel damit die Chance gab, zu fliehen.

»Scheiße!« schrie er. »Los, komm hoch, oder ich putze die Puppe weg!«

John hob die Hände. »Schon gut, Mann, schon gut«, preßte er hervor.

John Sinclair sah die Angst in den Augen der Stripperin leuchten. Das schwarzhaarige Mädchen mit dem Bubikopf war leidlich hübsch und hatte eine prächtige Figur. Doch jetzt zitterte sie nur noch vor Angst.

»Auf die Bühne mit dir!« befahl der Killer.

Auch er war nervös. Er wußte, wie gefährlich John Sinclair war.

Und obwohl er die besseren Trümpfe in der Hand hielt, fühlte er sich doch überfordert.

Der kleine Raum hatte sich geleert. Fluchtartig hatten die Zuschauer das Weite gesucht. Es war schon ein Unterschied, ob man heißen Sex oder heißes Blei geboten bekam. John kletterte auf die Bühne. Noch waren er, das Girl und der Killer allein. Das konnte sich jedoch sehr rasch ändern.

John Sinclair blieb drei Schritte vor dem Killer und der Geisel stehen. Er war die Ruhe selbst. Der Oberinspektor versuchte, dem Girl aufmunternd zuzulächeln, wußte jedoch nicht, ob die Kleine das überhaupt bemerkte.

»Und nun?« fragte John. »Was hast du vor, Mann?«

»Ich bring dich zum Boß!«

»Dann laß das Mädchen laufen!«

»Das könnte dir so passen, was? Nein, die Puppe ist die Garantie dafür, daß du keine Dummheiten machst.«

»Warum wolltet ihr mich denn umlegen?« wollte John wissen. »Ich wäre bestimmt auch freiwillig mit zu eurem Boß gegangen.«

»Der Boß will dich tot oder lebendig. Und tot machst du weniger Ärger!«

»Dann leg mich doch um!« sagte John eiskalt.

Er spielte in diesem Moment mit dem Feuer. Wenn der Kerl ihn wirklich umlegen wollte, dann mußte er die Waffe vom Hals des Mädchens nehmen. Und darauf spekulierte John.

Der Killer verzog das Gesicht. Seine Augenbrauen schienen sich über der Nasenwurzel zu berühren. »Bist du ein Selbstmörder?« fragte er heiser.

»Vielleicht.« John Sinclair hob die Schultern. »Ich sehe einfach keine Chance mehr. Also schieß schon. Du tust mir einen Gefallen damit. Wirklich.«

Der Gangster zwinkerte unruhig mit den Augen, während die Stripperin steif in seinem Griff hing. »Du bist mir vielleicht einer, Mann«, keuchte er. »Aber ich tu's. Darauf kannst du dich verlassen. Ich kill dich!«

»Neiinnn!« kreischte das Girl. »Nicht schießen, nicht . . .«

Die Kleine drehte plötzlich durch. Mit einem Ruck versuchte sie sich aus dem Griff zu befreien. Der Killer fluchte, wollte das Girl festhalten und achtete zwangsläufig nicht mehr so stark auf den Oberinspektor.

John handelte.

Als die Mündung nicht mehr auf den Hals des Mädchens wies, sprang er auf.

Der Killer mußte es geahnt haben, denn im letzten Augenblick ruckte seine Rechte herum. Er wollte auf John feuern, da drosch der Geisterjäger ihm schon die Hand unter das Armgelenk.

Es war ein sehr harter Schlag. Die Kanone wurde dem Killer aus den Fingern gewirbelt. Er selbst bekam Johns Linke genau gegen den Unterkiefer.

Der Treffer wirkte wie ein Hammerschlag. Der Gangster wurde zurückgeschleudert, fiel in den Vorhang und verheddterte sich darin. Es sah komisch aus, als er versuchte, sich auf den Beinen zu halten, und es dann doch nicht schaffte. Er fiel auf die Knie und blieb so hocken. Völlig groggy.

John sprang von der Bühne, steckte seine Beretta wieder ein und jumpte auf die Bühne zurück.

Der Kopf des Killers pendelte hin und her.

Das Girl, das die schrecklichen Minuten eines Geiseldramas am eigenen Leib erfahren hatte, blickte John nun aus übergroßen Augen an. Die Kleine schien unter einem Schock zu stehen.

Der Geisterjäger faßte nach ihrer Hand. »Alles in Ordnung!« flüsterte er. Dann nahm er einen Mantel vom Boden hoch und hängte ihn dem Girl über die Schultern.

»Sonst erkältest du dir noch deinen Charakter«, meinte John lächelnd. Er wandte sich wieder dem Gangster zu. Der hockte noch immer in der gleichen Stellung. Der Schlag mußte ihn paralysiert haben. Auch der Kopf pendelte noch.

John bückte sich und legte zwei Finger unter das Kinn des Mannes. Er hob den Kopf.

»Kannst du mich verstehen?« fragte John.

Keine Antwort.

Der Oberinspektor zog den Killer hoch. Selten hatte jemand so dumm aus der Wäsche geschaut. Irgendwie mußte John bei ihm eine Stelle getroffen haben, die den Gangster an den Rand einer Ohnmacht gebracht hatte. Die Folge war eine Gehirnschwäche.

»Da kann man nichts machen«, murmelte der Geisterjäger, zog den Knaben von der Bühne, hakte eine Handschelle vom Gürtel und fesselte die beiden ausgeknockten Gangster aneinander. John machte das raffiniert. Er ließ den Ring einmal um das rechte Handgelenk des Geiselkillers klicken, und den anderen Reifen schloß er um das Fußgelenk des Bewußtlosen. Wenn die beiden wieder klar waren, würden sie wohl kaum in der Lage sein, auch nur einen Schritt zu machen.

Der Geisterjäger wunderte sich, daß keine weiteren Schießer aufgetaucht waren. Auch hätte die Flucht der Gäste Aufsehen erregen müssen. Aber nichts dergleichen geschah. Alles blieb ruhig.

Seltsam . . .

John Sinclair hatte damit gerechnet, auf den Dämon zu stoßen. Sicher, er hatte ihn gesehen, aber es wunderte den Geisterjäger doch, daß sich der Dämon nicht zum Kampf gestellt hatte. Warum? Aus welchem Grund überließ er alle Aktivitäten gegen John Sinclair einem Mann wie Alex Tarras?

John Sinclair warf einen Blick zurück auf die Bühne. Die Stripperin stand dort noch immer.

»Geh«, sagte John.

Die Stripperin nickte und verschwand durch den Vorhang. Der Oberinspektor entlud die Waffen der ausgeknockten Killer und warf die Patronen unter einen Tisch.

Er selbst verließ diese Stripteasebude. John nahm den Ausgang, durch den die Zuschauer verschwunden waren.

Er gelangte in eine kleine Halle. Die Wände waren mit Stofftapeten bespannt. Zahlreiche Türen zweigten ab. In der Mitte der Halle stand eine Sitzgarnitur aus hellem Leder.

Nirgendwo war ein Mensch zu sehen. Über dem Raum lag eine bedrückende Stille, die an Johns Nerven zerrte. Der Geisterjäger ging kurzerhand auf eine der zahlreichen Türen zu und öffnete sie.

Er gelangte in eine Sauna. Es war einer dieser Massagesalons, in dem den Kunden alles geboten wurde.

Auch hier war es still.

Kein Laut – kein Geräusch . . .

Der Geisterjäger fühlte eine Gänsehaut über den Rücken rieseln.

Irgend etwas mußte geschehen sein. Etwas Schreckliches, von dem er nichts bemerkt hatte.

Aber was?

Kurzentschlossen öffnete John eine der Türen, die zu den Massageräumen führte.

Zwei Mädchen und ein Mann.

Die Girls trugen weiße offene Kittel und lagen auf dem Boden. Der Mann ruhte auf einer Liege.

Alle drei sahen aus, als würden sie schlafen.

Wirklich nur schlafen?

Der heiße Schreck durchzuckte den Geisterjäger. Er kniete neben dem am nächsten liegenden Mädchen nieder und fühlte dessen Puls.

Er schlug.

John war beruhigt.

Er durchsuchte die nächsten Räume. Auch hier das gleiche Bild. Die Personen waren in einen todesähnlichen Schlaf gefallen.

Grauenhaft . . .

Der Oberinspektor entdeckte ein Telefon. Er hob den Hörer ab. Kein Freizeichen – nichts. Die Leitung war tot. Langsam legte John den Hörer wieder auf die Gabel.

Das riesige Gebäude wirkte wie ausgestorben. John Sinclair ging wieder zurück. Seltsamerweise funktionierte der Lift. Ungehindert gelangte John Sinclair in das Erdgeschoß und damit in die große Bar, die er zuerst betreten hatte.

Er sah die Gäste und erlitt einen nicht gelinden Schock.

Sie schliefen, waren ebenfalls in eine totenähnliche Starre verfallen. Auf den Tischen standen noch die halbvollen Gläser. Einige waren umgekippt. Aus einer Flasche rann Whisky zu Boden. Zigaretten verqualmten im Ascher. Der Keeper an der Bar war über seinem Tresen zusammengebrochen.

Es war ein unheimliches Bild.

John Sinclair war der einzige Mensch, der zwischen den Schlafenden umherging.

Er schritt auf den Ausgang zu, trat durch die Glastür, sah den Springbrunnen. Daneben lag das Mädchen, das ihn empfangen hatte.

690

John visierte die Tür an. Er wollte das Haus verlassen, um . . .

Da fiel ihm auf, daß auch von draußen nichts zu hören war. Kein Verkehrslärm – nichts . . .

Stille!

Der Oberinspektor kam genau bis zur Tür. Durch das Fenster konnte er nach draußen schauen – und sah nichts . . .

Eine graue wabernde Nebelwand versperrte die Sicht. John Sinclair versuchte, die Scheibe eines Fensters einzuschlagen. Es ging nicht. Jemand hatte eine Sperre gelegt.

Eine magische Sperre . . .

John Sinclairs Nackenhaare standen zu Berge. Fieberhaft suchte er nach einer Erklärung für dieses Phänomen. Und plötzlich wußte er Bescheid.

Dieser riesige Vergnügungspalast war durch Schwarze Magie in eine andere Dimension katapultiert worden.

Ja, so mußte es sein.

Und warum? Um ihn zu fangen? War das der einzige Grund?

John schluckte. Er fühlte einen dicken Kloß in seinem Hals sitzen. Kalter Schweiß bedeckte seine Stirn. Er wischte ihn ab.

Und dann hörte er die Stimme. Sie klang kalt und blechern.

»Gestatten Sie, daß ich mich vorstelle, John Sinclair? Man nennt mich Janus, nach dem römischen Gott des Ein- und Ausgangs. Lange habe ich darauf gewartet, Sie in meine Gewalt zu bringen. Wir haben uns schon mal gesehen, aber da war die Zeit noch nicht reif. Ich weiß auch, wie gefährlich Sie sind, John Sinclair. Aus diesem Grunde mußte ich einfach zu großen, außergewöhnlichen Mitteln greifen. Ich habe einen magischen Ring um dieses Hotel gelegt. Er hält sich etwa eine Stunde. Genau sechzig Minuten lang ist dieses Hotel praktisch von der Bildfläche verschwunden. Und in dieser Zeit werde ich Sie töten, John Sinclair. Diesmal sind Sie in meiner Hand. Es gibt kein Entrinnen mehr!«

Der Rumäne öffnete. Sein Gesicht wurde noch finsterer, als er Suko neben Tai Wong erkannte.

»Wer ist das?« fragte Laszlo. Er hielt die Arme leicht angewinkelt, so daß die beiden Messerklingen blitzschnell aus dem Ärmel schießen konnten.

»Ein Freund«, antwortete Tai Wong. »Er heißt Suko, und er will bei uns arbeiten.«

»Jetzt?«

»Ja.«

Laszlo grinste verächtlich. »Du weißt doch, daß der Boß beschäftigt ist. Er hat im Augenblick andere Sachen zu tun, als sich um deine Freunde zu kümmern. Also pack dich, Chink!« fuhr der Rumäne den Chinesen an.

Suko sah seine Felle davonschwimmen. Er hatte auch das beleidigende Wort »Chink« überhört. Darüber regte er sich heute nicht mehr auf. Er wußte, was er wert war.

»Ich kenne John Sinclair gut«, sagte er.

Der Satz war ein Trumpf-As. Eine Karte, die stach. Der Rumäne hatte schon die Tür zuschmettern wollen, hielt aber jetzt inne. Seine Stirn legte er in mehrere Falten. Er überlegte. Sekunden verstrichen. Dann meinte der Rumäne: »Wartet hier!«

Er knallte die Tür wieder zu.

Tai Wong blickte Suko ängstlich an. »Du spielst verdammt hoch, Bruder.«

Suko hob die Schultern. »Was bleibt mir denn anderes übrig? Dieser Typ hätte uns doch nie hereingelassen. Ich mußte es einfach versuchen.«

»Und wenn Tarras nach John Sinclair fragt?«

»Wird mir schon das Richtige einfallen, hoffe ich«, erwiderte Suko grinsend. Er teilte die Angst seines Landsmannes nicht. Dazu hatte er schon in zu vielen gefährlichen Situationen gesteckt.

Hart wurde die Tür wieder aufgerissen, und Laszlos Gestalt tauchte auf. »Kommt rein«, forderte er sie auf.

Tarras' Büro lag im obersten Stockwerk des Vergnügungspalastes. Es umfaßte mehrere Räume und beherbergte die Zentrale seines Gangsterunternehmens. Hier fanden Besprechungen statt und wurden finanzielle Dinge geregelt.

Zum Beispiel Blutgeld kassiert.

Laszlo brachte die beiden Chinesen in den großen Arbeitsraum des Gangsterbosses. Tarras saß so hinter seinem Schreibtisch, daß er einen Blick über das nächtliche London werfen konnte. Als die Chinesen mit Laszlo den Raum betraten, schwang er auf seinem Lederdrehstuhl langsam herum.

Tarras sah übernächtigt aus. Die Jagd nach John Sinclair hatte an seinen Nerven gezerrt. Er hatte gute Männer verloren, und das setzte ihm zu.

»Du bist Suko«, sagte er und deutete auf John Sinclairs Freund.

Suko blieb vor dem Schreibtisch stehen. »Ja, Sir!«

»Ist er sauber?« Diese Frage galt dem Rumänen.

»Ja, Boß. Die automatische Kontrolle hat nichts angezeigt.«

Tarras war beruhigt. Mit zwei Fingern klopfte er auf die Schreibtischplatte. Sie war mit Papieren übersät. Meist waren es lange Zahlenkolonnen, die irgendein Computer ausgespuckt hatte. Alex Tarras erwartete nach Mitternacht seine einzelnen Unterführer zum Abrechnen.

»Du kennst John Sinclair?«

Suko nickte. »Ja, Sir, ich habe schon gegen ihn gekämpft. Er hat damals die Bande des Schwarzen Drachen zerschlagen. Sie können Tai Wong fragen. Er war auch dabei.«

Tarras winkte ab. »Geschenkt, ich weiß Bescheid.« Tarras begann wieder zu klopfen. »Und was willst du bei mir?«

»Ich habe gehört, daß Sie hinter John Sinclair her sind. Ich will den Bullen töten!«

Tarras hob seine Augenbrauen. »Du hast es also gehört. Von wem?«

»Es hat sich in London herumgesprochen, Sir!«

»Verdammt!« Tarras schlug mit der flachen Hand auf den Schreibtisch. »Es hat sich herumgesprochen, das ist keine Antwort. Ich will es genau wissen. Wer hat davon geredet?«

»Sir, ich kenne die Leute nicht. Es waren aber Weiße.«

»Bestimmt Cass Garretts Leute«, vermutete Laszlo. »Die haben doch ihre Löffel überall.«

»Aber nicht mehr lange!« zischte Tarras. »Nicht mehr lange.« Er sprang auf, ging um den Schreibtisch herum und blieb vor Suko stehen. »Du trägst keine Waffe!«

Suko hob die Arme und präsentierte seine Fäuste. »Das sind meine Waffen.«

693

»Karate?«

»Auch, Sir!«

»Beweise es.«

Suko nickte, blickte sich um und sah neben dem großen Safe einen stabilen Holzstuhl. Mit unbewegtem Gesicht trug er den Stuhl in die Mitte des Raumes, konzentrierte sich, krümmte die hornige Handkante leicht nach innen, stieß plötzlich einen Schrei aus und schlug gleichzeitig zu.

Die Handkante zerschmetterte die Lehne des Stuhls wie ein Schwert. Suko wirbelte herum und blickte Tarras an. »Noch eine Demonstration, Sir?«

»Nein, es reicht.« Tarras hatte sich ein Zigarillo angezündet und stäubte die Asche ab. »Du kannst für mich arbeiten, Suko«, sagte er. »Und ich werde dir die Gelegenheit verschaffen, diesen John Sinclair zu töten.«

Suko verbeugte sich. »Danke, Sir, ich weiß die Ehre sehr zu schätzen!«

Laszlo grinste herablassend. Der Chinese paßte ihm nicht ins Konzept. Er nahm sich vor, ihn abzuservieren, sobald Sinclair in der Hölle schmorte.

Doch Laszlos Grinsen zerfaserte. Er hatte zufällig einen Blick aus dem Fenster geworfen. Verschwunden war die Londoner Nachtkulisse. Keine Lichter, kein Reklameschimmer, kein Widerschein am Himmel. Nur noch Nebel.

Wabernder dichter Nebel, der sämtliche Geräusche verschluckte.

»Boß«, sagte Laszlo und lief zum Fenster. »Da, sehen Sie. Der Nebel!«

Tarras drehte sich um. Auch seine Augen wurden groß. »Das gibt es doch nicht«, stieß er aus und stürzte ebenfalls zum Fenster.

Er starrte durch die Scheibe. Deutlich sah er die weißgrauen wabernden Schlieren. Obwohl Tarras in London lebte, hatte er so dichten Nebel noch nie gesehen. Und diese Nebelwand war praktisch von einer Sekunde zur anderen entstanden.

»Das geht nicht mit rechten Dingen zu«, murmelte Tarras.

»Stimmt«, antwortete plötzlich eine Stimme von der Tür her.

Die Männer ruckten herum.

Auf der Türschwelle stand Janus!

Er lächelte und meinte: »Der Nebel ist mein Werk. Ich habe das Lokal in eine andere Dimension teleportiert!«

Tarras schluckte. »Was haben Sie?« fragte er erstaunt.

Immer noch lächelnd trat Janus näher. »Ich will es Ihnen erklären. Das LONDON CONTACT ist verschwunden. Es existiert nicht mehr im London der heutigen Zeit. Wir befinden uns in einer anderen Dimension.«

»Und was ist mit den Gästen?« hakte Tarras nach, dem die ganze Sache mehr als unheimlich war.

»Sie sind in einen magischen Schlaf gefallen. Die einzigen, die normal leben, sind wir und natürlich John Sinclair. Aber auch er kann das Gebäude nicht verlassen. Magische Sperren verhindern das. Die Jagd auf ihn kann beginnen. Sie haben genau eine Stunde Zeit, Alex Tarras, dann taucht der Vergnügungspalast wieder in der Gegenwart auf. Nutzen Sie die Zeit, um John Sinclair zu killen! Ich selbst werde jetzt mit ihm sprechen.« Der blondhaarige Janus verließ den Raum und ließ drei ratlose Männer zurück.

Das heißt, eigentlich nur zwei. Suko hatte schon so etwas geahnt. Er hatte schließlich mit Dämonen und Geistern seine eigenen Erfahrungen gemacht. Er war nur froh, daß man ihn nicht erkannt hatte, denn dann hätte es verdammt schlecht um ihn gestanden.

Suko war gespannt, wie sich die weiteren Ereignisse entwickeln würden . . .

John Sinclair stand unten in der Halle und lauschte der Stimme nach. Dieser Dämon fühlte sich verdammt siegessicher. Aber John war entschlossen, ihm einen Strich durch die Rechnung zu machen.

Der Unbekannte hatte ihn aufgefordert, in der Halle zu warten. John wollte ihm den Gefallen nicht tun. Er wollte die Initiative selbst in die Hand nehmen.

Er ging zurück in die Bar, nahm im Vorbeigehen einen Schluck Orangensaft, um seine Kehle auszuspülen, und machte sich auf die Suche nach dem Treppenhaus.

In Gebäuden wie diesem mußte es einfach eine Nottreppe geben. Bauliche Vorschriften verlangten es.

Der Geisterjäger ging durch die Tür, auf der Film-Shop stand. Der Raum dahinter war dunkel. Die beiden Spulen des Projektors standen still. Die Männer, die sich die Filme angesehen hatten, waren auf ihren Plätzen zusammengesunken. Einer hatte noch ein Mädchen auf dem Schoß. Ihr Kopf mit den langen Haaren lag auf der linken Schulter des Freiers.

Die Wände des Film-Shops waren mit Vorhängen bedeckt. John fand einen zweiten Ausgang, der in eine kleine Abstellkammer führte, und von dort aus ging eine Tür tatsächlich ins Treppenhaus.

»Wer sagt's denn«, murmelte der Geisterjäger. Er hatte seine Waffe in die Hand genommen und stieg die ersten Stufen der Treppe empor.

Es brannte eine trübe Notbeleuchtung. Die Treppe war schmal und mit hohen Steinstufen versehen. Obwohl John sich bemühte, leise zu sein, knirschte unter seinen Sohlen der Dreck. Das Geld für eine Putzfrau hatte Tarras hier wohl gespart.

Der Oberinspektor fühlte die innere Spannung, die sich seiner bemächtigt hatte. Auch machte er sich Gedanken um Suko. Der Chinese sollte ja ebenfalls in das Haus eindringen. Da der Dämon es aber fertiggebracht hatte, den Vergnügungspalast in eine andere Dimension zu teleportieren, konnte Suko es kaum gelungen sein, seinen Plan durchzuführen. John rechnete damit, allein den Kampf gegen Tarras und den Dämon aufnehmen zu müssen.

Hin und wieder passierte der Geisterjäger schmale Fenster. Hinter den Scheiben sah er den Nebel wabern. John blieb einen Moment stehen und blickte genauer hin.

Er erkannte, daß dieser magische Nebel nicht gestaltlos war. Er war in dauernder Bewegung und bildete schreckliche Figuren und Ungeheuer, die aber noch im selben Atemzug wieder zerflossen, um danach wieder neue Gestalten zu bilden. Es war ein ständiger Kreislauf, und John fragte sich, was wohl geschehen würde, wenn es ihm gelang, in die Nebelwand vorzustoßen.

Wahrscheinlich wäre er für immer verschollen.

Der Oberinspektor öffnete die Knöpfe seines Oberhemdes. Ein Silberkreuz hing vor seiner Brust. Es hatte etwa die Größe einer halben Männerhand und war beste Handarbeit eines Silberschmieds. Fast unsichtbar waren Zeichen der Weißen Magie in das Metall geritzt. Das Kreuz hatte John schon mehr als einmal geholfen. Es schreckte Dämonen ab, hatte auf sie eine nahezu niederschmetternde Wirkung.

Immer wieder stellte sich der Geisterjäger die Frage, wie der Dämon mit den blonden Haaren wohl in Wirklichkeit aussehen mochte. Das war das Teuflische an diesen Geschöpfen. Kamen sie auf die Erde, so paßten sie sich an. Sie nahmen menschliche Gestalt an, und für einen Normalbürger war es unmöglich, sie zu erkennen. Es mußten wirklich Dinge geschehen, die einen Dämon auch identifizieren konnten. Wie zum Beispiel eine Fotografie.

John Sinclair war jedoch sicher, daß sich der Dämon ihm jetzt – wo er in seiner eigenen Dimension war – zeigen würde. Es würde ihm sicherlich Spaß bereiten, dem Geisterjäger sein wahres Gesicht zu präsentieren. Dieses Aussehen war oft so schrecklich, daß zahlreiche Menschen einen Schock erlitten, wenn sie damit konfrontiert wurden.

Der Oberinspektor hielt sich immer dicht an der Wand des Treppenhauses. Als er den nächsten Absatz erreichte, stutzte er plötzlich.

Auf dem Absatz lag ein Mann!

Drei Stufen weiter entdeckte John eine zweite Gestalt. Die beiden Männer mußten von der magische Sperre überrascht worden sein und waren in einen tiefen Schlaf gefallen.

John wußte nicht, daß es zwei von Alex Tarras' Unterhändlern waren, die bei ihrem Boß abrechnen wollten.

Der Geisterjäger ging weiter. Drei Stockwerke hatte er schon hinter sich gebracht. Er hatte erfahren, daß Tarras im obersten residierte, und nun lag der letzte Absatz vor ihm.

John hoffte natürlich, den Gangsterboß ausschalten zu können, bevor er sich dem Dämon stellte.

Die letzte Treppe war ausgebaut worden. Sie mündete vor einer Tür, die zu Tarras' Domizil führte.

Die Tür war nicht verschlossen. Sie stand spaltbreit offen.

Sinclair wurde mißtrauisch. Er konnte in den dahinterliegenden Raum hineinpeilen, sah aber von Tarras nicht einen Rockzipfel. Wahrscheinlich hielt sich der Gangsterboß in seinem Büro auf, denn John konnte nur in einen Vorflur sehen.

Mit der linken Hand drückte John Sinclair die Tür weiter auf, in der rechten hielt er seine Beretta. Sie war mit geweihten Kugeln geladen, und diese Silbergeschosse stellten für viele Dämonen eine wirkliche Gefahr dar. Allerdings oft nur für die unteren Chargen in der Dämonenhierarchie. Ranghöhere Dämonen waren dagegen schon gefeit. Sie hatten eben dazugelernt und sich angepaßt.

Der Geisterjäger schlüpfte in eine große Diele.

Er ging einen Schritt vorwärts, den zweiten . . .

Dann gab es einen ungeheuren Ruck.

John, der mit allem gerechnet hatte, wurde völlig überrascht. Er war in ein starkes Magnetfeld geraten. Eine technische Spielerei, die sich Tarras ausgedacht hatte, die dem Geisterjäger allerdings zum Verhängnis wurde.

Die Beretta wirbelte förmlich aus seinen Fingern. Sie flog durch die Luft, prallte gegen eine Wand und blieb dort kleben.

John war konsterniert. Er brauchte Sekunden, um seine Lage neu einzuschätzen, und er ärgerte sich, daß er in diese technische Falle gelaufen war.

John Sinclair lief auf die Magnetwand zu, wollte die Waffe wieder an sich reißen, da flog mit einem Ruck eine der drei Türen auf.

John wirbelte herum.

Er sah sich Laszlo, dem Rumänen, gegenüber.

Ein teuflisches Grinsen flog über das Gesicht des hochgewachsenen Mannes. Eine gedankenschnelle Bewegung mit beiden Armen, und die nadelspitzen Messer schossen unter den Manschetten hervor.

Mit diesen Waffen verstand Laszlo umzugehen. Er war darin ein Meister seines Fachs.

Langsam schob er sich auf John Sinclair zu . . .

Die Zeit verging, und nichts geschah.

Nach außen hin wirkte Suko völlig ruhig, doch seine Gedanken arbeiteten fieberhaft. Sie drehten sich immer wieder um John Sinclair. Würde er kommen? Und würde er auch in die Falle des Dämons laufen? Es war schon eine verdammte Situation. Bisher wußten weder John noch Suko, wie stark der Dämon wirklich war. Er hatte es prächtig verstanden, sich aus den Kämpfen herauszuhalten. Aber in nächster Zeit mußte er einfach zeigen, welche Kräfte in ihm steckten. Dann war er gezwungen, sich zum Kampf zu stellen.

Alex Tarras war äußerst nervös. Er wanderte unruhig vor dem großen Fenster auf und ab. Hin und wieder warf er einen Blick durch die Scheibe hinaus in die wabernde Nebelwand, die noch immer wie ein dichter Vorhang das Haus umschloß.

Auch Tarras schien sich seine Gedanken zu machen. Und es waren kaum siegessichere, das konnte Suko deutlich an seinem flackernden Blick ablesen.

Laszlo blieb nach außen hin ruhig. Er ließ Suko jedoch keine Sekunde aus den Augen. Er sah in dem Chinesen einen Rivalen, und das gab er ihm auch zu verstehen.

Tai Wong saß in einer Ecke auf dem Stuhl. Er hatte die Hände gegeneinander gelegt und den Kopf gesenkt. Wahrscheinlich bereute er es schon, Suko mit hochgebracht zu haben.

»Jetzt müßte Janus diesen Sinclair eigentlich schon haben«, sagte Tarras nach einer Weile.

Der Rumäne fühlte sich angesprochen. »Hoffentlich«, erwiderte er. »Da hat er uns Arbeit abgenommen!«

Tarras grinste nur mühsam.

Wieder schwiegen die Männer.

Und dann – niemand hatte auf die Uhr geschaut, wie lange das Schweigen gedauert hatte – hörten sie ein Geräusch.

»Das war draußen an der Tür«, sagte Tarras.

Ein Lämpchen begann auf seinem Schreibtisch aufzuflackern.

Laszlos Körper spannte sich. Die Augen verengten sich zu Schlitzen, während die Finger seiner Hände sich hin- und herbewegten. »Wenn Sinclair schon an der Tür ist, dann hat er unter Umständen Janus besiegt!« zischte Laszlo.

»Sieh nach!« befahl Tarras.

Im nächsten Augenblick hörten sie einen dumpfen Aufprall. Der Rumäne begann zu kichern. »Die Magnetwand«, lachte er, »Sinclair ist jetzt waffenlos!«

»Dann kill ihn endlich!« rief Tarras.

Laszlo glitt zur Tür.

Suko drehte sich um. Er hätte den Rumänen zurückhalten können, doch er vertraute darauf, daß John mit dem Kerl allein fertig werden würde. Suko wollte die Zeit nutzen und sich um Tarras kümmern.

Laszlo verschwand. Er hatte die Tür hinter sich ins Schloß gezogen. Alex Tarras starrte noch auf das Holz.

Suko ging um den Schreibtisch herum und blieb vor Tarras stehen. Seine linke Faust umspannte blitzschnell den Jackettkragen des Gangsters.

»He, was soll das?« protestierte Tarras.

Suko fletschte die Zähne. »Du wolltest Sinclair doch killen, mein Freund – oder?«

»Ja – ich . . .« Tarras wurde plötzlich puterrot. Er schien erst jetzt begriffen zu haben, daß Suko ihn gepackt hielt. »Was erlaubst du dir, du dreckiger Chink! Laß mich sofort los!«

Suko stieß den Gangsterboß von sich. Direkt vor dem Fenster ging Tarras zu Boden. Seine Hand verschwand unter dem Jackett. Suko ließ ihn gewähren. Jedoch nur so lange, bis die Hand wieder zum Vorschein kam. Bevor Tarras auf den Chinesen anlegen konnte, trat Suko zu.

Es war ein genau gezielter Tritt, und die Kanone wurde dem Gangsterboß aus den Fingern gewirbelt.

Suko riß den schreienden Tarras hoch. Der große Boß rief nach Tai Wong, doch Sukos Landsmann rührte sich nicht. Er sah mit unbewegtem Gesicht der Auseinandersetzung zu.

»John Sinclair wolltest du killen!« schrie Suko. Er schleuderte Tarras die Worte förmlich ins Gesicht. »Du hast dich schlecht informiert, mein Freund. John Sinclair arbeitet nicht allein. Er hat immer noch einen Freund zur Seite. Und dieser Mann ist Chinese. Na, mein Bester, geht dir jetzt ein Licht auf?«

Tarras war weiß geworden. »Sie . . . Sie . . . du bist der

Chinese?« keuchte Tarras. Er wollte noch immer nicht glauben, daß man ihn hereingelegt hatte.

»Genau. Ich bin der Mann«, erwiderte Suko.

Tarras' Knie wurden weich. Er konnte es einfach nicht fassen. Er, der große Gangsterboß, der sich bisher immer hundertprozentig abgeschirmt hatte, war durch einen billigen Trick geleimt worden.

Suko schüttelte den Knaben durch. »Und jetzt beantwortest du mir einige Fragen. Wer ist dieser verdammte Dämon? Was hat Janus für eine Macht?«

»Er . . . er kann seinen Kopf um einhundertachtzig Grad drehen. Nie – nie werdet ihr gegen ihn ankommen, denn wenn er euch anblickt, verliert ihr euer Gesicht.«

»Wie diese Mandy«, sagte Suko.

»Genau.« Tarras begann zu kichern. »Ihr habt keine Chance gegen ihn«, versuchte er Suko zu entmutigen. »Er wird in den nächsten Minuten hier auftauchen, und dann ist es um euch geschehen.«

»Wenn er so mächtig ist, warum hat er dann dich um Unterstützung gebeten?« höhnte Suko.

»Er wollte ja mehr. Er wollte die Macht in London. Ich wäre sein Partner geworden und hätte zum absoluten Herrscher der Unterwelt aufsteigen können. Ich . . .«

Tarras kam nicht mehr dazu, weiterzusprechen. Die Dinge überstürzten sich.

Plötzlich zersplitterte die Scheibe!

Mit Alex Tarras im Griff kreiselte Suko herum.

Und er sah Janus.

Der Dämon schwebte in den Raum. Er hatte seinen Kopf um einhundertachtzig Grad gedreht, präsentierte sein zweites grauenhaftes Gesicht und wandte sich Suko zu, um ihn durch seinen dämonischen Einfluß zu töten . . .

Der Geisterjäger wich zurück. Es war nicht das erstemal, daß er einem Gegner gegenüberstand, der ihn mit einem Messer angriff. Doch daß ihm jemand mit gleich zwei Messern das Lebenslicht ausblasen wollte, hatte John noch nie erlebt. Wie der Kerl die Dolche trug, ließ darauf schließen, daß er zu den Profis gezählt werden mußte.

Zu den Killerprofis!

Gegen ihn war der schöne Beau direkt harmlos.

Laszlo fletschte die Zähne. Dabei flüsterte er: »Jetzt steche ich dich ab, Sinclair . . .«

John gab keine Antwort. Er konzentrierte sich voll auf seinen Gegner. Schon der geringste Fehler konnte den Oberinspektor das Leben kosten.

Der Rumäne hielt die Arme leicht angewinkelt. Ein Lichtstrahl fiel auf die Dolche und brach sich dort in einem blitzenden Reflex. Nadelspitz waren die Messer. Nadelspitz und sehr schmal. Dazu an beiden Seiten geschliffen.

Laszlo kam.

Gleichzeitig zuckten beide Arme vor. John drehte den Kopf zur Seite, doch auch ohne diese Bewegung wären die Messer an ihm vorbeigezischt. Der Rumäne wollte vorerst mit seinem Gegner spielen. Ein grausames Spiel.

Der Geisterjäger sprang nach rechts. Dort hing ein Spiegel an der Wand, und dieser wiederum wurde von zwei Stühlen eingerahmt. John packte einen Stuhl an der Lehne. Er riß ihn als Schutz vor seinen Körper.

Laszlo kicherte. »Das nützt dir auch nichts mehr!«

John ließ den Kerl gar nicht erst ausreden. Er schlug zu. Gleichzeitig warf er sich vor.

Stuhl und Sinclair wirbelten auf den Rumänen zu. Der stieß einen Fluch aus und ließ den rechten Arm vorschnellen. Das Messer bohrte sich in die Sitzfläche, riß knirschend das Holz auf. John Sinclair drückte weiter, schob den Rumänen, der noch nicht wieder seine alte Standfestigkeit erreicht hatte, auf eine Wand zu.

Laszlo prallte mit dem Rücken dagegen. Aber er war noch längst nicht ausgeschaltet. Wuchtig riß er sein Bein hoch. Mit einem unerhört harten Tritt fegte er dem Geisterjäger den Stuhl aus der Hand. Splitternd fuhr das Messer aus dem Holz.

John Sinclair bekam ebenfalls die Wucht des Trittes zu spüren.

Er wurde zur Seite weggedriftet und sah im nächsten Moment zwei Messerklingen auf sich zufliegen.

John ließ sich einfach fallen.

Hautnah nur wischten die höllischen Klingen über seinen Kopf hinweg.

Der Oberinspektor war auf dem Rücken gelandet, rollte seinen Oberkörper zusammen, zog die Beine an und ließ sie in der nächsten Sekunde wieder vorschnellen.

Er traf Laszlo dort, wo es wehtat.

Der Rumäne krümmte sich, wankte zurück. Der Schmerz mußte in dem Mörder wüten. Sein Gesicht verzerrte sich, vor Wut und Haß hatte er sich die Unterlippe blutig gebissen.

»Du Hund«, gurgelte er, »du verfluchter Hund!«

Die Hände mit den Messern vollführten Kreisbewegungen. John konnte an den Rumänen nicht heran.

Und Laszlo erholte sich.

Der Geisterjäger setzte jetzt alles auf eine Karte. Er hetzte zurück und schnappte sich den zweiten, noch heilen Stuhl. Damit rannte er auf den Rumänen zu. John hielt den Stuhl etwa in Bauchhöhe, täuschte Laszlo somit.

Der Rumäne hatte beide Arme mit den Messern ausgestreckt. Er würde den Angriff abwehren, doch John riß plötzlich den Stuhl hoch und schmetterte ihn dem gebückt dastehenden Rumänen über den quadratischen Schädel.

Der Mörder brüllte auf. Er taumelte zur Seite. Seine Knie gaben nach. Laszlo war schwer angeschlagen. Längst dachte er nicht mehr an seine Messer. Er versuchte, sich an der Wand abzustützen. Er brachte die Hand nicht dorthin. Die lange Klinge knirschte gegen das Mauerwerk und brach ab.

Laszlo fiel schwer auf die Seite. Wo der Stuhl ihn getroffen hatte, war die Haut auf dem Kopf aufgeplatzt. Eine Beule begann zu wachsen.

»Du verdammter . . . ahggrrr . . .« Laszlo brach zusammen. Und jetzt wurde das linke Messer zu einer tödlichen Waffe gegen ihn.

Der Rumäne fiel so unglücklich, daß die lange Schneide in seinen Körper drang.

In Herzhöhe.

Laszlo, Alex Tarras' Leibwächter, starb durch seine eigene schreckliche Waffe. Ein letztes Mal sah John zwei haßerfüllt blickende Augen auf sich gerichtet, dann legte sich der Schleier des Todes über die Pupillen.

Der schwere Körper zuckte noch einmal und lag dann still.

Tief atmete John Sinclair ein. Selten hatte er einen so mörderischen Gegner gehabt. Im Nahkampf – und John war ehrlich genug, sich das einzugestehen – hätte er den Mann nie besiegt.

Doch der Geisterjäger hatte keine Zeit, über das Vergangene nachzudenken. Er glaubte, in der Ferne das Splittern von Glas zu hören, und dann gellte ein schrecklicher Schrei auf.

Ein Todesschrei!

Man darf dem Dämon nicht ins Gesicht sehen!

Überdeutlich hallte die Warnung in Sukos Gehirn nach. Eine Sekunde nur in die schreckliche Physiognomie des Januskopfes zu blicken bedeutete den Tod.

Suko reagierte gedankenschnell.

Hart riß er den Gangsterboß hoch, hielt ihn als Schild vor sich und präsentierte ihm den Januskopf.

Der Dämon war von Sukos rascher Reaktion überrascht. Obwohl er und Tarras Partner waren, gelang es ihm nicht, den Kopf so schnell wegzudrehen, daß dem Killerboß nichts geschah.

Zwei, drei Herzschläge lang starrte Tarras in das schreckliche Gesicht mit der grauen, rissigen Haut und den rotgelb glühenden Augen. Er sah auch das Gewimmel von winzigen Schlangen auf der Stirn des Dämons und die unzähligen kleinen Augen der gräßlichen Tiere als winzige Punkte leuchten.

Dann kam schon der Schmerz. Es war mehr ein gewaltiges Ziehen, das den Körper durchzuckte. Und wo das Ziehen aufhörte, breitete sich die Kälte aus.

Die Kälte des Todes . . .

Sie nahm Besitz von Tarras, glitt höher und höher, ließ die Muskeln steif werden, erreichte das Herz . . .

Zum selben Zeitpunkt verschwand auch das Gesicht des

Gangsterkönigs. Die Umrisse zerflossen, die Haut wurde hell, durchscheinend. Für einen winzigen Augenblick waren die Knochen zu sehen, dann wurden sie von der weißen, glanzlosen Masse überdeckt, die jetzt an Stelle des Gesichtes zu sehen war.

Genau da hörte auch das Herz auf zu schlagen.

Suko hielt einen Toten in den Armen.

Der arme Tai Wong hatte die grauenhafte Szene mit ansehen müssen. Er hatte jedoch nicht in das Gesicht des Dämons geschaut, und das war sein Glück.

Trotzdem übermannte ihn das Entsetzen.

Er stieß einen grauenhaften Schrei aus, spritzte von seinem Stuhl hoch und hetzte zur Tür.

Da wurde die Tür aufgerissen.

John Sinclair stand auf der Schwelle.

»Johnnn!« brüllte Suko aus Leibeskräften. »Nicht, bleib da! Komm nicht in den Raum! Der Januskopf! Sieh ihn nicht an!«

John Sinclair schaltete innerhalb eines Lidschlages. Er nahm Sukos Worte auf, warf sich aus dem Stand herum und flog zurück in die Diele.

Wie ein Panther war John gesprungen. Während er durch die Luft hechtete, verarbeitete sein Gehirn die Begriffe, die Suko ihm zugeschrien hatte.

Januskopf! Sieh nicht hin! John wurde an die Medusa erinnert. Die Frau aus der griechischen Sage, auf deren Kopf sich Schlangen tummelten und denjenigen, der sie ansah, zu Stein erstarren ließ.

Mit Janus war es ähnlich. John brauchte nur an die gesichtslosen Toten zu denken.

Hart schlug der Geisterjäger auf. Doch er verwandelte den Sturz in eine gleitende Rolle und warf sich herum.

John hatte keine Zeit, darüber nachzudenken, wie Suko in das Haus eingedrungen war. Er hörte aus dem Raum, in dem sich Suko und der Janus aufhielten, ein gräßliches Heulen.

»Sinclair!« brüllte der Dämon. »Jetzt bist du dran!«

John versuchte verzweifelt nach einem Ausweg. Sein Blick blieb an der Magnetwand kleben, an der seine Beretta haftete. Die Distanz betrug einige Yards, zu weit, um sie überbrücken zu können, ohne in die Gefahr zu geraten, von Janus überrascht zu werden.

Eine teuflische Situation.

Dann peitschte ein Schuß auf. John ahnte, daß Suko mit dem Dämon kämpfte. Tatsächlich war dies der Fall.

Suko hielt mit der linken Hand den toten Gangsterboß fest umklammert. Mit der rechten hatte er ihm die Waffe aus der Halfter gefischt.

Es war ein 38er Smith & Wesson Special.

»In Deckung, Tai Wong!« schrie Suko und begann an dem Toten vorbeizufeuern.

Er konnte nicht genau sehen, wo der Januskopf stand, hoffte aber, ihn zu treffen, um wenigstens seine weiteren Aktionen stören zu können.

Suko schoß fünfmal. Zwei Kugeln erwischten den Janus. Sie taten ihm nichts.

Er lachte nur und brüllte: »Dich hole ich später, Chinese! Erst ist John Sinclair an der Reihe!«

Der Januskopf wirbelte auf die Tür zu und riß sie auf, um John Sinclair endgültig zu vernichten . . .

Es gab Momente, in denen John Sinclair Gefühle wie Angst und Hoffnung völlig ausschaltete. Da konzentrierte er sich nur auf das reine Überleben.

Jetzt war wieder solch eine Situation eingetreten.

Ihm war vorhin der Vergleich mit der Medusa durch den Schädel gezuckt. Man konnte die Medusa besiegen oder verbannen. Es gab einen Trick.

Man mußte sie in einen Spiegel schauen lassen.

Himmel noch mal, in der Diele hing ein Spiegel. Wenn der Janus tatsächlich Parallelen zur Medusa aufwies, dann mußte es doch möglich sein . . .

John Sinclair dachte den Gedanken nicht mehr zu Ende.

Die Tür flog auf.

Der Geisterjäger hatte sich sicherheitshalber im toten Winkel aufgehalten, um von dem Dämon nicht sofort gesehen zu werden.

Janus stürmte in die Diele – und an John vorbei.

Der Geisterjäger warf sich nach rechts, packte den Spiegel und riß ihn samt Haken aus der Wand.

Brüllend flog der Janus herum. Er sah in sein eigenes Spiegelbild. Hoch hielt der Geisterjäger sich den Spiegel vor den Körper. Er konnte nicht sehen, was geschah, sondern nur hoffen, daß seine Methode Erfolg hatte.

Der Oberinspektor hatte sich nicht geirrt.

Er vernahm einen gellenden Angstschrei, dem ein schauriges Röcheln folgte.

Der Janus hatte sich selbst in dem Spiegel erblickt, und noch in derselben Sekunde begann er zu sterben.

Stocksteif stand er auf einmal da. Die magischen Kräfte, die er sonst aussandte, wandten sich nun gegen ihn. Im menschlichen Zustand bereitete ihm ein Spiegel keinen Verdruß, als Dämon aber war er der Vernichtung preisgegeben.

Die Haut bekam breite Risse. Kleine Flammen schlugen daraus hervor. Grüngelber Rauch wölkte auf. Der gesamte Körper wurde von innen zerstört, platzte auseinander.

Staub, Qualm und Dampf vereinigten sich in einem furiosen Wirbel.

Und John hielt den Spiegel fest.

Er gab nicht auf, obwohl die bestialisch stinkende Rauchwolke ihm bald den Atem raubte.

Sinclair kämpfte.

Und gewann!

Der Dämon verging.

Plötzlich geschah etwas Unwahrscheinliches. Um John Sinclair herum begann sich alles zu drehen. Die Welt wurde für ihn zu einem Kreisel. Er sah Suko aus der Tür stürzen. Die Gestalt des Chinesen war seltsam verzerrt. Suko hatte beide Arme ausgestreckt. Er wollte sich irgendwo festhalten, doch er wurde wie ein Blatt Papier zu Boden gefegt.

John hörte sich schreien. Ungeheure Kräfte zerrten an seinem Körper, schienen ihn auseinanderreißen zu wollen. Urplötzlich tauchte vor seinen Augen eine riesige schwarze Wand auf.

Sie kam näher – immer näher . . .

Im nächsten Augenblick fiel sie auf John Sinclair zu, verschluckte ihn. Und dann gab es nur noch das leblose Nichts und die Tiefe der Dimensionen . . .

Plötzlich war wieder alles normal.

Von einem Augenblick zum anderen befanden sich John Sinclair, Suko und Tai Wong wieder in der Gegenwart.

Die drei Männer lagen auf dem Boden und blickten sich erst einmal verständnislos an. Die Dielentür stand offen. Durch das zerbrochene Fenster im Nebenraum pfiff der Wind. Die dicke Nebelwand war restlos verschwunden. Von irgendwoher vernahmen sie Sirengeheul. Martinshörner ertönten.

John Sinclair rappelte sich auf. Mit unsicheren Schritten ging er auf die Magnetwand zu und riß dort seine Pistole ab. Es kostete ihn Mühe.

Auch Suko hatte sich aufgerappelt. Er grinste John an, hielt sich den Kopf und fragte: »Ist dir auch so schwindlig?«

»Ja.«

Der Geisterjäger betrat den anderen Raum. Er ging bis zum Fenster und beugte sich hinaus.

Selten hatte er ein so großes Polizeiaufgebot gesehen. Auch die Wagen der Feuerwehr waren in großer Anzahl vertreten. Der Verkehr in der Londoner Innenstadt schien zusammengebrochen zu sein. John sah lange Autoschlangen. Die hellen Scheinwerfer wirkten wie Glotzaugen. Und dann die Menschenmenge, die sich unten angesammelt hatte. Irgend etwas schien die Leute zu beschäftigen, denn sie schrien aufgeregt durcheinander. Viele von ihnen zeigten auf das LONDON CONTACT.

John und Suko blickten sich an. »Verstehst du das?« fragte der Geisterjäger.

»Nein.«

»Komm«, sagte John, »laß uns nach unten gehen.«

»Sie können auch den Lift nehmen«, schlug Tai Wong vor.

John und Suko befolgten den Ratschlag.

Als der Lift unten stoppte und die Türhälften auseinanderglitten, sahen John und Suko in die Mündungen von Maschinenpistolen. Tai Wong hatte sich verkrümelt. Polizisten in Kampfanzügen stürmten den Vergnügungspalast. Sie nahmen die Bar in Beschlag und jagten auch hinauf in die oberen Stockwerke.

Es gab wütende Proteste. Hinterher erfuhr John, daß die Gäste von dem Dimensionssprung gar nichts bemerkt hatten. Für sie war nach der Rückkehr in die normale Dimension alles normal weitergegangen.

John Sinclair und Suko aber hoben sicherheitshalber die Hände.

Ein schnauzbärtiger Captain befahl einigen Beamten, sich um John und den Chinesen zu kümmern.

Sie wurden nach draußen geschafft.

Und dort traf John Sinclair auf einen der hohen Polizeibeamten. Der Mann stutzte und fuhr die Polizisten an. »Lassen Sie sie sofort los!«

Die Männer gehorchten.

Der hohe Polizeibeamte wußte, welchen Job John Sinclair ausübte. Der Geisterjäger und Suko wurden zu einem Einsatzwagen geführt, in dem auch Superintendent Powell saß.

»Hallo, Sir«, sagte John grinsend und hob die Hand. »Melde mich aus der x-ten Dimension zur Stelle.«

Powell gab keine Antwort, sondern zog Gardinen vor die Wagenfenster. Dann meinte er: »Ich schätze, daß Sie eine Menge zu erzählen haben.«

Der Oberinspektor berichtete. Danach erfuhr er, was dieser Dimensionssprung für Auswirkungen gehabt hatte. Der Vergnügungspalast war plötzlich verschwunden gewesen. Jetzt war dem Geisterjäger auch die Aufregung verständlich.

Noch in derselben Nacht wurde auch die zweite Tote ohne Gesicht gefunden. Ihr Fall wurde in aller Stille behandelt. John Sinclair gab eine Erklärung.

Mit dem Verschwinden des Vergnügungspalastes beschäftigten sich die Gazetten und Boulevardblätter noch tagelang. Die wildesten Vermutungen und Spekulationen tauchten auf.

Etwas jedoch hatte John Sinclair an diesem Fall sehr nachdenklich gestimmt.

Bisher war er nur von den Mächten der Finsternis gejagt

worden. Sie hatten sich für so stark gehalten, daß sie auf die direkte Hilfe von Menschen verzichten konnten. Sollte sich das nun geändert haben?

Wenn ja, dann ging der Geisterjäger sehr schweren Zeiten entgegen . . .

Schach
mit dem
Dämon

Es fing alles so harmlos an.

Die Schatten der Dämmerung hatten einen strahlenden Herbsttag abgelöst. Doch jetzt, gegen Abend, kam schon die Nachtkühle auf. Über den Wiesen tanzten die Mücken, während der Wind bereits die ersten gelben Blätter von den Bäumen wehte.

Bill Conolly, früher Starreporter und heute nur noch gelegentlich für die großen Magazine in aller Welt tätig, betrat seinen großen Wohnraum. Er hatte Holz geholt und wollte mit seiner Frau Sheila einen gemütlichen Abend am Kamin verbringen, im Schaukelstuhl, bei knisterndem Feuer und einem guten Buch.

Seit Bill verheiratet war, führte er das Leben eines normalen Ehemannes, wenn er auch manchmal aus dem Alltag ausbrach und mit seinem besten Freund John Sinclair auf Dämonenjagd ging. Doch das geschah selten, dafür sorgte schon Sheila, dieses blondhaarige, liebevolle Wesen, das Bills Herz in Flammen gesetzt hatte.

Bill Conolly stapelte die Holzscheite in einen Eisenkorb und wischte sich die Hände sauber. Aus den Lautsprechern der Stereoanlage erklang leichte Musik. Schlager, die gerade ›in‹ waren.

Bill ging in die Knie und legte einige Holzstücke fachmännisch auf den Kaminrost. Eine Gasanlage sorgte dafür, daß sie sich schnell entzündeten.

Schon bald prasselten die Flammen. Ihr zuckender Schein tauchte das Zimmer in gemütliches Licht. Bill knipste noch zwei Wandleuchten an, zog sich den Schaukelstuhl ein Stück näher an den Kamin und begann zu lesen. Er vertiefte sich in einen Reisebericht, den ein deutscher Forscher über die Osterinseln geschrieben hatte. Das Buch fesselte den hochgewachsenen Mann so sehr, daß er die Schritte nicht hörte, die sich ihm näherten. Er schlug soeben eine Seite um, da legten sich zwei Hände über seine Augen.

Bill ließ das Buch sinken. »Wer ist da?« fragte er gespielt überrascht.

»Rate mal«, erklang eine weiche, weibliche Stimme.

»Keine Ahnung!« Bill mußte grinsen. Er schwang seine Arme

über den Kopf, legte beide Hände auf eine schmale Wespentaille und fühlte unter seinen Fingern die Seide eines Kleides.

»Wenn mich nicht alles täuscht, steht hinter mir mein Herr und Gebieter und Bettgespielin in einer Person«, sagte Bill.

»Schuft!« Die Hände verschwanden von Bills Augen. »Mich so zu bezeichnen. Bettgespielin, wie sich das anhört.« Sheila Conolly trat um den Stuhl herum und setzte sich zu ihrem Mann auf den Schoß.

Bill legte seine Hände um Sheilas Körper. Das Buch rutschte zu Boden. Es war ihm egal. Dicht vor seinen Augen schimmerten Sheilas verlockende Lippen. Obwohl Bill nun schon einige Jahre verheiratet war, übte Sheila noch immer die Faszination auf ihn aus wie am Tag der Hochzeit. Sie war eine Frau, von der viele Männer nur träumen konnten.

Das lange Haar hatte eine blonde Farbe und erinnerte an reifen Kansas-Weizen. Es fiel bis auf die Schultern und legte sich dort in eine Außenrolle. Sheila hatte ein feingeschnittenes Gesicht, an dem die Kosmetikindustrie mit ihren Cremes und Wässerchen höchstens etwas verschlimmern konnte, und volle, naturrote Lippen. Ihre Figur konnte sich ebenfalls sehen lassen. Sheila Conolly war ein Typ, der in alten Jeans und T-Shirt ebenso sexy wirkte wie im weit ausgeschnittenen Abendkleid.

Bill war stolz auf seine Frau, und Sheila war stolz auf ihn.

An diesem Abend trug sie ein langes Hauskleid im Country Look. Der Rock war bunt, von der Taille ab geschwungen und nicht angekräuselt. Das Oberteil schmiegte sich eng an den Körper. Die kurzen, wie aufgebläht wirkenden Ärmel standen im krassen Widerspruch dazu.

Sheilas Zeigefinger fuhr über Bills Lippen. »Es wird ein wunderbarer Abend«, flüsterte sie. »Nur wir beide. Ich habe mich schon seit Stunden darauf gefreut.«

Bill verzog das Gesicht. Dabei legte sich seine Denkerstirn in Falten. Es sah lustig aus. »Du vergißt den Knilch, der uns heute noch das Geschenk bringen soll«, sagte er. »Der Knabe läßt sich verdammt viel Zeit.« Bill blickte auf seine Uhr. »Schon sieben durch. Wenn er in einer Stunde noch nicht hier war, rufe ich an.«

Sheila lächelte. »Er wird schon noch kommen.«

»Hoffentlich.«

Das Geschenk, von dem Bill Conolly gesprochen hatte, war etwas ganz Besonderes. Sheila hatte es zufällig in einem Antiquitätenladen gesehen und war sofort hingerissen.

Bei diesem Geschenk handelte es sich um ein Schachspiel aus dem sechzehnten Jahrhundert. Die Figuren waren aus kostbarem Elfenbein geschnitzt und kosteten ein kleines Vermögen.

Sheila hatte das Spiel trotzdem gekauft. Sie und Bill brauchten auf den Shilling nicht zu schauen. Sheila hatte von ihrem Vater mehrere chemische Fabriken geerbt. Sie selbst hatte sich aus dem Geschäft zurückgezogen und überließ das Management erfahrenen Fachleuten. Mit Erfolg, wie Sheila an den Gewinnspannen merkte.

Das Schachspiel war nicht für sie, sondern für John Sinclair. Er hatte am nächsten Tag Geburtstag, und da John ein Freund des könglichen Spiels war, würde ihm dieses Geschenk sicherlich eine riesige Freude bereiten.

Die Feier sollte in Johns Apartment stattfinden, und geladen waren all seine Freunde. Männer und Frauen, auf die sich der Geisterjäger hundertprozentig verlassen konnte, die er selbst aber auch niemals im Stich lassen würde.

Bill Conolly zündete sich eine Zigarette an. Gelassen blies er den Rauch in die knisternden Flammen, während Sheilas Kopf an seiner linken Schulter ruhte.

»Ich wollte, es wäre immer so«, sagte sie leise.

»Wie meinst du das?«

»Ich liebe diese Abende, das ruhige gemütliche Leben und wünsche mir, daß es immer so bleiben wird.«

»Aber warum soll sich daran etwas ändern?«

Sheila nahm den Kopf hoch. »Du lügst, ohne rot zu werden, Bill«, sagte sie. »Denk mal an die schrecklichen Auseinandersetzungen, die hinter dir liegen. Die Kämpfe mit Dämonen und was weiß ich für Höllenpack. Das ist jetzt auch nicht vorbei. Noch vor gar nicht langer Zeit wärst du um ein Haar ums Leben gekommen.«

»Spielst du auf den Fall im Himalaya an?«

»Ja.«

Bill drückte die Zigarette im Aschenbecher aus. »Was kann ich dafür, daß Flugvampire die Maschine angegriffen haben?«

»Du darfst eben solche Reisen nicht mehr unternehmen«, erwiderte Sheila mit bestechender weiblicher Logik.

Der Türgong unterbrach das Gespräch.

»Das wird der Knabe sein«, vermutete Bill und schob Sheila sanft von seinem Schoß. »Ich mache auf.«

Mit langen Schritten durchquerte der Reporter den großen Raum und die Diele, dann stand er vor der Haustür. Durch die Sprechanlage erkundigte er sich, wer draußen war.

Es war tatsächlich der Mann mit dem Geschenk.

»Sie können hereinkommen«, sagte Bill und drückte auf einen Knopf. Das Eingangstor zu seinem Grundstück glitt automatisch zur Seite.

Bill erwartete den Überbringer vor der Haustür. Der Mann mußte erst noch den großen Vorgarten durchqueren, in dem bereits die Laternen brannten und um deren helle Lichtinseln Hunderte von Mücken ihre seltsamen Tanzspiele aufführten.

Der Besitzer des Geschäftes überreichte persönlich das Geschenk.

Der Mann hieß Octavio und war für Bills Geschmack ein unsympathischer Bursche. Er trug einen schwarzen Mantel, der ihm fast bis zu den Knöcheln reichte. Der Schädel war eiförmig, und nur den Hinterkopf schmückten noch einige hellgraue Haare. Octavio ging leicht vornübergebeugt. Hart stach die Raubvogelnase aus seinem Gesicht hervor. Augenbrauen hatte der Mann keine mehr aufzuweisen, dafür aber einen sichelförmigen Bart, der rechts und links der Mundwinkel herabhing und nur die schmale Unterlippe zu erkennen gab.

Die kleinen Augen lagen tief in den Höhlen und schienen jeden Menschen mit Blicken durchbohren zu wollen.

Mr. Octavio hatte die Arme ausgestreckt. Das wertvolle Geschenk trug er auf beiden Händen. Es war wohl verpackt.

»Bitte sehr, Mr. Conolly«, sagte der Händler und ließ sich das Paket von Bill abnehmen.

Bill faßte es behutsam und stellte es in der geräumigen

Eingangsdiele auf einen kleinen Tisch. Dann nahm er den schon vorbereiteten Scheck und überreichte ihn dem Händler.

Octavio steckte das Papier ein, ohne überhaupt einen Blick darauf zu werfen. Er sah nur Bill an, und der Reporter glaubte, ein wissendes Lächeln um die Mundwinkel des Gegenübers spielen zu sehen.

»Ist noch etwas?« fragte Bill.

»Eigentlich nicht.«

»Sondern?«

»Ich wünsche Ihnen nur viel Spaß beim königlichen Spiel«, sagte der Mann mit einem Unterton in der Stimme, der Bill stutzig werden ließ. Der Reporter entgegnete jedoch nichts, auch nicht, als Octavio sich umdrehte und grußlos dem Tor entgegenging.

Bill wartete, bis er den Mann nicht mehr sehen konnte. Dann kehrte er zurück ins Haus.

Sheila erwartete ihn bereits. Da sie mit dem Rücken zum Kamin stand, warf der Widerschein der Flammen kupferfarbene Reflexe auf ihre goldblonde Außenrolle. Sie sah bezaubernd aus.

Bill stellte das Paket ab.

Sheilas Lächeln gerann, als sie in das Gesicht ihres Mannes blickte. »Ist etwas geschehen?«

»Nein, wieso?«

»Du siehst so nachdenklich aus.«

Bill winkte ab. »Dieser Octavio ist ein komischer Kerl. Der hat mich angesehen, als wollte er mich fressen. Und dazu hat er noch gegrinst. Seltsam.«

Sheila trat auf ihren Mann zu und legte ihm beide Hände auf die Schultern. »Mein lieber Bill, du siehst mal wieder Gespenster. Jeder Mensch ist anders. Das müßtest du doch eigentlich am besten wissen.«

Bill hob die Schultern. »Schon – aber . . .«

»Kein aber, mein Schatz.« Sheila Conolly zog ihren Mann mit sanfter Gewalt zu dem Fell. Sie hatte es auf den Boden gelegt und darauf mehrere Kissen. Bill sah, daß an Sheilas Kleid schon einige Knöpfe offenstanden, und er wußte Bescheid.

Das, was ihn jetzt erwartete, ließ ihn das Schachspiel vergessen . . .

Beinahe lautlos rollte das Tor über die Schiene und glitt hinter Octavio ins Schloß.

Der Händler drehte sich um, verstaute beide Hände in seinen Manteltaschen und lächelte. Es war ein böses, wissendes und teuflisches Lächeln zugleich. Denn er, Octavio, hatte dem Reporter eine Bombe ins Haus gebracht.

Eine magische Bombe allerdings, deren Wirkung jedoch nicht minder schrecklich sein würde als die einer von herkömmlicher Bauart.

Der Händler ging nicht sofort zu seinem Wagen. Er warf noch einen Blick durch die armdicken Gitterstäbe des Tores auf das Haus. Octavio sah Licht durch die Büsche schimmern, sehr schwach nur, und bald wurde es völlig finster.

Erst jetzt wandte der Händler sich ab.

Mit gemessenen Schritten ging er durch die ruhige Villenstraße. Niemand beobachtete ihn, kein Mensch befand sich um diese Zeit auf dem Bürgersteig. Die Villen – sie lagen meist innerhalb parkähnlicher Grundstücke – waren von der Straße her kaum zu sehen. Mauern und wuchtige Bäume bildeten einen richtigen Schutzwall.

Doch Octavio war das egal. Er kümmerte sich um andere Sachen, hatte viel größere Pläne.

Er erreichte seinen Wagen. Es war eines dieser altmodischen hochrädrigen Taxis, die – schon ausgemustert – zu Liebhaberpreisen verkauft wurden. Octavio hatte seinen Wagen regelrecht ersteigert. Er fühlte sich nur in solch einem Gefährt wohl.

Der Händler selbst fuhr nicht. Er hatte einen Diener eingestellt. Der Mann hieß Malko, war Fahrer, Leibwächter und Putzfrau in einer Person. Er hatte Octavio im Innenspiegel gesehen und öffnete ihm die Tür.

Der Händler stieg ein. Zufrieden grinsend ließ er sich auf den Beifahrersitz sinken.

Malko drehte den Kopf. »Hat alles geklappt?« fragte er. Seine Stimme klang nicht lauter als ein Flüstern, obwohl er normal sprach. Malko hatte einen Stimmbandschaden. Überhaupt war er ein seltsamer Typ. Auf seiner Stirn befand sich eine schlecht verheilte, fingerdicke Narbe. Sie zog sich waagerecht von einer

Stirnseite zur anderen. Die Augen versteckte Malko hinter einer dunklen Brille, die Nase war flach und sah aus wie ein Kieselstein. Der große Malko hatte ein fliehendes Kinn und einen kleinen, fast runden Mund. Er hielt sich stets gebeugt, und so entstand der Eindruck, daß die Natur Malko auch noch mit einem Buckel versehen hatte.

Octavio warf die Tür ins Schloß. »Fahr los«, sagte er.

Malko startete. Er war kein besonders guter Fahrer, und der Wagen ruckte beim Start an. Der Händler wurde nach vorn geworfen und fluchte. »Paß doch auf, du Idiot!« zischte er.

Malko entschuldigte sich.

Er steuerte das hochrädrige Taxi durch das abendliche London auf den Stadtteil Chelsea zu. Während der Fahrt sprach keiner der Männer ein Wort. Erst als sie das Geschäft erreicht hatten, erkundigte sich Malko: »Haben Sie noch Arbeit für mich?«

»Nein!«

Malko ließ seinen Boß aussteigen und lenkte den Wagen dann in eine Garage. Die Einfahrt befand sich im Erdgeschoß des Nachbarhauses, direkt neben dem Antiquitätenladen.

Octavio schloß die gut gesicherte Tür auf. Unter dem Holz verbarg sich eine Panzerplatte, und auch das Schloß war so gut wie einbruchsicher.

Im Dunkeln betrat der Händler sein Geschäft. Die kleine Glocke, die normalerweise den Besuch eines Kunden ankündigte, hatte er abgestellt.

Es war nicht völlig ruhig in dem Geschäft. Irgendwo knackte und knarrte immer etwas. Die Bohlen des Fußbodens ächzten unter Octavios Gewicht.

Durch eine Tür hinter dem breiten, aber ziemlich kurzen Holztresen verschwand der Händler in einem Nebenzimmer, das als Büro eingerichtet war.

Octavio machte Licht. Der Widerschein spiegelte sich auf einem alten Stahlschrank. Der Schreibtisch hätte ebenfalls schon in ein Museum gehört, und der Stuhl mit den hohen Armlehnen auch. Nur das Telefon war neu.

Der Händler ließ sich in den Sessel fallen. Beide Hände legte er auf den Schreibtisch und schloß die Augen. Er war zufrieden mit sich. Die Weichen waren gestellt, um John Sinclair und dessen Freunde ein für allemal von dieser Welt verschwinden zu lassen . . .

Zigarettenrauch kräuselte der Decke entgegen. Das Feuer im Kamin war fast heruntergebrannt. Nur noch ein paar sparsame Flammen flackerten auf. Hin und wieder zerplatzte ein Holzspan, und glühende Funken flogen der Kaminöffnung entgegen.

Bill saß im Schaukelstuhl. Er nippte an seinem Bourbon. Ab und zu warf er einen Blick auf Sheila, die es sich auf dem Fell bequem gemacht hatte. Ein flauschiger blauweißer Morgenmantel hüllte ihren Körper ein.

Bill trank in langsamen Schlucken. Eiswürfel schlugen mit melodischem Klingen gegeneinander.

»Schon elf Uhr«, sagte Sheila, »ich glaube, es wird Zeit.« Sie räkelte sich und kuschelte sich dann enger in den Bademantel.

Bill lächelte. Er hob dabei die Schultern. »Was soll's? Uns treibt doch niemand.«

»Trotzdem, ich bin müde.« Sheila setzte sich. Der Mantel klaffte auseinander und gab zwei makellose Beine frei.

»Und das Paket?« fragte Bill.

Sheila runzelte die Stirn.

»Johns Geschenk«, hakte der Reporter nach. »Du wolltest es mir noch zeigen und dann in Geschenkpapier einwickeln. Du hast es mir selbst gesagt.«

Sheila zog einen Flunsch. »Ehrlich gesagt, dazu bin ich zu müde. Ich zeige es dir morgen.«

»Faulpelz.« Bill stemmte sich aus seinem Stuhl. »Dann werde ich die Figuren eben selbst auspacken.«

»Tu das. Ich gehe schon ins Bett.« Sheila begann zu gähnen. Sie ließ sich von Bill hochziehen, hauchte ihm einen Kuß auf den Mund und flüsterte: »Es war schön, Darling.«

»Das ist es doch immer.«

»Aber heute besonders.« Sheila löste sich von ihm und verließ das Zimmer.

Bill trank sein Glas leer. Die Zigarette war im Ascher verqualmt.

Der Reporter holte eine Schere und begann die Kordeln, die um das Papier gewickelt waren, aufzuschneiden.

Zum Vorschein kam ein graubrauner Karton. Er hatte die Form eines großen Würfels. Bill öffnete die beiden oberen Papphälften und holte das hölzerne Schachbrett hervor.

Die schwarzen und weißen Felder schimmerten mit einem matten Glanz. Bei näherem Hinsehen erkannte Bill Motive, die in die Felder eingearbeitet worden waren.

Der Reporter runzelte die Stirn. Solch ein Schachbrett hatte er noch nie gesehen. Normalerweise waren die Felder glatt und ohne irgendwelche Zeichen. Aber hier . . .

Bill war zu müde, um sich noch genauer mit dem Schachbrett zu beschäftigen. Er holte statt dessen die kleine Kiste mit den Figuren aus dem Karton hervor.

Die Kiste war mit Samt ausgeschlagen. Die schwarzen und weißen Spielfiguren – aus Elfenbein geschnitzt – lagen nach Farben getrennt.

Bill fiel zuerst der weiße König in die Hand. Er war etwa so groß wie eine Männerhand, trug eine Krone auf dem Kopf und hatte ein so kunstvoll geschnittenes Gesicht, daß Bill das Gefühl hatte, die Figur würde leben.

Er strich mit dem Finger darüber. Die Figur fühlte sich seltsam warm und weich an. Nachgiebig.

Bill legte sie beiseite, nahm die Dame in die Hand.

Bei ihr hatte er das gleiche Gefühl. Während der König ein Zepter in der Hand hielt, trug die Dame um den Hals eine Holzkette mit winzigen, kaum zu erkennenden Diamantsplittern.

»Das ist ein Ding«, flüsterte Bill ehrfurchtsvoll, »so etwas habe ich noch nie gesehen.« Er sah sich die Dame genau an. Der Künstler, der diese Figuren geschnitzt hatte, war ein wahrer Meister seines Fachs. Er hatte ihnen Leben eingehaucht. Ja, Bill schien es, als würden die Figuren im Licht der Wandlampen ein regelrechtes Eigenleben entwickeln.

Der Reporter wischte sich über die Augen. »Ich glaube, ich brauche auch eine Mütze voll Schlaf«, murmelte er.

Dann nahm er die anderen Figuren zur Hand.

Die Türme. Sie sahen völlig normal aus. Zylinderförmig und mit einer Zinne versehen.

Die Läufer. Auch normal. Sie unterschieden sich in nichts von anderen Schachfiguren.

Die Springer! Hier hatte der Meister wieder seine Klasse bewiesen. Er hatte Tiere geschnitzt, so echt und so lebensnah, als würden sich die Elfenbeinfiguren im Galopp befinden. Auf den Rücken der Pferde saßen Reiter und schwangen ihre Schwerter.

Bill legte die Figuren wieder in den Kasten.

Blieben noch die Bauern.

Bill Conolly nahm eine dieser kleinsten Figuren in die Hand, die nur halb so groß waren wie die anderen. Er drehte sie in den Fingern und stieß im nächsten Augenblick eine Verwünschung aus.

Die Bauern trugen Lanzen in den Händen, die vorn so spitz waren, daß sich der gute Bill die Haut unterhalb des Nagels aufgerissen hatte.

»Sind ja lebensgefährlich, die Dinger«, knurrte der Reporter. Er sah in das Gesicht der Figur. Hier waren Augen, Mund und Nase nur angedeutet. Der Schnitzer hatte sich nicht soviel Mühe gegeben. Aber es waren ja nur Bauern.

Bill Conolly packte die Figuren wieder ein.

»Kommst du, Bill?« hörte er Sheilas Stimme.

»Ja, gleich.« Der Reporter lutschte das Blut von seinem rechten Zeigefinger, klappte die Kiste wieder zu und verließ den Raum. Vorher löschte er noch das Licht und schritt die Wendeltreppe zum Schlafzimmer hoch.

Schlaf- und Waschräume lagen in der oberen Etage. Sheila hatte schon die Betten aufgeschlagen. Bill warf noch einen Blick in den Schlafraum und sagte lächelnd: »Ich gehe nur noch ins Bad.«

»Aber beeil dich, Darling. Ich will nicht ohne dich einschlafen.«

Bill deutete einen Kuß an und verschwand. Der Finger blutete noch immer. Ein ziehender Schmerz pulste durch seine Hand. Bill wunderte sich, daß diese kleine Wunde so lange blutete. Das war ihm bei ähnlichen Verletzungen nicht passiert. Er hattes gutes ›Heilfleisch‹.

Im Bad fand Bill ein Pflaster und klebte es auf die ›Wunde‹.

Dann stieg er noch kurz unter die Dusche. Er trocknete sich gar nicht richtig ab, sondern zog seinen dicken flauschigen Bademantel über.

Sheila schlief bereits, als er das gemeinsame Schlafzimmer betrat. Auch Bill legte sich hin.

Er löschte das Licht.

Jetzt, wo er abschalten konnte, fühlte er wieder das Ziehen im Finger. Bill meinte sogar, der Zeigefinger wäre etwas angeschwollen. Er dachte nicht mehr an die kleine Verletzung und versuchte zu schlafen.

Es gelang ihm nicht.

Unruhig wälzte er sich von einer Seite auf die andere. Neben ihm atmete Sheila tief und gleichmäßig. Er beneidete seine Frau um ihren gesunden Schlaf.

Bill hatte die Tür offengelassen. So war es nicht völlig finster. Der Reporter konnte Umrisse erahnen. Er begann das alte Spiel und zählte Schäfchen. Schlaf fand er trotzdem nicht.

Waren es zwei oder drei Stunden, die Bill wachgelegen hatte? Er vermochte es nicht zu sagen. Irgendwann fiel er dann in einen tiefen Schlummer, einen fast bewußtlosen Zustand, der Bill einen Traum bescherte und ihm den Schweiß aus den Körperporen trieb.

Bill sah sich als Schachfigur. Auf einem riesigen Brett. Von allen Seiten drangen sie auf ihn ein. Die Reiter auf ihren Pferden, gefolgt von den Bauern. Der König und die Dame trieben ihre Vasallen an. Alle hatten nur ein Ziel.

Sie wollten Bill Conolly töten!

Die Bauern trieben ihn in die Enge. Lanzen flogen auf ihn zu. Bill wich aus, sprang zur Seite, doch es flogen immer mehr Lanzen heran. Er wurde an der linken Schulter getroffen, an der Hüfte. Eine Lanze streifte seinen Hals.

Bill fiel zu Boden.

Dann stand der König persönlich vor ihm. Sein Gesicht hatte sich verändert. Es war zu einer dämonischen Fratze geworden, mit glühenden Augen und einem riesigen Maul.

Der König hielt ein Schwert in der Hand. Hoch schwang er es über dem Kopf.

»Ich töte dich, Bill Conolly! Ich töte dich!«

Er schlug zu.

»Neiiinnn!« schrie Bill, setzte sich im Bett auf und war wach.

Licht blendete ihn.

Sheila Conolly hatte es angeknipst. Besorgt blickte sie ihren Mann an. »Was ist, Bill? Was ist los? Warum hast du geschrien?« Sie faßte nach seiner Schulter.

Bill schüttelte den Kopf und rieb sich über die schweißnasse Stirn. Er mußte sich erst wieder beruhigen. Seine Stimme klang heiser, als er sagte: »Ich hatte da einen Traum. Einen Alptraum. Grauenhaft.«

»Aber der ist jetzt vorbei«, erwiderte Sheila beruhigend. »Du brauchst keine Angst mehr zu haben.«

Bill atmete keuchend. Er mußte Sheila den Traum einfach erzählen. »Das Schachbrett«, flüsterte er.

»Was war damit?«

»Ich – ich war eine Schachfigur. Und die anderen Figuren lebten. Bauern, die Dame, der König. Sie alle liefen auf mich zu, wollten mich töten. Mein Gott.« Bill vergrub sein Gesicht in beide Hände.

»Soll ich dir ein Glas Wasser holen?« fragte Sheila fürsorglich.

»Nein, nein, nicht nötig. Danke.« Der Reporter ließ sich wieder zurückfallen. Ziellos starrte er gegen die Decke. Dann sagte er: »Gebe Gott, daß dieser Traum niemals in Erfüllung geht . . .«

Ich betrat das Bad und knipste Licht an. Augenblicklich sah ich mein Spiegelbild. Ein ziemlich mieses, muß ich ehrlich gestehen.

Das ist er also, stellte ich fest. Der berühmte Geisterjäger, Feind aller Dämonen und finsteren Mächte.

Im Schlafanzug sehen alle Menschen irgendwie gleich aus. Auch ich, John Sinclair, jüngster Oberinspektor bei Scotland Yard, ziemlich groß, blondhaarig, blaue Augen.

Im Augenblick war ich müde. Ich streckte mir selbst die Zunge heraus. Sie war belegt. Ich gähnte und stellte mir vor, jetzt irgendwo auf einer einsamen Berghütte zu sein und die Nebelschwaden zu beobachten, die aus den Tälern stiegen.

Leider war ich es nicht, sondern befand mich in meiner Wohnung. Ich hatte Geburtstag. Jawohl, ich war mal wieder reif.

Aus diesem Grund hatte ich auch einen Tag Urlaub genommen. Mit dem heutigen Freitag sollte es ein verlängertes Wochenende werden. Mit einer Feier am heutigen Abend.

Geburtstag! Wie sich das anhörte. Als Kind hatte ich mich darauf gefreut, aber wenn man das dreißigste Lebensjahr überschritten hatte, dann begann man schon nachzudenken. Ich kenne Leute, die sagen kurz und knapp: Mit Dreißig ist der Lack ab! Ich gehöre nicht zu den Pessimisten, obwohl ich eigentlich dankbar sein mußte, daß ich diesen Geburtstag noch feiern konnte. Wenn ich so an die vergangenen Jahre denke, dann läuft mir nachträglich noch eine Gänsehaut über den Rücken.

Zuviel war auf mich eingestürmt. Ich hatte mich mit den schlimmsten Dämonen herumgeschlagen. Erst vor wenigen Tagen noch war ich mit einem gesamten Vergnügungspalast in eine andere Dimension versetzt worden.

Unbegreiflich . . .

Ich scheuchte die trüben Gedanken fort und stieg aus meinem Schlafanzug.

Dann hüpfte ich unter die Dusche.

So etwas macht mich immer munter.

Zehn Minuten überließ ich meinen Körper den Wasserstrahlen, und gerade als ich aus der Kabine stieg, klingelte das Telefon.

Der erste Gratulant?

Tropfnaß ging ich in den Living-room. Beim fünften Klingeln hob ich ab.

»Sinclair!«

Die Männerstimme am anderen Ende der Leitung begann zu lachen. »Sie haben heute Geburtstag?«

Mir schwante schon Böses. »Ja«, erwiderte ich. »Und?«

»Es wird Ihr letzter Geburtstag sein, Sinclair. Noch heute werden Sie zur Hölle fahren. Es ist Schluß, vorbei!«

Klick. Der Anrufer hatte eingehängt.

Ich starrte auf den Hörer. Wenn das kein Geburtstagsgruß war. Von meinen Haaren tropfte das Wasser. Es rann auf den Teppich und wurde dort aufgesaugt. Ich wischte mir über die Stirn und legte den Hörer auf die Gabel. Ich fühlte, wie die Spannung sich in meinem Körper breitmachte.

Okay, man wollte mich also wieder umlegen. Wer, wußte ich nicht. Aber die Unbekannten hatten einen Fehler gemacht. Sie hatten mich gewarnt, und so konnte ich meine Vorbereitungen treffen.

Ich begann mich anzuziehen. Ich versuchte so etwas wie ein freudiges Geburtstagsgefühl zu entwickeln, doch das war nicht drin. Zu deutlich war die Warnung gewesen.

Es schellte.

Das konnte eigentlich nur Suko sein.

Doch vorsichtig geworden, blinzelte ich durch den Spion.

Tatsächlich stand Suko vor der Tür. Er hatte sein breites Gesicht zu einem Lächeln verzogen, und als ich öffnete, gratulierte er mit einer Herzlichkeit, die ich dem alten Kämpen gar nicht zugetraut hätte.

»Komm rein«, sagte ich und schloß die Tür. Wir hatten verabredet, gemeinsam zu frühstücken.

»Man hat mir schon einen Geburtstagsgruß geschickt«, klärte ich Suko auf.

»Wer hat denn angerufen? Jane?«

»Ich wollte, es wäre so. Nein, ein unbekannter Freund. Er hat versprochen, mich heute noch zur Hölle zu schicken.«

Suko erstarrte mitten in der Bewegung. »Stimmt das?«

»Ich mache keine Scherze.«

»Erzähl.«

Ich berichtete.

Sukos Gesicht hatte einen ungläubigen Ausdruck angenommen. »Wer kann das nur sein?« murmelte er. »Ehrlich gesagt, mir ist das unbegreiflich. Aber vielleicht sind das die Nachfolger von unserem Freund Alex Tarras.«

Suko spielte dabei auf den letzten Fall an, der hinter uns lag.

»Glaube ich nicht.« Ich schüttelte den Kopf. »Da braut sich irgendwas zusammen. Na ja, wir werden sehen. Aber laß uns erst mal frühstücken. Das haben wir uns verdient.«

Das Frühstück schmeckte mir nicht. Die Drohung des Anrufers hing wie ein unsichtbares Schwert über meinem Kopf. Auch Suko war der Appetit vergangen. Er trank nur zwei Tassen Kaffee und schob den leeren Teller von sich.

»Ein toller Geburtstagsanfang«, stellte er fest.

»Nicht meine Schuld«, sagte ich und griff nach den Zigaretten. Ich gönnte mir das erste Stäbchen des Tages. Meine Gedanken kreisten immer noch um den Telefonanruf. Ganz plötzlich entschloß ich mich, ins Büro zu fahren.

Suko zog ein überraschtes Gesicht, als ich ihm meine Entscheidung mitteilte.

»Ich denke, du hast Urlaub«, sagte er nur.

»Ich bin in ein paar Stunden wieder zurück«, erwiderte ich. »Aber ich will trotzdem den letzten Fall noch einmal durchgehen. Vielleicht findet sich dort tatsächlich ein Anhaltspunkt.«

Suko grinste säuerlich. »Und was soll ich sagen, wenn jemand anruft und dir wirklich gratulieren will?«

»Sag ihm, ich wäre geplatzt!«

»Okay, mach' ich.«

Mit dem Lift fuhr ich in die Tiefgarage. Dort stand mein silbergrauer Bentley. Ein Klassewagen. Die Sitze waren aus schwarzem Leder, das Cockpit des Schlittens holzverkleidet.

Der Wagen sprang wie immer sofort an. Ich lenkte ihn die Einfahrt hoch und reihte mich in den Londoner Vormittagsverkehr ein.

Ich ließ mir Zeit. Als ich den Wagen auf dem yard-eigenen Parkplatz abstellte, war es zehn Uhr. Ich fuhr hoch zu meinem Büro und traf eine überraschte Glenda Perkins an.

»Ihr Chinese sagte mir schon, daß Sie auf dem Weg hierher sind«, berichtete sie und hatte vor Aufregung rote Wangen. »Ich wollte es gar nicht glauben.«

»Dafür sehen Sie mich jetzt«, erwiderte ich.

Glenda wurde verlegen. Ein bildhübsches Girl, mit schwarzen Haaren und dunklen Augen. Sie war unsterblich in mich verliebt.

Sie streckte die Hand aus. »Dann – dann darf ich Ihnen herzlich zum Geburtstag gratulieren, Mr. Sinclair«, stotterte sie und senkte verschämt den Blick.

Ich nahm die Hand und zog Glenda näher. Dann bedankte ich mich mit zwei Küssen auf die Wangen.

Da wurde die Tür aufgerissen, und Superintendent Powell,

mein direkter Vorgesetzter, betrat das Büro. Verblüfft blieb er stehen und runzelte die Stirn.

»Aha«, sagte er nur.

Glenda kiekste auf, ihr Kopf wurde noch roter, und sie verdrückte sich in eine Ecke.

Ich grinste. »Miß Perkins hat mir nur zum Geburtstag gratuliert«, erklärte ich meinem Chef. »Und ich habe mich bedankt. In allen Ehren, versteht sich.«

Auch Superintendent Powell gratulierte mir. Seine Augen hinter der dicken Brille strahlten. Selten habe ich ihn so menschlich gesehen. »Alles Gute«, wünschte er. »Und weiterhin viel Erfolg, John!«

»Danke, das kann ich brauchen.«

Powell war nicht nur ein hervorragender Stratege, sondern auch ein Menschenkenner. Er merkte sofort, daß etwas mit mir nicht stimmte. »Gehen wir in Ihr Büro«, schlug er vor.

Wir hatten uns bisher im Vorzimmer aufgehalten. Ich schloß hinter uns die Tür.

Powell setzte sich auf den Besucherstuhl, und ich nahm hinter meinem Schreibtisch Platz.

»Sie sind doch nicht aus purer Anhänglichkeit zum Yard herausgekommen«, sagte der alte Fuchs.

»Nein.« Ich legte die Hände gegeneinander. »Heute morgen habe ich schon einen besonders netten Geburtstagsgruß erhalten.«

Ich erzählte von dem Anruf.

Powell zeigte sich beunruhigt. »Und?« fragte er. »Haben Sie eine Vermutung?«

»Ja, deswegen bin ich ja hier. Ich möchte noch einmal die Akten des letzten Falles durchsehen. Vielleicht findet sich dort ein Anhaltspunkt. Sie wissen ja, neuerdings scheine ich auch auf der Abschußliste Londoner Gangster zu stehen. Nicht nur die Dämonen haben es auf mich abgesehen.«

Powell verstand mich. Er forderte die Akten an.

Zwei Stunden verbrachte ich mit meinem Chef beim Studium der Papiere. Heraus kam dabei nichts. Zwar wurde der letzte Fall noch einmal aufgerollt, aber irgendeinen Anhaltspunkt fanden wir beide nicht.

Schließlich klappte ich die beiden Ordner zu. »Vielleicht hat sich auch nur jemand einen Scherz erlaubt«, sagte ich und versuchte ein Lächeln. Das war mir wohl mißlungen, denn das Gesicht meines Gegenübers blieb ernst.

»Nein, John, das war kein Scherz. Soll ich Polizeischutz für Sie beantragen?«

Ich hob beide Arme. »Um Himmels willen, nein. Ich bin doch kein Politiker oder Industrieller.«

»Aber für unser Land ebenso wichtig.«

Ich grinste nur müde. »Themawechsel«, sagte ich. »Haben Sie es sich überlegt? Kommen Sie heute abend zur Geburtstagsfeier?«

»Nein, John. Ich habe eine unaufschiebbare Verabredung in meinem Club, da muß ich unbedingt hin. Falls es nicht zu spät wird, schaue ich noch vorbei.«

»Ich würde mich freuen.«

Superintendent Powell stand auf und verabschiedete sich von mir mit Handschlag. »Und geben Sie höllisch auf sich acht«, sagte er zum Abschied eindringlich.

»Ich werde mir eine kugelfeste Hornhaut wachsen lassen.«

»Spotten Sie nicht, John.« Powell verschwand.

Dafür betrat Glenda mein Büro. »Hat er noch was gesagt?« erkundigte sie sich aufgeregt.

»Ja«, erwiderte ich mit ernstem Gesicht.

»So, was denn?« Glendas Augen wurden groß.

»Er fragte, wann wir Hochzeit feiern. Er würde dann schon anfangen zu sammeln.«

Glenda holte tief Luft. Dabei hob sich ihr nicht unbeträchtlicher Busen. »Sie – Sie sind unmöglich«, rief sie und lief aus dem Büro. Die Tür knallte ins Schloß.

Kopfschüttelnd blickte ich der Kleinen nach. Und dann dachte ich daran, wie gut es doch war, nicht verheiratet zu sein.

Jane Collins kam am frühen Abend. Strahlend, sexy – eine Klasse für sich. Sie hielt einen überdimensionalen Blumenstrauß in der rechten und ein kleines Päckchen in der linken Hand.

Mit einem Geburtstagslied auf den Lippen betrat sie meine Wohnung.

»Happy Birthday to you . . .!«

Ich fühlte mich wie bestellt und nicht abgeholt und wurde tatsächlich rot. Suko hielt sich im Hintergrund und schmunzelte.

Dann gratulierte mir Jane. Sie legte Blumen und das Päckchen ab und nahm mich in die Arme. Warme Lippen preßten sich auf die meinen. Ich konnte spüren, daß Jane unter ihrem Kleid keinen BH trug. Ein prickelndes Gefühl durchströmte meine Adern.

Jane war eine phantastische Frau. Ihr blondes Haar hing glatt bis auf die Schultern und war in der Mitte gescheitelt. Sie hatte einen verlockenden Mund und einige Sommersprossen um die reizende Nase herum. Beim Betrachten ihrer Figur konnte es einem Mann schon schwindlig werden.

Wenn ich mal heirate, dann nur Jane Collins. Aber dazu müßte ich meinen gefährlichen Beruf aufgeben. Mit der Gefahr, daß meine Frau schnell zur Witwe wird, kann ich nicht leben.

Jane, die aussieht wie ein Fotomodell, ist die beste und cleverste Privatdetektivin, die ich kenne. Es gibt kaum einen Fall, den sie nicht gelöst hat, und gemeinsam haben wir schon manchen Kampf ausgefochten.

Erst Sukos Räuspern trennte uns.

»Nun macht mal Pause, ihr Turteltauben«, sagte er.

Etwas atemlos traten wir zurück. Jane schnappte sich die Blumen und ging auf die Suche nach einer geeigneten Vase. »Pack schon mal aus«, bat sie und wies im Hinausgehen auf das Päckchen.

Jane hatte es in buntes Geschenkpapier eingewickelt. Ich nahm das Päckchen und verzog mich in den Living-room. Es hatte ungefähr die Größe einer Zigarrenkiste, war nur etwas flacher.

Ich wickelte das Geschenk aus, und zum Vorschein kam eine dunkle Schatulle mit einem kleinen Hebel an der Vorderseite, den man hochdrücken mußte.

Ich schob ihn mit dem Daumen in die Höhe.

Der Deckel klappte nach oben.

Der Schock traf mich völlig unvorbereitet.

In der Schatulle lag ein Farbfoto. Mit brutaler Deutlichkeit zeigte das Bild eine blondhaarige Frau, die von mehreren schrecklich aussehenden Gestalten festgehalten wurde. Und vor der Frau stand ein Dämon, der ein Schwert in der Hand hielt und ihr damit den Kopf abschlagen wollte.

Nicht das Motiv war es, das mich so erschreckte.

Nein, es war die Frau.

Ich kannte sie. Sehr gut genau.

Es war keine andere als Jane Collins!

Scharf zog ich den Atem ein. Ich spürte den Schweiß auf meiner Stirn und sah, daß meine Hände zitterten.

Dieses Bild! Wie kam es in die Schatulle! Hatte Jane es dort hineingelegt?

Das konnte ich mir einfach nicht vorstellen.

»John! Was ist?« hörte ich die Stimme der blondhaarigen Privatdetektivin. »Kommst du nicht? Oder gefällt dir mein Geschenk nicht?«

»Doch, doch«, hörte ich mich sagen. »Es gefällt mir schon.«

»Das klingt aber gar nicht überzeugend.« Ich hörte Schritte und wandte den Kopf.

Jane trat auf mich zu. In der Hand hielt sie eine Vase mit einem Blumenstrauß. Es waren gelbe Rosen. Jane blieb neben mir stehen. Ich roch ihr Parfüm. Yves Saint Laurent. Eine Duftmischung, die mir gefiel. Fruchtig und ein wenig herb.

»Die Münzen«, sagte Jane, »du kannst dir überhaupt nicht vorstellen, wie lange ich nach ihnen gesucht habe, und jetzt zeigst du nicht einmal eine Reaktion. Komisch finde ich das doch.«

Ich räusperte mich. »Und das Bild?« sagte ich.

»Welches Bild?«

»Das in der Schatulle!«

»Sag mal, spinnst du?« Jane faßte nach meinem Kopf und drehte ihn so, daß ich in die Schatulle hineinblicken konnte.

Und dort lagen – drei Münzen!

Kein Foto.

Sekundenlang war ich sprachlos. Ich hörte das laute Trommeln meines eigenen Herzschlages. Er dröhnte mir direkt in den Ohren. Das Blut stieg mir zu Kopf.

»Ein Bild«, sagte ich mit schwerer Zunge. »Ich habe ein Bild in der Schatulle gesehen. Ein gestochen scharfes Hochglanzfoto. Es zeigte dich im Kreise von Dämonen, und der Anführer war dabei, dir den Kopf abzuschlagen.«

Jane Collins trat unwillkürlich einen Schritt zurück. Mit gerunzelten Augenbrauen blickte sie mich an. Wir kannten uns schon lange und wußten, was wir voneinander zu halten hatten. Jane war über meinen Job genau informiert, und sie wußte auch, daß ich bei all den schrecklichen Dingen, die ich erlebt hatte, mit beiden Füßen auf dem Boden der Tatsachen geblieben war. Ich war kein Phantast und kein finsterer Exorzist. Wenn ich Jane mitteilte, was ich gesehen hatte, dann glaubte sie mir das auch.

»Das Foto muß sich aufgelöst haben«, murmelte ich. »Vor Sekunden noch lag es auf den Münzen. Und jetzt ist es verschwunden.«

»Schwarze Magie?« warf Jane Collins fragend ein.

»Wahrscheinlich.« Ich griff nach den Zigaretten und bot der Detektivin ebenfalls ein Stäbchen an. Sie nahm es. Ich reichte ihr Feuer.

Drei, vier Sekunden rauchten wir schweigend. Dann meinte Jane: »Man will dir an den Kragen, John!«

»So ist es.« Ich erzählte der Detektivin von dem Anruf am heutigen Morgen.

Jane wurde blaß. »Sei ja vorsichtig«, warnte sie. »Mit den Dingen ist nicht zu spaßen. Sie scheinen dich zu beobachten.«

»Auch dich«, fügte ich schnell hinzu.

»Vielleicht. Anders kann ich mir das Foto nicht erklären. Ich hatte mir die Feier auch etwas anders vorgestellt.«

Ich legte beide Arme auf die Schultern des Mädchens.

»Trotzdem, Jane, wir wollen uns den Abend nicht verderben lassen. Entschuldige meine Reaktion vorhin, aber ich war ziemlich geschockt. Das kannst du dir ja vorstellen. Die Münzen sind übrigens eine Wucht.«

»Ach, hör auf, John.«

Ich führte sie zu meiner Sesselgruppe. »Komm, nimm erst einen Drink. Sag nur Suko nichts von der Sache.«

Jane nahm Platz. »Ich gebe dir mein Wort, John.«

»Was willst du trinken?« erkundigte ich mich.

»Martini.«

»Schon fertig«, rief Suko. Er kam aus der Küche, hielt ein Tablett mit beiden Händen und stellte es vor Jane auf den niedrigen Tisch. Der Martini war so, wie Jane ihn mochte. Trocken und mit einer Olive.

»Du bist der perfekte Gastgeber, Suko«, lobte die Detektivin den Chinesen.

»Danke für die Blumen.«

»Cheerio!« Jane hob das Glas.

Während sie sich mit Suko unterhielt, kippte ich mir einen Scotch ein.

Wir prosteten uns zu. Janes und meine Blicke trafen sich. Die Detektivin lächelte zwar, doch in ihren Augen las ich die stumme Angst.

Da schellte es.

»Das werden Sheila und Bill sein«, rief Jane, »und wie immer – zu spät.«

»Ich mache schon auf«, sagte ich, stellte das Glas ab und lief zur Tür.

Im Flur stand tatsächlich das Ehepaar Conolly. »John, du alter Henker!« rief mein Freund Bill und breitete die Arme aus. Er wollte mir regelrecht um den Hals fallen, doch das ließ Sheila nicht zu. »Augenblick mal, erst bin ich dran.«

Zum zweitenmal an diesem Abend spürte ich weiche Frauenlippen. Diesmal allerdings auf beiden Wangen. Ich schloß die Augen und flüsterte: »Sag mal, kannst du deinen Mann nicht wegschicken?«

»Lüstling!« knurrte Bill.

»Was höre ich da? Lüstling?« Jane Collins tauchte in der Tür auf. »Wer ist der wilde Knabe?«

Wir lachten und gingen in meine Wohnung.

»Rate mal, was wir dir mitgebracht haben!« rief Bill und schwenkte das Paket über seinem Kopf.

Ich hob die Schultern.

»Das rätst du nie. Wetten?«

»Pack schon aus!« forderte ich.

Bill und Sheila schüttelten die Köpfe. »Das mußt du selbst tun, mein lieber John«, sagte Sheila.

»Okay.« Abermals machte ich mich daran, ein Paket zu öffnen. Dabei konnte ich ein ungemütliches Ziehen in Höhe der Magengegend verspüren. Nach außen hin jedoch wirkte ich unbekümmert und lachte.

Atemlose Spannung. Die Blicke der Gäste starrten abwechselnd mich und das Paket an.

Und dann holte ich das Schachspiel hervor.

Im ersten Moment war ich baff. Noch nie hatte ich solch ein phantastisches Spiel gesehen. Es war beste handwerkliche Arbeit und mußte ein kleines Vermögen gekostet haben.

Sheila und Bill kannten meine heimliche Leidenschaft für das Schachspiel, auch wenn mir mein Job nicht immer die Zeit ließ, ein paar Partien durchzuspielen.

Ich sah Sheila und Bill an. »Mensch«, sagte ich, »ihr seid verrückt, ihr beiden.«

Bill, der alte Haudegen, wurde verlegen. Er räusperte sich. »Gefällt es dir denn wenigstens?«

»Da fragst du noch?«

Ich bedankte mich aus vollem Herzen für die wirklich gelungene Überraschung.

Dann nahmen wir einen Begrüßungsschluck. »Auf den Geisterjäger«, rief Bill Conolly. »Erzfeind aller Dämonen und finsteren Horrorwesen. Mögest du noch dreimal so alt werden – und . . . Mensch, hab' ich einen Durst«, lachte der Reporter.

Wir tranken.

Ich hatte ein kaltes Buffet kommen lassen und in der Küche aufgebaut.

Jane Collins und ich bedienten uns. Jane trug eine hellrote Bluse, einen passenden bunten Schal dazu und einen weiten schwingenden Rock.

»Denkst du noch an das Bild?« fragte sie mich leise.

»Ja«, erwiderte ich und legte ein geräuchertes Forellenfilet auf den Teller.

Jane nahm von dem Salat. »Und? Hast du schon nach einer Erklärung gesucht?«

Ich häufte ein wenig Sahnemerrettich auf den Teller. »Nein, noch nicht. Aber ich werde auf der Hut sein, darauf kannst du dich verlassen, mein Schatz.«

»Was turtelt ihr denn hier herum?« Bill Conolly drängte sich zwischen uns. Er lachte und war in Form wie selten.

Ich blickte ihn grinsend an. »Sag mal, streikt deine Frau in der Küche?«

»Wieso?«

Ich deutete auf den Teller, den Bill in der Rechten hielt. »Der quillt bald über.«

»Ha, ha.« Bill lachte hämisch. »Ich muß mich ja schließlich satt essen. Außerdem brauche ich eine gute Unterlage. Ich habe mir nämlich vorgenommen, dir die Flaschen leerzutrinken.«

»Gut, daß ich nichts eingekauft habe.«

»Geizhals«, brummte Bill und verzog sich in den Living-room. Mit Teller.

Suko hatte heute die Oberaufsicht. Mein chinesischer Freund stand am Kopfende des Buffets, hatte die Hände auf dem Rücken verschränkt und grinste.

Ihm gefiel die Feier.

Mir eigentlich auch. Wenn da nur nicht die verdammte Sache mit dem Bild und dem Anruf gewesen wären.

Nicht im entferntesten ahnte ich, daß die magische Bombe ganz woanders tickte . . .

Mitternacht rückte näher. Die Stimmung wurde immer besser. Ich hatte meine Nachbarn schon gewarnt und konnte so die Musik etwas lauter drehen.

Bill war in Hochform.

Als die Abbas ihre Hits schmetterten, sang er lauthals mit. »I do . . . I do . . . I do . . .«

Sheila, Jane, Suko und ich amüsierten uns köstlich über den angeheiterten Bill.

Noch zwanzig Minuten bis Mitternacht . . .

»Bald ist dein Geburtstag vorbei«, klagte Jane und legte mir einen Arm auf die Schulter. Auch über ihren Pupillen lag schon ein leichter Schleier. Fahrtüchtig war sie auf keinen Fall mehr. Aber sie hatte sowieso vorgehabt, bei mir zu übernachten.

Es sollte das schönste Geburtstagsgeschenk für mich werden, hatte sie mir versprochen.

Ich hatte mich mit dem Trinken zurückgehalten. Immer wieder dachte ich an die Warnung, und je näher Mitternacht heranrückte, um so nervöser wurde ich.

Hin und wieder hatte ich mit Jane oder Sheila getanzt, doch ich war mit meinen Gedanken nie ganz bei der Sache. Das merkte auch Suko. Er kam zu mir, als ich eine Schallplatte wechselte.

»Anscheinend bedrückt es dich, daß du ein Jahr älter wirst«, sagte er und nippte an seinem Orangensaft. Suko trank fast nie Alkohol.

Ich legte den Tonarm auf die Platte und hob den Kopf. »Das ist es nicht allein«, gab ich zurück.

»Der Anruf?«

»Ja.«

Suko spielte den Optimisten. »Bis jetzt ist ja nichts geschehen«, sagte er. »Vielleicht war das auch nur ein dummer Scherz.«

Ich mußte an das Foto denken und schüttelte den Kopf. »Nein, Suko, es war kein Scherz.«

Bill gesellte sich zu uns. Sein Gesicht war gerötet, die Augen leuchteten. »He, ihr trüben Tassen, jagt euch mal ein paar Drinks durch die Gurgel. Hinterher heißt es wieder, der Conolly war als einziger blau.« Bill lachte lauthals. Dann wechselte er fast übergangslos das Thema. »Weißt du was, John, ich habe Lust, eine Partie Schach mit dir zu spielen. Komm, wir weihen das Spiel ein.«

»Aber nicht jetzt!«

Bill ließ nicht locker. Er faßte meinen Arm und zog mich zum Schachbrett hin.

Ich hatte es auf einen kleinen Tisch gestellt und die Figuren fein säuberlich aufgebaut. Es sah so harmlos aus, wie es da stand. Und ich merkte nichts. Kein sechster Sinn warnte mich. Ich nahm einen Springer in die Hand. »Eine sagenhafte Arbeit«, murmelte ich. »Wunderbar.«

»Ja, da hat Sheila einen guten Griff getan«, lobte Bill seine Frau. »Allein die Zeichen auf den Feldern.«

Ich bückte mich.

Bill Conolly hatte recht. Die Felder waren tatsächlich mit sehr feinen Schnitzereien versehen. Das konnte nur ein wirklicher Künstler geschaffen haben.

Ich sah mir die Zeichen genauer an. Regelrechte Motive konnte ich nicht erkennen. Ich entdeckte ein Durcheinander von Linien und Strichen. Außerdem war die Beleuchtung nicht so gut, daß ich sämtliche Einzelheiten erkennen konnte.

Bill schlug mir auf die Schulter. »Ich merke schon, mein Lieber, du hast keine Lust.«

Ich stellte die Figur wieder auf das zugehörige Feld. »Du bist mir nicht böse, Bill?«

»Nein, heute an deinem Ehrentag lasse ich mir alles gefallen.« Er blickte auf sein leeres Glas. »Teufel, ich brauche noch einen Drink.« Bill drehte sich um und rief nach seiner Frau. »Darling, reich mir die Flasche. Nach dir der einzige Halt in meinem Dasein!«

Ich mußte lachen. Der gute Bill war wieder in Form.

Noch fünf Minuten bis zur Tageswende . . .

Ich kannte den Brauch. Um Mitternacht würden wir uns alle noch einmal zuprosten und auf den anstoßen, der den nächsten Geburtstag feierte. Es war warm in meiner Wohnung. Der Zigarettenrauch hing in Schleiern unter der Decke. Ich hatte mein Jackett inzwischen ausgezogen und auch die Krawatte in die Ecke gefeuert, schwitzte aber trotzdem.

»Ich mache mich nur ein wenig frisch«, sagte ich zu Suko und ging zum Bad.

Jane Collins lächelte mir zu. Sie knabberte an einer Salzstange.

»Denk an die Kalorien, Mädchen«, sagte ich und hob warnend den Zeigefinger.

Jane vollführte einen gekonnten Augenaufschlag und bog mit einer akrobatisch anmutenden Bewegung das Kreuz durch. »Muß ich wirklich aufpassen?« erkundigte sie sich mit einem verschmitzten Lächeln.

»Du darfst nicht alles so wörtlich nehmen, Darling!«

Sie lachte, und ich verschwand in der kleinen Diele.

Im Bad war es kühler. Ich knipste die Leuchtstoffröhre an, schlüpfte aus meinem Oberhemd und drehte den Kran des Waschbeckens auf.

In einem fingerdicken Strahl strömte das Wasser aus der Öffnung. Ich ließ mir das eiskalte Naß über die Hände laufen und wusch mir flüchtig den Oberkörper.

Zufällig fiel mein Blick auf die Uhr.

Sechzig Sekunden vor Mitternacht . . .

Ich griff zum Handtuch, trocknete mich ab und sprühte noch etwas Achselspray. Dann zog ich das Hemd wieder über, ging noch einmal mit dem Kamm durch meine Haare und wandte mich zur Tür.

Da hörte ich den Schrei!

Für Bruchteile von Sekunden stand ich starr. Dann schlug ich die Hand auf die Türklinke, wollte aus dem Bad stürmen und prallte gegen die Tür.

Sie war verschlossen!

Eine magische Sperre hinderte mich daran, das Bad zu verlassen . . .

Superintendent Powell war der Prototyp eines Engländers. Er ließ nichts auf die Queen kommen, trug nur Anzüge aus schweren, teuren Stoffen und liebte vor allen Dingen das Clubleben.

In wie vielen Clubs er Mitglied war, konnte er selbst nicht einmal sagen, doch die wichtigsten, die hatte er behalten. Als ehemaliger Offizier traf er sich monatlich mit seinen alten Kameraden bei Whisky, Gin und dünnem Bier. Und da wich selbst ein Mann wie Powell von seinen Prinzipien ab.

Er trank Alkohol.

Zwei Gläser am Abend. Ein Glas Bier und einen doppelstöckigen Scotch.

Drei Stunden hielt Powell es im Club aus. Es wurde über den

Tod eines alten Kameraden gesprochen. Der ehemalige Colonel war vor acht Tagen gestorben und hatte noch in Indien gedient. Seine Orden waren in einer Glasvitrine des Clubs ausgestellt.

»War ein feiner Kerl, der alte McDonald«, sagte Powell und hob sein Glas.

Die Veteranen tranken auf ihren toten Kameraden.

Superintendent Powell hatte ein schlechtes Gewissen. Sein bester Mann feierte heute Geburtstag, und er, Powell, war nicht da. Der Superintendent entschloß sich, noch hinzufahren. Er hatte zwar nicht direkt zugesagt, aber er wollte John den Gefallen doch tun.

Nach außen hin war Powell zwar ein alter Brummbär, aber unter der rauhen Schale schlug ein weiches Herz. Vor allen Dingen für John Sinclair.

Powell stellte sein leeres Glas auf dem Tablett des Clubbutlers ab. »Ich werde gehen«, sagte er zu dem Mann. »Bitte holen Sie mir meinen Mantel, Charles!«

»Sehr wohl, Sir!«

Charles verschwand.

Einer von Powells Clubkameraden hatte die Worte des Superintendenten gehört. »Du willst tatsächlich schon weg?« erkundigte er sich.

»Ja, Will!«

Der schnauzbärtige William Patten grinste. »Hast du irgendwo eine kleine . . .?«

Powell schüttelte den Kopf. »Nein, aus dem Alter bin ich heraus.«

Patten wiegte den Kopf. »Man kann nie wissen, alter Junge. Sieh mich an. Ich habe das auch gedacht. Aber dann bin ich eines Tages in meine alte Sauna gegangen, und siehe da, die hatten eine neue Besatzung. Girls aller Rassen und Hautfarben. Ich bin wieder richtig munter geworden. Wenn du willst, kann ich dir die Adresse geben. Sie ist ein Geheimtip.«

»Danke, Will, kein Bedarf.«

Patten schlug Powell auf die Schulter. »Mach's gut, alter Junge. Bis zum nächstenmal.«

Der Butler kam mit der Garderobe. Er half Powell in den Mantel und reichte ihm den Stockschirm. Danach begleitete er den Superintendenten zur Tür.

Ein Taxi stand vor dem Club immer bereit.

Powell winkte es heran. Er warf noch einen Blick auf die Uhr. Zwanzig Minuten vor Mitternacht. Wie er John kannte, war die Feier erst jetzt richtig im Gange.

Der Wagen kam. Kies spritzte unter den Reifen weg. Das Clubgebäude lag in einem kleinen Park. Zwei Laternen streuten vor dem Eingang ihr Licht in die Dunkelheit.

»Wohin, Sir?« fragte der Fahrer, als Powell eingestiegen war.

Der Superintendent gab John Sinclairs Adresse. Er ahnte nicht, was ihn dort erwartete . . .

Der Tonarm des Plattenspielers schwang automatisch zurück. Die Musik verstummte.

Sheila Conolly stand aus ihrem Sessel auf. »Ich lege eine neue Platte auf«, sagte sie.

»Aber ein Stimmungslied«, rief Bill ihr zu. Er schwenkte sein Glas.

Sheila mußte auf ihrem Weg zum Plattenspieler an dem Schachbrett vorbei.

Plötzlich blieb sie stehen. Direkt neben dem Spiel. Ihre Augen wurden groß. Sie beugte den Kopf und wurde bleich.

Jane Collins hatte etwas bemerkt. »Was ist los?« fragte sie.

Sheila holte tief Luft. »Das Spiel . . . die . . . die Figuren«, flüsterte sie, »sie bewegen sich . . .«

»Unmöglich!« Jane Collins raste los wie ein Sprinter aus den Startlöchern. Und auch Bill war mißtrauisch geworden. Augenblicklich erinnerte er sich an seinen Traum. Das Gefühl einer drohenden, sich nähernden Gefahr beschlich ihn.

Er wollte die Frauen warnen, sich nicht mit dem Spiel zum beschäftigen, da war es schon zu spät.

Jane Collins stieß einen Schrei aus. Er klang erstickt, so als würde sie keine Luft mehr bekommen. Die Detektivin wankte. Sie wollte sich gerade an Sheila festhalten. Im selben Augenblick puffte mitten aus dem Brett eine Rauchwolke hoch. Die einzelnen

Schachfiguren wurden durch die Luft gewirbelt, vergrößerten sich innerhalb von Sekundenbruchteilen. Schreckliche Fratzen schälten sich aus dem Nebel.

Bill Conolly sah eine Rauchwand auf sich zuschießen. Er wollte noch fliehen, doch da hatte ihn der Rauch schon eingehüllt.

Etwas Grauenhaftes, Unbegreifliches geschah.

Der Reporter schrumpfte, immer kleiner wurde er.

Gewaltige Kräfte preßten seinen Oberkörper zusammen. Stechende Schmerzen rasten hinauf in sein Hirn und explodierten in einem furiosen Wirbel. Längst hatten Bills Füße den Kontakt mit dem Boden verloren. Er sah sich eingekesselt von einer Anzahl Schachfiguren. Die sonst so kleinen Bauern kamen ihm vor wie Ungeheuer. Wild schwangen sie ihre Lanzen.

Ein Springer ritt auf ihn zu.

Der Reporter schrie wie am Spieß. Er war jetzt nur noch so groß wie ein Männerarm. Verzweifelt drückte er sich in eine Sesselecke. Das Whiskyglas kam ihm so groß vor wie ein Putzeimer.

Und Bill schrumpfte weiter.

Bis er so groß war wie eine Schachfigur. Verzweifelt rutschte der Reporter auf dem Sesselstoff herum. Vier Bauern verfolgten ihn. Sie kreisten ihn ein.

Drohend wiesen die Lanzenspitzen auf seine Brust. Bills Hilfeschreie waren zu einem Gewimmer abgeflacht. Er sah in die flachen Gesichter der lebenden Figuren. Augen glühten in dämonischem Feuer.

Das ist das Ende! schoß es dem Reporter durch den Kopf.

Doch er irrte sich.

Urplötzlich tauchte eine riesige Gestalt vor dem Sessel auf. Bill sah einen schwarzen langen Mantel, ein zu einer triumphierenden Grimasse erstarrtes Gesicht, zwei kalte Augen und einen Mund, der sich zu einem widerlichen Grinsen verzogen hatte.

Octavio!

Der Antiquitätenhändler war zurückgekehrt, um Rache zu üben.

Jetzt streckte er die Hand aus. Sie war beinahe so groß wie Bill Conolly, drohend schwebte sie über seinen Kopf.

Ein Befehl. In einer Sprache gesprochen, die Bill noch nie gehört hatte.

Die Bauern traten zurück. Die Lanzenspitzen verschwanden aus Bill Conollys Nähe.

Abermals ein Befehl.

Im selben Augenblick durchfuhr ein gewaltiger Orkan das Zimmer. Jedenfalls hatte Bill das Gefühl. Der Wind erfaßte den Reporter, riß ihn hoch und schleuderte ihn gegen eine riesige Wand, die ihn aufsaugte wie ein trockener Schwamm das Wasser.

Bill Conolly war durch ein Dimensionstor verschwunden.

Genau wie seine Frau Sheila, die Detektivin Jane Collins, Suko, der Chinese, und das höllische Schachspiel.

Teil eins des grausamen Planes hatte geklappt!

Ich warf mich gegen die Tür!

Immer wieder prallte ich vor das Holz. Mit dem Erfolg, daß ich mir eine Schulterprellung zuzog. Ich hörte die Schreie. Biß mir vor Wut die Lippen blutig, weil ich so hilflos war und nichts tun konnte.

Ich wußte nicht, was mit meinen Freunden geschah, mir war nur klar, daß sie sich in höchster Lebensgefahr befanden.

Wieder rüttelte ich an der Klinke. Ich mußte einfach etwas tun, ich konnte nicht ruhig stehenbleiben und abwarten.

Erfolglos!

Ich war dazu verdammt, auf eine Rettung zu warten. Auf eine Person, die den magischen Ring brach. Ich selbst hatte kein magisches Amulett bei mir oder irgendeinen Gegenstand, mit dem ich den dämonischen Kräften entgegentreten konnte.

Man hatte mich ja gewarnt. Ich hätte vorsichtiger sein müssen, hätte meine Wohnung absichern sollen.

Hätte . . . hätte . . .

Damit war mir auch nicht geholfen. Vor allen Dingen nicht mit Vorwürfen.

Wieder rüttelte ich an der Klinke und warf mich gegen das Holz.

Wie katapultiert flog ich in die Diele, konnte mich nicht mehr fangen, verlor das Gleichgewicht und stürzte.

Eine Wand stoppte mich. Sofort sprang ich wieder auf die Füße. Die Tür zum Living-room war zugefallen. Ich hetzte darauf zu, riß sie auf und erstarrte.

Der Raum war leer!

Sheila, Jane, Bill und Suko – sie waren verschwunden. Wie vom Erdboden verschluckt.

Ich spürte, wie meine Knie zitterten. Vom Magen her stieg ein dicker Kloß hoch und setzte sich in meiner Kehle fest. Ich sagte irgend etwas, verstand jedoch die krächzenden Laute selbst nicht.

Was war geschehen?

Langsam ging ich in mein Wohnzimmer. Im Ascher qualmte noch eine Kippe. Die Stille zerrte an meinen Nerven. Schritt für Schritt durchwanderte ich den Raum.

Wo waren meine Freunde?

Ich sah sogar in meiner Verzweiflung unter der Couch nach, obwohl es sinnlos war, so etwas zu tun. Aber die anderen konnten sich doch nicht in Luft aufgelöst haben!

Oder doch?

Ich dachte an meinen Job und daran, was ich schon alles erlebt hatte. Ich hatte Tote aus Gräbern steigen sehen, hatte gegen die schrecklichen Schauergestalten gekämpft und war durch Schwarze Magie in einer Welt gelandet, die von den Kräften der Finsternis beherrscht wurde.

Warum sollten nicht auch Menschen verschwinden können?

Aber einfach so? Irgendwo mußte es einen Bezugspunkt geben, jeder Dämon hinterließ eine Spur, wenn er einmal auftauchte.

Mein Verstand begann wieder kühl und sachlich zu arbeiten. Gewissenhaft durchsuchte ich das Zimmer.

Und dann fiel es mir auf.

Das Schachbrett war verschwunden.

Nachdenklich stand ich vor dem leeren Tisch. Mir wurde klar, daß Bill Conollys Geschenk wie ein Katalysator wirkte. Ein Katalysator, der einen Kontakt mit der Dämonenwelt beschleunigte.

Das war des Rätsels Lösung.

Ich griff nach den Zigaretten. Das Stäbchen steckte kaum

zwischen meinen Lippen, als es schellte. Das Summen riß mich aus den trüben Gedanken. Ich ging zur Tür.

Durch die Sprechanlage hörte ich, daß Superintendent Powell, mein Chef, unten wartete!

Wäre die Feier normal verlaufen – ich hätte mich riesig über seinen Besuch gefreut. So aber mußte ich ihn mit einer Lage konfrontieren, die jegliche Festtagsstimmung wegblasen würde.

Powell kam mit dem Lift. Lächelnd ging er durch den Flur, blieb jedoch ruckartig stehen, als er in mein Gesicht sah.

»Was ist geschehen?« fragte er.

»Kommen Sie erst einmal herein, Sir!« Ich gab den Weg frei und folgte meinem Chef in die Wohnung.

Powell zog den Mantel nicht aus. »Wo sind die anderen?« fragte er sofort. »Schon gegangen?«

»So kann man es auch nennen«, erwiderte ich mit belegter Stimme. Dann berichtete ich, was meiner Meinung nach vorgefallen war.

»Irgendwie muß dieses verfluchte Schachspiel mit dämonischen Mächten in Verbindung stehen. Und ich glaube sogar fest daran, daß es von ihnen selbst hergestellt worden ist.«

»Und warum?«

»Um mich zu vernichten. Darum allein geht es, Sir. Die Mächte der Finsternis scheinen zum Sturmangriff geblasen zu haben. Sie wollen es endlich wissen. Denken Sie an den Mörder mit dem Januskopf. Da haben sie schon normale Gangster mit ins Spiel gebracht.«

Powell nickte nachdenklich. »Was wollen Sie unternehmen, John? Oder geben Sie auf?«

Ich schaute meinen Chef an wie einen Geisteskranken. Powell schien zu bemerken, was in mir vorging, denn er hob beschwichtigend die rechte Hand.

»Regen Sie sich bitte nicht auf, John. Ich möchte, daß Sie mich richtig verstehen. Sie sind mein bester Mann und haben Ihre Fälle bisher erstklassig gelöst. Aber wenn irgendeine Seite jetzt eine Hetzjagd auf Sie beginnt, eine Hetzjagd, bei der alle Mittel recht sind, dann ist Ihr Leben aufs höchste gefährdet. Und ich möchte meinen besten Mann nicht verlieren. Lieber setze ich Sie irgendwo anders ein, John. Ich hoffe, wir haben uns verstanden.«

Sicher, ich verstand meinen Chef. Ich begriff genau, was er meinte. Und doch konnte ich ihm nicht zustimmen. Meine Arbeit bezeichnete ich schon längst nicht mehr als Job, nein, für mich war es eine echte Aufgabe. Ich habe mir vorgenommen, die Mächte der Finsternis zu bekämpfen, wo immer ich sie treffe. Ich wußte genau, daß der oberste Dämon, Satan also, zu einem Generalangriff angesetzt hatte. Er wollte die Welt beherrschen. Und er hatte Zeit. Fünfzig Jahre, zum Beispiel, spielten für ihn keine Rolle. Es gab nur wenige Menschen auf dem Erdball, die von dieser Bedrohung wußten. Zu den Leuten zählten ich und auch meine Freunde. Sie im Stich zu lassen, das käme für mich nie in Frage. Das sagte ich auch meinem Chef.

Powell lächelte schmal. »Ich habe gewußt, daß Sie so reagieren würden, John. Vergessen wir das Thema.«

Ich nickte. »Wollen Sie einen Whisky?« fragte ich.

»Ja bitte.«

Ich holte eine Flasche und zwei Gläser. Wir tranken schweigend. Dann setzte Powell das Glas ab und sagte: »Und jetzt?«

Ich zündete mir eine Zigarette an, obwohl sich mein Hals pelzig und trocken anfühlte.

»Ich muß der Spur des Schachspiels nachgehen«, antwortete ich. »Das ist die einzige Möglichkeit.«

Powell verzog das Gesicht. »Wissen Sie denn, wo Bill Conolly das Spiel gekauft hat?«

»Leider nicht.«

»Dann wird es verdammt schwer.«

Ich stäubte die Asche ab, strich nachdenklich über meine Stirn. »Vielleicht finde ich eine Spur in Bills Haus. Eine Rechnung, eine Quittung, was weiß ich.«

Powell nickte. »Das ist unbedingt eine Möglichkeit«, gab er zu. »Ich werde Leute abstellen, die Ihnen helfen, den Fall zu klären.«

»Das erledige ich lieber allein.«

»Warum?«

»Es ist ja nur ein vager Verdacht. Ich möchte nicht, daß irgendwelche Polizisten die Wohnung auf den Kopf stellen.

Außerdem gäbe das zuviel Aufsehen. Und das sollten wir doch beim momentanen Stand der Dinge tunlichst vermeiden.«

»Wie Sie meinen«, sagte Powell. »Wann wollen Sie anfangen, John?«

»Jetzt. Noch in dieser Nacht. Zum Glück habe ich von Bills Haus einen Zweitschlüssel. Ich . . .«

Das Telefon summte.

Wie hypnotisiert starrten Powell und ich gleichzeitig auf den Apparat.

»Erwarten Sie einen Anruf?« fragte mich mein Chef.

Ich schüttelte den Kopf, als ich schon auf dem Weg zum Telefon war, und nahm den Hörer ab.

»Ja«, sagte ich vorsichtig.

Zuerst hörte ich nichts. Nur ein entferntes Rauschen war in der Leitung.

»Melden Sie sich!« rief ich.

Lachen. Zuerst leise, dann lauter, hämischer und triumphierender. »Sinclair?« vernahm ich eine fragende Stimme.

»Ich bin es.«

»Das ist gut, sehr gut sogar. Vermissen Sie niemanden? Zum Beispiel Ihre Freunde?«

»Was haben Sie mit ihnen angestellt?«

»Bis jetzt noch nichts. Ich habe sie nur an einen sicheren Ort gebracht. Sie würden sich wundern, wenn Sie Ihre Freunde sehen könnten. Sie haben sich ein wenig verändert. Ich werde mit Ihnen spielen. Noch. Aber . . .«, der unbekannte Anrufer legte eine kleine Kunstpause ein, »wenn es mir in den Sinn kommt, werde ich eine Person töten und sie Ihnen zuschicken.«

Der Anrufer sprach im Plauderton. Er redete glatt und sicher, als spräche er über das Wetter. Ich war im Augenblick unfähig, ein Wort zu verlieren. Hart umspannten die Finger meiner rechten Hand den Hörer. Weiß und spitz traten die Knöchel hervor. In mir tobte eine ungeheure Wut, weil ich meinen Gegner nicht kannte.

»Sind Sie noch dran?«

»Ja«, erwiderte ich gepreßt.

»Gut, dann hören Sie weiter zu, Geisterjäger.« Das letzte Wort sagte der Anrufer verächtlich. »Wir haben Ihre Freunde selbstverständlich nicht umsonst entführt, sondern uns etwas dabei gedacht. Wir wollen Sie. Endlich. Aber vorerst lassen wir Sie schmoren. Unternehmen Sie nichts. Warten Sie unseren nächsten Anruf ab. Dann entscheidet sich alles. Haben Sie mich verstanden?«

»Ich habe alles gehört!«

»Wunderbar.« Der Unbekannte lachte noch einmal und legte dann auf.

Auch ich ließ den Hörer auf die Gabel sinken. Langsam wandte ich mich um.

Superintendent Powell wirkte in seinem Sessel wie ein Denkmal. Er sah elend aus, aber mir erging es wahrscheinlich nicht besser. Der Anruf hatte ganz schön an meinem Nervenkostüm gezerrt. Wir waren hilflos wie kleine Kinder, mein Chef und ich. Hinter uns stand eine der mächtigsten Polizeiorganisationen der Welt. Und wir konnten nichts tun.

Die Dämonen hielten alle Trümpfe in der Hand.

»Was ist geschehen?« Superintendent Powells Stimme riß mich aus meinen schweren Gedanken.

Ich holte tief Luft. »Man hat mir die Bedingungen gestellt«, erwiderte ich leise.

»Und?«

»Ich soll mich ruhig verhalten und nichts unternehmen. Sie setzen sich wieder mit mir in Verbindung.«

»Sie«, sagte Powell. »Sind das mehrere?«

»Nein. Es war ein Anrufer.«

»Haben Sie etwas aus der Stimme herausgehört? Kam sie Ihnen vielleicht bekannt vor?«

»Nein.«

»Könnte es unter Umständen ein Gangster gewesen sein? Schließlich sind Entführungen modern geworden. Auch in diesem Fall müssen nicht unbedingt dämonische Kräfte am Werk gewesen sein.«

»Und die magische Sperre?« warf ich ein.

»Die hatte ich vergessen.« Powell stützte beide Hände auf die Sessellehne und stemmte sich hoch. Wie ein Vater legte er mir die

Hand auf die Schulter. »Was werden Sie tun, John? Sich den Anordnungen fügen, oder machen Sie weiter?«

Der alte Kampfwille flammte wieder in mir auf. »Ich mache weiter, Sir. Ich weiche nicht von meinem Plan ab. Ich werde zu Bills Haus fahren und nach Spuren suchen. Es hört sich zwar geschwollen an, aber ich sage Ihnen, Sir, John Sinclair gibt nicht auf. Nicht, solange noch ein winziger Funken Hoffnung besteht.«

Es ging schon auf halb drei morgens zu, als ich meinen Bentley vor Bills Grundstück ausrollen ließ. Nichts regte sich. Die Straße lag ruhig und abgeschieden vor mir. Auch von den Häusern war nichts zu sehen. Kein Licht schimmerte durch das schon bunt werdende Laub der Bäume.

Ich blieb einige Minuten in meinem Wagen sitzen und beobachtete die Umgebung. Es konnte durchaus sein, daß auch meine Gegner das Haus unter Kontrolle hielten.

Diesmal war ich bewaffnet, ich trug meine mit geweihten Silberkugeln geladene Beretta. Ein an einer Kette hängendes Silberkreuz lag auf meiner Brust. Zusätzlich hatte ich mir noch eine Gnostische Gemme eingesteckt, ein Talisman, der Dämonen abschreckte.

Als ich sicher war, nicht beobachtet zu werden, verließ ich den Bentley. Ich mußte über die Mauer klettern, da das Tor geschlossen war. Geduckt lief ich durch den großen Garten. Eine Taschenlampe hatte ich ebenfalls mitgenommen.

Dann stand ich vor der Haustür. Aufgeschreckt verschwand ein Eichhörnchen hinter einem Busch.

Ich schloß die Tür auf. Das Licht der Taschenlampe wies mir den Weg zum Arbeitszimmer. Ich wußte, wo mein Freund Bill Rechnungen und persönliche Schreiben aufbewahrte. Er hatte sich dafür einen kleinen Sekretär, ein gut erhaltenes Stück aus dem achtzehnten Jahrhundert, gekauft.

Der Sekretär war verschlossen. Mit einem Dietrich manipulierte ich ohne Gewissensbisse an dem Schloß herum. Ich konnte mir das rechtlich erlauben, denn hier lag ein Notfall vor.

Das Schloß leistete nicht lange Widerstand.

Die Schublade knarrte, als ich sie aufzog. Unter einigen anderen Papieren fand ich den Hefter mit den Rechnungen.

Ich legte die Lampe so, daß ihr Licht auf den Hefter fiel. Dann schlug ich ihn auf.

Die Rechnung lag gleich zuoberst.

Beinahe hätte ich einen Pfiff ausgestoßen, so überrascht war ich. Fein säuberlich war die Adresse des Antiquitätenladens auf die linke obere Hälfte des Briefbogens gedruckt.

Ich las den Namen Octavio.

Nur ihn, nichts weiter, keinen Vornamen. Das Geschäft lag in Chelsea, einem vornehmen Londoner Wohnort.

Ich klappte den Hefter wieder zu und verstaute ihn in der Schublade. Die genaue Adresse hatte sich in meinem Gedächtnis festgesetzt. Nie mehr würde ich sie vergessen.

Rasch verließ ich das Haus und rannte mit langen Schritten durch den Garten.

Ich hatte ein neues Ziel.

Den Antiquitätenladen in Chelsea . . .

In der Unterwelt nannte man ihn den Aal. Mit richtigen Namen hieß er Mike Bonetti, war zweiunddreißig Jahre alt und hatte schon eine Karriere als Einbrecher hinter sich. Bonetti arbeitete nur auf eigene Rechnung. Er gehörte keinem Syndikat an, verkaufte aber hin und wieder seine Dienste. Und die weit unter Preis, denn nur so war Bonetti sicher, von den Bossen auch in Ruhe gelassen zu werden.

Bonettis Vater stammte aus Sizilien, seine Mutter aus Manchester. Heute lebten beide nicht mehr. Vater Bonetti hatte der lange Arm der sizilianischen Mafia gepackt, und die Mutter war aus Gram über den Tod ihres Mannes in die Themse gegangen. Damals war Mike gerade dreizehn Jahre alt. Er hatte lernen müssen, sich durchzuschlagen.

Und wie.

Zuerst räumte er kleine Lebensmittelläden aus. Bis man ihn faßte und für drei Jahre in eine Jugendstrafanstalt steckte. Dort brachte man ihm Tricks bei, die er noch nicht kannte. Bonetti war ein gelehriger Schüler. Außerdem schwor er sich, sich nie mehr fassen zu lassen. Diesen Schwur hatte er bis heute gehalten.

In der Erfolgsleiter war er immer weiter nach oben gestiegen. Und dann hatte er sich spezialisiert.

Auf Antiquitätenläden.

Schon mancher Händler hatte fassungslos am frühen Morgen vor seinen leeren Regalen gestanden, während die Kunstwerke schon auf dem Schwarzen Markt verhökert wurden.

Auch in dieser Nacht arbeitete Mike Bonetti nicht auf eigene Rechnung. Er hatte einen Auftraggeber, und dieser wollte unbedingt einen Standspiegel haben, der in Octavios Antiquitätenladen stand.

Fünftausend Dollar sollte der Aal für den Job erhalten.

Und dafür riskierte der gute Mike schon mal etwas.

Er ging methodisch vor, seine Zeit waren die frühen Morgenstunden. Dann tauchte er wie ein Schatten auf, huschte in die entsprechenden Läden, räumte seine Beute weg und war wieder verschwunden.

Zum Abtransport der ›Ware‹ stand ihm ein Ford-Kombi zur Verfügung.

Die nahe Kirchturmuhr schlug dreimal, als Bonetti seinen Wagen ein Stück vor Octavios Haus abstellte. Er hatte sich die Gegend am Vortage schon einmal angesehen und festgestellt, daß er keine großen Schwierigkeiten haben würde. Er konnte ohne weiteres durch einen Hintereingang in das Haus gelangen.

Bonetti sprang aus seinem Kombi. Kein Laut war zu hören, als er über den Bürgersteig ging. Die Kreppsohlen waren weich und nachgiebig. Bonetti hatte eine schlanke Figur. Er war schwarzhaarig und hatte einen ziemlich dunklen Teint. Seine Nase sprang wie ein Erker aus dem schmalen Gesicht, und auf der Oberlippe wuchs ein strichdünnes Bärtchen.

Der Aal erreichte das Haus.

Er blieb stehen, drückte sich in den Schatten der Hauswand und blickte sich suchend um.

Kein Mensch war auf der Straße zu sehen, niemand beobachtete ihn.

Bonetti war zufrieden. In dieser Gegend schliefen die Leute um drei Uhr morgens. Es gab keine Nachtbars und keine Tingeltangel, die rings um die Uhr geöffnet hatten, wie weiter nördlich, wo Soho lag.

Eine Einfahrt zum Hinterhof war für den Dieb direkt eine Einladung. Bonetti tauchte in den dunklen Schlauch. Auf eine Taschenlampe verzichtete er. Ein Mann wie der Aal fand sich auch im Dunkeln zurecht.

Er gelangte in einen Hinterhof.

Schemenhaft hoben sich die Umrisse eines Garagenbaus ab. Alles war still. Weit über den nur zweistöckigen Häusern spannte sich der Nachthimmel. Vereinzelt blinkten ein paar Sterne.

Plötzlich sah Bonetti die glühenden Augen. Im ersten Moment stutzte er, doch als er ein Fauchen vernahm und die Katze dicht an seinen Beinen vorbeistrich, umspielte ein Grinsen seine Lippen.

Der Aal wandte sich der Hintertür zu.

Aus der Innentasche seiner Lederjacke holte er das Einbrecherbesteck. Die Werkzeuge waren zwar aus Metall, doch drei Viertel der Teile waren mit einer Kunststoffschicht überzogen, so daß ein allzu lautes Klirren vermieden wurde.

Mike Bonetti war ein echter Profi. Beinahe lautlos öffnete er die Tür und huschte in das Haus.

Eine Bleistiftlampe blitzte auf. Nadelfein durchdrang der Strahl die Dunkelheit, beschrieb einen Kreis und blieb an einem Türschloß haften.

Der Aal nickte zufrieden. Die Tür, die er entdeckt hatte, führte zu den Verkaufsräumen.

Sie war abgeschlossen, doch für den gewieften Einbrecher bildete sie kein Hindernis.

Mike schlich in den Verkaufsraum. Lauschend stand er da. Es war nicht völlig ruhig. Irgendwo knackte und knarrte immer etwas. Die Schaufenster hatten nicht einmal ein Gitter und waren auch nicht abgedeckt worden. Der Händler mußte sich verdammt sicher fühlen.

Sein Pech.

Mike Bonetti suchte den Spiegel. Er bewegte sich zwischen den einzelnen Teilen so sicher, als wäre er in dem Laden zu Hause. Nicht einmal stieß er irgendwo gegen.

Den Spiegel fand er nicht.

Bonetti wurde unruhig. Sollte ihn sein Auftraggeber geleimt haben? Kaum, denn wer solch eine Summe ausgab, der spielte auch mit ›ehrlichen Karten‹. Bonetti hatte ein Foto von dem Spiegel gesehen, und verkauft hatte der Händler das Ding auch nicht, wie er wußte.

Der Aal überlegte.

Draußen auf der Straße fuhr ein Wagen vorbei. Die beiden Lichtlanzen der Scheinwerfer streiften die Schaufenster.

Bonetti duckte sich.

Dann war der Wagen verschwunden.

Der Einbrecher dachte nicht im Traum daran, aufzugeben. Noch nie war er ohne Beute verschwunden, und auch hier würde es nicht anders sein.

Er entdeckte die Tür, die zu Octavios Privaträumen führte.

Ein dünnes Grinsen umspielte die Lippen des Mannes, als er sich das Türschloß im Licht der kleinen Lampe ansah.

Kein Problem für ihn. Er hatte die entsprechenden Werkzeuge dabei.

Die Tür schwang völlig lautlos auf. Der Einbrecher konnte nur immer wieder über die Sorglosigkeit des Antiquitätenhändlers den Kopf schütteln. Wie dieser Mann seine wertvollen Verkaufsobjekte sicherte, das war schon fast strafbar.

Allerdings ahnte der gute Mike Bonetti nichts von den magischen Fallen, die auf einen ungebetenen Besucher warteten. Octavio hatte sich wohl gesichert, auf seine ganz spezielle Weise.

Der Dieb betrat das kleine Arbeitszimmer.

Und er sah den Spiegel.

Das heißt, eigentlich nur halb, denn die obere Hälfte war mit einer Decke verhängt. Die beiden Füße und die Holzplattform, auf der der Spiegel stand, schauten hervor.

Auf Zehenspitzen näherte sich der Aal dem wertvollen Gegenstand.

Mit der rechten Hand zog er an der Decke. Sie glitt zu Boden und gab die Spiegelfläche frei.

Der Einbrecher trat unwillkürlich einen halben Schritt zurück. Er hatte ja schon zahlreiche Spiegel gesehen, aber solch ein Stück war ihm noch nie unter die Augen gekommen.

Er leuchtete mit der Taschenlampe auf den Spiegel. Der Strahl wurde aber nicht reflektiert, sondern schien in der Fläche zu verschwinden, so als würde er absorbiert.

Seltsam . . .

Und über noch etwas wunderte sich Mike Bonetti. Das Spiegelglas hatte ein Muster. Es waren kleine Kästchen oder Felder, ähnlich wie bei einem Schachbrett. Manche Felder waren etwas dunkler. Andere wiederum glänzten in einem matten Weiß.

Bonetti hob die Schultern. Ein seltsamer Spiegel, dachte er.

Die einzelnen Felder waren genau abgetrennt. Die winzigen Trennungslinien schienen aus Goldfäden zu bestehen, sie glitzerten im Licht der Lampe.

Für einen Moment dachte Bonetti daran, den Spiegel mitzunehmen und ihn auf eigene Rechnung zu verkaufen, doch dann verwarf er den Gedanken wieder. Er hatte doch nicht die Beziehungen, um den Gegenstand an den richtigen Mann zu bringen.

Mike Bonetti klemmte sich die Lampe zwischen die Zähne und wollte seine Hände um den geschwungenen Rahmen des Spiegels legen.

Er stockte mitten in der Bewegung.

Ein Geräusch in seinem Rücken hatte ihn gewarnt.

Blitzschnell kreiselte der Dieb herum.

Vor ihm stand Malko, der hünenhafte Leibwächter des Antiquitätenhändlers . . .

Die riesige Gestalt schien das gesamte Büro einzunehmen. So jedenfalls kam es Mike Bonetti vor. Er wußte, daß er entdeckt worden war. Er brach dennoch nicht in Panik aus, sondern gab sich ganz ruhig.

Er hatte schon ähnliche Situationen überstanden. Heil überstanden.

Mike Bonetti nahm die Taschenlampe aus den Zähnen und hob

die rechte Hand. »Okay, Freund«, sagte er, »mach nur keine Dummheiten!«

Der Mann vor ihm stieß ein Knurren aus. »Was hast du hier zu suchen?« Seine Stimme klang heiser und zischend, sie war kaum zu verstehen.

»Mir gefiel der Spiegel!«

»Du wolltest ihn stehlen. Gib es zu!«

Bonetti hob die Schultern. »Nun ja, die Sache war die . . .« Fieberhaft suchte er nach einer Ausrede. Und ausgerechnet jetzt fiel ihm keine ein. Es war wie verhext. Die Chancen sanken. Gegen die körperliche Kraft des Hünen konnte er nie im Leben etwas ausrichten. Der Kerl würde ihm mit einem einzigen Griff sämtliche Rippen brechen, und durch einen blitzschnellen Ausfall an ihm vorbeizuhuschen war auch nicht drin. Der Typ nahm die Breite der Tür ein.

»Hat Sinclair dich geschickt?« zischte Malko. »Los, rede!«

»Wer ist Sinclair?«

Malko glitt einen Schritt vor und schlug ansatzlos zu. Er hatte noch nicht einmal viel Kraft in den Hieb gelegt, doch Mike Bonetti krümmte sich. Er hatte auf einmal das Gefühl, sich übergeben zu müssen. »Ich – ich kenne keinen Sinclair«, würgte er. »Ehrlich . . .«

Malko faßte in Bonettis Haarschopf und zog den Einbrecher hoch. Es sah spielerisch aus, wie der Mann mit hartem Griff den Aal packte. Malko hob den Einbrecher so hoch, daß seine Beine über dem Boden pendelten.

Dann warf er ihn gegen den provisorischen Panzerschrank. »Mach den Mund auf, du Dreckskerl, oder du kommst hier nicht mehr lebend raus.«

Mike Bonetti lag auf dem Bauch. In seinem Körper tobte noch der Schmerz. Der Aal konnte nicht viel einstecken. Mühsam hob er den Kopf. »All right, Mister, ich erzähl es dir.«

»Aber halte dich an die Wahrheit.«

»Ich sollte den Spiegel hier mitgehen lassen. Man hat mich angerufen und eine gewisse Summe hinterlegt.«

»Wer hat dich angerufen? Sinclair?«

»Ich kenne keinen Sinclair!« heulte der Dieb. »Wirklich nicht.«

»Rede weiter.«

»Wie schon gesagt, ich sollte den Spiegel mitnehmen und ihn meinem Auftraggeber überreichen. Das ist alles.«

»Wo sollte das geschehen?«

»Im Hyde Park.«

»Und wann?«

»Noch heute. Gleich nachdem ich den Spiegel mitgenommen hatte. Ich schwör's Ihnen, Mann!«

Malko überlegte. Er war keine Leuchte, aber er hatte Instinkt. Und Octavio hatte ihn eingeweiht. Malko wußte, daß sich sein Brötchengeber in einer anderen Dimension aufhielt und er im Augenblick unerreichbar war. Stellte sich jetzt nur die Frage, wer hatte solch ein großes Interesse an dem Spiegel? Wer außer Sinclair konnte noch Verdacht geschöpft haben? Oder sagte dieser Dieb die Wahrheit, daß er einfach einen Liebhaber für den Spiegel gefunden hatte?

Für Malko eine verdammte Situation, die er jedoch auf seine spezielle Art und Weise entschied. Er sprang plötzlich vor und riß Mike Bonetti vom Boden hoch.

»Sind Sie wahnsinnig?« brüllte der Dieb. Verzweifelt versuchte er, sich aus dem Griff zu befreien, doch ohne Erfolg. Er hämmerte Malko die Faust ins Genick, strampelte mit den Füßen, schrie und konnte das Unheil doch nicht verhindern.

Wuchtig schleuderte Malko ihn auf den Spiegel zu.

Kein Splittern, kein Klirren – nichts.

Mike Bonetti tauchte in den Spiegel hinein wie ein Stein in Wasser. Nur ein höhnisches Gelächter begleitete ihn.

Aus! Jetzt ist es aus! schrie es in Mike Bonettis Gehirn. Er sah die Spiegelfläche dicht vor sich, rechnete schon damit, daß ihm die Scherben die Haut zerschneiden würden, und tauchte ein.

Ja, er verschwand in der Fläche.

Tausende von Empfindungen stürzten auf Mike Bonetti gleichzeitig ein. Er hörte Stimmen, unendlich weit weg. Konnte sogar Namen verstehen. Jemand rief Bill. Es war eine Frauenstimme. Ein Mann antwortete. Dann war es wieder ruhig. Dafür vernahm Mike ein monotones Brausen, das sich zu einem Dröhnen steigerte und seine Trommelfelle zu zerreißen drohte. Farben zuckten vor seinen Augen auf. Er hatte das Gefühl, in einer Zentrifuge zu stecken, die sich mit rasender Geschwindigkeit drehte und ihn mit in einen unendlichen Abgrund riß.

Auf einmal war alles vorbei.

Mike Bonetti konnte wieder klar sehen.

Und er blickte in das Büro des Antiquitätenhändlers!

Aber wie war das möglich? Er war doch in den Spiegel getaucht! Hinein in eine unbegreifliche Welt, die . . .

Seine Gedanken stockten.

Jemand drehte im Büro das Licht an.

Es war der hünenhafte Kerl, den Mike eigentlich bisher noch nie richtig zu Gesicht bekommen hatte. Malko hatte das Licht angeknipst.

Jetzt drehte er sich um.

Eine Sonnenbrille verdeckte die Augen. Breit lief eine rote Narbe über die Stirn. Der Kerl fletschte die Zähne wie ein Raubtier. Es sollte wohl so etwas wie ein Grinsen werden. Mike jagte diese Grimasse Schauer über den Rücken.

Mike Bonetti spürte alles, sah alles und konnte alles empfinden. Und doch war etwas anders geworden.

Und mit einem Mal ahnte der Dieb, was geschehen war.

Es traf ihn wie ein Stromstoß, so unwahrscheinlich und schrecklich war es.

Er, Mike Bonetti, steckte in dem Spiegel, war zu einem Teil dieses Stücks geworden.

Eine schreckliche Vorstellung!

Mike spürte sein Herz hämmern, das Blut rauschte in seinen Ohren. Irgendein Reflex zwang ihn, den Spiegel verlassen zu wollen.

Er schaffte es nicht.

Er konnte nicht einmal den kleinen Finger rühren.

Mike Bonetti lebte und war doch tot. Ein Alptraum, eine Vision? Nein, eine Tatsache!

Malko wandte sich dem Spiegel zu. Einen Schritt davor blieb er stehen. »Kannst du mich verstehen?«

Mike Bonetti versuchte zu sprechen oder zu nicken. Beides war ihm unmöglich.

Malko winkte ab. »Ist auch nicht so wichtig. Hauptsache, du kannst mich hören. Es wird gleich etwas geschehen, was du dir in deinen kühnsten Träumen nicht vorstellen kannst. Aber du hast es dir selbst zuzuschreiben. Du hättest einfach deine Gier zügeln und nicht in dieses Haus kommen sollen. Jetzt ist es zu spät!«

Malko wandte sich wieder ab, nahm einen Stuhl und setzte sich. Aber verkehrt herum, so daß er die Arme auf die Lehne legen konnte. Er griff in die Tasche, holte einen Kaugummi hervor und schob ihn sich zwischen die Zähne.

Grinsend wartete er ab.

Zuerst geschah nichts. Steif und bewegungslos hing Mike Bonetti in dem Spiegel. Er glaubte schon, daß alles Bluff gewesen sei, da spürte er das stechende Ziehen, das im Nu seinen ganzen Körper erfaßte.

Es war grausam.

Weit waren die Augen des Diebes geöffnet. Er sah in das Zimmer, und urplötzlich verzerrte sich die Perspektive. Die Gegenstände wurden größer, und auch der Kerl auf dem Stuhl wuchs.

Was war los, was war geschehen?

Mike Bonetti begriff nichts mehr. Nur das gemeine Ziehen hielt weiterhin an. Er hatte das Gefühl, Arme und Beine würden auseinandergerissen. Der Erdboden rückte immer näher. Wie ein Felsen ragte das rechte Bein Malkos vor ihm auf.

Und dann war alles vorbei.

Mike Bonetti fiel.

Fiel aus dem Spiegel, prallte zu Boden, stieß sich schmerzhaft die Schultern und schrie. Für ihn war es ein Schrei, in Wirklichkeit jedoch nicht mehr als ein Wimmern.

Der magische Spiegel hatte Mike Bonetti verkleinert. Er war zusammengeschrumpft auf die Größe einer Schachfigur.

Malko stand auf.

Er lachte mit dröhnender Stimme. Triumphierend und gemein in einem.

Mike Bonetti riß den Kopf in den Nacken. Vor ihm stand ein Riese. Er konnte kaum in das Gesicht des Mannes schauen.

»Na, du Zwerg!« vernahm er eine Stimme. Sie schien aus der Luft zu kommen. Malko bückte sich, krümmte die Finger und stieß den Dieb mit den Knöcheln an.

Mike purzelte zu Boden. Er stieß sich an dem Stuhlbein.

Wieder lachte Malko. Er genoß die Hilflosigkeit des Zwerges. »Lange habe ich auf diese Gelegenheit warten müssen. Endlich kann ich den Spiegel einmal ausprobieren. Endlich habe ich meinen Spaß, du mieser Wurm.« Malko hob Mike Bonetti hoch und setzte ihn neben dem Spiegel auf den Boden.

Der Dieb hatte die Tragweite seiner körperlichen Veränderung noch gar nicht begriffen. Sein Gehirn war zu sehr damit beschäftigt, die vergangenen schrecklichen Vorgänge zu verdauen und einzustufen.

Doch völlige Klarheit sollte Mike Bonetti gar nicht erst bekommen.

Malko wollte seinen sadistischen Spaß.

»So, du dreckiger Einbrecher. Zu einem Wurm bist du geworden, und deshalb werde ich dich auch zertreten wie einen Wurm.«

Er lachte grausam und hob langsam den rechten Fuß . . .

Die Leere, der Fall in die unendliche Tiefe, das Gefühl der Hoffnungslosigkeit, der Angst und des Schreckens – es hatte irgendwann ein Ende.

Urplötzlich und ohne Übergang.

Als erster war Suko wieder voll da. Er hatte die beste Konstitution und auch die beste Kondition. Suko lag auf der Seite. Behutsam richtete er sich auf.

Bill, Sheila und Jane Collins lagen noch auf dem Rücken. Seltsam sahen sie aus. Sie waren nicht größer als eine Männerhand. Ihre Kleidung war mitgeschrumpft. Eigentlich boten sie einen spaßigen Anblick. Doch dem Chinesen war wahrlich nicht nach Scherzen zumute.

Er blickte sich um.

Eine düstere Landschaft umgab sie. Sie befanden sich auf einer weiten Ebene, die in der Ferne von dem dunkelroten Himmel fast berührt wurde. So jedenfalls erschien es Suko. Der Untergrund war sandig, aber doch ziemlich fest. Verstreut lagen einzelne Steine herum. Aus seiner Perspektive sah schon ein normaler Ziegelstein so groß aus wie ein Felsbrocken.

Die Luft war heiß und stickig. Aber zu atmen. Und das allein war wichtig. Es gab keinen Wind. Nicht ein Staubkorn tanzte in der Luft, kein Insekt flog.

Suko spürte beinahe körperlich die beklemmende Atmosphäre, die ihn und seine Freunde umgab.

Die Gedanken des Chinesen wanderten zurück. Er erinnerte sich wieder an die Geburtstagfeier. Sie hatten getrunken, gelacht, getanzt. John Sinclair war kurz aus dem Zimmer gegangen – und dann . . .

Suko erinnerte sich noch an die Rauchwolke. Dieser magische Rauch hatte sie umfangen und hineingezogen in ein Karussell des Schreckens. Sie waren zu Zwergen geworden und durch ein Dimensionstor in das Reich der Dämonen verschleppt worden.

Ja, es gab dieses Reich, und Suko war auch sicher, daß es nur eines unter vielen war.

Er kam sich vor wie auf einem fremden Planeten. Keine Sonne, keine Sterne – nur dieser endlose Himmel, der alles zu erdrücken schien.

»Wo sind wir hier?« Bill Conollys Stimme ließ den Chinesen herumfahren.

Der Reporter hatte sich aufgesetzt. Er wischte sich mit der Hand über die Stirn, schien seine Gedanken zu ordnen, und dann kehrte auch bei ihm die Erinnerung zurück. Aus weit geöffneten Augen blickte er Suko an. »Wir sind in . . .«

Suko unterbrach ihn. »Nein, die Hölle wird anders sein.«

Bill stand auf. Er sah die beiden Frauen, die noch in tiefer Bewußtlosigkeit lagen. Dann blickte er wieder den Chinesen an. »Und wie kommen wir hier heraus?« fragte er krächzend.

»Ich weiß es nicht, Bill.«

»Aber John. Er müßte uns doch holen.«

»Glaubst du im Ernst, er weiß, wohin man uns verschleppt hat?«
fragte Suko.

»Er wird es erfahren«, erwiderte der Reporter bestimmt.

»Und warum?«

»Weil es für unsere Entführung ein Motiv geben muß. Ganz
einfach. Die Mächte der Finsternis haben uns entführt, um John
Sinclair damit zu treffen. Ich kann mir gut vorstellen, daß sie auf
einen Tausch aus sind. John gegen uns. Das liegt auf der Hand.«

Suko nickte langsam. »Da kannst du recht haben, Bill. Es mußte
ja einmal so kommen.«

»Und was tun wir jetzt?« fragte Bill. Er deutete mit dem Arm
einen Halbkreis an. »Sieh dich doch mal um. Dieses schreckliche
Land. Wohin sollen wir gehen? Weiter hinein in die Einöde?«

»Es wäre immerhin eine Möglichkeit.«

Bill Conolly lächelte verloren. »Wir beide ja, aber mit den
Frauen.« Er machte jetzt einen Gedankensprung. »Hätte Sheila
doch nur dieses verdammte Schachspiel nicht gekauft.«

»Es war Schicksal.«

Bill runzelte die Stirn. »Wie meinst du das, Suko?«

»Der Plan muß von langer Hand vorbereitet gewesen sein.
Vielleicht hat jemand Sheilas Gedanken gesteuert, ich weiß es
nicht, Bill.«

Der Reporter senkte den Blick. »Und dabei hätte ich gewarnt
sein müssen.«

»Wieso?«

»Ich hatte einen Traum. Einen gräßlichen Alptraum. Ich sah
mich als Schachfigur von den anderen Spielpuppen eingekreist.
Man hatte mich mit Lanzen bedroht und wollte mich töten. Und
kurz davor erwachte ich. Schweißgebadet. Ich . . .« Plötzlich
zuckte Bill zusammen. »Der Traum, Suko, er kann Wirklichkeit
werden. Weißt du, wie groß wir sind?«

»Ja, wie Schachfiguren.«

»Dann sind wir verloren.«

Suko legte dem Reporter die Hand auf die Schulter. »Seit wann
gibst du so schnell auf, mein lieber Bill? Wir haben doch schon
andere Sachen geschaukelt.«

»Ja, aber in unserer normalen Größe. Nein, Suko, diesmal

werden wir uns aus eigener Kraft nicht mehr befreien können. Für uns ist doch schon eine Fliege ein kleines Ungeheuer.«

Die beiden Frauen wurden wach. Es geschah zur selben Zeit. Verwundert blickten Jane Collins und Sheila um sich.

Bill erklärte ihnen mit knappen Worten, wo sie waren.

Sheila begann zu weinen.

Jane, die mehr vertragen konnte, wurde nur blaß. Aber auch in ihren Augen lasen Bill und Suko Angst.

Suko versuchte Trost zu spenden. »Noch ist ja nichts verloren«, sagte er und bemühte sich, seiner Stimme einen glaubwürdigen Klang zu geben. »Bisher haben wir jede Situation gemeistert. Wir müssen uns eben auch innerlich auf unsere Größe einstellen. Das ist alles.«

Jane Collins stand auf. Sie wirkte mit ihrem langen blonden Haar wie eine kleine zerbrechliche Gliederpuppe. »Ich habe das Gefühl zu träumen«, flüsterte sie. »Und dabei weiß ich genau, daß es Wirklichkeit ist. Schrecklich.«

Bill Conolly hatte Sheila umfaßt. Er redete beruhigend auf sie ein.

Suko stand neben den beiden. Seine Blicke schweiften über die unheimliche Landschaft.

Plötzlich nahm sein Gesicht einen bestürzten Ausdruck an.

Vor ihm – vielleicht drei normale Schritte entfernt – hatte sich etwas bewegt. Die sandige Oberfläche geriet dort in Bewegung. Etwas schälte sich aus dem Boden.

Ein halbrunder Körper mit sechs Beinen wurde sichtbar. Dann zwei Facettenaugen, die die vier Menschen anstarrten.

Eine Spinne!

Normalerweise hätte Suko dieses Tier mit einem Fußtritt zerquetscht. Aber jetzt und hier wurde die Spinne zu einer lebensgefährlichen Bedrohung.

Hinter dem Chinesen stieß Sheila einen Schrei aus. Auch sie hatte das Tier gesehen.

Suko wandte hastig den Kopf. »Seid ruhig, und versteckt euch hinter irgendeinem Felsen. Bill, komm du zu mir!«

Die beiden vom Äußeren her ungleichen Freunde wollten den Kampf gegen die giftige Sandspinne aufnehmen . . .

Ich kannte mich gut aus in Chelsea. Vor gar nicht allzu langer Zeit hatte mich und Jane Collins ein Fall in dieses bürgerliche Wohnviertel geführt. Dabei wäre die blondhaarige Detektivin beinahe ums Leben gekommen.

Die Straße, in der sich das Geschäft befand, lag im Norden von Chelsea, nahe den Chelsea Barracks.

Ich lenkte den Bentley durch den nachtdunklen Vorort. Meine Gedanken beschäftigten sich immer noch mit meinen Freunden. Was war mit ihnen geschehen? Wo befanden sie sich jetzt?

Ich hoffte, einen Teil des Rätsels noch in den nächsten Stunden lösen zu können.

Mein Ziel war schnell gefunden. Ich schaltete zurück und ließ den Silbergrauen langsam über die Fahrbahn rollen.

Ich kam an einem parkenden Ford-Kombi vorbei, passierte auch das Haus des Händlers und lenkte den Bentley dann an den Bürgersteig.

Ich stieg aus.

Die Straße war typisch für Chelsea. Ältere Wohnhäuser, manche schon fünfzig Jahre alt, säumten die Fahrbahn. Diese Häuser waren – das wußte ich – von innen längst renoviert worden. Chelsea gehörte zu den bevorzugten Wohngegenden. Die Mieten waren entsprechend hoch.

Ich ging die paar Schritte zurück zu Octavios Geschäft.

Niemand begegnete mir. Still und verlassen lag die Straße im fahlen Licht des Halbmondes. Einige Häuser weiter brannte im zweiten Stock hinter einem Fenster ein Licht. Der helle Schein wirkte direkt wie ein Fremdkörper.

Octavios Laden hatte zwei Schaufenster. Gesichert war keines. Keine eisernen Rolläden, keine elektrische Warnanlage hinter Glas – nichts. Dieser Octavio mußte sich verflucht sicher fühlen.

Ich starrte durch die Scheibe – und sah einen Lichtschimmer.

Er drang durch eine spaltbreit offenstehende Tür, deren Umrisse ich im Hintergrund des Raumes erkannte. Der Lichtstreifen fiel auf eine alte Truhe und streifte auch noch die Vorderseite einer zweitürigen Kommode.

Ich gratulierte mir dazu, daß ich einen Blick durch das Fenster geworfen hatte. Dadurch war ich gewarnt. Es befand sich demnach noch jemand in dem Geschäft.

Der Besitzer selbst?

Ich grübelte nicht lange herum, sondern suchte nach einem Weg, um in den Laden einzudringen.

Die Eingangstür war verschlossen. Und läuten wollte ich auch nicht.

Die Einfahrt bot sich nahezu an. Sie führte auf einen Hinterhof, in dem ein Garagenbau stand. Ich wich einigen Aschenkübeln aus und stand dann vor der Hintertür.

Und die war offen.

Seltsam . . .

Ein unangenehmes Prickeln überfiel mich. Es trat immer dann auf, wenn mir einiges nicht geheuer war, wenn Gefahr und Verdruß in der Luft lagen.

Ich stieß die Tür auf. Lautlos schwang sie zurück. Kein Knarren verriet mich.

Meine Augen hatten sich inzwischen auf die herrschenden Lichtverhältnisse eingestellt, so daß ich Umrisse erkennen konnte und nicht völlig blind in den mir unbekannten Gang hineinschlich.

Wieder sah ich den Lichtschimmer.

Vorsichtig bewegte ich mich durch den Verkaufsraum. Es war gar nicht einfach, den wild durcheinanderstehenden Gegenständen auszuweichen, aber ich schaffte es trotzdem, einigermaßen lautlos voranzukommen.

Dann hörte ich eine Stimme. Sie klang rauh und unbeherrscht. Ich ging noch einige Schritte vor und konnte deutlich die Worte verstehen, die gesagt wurden.

»So, du dreckiger Einbrecher. Zu einem Wurm bist du geworden, und deshalb werde ich dich auch zertreten wie einen Wurm!«

In meinem Hirn klingelte die Alarmglocke. Ich hatte ähnliche Worte mehr als einmal vernommen. Und immer dann war ein Mensch in Lebensgefahr.

Schon stand ich an der Tür und riß sie auf.

Ein hünenhafter Kerl war von dem Geräusch aufgeschreckt worden und federte herum.

Zwei, drei Sekunden hatte ich Zeit, mir die Szene, die sich meinen Augen bot, einprägen zu können.

Der Kerl vor mir sah zum Fürchten aus. Übergroß, ein kantiges Gesicht, und er trug trotz der Helligkeit im Zimmer eine Sonnenbrille auf der Nase. Eine Narbe verlief quer über die Stirn.

Und ich sah den Zwerg.

Er hockte auf dem Boden, nicht größer als eine Spielpuppe. Angst leuchtete in seinen Augen. Er stieß ein klägliches Wimmern aus. Nur schwach verstand ich seine Worte. »Zertreten wollte er mich. Zertreten.«

Der Hüne griff an.

Mit der Attacke überraschte er mich. Er zog den Kopf ein und wollte mich über den Haufen rennen.

Wie eine Bombe prallte er gegen mich. Sein eisenharter Schädel grub sich in meine Magengrube. Ich wurde zurückkatapultiert, hinein in den Verkaufsraum. Dabei umklammerte mich der Riese mit beiden Armen, so daß ich das Gefühl hatte, mein Kreuz würde brechen.

Eine Wand stoppte uns. Ein altes Rad, ungefähr so groß wie ein Autoreifen, rutschte aus der Halterung und fiel nach unten. Wir bekamen beide etwas ab. Mein Gegner mehr als ich.

Mir riß die Nabe den Jackettkragen entzwei, dem Hünen donnerte das schwere Rad in den Nacken. Mit lautem Getöse polterte es zu Boden.

Mein Gegner stöhnte und ließ mich los. Er taumelte zurück. Durch die offene Tür fiel soviel Licht, daß ich den Kerl erkennen und mich auf ihn einstellen konnte.

Ich schlug mit der Rechten zu, traf ihn hart. Er flog weiter zurück. Die Sonnenbrille rutschte ihm von der Nase, hing aber noch an den Ohren.

Er sah ulkig aus, gab sich aber längst nicht geschlagen. Ein Tritt fegte mir die Beine weg. Ich schlug einen halben Salto und krachte zu Boden.

Mein Gegner brüllte triumphierend. Ich rollte mich herum, sah, daß er das Rad hochgehoben hatte und es über seinem Kopf schwang. Im nächsten Moment würde er mir damit den Schädel zerschmettern.

Meine Beine schienen sich selbständig zu machen. Zugleich schnellten sie vor.

Der Riese mußte den Tritt voll nehmen. Er rollte mit den Augen, stieß gurgelnde Laute aus, wankte zurück und ließ das verdammte Rad los.

Zum zweitenmal krachte es zu Boden.

Da war ich schon auf den Füßen, packte einen herumliegenden Holzknüppel und ging auf den Kerl los.

Der Mann schien unbesiegbar zu sein. Den ersten Schlag unterlief er glatt, den zweiten blockte er ab und setzte mir die Faust genau auf den Solar plexus.

Ich hatte das Gefühl in mir, als seien Weihnachten und Ostern auf einen Tag gefallen.

Ich hörte alle Engel singen. Der Knüppel wurde mir aus der Hand gewirbelt und durchschlug die Scheibe eines Geschirrschrankes.

Dann war der Bulle wieder da. Mit einem Fußtritt fegte er einen Stuhl zur Seite, der ihm im Weg stand. Er hatte beide Fäuste zusammengelegt und wollte sie mir von oben auf den Kopf dreschen. Ein Hammerschlag, wie das Bud Spencer immer in seinen lustigen Hau-Ruck-Filmen vorführt.

Ich steppte zur Seite. Trotz der Schmerzen war ich schnell genug.

Der Schlag – er hätte sicherlich den berühmten Ochsen gefällt – zischte an mir vorbei.

In derselben Sekunde brüllte mein Gegner auf. Er hatte genau in einen Nagel geschlagen. Das Ding stand schräg aus der Wand, war rostig und ziemlich lang.

Jetzt hatte der Riese mir nichts mehr entgegenzusetzen. Er verzog das Gesicht, tanzte von einem Bein aufs andere und hielt sich die verletzte Hand.

Ich wartete, bis sich mir eine Gelegenheit bot.

Dann schlug ich wohldosiert zu.

Der Hüne bekam einen glasigen Blick, seufzte noch einmal und fiel zu Boden.

Staub wallte auf, als er die Holzdielen berührte.

Ich atmete auf. Erst jetzt folgte die Reaktion. Schwindel packte mich. Ich mußte mich irgendwo festhalten, um nicht umzukippen. Durchatmen konnte ich noch nicht richtig, der Schlag auf den Solar plexus hatte mich zu sehr geschafft.

Zwei Minuten gönnte ich mir Pause. Dann kümmerte ich mich um den Niedergeschlagenen.

Die Wunde sah übel aus. Mit einem Taschentuch verband ich sie. Wenn sich der Knabe keine Blutvergiftung holen wollte, mußte er so rasch wie möglich zu einem Arzt.

Handschellen brauchte ich ihm nicht anzulegen. Er würde auch so noch eine Weile schlafen. Schließlich kannte ich meinen Punch.

Ich ging in den Nebenraum und kümmerte mich um den Zwerg. Er war verschwunden.

»He, Mister!« rief ich. »Zeigen Sie sich. Ich tue Ihnen nichts.«

Er kam tatsächlich. Ängstlich kroch er links hinter dem Schreibtisch hervor.

Die Szene sah lächerlich aus, aber zum Teufel noch mal, mir war wirklich nicht zum Lachen zumute. Dieses Menschlein war von irgendeiner dämonischen Kraft verkleinert worden, und ich hatte das bange Gefühl, daß es meinen Freunden ebenso ergangen war.

Ich bückte mich, hob den Mann hoch und setzte ihn auf die Schreibtischplatte.

»Nun erzählen Sie mal«, sagte ich.

Er zitterte noch immer vor Angst. »Wer sind Sie?« erkundigte er sich mit heller Stimme.

»Mein Name ist John Sinclair. Ich bin Oberinspektor bei Scotland Yard.« Zur Unterstreichung meiner Worte zeigte ich ihm den Ausweis. Die Angst aus seinen Augen verschwand. Er atmete erleichtert auf.

»So, jetzt sind Sie aber dran«, sagte ich. »Berichten Sie, was geschehen ist.«

Zuerst sagte er seinen Namen. Und dann brach es aus Mike Bonetti hervor. Er redete sich alles von der Seele, und als er vom Spiegel zu sprechen begann, fing er an zu weinen.

Ich versuchte ihn zu trösten, es gelang mir kaum.

»Den Besitzer des Ladens haben Sie hier nicht gesehen?« wollte ich wissen.

»Nein, damit kann ich Ihnen nicht helfen.«

Ich stand von meinem Stuhl auf und sah mir den Spiegel genauer an. Der äußere Rahmen unterschied sich in keiner Weise von normalen Spiegeln. Nur das Glas – falls es überhaupt ein solches war – hatte eine andere Färbung.

Es war matt, leuchtete aber irgendwie von innen.

Ich zündete mir eine Zigarette an und dachte nach.

Dieser Spiegel hatte eine besondere Funktion. Er war eine Nahtstelle zum Dämonenreich, wirkte wie ein Tor, durch das man nur hindurchzugehen brauchte, und schon war man in einer anderen Welt.

Nur der Rückweg war oft versperrt. Ich mußte an das Todeskarussell denken. Das Karussell war auch solch ein Dämonentor. Ein Polizeiinspektor, Fenton mit Namen, war darin verschwunden und nie wieder aufgetaucht.

Aber ich kannte auch diese Spiegel. Sah sie nicht zum erstenmal. Niemand wußte eigentlich so recht, woher sie stammten und wie alt sie waren. Es gab sie – und damit fertig. Manche Spiegel waren schon Tausende von Jahren alt, und sie zeigten nicht die Spur von Verfall. Es gab Sagen und Legenden, die von uralten Sternenvölkern erzählten, die der Erde in grauer Vorzeit Besuche abgestattet hatten. Angeblich hatten sie Requisiten und Dinge zurückgelassen, die einen Beweis ihrer Existenz liefern sollten.

Aber das waren alles nur Vermutungen. Genaues wußte keiner zu sagen.

Das Muster des Spiegels berührte mich eigenartig. Normalerweise waren die Flächen immer glatt, aber hier war die gesamte Spiegelfläche in kleine Quadrate aufgeteilt.

Augenblicklich kam mir das Schachbrett wieder in den Sinn. Auch dieses Spiel mußte ein Tor ins Dämonenreich sein.

Ich hob meinen rechten Arm, streckte den Zeigefinger aus und berührte die Spiegelfläche.

Der Finger traf auf Widerstand, er stieß nicht durch, wie ich es bei anderen transzendentalen Toren erlebt hatte.

Doch dieser Widerstand war nicht stark. Er gab nach. Die Fläche erschien mir wie eine weiche, gallertartige Masse. Als ich stärker zudrückte, wollte sich die Masse um meinen Finger schließen.

Hastig zog ich ihn zurück.

Mir kam eine andere Idee.

Ich öffnete die Knöpfe meines Oberhemdes, zog die schmale Kette über den Kopf und hielt das Kreuz in der Hand. Es war kein normales Kreuz. Äußerlich ja, doch die Kräfte der Weißen Magie wohnten darin.

Ich hielt die Kette umfaßt, so daß das Kreuz vor meinen gekrümmten Fingern baumelte. Langsam bewegte ich die Hand auf den magischen Spiegel zu.

Ich spürte förmlich, wie sich eine Aura zwischen Kreuz und Spiegel aufbaute. Die Luft schien zu vibrieren, zu flimmern, als stünde sie unter Hochspannung.

Leicht erwärmte sich die Kette. Diese Wärme ging von dem Kreuz aus, das mit den Kräften des Bösen zusammenprallte.

Dann berührte es die Spiegelfläche.

Etwas Unheimliches geschah.

Die matte Farbe verschwand. Von einer Sekunde zur anderen wurde die Spiegelfläche strahlend hell. Fast mußte ich die Augen schließen, so sehr blendete mich der Schein.

Die Fläche glitzerte, leuchtete, pulsierte.

Und ich konnte in sie hineinsehen.

Ich sah eine Landschaft. Öde, trostlos, verlassen. Ein düster-roter Himmel spannte sich über dem wüstenartigen Gebiet. Felsblöcke ragten wie Finger in die Luft.

Ich trat noch einen Schritt näher an den Spiegel heran und beugte meinen Kopf etwas, um besser in die Fläche hineinsehen zu können.

Das unheimliche Land schien in einer unendlichen Ferne zu liegen. Sämtliche Bezugspunkte verschwanden. Ich konnte nicht sagen, ob es zehn, hundert oder tausend Yards entfernt war.

Ich sah alles deutlich und klar und doch so weit entfernt.

Plötzlich hatte ich das Gefühl, mein Herzschlag würde ausset-zen. So einsam und verlassen war das Land doch nicht. Menschen befanden sich darin. Winzige Menschen.

Menschen, die ich kannte.

Suko, Bill, Sheila und Jane . . .

Und sie waren in Gefahr. Klar und deutlich zeigte mir der

Spiegel, daß sich der Sand bewegte und eine Spinne daraus hervorkroch.

Ich ballte die Hände zu Fäusten, sah, wie die Spinne auf Suko und Bill zulief.

Schnell, viel zu schnell.

Die beiden Frauen rannten weg.

»Suko!« stöhnte ich. »Suko . . .«

Da hörte ich den Schrei. Er drang jedoch nicht aus dem Spiegel, sondern war hinter mir ertönt.

Der Schrei riß mich aus meiner Benommenheit. Mit einer blitzschnellen Bewegung wirbelte ich herum.

Der Hüne stand in der Tür. Er war früher aus seiner Bewußtlosigkeit erwacht, als ich angenommen hatte. Blutunterlaufen waren seine Augen. In der rechten Hand hielt er einen langen Speer.

»Ich werde dich töten!« stieß er mit heiserer Stimme aus. »So wahr ich Malko heiße . . .«

Malko stürmte los.

Wild, ungezügelt. Ein Kraftpaket. Den Speer hielt er jetzt mit beiden Fäusten umklammert. Seine Wunde schien ihn nicht zu stören.

Mike Bonetti flüchtete schreiend in die hinterste Ecke des Zimmers.

Und ich erwartete den Angriff.

Gedankenschnell riß ich einen kleinen leeren Schreibmaschinentisch hoch, hielt ihn als Deckung vor mich und sprang gleichzeitig zur Seite. Mit aller Kraft schleuderte ich den Tisch auf Malko zu.

Er traf ihn in Höhe der Hüfte.

Malko griff an. Der Speer wischte an mir vorbei. Die Spitze war aus Eisen. Es hatte die Jahrhunderte überstanden und würde auch mich aufspießen, wenn ich nicht achtgab.

Malko stieß einen Wutschrei aus und drehte sich um die eigene Achse, um gleich darauf wieder zuzustoßen.

Diesmal führte er den Stoß von oben nach unten. Er hätte mir glatt den Fuß festgenagelt. Ich sprang hoch. Die Spitze raste dicht neben meinem großen Zeh in den Boden. Holz splitterte.

Ich packte den Speer, aber auch Malko griff zu.

Ich zog den Speer zur Seite, riß ihn aus den Bohlen und wollte Malko mit der flachen Seite der Spitze abermals ins Reich der Träume schicken.

Ich war nicht schnell genug. Der Riese flog gegen mich. Er drückte mich auf den Schreibtisch, klemmte den Speer zwischen seinem und meinem Körper ein.

Ich stand so dicht vor ihm, daß ich seinen heißen Atem spürte. Er knurrte wie ein Wolf. Seine beiden Pranken suchten meinen Hals.

Jetzt wurde es kritisch.

Ich ließ den Speer los, hob beide Hände. Sie glitten zwischen seine Arme. Mit einem gewaltigen Ruck versuchte ich die Umklammerung zu sprengen.

Es klappte nicht. Malko hatte zuviel Kraft. Langsam wurde mir die Luft knapp. Ich sah in Malkos Augen die Mordlust funkeln. Der Kerl würde so lange zudrücken, bis ich nicht mehr lebte.

Für einen Moment überflutete mich die Panik, dann hatte ich mich wieder gefangen.

Die Schreibtischplatte war nicht sehr breit. Bis jetzt hatte ich mich Malko entgegengestemmt, doch von einem Augenblick zum anderen gab ich dem Druck nach und ließ mich nach hinten fallen. Gleichzeitig gelang es mir, meine Beine anzuziehen. Malko hatte mir ausreichend Platz gelassen, so konnte ich ihm die Knie in den Leib drücken, ihn gleichzeitig hochstemmen und mich fallen lassen.

Beide bekamen wir das Übergewicht.

Malko brüllte vor Wut auf. Er konnte seinen Griff nicht länger halten. Wir fielen vom Schreibtisch. Der Hüne segelte noch über mich hinweg. Ich stieß mir die Schulter, rollte mich wieder ab und gelangte auf die Füße.

Gierig saugte ich die Luft ein. Dieser Malko war kein gewöhnlicher Gegner. Er schien schier unüberwindlich zu sein.

Und er gab nicht auf.

Ehe ich reagieren konnte, hatte er sich wieder den verdammten Speer geschnappt. Er kreiselte damit herum, suchte mich.

Ich sprang aus dem unmittelbaren Gefahrenbereich, geriet dadurch in die Nähe des Spiegels.

Malko nahm einen letzten wütenden Anlauf.

Aufbrüllend warf er sich in meine Richtung. Gleichzeitig schleuderte er mit aller Kraft den Speer.

Ich ließ mich instinktiv fallen.

Hautnah wischte die Waffe über mich hinweg. Und in der nächsten Sekunde flog Malko auf mich zu.

Wie ein Tier sprang er mich an.

Ich war nur froh, daß Malko nichts von Kampftechnik verstand, sondern sich nur auf seine Kraft verließ.

Meine Reaktion erfolgte ganz automatisch.

Beine an den Körper ziehen, ihn auffangen und nach hinten weghebeln.

Es gelang.

Schreiend flog Malko durch die Luft. Ich sah ihn nur als Schatten. Er hatte soviel Schwung, daß er vor dem Spiegel nicht mehr auf den Boden prallte.

Er fiel dagegen. Nein – er fiel hinein.

Folgte dem Speer, der ebenfalls den Weg durch den Dämonenspiegel genommen hatte.

Ich wälzte mich herum, und obwohl sich die Szene blitzschnell abspielte, kam sie mir wie eine Zeitlupenaufnahme vor.

Ich sah Malko in den Spiegel eintauchen. Kaum hatte er die Fläche berührt, da verkleinerte er sich. Der Spiegel nahm ihn auf, trieb ihn in die endlose Weite der Dimensionen.

Kein Schrei, kein Laut drang mehr an meine Ohren.

Aus weit aufgerissenen Augen verfolgte ich Malkos Flug. Er schwebte wie ein Vogel.

Weiter, immer weiter . . .

Ich sah ihn mit Armen und Beinen rudern. Eine andere schreckliche Dimension hatte ihn aufgenommen, geschluckt wie meine vier Freunde.

Dann wurde die Fläche des Spiegels matter. Die Landschaft verwischte. Nur noch ein paar Farben schimmerten nach. Als auch dies vorüber war, sah ich wieder die graue Fläche mit den zahlreichen Kästchen.

Sonst nichts.

Ich erhob mich ächzend. Meine Beine zitterten. Ich fühlte mich wie ein Kind, das laufen lernte. Dazu schmerzte mein Hals. Was ich hier erlebt hatte, war der reinste Horror. Über meinen Rücken lief eine Gänsehaut.

Mit einer automatisch wirkenden Bewegung strich ich mir eine Haarsträhne aus der Stirn.

»Das darf doch nicht wahr sein«, vernahm ich Mike Bonettis Stimme.

Ich blickte den Zwerg an. »Doch«, sagte ich tonlos, »es ist wahr.«

»Und was kann man dagegen tun?« fragte er mich.

Ich hob die Schultern. »Keine Ahnung. Tut mir leid, ich weiß es nicht. Noch nicht.« Dabei sah ich ihn ratlos an.

Die Spinne war schnell.

Schneller, als Suko angenommen hatte. Im letzten Augenblick wich der Chinese der Angreiferin aus.

Dann tauchte Bill Conolly auf. Er hatte die Frauen in Sicherheit gebracht und wollte Suko nun zur Seite stehen.

Der Chinese war gestürzt. Er rollte sich ein paarmal über den Boden und sprang auf, als er Bill in seiner Nähe sah.

»Wir müssen Deckung suchen!« rief der Reporter. Er ließ die Spinne dabei keinen Augenblick aus den Augen. Die hatte sich gedreht. Ihre Facettenaugen suchten die beiden Gegner, die sie unbedingt vernichten wollte.

Deutlich konnte Bill die feinen Härchen auf den Beinen sehen. Sie standen hoch, glichen einer Bürste.

Der Reporter und Suko hetzten auf einen Stein zu, der für sie die Größe eines Felsens hatte.

Augenblicklich nahm die Sandspinne die Verfolgung auf. Sie war schnell, schneller als die beiden Zwerge.

Bill Conolly riskierte einen Blick über die Schulter und erschrak.

Riesengroß sah er die giftige Spinne vor sich. »Suko!« brüllte er. Mit einem letzten verzweifelten Satz warf er sich vorwärts.

Die beiden vorderen Beine der Spinne drohten Bill Conolly umzuwerfen, doch sie verfehlten ihn. Dicht hinter Bills Hacken berührten sie den Sand.

Suko hatte den Schrei vernommen.

Er kreiselte herum, bückte sich, hob einen auch für ihn kleinen Stein auf und schleuderte ihn der Spinne gegen das Gesicht.

Das Insekt war für einen Augenblick abgelenkt. Die Zeit reichte Suko und Bill, um sich in Deckung zu werfen.

»Wo sind die Frauen?« keuchte Suko.

»Erst einmal in Sicherheit.«

Der Chinese wischte sich den Schweiß und Staub von der Stirn. »Verdammt, Bill, ohne Waffen können wir auf die Dauer nichts gegen die Spinne ausrichten.«

Bill nickte. In seinen Augen stand pure Verzweiflung. »Aber was sollen wir tun? Wir können doch nicht ewig vor dieser verfluchten Spinne wegrennen.«

»Achtung! Sie kommt!« Sukos Warnruf unterbrach Bills Ausführungen.

Die Spinne kroch über den Stein, hinter dem die beiden Freunde lagen. Zuerst war nur ein riesiger Schatten zu sehen, dann tauchten die beiden vorderen Beine auf, und anschließend sahen sich Bill und Suko von den schrecklichen Augen fixiert.

»Jetzt hat sie uns!« flüsterte Bill. »Wir – wir kommen nicht mehr weg!« Selten hatte der Reporter solch eine Angst gehabt. Normalerweise konnte ihn nichts so leicht erschüttern, aber seit er zu einem Zwerg geworden war, hatte sich auch seine Psyche völlig verändert. Hinzu kam noch der schreckliche Traum, in dem Bill sich als Schachfigur gesehen hatte. Beides zusammen war auch für einen Mann wie Bill Conolly zuviel.

Die Spinne zögerte. Es schien, als weide sie sich an der Angst ihrer Opfer. Sie wußte, daß sie nicht mehr entkommen konnten. Auch wenn sie davongelaufen wären, die Spinne hätte sie immer mit einem Sprung einholen können.

Bill und Suko standen geduckt da.

Der Chinese versuchte eine letzte Rettungsaktion vorzuschlagen. »Wenn sie springt, flitzen wir gleichzeitig nach links und rechts weg. Hast du verstanden, Bill?«

Der Reporter nickte nur. Sprechen konnte er nicht.

Doch da geschah etwas, was die beiden Männer an ihrem Verstand zweifeln ließ.

Etwas flog auf sie zu. Vielleicht der berühmte Rettungsstrohhalm.

Der Gegenstand schwebte jetzt über ihnen. Er schien aus einer unendlichen Ferne zu kommen und prallte nicht weit von Suko und Bill entfernt in den Sand.

Es war ein Speer!

Er war ebenfalls verkleinert, aber immerhin eine Waffe.

Der Chinese erfaßte die Chance innerhalb eines Herzschlags. Er warf sich zur Seite und riß den Speer, der mit der Spitze im Boden steckte, heraus.

»Suko! Da kommt noch jemand!« Bills Stimme gellte auf.

Der Chinese riß den Kopf in den Nacken. Er sah einen Menschen, klein wie sie. Er schwebte auf sie zu, ruderte mit Armen und Beinen und hatte den Mund weit aufgerissen.

Dieser Mensch war Malko.

Der Dimensionsspiegel hatte ihn verkleinert und in das Dämonenreich hineingeschleudert.

Malko landete dicht neben dem Stein, auf dem die Spinne hockte. Er fiel auf den Rücken. Sein Gesicht spiegelte das ungeheure Grauen wider, das er auf seiner Reise durch die Dimensionen erlebt hatte.

Die Spinne reagierte sofort. Sie sah, daß sie mit dieser neuen Beute leichtes Spiel haben würde.

Suko schrie Malko noch eine Warnung zu – er hatte das Unheil kommen sehen –, aber es war bereits zu spät.

Die Spinne ließ sich fallen.

Genau auf Malkos Körper.

Der Zwerg schrie, doch der Schrei wurde erstickt, als er das Spinnenbein auf sein Gesicht zurasen sah.

Keine Chance für ihn.

Die Spinne traf.

Suko und Bill wandten sich ab. Die Spinne ›beschäftigte‹ sich mit dem Opfer auf ihre Art. Nachdem sie Malko getötet hatte, aktivierte sie ihre Drüsen. Sie produzierte einen klebrigen Faden und begann damit, den Toten zu umschnüren.

»Jetzt nichts wie weg!« rief der Reporter. »Die Chance war nie so günstig.«

Er wollte laufen, doch Suko hielt ihn fest. »Einen Augenblick noch«, bat der Chinese. »Bleib du bei den Frauen, ich komme nach.«

»Was hast du vor?«

»Wirst du schon sehen.«

Bill Conolly ging nur zögernd.

Suko machte eine unwirsche Armbewegung.

Die Spinne war noch immer mit ihrem Opfer beschäftigt. Sie hatte an den anderen beiden Zwergen jegliches Interesse verloren.

Vorläufig jedenfalls . . .

Suko schlug einen Bogen. Er hatte den Speer nicht vergessen, der kurz vor dem Toten auf sie zugefallen war. Woher er so plötzlich kam, interessierte den Chinesen nicht. Die Hauptsache war, daß er jetzt eine Waffe in der Hand hielt.

Suko nahm hinter dem Stein Deckung.

Die Spinne vor ihm arbeitete verbissen. Immer weiter spann sie ihr Netz. Suko konnte sie nicht sehen, er hörte aber, wie sie sich hin- und herbewegte.

Der Chinese klemmte sich den Speerschaft zwischen die kräftigen Zähne. Die Waffe war etwa doppelt so groß wie zwei aufeinandergestellte Nähnadeln. Suko packte mit beiden Händen die Kante des oberen Steins und zog sich mit einem Klimmzug hoch. Er schaffte es erst beim zweiten Versuch, als seine Fußspitzen in schmalen Rissen Halt fanden.

Dann lag er auf dem Stein.

Den Speer nahm er jetzt in die rechte Hand. Er hielt den Schaft etwa in der Mitte umfaßt, balancierte die Waffe aus und nickte dann zufrieden.

Die Spinne war noch immer voll beschäftigt. Hastig und arbeitssam lief sie immer wieder um ihr Opfer herum. Sie hatte ein breitflächiges Netz gewebt, unter dem der Oberkörper des Toten schon fast verschwunden war.

Suko richtete sich auf. Er blieb in einer knienden Stellung. Mit der linken Hand stützte er sich ab, den rechten Arm hob er etwa in Schulterhöhe.

Suko wußte genau, worauf es ankam. Wenn er die Spinne beim ersten Wurf nicht richtig traf, dann war er verloren.

Er fühlte sich wie ein Held aus einer chinesischen Sage, der mit Monstern und Ungeheuern kämpfte.

Da! Jetzt hatte die Spinne den Chinesen entdeckt.

Sofort ließ sie von ihrem Opfer ab, wandte sich dem neuen Angreifer zu.

Sie drehte den Kopf.

Die beiden Facettenaugen schillerten und schimmerten, waren auf Suko fixiert.

In diesem Augenblick war der Chinese eiskalt. Er atmete noch einmal tief ein, sah, daß die Spinne wenige Sekunden lang auf dem Fleck stand, und schleuderte den Speer mit aller Kraft.

Die kleine Waffe zischte durch die Luft.

Und traf!

Mit Wucht drang sie in das rechte Auge der Spinne und zerstörte es. Bis zur Hälfte steckte der Schaft in dem Spinnenauge.

Das Tier konnte plötzlich nichts mehr sehen. Es kreiselte herum, zerriß das eben noch so kunstvoll angefertigte Netz, wühlte mit den sechs Beinen den Sand auf, fiel sogar auf den Rücken und blieb dann still liegen.

Die Spinne war tot.

Suko, der Chinese, atmete auf.

Er kletterte von dem Stein, ging auf die Spinne zu und riß den Speer aus deren Auge.

Die Spinne rührte sich nicht mehr. Der Speer mußte einen lebenswichtigen Nerv getroffen haben. Suko war stolz darauf, daß er so gut gezielt hatte. Es hätte auch anders ausgehen können.

Unwillkürlich warf er einen Blick zu dem düsteren Himmel empor.

Von dort oben waren der Speer und der Mensch herabgefallen, aus einer ungeheuren Entfernung. Sie waren gelandet und hatten sich doch nichts getan.

Da mußte Schwarze Magie im Spiel gewesen sein!

Suko hielt seine rechte Hand als Schalltrichter an den Mund. »Bill!« rief er. »Bill, so melde dich!«

Nur schwach kam die Antwort. Suko ging in die Richtung, aus der er die Stimme gehört hatte.

Er fand Bill und die beiden Frauen in einer Mulde hocken. Ängstlich sahen sie ihm entgegen.

Suko winkte ab. »Alles klar«, sagte er, »ihr könnt beruhigt sein. Die Spinne lebt nicht mehr.«

Allgemeines Aufatmen. Die beiden Frauen fielen sich glücklich lächelnd in die Arme.

»Fragt sich nur, wie es weitergehen soll«, sagte der Reporter. »Hast du eine Idee, Suko?«

Der Chinese schüttelte den Kopf. »Nein. Die Karten in diesem Spiel hat ein anderer verteilt. Und den müssen wir suchen.«

Bill blickte den Freund verdutzt an. »Wie willst du das denn machen?«

»Ganz einfach. Wir bleiben nicht hier, sondern marschieren los.« Suko lächelte und sah an sich herunter. »Marschieren ist natürlich zuviel gesagt. Wir gehen. Irgendwann werden wir ja hoffentlich auf irgendwen treffen. Oder hast du einen anderen Vorschlag?«

»Nein.«

Selten in meinem Leben hatte ich mich so mies gefühlt. Wie viele Fälle hatte ich schon gelöst? Fünfzig, siebzig? Ich wußte es nicht mehr. Und zum Henker auch, mir war es egal.

Ich hatte versagt.

Ja, ich fühlte mich als Versager. Man hatte meine Freunde entführt, und ich, der berühmte Geisterjäger, hockte in einem Zimmer und hätte mich an liebsten in ein Mauseloch verkrochen.

Die Zigarette, die ich mir angezündet hatte, verqualmte zwischen meinen Fingern. Die Asche fiel zu Boden. Es störte mich nicht einmal. Ich wußte nicht mehr, wo ich anfangen sollte. Die anderen hielten sämtliche Trümpfe in der Hand.

Ich starrte auf den Spiegel und sah ihn doch nicht. Wie mochte es in diesen Augenblicken Suko, Jane, Sheila und Bill ergehen? Ich hatte sie gesehen, für einen kurzen Augenblick nur, und dazu noch als Zwerge.

Das war einfach zuviel.

Ich hörte neben mir ein Hüsteln. Es war Mike Bonetti. Ich hatte ihn auf den Tisch gesetzt.

»Es tut mir leid«, sagte der kleine Mann.

Ich lächelte schmerzlich. »Sie können doch nichts dafür.«

»Trotzdem.«

»Ihre Lage ist doch viel schlimmer«, erinnerte ich ihn.

»Meinen Sie, daß ich nie mehr meine normale Gestalt annehmen werde?« fragte er mich. In seiner Stimme schwang trotz allem noch etwas Hoffnung mit.

»Ich weiß es nicht.«

»Also unmöglich.«

»Das würde ich nicht sagen.«

Mike lachte. »Ich habe es mir ja selbst zuzuschreiben«, sagte er. »Ich hätte hier nicht einbrechen sollen. Aber das Geld lockte, und bisher bin ich auch nie erwischt worden. Ausgerechnet heute hat es mich erwischt. Doppelt und dreifach.«

»Kannten Sie den Laden denn hier?« wollte ich wissen.

»Kennen ist zuviel gesagt. Ich habe ihn mir wohl schon mal angesehen. Ich weiß auch, wie der Besitzer aussieht, das ist aber auch alles.«

»Sie haben nie mit ihm gesprochen?«

»Nein. Ich werde mich hüten.«

»Aber er wohnt hier?« bohrte ich weiter.

Der kleine Mensch nickte. »Ja. Soviel ich weiß, in der ersten Etage. Wieso? Versprechen Sie sich etwas davon?«

Ich stand auf. »Möglich ist es schon. Ich sehe mir die Räume einmal an.«

Mike Bonetti blickte mich aus flehenden Augen an. »Bitte, Sir, nehmen Sie mich mit. Ich will hier nicht allein sein.«

Ich sah auf den Zwerg nieder. »Okay, kommen Sie.« Ich nahm ihn und steckte ihn in meine rechte Jackettasche. Es war schon ein komisches Gefühl. Immer wieder mußte ich einen Blick auf das kleine Lebewesen werfen.

Doch dann überlegte er sich es anders. Wir waren noch unten im

Laden, als er wieder hinaus wollte. »Ich warte doch lieber hier«, sagte er. »Wenn Sie dort oben in eine Auseinandersetzung geraten, würde ich Sie nur behindern.«

»Ist gut.« Ich nahm ihn aus der Tasche und setzte ihn in einen Sessel. Er verkroch sich in die letzte Ecke, so konnte er am wenigsten entdeckt werden.

Ich schaltete erst einmal das Licht ein und suchte dann den Weg zum Treppenhaus. Gefunden war er schnell. Ich mußte durch eine schmale Tür und stand in dem muffig riechenden Flur.

Die Birne an der Decke war mit Fliegendreck verklebt. Die Wände starrten vor Schmutz. Von dem schulterhohen Sockel war die meiste Farbe bereits abgeblättert. Nein, mit diesem Haus war wirklich kein Staat zu machen. Das Eisengeländer hatte schon Rost angesetzt.

Unangefochten gelangte ich in die erste Etage.

Die Wohnungstür stand offen.

Ich zog meine Beretta aus der Halfter und hielt sie in der rechten Hand. Die Waffe war mit geweihten Kugeln geladen. Diese Geschosse hatten schon manchen Dämon zum Teufel geschickt.

Mit dem Fuß kickte ich die Tür auf, schlich in die dahinterliegende Wohnung und begann mit der Durchsuchung.

Trotz intensiver Bemühungen fand ich nichts.

Wenn man mal von der ärmlichen Einrichtung absah, waren die Zimmer leer. Ich konnte nur immer wieder den Kopf schütteln. Selten hatte ich jemand erlebt, der in solch einem schmutzigen Loch hauste. Dabei kam mir ein Verdacht. Vielleicht wohnte dieser Octavio gar nicht hier? Nach außen hin hatte er zwar die Wohnung gemietet, doch tatsächlich hielt er sich woanders auf.

Diese Folgerung schien mir gar nicht so unwahrscheinlich zu sein.

Ich kehrte der Wohnung wieder den Rücken zu und ging die Treppe hinunter.

Auf der zweitletzten Stufe saß er.

Mike Bonetti.

Tot!

Jemand hatte dem kleinen Mann den Hals umgedreht!

Sie marschierten durch die endlos scheinende, wüstenartige Ebene. Suko ging voran, die beiden Frauen folgten, und Bill bildete den Schluß.

Es war eine Qual. Sie schienen sich kaum von der Stelle zu bewegen.

Den Himmel überzog noch immer ein düsteres Rot. Es spannte sich wie ein Bogen von einem Ende zum anderen. Die Weite des alptraumhaften Landes wirkte bedrückend.

Sheila war es, die zuerst den Mut verlor. Urplötzlich ließ sie sich fallen. »Geht ohne mich. Ich will nicht mehr!«

Sofort war Bill bei ihr. Er hob Sheila an, faßte ihr dabei unter beide Achseln. »Wir müssen, Darling. Bitte, komm.«

»Aber ich . . .«

Jane Collins drängte den Reporter zur Seite.

»Laß mich das mal machen. Ihr Männer seid viel zu ungeschickt.«

Jane sprach auf Sheila Conolly ein. Bill stand daneben wie ein begossener Pudel.

Suko war schon ein Stück vorausgegangen, hatte aber angehalten und wartete.

»Was ist mit Sheila?« rief er Bill zu.

Der Reporter hob die Schultern. »Sie will nicht mehr.« Er sah Suko verzweifelt an. Seine Augen waren an den Rändern rot entzündet, die Lippen aufgesprungen.

Den anderen erging es nicht besser.

Durst quälte sie. Diese Trockenheit saugte ihnen den letzten Rest Feuchtigkeit aus dem Körper. Der Zeitpunkt war eigentlich abzusehen, wann auch die Männer nicht mehr weiter konnten. Und nirgendwo ein Hoffnungsschimmer. Nur die weite, schier endlose Ebene. Lebewesen hatten sie, bis auf die Spinne, keine mehr gesehen. Trotzdem hielt Suko immer noch seinen Speer in der Hand. Er war sicher, daß er ihn noch einmal brauchen würde.

Sheila quälte sich wieder auf die Füße. Bill ging zu ihr und stützte sie.

»Wenn nicht bald etwas geschieht, ist sie am Ende«, flüsterte Jane dem Reporter ins Ohr.

Bill Conolly nickte nur.

Sheila hatte die schwächste Konstitution von ihnen. Jane Collins, die Detektivin, war durch ihre harten Einsätze immer im Training. Außerdem absolvierte sie zwischenzeitlich ihr Judo- und Karatetraining, während Sheila das Leben einer normalen Durchschnittsfrau führte.

Sie gingen weiter.

Ihre Schritte wurden schleppender, schwerfälliger. Bill hatte das Gefühl, als säße Blei in seinen Oberschenkeln. Immer wieder leckte er sich die spröden Lippen, aber selbst die Zunge war kaum noch mit Feuchtigkeit behaftet.

Am besten hielt sich noch Suko. Der Chinese war ein Kraftpaket und Konditionsbündel. Er ging noch genauso elastisch und federnd wie zu Beginn des Marsches.

Sukos Gedanken kreisten um John Sinclair. Der Chinese konnte sich einfach nicht vorstellen, von mir im Stich gelassen zu werden. Er war aber Realist genug, um sich einzugestehen, daß die Chance, aus dieser Hölle wieder herauszukommen, verdammt gering waren.

Die Zeit verging.

Niemand sprach ein Wort. Und irgendwann änderte sich die Landschaft.

Suko bemerkte es zuerst. Er wies nach vorn. »Da, seht!«

Schweratmend und erschöpft blieben die anderen stehen.

Eine Alptraumlandschaft tat sich vor ihnen auf. Bleiche Schädel bildeten ein riesiges Karree. Knochen verbanden die Schädel miteinander. An einer Stelle nur gab es eine Öffnung, ähnlich einem Tor. Aber das Tor sah schrecklich aus. Es war ein übergroßer Totenschädel, durch dessen Maul man schreiten mußte.

Sheila begann zu schreien. »Ich will nicht mehr weiter!« wimmerte sie. »Laßt mich hier. Laßt mich hier sterben!«

Bill sah keine andere Möglichkeit. Er mußte Sheila zur Besinnung bringen. So schlug er ihr ins Gesicht. Dabei hätte er sich am liebsten selbst die Hand abgehackt.

Die Methode half aber.

Sheila hörte auf zu schreien, starrte ihren Mann sekundenlang verständnislos an, lächelte dann und sagte: »Es tut mir leid, Bill. Ich habe mich wohl dumm benommen.«

Bill strich ihr über das Haar. »Nein, Sheila, du nicht.«

»Ich gehe als erster«, rief Suko. »Wartet hier.«

Ehe ein anderer eine Antwort geben konnte, war der Chinese schon in dem Schädeltor verschwunden.

Atemlos verharrten die Freunde.

Nichts geschah.

Bill Conolly biß sich auf die Lippen. »Sollen wir nicht versuchen, das Knochenfeld zu umgehen?«

Er wartete eine Antwort gar nicht erst ab, sondern machte sich auf den Weg. Er ging geradewegs auf einen der Knochen zu.

Für ihn war es ein schreckliches Gefühl, von den leeren Augenhöhlen der Schädel angeglotzt zu werden.

Und dann erhielt er plötzlich einen Schlag. Eine magische Falle war zugeschnappt.

Dicht vor der Knochenmauer wurde Bill zurückgeschleudert. Er fiel zu Boden und verlor für wenige Sekunden die Besinnung. Als er wieder klar sehen konnte, kniete Jane neben ihm.

»Laß es sein, Bill«, flehte sie.

Der Reporter nickte und erhob sich ächzend. Er faßte die beiden Frauen an den Händen. Gemeinsam gingen sie auf das Schädeltor zu. Weit klappte der Rachen auf. Die stumpfen Zähne des Oberkiefers bildeten eine Linie.

»Ich hab' so eine Angst«, hauchte Sheila.

Bill drückte ihre Hand stärker.

Sie durchschritten den Schädel.

Unbehelligt . . .

Suko erwartete sie bereits. Er stand auf seinem Speer gestützt und sah sie ernst an. »Seht mal, wo wir gelandet sind«, sagte der Chinese.

Die drei blickten sich um.

Bill Conolly war am meisten geschockt. Er konnte es kaum fassen. Das war unmöglich – und doch eine Tatsache.

Sie standen auf einem für sie riesigen Schachbrett!

Bill Conollys schrecklicher Alptraum schien Wirklichkeit zu werden . . .

Der kleine Mensch bot einen entsetzlichen Anblick. In mir stieg der heiße Zorn hoch.

Mike Bonetti hatte keinem Menschen etwas getan. Warum also dieser sinnlose Mord?

Ich wußte aber jetzt auch, daß ich nicht mehr allein in diesem verdammten Haus war. Irgendwo mußte der heimtückische Killer noch stecken.

War es Octavio?

Ich zog wieder meine Beretta.

Auf Zehenspitzen schlich ich die restlichen Stufen hinunter. Ich war darauf gefaßt, jeden Augenblick angegriffen zu werden.

Nichts geschah.

Unbehelligt erreichte ich den Verkaufsraum.

Und dort traf ich ihn.

Octavio!

Er saß in dem hochlehnigen Sessel, auf den ich zuvor Mike Bonetti abgesetzt hatte. Eine Tischlampe streichelte mit ihrem Licht die Gestalt des Mannes.

Ich blieb stehen.

Sekundenlang kreuzten sich meine und Octavios Blicke. Der Händler trug einen bis über die Knie reichenden Mantel. Die Hände hatte er in den Taschen vergraben. Sein eiförmiger Kopf war kahl. Der sichelförmige Schnurrbart berührte beinahe die Kinnspitzen.

Ich hob die Hand mit der Waffe an. In mir tobte ein unbeschreiblicher Zorn. Ich mußte mich beherrschen, um dem Kerl nicht ins Gesicht zu schlagen.

»Octavio?« fragte ich. Meine Stimme erkannte ich kaum noch wieder. Sie klang kratzig und rauh.

»Ja. Aber nehmen Sie die Waffe weg«, erwiderte er. »Sie nützt Ihnen nichts.«

Ich behielt die Beretta in der Hand. »Eine Kugel ist bald noch zu schade für Sie, Sie Bestie!« Ich schleuderte ihm die Worte ins Gesicht. »Warum dieser Mord an Mike Bonetti? Der Mann war völlig hilflos. Er war schon genug gestraft.«

Octavio winkte ab. »Sie sollten sich mehr zusammenreißen, Sinclair, und nicht so emotionell handeln. Es steht Ihnen nicht.

Und jetzt nehmen Sie endlich die verdammte Knarre weg, oder Ihre Freunde werden es büßen.«

Ich blickte den Mann an und wußte, daß er es ernst meinte. Octavio befand sich in einer so starken Position, daß er einen Bluff gar nicht nötig hatte. Ich saß ohnehin am kürzeren Hebel.

»Sie können ruhig Platz nehmen, Sinclair. Im Sitzen plaudert es sich besser.«

Ich nahm mir einen Sessel. Er war schon ziemlich alt und die Sprungfedern ausgeleiert. Ich sank tief ein.

Octavio lächelte dünn. »So gefallen Sie mir schon besser,«, meinte er spöttisch.

»Kommen Sie endlich zur Sache!« forderte ich ihn auf.

»Sie sind zu ungeduldig, Sinclair. Ich stelle hier die Fragen. Ihre Lage ist denkbar schlecht. Zuvor will ich wissen, was mit Malko geschehen ist.«

»Er hat dem Spiegel nicht widerstehen können.«

»Sie meinen, er hat eine Reise in die andere Dimension gemacht?«

»Ja.«

Für einen winzigen Augenblick verzerrte sich Octavios Gesicht. Dann hatte er sich wieder in der Gewalt. »Freiwillig ist Malko doch nie in den Spiegel hineingeraten.«

»Ich habe nachhelfen müssen.«

»Dann befindet sich Malko jetzt dort, wo auch Ihre Freunde sind, Sinclair.« Und jetzt grinste Octavio niederträchtig. »Garantieren kann ich für nichts. Malko ist ein Bär. Er ist so gut wie unbesiegbar. Und er wird seine Wut an Ihren Freunden auslassen.«

»Ich habe ihn besiegt«, konterte ich.

Octavio sagte nichts mehr. Er holte erst einmal Luft. »Ja, Sie sind gefährlich, Sinclair, das habe ich schon immer gewußt. Aber nicht nur für mich, auch für andere stellen Sie eine große Gefahr dar. Wie gut für uns, die Falle ist zugeschnappt. Daß Sie nicht stillhalten würden, habe ich mir schon gedacht. Ich hatte nicht damit gerechnet, daß Sie mich so rasch ausfindig machen würden. Sie sind schon ein besonderer Mann. Doch das alles spielt nur noch eine untergeordnete Rolle. Wichtig ist, daß Sie in Zukunft keine Schwierigkeiten mehr machen werden. Und dafür sorge ich.«

»Wollen Sie mich töten?«

»Unter Umständen, ja.«

»Aber . . .?«

»Jetzt sind Sie zu neugierig.« Octavio lächelte böse. »Ja, ich an Ihrer Stelle wäre es auch. Kommen Sie mit, ich will Ihnen etwas zeigen, Geisterjäger!«

Octavio erhob sich. Ich tat es ihm nach. Wir verließen den Laden und betraten das kleine Büro, in dem der Spiegel stand. Octavio hatte dort einiges verändert. Auf dem Schreibtisch stand das Schachspiel, das Bill und Sheila Conolly mir zum Geburtstag geschenkt hatten.

Mir kam es vor, als wäre dies schon Tage her, dabei waren erst Stunden vergangen.

»Erkennen Sie es wieder?« fragte Octavio höhnisch.

Ich nickte.

Die gesamte Zeit über hatte ich keinen Blick von dem Spiegel gelassen. Die Figuren waren aufgebaut. Fein säuberlich standen sie auf ihren Feldern. Ich sah den König, die Dame, die Türme, die Läufer, die Springer und die Bauern.

»Die weißen Figuren sind für Sie«, sagte Octavio.

Ich hob den Blick. »Sie wollen mit mir eine Partie spielen?«

»Ja, mein Bester.« Octavio rieb sich die Hände. »Wie ich hörte, beherrschen Sie das Spiel der Könige. Ich habe mich ebenfalls damit beschäftigt. Wir werden ungefähr gleich gut sein. Allerdings hat die Sache bei Ihnen einen Haken. Sie spielen um das Leben Ihrer Freunde.«

Ich schluckte. Obwohl ich mit einer ähnlichen Situation gerechnet hatte, war ich doch überrascht. Aber es sollte noch schlimmer kommen. Viel schlimmer.

»Die weißen Figuren sind für Sie, Sinclair. Die Regeln brauche ich Ihnen ja nicht zu erklären. Aber ich will Ihnen etwas anderes zeigen. Sehen Sie mal in den Spiegel.«

Ich drehte mich so, daß ich die matt schimmernde Fläche betrachten konnte.

Neben mir murmelte Octavio einige magische Formeln. Er stieß die Worte scharf und abgehackt hervor.

Die Spiegelfläche veränderte sich. Sie wurde klar und durchsichtig. Wieder konnte ich einen Blick in die andere Dimension werfen.

Plötzlich wurden meine Augen groß, denn ich sah etwas, was mich an meinem Verstand zweifeln ließ . . .

Auch Sheila Conolly wußte sofort, was los war. Ängstlich klammerte sie sich an ihren Mann. »Dein Traum, Bill«, flüsterte sie. »Dein Traum!«

Bill Conolly nickte. Trotz der Hitze brach ihm der kalte Schweiß aus. Wie eine zweite Haut bedeckte er den Körper.

Suko dachte nach. »Wir sind hierher gelockt worden«, sagte er. »Anders kann ich mir das nicht vorstellen.«

»Wieso?« fragte Jane.

»Dreh dich mal um!«

Die Detektivin wandte den Kopf. Sie hatte Mühe, einen Schrei zu unterdrücken. Der riesige Totenschädel, der gleichzeitig als Eingang diente, war versperrt. Das Maul – es hatte an der Rückseite die gleiche Form wie vorn – war verschlossen.

Die vier Menschen waren Gefangene. Gefangene auf einem riesigen Schachbrett.

»Aber wieso denn?« flüsterte Jane. »Was – was will man hier mit uns? Weshalb führt man uns zu einem Schachbrett?«

»Darauf werden wir sicherlich bald eine Antwort erhalten«, erwiderte Suko. Er hatte sich gebückt und untersuchte den Boden, auf dem sie standen.

Er war spiegelblank und glatt. Die dunkelrote Sonne stand senkrecht über dem Feld. Die kleinen Menschen warfen kaum einen Schatten.

»Wir sind ebenfalls zu Figuren geworden«, sagte Bill mit heiserer Stimme. »Zu Figuren in einem teuflischen Spiel. Ich weiß es. Und ich weiß auch, daß wir dieses Schachbrett nicht mehr lebend verlassen werden.«

Suko fuhr herum. »Wie kannst du so etwas nur sagen!«

»Weil ich einen Traum gehabt habe.« Bill nickte heftig, als er Sukos verständnislosen Blick bemerkte. »Ja, zum Teufel, ich habe einen Traum gehabt. Ich selbst habe mich auf diesem Schachbrett gesehen. Eingekreist von den einzelnen Spielern. Springern, Bauern, Läufern – sie alle wollten mich töten. Hier auf dem Boden lag ich.« Bill deutete auf ein Karree. »Ich hatte keine Chance. Glaubt mir. Wir werden hier sterben.«

Der Reporter war mit seinen Nerven am Ende. Er setzte sich einfach hin und vergrub das Gesicht in beiden Händen. »Ich hätte es wissen müssen. Ich hätte es wissen müssen«, stammelte er immer wieder.

Sheila kümmerte sich um ihren Mann, während Suko einige Schritte zur Seite ging, um das Schachfeld abzulaufen.

Jane Collins holte den Chinesen ein. »Was sagst du zu Bills Traum?«

Der Chinese blieb stehen. »Träume können oft in Erfüllung gehen«, erwiderte er.

Jane hob die Augenbrauen. Auch ihr Gesicht war von den vergangenen Strapazen gezeichnet. Nur mit Mühe bewahrte sie ihre Haltung. »Du sagtest ›können‹, Suko.«

»Ja. Sie müssen nicht. Bill hat bei seinem Bericht eins vergessen.«

»Und das wäre?«

Suko lächelte. »Mich wundert es, daß du noch nicht von selbst drauf gekommen bist, große Detektivin.«

»Laß doch jetzt die Scherze.«

»Bill hat nur sich in seinem Traum gesehen. Aber in Wirklichkeit sind wir zu viert, das solltest du nicht vergessen. Wir werden uns unserer Haut wehren.«

Jane Collins nickte. »Du hast recht, Suko. Wir sind zu viert. Allerdings waffenlos.«

Der Chinese hob seinen Speer. »Und dies?«

»Willst du damit ernsthaft gegen dämonische Wesen angehen?«

»Es bleibt mir ja nichts anderes übrig.«

Jane streichelte Suko über sein Gesicht. »Du bist auch nicht kleinzukriegen, wie?«

»Ich bin immer Optimist geblieben.«

Jane Collins ließ Suko stehen und kümmerte sich um Bill. Sheila empfing die Detektivin achselzuckend. »Ich weiß nicht, was mit Bill los ist. So kenne ich ihn gar nicht. Kümmere du dich doch mal um ihn.«

»Auch Männer haben mal das Recht, schwach zu sein«, erwiderte Jane. »Es ist gut, wenn sie nicht immer die starken Helden spielen und auch mal ihren Gefühlen freien Lauf lassen.«

»Aber das können wir uns doch jetzt nicht leisten«, flüsterte Sheila.

»Das stimmt auch wieder.« Jane Collins ging neben Bill in die Knie und legte ihm ihre Hand auf die Schulter. »Reiß dich doch zusammen«, sagte sie eindringlich, »du darfst jetzt nicht schlappmachen, Bill. Komm hoch, wir dürfen uns nicht aufgeben!«

Der Reporter ließ die Hände sinken. Er starrte vor sich auf den Boden. Dann hob er plötzlich den Kopf. Ein maskenhaftes Lächeln hatte sich in seine Mundwinkel gegraben. Er stand auf.

»Ich muß mich wohl entschuldigen«, sagte Bill. »Aber dieser Traum und jetzt die Szene, ich hatte beides noch nicht verkraftet. Nun geht es wieder.«

»O Bill!« Sheila warf sich in die Arme ihres Mannes. »Es wird doch alles wieder gut, Bill. Es muß einfach.«

Bill Conolly streichelte seiner Frau über das lange Blondhaar. Er tat dies mit einer unendlich zärtlichen Bewegung.

»Es muß einfach gutgehen«, flüsterte Sheila. »Ich . . . ich wollte es dir heute abend schon sagen, aber ich bin nicht dazu gekommen. Verzeih mir, Liebling.«

Bill runzelte die Stirn. »Aber was ist denn los?«

»Du . . . du wirst Vater, Bill. Vielleicht . . .«

»Was?« Der Reporter riß beide Augen weit auf. »Ich werde . . . ich werde . . .«

»Nicht so laut.« In Sheilas Augen lag plötzlich ein warmes Leuchten. »Es ist noch nicht hundertprozentig. Und ich weiß, ich habe den Zeitpunkt schlecht gewählt, um dir das zu sagen, aber ich sah einfach keine andere Möglichkeit, dich aus deiner gedrückten Stimmung zu reißen. Es lohnt sich wieder, für etwas zu kämpfen.«

»Ja«, sagte Bill und nickte entschlossen. »Es lohnt sich wieder. Für meinen Sohn!«

»Falls es ein Sohn wird.«

»Natürlich.«

Für wenige Minuten hatten Sheila und Bill die schrecklichen Ereignisse vergessen. Sie waren einfach nur ein glückliches Ehepaar. Doch dann wurden sie wieder mit aller Deutlichkeit an ihre Situation erinnert, denn Sukos Stimme gellte auf.

»Vorsicht!«

Innerhalb der Schädel wurde es plötzlich lebendig. Bill und die beiden Frauen wirbelten herum. Sie sahen Bewegungen, und dann traten auf einmal Figuren aus den Totenköpfen hervor.

Schachfiguren!

Da war der König. Ganz in Schwarz. Mit einer flammenden Krone auf dem Kopf und statt des Zepters ein Schwert in der Hand. Auch die Augen glühten in einem düsteren Rot. Das Gesicht war eine schreckliche Fratze.

Es folgte die Dame. Auch sie trug ein langes Gewand von dunkler Farbe. Ihr Gesicht war seltsam bleich, wie das einer Leiche. Sie trug eine Kette aus Knochen um den Hals. Bei jedem Schritt klirrten die Knochen gegeneinander.

Die Springer sprengten auf das Feld. Die Figuren saßen auf schwarzen Pferden. In der rechten Hand hielten sie einen Bogen, im Köcher auf dem Rücken steckten Pfeile. Die Gesichter der Reiter waren halbe Skelettfratzen, durch die die Knochen schimmerten.

Die beiden Läufer rannten hinter den Pferden her. Die trugen schwarze, eng anliegende Trikots, gingen leicht gebeugt und hatten kahle Schädel.

Dann folgte der Pulk der Bauern. Auch sie waren in Schwarz gekleidet, trugen einfache Kittel. In ihren flachen Gesichtern waren weder Nasen, Augen noch Ohren zu erkennen. Bewaffnet waren die Bauern mit Lanzen.

Die dunklen, lebenden Figuren nahmen ihre Plätze auf den schwarzen Feldern der anderen Schachbrettseite ein. Alles geschah lautlos. Es wirkte wie einstudiert. So als hätten sie es hundertmal geübt.

Den Schluß bildeten die Türme. Es waren regelrechte Kolosse. Mutanten. Eine Mischung aus Mensch und Dämon. Sie bewegten sich nur langsam voran.

Suko, Bill, Sheila und Jane hatten sich in der gegenüberliegenden äußersten Ecke des Schachfeldes zusammengedrängt. Mit bangen Blicken beobachteten sie den Aufzug. Die beiden Frauen hatten hinter den Männern Deckung gefunden.

Aus den rechts von ihnen liegenden Totenschädeln lösten sich die weißen Figuren.

Sie sahen genauso aus wie ihre Kontrahenten – nur fehlten vier von ihnen.

Und zwar die Dame, der König, ein Springer und ein Läufer!

Schweigend nahmen die weißen Figuren auf den für sie vorgesehenen Feldern Aufstellung.

»Es fehlen welche!« flüsterte Jane.

Suko nickte. »Ja, man hat für uns Platz gelassen. Ich glaube, wir sollten . . .«

Plötzlich geschah etwas, was Suko verstummen ließ. Der düstere Himmel verschwand und wich einer riesigen gläsernen Kugel. Sie schien so nah, daß man sie mit der Hand greifen konnte, und war doch so unendlich weit entfernt.

Ein Gesicht tauchte hinter der Kuppel auf.

Ein Gesicht, das Bill und Sheila sehr gut kannten.

Octavio!

»Das darf nicht wahr sein«, stöhnte Bill, verstummte aber, denn Octavio war nicht allein.

Er hatte jemanden mitgebracht.

John Sinclair!

»Ich dreh' noch durch«, keuchte Bill. »Ich werde verrückt. John, er ist . . .«

Sheila begann zu weinen, und auch Jane hatte Mühe, die Tränen zurückzuhalten.

Sukos Gesicht wirkte wie eine Maske. Hart umklammerte seine rechte Hand den Speerschaft.

Johns Gesicht war deutlich zu erkennen. Sie sahen die Qual, die auf den Zügen lag, und jedem war klar, daß ihr Freund ebenso litt wie sie.

Dann dröhnte Octavios Stimme. »Hört genau zu, was ich euch zu sagen habe. Ihr steht zwar auf einem Schachbrett, aber ich sorge dafür, daß aus dem Spiel blutiger Ernst wird . . .«

Ich hatte das Gefühl, durch eine übergroße Lupe zu schauen. Eine Optik, die jede Kontur in der Unendlichkeit der Dimension genau nachzeichnete.

Und ich sah meine Freunde.

Auf einem riesigen Schachbrett.

Wie verängstigte Tiere drängten sich Bill, Suko, Sheila und Jane zusammen.

Ich sah aber auch die schwarzen Schachfiguren, die schon auf den Feldern Aufstellung genommen hatten. Es waren keine normalen Spieler. Nein, irgendeine Kraft hatte ihnen dämonisches Leben eingehaucht.

Das Schachbrett wurde von Totenschädeln begrenzt, diese wiederum waren durch Knochen miteinander verbunden. Ich vermutete, daß es sich um Menschenknochen handelte.

Die Schädel öffneten sich, und die weißen Figuren strömten heraus. Ich vermißte vier, und jetzt erst konnte ich mir vorstellen, was Octavio vorhatte.

Er wollte meine Freunde anstelle der Schachfiguren opfern. Sie würden ihren Platz einnehmen.

Und ich mußte um ihr Leben spielen.

Eine grausame Vorstellung. So etwas konnte sich nur ein wahrer Teufel ausgedacht haben.

Der Schweiß sammelte sich in meinen Handflächen, und doch zeigte ich diesem Octavio nicht, wie mies mir wirklich zumute war. Ich fragte statt dessen: »Was geschieht, wenn ich gewinne?«

Er sah mich von der Seite her an. »Wir werden sehen«, erwiderte er ausweichend.

»Ich will die Frage beantwortet haben!«

»Nein, jetzt nicht. Sie tun, was ich Ihnen sage. Hier habe ich zu befehlen.« Er legte seine Hände vor den Mund und bildete so einen Trichter. Dann trat er dicht vor den Spiegel und begann zu sprechen.

Für einen winzigen Moment spielte ich mit dem Gedanken, diesen Octavio einfach in den Spiegel hineinzustoßen; doch damit wäre nichts gewonnen.

Octavio sprach die Worte in Zimmerlautstärke, und doch mußten sie von meinen Freunden verstanden worden sein, das bemerkte ich an ihren Reaktionen.

»Hört genau zu, was ich euch zu sagen habe. Ihr steht zwar auf einem Schachbrett, aber ich sorge dafür, daß aus dem Spiel blutiger Ernst wird.«

In mir tobte eine Hölle. Die vier schienen mich sehen zu können. Welche Gefühle hatten sie in diesen Augenblicken? Was ging in ihnen vor? Es mußte unbeschreiblich sein.

»Ich hoffe, ihr seht euren Freund, den Geisterjäger!« rief Octavio. »Euer Leben liegt jetzt in seiner Hand. Er wird mit mir Schach spielen. Auf einem zweiten Brett, das jedoch in magischer Verbindung mit dem steht, auf dem ihr euch befindet. Jeder Zug, den John Sinclair unternimmt, wird bei und mit euch nachvollzogen. Nimmt er den König, so wird Sheila Conolly bewegt. Hält er sich an die Dame, so ist Jane Collins an der Reihe. Der Springer ist für Bill Conolly reserviert. Allerdings erhält er kein Pferd, wie es die anderen schwarzen Figuren haben. Der gute Bill muß sich schon etwas einfallen lassen. Und den Part des Läufers wird Suko übernehmen. Er ist ja so etwas wie ein Trumpf-As im Spiel.« Octavio begann zu lachen. Er rieb sich die Hände. »Ich hoffe, ihr habt alles verstanden. Dann geht auf eure Plätze.«

Der Unheimliche wandte sich um. Zum erstenmal sah ich seine Augen bewußt.

In ihnen leuchtete fanatischer Haß. Ja, dieser Mann schien alles zu hassen, was auf der Seite des Guten und der Gerechtigkeit stand. Gemein lächelnd deutete er auf einen Stuhl.

»Nehmen Sie Platz, John Sinclair!«

Ich setzte mich.

Octavio verrückte den Spiegel noch ein wenig, so daß wir ihn beide sehen konnten und auch einen guten Einblick hatten. Ich mußte dabei den Kopf nach links drehen – Octavio nach rechts.

Sogar ein Aschenbecher stand bereit. Daneben lag ein Päckchen Zigaretten.

»Wenn Sie rauchen wollen, bitte . . .«

»Nein.«

»Wie Sie wünschen.« Octavio behielt sein falsches Lächeln bei. »Ich bin Gönner«, sagte er und machte eine einladende Handbewegung. »Sie haben den ersten Zug, Mr. Sinclair!«

Das Spiel begann!

Suko, Bill, Sheila und Jane hörten die Worte. Und sie spürten jedes einzelne wie einen geistigen Hammerschlag. Was sich dieser Satan ausgedacht hatte, war der reinste Horror.

John Sinclair sollte, um seine Freunde zu retten, mit Octavio Schach spielen.

Sicher, John war ein guter Schachspieler, und es bestand durchaus die Möglichkeit, daß er das Spiel gewann. Nur würde Octavio sein Versprechen nicht einhalten. Dafür waren die Dämonen bekannt. Sie siegten nur durch Lug, Trug und Gemeinheit.

»Wir dürfen nur nicht die Nerven verlieren«, flüsterte Suko, »auch die Frauen nicht. Egal, was geschieht.«

»Meinst du denn, daß John es schafft?« fragte Bill. In seiner Stimme schwang leichter Zweifel mit.

»Er wird es dem verdammten Kerl auf jeden Fall nicht leichtmachen. John hat sicherlich noch einen Trumpf in der Hinterhand. Dazu kenne ich ihn lange genug.«

»Und wir? Sollen wir uns fügen?«

Suko nickte. »Es bleibt uns nichts anderes übrig. Wir müssen kämpfen. Du hast ja gehört, welchen Part du übernommen hast. Ich kann dir auch meinen Speer geben, Bill.«

Der Reporter schüttelte den Kopf. »Nein, nein, behalte du ihn lieber. Ich schlage mich schon durch.« Bill warf einen Blick nach oben, wo die riesige Kuppel den Himmel bildete. Die beiden Gesichter waren verschwunden. »Ich drücke dir die Daumen, John«, flüsterte der Reporter.

Er und Suko gingen auf ihre Felder.

Suko nahm neben der Dame, also neben Jane Collins, Aufstellung. Das Gesicht der Detektivin wirkte ausdruckslos. Sie hatte die Hände zu Fäusten geballt. Schweißperlen standen auf ihrer Stirn.

Bill hatte neben Suko seinen Platz. Seine Blicke suchten immer wieder Sheila Conolly. Er merkte, wie ihre Wangenmuskeln zuckten. Sheila weinte.

Die heiße Wut stieg in dem Reporter hoch. Am liebsten hätte er dazwischengehauen und alle Figuren zu Boden gedroschen.

Die Spannung wuchs.

Sie wurde unerträglich und legte sich wie ein eiserner Reif um die Körper der Freunde.

Auf der gegenüberliegenden Seite des Feldes standen die schwarzen Figuren wie eine finstere Drohung. Die Bauern hielten ihre Lanzen zwischen Arm und Körper geklemmt. Die Spitzen zeigten schräg nach oben.

Stolz saßen die Springer auf ihren Pferden. Die blanken Schwerter blitzten in ihren Fäusten. Nur die Türme wirkten plump, aber Bill und Suko ließen sich durch das Aussehen nicht täuschen. Sie waren bestimmt gefährlich und standen mit den anderen auf einer Stufe.

Wie hatte jemand das Schachspiel getauft? Das Königliche Spiel. Bill Conolly hatte eher das Gefühl, daß es für ihn und seine Freunde zu einem Mörderspiel werden sollte . . .

Ich zögerte noch immer. Immer wieder zermarterte ich mir das Hirn nach einem Ausweg.

»Bitte, Mr. Sinclair. Sie haben den ersten Zug. Oder trauen Sie sich nicht?«

Ich hob den Blick. »Darf man bei Ihnen nicht überlegen?«

Octavio lachte. »Sicher doch. Nur nicht so lange vor dem ersten Zug. Ich will Ihnen der Fairneß halber noch etwas mitteilen. Ich habe die Länge des Spiels auf zwei Stunden begrenzt. Sie sollten sich daran halten. Wenn Ihnen am Beginn schon zuviel Zeit verlorengeht, fehlt sie Ihnen unter Umständen zum Schluß.«

»Danke für den Ratschlag«, erwiderte ich sarkastisch.

Ich faßte den Bauern vor Bill Conolly und schob ihn ein Feld nach vorn, auf G3. Damit hatte ich den Weg für Suko schon freigemacht. Auf Suko setzte ich all meine Hoffnungen.

Octavio sah mich an. »Nicht schlecht, Sinclair, nicht schlecht.« Er nahm seinen Bauer und schob ihn auf B6. Das war genau der Parallelzug auf der anderen Hälfte.

Nicht einmal ungünstig für mich, da ich um einen Zug im voraus war.

»Weiter, Mr. Sinclair!«

Ich holte tief Luft. Jetzt würde ich zum erstenmal meinen Freund Suko ins Spiel bringen. Ich wollte ihn auf G2 setzen, damit er freie Bahn diagonal über das Spielfeld hatte.

Ich faßte den Läufer an und schob ihn vor . . .

Der Bauer vor Bill Conolly setzte sich in Bewegung. Zwei Schritte ging er vor, dann hatte er das nächste Feld erreicht.

»Es geht los«, flüsterte Bill dem Chinesen ins Ohr. »Ich ahne, was John vorhat. Gar nicht mal schlecht. Wir haben die Partie selbst schon einige Male durchexerziert. Und wie ich John kenne, bist du gleich an der Reihe, Suko. Halt deine Waffe griffbereit, du wirst oben links den Turm schlagen können.«

Der Chinese nickte.

Aber erst einmal war Octavio am Zug.

Bill Conolly – selbst ein guter Schachspieler – hatte in den letzten Minuten die Angst abgeschüttelt. Er konzentrierte sich voll auf das Spiel, und er vertraute darauf, daß John die Züge durchführte, die er mit dem Reporter schon einstudiert hatte.

»Jetzt bin ich an der Reihe!« zischte der Chinese.

»Und kämpfe!« rief ihm Bill noch nach.

Suko nickte. Sprechen konnte er nicht. Er spürte plötzlich die Kraft, die ihn vom Boden hochriß und vor Bill Conolly wieder auf das Feld stellte.

»Freie Bahn«, hörte er die Stimme des Reporters.

Suko lachte hart. »Ich fühle mich verdammt komisch. Aber der Bauer deckt mich ja.«

»Jetzt ist erst einmal Octavio an der Reihe«, sagte Bill. »Achtung!«

Der Reporter und Suko starrten auf die schwarzen Figuren.

»Der macht die gleichen Züge wie John«, flüsterte Bill. »Er will uns unseren Turm mit seinem Läufer wegnehmen. Verdammt, auch.«

»Und? Ist das tragisch?«

»Eigentlich nicht. Aber John muß jetzt aufpassen. Hoffentlich nimmt er dich jetzt. Dann kannst du den anderen Läufer schlagen. Ihr steht euch ja diagonal gegenüber.« Bill war aufgeregt. »Mensch, John, mach, mach.«

Wieder spürte Suko die Kraft. Diesmal wurde er diagonal über das Feld geschleudert. Immer näher kamen die schwarzen Figuren. Dann sah er den kahlen Schädel des Läufers dicht vor sich, landete auf dessen Feld.

Suko stach zu.

Seine Füße hatten kaum den Boden berührt, da rammte er den Speer in den Leib der dämonischen Schachfigur. Er hatte dabei keinerlei Gewissensbisse, denn er kämpfte hier nicht gegen Menschen.

Eine dunkle, grünschwarze Flüssigkeit quoll aus der Wunde des Läufers. Und dann, von einer Sekunde zur anderen, löste er sich auf. Nur ein Rauchfaden zog träge dem gläsernen Himmel entgegen.

Suko hatte den ersten Kampf gewonnen.

Der Chinese knirschte mit den Zähnen. Sein Überlebenswille hatte sich gesteigert. Dicht vor sich sah er den Springer. Er saß auf dem schwarzen Pferd. Die Skelettfratze unter der weißlichen Haut schimmerte. Der Springer griff hinter sich, holte einen Pfeil aus dem Köcher, setzte ihn auf die Sehne und spannte den Bogen.

Suko spürte ein Prickeln auf dem Rücken. Er fühlte sich plötzlich gar nicht mehr wohl. Hinter ihm stand der Bauer, vor ihm der Springer. Er war eingekesselt.

Und der Springer legte auf ihn an.

Instinktiv machte Suko einen Schritt zur Seite, geriet aber an den Rand des Feldes und wurde durch eine magische Barriere gestoppt. Er konnte nicht herunter.

Da wurde ihm klar, daß Octavio falschspielte.

Sekunden vertropften . . .

Das Gesicht des Springers verzerrte sich. Im nächsten Augenblick würde der Pfeil von der Sehne schnellen.

Der Springer ließ los.

Und jetzt zeigte der Chinese seine Klasse. Er fiel zusammen wie ein Ballon, dem der letzte Rest an Luft entwich. Der Pfeil sirrte dicht an seinem linken Ohr vorbei und fuhr mit einem dumpfen Laut hinter ihm in den Rücken des dämonischen Bauern.

Suko hörte ein keuchendes Geräusch. Der Springer stieß einen Wutschrei aus, griff zu einem neuen Pfeil. Die Bewegung war glatt, verriet Routine.

Da schleuderte Suko den Speer.

Er traf die dämonische Schachfigur.

Den Springer schleuderte es von seinem Rappen. Er versuchte sich noch festzuhalten – vergeblich. Mit einem dumpfen Laut fiel er auf den Boden und verging.

Wie sein Reittier, mit dem er eine magische Symbiose eingegangen war.

Der Chinese kreiselte herum.

Das Feld hinter ihm war leer. Der tödliche Pfeil des Springers hatte den Bauern vernichtet.

Suko hatte diese Schlacht gewonnen.

Aber längst noch keinen Sieg errungen . . .

Ich sprang auf.

Deutlich konnte ich in dem Spiegel erkennen, daß der Springer sich selbständig machte, einen Pfeil auflegte und damit auf Suko zielte. Ich sah das hinterlistige Lächeln in Octavios Gesicht, und mir wurde klar, daß er mit gezinkten Karten spielte.

»Sie spielen falsch!« brüllte ich ihn an. Ich wäre ihm gern an die Kehle gegangen, aber ich wußte nicht, was dann mit meinen vier Freunden geschehen würde.

Er lachte nur. »Ja!« schrie er. »Hier wird nach meinen Regeln gespielt. Ich dachte immer, Sie wären ein . . .« Auf einmal verzerrte sich sein Gesicht.

Ich warf wieder einen raschen Blick in den Spiegel und sah den Grund.

Suko hatte den Springer erledigt. Er existierte nicht mehr, hatte sich aufgelöst und war eingegangen in das Niemandsland der Hölle.

Octavio starrte auf das Schachbrett. »Gar nicht schlecht, Ihr Chinese«, flüsterte er, »aber das wird ihm auch nicht helfen. Ich habe noch andere Trümpfe.«

Ich zog meine Beretta und legte auf Octavio an. »Wenn Sie noch einmal falschspielen, schieße ich«, sagte ich kalt.

»Dann werden Ihre Freunde für immer in der Dimension des Schreckens verschollen bleiben«, lautete die Antwort.

»Darauf lasse ich es ankommen!« erwiderte ich.

Er sah mich an und mußte wohl in meinen Augen erkannt haben, daß es mir bitter ernst war.

Grinsend lehnte er sich zurück. »Okay, Geisterjäger«, sagte er, »spielen wir weiter.« Er beugte sich vor und griff nach der nächsten Figur . . .

Suko wußte natürlich, daß Johns Gegner die Spielregeln nicht eingehalten hatte. Aber er hatte sich damit ins eigene Fleisch geschnitten. Er hatte drei Spieler verloren. Seine Position war geschwächt.

Nun war er wieder am Zug.

Links neben Suko stand noch ein Bauer. Er wurde um ein Feld vorgerückt, damit der schwarze Turm mehr Platz bekam.

Jetzt mußte John richtig reagieren.

Suko fieberte dem nächsten Zug entgegen. Wenn John eine andere Figur setzen würde, sah es schon schlechter für Suko aus, dann mußte er zurück, um aus der Reichweite des Turms zu gelangen.

Doch Sinclair reagierte phantastisch.

Wieder fühlte der Chinese die unheimliche Kraft, die ihn anhob und auf das Feld schräg vor ihm zubewegte.

Der Turm verging. Kaum hatte Suko die Grenze überschritten, da löste sich der Turm auf.

Er stand jetzt an der äußersten diagonalen Seite des schwarzen

Feldes. Er war wie ein Wagenheld in der Phalanx der feindlichen Spieler eingebrochen.

Die beiden links neben ihm waren leer. Dann kam schon der König.

Suko sah, wie Bill ihm zuwinkte.

Der Chinese grüßte zurück.

Johns Gegner mußte nun einen neuen Angriff aufbauen. Er nahm einen Bauern. Und zwar den, der vor der Dame stand.

Ein Feld setzte er ihn vor. Damit hatte er für seinen zweiten Läufer freie Bahn geschaffen.

Nun war John wieder am Zug.

Zuerst tat sich nichts. Suko hatte Zeit, sich nach seiner Waffe umzusehen.

Der Speer lag unerreichbar für ihn in einem anderen Feld. Die magische Grenze hinderte Suko, an ihn heranzukommen.

Doch John verlagerte das Spiel. Er setzte seinen zweiten Joker ein.

Bill Conolly!

Als Springer hatte Bill die Möglichkeit, mehrere Felder zu überspringen.

John nutzte die Chance.

Zum erstenmal spürte der Reporter die gewaltige Kraft, die ihn hochhob, über andere Figuren hinwegtrug und an den Rand des Feldes setzte. Auf H3.

Bill Conolly kam zur Ruhe. Ihn hatte ein leichtes Schwindelgefühl erfaßt, das aber langsam wieder verschwand. Er blickte sich um.

Sheila und Jane standen noch auf ihren Feldern. Aber Bill sah die Hoffnung in ihren Augen leuchten. In einer impulsiven Bewegung hob er den rechten Arm und spreizte Mittel- und Zeigefinger ab.

V – wie Victory. Das Siegeszeichen!

Der nächste Zug gehörte Johns Gegner.

Er jagte seinen Läufer ins Feld, setzte ihn auf B4 und ließ ihn dort stehen. Der Zug war raffiniert, denn jetzt war die Dame, war Jane Collins in Gefahr, falls der Bauer, der sie deckte, weggezogen wurde.

Der nächste Zug gehörte John.

Er nahm den linken äußeren Bauern und setzte ihn auf A3.

Bill frohlockte innerlich. John hatte ausgezeichnet pariert. Nun war auch der zweite Läufer seines Gegners in Gefahr. Er mußte zurückgehen, denn wenn er den Bauern schlug, dann stand schon ein zweiter bereit, um ihm den Garaus zu machen.

John Sinclair begann sich einzuspielen.

Doch Octavio ging nicht zurück.

Er griff an.

Er drosch seinen Läufer vor und schlug den Bauern weg, der den König von vorn und die Dame von der linken Seite her deckte.

Warum machte er das?

Der Läufer war leicht zu schlagen. Johns zweiter Läufer brauchte nur um ein Feld vorzurücken.

Aber auch John reagierte nicht.

Unwillkürlich warf Bill Conolly einen Blick in die Höhe.

Nichts – nichts war von dem Gegner zu sehen.

Und doch hatte Bill das Gefühl, daß etwas passiert war, was dem Spiel eine entscheidende Wendung gegeben hatte . . .

Ich hatte meinen Gegner im Schachspiel überschätzt, das wurde mir sehr schnell klar.

Octavio hatte keinen Schimmer vom Schachspielen. Er machte haarsträubende Fehler.

Als er jetzt auch noch seinen zweiten Läufer durch einen falschen Zug opferte, konnte ich mir ein Lächeln nicht verkneifen.

»Damit sind Sie den auch los«, sagte ich. Ich wollte schon meinen eigenen Läufer ein Feld vorsetzen, als Octavio aufsprang.

»Halt!« schrie er.

Ehe ich es verhindern konnte, warf er sich über den Tisch und hatte meine Pistole an sich gerissen. Ich hatte sie leichtsinnig neben das Schachbrett gelegt. Dafür hätte ich mich jetzt noch in den Hintern beißen können.

Octavio sprang zwei Schritte zurück. »Bleib so sitzen, Geisterjäger«, blaffte er. »Jetzt wird nach meinen Regeln gespielt!«

Ich legte beide Hände flach auf den Tisch. »Was werfen Sie mir vor, Octavio? Habe ich falschgespielt? Habe ich die Regeln nicht beachtet? Oder was?«

»Weder noch, Sinclair.«

»Was dann?« fragte ich höhnisch. »Oder sind Sie etwa sauer, daß ich doch der Bessere bin?«

Octavios Gesicht verzerrte sich. »Das wird sich erst noch herausstellen!« zischte er. »Sie sind noch längst nicht Sieger. Meine Trumpfkarte spiele ich erst noch aus.«

Ich deutete auf seinen Platz. »Dann setzen Sie sich doch, und spielen Sie weiter!«

»Nein, mein Lieber. Ich werde weiterspielen. Aber nicht hier. Ich werde mich selbst in das Spiel einmischen. Sie können es ja auch.« Er bewegte sich bei seinen Worten auf den Spiegel zu, und ich ahnte, was er vorhatte.

»Machen Sie keinen Unsinn!« Ich sprang auf.

»Soll ich abdrücken?« schrie Octavio. »Ich weiß, daß Ihre Kanone mit Silberkugeln geladen ist. Und ich weiß auch, daß Sie für Menschen tödlich sind. Ich mache kurzen Prozeß, Sinclair. Ich werde Sie umlegen und anschließend durch den Spiegel verschwinden. Sechs Kugeln sind im Magazin. Wenn ich Sie erschieße, habe ich noch fünf. Die reichen für Ihre Freunde.«

Und ob die reichten!

Ich Idiot hatte mich übertölpeln lassen, hatte mich zu sehr auf das Schachspiel konzentriert und vergessen, welch einem Gegner ich gegenübersaß.

Noch trennte uns der Schreibtisch. Ich verfolgte jede Bewegung Octavios.

Immer weiter näherte er sich dem Spiegel. Und ich ahnte auch, was er vorhatte. Er würde schießen, kurz bevor er in den Spiegel eintauchte.

Doch vorher schnellte sein linker Arm vor, und ehe ich es verhindern konnte, fegte er alle noch auf dem Schachbrett befindlichen Figuren um.

Ich konnte mir vorstellen, was jetzt auf dem anderen Schachbrett los war. Einen Blick in den Spiegel zu riskieren wagte ich nicht. Dafür hörte ich Octavios hämisches Lachen.

»Deine Freunde werden sich wundern!« kicherte er. »Vielleicht sind sie auch schon tot, wenn ich unten bin, dann habe ich Kugeln gespart.«

Er ging wieder einen Schritt näher auf den Spiegel zu.

»Verloren, Sinclair!« rief er. »Aus und vorbei!«

Er stand jetzt mit dem Rücken vor dem Spiegel. Zwei Yards befand ich mich von ihm entfernt. Sein rechter Zeigefinger hatte sich um den Abzug gekrallt.

Eine winzige Bewegung nur, dann . . .

Es ist bei fast allen Menschen gleich. Profikiller eventuell ausgenommen. Wenn sie sich überwinden zu schießen, dann zeigt sich das in ihren Augen.

Ein kurzes Aufblitzen vielleicht – ein . . .

Bei Octavio war es soweit.

Nur verzerrte sich bei ihm der Mund.

Im nächsten Augenblick drückte er ab!

Der Schuß bellte auf.

Ich flog zur Seite, hörte ein widerliches Lachen und verspürte einen Hammerschlag an meiner linken Schulter.

Getroffen!

Ich prallte zu Boden, rollte um meine eigene Achse, spürte den ziehenden Schmerz und wurde vom Schreibtisch gestoppt.

Ich riß mich zusammen, zog mich keuchend an der Platte hoch.

Von Octavio war nichts mehr zu sehen.

Er war verschwunden, war hineingetaucht in den Dimensionsspiegel, um mit meiner eigenen Waffe meine Freunde umzubringen.

Meine Chance war gleich Null.

Oder?

Nein, zum Teufel! Hatte ich bisher nicht alles auf eine Karte gesetzt? Dann wollte ich auch jetzt nicht kneifen. Ich mußte ihm nach, mußte durch den Dimensionsspiegel in das Reich des Schreckens tauchen.

Ich überlegte nicht länger, sondern stolperte auf den Spiegel zu und warf mich gegen die Fläche . . .

Bill Conolly drehte den Kopf nach links und sah die ängstlichen Gesichter der Frauen.

»Warum spielen die beiden nicht weiter?« rief Sheila.

»Ich weiß es nicht.« Bill hob die Schultern. »Vielleicht haben sie mal eine Pause eingelegt.«

Der Reporter warf Suko einen Blick zu, doch auch der Chinese schien ziemlich ratlos zu sein. Er stand auf seinem Schachfeld und hielt die in der Nähe stehenden schwarzen Dämonenfiguren im Auge.

Zeit verging.

Die Spannung wuchs. Immer wieder warfen die vier Freunde ihre Blicke nach oben, wo sich der gläserne riesige Himmel spannte.

Und dann geschah es. Ein Windstoß schien mit ungeheurer Wucht über das Schachbrett zu fegen. Er war so gewaltig, daß die Figuren erfaßt wurden, als wären sie nur trockene Blätter.

Zuerst packte es Suko. Ein Wirbel riß ihn vom Boden hoch und schleuderte ihn durch die Luft. Er krachte mit einem der Springer zusammen, warf diesen aus dem Sattel und prallte zu Boden, wo er benommen liegenblieb.

Auch Bill Conolly geriet in den Strudel. Seine Beine wurden ihm weggerissen. Er kippte nach vorn, fiel auf den Bauch und wurde in die Mitte des Schachfeldes geschleudert. Dort blieb er stöhnend liegen.

Der Sturm machte auch vor den Frauen nicht halt. Sheila und Jane prallten gegeneinander und klammerten sich aneinander fest. Janes Beine hoben vom Boden ab. Ihre Füße knallten einer anderen dämonischen Figur ins Gesicht, eine Waffe rutschte auf sie zu, und Jane war geistesgegenwärtig genug, das Schwert an sich zu reißen. Mit der linken Hand hielt sie Sheila gepackt und deckte sie mit ihrem Körper.

Dann wurde es ruhig.

Eine nahezu unnatürliche Stille kehrte ein.

Das Schachbrett glich einem Schlachtfeld.

Alle Figuren waren umgestürzt, lagen wirr durcheinander. Die vier Freunde waren getrennt. Der erste, der sich erhob, war Suko. Der Chinese hatte den Sturm am besten überstanden. Torkelnd lief er einige Schritte und riß dem schwarzen König das Schwert aus der Hand.

Da erwachte die Schachfigur zu höllischem Leben. Die Krone auf seinem Schädel schien noch stärker zu flammen. Er streckte die Arme aus und krümmte die Hände. Aus seinem Mund drang ein schreckliches Fauchen.

Wie ein germanischer Recke stand Suko auf dem Schlachtfeld. Mit beiden Fäusten umklammerte er den Knauf des Schwertes.

Eiskalt ließ er den König kommen.

Und der rannte genau in sein Verderben.

Suko hielt das Schwert leicht angewinkelt und schlug im richtigen Moment zu.

Mit einem einzigen Hieb trennte er der Schachfigur den Schädel vom Rumpf.

Der Kopf prallte gar nicht mehr zu Boden. Er verglühte noch in der Luft.

Suko kreiselte herum. Dabei stieß er einen heiseren Kampfschrei aus. Auf seinem Gesicht lag ein wilder Ausdruck. Suko war bereit, dem Horror ein Ende zu setzen.

Ein Bauer griff an. Er hatte den Tod des Königs mitbekommen und wollte ihn rächen. Die Lanze sollte Sukos Brust durchbohren.

Der Chinese war schneller. Er steppte zur Seite und führte einen blitzschnellen Hieb.

Die dämonische Schachfigur wurde ausgelöscht.

Für die nächsten Augenblicke wagte sich niemand an den Chinesen heran.

Wild sah Suko sich um. Und plötzlich wurden seine Augen weit. Er hatte Bill Conolly entdeckt, der auf dem Boden lag und von mehreren Schachfiguren attackiert wurde.

Suko zählte einen Springer und drei Bauern. Und – was ihn noch mehr erstaunte, auch die weißen Figuren griffen in die Auseinandersetzung mit ein. Sie stellten sich aber gegen die schwarzen.

Ihre Chance war gleich Null. Sie hatten den Waffen nichts entgegenzusetzen. Die dämonischen Schachfiguren gaben keinen Pardon.

Suko rannte los. Dabei schwang er wild sein Schwert.

Aber auch noch jemand sah nicht untätig zu.

Jane Collins!

Sie wollte dem Reporter ebenfalls zu Hilfe eilen.

Bill war bisher durch gezielte Ausweichmanöver einer Verletzung entgangen.

Jetzt aber sah er sich eingekreist.

Sogar die gegnerische Dame griff an. Sie war ebenfalls mit einer Lanze bewaffnet, drängte die Bauern zur Seite und stieß zu.

Bill schnellte nach vorn. Die Lanze zischte an ihm vorbei und bohrte sich in den Boden. Sie nagelte gleichzeitig ein Hosenbein des Reporters fest.

Bill Conolly war behindert.

Ein Pfeil wurde auf ihn angelegt. Er sah hinter dem Bogen einen Totenschädel schimmern.

Der Traum! Der Traum! schoß es Bill Conolly durch den Kopf.

Da flirrte etwas durch die Luft und bohrte sich mit ungeheurer Wucht in die Brust des dämonischen Bogenschützen.

Jane Collins hatte aus vollem Lauf mit aller Kraft ihr Schwert geschleudert.

Und getroffen!

Der Bogenschütze wurde zurückgeworfen, verlor den Halt, fiel zu Boden und verglühte.

Bill Conolly erfaßte sehr schnell die Situation. Er riß die Lanze, die sein Hosenbein festnagelte, aus dem Boden, sprang auf und schrie: »Jetzt machen wir sie fertig!«

»Nichts geht mehr!« peitschte plötzlich eine Stimme über das Schlachtfeld.

Die Menschen erstarrten.

Diese Stimme kannten sie. Sie gehörte John Sinclairs Gegner. Und er war mitten unter ihnen.

Mit einer Pistole bewaffnet.

Die Mündung klebte an Sheila Conollys Hals. Die linke Hand hatte der Kerl in das lange Haar gekrallt und Sheilas Kopf zurückgezogen. In der Rechten hielt er die Waffe.

Johns Beretta.

Bill Conolly erkannte sie sofort. Freiwillig hätte sich der

Geisterjäger nicht davon getrennt. Und daß dieser Hundesohn die Pistole nun besaß, bedeutete für Bill, daß John Sinclair auf der Strecke geblieben war . . .

»Bleibt ja, wo ihr seid!« schrie Octavio. »Jetzt wird alles nach meiner Pfeife tanzen.«

»Wo ist John Sinclair?« rief Bill.

»Erledigt!« brüllte der Mann triumphierend. »Ich, Octavio, habe es endlich geschafft.«

Bill Conolly knirschte vor Wut mit den Zähnen. Er hätte diesem Octavio von Anfang an mißtrauen sollen. Wenn Sheila doch nur nicht auf die Idee gekommen wäre, das Schachspiel zu kaufen . . .

Bill hätte sich vor Wut in den Hintern treten können. In ohnmächtigem Zorn ballte er die Hände zu Fäusten. Im Augenblick hielt Octavio alle Trümpfe in der Hand, und es sah aus, als solle er sie auch behalten.

Niemand wagte sich zu rühren.

Suko stand wie ein Denkmal auf dem Schlachtfeld. Er hatte die Hand mit dem Schwert sinken lassen. Sein Gesicht wirkte wie eine marmorne Maske.

Auch Jane Collins stand wie festgenagelt. Nur das Zucken um ihre Mundwinkel verriet, wie erregt sie war.

Octavio lachte böse. Auch er war kleiner geworden, aber das störte ihn nicht, denn er fühlte sich in den Dimensionen des Schreckens recht wohl. »Diesmal ist es aus!« rief er. »Selbst ein John Sinclair kann euch nicht mehr helfen. Ich hätte wirklich nicht gedacht, daß es so leicht sein würde. Aber er hat seine eigene Unzulänglichkeit erkannt, euer ach so unbesiegbarer Geisterjäger!«

Bill Conolly konnte sich nicht mehr beherrschen. »Ist er tot?« schrie er. Bei diesen Worten schimmerten Tränen in seinen Augen.

Octavio wandte hastig den Kopf. »Ich habe noch fünf Kugeln in diesem Magazin. Sechs waren vorher darin. Eine habe ich Sinclair gegeben. Ist die Frage damit beantwortet?«

Bill preßte die Lippen zusammen. Die Wut und der Zorn drohten ihn wie eine Woge zu überschwemmen. Er sah Sheila auf dem Boden knien, die Pistolenmündung drückte gegen die straffe Haut ihres Halses. Er sah den gequälten Ausdruck auf dem Gesicht seiner Frau, und all das machte ihn wahnsinnig.

»Laß sie los!« brüllte Bill Conolly plötzlich. »Laß sie los!« Seine Stimme überschlug sich.

Octavio lachte nur.

Pfeifend sog Bill den Atem ein. Seine Stirnadern schwollen an. Wieder sah er Sheila an, und er mußte daran denken, welches Geheimnis sie ihm anvertraut hatte.

»Du Schweiiinnn!« brüllte der Reporter und rannte einfach los.

Octavio stieß einen Fluch aus, nahm die Waffe von Sheilas Hals und feuerte auf den heranjagenden Bill . . .

Ich segelte durch die Unendlichkeit.

Tausend Eindrücke gleichzeitig stürmten auf mich ein. Ich sah gräßliche Gestalten; ein verwirrendes Farbenspiel fiel in eine nie enden wollende Schwärze, um im nächsten Augenblick in einem tosenden Flammenkorridor zu landen.

Zeit, Raum, Geschwindigkeit – es waren Begriffe, die es für mich nicht mehr gab.

War ich Stunden, Minuten oder nur Sekunden unterwegs? Ich wußte es nicht. Ich nahm die Eindrücke auf und vergaß sie gleich wieder, um von neuen, fremden Bildern gefesselt zu werden.

Plötzlich sah ich das Schachbrett.

Und das Chaos!

Ich wollte schreien, mich bemerkbar machen, meine Stimme blieb stumm. Wie ein großer toter Vogel fiel ich auf das Schachbrett zu.

Ich sah meine Freunde.

Suko, Bill, Sheila und Jane!

Und Octavio!

Ich hatte das Gefühl, mein Herzschlag würde aussetzen. Dieser Octavio packte Sheila Conolly und setzte ihr die Mündung einer Pistole an den Hals.

Ich rief, ich schrie, brüllte . . .

Mein Gott, warum hörte mich denn keiner!

Ich schwebte tiefer, hatte das Gefühl, an einem riesigen Fallschirm zu hängen.

Näher und näher kam das Brett.

Erst jetzt bemerkte ich, daß ich meine Hände um das Kreuz am Hals geklammert hatte. Sie hielten es fest wie einen kostbaren Schatz. Würde es mir in dieser Hölle helfen?

Näher und näher kam ich dem Schachbrett. Jede Einzelheit erkannte ich. Ich sah, wie Bill Conolly plötzlich losrannte und wie Octavio die Waffe herumriß und schoß . . .

Riesengroß erschien dem Reporter die Mündung. Die Mündung, aus der im Bruchteil einer Sekunde der Tod platzen würde.

Doch da reagierte Jane Collins.

Bill mußte an ihr vorbei, und im selben Moment schnellte ihr rechtes Bein vor.

Die Bewegung und der Schuß fielen zusammen. Bill stolperte über das ausgestreckte Bein, und das Blei jaulte an seinem linken Ohr vorbei.

Hart prallte der Reporter zu Boden.

Ehe Octavio jedoch ein zweites Mal schießen konnte, wurde Sheila aktiv.

Sie riß den Unheimlichen einfach um.

Damit hatte Octavio nie im Leben gerechnet. Er schaffte es nicht mehr, sich abzustützen. Mit voller Wucht prallte er zu Boden. Haßerfüllt brüllte er auf, doch er gab sich nicht geschlagen. Jetzt mobilisierte er seine Hilfstruppen.

»Tötet sie!« schrie er. »Tötet sie!«

Und die lebenden Schachfiguren setzten sich in Bewegung. Schwerter und Lanzen wurden gezückt. Pfeile auf die Sehnen gelegt, der Tod sollte grausame Ernte halten.

Das war genau der Augenblick, an dem ich Bodenkontakt hatte.

»John!« hörte ich einen gellenden Schrei. Ich kümmerte mich nicht um diesen Ruf, hatte nur Augen für Octavio, dem es galt, das schreckliche Handwerk zu legen.

Ich suchte ihn, wurde dabei angegriffen. Ein Bauer wollte mich mit seiner Lanze durchbohren.

Ich wich zur Seite und drückte ihm das geweihte Kreuz ins Gesicht. Die dämonische Figur verbrannte.

Ich nahm die Lanze.

Dann sah ich Octavio.

Er hetzte am Rand des Schachfeldes entlang. Ich wußte nicht, was er vorhatte und wo er hinwollte.

Augenblicklich nahm ich die Verfolgung auf. Obwohl die Silberkugel noch in meiner Schulter steckte, spürte ich die Verletzung nicht. Ich hatte die Schmerzen einfach verdrängt, denn jetzt gab es ein wichtiges Ziel.

Ich holte auf. Octavio warf einen Blick über die Schulter, er sah mich, und sein Gesicht verzerrte sich. Er schoß.

Viel zu überhastet. Die Silberkugel zischte matt an mir vorbei. Ich hatte das Gefühl, als gebe es nur Octavio und mich auf diesem Schachfeld. Ich sah und hörte nichts mehr von dem Kampfgetümmel um mich herum. Wieder feuerte er, und wieder ging der Schuß daneben.

Dann hob ich die erbeutete Lanze. Ich riß den Arm weit über meine Schulter nach hinten und schleuderte die Waffe aus vollem Lauf und mit all der Kraft, die noch in mir steckte.

Die Lanze beschrieb einen Bogen. Sie prallte nicht in den Rücken des Dämons, sondern fegte dem Fliehenden zwischen die Beine.

Octavio stolperte.

Zum zweitenmal innerhalb kurzer Zeit fiel er hin. Diesmal war der Sturz jedoch bedeutend heftiger. Meine Beretta wurde ihm aus der Hand geprellt und rutschte ein Stück weiter.

Innerhalb der nächsten zwei Sekunden war ich über ihm.

Hart riß ich Octavio herum. Er lag jetzt auf dem Rücken, blickte mich aus angstvoll geweiteten Augen an.

Ich warf mich auf ihn.

»Es ist aus!« keuchte ich. »Endgültig!« Bei diesen Worten nahm ich das Kreuz und drückte es ihm auf die Brust.

Er schrie markerschütternd, bäumte sich auf, als stünde er unter Strom.

Etwas Schreckliches geschah.

Das Feuer hüllte ihn ein wie ein Vorhang. Ich mußte zurückweichen, um mich vor der Hitze zu schützen. Octavio aber, der

Dämon, der mich und meine Freunde fast besiegt hätte, verging in seiner ureigenen Dimension.

Ich kam nicht mehr dazu, mir weitere Gedanken zu machen. Urplötzlich veränderte sich die Welt. Ein mörderischer Sog packte mich. Ich wurde durch die Luft gewirbelt, sah, wie die Erde aufbrach, das Schachbrett und die Totenköpfe verschlang, sah eine glühende Feuersbrunst, aus der sich die Fratze des Satans schälte. War das die Hölle?

Plötzlich saß die Angst in meinem Körper, die Angst, daß alles doch noch schiefgehen könnte. Ich vernahm die Schreie der beiden Frauen, wollte etwas tun, mich gegen den Druck stemmen . . .

Dann versank die Umgebung in einer bodenlosen Schwärze.

Mein Denken, mein Fühlen – es wurde ausgeschaltet. Die unendlichen Dimensionen hatten mich umfangen.

Allmählich schälten sich die Konturen aus dem Dunkel. Ein Schreibtisch, ein Stuhl, ein Schrank, ein Spiegel . . .

Ich begriff nur langsam.

Doch die Erinnerung kam.

Ich schlug die Augen auf.

Ich befand mich wieder in normaler Größe auf der normalen Welt; ich war im Büro des Antiquitätenhändlers.

Suko, Bill, Sheila und Jane – sie waren da. Hatten mit mir diese unvorstellbare Reise gemacht und sie heil überstanden.

Erstes Morgenlicht fiel durch das Fenster. Ich fühlte nach meiner linken Schulter. Da war nichts. Die Wunde war verschwunden. Auf magische Weise.

Unbegreiflich . . .

Wir sahen uns nur an. Worte waren überflüssig. Dann fielen wir uns in die Arme. Und bei Gott, wir schämten uns unserer Tränen nicht. Noch nie waren wir in solch einer Situation gewesen. Daß wir sie heil überstanden hatten, erschien mir wie ein Wunder.

»An uns denkt wohl niemand«, beklagte sich Jane.

Doch – wir dachten an die Frauen. Und allem zum Trotz, wir setzten die Feier fort. In meiner Wohnung. Ich gab Superintendent

Powell telefonisch Bescheid, dann stellten wir Telefon und Klingel ab und feierten. Es war wie ein Rausch. Irgendwann rückte Sheila dann mit der Sprache heraus.

Sie wurde sogar rot, als sie uns erklärte, daß sie in anderen Umständen war.

»Das wird ein Junge!« rief Bill und riß beide Arme hoch.

»Wie soll er denn heißen?« fragte ich.

»John natürlich. John. Wie denn sonst? Oder könnt ihr euch einen besseren Namen vorstellen?«

Nein, das konnten sie wirklich nicht. Ehrlich gesagt, ich hielt mich da raus. Schließlich will man ja nicht als unbescheiden gelten, nicht wahr?

ENDE

Band 73 901

Jason Dark
**Willkommen
in der Hölle**

Niemand hat damals, am 13. Juni 1973, als im BASTEI-VERLAG der erste Roman der neuen Grusel-Reihe GESPENSTER-KRIMI mit dem Titel DIE NACHT DES HEXERS erschien, geahnt, welchen steilen Aufstieg der Held dieses Romans, ein gewisser JOHN SINCLAIR, Inspektor bei Scotland Yard, vor sich hatte. Fast 1000 Romane hat JASON DARK in dieser Zeit mit seinem unnachahmlichen Helden geschrieben. Zu diesem Anlaß erscheinen vier Jubiläumsbände.

Band 1	Band 2
›Mein erster Fall‹	Romane 9 – 16
und die	Band 3
Romane 1 – 8	Romane 17 – 24
der Serie	Band 4
	Romane 25 – 32

Sie erhalten diesen Band
im Buchhandel, bei Ihrem
Zeitschriftenhändler sowie
im Bahnhofsbuchhandel.

Band 73 902

Jason Dark
Zeit der Monster

Niemand hat damals, am 13. Juni 1973, als im BASTEI-VERLAG der erste Roman der neuen Grusel-Reihe GESPENSTER-KRIMI mit dem Titel DIE NACHT DES HEXERS erschien, geahnt, welchen steilen Aufstieg der Held dieses Romans, ein gewisser JOHN SINCLAIR, Inspektor bei Scotland Yard, vor sich hatte. Fast 1000 Romane hat JASON DARK in dieser Zeit mit seinem unnachahmlichen Helden geschrieben. Zu diesem Anlaß erscheinen vier Jubiläumsbände.

Band 1	Band 2
›Mein erster Fall‹	Romane 9 – 16
und die	Band 3
Romane 1 – 8	Romane 17 – 24
der Serie	Band 4
	Romane 25 – 32

Sie erhalten diesen Band im Buchhandel, bei Ihrem Zeitschriftenhändler sowie im Bahnhofsbuchhandel.

Band 73 903

Jason Dark
In Satans Diensten

Niemand hat damals, am 13. Juni 1973, als im BASTEI-VERLAG der erste Roman der neuen Grusel-Reihe GESPENSTER-KRIMI mit dem Titel DIE NACHT DES HEXERS erschien, geahnt, welchen steilen Aufstieg der Held dieses Romans, ein gewisser JOHN SINCLAIR, Inspektor bei Scotland Yard, vor sich hatte. Fast 1000 Romane hat JASON DARK in dieser Zeit mit seinem unnachahmlichen Helden geschrieben. Zu diesem Anlaß erscheinen vier Jubiläumsbände.

Band 1
›Mein erster Fall‹
und die
Romane 1 – 8
der Serie

Band 2
Romane 9 – 16
Band 3
Romane 17 – 24
Band 4
Romane 25 – 32

Sie erhalten diesen Band im Buchhandel, bei Ihrem Zeitschriftenhändler sowie im Bahnhofsbuchhandel.

Band 73 904

Jason Dark
Flüche aus
dem Jenseits

Niemand hat damals, am 13. Juni 1973, als im BASTEI-VERLAG der erste Roman der neuen Grusel-Reihe GESPENSTER-KRIMI mit dem Titel DIE NACHT DES HEXERS erschien, geahnt, welchen steilen Aufstieg der Held dieses Romans, ein gewisser JOHN SINCLAIR, Inspektor bei Scotland Yard, vor sich hatte. Fast 1000 Romane hat JASON DARK in dieser Zeit mit seinem unnachahmlichen Helden geschrieben. Zu diesem Anlaß erscheinen vier Jubiläumsbände.

Band 1
›Mein erster Fall‹
und die
Romane 1 – 8
der Serie

Band 2
Romane 9 – 16
Band 3
Romane 17 – 24
Band 4
Romane 25 – 32

Sie erhalten diesen Band
im Buchhandel, bei Ihrem
Zeitschriftenhändler sowie
im Bahnhofsbuchhandel.

Band 73 906

Jason Dark

**Kämpfer gegen
die Hölle**

In diesem Sonderband erscheinen unter anderem
die Romane, in denen John Sinclair seinen späteren
Freund Suko, den deutschen BKA-Kommissar Will
Mallmann und seine Sekretärin Glenda Perkins ken-
nenlernt.